U0727127

本书由
深圳探鱼公司
资助出版

李国仿 校注

天門進士詩文

（上卷）

新华出版社

图书在版编目（CIP）数据

天门进士诗文 / 李国仿校注．—北京：新华出版社，2018. 2

ISBN 978 - 7 - 5166 - 3859 - 0

Ⅰ.①天…　Ⅱ.①李…　Ⅲ.①中国文学—古典文学—作品综合集

Ⅳ.①I212. 01

中国版本图书馆 CIP 数据核字（2018）第 035456 号

天门进士诗文

作　　者： 李国仿

责任编辑： 张　谦　　**封面设计：** 中联华文

出版发行： 新华出版社

地　　址： 北京石景山区京原路 8 号　　**邮　　编：** 100040

网　　址： http：//www. xinhuapub. com

经　　销： 新华书店

购书热线： 010 - 63077122　　**中国新闻书店购书热线：** 010 - 63072012

照　　排： 中联学林

印　　刷： 三河市华东印刷有限公司

成品尺寸： 170mm × 240mm

印　　张： 70. 5　　**字　　数：** 1266 千字

版　　次： 2019 年 1 月第一版　　**印　　次：** 2019 年 1 月第一次印刷

书　　号： ISBN 978 - 7 - 5166 - 3859 - 0

定　　价： 280. 00 元（上、下卷）

内容简介

本书是一部乡邦文献集。科举时代，天门进士姓名可考者114人。本书所辑，为天门进士诗文及相关文献。诗文大多录自四库全书、馆藏奏折、进士文集、府志县志、旧谱碑刻。作者有皮日休、鲁铎、李维桢、周嘉谟、陈所学、钟惺、蒋祥墀、蒋立镛、胡聘之、周树模等天门进士，也有王世贞、钱谦益、方苞、林则徐、曾国藩等达官显贵。其中状元榜眼探花8名，大学士4名，尚书总督巡抚27名。

作者简介

李国仿　湖北天门人。曾任中共天门市委副秘书长、天门市政协秘书长，天门市第四至七届党代表，天门市第五至七届政协委员，湖北省十一届人大代表。曾在《湖北日报》《政策》《学习月刊》《党员生活》《中外教育研究》《湖北教育》等报刊发表署名文章。著有《归来集》《李逢亨史料辑录》《天门进士文辑》等专著。

序

焦知云*

天门,古称竟陵,位于湖北中部富饶的江汉平原。历史悠久,地灵人杰。经济繁荣,文化璀璨。

曾闻奇特之功,必赖奇特之人;有奇特之人,必创奇特之业。天门这处风水宝地上,如今真有一位奇特之人,他就是我的老乡李君国仿。教坛的耕耘,政界的磨砺,一直保持着一种不忘初心的赤子情。他早有凌云志,胸中怀乡愁,总想为弘扬天门的历史文化作奉献。一路走来,他终于独具慧眼,选择了天门进士文化作为一项重要的文化工程,开始了对进士诗文的探寻、考证和汇编之旅。

进士诗文史料,并不是集中陈列于一馆,也不是汇总收藏于一库,而是零星分散于各地。近三年来,李君认准目标,放开视野;不畏劳苦,不惜财力。四处奔波,广搜博集。守望的理念,痴迷的境界,求实的精神,执着的定力,展现得淋漓尽致。

从地方志书中探源。这是掌握史料的第一要径。于是他查阅了清康熙版《景陵县志》《弋阳县志》《湖广通志》《安陆府志》,乾隆版《天门县志》、道光版《天门县志》及有关镇乡志等,获得的原始资料颇丰。

从相关专集中淘宝。他风尘仆仆地远赴国家图书馆、中国第一历史档案馆、浙江图书馆和湖北图书馆等馆丰富的馆藏中,查阅到了《六臣文选注》和《皇明七山人诗集》等20多部诗文专集,收获了诸多的宝贵史料。

从古代碑刻中觅珍。有关天门进士的碑刻史料,或藏于馆室,或载于文集,或嵌于寺壁,或立于荒野。这些古碑似乎与李君颇有缘分,经他于天门市内外广泛搜寻,所得碑文竟达35篇之多,增彩添辉,填补了史缺。

从名家族谱中拾遗。他千方百计地寻觅到了皮日休、鲁铎、周嘉谟、李登、谭元春、程飞云、龚廷飏、蒋立镛等名人家谱,从中获得的真实史料具有绳衍纠谬的价值,还原了历史的本来面目。

---

* 焦知云,湖北天门人。1966年毕业于华中师范学院中文系。历任天门县县长、荆门市副市长、荆门市人大常委会副主任。长期以来,研究历史文化,被誉为"荆楚拓碑第一人"。著作有《荆门碑刻》《荆门碑刻拓片选集》《荆门墓志》《焦知云诗词选》《云山履痕》和《荆门探古》丛书:《荆门古碑》《荆门古寨》《荆门古桥》《荆门古名胜》等。个人传略被收入《中国当代文艺家辞典》和《中国当代诗词艺术家大辞典》等辞书。

史料汇集后，经过一番裁云镂月，考证鉴别。解题注释，数易其稿。倾注了李君心血的皇皇巨著《天门进士诗文》庄严面世。

这是一扇展示进士文化亮点的知识窗。隋炀帝大业二年(606 年)始建进士科，后经唐宋元明清，至光绪三十一年(1905 年)废科举兴学校，历时 1300 年。在中国历史上，分科目选拔人才的科举制度对政治、经济、文化、思想和民俗产生了广泛深刻的影响。科举考试中最高一级为殿试，明清的殿试后分为三甲：一甲三名赐进士及第，通称状元、榜眼、探花；二甲赐进士出身；三甲赐同进士出身。进士是科举的终点，仕途的起点。有关殿试名次、答卷对策、琼林盛宴、雁塔题名、进士名碑、仕途官衔、诗文修养、社会贡献和传说佳话等进士文化的内涵在书中得以彰显，可谓开了一扇聚焦进士文化知识的新窗口。

这是一卷荟萃天门进士精英的群贤谱。天门进士姓名可考者 114 人，书中收录了诗文的 70 多位进士中，有胡聘之、周嘉谟、程德润、陈所学、吴文企、周树模、龚奭、谭元礼、程大夏、邹曾辉、胡承诏等名宦，鲁铎、李登、程飞云、邵如崙、李兆元、龚学海等循吏，皮日休、李维桢、钟惺、蒋立镛等鸿儒。他们建功立业，彪炳青史。群贤的品德和风采洋溢于诗文的字里行间。这一道独特的亮丽风景线，是天门的骄傲。

这是一部启迪学子成才报国的教科书。一首诗词，就是一位进士心灵的写照；一篇宏文，就是一位进士情怀的表白；全书的诗文，就是几十位进士人生的记忆、成才的记录。进士文化是传统文化的组成部分，值得学子们学习借鉴；进士先贤的道德风范，值得学子们敬仰效仿，努力使自己成为建设中国特色社会主义事业的优秀人才，为实现中华民族伟大复兴的中国梦而贡献力量。

西江遇陆子，万羡入歌声。进士逢高手，舞台融古今。

上述我见，是为序！

2017 年 10 月 9 日于咏梅山馆

仰望天门进士的背影

李国仿

“禹门三级浪，平地一声雷。”这是报喜人给新科状元、榜眼、探花门前张贴的对联。对联暗喻经过乡试、会试、殿试三级考试，进士们才一跃龙门、一鸣天下。

科举制度是我国历史上各种制度中，历时最久、变化最小、影响最大的一种。从隋大业元年(605 年)到清光绪三十一年(1905 年)，1300 年，通过分科取士，录取各类进士 12 万人。天门进士姓名可考者 114 人，其中文进士 100 人，明通榜 3 人，武进士 7 人，钦赐进士 4 人。进士中，状元 1 人，探花 1 人，武探花 1 人，会元 2 人。在江汉平原腹地，天门进士以人数之众、巍科之显，政坛影响之大、文坛声望之高，成就了家乡文化高地、状元之乡的美誉。

应举登科的精英

天门于秦称竟陵，五代晋改名景陵，清雍正四年(1726 年)改名天门。数百年为竟陵郡郡治、复州州治。1987 年撤县建市，1994 年由省直管。虽行政区划屡经调整，地名几度变更，但在进士富集的明清时期，进士富集的核心区域却变化不大。爬梳天门进士名录和传略，就会发现：

天门进士多出现在明清。龚延明主编的《宋代登科总录》浩浩汤汤，14 卷，800 万字，天门进士寥若晨星。从全国看，唐代进士总量极小；宋代虽多，但非江即浙、非闽即赣。明清两朝，犹如井喷。而这一时期，天门进士如雨后春笋。这就引出另一话题，天门移民进入，明代是高峰期，大概是以县城、小板、干驿为一条线，往东南推进的。元以前，大约天门河以南、天岳线以东，是大片湖沼。人烟稀少，何谈进士？

地域相对集中。县城是首善之区，也是进士密集之地。张渊道、张从道、徐成位、李登、李纯元、程飞云、程大夏、龚廷飚、曾元迈、龚健飚、龚学海、曾道亨、邵如崙、许本墉、吴之观、胡聘之、胡乔年、敖名震、周杰都是城关或城郊人。干驿古时是驿站，又是巡检署所在地，商贾云集，人文荟萃。鲁铎、周嘉谟、陈所学、魏士前、周寅旸、陈大经、邹曾辉、周树模以及华严湖北边的蒋家五代进士，都生活在这一地区。这里有“一巷两尚书、五里三状元”之说。皂市鸡鸣四县、商贾云集。李淑、李维桢、李维标、钟惺、蔡楫、杨正声、刘元诚都是皂市人。

家族进士频现。父子进士有李淑、李维桢、李维标,李登、李纯元,程飞云、程大夏,曾元迈、曾道亨,龚健飏、龚学海,兄弟进士有张徽、张彻,张渊道、张从道,周士玙、周璋,龚廷飏、龚健飏。叔侄进士有谭元礼、谭篆。最为稀见的是蒋祥墀、蒋立镛、蒋元溥、蒋启勋、蒋传燮,五代进士,两登鼎甲,成为名扬荆楚的17个“甲科世家”之一。“三代承风,方称世家”,蒋家自然是个奇迹。

部分进士籍贯不一。皮日休本为天门人。唐代李吉甫撰、四库全书本《元和郡县志·卷二十三·山南道》第2页记载,山南道“管襄州、邓州、复州、郢州、唐州、随州、均州、房州。管县三十八”,“复州管竟陵、沔阳、监利三县。”山南道首府为襄阳,地方最高军事机构大都督府在襄阳,所以皮日休在《皮子世录》中自称“襄阳之竟陵人[1]”。明代钟惺《将访苕霅许中秘迎于金阊导往先过其甫里所往有皮陆遗迹》称:“鸿渐生竟陵,茶隐老苕霅。袭美亦竟陵,甫里有遗辙。”清代熊士鹏编《竟陵诗选》,吴履谦编《竟陵文选》,均称皮日休为天门人。天门石家河有蒋皮巷,横林有皮家河,彭市有皮日休家族后裔聚族而居的皮家台。李淑、李维桢、李维标父子,史书多称京山籍。李淑墓志铭记载,李淑家居皂市五华山旁。李维桢自称10岁随祖父自皂市迁居京山县城。周嘉谟求学汉川,于是入籍汉川。但居家服丧、养病、养老,均在天门干驿。乾隆版《天门县志》记载,周嘉谟“学籍汉川,世居天门”。周嘉谟自撰年谱及旧版家谱明明白白地记载为天门人。熊开元也是随外公入籍嘉鱼。周士玙、周璋兄弟,进士题名录记载兄为沔阳、弟为天门。康熙十八年(1679年)版《安福县志·卷之二·选举志·进士》载入江西安福籍的天门进士有:谢廷敬(员外)、周嘉谟(吏部尚书,湖广中)、胡懋忠(知县)、蓝絅(湖广中)、谭篆(湖广中)、欧阳鼎(湖广中)。毛晓阳在《清代江西进士丛考》中订补的江西乡贯外省户籍的清代进士名单中,就有萧维槟、谭篆、欧阳鼎、彭上腾、周士玙、唐建中、周璋7名天门进士[2]。原来,明代籍贯有户籍与乡贯之分,清初“凡民之著籍,其别有四:曰民籍;曰军籍,亦称卫籍;曰商籍;曰灶籍[3]”。古人通常以三代来确定迁徙人物的籍贯,这就导致部分进士籍贯交叉。毛晓阳在《清代江西进士丛考》中,称唐建中为湖广景陵籍金溪县人[4],这是高明之举。天门户籍外地乡贯、天门乡贯外地户籍、天门出生迁居外地,均应纳入天门。统计时虚浮溢出,概因如此。

经邦纬国的名宦

余秋雨在《十万进士》一文中写道，“中国居然有那么长时间以文化素养来决定官吏，今天想来都不无温暖”；“科举制度的最大优点是从根本上打破了豪门世族对政治权力的垄断”，使这片国土上的人才，都有可能参与国家行政机构的日常运转[5]。

进士身份是跻身国家行政机构的通行证。进士初始为官，大多授知县一类的七品官。“县为国之基，民乃邦之本。”郡县治，天下安。自秦设立郡县，中国的基层组织管理都依靠县治。不少天门进士经过郡县岗位的历练，留下了良好的政声。龚奭任淮安路桃源知县，爱民如子，桃源人为怀念他而破天荒地建生祠。谭元礼任浙江德清知县，重商苏商，抚琴而治，政绩考评，排名第一。程大夏任山西黎城知县，勤于官治，“行取御史，邑人送者如云。后闻其卒，设位祭之，从祀名宦祠”。邹曾辉任云南大姚县知县，讼息盗敛，精简派役，疏浚河塘，被誉为“三十年来名进士，四千里外好郎官”。胡承诏从四川夹江、内江知县起家，壹意爱民，平盐课，议马价，晋升四川按察副使，守蜀城，“亲冒矢石，缒士取胜”。吴文企先后任宁波、湖州知府，升宁夏兵粮道，兼学政，智降夷酋，登抚夷台，“酋皆罗拜呼万岁去”。陈大经任江西分宜知县，断案如神。最为后人津津乐道的是，鲁铎、李维桢、周嘉谟、陈所学，就日瞻云，周嘉谟甚至成为顾命大臣；徐成位、程德润、胡聘之、周树模成为一方诸侯。

天门进士在明末党争中扮演了重要的角色。周嘉谟与左光斗、杨涟肩并肩，同魏忠贤阉党作坚决的斗争，一度被削籍为民。陈所学直面指斥魏忠贤，使魏哑口无言。陈所学为救杨涟，舍身上疏。就连远在四川担任左布政使的胡承诏，也顶住与阉党同流的四川巡抚的压力，拒绝为魏忠贤立生祠，最终，“天下皆祠，独蜀无祠”[6]。王鸣玉决不附丽于魏忠贤阉党，以直节著称。

龚健飏首议“在任守制当急停”，同僚相视，不敢署名，他便具疏独奏。倘使雍正皇帝开拓一点，废止官员离职三年、回家守孝的陈规，恐怕文臣武将就不会白发盈庭。罗家彦忧国忧民，上疏《筹画旗民生计拟定章程》，建议旗人汉人学习纺织。倘使嘉庆皇帝开明一点，察纳雅言，恐怕日后就没有“八旗子弟”一词。

胡聘之、周树模是在中国近代史上留下浓墨重彩的人物。胡聘之主政山西，胸怀天下，推行洋务，修建铁路，革新学堂，是与于谦、张之洞比肩的山西名抚。从明代李淑、李维桢、陈所学、魏士前到清代欧阳鼎、程大夏、龚廷飏、胡聘之,他们都是天门进士,宦于山西,且有建树,应了一句古话"楚才晋用"。周树模主政黑龙江,担任中俄勘界大臣,往复磋商,使俄政府始认将满洲里全城仍归中国管领。清帝授文职、武阶最高衔——一品光禄大夫、建威将军。文治武功,名垂青史。

吴文企"在宁夏,修敌楼,易战马";徐成位任登莱兵备道,有勇有谋,取得斧山抗倭之捷;周嘉谟"备兵泸州,单骑定建武兵变";魏士前"补冀宁道,平渠贼神一魁"。他们都是天门进士能文能武的杰出代表。

清廉守正的循吏

天门进士大多留下了清廉的美名。鲁铎出使越南,坚拒馈赠。大学士李东阳生日,鲁铎相约以手巾为老师贺寿,而鲁家竟然没有,只好贺以半条干鱼。鲁铎的《谕俗歌》劝人疏财向善,与《红楼梦》中的《好了歌》异曲同工,却又比后者早了两百余年。道光帝第七子、咸丰帝异母弟醇亲王奕譞去世前将鲁铎的《谕俗歌》作为传家格言留给子孙。周嘉谟任广东韶州知府,"各县一蔬不入府,本府一人不下县"。李登任大理评事,才两年,就卒于任,"未尝拓一椽舍,增一田圃"。吴文企官吴越时,家仆从官署后园割草攀枝为柴。老百姓私下议论:"吴知府不吃大肉大鱼,还可以理解。没有柴,怎么烧火做饭? 世上固然有清官,难道他能使锅自己热起来不成?"魏士前离任寿颍兵备道,将620亩田产捐赠给寿州循理书院。龚奭任淮安路桃源知县,"在任四载,囹圄一空。治装之日,萧然出桃,敝箧而已"。程飞云任获鹿知县,"萧然一署,自图书外绝无所累,盖官舍浑如僧舍冷也"。蒋立镛所作《六事廉为本》,虽是科举试帖诗,却堪称为官座右铭。

天门进士有为官守正、出污不染的,也有看破红尘、超世绝俗的。钟惺精研佛经,青灯残卷,终了人生。熊开元、熊寅托迹寺观。唐建中、刘显恭成进士,选庶常,忽弃官,或游历山水,或告归天门。他们从功名的制高点退缩于自我内心的修持,淡泊自甘。

邵如崙任临淄知县,捐俸赈饥,集粟数千石,全活甚众。邵至临淄次年,枯泉漫溢,谚云:"温泉开,清官来。"不久罢官,竟然贫不能归,以授徒谋生。李兆元上任,拒绝走访金厂。以水土不宜卒于官,竟然无钱归葬。龚学海政绩卓著,在贵州巡抚李湖的眼中是一位"熟练强干大员",却也落得无力赔银子的结局。这一切折射出部分天门进士身后的赤贫与凄凉。

张继咏、邵如崙是天门进士从人上人沦为阶下囚的特例。虽然在天门旧志中，他们是优秀的县官，但解密后的清代臣工奏折却告诉我们，在基建工程、粮食采购两起大案中，他们是“犯官”。冤案也好，铁案也罢，十年寒窗，付诸东流，令人扼腕、深思。

器深识远的宗师

四书五经往往是敲门砖，登科及第必然是垫脚石。天门进士多数志在仕进，而非文名。但考察天门进士著作目录，研读遗文传略，不难发现，不少天门进士仕不废学，笔参造化，学究天人，正如程飞云在《景陵风俗论》中说的“文章之灵，生于山水；政事之才，生于文章”。吴文佳官至福建右布政使，晚年居家研究医道，著《脉诀》若干卷。李维桢有文集《南北史小志》《史通评释》，徐成位重修《六家文选注六十卷》，吴文企撰《读书大义》，钟惺有《诗经图史合考》《毛诗解》《五经纂注》《楞严如是说》，陈朝晖著《诗经讲义》，龚廷飏有《虞迹图考》，蒋祥墀奉敕修《词林典故》，蔡楫有《学庸讲义》。周树模回乡守丧期间，应张之洞“礼聘，前后主两湖、经心、江汉、蒙泉各书院”。

天门进士自然是应举的八股文高手，也有不少诗歌、散文大家。皮日休与陆龟蒙齐名，世称“皮陆”。鲁迅在《小品文的危机》中称皮陆小品为唐末“一塌糊涂的泥塘里的光彩和锋芒”。明诗虽远不及唐宋，但流派林立，名家辈出；文艺思潮，风起云涌。鲁铎师承李东阳，跻身茶陵派。李维桢是后七子后期的一位代表人物。李维桢、公安三袁、钟惺谭元春，是明代中后期诗歌由“吴风”向“楚调”嬗替的推手。钟惺既不满后七子末流偏狭、肤熟地拟古复古，也不同于公安派遗绪主心、俚俗地独抒性灵。他与谭元春一道，选编《古诗归》《唐诗归》，以文学批评和创作实践，倡导“幽深孤峭”的文学趣味。钱谦益称“海内称诗者靡然从之，谓之钟谭体”。虽如流星在晚明文学的天空旋兴旋衰，却也风行三十余年。北京大学游国恩主编、1981 年版《中国文学史》（四卷）关于竟陵派的评述，200 余字，多负面。北京大学袁行霈主编、1999 年版《中国文学史》（四卷）在《晚明诗文》一章中，列《以钟惺、谭元春为代表的竟陵派》一节，逾 1000 字，多正面，标示出学界对竟陵派评价的趋势。复旦大学是竟陵派研究的重镇，素有绵延不绝的学术传承和成果丰硕的教授团队。竟陵派研究是硕士、博士毕业论文经久不衰的选题，足见其文学内蕴。《诗归序》和《浣花溪记》《夏梅说》，是钟惺的代表作在古代文论选和古代文学作品选中出现频率最高的几篇，足见钟惺在文学理论和创作实践上的建树。有清一代，天门进士的诗歌创作难有鲁铎的生气和钟惺的灵气，但仍然延续了竟陵的文脉。蒋祥墀宫廷味十足的回文诗独博帝王的欢喜；周树模身处陵谷之变，雍容应对，以一卷诗史而被誉为继张之洞之后的“达官能诗者[7]”。

陈所学的《千一疏序》纵贯古今、汪洋恣肆；胡聘之的《山右石刻丛编序》深邃丰厚、典雅富丽；周树模的《示从弟泽生书》提纲挈领、器识宏旷；蒋启勋的《重锓类证治裁序》医道官道、触类旁通。程德润的《读史》彰显胸中千年史、笔下一首诗的襟怀。鲁铎的己有园系列作品讲述稀奇古怪的鸟兽虫鱼、林木花果；陈所学的《松石园记》讲述胞兄陈所前（敬甫）从湖州带回茶种，种植在干驿松石湖畔；熊士鹏的《九友游松石湖记》绘声绘色地讲述丰富的鱼类和丰富的渔具。还有鲁铎的《陈侯重建景陵城记》、谭篆的《重修景陵学宫记》、龚廷飏的《上开泗港堤十不便书》、龚健飏的《获族谱及历代祖先像赞记》、罗家彦的《筹画旗民生计拟定章程》、蒋祥墀的《天门会馆落成记》、蒋立镛的《纪恩述德篇八十韵》等，让我们不仅领略到进士们的文采，还可以追溯几百年的生态史、种茶史、渔业史、荒政史、城建史、移民史、教育史、宗教史。

天门进士中，诗画兼善者不乏其人。钱钟书在《谈艺录》中说：“伯敬（钟惺）之诗，去程李（程嘉燧、李流芳）远甚，而以其诗境诗心成画，品乃高出二子[8]。”蒋祥墀绘《童子钓游图》，林则徐有诗相赠：《题蒋丹林先生祥墀童子钓游图即次自题原韵》。熊士鹏绘《望衡图》，蒋祥墀题诗志庆。

报本反始的乡贤

进士们生于斯，长于斯，学于斯，对天门有着浓烈的乡土情怀。他们的字号离不开天门。李淑号五华，陈所学号松石居士，熊士鹏自称横林子。他们的归宿选择在天门。鲁铎的己有园、谢廷敬的枕流园、吴文企的香稻园、徐成位的冲漠馆、胡承诏的快阁、李纯元的瀼东园、王鸣玉的西庄、刘必达的小山亭、龚奭的渔圃、胡聘之的胡家花园，都在县城。李维桢、李维标兄弟的朗吟阁，钟惺的隐秀轩，都在皂市。周嘉谟的采真园、陈所学的松石园在干驿。鲁铎、钟惺、徐成位、李登、李纯元、龚奭、蒋祥墀、蒋立镛也都终老家乡。他们的文章言必称天门。程飞云《景陵风俗论》，就是一篇古代的天门赋。蒋祥墀《天门会馆落成记》罗列天门的精英，如数家珍。周树模《鲁文恪公集序》中自豪地称天门干驿“地气清淑，代产巨人”。

周树模《上胡蕲老书》心系天门："家乡频年水灾，今岁大风罹害尤甚。庐舍荡坏，邑里萧条；流亡者众，蒿目棘心。未识天意竟如何也！"他们的社会实践离不开天门。鲁铎、徐成位、周嘉谟、陈所学、吴文企、钟惺、刘显恭、蒋祥墀、蒋立镛、胡聘之、周树模等都曾在天门或养病、或守丧、或候任、或致仕，他们了解家乡，是影响地方事务的绅士。

天门进士是地方事务的参与者和推动者。鲁铎初任北京国子监祭酒，得知家乡"大水荡民田庐，死亡过半"，便"力请大臣往赈。于是敕都御史吴廷举以往，多所存活"。泗港与小泽口、大泽口的开塞之争，是明清时期两湖平原众多的水利纷争中的三个纷争事件。泗港纷争是使汉江两岸官民你死我活的斗争，也是争取赋税政策你死我活的斗争。站在斗争第一线的是两岸的群众，支撑群众的是郡县的官员，决定开塞的是朝廷的重臣。徐成位、周嘉谟、陈所学、龚廷飏、许本墉诸进士，无疑是天门一方的意见领袖和坚强后盾。周嘉谟任吏部尚书，为天门南粮改折奔走呼吁。现存残碑《南粮永折碑记》，碑文联署者"合邑缙绅"就有周嘉谟、陈所学、吴文企、胡承诏、李纯元、钟惺、魏士前、刘必达、龚奭等数十人。程飞云回乡守丧，上书巡抚、两台，终于革除积弊。谭篆居家，参与地方志修纂。蒋立镛主考云南，途经家乡，上奏赶修江汉堤工、检举时任天门知县。程德润任御史时上奏："下游州县连年被灾，而天门尤当其冲。"道光帝俞允修筑汉江王家营堤工。许本墉回乡守丧，遭遇动乱，便"带勇克复城池"，皇上赏戴花翎。周树模回乡守丧，受湖广总督张之洞之托，主持汉江唐心口水利工程，并多次接受张关于地方事务的咨询。魏士前、程一璧、刘必达、熊士鹏诸进士，分别上书地方官员，或歼寇，或除弊，或弭盗，或疏渠，无一不事关家乡。至于徐成位修县城东西二堤，周芸修鸿渐祠，周嘉谟修干驿马骨泛渠，刘延禟修学宫，谭泽溥修钟谭合祠，蒋祥墀倡修北京天门会馆，这样的义举举不胜举。家乡人民引以为荣，报请朝廷批准，将部分天门进士作为典范人物入乡贤祠供祀。道光版《天门县志·卷之十一》记载的进士乡贤有：张迪、张徽、张彻、胡浚、鲁铎、吴文佳、谢廷敬、周嘉谟、徐成位、熊寅、陈所学、吴文企、胡承诏、李纯元、钟惺、刘必达、刘临孙、程飞云。

昔人已乘黄鹤去，此地空余翰墨香。了解天门进士，了解天门历史，了解天门文化，不能绕开原作。原作才有原味，舍弃原作，只读解读、戏说一类的衍生物，如同买椟还珠。2017 年 11 月，北京大学钱理群教授对谈洪子诚教授时说："我始终想不通，大家不读《论语》，《论语》几乎很短的篇幅而且并不深，偏要去读于丹的东西，不可理解不可思议。老老实实读《论语》，我是赞成的，而且是鼓励的[9]。"天门进士传世原作只是冰山一角，片言只字，犹如吉光片羽。黄泥下、荒草间、故纸堆，进士们的作品与泥草相偎、与书蠹共生，亟待后人去发现、去整理。当年，罗家彦敬仰周嘉谟，“欲裒集遗文疏稿，都为一集，以存先生之绪余，而卒不可得”。周树模“闻司徒有遗集钞本藏族之长老家”，“乐从事校雠之役”，以使陈所学文集“广其传”，而陈家并无响应。周嘉谟、陈所学文集失传，终成千古憾事。东隅已逝，桑榆未晚。尽管无从还原进士们的风采，但只要有罗家彦、周树模之心，或能补实际于万一。当下，我只能以让进士们见笑的《天门进士诗文》，权当家乡后辈向进士群像的望空祭拜。

天门进士的背影渐行渐远，而天门进士的诗文却像老酒一样愈陈愈醇。

2015 年 12 月 19 日初稿
2018 年 8 月 29 日定稿

引文说明

[1]见本书皮日休《皮子世录》。以下涉及天门进士事迹的引文均见本书进士碑传资料或进士诗文。

[2]见毛晓阳撰、江西高校出版社 2014 年版《清代江西进士丛考》第 177、178、192、195、197、198、207 页。

[3]见《清史稿·卷一百二十·志·九十五·食货志一》。卫籍:军籍。卫为明代驻兵的地点。灶籍:灶户。以煮盐为业的人户。

[4]见毛晓阳撰、江西高校出版社 2014 年版《清代江西进士丛考》第 207 页。

[5]见余秋雨撰、文汇出版社 2002 年版《山居笔记》第 211 页《十万进士》。

[6]见《续修四库全书·945·子部·儒家类》中的胡承诺《绎志·卷十九·自叙》。

[7]见汪国垣撰、王培军笺证，2008 年版《光宣诗坛点将录笺证》第 181 页:“达官能诗者，广雅而外，当推泊园老人。”广雅指张之洞，泊园老人指周树模。

[8]见钱钟书撰、中华书局 1984 年版《谈艺录》第 106 页。

[9]见《凤凰网文化》2017 年 11 月 30 日刊载的《钱理群对谈洪子诚:重申“精致的利己主义者”概念》。

凡　例

选文　本书所辑,主要是天门进士撰写的诗文,也有进士传略、墓志。多录自古籍、碑刻。诗文传世多的,尽可能选代表作,选与国家大事相关的,选与天门相关的,选不同题材、不同体裁的。传世少的,则有见必录。同一诗文出现在不同的文集中,则一般选进士文集中的,选年代久远的。

书名无"选"字,实为"诗文选集"。

文字　采用简体字。个别繁体字,对应的简体字难以凸显它的古意,如"於戏"(呜呼)、"穀旦"(谷旦),保留繁体字。

原文缺页、缺字或难以辨识处,字数不清的以省略号代替,字数确凿的以"□"代替。

排列　按当今的书写、阅读习惯排列。排列时忽略古籍、碑刻空格、提行、顶格的格式,忽略作者之名小一号的格式。

诗文排列,以文从人。诗在前,文置后。

主体部分,诗文排序,依据进士登科时间。同榜进士,依据名次。父子进士、兄弟进士,则按父子、兄弟次序排列。同一进士,大体上按撰写时间排序;时间不明确的,按题材、体裁排列。天门进士为天门进士撰写的碑版传记,附于传主名下。为方便读者阅读、查询,特将作者传略置于文前,将部分进士墓志、进士文集序、进士家族资料,附于进士名下、文后。

诗、曲、铭等韵文不分行排列。

附录部分,凡引用的注明出处,注者编辑的不署名。

目录标题中括号内的人名为注者所加,以方便读者识别。标题中的书名号从略。

题解　注明选文出处。选自古籍白文,注明"录自",标点为注者所加;选自点校版,注明"引自"。注明写作背景,解释标题疑难词语。

注释　注释以释文为主,兼顾校字、注音、释意、释典、释史、释物等。注释条文总录于全篇之后。

1. 注释标注符号置于标点前,韵文中的标注符号置于偶句或韵脚标点前,以使读者在阅读时保持视觉上的整体感。

2. 整理原文时,对部分错字、异体字做了校订。

3. 容易读错的字,在注释时以汉语拼音标注,附在所注字的后边,一般用括号标出。

4. 部分难懂的词,仅仅简述其义,往往显得不够完整。注者引经据典,是为了说明来龙去脉,或者是增加旁证。有些词难以查询出处和含义,或有文字脱落导致难以理解,姑且存疑,或注明“疑为”“当为”,或注明“待考”。

5. 注释以实词为主,虚词为辅;以词语为主,句子为辅。

6. 注释一个句子中的几个词,篇幅略长的,一般分行排列,意在方便查询,防止视觉上前后粘连。

7. 注释中地名表述依据通用工具书,多数不涉及当今区划调整、地名变更。

8. 所录诗文,语言通俗者不作注释;篇幅过长或文辞晦涩者录以备览,注释阙如。作为附录的进士碑传,选择几篇注释。

9. 为方便随手一翻的读者,注者对不同篇章重复出现的难懂的词,重复注释。反复出现而又释文冗长的科举名词,集为《部分科举名词汇释》附后。

翻译 有几篇文章附有译文,且注明出处。

目　录
CONTENTS

说明:目录标题中括号内的人名为注者所加,以方便读者识别。标题中的书名号从略。

刘虚白

四库全书本《唐摭言·卷四·与恩地旧交》第4页记载：刘虚白与太平裴公蚤同砚席。及公主文，虚白犹是举子。试杂文日，帘前献一绝句，曰……（绝句原文即《献裴坦》。下同）

周祖撰主编、中华书局出版的《中国文学家大辞典·唐五代卷》第208页记载：刘虚白，竟陵人。开成末，与裴坦同席砚。累试不第。大中十四年，裴坦以中书舍人权知礼部贡举，刘虚白犹是举子，试杂文日，于帘前献一绝句云……即于是年登进士第。性嗜酒，有诗云："知道醉乡无户税，任他荒却下丹田。"后不知所终。《全唐诗》卷四九五录其诗一首、断句一联。事迹见《唐摭言》卷四、《唐诗纪事》卷六〇等。

献裴坦

二十年前此夜中，一般灯烛一般风。不知岁月能多少，犹著麻衣待至公[1]。

题解

本诗录自四库全书本《唐摭言·卷四·与恩地旧交》第4页。

裴坦：字知进。唐宣宗时，历职方郎中、礼部侍郎、江西观察使、华州刺史。僖宗乾符元年(874年)拜相，擢中书侍郎、同中书门下平章事。数月后卒于相位。

注释

[1]麻衣：旧时举子所穿的麻织物衣服。唐代衣服的颜色，表示一个人的身份、地位，不允许随意换服色。举子没有功名，他们都身穿白色麻衣。

皮日休(著名文学家)

周祖撰主编、中华书局1992年版《中国文学家大辞典·唐五代卷》第155页记载:皮日休(834? ~883?),字逸少,后字袭美,襄阳竟陵(今湖北天门)人。出身贫寒,初隐居鹿门山,自称“鹿门子”。嗜酒,癖诗,又自号“醉吟先生”“醉士”。咸通七年,射策不第,退于肥陵,编其诗文为《皮子文薮》。八年(丁亥,867年),登进士第。翌年游苏州。十年苏州刺史崔璞辟为军事判官。与陆龟蒙等结为诗友,唱酬颇多。陆龟蒙编唱和联句诗为《松陵集》。后入京为著作郎,迁太常博士,又出为毗陵副使。黄巢起义,入黄巢军。广明元年十二月,随军入长安,授翰林学士,约卒于中和三年。日休为晚唐著名诗人及散文家,与陆龟蒙齐名,世称“皮陆”。小品文如《鹿门隐书》更为后人所称道。鲁迅曾称皮、陆等之小品为唐末“一塌糊涂的泥塘里的光彩和锋芒”(《小品文的危机》)。所著颇多。今存《皮子文薮》一〇卷、《松陵唱和集》一〇卷(本书引用时有删节)。

橡媪叹

皮日休

秋深橡子熟,散落榛芜岗[1]。伛伛黄发媪,拾之践晨霜[2]。移时始盈掬,尽日方满筐[3]。几曝复几蒸,用作三冬粮[4]。山前有熟稻,紫穗袭人香[5]。细获又精舂,粒粒如玉珰[6]。持之纳于官,私室无仓箱[7]。如何一石余,只作五斗量[8]。狡吏不畏刑,贪官不避赃[9]。农时作私债,农毕归官仓[10]。自冬及于春,橡实诳饥肠[11]。吾闻田成子,诈仁犹自王[12]。吁嗟逢橡媪,不觉泪沾裳[13]。

题解

本诗录自台湾商务印书馆影印的《钦定四库全书》第1083册《文薮·卷十》第8页。

橡媪(ǎo):拾橡子的老妇人。

注释

[1]橡子:橡树(又名栎树)的果实,苦涩难食。

榛(zhēn)芜岗:灌木野草丛生的山岗。

[2]伛伛(yǔ):特指脊梁弯曲,驼背。

黄发:老年人发白转黄,故云。

[3]移时:过了好一会儿。

盈掬:满把。

[4]曝(pù):晒。

三冬:冬季三月,即冬季。

[5]紫穗:名贵水稻紫金箍,稻穗呈紫色,有香气。

袭人香:指稻香扑鼻。

[6]细获:仔细地收割、拣选。

精舂:精心地用杵臼捣去谷粒的皮壳。

玉珰:玉制的耳坠。这里用以形容米粒的晶莹圆润。

[7]持之纳于官,私室无仓箱:意思是,全数纳官后,颗粒不存。仓箱:装米的器具。大者称仓,小者称箱。

[8]石(dàn):容量单位,十斗为一石。

[9]不避赃:犹言公然贪赃。

[10]农时作私债:贪官狡吏趁农民需要种子的时候把官仓里的粮食拿出来放私债。

[11]诳(kuáng)饥肠:橡子不是粮食,只能勉强充饥,哄骗饿着的肚子。

[12]吾闻田成子,诈仁犹自王:我听说田成子所行虽然伪善,但因为多少对老百姓还有些好处,所以他的后代能够自立为齐王。田成子:春秋时齐国宰相田常,他为了收买人心,曾以大斗借出粮食,以小斗收进,故民众拥护他。后来他的子孙取得了齐国的王位。诈仁:假仁。

[13]吁嗟(xū jiē):表示有所感触的嗟叹词。

送从弟皮崇归复州

皮日休

羡尔优游正少年，竟陵烟月似吴天[1]。车螯近岸无妨取，舴艋随风不费牵[2]。处处路傍千顷稻，家家门外一渠莲。殷勤莫笑襄阳住，为爱南溪缩项鳊[3]。

题解

本诗录自台湾商务印书馆影印的《钦定四库全书》第1083册《文薮·卷十》第15页。

从弟：堂弟。

复州：北周武帝置，治所在建兴县（隋改为沔阳县）。隋大业初改为沔阳郡。唐武德五年（622年）改为复州，治所在竟陵县（今天门），贞观七年（633年）又移治沔阳县。天宝元年（742年）改为竟陵郡，乾元元年（758年）改为复州。辖竟陵、沔阳、监利。宝历二年（826年）移治竟陵县（五代晋天福初改为景陵县）。南宋端平三年（1236年）移治沔阳镇。元至元十三年（1276年）改为复州路。皮日休在世时，复州州治竟陵。

注释

[1]优游：悠闲自得。

烟月：指山水景物。

吴天：指苏南浙北地区。吴：泛指江苏省南部和浙江省北部一带。

[2]车螯（áo）：一种蚌。有人认为指义河蚶。

舴艋（zé měng）：小船。

[3]殷勤：表祈使，犹言千万。

为爱南溪缩项鳊：原文为“为爱南游缩颈鳊”，据清道光元年（1821年）版《天门县志·卷五·形势》第2页改。

缩项鳊（biān）：鳊鱼。

景陵十景

皮日休

道院迎仙[1]

百尺丹台倚翠华，洞门迢递隔烟霞[2]。雨中白鹿眠芳草，松下青牛卧落花[3]。幽谷月明浮紫气，瑶池水暖伏丹砂[4]。抛书亦欲寻真去，安得相从一饭麻[5]？

书堂出相

栖迟泮水醉诗书，自是明时未相儒[6]。板筑久淹商傅说，垆沽犹滞汉相如[7]。葛巾藜杖双蓬鬓，明月清风一草庐[8]。他日得君行志学，赞襄仁德媲唐虞[9]。

凤竹晴烟

半亩湘筠几万竿，清阴匝地昼生寒[10]。烟笼翠葆疑栖凤，露挹青芬欲舞鸾[11]。劲节受霜心不改，新稍摇日泪初干[12]。风流未许王猷擅，漠漠犹宜雨后看[13]。

龙池春涨

龙池泼绿浩无边，一气浑融太极先。势撼乾坤声动地，光浮日月气吞天。惊涛赤鲤频翻藻，出曝玄龟欲上莲[14]。翘首禹门春浪暖，拟随鱼化出重渊[15]。

梦野秋蟾[16]

地堑长淮月涌金，九天寒气袭人襟[17]。银河耿耿秋空阔，玉海沉沉波浪深。华表卧云归鹤散，碧丛溥露候虫吟[18]。神龙一去无消息，寂寞湖山自古今。

天门夕照[19]

落霞如绮绚晴空，坐看天门欲下舂[20]。十里孤峰层汉碧，数村残照半江红[21]。荒城市暝人归牧，远浦沙明水宿鸿[22]。回首长安何处是？嵯峨宫阙五云中[23]。

三澨渔歌[24]

长歌欸乃发中流，短棹轻舟任去留[25]。落日烟波三汊晚，蒹葭风露五湖秋[26]。尊盈绿醑醅初泼，鲙切银丝网乍收[27]。明月遨游沧海阔，敲舷又拟下金钩。

五华樵唱[28]

一声樵唱落云间，伐木丁丁响万山[29]。松径有声时汹涌，石潭无语昼潺湲[30]。负薪每下牛羊队，荷担曾经虎狼关。欲把诗书抛却后，五华仙境任跻攀。

梵刹晨钟[31]

月落钟声出上方，水光山色晓苍苍。惊回客枕还家梦，唤起僧焚礼佛香[32]。乌散残星飞碧落，鸡鸣旭日丽扶桑[33]。春风二月长安道，马首经行两鬓霜[34]。

笑城暮雨[35]

草树连云雉堞平，萧萧风雨暗荒城[36]。流归涧壑应无色，响入松杉觉有声。旅邸愁人宁复梦，书堂倦客若为情[37]。芭蕉滴沥伤心处，俯仰空怀一笑名[38]。

题解

本诗录自明嘉靖二年（1523 年）版《湖广图经志书 · 卷之十一》第 11 页。清康熙三十一年（1692 年）版《景陵县志 · 卷之六 · 风土志》第 36 页称：皮日休有《道院迎仙》，后人凑成《十景》，不可不辨。

注释

[1]道院：道士居住的地方。

[2]丹台：仙境，道家语。神仙居住的地方。

翠华：原指用绿色羽毛装饰着的旗，古时为帝王的仪仗。后人借“翠华”指皇帝，或代指仙人之车。

迢递：高峻貌。

[3]白鹿眠芳草：唐代刘威《赠道者》：“闲寻白鹿眠瑶草，暗摘红桃去洞天。”白鹿：古代常以白鹿为祥瑞。

青牛：老子的坐骑。古代传说，老子曾乘青牛到西方游历，途经函谷关赴流沙而终未返回。

[4]丹砂：即朱砂。矿物名。色深红，古代道教徒用以化汞炼丹，中医作药用，也可制作颜料。

[5]寻真：寻求仙道。

相从：相随。

饭麻：以麻籽为食。语出《盐铁论》卷四·毁学第十八：“包丘子饭麻蓬藜，修道白屋之下。”

[6]栖迟：滞留。

泮(pàn)水：亦称“泮池”。古代学宫南面的水池。南有北无，半有半无，故称。

明时：政治清明的时代。古时多用以称颂本朝。

相儒：疑为“儒相”的倒装。指博通儒学的宰相。

[7]板筑：代指墙或城墙。相传商傅说筑于傅岩，武丁举以为相。事见《孟子·告子下》。后因以“板筑”指地位低微的人或隐逸。

商傅说(yuè)：指傅说。傅说始隐于傅岩，后为商王武丁访得，立为相。

垆沽犹滞汉相如：司马相如与卓文君私奔。相如家徒四壁，生计困难，夫妻从成都返回临邛(qióng)，开设酒店，文君当垆沽酒，相如涤器，一县哄传。

[8]蓬鬓：蓬松凌乱的鬓发。

[9]赞襄：佐助。

唐虞：尧舜。

[10]湘筠(yún)：湘竹。

匝：布满，遍及。

[11]翠葆：形容草木青翠茂盛。

挹(yì)：汲取。

[12]新稍：新枝。

[13]王猷：即王子猷，王羲之子。王子猷生性好竹。

[14]翻藻：指鱼跃搅翻藻荇。

出曝：出水晒太阳。

玄龟：元龟，大龟。

[15]禹门：即龙门。地名。在山西河津市西北、陕西韩城市东北。相传为夏禹所凿，故名。

[16]梦野：清道光元年(1821年)版《天门县志·卷之十六·古迹》云：“梦野台，在县治东南城隍庙侧。高而平，一目可尽云梦野。”

秋蟾：秋月。

[17]地堑：裂谷。

长淮：淮河。

[18]漙(tuán)：露多的样子。

候虫：随季节而生或发鸣声的昆虫。如夏天的蝉、秋天的蟋蟀等。

[19]天门：天门山，位于今天门市西北佛子山镇。

[20]下春：太阳落山时。

[21]层汉：高空，云天。

[22]暝：日暮。

远浦：远处的水滨。

[23]长安：西汉、隋、唐皆建都于长安，故唐以后常通称国都为长安。

嵯峨(cuó'é)：高峻貌。

五云：五色云彩。指皇帝所在。

[24]三澨：三澨河。旧说是今湖北省京山市和天门市境的司马河、马溪河、石家河的合称。实为三澨水，即今天门河。明嘉靖二年(1523年)版《湖广图经志书·卷之十一》第2页载《景陵县图》，县西境内南北向转东西向河流标注为"三澨水"。

[25]欸(ǎi)乃：象声词。泛指歌声悠扬。

[26]三汊：天门河西自南河口、黑流渡、石家河口入，故名(据嘉靖版《沔阳州志·卷六》第3页)。此处与上文"三澨水"义同。

蒹葭(jiān jiā)：蒹是荻，葭为芦苇。

[27]尊盈绿醑(xǔ)：杯中斟满美酒。绿醑：唐代对美酒的泛称。绿即绿蚁，原意为酒上泛起的绿色泡沫，多作酒的代称。醑：原意指滤酒去滓，也多作美酒的代称。绿醑既可合称，也可分用以指酒。

醅(pēi)：没滤过的酒。

鲙(kuài)：鱼鲙。鱼细切作的肴馔。

[28]五华：指天门皂市五华山。

[29]丁丁(zhēng)：形容伐木、下棋、弹琴等声音。

[30]潺湲(chán yuán)：水慢慢流动的样子。

[31]梵刹：泛指佛寺。梵：意为清净。刹：意为地方。

[32]礼佛：顶礼于佛，拜佛。

[33]碧落：道教语。天空，青天。

扶桑：神话中的树名。传说日出于扶桑之下，拂其树杪而升，因谓为日出处。亦代指太阳。

[34]长安道：长安道上。旧时喻指名利场所。

马首：马首所向。指策马前进。

经行：行程中经过。

[35]笑城：在今天门市皂市镇笑城村。清康熙八年(1669年)版《安陆府志·卷三十五下·七言律》第4页注："按：宵城，汉晋县名笑城。宋将事，则此非日休作。"清光绪十九年(1893年)刻本《湖北下荆南道志·卷之六·胜迹陵墓》记载："笑城，在县东六十里。相传宋将军毕再遇与金兵对垒，夜遁，惟系羊击鼓。金兵觉，欲追不及，为之大笑，故名。"

[36]雉堞(zhì dié):城上排列如齿状的矮墙,作掩护用。

[37]旅邸:旅馆。

[38]俯仰空怀一笑名:上看下看,笑城无"笑"可寻,徒有虚名。

茶中杂咏序

皮日休

案:《周礼》酒正之职,辨四饮之物,其三曰浆[1]。又浆人之职,供王之六饮——水、浆、醴、凉、医、酏,入于酒府[2]。郑司农云[3]:"以水和酒也。"盖当时人率以酒醴为饮,谓乎"六浆",酒之醨者也,何得姬公制[4]?《尔雅》云:"槚,苦荼[5]。"即不撷而饮之[6],岂圣人纯于用乎?草木之济人,取舍有时也。

自周已降,及于国朝茶事,竟陵子陆季疵言之详矣[7]。然季疵以前,称茗饮者,必浑以烹之,与夫瀹蔬而啜者无异也[8]。季疵之始为《经》三卷,由是分其源、制其具、教其造、设其器、命其煮[9],俾饮之者,除痟而去疠,虽疾医之不若也[10]。其为利也,于人岂小哉!余始得季疵书,以为备矣[11]。后又获其《顾渚山记》二篇,其中多茶事。后又太原温从云、武威段碣之,各补茶事十数节,并存于方册[12]。茶之事,由周至于今,竟无纤遗矣[13]。昔晋杜育有《荈赋》[14],季疵有《茶歌》,余缺然于怀者,谓有其具而不形于诗[15],亦季疵之余恨也。遂为《十咏》,寄天随子[16]。

题解

本文录自四库全书本《松陵集·卷四》第22页。本文为皮日休与陆龟蒙唱和诗之序。后人刻印陆羽《茶经》时,多以本文为序。

注释

[1]案:同"按"。引用论据、史实 开端的常用语。

周礼：儒家经典之一。西汉以前称《周官经》或《周官》。是记载周朝设官分职和纲纪的政典。

酒正：周朝酒官，天官冢宰之属官。职掌宫廷造酒、用酒。

四饮：指清、医、浆、酏四种饮料。

浆：淡酒。也指酒。

[2]浆人：《周礼》官名。

醴(lǐ)：一种汁渣混合的浊酒，其味甘甜，较醪(láo)稍薄。

凉：西周镐(hào)京王室"六饮"中第四饮料，即汉代的冷粥。

医：西周镐京王室"六饮"中第五种饮料。以醴(甜酒)与酏(薄粥)调和成的饮料，或以酏(薄粥)酿制的饮料。醴比较浊，医用粥酿制，比较清。

酏(yí)：古代用黍米酿成的一种甜酒。亦指酿酒用的稀粥。

酒府：先秦官署名。掌王宴饮之酒。

[3]郑司农：指郑众。郑众，字仲师。开封人。东汉章帝时任大司农。

[4]醨(lí)：薄酒。

姬公：指周公姬旦。

[5]尔雅：训诂学著作。我国第一部词典。

槚(jiǎ)：茶的别称。

[6]撷(xié)：采摘，摘取。

[7]降：下。表示从过去某时到现在的一段时期。

竟陵子陆季疵：陆羽，一名疾，字鸿渐，又字季疵，号东冈子、竟陵子，自称桑苎翁。著《茶经》三卷。竟陵：天门古称。

[8]瀹(yuè)蔬而啜(chuò)：煮菜汤喝。瀹：以汤煮物。啜：吃，饮。

[9]分其源：区分茶叶的产地。

制其具：记载制茶的工具。

教其造：教制茶的方法。

设其器：设置茶具。

命其煮：教煮茶的方法。

[10]俾(bǐ)：使。

痟(xiāo)：头部酸痛的一种疾病，发于春天。

疠：疠气，又称疫疠之气、毒气、异气、戾气或杂气。传染性很强。

疾医：大体相当于现在的内科医生。周代官方卫生机构分科医生之一种。据《周礼·天官》记载，周代医学分科有食医、疾医、疡医、兽医等几种。

[11]备：齐备，完备。

[12]舄：音 xì。

方册：同"方策"。指典籍。

[13]纤遗：细微的遗漏。

[14]杜育：字方叔，襄城邓陵人，杜袭之孙。西晋人，累迁国子祭酒。

荈(chuǎn)：茶的老叶，即粗茶。此处指茶。

[15]缺然于怀者：心中感到缺憾的。

有其具而不形于诗：有茶歌却无茶诗。形于诗：化用白居易《霓裳羽衣歌》诗句"我爱霓裳君合知，发于歌咏形于诗"。具：具象。形：摹写，描绘。

[16]天随子：亦省称“天随”。唐代诗人陆龟蒙的别号。与皮日休唱和相知，人称皮陆，实稍逊于皮。

皮子世录

皮日休

皮子之先，盖郑公之苗裔，贤大夫子皮之后[1]。在战国及秦时，无谱牒可考[2]。自汉至唐，其英雄贤俊在位者，往往有焉。

前汉时，名容者，以善为容，官至大夫[3]。后汉时，名巡者，为太医令[4]。三国时，无闻焉。晋朝，名初者，为襄阳太守。名京者，为贤处士[5]。宋朝[6]，名熙祖者，与徐广论议。苻王世，名审者，为坚侍郎[7]。后魏世，名豹子者，为魏名将。子道明，袭爵。弟喜，为使持节侍中[8]，都督秦、雍、梁、益诸军事，大将军，仇池镇将[9]，假公如故。喜以战守之功，累加勋爵，后转散骑常侍、安南将军、豫州刺史[10]，卒于承宗爵。喜弟双仁，冠军将军[11]，仇池镇将。北齐时，名景和者，以功大，官封王。名延宗者，为黄门侍郎[12]。隋朝，名子信者，为刺史。至于吾唐，汩汩于民间[13]，无能以文取位。惟从祖翁讳瑕叔，举进士，有名。以刚柔不合时，受蜀聘，为幕府，累官至刺史。从翁讳行修，明经及第[14]，累官至项城令。以盗不发，贬州掾[15]，卒。

时日休之世，以远祖襄阳太守子孙，因家襄阳之竟陵[16]，世世为襄阳人。自有唐以来，或农竟陵，或隐鹿门，皆不拘冠冕[17]，以至皮子。

呜呼！圣贤命世，世不贱，不足以立志；地不卑，不足以立名。是知老子产于厉乡，仲尼生于阙里[18]。苟使李乾早胎[19]，老子岂降？叔梁早胤[20]，仲尼不生。贤既家有不足为，立大功、致大化、振大名者[21]，其在斯乎？

题解

本文录自台湾商务印书馆影印的《钦定四库全书》第1083册《文薮·卷十》第

16页。借鉴了皮日休著,萧涤非、郑庆笃整理,上海古籍出版社1981年版《皮子文薮》的校勘成果。

皮子:皮日休自称。

世录:指世系简介。

宋代孙光宪《北梦琐言》云:“皮日休,先字逸少,一字袭美。襄阳之竟陵人。”宋代王谠《唐语林》也称皮日休为“襄阳之竟陵人”。宋代祝穆《方舆胜览·复州寺观》载,紫极观有皮日休读书堂。

钟惺《将访苕霅许中秘迎于金阊导往先过其甫里所往有皮陆遗迹》诗云:“鸿渐生竟陵,茶隐老苕霅。袭美亦竟陵,甫里有遗辙。予忝竟陵人,怀古情内挟。”

吴履谦编辑、清道光丙申(1836年)版《竟陵文选》收录皮日休《茶中杂咏序》,文后按语云:“去横林二三里,有皮河。居人多皮姓,传为袭美故里。唐时流寓襄阳,遂为襄人。亦如李大泌之为京山人也。所著《文薮》,不多觏,录此以为吉光片羽。”(李大泌:指李维桢)

《湖北历史人物辞典》:皮日休(约834~约883年),唐代文学家。字逸少,后改袭美,襄阳(今湖北襄樊市)人,一说竟陵(今湖北天门)人(引自皮明庥《湖北历史人物辞典》第111页)。

皮日休研究专家、中山大学李福标《〈四库全书·皮子文薮〉提要指误》云:皮日休在《皮子世录》(附于《皮子文薮》后)中提及其籍贯时说:“时日休之世,以远祖襄阳太守之子孙,因家襄阳之竟陵,世世为襄阳人。”这话颇含混,以致后人弄不清他到底是襄阳(今湖北襄樊市)人还是竟陵(今湖北天门县)人。《北梦琐言》卷二、《郡斋读书志》卷四、《唐诗纪事》卷六四、《唐才子传》卷八等就都说是襄阳人。然皮日休《鲁望昨以五百言见贶,过有褒美。内揣庸陋,弥增愧悚。因成一千言,上述吾唐文物之盛,次叙相得之欢,亦迭和之微旨也》(简称《鲁望昨以》)诗曰:“粤予何为者,生自江海壖。駮駮自总角,不甘耕一廛。……遂与袯襫著,兼之簦笠全。风吹蔓草花,飒飒盈荒田。”这是他一家力农于竟陵的明证。而《送从弟归复州》诗中“殷勤莫笑襄阳住,为爱南溪缩头鳊”等语更可以见出他对故乡竟陵的深厚感情。据《元和郡县图志》卷二一,竟陵乃襄阳道下复州的属县而已,与襄阳相距约六百二十里或五百七十里。《四库全书》沿袭陈说而不加辨以致误。又,谓皮日休“居”鹿门山亦误。其实皮日休是“隐”于鹿门山而已,《鲁望昨以》诗明确谈到了他从家乡来到鹿门山隐居一事。其著名的《鹿门隐书》就是在鹿门山隐居时写就的(该文原载《图书馆工作与研究》2006年第五期第78页)。

李吉甫撰、四库全书本《元和郡县志·卷二十三》第1页“山南道”记载:山南道首府在襄州，襄州为襄阳节度使理所，辖襄州、邓州、复州、郢州、唐州、随州、均州、房州。复州州治竟陵，辖竟陵、沔阳、监利三县。所以皮日休说：“因家襄阳之竟陵，世世为襄阳人。”

注释

[1]皮子之先，盖郑公之苗裔、贤大夫子皮之后：我的先祖，是周宣王弟姬友的后裔、贤大夫范蠡的后代。

苗裔：子孙后代。

子皮：鸱（chī）夷子皮。指范蠡。《史记·货殖传》：“范蠡乃乘扁舟，浮江湖，变姓名，适齐为鸱夷子皮，之陶为朱公。”

[2]谱牒：记述氏族、家族世系的书籍。

[3]善为容：容指文礼，谓行礼如仪，不失其度。

[4]太医令：古代医官职称。指掌管医事行政的官员。

[5]处士：古时称有才德而隐居不仕的人。

[6]宋朝：指南朝刘宋王朝。

[7]苻王：苻坚。

[8]持节：官员或使臣外出时持有皇帝授予的节杖，以示其威权。

侍中：官名。秦始置，两汉沿置，因侍从皇帝左右，出入宫廷，与闻朝政，逐渐变为亲信贵重之职。

[9]都督：统帅，督察。

大将军：高级武官名。

仇池：郡名。在今甘肃成县洛谷镇。

[10]散骑常侍：官名。在北魏时职掌讽议。

[11]冠军将军：将军名号，为武散官。

[12]黄门侍郎：官名。西汉时郎官在宫门之内供事，称黄门郎或黄门侍郎。东汉时成为专职，或称给事黄门侍郎，负责侍从皇帝、传达诏命。

[13]汩汩于民间：指埋没在民间。

[14]明经：封建社会选拔官吏的科目之一。意为通晓经学。唐设为常科，与进士科并重，应试者最众。

[15]州掾（yuàn）：太守的属官。

[16]家：定居。

[17]不拘冠冕：指不出仕为官。

[18]厉乡：老子出生地。

阙里：春秋时孔子住地。在今山东曲阜城内阙里街。孔子曾在此讲学。

[19]李乾：相传为老子父。

[20]叔梁：叔梁纥（hé）。孔子之父。孔子三岁，叔梁纥卒。

早胤（yìn）：早得子。

[21]大化：广远深入的教化。

张　徽

曾枣庄主编的《中国文学家大辞典·宋代卷》第460页记载：张徽，字伯常，景陵(今湖北天门)人(《明嘉靖沔阳志》卷一七)。熙宁初，为福建转运使兼知福州(《道光福建通志》卷三九)。与祖无择等有歌诗唱和，其《凤山阁》诗"山势转来双径曲，水声分去一川斜。丹青隐映林间焙，黑白微茫石上畲"之句，描绘江南山水之胜。著有《沧浪集》等(《沔阳志》卷一七)，今已佚。《全宋诗》卷五一六录其诗九首。

闻龙学平昔曾游颍川西湖有诗以寄之

张　徽

河势横斜带地形，碧油丹旆昔常经[1]。驿名未改风尘黑，碑字犹存雨藓青。荐福【寺名】园林僧杳渺，撷芳【亭名】洲渚妓娉婷[2]。汝南一值贤人降，分野于今占德星[3]。

题解

本诗录自四库全书本《龙学文集·卷十一·名臣贤士诗一十六首附》第3页。"【】"内文字为自注。

龙学：宋龙图阁直学士的略称。此处指祖无择。祖无择，北宋官吏。字择之，上蔡人。英宗治平二年(1065年)，加龙图阁直学士，权知开封府，进学士，知郑州、杭州。神宗即位，入知通进银台司。王安石恶之，遂贬为忠正军节度副使，后知信阳军。

颍川：秦置郡。汉沿置。治所阳翟，即今河南禹县。

注释

[1]碧油丹旆(pèi):此处以节度使的仪仗,借指祖无择。

碧油:碧油幢。青绿色的油布车帷。南齐时公主所用,唐以后御史及其他大臣多用之。熊士鹏《竟陵诗选》作“碧旒”。

丹旆:丹旌,赤色旌旗。原文为“具旆”。据熊士鹏《竟陵诗选》改。

常经:通常的行事方式,常规。

[2]杳渺:指幽深晦秘之境。

娉(pīng)婷:姿态美好貌。

[3]汝南:古政区名。本秦陈郡地。西汉高帝四年(前203年)析陈郡颍河中下游以西地置。治所在上蔡县(今上蔡县西南)。

分野:与星次相对应的地域。古以十二星次的位置划分地面上州、国的位置与之相对应。就天文说,称作分星;就地面说,称作分野。

德星:古以景星、岁星等为德星,认为国有道有福或有贤人出现,则德星现。

送龙学和寄王元之郎中诗

张　徽

未持双节去朝元,玉陛犹虚侍从班[1]。龟洛旧游天直上,鸡林新句海中间[2]。品流有日归陶冶,隐逸无时奉宴闲[3]。鹤驭仙游何处所?轩皇冠剑在桥山[4]。

题解

本诗录自四库全书本《龙学文集·卷十一·名臣贤士诗一十六首附》第3页。标题下注“是时龙学在西京”。

龙学:参见前诗题解。

王元之:王禹偁(chēng),字元之,济州巨野(今属山东)人。北宋名臣,著名诗人。太宗太平兴国八年(983年)进士。

西京:五代晋、北宋以河南府(今洛阳)为西京。

注释

［1］双节：唐代节度领刺史者出行时的仪仗。

朝元：古代诸侯和臣属在每年元旦贺见帝王。

玉陛：帝王宫殿的台阶。

侍从班：指朝臣。侍从：随侍帝王或尊长左右。班：班列。朝班的行列。

［2］龟洛：典自“洛龟呈瑞”。此处指洛阳。《周易》上说：黄河出八卦、洛水出天书的时候，圣人就会降临。

鸡林：典自“句传鸡林”“诗传鸡林”。唐代大诗人白居易的诗流传甚广，鸡林（即古代新罗，今朝鲜）商人来唐贸易时，也尽力搜集他的诗，回国卖给其国相。后以此典称人诗文优美，传播广远。

［3］品流：指品格相类的人。

宴闲：谓日常生活。

［4］鹤驭仙游：死的婉称。

轩皇冠剑：黄帝轩辕氏的帽子和佩剑。

桥山：相传黄帝死后，葬于桥山，其地在今陕西黄陵县西北。

送程给事知越州

张　徽

琐闱宫接凤凰巢，蔼蔼青云器业高[1]。一代后先书惠化，三朝中外主风骚[2]。阜安广粤新城郭，慑伏幽燕旧节旄[3]。元相台楼何处是？蓬莱山压海波涛[4]。

题解

本诗引自傅璇琮主编、1992年版《全宋诗·第九册》第6276页。

注释

［1］琐闱宫接凤凰巢：用凤凰巢于“琐闱”，来比喻贤臣在朝。琐闱：有雕饰的门，指宫门。也借指宫廷。

蔼蔼青云：形容志向远大。蔼蔼：盛多貌。青云：喻远大的抱负和志向。

器业：功名事业。

［2］惠化：旧谓地方官为人所称道的政绩和教化。

[3]阜安广粤：使广粤民众安居乐业。

慑伏幽燕：使幽燕民众因畏惧而屈服。

节旄：本指出使时持的节杖，以竹为节，节上饰以牦牛尾。（宋）节度使别称。

[4]元相：指丞相。以其居群官之首，故称。元：首。

凤山阁

张　徽

举头何处认京华，凤阁层层出乱霞[1]。山势转来双径曲，水声分去一川斜。丹青隐映林间焙，黑白微茫石上畬[2]。遇兴每须穷日夕，槛边修竹砌边花[3]。

题解

本诗引自傅璇琮主编、1992年版《全宋诗·第九册》第6277页。

凤山阁：位于福建省建瓯市东峰镇凤山。这里有宋北苑御茶园遗址。

注释

[1]京华：京城的美称。因京城是文物、人才汇集之地，故称。

乱霞：色彩斑斓的霞光。乱：霞光变化多姿，令人眼花缭乱。

[2]隐映：不清楚地显现，时隐时现。

焙：茶焙。唐宋制茶时用于烘茶工序的设施。

畬（shē）：刀耕火种的山地。

[3]遇兴：触物兴怀。由于某景物触动而产生某种情怀。

砌：台阶。

惠应庙

张 徽

一家终日在楼台，弈局斜兼画卷开[1]。幽鸟影穿红烛去，寒蟾光落素琴来[2]。钓丝暮惹苹间浪，篆石春浮藓上埃[3]。三数寺通溪畔路，好寻僧借度时杯[4]。

题解

本诗引自傅璇琮主编、1992年版《全宋诗·第九册》第6277页。

惠应庙：位于福建省邵武市水北镇大乾村，隋末唐初始建，庙名“欧阳太守庙”“福善王庙”，祀隋泉州太守欧阳権。宋政和年间（1111～1118年），欧阳被封为“福善王”，改名“福善王庙”。

注释

[1]一家：一人。

弈局：指称围棋盘。弈：下棋。局：棋盘。

[2]幽鸟：隐藏的鸟儿。

寒蟾：指月亮。传说月中有蟾，故称。

素琴：不加装饰的琴。

[3]篆石：印石。

[4]三数：表示为数不多。

度时杯：渡时杯。疑指僧人杯渡的木杯。晋宋时僧人杯渡（亦作杯度），不知姓名。相传其常乘一木杯渡河，因号曰杯渡 。

伏承君仪使君郎中宠示佳什谨次严韵

张 徽

飞鸟影穿红烛去，寒蟾光落素琴来。三数寺通溪畔路，好从僧借渡时杯。

题解

本诗引自傅璇琮主编、1992 年版《全宋诗·第九册》第 6277 页。

伏承：应承。

君仪使君郎中：君仪为人的字号，使君、郎中分别为官职名。使君：汉代称州刺史为使君。汉以后用作对州、郡长官的尊称。郎中：从隋唐到清朝，各部都设郎中，分别掌管各司事务，成为尚书、侍郎以下的高级官员。

宠示佳什：有幸看到优美的诗作。宠示：用于看到他人信函等的敬辞。示：让……看。佳什：嘉什。优美的诗篇。多用以称别人的诗作。

次严韵：依次用所和诗中的窄韵作诗。严韵：窄韵。指诗韵中字数少的韵部。如江韵、佳韵、肴韵、覃韵、咸韵等。

宿猿洞和程师孟韵

张　徽

月上高台云半屏，洞门休唤夕阳扃[1]。巍冠不整跏趺坐，秋楮斓斑数点星[2]。

题解

本诗引自傅璇琮主编、1992 年版《全宋诗·第九册》第 6277 页。

注释

[1]扃(jiōng)：关闭。

[2]跏趺(jiā fū)："结跏趺坐"的略称。本指佛教中修禅者的坐法。泛指静坐，端坐。

斓斑：色彩错杂鲜明貌。

宿猿洞

张　徽

洞天虚寂翠屏攲，心迹萧然万物齐[1]。无奈宿猿嫌宿客，夜深犹拥乱云啼。

题解

本诗引自傅璇琮主编、1992年版《全宋诗·第九册》第6277页。

注释

[1]洞天：道教称神仙的居处，意谓洞中别有天地。后常泛指风景胜地。

虚寂：犹清静，虚无寂静。

翠屏：形容峰峦排列的绿色山岩。

攲(qī)：通"倚"。斜倚，斜靠。

万物齐：万物生长齐整。

宿猿洞再和程师孟韵

张　徽

入林休顾小猿惊，寿酒交持石外亭[1]。刺使尊崇上卿月，主人高隐少微星[2]。只因避雨投松盖，屡为障风夹桧屏。笑语林猿能解意，往来应不限岩扃[3]。

题解

本诗引自傅璇琮主编、1992年版《全宋诗·第九册》第6277页。

注释

[1]交持：一作"交酬"。交酬：互相赠礼应酬。

［2］上卿：古官名。周制天子及诸侯皆有卿，分上中下三等，最尊贵者谓“上卿”。

高隐：隐居。

少微：本星座名。称处士。

［3］岩扃（jiōng）：山洞的门，借指隐居之处。

诗句录

张　徽

其一：云蒸洞穴秋成雨，泉落庭除夏结冰。

其二：晓塔影分山店北，暮钟声落海门西。

题解

句其一、其二引自傅璇琮主编、1992 年版《全宋诗·第九册》第 6276、第 6277 页。原文无标题。

陶　铸

清康熙三十一年(1692 年)版《景陵县志·卷之十·人物志·进士》第 5 页记载:陶铸,字希声。致和己丑进士及第。授大祝,后改国子助教,转湖南宪司经历(元代致和只有一年,非己丑。清道光元年〈1821 年〉版《天门县志》作“天历二年己巳”。《天门进士诗文》编者)。

京山庙学记

陶　铸

夫子之道与天地相为悠久[1]。自契元王敬敷五教于尧舜之世[2],太乙成汤日新盛德[3],微子象贤统承先王,其所由来固已远矣[4]。吾夫子复以至圣之德,垂范百王。其庙貌之严,享祀之盛[5],宜其永世无穷也。在当世见而知之者,若颜、曾、闵、冉以下七十二子,羽翼圣道者至矣[6]。嗣而缉熙者,则有子思、孟子与大儒左邱明、公羊高、谷梁赤等[7],或以传道,或以阐经[8],以至于宋之九贤、我朝之许先生[9],总而为从祀者百有五。上自国学以及郡邑[10],凡有庙貌者皆列祀之。

京山在汉为新市,李唐始为县以隶郢[11]。县故有庙学,而两庑从祀阙[12]。至元丁丑[13],始于荆门州学得画像。县尹贾侯泰亨至[14],以为画不庄,不称瞻仰,乃命工改塑像。而廊庑狭隘,弗克尽容[15]。至正五年春,县尹沈邱泰侯伯颜不花下车之初[16],首与教谕周德、孙义出学廪[17],及率邑之义士,广西庑四楹,增塑左邱明以下三十二位。而主簿广平郝君执礼,县尉张敦复、典史王宏克赞襄之[18]。经始于至正六年三月[19]，落成于明年四月。而后从祀之数，与他郡邑等。

按：《礼》有春秋释奠于先师[20]。开元更定，始以吾夫子为先圣，以颜子配[21]。从祀之位[22]，代有所增。则百世之下，得从祀者，安知其止于今日而已哉？先圣之位，吾知其终古而不易矣[23]。说者谓尧、舜、孔子俱大圣人，而夫子独得庙祀，曾不知方尧、舜盛时，贤臣满朝，而契独敷教。吾夫子实元王之裔[24]，则天之生圣人，固不偶然矣。庸人俗吏，视学校教化为缓政，而不知天叙天秩不可一日之不敦[25]。世道衰微，则三纲沦而九法斁[26]。政之大者，莫重于此。

今县尹泰侯独能以教化为先务，教谕周德、孙义能以学校为己任，可谓知所本矣。主簿郝君自上都学官三转而佐是邑，故凡赞其事以成厥美，又孰非诗书之泽、濡染之化哉[27]？兹用刻诸坚珉，以俟来哲[28]。

至正丁亥孟夏记[29]。

【《京山庙学记》，国子助教陶铸撰，至正七年。碑久佚。（《金石存佚考》）】

题解

本文录自民国十年（1921 年）版《湖北通志·卷一百六·金石十四·元》第 45 页。文末附记为《通志》编者引用的《湖北金石存佚考》中的记载。

庙学：金元时期于孔庙所在地设学从事教育活动。广义指各级各类儒学。

注释

[1]夫子之道，与天地相为悠久：指圣人之道与天地同大、同久。相为：相。

[2]契元王敬敷五教于尧舜之世：指舜命令契施行五教之化。

契元王：契玄王。即契，传说契是玄鸟（黑色的燕子）降生，因称玄王，是商之后世对其始祖契的追尊之称。

敬敷五教：对百姓进行五种道德规范教育。五教：五常之教。即父义、母慈、兄友、弟恭、子孝五种伦常道德的教育。

[3]太乙成汤日新盛德：指商汤崇德，天天都有新的进步。

太乙成汤：商汤。儒家推崇的古帝，商朝的建立者。契玄王后裔，自契至汤,共十四世。

日新盛德:语出《易·系辞上》:“富有之谓大业,日新之谓盛德。”包罗万物,无所不有,叫作大业;日日更新,不断增善,叫作盛德。日新:日日更新。相传汤之盘铭文曰:“苟日新,日日新,又日新。”道德修养果真一天能够自新,就要天天自新,永远自新。盛德:大德。

[4]微子:商纣王庶兄。名启,一作开。因封于微,故称微子。与箕子、比干称为殷之“三仁”。商亡后成为宋国始祖。

象贤:谓能效法先人之贤德。

统承:继承。

由来:从来,向来。

[5]夫子:指孔子。

庙貌:庙宇及其中的神像。

享祀:祭祀。

[6]颜、曾、闵、冉:颜渊、曾参、闵子骞、冉伯牛。孔子认为弟子中德行最好的是颜渊、闵子骞、冉伯牛、仲弓。

羽翼圣道者至矣:维护孔子之道达到极点了。

[7]嗣:接着,随后。

缉熙:光明。

子思:战国初期思想家。姓孔,名伋,字子思。孔子的孙子,曾参的学生,被后世统治者尊为“述圣”。

左邱明:孔子所称者,古之闻人,姓左邱,名明。郑樵所谓居左邱者也。一说指《春秋传》之鲁史官左丘(邱)明。

公羊高:战国齐人,复姓公羊,名高。旧题《春秋公羊传》为他所撰。

谷梁赤:相传为《谷梁传》的作者。鲁国人。

[8]阐经:阐明经义。

[9]宋之九贤:《明统一志》称宋代之周敦颐、程颐、程颢、邵雍、张载、司马光、吕祖谦、朱子(熹)、元许衡九人为“九贤”。与本文所称有异。

许先生:当指金末元初著名理学家、教育家许衡。许衡,字仲平,号鲁斋,世称“鲁斋先生”。

[10]国学:即国子监。

郡邑:此处指郡县学。

[11]李唐:即唐朝,以皇室姓李,历史上也叫李唐。

郢:安陆府,古称郢州,治湖北钟祥。

[12]阙:空缺着,没有。

[13]至元丁丑:元至元三年,1337年。

[14]县尹贾侯泰亨:县令贾泰亨。尹:元代时称州、县长官为尹。侯:邑侯,县令的别称。元代县级官员的顺序依次为:知县、县尉、主簿、教谕、典史。

[15]弗克尽容:不能完全显现塑像的威仪。容:威仪,法度,规范。

[16]至正五年:乙酉,1345年。

沈邱:地名。河南沈邱(丘)县。

泰侯伯颜不花:清光绪八年(1882年)版《京山县志·卷之八·秩官》第

5 页记载，至正县令为“泰伯颜不花”。泰伯颜不花：人名，蒙古族。侯：见本文注释[14]。

下车：旧时官吏初到任为“下车”。

[17]教谕：清代府学官称“教授”，州学官称“学正”，县学官称“教谕”，负责教育所属生员。

学廪：学校的经费。

[18]主簿广平郝君执礼：时任主簿、广平人郝君主持礼仪。主簿：官名。宋以后各县知县下设主簿，为知县辅佐。广平：古时名城。在今河北永年县东南。明改为广平府。郝君：指郝居。

县尉：古代县一级的军事行政长官。协助县令、长，掌一县军事行政和社会治安。元代县尉掌捕盗之事。

典史：官名。元朝始设此官，为知县的属官，掌管收发公文。

克：能够。

赞襄：佐助。

[19]经始：开始测量营造。

至正六年：丙戌，1346 年。

[20]《礼》有春秋释奠于先师：《礼记》有春秋释奠先师的记载。《礼记·文王世子》：“凡学，春，官释奠于其先师，秋冬亦如之。”释奠：古代学校的祭奠先师之礼。先师：古时对先代有高深学问或高尚品德老师的尊称。

[21]开元：唐玄宗李隆基年号(713~741 年)。

更定：修改订正。

始以吾夫子为先圣，以颜子配：指唐开元二十七年，追谥孔子为文宣王，并以颜渊配祀。先圣：前代的圣人，旧时特指周公、孔子。

[22]从祀：附祭。孔庙祭祀以孔子弟子及历代有名的儒者列在两庑一体受祭，称为配享从祀。

[23]终古：久远。

[24]吾夫子实元王之裔：孔子的祖上是宋国的贵族，先祖是商朝开国君主商汤。元王：指契元王。

[25]天叙天秩：上天所定的伦序。语出《尚书·皋陶谟》：“天叙有典，天秩有礼。”

敦：推崇，崇尚。

[26]三纲：儒教奉行的三条基本道德原则，即君为臣纲、父为子纲、夫为妻纲。

九法：泛指治理天下的各种大法。

斁(dù)：败坏。

[27]上都：元都城。故址在今内蒙古正蓝旗东。1256 年，忽必烈受命驻守此地。

赞：帮助，辅佐。

诗书之泽、濡染之化：指文化教育的影响。

[28]兹用刻诸坚珉(mín)，以俟来哲：现在将这篇记刻在石碑上，留待未来的哲人。坚珉：指石碑。来哲：后世高明的人。

[29]至正丁亥：元至正七年，1347 年。

鲁　铎(会元,国子监祭酒)

《明史·卷一六三·鲁铎传》:鲁铎,字振之。景陵人。弘治十五年会试第一。历编修。闭门自守,不妄交人。武宗立,使安南,却其馈。正德初年,迁国子监司业,累擢南祭酒,寻改北。铎屡典成均,教士切实为学,不专章句。士有假归废学者,训饬之,悔过乃已。久之,谢病归。嘉靖初,以刑部尚书林俊荐,用孝宗朝谢铎故事,起南祭酒。逾年复请致仕,屡征不起。卒,谥文恪。铎以德望重于时。居乡有盗掠牛马,或绐(dài)云:"鲁祭酒物也!"舍之去。大学士李东阳生日,铎为司业,与祭酒赵永皆其门生也,相约以二帕为寿。比检笥,亡有。徐曰:"乡有馈于干鱼者,盖以此往。"询诸庖,食过半矣。以其余诣东阳。东阳喜,为烹鱼置酒,留二人饮,极欢乃去。

皮明庥主编、湖北人民出版社1984年版《湖北历史人物辞典》第156页记载:鲁铎(1461~1527年),明代官员。字振之。景陵(今湖北天门)人。好学不倦,不喜交游。弘治十五年(1502年)中进士高第,授翰林院庶吉士。太子少师李东阳爱其才,任编修,预修《孝宗实录》。正德元年(1506年),奉命出使安南,赐一品服以行。谢绝一切馈赠,深得安南人的称赞。次年,迁任国子监司业,旋又提升为南京祭酒,不久改调北京。在国子监供职时,教学有方,造就很多从学者。后以病辞官。嘉靖初年,因朝臣推荐,又以原官起用。次年又辞官归籍。后多次征召起用,均被辞绝。

谕俗歌

鲁　铎

祖也善,孙也善,该有善报全不见。请君莫与天打算,此翁记得只性缓[1],积善之家终长远。祖也恶,孙也恶,该有恶报全不觉。请君莫与天激聒,此翁性缓不曾错,积恶之家终灭没[2]。

财也大,产也大,后来子孙祸也大。借问此理是如何?子孙财多胆也大,天来大事也不怕,不丧身家不肯罢[3]。财也小,产也小,后来子孙祸也小。借问此理是如何?子孙无财胆也小,些小生业知自保[4],俭使俭用也过了。

题解

本诗录自《搜韵·影印古籍》中的褚人获《坚瓠五集·卷之一》第2页。诗前云:“鲁文恪公铎有《谕俗歌》云。”清道光帝第七子、咸丰帝异母弟醇亲王奕譞(yì xuān)去世前将本诗作为传家格言留给子孙。

谕俗歌:开导普通百姓的歌。

注释

[1]打算:算计。

此翁记得只性缓:指老天爷记得谁善谁恶,只是性子缓慢,没有立马报应。

[2]激聒(guō):谓絮语,烦琐之言。引申为吵闹、烦扰。

灭没(mò):消失,湮没。

[3]身家:家产。

[4]生业:产业,资财。

送友人归武功

鲁　铎

庭皋鸣落木,游人感秋风[1]。援琴起中夜,鲜复襟期同[2]。寒蛩响檐侧,高雁翔云中[3]。鸡鸣戒行李,微日东窗红[4]。游从集盘榼,酒尽情未终[5]。行人难久留,矫首成西东[6]。愿言尺素书,岁岁常相通[7]。

题解

本诗录自四库全书本《御选明诗·卷二十三》第33页。

注释

[1]庭皋:亭皋。水边的平地。庭:通“亭”。平。

[2]援琴:持琴,弹琴。

襟期:心期。指人与人之间的相互期许。

[3]寒蛩(qióng):深秋的蟋蟀。

[4]戒行李:准备好行李。戒:准备。

[5]盘榼(kē):指杯盘。榼:古代盛酒或贮水的器具。

[6]矫首:昂首,抬头。

[7]尺素:古人以绢帛书写,常长一尺许,故称写文章所用的短笺为“尺素”。亦用作书信的代称。素:白色的生绢。

昆仑关

鲁　铎

路出昆仑上,中林不见天[1]。巢卑幽鸟护,树老怪藤缠[2]。空翠疑成滴,阴崖戒近边[3]。前驱知不远,觱篥隔苍烟[4]。

题解

本诗录自四库全书本《粤西诗载·卷十一》第14页。

昆仑关:在广西邕宁和宾阳两县交界的昆仑山上。旧有昆仑台,已废。这里山岩峻拔,道路崎岖,素称天险。

注释

[1]中林:树林中。

[2]幽鸟:隐藏的鸟儿。

[3]空翠:指绿色的草木。

阴崖:背阳的山崖。

近边:原文为“近旁”。据他本改。

[4]觱篥(bì lì):古簧管乐器名。以竹为管,管口插有芦制哨子,有九孔。又称“笳管”“头管”。本出西域龟兹,后传入内地,为隋唐燕乐及唐宋教坊乐的重要乐器。

苍烟:苍茫的云雾。

左江联句二十韵

鲁　铎　张时行

左江晴日溯轻舠【张时行】，风物撩人兴益豪【鲁铎】[1]。山好只疑行画里【鲁铎】，滩危真觉泛槎高【张时行】[2]。清尊小共掀篷坐【张时行】，侧枕频惊举楫号【鲁铎】[3]。岩集饮猿连晓树【鲁铎】，案罗羹鹧杂溪毛【张时行】[4]。踏青歌陋闻蛮团【张时行】，浮白杯香醉洞醪【鲁铎】[5]。波漾鸭头衣借色【鲁铎】，茗翻蟹眼鼎生涛【张时行】[6]。谁云石窟藏银瓮【张时行】，自爱泉音度土匏【鲁铎】[7]。雨酿薄寒襟袖爽【鲁铎】，棹回新涨水云劳【张时行】。子长宁尽天涯味【张时行】，韩老犹焚晷后膏【鲁铎】[8]。每厌鱼腥过竹栅【鲁铎】，生憎鸥迹占蘅皋【张时行】[9]。木棉花发霞殷岸【张时行】，驮板津虚月满艚【鲁铎】[10]。学得芦笙童仆喜【鲁铎】，联催钵韵鬼神鏖【张时行】[11]。时看落纸行鸦墨【张时行】，却忆当筵夺绣袍【鲁铎】[12]。取次算程怜岁月【鲁铎】，峥嵘承命幸逢遭【张时行】[13]。虚夸博望星河迥【张时行】，仍鄙终军节钺叨【鲁铎】[14]。乡梦直随芳草遍【鲁铎】，游踪还纪翠崖牢【张时行】。声传鬌篥来空谷【张时行】，光露干将泣巨鳌【鲁铎】[15]。沙驿泊迟常列炬【鲁铎】，丝桐乘夜辄鸣猱【张时行】[16]。悠悠归思弥南极【张时行】，赳赳前驱属右櫜【鲁铎】[17]。明到京华春正好【鲁铎】，紫宸风暖拂旌旄【张时行】[18]。

题解

本诗录自四库全书本《御选明诗·卷一百二十》第8页。

左江：是郁江的南源。位于今广西壮族自治区西南部。

联句：旧时上层饮宴及友朋酬应所用的作诗方式，由两人或多人共作一诗，相联成篇。

韵：指一联诗句。

张时行：字宏至。松江人。官司谏，正德间与鲁铎同使安南。

注释

[1]轻舠(dāo):小船。

[2]泛槎(chá):原指乘筏泛游至天河,后以喻指乘船出远门。槎:木筏,筏子。

[3]清尊:清樽。酒器。亦借指清酒。

小共:谓少与相聚。

[4]羹鸸:鸸鸪羹。

溪毛:溪涧的水生植物。

[5]蛮囝(jiǎn):顽童。吴语方言。

洞醪(láo):指酒。疑为民间做醪糟总是在中间留一个洞,故称。醪:带滓的酒,犹今之醪糟。

[6]蟹眼:喻指古代烹茶煮汤时水将沸未沸略冒气泡时的状态,又称蟹目,十分形象。

[7]银瓮:古酒器。即银制的酒瓮。

泉音度(dù)土匏(páo):指泉水的声音如同美妙的乐音。度:谱曲。土指埙,匏指笙。金石丝竹、匏土革木为上古八种乐器,称八音。

[8]子长宁尽天涯味:指司马迁游学和出使事。司马迁二十岁开始游学,遍游全国各地,考察民俗,采集传说。仕郎中,成为汉武帝的侍卫和扈从,多次随驾西巡,并奉命出使巴蜀。子长:司马迁字子长。

韩老犹焚晷后膏:指韩愈所称道的夜以继日地学习。语出韩愈《进学解》:"焚膏油以继晷,恒兀兀以穷年。"

[9]蘅皋:长满杜蘅的水边高地。

[10]艚(cáo):古船名,有小,有大,可以载货可以作战。

[11]童仆:家童和仆人。泛指仆人。

联催钵韵:催促之下写成诗篇。比喻诗才高,诗艺强,文思极为敏捷。典自"击钵催诗"。《宋史·王僧孺传》:竟陵王萧子良与有才学的人,经常在夜晚聚集,在蜡烛上做上记号,限定时间写一首诗。有天晚上,萧子良说:"蜡烛点烧掉了一寸,做一首四韵诗,怎样?"萧文琰说:"这有什么难处呢?"于是就和丘令楷、江洪几个人,敲打铜钵立韵。铜钵的声音一停止,诗也就写成了,并给在座的人传阅。

[12]鸦墨:墨鸦。比喻书画拙劣。

当筵夺绣袍:典自"诗成得袍"。指唐宋之问诗后成得赐锦袍之事。《新唐书·宋之问传》:"武后(武则天)游洛南龙门,诏从臣赋诗,左史东方虬诗先成,后赐锦袍。(宋)之问俄顷献,后览之嗟赏,更夺袍以赐。"宋之问的诗因比他人的诗作得好,武则天把已送给别人的锦袍收回再赏给了他,所以"诗成得袍"也就成为文才出众或得到宠赐的赞誉之词。

[13]取次:任意,随便。

算程:计算路程。

峥嵘承命幸逢遭:有幸承担不同寻常的使命。峥嵘:不寻常。承命:

受命。

[14]虚夸博望星河迥：意思是，张骞出使西域，实际上也没有那么遥远。

博望：博望侯，指张骞。唐诗中常以张博望或张骞喻指出境使臣。张骞，使月氏，被留于匈奴十余年，逃还。又随大将军卫青击匈奴，功封博望侯，后以中郎将出使乌孙，通西域，还朝后，官迁大行。

仍鄙终军节钺叨：意思是，终军出使南越，实际上不应该有那么多荣誉。

终军：西汉儒臣。字子云。济南（今章丘西北部）人。奉命出使南越（今两广地区），劝说南越王臣服汉朝。越相吕嘉不服，遂发兵杀死南越王，终军也被杀害，时仅二十岁，故世人谓之终童。

节钺（yuè）：符节和斧钺，古代授予将帅，作为加重权力的标志。

叨：犹忝。表示承受之意。常用作谦辞。

[15]觱篥（bì lì）：古代乐器。亦名悲篥、笳管。自龟兹传入中国。

干将：古宝剑名。相传春秋时吴人干将与妻莫邪善铸剑。铸有二剑，锋利无比，一名干将，一名莫邪，献给吴王阖闾。

[16]沙驿泊迟常列炬：意思是，举着火炬夜行，很晚才到驿站。列炬：排列火炬。

丝桐乘夜辄鸣猱（náo）：指夜宿驿站，抚琴弄弦。丝桐：指琴。猱：古琴弹奏的指法之一。左手按弦，往复摆动较大。

[17]弥南极：布满南方极远之地。

赳赳前驱属（zhǔ）右櫜（gāo）：指使者一行如同左鞬右櫜、意气风发的先锋。前驱：仪仗的前导，在前开路的侍从。属右櫜：右边挂着弓袋箭袋。属：佩，系。櫜：收藏盔甲、弓箭的囊袋。

[18]明到京华春正好，紫宸（chén）风暖拂旄旄（máo）：等到明年春光明媚的时候，我们出使归来，京城里春风和煦，旌旗招展。京华：京城的美称。因京城是文物、人才汇集之地，故称。紫宸：历代皇宫别称。旄旄：古时军中用以指挥之旗。

三农苦

鲁　铎

癸未四月雨，并遗东作忙[1]。盛夏雨不嗣，连月恣恒旸[2]。邻湖陾数级，安问陂与塘[3]。高秋报淫雨，宵昼声浪浪[4]。山村旱焦槁，自无卒岁望。原田所灌溉，糜烂无登场[5]。泽农陷巨浸，什一罹死亡[6]。贫者为耕治，鬻儿营种粮。乃今益穷迫，骨肉矧异方[7]。富者忧盗贼，扑劫群虎狼。向闻司租使，适经川泽乡。芃芃赏禾黍，讵信诉灾荒[8]。三农苦复苦，天高难自明。未论死沟壑，官租何由偿？仰首向天泣，旻天但苍苍[9]。

题解

本文录自鲁铎撰、李维桢校、明隆庆元年（1567 年）方梁刻本《鲁文恪公文集·卷一》第 11 页。

三农：古谓居住在平地、山区、水泽三类地区的农民。后泛称农民。

注释

[1]癸未：明嘉靖二年，1523 年。

并遗东作忙：指春雨后农民全都忙于耕作。遗：加给。东作：古人以为岁起于东，而开始耕作，谓之东作。

[2]嗣：接续。

旸（yáng）：晴天。

[3]邻湖斠（jū）数级：从邻近的湖里取水抗旱，要分几个梯级。斠：挹，舀。

陂（bēi）与塘：陂塘。蓄水的池塘。

[4]淫雨：久雨。

宵昼：昼宵。白昼与黑夜。

[5]登场：谷物收割后运到场上。借指收获完毕。

[6]泽农：指在水泽地区耕作的农夫。

巨浸：大湖。

什一：十分之一。

[7]矧（shěn）：亦，也。

[8]芃芃（péng）：茂盛的样子。

讵：岂。

[9]旻（mín）天：泛指天。

吊姜绾

鲁　铎

黄甲新题即剖符，顿令海内说名誉[1]。民从教后浑无讼，吏到闲来亦读书[2]。阙下草麻深眷顾，舟中行李自萧疏[3]。只今便是门墙隔，翘首西风思有余[4]。

题解

本诗录自清道光元年(1821年)版《天门县志·卷之二十·循良》第7页。

姜绾：字玉卿。江西弋阳人。明成化十四年(1478年)进士。成化十六年(1480年)任景陵知县。六年后擢南京监察御史。

注释

[1]黄甲新题即剖符：新中进士就被任命为地方官。

黄甲：科举甲科进士及第者的名单。因书于黄纸上，故名。

新题：唐神龙(唐中宗年号)以后，新进士有题名雁塔之举。故"新题"即新中进士。

剖符：原指帝王分封诸侯或功臣，后泛指任命外官。

[2]浑：简直，几乎。

无讼：杜绝犯罪，不用诉讼断狱。孔子法律主张。

[3]阙下：宫阙之下，帝王所居之处。借指朝廷。

草麻：唐朝用黄麻纸起草诏书，故称起草诏书为草麻。

眷顾：垂爱，关注。

萧疏：稀少。

[4]门墙隔：因隔代而不能以其为师。门墙：喻指师门，老师的门下。孔子的学生子贡说："老师的围墙有几仞高，如果找不到门进去，就看不见那宗庙的富丽堂皇，和那房舍的又多又大。"意思是孔子的学问高不可攀。

翘首：抬头而望。多以喻盼望或思念之殷切。

桃　溪

鲁　铎

世路悠悠已倦游，桃溪深处草堂幽。东风自解幽人意，不遣飞花逐水流[1]。

题解

本诗录自四库全书本《明诗综·卷一百六》第 42 页。

注释

[1]幽人:幽隐之人,隐士。 不遣:不让,不使。

东　冈

鲁　铎

湖上东冈旧得名,结庐高处作书生[1]。北瞻京国寸心远,下瞰郊原四面平[2]。风景间时皆好况,云霄何日是前程[3]。梧桐生在朝阳里,听取丹山彩凤鸣[4]。

题解

本诗录自清康熙七年(1668 年)版《景陵县志·卷之三·舆地志》第 12 页。诗前有"东冈"地名的诠释:"东冈在县东七十里,夹松石、华严二湖。陆羽尝居于此。祭酒鲁铎世家焉。"

注释

[1]结庐:构建房子。

[2]京国:国都,京城。

[3]间时:闲时。

好况:好情形,好景况。

云霄:高空。比喻显达的地位。

[4]梧桐生在朝阳里,听取丹山彩凤鸣:寓意贤才逢明时。语出《诗经·大雅·卷阿》:"凤凰鸣矣,于彼高冈。梧桐生矣,于彼朝阳。"凤凰在高山上鸣叫,梧桐树很茂盛地屹立在山的东边。明朱善《诗解颐》卷三:"凤凰者,贤才之喻;高冈者,朝廷之喻;梧桐者,贤君之喻;朝阳者,明时之喻也。"后以"丹凤朝阳"喻贤才逢明时。

朝阳:指山的东面,因早晨被太阳所照,故称朝阳。

东 庄

鲁 铎

窗外群峰远更佳，吾庐自可号山家[1]。飞来好鸟寻常语，移种新丛次第花。木客每因求石蜜，贩夫频到送溪茶[2]。不妨兼有渔翁乐，秋水东湖一钓槎[3]。

秋交伏穷殊未凉，避暑却过湖东庄[4]。梧桐下影忽复薄，络纬作声何太长[5]？身本无能合教懒，鬓不为愁还自苍。未怕邻翁约做社，香粳紫稻皆登场[6]。

题解

本诗录自清康熙三十一年(1692 年)版《景陵县志·卷之六·风土志·别墅考》第 39 页。

清道光元年(1821 年)版《天门县志·卷之十六·古迹》第 14 页记载:“东庄，东湖之东，亦铎别业也。土人称为莲北庄。”

注释

[1]山家:山里人家。亦指隐士之居。

[2]木客:木工。

石蜜:即白砂糖。用甘蔗炼成的糖。凝结成块的叫石蜜，轻白如霜的叫糖霜，坚白如冰者为冰糖。

贩夫:小商贩。

溪茶:生长在溪边的野茶。

[3]钓槎(chá):钓舟。

[4]伏穷:指伏天结束。

殊:犹，尚。

[5]络纬:虫名。即莎鸡。俗称纺织娘。

[6]邻翁约做社:与邻居老翁相约饮酒作诗。

己有园

鲁　铎

券署东邻字，囊空旧俸金[1]。廛间分巷陌，城里得山林[2]。重树阴全合，虚堂暑不侵[3]。一台凌百里，野色上吾琴[4]。

题解

本诗录自熊士鹏编、清道光癸未(1823年)版《竟陵诗选·卷二》第7页。

己有园：原文为“已有园”，据鲁铎《己有园记》篇末文意及民国壬戌(1922年)版《鲁文恪公集》(甘鹏云校、沈观斋刻)改为“己有园”。清道光元年(1821年)版《天门县志·卷之十六·古迹》记载：“己有园，梦野台旁。鲁铎别业。其中诸胜，详自记。今废。”“梦野台，在县治东南城隍庙侧。高而平，一目可尽云梦野。”己有园旧址在今东湖西工人俱乐部南，旧有磬池，后称鲁家湖。

注释

[1]券(xuàn)署：此处指作者别墅己有园。券：通称“拱券”。桥梁、门窗等建筑物上呈弧形的部分。署：本指官舍。

字：爱。

俸金：官吏的薪金。

[2]廛(chán)间：居民区。廛：古代平民一家在城邑中所占的房地。后泛指民居、市宅。

巷陌：街巷。

[3]虚堂：高堂。

[4]一台凌百里：登上梦野台，可瞰百里原野。一台：指梦野台。己有园在梦野台侧。

野色：郊野之景色。

子在齐闻韶

——会试答卷一道

鲁　铎

圣人寓他国而聆圣乐[1]，学之诚而感之深也。盖知乐莫深于圣人也，况闻韶乐之盛[2]，宜其学之诚而深有所感欤。在昔虞舜封虞而韶乐有自，敬仲奔齐而韶乐有传，继述虽历乎千载之余[3]，情文无异乎当时之盛。是以夫子之在齐也，一闻于耳，即契于心[4]。是九德之歌声，为乐官所谙也[5]，吾从而师之，安知其德之于吾有优劣乎？九韶之舞容，为太师所习也，吾从而玩之[6]，庸知其年之于吾有先后乎？三月之间，仿佛身履乎虞庭，而心之悦也胜于刍豢，虽牛羊杂荐不知其味之美也[7]；九旬之内，恍惚足蹑乎蒲坂，而心之嗜也过于珍馐，虽犬豕杂馔不觉其味之甘也[8]，所谓学之诚者如此。然身亲其盛则其感之也至，诚发于中则其叹之也深。意以韶之音，吾尝得诸祖述之余[9]，然未尝亲闻于吾耳，故音虽美而不尽知也；韶之容，吾尝得诸授受之顷[10]，然未尝亲见于吾目，故容虽盛而未尽知也。今越千载而幸得于亲聆，心旷神怡而自不能已矣，曾计韶之音其美一至此耶[11]！旷百世而幸得于亲炙[12]，手舞足蹈而不自知之矣，曾意韶之容其盛一至此耶！所谓感之深者如此。吁！韶乐之盛，信非大舜不能作[13]，非孔子亦莫能知矣。

题解

本文引自田启霖编著、海南出版社1996年版《八股文观止》第279页。

子在齐闻韶：语出《论语·述而》，孔子到齐国的城门之外，听到了《韶》的演奏，三个月吃肉都不知道肉的美味。

注释

[1]圣人：指孔子。　　　　聆：听。

[2]韶乐：相传为虞舜时音乐。

[3]虞舜：上古帝王名。姚姓，有虞氏，名重华。

有自：有由来，有根源。

敬仲：田敬仲。陈完，谥敬仲。春秋时齐国大夫。陈厉公少子。陈为虞舜后裔封国，陈国内乱，陈完出奔至齐，改姓田。齐因此而有韶乐。

继述：继承。

[4]契：相合。

[5]九德：古人所崇尚的九种德行。《逸周书·常识》："九德：忠、信、敬、刚、柔、和、固、贞、顺。"

谙：熟悉。

[6]九韶：传说中的虞舜乐名。韶乐九章，故名。

舞容：本指体态轻盈，此处指乐音悠扬。

太师：商、周掌管音乐的乐官。

玩：玩赏，欣赏。

[7]虞庭：亦作"虞廷"。指虞舜的朝廷。相传虞舜为古代的圣明之主，故亦以"虞庭"为"圣朝"的代称。

刍豢：牛羊犬猪之类家畜，指供祭祀用的牺牲。

杂荐：各类祭品。荐：进献，祭献。

[8]蒲坂：今山西永济蒲州。相传蒲坂曾为舜都。

珍馐：珍奇美味的食物。

馔：一般的食品、食物。

[9]祖述：效法，仿效。

[10]容：景象，状态。

授受：给予和接受。泛指接触。

[11]一至：竟至。

[12]旷百世：百世绝无仅有。旷：长时间所无。

亲炙：亲自受熏陶、教益。炙：火烤肉。比喻熏陶。

[13]信：果真，的确。

陈侯（陈良玉）重建景陵城记

鲁　铎

景陵旧有卫，盖据襄荆以东、汉沔以北、随郢以南，最广衍[1]，足牲鲜、丝卉、稻粱之利，自古四方有事所争趋也。衣食招徕，备九州之人，虽平时不无蘖芽其间者[2]，是故宜有城。国朝调卫金州，城犹无恙，民所恃如故。洪武己巳[3]，水决堤，城坏。以予所闻见，景泰二年[4]，盗入劫县库。弘治四年[5]，既劫库，复斫狱取剧盗去[6]。正德庚午，盗自狱出，因啸聚屠掠村乡[7]，掳女妇，劫丁壮为徒；昼踏关[8]，呼官府，示将直入状，以挟取所怨。三司长副集官民，宣慰兵[9]。数阅月，仅乃歼之[10]。此皆城坏以后事也。

陈侯以辛未进士下车之明年[11]，适河北盗起，诏有司不得无城[12]。侯慨然欲为永久计，属父老语之。父老曰："所愿也，第如劳费何[13]？"时庾府皆如悬磬[14]。侯乃召富民大贾曰[15]："城，为汝盖藏也。财没于盗，孰与出十一以助吾筑？"召丁壮曰："城，实汝保障也。身没于盗，孰与分力以助吾筑？"皆应曰："唯命！"侯既捐俸若干，僚属所捐又各若干。四境之内，翕然响应[16]。富民以缗钱至，丁壮以畚锸至[17]；樵荻为薪、裂石为灰者[18]，以舟车至。侯悉以籍登记，令公实员役司之[19]。

既乃阙堤涸湖，复旧筑为城趾[20]，窑于县周，凡百一十有二。烟缕四合，上纠为云雾者数月。百尔云具，人匠既集，乃署为十有四工，象以散聚之节[21]。负者蚁升，筑者鳞积。甃则衡从适均[22]，灌则燥湿得所。万手缤纷，歌谣盈耳[23]。知事事而不知劳也。侯旦暮临视，有慰无亟。盖若父兄率子弟，治其垣墉室庐，而意及其曾云者也[24]。

戒事于九年之七月[25]，以十年之八月告成。所需以白金计之[26]，为两者三千六百七十有八。民所赴工，积五十一万二千九百四十有二。

城高二丈有奇，厚加于高者五尺。周回六百八十五丈。四门高二丈四尺，其深倍之。楼高不及城者二尺。门扉皆以铁衣。门之内，各为屋三楹于旁，以居门者，辟城内外地各丈许，责所居诃禁污践[27]。增筑外堤，舍民其上，伺不虞也[28]。于南楼，则置钟鼓以警昏晓。

城成，襟湖带河，俨天设隍堑[29]。乡邑民大和会，陟降谛观，举手加额[30]，乃叹曰："今而后，有吾所家而定吾所归矣。"其尝罹盗者，则泣，且曰："向使侯来不暮，吾宁有畴昔[31]？"盖不啻家室成而父子相庆也[32]。

夫天下之事，备害防患以卫民者，莫如为城。其劳费，鲜弗病且怨者[33]。景陵城废百三十年来，失所恃者知凡几。令侯至才三载，而千百年之功，成于期月[34]，人惟乐有所恃而不知劳与费焉。非其贤远于人，有是乎？是年，朝廷以台员之缺召侯，县人士攀卧不得留[35]。既去而思之益深，斫石为碑，属汪渊、曾明辈来求予记之。呜呼！吾行天下，见所谓贤守令多矣。求其诚心为民如侯，不多见也。侯之政，廉公明恕，为吾人所思者[36]，岂胜纪述。建城，其远且大者也，姑书而镌之石，用慰所思。

侯名良玉，字德夫，蜀之富顺人。与侯协志者，严君辅，胡君洪，孙君炫，蔡君德器，刘君翘，其一时僚佐师宾也[37]。凡预是役者，于碑阴勒之[38]。

题解

本文录自鲁铎撰、李维桢校、明隆庆元年（1567 年）方梁刻本《鲁文恪公文集·卷六·记》第 3 页。

注释

[1]卫：明代军队编制名。5600 人为一卫。《明史·兵志二》："天下既定，度要害地，系一郡者设所，连郡者设卫。大率 5600 人为卫，1120 人为千户所，112 人为百户所。"

襄荆：襄阳、荆州。

汉沔：汉水。

随郢：随州、郢州。

广衍：宽广低平之地。

[2]招徕（lái）：此处是"吸引"的意思。

蘖（niè）芽：草木萌生的新芽。常用来比喻萌发坏事的因素。

[3]洪武己巳：明洪武二十二年，1389 年。

[4]景泰二年：辛未，1451 年。

[5]弘治四年：辛亥，1491 年。

[6]剧盗：剧贼。大盗，强悍的贼寇。亦用以贬称势力大的反叛者。

[7]正德庚午：明正德五年，1510 年。

啸聚：互相招呼着聚合起来。旧时多指盗贼结伙。

[8]踏关：攻陷关口。

[9]三司：明代各省设都指挥司、布政司、按察司，分主军事、民政、司法，合称三司。此处当指县衙各部门。

宣慰：慰问，安抚。

[10]阅：经过，经历。

仅乃：仅仅才。

[11]辛未：指明正德六年辛未科（1511 年）。

下车：旧时官吏初到任为“下车”。

明年：次年。

[12]河北盗起：指明正德七年，河北霸州文安（今河北文安）人刘六（刘宠）领导的农民起义。

有司：官吏和官署泛称。古代设官分职，各有专司，故称。

[13]第如劳费何：只是所需财力怎么办。劳费：谓耗费人力、精力或财力。

[14]庾府皆如悬磬：与成语“室如悬磬”义同。府库空虚或家境极端贫困。

悬磬：房间内空空的，什么也没有。形容空无所有，极贫。磬：古代石制乐器，状如倒悬的瓦盆，中间空空。语出《国语·鲁语上》：“室如悬磬，野无青草，何恃而不恐？”

[15]大贾（gǔ）：大商人。

[16]翕（xī）然：一致的样子。

[17]缗（mín）钱：用绳穿成成串的钱。

畚锸（běn chā）：挖运泥土的工具。畚：用草绳或竹篾编成的器具。锸：锹。

[18]樵荻为薪：砍荻为柴。荻：多年生草本植物，与芦同类。

裂石为灰：裂解石头烧成石灰。

[19]令公实员役司之：派公正朴实的吏员来管理他们。公实：公正而朴实。员役：从事某项工作的官员，办事的吏员。

[20]趾：古同“址”。

[21]百尔：犹言百，谓众多。

[22]甃（zhòu）：砌，垒。

衡从：纵横。

[23]盈耳：原文为“隐耳”。

[24]垣墉：墙。

室庐：房屋的统称。古人房屋内部，前部叫堂，堂后以墙隔开，后部中央称“室”，室的东西两侧叫“房”。后引申为房屋。庐：也是房屋之意。

意及其曾云者：想来大概是商量好了的。

[25]戒：准备。

[26]白金：古指银子。

[27]诃禁：大声呵斥制止。诃：同“呵”。

[28]不虞：指意料不到的事。

[29]隍堑：城壕。

[30]陟（zhì）降谛观：上下仔细看。

加额：双手放置额前。旧为祷祝仪式之一。亦用以表示敬意。

[31]畴昔：往日，从前。这里指过去遭遇盗贼之事。

[32]不啻（chì）：无异于，如同。

[33]鲜弗病且怨者：很少有不责备而又埋怨的。

[34]期月：一整年。

[35]台员缺：台职空缺。台：古代官署名，如御史台。又用为对高级官吏的尊称。如：抚台，藩台，学台。员缺：同“员阙”。官职空缺。

攀卧："攀车卧辙"的省略。牵挽车辕，身卧车道，不让车走。指百姓挽留贤明的官吏。

[36]廉公明恕：清廉公正明信宽厚。

思：去思。旧时地方绅民对有德政去职官吏的怀念之情。

[37]僚佐：亦作"寮佐"。长官下属的佐助官员。

师宾：当指不居官职而为人尊重的人。

[38]预是役：参与此事。预：参与。

碑阴：碑的反面。

己有园记

鲁　铎

敝庐之东邻有地焉，由委巷隆然深入城中[1]，自平地视之，高丈许。其上有古台，自其地视之，又高丈许，台曰梦野。《志》谓"于此登望，可尽云梦之野[2]"，故名。台东下为平地，稍南渐下而潴水[3]。以其在委巷，又其半甚下，故静且野而易致[4]。

予缘病得请，买而治之，以为休养之所。于台之西，为屋数楹，儿辈及族子弟读书其中。阁老西涯翁题为梦野台书院[5]。于台东平地，植花木，以其色与开之后先相间，盖终岁未有一日不见花者。又蟠水筑而垣之以为池，池颇曲，故以磬名之[6]。林中向池为草亭，吴东湖中丞匾曰芳秀[7]。芳言花木，秀言池水也。池中有洲如凫，而凫又尝栖止[8]，故名曰凫洲。作草堂其上，堂名遂亦因之。堂西有红梅，下覆钓石，仿李贺诗意，名红雪矶[9]。洲之南有矶树间，曰午阴，贵其荫也。洲北复有小洲，曰中台，树冬青梧梓，以桃杏夹之；下罫平石，可据而坐，且弈也[10]。又其北复有小池，界以甬而桥其中[11]。桥东西分种红白莲，将渔大池、登草堂，则小舟东西通焉。舟贮以屋，水立池东北隅[12]。古台之东，循地势为阑。行松竹间，凡数折而下，迤逦出池上，菰蒲苹蓼，芙蓉杨柳，鱼凫水虫，色色不种畜而有，盖具江湖之体而微耳[13]。日未下舂，则台周竹树便复蔽亏[14]，池水皆阴。

矫首西望，不得径路，忽不知其非山林也。

予病废，幸从圣明，得残息归就水土[15]。虽未即愈，已可无忧怖。每风日晴美，扶杖起行。药时复陟降，倦则倚树而立，藉草而坐，间闻好鸟语，取琴弄膝上和之，或从童子钓池上。月至则泛舟，缘凫洲，泊莲渚，烹鲜舟中，屈碧筒以自饮[16]。儿辈时以楚声歌远游佐之。醉辄就草堂卧，归不归皆得。临池宜蔬，近畦宜鱼。客卒至，水陆味具，不待谋诸妇[17]，可留也。自书院以东，别设垣鐍，凡予入则童子反扃焉，人莫敢呼，虽呼亦复不闻[18]。

故池台林亭诸处，自为一区，总名曰己有园。匾则吾友景前溪所题也[19]。盖吾材类樗[20]，而今复病，是加之朽也。樗而朽，益无所用之。无用，则吾其属吾，而吾园始为己有也。苟药物能吾扶[21]，孰使吾不乐？

题解

本文录自鲁铎撰、李维桢校、明隆庆元年(1567年)方梁刻本《鲁文恪公文集·卷六·记》第24页。

己有园：参见本书鲁铎《己有园》诗题解。

注释

[1]委巷：偏僻简陋、弯弯曲曲的小巷。

隆然：形容背部高耸的样子。此处有“突起”的意思。

[2]志：指县志。

[3]潴(zhū)水：蓄水。

[4]致：达到。

[5]阁老西涯翁：李东阳，字宾之，号西涯，茶陵(今属湖南)人。明天顺进士，官至文渊阁大学士兼吏部尚书。立朝五十年，门生众多，以宰臣地位领袖文坛，是明七子前反对“台阁体”的大宗派“茶陵派”首领。阁老：指宰辅。明洪武十三年设内阁大学士，称宰辅为阁老。

[6]蟠：盘曲而伏。

磬(qìng)：古代石制打击乐器，形状像曲尺。

[7]吴东湖中丞：吴廷举，字献臣，号东湖，梧州(今广西梧州市)人。明成化二十三年(1487年)进士。明正德中历官广东副使，擢右副都御史、南京工部尚书。中丞：明初置都察院，其副都御史之职与前代的御史中丞略同，

称为中丞。

[8]凫(fú):野鸭。

栖止:寄居,停留。

[9]仿李贺诗意,名红雪砚:李贺《南园·其八》:“春水初生乳燕飞,黄蜂小尾扑花归。窗含远色通书幌,鱼拥香钩近石矶。”

[10]罣(guà):绊住,阻碍。

据而坐:据坐,谓禅师坐于法座。

弈:下棋。

[11]甬(yǒng):通道。

[12]贮(zhù):收藏。

立池:人工挖掘而成的水池。立:修筑,挖掘。

[13]迤逦(yǐ lǐ):曲折连绵貌。

菰(gū)蒲:茭白与菖蒲,均生于水边。

苹蓼(liǎo):水草。苹:一种水生蕨类植物,也叫田字草、四叶菜。蓼:一种草本植物,生长在水边或水中,味辛辣,花白色或浅红色。

具江湖之体而微:具备江湖之全体而无江湖之广大。意思是,园中水池动植物丰富,就像缩微江湖。

[14]下舂:日落之时。

蔽亏:遮蔽,覆盖。

[15]病废:因病而成废疾者。

圣明:对当朝皇帝称颂的套词。

得残息归就水土:得以带着一口气回归故里。残息:临死前的喘息。水土:当地。此处指故土。

[16]碧筒:碧筒杯,用大荷叶制成的酒器。碧筒系对荷叶柄形象而有趣的说法。

[17]卒(cù):同“猝”。突然。

谋诸妇:“归谋诸妇”的省略。回家同妻子商量。语出苏轼《后赤壁赋》。

[18]垣鐍(jué):院墙门上的锁。

反扃(jiōng):把门反锁上。扃:上闩,关门。

[19]景前溪:人名,曾任南京国子监司业。

[20]樗(chū):臭椿。喻无用之材,亦作自谦之辞。

[21]吾扶:护持我。

己有园赋

鲁　铎

粤昔余有兹园兮,首宦路而违弃[1];中罹疢而获请兮,逮芜秽而复治[2]。向幽人之过我兮,谓兹岂应于无名[3];名余园曰己有兮,矢终老而依凭。繄池台之微具兮,别亭芰以为区[4]。惟卉木之敷华兮,纷色异而气殊[5]。既素积以皓夜兮，亦朱殷而赭曙[6]。或步屧乎其中兮，或席阴于其下[7]。置名花而为坞兮，天实纵夫落花[8]。惟谱牒之有稽兮，悉吾园以为家[9]。嘉树沃其成列兮，夫岂独善夫橘柚[10]。果实苟宜于土性兮，皆新登而时奏[11]。挹池泉以溉余蔬兮，薙繁翳而莳芳草[12]。揽芙蓉于清波兮，阅潜鱼之在藻。沿轻舟于磬渚兮，舣凫洲之草堂[13]。据红雪、午阴之矶兮，信钓缕以相羊[14]。取憩弄之夷犹兮，抚楸枰而试弈[15]。荐鸣琴于石几兮，按古调以自怿[16]。田父相求于松阴兮，语桑麻之有养[17]。吾令荆布任筥兮，菹菘葵而就饷[18]。神魂知由所稔兮，梦翰苑与成均[19]。岂忘情于尧舜之从兮，身羸惫而无因[20]。心营营以谟报兮，将远事乎芹曝[21]。愿闾阎之相与戮力兮，还唐虞之旧俗[22]。朝余纕九畹之兰兮，夕纫夫湘之蕙茝[23]。苟众服之屑余同兮，劳采撷其靡懈[24]。余陟梦野之台兮，望辰极乎帝乡[25]。扃大椿之洞兮，忽尘宇之相忘[26]。安余分之所遇兮，求余心之所好。苟没世其有称兮，奚外身而有校[27]。松柏森其蒙郁兮，篁筀比而若栉[28]。卫槛阑以东下兮，狗坡陀而周折[29]。杳窕出而忽旷虚兮，临明池之可监[30]。俨山林之尽历兮，获江湖之泛泛。取于城市之在兮，亦殊无而仅有。惟余心之所会兮，拟咫尺于千里。时鼓枻于清涟兮，腾群鱼之待饲[31]。睨瘠鷇之安巢兮，鸣禽竞而将子[32]。江梅侈朱英兮，皎安榴之素萼[33]。亘月桂之长春兮，倏舜华之开落[34]。坐碧梧之层阴兮，陨佳粒于巾舄[35]。披丛桂而袭芬兮，服冠裳其无斁[36]。豫章勃焉峻达兮，势滋务于干霄[37]。杉桧卢橘枝相樛兮，若求友于后凋[38]。善飞潜之得时兮，悦草木之向荣[39]。遭圣哲之在上兮，宜万类之咸成[40]。惟中林之宜夏兮，逃大暑而迅免[41]。夫何霁夜之棹游兮，适非遐而若远[42]。念烟霄之朋旧兮，渺遥阔其难即[43]。眷林丘之亲故兮，继昕暮而相及[44]。人生恒亦有涯兮，嗟世事之莫尽。往者幸于免咎兮，来者可诿于余分[45]。

乱曰[46]：谓余衣之既渝，制芰荷而重成兮[47]。谓余岁之可卒，资杞菊之充盈兮。冀形逸而神闲，予兹赖以永龄兮[48]。苟松乔之不余诬，从玉轪以迥凌兮[49]。

题解

本文录自鲁铎撰、李维桢校、明隆庆元年(1567 年)方梁刻本《鲁文恪公文集·卷一·赋》第 1 页。据民国壬戌(1922 年)版《鲁文恪公集》(甘鹏云校、沈观斋刻)改动了几处文字。

注释

[1]粤:古同“聿”“越”“曰”。文言助词,用于句首或句中。

兮:古代韵文中的助词。用于句中或句末,表示停顿或感叹。与现代的“啊”相似。

首:开端,开头。

宦路:宦途。仕途,做官的经历、路径。

违弃:离弃,丢弃。

[2]罹疢(lí chèn):患病。疢:热病,泛指疾病。

逮:到,及。

芜秽:荒芜。谓田地不整治而杂草丛生。

[3]幽人:幽隐之人,隐士。

过:来访。

[4]繄(yī):句首、句中助词。有时相当于“惟”。

茇(bá):草舍。

[5]敷华:犹敷荣。开花。

[6]素积:腰间有褶裥(zhě jiǎn)的素裳。是古代的一种礼服。

皓夜:月明之夜。

朱殷(yān):赤黑色。

赭(zhě)曙:红黑色、曙红色。

[7]步屧(xiè):步行。

[8]坞(wù):四面高中间凹下的地方。

[9]谱牒:记述氏族、家族世系的书籍。

稽:考核,核查。

[10]嘉树:佳树,美树。

[11]新登:谷物果实新熟。

时奏:按时节奉上(果实)。

[12]挹(yì):舀,把液体盛出来。

薙(tì):芟除,割去(野草等)。

繁翳(yì):此处指繁杂茂密的野草。

莳(shì):栽种。

[13]磬渚:石头形成的小洲。

舣(yǐ):停船靠岸。

凫(fú)洲:己有园中的小洲名。

[14]信(shēn):古同“伸”。舒展开。

相羊:徘徊,盘桓。

[15]夷犹:从容自得。原文为“犹贤”,据民国壬戌(1922 年)版《鲁文恪公集》(甘鹏云校、沈观斋刻)改。

楸(qiū)枰:以楸材制成的棋盘。后亦指棋局。

［16］荐：执。

自怿：自乐。

［17］田父：老农。

［18］荆布：为“荆钗布裙”之省，本指粗陋的服饰。代指贫贱之妻，亦谦称己妻。

任筥（jǔ）：化用“未任筐筥载”。指采摘蔬菜。语出苏轼《雨后行菜圃》诗：“霜根一蕃滋，风叶渐俯仰。未任筐筥载，已作杯盘想。”筥：竹器，方形为筐，圆形为筥。

菹（zū）：做腌菜。

菘（sōng）葵：古代经常食用的两种蔬菜。菘指白菜。葵菜又名“冬葵”“冬寒菜”，今天已不用作菜肴了。

［19］翰苑：翰林院的别称。

成均：相传为五帝时的宫廷学校，西周为国学以教王室子弟的机关。古代的最高学府。唐高宗时曾改国子监为成均监，后人亦称国子监为成均。

［20］羸（léi）惫：瘦弱疲惫。

无因：没有办法。

［21］营营：内心烦躁不安。

谟报：无报。谟：通“无”。没有。

芹曝：谦辞。谓所献微不足道。

［22］闾阎：里巷内外的门。后多借指里巷。

相与：共同。

戮力：协力，通力合作。

唐虞：尧舜。

［23］纕（rǎng）：束衣袖的绳索。此处活用为动词。

九畹（wǎn）：指兰花。语出《楚辞·离骚》：“余既滋兰之九畹兮，又树蕙之百亩。”我曾经栽培了大片的春兰，又种下了秋蕙百来亩地面。畹：古时面积单位，称三十亩地为畹。

蕙茝（chén）：两种香草。语出《楚辞·离骚》：“杂申椒与菌桂兮，岂维纫夫蕙茝？”那时节啊，花椒与桂树层层相间，哪里只是蕙草与白芷散发芬芳？

［24］屑：认为值得（做）。

［25］陟：登高，登上。

辰极：北斗。

帝乡：传说中天帝住的地方。

［26］扃（jiōng）：上闩，关门。

大椿：己有园中洞门名。

［27］没世其有称：反用“没世无称”之意。死后名声为人所颂扬。指死后有名声，为人所知。

外身：置身世外。

校：计较，考虑。

［28］蒙郁：郁蒙。同“郁幪（méng）”。壮盛貌。

篁筀（huáng guì）：泛指竹子。

比而若栉：像梳齿那样密集排列着。

［29］槛阑：阑槛。栏杆。

狥（xùn）：同“徇”。环绕。

坡陀：不平的山坡。或可理解为台阶。

［30］旷虚：虚空，空缺。

监：对着水照自己的形象，照。

［31］鼓枻（yì）：摇桨。也可以理

解为叩击船舷。

[32]痹鷇(kòu):疑为幼鸟。鷇:须母鸟哺食的雏鸟。

将子:疑与“将雏”义同。携带幼禽。

[33]侈:过分,过度。此处指花怒放。

朱英:红花。

皎:洁白明亮。

安榴:即安石榴,简称石榴。

素萼:疑指花瓣下部白色的部分。

[34]亘:亘地,遍地。

倏(shū):极快地,忽然。

舜华:木槿花。

[35]巾舄(xiè):头巾与鞋子。

[36]无斁(yì):不厌。

[37]豫章:木名,樟类。

干霄:高入云霄。

[38]樛(jiū):纠结。

后凋:比喻守正而有晚节。

[39]飞潜:指鸟和鱼。

[40]圣哲:指超人的道德才智。亦指具有这种道德才智的人。并亦以称帝王。此处指帝王。

[41]中林:林野。

[42]霁夜:雨过放晴的夜晚。

[43]烟霄:云霄。喻显赫的地位。

[44]林丘:指隐居的地方。

昕(xīn)暮:朝暮,谓终日。

[45]余分:余留部分。

[46]乱:古代乐曲的最后一章或辞赋末尾总括全篇要旨的部分。相当于尾声。

[47]渝:变污。

制芰(jì)荷:以菱叶和荷叶为衣。语出《楚辞·离骚》:“制芰荷以为衣兮,集芙蓉以为裳。”

[48]永龄:永年。长寿,延寿。

[49]松乔:传说中仙人赤松子与王子乔之合称。后泛指仙人,也用以喻遁迹山林的隐士。

不余诬:不欺骗我。

玉轪(dài):以玉为饰之车轮。轪:古代指车毂上包的铁皮、铜皮。

迥凌:遥乘。

己有园后赋

鲁 铎

苏橘山人既赋已有园,其客取读而意少之,曰:“身退未忘爱君,里居犹思善俗,先生之志由是见矣。然自余亦园之梗概、人事、物情,不已略乎[1]?愿请益而博我也。”

山人曰:唯唯[2]。吾园惟旧,身苟违是即非吾有。客乡亦善名,吾园是宜今以为少也夫?吾之经始斯园[3],以无池为未备。维彼南邻有此洼地,深未足以泳鱼,浅犹妨于种艺[4]。为彼有也,殆于无庸。兹余售也[5],若其有俟于是。滤浊为清,拥泥成土,高为埭而下泓[6],收两得于一举尔。乃板筑讫园池[7],连列嘉树。澄寒泉,郁烟霭,涵云天。凫洲中衡,草堂数椽,亭峙芳秀,洞开大椿。梦野古台前开花坞,真闲小堂背自为所。矶有午阴,亦有红雪。投竿伸缗[8],可自怡悦。曲阴蒲座,中台石枰[9];亲求友觅,乃有弈声。

其木,则有松杉、柏栝、樟梓、椿樠、梧桐、女贞、槐构、桑榆、紫楝、乌桕、枫槲、并闾;杨分黄白之类,柳有柽榉之殊[10]。大抵材美者其就用为晚,质苦者免蠹蚀之虞。

其果,则有梅桃李杏、翠梨黄柑、含桃薁棣[11],色美味甘。若榴皺而锦裂[12],吴橘小而金攒。樹桃批肤乃及核,卢橘历暑而经寒。柿垂凝柑,栗房如茨[13]。仁杏贵雌而其实仍迟,枣荫靡妨而其功易觇[14]。若乃昨实既繁,今华必疏,虽实不类谚谓"歇枝满盈之理",此亦可思。

其花,则天香国色,实惟牡丹,富贵容与[15],其谁可于?岂无芍药,堪称后进,谓为近侍?讵曰确论海棠之清,尝拟仙骨丛桂之馨,宜生月窟,《国风》咏谖草,佛书称檐蔔[16]。芙蓉拒霜于杪秋[17],蔷薇贡露闻裔域。葵能自卫,菊有隐德。水仙金凤,质并轻盈;玉簪珠花,肖皆至极。梅红讶泰,榴白称稀。山茶以蕊奇,得名宝珠;石竹惟态雅,合绣宫衣。田荆宜其兄弟[18],周莲状为君子,其在名教是有取尔。其诸山丹水红、碧桃紫薇,以色为名;素馨茉莉,夜合瑞香,以气而称。长春弥岁自足喜,金钱夜落若可矜[19]。然闻齐彭于殇,等鹌于鹏[20]。

其蔬,则有芥白、葵苋、芦菔、菠菘。芥兰获种岭表,山药移根土中[21]。春开剪韭,秋高析葱。豆多豇扁,瓜备西东。瓠校五石为差劣,芋譬蹲鸱而状同[22]。蔗宜渴啖,葛舒酿毒。葍葅逼于姜芦[23],致用资梅乃伏。

其草,则毓兰蕙,畦留夷,莳杜蘅,艺江离,揽薜荔,贯葳蕤[24]。芭苴清柔[25],用足代纸;苹白蓼丹,可寄秋思。若夫菲芴稊荑[26],夫须燕麦细琐，众多不可除灭。夫既务滋其所树，又何遑恤于薙[27]。篇竹自为类[28]，匪草匪木，晴雨具宜，风霜从肃。笙善胤以为林，篁好聚而成簇[29]。凤尾肖九苞之形，潇湘表二女之哭[30]。地分虽局于城中，风致何谢乎淇澳[31]？

其药，则羊蹄、狗杞、牛膝、鸡苏、地髓、当陆、山蕲、首乌、马舄、葶苈、香附、蒲公、黄檗、莃莶、半夏、排风[32]。葳灵间于苓耳，薏苡网于牵牛。怀香、芎䓖[33]，用兼食味；剪金百合，名在花畴。岂天实悯夫贫病，使服饵免于购求[34]？

相彼林表，众鸟所家；百舌初鸣，桃杏始花。偶曲肱而隐几[35]，乐视听之清华。商庚鸣而流丽，戴鵟降而矜奢[36]。鸠惊徙鷇，鹊牖避辰[37]。鹳能禹步，鸳解符尘[38]。慈鸟哺而训孝，布谷叫而勤民。鹪鹩垂囊育子[39]，夭凤盖藏备贫。练禽骞而珍羽罕俪，黑燕巢而恶鸟避邻。翠鹬濒池，时捕小鲜。羽毛特异，焚身之愆。舒凫驯习，波泳沙眠，属玉下止，友于双鸳。乃惟鹳之玄裳，视常失究。张自为翼而旁舒，敛则临尾而下覆。鸜鹆就豢[40]，捷于鹦语。惟彼瓦雀黠鼠之侣，余如白脰蜡嘴之属[41]，皆猥屑而不胜举。若训狐之格格宵鸣，则食于蝠乎是取也。

其鱼，则鲩鲭色辩，鳎鮥队同[42]，鲤鳝类蕃，鲂白理松[43]。鳟秩序以行游，龟惟守以为功。若黄颊、鳡鳢之流善吞噬者[44]，固所不蓄；而不良于池活者，亦非所庸。虫豸之性，异厥所秉[45]。蜂出其衙，致花有等；众酿负于肘臂，上供戴于首领；阍稽其归，惰者有儆[46]。维蚁之穴为彼国都，侦逻四驰，征委是图；相值首聚，若耦语于途[47]；报方乡道，空垒出徒，可以人而昧忠义之谟[48]。大蝶名胡，玄衣绣裳；鷇子椒橘，髡梢锻旁[49]。忽蛹立而羽化，又栩栩其飞扬。粉蝶败蔬，其化类是。但肖所生小大之异，果木之蕃，厥悴奚故？小蜂遗子，蚀实蠹树；蜥蜴致雨，维龙繄祖；菊蜂祸暴，是宜名虎。螽斯有取于锡类之繁，蜻蛚庶亦为织作之补[50]。天马之子，药名螵蛸[51]；在桑为胜，取诸其条。水虫化蜻蜓而远举，粪虫脱污秽而蝉蜩，则斯亦善变者矣。若蝠之利于蚊蚋[52]，是宜其以昼为宵也。

凡兹花木、禽鱼、果蔬、药草在吾园者,吾皆自有而乐之。若夫登台极眺,风物会心,又谁吾禁而夺之也[53]?

客骇而笑曰[54]:"先生始者之约鄙人,尚恐其自遗所有。今也之博不已复揽人之有矣乎?"山人曰:"嘻!能有吾有,则一膜九垠,岂徒濠濮在想、鱼鸟亲人而已哉[55]!"客曰:"前言戏之耳。先生之言,小极么么,远入无涘[56]。小人得其事,君子得其理。鄙人寡识,谨受教矣!"

题解

本文录自鲁铎撰、李维桢校、明隆庆元年(1567 年)方梁刻本《鲁文恪公文集·卷一·赋》第 3 页。据民国壬戌(1922 年)版《鲁文恪公集》(甘鹏云校、沈观斋刻)补齐模糊文字,改动了几处文字。

注释

[1]自余:其余,此外。

[2]唯唯:恭敬的应诺声。

[3]经始:开始测量营造。

[4]种艺:种植。

[5]售:买。

[6]埭(dài):土坝。

[7]板筑讫园池:建设园地、湖池。板筑:筑城或筑墙。讫:完结,终了。

[8]缗(mín):钓鱼绳。

[9]石枰(píng):石制棋盘。

[10]栝(kuò):木名。即桧。

并闾:木名。即棕榈。

柽(chēng)榉(jǔ):红柳和榉柳。

[11]薁棣(yù dì):即郁李树。薁:同"郁"。

[12]若榴:安石榴的别名。

[13]栗房:栗子的外壳。

[14]觇(chān):看。

[15]容与:悠闲自得的样子。

[16]谖(xuān)草:即萱草。又称鹿葱、忘忧、宜男、金针花。谖:通"萱"。

檐蔔(bǔ):檐卜。植物名。产西域,花甚香。

[17]杪(miǎo)秋:晚秋。

[18]田荆:据南朝梁吴均《续齐谐记·紫荆树》载,京兆田真兄弟三人析产,拟破堂前一紫荆树而三分之,明日,树即枯死。真大惊,谓诸弟曰:"树本同株,闻将分斫,所以憔悴,是人不如木也。"兄弟感悟,遂合产和好。树亦复茂。后因以"田荆"为兄弟和好之典实。

[19]金钱夜落:夜落金钱。花名。

[20]彭、殇：指长寿与夭折。彭：彭祖，长寿的表征。殇：未成年而死。

鹌、鹏：指鹌雀之跃与大鹏之举。

[21]岭表：岭南。指五岭以南的广东、广西一带。

[22]鸱（chī）：古书上指鹞（yào）鹰。

[23]葍（fú）蒩（zū）：葍：多年生缠绕草本植物，花叶似蕹菜而小，对农作物有害。蒩：蕺（jí）菜，俗称鱼腥草。

姜芦：芦姜，又称嫩姜、芽姜。

[24]留夷：香草名。一说，即芍药。

莳（shì）杜蘅：栽种杜蘅。杜蘅：香草名。异名马辛、马蹄细辛、马蹄香。

江离：香草名。

葳蕤（wēi ruí）：草名。即萎蕤。

[25]芭苴：亦名芭蕉。

[26]菲芴（wù）：土瓜。

稊英（tí dié）：稗子一类的草。

[27]何遑恤于薙（tì）：哪里顾得上除草。薙：除草。

[28]篛：音 niè。

[29]筀（guì）：古书上说的一种竹。

胤（yìn）：本义为子孙相承。此处是繁衍的意思。

篁（huáng）：竹林，泛指竹子。

[30]九苞：指凤，传说凤有九种特征。

二女：古代传说中尧的两个女儿娥皇、女英。李白《远别离》："古有皇英之二女，乃在洞庭之南，潇湘之浦。"

[31]谢：逊，不如。

淇澳：淇澳园，借指竹园。语出《诗经·卫风·淇奥》。该诗共有三章，每章均以"绿竹"起兴，借绿竹来赞颂君子的高风亮节。淇：淇水，源出河南林县，东经淇县流入卫河。澳：奥（yù），水边弯曲的地方。

[32]马舄（xì）、葶（tíng）苈、莃莶（xī xiān）：药用植物名。

[33]芎藭（xiōng qióng）：药用植物名。

[34]服饵：服食。古代通过服用药物以求强身健体、益寿延年的一种方法。

[35]曲肱（gōng）：谓弯曲着胳膊当枕头。比喻清贫而闲适的生活。

[36]商庚：黄鹂。

戴鵀（rèn）：戴胜。布谷鸟。

[37]鷇（kòu）：待母哺食的幼鸟。

牖：音 yǒu。

[38]鹳（guàn）能禹步：《鹤经》云："日礼曰：鹳善符。"又云："鹳能以喙书符作法。"禹步：古代方士作法时所用的特殊步法。相传夏禹治水，积劳成偏枯之疾，行走不良。巫师效其跛行姿势，故称。

䴕（liè）解符尘：此句与"鹳能禹步"为互文。都是说鸟通符法。䴕：啄木鸟。

[39]鹪鸡（jiāo ài）：鹪鹩（liáo）。类似画眉的小鸟。

[40]鸜鹆(qú yù):八哥儿。

[41]白脰(dòu):鬼雀。

蜡嘴:靛青蜡嘴雀。

[42]鲩鲭(huàn qīng):鲩鱼和青鱼。

鰅鳙(yú yóng):花鲢鱼。

队同:鱼同池。

鲤鲫(jì):鲤鱼和鲫鱼。

鲂(fáng):鳊鱼。

类蕃:疑为"庶类蕃盛"的省略。万物茂盛。

[43]鳟(zūn):鳟鱼。别名赤眼鱼、红目鳟。

[44]鮧鳢(yí lǐ):黑鱼。

[45]虫豸(zhì):小虫的通称。

异厥所秉:秉性不同于其他。

[46]"蜂出其衙"一句,断句存疑。蜂出其衙:同"蜂衙"。群蜂早晚聚集,簇拥蜂王,如旧时官吏到上司衙门排班参见。

有等:有些,有的。

阍(hūn)稽:疑为"昆阍滑稽"的缩略。昆阍、滑稽为《庄子·徐无鬼》中虚构的人名。方明、昌寓、张若、謵(xí)朋给黄帝驾车时为车后随从。

[47]征委是图:一心只为聚积。

耦(ǒu)语:相对私语。

[48]乡道:指带路,引导。乡:通"向"。

空垒:空壁,空营。

[49]髡(kūn):古代称修剪树枝。

[50]螽(zhōng)斯:一种生殖力极强的昆虫。

蜻蛚(liè):即蟋蟀。原文为"青蛚"。

[51]螵蛸(piāo xiāo):螳螂的卵块。

[52]蚊蚋(ruì):通常指蚊子。

[53]风物:风光,景物。犹言风景。

会心:领悟,领会。

谁吾禁而夺之:谁能不让我看见又夺走它呢。

[54]骇:吃惊。

[55]一膜:指细微的间隔。

九垠:犹九重。指天。

濠濮(pú)在想:濠濮闲想。指高人寄身闲居之所为濠濮,其心与物契的玄言妙想为濠濮闲想。据《庄子·秋水》载,庄子曾游于濠梁之上,与惠子辩论"知鱼之乐";又曾垂钓于濮水,以龟为喻,表示"吾将曳尾于涂中",却楚王之聘。

[56]么么:微细的样子。

无涘(sì):无边,无限。

东冈鲁氏谱序

鲁　铎

鲁之得姓为吾祖者，吾不知其何所自也。若其显而见于史传者多矣，其苗裔则始于伯禽之封，后以国为氏，蔓衍滋蕃[1]。今吾敢曰："吾必同所从来乎[2]！"

荆楚之地，自古起事者所必争[3]。戎马蹂践，不知更变凡几，谱牒谁复有可考者[4]？吾宗，自吾所知，则元末红巾之乱，府君讳思旻者，自长林避兵相失[5]，止景陵之东冈，娶于陈氏，遂为东冈鲁矣。东冈府君而下，以至吾先人，中间多蚤世，其详不相授受[6]，耳熟者长林而已。至铎占毕，粗解事，乃考湖南总志，知昔之长林已复省入荆门[7]，水木源本无从而得。正德改元，铎自翰林被旨充正使于安南，道出荆门之后港[8]，试访焉。后港即长林旧治，得鲁姓，遂凡数家，招致相问讯，因得鲁之在荆门者甚夥，皆土著[9]；其先亦多诗书、仕宦，为里正籍者不下十数[10]。呜呼！吾祖之徙自是也无疑。

盖鲁本希姓，询之景陵，才三二家，又或托籍于近岁[11]。长林之境，相去不穷日力[12]，是何鲁之多耶？吾祖之徙自是也无疑，但兵火之余，亦皆亡其世系[13]。不敢必指其一为吾祖之所从出，以起一发不真之羞。今特断自东冈府君以下，次为谱图[14]，以示将来，但使子孙知有长林耳。呜呼！长林之徙未二百载，世系不幸已不可考，则得姓之所从来，吾复敢知乎？

正德六年辛未三月二十日[14]，铎序于梦野台之看鹤亭[15]。

题解

本文录自鲁铎撰、李维桢校、明隆庆元年（1567 年）方梁刻本《鲁文恪公文集·卷八·序》第 1 页。

东冈：东冈岭，位于今天门市干驿镇松石湖西北。

注释

[1]显:旧时称有权势的或有名声地位的。

伯禽:鲁国第一代国君,周公之长子。周初封诸侯,封周公旦于鲁,因留佐武王,故伯禽代为就封。

蔓衍:滋长延伸,广延。

滋蕃:蕃滋。繁衍滋生。

[2]所从来:从哪里来。

[3]起事:倡议举兵,夺取政权。

不知更变凡几:不知变更有多少。凡几:总共多少。

[4]谱牒:记述氏族、家族世系的书籍。

[5]红巾之乱:元末农民起义军多以红巾裹首,称红巾军,又称红军。

府君:唐以后,不论爵秩,子孙尊其先人,皆称府君。一般用以指曾祖以下,即父、祖、曾祖。

旻:音 mín。

长林:古县名。东晋隆安五年(401 年)置。以其地有栎林长坂得名。治今湖北省荆门市西北。

[6]蚤世:犹早死。蚤:通“早”。

授受:本指给予和接受。此处指传授。

[7]占毕:诵读,吟诵。此处有初学的意思。

粗解事:略微懂事。

知昔之长林已复省入荆门:知道昔日的长林县又因精简划入荆门。元至元十四年(1277 年)升荆门府,十五年又降为州。治长林县。明洪武九年(1376 年)降荆门州为荆门县,长林县省入,属荆州府。

[8]正德改元:指明正德元年,1506 年。改元:新君即位,改变年号,称为改元。同一个皇帝在位,也可以多次改元。

自翰林被旨充正使:从翰林院编修的职位承奉圣旨,充任正使。正使:外国派来或派往外国的正式使臣。对副使而言。

安南:古地区名和古国名。唐调露元年(679 年)改交州都督府为安南都护府。五代晋时独立。北宋、南宋数次册封。明永乐五年(1407 年),成为明朝一省,于其地置交趾布政司,明宣德二年(1427 年)独立,仍称安南。自宋迄元、明、清各朝均接受册封。清嘉庆八年(1803 年)改国号为越南。1949 年前,我国民间仍沿称其地为安南。

道:取道,经过。

[9]夥(huǒ):多。

土著:世代居住本地的人。

[10]诗书:指有文化有教育。

里正:又称“里典”“里魁”“里吏”“里长”等。官名,职役名,古代乡里主管户籍的基层组织小官吏。里为地方基层行政区划名,是最小的地方行政管理单位。

[11]托籍:寄籍。离原籍所在地

于异地落户入籍。

近岁:近年。

[12]不穷日力:指一天之内。穷日:尽一整天的时间,终日。

[13]亡:失去。

世系:家族世代相承的系统。

[14]次:编次,编纂。

谱图:记述氏族或宗族世系的图表。

[15]正德六年:1511年。

梦野台:参见本书鲁铎《己有园》诗题解。

附

鲁文恪公(鲁铎)神道碑

黄 佐

公讳铎,字振之。其先,荆之长林人[1],元季始家景陵。东冈鲁氏[2],其称盖久,然至公乃大显。公幼学治《尚书》,博通群籍,辞翰夐出[3]。成化壬寅,督学薛纲得所试文[4],深器重之,传示全楚,由是知名。丙午,领荐,卒业成均[5]。弘治丙辰[6],归栖南庄,尝赋《梧凤》之诗,闻者壮其志。己未,改筑东湖之莲北,静学授徒,时或不爨,䜣如也[7]。壬戌,举礼部第一人[8]。对大廷,有沮之者,抑置二甲第二[9],改翰林庶吉士,阁试居首,西涯李文正公乃见称赏[10]。甲子冬,授编修,预修《孝宗实录》[11]。

武宗即阼,诏谕安南[12],充正使,赐一品服以行。丁卯正月,入交趾关,布仪注[13]。大头目黎能让等请略其节目[14]。公曰:"安南素称守礼之国,今乃尔邪[15]!"复固请,公曰:"吾奉天子诏,行万里,惟知明此礼而已。"持之益坚。能让等退而肄仪惟谨[16]。国王进逆界上,及如天使馆宣诏命,始终无违礼者。明日大宴殿中,盛陈明珠、金贝。公不少顾,悉谢遣之。又明日,行,王送之富良江上,其臣异赆,追送三日,固却以归[17]。出入其境,皆命关吏检其行囊,自品服外,无一羡物[18]。明年,交人入谢,宣扬于朝人,谓得体。

丁卯冬,考绩,晋国子司业[19]。寻以父年逾八袠,恳乞终养,得归,遭艰[20],尽礼。是年冬,邑有犬而角,众以为问。公曰:"兵象也。”未几，剧盗啸聚，大肆剽杀[21]，其酋戒下毋犯公家。于是，里人多负襁相依，恃以无恐。或有马牛见掠者，往给为公物[22]，辄还之。

庚午冬，有行取之命[23]。辛未[24]，复职。甲戌，经城外海子上，遇数巨珰[25]，呵不得近。公取道其旁，不为动。遂上疏养病，得旨祭扫。

乙亥五月，家居被命，晋南京国子祭酒[26]。丙子正月莅任[27]，训诸生曰："隐不违君，仕不遗亲[28]，君子之大义也；诚以作圣，思而通神[29]，君子之全功也。圣贤明训，布在方策[30]，要当力行之。尔若徒侈文辞、劳诵说[31]，岂学之道哉？”以士多竞进，乃置精微簿，书其名籍、月日，据簿拨历[32]，人不能欺。有旷年不复馆者，尽檄而来[33]，自是六馆凛然[34]。凡岁廪役银与税局月供豕肉，皆出圣祖成宪[35]，悉颁给诸生，一无自私，士颂其清。九月，改莅北监，约束一如南雍[36]。侯伯在弟子列者[37]，循礼惟谨。

是年，乡邑大水荡民田庐[38]，死亡过半。有司以闻事下户部，公力请大臣往赈。于是敕都御史吴廷举以往，多所存活。八月，复以病再疏，得允。比至家，偃息城中梦野台，作已有园书院[39]，以教子弟。多莳花木[40]，以环亭池，歌啸其间。

嘉靖壬午，今上入承大统[41]，征用旧人，公首被诏。以病乞休，明年三月得请。刑部尚书林俊疏言："经师易得，人师难得。铎，学足以订顽立懦，道足以镇雅黜浮[42]，与谢铎人品为类，宜如孝宗用谢铎故事，令吏部以礼部侍郎掌祭酒事[43]，起之于家，遣官以速其行。”一时抚按台谏交疏论荐，皆称公庄重浑厚之文、淳懿端悫之行[44]。于是推卿佐者五[45]，皆不果用。公尝曰："大臣同心赞化，无所猜贰[46]。虽唐虞、三代之治[47]，可复也。吾老矣，少延日昃之歌，则吾分已足，尚奚望焉[48]？”

丁亥九月十有四日，卒于正寝[49]，寿六十有七。

公性恬退，器量深闳[50]，文章节概，见推天下[51]。家居以身率物[52]。作家训，立祠东冈；约伏腊，则合族申命[53]。又作俗言数章[54]，以劝乡人。未尝一造官府，惟野服徒步，行田圃以自娱[55]。尝谕诸子曰:“今世儒者,往往取孟子肯綮之说[56],自立门户。迹其行事,其弗畔者几希[57],此学者之大戒也!圣贤之道,不离日用。人惟行所无事,则能事毕矣[58]。”又曰:“今人出息取利,势不得不为忍人,小民怨讟丛,厥躬不祥莫大焉[59]。尔曹戒之[60]!”

所著诸稿皆藏于家。

嘉靖己丑十月朔,上赐谕祭[61]。十一月四日,葬于止林之原,上赐谕葬,谥曰文恪,盖异数也[62]。

公功不及匡济,而高风直节,激昂士类[63];位不至卿相,而荣名重望,倾动朝野,亦可谓全归者矣[64]。铭曰:

东冈碧梧挺南荆,俯荫巴丘连洞庭。五华云岫开风城,羲农终古留神灵[65]。化为威凤丹穴生,朝阳雍雍梧上鸣。翩然凌氛仪帝廷,百鸟阒绝啁哳声[66]。九苞扬辉若木英,箾韶协奏闻蓬瀛[67]。于乐辟雍扬二京,坐令函夏皆文明[68]。功成戢羽归景陵,梦野台下沧浪清[69]。峨冠之徒睎濯缨,上林爰止藏仪刑[70]。帝掞天词飨以牲,骏锡文恪受大名[71]。惟公瑞世流芳馨,后千万祀征此铭[72]。

赐进士出身、中顺大夫、詹事府少詹事兼翰林院侍读学士,前南京国子祭酒、经筵讲官兼修国史玉牒,香山黄佐撰[73]。

题解

本文录自黄佐撰、清康熙二十一年(1682 年)黄逵卿刻本《泰泉集·卷第四十八》第 1 页。原题为《朝列大夫国子祭酒鲁文恪公神道碑》。标题中“( )”内的文字为《天门进士诗文》编者所加。清光绪十三年(1887 年)版、天门干驿六湾《东冈鲁氏宗谱》卷首第 28 页收录此文,篇幅加倍。文末署名据《东冈鲁氏宗谱》增补。

神道碑:又叫“神道表”。指墓道前的石碑,也指石碑上记录帝王、大臣生前活动的文字。

黄佐:明学者、理学家。字才伯,号泰泉。香山(今广东中山)人。明正德十五年(1520 年)进士。南京国子监祭酒。卒后赠礼部右侍郎,谥文裕。

注释

[1]荆之长林:指荆门府长林县。长林:古县名。东晋隆安五年(401 年)置。以其地有栎林长坂得名。县治在今湖北省荆门市西北。

[2]东冈:东冈岭,位于今天门市干驿镇松石湖西北。

[3]辞翰:文字。

敻(xiòng)出:疑指远远超出一般人。

[4]成化壬寅:明成化十八年,1482 年。

督学:督学使者。学政的别称。明清派驻省督导教育行政及主持考试的专职官员。也称"学使"。

[5]丙午:明成化二十二年,1486 年。

领荐:领乡荐。唐代由州县地方官荐举进京师应礼部试者称"乡荐"。后世亦称乡试中试者(举人)为"领乡荐"。

成均:相传为五帝时的宫廷学校,西周为国学以教王室子弟的机关。古代的最高学府。唐高宗时曾改国子监为成均监,后人亦称国子监为成均。

[6]弘治丙辰:明弘治九年,1496 年。

[7]己未:明弘治十二年,1499 年。

不爨(cuàn):无米做饭。爨:烧火做饭。

忻(xīn)如:高高兴兴的样子。忻:同"欣"。

[8]壬戌:明弘治十五年,1502 年。

举礼部第一人:指参加礼部主持的会试,名列第一(会元)。

[9]对大廷:指参加殿试。大廷:古代朝廷的外庭,俗称前庭,为帝王朝见或处理政务之所。

沮:终止,阻止。

二甲:殿试第二等。一等为状元、榜眼、探花。

[10]翰林庶吉士:参见本书附录《部分科举名词汇释》第 1 条。

阁试:明代翰林院对庶吉士的考试。

西涯李文正公:李东阳,字宾之,号西涯,茶陵(今属湖南)人。天顺进士,官至文渊阁大学士兼吏部尚书。立朝五十年,门生众多,以宰臣地位领袖文坛,是明七子前反对"台阁体"的大宗派"茶陵派"首领。

见称赏:被称赞欣赏。

[11]甲子:明弘治十七年,1504 年。

预修:参加撰修。

[12]即阼(zuò):即位,登基。

诏谕:皇帝命令,皇帝颁布文书以告喻天下。

安南:古地区名和古国名。今越南。参见本书鲁铎《东冈鲁氏谱序》注释[8]。

[13]丁卯:明正德二年,1507 年。

交趾:参见上文"安南"注释。

仪注：制度，仪节。

[14]节目：程序。

[15]乃尔：竟然如此。

[16]肄仪：古代王者因事举行祭祀，例须预习威仪，谓之“肄仪”。

惟谨：谨慎小心。

[17]舁赆（yú jìn）：带着礼物。赆：送行时赠送的财物。

固却：坚决拒绝。

[18]羡物：多余的物品。

[19]考绩：古代指年终或一定期限内，按一定标准考核文武官吏的政绩。

国子司业：国子监司业。国子监的副长官。协助祭酒教授生徒和掌管训导之政。

[20]八袠（zhì）：八十岁。十年为一袠。

遭艰：遭逢父母丧事。

[21]剧盗：剧贼。大盗，强悍的贼寇。亦用以贬称势力大的反叛者。

啸聚：互相招呼着聚合起来。旧时多指盗贼结伙。

剽（piāo）杀：犹劫杀。

[22]绐（dài）：谎骗。

[23]庚午：明正德五年，1510年。

行取：明清时，地方官经推荐保举后调任京职。

[24]辛未：明正德六年，1511年。

[25]甲戌：明正德九年，1514年。

海子：即积水潭。在北京城内。

巨珰（dāng）：有权势的宦官。

[26]乙亥：明正德十年，1515年。

被命：奉命，受命。

国子祭酒：古代中央政府官职之一，基本隶属于朝廷最高学府国子监。主要任务为掌大学之法与教学考试。

[27]丙子：明正德十一年，1516年。

[28]遗亲：谓疏远或遗弃双亲。

[29]作圣：做圣人。

通神：通于神灵。形容本领极大、才能非凡。

[30]圣贤明训，布在方策：“文武之政，布在方策”的化用。原意为周文王、武王的施政主张，都展示在典籍之上。意谓国家重大政事，都有陈规可循。语出《礼记·中庸》。明训：明确的训示。布：展布，陈列。方策：典籍。

[31]徒侈文辞、劳诵说：在炫示辞藻、讽诵讲说方面白费心力。

[32]竞进：争进。

拨历：明代国子监实习制度。明制，国子监生完成六堂学业之后，须分拨至在京各衙门历练吏事三个月、半年或一年。

[33]旷年：多年，长年。

檄：泛指信函。

[34]六馆：国子监之别称。唐制，国子监领国子学、太学、四门、律学、书学、算学，统称六馆。宋元以后，渐加合并，以至仅存国子一学，但后世仍以六馆指国子监。

凛然：令人敬畏的样子。

［35］廪役银：廪银指在学生员向官府领取的折算成银两的膳食津贴。役银疑指国子监教官的薪酬。

税局：疑指税课司局。明代税课司，府曰司，县曰局。

圣祖：帝王的先祖。多特指开国的高祖。

成宪：原有的法律、规章制度。

［36］北监：明代称设在北京的国子监。

南雍：明代称设在南京的国子监。雍：辟雍，古之大学。

［37］侯伯在弟子列者：在国子监学习的侯伯。侯伯：侯爵与伯爵。

［38］乡邑：家乡，故里。

［39］梦野台、己有园：参见本书鲁铎《己有园》诗题解。

［40］莳（shì）：栽种。

［41］嘉靖壬午：嘉靖元年，1522年。

今上入承大统：指当今皇上即帝位。

［42］订顽立懦："廉顽立懦"的化用。使顽劣的人归正，使懦弱的人立志。形容仁德之人对社会的感化力量之大。语出《孟子·万章下》："故闻伯夷之风者，顽夫廉，懦夫有立志。"订：正，改正。

［43］镇雅黜浮："崇雅黜浮"的化用。镇服雅正，摈弃浮华。原指在文风上崇尚雅正，摈弃浮华。

谢铎：字鸣治，号方石。浙江太平人。明天顺八年进士。授编修，进侍讲，直经筵。遭丧服除，遂不起。弘治初，以原官召修《宪宗实录》，擢南京国子祭酒，累官礼部右侍郎管祭酒事。卒谥文肃。

［44］抚按：明清巡抚和巡按的合称。

台谏：台官和谏官的合称。台官指监察官。

交疏：（大家）不断上疏。

论荐：议论、荐举。

淳懿：厚美。

端悫（què）：正直诚谨。

［45］推卿佐者五：五次被推举为大臣。卿佐：指辅佐国君的执政大臣。

［46］赞化：襄助化育万物。

猜贰：疑忌而有二心。

［47］唐虞：尧舜。

三代：夏、商、周三个朝代。

［48］日昃（zè）：太阳偏西。

奚望：所望为何。

［49］丁亥：明嘉靖六年，1527年。

卒于正寝：旧时人死后一般停尸于住房正屋。指年老在家安然地死去。正寝：住房正屋。

［50］恬退：淡于名利，安于退让。

深闳：深远宏大。

［51］节概：志节气概。

见推天下：天下公认。推：谓公认。

［52］以身率物：以自身为下属作出榜样。

[53]伏腊：指伏祭和腊祭之日。伏在农历夏六月，腊在农历冬十二月。或泛指节日。

申命：重申教命。

[54]俗言：俗谚。

[55]造：拜访。

野服：村野平民服装。

田圃：田地和园圃。

[56]肯綮（qìng）：筋骨结合的地方，比喻要害或最重要的关键。

[57]迹：追踪，追寻。

弗畔者几希：此处指没有违背孟子宗旨的人极少。畔：通“叛”。违背，背离。

[58]行所无事：做着像没事儿一样。形容做得很轻松自然。

能事毕矣：指天下之能事尽在其中。能事：所能之事。

[59]出息：收益。

忍人：谓对别人忍心。

怨讟（dú）：怨恨诽谤。

厥躬不祥莫大焉：自身的不善没有比这更大的了。

[60]尔曹戒之：你们要戒除啊。

[61]嘉靖己丑：明嘉靖八年，1529年。

谕祭：谓天子下旨祭臣下。

[62]异数：〈书〉不寻常的礼遇。

[63]匡济：“匡时济世”的省略。谓挽救艰困的局势，使转危为安。

士类：文人、士大夫的总称。

[64]全归：谓保身而得善名以终。

[65]五华、风城、羲农：此处上句云景陵地灵，下句云景陵人杰。本书收录的程飞云《景陵风俗论》云：“景邑，古风国地也。风氏系出伏羲。”天门皂市旧有风城之称；有五华山，山上原有伏羲殿。

[66]凌氛：疑为乘云驾雾之意。

仪帝廷：意思是，凤凰来仪，朝廷祥瑞。

阒（qù）绝：形容寂静。

啁哳（zhāo zhā）：形容声音烦杂而细碎。

[67]九苞：凤的九种特征。后为凤的代称。

箾（xiāo）韶：舜乐名。

蓬瀛：蓬莱和瀛洲。此处指瀛洲。唐太宗为网罗人才，设置文学馆，任命杜如晦、房玄龄等十八名文官为学士，轮流宿于馆中，暇日，访以政事，讨论典籍。又命阎立本画像，褚亮作赞，题名字爵里，号“十八学士”。时人慕之，谓“登瀛洲”。事见《新唐书·褚亮传》。后来的诗文中常用“登瀛洲”“瀛洲”比喻士人获得殊荣，如入仙境。

[68]于乐辟雍扬二京：指鲁铎先后任南京、北京国子监祭酒。

于乐：疑指士人的教育。《论语·泰伯》云：“兴于诗，立于礼，成于乐。”按古人教育制度，诗、礼、乐三者正是士人在成长过程中所受的三大教育的内容。诗以启蒙，礼以立身做人，乐则集成。

坐令:致使。

函夏:全中国。

[69]戢(jí)羽:敛翅止飞。

[70]睎(xī):仰慕。

濯缨:洗濯冠缨。比喻超脱世俗,操守高洁。

上林爰止:疑指上文鲁铎葬地"止林之原"。

仪刑:楷模,典范。

[71]掞(shàn):铺张,发舒。

飨:通"享"。享受。

骏锡:疑指良臣受赐。

大名:谓尊崇的名号。

[72]祀:岁,年。

征:证明,证验。

[73]赐进士出身:参见本书附录《部分科举名词汇释》第1条。

中顺大夫:明代为正四品初授之阶。

詹事府少詹事:詹事府为官署名,掌太子家事。唐建詹事府,设太子詹事一人、少詹事一人,总东宫内外庶务。历朝因之。明代詹事府名义上有辅导太子之责,实际上与翰林院所掌相同,其设官专门用来容纳文学侍从之臣。

李　淑(广西右布政使)

李淑(1517～1581年),字师孟,号五华山人。天门皂市人。

清康熙三十一年(1692年)版《景陵县志·卷之十·人物志》第8页记载:李淑,字师孟。由京山县学。嘉靖丙午科举人,庚戌科进士。仕至广西右布政。诰赠礼部侍郎。公履历详《京山县志》。公子维桢,进士,礼部尚书;维极,举人,蜀同知;维标,进士,国子监典簿;维楫,中书舍人。

清康熙三十一年(1692年)版《景陵县志·卷之六》记载:父子进士坊在皂角市,为李淑、李维桢、李维标立。现存。

山居杂兴

李　淑

风尘颠蹶我从容,日日幽溪访古松[1]。清啸远流空谷响,咏归常到夕阳春[2]。邱中有客能调鹤,世外无人解好龙[3]。冷眼看山情毕露,等闲踏遍两三峰。

题解

本诗录自丁宿章撰、清光绪九年(1883年)版《湖北诗征传略·卷二十六》第9页。

杂兴:有感而发、随事吟咏的诗篇。

注释

[1]颠蹶:指行走不平稳貌。幽溪:因山谷幽深而形成的清幽的溪流。

[2]清啸:清越悠长的啸鸣或

鸣叫。

夕阳舂:夕阳落山。

[3]邱中:丘中。田园,乡邑。《诗经·王风·丘中有麻》中的“丘中”(山丘之中),即为贤人被放逐之地。后世以丘中喻指隐居之地。

调鹤:驯鹤。

好龙:叶公好龙。比喻表面上爱好某事物,实际上并不爱好。

梦野公(鲁铎)赞

李　淑

君才夙昔称名家,此日分符远泛槎[1]。海上獠黎归保障,公余琴鹤对烟霞[2]。鲁恭卓异驯郊雉,潘岳风流满县花[3]。莫倚探奇游独壮,伫看飞舄到京华[4]。

题解

本诗录自清光绪十三年(1887年)版、天门干驿六湾《东冈鲁氏宗谱》卷首第65页。原文无标题。署名“观户部政五华李淑”。

梦野公:指鲁铎。鲁铎归景陵,据城中梦野台,作己有园,以为偃息所。

注释

[1]夙昔:泛指昔时、往日。

分符:犹剖符。谓帝王封官授爵,分与符节的一半作为信物。

泛槎(chá):原指乘筏泛游至天河,后以喻指乘船出远门。槎:木筏,筏子。

[2]獠黎:百越先民的两个族名。此处指鲁铎所出使的安南。

[3]鲁恭卓异驯郊雉:典自“政成驯雉”“狎雉驯童”。后汉鲁恭宰中牟,以德化民。时郡国螟蝗伤稼,独不入其境;有母雉将雏过童子旁,童子仁而不捕。事见《后汉书·鲁恭传》。后因以誉人政绩。

潘岳风流满县花:潘岳做河阳县令时,满县栽花。后遂用“河阳一县花”“花县”等用作咏花之词,或喻地方之美或地方官善于治理。潘岳:字安仁,西晋荥阳中牟(今河南中牟)人。著名辞赋家、诗人、散文家。

[4]飞舄(xì):舄,原指古代一种双底鞋,后引申为鞋的通称。旧传东汉叶县令王乔会道术,能使他所穿的官履(舄)化凫(fú),乘飞凫赴京上朝。

钟公南镇(钟山)墓志

李　淑

钟公南镇,原籍吉永丰,御史同裔[1]。延及曾祖琼授重庆判,祖协祚商于景陵皂镇,因家焉[2]。生弘仲,配姚氏;弘仲生公。公生平鲠介,事亲以孝闻[3]。至嘉靖间,当道贤之,立为团练长[4]。公矢心戮力,历四载,里中称治[5]。后受当道奖,欲荣以冠带,公辞[6]。迨丁卯,邑侯方公亦欲与之冠带[7],公又辞。至于托遗孤、还拾金,排难解纷,皆其余事。抵癸酉年[8],痰病竟终。

公讳山,字静夫。生弘治乙丑,卒万历癸酉[9],享年七十。初娶徐氏,继高氏。子二:长一理,次一贯,庠生[10]。女一,室京山太仆寺卿王宗载孙宪[11]。卜乙亥十二月八日葬于苏山原,丑未兼丁二分为茔[12]。

予与公善,备知颠末[13],故志焉。第恐山河变迁,后君子遇此,乞哀悯掩覆、阴骘万代矣[14]。

赐进士出身、山西布政使司右布政使,同镇山人五华李淑谨撰[15]。

题解

本文录自钟山墓志。墓志现藏于天门皂市白龙寺。

钟公南镇:钟山,字静夫,别号南镇。钟惺祖父。

注释

[1]吉永丰:指明代吉安府永丰县。今为江西省吉安市永丰县。

御史同裔:指与作者李淑原籍相邻。李淑墓志铭称“徙江西之吉水”。

御史:明代巡按监察御史省称。裔:谓边邻。

[2]判:州判,通判。州府长官的行政助理,分掌粮运、督捕、水利等事务。

皂镇:指今天门市皂市镇。

因家焉:于是定居于此。

[3]鲠介:正直耿介。

事亲:侍奉父母。

[4]嘉靖:明世宗朱厚熜(cōng)年号(1522~1566年)。

当道:指执政者,掌权者。

团练:封建社会地方武装的一种。主要指地方乡绅自行征集壮丁编制成团,施以军事训练,用以捍御盗匪、保卫乡土的武装。

[5]矢心戮力:衷心尽力。

里中称治:乡人称颂地方安定。治:安定。

[6]冠带:帽子和腰带,借指做官。

[7]迨丁卯:等到丁卯年。丁卯:明隆庆元年,1567年。

邑侯方公:指时任景陵知县方梁。邑侯:明清县长官别称。

[8]癸酉:明万历元年,1573年。

[9]弘治乙丑:明弘治十八年,1505年。

[10]庠生:明清两代府、州、县学的生员别称。"庠"为古代学校名称。

[11]室:妻子。此处是嫁与的意思。

[12]卜:选择(处所)。

乙亥:明万历三年,1575年。

丑未兼丁二分:指墓地坐东北向西南的一种朝向。丑未兼丁:疑为"丑未兼丁癸"。兼向是指风水罗盘上相对于"正向"而言的一种朝向。二分:当指风水中的"旺、相"两个分金。风水罗盘中的一百二十龙分金是以地盘正针为准,罗盘圆周共二十四山,每山分为五个格子,24×5=120,所以,每个格子是一个分金。再从罗盘一百二十个格子的分金来看,每山五个格子只标出两个格子的干支,其他三个格子都空着。旺、相这两个格子是吉数,阴阳二宅在立分金线时是必不可少的两个可用之线,孤、虚、空亡三个凶线不能用。

[13]备知颠末:意思是,对墓主的情况了解得很全面。备:全部,完全,尽。颠末:犹始末、本末。前后经过情况。

[14]第:只是。

掩覆:遮盖,庇护。

阴骘(zhì):阴德。

[15]布政使司右布政使:承宣布政使司为国家一级行政区,名字取自"朝廷有德泽、禁令、承流宣播,以下于有司",前身为元朝行中书省。明洪武九年(1376年)撤销行中书省,以后陆续分为十三个承宣布政使司,全国府、州、县分属之,每司设左、右布政使各一人,从二品,与按察使同为一省的行政长官。明宣德以后因军事需要,专

设总督、巡抚等官,都较布政使为高。

山人五华:李淑居天门皂市五华山下,号五华山人。

附

五华李公(李淑)墓志铭

王世贞

呜呼!是为致仕右布政使李公之所藏魄,而世贞志之。

李公者,讳淑,字师孟,以家五华山之傍,自号五华山人。其先为西平中武王晟裔,不知所自徙,徙江西之吉水,数十传而转徙楚之景陵。曰公高祖洞渊公九渊,传朋钰公钰,有子曰南台公景瑞,得公,封河南左参议。公以诸生荐乡试者十年,成进士,拜工部虞衡主事,稍迁营缮员外郎、都水郎中,出佥浙江按察司事,调除山东。甫上,以母杨恭人丧归,久之始复除山东,遂参议河南,迁山西按察副使、浙江左参政,晋山东按察使,转今官,以南台公老上书乞解所居职,侍养者垂八年。而南台公卒,公不胜哀,属疾,久之亦卒。时万历之辛巳正月二十九日也,得寿六十有五。

公所受室曰王夫人,其继曰陈夫人,盖尝以公参议秩封恭人矣。复以子维桢考史官最封,而从公布政秩称夫人。维桢者,公长子也。而举于贰匡,乳于梁,弱冠,成进士高第,累官国史修撰、提学副使,以至河南右参政。娶王氏,为嘉靖直臣宗茂女。次维极,举己卯,娶徐氏太学廉女。次维柱,次维标,俱举丙子。其娶吴氏、陶氏,为儒官希元袁郡丞之肖女。又次维楫,邑诸生,娶夏氏,为贡士宗女。女一,归诸生魏实秀。孙女二,未字。

维桢之状云尔,世贞读而叹曰:呜呼盛哉!士自致其分于君臣父子间,未有能不纤憾遗者也。其在我者十而五,其在天者十而五。是故有顺以际,有拂以成,要之不两兼也,兼之自李公始。

公之奏南宫捷也,江西重相严曰:"闻楚有才士李某者,吾乡人也,能一见我乎?"公逡巡谢,弗肯往。以故当射策,夏太宰邦谟奇而荐之鼎甲，相严固下之。然于选犹得虞衡。而榷杭州税，则日坐堂皇，别出纳，庭无候人，外尺刺不入，内三尺童子履不践阈外。大要以破窥伺而为缓急重轻者，比公满商旅拥车阗道，不得发士大夫之觞相属也。故事郎自榷还，谒相严，则谒其子蕃，谒必辇重而后得志。公第以两吴缣往曰："小别于徒手者耳！"蕃左顾唾而却之。以是公为郎前后积且六岁，而仅得佥事，然竟不能以考功令中公。

公之佥事，时倭寇方躏浙，靡所不垒。而公以一书生当其冲，顾荐自奋曰："此非丈夫毕命时耶！"台告急，公以督府檄提轻兵，蹙之吊崩山，生获酋渠薛柴门、三不郎等数十百人，余溺死者亡算。而会有言矿盗聚徽处山中，阴为倭内主，督府檄公移兵取之。公持不可，曰："饥氓弄竹筅，自救死耳。宁能越重岭作鲸海间耶？且此可抚而兵行，籍开化十余大姓，能得盗命者责而贳之，俾食盗而官稍继其匮，更为约曰，居恒不得颂共系，若即缓急，为县官奔命，其犯约、不如约者皆死。"贼尽降，散后颇收其用。

……

甫半岁，有广西命，便道归省。南台公迎门谓曰："视吾貌，与曩何似？"公念南台公虽健，然已八十，今幸而尚为吾有，卒一旦不可讳，奈何？则数请于南台公，会有失媵之戚，亡赖于食寝，而后许比上章，天子犹难之至。再乃报可礼数视大臣。公自是始复称子三，时视滫瀡必腆，暮则布席于榻旁，中夜，候喘息稍失度，则彷徨走医药。既病，口含饭餔之。南台公曰："向者见若之奉若母及我，吾以若壮安之。今老矣，去我何几，而自劳苦乃尔？"公谢曰："吾不能毕效于老母，今犹耿耿也。儿在，安敢一息懈？"盖南台公殁，而嗷跳犹婴孺。其殁也，病实自庐墓云。呜呼！公不爱其身，以勤君父，数蹶数起，卒用忠孝终。天子之急公与南台公之欲急公用甚于公，然公进而不夺其才，退而不夺其志，其卒底公于忠孝者，天也。夫岂唯兼之，盖亦两相成哉？

公性不好名高，顾于为德不一。所居必先存问高年、旌异、孝子、贞妇、侠烈，急之若失。它中表戚族有窘而不能存者，割俸以贷，至再三不倦。同年高伯宗卒于景，相亡子，而里中见侮者强。公遏之力，曰：“吾知于伯宗何益？意不欲遽死之耳！”慈溪冯御史者，公所由乡荐者也。按河南而以行宫火逮至郢被杖，公夜橐饘委身血肉间。殁而调棺殓行，服如子弟。闽人林参政倾盖而成莫逆，其疾与其死也，资力皆于公乎取。林且死曰：“畴谓吾终鲜，晚而有兄。”董侍郎元汉为主事，以论紅相严戍过公治。公不逃诸寮睨，自出尉抚之，觞行酒，橐行金，元汉为忘戍也。公时时屈指言：“吾德于人，毋论度德我者谁何，我能报之者何若，必满意乃已。”

公性既好施，而尤不苟取。其自山西入贺万寿，台司为治装，皆弗听所受。性耿介，不独于重相幸臣，见之即天下所指。最贵而贤者，于公乡人且通家也，公亦自爱，其一姓名札弗肯通。生平端谨，重修容，虽盛暑不裸袒。逾三十始得维桢诸子，而才甚爱之。然未尝示以少狎色，诸子亦亡敢以狎色若华服见者。里中固善公严事公，有冠虎计欲公廛室，麕集恶少数百人，来蹋公第门，椽瓦立尽。亲族不能平，倍其众谋为公报。公止之曰：“诸君幸怜我，乃欲为彼所为耶？”中丞赵公汝贤，高公行，扁其门曰孝廉。公谢，弗敢当，庋置之室而已。

公少即以艺文著，其应诸生试，亡弗褎然首者。门生执经请质，屦恒满。或贵而叛之，不欲名公经，公弗与校也。家藏书万卷，手校雠若新。居不恒作诗文，有所作必清腴合度。得集如干卷，而秘之以对客，若不尝御觚墨者。呜呼！公之严内行务为长者若此，天报之以令名。若令男子其所两相成，宁独忠孝已哉！

世贞既已志，则又曰，余与李公于郎署时，以文字通，云监晋试而幸偕公，公又代余浙西事，相慕也最。后访公里，与觞空山女岩洞间，北眺汉江，南挹三湘，而乐之酒酣，指顾韩山道。今公实葬其下，夫岂偶然哉？今夫江山之所环汇，其炳灵秾深，不发于人不止也。而公父子实当之。呜呼！公已矣，其即安于兹矣。所以继公志者，诸子耳。是故为之铭曰：

惟楚有材璞则良，厥肤温如内坚刚。以陨自矢弗改光，三刖乃荐登荆堂，或刓烧之完弗伤。剸而瑟瓒黄流中，以飨岳伯暨河宗。用之未竟椟乃藏，厥产瑶琨璜琳琅，一一十五连城偿，帝锡女棺韩山阳。孚尹上烛辉天阊，嘘为虹霓嗡汉江。万岁千秋夜未央，我裁铭诗与俱长。

题解

本文录自王世贞撰、四库全书本《弇州续稿·卷九十七》第1页。原题为《中奉大夫广西等处承宣布政使司右布政使致仕五华李公墓志铭》。省略号部分约1100字。主要叙述李淑与幸臣赵文华的较量、"补山东，治兖东"的史事。

广西等处承宣布政使司右布政使：承宣布政使司为国家一级行政区，名字取自"朝廷有德泽、禁令、承流宣播，以下于有司"，前身为元朝行中书省。在正式文件中，为避免使用元朝的"行省"一词，在地名下加"等处"。明洪武九年(1376年)撤销行中书省，以后陆续分为十三个承宣布政使司，全国府、州、县分属之，每司设左、右布政使各一人，从二品，与按察使同为一省的行政长官。明宣德以后因军事需要，专设总督、巡抚等官，都较布政使为高。

致仕：古代官员年老或因病交还官职，辞官退居，犹近世之退休。

清光绪八年(1882年)版《京山县志·卷二十二》记载："李淑墓，在县东南四十里韩家港，地名鹳爪穴。"

墓志铭：碑志之一种。包括志、铭两部分。前者记述死者生平事迹，多用散文；后者对死者表示悼念或称颂，多用韵文。因刻石立于墓门，以防地形变迁时无从辨认墓主，故名。

王世贞：字元美，号凤洲，又号弇州山人。明太仓(今江苏太仓)人。嘉靖进士。官至南京刑部尚书。与李攀龙同为"后七子"首领。

吴文佳(福建右布政使)

吴文佳(1539~1607年),字士美。天门石家河人。

清康熙八年(1669年)版《安陆府志·卷二十二·宦业》第37页记载:吴文佳,字士美。嘉靖乙丑进士。司理徽州,徽多富人,好游郡国守相以为荣。公严杜请谒,讯两造,片言摘款。矿贼起,以计捕禽其魁。寻迁刑部主事,移户曹,司榷临清,以廉覈(hé)闻。召入为给谏,晋工科都。自践垣以来,弹劾不避权势。出为河东参政,擢福建右藩。以前却中考功令应徙官而归。年六十九卒。

陈文新等主撰《明代科举与文学编年》明嘉靖乙丑科:吴文佳,贯湖广承天府景陵县,军籍。县学附学生,治《易经》。字士望,行一,年二十七,十月二十二日生。曾祖琼,祖政潮,父钧。母丁氏,继母王氏。具庆下。弟文化、文仕、文任、文炳、文位。娶崔氏,继娶黎氏。湖广乡试第二十七名,会试第八十七名(本书引用时文字有改动)。

附

吴公(吴文佳)墓志铭

李维桢

嘉靖甲子,邑校举楚闱者三人:谢宗文、周用馨、吴士美[1],而独吴公位方伯[2]。其子孙贤且多。自闽归二十有八年,不复谒选入[3]。万历三十有五年四月八日卒[4],年六十有九矣。诸子卜以十有二月十有五日,葬于公所自卜兆邑某隅某山、负某抱某[5]。而季子使使远入晋,乞志墓中石[6]。余与三公同乡举,于今四十四年,尚腼然称人于世[7];而季子为余少弟婿、于公为佳儿,所论次公行事,皆余所习闻,无虚美[8]。余以同榜兄弟,复为婚姻兄弟,志非余孰任者[9]?

盖吴之先,故三吴望族也[10]。明兴,始祖忠徙景陵。忠生友诚,友诚生琼,琼生政潮,政潮生钧。娶于丁,生二子;继娶于王,生二子。公为长。钧以公贵,封工科都给事中;丁、王赠封皆孺人[11]。

公生为嘉靖己亥十月二十有二日[12]。初,父梦麟自天下其室,绂之[13],已而生公。曰:“麟,祥也。”髫而丧母,慕则孺子[14],礼则成人。冠而为诸生,读书道靖中[15],非深夜不就枕,非累月不归舍。声色博弈[16],一无所好。家火光属天[17],邻人望见来救,至则非也。异之,吴氏其兴乎?

二十六而举于乡,明年成进士。除徽州推官[18]。徽多富人,好游郡国守相以为荣饰,有事行金钱媚赂[19]。而气决矜奋,讼不胜不止,恒毁家以殉之[20]。公严杜请谒,讯两造,务尽其情,皆欢然就质[21]。郡狱失囚,迹之移日而获矿贼起,诸邑震骇。以计捕禽魁首[22],散罢其党。尝署黟[23],黟无城,为城,城已。署歙,当校士,士关说百千人,焚其书[24],寒畯得自见,知名于时者相属[25]。他郡理按事徽,修边幅,箠楚无辜民[26],噪而为乱。公闻亟往晓告之,乃已。上官嘉其能,每以大觚投之[27],迎刃而解。荐于朝二十许章,考最,貤封亲如令甲[28]。擢刑部四川司主事。部故称“白云司”,有白云楼在焉。登楼徙倚南望,二亲在白云天际,赍咨涕洟也[29]。士大夫闻而咏歌之,有《白云遐思集》。居一岁,所虏以其爱孙阑入塞,拥骑款关,中外戒严[30]。大司农忧饷无所出,简曹郎为司榷[31],移公户部司榷临清[32],以廉覈闻,商舟蚁附[33]。未三月,而召入为吏科给事中,商勒石志去思焉[34]。已晋礼科右、兵科左[35]。上初即位,察文武诸大臣。而兵科长适缺,当事谓非公莫能辨[36],虚其长以付公。公弹劾不避权势,人以为允[37]。已晋工科都给事中,并建两宫,礼成行庆,封父如其官[38],赠母仍孺人。已视昭陵工[39],省费累万。上元年,奉使祭玄岳,及赐襄王葬,驺从供张简约不烦[40]。已出为河南参政[41],治洛阳。洛阳吏盗帑金,法当死,令曲庇之,卒拷讯正法[42]。二年,擢贵州按察使[43],未上,擢福建右布政使。其左入计,公实为政[44]。铢两之奸,无所不纠摘[45],筦库不得高下其手,诸赎锾羡金一切罢去[46]。闽人诵之,然稍形同事者短矣[47]。大比,司提调[48],得士三十余人,多贵而贤者。卒以前却中考功令,应徙官,而念封公老矣,誓墓不复出[49]。晋刘司空、吴李中丞、蜀赵司马后先宦楚,檄有司劝驾[50],不应。

皇太子生,封公应诏从子二品服[51],性不乐城市,与王孺人及诸子居田中庐。公月往省数四,祁寒暑雨无间[52]。苍头奴子报平安,不绝于途恸[53]。因母蚤世[54],事继母如之。御三弟庄而和,即后先无违言[55]。三弟以严见惮,事之在父兄间。世父参军公镗怜公失母,拊公而督教之,恩礼有加[56]。

公事世父如父、世母如母、从弟如母弟。他从父兄弟十余人,如世父子、从兄弟之子如子弟。若子才者奖进之,有过诃诘之[57]。若宁波守文企,季友兄心者也[58]。其于婚姻、乡党亦然。以便嬖进者,以居间造者[59],辄勃然变色。共人逡巡而退里居[60],非公事不入公门。故人干旄过公,鸡黍为款[61]。语及民隐,娓娓不休,绝不涉私。伯子举孙,仲子抱子,而又举季子[62]。食指繁,各治第一[63]。区析箸,季子受室[64],益不问家人产矣。

公身中人,而面方须垂,腹腹垂腴[65]。好养生家言,少尝病,遇异人,授以吐纳之术[66],立愈。已游少林寺,见大鞋僧[67],与之谈,豁然,所得益深。五星六壬、相人相宅、占卜之书,咸有精诣[68]。每以难诸专门名家,莫能对也。而于医尤精,著《脉诀》若干卷,多出人意表。饮酒可数斗不乱,宴会非大故必赴。而不为长夜饮,家召客,漏下二鼓,谢曰:“可休矣。吾以是摄生[69],奈何不爱人以德?”

晚年构别业东郊,颜曰“茹芝”[70]。四时花卉蔬果毕具。所善二三密戚故友,觞咏其中[71]。童子以吴歌管弦侑之[72],兴尽携手徒步而返。今年微示疾,杜门不见人。宁波守觐过家,命处分后事[73],召三子授之。又两月,寝食如故。浴佛之日[74],起坐不言而逝。

公名文佳,士美其字,别号凤泉,已更号二室山人。元配崔孺人,继黎孺人,副之者熊。三子俱邑诸生。伯贵,妇欧阳茂才植女[75]。仲贞,妇戴茂才应女。季贽,妇李,即余弟中书舍人维楫女[76]。二女:一适熊茂才缵子应时;一适嘉定簿朱亨孙运鸿季子[77]。母能娱公[78],

老而善教。其子辞翰之美,为里人所珍,余弟所为女相攸也[79]。孙七人:贵出者邦彦,妇周茂才僎女[80]。国彦,妇陈右布政使所学女[81]。世彦,妇朱吏部员外郎一龙女[82]。某彦,妇鲁茂才多贤女。某彦,妇某。某彦,妇某。贞出[83]。今三为邑诸生,有俊才,嗣兴未艾也[84]。女孙二人:长适茂才樊伯贵出,次未聘,贞出。铭曰:

惟鲁文恪,天衢龙跃,九京不作[85]。垂六十年,吴公兴焉,领袖俊贤。内长掖垣,外建大藩,俄中流言[86]。前途何害,行年未艾,蝉脱尘埃[87]。授楚覆楚,变态几许,超然远举[88]。齿德名位,较鲁相次,后坤克嗣[89]。云梦大泽,有丘如罣,于焉窀穸[90]。郁郁葱葱,享祀无穷,第一吴公。

题解

本文录自李维桢撰、明万历三十九年(1611 年)刻本《大泌山房集·卷之七十九·墓铭》第 12 页。原题为《福建右布政使吴公墓志铭》。右布政使:参见本书王世贞《五华李公(李淑)墓志铭》题解。

注释

[1]嘉靖甲子:明嘉靖四十三年,1564 年。

邑校举楚闱者三人:县学选派参加湖北乡试中选的共有三人。

谢宗文、周用馨、吴士美:指谢廷敬、周芸、吴文佳。

[2]方伯:古代一方诸侯中的领袖称方伯。明清布政使,皆称方伯。

[3]谒选:官吏赴吏部应选。

[4]万历三十有五年:丁未,1607 年。

[5]卜兆:指占卜时甲骨上预示的吉凶方面的信息。

负某抱某:指墓穴的某一个朝向。风水罗盘中间有一层是指示二十四山方位的。从北方开始依次序排列分别是壬子癸、丑艮寅、甲卯乙、辰巽巳、丙午丁、未坤申、庚酉辛、戌乾亥,共二十四个方位。每一个汉字表示一“山”,占 360 度中的 15 度。如甲与庚相对,甲在东北,庚在西南,各占 15 度。甲山庚向是坐东北朝西南,就会说成“负甲抱庚”。负:背倚。

[6]季子:年龄最小的一个儿子。

乞志墓中石:恳求撰写墓志铭。

[7]乡举:乡试中式。

尚腼然称人于世:尚且愧受世人称道。腼然:惭愧貌。

[8]佳儿:好儿子,称心的儿子。

所论次公行事:所写的吴公的生平介绍。论次:论定编次。行事:行为,事迹。

虚美:凭空加以赞美。

[9]志非余孰任者:撰写墓志铭这件事,除了我还有谁能更合适地担当呢。

[10]三吴:有多种说法,唐指吴兴、吴郡、丹阳,宋以苏、常、湖三州为三吴。或泛指长江下游一带。

望族:有声望的家族。

[11]封工科都给(jǐ)事中:意思是,将吴文佳当时担任的工科都给事中的职务封赐给他的父亲。

封:封建时代朝廷封赐臣僚爵号。以封典给官员本身称为"授",给官员曾祖父母、祖父母、父母和妻室,存者称为"封",已死的称为"赠"。

工科都给事中:官名。明设,掌工科事,正七品。

工科:官署名,指吏、户、礼、兵、刑、工六科中的工科。宋以给事中分治六房,明改设六科给事中,初属通政司,后自为一曹,得与部院平列。清雍正时并入都察院。六科掌规谏、稽察、封驳等事。日朝时,由科员一人轮班,立殿侧记录,诏旨宣行,例由六科抄出;各科还分察相应各部之事务,负有监察重任。六科各有都给事中,左、右给事中各一,给事中若干人。品秩,明为正、从七品,清为正五品。

孺人:明清为七品官的母亲或妻子的封号。

[12]嘉靖己亥:明嘉靖十八年,1539年。

[13]绂(fú):丝带。此处典自"绂麟"。晋王嘉《拾遗记·周灵王》记载:孔子未生时,有麟吐玉书于阙里人家。其母徵在贤明,知为神异,乃以绣绂系麟角,信宿而麟去。

[14]慕则孺子:"孺慕"的化用。对父母的哀悼、悼念为"孺慕"。

[15]冠:弱冠。古时以男子二十岁为成人,初加冠,因体犹未壮,故称弱冠。

诸生:明清两代称已入学的生员。俗称"秀才"。

道靖:道观。靖:通"静"。道家修炼之处。

[16]声色:指淫声与女色。

博弈:指赌博。

[17]属(zhǔ)天:接天。

[18]除:拜受官位。

推官:唐、宋、元、明各朝州府所属法官。

[19]好游:喜好游说,作说客。

郡国守相:即郡守国相。此处指太守。本为汉朝官名,为郡太守和王国相之合称。太守掌治其郡,王国相掌统王国百官,后掌治民。

有事:小官的统称。

[20]气决:谓果敢而有魄力。

矜奋:以勇气自恃,骄傲自大。

恒：经常。

毁家：指用尽全部家产。

[21]请谒：请托。

两造：指诉讼的双方，原告和被告。

就质：伏在刑具上。此处疑指服从判决。

[22]捕禽：捕擒。

[23]署黟（yī）：代理黟县知县。署：代理，暂任。

[24]署歙（shè）：代理歙县知县。

校士：考评士子。

关说：代人陈说，从中给人说好话。

焚其书：指吴文佳焚烧请托的书信。

[25]寒畯（jùn）：贫穷的读书人。

自见：自我表白，显露自己。

相属（zhǔ）：接连不断。

[26]郡理：明代府推官别称。

边幅：规矩，法则。

箠楚：同"捶楚"。本指棍杖之类，引申为拷打。

[27]上官：上司，长官。

大觚（gū）：重任。觚：剑柄。

[28]考最：政绩考列上等。

貤（yí）封：旧时官员以自身所受的封爵名号呈请朝廷移授给亲族尊长。

令甲：第一道诏令，法令的第一篇。后用为法令的通称。

[29]徙倚：犹徘徊，逡巡。

齎（qí）咨涕洟（yí）：咨嗟哀叹而又痛哭流涕。涕洟：涕泪俱下，哭泣。

[30]款关：叩塞门，指外族前来通好。

戒严：在战时或其他非常情况下，所采取的严密防备措施。

[31]大司农：指户部尚书。汉代官名，掌管钱粮。东汉末改为大农，魏以后或称司农，或称大司农。

简曹郎为司榷：挑选各部司官去征税。曹郎：即部曹。部属各司的官吏。司榷：征税。

[32]移公户部司榷临清：移文通知吴文佳受户部派遣到临清县征税。

移：移文，古时官府文书的一种。与牒相类，多用于不相统属的官署之间。

[33]廉覈（hé）：疑指清廉严谨。

蚁附：形容归附或趋附之人多。

[34]商勒石志去思：指临清县的百姓商量刻一块石碑，以记载对吴文佳的怀念之情。去思：旧称地方绅民对离职官吏的怀念。

[35]礼科右、兵科左：指礼科右给事中、兵科左给事中。参见上文注释"工科"条。

[36]兵科长：指兵科都给事中。

当事：当权者。

辨：治理。

[37]允：公平。

[38]礼成：仪式终结。

行庆：犹行赏。

封父如其官：指将吴文佳工科都给事中的职务封赠给他的父亲。

[39]视：监视，督察。

[40]玄岳：湖北省武当山，传说真武神人（即玄武神）曾在此修道。河北恒山也称“玄岳”。

驺（zōu）从：古代贵族高官出行时所带的骑马的侍从。

供张：亦作“供帐”。指供宴饮之用的帷帐、用具、饮食等物。

[41]参政：辅佐左右布政使的官员，从三品。参见本文题解。

[42]帑（tǎng）金：国库藏的金帛。

曲庇：曲意包庇、袒护。

拷讯：刑讯。

[43]按察使：明时各省提刑按察使司的长官，掌管一省司法，后为巡抚的属官。正三品。

[44]其左入计，公实为政：指左布政使入京听候考核，吴文佳实际上主持福建的工作。入计：谓地方官入京听候考核。

[45]铢两：一铢一两。引申为极轻的分量。

纠擿：督察揭发。

[46]筦库：管库。指保管仓库的役吏。

高下其手：指上边的和下边的串通一气，合起手来营私舞弊。

赎锾（huán）：赎罪的银钱。

羡金：羡余。指赋税以外的其他征收。

[47]稍形同事者短矣：与执掌同一事务的人略作比较，则显出别人的不足。

[48]大比：科举考试。明清时特指三年一次的乡试。

提调：明清科举考试中特设之官，又称“提调官”。明制，顺天、应天二府乡试用府尹，各省乡试以布政司官充任，会试则以京官用之。俱设一员。掌理试场帘外一切事务，封闭内外门户，凡送卷、供应物料、弥封、誊录等事，皆跟随点检查封。

[49]以前却中考功令，应徙官：因进退符合考核的规定，理应提拔使用。前却：进退。考功：按一定标准考核官吏的政绩。

封公：封建时代因子孙显贵而受封典的人。

誓墓：在坟前立下誓言。指古代官吏辞官归隐。东晋时，骠骑将军王述与大书法家王羲之齐名，而王羲之很瞧不起王述，因此两人关系一直不好。王羲之曾经做过会稽内史，有一次，王述恰好被派去检查会稽郡的政务。王述给王羲之出了不少难题，王羲之感到自己受了奇耻大辱，于是假称有病离开郡府来到父母坟前发誓，再也不做官了（见《晋书·王羲之传》）。

[50]檄有司劝驾：用檄文晓谕有司，让有司出面劝人任职。有司：官吏和官署泛称。古代设官分职，各有专

司,故称。劝驾:劝人任职或做某事。

[51]应诏:接受诏命。

[52]月往省(xǐng)数四:一个月去看望三四次。数四:犹三四。

祁寒暑雨:冬季大寒,夏天湿热。

[53]苍头奴子报平安,不绝于途恸:从奴仆手中接到报平安的家信,伤感不已。

苍头:奴仆。

奴子:僮仆,奴仆。

途恸:典自“穷途哭”。《晋书·阮籍传》:阮籍“时率意独驾,不由径路,车迹所穷,辄恸哭而反”。魏晋之际,政局混乱,阮籍因不满意司马氏政权,心情愤懑,为遣怀适意,常独自驾车到外面游玩,每逢车到不辙之处,便恸哭而回。后以“穷途哭”用为伤感人生世道艰难的典故。

[54]蚤世:犹早死。蚤:通“早”。

[55]违言:因语言不合而失和。

[56]世父参军公镗:指吴镗,吴文佳伯父、吴文企之父。吴文企与吴文佳的祖父为吴政潮。世父:大伯父。后用为伯父的通称。参军:古代武职官名。是吴镗的封赠。

拊:抚慰,安抚。

恩礼有加:指厚待或超过正常的礼遇。

[57]诃诘:呵斥责问。

[58]宁波守文企:指吴文企。吴文企时任宁波知府。

季友兄心:典自“王季友兄”。《史记·吴太伯世家》记载:周太王有三子,即太伯、仲雍和季历。太王以季历贤,欲立为太子。兄弟谦让,后太伯、仲雍逃到南方,以让位于弟。此处称颂有兄弟情谊。

[59]以便嬖(pián bì)进者,以居间造者:以邪佞之言相进的人,以两头讨好到访的人。便嬖:邪佞之臣。居间:指居间之人。

[60]共人逡巡而退里居:指吴文佳宽和谦恭,引退回乡居住。共人:宽和谦恭之人。逡巡:退却。里居:古指官吏告老或引退回乡居住。

[61]故人干旄过公,鸡黍为款:指老友仪仗威严地拜访吴文佳,吴以乡间饭菜款待。

干旄:旌旗。以其用牦牛尾装饰在旗杆上而得名。干:通“杆”。

鸡黍:指饷客的饭菜。语出《论语·微子》:“止子路宿,杀鸡为黍而食之,见其二子焉。”后来就把“鸡黍”比作招待宾客的饭菜,有情真意切之义。

[62]伯子举孙,仲子抱子,而又举季子:长子生育孙子,次子还抱着儿子,又生育小儿子。

[63]食指繁,各治第一:人口众多,每个小家庭都要修建一处宅第。食指:指家庭人口。治:修建,修缮。

[64]区析箸:谓分家。区析:分析。箸:筷子。

受室:娶妻。

[65]腹腹垂腴:大腹便便的样子。

垂腴:腹部肥大下垂。

[66]吐纳之术:气功术语。呼出污浊之气为吐,吸入新鲜之气为纳。总称吐故纳新。其法称吐纳之术。

[67]大鞋僧:相传隋文帝开皇年间,少林寺有个法名叫文载的和尚,他的鞋内可放个七斤重的猪娃,所以外号叫"大鞋僧"。

[68]五星:古代星命术士以人的生辰所值五星之位来推算禄命,因以指命运。

六壬:动用阴阳五行进行占卜凶吉的方法之一。与遁甲、太乙合称三式。

精诣:精到。谓学养精粹。

[69]摄生:养生,保养身体。

[70]别业:别墅。

颜:题写匾额。

[71]觞(shāng)咏:饮酒赋诗。

[72]侑(yòu):用奏乐或献玉帛劝人饮食。

[73]宁波守觐过家:指时任宁波知府吴文企登门拜访。

处分:处理,处置。

[74]浴佛:农历四月初八日相传为佛祖释迦牟尼的诞辰,佛教徒于此日为佛举行浴礼,称浴佛。

[75]妇欧阳茂才植女:妻子为秀才欧阳植之女。

[76]中书舍人维楫:指时任中书舍人的李维楫,李维桢三弟。

[77]嘉定簿朱亨:嘉定县主簿朱亨。原文为"朱享"。清乾隆乙酉(1765年)初版《天门县志·卷之九·科贡》第24页记载:"朱亨,嘉定主簿。"清乾隆七年(1742年)版《嘉定县志·卷七·县职》第16页记载:明隆庆初主簿,"朱亨,景陵人。贡生。"

[78]母(mó):模仿。

[79]辞翰:文字。

相攸:择婿。

[80]僎:音zhuàn。

[81]陈右布政使所学:指天门进士、时任福建右布政使的陈所学。

[82]朱吏部员外郎一龙:指天门进士、吏部员外郎朱一龙。

[83]贞出:疑同"正出"。旧称正妻所生之子女。

[84]嗣兴未艾:子孙传承,没有终止。

[85]鲁文恪:鲁铎,字振之,号莲北,谥文恪。天门干驿人。

天衢:帝京。

九京:犹九泉。指地下。

[86]掖垣:唐代称门下、中书两省。因分别在禁中左右掖,故称。后世亦用以称类似的中央部门。

大藩:古代指比较重要的州郡一级的行政区。

俄中流言:一会儿又为流言所伤。

[87]行年未艾:指按当时的年龄,并未到官职终止之时。行年:经历的年岁,指当时年龄。

蝉脱尘埃:指蝉脱皮退壳,得到解

脱，离开了污秽的环境。比喻离开了官场。

[88]授楚覆楚：时而赋予楚国好运，时而却又颠覆楚国。意思是，命运变化无常。

授楚：赋予楚国好运。语出《左传·桓公六年·季梁谏追楚师》："天方授楚，楚之羸，其诱我也，君何急焉。"

覆楚：典自"覆楚奔吴"。春秋时，楚国贵族伍子胥因父兄均被平王杀害，立志报仇，只身逃到吴国。后佐吴王伐楚，直破郢都。子胥掘开平王墓，抽了平王尸体三百鞭子。后因以"覆楚奔吴"用为欲复仇而出走的典故。

变态：谓万事万物变化的不同情状。

远举：谓走避远方。

[89]齿德名位，较鲁相次，后坤克嗣：意思是，论年纪与德行、名誉与地位，吴文佳比鲁铎略低，但鲁铎的遗风，吴文佳作为后辈是可以承继的。

[90]有丘如睾，于焉窀穸（zhūn xī）：有处高高的土堆，吴文佳的墓地就在这里。如睾：睾如。高貌。睾：通"皋"。窀穸：墓穴。

李维桢(礼部尚书)

李维桢(1547~1626年),字本宁,号翼轩,自称角陵里人、大泌山人。天门皂市人,十岁徙居京山。明隆庆二年戊辰科(1568年)进士。选庶吉士,授编修,进修撰。出为陕西参议,迁提学副使。明天启初以右布政使致仕家居。以荐为南京礼部右侍郎,进尚书。博闻强记,史馆中与许国齐名:"记不得,问老许;做不得,问小李。"他的诗学思想为公安派、竟陵派的兴起提供了理论借鉴。文章弘肆有才气,海内请求者如市,负重名近四十年。多著述,有《大泌山房集》一百三十四卷、《史通评释》二十卷传世。皂市旧有父子进士坊,为李淑、李维桢、李维标立。

清乾隆乙酉(1765年)初版《天门县志·卷十六·文苑》第1页记载:李维桢,字本宁。庠籍京山。隆庆二年进士。由庶吉士授编修。《穆宗实录》成,进修撰。出为陕西右参议,迁提学副使。浮沉外僚三十年,至布政。家居,七十余矣,召为南太仆,改太常,不就。时修《神宗实录》,给事薛大中、太常董其昌交荐之,以南礼部右侍郎召。三月,进尚书。维桢缘史事起用馆中,惮其前辈压己不令入馆,但迁其官,维桢亦以年衰乞骸骨去,卒于家,年八十。赠太子太保。维桢弱冠登朝,博闻强记,与同馆许国齐名。馆中语云:"记不得,问老许;做不得,问小李。"为人乐易润达,爱宾客。其文闳肆,负才气。求者能屈曲以副其所望。碑版大篇,照耀一代,裒(póu)然成集。若门下纳富人、大贾金钱,代为丐乞,率意应酬,格不高也。京山郝敬有才名,尝杀人系狱。维桢以故人子援出之,俾馆于家,折节读书,卒成进士,为谏官。多著述。

南都(三首)

李维桢

旧邦偏霸一隅雄,帝命维新自不同[1]。再辟乾坤清朔漠,双悬日月启鸿蒙[2]。春开苍震青阳后,斗直黄旗紫盖中[3]。率土王臣修职贡，江流万里亦朝东[4]。

亲提三尺渡江来，宇宙东南帝业开[5]。不尽风云生沛泽，方升海日见蓬莱[6]。河山两戒朝宗地，草昧诸臣将相才[7]。高庙神灵时出王，龙文五色正昭回[8]。

旌旗剑佩拥椒除，尚想戎衣革命初[9]。绿草不侵雕辇路，红云常护紫宸居[10]。金银宫阙三山外，烟雨楼台六代余。谁谓长江天作堑，八荒今日共车书[11]。

题解

本诗录自李维桢撰、明万历三十九年(1611 年)刻本《大泌山房集·卷之四·七言律诗下》第 1 页。标题下有“丙午后作”几字。原诗四首。

南都：明人称南京为南都。

注释

[1]旧邦偏霸一隅雄，帝命维新自不同：化用古诗名句。语出《诗经·大雅·文王》：“周虽旧邦，其命维新。”周虽是古老的邦国，但却承受天命建立新王朝。偏霸：指偏据一方而称王。

[2]朔漠：北方沙漠地带。

双悬日月：比喻明朝建立，其巨大功绩可与日月同辉。

鸿蒙：宇宙形成前的混沌状态。

[3]苍震：东方之位。

青阳：因春季空气清新，气候温暖，故称春天为青阳。后遂代指春天。

黄旗紫盖：黄旗紫盖状的云气。古人认为是出天子之祥瑞。

[4]率土王臣：天下臣民。语出《诗经·小雅·北山》：“率土之滨，莫非王臣。”四海之内没有一人不是天子臣民。

修职贡：指上贡赋税。修：事。职贡：古代称藩属或外国对于朝廷按时的贡纳。

[5]亲提三尺渡江来：语出朱元璋赐韩国公铁券：“朕起自草莱，提三尺剑，率众数千，居群雄肘腋间，未有定期。而善长来谒辕门，倾心协谋，从渡大江。”

[6]沛泽：指古代沛邑的大泽。传说为汉高祖斩白蛇之处。

[7]两戒：本指国家疆域的南北界限。借指两戒之内的全境。

朝宗：古代诸侯春、夏朝见天子。后泛称臣下朝见帝王。

草昧：犹创始，草创。

[8]高庙神灵：死后庙号为“高”的

君主。此处指汉高祖刘邦。《汉书》卷六六《车千秋传》记载：西汉时，高寝郎车千秋向汉武帝进言，辩戾太子冤。武帝省悟，立拜车千秋为大鸿胪，迁丞相，封富民侯。汉武帝云："父子之间，人所难言也，公独明其不然。此高庙神灵使公教我，公当遂为吾辅佐。"

龙文五色：龙有五彩的颜色。

昭回：谓星辰光耀回转。

[9]椒除：宫殿的陛道。

[10]紫宸（chén）：宫殿名，天子所居。

[11]八荒：八方荒远的地方。

共车书：指国家政令统一。车书："车书"连用，泛指国家体制制度。车：车轨。书：文字。

晴川阁

李维桢

登楼不作望乡悲，芳草晴川此一时[1]。浪色桃花歌共艳，春声杨柳递相吹。风涛自稳鱼龙窟，星月空喧鸟雀枝。锦缆牙樯君莫问，扁舟吾已学鸱夷[2]。

题解

本诗录自清同治十三年（1874年）版《大别山志·卷七》第1页。

晴川阁：位于汉阳龟山东麓禹功矶上，与武昌蛇山矶上黄鹤楼隔江相望，为"三楚胜地，千古巨观"。

注释

[1]芳草晴川：语出唐崔颢诗《黄鹤楼》："晴川历历汉阳树，芳草萋萋鹦鹉洲。"

[2]锦缆牙樯：形容船舶装饰精美豪华。锦缆：锦制的缆绳。牙樯：象牙装饰的桅杆。

鸱（chī）夷：即鸱夷子皮，装酒的皮囊。指范蠡。《史记·货殖传》："范蠡乃乘扁舟，浮江湖，变姓名，适齐为鸱夷子皮，之陶为朱公。"

立秋日九龙沟观莲

李维桢

径僻山深事事幽，尘情如浣坐夷犹[1]。相看菡萏千花色，不受梧桐一叶秋[2]。带雨香从衣上惹，凌波影入酒中浮。宜人少女风微扇，无数红裙荡小舟。

题解

本诗录自李维桢撰、明万历三十九年(1611年)刻本《大泌山房集·卷之三·七言律诗上》第8页。

注释

[1]夷犹：从容自得。 [2]菡萏(hàn dàn)：荷花。

尘情：情尘。俗情妄念之尘垢。

郊郢舟雪

李维桢

自天飞白雪，入地布阳春。大造非无意，高歌故有因[1]。荆山千片玉，汉水一流银。不浅王猷兴，孤舟绝四邻[2]。

题解

本诗录自李维桢撰、明万历三十九年(1611年)刻本《大泌山房集·卷之二·五言律》第1页。原诗五首，本诗为第一首。

郊郢：春秋战国时期楚国的别邑，系楚国陪都，在今湖北省钟祥市郢中镇。

注释

[1]大造:指天地,大自然。

[2]王猷:晋王子猷的省称。宋王十朋《剡溪杂咏》:“闲乘雪中兴,唯有一王猷 。”绝:越过。

王使君东征凯歌(选二)

李维桢

赤甲青羌部下兵,长驱万里事东征[1]。衔枚枕席从容过,惟有风翻大旆声。【右《万里扬旌》[2]】

熛焰张天五火攻,星躔东壁应东风[3]。射波鱼眼浑难辨,为染淋漓战血红[4]。【右《焚舟歼寇》】

题解

本诗录自李维桢撰、明万历三十九年(1611年)刻本《大泌山房集·卷之六·七绝》第2页。原诗十四首,以上两首分别为第二首、第十一首。

使君:对人的尊称。

注释

[1]赤甲青羌:此处指西部地区的军队。

赤甲:赤甲山。在今奉节县东长江北岸,相近为白帝山。《元和志》逸文卷一之夔州:“赤甲山在城北三里。汉时尝取邑人为赤甲军,盖犀甲之色也。”

青羌:三国蜀地方兵之一。以羌族的一支——青羌组成。

[2]衔枚:横衔枚于口中,以防喧哗或叫喊。枚:形如筷子,两端有带,可系于颈上。

大旆:特指军前大旗。

右《万里扬旌》:指上诗标题为《万里扬旌》。

[3]熛(biāo)焰:火焰,光芒。

五火:五种火攻战术。语出《孙子·火攻》。

星躔(chán):日月星辰运行的位置。也指日月星辰。

东壁:星宿名,即壁宿。因在天门之东,故称。

[4]射波鱼眼浑难辨，为染淋漓战血红：鱼的大红眼与血染的河水混在一起，简直分辨不清。

射波鱼眼：语出王维《送秘书晁监还日本国》："鳌身映天黑，鱼眼射波红。"鳌身之大映黑了天空，鱼眼之大射红了海面的波涛。

钟伯敬（钟惺）玄对斋集序

李维桢

余与钟伯敬孝廉上世皆自江右徙其地，曰皂角市[1]。市当四邑介，可数千家，农十之三，贾十之七[2]。自先通奉始以儒成进士，科第相踵，博士弟子员凡数十人，独于古文辞缺如也[3]。即余尝备位史局，以滥吹斥，今且老，曾无一言窥作者之藩[4]。而伯敬少余二十许岁，能工古文辞。余于古文辞即不能，然窃好之，诸弟与犹子辈亦窃好之，而亟称诵伯敬所为古文辞[5]。余盱衡击节，以为吾里山川灵秀，菀积不知几何年而始收之伯敬五寸之管、五色之毫[6]。今年，少弟内史复以其《玄对斋集》视余使序[7]。集中诗可百余篇，而汉魏六朝三唐语，若起其人于九京[8]，口占而腕书者，余益骇叹非人间物也。

闽于今称海滨邹鲁，然汉以前率名要荒[9]。自唐欧阳詹起温陵，以文受知于常衮、陆贽、韩愈、李翱，造草昧而开文献[10]，其功甚伟。吾里中乃有伯敬矣！伯敬龀而读李长源，九岁诗勃然乡往之，十一而薄塾师举子业[11]，好《春秋内外传》《史记》《南华》及昭明文选、青莲、工部诸家言，塾师恚怒[12]，卒不改。又不轻出一语，恐袭前人余唾[13]。逾二十而后为诗，复以善病讽贝典、修禅观[14]。智慧生疢疾，虚空发光明，而所就若此，将释氏所谓宿因耶[15]？欧阳生集行世，陈宓谓其"发身僻远之乡，尚友命世之杰[16]"。举进士者以为称首，盖所重在此不在彼[17]。夫一孝廉，何足为伯敬重也！

序竟，余贻书责犹子："伯敬，夫非尽人之子与？无若阿伯悔不可追[18]！"而伯敬复致书余："士立身有本末，岂在浮名？明兴三李，济南、北郡近于仲举性峻，先生近于太丘道广[19]，以故士愿附齿牙者，往往借名之心多于请益[20]。生人大业，经世、出世二物，小子实请事焉[21]。而仅名文人才士，况游大人成名[22]，是谓我不成丈夫也。即不得已而名文人才士，其在何休不窥园十七年、司马子长游万里后乎[23]？”余益壮伯敬志，而为书报之曰：“极知是集，不足尽子顾[24]。岁不我与矣[25]，他日人谓我，生与子同里同时而不知子，我且有遗憾。第据子今日诗叙之，以子为里杓之人[26]，不亦可乎？”余不佞，何所执而成名[27]？伯敬目我太丘，幸甚！诚愿附伯敬集以行，比于析成子、北宫贞子，生受之也[28]。

题解

本文录自李维桢撰、明万历三十九年(1611 年)刻本《大泌山房集·卷之二十一·序》第 17 页。原题为《玄对斋集序》。《玄对斋集》为天门进士钟惺中举之后、成进士之前的诗集。

注释

[1]钟伯敬孝廉：钟惺，字伯敬，号退谷。孝廉：明清时对举人的称谓。

江右：古人在地理上以东为左，以西为右，故江西又名江右。

皂角市：今天门市皂市镇。

[2]市当四邑介：指皂角市地处景陵(天门)、京山、应城、汉川四县边界。介：疆界，界限。后作“界”。

贾(gǔ)：作买卖的人，商人。古时特指设店售货的坐商。

[3]先通奉：指作者之父李淑。通奉：通奉大夫。文散官名。明制通奉大夫为从二品升授之阶。

儒：儒业。谓读书应举之业。

科第：科举考试登第。

博士弟子员：参见本书附录《部分科举名词汇释》第 3 条。

古文辞：诗古文辞。它的含义是诗、古文和辞赋，基本概括了中国文学的正宗。古文是与骈文相对的概念。

[4]备位：居官的自谦之词。谓愧居其位，不过聊以充数。

史局：史馆。官修史书的官署名。

滥吹：比喻冒充凑数，名不副实。

斥：充斥。

曾无一言窥作者之藩：竟无一言能窥见自己的艺术境界。藩：喻艺术境界。

[5]犹子：侄子。

称诵：称颂。

[6]盱(xū)衡:扬眉举目。

击节:形容十分赞赏。

菀(yù)积:积蓄。菀:通“蕴”。郁结。

五寸之管、五色之毫:指笔。五色之毫:五色笔。

[7]少弟内史:指作者最小之弟李维楫。李维楫以太学生授中书舍人。明代,中书舍人为从七品。内史:称中书省的官员。

视余使序:给我看并让我作序。

[8]三唐:诗家论唐人诗作,多以初、盛、中、晚分期,或以中唐分属盛、晚,谓之“三唐”。

九京:犹九泉。指地下。

[9]邹鲁:邹,孟子故乡;鲁,孔子故乡。后因以“邹鲁”指文化昌盛之地、礼义之邦。

要荒:古称王畿外极远之地。亦泛指远方之国。要:要服。古五服之一。古代王畿以外按距离分为五服。相传一千五百里至二千里为要服。荒:荒服。称离京师二千到二千五百里的边远地方。亦泛指边远地区。

[10]欧阳詹:泉州晋江人,字行周。唐贞元八年进士,与韩愈、李观等联第,时称“龙虎榜”。

温陵:福建晋江古称温陵。

受知:受人知遇。

造草昧:天造草昧。谓草创之时。

[11]龀(chèn):泛指童年。

李长源:李泌,字长源。唐京兆(今陕西西安)人。七岁能文,为张九龄所知。

乡往:向往,专心想望。乡:通“向”。

薄塾师举子业:师从私塾的教师习应举之业。

[12]春秋内外传:春秋内传指《左传》,春秋外传指《国语》。

南华:《南华真经》的省称。即《庄子》的别名。

青莲:指李白。李白别号青莲居士。

工部:指杜甫。杜甫曾任工部员外郎,称杜工部。

恚(huì)怒:生气,愤怒。

[13]余唾:残剩的唾沫。比喻别人说过的话。

[14]善病:体弱多病。

讽贝典:诵佛经。贝典:佛经。印度贝多罗树(菩提树、觉树)之叶,经处理后可以代纸,古代印度人常用以书写佛经。

[15]疢(chèn)疾:疾病。

释氏:佛姓释迦的略称。亦指佛或佛教。

宿因:前世的因缘。

[16]欧阳生:指欧阳詹。

发身僻远之乡,尚友命世之杰:语出宋代陈宓(mì)《安奉欧阳四门祠文》。发身:成名,起家。尚友:指与高于己者交游。命世之杰:著名于当世的杰出人才,能治国的人才。

[17]称首:第一。

所重在此不在彼:指志在举业的人看重的是文集对应试的示范价值。

[18]夫非尽人之子与:他和别人不都一样是做儿子的人吗。语出《孟子·尽心》。

无若阿伯悔不可追:不要像我老了追悔莫及。呼应上文"今且老,曾无一言窥作者之藩"。

[19]三李:指李梦阳、李攀龙、李维桢。

济南:李攀龙,字于鳞,号沧溟。山东济南人。与王世贞同为"后七子"首领。

北郡:指李梦阳,字献吉,号空同子。出生于甘肃庆阳。复古派"前七子"的领袖人物。

仲举:陈蕃,字仲举。《世说新语笺疏》上卷上之《德行》:"陈仲举言为士则,行为世范,登车揽辔,有澄清天下之志。"

太丘:东汉陈实,德行极高,誉满天下,因其曾任太丘长,故称。

[20]齿牙:称誉,说好话。

请益:请求给予更详细、明确的指导。

[21]生人:犹一生,人生。

经世:治理国事。

出世:超脱人世。

请事:谓以私事请托。

[22]游:交游。

[23]何休不窥园十七年:何休是汉初胡毋生、董仲舒以后最大的《公羊》学者。他闭门不出,用功十余年,作《春秋公羊传解诂》十二卷、《春秋汉议》十三卷。窥园:"目不窥园"的节略。典自董仲舒少治《春秋》,三年不窥园。后以此形容专心致志的苦学精神。

司马子长游万里:指司马迁二十岁开始游学,遍游全国各地,考察民俗,采集传说。子长:司马迁,字子长。

[24]极知:通晓,深知。

尽子:总是,老是。

[25]岁不我与:谓时光不等人。

[26]第:只是。

里杓(biāo):乡里所景仰之人。杓:斗杓。北斗七星中,第五至第七颗星,形如酒斗之柄,是古人用以定时间和季节的依据。

[27]执:用,凭。

[28]析成子、北宫贞子:指春秋时卫国的析朱锄、北宫喜。作者自比于二人,有名大于实之意。《左传·昭公二十年》记载,卫国动乱平定后,卫灵公赐给北宫喜的谥号叫贞子(以灭齐氏故),赐给析朱锄的谥号叫成子(以宵从公故),并把齐氏的墓地给了他们。

生受:犹享受。

茶经序

李维桢

徐微休尚论邑之先贤，于唐得陆鸿渐[1]。井泉无恙，而《茶经》漶灭不可读[2]。取善本覆校，锲诸梓，属余为序[3]。

盖茶名见《尔雅》[4]，而《神农食经》，《华佗食论》，壶居士《食志》，桐君及陶弘景《录》，《魏王花木志》，胥载之[5]，然不专茶也。晋杜育《荈赋》，唐顾况《茶论》[6]，然不称经也。韩翃《谢茶启》云："吴主礼贤置茗，晋人爱客分茶，其时赐已千五百串，常鲁使西番，番人以诸方产示之[7]。"茶之用已广，然不居功也。其笔诸书而尊为经，而人又以功归之，实自鸿渐始。

夫扬子云、王文中，一代大儒。《法言》《中说》自可鼓吹六经[8]，而以拟经之故，为世诟病。鸿渐品茶小技，与经相提而论，人安得无异议？故溺其好者，谓"穷《春秋》，演《河图》，不如载茗一车"，称引并于禹稷[9]。而鄙其事者，使与佣保杂作，不具宾主礼[10]。

《泛论训》曰："伯成子高辞诸侯而耕，天下高之[11]。今之时，辞官而隐处，为乡邑下，于古为义，于今为笑，岂可同哉？"鸿渐混迹牧竖、优伶，不就文学、太祝之拜[12]，自以为高，此难为俗人言也。

所著《君臣契》三卷，《源解》三十卷，《江表四姓谱》十卷，《南北人物志》十卷，《占梦》三卷，不尽传，而独传《茶经》。岂以他书人所时有，此为觭长，易于取名，如承蜩、养鸡、解牛、飞鸢、弄丸、削鐻之属，惊世骇俗耶[13]？李季卿直技视之，能无辱乎哉？无论季卿，曾明仲《隐逸传》且不收矣[14]。费衮云："巩有瓷偶人，号陆鸿渐，市沽茗不利，辄灌注之，以为偏好者戒[15]。"李石云："鸿渐为茶论，并煎炙法。常伯熊广之，饮茶过度，遂患风气。北人饮者，多腰疾偏死[16]。"是无论儒流，即小人且求多矣。后鸿渐而同姓鲁望，嗜茶，置园顾渚山下，岁收租，自判品第[17]，不闻以技取辱。

鸿渐尝问张子同："孰为往来？"子同曰："太虚为室，明月为烛，与四海诸公共处，未尝少别，何有往来？”两人皆以隐名，曾无尤悔[18]。

僧昼对鸿渐：“使有宣尼博识，胥臣多闻[19]，终日目前，矜道侈义，适足以伐其性[20]。岂若松岩云月，禅坐相偶，无言而道合，志静而性同。吾将入杼山矣。”遂束所著毁之。度鸿渐不胜伎俩磊块，沾沾自喜，意奋气扬，体大节疏，彼夫外饰边幅，内设城府，宁见容耶[21]？圣人无名，得时则泽及天下，不知谁氏；非时则自埋于民，自藏于畔[22]，生无爵，死无谥。有名，则爱憎是非、雌雄片合纷起[23]。鸿渐殆以名诲诟耶[24]！

虽然牧竖、优伶可与浮沉，复何嫌于佣保？古人玩世不恭，不失为圣；鸿渐有执以成名，亦寄傲耳[25]。宋子京言：“放利之徒，假隐自名，以诡禄仕；肩摩于道，终南、嵩山成仕途捷径[26]。”如鸿渐辈，各保其素，可贵慕也[27]。太史公曰：“富贵而名磨灭，不可胜数。惟倜傥非常之人称焉[28]。”鸿渐穷厄终身，而遗书遗迹，百世之下宝爱之，以为山川邑里重，其风足以廉顽立懦[29]，胡可少哉！夫酒食禽鱼、博塞樗蒲，诸名经者夥矣[30]。茶之有经也，奚怪焉！

题解

本文录自李维桢撰、明万历三十九年（1611 年）刻本《大泌山房集·卷之十四·序》第 14 页。吴履谦编辑、清道光丙申（1836 年）版《竟陵文选》收录此文，第一段为：“温陵林明甫治邑之三年，政通人和。讨求邑故实而表章之，于唐得处士陆鸿渐。井泉无恙，而《茶经》漶灭不可读。取善本覆校，锲诸梓，而不佞桢为之序。”

注释

[1]徐微休：徐善，字微休，号巾城。天门人。早弃举业，工古文辞，与李维桢、徐成位交往密切。

陆鸿渐：陆羽，字鸿渐。

[2]漶(huàn)灭：模糊，无法辨识。

[3]善本：珍贵优异的古代图书刻本或写本。

覆校：复查，校对。

锲诸梓：谓刻版印刷。

属(zhǔ)：古同“嘱”。嘱咐，托付。

[4]尔雅：训诂学著作。我国第一部词典。《尔雅·释木》云：“槚(jiǎ)，

苦茶”。

[5]神农食经：本草著作。述饮食宜忌，或疑此即《神农黄帝食禁》。

华佗食论：我国古代食疗本草著作，据说是东汉末华佗所撰。

壶居士《食志》：东汉壶居士写的食疗著作。《食志》说：“苦茶久食为化，与韭同食，令人体重。”壶居士：壶公，传说中仙人名。相传东汉费长房曾见一老人在市场卖药，旁挂一壶，日落后跳进壶内。长房知非普通人，便天天接触他。后壶公带他进入壶中，竟是仙人世界。

桐君及陶弘景录：指桐君的《桐君采药录》及陶弘景的《名医别录》。

桐君：汉族民间崇奉的药神。相传为黄帝时的医师，曾采药于浙江桐庐县东山，结庐于桐树下，人称“桐君”，识草木金石性味。《隋书·经籍志》载有《桐君药录》三卷。陶弘景《本草序》：“又云有《桐君采药录》，说其花叶形色。”后常以“桐君录”或“桐君药录”代指中草药典籍。

陶弘景：南朝齐梁时医学家、道士和道教思想家。字通明，自号华阳隐居。丹阳秣陵（今南京）人。陶弘景有感于当时本草著作的混乱情况，参考《神农本草经》和《名医别录》，编成《本草经集注》（七卷）一书，成为我国本草史上一部具有代表性的著作。谢观等编著的《中国医学大词典》解释《名医别录》时，认定为陶弘景撰。

魏王花木志：我国最早的花木专著。据说由北魏宗室元欣撰。元欣平素好营产业，多所树艺，京师名果皆出其园。

胥：全，都。

[6]杜育《荈赋》：我国最早的茶赋，西晋辞赋家杜育作，惜早已佚。《艺文类聚》卷八二、《北堂书抄》卷一四四、《太平御览》卷八六七所引凡二十七句。

顾况《茶论》：《茶论》当为《茶赋》。《全唐文》卷五二八载唐代诗人顾况《茶赋》。

[7]韩翃（hóng）《谢茶启》：《谢茶启》当为《谢赐茶启》。韩翃字君平，南阳（今河南邓州市）人。天宝进士。以诗受知德宗。唐大历间十才子之一。《谢赐茶启》是韩翃为感谢皇帝赐茶而写的书信。

吴主礼贤置茗，晋人爱客分茶：《谢赐茶启》原文为：“吴主礼贤，方闻置茗；晋人爱客，才有分茶。”吴主礼贤置茗：典出《三国志·吴志·韦曜传》，韦曜酒量不大，吴王孙皓在酒宴上密赐茶给他当酒。晋人爱客分茶：东晋陆纳以茶招待谢安事，见房玄龄《晋书》及何法盛《晋中兴书》。

常鲁使西番，番人以诸方产示之：唐代李肇著《国史补》记载：西番赞普请唐朝使者常鲁公观赏顾渚、蕲门、寿州、昌明等名茶，可见连西藏、新疆一带的王公贵族家也都珍藏各色名茶了。西番：特指吐蕃。亦为我国古代对西域一带及西部边境地区的泛称。

[8]扬子云、《法言》：扬子云，即扬雄（前53～18年）。一作杨雄。字子云，蜀郡成都（今四川成都）人。西汉文学家、哲学家、语言学家。《法言》又名《扬子》《扬子法言》，十三卷，仿《论语》体例而写的哲学著作。

王文中、《中说》：王文中：王通。隋朝思想家。字仲淹。门人私谥文中子，将其言行整理为《中说》。《中说》（亦称《文中子》）一书，十卷，书体文风全拟《论语》。王通也以道统自命，师徒互相标榜，比之孔颜。王通在当时声望很高，是"唐初四杰"之一王勃的祖父。

[9]故溺其好者，谓"穷《春秋》，演《河图》，不如载茗一车"，称引并于禹稷：所以溺爱茶饮的人，说苦心钻研孔子的《春秋》，殚精竭虑去推演谶（chèn）书《河图》，想出人头地，还不如送上一车茶，引证陆羽品茶之功堪比夏禹和后稷。《隋书》中曾记有一个颇为怪诞的事：某夜，随文帝做了个噩梦，梦见有位神人把他的头骨给换了，梦醒以后便一直头痛。后来遇一僧人，告诉他说："山中有茗草，煮而饮之当愈。"隋文帝服之以后果然见效。以后常有进献茶叶的，都给予官职。

溺：沉迷，无节制。

春秋：儒家经典之一。编年体春秋史。相传孔子依据鲁国史官所编《春秋》加以整理修订而成。

河图：传说关于周易八卦来源的图箓，出自黄河，故称。

称引：援引，引证。指援引古义或古事以暗示或证实自己的主张。

禹稷：夏禹和后稷。受尧舜命整治山川，教民耕种，称为贤臣。

[10]而鄙其事者，使与佣保杂作，不具宾主礼：指陆羽在江南（扬州）为御史大夫李季卿烹茶受辱事。

佣保杂作：与雇工一起工作。佣保：旧时称受雇于人充当酒保、杂工的人。杂作：一起工作。

[11]泛论训：指《淮南子·泛论训》。

伯成子高辞诸侯而耕，天下高之。今之时，辞官而隐处，为乡邑下，于古为义，于今为笑，岂可同哉：原文为："伯成子高辞为诸侯而耕，天下高之。今之时人，辞官而隐处，为乡邑之下，岂可同哉！"过去伯成子高不愿做官，拒绝封为诸侯，情愿归乡隐居种田，天下人都称赞他；如今的人如果拒绝做官，就会被乡里人瞧不起，这哪能相提并论啊！

伯成子高：唐尧时人。《庄子·天地》谓尧治天下，子高立为诸侯。尧授舜，舜授禹时，他认为："德自此衰，刑自此立，后世之乱自此始。"遂隐居耕种。伯成子高，当为伯成氏之始。

[12]鸿渐混迹牧竖、优伶，不就文学、太祝之拜：宋祁《新唐书·陆羽传》

记载，陆羽在禅院牧牛，逃离禅院后加入了戏班。“诏拜羽太子文学，徙太常寺太祝，不就职。”

牧竖：牧童。

优伶：古代以歌唱、舞蹈、滑稽、杂技表演为业的艺人之统称。一般认为以表演戏谑为主的称“俳优”，以表演乐舞为主的称“倡优”。演奏音乐的艺人称“伶人”。宋元以来，常称戏曲演员作优伶。

[13]畸（jī）长：偏长，一方面的特长。

如承蜩（tiáo）、养鸡、解牛、飞鸢（yuān）、弄丸、削鐻（jù）之属：这些技艺常常并举，古之所谓神技也。因用以喻娴熟巧妙，轻松不费气力。

承蜩：用顶端涂着黏合剂的竹竿捉蝉。承：通“拯”。《庄子·达生》中说，孔子去楚国，见到一个曲背的人用竿胶蝉，因他经过不断的锻炼，故技艺高超。

养鸡：养斗鸡。据《庄子·达生》载，纪渻（shèng）子为齐王养斗鸡，经四十天的训练，鸡被养得像木鸡一样，别的鸡见了都怯走。

解牛：肢解剔牛之骨。庖丁肢解割切牛肉有神技，见《庄子·养生主》。

飞鸢：放风筝。飞鸢本指原始的风筝。《韩非子·外储说左上》记载：“墨子为木鸢，三年而成，蜚一日而败。弟子曰：‘先生之巧，至能使木鸢飞。’”这是墨子制的飞鸢。《墨子·鲁问》篇说：“公输子削竹木以为鹊，成而飞之，三日不下。”这是鲁班制的飞鹊。

弄丸：古代的一种技艺，两手上下抛接好多个弹丸，不使落地。春秋时楚国勇士熊宜僚善弄丸。《庄子·徐无鬼》：“市南宜僚弄丸而两家之难解。”

削鐻：刻削木头做成鐻。鐻：古代的一种乐器，夹置钟旁，为猛兽形，本为木制，后改用铜铸。《庄子·达生》：“梓庆削木为鐻，鐻成，见者惊犹鬼神。”

[14]曾明仲《隐逸传》：曾明仲：北宋大臣。名公亮，字明仲，宋泉州晋江（今福建泉州）人。天圣进士。为宰辅十五年，历三朝。《新唐书》经欧阳修审阅定稿，按照唐朝宰相监修国史的惯例，由时任宰相曾公亮领衔进奏。《旧唐书·隐逸传》没有陆羽传，《新唐书·隐逸传》收录了宋祁撰写的陆羽传。

[15]费衮：南宋学者。字补之。无锡人。约宋光宗绍熙年间前后在世。所撰《梁溪漫志》中“陆鸿渐为茶所累”一篇云：“人不可偏有所好，往往为所嗜好掩其他长，如陆鸿渐本唐之文人达士，特以好茶，人止称其能品泉别茶尔。”

巩有瓷偶人，号陆鸿渐，市沽茗不利，辄灌注之，以为偏好者戒：巩地有一种瓷像，名叫陆鸿渐，市上卖茶生意不好时，就把茶往它嘴里灌，以示对偏好饮茶者的警戒。

[16]李石:本名知几,后改名石,反以知几为字,号方舟。资阳人。引文载于他所撰博物学文献《续博物志》卷五。后句原文为:“或云,北人未有茶,多黄病,后饮,病多腰疾偏死。”

[17]同姓鲁望:指唐陆龟蒙。陆龟蒙,字鲁望,长洲人,居松江甫里,唐宣宗审干,举进士不第隐,嗜茶,置园顾渚山下。

品第:品评优劣而定其等级。

[18]张子同:张志和。唐代诗人、画家,隐士,陆羽之友。本名龟龄,字子同。婺州金华(今属浙江)人。

尤悔:过失和懊悔。

[19]僧昼:指皎然,中唐诗僧,俗姓谢,字清昼,湖州长城(今浙江长兴)人。据说是谢灵运的十世孙。常居吴兴杼山或苕溪草堂,与颜真卿、陆羽为至交,时相唱和。

宣尼:《汉书·平帝纪》:“追谥孔子曰褒成宣尼公。”因以“宣尼”称孔子。

胥臣:春秋时晋将。字季子,别称司空季子、臼季。曾跟从公子重耳(晋文公)出奔,胥臣于晋文公称霸诸侯之后,论功行赏,官拜司空。冯梦龙《东周列国志》云:“因赵衰前荐胥臣多闻,是以任之。”

[20]终日目前,矜道侈义,适足以伐其性:每天只顾人世的现状,对道义夸夸其谈,恰恰戕害了人的自然本性。

矜道侈义:矜夸圣人之道,侈谈微言大义。

伐:败坏,损伤。

[21]度(duó)鸿渐不胜伎俩磊块,沾沾自喜,意奋气扬,体大节疏,彼夫外饰边幅,内设城府,宁见容耶:揣度陆羽没有趋炎附势的技能,而又沾沾自喜于自己的棱角不平的性格,意气奋扬,包蕴宏大而行节放浪,那些外表装得像正人君子而心思却很深沉的人,岂能对他相容吗?

体大节疏:身体魁梧的人骨骼自然大。语出《淮南子·说林训》:“故小谨者无成功,訾(zī)行者不容于众;体大者节疏,蹠(zhí)距者举远。”所以在小事上处处谨慎的人是不会有大作为的,而那些专爱对别人吹毛求疵的人也大都不为众人所容;身体魁梧的人骨骼自然大,腿长脚大的人步子也必定大。

[22]圣人无名,得时则泽及天下,不知谁氏:圣人是无名的。能为时所用,则将恩泽普施于天下百姓,而百姓并不知是谁人给予的。语出《庄子·徐无鬼》:“圣人并包天地,泽及天下,而不知其谁氏。是故生无爵,死无谥,实不聚,名不立,此之谓大人。”而圣人包容天地,恩泽施及天下百姓,却完全用不着人们知道这位圣人的姓氏。所以说,那些生前没有爵位,死后没有封号,货财从不曾敛聚,名声也不曾大噪的人,才可以称作伟大的人物。

畔：指边隅，角落。

[23]雌雄片合：男女结成夫妇。有胜败离合的意思。语出《庄子·则阳》："雌雄片合，于是庸有。"

[24]殆以名诲诟耶：鸿渐大概就是由于有了名气才招致诟病哪。

[25]鸿渐有执以成名，亦寄傲耳：鸿渐坚持自己的志趣因而成了名，亦不过寄托着傲气罢了。

[26]宋子京：即宋祁，字子京。与欧阳修同修唐书。卒谥景文。著有《宋景文集》，其中收录《新唐书·陆羽传》。

放利之徒，假隐自名，以诡禄仕；肩摩于道，终南、嵩山仕途捷径：语出《新唐书·隐逸传序》，原文为："然放利之徒，假隐自名，以诡禄仕。肩相摩于道，至号终南、嵩少为仕途捷径，高尚之节丧焉。"

放利：放纵自己对于利的追求，一切唯利是图。语出《论语·里仁》："放于利而行，多怨。"

诡禄仕：假冒居官食禄。

肩摩：摩肩，肩挨肩地。

终南：终南山。一名中南山，又称太乙山。位于唐都长安（即今西安市）南八十里，是秦岭山脉自武功到蓝田县境的总称。古时不少名士隐居于此而后做官。"终南捷径"专指求名利最近便的门路，也比喻达到目的的便捷途径。

嵩少：嵩山与少室山的并称。亦用为嵩山的别称。嵩山：山主体在河南省登封市西北，为五岳之一。嵩山又离东都洛阳很近，不少文人到此来隐居或求仙访道。

[27]各保其素：各自保持本色。语出《新唐书·隐逸传序》："虽然，各保其素，非托默于语，足崖壑而志城阙也。"

贵慕：羡慕。

[28]太史公：后世多以此称司马迁。司马谈为太史令，司马迁尊其父，故称。下句引文出自《史记·报任安书》。

倜傥（tì tǎng）：卓异不凡。

[29]廉顽立懦：同"顽廉懦立"。使贪婪的人廉洁，使懦弱的人立志。形容仁德之人对社会的感化力量之大。语出《孟子·万章下》："故闻伯夷之风者，顽夫廉，懦夫有立志。"

[30]博塞（sài）：即六博、格五等博戏。

樗（chū）蒲：古代一种博戏，后世亦以指赌博。

夥（huǒ）：多。

唐处士陆鸿渐(陆羽)祠记

李维桢

唐处士陆鸿渐者,邑人也,其生平具宋子京《唐书·列传》及所自为传中[1]。鸿渐生类子文[2],收蓄于太师积公禅院。禅院故名龙华寺,或曰龙盖,今邑西湖禅寺,相传谓其遗址。赵璘《因话录》云:"竟陵龙盖寺僧姓陆,于堤上得一初生儿,收育之,遂以陆为姓。聪俊多能,学赡词逸,诙谐纵横,东方曼倩之俦也[3]。"鸿渐遗文独《茶经》行世。而又尝为歌,所深羡者,西江水向竟陵城来而已[4]。以故邑有覆釜洲,有陆子泉,或曰文学泉,皆指目渐所品水烹茶处[5]。

嘉靖间,邑人鲁孝廉刻行《茶经》,而以沔阳童庶子传附之[6]。其后沔阳陈廷尉更刻之,豫章为玉山程光禄书[7]。邑人徐茂才复临刻之,校童传,更宋传者十六字,增者十二字,后有童赞[8],而遂以传童作,或亦《汉书》之用《史记》文耳。

泉久没湖中。隆庆间,某某以治湖堤得之,构亭其上。鸿渐之迹,日彰显矣,顾未有为祠。祠之者则自邑人周藩伯始[9],既新其所托迹寺,更计之曰:"寺因鸿渐名至今,而身无地受血食[10],何耶?闻昔鬻茶者,陶鸿渐形,以神事之炀突间[11]。吾党小子尸祝而俎豆之,为邑魁杓[12],奚所不可?"于是就寺后创祠,为堂某楹,后有台,前有某房,有庑,有庖湢,遂成胜地[13]。

既落成,使余记之。余读《旧唐书·传》,隐逸者二十人,《新唐书·传》亦二十人,其附传者不与焉。新书所不合于旧者五人,所增于旧者九人,鸿渐所增之一也。按《传》,此数十人或仕而隐,或隐而仕。即不仕,而或以征聘至朝,或应辟至公府,染指而去;或取科名不偶而罢;或不就职而食朝禄[14]。而其人,或羽流方士,非吾儒俦伍[15]。其不拜征辟,目不见人主[16],足不履朝堂,惟秦系、朱桃椎、李元恺、卫大经与鸿渐数人耳!鸿渐少耻为僧役,而好受儒,所蕴藉深醇,实度越诸子[17]。新书出而旧书摈不录,顷为旧书左袒者复扬之太过[18]，余谓二书瑕瑜自不相掩。第以《隐逸传》论，贺知章耄始乞归，而卢鸿一脱其名，如此类新书谬误已甚。旧书不收鸿渐，而烧丹炼药、方技猥杂，则何谓也？子京之论曰：隐有三，概上焉者身藏而德不晦，自放草野，而名往从之。其次挈治世具弗得伸，或峭行不屈于俗[19]，虽有所应，其于爵禄，泛然受，悠然辞。末焉者内审其才，终不可当世取舍，故逃丘园而不返，使人常高其风而不敢加訾[20]。唐遁戢不出者[21]，班班可述，然皆下概。由斯以谈，鸿渐固非子京所深取也。仲尼论逸民，首夷、齐，次柳下惠、仲连、虞仲、夷逸，而曰："我则异于是，无可无不可[22]。"夫无可无不可，惟仲尼能耳。借口仲尼以行其私，而通隐充隐、黄扉随驾、游侠隐士、北山移文之属[23]，为世诟病矣。迹鸿渐生平，降志辱身，隐居放言，身中清，废中权，柳下惠诸人之流亚乎[24]？令仲尼而在论次逸民[25]，必有取焉。子京又谓放利之徒，假隐自名，以诡禄仕号、终南少室为仕途捷径[26]。夫既已知之矣，奈何于鸿渐辈不深取也？子京之下士，乃今之上士乎？余嘉鸿渐，能以鲁男子之不可、学柳下惠之可要之，不倍仲尼所云[27]，虽尸祝俎豆之可矣！

余览《一统志》载裴迪有《茶泉诗》云："竟陵西塔寺，曾经陆羽居。"鸿渐天宝中为县伶师，其时名未著。至与皇甫曾、权德舆、李季卿游，是大历、元和时人[28]。王摩诘与迪酬倡[29]，为盛唐时人，迪即年稍晚，或及缔交[30]。今其诗似咏鸿渐故居，则不相应。岂名氏偶同，或后人伪撰耶？《志》又言：陆子泉在沔阳州治西广教院。竟陵故沔属邑，鸿渐所往来，人或慕而为之名，或误以县为州与[31]？二事无足深辨，然论世亦不可不审也[32]。

周藩伯，名芸，登嘉靖乙丑进士。立朝未及十年，悬车未及强仕[33]。放浪山水，雅慕鸿渐为人[34]。性复好施，自两寺外，新丹台、东林二靖，经像钟鼓诸物[35]，费累千金。有子命，弱冠举孝廉，人谓天所以美报也[36]。因附记焉。

题解

本文录自李维桢撰、明万历三十九年(1611 年)刻本《大泌山房集·卷之五十四上·记》第 19 页。

注释

[1]处士:本指有才德而隐居不仕的人,后亦泛指未做过官的士人。

邑人:本县人。

宋子京:宋祁,字子京,是《新唐书·陆羽传》的作者。

[2]子文:即春秋时楚国令尹(宰相)斗穀於菟,字子文。相传婴儿时被弃,曾受过母虎哺乳。

[3]学赡(shàn)词逸:学识渊博,文采脱俗。富足。

东方曼倩之俦:东方朔之类。东方朔:汉武帝时人,西汉比较重要的辞赋家,我国历史上的"滑稽之雄"。

[4]西江水向竟陵城来:语出陆羽《六羡歌》:"千羡万羡西江水,曾向竟陵城下来。"西江:清道光元年(1821 年)版《天门县志·卷之六·山川》第 18 页记载:"县河至姜家河又东三里,为西江,又曰巾江。在县西门外。陆鸿渐所咏即其处也。"

[5]指目:众人关注。

[6]鲁孝廉:鲁彭,国子监祭酒鲁铎长子。天门干驿人。明正德丙子举人。明嘉靖二十一年(1542 年),鲁彭刻本《茶经》刊行。孝廉:明清时对举人的美称。

沔阳童庶子:沔阳(今仙桃)人童承叙。童为明正德十五年(1520 年)进士,官进左庶子兼翰林院侍讲,是鲁彭刻本《茶经》重要的参与者。

[7]沔阳陈廷尉更刻之:在江苏金山,由陈文烛撰序、程福生(孟孺)书刻、陈文烛等校勘的《茶经》出版,这就是"万历金山本"或"程福生竹素园本"(1588 年)。清雍正版《湖广通志》收录本文,此处无"之"。沔阳陈廷尉:指陈文烛。陈为沔阳(今属洪湖市)人。明嘉靖四十四年(1565 年)进士。大理寺卿。廷尉:官名。北齐至明清皆称大理寺卿。

豫章为玉山程光禄书:当为"为豫章玉山程光禄书"。豫章:古代区划名称。江西建制后的第一个名称,即豫章郡(治南昌县)。程光禄:程福生,字孟孺,江西玉山人。万历初官中书。擅书法。

[8]徐茂才:徐同气,秀才。进士徐成位之孙。茂才:岁举常科。原称秀才,因避刘秀讳改称茂才。

童传、宋传、童赞:分别指童承叙修改过的陆羽传,宋祁的陆羽传,童承叙的《陆羽赞》。

[9]祠之者:为之建祠的人。

周藩伯:周芸,天门进士,曾任福

建参议。藩伯：明清时指布政使。此处指参议。参议：明于布政使下设左、右参议，从四品，无定员，分守各道，并分管粮储、屯田、清军、驿传、水利等事。

[10]血食：谓受享祭品。古代杀牲取血以祭，故称。

[11]闻昔鬻茶者，陶鸿渐形，以神事之炀突间：听说过去卖茶的人，用陶瓷制成陆羽的塑像，放在灶前，像神一样地敬奉。

[12]吾党小子尸祝而俎(zǔ)豆之：我们家乡的这些晚辈崇拜他、奉祀他。尸祝：祭祀。俎豆：俎和豆都是祭祀、宴会用的器具。谓祭祀，奉祀。

邑魁杓(biāo)：乡里所景仰之人。魁杓：北斗星七星中首尾两星的合称。

[13]庖湢(bì)：厨房和浴室。

[14]征聘：以特征与聘召方式任用官吏的制度。

拜：用一定的礼节授予某种名义或职位，或结成某种关系。

应辟：响应朝廷的征召。辟：征召。

染指：比喻沾取非分利益。

科名：即科举功名。科举考试制度中经乡试、会试录取之称。凡科举中试者即属有科名。

不偶：指命运不好，不顺当。

朝禄：朝廷俸禄。

[15]羽流方士：道士。羽流：指道人、道士。方士：或称方术士、术士、有方之士，道士的前身。

俦伍：相当，相匹。

[16]征辟：征召，荐举。旧指朝廷或三公以下召举布衣之士授以官职。

人主：(历代)皇帝别称。

[17]蕴藉：宽和有涵容。

深醇：深湛淳厚。

度越：超越。

[18]左袒：谓偏护某一方。汉高祖刘邦死后，吕后当权，培植吕姓的势力。吕后死，太尉周勃夺取吕氏的兵权，就在军中对众人说："拥护吕氏的右袒(露出右臂)，拥护刘氏的左袒。"军中都左袒。

[19]挈治世具弗得伸：身怀治国才干却不得施展。

峭行：刚正的品行。

泛然：随便，漫不经心貌。

[20]丘园：家园，乡村。后指隐居之处。

加訾(zǐ)：加以指责。

[21]遁戢：隐匿。

[22]逸民：隐退不仕的人，失去政治、经济地位的贵族。

夷、齐：殷代遗民、不食周粟饿死于首阳山下的隐士伯夷、叔齐的合称。

我则异于是，无可无不可：我与这些人不同，没有什么可以，也没有什么不可以。意思是说，根据客观实际情况的发展变化而考虑怎样做适宜。语出《论语·微子》。

[23]通隐：旷达的隐士。

充隐:冒充的隐士。

黄扉:古代丞相、三公、给事中等高官办事的地方,以黄色涂门上,故称。借指丞相、三公、给事中等官位。

随驾:跟随帝王左右。

北山移文:此处指南北朝孔稚珪《北山移文》嘲讽的周颙(yóng)之类的人。文章借北山山灵的口吻,嘲讽了当时的名士周颙。周故作高蹈而又醉心利禄。北山:即钟山,因在建康城(南朝京都,今江苏南京市)北,故名。移文:古代官府文书的一种,旨在晓喻或责备对方。

[24]降志辱身,隐居放言,身中(zhòng)清,废中权:《论语·微子》云:“柳下惠、少连,降志辱身矣。”“虞仲、夷逸,隐居放言,身中清,废中权。”

降志辱身:被迫贬抑自己的意志,辱没自己的身份。

隐居放言:过隐居生活,说话放纵无忌。

身中清,废中权:能保持自身清白,离开官位而合乎权宜变通。中:符合,合于。

流亚:同一类的人或物。

[25]论次:论定编次。

[26]放利之徒,假隐自名,以诡禄仕号、终南少室为仕途捷径:语出《新唐书·隐逸传序》,原文为:“然放利之徒,假隐自名,以诡禄仕。肩相摩于道,至号终南、嵩少为仕途捷径,高尚之节丧焉。”

放利:放纵自己对于利的追求,一切唯利是图。

诡禄仕:假冒居官食禄。

终南:终南山。位于唐都长安(即今西安市)南八十里,是秦岭山脉自武功到蓝田县境的总称。古时不少名士隐居于此而后做官。“终南捷径”专指求名利最近便的门路,也比喻达到目的的便捷途径。

少室:少室山在河南登封市北,东、西少室山相距七十里,总名嵩山,为道教仙山之一。

[27]以鲁男子之不可,学柳下惠之可:语出《诗经·小雅·巷伯》:“哆兮侈兮,成是南箕。”毛传:妇人曰:“子何不若柳下惠然?妪不逮门之女,国人不称其乱。”男子曰:“柳下惠固可,吾固不可。吾将以吾不可,学柳下惠之可。”鲁男子:春秋时鲁国人颜叔子,有坐怀不乱之誉。颜叔子独居一室,一天,一位女子要求投宿,颜叔子整夜点着蜡烛火把照明以避嫌。

要之:约束自己。

不倍:不违背。

[28]大历:唐代宗李豫年号(766~780年)。

元和:唐宪宗李纯的年号(806~820年)。

[29]王摩诘:王维,字摩诘。

酬倡:酬唱。用诗词互相赠答唱和。

此处对世人皆云裴迪为盛唐时与

王维唱和之人质疑，李维桢的质疑有道理。晚唐五代时裴迪《西塔寺陆羽茶泉》云："竟陵西塔寺，踪迹尚空虚。不独支公住，曾经陆羽居。草堂荒产蛤，茶井冷生鱼。一汲清泠水，高风味有余。"裴迪：字升之，河东闻喜人。宰相裴垍玄孙，晚唐五代时人，与盛唐裴迪同名。史书多以此诗为早于陆羽数十年的盛唐裴迪作，误。

[30]缔交：结交。

[31]与：同"欤"。

[32]审：周密。

[33]立朝：指在朝为官。

悬车：辞去官职。古人一般至七十岁辞官家居，废车不用，故云。

强仕：四十岁的代称。语本《礼记·曲礼上》："四十曰强，而仕。"

[34]放浪：放纵，不受约束。

雅慕：甚为仰慕。

[35]靖：古同"静"。指寺。

经像：佛像。

[36]美报：以美物酬报。

鲁文恪（鲁铎）先生集序

李维桢

本朝名臣谥文恪者十九人，而楚唯邑鲁莲北先生[1]。余生也晚，不及侍先生函丈席，从长老耳公行事最详[2]。

恪之为义，取温恭、朝夕节惠可耳；文则词林沿为故常[3]，皆未足以尽先生。先生孙太守仕丽江[4]，重校遗集，属余序。余无能状先生德，又何敢论先生文？然窃谓先生文，非世人文所可及也。文至宋，骫骳繁芜[5]。迄乎本朝，汩没训诂括帖中[6]，调宫徵、理经纬之功缺如[7]，才无以尽其变，格无以反其始。而长沙李文正公振之，一时艺苑响臻景赴[8]。先生魁天下，读中秘书，为史臣，独见器于文正[9]。有所吟撰，击节叹赏。自后毡厦之启沃，竹素之编摩[10]，丝纶之宣布，雅馆之诲迪[11]。斧藻帝猷[12]，阐明儒术。匪直后进承学，仰如泰山北斗[13]。尝出使安南，片语只字，十袭藏之[14]，为传国宝。

先生当孝宗朝。政体无颇，士习还醇[15]，渐染声教，率履周行[16]。尝卒业其集而私评之，譬诸锡銮佩玉、鸣球拊石之音[17]，聆之有余韵，而知么弦急徽者乖戾矣[18]；和羹醴齐、蕙蒸兰藉之章[19]，索之有余味，而知棘喉胶唇者忧郁矣；鸡夷蒲勺，两敦四琏之制[20]，按之有余蓄，而知雕虫刻楮者浮夸矣[21]；茨梁坻京、鱼盐泉布之凑[22]，出之有余巧，而知短绠狭幅者窘迫矣[23]；圭璧珠玑、辉山照乘之珍[24]，敛之有余色，而知剪彩栀貌者浅露矣[25]；刮摩搏埴、轮舆梓匠之工[26]，操之有余法，而知凿空角险者奇衺矣[27]。思深而不苦，骨劲而不厉[28]，情婉而不荡，事核而不僻，气平而不馁。山林廊庙，各适其体；欢娱伤吊，各当其则。牝牡骊黄，所不得象[29]；藩篱蹊径，所不得拘。唐之昌黎、河东，宋之庐陵、眉山，其俦也[30]。

先生澡身欲德，夙夜匪懈[31]；难进易退，翛然物表，而以贵下贱[32]。以己昭昭，使人昭昭[33]。罕譬博喻[34]，家户通晓。即妇孺蠢愚，尊之以明神，亲之以慈父。故其文与其人，温厚尔雅，清净朗彻，合符同轨[35]，岂偶然哉？孔子曰："辞达而已矣。"《系易》曰："文明以止[36]。"先生之文，达乎其所当达，止乎其所当止。明体适用[37]，非先进君子，孰能与于斯[38]？

先生子孙多贤，而太守文学、政事，卓有祖风[39]。是集也，绎思绳武之资也[40]，余因而有感焉。今去先生百年，属文之士[41]，屑越经常，窜袭贝典[42]。识者极为人心世道忧，安得起先生九京，如文正，时为世模楷[43]。《诗》云："虽无老成人，尚有典刑[44]。"典刑其在兹乎[45]？

里人后学李维桢撰[46]。

题解

本文录自鲁铎撰、李维桢校、明隆庆元年（1567 年）方梁刻本《鲁文恪公文集》。

鲁文恪：鲁铎，号莲北，谥文恪。参见本书鲁铎传略。

注释

[1]邑：此处为本县的意思，指景陵县（今天门市）。

[2]函丈席：常作"席函丈"。谓师生间座位相隔一丈，便于指画。借指讲学。函：容。古代老师讲学时，师生所布两席之间要相隔能容一丈的距

离,以便于老师指画。

耳:听说。

[3]词林:文人之群。

故常:旧规,常例,习惯。

[4]仕:做官。

[5]骫骳(wěi bèi):文笔纡曲或萎靡无风骨。

繁芜:繁多,芜杂。

[6]汩(gǔ)没:埋没,湮灭。

训诂括帖:泛指科举考试文法章法。

训诂:解释古书词句意义。广义的,指用语言解释语言,涉及各种方式、各种语言事实。

括帖:亦作"帖括"。泛指科举应试文章。明清时亦指八股文。

[7]宫徵(zhǐ):宫、商、角、徵、羽五音中的两个音,泛指五音。

经纬:织物的纵线和横线。比喻条理秩序。

[8]长沙李文正公:明朝李东阳,祖籍湖广长沙府茶陵,为明弘治、正德间大臣,卒谥文正。

响臻景赴:应声而至,如影追随。比喻响应,追随。臻:至。景:"影"的本字。

[9]先生魁天下:指鲁铎会试第一,为会元。

读:籀(zhòu)书,抽释理解书的意义。

中秘书:宫廷所收藏之书。

见器:被看重。

[10]毡厦:毡制的帐篷。古代北方游牧民族以为居室,犹今之蒙古包。

启沃:开诚忠告。旧指以治国之道开导帝王。

竹素:史册的代称。古时以竹简素帛书史,故称。

编摩:谓编订研究。

[11]丝纶:帝王诏书。

雅馆:集雅馆,为教诗之所。南朝梁学府之一。天监五年(506 年)置集雅馆,以招远学。集雅之名,取《诗经》大雅、小雅之义。

诲迪:教诲开导。

[12]斧澡:雕饰,修饰。

帝猷(yóu):帝王的谋略。

[13]匪直后进承学:不只是后辈跟随学习。

后进:后辈。亦指学识或资历较浅的人。

承学:继承师说而学习。

泰山北斗:原为对唐代文学家韩愈的赞语。后用以比喻众望所归、令人敬仰的人物。

[14]十袭藏之:义同"什袭而藏""十袭珍藏"。形容郑重地收藏物品。十:同"什"。袭:量词。

[15]无颇:没有偏颇。

士习:士大夫的习气。

还醇:还淳返朴。回复到人原来的朴实、淳厚的本性。

[16]渐(jiān)染声教:浸染声威和教化。声教:中国古代文化史名词。

指华夏族孝亲伦常的主体文化向外光大发扬的教化过程。

率履周行(háng):遵循大道。率履:遵循礼法。周行:大路,大道。

[17]鸣球拊石:敲击玉磬、石磬。《尚书·益稷》记载:“戛击鸣球”,“击石拊石,百兽率舞”。鸣球:一种乐器,就是玉磬。拊石:敲击石磬。

[18]么(yāo)弦急徽:语出陆士衡(机)《文赋》:“犹弦么而徽急,故虽和而不悲。”么弦:弦乐器上的细弦。宋词中常用以特指琵琶的第四弦,也用以代指琵琶。刘梦得曰,么弦孤韵,瞥入人耳,非大音之乐。急徽:扭紧琴弦。徽:系弦之绳。

乖戾:不和或失调。

[19]和羹:用不同的调味品配制羹汤。

醴齐:甜酒。

蕙蒸兰藉:用蕙草包裹祭肉,用兰草垫底。语出《楚辞·九歌·东皇太一》:“蕙肴蒸兮兰藉,奠桂酒兮椒浆。”以蕙草蒸肉,以兰藉饮食,以桂置酒中,以椒置浆中,皆取芬芳也。藉:垫底的东西。

[20]鸡夷蒲勺:两种酒器。语出《礼记·明堂位》:“夏后氏以鸡夷”“周以蒲勺”。鸡夷:画有鸡纹的酒尊,古祭祀所用六器之一。因其在庄重严肃的场合使用,后常用以代指正式宴席。“夷”同“彝”。蒲勺:酌酒之器,刻勺为张口的凫头形。

两敦四琏:虞代祭祀时盛黍稷用两敦,夏用四琏。《礼记·明堂位》:“有虞氏之两敦,夏后氏之四琏,殷之六瑚,周之八簋(guǐ)。”虞代祭祀时盛黍稷用两敦,夏用四琏,殷以六瑚,周代用八簋。敦、琏、瑚、簋都是盛黍稷的器具。

[21]雕虫刻楮(chǔ):义同“雕虫篆刻”。是“秦书”八体中的虫书、刻符两种体势,为儿童初学所习课目。后因以比喻小技末道,也指写文章时雕章琢句。

[22]茨梁坻京:此处比喻学识丰富。语出《诗经·小雅·甫田》:“曾孙之稼,如茨如梁;曾孙之庾,如坻如京。乃求千斯仓,乃求万斯箱。”曾孙的庄稼堆满场,有的像屋顶,有的像桥梁。曾孙的粮囤真正多,有的像小丘,有的像山冈。于是需要千仓粮库来储藏,于是需要万辆车子来载装。茨:屋盖。梁:车梁或桥梁。坻:小丘。京:高丘。箱:车厢。此言收成之后,禾稼既多,则求仓以处之,求车以载之。

鱼盐:鱼和盐。都是滨海的出产。

泉布:古代泉与布并为货币,故统称货币为“泉布”。一说布也就是泉,一物而两名。

[23]余巧:应付裕如的技能、技巧。

短绠:短井绳。形容浅学者不可与悟至理,或形容力不胜任。语出《庄子·至乐》云:“绠短者不可以汲深。”

短井绳不能汲深井之水。

狭幅：形容浅学。

[24]圭璧：玉器名，古代帝王、诸侯用来祭祀日月星辰的礼器，形制为以璧为底，旁为圭形。

珠玑：珠宝。

辉山：当指含有光辉的玉山。“玉蕴山含辉”的化用，群山中蕴藏着美玉，群山自然含有光辉。

照乘：即照乘珠。光亮能照明车辆的宝珠。

[25]剪彩：古代剪纸的早期形式，此处有装饰的意思。南北朝梁宗懔著《荆楚岁时记》：“正月七是为人日。以七种菜为羹；剪彩为人，或镂金为人，以贴屏风，亦戴之头鬓。”

栀貌：“栀貌蜡言”的省称。栀：常绿灌木，果实可以做黄色染料。指伪装的面貌与虚假的言辞。

[26]刮摩：制玉器、骨器之工。

抟埴(zhí)：制陶器砖瓦之工。

轮舆梓匠：梓人、匠人为木工；轮人(造车轮的人)、舆人(造车厢的人)为造车工匠，亦泛称匠人。

[27]凿空：凭空无据，穿凿。

角险：论诗语。指诗歌创作应当避免的一种风格和倾向。王世贞《湖西草堂诗集序》云：“毋凿空，毋角险，以求胜人而判损吾性灵”。即《诗话总龟》所说的“诗尚奇险。”

奇袤(mào)：本指巫蛊邪术。有离奇荒诞的意思。

[28]勍(qíng)：强。

厉：颜色勃然如战色。

[29]牝(pìn)牡骊黄：《列子·说符》载：伯乐推荐九方皋为秦穆公访求良马。三月而回，说找到了。穆公问“何马”，对曰“牝而黄”。取马人回来说“牡而骊”。马取来一看，果然是稀有的良马。伯乐认为挑马不必视其外貌性别，九方皋相马重视的是马的内在本质。后因以“牝牡骊黄”比喻事物的表面现象。牝牡：雌雄。骊：黑色。

[30]昌黎、河东：指韩愈、柳宗元。韩愈，唐代文学家、思想家，唐宋古文运动倡导者之一；祖籍昌黎(今河北省昌黎县)，世称韩昌黎。柳宗元，唐代文学家、思想家；字子厚，河东(今山西省永济市)人，故又称柳河东。

庐陵、眉山：指欧阳修、苏轼。欧阳修，北宋中期的文坛领袖；吉州永丰(今属江西)人，自称庐陵人，因为吉州原属庐陵郡，人称庐陵先生。苏轼，宋代大文学家，苏为四川眉山人，故称。

俦(chóu)：同辈，伴侣。

[31]澡身浴德：谓修养身心，使之高洁。

夙夜匪懈：日夜勤劳，始终不懈。形容忠于职守，勤奋工作。

[32]难进易退：做官前要再三考虑，去官时唯恐不速。

翛(xiāo)然物表：超然于世俗之外。

以贵下贱：以高贵身份而谦恭下

士,向那些地位比自己低的人请教。

[33]以己昭昭,使人昭昭:先使自己明白,然后才去使别人明白。语出《孟子·尽心下》:孟子曰:“贤者以其昭昭使人昭昭,今以其昏昏使人昭昭。”(孟子说:“贤人先使自己明白,然后才去使别人明白;今天的人则是自己都没有搞清楚,却想去使别人明白。”)

[34]罕譬博喻:化用“罕譬而喻”。说话不管比方多还是少,都能听懂。形容话说得非常明白。

[35]朗彻:明白透彻。

合符同轨:比喻符合法则。

[36]系易:《周易·系辞》的简称。

文明以止:语出《贲(bì)》卦的《彖(tuàn)传》:“文明以止,人文也。”文章灿明止于礼义,这是人类的文彩。

[37]明体适用:此处意思是,明道存心以为体,经世宰物以为用。

[38]非先进君子,孰能与(yù)于斯:不是先学习礼乐而后再做官的人,谁能同他相提并论呢。

先进君子:语出《论语·先进篇》:“先进于礼乐,野人也;后进于礼乐,君子也。如用之,则吾从先进。”先学习礼乐而后再做官的人,是原来没有爵禄的平民;先当了官然后再学习礼乐的人,是君子。如果要先用人才,那我主张选用先学习礼乐的人。

与:参与,在其中。

[39]祖风:祖上为人处世的作风(多指好的方面)。

[40]绎思:寻思追念。

绳武:继承先人业迹。

资:凭借。

[41]属(zhǔ)文:写作。谓连缀字句而成文章。属:缀辑,撰著。

[42]屑越经常:轻易摒弃常道。屑越:轻易捐弃,糟蹋。

窜袭:修改与袭用。

贝典:佛经。印度贝多罗树(菩提树、觉树)之叶,经处理后可以代纸,古代印度人常用以书写佛经。

[43]识者:有见识的人。

九京:犹九泉。指地下。

模楷:楷模,榜样。

[44]虽无老成人,尚有典刑:本意为,虽然身边没老臣,还有成法可依傍。语出《诗经·大雅·荡》。典刑:同“典型”。指旧的典章法规。

[45]典刑:此处与上文“模楷”义同。

[46]里人:同里的人,同乡。

后学:后进的学人,用为对前辈而言的自谦之称。

参知周公(周嘉谟)寿序

李维桢

东方朔从汉武帝游上林[1],有嘉树焉,以问朔。朔曰:"是名善哉!"帝使人阴识之。后数岁,复问朔。朔曰:"是名瞿所[2]。"帝曰:"欺我!何乃与前殊?"朔对曰:"夫大为马,少为驹;长为鸡,小为雏;大为牛,小为犊。人生为儿,长为老。昔为善哉,今为瞿所。万物败成,宁有定耶?"此滑稽之谈,然有至理焉,非朔莫能喻也。当是时,帝方志神仙冲举之事[3],而以穷奢极欲行之,海内虚耗,几续亡秦。朔言意在讽谏耳。前朔而为《齐物论》之说者,庄生。秋毫太山,彭祖殇子。小大寿夭,殊途同归。淡泊恬愉,得其环中,以应无穷。前庄生而为玄同之说者,老氏。凡物或行或随,或呴或吸[4],或强或羸,或载或隳。顺其自然,挫锐解纷,和光同尘[5],以象帝先[6]。此三君可以屈,可以伸;可以潜,可以见。长生久视之道,洵不诬也[7]。

吾友周明卿,弱冠举进士,为度支郎[8],守南雄,迁按察副使,治兵蜀中。寻进其省参知[9],数有平夷功。而念其两尊人老,弃之归,年才强仕耳[10]。久之,而后称艾[11]。部使者屡荐于朝,明卿谢,不赴。里中戚党艳明卿之蚤贵而名达[12],激流而勇退,宠辱毁誉,不顷焉干之胸中,故神王而色泽[13]。又以为明卿之勇退,乃所以收其蚤成之誉,以其不用于天下国家,专用之于身,不足于彼则有余于此,似之而实非也。夫明卿即不以少年挂冠解组[14],富贵何常能长有耶?即岩居川观,终其身布衣,山泽之癯,能作石人耶[15]?昔者,伊尹、召公、卫武之属[16],或居位数十百年;林类、荣启期、麦丘老人之属,或白首厄穷[17];太公、鬻熊之属,或衰晚遇合[18];颛顼、蒲衣、甘罗、介子推之属,或髫龀显名,其数适然耳[19]。贵贱淹速,总之在亡何有之乡[20]。假令可以与为取,可以弱为强,诸君子当至今存矣。明卿行安而节和[21],不激不随,为诸生如是,为孝廉如是,为郎、为守、为藩臬使者如是[22],人称之。为诸生、为孝廉、为郎、为守、为藩臬使者,因其位而号之耳;其神王而色泽,弱冠如是,壮有室如是,强仕如是,艾如是,人称之。弱冠、壮有室、强仕、艾,因其年而目之耳。天道不争而善胜,不言而善应,不召而自来,坦然而善谋,老庄、曼倩达天道矣[23]。明卿深于三君之术,不为福招,不为祸囮[24]。游逍遥之墟,立不贷之圃[25]。彼且安知其仕,安知其隐,安知其年之艾耶?

向后束帛贲丘园,开府一方[26],入为八座九卿,进而称老称耆称耄称期颐[27],何所加于今日?夫蚤贵而名达、激流而勇退者,其涉世之迹也。善哉!瞿所岂二物乎?《易》始于《乾坤》《屯》《蒙》,终于《未济》,原始反终,天下之能事毕矣[28]。曼倩之滑稽,本之老庄。老庄之学,本于《易》。明卿五十之年,可以学《易》,当必有爽然自失,如向子平之读《损益》者[29]。

秋七月二十有五日,明卿初度之辰,里中戚党酌兕觥为寿,而以余言侑爵[30]。余与明卿同庚而差少,徼天之灵,得见明卿期颐,即更端为侑爵之言[31],不出此矣。

题解

本文录自李维桢撰、明万历三十九年(1611 年)刻本《大泌山房集·卷之三十·寿序》第 22 页。

参知:明代承宣布政使司左、右参政别称。

周公:指周嘉谟。参见本书周嘉谟传略。

寿序:祝寿的文章。明中叶以后开始盛行。

注释

[1]东方朔从汉武帝游:此典出自《太平广记》卷一七三引南朝梁殷芸《小说》:“又汉武游上林,见一好树,问东方朔。朔曰:‘名善哉。’帝阴使人落其树。后数岁,复问朔,朔曰:‘名为瞿所。’帝曰:‘朔欺久矣,名与前不同,何也?’朔曰:‘夫大为马,小为驹;长为鸡,小为雏;大为牛,小为犊;人生为儿,长为老。且昔为善哉,今为瞿所。长少死生,万物败成,岂有定哉?’帝乃大笑。”

[2]瞿所:传说中的木名。

[3]冲举:旧谓飞升成仙。

[4]呴(xǔ):慢慢呼气。

[5]挫锐解纷,和光同尘:语出《道德经·第五十六章》:“挫其锐,解其纷,和其光,同其尘,是谓玄同。”不露锋芒,消解纷扰,含敛光耀,混同尘世,这样就可以不分亲疏、利害、贵贱,让人们可以保持那份天性的质朴,能够在这种“玄同”的状态中自然而然地生活。

[6]以象帝先:语出《老子·第四章》:“吾不知谁之子,象帝之先。”我不知道“道”是谁的儿子,它显象于天帝产生之先。

[7]长生久视之道:长寿之道。语出《老子·五十九章》:“有国之母,可以长久,是谓深根固柢,长生久视之道。”久视:不老,耳目不衰。形容长寿。

洵不诬也:真不是虚言。

[8]度支郎:度支郎中。官名。尚书省(台)属司度支司长官。明初曾置度中郎中,后裁撤。

[9]参知:见本文题解。

[10]强仕:四十岁的代称。语本《礼记·曲礼上》:“四十曰强,而仕。”

[11]艾:老年,对老年人的敬称。《礼记·曲礼上》:“五十曰艾。”

[12]艳:美慕。

[13]不顷焉干之胸中:语出《荀子·解蔽篇》:“不以自妨也,不少顷干之胸中。”不因为它而妨碍自己,也不让它对心有片刻干扰。

神王:谓精神旺盛。王:通“旺”。

色泽:颜色鲜明润泽。

[14]挂冠解组:辞官退隐。挂冠:汉王莽杀逢萌子,逢萌以为祸将累人,乃解冠挂东都城门而去。后比喻辞官。解组:解下系印的丝带,指辞官。组:丝带。

[15]岩居川观:居于山岩之间观看潺潺流水。形容隐者生活简陋,而悠然自得。

山泽之癯(qú):义同“山泽仙癯”。指居住在山泽间的骨姿清瘦的仙人。语出《史记》《汉书》中的《司马相如传》。诗文中常用以比喻闲居的文士。癯:癯然。清瘦的样子。

石人:犹言木石之人,谓其无知觉,亦谓其长久存在。

[16]伊尹:古代名相。伊助商汤伐夏桀,被尊为阿衡(宰相)。

召公:指助周武王灭商的召公奭(shì)。

卫武:古代有名的长寿者。春秋卫国国君,卒年九十五。

[17]林类:《列子·天瑞》记载,林类年龄将近百岁,到了春天披着皮衣,在收割后的田地上捡遗留的谷穗,一边唱歌,一边前进。

荣启期:春秋末宋国人。孔子游历泰山时曾见他鬓发皆白,鹿裘带索,鼓瑟而歌,行于郕(即成,今宁阳东北)之野,称之为“能自宽者”。

麦丘老人:麦丘之地的老人。后常用作祝寿之辞。春秋时,齐桓公出猎追逐白鹿。追到麦丘这个地方，遇见一位八十三岁的老人。桓公与老人一起饮酒，并要老人以他的高寿来为自己祝寿。麦丘：地名，战国时齐邑，今山东商河县境内。

厄穷：艰难困苦。

[18]太公：姜太公，姜尚，字子牙，西周初年帮助武王伐纣的功臣。

鬻熊：周代楚的祖先。商朝时西周臣。事周文王，封于楚。

衰晚：犹暮年。

遇合：指臣子逢到善用其才的君主。

[19]颛顼（zhuān xū）：上古帝王名。"五帝"之一，号高阳氏。相传为黄帝之孙。十岁佐少昊，十二岁而冠，二十登帝位。在位七十八年。

蒲衣：传说中的上古贤人。

甘罗：《史记·樗里子甘茂列传》记载，甘罗十二岁，做了秦相吕不韦的家臣。

介子推：春秋晋国人。从公子重耳（晋文公）流亡十九年。重耳返国即位，随从皆得赏，唯独不及介之推。遂隐居绵上（今山西介休东南）山中而死。或说文公放火逼他出山，不愿，遂烧死山中。

髫龀（tiáo chèn）：谓幼年。

其数适然耳：他们的命运当然罢了。

[20]淹速：迟速。指时间的长短。

亡何有之乡：指空幻虚无的境界，或借指梦境、醉乡。语出《庄子·应帝王》。亡：通"无"。

[21]节和：节令和顺。此处作"和节"讲，有协调、合适的意思。

[22]藩臬使者：指布政使和按察使。

[23]曼倩：东方朔，字曼倩。

[24]囮（é）：本指用来诱捕同类鸟的鸟，称"囮子"。此处作动词理解，同"讹"。讹诈。

[25]游逍遥之墟，立不贷之圃：语出《庄子·天运》："古之至人，假道于仁，托宿于义，以游逍遥之虚，食于苟简之田，立于不贷之圃。"古代道德修养高的至人，对于仁来说只是借路，对于义来说只是暂住，而游乐于自由自在、无拘无束的境域，生活于马虎简单、无奢无华的境地，立身于从不施与的园圃。

[26]向后：后来。

束帛贲丘园：此处有结束田园生活的意思。语出《易·贲》："六五，贲于丘园，束帛戋戋。吝，终吉。"六五：奔向丘园，送上许多布帛，初遇困难，终则顺利。丘园：家园，乡村。后指隐居之处。

开府：古代指高级官员（如三公、大将军、将军等）成立府署，选置僚属。

[27]八座九卿：泛指显贵的官员，朝廷的重臣。八座：封建时代中央政府的八种高级官员。历朝制度不一，所指不同。隋唐以六尚书、左右仆射

及令为“八座”。九卿：古代中央政府的九个高级官职。

耄（mào）：年老，八九十岁的年纪。

期颐：一百岁。

[28]《易》始于《乾坤》《屯》《蒙》，终于《未济》：乾坤、屯、蒙、未济，都是《易》的卦名。

原始反终：原始要终。探究事物发展的始末。

天下之能事毕矣：指天下之能事尽在《易经》之中。能事：所能之事。

[29]向子平之读《损益》：向子平：东汉向长，字子平，慕道不仕。向子平读《损益》卦，始悟“富不如贫”。

[30]初度：原指人的生辰。后称人的生日为初度。

兕觥（sì gōng）：古时的一种兽形酒器。

侑（yòu）爵：劝酒。在筵席旁助兴，劝人吃喝。

[31]徼（jiǎo）天之灵：靠老天的保佑。徼：通“侥”。

更端：另一事。

藩伯周公（周芸）五十寿序

李维桢

周大夫用馨，二十有七岁成进士。仕为令。以高第召入，为给事中[1]。出参闽藩议[2]。又数年归，其时尤未及强仕也[3]。又十有四年，始称艾[4]。大夫归，与闾阎浮湛[5]。长者兄事之，少者弟事之，人人谓亲已，则相与过不佞谋所为大夫寿。

不佞所居，距大夫百里，不若诸君子之游大夫稔也[6]。大夫有美才，当年不究其用，众口积毁，铄金销骨，宁无纤介觖望[7]，则将离世异俗，高论怨诽，为亢而已乎[8]。古之人有行之者，介之推之悬书，屈原之问天，虞卿之穷愁[9]，邓遐之恨破甑，殷浩之咄咄书空，权德舆之自伤，拉捝无期也[10]。抑外顾藉而内实不胜怼，将有所托而逸[11]，以耗其雄心逸气为放而已乎？古之人有行之者，魏无忌之饮醇酒，多近妇人[12]；杨恽之歌乌乌；李广之射猎[13]；任恺之拉攞欲坏；王琚之不遵度[14]；李白之骜不自修，是也。皆对曰：“无有大夫独好学耳。大夫晚举，子甚聪警，子每奏其文，大夫称善，则亦自为视之父子，朝暮诵读，如诸生时。”不佞曰：“信如所言，大夫未艾哉。昔者师旷谓晋平公少而好学，如日出之光；壮而好学，如日中之光；老而好学，如炳烛之明。炳烛之明，孰与昧行乎[15]？是以文公谋帅于赵衰，而衰荐郤縠，縠年五十矣，说礼乐而敦诗书，守学弥惇，光辅晋室[16]。荀卿五十，游学于齐，恶卧而焠其掌，推儒墨道德之行事兴坏，序列著数万言[17]；齐修子大夫之缺，而卿三为祭酒，最称老师[18]。大夫好学不以艾自废，其犹行古之道也，疏神达思，怡情理性[19]，清明在躬，肤革充盈[20]，不导引而寿，此不朽之业而太上之所营也[21]。”

大夫闻之，怃然曰：“吾乃今知学之可以养生也。”

不佞则又因诸君子而告大夫：“昔者蘧伯玉行年五十而知四十九年之非，六十而后能化[22]。夫安知今之所谓是，非昔之所谓非乎？周公、仲尼大圣人也，然而周公朝读书百篇，夕见七十五士；仲尼末年学《易》，韦编三绝，铁擿三折，漆书三灭[23]。其次睿圣卫武公九十有五矣，为《抑》诗自儆，史不失书，矇不失诵，以训御之[24]；在舆倚几，位宁居寝[25]，莫不有先王之法志焉，故学者身存俱存者也。楚之先，有申公子亹者[26]，老楚国而欲自安；史老左执鬼中，右执殇宫，导其君以拒谏[27]，则倚相、子张患之为大夫计者引[28]，而至于百年，犹夫今日之事而已矣。”

大夫闻之曰：“善。吾乃今知学之不可以已也。敬谢诸君子之规。”

题解

本文录自李维桢撰、明万历三十九年（1611 年）刻本《大泌山房集·卷之三十·寿序》第 31 页。标题原为《藩伯周公寿序》。五十寿序与六十寿序原为连排，中间以“又”区分。

藩伯：明清时指布政使。此处指参议。参议：明于布政使下设左、右参议，从四品，无定员，分守各道，并分管粮储、屯田、清军、驿传、水利等事。

周公：周芸，天门进士。福建参议。

注释

[1]给(jǐ)事中：给事中三字是在内廷服务的意思。明代六科(吏、户、礼、兵、刑、工科)每科置都给事中一人，正七品。左、右给事中各一人，从七品。给事中若干人。

[2]参闽藩议：任福建参议。

[3]强仕：四十岁的代称。语本《礼记·曲礼上》："四十曰强，而仕。"

[4]艾：老年，对老年人的敬称。《礼记·曲礼上》："五十曰艾。"

[5]与闾阎浮湛：大意是，与老家的百姓打成一片。闾阎：里巷内外的门。借指平民。浮湛：随波逐流。

[6]稔(rěn)：熟悉。

[7]众口积毁，铄金销骨：众口铄金，积毁销骨。众口铄金：众人的言论能够熔化金属。比喻舆论影响的强大。亦喻众口同声可混淆视听。积毁销骨：谓众口不断毁谤，会置人于死地。

纤介：细微，细小。

觖(jué)望：因不满意而怨恨。

[8]离世异俗，高论怨诽，为亢而已：语出《庄子·刻意》："刻意尚行，离世异俗，高论怨诽，为亢而已矣。"克制意欲使行为高尚，超然特立于世俗之外，立论高峻而怨愤讥刺世之无道，为显示清高而已。离世异俗：超脱世俗。

[9]介之推之悬书：典自"悬书宫门"。《史记·晋世家》："文公反国，赏从亡者。介子推不言禄，禄亦不及，与其母偕隐。从者怜之，乃悬书宫门。"

屈原之问天：《天问》是屈原作品中与《离骚》有同等重要意义的诗篇。通篇是屈原对于天地、自然和人世等一切事物现象的发问，表现了屈原对某些传统观念的大胆怀疑，以及他追求真理的探索精神。

虞卿之穷愁：语出《史记·平原君虞卿列传论》："然虞卿非穷愁，亦不能著书以自见于后世云。"但是虞卿若不是穷困忧愁，也就不能著书立说而使自己的名声表露于世，流传后代了。

[10]邓遐之恨破甑(zèng)：语出刘义庆《世说新语·黜免》，竟陵太守邓遐罢官后去参加皇帝的葬礼时，拜见了大司马桓温，桓温问道："你为什么更加消瘦了？"邓遐说："我在叔达面前有愧，不能不因打破饭甑而遗憾。"

殷浩之咄咄书空：典自"咄咄怪事"。语出刘义庆《世说新语·黜免》："殷中军(殷浩)被废在信安，终日恒书空作字，扬州吏民寻义逐之，窃视，唯作'咄咄怪事'四字而已。"

权德舆之自伤：权德舆，唐代文学家，大臣。其诗《月夜过灵彻上人房因赠》云："此身会逐白云去，未洗尘缨还自伤。今夜幸逢清净境，满庭秋月对支郎。"自伤：自我伤感。

抆(wěn)拭：掩饰。

[11]顾藉：顾惜，照顾。

怼(duì)：怨恨。

逸：隐遁。

[12]魏无忌之饮醇酒：典自“醇酒妇人”。指酒色。《史记·魏公子列传》：“公子自知再以毁废，乃谢病不朝，与宾客为长夜饮，饮醇酒，多近妇女。日夜为乐饮者四岁，竟病酒而卒。”

[13]杨恽之歌乌乌：杨恽，字子幼。西汉华阴（今属陕西省）人。汉昭帝时丞相杨敞的次子，司马迁外孙。《汉书·杨恽传》：“酒后耳热，仰天拊缶，而呼乌乌。”乌乌：歌呼声。

李广之射猎：汉李广数从射猎，格杀猛兽。文帝曰：“惜广不逢时”。

[14]任恺之拉攞（luó）欲坏：刘义庆《世说新语·任诞》：“任恺既失权势，不复自检括。或谓和峤曰：‘卿何以坐观元裒（任恺。裒：音 póu）败而不救？’和曰：‘元裒如此夏门拉攞自欲坏，非一木所能支。’”拉攞：崩塌、断裂的意思。

王琚（jū）之不遵度：王琚，唐代诗人。怀州河内（河南沁阳）人。唐玄宗即位，擢为中书侍郎。先天二年（713年），协助玄宗诛太平公主，以功进官户部尚书。后以谗见疏。王琚性情豪侈，恃功使气，失意以后，放荡不羁，诗中多感慨激愤之词。

[15]“昔者师旷”一句出自刘向《说苑》。大意是，师旷说：少年时爱好学习，就像在早晨温和的太阳下学习；壮年时爱好学习，就像在正午的烈日阳光下学习；老年时爱好学习，就像将蜡烛点燃，散发光亮来学习。在点燃蜡烛的亮光下（行走）和在黑暗愚昧中行走（哪一个会更好呢）？

[16]郤縠（xì hú）：春秋时任晋国卿大夫，也是晋国第一任中军将。《国语·晋语四》：文公问元帅于赵衰，对曰：“郤縠可，行年五十矣，守学弥惇。”后世诗文常用“郤縠”比喻儒将。

守学弥惇：坚持学习，更加勤勉。

光辅：多方面辅佐。

[17]恶卧而焠（cuì）其掌：怕读书时打瞌睡而自灼其掌，以警因睡而废读。语出《荀子·解蔽》：“有子恶卧而焠掌，可谓能自忍矣。”焠：灼。

推儒墨道德之行事兴坏，序列著数万言：荀卿便推崇儒、墨两家道德，将它们在实施中的成功与失败，依次论述，写下数万字的著作。语出《史记·孟子荀卿列传》。

[18]齐修子大夫之缺，而卿三为祭酒，最称老师：语出《史记·孟子荀卿列传》：“齐襄王时，而荀卿最为老师。齐尚修列大夫之缺，而荀卿三为祭酒焉。”齐襄王时，荀卿要算最老的前辈师傅了。此时，齐国正在修补大夫这一官位的缺额，所以，荀卿曾经三次做齐国的祭酒。缺：原文为“触”。

[19]行古之道：依照前人的规矩行事。语出《礼记·檀弓上》。

疏神达思，怡情理性：语出汉代徐干《中论·治学》：“学也者，所以疏神达思，怡情理性，圣人之上务也。”学习，可以使人精神开朗，思想通达，心情喜悦，品性得以修养，这是圣人最大的事情。

[20]清明在躬：形容心地明朗，神志清醒。语出《礼记·孔子闲居》：“清明在躬，气志如神。”清明：神志思虑清洁明朗。躬：自身。

肤革充盈：肌肤丰盈。语出《礼记·礼运》：“四体既正，肤革充盈，人之肥也。”肤革：皮肤的表里，肌肤。

[21]不导引而寿：原意是仁者不须养生却能长寿。此处意思是，学习可以养生延年。苏轼在《贺欧阳少师致仕启》中云：“大勇若怯，大智如愚，至贵无轩冕而荣，至仁不导引而寿。”导引：古医家的一种养生术。指呼吸俯仰，屈伸手足，使血气流通，促进身体健康。

太上之所营：“太上所重，老氏所营”的缩略。太上道君所谋求的。李昉(fǎng)《太平御览》668卷·六百六十七·道部九·斋戒：《太真科》曰：“修三守一斋为本基，学道以斋戒为本。太上所重，老氏所营，仙真所赖。”道教最高最尊之神的名前常冠以“太上”二字，以示尊崇。

[22]蘧(qú)伯玉行年五十而知四十九年之非：蘧伯玉不断反省自己，到五十岁时知道了以前的四十九年都是错误的。语出《淮南子·原道训》：“故蘧伯玉行年五十，而知四十九年非。”蘧伯玉，名瑗(yuàn)，春秋时卫国大夫。为孔子所敬慕之人。

六十而后能化：《庄子·则阳篇》记载：“蘧伯玉行年六十而六十化。”意思是说他年已六十还能与日俱新，随着时代的变化而变化。

[23]仲尼末年学《易》，韦编三绝，铁擿(tī)三折，漆书三灭：语出三国魏宋钧《论语比考谶(chèn)》：“孔子读《易》，韦编三绝，铁擿三折，漆书三灭。”

韦编三绝：孔子晚年反复研读《周易》，以致编联竹简的皮带因经久摩挲而多次断绝。后用以形容读书刻苦勤奋。

铁擿：指供穿引之用的铁针。

漆书：用漆书写的字。相传在孔子宅壁中发现的古文经书，以漆书写，故名。

[24]睿圣卫武公九十有五矣，为《懿》诗自儆，史不失书，矇(méng)不失诵，以训御之：卫武公九十五岁，作了《懿》这首戒诗来自我警戒。史官不停止书写，乐师不停止诵读，用来训导进献。语出《国语·卷十七·楚语上》。睿圣：卫武公谥号为睿圣武公。《懿》诗：指《诗经·大雅·抑》。矇：指乐官。古代以盲人充任，故名。

[25]在舆倚几，位宁居寝：意思是，卫武公不管在哪里，都能听到文臣武将的规谏。语出《国语》卷一七《楚语》：“在舆有旅贲之规，位宁有官师之

典，倚几有诵训之谏，居寝有亵（xiè）御之箴。”在车上有勇士的规谏，在朝廷有官长的法典，在几案旁边有诵训官的进谏，在寝室有近侍的箴言。

[26]申公子亹（wěi）：即史老。春秋时楚史官。名老，字子亹。

[27]史老左执鬼中，右执殇宫：史老左手掌握着鬼身，右手掌握着鬼的居处。史老无所不能，什么样的规谏都听得到。语出《国语》卷一七《楚语》：“若谏，君则曰余左执鬼中，右执殇宫，凡百箴谏，吾尽闻之矣，宁闻他言？”如果他再劝谏，您就说我左手掌握着鬼身，右手掌握着鬼的居处，凡是各种告诫劝谏，我全听到了，哪里需要听别的什么劝告？

[28]倚相：春秋时人。楚左史。被楚灵王誉为“良史”。

子张：指白公子张。楚国大夫，名子张，因封邑在白，故也称白公。就是前文史老引导楚灵王拒谏的那个进谏者。

徐先生（徐楚陵）寿序

李维桢

余始有知，则邑人为言文恪鲁公之贤甚著[1]。公起家翰林，位至大司成[2]，以病免，屡征不就，务为长厚之行。以先闾里时作为诗歌无深文易晓，使人咨嗟讽咏而动于心，其子孙皆驯行孝谨不衰绝[3]，邑之俗因以一变矣。余雅意公之为人，而不及与游[4]。稍长，逮事今楚陵徐先生。先生于余，故有葭莩亲，余又与其仲子同射策成进士，交最稔[5]。即余耳目所习熟先生之行事，视鲁公奚殊哉[6]！

为诸生三十年，不得待公车诏[7]，而为博士金华，已迁天台，居无何[8]，以母老谢归。邴曼容秩不满六百石，不廉于此矣[9]。母继也，又未尝字[10]，先生事之如实出已。不以食贫缺甘毳之奉，旦暮省侍[11]，白首无倦。胡伯始言不称老[12]，不孝于此矣。在职不受诸生一钱，见一善，盱衡击节而收之[13]。虽单门后进，掖引如恐不及，至于今天台之人象而祀焉，岁时谒款，受命如响[14]。庚桑楚之居畏垒[15]，不信于此矣。宦五年而归，其归也，行李困乏，衣被须捷，徒步而过里门[16]。张释之久宦减仲之产，不约于此矣[17]。邑岁苦沈啬，先生考量㮯栝，为言河堤谒者，得无患[18]，其视人缓急如己有之，然耻以任侠为名高，鲁仲连排患释难[19]，解纷乱而无取，不义于此矣。徐于邑为著姓，食指近千[20]。先生一以恩纪之，有待而举火者。氾稚春家无常子[21]，不睦于此矣。负郭有督亢田，斥以与人，曰："无贻子孙忧。"孙叔敖受寝丘[22]，不智于此矣。里有与族人阋者，鼓噪而入于庭，敕家人阖户，无与接一谈，里人摧谢而去[23]。管幼安饲暴田之牛[24]，不恕于此矣。

盖自鲁公后宿素衰落几四十年[25]，此轶事仅仅在长老之耳。而诸少年或变其故，习为靡丽、轻剽以相胜[26]，乃今得先生令邑之人有所矜式，不诡于先民之则，其为德宏远矣[27]。先生业倦游，而仲子方为大宗伯尚书郎[28]，会天子新即位，一切礼仪制度烂焉具举，先生于是入觐天子耿光[29]，退而察仲子宦状，有通达国体之称、登高能赋之美[30]，先生良独喜。而仲子所往还楚诸大夫闻先生来，则累累携豚肩斗酒，日夜过从[31]，望其容貌，听其言说，皆洒然自幸，以为见先生晚。而先生适以二月十一日春秋七十，诸大夫更洗爵迭前为寿，而属余以祝辞进[32]。余窃观往事，清穆之世[33]，其上必有老成人为国典刑，其下必有庞眉鲐背之叟砥砺名实，诵述太平[34]，以风动其乡之人挽近世，不然则好尚乖戾，而民日偷[35]。汉郑庄侍上前，未尝不称说天下之长者[36]。诚有味乎？其言之也。先生道不施用于天下，晚乃得行于一乡。而又以天子中兴初载，称国之宪老，言行载于惇史[37]。此之为瑞，何直巢阿阁而游郊棷者哉[38]？先生幸强饭，自爱有如，一旦遣安车来迎入[39]，而咨问政事，其何以对？吾党小子拜下风而俟之矣。

先生起敬谢诸客曰："臣之少也，犹不如人。今老矣，无能为也。顾仲子治装[40]，吾且还楚。"而余复前引裾言曰[41]："先生，余太父行也[42]。维是四月四日太父耄矣，家大夫解组而供菽水[43]。先生归，将娓娓捋须，相劳洛下商颜之社[44]，先生得无意乎？"诸大夫皆曰："以子太父之寿而寿先生，君子谓之善颂善祷[45]。"

题解

本文录自李维桢撰、明万历三十九年(1611年)刻本《大泌山房集·卷之三十一·寿序》第20页。

徐先生:徐麟,字仁卿,号楚陵。徐成位之父。以明经任金华训导、天台教谕。清康熙三十一年(1692年)版《景陵县志·卷之十一·人物志·贡士》第36页有徐麟传略。徐成位与李维桢是同榜进士。

注释

[1]邑人:本县人。

文恪鲁公:鲁铎,谥文恪。参见本书鲁铎传略。

[2]翰林:职官名。明清为进士朝考后,得庶吉士的称号。

大司成:周代掌教国子(王及公卿大夫子弟)之官。唐代于唐高宗李治在位时一度改国子监为司成馆,祭酒为大司成。后恢复旧名。历代相沿以司成为国子监祭酒的别称。

[3]咨嗟:赞叹,叹赏。

讽咏:讽诵吟咏。

孝谨:孝顺而恭谨。

[4]雅意:很留意。

游:游从。交往,特指与长辈交往。

[5]葭莩(jiā fú):芦苇中的薄膜。比喻关系疏远的亲戚。

余又与其仲子同射策成进士:指李维桢与徐楚陵的次子徐成位一道参加殿试,成为明隆庆二年戊辰科(1568年)进士。

射策:汉代考试方法之一,类似于抽签考试。主考者将试题写在简策上,按难易大小分为甲乙科,列置案上,让应试者任意拈取,然后根据拈取的问题作答。泛指应试。

稔(rěn):庄稼成熟。引申为熟悉,习知。

[6]视鲁公奚殊哉:比照鲁公有什么不同啊。

[7]待公车诏:待诏公车。在公车官署随时准备皇帝召唤。汉代以公家车马递送应征的人 后因以“公车”为举人应试的代称。

[8]博士:古代学官名。

金华:地名。

天台:地名。

居无何:过了不久。

[9]邴(bǐng)曼容:汉哀帝时人,时有名望。班固《汉书》曰:“邴曼容养志自修,为官不肯过六百石,辄自免去。”

六百石(dàn):官秩级名。《汉书·百官公卿表上》:“博士,秦官,掌通古今,秩比六百石。”

不廉于此:意思是,不比徐公更廉。

［10］字：抚养，养育。

［11］不以食贫缺甘毳（cuì）之奉：不因生活贫困而对养母少敬奉美食。食贫：过贫困的生活。甘毳：美食。

省（xǐng）侍：探望，侍奉。

［12］胡伯始：《后汉书》卷四十四《胡广传》："胡广，字伯始，南郡华容人也。""自在公台三十余年，历事六帝，礼任甚优……汉兴以来，人臣之盛，未尝有也。"

［13］盱（xū）衡：扬眉举目。

击节：形容十分赞赏。

［14］单门：门第微贱孤寒。

后进：学识或资历较浅的人。

掖引：引掖。引导扶持。

象而祀：画肖像悬挂以供祭祀。

谒款：虔诚拜谒。

受命如响：彼有声而此应而响之。语出《系辞传上》。响：响应。

［15］庚桑楚之居畏垒：《庄子·庚桑楚》："老聃之役，有庚桑楚者，偏得老聃之道，以北居畏垒之山。"老聃的弟子中有个叫庚桑楚的，独得老聃之道，修道于畏垒山。庚桑楚：姓庚桑，名楚，老聃弟子。也作"亢仓子"。畏垒：虚构的山名。

［16］困乏：匮乏。

须捷：指衣衫破烂。

里门：乡里之门。古制，同族聚居一里，里有里门。此处指故里。

［17］张释之久宦减仲之产：语出《史记·张释之冯唐列传》：有兄仲同居（张释之排行第三，与两兄在一起生活）。以訾（zī）为骑郎（因家财殷实得选为骑郎），事孝文帝，十岁不得调，无所知名（没有人知道他）。释之曰："久宦减仲之产（因为当时做郎官车马服饰必须自备，所以有减兄仲之产的话），不遂（不满意）。"欲自免归（自动要求免职回家）。张释之：西汉南阳堵阳（今河南方城东）人，字季。任廷尉，以用法持平著称。

约：节俭。

［18］邑岁苦沈啬：本县苦于水灾歉收。沈：沈潦。雨后积水。啬：犹歉。收成不好。原文为"蔷"。

檃栝（yǐn kuò）：本指矫正木材弯曲的器具。引申为（就原有的文章、著作）剪裁改写。

河堤谒者：汉代至唐代中央临时派往地方主持河工的官吏。

［19］任侠：谓抑强扶弱的仗义行为。

鲁仲连：即鲁连。战国时齐人，善计谋划策，常周游各国排难解纷。

［20］著姓：旧称有显著名声的世家。

食指：此处指人口。

［21］汜稚春家无常子：汜稚春家家族和睦，兄弟辈往来无间。汜稚春：名毓，字稚春。晋代人，孝子。《晋书·儒林传·汜毓》：奕世儒素，敦睦九族，客居青州，逮毓七世，时人号其家"儿无常父，衣无常主"。

[22]负郭：谓靠近城郭。负：背倚。郭：外城。

督亢田：泛指膏腴之地。

斥以与人：退给别人。

孙叔敖受寝丘：相传楚令尹孙叔敖临终时告诫其子勿受楚王所封肥美之地，而请受瘠薄的寝丘，以保长久不失。后因谓与世无争、知足知止之心为“寝丘之志”。寝丘：古地名，偏远荒凉之地。

[23]阋(xì)：不和，争吵。

敕：告诫。

摧谢：谓受挫折而谢过。

[24]管幼安饲暴田之牛：管宁避乱于辽东，邻居有牛践踏宁田，宁将牛放于阴凉处喂养，牛主惭愧。管幼安：管宁，三国魏国人，任太中大夫。

[25]宿素：向来、平素。

[26]靡丽：奢华，奢靡。

轻剽(piāo)：轻浮，躁急。

[27]矜式：敬重和取法。

宏远：远大，深远。

[28]倦游：对在外游历或做官感到厌倦。

大宗伯尚书郎：礼部郎中。大宗伯：明清称礼部尚书为大宗伯。尚书郎：魏晋以后尚书分为若干曹，如吏部、屯田、水利等，有侍郎、郎中等官，综合各曹事务，通称为尚书郎。尚书郎主管文书起草，是秘书官职。

[29]耿光：光辉。

[30]国体：国家的典章制度，治国之法。

登高能赋：登高望远，能吟诗作赋。比喻士人有才能。

[31]过从：往来，交往。

[32]属(zhǔ)：古同“嘱”。嘱咐，托付。

[33]清穆：犹言清和，谓国之升平。

[34]老成人为国典刑：有老臣，有成法可依傍。语出《诗经·大雅·荡》：“虽无老成人，尚有典刑。”典刑：同“典型”。指旧的典章法规。

庞眉：眉毛黑白杂色。形容老貌。

鲐(tái)背：谓老人背上生斑如鲐鱼之纹，为高寿之征。

[35]风动：指教化、教育感化。

乖戾：不和谐，不一致。

偷：浅薄。

[36]郑庄：郑当时，字庄。西汉大臣。郑当时喜欢结交宾客，负有盛名。他曾在长安城郊设置驿马接待宾客，夜以继日，常常唯恐招待不周。

称说：述说，陈述。

[37]初载：初年，早期阶段。

宪老：仿效老者。

惇(dūn)史：记载老人德行之史。

[38]阿阁：四周有檐的楼阁。

郊棷(sǒu)：郊野草泽。棷：通“薮”。草木丛生的湖泽。

[39]强饭：犹言努力加餐，强制自己多进食。

安车：古代可以坐乘的小车。古

车立乘，此为坐乘，故称安车。供年老的高级官员及贵妇人乘用。高官告老还乡或征召有重望的人，往往赐乘安车。安车多用一马，礼尊者则用四马。

[40]治装：整理行装，准备行装。

[41]引裾（jū）：扯住衣服前襟。喻指忠直大臣苦苦劝谏。

[42]太父：祖父。

[43]耄（mào）：年老，八九十岁的年纪。

家大夫：作者自称父亲。

解组：解下系印的丝带，指辞官。组：丝带。

菽水：豆与水。指所食唯豆和水，形容生活清苦。常以“菽水”指晚辈对长辈的供养。

[44]洛下：指洛阳城。

商颜：典自“商山四皓”。秦末东园公、绮里季、夏黄公、角里先生，避秦乱，隐商山，年皆八十有余，须眉皓白，时称商山四皓。高祖召，不应。后高祖欲废太子，吕后用留侯计，迎四皓，辅太子，遂使高祖辍废太子之议。

[45]善颂善祷：善于颂扬和祈求。谓能寓规劝于颂祷之中。也指颂词祷语很得体。

松石园记

李维桢

吾邑自鲁文恪公后，鲜篷羽鹓鹭者[1]。嘉靖末，二三君子继起，历两朝，卿大夫接迹[2]。其以清正著声，则御史大夫周明卿、左丞陈正甫为最；两公比邻，家距邑可六七十里[3]。余尝过明卿园，多幽旷之致，卒卒未有记也[4]。

时正甫奉晋督学，简书且启行，其园尚未有绪。垂二十年，而自七闽予告归[5]，园始成。园之所有，有书院曰亲贤，有亭曰绥予、曰既右、曰净植，有庵曰极乐，有轩曰虚籁，有岭曰百果，有山房曰愚公，有斋曰永言，有窝曰燕息，有室曰回向，有圃曰蕙，有坞曰佳实，有林曰宝树，有坊曰长林丰草、曰雨华深隐，有台曰省获，有径曰竹，有桥曰云，有门曰净土、曰道岸、曰又玄，而概之以松石。或取适于花草禽鱼，或取胜于泉石湖山，或取景于烟雨风月，或取事于耕钓樵牧；或以睦宗戚，或以训子孙，或以集朋友，或以叩禅宗，往往与诸为园者同，而其深指殊不在是[6]。

盖正甫尊人葬其王父母于园西南隅，而恒徘徊思慕[7]。曰："他日从先人地下，舍是安归？"会戴夫人卒，遂以祔，而形家率言法不宜[8]。比太公卒，重违其志，暂厝之[9]。正甫之伯兄敬甫先生，日与诸弟旁求善地，拮据几终二星，卜得七甲嘴兆，奉太公、夫人以藏，距王父母墓十许步；园距太公、夫人墓才百余步，所谓既右、绥予、永言者，三致意焉[10]。以为维二人没世不忍忘其亲，天实鉴之。而后窀穸之宫，子事父母，妇事舅姑[11]，地下犹地上也。维二人秉德累善，天实胙之，以妥灵于兹[12]。而后其兄弟承藉余庥，以斩艾蓬藋[13]，而为园处之也。气候清淑，湖山明秀，动植飞潜，可为耳目之娱，二人若或眺听宴娭也[14]。垂纶于泽，撷蔬于圃，登谷于田[15]，一切民生日用之务，二人若或率作兴事也。家之子姓，缨緌相属，伊吾相和，礼义相先，二人若或耳提面命也[16]。"洽比其邻，婚姻孔云。"亲疏远近，恩礼有差等，二人若或往来酬酢也[17]。沙门比丘诵经礼忏，六时不辍；轮回因果，薪尽火传，二人若或有妙喜吉祥，生弥陀净域也[18]。雨露既濡，则心怵惕；霜雪既降，则心凄怆[19]。一举足，一出言，如见二人之容声；伐一木，杀一兽，不敢不时，如见二人之所爱欲。然岂必入宗庙，设裳衣，荐笾豆，骏奔走[20]，以其恍惚与神明交哉！公家子姓，驯行孝谨，类万石君[21]。而余内交正甫三十余年，顷得事敬甫先生、南雍先生[22]。撙节退让，终日不妄语，不跛倚，使人鄙吝都销[23]。

是园也，先生勤垣墉，正甫涂塈茨；先生勤朴斫，正甫涂丹雘[24]。先生不自有而与其弟，弟不自有而从兄与宗人，里人无长少贵贱，藏修息游，刑仁讲让[25]。《书》云，"惟孝友于兄弟"，"是亦为政"。正甫孝友之政，于是乎在。广而充之，以领天下国家，为世名臣，不亦宜乎！正甫有园记，略言邑人陆鸿渐以品茶名，去之苕霅以隐[26]。而茶非邑所产，惟井泉犹存。先生官苕霅，携种布园中，属善造者造之，补鸿渐所未有，为八百年邑中盛事。要之物以人重，此犹未关至极。余推原园所由创，其大归与众人殊，有裨伦常风教[27]。如是，昔文恪己有园，载诸邑乘，为名胜故实，自今松石并传矣[28]。

题解

本文录自李维桢撰、明万历三十九年(1611 年)刻本《大泌山房集·卷五十七·记》第 34 页。

文中提到陈敬甫从湖州带回茶种,种植于松石园,“补陆鸿渐所未有,为八百年邑中盛事”,是研究天门茶史的一条重要线索。

松石园:陈所学别墅,北濒松石湖。松石湖:位于天门市干驿镇镇区以北。今多淤塞为农田。

注释

[1]吾邑:指作者的家乡,明称景陵,今天门。

鲁文恪公:鲁铎,卒谥文恪。参见本书鲁铎传略。

簉(zào)羽鹓鹭(yuán lù):比喻朝臣。簉羽:排列齐整,若飞鸟的羽翅。比喻古代百官朝见时仪仗行列整齐。鹓鹭:鹓和鹭飞行有序,因喻百官朝见时秩序井然。

[2]卿大夫:(历代)朝廷命官泛称。

接迹:足迹前后相接。形容人多。

[3]御史大夫周明卿:指周嘉谟。周嘉谟,字明卿,号敬松。天门干驿人。官至吏部尚书。参见本书周嘉谟传略。御史大夫:御史台长官。明时改御史大夫为都御史。

左丞陈正甫:陈所学,字正甫,号志寰,天门干驿人。官至户部尚书。参见本书陈所学传略。左丞:元代三次设立尚书省分理财赋,置丞相及平章、右丞、左丞、参政等宰执官。

邑:这里指县城。

[4]卒卒:仓促急迫的样子。

[5]奉晋督学:任山西提督学政。奉:恭敬地接受。督学:学政的别名。明清派驻各省督导教育行政及考试的专职官员。管理一省教育的最高行政长官。

七闽:指古代居住在今福建省和浙江省南部的闽人,因分为七族,故称。这里指福建。

[6]深指:深刻的意旨。指:同“旨”。

[7]尊人:父亲。

王父母:古代亲属称谓。祖父母。

思慕:思念(自己敬仰的人)。

[8]祔(fù):合葬。

形家:旧时以相度地形吉凶,为人选择宅基、墓地为业的人。也称堪舆家。

[9]太公:父亲,也用来尊称别人的父亲。

重违其志:再违背他的意愿。

厝(cuò):停柩待葬或浅埋以待改葬。

[10]伯兄敬甫先生:指陈所前。伯兄:旧时对长兄之称谓。清康熙三十一年(1692 年)版《景陵县志·卷之十·人物志》第 16 页记载,陈所学兄陈所前,贡士,通判。陈所学年幼时,父陈篆让其随长兄陈所前学习。

拮据:原指鸟衔草筑巢,操作劳苦。

二星:犹双星。指牵牛、织女,比喻夫妇。

七甲嘴:地名。当为今天门市干驿镇七屋嘴。

兆:墓地。

既右:佑助。

绥予:保佑我。

永言:长言,吟咏。

三致意:再三表达其意。

[11]窀穸(zhūn xī):墓穴。

舅姑:称夫之父母,公公婆婆。

[12]胙(zuò):福佑。

妥灵:安置亡灵。

[13]承藉:凭借。

庥(xiū):庇护,福佑。

斩艾蓬藋(dí):砍伐草莽。蓬草和藋草。蓬藋:泛指草丛,草莽。

[14]动植:动物和植物。

飞潜:指鸟和鱼。

宴娭(xī):宴嬉,宴饮嬉戏。

[15]垂纶:垂钓。

撷(xié):摘下,取下。

登谷:收割成熟的谷物。

[16]子姓:泛指子孙、后辈。

缨緌(ruí):亦作“缨绥”。冠带与冠饰。亦借指官位或有声望的士大夫。

伊吾:象声词。读书声。

耳提面命:形容恳切地教导。

[17]洽比其邻,婚姻孔云:四邻五党多融洽,姻亲裙带联结广。语出《诗经·正月》。

恩礼:旧谓尊上对下的礼遇。

有差:不一,有区别。

酬酢(zuò):饮酒时主客互相敬酒,主敬客称“酬”,客还敬称“酢”。泛指应酬。

[18]沙门:原为古印度反婆罗门教思潮各个派别出家者的通称,佛教盛行后专指佛教僧侣。

比丘:指已受具足戒的男性,俗称和尚。

六时:佛教分一昼夜为六时:晨朝、日中、日没,初夜、中夜、后夜。

薪尽火传:比喻师生传授,学问一代一代地流传。

弥陀净域:佛教语。原指弥陀所居之净土,后为寺院的别称。

[19]雨露既濡(rú),则心怵(chù)惕;霜雪既降,则心凄怆(chuàng):“春露秋霜”的延展。春季雨露日,秋季霜降时,后辈在春秋两季因感于时令而祭祀祖先。濡:沾湿。怵惕:戒惧。凄怆:悲伤,悲凉。

［20］荐笾（biān）豆，骏奔走：进献祭品，急速奔走。语出《尚书·武成》："邦甸侯卫，骏奔走，执豆笾。"笾豆：笾和豆。古代祭祀及宴会时常用的两种礼器。竹制为笾，木制为豆。骏奔走：急速奔走。

［21］驯行：善良的行为。

孝谨：孝顺而恭谨。

万石（dàn）君：指一家有五人官至二千石或一家多人为大官者。西汉石奋以孝谨闻于时，与其子五人皆为二千石，乃号奋为万石君。二千石：官秩等级，因所得俸禄以米谷为准，故以"石"称之。自汉朝至三国、两晋、南北朝，二千石亦作为州牧、郡守、国相以及地位与之相当的中央高级官员的泛称。

［22］内交：结交。

［23］撙（zǔn）节：抑制，节制。

踦倚：偏向于某一方。

鄙吝：形容心胸狭窄。

［24］先生勤垣墉（yuán yōng），正甫涂塈茨（xì cí）：勤垣墉、涂塈茨，语出《尚书·梓材》："若作室家，既勤垣墉，惟其涂塈茨。"垣墉：墙。这里是砌墙的意思。涂塈茨：涂饰墙壁。塈：用泥涂屋顶。

丹艧（huò）：同"丹臒（huò）"。本指可供涂饰的红色颜料，这里是涂饰色彩的意思。

［25］藏修息游：意为隐居修身，停息交游。

刑仁讲让：把合于仁的行为定为法则，讲求谦让。

［26］邑人：同邑的人，同乡的人。

陆鸿渐：陆羽，字鸿渐。

苕霅（tiáo zhá）：苕溪、霅溪二水的并称。在今浙江省湖州市境内。

［27］大归：大要，大旨。

有裨伦常风教：有补于建立伦理道德规范、端正社会风气。伦常：人与人相处的常道。特指封建社会的伦理道德。即认为这种道德所规范的君臣、父子、夫妇、兄弟、朋友五种关系，即五伦，是不可改变的常道。风教：指风俗教化。

［28］文恪已有园：指鲁铎的别墅已有园。参见本书鲁铎《已有园》诗题解。

邑乘（shèng）：县志，地方志。

故实：以往的有历史意义的事实。

冲漠馆记

李维桢

徐惟得以观察大夫归,久之,而后有城南第[1]。第之旁隙地,衡若干尺,纵若干丈,以其余力为冲漠馆[2]。

入馆最南得阁,曰久青。两湖若珥[3],大河若带。负郭滨水而居者[4],户以万计;帆樯之往来者,日以数百千计。环堤而树,榆柳之属无算[5]。其气郁葱晻霭,与邑中炊烟朝夕吐歙也[6]。摩空群峭,在数十里外,作佛髻观[7],而是阁皆得有之。

从其下左入为洞,曰白云深处,夏不知有暑。从其下右入为亭,曰四顾,四方多植花树,四时以次妍秀,而编竹藩之[8]。又从其右得石池,池所畜锦鳞累百[9],为石梁其上,击钵施食,人与鱼乐可知也。临池为轩,轩后皆苍筤竹[10],是名水竹居。从竹径右入为阁,曰九玄,藏书万卷。其左室以诵颜曰适意,其右室以寝颜曰偃息,而馆之能事毕矣[11]。

客有游于馆者,馆人献疑曰:"观察之经营此也,池亭洞阁,异体而同致;寒暑燥湿,异宜而同适;禽鱼花树,异类而同美[12]。启居惟时[13],吟眺无常。外有宾从,内有子姓[14]。上下论议,啸歌酬酢,耳目玩好备具,此亦天下之极娱也,乌在其名冲漠[15]?"客曰:"观察好养生家言,善养生家言者,无如漆园、柱下,道以冲漠为宗[16]。夫水之性,不杂则清,莫动则宁;郁闭而不流,亦莫能清人。固若是将盈嗜欲、长好恶,则性命之情病矣;将黜嗜欲、掔好恶,则耳目病矣[17]。故举而归之冲漠,其视物之傥来,寄也,来不可圉,去不可止[18],顺物自然而无容私焉[19]。见素抱朴[20],以恬以愉。故曰:万物负阴而抱阳,冲气以为和[21]。游心于淡,合气于漠,而天下治矣[22]。是天地之平而道德之质也[23]。释氏亦然,应无所住而生其心,于世法中行出世法,是以不坏世相而成实相[24]。岂必穷闾厄巷,终窭且贫,苦体绝甘,槁项黄馘[25],然后为冲漠也与哉?"馆人曰:"客之言深矣。窃闻之老庄、儒者所不道,况乃贝典[26]。请折衷于孔氏[27]。"

客曰:"孔氏之学,莫精于克复[28]。克复之目,非礼则勿言、勿动,勿听、勿视,非并视听言动而一切绝之,如外道断灭相也[29]。故曰:素富贵,行乎富贵;素贫贱,行乎贫贱[30]。颜回箪食瓢饮,居陋巷不改其乐,则贤之[31]。曾点偕童冠,浴风咏归,则与之[32]。舜禹有天下而不与,则亟称之[33]。意必固我,不留其中;仕止久速[34],相时而动。冲漠何大于是?"馆人曰:"客之言正矣。顾犹泛也,请就馆论。"客曰:"琼宫瑶台,章华虒祁,阿房未央,为世炯戒,墨氏矫之[35]。治天下者,裘褐为衣,跂蹻为服,必自苦以腓无胈、胫无毛[36],是非素位,是犹有已也[37]。文王为灵台灵沼,囿方七十里,鱼鸟麀鹿,充牣其中,雉兔、刍荛者悉往焉[38],天下不以为泰。诗人诵之曰:无然畔援,无然歆羡,诞先登于岸[39];不长夏以革,不大声以色,顺帝之则是则[40],冲漠者也[41]。以观察之力为是馆,不丰不约,一宅而寓于不得已[42]。彼视夫寒暑燥湿,造化之委和也[43];池亭洞阁,禽鱼花树,宾从子姓,造化之委形也[44]。取无禁,用无竭;不内变,不外从;不雄成,不患失[45]。因以为茅靡波流[46],其于冲漠几乎?"

馆人唯唯,以质惟得[47]。惟得卑陬失色,曰:"吾今乃为人所窥,如是馆矣[48]。馆人其以客语记吾过[49],且记吾馆。"

题解

本文录自李维桢撰、明万历三十九年(1611 年)刻本《大泌山房集·卷之五十八·记》第 1 页。

清康熙三十一年(1692 年)版《景陵县志·卷之六》第 42 页记载:"冲漠馆,在南城内,邑中丞徐成位别业也。李维桢、王穉(zhì)登、陈文烛、费尚伊有序记。自咏十绝,属和者甚众。"

注释

[1]徐惟得:徐成位,字惟得,号中庵。参见本书徐成位传略。

观察:明代提刑按察使司按察使别称,掌管一省司法,正三品。

大夫:唐宋以后高级文职阶官的称号。

第：官邸，大的住宅。

[2]余力：余裕的力量。

冲漠：恬静虚寂。

[3]珥：珠玉做的耳环。

[4]负郭：谓靠近城郭。负：背倚。郭：外城。

[5]无算：不计其数。极言其多。

[6]郁葱：形容草木苍翠茂盛的样子。

晻霭：亦作“暗蔼”。众多貌。

吐欱(hē)：吐出吸进。

[7]群峭：许多高陡的山峰。

作佛髻观：看起来像佛髻。佛髻：呈盘曲状发髻的美称。相传佛发旋曲为螺形，故称。

[8]妍秀：秀丽。这里指按季节开花长叶。

藩：这里是以篱笆屏障的意思。

[9]锦鳞：鳞片如锦的游鱼。鱼的美称。

[10]苍筤(láng)：青色，未黄熟。

[11]颜：题写匾额。

馆之能事毕：意思是，冲漠馆功能完备。能事：所能之事。

[12]馆人：古称管理馆舍、招待宾客的人。

异体而同致：形态不同而事理相同。

异宜而同适：所宜不同而合宜相同。异宜：所宜各不相同。

[13]启居：安坐休息。古人坐下休息的两种姿势，以此代指坐下来休息。启：跪。居：坐。

[14]宾从：客人和仆从。

子姓：泛指子孙、后辈。

[15]论议：对人或事物的好坏、是非等表示意见。

啸歌：大声吟咏，歌唱。

酬酢(zuò)：主客相互敬酒，主敬客称酬，客还敬称酢。

乌：何。

[16]养生家：指修道者。因其讲究行气功，炼丹药，以求长生，故名。

漆园：战国时庄子为吏之处，后世常引申为庄子或庄子学派的代称。

柱下：相传老子曾为柱下史，后以“柱下”为老子或老子《道德经》的代称。

[17]黜(chù)：摈除。

掔(qiān)：除去。

[18]其视物之傥(tǎng)来，寄也，来不可圉(yǔ)，去不可止：看待意外得到的东西，应知如同寄托，来时不能防御，去时不能阻止。语出《庄子·缮性》，庄子曰：“轩冕在身，非性命也，物之傥来，寄者也。寄之，其来不可圉，其去不可止。”(庄子说：“荣华高位在身，并不是真性本命，外物偶然来到，如同寄托。寄托的东西，来时不能抵御，去时不能阻止。”)傥来：亦作“倘来”。意外得的东西。圉：防御。

[19]顺物自然而无容私焉：顺应事物的自然而没有半点儿个人的偏私。参见本文注释[22]。

[20]见素抱朴:现其本真,守其纯朴。谓不为外物所牵。

[21]万物负阴而抱阳,冲气以为和:万物都有背道之阴和向道之阳,二者相互激荡以求平和。语出《道德经·四十二章》。冲:冲突、交融。

[22]游心于淡,合气于漠,而天下治矣:语出《庄子·内篇·应帝王》,原文为:“汝游心于淡,合气于漠,顺物自然而无容私焉,而天下治矣。”意思是,你应处于保持本性、无所修饰的心境,交合形气于清静无为的方域,顺应事物的自然而没有半点儿个人的偏私,天下也就得到治理。

[23]是天地之平而道德之质也:这是天地平易(不偏倚)的本原和道德的实质。语出《庄子·外篇·刻意》:“夫恬淡寂寞,虚无无为,此天地之平而道德之质也。”

[24]释氏亦然:佛教也是如此。释氏:佛姓释迦的略称。亦指佛或佛教。

应无所住而生其心:人应该对世俗物质无所留恋,才有可能生出清净之心。住:指的是人对世俗、对物质的留恋程度。心:指的是人对佛理禅义的领悟。出自《金刚经》的“庄严净土”第十。

世法:对出世法而言,佛教把世间一切生灭无常的事物都叫作世法。

出世法:佛教谓达到超脱生死境界之法。

世相:即世间相。佛教语。谓世上的事物、现象。

实相:佛教语。指宇宙事物的真相或本然状态。

[25]穷闾厄巷,终窭(jù)且贫,苦体绝甘,槁项黄馘(xù):语出《庄子·列御寇》:“夫处穷闾厄巷,困窘织屦,槁项黄馘者,商之所短也。”身居偏僻狭窄的里巷,贫困到自己编织麻鞋,脖颈干瘪面色饥黄,这是我不如别人的地方。穷闾厄巷:身居偏僻狭窄的里巷。窭:贫穷,贫寒。苦体绝甘:劳苦身形、谢绝美食。槁项黄馘:颈项枯瘦,脸色苍黄。形容极不健康的容貌。槁:枯干。馘:脸。

[26]贝典:佛经。印度贝多罗树(菩提树、觉树)之叶,经处理后可以代纸,古代印度人常用以书写佛经。

[27]折衷:取正,用为判断事物的准则。

[28]克复:克己复礼。意谓约束自我,使言行合乎先王之礼。孔子提出的道德修养原则和方法。语出《论语·颜渊》。

[29]如外道断灭相:就像旁门左道所说的什么也没有的空。外道:佛教徒称本教以外的宗教及思想为外道。断灭:灭绝生机,虚妄乌有。佛教认为断灭空是邪见。相:相状。

[30]素富贵,行乎富贵;素贫贱,行乎贫贱:处在富贵的地位,就做富贵人应该做的事;处在贫贱的地位,就做

贫贱时应该做的事。指所作所为符合富贵的身份。语出《中庸》。行:所作所为。

[31]颜回箪(dān)食瓢饮,居陋巷不改其乐,则贤之:语出《论语·雍也》:“一箪食,一瓢饮,在陋巷,人不堪其忧,回也不改其乐。贤哉回也!”一箪饭,一瓢水,住在简陋的小屋里,别人都忍受不了这种穷困清苦,颜回却没有改变他好学的乐趣。颜回的品质是多么高尚啊!箪:古代盛饭用的竹器。

[32]曾点偕童冠,浴风咏归,则与之:典自《论语·先进》“子路、曾皙、冉有、公西华侍坐章”。曾点回答孔子言志:“春服既成,冠者五六人,童子六七人,浴乎沂,风乎舞雩,咏而归。”孔子赞同其志。

[33]舜禹有天下而不与(yù),则亟(qì)称之:舜和禹真是崇高得很呀!贵为天子,富有四海(却整年地为百姓勤劳),一点也不为自己。这是《论语·泰伯》中,孔子称赞舜禹的话。与:参与,关联。这里含私有、享受的意思。亟:屡次。

[34]意必固我:语出《论语·子罕第九》:“子绝四:毋意,毋必,毋固,毋我。”后人总结为“意必固我”。孔子一生以四绝要求自己。

仕止久速:语出《孟子·公孙丑章句》:“可以仕则仕,可以止则止,可以久则久,可以速则速,孔子也。”可以做官时就做官,可以隐居时就隐居,可以久留就久留,需要急速离去,就急速离去。这是孔子的风格。

[35]瑶台琼宇:“殷辛琼室”和“夏癸瑶台”的缩略。指商纣王所建的华丽宫室、夏桀所建的华丽楼台。

章华:即章华台,楚之离宫。位置在今湖北潜江西南,古华容县城内。一说湖北监利县西北。

虒(sī)祁:虒祁宫。春秋晋平公筑,在今山西省侯马市西南汾祁村。原文为“虒祈”。

阿房未央:秦筑阿房宫于咸阳,为项羽所毁;汉筑未央宫于长安,今成废墟。

炯戒:明显的鉴戒或警戒。

墨氏矫之:义同“枉墨矫绳”。比喻违背准绳、准则。

[36]治天下者,裘褐(qiú hè)为衣,跂跷(qí qiāo)为服,必自苦以腓(féi)无胈(bá)、胫(jìng)无毛:治理天下的人,身穿粗布衣服,脚着木鞋草鞋,把自身清苦看作是行为准则,累得腿肚子消瘦、小腿上无毛。语出《庄子·天下第三十三》:“禹亲自操槁耜,而九杂天下之川。腓无胈,胫无毛,沐甚雨,栉疾风,置万国。”“使后世之墨者多以裘褐为衣,以跂跷为服,日夜不休,以自苦为极。”裘褐:粗陋的御寒冬衣。多指贫苦或隐逸者所服。跂跷:木鞋和草鞋。跂:通“屐”。木制鞋子,底部有齿。跷:草鞋。腓:胫骨后的

肉。亦称“腓肠肌”，俗称“腿肚子”。胈：大腿上的白肉。胫：小腿，从膝盖到脚跟的一段。

[37]是非素位，是犹有已也：这不是职责的缘故，这是治天下者还能控制自己的奢欲。素位：谓现在所处之地位。

[38]灵台灵沼：周文王召集庶民修台修沼，与民同乐，名其台曰灵台，名其沼曰灵沼。

充牣(rèn)：充满。

刍荛(chú ráo)：草叫刍，打柴叫荛。指割草打柴的人。引申为草野鄙陋的人。

悉：全，尽。

[39]无然畔援，无然歆羡，诞先登于岸：不要徘徊不要动摇，也不要去非分妄想，渡河要先登岸才好。语出《诗经·大雅·皇矣》。畔援：犹“盘桓”，徘徊不进的样子。歆羡：犹言“觊觎”，非分的希望和企图。诞：发语词。先登于岸：喻占据有利形势。

[40]不长夏以革，不大声以色，顺帝之则是则：语出《诗经·大雅·皇矣》：“帝谓文王：予怀明德，不大声以色，不长夏以革。不识不知，顺帝之则。”上帝告知我周文王：“你的德行我很欣赏。不要看重疾言厉色，莫将刑具兵革依仗。你要做到不声不响，上帝意旨遵循莫忘。”长：挟，依恃。夏：夏楚，刑具。革：兵甲，指战争。大：注重。以：犹“与”。顺：顺应。则：法则。

[41]冲漠者也：说的就是冲漠馆啊。

[42]以观察之力为是馆，不丰不约，一宅而寓于不得已：凭借徐成位观察的实力，营建冲漠馆，不奢华，也不简约，把自己寄托于自然的境域。

一宅而寓于不得已：语出《庄子·内篇·人间世第四》：“无门无毒，一宅而寓于不得已，则几矣。”不去寻找仕途的门径，也不向世人提示索求的标的，心思凝聚全无杂念，把自己寄托于无可奈何的境域，那么就差不多合于“心斋”的要求了。一宅：意思就是心灵安于凝聚专一，全无杂念。一：心思高度集中。宅：这里用指心灵的位置。不得已：指自然。

[43]委和：谓自然所付与的和气。

[44]委形：谓自然或人为所付与的形体。

[45]不内变，不外从：不改变内心的持守，不顺从外物的影响，便是遇事的安适。语出《庄子·达生》。

[45]不雄成：不因为成功而自以为是。

[46]茅靡波流：波流茅靡。如水波逐势而流，如茅草随风而倒。比喻胸无定见，趋势而行。茅：茅草。靡：倒下。

[47]馆人唯唯，以质惟得：馆人称是，向主人徐成位求证。唯唯：恭敬的应诺声。

[48]卑陬失色：非常惭愧，面失常

态。卑陬:惭愧的样子。

吾今乃为人所窥,如是馆矣:我心里的秘密被人窥伺,就像冲漠馆被人参观一样。

[49]其以客语记吾过:要通过客人的对话记下我的过失。

颐真馆记

李维桢

藩伯周用馨氏,盖读《易》至《颐》而有悟也[1]。适别馆告成,遂以“颐真”颜馆之楣[2]。其言曰[3]:

颐,颔也。上下二阳为断,中四阴为齿[4]。颐之形,象之艮上止、震下动。颐之用,象之动之体震,三爻皆凶[5];止之体艮,三爻皆吉。圣人贵静不贵动。人生而静,天之性也;感于物而动,性之欲也。物之感人无穷,而人之好恶无节[6]。以富为是者,不能让禄;以显为是者,不能让名;亲权者,不能与人柄[7]。趣舍滑心,使性飞扬[8]。散而不反则为不足,上而不下则使人怒,下而不上则使人善忘,不上不下、中身当心则为病[9]。并溃漏发,不择所出[10]。悖日月之明,铄山川之精,堕四时之施[11],必此之故矣。

余方三十而仕,为令、为夕郎、为藩大夫,不为轩冕肆志;未四十而黜,为邑佐、为令,罢归田,不为穷约趋俗[12]。冬衣裘,夏衣葛。春耕种足以劳动,秋收敛足以休食。迨艾而后有此馆[13]。馆凡三楹,中置图史、壶矢、尊罍之属[14]。其前除艺兰蕙[15],香风袭人。稍前则盆池石岛,畜以文鱼[16]。又前则台三,成列花树,四时竞秀,命之曰长春。然而皆吾土所常有,亡奇也。日与兄弟、子姓,密戚、良友,投壶、射覆,呼卢、对弈[17]。含哺而熙,鼓腹而游[18]。倚树而吟,据槁梧而瞑[19];快意当前,浮太白而相庆。然而风雨寒暑有节,物不求备,醉不及乱也。

余往者自夕郎出参入闽,拜命之前二日,梦老人授余简索诗[20],觉而记其句,曰:“春山雨过含青色,石洞云深锁翠烟。”恍若今日事。

故馆之前洞，命之曰云深。造物者留此以俟我也久矣[21]，余安能逃之而又何求焉？且夫天地无穷而人生有时，操有时而托于无穷，忽然无异骐骥之驰过隙也。曾不能说其志意、养其寿命，则谓之何[22]？余之所以悦志意、养寿命，非刺肥击鲜、八珍九鼎之奉也[23]，非吹呴呼吸、熊经鸟伸之术也[24]，非玄霜绛雪、交梨火枣之物也[25]。知物之傥来，知事之前定[26]；知天地之无穷，而生之有时。送往迎来，来者勿禁，往者勿止[27]。余之颐若是而止矣，故命之曰真。

友人李生闻而叹曰：旨哉，周君之体颐也。颐全体，肖口辅车；颐其名，而口实其义[28]。繇曰："颐，贞吉；观颐，自求口实[29]。"自求云者，不外假以为实也。外假动而不止，乌乎实[30]？故观言颐实言口，口合则颐止。气克而实，实则静，静则贞。贞者，真也。世之人，口嗛刍豢醪醴之味[31]，与夫苦体绝甘、约养以持生者岂鲜哉[32]！中有假于外、其心未静也，不止不实，焉得其真？君居《易》俟命，不以人捐天，不以心捐道[33]，善自求口实矣。《颐》不云乎天地养万物，圣人养贤以及万民，胥是道也。王辅嗣注《颐》之"初九"云[34]："安身莫若不竞，修已莫若自保；守道则福至，求禄则辱来[35]。"君言似之矣。他日游君之馆，与君更有扬扢焉[36]。

题解

本文录自李维桢撰、明万历三十九年（1611 年）刻本《大泌山房集·卷之五十八·记》第 3 页。

注释

［1］藩伯周用馨：周芸，天门进士，福建参议。藩伯：明清时指布政使。此处指参议。参议：明于布政使下设左、右参议，从四品，无定员，分守各道，并分管粮储、屯田、清军、驿传、水利等事。

读《易》至《颐》：读到《周易》中的《颐》卦。

［2］别馆：别墅。

以"颐真"颜馆之楣：以"颐真"命名并将其题于门楣。颐真：养真。

［3］其言：以下"颐真"的出处、内涵及个人经历均以周芸的口吻而言。

［4］上下二阳为断，中四阴为齿：

《颐》卦的卦象描述。

[5]艮(gèn)上止、震下动:艮上为止,震下为动,一动一止,嘴巴开合之象。

爻(yáo):组成八卦中每一卦的长短横道。

[6]人生而静,天之性也;感于物而动,性之欲也。物之感人无穷,而人之好恶无节:语出《礼记·乐记》:"人生而静,天之性也;感于物而动,性之欲也。物至知知,然后好恶形焉。好恶无节于内,知诱于外,不能反躬,天理灭矣。夫物之感人无穷,而人之好恶无节,则是物至而人化物也。"人生下来是好静的,这是先天赋予的本性。受到外界的影响而变为好动,这是本性受到了引诱。人的认识和外界事物相交接,就会表现为两种态度:喜好或厌恶。喜好或厌恶的态度如果从人的自身得不到节制,再加上对于外界事物的引诱不能自我反省和正确对待,那么人的天性就会完全丧失。本来外界事物就在不断地影响着人,如果再加上人在主观上对自己的好恶反应不加限制,那就等于外界事物和人一接触就把人完全征服了。

[7]以富为是者,不能让禄;以显为是者,不能让名;亲权者,不能与人柄:以财富为追求对象的,便不能让人利禄;以荣显为追求对象的,便不会让人名誉;迷恋权势的,便不肯给人柄权。语出《庄子·天运》。

[8]趣舍滑心,使性飞扬:取舍的欲念迷乱心神,使得心性驰竞不息、轻浮躁动。语出《庄子·天地》。

[9]散而不反则为不足,上而不下则使人怒,下而不上则使人善忘,不上不下、中身当心则为病:语出《庄子·达生》:"夫忿滀(chù)之气,散而不反,则为不足;上而不下,则使人善怒;下而不上,则使人善忘;不上不下,中身当心,则为病。"身体内部郁结着气,精魂就会离散而不返归于身,对于来自外界的骚扰也就缺乏足够的精神力量。郁结着的气上通而不能下达,就会使人易怒;下达而不能上通,就会使人健忘;不上通又不下达,郁结内心而不离散,那就会生病。

[10]并溃漏发,不择所出:精气散泄,上溃下漏,不知选择什么地方泄出。语出《庄子·则阳》。

[11]悖日月之明,铄山川之精,堕四时之施:语出《庄子·胠箧(qū qiè)》:"故上悖日月之明,下铄山川之精,中堕四时之施,惴耎之虫,肖翘之物,莫不失其性。"对上而言遮掩了日月的光辉,对下而言消解了山川的精华,居中而言损毁了四时的交替,就连附生地上蠕动的小虫,飞在空中的蛾蝶,没有不丧失原有真性的。

[12]夕郎:黄门侍郎的别称。汉时,黄门郎可加官给事中,因亦称给事中为夕郎。

不为轩冕肆志、不为穷约趋俗:语

出《庄子·缮性》:“故不为轩冕肆志,不为穷约趋俗,其乐彼与此同,故无忧而已矣。”不可为了富贵荣华而恣意放纵,不可因为穷困贫乏而趋附流俗,身处富贵荣华与穷困贫乏,其间的快意相同,因而没有忧愁罢了。

黜(chù):罢免或降职。

[13]迨艾:等到老了。原文为“殆艾”。

[14]图史:图书。

壶矢:投壶所用的矢、壶。投壶是春秋战国时期的一种宫廷娱乐活动。用不去皮的“柘”或“棘”枝制成没有羽镞的箭,前尖后粗。宾主每次各投四枝。以投中次数多寡决定胜负。壶为酒器。

尊罍(léi):古代盛酒的容器。

[15]其前除艺兰蕙:它前面的台阶上种上了兰蕙。

[16]文鱼:金鱼。

[17]射覆:汉族民间近于占卜术的猜物游戏。在瓯、盂等器具下覆盖某一物件,让人猜测里面是什么东西。

呼卢:一种赌博游戏,又叫樗(chū)蒲,五木。削木为子,共五枚,一面涂黑,一面涂白。五子都黑叫卢,得头彩。掷子时希望全黑,故大声呼卢。

[18]含哺而熙,鼓腹而游:含着食物嬉戏,鼓着肚皮游玩。原形容想象中的原始社会人们无忧无虑的生活。后也形容太平盛世人们欢乐的情景。语出《庄子·马蹄》。

[19]倚树而吟,据槁梧而瞑:靠着树干吟咏,凭依几案闭目假寐。语出《庄子·德充符》。槁梧:指用梧桐木做成的几案。

[20]拜命:受命,多指拜官任职。

授余简索诗:向我索诗。授简:谓奉命吟诗作赋。南朝宋谢惠连在《雪赋》中讲述了梁王授简札于司马相如,命他即时作赋的故事。

[21]俟:等待。原文为“佚”。

[22]且夫天地无穷……养其寿命,则谓之何:语出《庄子·盗跖》:“天与地无穷,人死者有时。操有时之具,而托于无穷之间,忽然无异骐骥之驰过隙也。不能说其志意、养其寿命者,皆非通道者也。”天和地的寿命是无穷尽的,人的寿命是有穷尽的。拿有穷尽的生命托付于无穷尽的天地之中,会迅疾而亡如同千里良驹从缝隙中飞驰过去一般。凡是不能使自己愉悦、安养自己寿命的人,都不是通晓常理的人。

[23]刺肥击鲜:宰割肥肉鱼鲜,充作美食。

八珍九鼎:泛指珍馐美味。八珍:八种珍肴美味。九鼎:极言饮食之丰盛、奢靡。

[24]吹呴(xǔ):张口出气。此处为气功术语。指习练气功,调节呼吸。呴:慢慢呼气。

熊经鸟伸:古代导引养生之术。状如熊攀树而自经,鸟飞空而伸脚。

语出《庄子·刻意》。

[25]玄霜绛雪:仙丹。玄霜为神话中的仙药。绛雪为道家丹药。

交梨火枣:道经称神仙所食的两种果。

[26]知物之傥(tǎng)来:语出《庄子·缮性》:“物之傥来,寄者也。”外物偶然来到,如同寄托。

[27]送往迎来,来者勿禁,往者勿止:此处承前文“生之有时”,强调时光易逝。语出《庄子·山木》:“萃乎芒乎,其送往而迎来;来者勿禁,往者勿止。”财物汇聚而自己却茫然无知,或者分发而去或者收聚而来;送来的不去禁绝,分发的不去阻留。

[28]友人李生:指作者李维桢。

肖口辅车:就像颊辅和牙床,互相依存。

口实:食物。

[29]繇(zhòu)曰:颐,贞吉;观颐,自求口实:《颐》卦的卦辞。《颐》卦象征颐养,守持正固可获吉祥;观察外物的颐养现象,应当明白用正道自求口中食物。繇:繇辞。

[30]外假动而不止,乌乎实:靠不正当的手段获得“口实”却不知道停止,那“实”在哪里呢。

[31]口嗛(qiè)刍豢醪(láo)醴之味:嘴巴满足于肉食、佳酿的美味。嗛:快意。刍豢:牲畜。食草者称刍,食谷者称豢。醪:醇酒。醴:甜酒。

[32]苦体绝甘,约养以持生:劳苦身形,谢绝美食,俭省给养以维持生命。语出《庄子·盗跖》。

[33]不以人捐天,不以心捐道:不用人为的因素去背离自然,不用心智去背离大道。语出《庄子·大宗师》:“不忘其所始,不求其所终;受而喜之,忘而复之,是之谓不以心捐道,不以人助天。是之谓真人。”不忘记自己从哪儿来,也不寻求自己往哪儿去,承受什么际遇都欢欢喜喜,忘掉死生像是回到了自己的本然,这就叫作不用心智去捐弃大道,也不用人为的因素去帮助自然。这就叫“真人”。

[34]王辅嗣:王弼,字辅嗣,三国曹魏山阳郡(今山东巨野)人,经学家,哲学家,魏晋玄学的主要代表人物之一。

初九:易经中的初九是爻题名。指称六十四卦中最下位即第一爻位为阳性的爻。“初”表示六爻卦之初位,“九”表示本爻的性质属阳。

[35]不竞:不争逐。

守道:遵循道的准则。

[36]扬扢(gǔ):显扬,弘扬。

明处士少津刘君墓志铭

李维桢

竟陵之东六十里，聚曰皂角[1]。据溾水下流，而三澨、沧浪别汇为湖，胁带其左[2]。市可三千家[3]。其人，土著十之一，自豫章徙者七之，自新都徙者二之[4]。农十之二，贾十之八，儒百之一[5]。自豫章徙者，莫盛于吉之永丰[6]。至以名其间，而永丰莫著于刘氏。

刘氏之先业儒，南宋时有为侍御史者[7]。入明，七代孙纯正贾楚，乐市之土风，因家焉[8]。有子六人，其五曰珙秀[9]，贾之余以治农。有子四人，伯曰河，农与贾兼之，而有儒者行。以父称东津居士，君亦号少津云。其母昌，母弟三人澇、池、淳[10]。继母钟，有弟济，女弟适庠生甘桂[11]。父卒而济尚幼，事继母甚谨。兄弟共釜而食，无纤微间[12]。其后食指繁，室湫隘不能容，乃别置第，而朝夕上母食[13]。母往来诸子家，独留君所久。而淳早卒，抱哺子应朝，为娶妇[14]，为嫁其女于丘岱。君之卒也，皆为服三年如父母。而先是钟疾甚，君为医药禳禬，忧瘁不胜[15]，钟竟无恙。君故健，会溽暑之田间，风袭肌，归而头岑岑也[16]。又强起治家人生产，病乃重[17]。不数日遂卒。母枕尸而哭之，曰："天乎，何不以老妇易吾儿？夫系刘氏安危者，儿也。"君孝友[18]，大致如此。娶于张，生二子：长应光，娶于钟，即母党孙[19]。次应召，娶于董孝廉历兄文学春女也[20]。君居恒自恨不为儒，以儒课二子甚勤，而皆苦病，不能就其业[21]。

余先世亦徙自豫章，为君同郡人。先王父朝列公与君父素还往，见君兄弟市不二价而善之[22]。余自史官出参陕藩，追丧两子[23]。先王父闻君有息女，因令先君子委禽俾来助箧[24]。君尝入陕视女。余为督学使者[25]，吏有罪受笞数十，君从壁隙窥，大吐舌。吾乃知恶之不可为也。虽然，吾闻阴德可以裕后昆[26]，自今请公小宽之。余妇王孺人善病，以家秉授君女[27]，然君益自远。孺人重君，岁时走奴婢间，遗君夫妇有加礼[28]。君暴卒，孺人趣余助之棺[29]。余新得傅氏地，距市里许，卜之，吉。孺人复从臾余以葬君负甲抱庚[30]。

君生于嘉靖辛卯七月十有八日，卒于万历戊子闰六月一日[31]，年五十有八。葬以庚寅正月三日[32]。铭曰：

谓天之胙，善为可凭，而胡不遐龄[33]？不尽之福，子孙是承。谓而幽宅之相为有征[34]。而魄既宁，宁而子孙。施及而女，慰而冥冥[35]。

赐进士出身、中大夫、河南布政使司左参政，前奉敕督学、陕西按察司副使、翰林院国史修撰，里人李维桢撰[36]。

题解

本文录自刘少津墓志。墓志现藏于天门皂市白龙寺。李维桢撰、明万历三十九年(1611 年)刻本《大泌山房集·卷之八十七·墓铭》第 23 页收录本文，文字有异。

处士：古时称有才德而隐居不仕的人。

注释

[1]竟陵之东六十里，聚曰皂角：李维桢《大泌山房集》(以下简称"李维桢文集")作"竟陵东六十里，聚曰皂角市"。

聚曰皂角：有个叫皂角埠的集镇。

聚：聚落，居民集聚定居的地点。

皂角：今天门市皂市镇。因镇内五华山盛产皂角树，明代改皂角埠，清代称皂角市，后简称皂市。

[2]溾(āi)水：俗称京山河。

三澨(shì)：古河名。清秦蕙田撰、四库全书本《五礼通考·卷二百九》第 38 页记载：京山县雍澨："今湖广安陆府京山县西南八十里，有三澨水通于汉江。《春秋》之雍澨，其一也。又县境有汉澨、漳澨、薳澨，说者以为即《禹贡》之三澨，皆与景陵接界云。今亦湮。"

沧浪：古水名。在今湖北境内。或云汉水之支流，或云即汉水。

胁带其左：指水流环绕镇东。左：面向南时，东的一边，与"右"相对。

[3]可：大约。

[4]土著：世代居住本地的人。

豫章：古代区划名称。江西建制后的第一个名称，即豫章郡(治南昌县)。

新都：地名。汉南阳郡有新都县，故城在今河南新野县东。楚新都或许是其前身。

［5］贾（gǔ）：做买卖的人，商人。古时特指设店售货的坐商。

［6］吉之永丰：指明代吉安府永丰县。今为江西省吉安市永丰县。

［7］业儒：以儒学为业。

侍御史：古代中央执掌监察的官员。

［8］因家焉：于是定居于此。

［9］珙：音 gǒng。

［10］其母昌，母弟三人：母亲生育能力强，同母之弟有三个。李维桢文集作"毋昌同产弟"。

［11］女弟：妹妹。

庠生：明清两代府、州、县学的生员别称。"庠"为古代学校名称。

［12］釜：古代的一种锅。

无纤微间：此处指家庭和睦，连一点细小的空隙也没有。李维桢文集无此句。

［13］食指：指家庭人口。

湫（jiǎo）隘：低下狭小。

别置第：另行安置住房。

而朝夕上母食：李维桢文集无此句。

［14］为娶妇：李维桢文集无此句。

［15］禳禬（ráng guì）：为消灾除病而祭祀。

忧瘁：指忧虑劳累、身心憔悴的样子。

［16］溽（rù）暑：又湿又热。指盛夏的气候。

岑岑：头昏闷或胀痛的样子。

［17］又强起治家人生产，病乃重：李维桢文集作"又强起治生产，病乃革"。

［18］孝友：孝顺父母、友爱兄弟。

［19］母党：母之亲族。党：家族。

［20］董孝廉历：指董历。董历，字玉衡。天门胡市董大村董家大湾人。明万历十六年戊子科（1588 年）举人，第四名；明万历二十三年乙未科（1595 年）进士。授蜀富顺令。孝廉：明清时对举人的美称。李维桢作此文时，董历尚未中进士。

兄文学春：指董历长兄董春。文学：指熟通经义的儒生。

［21］恒：经常。

课：讲习，学习。

甚勤：李维桢文集无"甚勤"二字。

就其业：指完成学业。

［22］先王父：已故祖父。

与君父素还往：与他的父亲平素就有往来。李维桢文集作"与君父布衣交"。

市不二价：做买卖没有两种价钱。形容公道诚实，不搞欺诈。市：市场，指交易。

［23］自史官出参陕藩：指作者从翰林院国史修撰外放担任陕西按察司副使。藩：藩参。明代承宣布政使司左、右参政与参议别称。布政使司别称"藩司"，故有此称。此处指按察司副使。

追：紧跟着。

[24]息女：亲生的女儿。

先君子：旧时自称去世的父亲。

委禽：古代汉族婚姻礼俗。指求婚以雁作为礼物。

助箧（zào）：指纳为妾。箧：本义为副。指箧室，旧时称妾。

[25]督学使者：学政的别称。明清派驻各省督导教育行政及主持考试的专职官员。也称“督学”“学使”。

[26]裕后昆：造福后辈。

[27]以家秉授君女：指将主持家政之事交给刘少津之女。

[28]岁时：每年一定的季节或时间。指某一节令。

加礼：用厚礼待人，表示特别尊敬。

[29]趣（cù）：古同“促”。催促，急促。

[30]孺人复从臾余以葬：李维桢文集作“孺人告余以葬”。

从臾（sǒng yú）：即“怂恿”，鼓动干某事。

负甲抱庚：风水中的坐东偏北向西偏南的一种朝向。参见本书李维桢《吴公（吴文佳）墓志铭》注释[5]“负某抱某”。

[31]嘉靖辛卯：明嘉靖十年，1531年。

万历戊子：明万历十六年，1588年。

[32]庚寅：明万历十八年，1590年。

[33]胙（zuò）：福佑。

遐龄：高寿。

[34]幽宅：坟墓，墓穴。

有征：有根有据。

[35]冥冥：高远。

[36]中大夫：散官名。明朝为从三品，升授。

参政：辅佐左右布政使的官员。从三品。

奉敕：奉皇帝的命令。

督学、陕西按察司副使：陕西提学副使。明提刑按察副使、提督学道，即带提刑按察副使宪衔提督学道者（由按察副使充任之提督学道），省称“提学副使”。按察司副使：明初所设按察司的副长官，正四品。

修撰：元明清时翰林院职官名。主要职责为掌修国史、实录等。

里人：同里的人。同乡。

附

李公(李维桢)墓志铭

钱谦益

天启初,纂修《神宗显皇帝实录》,朝议歙然,以谓旧史官京山李公,起家隆庆中,早入史馆,四十余年,朝常国故,皆能贮之箧笥,编诸谱牒。且又老于文学,谙识史事,诚非新进少年所可几及。昔马融三入东观,张华再典史官,并取博闻,咸资旧德。诚令得专领史局,早蒇厥事,于国史有光焉。当国者格其议不果行。久之,起南京太常寺卿,稍迁南京礼部右侍郎,升尚书,名曰录用,实不令与史事。而公遂以年至移疾致仕。天启六年闰六月,卒于家,春秋八十。公卒之五年,而神庙《实录》始告成事。嗟乎！蕉园之削藁,久閟人间;芸阁之署名,未知谁某？群公之金紫已陈,作者之墓木将拱。顾欲执铅墨以相稽,抚汗青而流涕,岂不迂哉！此吾于李公之葬,为之彷徨三叹而不能自已也。

公讳维桢,字本宁,其先豫章人。高祖九渊,徙楚之京山。九渊生珏,珏生景瑞,景瑞生淑,举进士,官至福建左布政,公之父也。公生而夙惠,读书能记他生之所习。年十八举于乡。二十一上进士第,选翰林院庶吉士,除编修。穆庙《实录》成,升修撰。在史馆,与新安许文穆公齐名,同馆为之语曰:“记不得,问老许。做不得,问小李。”仁圣皇太后修胡良巨马桥,词臣撰碑进御,江陵公独取公文,同馆皆侧目焉。乙亥内计,遂出为陕西参议,迁提学副使。自是浮湛外僚,凡三十年,始稍迁至南太常。其间居艰者再,左迁量移者再。同时故人,多在台阁。公流滞自如,终不一通殷勤,愿蒙子公力得入帝城也。凡自翰林出为外吏者,多鄙夷其官,不肯习吏事。公官于秦、晋、梁、蜀、江、淮,历参议、副使、参政、按察使以至右布政使。讨虏于鄜、衍,征番于洮、岷,行河于颍,平妖于浙,采木于蜀,精强治理,不敢以词垣宿素,少自暇豫。文人才子,不得志于仕宦,则往往耆声色,纵饮博,以耗雄心而遣暇日。公自读书而外,泊然无所嗜好,帘阁据几,焚膏秉烛,捃摭旧闻,钻穴故纸,古所谓老而好学者,无以逾公也。公初在馆阁有重名,碑版之文,照曜四裔。晚侨居白门、广陵间,洪裁艳辞,既足以沾丐衣被,而又能骫骳曲随,以属厌求者之意。海内谒文者趋走如市,门下士争招要富人大贾,受取其所奉金钱,而籍记其目以请。公栖毫阁笔,次第应之,一无倦色也。其生平俶傥好士,轻财重气,坐客常满。干谒请求,贫者以为橐,而黠者以为市。其或假竿牍,窃名姓,恣为奸利者,穷而来归,遇之反益厚。交游猥杂,咎誉错互,颇以此受人诬染,终不以介意也。天性孝友,遇其诸弟,患难缓急,异面而一身。其傲弟不见德,反輘轹之。家居惧祸,衰晚避地,属有急难,未尝不手援也。公之自翰林出也,刘御史台论江陵罪状,数其忌公而逐之。江陵败,人或谓公当抗论自白。公曰:"江陵惜我才,欲以吏事练我。彼未尝厄我,我忍利其死以为贽乎?"杨忠烈唱移宫之议,权幸交嫉,啧有烦言。奋笔为《庚申记事》,人或咻之。公曰:"吾老矣,旧待罪末史,不惜以余年为国家别白此事。圣朝不以文字罪人,非所患也。"人知公乐易博达,修长者之行,不知其所期待持择如此。今上四年辛未,其孤国子生营易诣阙请恤于朝,赠太子少保,赐祭葬如令甲。十二月,葬公于游山之原。

公娶王氏,子三人:营易、营室、营国。孙若干人。营易既葬公,持所撰行述及周吏部士显之状谒余而请曰:"愿有述也。"余以史馆后进,受知于公。公乞休时,余在右坊,寓书相告曰:"能援我以进,又能相我以退者,必子也。"余是以诺营易之请,隐括其事状,举其所知者,以为之志。公有《大泌山房集》及续集若干卷行于世。其文章之声价,固以崇重于当代矣,后世当有知而论之者。铭曰:

穆庙戊辰,馆选聿隆。七相蝉联,猗嗟数穷。煌煌列宿,太微紫宫。嘒彼抱叹,实命不同。沙堤道在,平津阁空。岿然灵光,寿考显融。八座引退,八十考终。挹彼注兹,天之报公。金声玉色,大吕黄钟。铭无愧词,以质幽宫。

题解

本文录自《搜韵·影印古籍》中的钱谦益《牧斋初学集·五十一》第11页。原题为《南京礼部尚书赠太子少保李公墓志铭》。

钱谦益:字受之,号牧斋,晚号蒙叟、东涧老人。江苏常熟人。明末文坛领袖,与吴伟业、龚鼎孳并称为江左三大家,瞿式耜、顾炎武、郑成功都曾是他的学生。

徐成位(四川右布政使,云南巡抚未任)

徐成位(1544~1604年),字惟得,号中庵。天门城关人。

清乾隆乙酉(1765年)初版《天门县志·卷十四·宦迹》第5页记载:徐成位,字惟得。六岁始能行就傅,绝出侪辈。二十五成进士。尹舒城,行条鞭投柜法。催科中寓抚字,民便之。移剧宝应。其时,民气嚣动,窥隙伺衅,有揭竿思逞意。至则发帑代输,缓逋弗追。反侧安,流亡集。乃自劾专命罪,台臣以是识其能。最,入限于年,不得予台省,进春官郎中,守徽州,歙筐蚖丝例独贡。少年瞋目语难曰:"新郡六邑,谁不当供篚者?太守不释我负,有事攻剽已耳!"成位以岁羡易丝实篚,罢歙输,收倡者杀以徇,郡中肃然。秉节沂兖河渚,迫泗陵。上怒,罪河员,以事属,成位曰:"惟有导淮分河,河穿陉出峡。"石骱(jiè)磊砢不可铲,梦汉寿侯语以火攻,乃涸水,伐木焚石,煆(xiā)以醯(xī)石解泐。洪波不砑水杀下趋。会檇(zuì)李民变,朝议以成位名重,移节弭之。外艰,归。再起,备兵登莱,习战海上,炮车鼓角之所震宕,岛夷莫敢驾帆窥境。迁蜀藩伯,病免。诏以都御史抚滇,未赴,卒。成位性孝友善,兴除利弊,流惠桑梓。如置义田赡族,增堤障卫邑人,捐金皆以千计,其大者也;若甃(zhòu)路成梁,设塾置刹,不可悉数云。

民国二十一年(1932年)版《宝应县志·卷十·官绩》第9页记载:徐成位,景陵人。由进士授舒城知县,有声望。隆庆三年,宝应饥民告急,三院保荐,转知宝应县事。至则恩威并济,迎刃而解。明年大计,以治行第一赐宴并帛。是春,奉内召,入格于年,授仪部主事(同版县志卷三十一第12页记载,徐成位德政碑,隆庆五年立,在县署门内东侧)。

冲漠馆十咏

徐成位

万劫由来一聚尘,秋风感叹二毛侵[1]。而今自驾柴车转,鱼在深渊鸟在林[2]。

乞得官家梦里身，三湘鱼鸟伴幽人[3]。月团片片清肌骨，满地榆钱未是贫。

占得城隅半亩宫，泠泠松竹四时风。何人解得烟萝意，便是云山一万丛[4]。

百年踪迹付烟霞，三径松风两部蛙[5]。倚仗柴门无底事，书囊药鼎是生涯[6]。

丛花片石暮烟霏，竹径萧萧长蕨薇。手把琼枝独远望，曈曈初日照荷衣[7]。

玉林烟薄槿篱空，香径参差待晚风[8]。红翠满庭明月到，自疑身在蕊珠宫[9]。

深巷幽栖半野蒿，白衣柔橹送村醪[10]。开樽洗盏花阴下，旋剪春葱擘蟹螯[11]。

酒痕狼藉杂莓苔，柳暗花明劝举杯[12]。蓬鬓强梳冠未正，夕阳又照玉山颓[13]。

滉漾新泓碧玉寒，白榆初坠五云端[14]。鲈鱼正美无由得，斩取龙孙作钓竿[15]。

芒鞋竹杖穿林越，兰叶荷花香不歇。洞庭春色琥珀光，管领烟霞弄明月。

题解

本诗录自清康熙七年(1668 年)版《景陵县志·卷之六·古迹·别墅考》第 44 页。

清康熙三十一年(1692 年)版《景陵县志·卷之六》第 42 页记载:“冲漠馆,在南城内,邑中丞徐成位别业也。李维桢、王穉(zhì)登、陈文烛、费尚伊有序记。自咏十绝,属和者甚众。”

注释

[1]万劫由来一聚尘:万世千载,历来犹如一粒尘烟聚合。万劫:万世。佛家称世界从生成到毁灭的过程为一劫。形容时间长久。一聚尘:一堆土。

谓人死后埋于坟墓中,终化为尘土。

二毛:指斑白之发。

[2]自驾柴车:典同“柴车堪驾”“柴车夺牛”。《后汉书》卷八十三《韩康传》:韩康字伯休,京兆霸陵人。遁入霸陵山中,常柴车幅巾,连征不至。后以此典指隐士不慕荣利。柴车:简陋无饰的车子。

[3]三湘:地区名,说法不一,泛指湖南。此处指楚地。

幽人:泛指避世幽居之人。

[4]烟萝:指山野,林野。借指隐居。

[5]三径:代指隐士的家园。语出陶渊明《归去来辞》:“三径就荒,松菊犹存。”

两部蛙:两部蛙声。《南齐书·孔稚珪传》载,南朝齐孔稚珪不乐世务,“门庭之内,草莱不剪,中有蛙鸣”。有人问他是否要学陈蕃,他说,“我以此当两部鼓吹”,何必学他。后多用为写逸适生活的典故。

[6]底事:何事,什么事情。

[7]曈曈(tóng):日月初出明亮的样子。

[8]槿(jǐ)篱:亦称“樊槿”。木槿篱笆。木槿,落叶乔木,夏秋开花,多植庭院供观赏,亦可作篱笆,故称。

[9]蕊珠宫:道教经典中所说的仙宫。

[10]村醪(láo):乡下人自家酿的酒。

[11]擘(bò):分开,掰开,剖开。

[12]酒痕狼藉杂莓苔(méi tāi):化用陆龟蒙的《袭美醉中寄一壶并一绝走笔次韵奉酬》:“酒痕衣上杂莓苔,犹忆红螺一两杯。”莓苔:青苔。

[13]玉山颓:形容人风度美好,多指醉态。三国魏人嵇康身长七尺八寸,风姿特秀。山涛称他为人如孤松独立,醉酒时如“玉山之将崩”。

[14]滉(huàng)漾:水摇动貌。

新泓:疑指清新的湖水。

白榆:亦称“天榆”“星榆”,省作“榆”。指星。

[15]龙孙:指新竹。

燃灯寺

徐成位

野旷依萧寺,空斋只短檠[1]。微风生殿阁,疏雨到柴荆[2]。仙梵白云和,樵歌绿树丁[3]。逍遥江色暮,隐几听秋声。

选胜资幽赏,实心仿佛居[4]。摊书闻鸟语,倚杖看农锄。下里黄花满，中尊绿醑虚[5]。穷通君莫问，庄叟已遽遽[6]。

窈窕凌丹壑，淹留倚绛宫[7]。萝轩延素月，苔涧起秋风。入定观三法，翻经解六虫[8]。不须逢惠远，已觉万缘空。

寂寞龙宫外，迢遥一水茫[9]。寒蛩吟绿草，秋兔隐黄粱[10]。涛送风飞雨，沙明月照霜。浮生原不定，随意钓沧浪[11]。

题解

本诗录自清康熙七年(1668年)版《景陵县志·卷之七·享祀志》第65页。

燃灯寺:旧址在今天门市横林镇。清道光元年(1821年)版《天门县志·卷之十七·寺观》第9页记载:“燃灯寺,在县南三十里,陶溪潭北岸。”

注释

[1]萧寺:泛指佛教寺庙。南朝梁武帝萧衍崇奉佛教,尝造佛寺,命萧子云以飞白书题额曰萧寺,因称。

短檠(qíng):矮灯架。借指小灯。

[2]疏雨:稀疏的小雨。

柴荆:指用柴荆做的简陋门户。

[3]仙梵:佛教徒诵经的声音。

樵歌:打柴人唱的山歌。

丁:遭逢。

[4]选胜:寻游名胜之地。

[5]下里:谓乡里,乡野。

中尊:古代中等容量的酒器。

绿醑(xǔ):唐代对美酒的泛称。绿即绿蚁,原意为酒上泛起的绿色泡沫,多作酒的代称。醑:原意指滤酒去滓,也多作美酒的代称。绿醑既可合称,也可分用以指酒。

[6]穷通:困厄与显达。

庄叟亦遽遽(jù):庄子也是这样物我两忘啊。典自“庄周梦蝶”。庄叟:庄子。遽遽:惊惶。

[7]窈窕:深远貌,秘奥貌。

丹壑:暗红色的山壑。

淹留:羁留,逗留。

绛宫:传说中神仙所住的宫殿。

[8]入定:佛教语。谓安心一处而不昏沉,了了分明而无杂念。多取趺坐式。谓佛教徒闭目静坐,不起杂念,使心定于一处。

三法:教法、行法、证法。教法是释迦牟尼佛一生所说的十二分教。行法是依佛的教示而修行四谛十二因缘与六度等。证法是依修行的功夫而证得菩提涅槃之果。

[9]龙宫:指佛寺。

迢遥:遥远。

[10]寒蛩(qióng):深秋的蟋蟀。

[11]浮生:语本《庄子·刻意》:

“其生若浮，其死若休。”以人生在世，虚浮不定，因称人生为“浮生”。

过留河

徐成位

明河敛秋色，鼓枻兴悠悠[1]。远屿云中尽，孤村水上浮。风凋丞相岭，波涌帝王洲[2]。怀古翻萧索，闲吟断白鸥[3]。

题解

本诗录自丁宿章撰、清光绪九年(1883年)版《湖北诗征传略·卷二十八》第8页。

留河：留驾河。相传刘备自长坂逃往夏口，经过天门。今横林镇西牛蹄支河沿岸留有“诸葛岭”等遗迹。清乾隆乙酉(1765年)初版《天门县志·卷之一·地理》第18页记载：“留驾河，县南。今地名羊耳湾。汉昭烈败于长坂，趋汉津，与关某船会得济，留驾于此。今淤。其南为诸葛岭。”

注释

[1]明河：天河，银河。

鼓枻(yì)：摇桨。也可以理解为叩击船舷。

[2]丞相岭：当指诸葛岭。

[3]怀古翻萧索，闲吟断白鸥：秋天踏访古迹，更觉萧条冷落；诗兴大发，闲对白鸥，直到白鸥飞出视野。翻：成倍增加。断：望断。向远看直到看不见。

李本宁(李维桢)宪副入蜀

徐成位

大雅微茫竟莫陈，长庚入梦隐梁岷[1]。一时叱咤无先辈，千载驰驱有后身[2]。彩笔纵横霞作绮，铉言潇洒玉为尘[3]。浣花溪上春无赖，谁是当年携手人[4]？

翩翩旌旆结如云，蜀道材官四队分[5]。万里清风逢杜甫，峨眉明月吊文君[6]。旄头阻险魂犹假，太乙临戎势自焚[7]。白羽渡泸君记取，好驱九折建奇勋[8]。

题解

本诗录自清康熙七年(1668年)版《景陵县志·卷十二·杂录志》第40页。

李本宁：李维桢，字本宁。天门皂市人。与徐成位为同榜进士。

宪副：按察副使。明朝地方掌管一省司法的长官称为按察使，官居正三品；其下设有按察副使，官居正四品，而“宪副”一词即是对按察副使的敬称，因为按察使又称“宪台”。

注释

[1]大雅微茫竟莫陈：称赞李维桢振文坛之衰。语出李白《古风五十九首·其一》：“大雅久不作，吾衰竟谁陈？”“正声何微茫，哀怨起骚人。”大意是，雅声久矣不起，谁能兴起？舍我其谁。

大雅：《诗经》的组成部分之一。旧训雅为正，谓诗歌之正声。后亦用以称闳雅淳正的诗篇。

长庚入梦隐梁岷：称赞入蜀的李维桢有李白之才。语出李阳冰为李白作品的序言《草堂集序》：“惊姜之夕，长庚入梦，故生而名白，以太白字之。”孩子生下来的那天晚上，长庚星进入梦境，所以生下来就命名为“白”，用“太白”来做字。惊姜，用《郑伯克段于鄢》中姜氏生郑庄公的典故。

长庚：古代指傍晚出现在西方天空的金星。亦名太白星、明星。

梁岷：梁山与岷山的并称。代指蜀地。

[2]后身：“太白后身”的省称。语出陆游《入蜀记》卷二：苏轼从黄州回京城，经过当涂，读李白《姑孰十咏》，拍掌大笑说：“分明是伪作，李白哪会写出这样的诗来？”郭祥正(字功父)与苏争论，认为真是李所作。苏又笑道：“恐怕是李白的后身所作的吧！”郭听了非常气恼。因为郭年轻时，诗句俊逸，前辈诗人梅尧臣有“采石月下闻谪仙”之句称赏他，郭也就因此自负。苏就此和他开了个玩笑。

[3]铉(xuàn)言：疑指有分量的言论。铉：横贯鼎两耳以举鼎的木棍。

[4]无赖：指似憎而实爱。含亲昵意。

[5]材官：西汉初年，地方有经常训练的预备兵。山地或少马的地方多步兵，叫作材官。

[6]文君：卓文君，西汉时蜀郡临邛(今四川邛崃)人。

[7]旄头：古代皇帝仪仗中一种担任先驱的骑兵。此处指官军。

太乙：疑指商朝开国君主成汤的祭名，也作天乙、大乙、高祖乙。

临戎：亲临战阵，从军。

自焚：取意“兵犹火也，不戢将自焚”，此处讲制止战争的必要。

[8]白羽渡泸：语出辛弃疾《满江红·贺王帅宣子平湖南寇》：“人道是，匆匆五月，渡泸深入。白羽风生貔(pí)虎噪，青溪路断猩鼯(wú)泣。”

九折：九折坂。在今四川荥经县西邛崃山。山路险阻回曲，须九折乃得上，故名。

题徐微休(徐善)六咏

徐成位

栖迟阁[1]

欣将环堵老庚桑，独掩柴门倚隐囊[2]。修竹笼云封石鼎，残花带雨落绳床[3]。五车图籍春光润，三径烟霞晚翠凉。习习清风生户牖，分明尘世到羲皇[4]。

属文馆[5]

萧然生事笑斫桑，书满乌皮萤满囊[6]。问字绳绳来葛屦，草玄默默坐匡床[7]。露凝玉玦三溪湿，风起如椽四座凉。有客吹嘘文似昔，紫泥飞诏入堂皇[8]。

徐徐室

万木萧疏隐柘桑，只将踪迹付奚囊[9]。怀人有赋挥金错，坐客无毡倚石床[10]。寂寂别馆花微落，霏霏孤城雨暂凉[11]。枝头好鸟繁弦急，人境悠悠是遼皇[12]。

市隐亭[13]

谷口沉冥只土床，杖头酤酒满油囊[14]。烟云冉冉春常在，萝月纷纷夏自凉[15]。无邪池塘生浪柳，且将耕稼老空桑[16]。烟霞莫爱吾赓好，早傍彤云捧玉皇[17]。

一塌居

幽居何事倚枢桑，三尺空悬古锦囊[18]。长夜金樽堪避暑，清秋玉笛已生凉[19]。弦言潇洒飞松尘，诗思琳琅下笔床[20]。一日沧江春睡足，长安车马自张皇[21]。

嘉树园

无数寒藤抱绿桑，莓苔满地挂胡床[22]。一溪流水渔樵便，四壁清风枕簟凉[23]。刈去黄云犹在圃，歌来白雪已盈囊[24]。檐前倚树浑无事，击壤还应赞圣皇[25]。

题解

本诗录自清康熙七年(1668年)版《景陵县志·卷之十二·人物志·隐逸》第9页。

徐微休：徐善，字微休，号巾城。天门人。早弃举业。工古文辞。与李维桢、徐成位交往密切。

注释

[1]栖迟：游息。

[2]环堵：四周环着每面一方丈的土墙。形容狭小、简陋的居室。

庚桑：庚桑楚，老聃的弟子。语出《庄子·庚桑楚》：“老聃之役，有庚桑楚者，偏得老聃之道，以北居畏垒之山。”庚桑楚是老聃的弟子，他独得老聃之道的精义后，去北方居住在畏垒山中。

隐囊：人倚凭的软囊。犹今之靠枕、靠褥之类。

[3]绳床：晋代的一种有靠背坐具。即“交椅”或“胡床”。

[4]户牖(yǒu)：门和窗。

羲皇：指上古伏羲时代。

[5]属(zhǔ)文：撰写文章。

[6]乌皮：乌皮几。乌羔皮裹饰的小几案。古人坐时用以靠身。

萤满囊：晋代车胤家贫，无力购买灯油，于是在囊袋中放入萤火虫，借着萤火所发出的亮光读书。典出《晋书·卷八三·车胤传》。后用来形容在艰困的环境中，勤奋读书。

[7]问字：据《汉书·扬雄传》载，扬雄多识古文奇字，刘棻(fēn)曾向扬雄学奇字。后来称从人受学或向人请教为"问字"。

绳绳：戒慎貌。

葛屦(jù)：用葛草编成的鞋。

草玄：指杨雄撰《太玄经》。杨雄甘心寂寞，寄意《太玄》。后因用作著述或表示胸襟淡泊的典故。

匡床：古代方形坐具。亦作"筐床"。

[8]紫泥：诏书。古时皇帝诏书的封袋用紫泥封口，上面盖印。

堂皇：广大的殿堂。

[9]奚囊：唐代诗人李贺字长吉，他常常骑一匹小驴，带一个童仆，背一个锦囊，外出作诗，得到好句就写下来投到锦囊里去。奚：小奚奴。年幼的侍童。

[10]金错：金错书。特指中国书法史上一种书体。

[11]别馆：招待宾客的住所。

[12]繁弦：繁杂的弦乐声。

人境：尘世，人所居止的地方。

邃皇：疑为"燧皇"之误。

[13]市隐：指居于城市的隐士。

[14]谷口：借指隐居之地。谷口本为地名，在今陕西泾阳县西北。西汉隐士郑子真，修身养性，不是自己织布做成的服装就不穿，不是自己种的粮食就不吃。汉成帝时，大将军王凤礼聘郑子真出山，但他始终不改初衷，在谷口岩下耕种庄稼，在京城以清高著称于时。后因作咏隐士之典。

沉冥：指隐居的人。

酤酒：买酒。

[15]萝月：藤萝间的明月。

[16]空桑：空心桑树。

[17]赓好：疑指诗歌唱和，泛指赋诗。

[18]幽居：僻静的居处。

枢桑：桑枢。用桑枝作门枢。比喻贫贱。

[19]金樽：酒樽的美称。

[20]笔床：笔架。

[21]张皇：势盛貌。

[22]莓苔：青苔。

胡床：一种可以折叠的轻便坐具，类似现在的轻便折叠凳。约于东汉时期自西域传入。

[23]渔樵：渔人和樵夫。

枕簟(diàn)：枕席。

[24]刈(yì)：割草。

[25]击壤：相传帝尧时，一老者边击壤，边唱道："日出而作，日入而息，

凿井而饮,耕田而食,帝力于我何有哉?”后以“击壤”指歌颂太平。

六臣注文选重修记

徐成位

郡斋旧有《六臣文选》,刻久而残失[1]。山东崔大夫领郡,重为剞劂[2]。但校雠者卤莽,中多舛讹,甚以俗字窜古文,观者病之[3]。余暇日属二三文学详校,凡正壹万五千余字,庶几复见古文之旧[4]。又以为读书论世必得其人,故略梁史梓昭明小传[5]。钱塘田叔禾旧有《文选叙》一章[6],足祛世俗之惑,亦以并梓。若司马佳什则与此选不朽者,是宜冠诸篇首[7]。

万历戊寅季夏吉,古云杜徐成位识[8]。

题解

本文录自徐成位重修、明万历戊寅(1578 年)刻本《六臣注文选》(浙江图书馆藏)。标题为《天门进士诗文》编者所加。

六臣注文选:唐开元年间,吕延济、刘良、张铣、吕向、李周翰五人为南朝梁萧统《文选》作注,称“五臣注”;至南宋,将李善注与五臣注合为一,称“六臣注”。

注释

[1]郡斋:郡守的住所。

[2]崔大夫:指崔孔昕。字晋明,山东省滨州人。明嘉靖三十二年进士,镇江、徽州知府。

领郡:指崔孔昕任徽州太守。

剞劂(jī jué):本指刻镂的刀具,这里是雕版、刻印的意思。

[3]校雠(jiào chóu):一人独校为校,二人对校为雠。谓考订书籍,纠正讹误。

卤莽:粗疏,轻率。

舛讹(chuǎn é):错乱,错误。

俗字:即俗体字。旧时指通俗流行而字形不合规范的汉字,别于正体字而言。

古文:古代的文字。

观者病之:读者指责这一行为。

[4]属(zhǔ):委托,交付。

文学：指熟通经义的儒生。

庶几：也许。表示希望。

[5]读书论世必得其人："知人论世"的意思。孟子提出的文学批评方法。若要了解作品，首先必须了解作者其人，以及作者所处的那个社会环境。

梁史梓昭明小传：指《梁书》中的《昭明太子传》。梓：印书的雕版。因雕版以梓木为上，故称。后泛指制版印刷。

[6]田叔禾：田汝成，字叔禾。明中叶文学家。钱塘（今浙江杭州）人。

叙：通"序"。为……作序。

[7]佳什：好诗，优美的诗作。

[8]万历戊寅：明万历六年，1578年。

吉：朔日。旧历每月初一。

古云杜：西汉置云杜县，属江夏郡。梁置沔阳郡，省云杜入竟陵，迁竟陵县治于云杜城。云杜城在竟陵西北巾口。此处代指竟陵，今天门。

识（zhì）：记。

刘邑侯（刘继礼）祠记

徐成位

吾邑为泽国，土田斥卤，民物抗敝[1]。天锡刘侯乃起凋瘵，直指荐剡冠楚令尹[2]。而太夫人春秋且八十。侯泫然曰："椎牛考钟鼓，不如菽水之逮其亲也[3]。"即日上书乞归养。四民震骇，裹粮分辈诣台使挽留[4]，不允。侯遂得请行。邑人遮道号哭，攀辕断靷[5]，侯亦泪涔涔下。长老谓百年未闻也，宣言曰："侯为吾邑，视民如子，抚掌股之上也；爱士如父，训塾垣之内也[6]。导利则时雨溉禾黍也，祛患则鹰扬逐鸟雀也，如之何而弗祠也？世方溷浊，侯揭日月[7]，筐篚绝庭，苞苴不行，古悬鱼留犊，不廉于此矣[8]！奸如鬼蜮，讼所由棼[9]。侯烛照屡燃，舞文股栗，古片言折狱[10]，不明于此矣！深春雨淫，民艰半菽，侯开廪救瘠[11]，司计抵传舍，悬书输将，侯捐三百缗充积逋，即溱洧遗爱[12]，不仁于此矣！襄郢水溢，大珰导漾而主曲防，侯奋髯争之遂沮[13]；七邑渔税，中使侵牟万端[14]，侯请休所司转轮，即褫裘直节[15]，不烈于此矣！"予曰："此侯诚心所致也！"当挽辙时，有二市魁前此被鞭笞，至是亦摩肩雨泣[16]。众叹李平、廖立于今复睹[17]。呜呼！斯民直道之心[18]，我侯纯白之诚，古今一也，如之何弗思而祠也？

题解

本文录自清康熙七年(1668年)版《景陵县志·卷之七·享祀志》第35页。

刘邑侯：指刘继礼。清康熙七年(1668年)版《景陵县志·卷之七·享祀志》第35页记载：刘邑侯祠，在古城关庙旁。知县刘公文庭祠也。公讳继礼，字文立。清乾隆乙酉(1765年)初版《天门县志·卷之十·循良》第5页记载："刘继礼，字公立，四川宜宾人。由进士万历三十五年任。惠爱清廉。岁饥发帑赈困，复捐俸三百完逋赋。襄郢大水，珰欲曲防，防曲则害景，毅然争执，复请鱼课下所司征解，忤监司，免归。民攀辕嚎泣，公亦挥涕而别。因立生祠，以志去思。"刘在任三年。邑侯：明清县长官别称。

注释

[1]斥卤：盐碱地。

抗敝：吴履谦编辑、清道光丙申(1836年)版《竟陵文选·卷上》第19页作"凋敝"。凋敝：民众的财物破败。

[2]凋瘵(zhài)：指困穷之民或衰败之象。

直指：汉武帝时朝廷设置的专管巡视、处理各地政事的官员。也称"直指使者"，因出巡时穿着绣衣，故又称"绣衣直指"，或称"直指绣衣使者"。

荐剡(yǎn)：指推荐人的文书。引申作推荐。

令尹：泛称县、府等地方行政长官。尹：元代时称州、县长官为尹。

[3]泫(xuàn)然：水珠向下滴的样子。

椎牛考钟鼓，不如菽水之逮亲也：与其在亲人亡故后杀牛敲钟祭奠，不如趁他们在世时好好奉养。语本《韩诗外传》卷七："是故椎牛而祭墓，不如鸡豚之逮亲存也。"

椎牛：椎牛恨。本指击杀牛。指亲人亡殁，不能奉养的痛苦。

考钟鼓：敲钟鼓。

菽水：豆与水。指所食唯豆和水，形容生活清苦。常以"菽水"指晚辈对长辈的供养。

逮亲：谓双亲在世而得以孝养。

[4]裹粮：裹糇(hóu)粮。谓携带熟食干粮，以备出征或远行。

分辈：分批。

台使：唐时指未正名的监察御史。此处当指上级官署。

[5]攀辕：泛指百姓眷恋或挽留良吏。典出《东观汉记》："第五伦为会稽守，为事征，百姓攀辕扣马呼曰：'舍我

何之！'"

断靷(yǐn)：借指犯颜直谏。东汉郭宪为人刚直，敢犯颜直谏。光武帝尝车驾西征隗嚣，他阻道谏，并当车拔佩刀断车靷。靷：引车前行的革带。

[6]塾垣：当指学宫。

[7]溷(hùn)浊：混乱污浊。

揭日月：形容光明磊落。语出《庄子·达生》："昭昭乎若揭日月而行也。"揭：高举。

筐篚(fěi)：竹器。方曰筐，圆曰篚。用以比喻财礼。

苞苴(jū)：古人包裹鱼肉等食物的蒲草包，用以代称送人的礼物。又引申为贿赂之物。

[8]悬鱼：二十四廉故事之一。汉太守羊续，有人送他生鱼，他将鱼挂在中庭，下次再送时即指悬挂的鱼，以杜绝再度送礼。见《后汉书·卷三十一·羊续传》。后即以悬鱼比喻清白廉洁。

留犊：古代为官清廉的故事。三国魏时苗为寿春县令，就任时，驾黄牸(zì)牛，居官岁余，牛生一犊，及其去，留其犊，谓主簿曰："令来时本无此犊，犊是淮南所生有也。"后用"留犊"比喻居官清廉。

[9]棼(fén)：纷乱，紊乱。

[10]烛照：明察，洞悉。

片言折狱：只需简短数语即可了决诉讼。语出《论语·颜渊》："片言可以折狱者，其由也欤？"

[11]半菽：谓半菜半粮，指粗劣的饭食。

救瘠：救济贫弱。

[12]司计：掌财物出纳稽核的官吏。

传舍：即供传递公文的人或往来官员途中暂宿之所。

输将：捐献，资助。

缗(mín)：穿钱的绳索。借指成串的铜钱，亦泛指钱。

积逋(bū)：指累欠的赋税。亦谓积欠赋税。

溱洧(zhēn wěi)：诗经郑风的篇名。指赋情侣游乐之诗。

[13]襄郢：古指襄州、郢州，汉江中游一带。此处指汉江。

大珰：明太监之别称，掌权之大阉。

奋髯(rán)：指胡须奋张。形容人激动的样子。

[14]七邑：疑指"二州五邑"。时安陆府辖荆门州、沔阳州，京山县、潜江县、当阳县、景陵县、钟祥县。

中使：宫中派出的使者。多指宦官。

侵牟：侵害掠夺。

[15]转轮：轮回。

褫(chǐ)裘：典自"纵博褫裘"。武则天把南海郡进献的集翠裘赏赐给男宠张昌宗，让他当面穿上，一起玩双陆游戏。狄仁杰正好进来奏事，武则天便让他和张昌宗一起玩双陆。狄仁杰道："三局两胜，臣用身上的紫袍赌张昌宗穿的这件皮袍子。"武则天笑道："他这件皮袍价钱超过千金，您这紫袍无法对等。"狄仁杰正色道："我这件紫袍，是大臣朝见天子时所穿的服饰，高贵无价；而张昌宗的这件皮袍，只不过是因宠幸而得的赏赐。两件相对，我还不服气呢！"武则天只好应允。张昌宗感到羞赧沮丧，气势不振，沉默无语，连连败北，最后将集翠裘输给了狄仁杰。

[16]挽辙：与上文"攀辕"意思相同。

市魁：管理市场的胥吏。

雨泣：泣下如雨。

[17]李平、廖立：被诸葛亮处分过的两个人。典自《诸葛亮传》："廖立、李平为亮所废窜，尚能感泣无怨。"

[18]直道：正道。

附

中庵徐公（徐成位）墓志铭

蔡复一

夫子才难一叹[1]。杰人色奋，庸人心孤，盖鼓吹造物之言也。今论者则配德于才，设左右衡。噫！其然乎？古视才深，今谈德腐，深故不受庸人，而腐则不足以识杰人。天下多事，所号为德者，若土鼓之喑、木剑之不割[2]，此岂称骥？本怀哉千里，而驯德即其力[3]，驽亦驯也，恶乎德？才难之感，感骥也。若其真骥，而用之不尽，或欲尽而不赴其年[4]，徒使风云惊骇。虽不识面者，犹按图而追赏，其骨恨不得留，若人则更有彷徨而可叹者矣。

故中丞景陵徐公，吾未识面，闻评开府才者[5]，往往许之。及移总闽宪，欣然谓闽能有公矣，公宅忧不果[6]。至吾宦楚，而公以甲寅卒家，声迹始终不谋[7]。楚归之四年己未，公子惕以状介谭子元春[8]，来请志铭，且曰，公尝知我，惟楚最文，亦最吾畏[9]。迂而求诸远，且废之[10]。人好尚如此，疑公有以发之。公盖志独立，事独行，名实独树，灼然杰人[11]，可倚办多事者。吾于状深观焉，喟然曰："如徐公者，古之所谓才也。"

徐有初自南州孺子[12]，宋大理评事德清公徙南昌之里田，至静渊公占景陵籍家焉[13]。再传坦庵公，补诸生，以文行著[14]。子楚陵公，宗新建学，怀其慧而绌其辩[15]，即公父。

公讳成位，字惟得，别号中庵。三岁而母谭恭人见背，鞠于大母[16]。危警敏多暗解，从楚陵公金华受《易》于胡公泉观察[17]，而友其子应麟，世所名诗人胡元瑞者，元瑞兄之。业就西归，冠三试[18]。郑屺山太守、颜冲宇学使奇公曰："我以上人。"

举丁卯[19]。戊辰除舒城令，滞案风扫，悉捕逐师讼者，三月空其圄[20]。厥土瘠，公自瘠以肉民，恒与窭茕分俸[21]；创行方田，赋有归[22]；条编息赋外，力投柜汰赋羡[23]，民便之。庚午调宝应，宝应豪主逋，有司收之，急蜂起，两台入其疆犹弗威[24]。公至坦然，为不问者，晓譬以祸福，而廉得倡哗十余辈，一夕掩捕，预置飞舸载送郡狱，晨榜示，胁从勿问，恶少年仓猝失其魁慑伏[25]。乃询父老所疾苦，荡涤繁苛，一主休养，逋者归矣。邑赋漕七千金[26]，民困无所出。公便宜以储饷之余给主者，过淮而身请擅发罪，抚醝诸公[27]，义而听之。河臣治渠当宝应千夫[28]，雇役银逾万。公驰白，状曰："瘵而重创之[29]，骇而急鼓之，必败。"主者心动，为疏改派，汹汹者始安，久之和劝，所负额输皆足。辛未大计，最诸令，赐特宴金绮，异数也[30]。征拜礼部主事，曹务简，与王公世懋、孙公矿、唐公鹤徵，相劘为古学[31]。寻长小仪名封奏结，诸例凌杂错出在胥手，胥以意上下囊贿[32]。公先簿正，疏抄至悉，以门条附籍，今所守格眼册是也[33]。其当得不当得，若急缓，即与宗人共目了之[34]。胥敛其手，而贿窦塞，诸藩翕然贤小仪，有为主祀公者[35]。独不得权贵人心，进拟铨衡、学宪皆报罢[36]。

丁丑出守徽州，议郎一麾非故事[37]。公曰："龚黄在我[38]。"舟溯新安江，逢巨室舫争度，槊豪奴雨白梃击官舟人，血流两桨间，涴守衣[39]。公入郡，声其事，巨室皇恐，絷伤人、涴公衣者来谢[40]，公即杖杀之，豪芒芒然，霜在其背。亡何有丝绢哄事[41]。丝绢办自歙，歙殷大司农正茂奏均之五邑[42]，五邑大哄。公故不喜摊议也，闻变驱入休宁，五邑人环马首泣诉。公揣诸不逞借口数端，迎为父兄[43]，先发其所欲言,众口塞;阳暹而揭竿立帜[44],巷聚二万人,曰:“必归赋于歙!”内外寇伺之,良民忧乱。公察其进止,咸属帜,密令所司诱帜者至阅场[45],五邑人皆随出,争论未决。公已选劲卒守城门,无妄入人。昼市坊申讯,束禁偶语、夜行者[46],城中大定。令曰:“绢法不便,姑缓征。而请诸朝噪者有激[47],散而复本业即无罪过,一日不散以贼论!”明日二万人散尽[48]。公核岁赢数千金及盐茶税百金,代绢输,五邑不加赋数,而歙得减额,益谧无哗。乃以方略缚首恶二十人,论如律,而谄者欲以主噪移坐时,相所不悦二人,公解印绶力争得寝[49]。徽今姑臧也,公饮水治水脂膏下溉,材其秀士,月有课,受检镜者,卒为名流[50]。而所杖杀奴之巨室,进谗御史墨公以释憾。御史行徽自稽藏藏清,又采民誉,知守不自润,心薄谗者,而与公深相结[51]。

庚辰擢山东副使,治沂州道,居东心动谋乞归养[52],楚陵公以大义诃止之。壬午移嘉兴,渡钱塘江而讣闻,自伤不能奉诀视含,鸡骨三年[53],绝宦意,筑冲漠馆,营水竹花石。

癸巳,公隐一周星矣,起补登莱兵备,倭在朝鲜[54],不敢辞。至则群议,艅艎以千[55],南兵以万,扼倭于海。公曰:“北人不习水,客养南兵费多轻去就,不如练土著,省饷而念家便。夫北非南比也,多矶不可泊,无接济不可久。吾坚壁清野,折棰笞之矣[56]。”乃独募义乌兵,简精锐二千余,轻舟绝倭馕道,遇于斧山,登卒大呼,推锋斩十余级[57]。斧山哨乘之捷,卤获多,督府孙公疏为辽功第一,移文慰藉公[58]。登卒曰:“我角而彼犄之,乃专其鹿乎[59]?”公戒勿敢言。登大饥,寇盗充斥,辽抚以三万金籴米屯于登[60]。时辽方大熟,公矫檄出米[61],饥者得济,而收直倍,所活数万人。备陈始末,倍籴金归辽,辽悦。盗怀公仁,夜遇东使曰:“是生我者勿惊[62]。”自是盗亦屏息矣[63]。

进参政[64],治徐淮河。时海口壅,河大决梗漕,至连坐先行[65],河大臣与于河者皆惴恐。河漕杨、褚二公议不协,至是一仰公,公主导黄分淮之策[66]。聚粮,缮河具;以什伍法,部勒作者[67];画区别帜,望帜知作手多寡,其力不力,区受赏罚,饩均而实[68],进退以旅;作苦声劝,十万徒肃然止齐。公暴日卧沙渚十月余,凿新渠百二十里,浚淮口七里,闸高堰三所。又代某水部疏瀹海口淤[69],如前法。水部之视海也,谓汇流之冲,建瓴怒下[70],当自推浚,吾坐而受水成耳。久之以篙师行深浅,获尽洲现,诸工畏罪四溃,功危败。而公为补其瑕衅[71],仍以功予水部,水部虽赖公而中惭,且忌部叙,仅进公一级。公自循其发曰:“鬓也,而旦夕皤乎[72]。”移疾予告,主吏以赎锾累千金,饷于涂[73],叱去之。褚公荐公自代,不行。

既调闽宪,丧继母王恭人。耆年毁瘠如哀楚陵公[74]。庚戌以原官补淮海[75],旧部欢迎我公。公曰:“吾并州也桑柘[76],乃非昔日。”课守令,蠲宿逋,抚流移,日孜孜[77]。而开泇河减马,直可佐元元急者,无有爱[78]。

辛亥擢四川右布政使[79],遂归卧。公藩臬资三十余年[80],恬家食者半之。兵河功俱中上格,而犹淹常调[81]。人以病主爵,主爵亦自病,荐卿奉常不报[82]。

甲辰命巡抚云南[83],公拊枕曰:“负国恩奈何!”为疏辞,未上而卒。此予所谓欲尽而不赴其年者也。天耶,人耶?

公内行惇身[84],视兄弟而子其子,推父产、买宗田、缮祠、订谱,教家无缺。当路问政[85],娓娓桑梓利害,言不及私。有售瘠田而多浮其米者[86],公不问。岁清丈,邑令重公为颇损户米[87],公艴然[88]:“我岂有邪德乎?册已登,藩司不可更核之[89]。”则所损如其浮数。公犹邑也,邑堤溃,捐粟二千石筑之,又以私钱修二桥,为邑人改折南粮[90],勤树德而耻自名。语诸子曰:“古人居心尚厚,《舂陵》《瀼溪》,元次山未尝殊情[91],晚近多凉德,勉市惠于官,而薄其闾里,亦恶用岘山之泪为哉[92]?”尤严诚伪义利之辩,曰:“此吾佩之楚陵公,良知指也。”噫!公之才有根矣。

状又云:公尝两梦白衣人接之选仙,言多理最,后令青童以缯裹公顶,若受戒者,玄帝剑而言[93],曰:“与尔会他山之阳。”及谒参上,宛然里中贺叟,尸解曰[94]:“中庵公吾侣也,迟日旬了世缘耳。”公弥留,听二子诵张志和《渔父词》,笑而瞑。或疑之。蔡子曰:“夫才难者，特人间哉？亦天上所难也！公杰人，去来定非草草者。未始识面而能使闽人为叹，写于数千里外，亦将疑之乎？”

请铭者惕，字乾之，有雅尚，能文，工书法，与谭子善[95]。谭子，楚之文者也，其言信。授以铭，铭曰：

嶷山立，川不积雨，以风松耶！柏云无穷，电一息意孔间，渊其色[96]。以英魂载营魄，耿然光图中。识才全哉，骥称德[97]。葬之四年，有今铭。

铭成，偶读孙公矿集，具志昆岩郑公汝壁有云，徐方伯成位[98]，今时异才。孙、郑皆僚公宗伯署[99]，郑抚山东特疏留公，公可知也，吾于是无愧词。

题解

本文录自蔡复一撰、明绣佛斋钞本、台湾图书馆藏《遁庵蔡先生文集不分卷》。原题为《中宪大夫都察院右佥都御史中庵徐公墓志铭》。借鉴了郭哲铭校释、2007年版《遁庵蔡先生文集校释》第257页同名文章的整理成果。

中宪大夫：文散官名。明制中宪大夫为正四品升授之阶。

右佥都御史：官名。明洪武十六年(1383年)置，为都察院职官，额二人，正五品，与左、右都御史，左、右副都御史，左佥都御史同掌都察院事。十七年升正四品。为皇帝耳目风纪之臣。后渐有以尚书、侍郎、少卿等官加授者。出外则为总督、巡抚，以总理一方军政。都察院是明清时期中央负责监察的官署。

中庵徐公：徐成位，字惟得，别号中庵。

蔡复一：字敬夫，号元履，福建泉州府同安县金门人。明万历二十三年(1595年)进士。明天启中，以兵部右侍郎总督贵州、云南、湖广军务兼贵州巡抚。竟陵派的追随者。

注释

[1]夫子才难一叹：孔夫子曾感慨人才难得。语出《论语·泰伯》：孔子曰：“才难，不其然乎？”才难：人才难得。

第一段译文(本段及后文译文引自郭哲铭校释、2007年版《遁庵蔡先生文集校释》)：

孔夫子曾感慨人才难得！一般杰出的人表情都较昂扬，普通人心境就比较孤寂，这都是为宣扬造物者的言语。现今议论人才则认为必须要将才能与品德相结合，并且将一职分设左右使之相为制衡。啊！这样对吗？古代要求才能较为严格，现今则说论品德过甚变得有点迂腐，因为要求严格所以职位不会轻易授予普通人，而论德迂腐则无法辨鉴出秀异 的人才。现今天下正值多事之秋，若还凡事称德，就好像陶土所制的鼓其声喑哑，就好像木制的剑钝而不利，这难道就可以称得上是驰骋千里的杰出之才？本来能够驰骋千里的杰出之才，在认定驯从的品德就是等于能力的环境中，想到愚钝无能也能算驯从，岂有不憎厌这种品德之理？人才难得的感觉，如同难觅千里之才的感觉。如果是真正的千里之才，被任用是不会有所枯尽，然而想要使其尽展长才又常常无法配合其年纪，白白使得世局惊恐不安。所以世间之人虽然没见过千里之才的真面目，尚且按照图像努力追求，可是更常感叹即使是连其骨骸也无法获取存留，至于人才更是难以追寻，而徒然令人叹息。

[2]若土鼓之喑、木剑之不割：就像陶鼓声音喑哑、木剑刀刃不锋利。

[3]驯德：顺从德化。

[4]不赴其年：指错过了年富力强的时期。赴：合，顺应。

[5]中丞：历代御史中丞省称。明初置都察院，其中副都御史的职责与前代御史中丞基本相同。此处指右佥都御史。

景陵：天门古称。天门在明称景陵。五代后唐以前称竟陵，五代晋至清雍正四年称景陵。

开府：古代指高级官员（如三公、大将军、将军等）成立府署，选置僚属。

[6]移总闽宪：升迁为福建提刑按察副使。总宪：官名。明清都察院都御史的别称。此处指各省按察司副长官。

宅忧：处在父母丧事期间。

[7]甲寅：明万历四十二年，1614年。

声迹始终不谋：始终未曾见面。声迹：犹言音讯行踪。

[8]己未：明万历四十七年，1619年。

状：行状。亲友为死者所写的叙述生平事迹的文章。

[9]畏：敬服。

[10]迂而求诸远，且废之：因迂回而且要向远处请求认识，所以暂且停止想认识我的念头。

[11]灼然杰人：确实是才智超群之人。灼然：确实，实在。

[12]有初：有个好的开端。

南州孺子：指徐稚，字孺子。东汉豫章南昌人。桓帝时为陈蕃举荐，因不满宦官专权，终隐，时称“南州高士”。南州：指豫章郡。

[13]占：卜居。原指用占卜的办法选择定居处所。古时人以火灼烧龟甲取兆，来预测吉凶祸福，称为卜。后

世以卜居泛指择地定居。

[14]诸生：明清两代称已入学的生员。俗称“秀才”。

文行：文章与德行。

[15]宗新建学：尊崇阳明之学。王阳明（王守仁）因平息宁王叛乱有功受封为新建伯，故称其学说为“新建学”。

绌其辩：口才笨拙。

[16]恭人：用以封赠中散大夫以上至中大夫之妻。明清两代，四品官之妻封之。明清如封赠四品官之母或祖母称太恭人。

鞠于大母：由祖母抚育。鞠：生养，抚育。大母：祖母。

[17]暗解：犹妙悟。

观察：明清时道的行政长官别称“道台”“观察”。

[18]三试：科举考试在乡试之前，需应县、府、道三级考试。

[19]丁卯：明隆庆元年，1567年。

[20]师讼：讼师。亦称讼棍。我国古代专门以替别人进行词讼为业的人。后世亦指唆使别人引诉兴讼的人。

圄（yǔ）：囹（líng）圄。监狱。

[21]窭茕（jù qióng）：贫穷孤独。

[22]方田：宋神宗熙宁五年（1072年）行方田均税法时，“以东西南北各千步，当四十一顷六十六亩一百六十步，为一方”。

[23]条编：明神宗万历九年（1581年）实行一条鞭法后各项赋役折征银两的总称。一条鞭：明代田赋制度。嘉靖时于地方试行新法，以各州县田赋、各项杂款、均徭、力差、银差、里甲等编合为一，通计一省税赋，通派一省徭役，官收官解，除秋粮外，一律改收银两，计亩折纳，总为一条，称一条鞭法。

息赋：利钱地税。

投柜：自封投柜。明清时期田赋征收方法之一。直隶保定府和浙江绍兴府为防止胥吏在赋税上作弊中饱，曾于隆庆初年在各县分设钱粮柜，由纳税人写明姓名及田赋银数，自行封好投入柜中，随取收据。实行一条鞭法后，此法开始推广施行。

赋羡：盈余的赋税。

[24]逋（bū）：拖欠，积欠。

两台：义同“藩臬”。藩司和臬司。明清两代布政使和按察使的并称。布政使主管一省的人事和财政，按察使为一省司法长官。

[25]榜示：张榜公布。

慑伏：因畏惧而屈服。

[26]赋漕：旧指田地赋税。漕：漕米，漕粮。明清田赋的一种，征收谷米，后亦折银征收。

[27]便宜：谓斟酌事宜，不拘陈规，自行决断处理。

抚醝（cuō）：盐使。盐运使、转运使的旧称。

[28]河臣：指河道总督。

[29]瘵（zhài）：病。多指痨病。

[30]辛未:明隆庆五年,1571年。

大计:明代对官吏的定期性考察叫大计。

最诸令:在县令中,考绩为最好的等次。最:古代考核政绩或军功时划分的等级,以上等为最。跟“殿”相对。

特宴:特宴见。在皇帝公余时被召见。有别于朝见。

金绮:金色的绮衣服。这是皇帝赏赐臣子的衣物。

异数:〈书〉不寻常的礼遇。

[31]征拜:任命。

曹务:谓官署分科掌管的事务。

王公世懋:王世懋,字敬美,别号麟州,时称少美,江苏太仓人。明嘉靖进士,累官至太常少卿,是明代文学家、史学家王世贞之弟,好学善诗文,著述颇富。

孙公矿:孙矿,字文融,号月峰、湖上散人,明朝大臣、学者,浙江余姚人。明万历二年会试第一。官至南兵部尚书。

唐公鹤征:唐鹤征,字元卿,号凝庵。明武进(今属江苏)人。明隆庆进士。历任工部侍郎、南京太常等职。

相劘(mó)为古学:以古学相劘切。相劘:相互切磋。

[32]寻长小仪名封奏结,诸例凌杂错出在胥手,胥以意上下囊贿:一般职掌礼部主事奏报册封诸王名衔的业务,各种事例凌乱杂出,使得胥吏能以自己意思,上下其手收受贿赂。

小仪:唐代礼部别称。此处指礼部主事。

[33]格眼册:指表册之类。因人名、数目等写在格子纸上,望之如格眼,故称。

[34]宗人:宗正。掌管皇族亲属事务的官员。

[35]胥敛其手,而贿窦塞,诸藩翕然贤小仪,有为主祀公者:胥吏收手,而贿赂的孔道为之阻塞,各藩王得以安顺而极力称赞这位礼部主事,甚至认为徐公可以主持宗人府业务。翕然:和顺的样子。

[36]铨衡:指吏部尚书。本指主管选拔官吏的职位,亦指主管选拔官吏的部门之长。

学宪:即学政。地方专管考试的官。

[37]丁丑:明万历五年,1577年。

议郎一麾非故事:太守可不是礼部外放地方官去虚应故事一番的。

议郎:官名。郎官的一种。原文为“仪郎”。

一麾:历代郡太守、州刺史别称。

故事:旧事,先例。此处指虚应故事,依照成例,敷衍了事。

[38]龚黄:后世把汉代龚遂与黄霸作为封建循吏的代表,称为龚黄。

[39]涴(wò):污,弄脏。

[40]絷(zhí):拴,捆。

[41]亡何:不久,很短时间之后。

[42]歙(shè):歙县。

殷大司农正茂奏均之五邑：歙县籍的户部尚书殷正茂上表奏陈要将此费用均摊于徽州五县。

大司农：指户部尚书。汉代官名，掌管钱粮。东汉末改为大农，由魏至明，历代相沿，或称司农，或称大司农。

[43]公揣诸不逞藉口数端，迎为父兄：徐公估量各种不满的意见后，接见请愿的乡亲父老代表。不逞：不得志，不满意。数端：几例，多种。

[44]阳暹（xiān）而揭竿立帜：太阳升起来的时候，百姓们举起竿子立起旗子。暹：日升。

[45]阅场：校场。旧时操练或比武的场地。

[46]昼市坊申讯，束禁偶语、夜行者：白天在市集街坊申明，约束禁止私下放话以及夜间出外闲荡。偶语：相聚议论或窃窃私语。秦代私下谈论诗书和国事是极为严重的犯罪行为。古代法律用语。

[47]请诸朝噪者有激：早上请愿鼓噪之人有偏激之处。

[48]明日：第二天。

[49]公核岁赢数千金及盐茶税百金，代绢输，五邑不加赋数，而歙得减额，益谧无哗。乃以方略缚首恶二十人，论如律，而谄者欲以主噪移坐时，相所不悦二人，公解印绶力争得寝：另外徐公核计岁入所余数千两金钱，以及用盐茶税一百两金钱，来代替丝绢的赋征，如此一来徽州五县的百姓不加赋税，而歙县也因此得以减免税额，更加使得一府之中安静无事。一切安定后徐公于是用方法谋略逮捕带头滋事二十人，将他们依法论处，但是一些巴结奉承之辈想将连带头鼓噪的乡民也牵连进来，尤其是相中其中看不顺眼的两位，徐公极力抗止甚至以摘乌纱帽相争才使得这件事没有扩大株连。解印绶：解下印绶。谓辞免官职。寝：止息。

[50]徽今姑臧也，公饮水治水脂膏下溉，材其秀士，月有课，受检镜者，卒为名流：徽州今已成人间乐土，徐公饮水治水受与施间皆能将其福泽施与其民。除此他还安置了优秀的知识分子，每个月有功课加以检验其学习情形，使其都能成才成为有名之士。

姑臧：寓指乐土。《东观汉记·孔奋传》：汉代时，姑臧（今甘肃武威）是贸易集散地，很富饶。在当地做官的不几个月都会发财。但孔奋在武威做官四年，私人财物并没有增加。

脂膏下溉：施惠于民。

材其秀士：重用德才优异的人。材：通“裁”。安排，使用。

检镜：察鉴。

[51]而所杖杀奴之巨室，进谗御史墨公以释憾。御史行徽自稽藏藏清，又采民誉，知守不自润，心薄谗者，而与公深相结：但是当初他所击毙杖下恶奴所属的豪强世家，却是进谗言于墨御史以报其怨，御史行巡徽州时

自行私下稽查得知徐公怀抱清廉，又探听百姓的评价，知道徐太守是位不自肥的好官，因而鄙视进谗言之人，而和徐公深为结交。

自稽藏藏清：自行私下稽查得知徐公怀抱清廉。

自润：自己得到好处。语出《后汉书·孔奋传》：身处膏脂，不以自润。意指虽然与钱财打交道，却并不为一己沾取。

[52]庚辰：明万历八年，1580年。

归养：回家奉养父母。

[53]壬午：明万历十年，1582年。

奉诀视含：见亲最后一面并亲视含殓。

鸡骨三年：守孝三年，形销骨立。鸡骨：比喻嶙峋瘦骨，瘦弱的身体。

[54]癸巳：明万历二十一年，1593年。

一周星：十二年。周星：即岁星。岁星十二年在天空循环一周，因又借指十二年。

起补登莱兵备：起用补授登莱兵备一职。

倭(wō)：古代对日本人的称谓，此处指明代经常侵扰我国沿海地区的日本海盗，时称“倭寇”。

[55]艅艎(yú huáng)：吴王大舰名。后泛指大船、大型战舰。

[56]坚壁清野：作战时采用的一种策略。转移或隐藏人口和物资，清除野外可资敌的各种设施，使敌人毫无所得。

折棰笞之：比喻轻易制敌。东汉邓禹与赤眉一战失利，刘秀安慰他说，我只需折断马鞭，用短短一截，便可克敌制胜。棰：策马之杖。

[57]馕(náng)道：运输军粮的道路。

推锋：摧挫敌人的兵刃。谓冲锋。泛指用兵、进兵。推：通“摧”。

[58]卤获：掳掠。卤：通“虏”。俘获。

移文：是旧时文体之一，指行于不相统属的官署间的公文，亦泛指平行文书。

[59]我角而彼犄之，乃专其鹿乎：我军正面与敌角力而友军他们只是从旁支援，为何反是友军独享此功。

[60]籴(dí)：买进粮食，与“粜(tiào)”相对。

[61]矫檄：矫命。假传命令。

[62]东使：东洋使者。

是生我者勿惊：这是让我能够生存徐大人的治下请不要惊扰。

[63]屏息：犹敛迹，消失。

[64]参政：明代中书省废，于各布政区的承宣布政使司(省级地方行政机构)之下，设左右参政和左右参议(均无定员)，以辅佐左右布政使(司长官)。左右参政秩从三品。

[65]连坐：旧时一人犯罪，牵连其有关人也受到处罚的一种制度。

[66]导黄分淮：疏通黄河来分摊

淮河水量。

[67]部勒:部署,约束。

[68]饩(xì):给养,俸禄。

[69]水部:唐代工部内设水部郎中、员外郎各一人。明清改为都水司,掌有关水道之政令,水部亦一直相沿为工部司官的一般称呼。

疏瀹(yuè):疏浚,疏通。

[70]建瓴(líng):即“建瓴水”之省,谓倾倒瓶中之水,形容居高临下、难以阻挡的形势。

[71]瑕衅:罅隙。比喻过失。

[72]鬒(zhěn):须发又黑又密。

皤(pó):形容白色。

[73]赎锾(huán):赎罪的金钱。锾:古代重量单位。

[74]耆年:高年。

毁瘠:“哀毁瘠立”的略语。因居丧过哀而极度瘦弱。

[75]庚戌:明万历三十八年,1610年。

[76]并州也桑柘(zhè):语出贾岛《渡桑乾》:“客舍并州已十霜,归心日夜忆咸阳。无端更渡桑干水,却望并州是故乡。”桑柘:桑木与柘木。此处作“桑梓”理解。

[77]蠲(juān)宿逋(bū):免去旧欠。蠲:除去,免除。宿逋:久欠的税赋或债务。

流移:流离失所的人。

孜孜:勤勉,不懈怠。

[78]泇(jiā)河:泇河。水名。在山东省。

元元:百姓,庶民。

无有爱:无处不见其仁爱所在。

[79]辛亥:明万历三十九年,1611年。

右布政使:参见本书王世贞《五华李公(李淑)墓志铭》题解。

[80]藩臬(niè):藩司和臬司。明清两代布政使和按察使的并称。布政使主管一省的人事和财政,按察使为一省司法长官。

[81]兵河:带兵治河。

淹常调:因选官常规而久久得不到提升。淹:滞,久留。常调:按常规迁选官吏。

[82]主爵:官名。吏部官职之名。

奉常:官名。秦九卿之一,后曰太常。

[83]甲辰:明万历三十二年,1604年。

[84]内行:平日家居的操行。

惇(dūn)身:疑为敦厚。

[85]当路问政:当权者向他询问政事。当路:身居要津。指掌握政权者。问政:咨询或讨论为政之道。

[86]售瘠田而多浮其米:卖瘠田而又浮报其收成。

[87]邑令重公为颇损户米:县令因敬重徐公想要为他减免报缴数额。

[88]艴(fú)然:恼怒地。

[89]藩司:明清时布政使的别称。

[90]改折南粮:用银两代替粮食

缴纳漕粮。漕粮向须纳米，运输费用和途中损耗巨大。明宣宗宣德八年(1433年)江南巡抚周忱奏定加耗米折征例，为漕粮改折之始。英宗正统元年(1436年)改折漕粮，每年已达银100余万两，约合米麦400余万石，神宗万历年间(1573~1619年)折漕渐增，运京漕米大减。南粮：明清时从江苏、浙江等南方数省征集并由水道运至京师的粮食。

[91]春陵：指唐代诗人元结的诗歌《春陵行》。

瀼(ráng)溪：指元结隐居瀼溪时《与瀼溪邻里》诸诗。

元次山未尝殊情：元结未尝有特殊的情感。元次山：元结，号次山。

[92]凉德：薄德，缺少仁义。

岘(xiàn)山之泪：典自"岘山泪落"。《太平御览》卷五八九引《荆州图记》："羊叔子(祜)与邹润甫尝登岘山，泣曰：'自有宇宙，便有此山，由来贤达登此望，如我与卿者多矣，皆湮灭无闻，念此使人悲伤。'润甫曰：'公德冠四海，道嗣前哲，令问令望，当与此山俱传。若润甫辈，乃当如公语耳。'后参佐为立碑著故望处，百姓每行，望碑莫不悲感，杜预名为'堕泪碑'。"后以此典追怀已故著名官员政绩，或感慨人世沧桑变化。岘山：山名。在湖北襄阳。

[93]玄帝：指道教所奉的真武帝。

[94]尸解：道教认为道士得道后可遗弃肉体而仙去，或不留遗体，只假托一物(如衣、杖、剑)遗世而升天，谓之尸解。

[95]谭子：指谭元春。

[96]嶷山立，川不积雨，以风松耶！柏云无穷，电一息意孔间，渊其色：巍峨耸立的九嶷山，其己身不会积累任何雨润之泽，就是因为其品德高尚的缘故！绕行苍柏的白云无穷无尽，心中转念如此变化迅速其本色究系如何？

[97]以英魂载营魄，耿然光图中。识才全哉，骥称德：自是以先贤杰出功绩引领其精神，并且直道以行持续光大之。这都是因为其拥有完整的才学与见识，实足称许人间千里马。

载营魄：抱持魂魄。同"营魄抱一"。老子关于形神合一而不离的命题。营魄：指魂魄、精神。营：围绕而居。魄：依附于人体存在的精神。

耿然光：耿光。光明的样子。

[98]昆岩郑公汝璧：郑汝璧，字邦章，号昆岩、愚公，缙云(浙江丽水)县城东门人。明隆庆二年(1568年)进士。官至兵部右侍郎。

方伯：古代一方诸侯中的领袖称方伯。明清布政使皆称方伯。

[99]皆僚公宗伯署：都是徐公任职宗伯署的同僚。宗伯：职官名。周代六卿之一，掌管礼仪祭祀等事，即后来礼部之职。故后世亦称礼部尚书为大宗伯，礼部侍郎为小宗伯。

周嘉谟(吏部尚书)

周嘉谟(1547~1630年),字明卿,号敬松。天门干驿人。

清康熙二十三年(1684年)版《湖广通志·卷之第三十四·人物》第9页记载:周嘉谟,字明卿。景陵人。隆庆辛未进士。授户部主事。守韶(州)。备兵泸州,单骑定建武兵变。中珰奉命采矿,所在恣横。至谟属郡邑,独敛迹焉。累司藩臬。寻抚滇。滇民迫于黔国积威,相聚为盗。谟疏请租归有司征,鲜害乃息。陇寇负固,发兵讨之。疏减滇贡矿金二千有奇。总督两粤,转南司农、北司空,晋掌铨衡。神宗召见御榻前,谟以补诸大僚,台省请得温旨。光宗崩,受顾命与杨涟请皇太子至文华殿见诸臣,因朝孝端皇后于慈庆宫奏曰:"殿下,天地神人所托,须大臣至,方启行。"又请旨乾清宫,躬视小殓。熹宗立,力请选侍移宫。逆珰擅权,疏谏不纳。遂乞退。章十三上,始得请。逆珰借移宫诬陷杨、左诸忠良,嘉几及于祸。会崇祯立,诛群奸,起谟南冢宰。甫就职,即请老归。年八十四卒。谕祭葬,赠少保。

清康熙三十一年(1692年)版《景陵县志·卷之十·人物志·进士》第12页记载:周嘉谟,字明卿,号敬松。隆庆丁卯科举人,辛未科进士。景陵人,由汉川学登士版,后随改籍归焉。

清同治版《汉川县志·卷二十二·杂记》第17页记载:周少保嘉谟之祖岳任吾邑广文,因著籍焉。嘉靖甲子,少保入试,有中伤之者。林虹桥为廪保,力护持之。以县试第一人入泮。

周嘉谟墓志记载:太子太保、吏部尚书周公,讳嘉谟,字明卿。承天府景陵县人。考讳惇,封太子太保、吏部尚书;母刘氏,封一品夫人。嘉靖丁未年七月二十五日生。历事隆庆、万历、泰昌、天启,以崇祯三年二月二十四日终于南京吏部公署正寝,时年八十有四。本年十二月十六日庚申葬于松石湖利甲嘴,癸山丁向。承恩赐御祭九坛造坟安葬。赠荫谥以次全给。娶萧氏,封一品夫人,御祭一坛附葬。子男:长玺,官南京工部员外郎;次璧,南京户部员外郎,先父卒。女四,俱适配名门。长孙重庆,次孙方庆,三孙世庆,俱先后承荫。曾孙一人,名铉。

表忠歌

周嘉谟

衡山屼崒俯三湘，云梦苍苍水渺茫[1]。天植精忠扶泰运，中丞家世水云乡[2]。少年登第姑苏令，清如止水明如镜[3]。一从簪笔入承明，封事累累多谏诤[4]。先皇御极甫三旬，击壤讴歌遍海滨[5]。一朝不豫渐弥留，中使传宣阁部臣[6]。公劾崔竖先有奏，天威莫测疑穷究[7]。岂意随班入后宫，同承顾命真希觏[8]。周旋御榻睹龙颜，十有三人涕泗潸[9]。旁门倏引东宫入，传言封后诏宜颁[10]。诸臣启奏册储讫，上顾东宫心若怵[11]。仍谕辅佐为尧舜，闻命相看喉哽窒[12]。旋呼左右进红丸，喜似仙家续命丹[13]。昧爽倏传遗诏下，举朝错愕痛心酸[14]。午门首聚奔趋急，遥想冲嗣正孤立[15]。相携排闼入乾清，号泣于天情孔棘[16]。环侍宫门几许时，长君方得出堂垂[17]。佥谋拥护入文华，拜舞嵩呼列陛墀[18]。随请移跸居慈庆，长乐钟迟氛未净[19]。移宫拜疏有公疏，君独慷慨如拼命[20]。芳辰快睹六龙飞，旭日中天万象辉[21]。此际彤廷歌喜起，先期清肃在宫闱[22]。讵知当日移宫事，实为逆珰心所忌[23]。太阿倒柄甫经年，党恶横行太恣肆[24]。公驰一疏九重天，罄竹难书万种愆[25]。胪列款开二十四，恶珰心胆已茫然[26]。不谓灶炀天听远，戆直忠言徒蹇蹇[27]。恨不剚刃公腹中，削夺相沿祸胎本[28]。公旋解绶入江乡，神弓鬼矢遂飞扬[29]。金吾缇骑纷沓至，凄惨如飘六月霜[30]。室有妻孥堂有母，觌面相看泪如雨[31]。地方几有揭竿形，君言剀切始安堵[32]。一入长安进抚司，罗钳吉网日追随[33]。酷拷飞赃逾数万，卖鬻赔偿累亲知[34]。执政逆珰同腑脏，三朝一比魂飞丧[35]。五彪五虎济穷凶，七尺残躯成醢酱[36]。嗟乎天远九重堙，含敛何从问六亲[37]。与君共作囹圄鬼，更有忠贞十数人[38]。此等沉冤何处雪？天网恢恢疏不泄。圣明天子莅朝堂，大憝渠魁同殄灭[39]。群臣表奏显忠良，赠恤从优白骨香[40]。煌煌丹诏辉珂里，七泽三湘倍有光[41]。楚人祇为同闾党，朝市山林罹一网[42]。

官诰颁还起废频，阴翳忽开天日朗[43]。思昔同朝共事时，余为首部义难辞[44]。并许赤心扶社稷，微躯何得计安危。突尔无端风浪起，乃以移宫挂人齿[45]。与君并列奸党中，余幸偷生君已死。要典今从一炬焚，葛藤已断净浮云[46]。忠肝义胆难摹写，自有流芳百世文。郡公世讲笃忠义，目击心伤如芒刺[47]。多方优恤广皇恩，捐资下檄频三四。首倡祠祀洽舆情，余亦涓滴助宏深[48]。生者锡荫没者荣，峥嵘庙貌千秋名[49]。

题解

本诗录自清道光十三年版《杨忠烈公文集·表忠录》第46页。

本诗为悼念杨涟而作。杨涟(1572～1625年)，字文孺，号大洪。湖广应山(今湖北广水)人。明末著名谏臣，东林党人。万历进士。授常熟知县，举廉吏第一。天启四年(1624年)进左副都御史。上疏劾魏忠贤二十四大罪状，次年受诬陷下狱，受酷刑而死。崇祯初追谥忠烈。

表忠：表彰忠烈的意思。

注释

[1]屼崒(wù zú)：常作“崒兀”。高耸险峻的样子。

[2]天植：自然赋予，天生具备。

泰运：大运，天道。

中丞：历代御史中丞省称。明初置都察院，其中副都御史的职责与前代御史中丞基本相同。杨涟官至左副都御史。

水云乡：云雾弥漫的水乡。此处指湖广地区。

[3]登第姑苏令：登进士第后任常熟县令。明洪武二年(1369年)，常熟州降为县，隶于苏州府。姑苏：泛指旧苏州府。

[4]簪(zān)笔：谓插笔于冠或笏，以备书写。古代帝王近臣、书吏及士大夫均有此装束。

承明：承明庐。汉朝皇宫石渠阁外承明殿的旁屋，是侍臣值宿所居之所。

封事：古时臣下上书奏事，防有泄露，用袋封缄，称为封事。

谏诤：直言规劝。

[5]先皇御极甫三旬：指泰昌元年(1620年)，光宗即位仅一个月就被红丸毒死，左光斗、杨涟等大臣拥朱由校即位。御极：皇帝登极，即位。甫：刚刚。

击壤讴歌：相传帝尧时，一老者边击壤，边唱道："日出而作，日入而息，凿井而饮，耕田而食，帝力于我何有哉？"后以"击壤"指歌颂太平。

[6]不豫：婉称帝王有病。

中使传宣阁部臣：指宦官向内阁大臣传宣诏命。中使：帝王宫廷中派出的使者，多由宦官充任。此处指魏忠贤。传宣：传达命令。阁部：明清时内阁的别称。

[7]公劾崔竖先有奏，天威莫测疑穷究：指泰昌元年，杨涟上《劾内官崔文升疏》。光宗登基即病，郑贵妃使中官崔文升投以利剂，帝一昼夜泻三四十次。杨涟遂劾崔文升用药石状，请推问之。疏上，越三日，帝召见大臣，并及涟。众谓其疏忤旨，必廷杖，嘱大学士方从哲为解。从哲劝其引罪，对曰："死即死耳，何罪有？"及人，帝温言久，数目之，语外廷毋信流言。遂逐文升，停封太后。崔竖：指崔文升，明朝末期宦官。初为郑贵妃宫中内侍太监。光宗即位，升任司礼秉笔太监，掌管御药房。竖：专指宦官。天威：指帝王的威严。

[8]岂意随班入后宫：指杨涟时任兵科右给事中，却成为顾命大臣，是"自以小臣预顾命"。随班：跟班值勤。

顾命：《尚书》的篇名。取临终遗命之意。后因称帝王临终前的遗诏为顾命，帝王临终前托以治国重任的大臣为顾命大臣。

希觏(gòu)：罕见。

[9]潸(shān)：流泪。

[10]东宫：太子所居之宫，也代指太子。

传言封后诏宜颁：指郑贵妃据乾清宫，且邀封皇太后。

[11]册储：册封太子。

[12]辅佐为尧舜：辅佐皇上，使之成为堪与尧舜比肩的有道明君。

[13]红丸：指红药丸。泰昌帝朱常洛登基即病，鸿胪寺丞李可灼自称有仙丹妙药，泰昌帝服后驾崩，史称"红丸案"。

[14]昧爽：拂晓，黎明。

错愕(è)：因为事出仓促而惊惧。

[15]遥想冲嗣正孤立：指朱由校无生母、嫡母，在泰昌帝朱常洛驾崩后被养母李选侍藏进乾清宫暖阁一事。冲嗣：年幼的嗣君。当指下文"长君"。

[16]排闼(tà)：推开门。指杨涟带头闯进乾清宫，逼迫李选侍移出。闼：指小门。

乾清：指乾清宫。明至清初，乾清宫是皇帝的寝宫。

孔棘：极为紧急。

[17]长君：年纪较大的君主。

堂垂：靠近屋檐处。人在檐下，易遭坠瓦击伤，因比喻有危险的地方。

[18]佥谋：众人谋划。

文华：指文华殿。明为皇太子活动的东宫。

拜舞嵩呼：跪拜皇帝，高呼万岁。

拜舞：跪拜与舞蹈。古代朝拜的礼节。嵩呼：旧时臣下祝颂皇帝，高呼万岁，叫嵩呼。

陛墀(chí)：宫殿的台阶及台阶上面的空地。

[19]移跸(bì)：犹移驾。

慈庆：慈庆宫。按惯例，皇帝必须居于乾清宫。而李选侍还住在那儿，暂不能迁。刘一燝(zhǔ)与诸人商量后请朱由校暂居慈庆宫，等李选侍移出乾清宫后再进去。到了九月初五登基大典前一天，李选侍还没有移宫的意思。杨涟、左光斗等人倡率群臣集中在朱由校居住的慈庆宫门外，要求李选侍马上移宫。杨涟、左光斗当场草疏，揭露李选侍“阳托保护之名，阴图专擅之实。今日宫必不可不移”。朱由校在这种形势下亲笔批下“令选侍即日移宫”。史称“移宫案”。

长乐钟：泛指宫里的钟声。长乐为汉代宫殿名。

[20]拜疏：上奏章。

[21]芳辰：美好的时光。

六龙飞：有日月如梭的意思。古时传说日神乘的车，由六条龙驾驶，后人用“六龙”喻指太阳。

[22]彤廷：彤庭。汉代皇宫以朱色漆中庭，称为彤庭。后泛指皇宫。

清肃：清平宁静。

宫闱：宫中后妃所居的地方。

[23]讵(jù)知：岂知。

逆珰(dāng)：指魏忠贤。珰：汉代武职宦官帽子的装饰品，后借指宦官。

[24]太阿(ē)倒柄：太阿倒持。把太阿宝剑倒着拿，比喻授人权柄，自受其害。

经年：年复一年，多年。

党恶：指结党作恶之徒。

恣肆：放纵，无所顾忌。

[25]愆(qiān)：罪过，过失。

[26]胪(lú)列款开二十四：指杨涟疏参魏忠贤犯有二十四大罪行。胪列：罗列，列举。

[27]灶炀(yáng)：形容天气极热，如灶前烤火。比喻蒙蔽君主。

天听：古谓天有意志和知觉，因称上天(天帝)的听闻为“天听”。

戆(gàng)直：刚直。

蹇蹇(jiǎn)：忠正耿直的样子。

[28]剚(zì)刃：用刀刺入人体。

削夺：割削剥夺。

祸胎本：祸根。胎：起因。

[29]解绶：解下印绶，谓辞去官职。

江乡：犹水乡。地近江湖的乡村。

神弓鬼矢：防不胜防的伤害。

[30]金吾缇骑(tí jì)：执金吾缇骑。执金吾属吏。明代锦衣卫最高长官为都指挥使，又称缇帅或大金吾，所领校尉又称缇骑。缇骑除掌禁卫、仪仗、卤簿(车驾次第)外，专司侦察、缉捕官民。

六月霜：战国时邹衍在燕，无罪而被拘，他仰天长叹，时当盛夏五六月，天忽为降霜。见汉王充《论衡·感虚》。后以“六月霜”等喻冤狱。

[31]妻孥(nú):妻子和儿女。孥:子。

觌(dí)面:迎面。

[32]揭竿:举着竹竿或木棍。后引申为武装暴动。

剀(kǎi)切:切实,恳切。

安堵:安定,安居。

[33]抚司:官署名。镇抚司。明代锦衣卫所属南镇抚司掌管本卫刑名和军匠,北镇抚司专理诏狱,可不经法司,任意处理。

罗钳吉网:唐李林甫重用酷吏罗希奭(shì)、吉温,罗织诬陷不附己者,时称“罗钳吉网”。后以指酷虐诬陷。

[34]酷拷飞赃逾数万:指阉党诬陷杨涟收受熊廷弼贿赂,被逮下狱。酷拷飞赃:严刑拷打,虽无根据,仍定贪赃之罪。

卖鬻(yù)赔偿累亲知:指杨涟为官极清廉,财产入官不及千金,母妻止宿谯(qiáo)楼,二子至乞食以养。杨涟《狱中血书》云:“家倾路远,交绝途穷。”卖鬻:卖。

[35]三朝(zhāo)一比:隔几天一次拷打追逼。实际上是五天一次拷打。杨涟《狱中血书》云:“打问之时,枉处赃私(冤枉定为贪赃罪),杀人献媚,五日一比,限限严旨(限期上缴所谓赃款)。”三朝:谓三日。一比:指拷打追逼一次。

[36]五彪五虎济穷凶:五彪五虎,为虎作伥,非常凶恶。

五彪五虎:指魏忠贤主要爪牙。五彪有田尔耕、许显纯、崔应元、杨寰、孙云鹤,均为武臣。五虎有崔呈秀、李夔龙、吴淳夫、倪文焕、田吉,均为文臣。魏忠贤当政时,许多朝臣和地方官僚投拜在他的门下,主要的有所谓“五彪、五虎、十狗、十孩儿”等。

醢(hǎi)酱:肉酱。

[37]嗟乎天远九重堙(yīn):有叫天天不应的意思。堙:堵塞。

含敛:古代丧礼,纳珠玉米贝等于死者口中,并易衣衾,然后放入棺中,曰“含殓”。

[38]囹圄(líng yǔ):监狱。

[39]大憝(duì):大恶人。后也泛指罪魁祸首。

渠魁:首领。旧时称叛逆者或敌对方面的首脑。

殄(tiǎn)灭:消灭,灭绝。

[40]赠恤:对死者家属赠送财物加以抚恤。

[41]煌煌:形容光彩鲜明。

丹诏:皇帝所发出的文书称“诏”,因用朱笔书写,故称丹诏。

珂(kē)里:对别人家乡的敬称。

七泽三湘:指楚地。七泽:相传古时楚有七处沼泽。后以“七泽”泛称楚地诸湖泊。三湘:地区名,说法不一,泛指湖南。

[42]楚人祇为同闾党:恰好我们

都是湖北老乡。祇：恰，刚好。闾党：犹乡里，邻里。

朝市山林罹(lí)一网：无论朝野，都陷入阉党布设的罗网。朝市：朝廷。山林：代指隐居(山林多为隐居之所)。

[43]官诰：皇帝封官或赐爵的文件。

阴翳(yì)：阴霾，阴云。

[44]余为首部义难辞：我是吏部尚书，义不容辞。首部：吏部。隋唐时为六部之首。

[45]挂人齿：挂在别人的口头上。

[46]要典：指《三朝要典》，明顾秉谦、黄立极、冯铨为总裁，于天启六年(1626年)开馆编纂。辑录万历、泰昌、天启三朝关于梃击、红丸、移宫三案的示谕、奏疏并加按语而成。编者秉承魏忠贤之意，颠倒黑白，以王之寀(cǎi)、孙慎行、杨涟为三案罪首，诬陷东林党人。思宗即位后，于崇祯二年(1629年)焚毁《三朝要典》。

葛藤：葛的藤蔓，比喻缠绕不清，无法摆脱或缠绕不清的事情。

[47]郡公：爵名。明初尚有郡公之封，后废。

世讲：按谓两姓子孙世世有共同讲学之谊。旧时因称朋友的后辈为世讲。

[48]首倡祠祀洽舆情：我最先提倡为杨涟立祠，以满足民意。

宏深：宏大渊深，博大精深。指杨涟祠。

[49]锡荫：赐荫。封建时代，因祖先的官职、功劳而赐其子孙以官爵。

峥嵘：高峻的样子。

庙貌：《诗经·周颂·清庙序》郑玄笺："庙之言貌也，死者精神不可得而见，但以生时之居，立宫室象貌为之耳。"因称庙宇及神像为庙貌。

送长儿北上

周嘉谟

三月长安道，风和日正暄[1]。逡巡离子舍，黾勉答君恩[2]。勤政趋鹓侣，传书近雁门[3]。知交如见问，逸事在江村[4]。

题解

本诗录自熊士鹏编、清道光癸未(1823年)版《竟陵诗选·卷五》第8页。

注释

[1]暄:温暖,太阳的温暖。

[2]逡巡:因为有所顾虑而徘徊不前。黾(mǐn)勉:勉励,尽力。

[3]鹓(yuān)侣:朝中同僚。

[4]见问:问我。

晴川舟次喜雨独酌

周嘉谟

久被尘氛扰,清江偶一游[1]。云山天外阁,风雨客边舟。绿蚁临空泛,轻鸥背浪浮[2]。所忻甘澍足,早解老农忧[3]。

题解

本诗录自熊士鹏编、清道光癸未(1823 年)版《竟陵诗选·卷五》第 8 页。

舟次:行船途中,船上。

注释

[1]尘氛:尘俗的气氛。

[2]绿蚁:指浮在新酿的没有过滤的米酒上的绿色泡沫。

[3]忻:心喜。甘澍(shù):甘雨。适时好雨。

途次志喜(二首)

周嘉谟

披读汉史羡疏公,祖帐都门事颇同[1]。十五封章天听转,三千驿路主恩隆[2]。梅花斗雪清香远,松干凌霜劲节崇。归去故园春色好,时时回首未央宫[3]。

连章得请赋来归,丹陛陈情泪湿衣[4]。自信心长缘发短,敢云昨是觉今非[5]。兼驱猛兽无长策，闲伴浮鸥有息机[6]。独使至尊劳旰食，难将寸草答春晖[7]。

【时天启元年辛酉[8]，因皇祖陵工事毕，以原任工部尚书效劳，奉旨加太子少保，荫一子、长孙入监[9]。又以先帝襄祔礼成，加太子太保，颁给三代一品诰命[10]。至十一月，内因给事孙杰疏论例转霍维华事，连上三疏乞休，至十五疏，奉旨俞允回籍候召[11]。以十二月初三日辞朝，大小九卿郊饯于顺成门外[12]。二年壬戌正月初十日抵家。】

题解

本诗录自清同治十二年（1873 年）版《汉川县志·卷二十一·艺文下·七古》第 26 页。后一首《湖北诗征传略·卷九》收录，题为《陛辞出朝口占》。

途次：半路上，旅途中的住宿处。

注释

[1] 披读：清光绪七年（1881 年）版、天门多祥九屋沟《周氏宗谱》中的《余清阁年谱》（周嘉谟自叙）作“曾披”。

疏公：疏广，西汉大臣。字仲翁，东海兰陵（今山东苍山西南）人。宣帝时官至太子太傅。后以年老称病乞归。临走时，宣帝加赐黄金 20 斤，皇太子赠以 50 斤。疏广回归乡里后，每日在家置办酒宴，请族人故旧宾客共食取欢娱乐，以尽余生。后人以疏广散金置办酒食用作称美善度告老余年的典故。

祖帐都门：都门帐饮。古时离人饯别多在都（城）门之外的大道旁设帐饮酒相别。叫“都门帐饮”。此用《汉书·疏广传》“设祖道供帐东都门外”事。

[2] 十五封章天听转：指作者连上十五道奏章，终于得到皇帝同意，回籍候召。实为魏忠贤假传圣旨。封章：密封的章奏。天听：古谓天有意志和知觉，因称上天（天帝）的听闻为“天听”。

[3] 未央宫：汉代宫室名，汉高祖时所建，后泛指皇宫宫阙。《余清阁年谱》（周嘉谟自叙）作“帝城中”。

[4] 丹陛：古时宫殿前涂上红色的台阶。

[5] 心长缘发短：心长发短。形容老年人见识多，能够深谋远虑。心长：指智慧多。发短：头发稀少，指年岁大。

昨是觉今非：常作“今是昨非”。

今天是对的,过去是错的。表示悔悟之意。陶渊明《归去来兮辞》有“实迷途其未远,觉今是而昨非”之语,表示对自己辞官归隐行动的肯定。

[6]长策:《余清阁年谱》(周嘉谟自叙)作“良策”。

息机:摆脱世务,停止活动。

[7]至尊:至高无上的地位。古多指皇位,因用为皇帝的代称。

劳旰(gàn)食:宵衣旰食。天不亮就穿衣起床,天黑了才吃饭。多指帝王勤于政务。

[8]天启元年辛酉:1621 年。

[9]监:指国子监。

[10]先帝襄祔(fù)礼成:此处指明万历皇帝丧事办理完毕。

襄:襄事。称下葬。

祔:升祔。升入皇家庙宇内供奉牌位。

礼成:仪式完毕。

[11]俞允:允诺,答应。《尚书·尧典》:“帝曰:‘俞。’”俞:应诺之词。后即称允诺为“俞允”。多用于君主。

[12]大小九卿:九卿为古代九种官名。明代有大小九卿之分,大九卿包括六部(礼、户、吏、兵、刑、工)尚书、都察院都御史、通政司通政使、大理寺卿。小九卿指太常寺卿、太仆寺卿、光禄寺卿、詹事、翰林学士、鸿胪寺卿、国子监祭酒、苑马寺卿、尚宝司卿。

题熊千甫浮园

周嘉谟

名园结构近方城,树里南湖一片明。取适渔翁来放艇,探奇仙侣坐班荆[1]。天风谡谡催涛急,山月胧胧隔岸生[2]。自是主人多逸兴,由来此地胜蓬瀛[3]。

题解

本诗录自熊士鹏编、清道光癸未(1823 年)版《竟陵诗选·卷五》第 9 页。

熊千甫浮园:清道光元年(1821 年)版《天门县志·卷之十六·古迹》第 22 页记载:“浮园,吴骥别业,其外父熊一桢所赠。”

注释

[1]取适:寻求适意。

班荆:谓朋友相遇,共坐谈心。

[2]谡谡(sù):劲风声。

[3]蓬瀛:蓬莱和瀛洲。神山名,相传为仙人所居之处。亦泛指仙境。

和谭友夏(谭元春)韵

周嘉谟

寒河堤上碧梧垂,彩凤翩翩足羽仪[1]。孝友百年心若水,文章千古鬓如丝。龙钟愧我非青眼,马氏多君最白眉[2]。凉月纷纷忻聚首,披襟啜茗细论诗[3]。

题解

本诗录自熊士鹏编、清道光癸未(1823年)版《竟陵诗选·卷五》第9页。

谭友夏:谭元春,字友夏,号鹄湾。

注释

[1]寒河:清道光元年(1821年)版《天门县志·卷六·山川》记载:"寒河在县西南二十五里,汉北小河也。其北有寒土岭,昔谭元春结庐其南,中有蓑桥、柳庵、红湿亭、简远堂诸胜迹。"

羽仪:比喻受人重视为表率。

[2]龙钟愧我非青眼:并非我年迈,倚老卖老,器重年轻人。青眼:指对人喜爱或器重。与"白眼"相对。

马氏多君最白眉:谓谭氏兄弟众多,元春最为优秀。《三国志·马良传》:马良字季常,襄阳宜城人也。兄弟五人,并有才名,乡里为之谚曰:"马氏五常,白眉最良。"良眉中有白毛,故以称之。

[3]凉月:秋月。

披襟:敞开衣襟,多喻舒畅心怀。

啜(chuò)茗:饮茶。

送李本宁(李维桢)太史之南都

周嘉谟

词林宿望重新纶,启事于今又几春[1]。百代文章推执耳,一丘烟雨岂闲身[2]? 白门暂借寅清署,黄阁仍须鼎鼐臣[3]。况有编摩青史业,朝堂侧席待咨询[4]。

题解

本诗录自熊士鹏编、清道光癸未(1823年)版《竟陵诗选·卷五》第9页。

李本宁:李维桢,字本宁。参见本书李维桢传略。

太史:翰林。本为官名,夏商周三代为史官和历官的长官。明朝和清朝都叫钦天监,掌管天文占候的事;编写史书的任务归翰林院,故俗称翰林为太史。

之:往。

南都:明人称南京为南都。

注释

[1]词林宿望重新纶:谓李维桢为素负重望的翰林,如今奉诏履新。词林:翰林或翰林院的别称。宿望:素负重望的人。

启事:陈述事情的奏章或函件。此处指进呈奏章。

[2]执耳:执牛耳。后世以称人于某方面居领导地位。

一丘:“一丘一壑”的略语。《汉书》卷100上《叙传上》第4205页记载:“渔钓于一壑,则万物不奸其志;栖迟于一丘,则天下不易其乐。”一丘可以栖身,一壑可以垂钓。原指古代隐士隐居垂钓之处,后以此典咏寄情山水的情怀。

[3]白门:江苏省南京市的别名。六朝皆都建康(今南京市),其正南门为宣阳门,俗称白门,故名。

寅清:语出《尚书·舜典》:“夙夜惟寅,直哉惟清。”后世多以“寅清”为官吏箴戒之辞,谓言行敬谨,持心清正。

黄阁:汉代丞相、太尉和汉以后的三公官署避用朱门,厅门涂黄色,以区别于天子。后因以指宰相官署。

鼎鼐(nài):喻指宰相等执政

大臣。

[4]编摩：犹编集。

侧席：正席旁侧的席位。

万魁台阁

周嘉谟

高阁登临迴彩鹢，城南夕照数峰青[1]。欲从银汉看牛女，先向浮槎问客星[2]。新月影涵秋色淡，远砧声送玉杯停。天边乌鹊何时渡？徙倚庄桥漱晚汀[3]。

题解

本诗录自清同治十二年(1873年)版《汉川县志·卷十五·名迹》第8页。原文前第6页记载："万魁台阁，在县东北一里。明崇祯时建。以羊蹄山当治西，形家病白虎高耸，建阁镇之。雄踞水口，上祀文昌奎宿，下供关圣像。神采精粹，异俗工所为。周少保嘉谟题曰万魁台阁。"

注释

[1]彩鹢(yì)：鹢，一种水鸟。古代常在船头上画鹢，着以彩色，因亦借指船。

[2]先向浮槎(chá)问客星：意思是，要看牛郎织女，必须先乘客星槎。客星槎即客槎，指升天所乘之槎。传说世人有乘筏由海至天河见到牛郎织女的故事。

浮槎：木筏。传说中来往于海上和天河之间的木筏。槎：同"查"。

[3]徙倚：犹徘徊，逡巡。

林虹桥(林若企)宅

周嘉谟

梦魂久绝五云端,搔首狂歌天地宽。选胜不妨窥鸟道,临流常自舞渔竿[1]。纷纭世事醒如梦,荏苒韶光暑复寒[2]。知己频过三径里,坐花浮白罄交欢[3]。

题解

本诗录自清同治十二年(1873 年)版《汉川县志・卷十五・名迹》第 13 页。原文前有记:"林虹桥宅,在城内林家巷。知府林若企居。有五云楼,楼倚伏龙山麓。前临官陂塘,略约通之,号曰虹桥。"

注释

[1]选胜:寻游名胜之地。

[2]荏苒(rěn rǎn):(时间)渐渐过去。常形容时光易逝。

[3]三径:代指隐士的家园。语出陶渊明《归去来辞》:"三径就荒,松菊犹存。"

浮白:本义为罚饮一满杯酒,后亦称满饮或饮酒为浮白。

罄交欢:一齐尽情欢乐。

同费给谏饮栩栩园

周嘉谟

当阳圣主久垂衣,云雾江天有少微[1]。二妙声名夸并重,三朝启事讶何稀[2]。九重宵旰资筹策,半壁西南未改围[3]。经略期君同济世,羸予衰病赋来归[4]。

幽兴从来爱薜萝,名园高峙带江沱[5]。竹间有客携琴入,花里容人载酒过。百里星缘同德聚,一宵话胜读书多。只今春色郊原满,何日相期卧绿莎[6]。

自愧疏狂一老夫，追随杖履非先驱[7]。盈庭花鸟呈天性，半壑烟霞味道腴。水火人情从变幻，风尘世路耻奔趋[8]。招携共醉东山酒，明月白云任有无。

题解

本诗录自清同治十二年(1873年)版《汉川县志·卷十五·名迹》第13页。原文前有古迹记载："尹乾泰宅，在张池口。中丞尹应元居。有栩栩园。一时吟眺之乐、往还之适，想见遗老林居，胸次翛然远俗。"

熊士鹏编、清道光癸未(1823年)版《竟陵诗选·卷五》第十页载周嘉谟《和孝廉胡公占韵答谢》，与本诗第二首大同小异："幽兴从来爱薜萝，名园高峙带江沱。竹间有客携琴入，花里容人载酒过。百里星原因德聚，一宵话胜读书多。只今春色郊原满，何日相期卧绿莎。"

注释

[1]当阳：古称天子南面向阳而治。

圣主久垂衣：圣主垂衣，形容天下太平，无为而治。亦称垂衣裳。垂衣：称颂古代帝王无为而治的套语，意为使宽大的衣服倒垂下来，靠德治天下。

少微：本星座名。称处士。

[2]二妙：称自己推重的二人。

[3]九重宵旰(gàn)资筹策：帝王废寝忘食、日理万机，需要臣下辅助谋划。九重：指帝王。宵旰：宵衣旰食。天不亮就穿衣起床，天晚了才吃饭。宵：夜。旰：晚上，天色晚。筹策：犹筹算。谋划，揣度料量。

[4]经略：筹划，谋划。

[5]幽兴：寻幽访胜之雅兴。幽雅的兴味。

薜萝：薜荔和女萝。均为野生植物，常攀缘于山野林木或墙壁之上。借指隐者的住处。

江沱：古水名。又作沱、沱水。历代学者对于江沱所在有多种说法。

[6]绿莎(suō)：泛指绿草地。原文为"绿蓑"。

[7]疏狂：豪放，不受拘束。

杖履：谓拄杖漫步。

[8]奔趋：趋附，追求。

送陈志寰(陈所学)司徒还朝

周嘉谟

三晋归来逸兴翩,蹉跎启事几经年[1]。人间岁月飘蓬转,天上星辰曳履旋[2]。松石乍违心膂伴,枫宸常赖股肱贤[3]。老夫涤耳沧浪曲,新绂传宣自日边[4]。

题解

本诗录自丁宿章撰、清光绪九年(1883 年)版《湖北诗征传略·卷九》第 10 页。标题中“司徒”二字据熊士鹏编、清道光癸未(1823 年)版《竟陵诗选·卷五》第 10 页补。

陈志寰:陈所学,字正甫,号志寰。参见本书陈所学传略。

注释

[1]三晋:古地区名。春秋末期,晋国的韩、赵、魏三家贵族瓜分了晋国,建立战国时期的韩、赵、魏三国,史称三晋。今代指山西省。

逸兴:超逸豪放的意兴。

蹉跎:虚度光阴。

启事:陈述事情的奏章或函件。此处指进呈奏章。

经年:年复一年,多年。

[2]飘蓬:比喻漂泊无定。

曳履:指皇帝所亲近的重臣或直臣面谏。典自“汉庭曳履”“郑崇曳履”。《汉书·郑崇传》:尚书仆射郑崇多次直颜面谏哀帝的过失,哀帝也能够采纳。郑崇每次朝见都穿着皮履,以至于哀帝每听到皮履声就笑着说:“我能分辨出郑尚书的脚步声。”

[3]松石乍违:骤然离别松石园。松石:松石园。陈所学在今天门市干驿镇镇区东北的别业。

心膂(lǚ):心和脊骨都是人体重要部分,喻重要的部门或职任。

枫宸(chén):宫殿。宸:北辰所居,指帝王的殿庭。此处指帝王。

股肱(gōng):比喻左右辅佐之臣。

[4]老夫涤耳沧浪曲,新绂传宣自日边:我在故乡逍遥自在地聆听《沧浪歌》,你则接奉来自京都的履新诏令。

老夫:周嘉谟比陈所学年长 14 岁,且辞官归里,故自称“老夫”,蕴含隐逸情趣。

涤耳:洗耳。表示恭敬地倾听。

沧浪曲:指战国时楚地流传的古歌谣《沧浪歌》。《孟子·离娄上》:“有孺子歌曰:沧浪之水清兮,可以濯我缨;沧浪之水浊兮,可以濯我足。”

新绂(fú):指新的职务。绂:系印章的带子。

传宣:传令宣召。

日边:原意为天边极远处,后用以喻指京都或皇帝左右。

题陈志寰(陈所学)松石园

周嘉谟

碧水涟漪映远空,龙岗高卧黑头公[1]。松风淅沥钧天乐,石势参差落涧虹[2]。户外渔歌连梵响,竹间茗碗对诗筒[3]。共称极乐蓬莱境,咫尺长楸万载空[4]。

题解

本诗录自熊士鹏编、清道光癸未(1823年)版《竟陵诗选·卷五》第10页。标题下注“上有极乐庵洎太翁封树在焉”。

太翁封树:指曾祖父或祖父的坟墓。封树:堆土为坟,植树为饰。古代士以上的葬礼。

注释

[1]涟漪:水面波纹,微波。

黑头公:指少年而居高位者。

[2]钧天乐:指天上的音乐,仙乐。

[3]梵响:念佛诵经之声。

诗筒:盛诗稿以便传递的竹筒。

[4]咫尺长楸万载空:咫尺园林,接天长楸,千年万载地空对松风、石势。

长楸(qiū):高大的楸树。

采真园初成用壁间韵

周嘉谟

采真园绕汉江滨，隔岸楼台一水分[1]。隐几坐看移石月，把杯频吸傍花云。参差帆影中流见，欸乃歌声静夜闻[2]。双鹤唳从天外响，顿忘身世在人群[3]。

题解

本诗录自熊士鹏编、清道光癸未(1823 年)版《竟陵诗选·卷五》第 10 页。

采真园：周嘉谟别业，故址在今天门市干驿镇月池村。

壁间韵：墙壁上原题诗的诗韵。

注释

[1]采真园绕汉江滨，隔岸楼台一水分：采真园北滨牛蹄支河，与澄江阁(后名文昌阁)隔河对峙。汉江：此处指明代天门境内汉江北派牛蹄支河，今天南长渠。

[2]欸(ǎi)乃：象声词。泛指歌声悠扬。

[3]唳：鹤、雁等鸟高亢的鸣叫。

和尹中丞费给谏登黄鹤楼

周嘉谟

两山遥带势嶙峋，却杖登楼雾湿巾[1]。铁笛余音犹可听，烟波幻态不须嗔[2]。寻踪欲觅千年鹤，作赋谁为百代人？长啸一声天外响，临江酾酒月如轮[3]。

题解

本诗录自熊士鹏编、清道光癸未(1823 年)版《竟陵诗选·卷五》第 10 页。

注释

[1]嶙峋：形容山石峻峭、重叠。

[2]铁笛：铁制的笛管。相传隐者、高士善吹此笛，笛音响亮非凡。

[3]釃（shī）酒：斟酒。

和费侣鹤韵

周嘉谟

性命何须用蔡蓍，鹓行逐队首阶墀[1]。几年瀚海生波日，此际危樯到岸时[2]。讵谓求贤劳汲引，只因藏拙老栖迟[3]。灌园把钓无多事，回首犹歌天保诗[4]。

南北均叨掌治官，耄年苦历雪霜寒[5]。忠君一念坚持易，吁俊多方鉴别难[6]。且幸苍生安井里，可容黄发老泥蟠[7]。陶唐任洗巢由耳，莫把浮名着意看[8]。

题解

本诗录自熊士鹏编、清道光癸未（1823年）版《竟陵诗选·卷五》第11页。

注释

[1]蔡蓍（shī）：蓍蔡。犹蓍龟，筮卜。

鹓（yuān）行：指朝官的行列。

逐队：谓随众而行。

首阶墀：踏上台阶。阶墀：台阶。亦指阶面。

[2]危樯：高的桅杆。

[3]汲引：从下往上打水。比喻引荐和提拔人才。

藏拙：掩藏拙劣，不以示人。常用为自谦之辞。

栖迟：隐居，息交绝游。

[4]天保诗：指《诗经·小雅·天保》。诗云："君曰卜尔，万寿无疆。"先君说要祝愿您，祝您万寿永无疆。

[5]南北均叨（tāo）掌治官：谓作者承蒙帝王眷顾，先后担任北京、南京吏部尚书。叨：承受。古汉语中用于对受人恩惠及礼物表示感谢的谦辞。治官：周代天官的别称。周代天官掌

邦治，总六官之职，故称治官。后世习称吏部为天官。

耄(mào)年：老年。

[6]吁俊：求贤。

[7]井里：乡里。古代同井而成里，故称。

泥蟠：盘屈在泥污中。亦比喻处在困厄之中。

[8]陶唐：指帝尧。尧初居于陶，后封于唐，为唐侯，故称陶唐。

巢由：巢父和许由二人的合称。相传二人均为唐尧时的隐士。尧曾欲让位于二人，皆不受。许由认为自己"志在青云"，做"九州伍长"脏了他的耳朵，便到颍水边洗耳拭目，并将此事告诉巢父。巢父怕许由用过的水"污吾犊口"，乃"牵犊上流饮之"。以上所记即史传之"许由洗耳"。后遂以"巢由"为咏隐居不仕的典故。

喜胡甥明心方外还俗戏为俚语

周嘉谟

汝今逃墨复归儒，依旧当年一小胡[1]。不向佛坛翻贝叶，却离香积觅醍酥[2]。春来忽感同林鸟，秋至因思故国鲈[3]。定有鸾凤堪作匹，计期幸得掌上珠。

题解

本诗录自胡书田纂、清道光乙巳(1845年)版，天门干驿小河槐源《胡氏宗谱·卷三》。本支胡氏由安徽歙县槐源分支迁入天门。诗后附"见《沧浪集》"几字。

注释

[1]逃墨复归儒：化用孟子语"逃墨必归于杨，逃杨必归于儒"。原意为墨子、杨朱学说皆为异端，避邪归正必回返儒家。

[2]贝叶：贝叶书。本指写于贝叶的佛经，后因以为佛经的代称。印度贝多罗树(菩提树、觉树)之叶，经处理后可以代纸，古代印度人常用以书写佛经。

香积：指佛国、佛寺。

醍酥：疑指“醍醐”。美酒。

[3]秋至因思故国鲈：《世说新语·识鉴》载：晋张翰在洛，见秋风起而思故乡所产鲈莼，因辞官归。

都门送族侄惠六南还安成

周嘉谟

廿年辛苦伴征车，废却家园一亩锄[1]。剑阁苍山归指顾，岭云朔雪上襟裾[2]。每从退食甘蔬味，时向晴窗学草书[3]。归去故园秋兴好，还来楚水就鲈鱼。

题解

本诗录自熊士鹏编、清道光癸未(1823年)版《竟陵诗选·卷五》第9页。原题为《都门送族侄惠十六还安成》，据清光绪七年(1881年)版、天门多祥九屋沟《周氏宗谱·卷八·别录》第17页改。

安成：指今江西省吉安市安福县。

注释

[1]征车：远行人乘的车。

[2]剑阁苍山：代指四川、云南。

剑阁：剑门关，或称剑门，位于四川剑阁北五十里之剑门山，为古蜀道要隘。

苍山：点苍山。位于云南大理西北、洱海之西。

指顾：一指一瞥之间。形容时间的短暂、迅速。

岭云朔雪：岭南的云、北方的雪。

襟裾(jū)：衣的前襟或后襟。亦借指衣裳。

[3]退食：退朝就食于家或公余休息。

省月台

周嘉谟

一别韶阳四十秋,何期驻节纪重游[1]。江山依旧堪娱目,士友于今已白头。城郭人民疲权焰,闾阎灯火动新讴[2]。当年省月台仍在,雨后登临月满楼。

题解

本诗录自清康熙十二年(1673 年)版《韶州府志·卷之十六》第 19 页。

省(xǐng)月台:在韶州古城西北角九成台侧(今广东韶关西堤中路)。明万历辛巳年(1581 年),时任韶州府知府周嘉谟主持修建。

注释

[1] 韶阳:明属韶州,今属广东韶关。

驻节:大官停留在外,或使节驻留于外。

[2]权焰:犹权势,气焰。

闾阎:里巷内外的门。借指平民。

曲江县儒学记

周嘉谟

曲江,韶倚郭邑也[1]。宋绍兴中,学创于城东南大鉴寺之左,胜国沿之[2]。明弘治庚申迁府治之东,隆庆己巳复迁于帽峰之麓,越今一纪矣[3]。先是邑庠解额久乏,众溺形家言[4],请迁帽峰。然弃在郭外,去府治一里而遥。地少居民,四顾颠鬓,庙学岿然林薄间,斋庑多为风雨所蚀[5]。邑博士出僦他舍,而弟子员亦鲜至者[6]。

不佞嘉谟叨守是邦,首谒郡学,既稍捐饩葺其垂圮者[7]。间以隙登帽峰,睹邑学鞠为宿莽,鼯鼪趾错[8],心骇之。无何博士率诸弟子为言余曰："是所迁辄易者，如时绌何盍已之[9]？"既而曰："教化，大务也。学校，贤士所关，至废不可居，与无学同。借令长吏过，自好博休民省费名，是惜莛弃楹，何称有司[10]？"乃揆方探势，择丰积仓原基，广袤爽垲，据郭中，都阴阳之会[11]，诚一胜地也。会南华寺故有羡缗为衲子所蔽久矣，余廉得之[12]。乃谋诸同寅，佥曰："厘蠹兴儒[13]，义两得也。"遂白监司周公、沈公，二公宣猷秉宪[14]，毅然兴贤为任，咸报可。则又白之总制刘公、侍御梅公，议已克协，乃檄曲江牟尹营焉[15]。涓日鸠工庀费，计庸梓材，陶埴执艺以待，余亦再至董之[16]。既两浃月，则殿建门立，廊环序设[17]。颧经有堂，肄文有舍，仓廥庖湢有所[18]。缭以周垣，涂以丹垩，歧翼翚飞，轮奂完美[19]。余裴回周视，言言如也，将将如也[20]。

邑尹洎博士来告成事，诸弟子肃矜髦济济然，乐规制之弘新而将大兴起于斯学也，逡巡堂所，若有请者[21]。余谓：

往昔帝王曷尝不以教学首事？故党塾庠序[22]，率视家多寡以定名，而王都侯国则学建焉[23]，凡以作人育才为县官用也。国家右文饬教，视曩加隆玺书，靡岁不入[24]。学宫之布，遍于海隅。士生斯世而有志于学，即居肆是成，匪无地是患矣[25]。昔人谓中州清淑之气，至岭而穷[26]；杨文僖则以南州清淑之气[27]，自韶而始。夫天地之气，磅礴蜿蜒，至有先后纷员波溢[28]，岂截然为疆界者？要以士所自树，则匪以地。今夫中州之美，自若也。然遐拟胥庭轩唐之俗，抑何径庭辽绝也[29]。己巳之役，岂不以堪舆赤帜？然星已逾破荒而起者又何寥寥也？地曷与焉[30]？二百年来，帽峰、莲山层峦叠巘，高蟠而插天，吐武翕浈[31]，澄碧拖蓝，亦岭南一大都会也，韶地足称矣。舞象读往册，见张文献、余襄公，辄忻忻艳慕之[32]。今多士亲其乡人也，观法景行[33]，孰近焉？且以唐三百年而有一人、宋三百年而有一人历祀，兹多希乎阔乎[34]？才诚难矣，匪旦暮遇之也。蕞尔弹丸董倍影国，而二贤訇焉踵出，名世竞耀，才亦易哉，是比肩而有也[35]。多士以比肩自勖，而蕲之旦暮则庶几矣[36]。余尝考洪永间每下求贤功令，则吏迹满山盩水厔，见编民有褒衣博带者，强隶入博士籍中[37]。彼二时也，列圣廓培文教，翔洽于水天桂海之疏逖，暗曶得辉于光明，章逢家罔若轧干喑呃，咸仰流辈出闤闠声诗书焉，而矧韶为妫圣谐乐过化之地者耶[38]！

今天子圣神在宥，鼎铉咸有，尝厌士习日靡，屡下明旨，精舍道庐，一切膺謦不经者亟罢之[39]；弟子员额率遵旧章，定为限数，不以一幅察言、一揖观行，务抡真才[40]，以裨实用，诚重之矣。语曰：贵玉贱珉[41]，言多则贱也。又曰：粤镈秦庐[42]，言不足贵也。多士当兹盛际，获身游胶黉，语质则玉，不啻徭船[43]。又值庙学鼎新之期，固千载一时已有，不斧藻其德，而矜奋于功名，非夫也[44]。成周贡得其人曰适，故好德与贤有功，谓之三适[45]。多士诚自顾得当于适，而文艺为筌蹄[46]，则服官流誉、媲美二贤非难次，虽白盖瓮绳，第克践所诵法者均之适矣[47]。苟有徒宴佚燕僻废焉，诋诱突梯荒焉，散篙萧艺委焉[48]，视学为赘疣，而自视为匏瓜，翼以膏沐倚市，则有谈天雕龙之辩、五侯七贵之荣[49]，无所用之矣。入庙登堂，宁不腼然面目者哉[50]！余待罪守臣，自顾非能张韶文而棫朴之徒，乐观厥成，缓颊而申此者[51]，令多士无负兹时与兹地而已。

诸弟子皆曰："唯唯[52]。"遂砻之石[53]。

是役也，计金三百有奇[54]，一出南华，而嘉胏之锾则三之一[55]。费不损公，力不疲下[56]。经始于己卯腊月，落成于庚辰寅月[57]。总制刘公名尧诲，楚之衡州人，以少司马镇两广。侍御梅公名淳，直隶当涂人。监司分守左参政周公名之屏，楚之湘潭人。分巡佥事沈公名植，楚之临湘人。同寅郡前二守王君命爵，闽漳人，今为太平知府；毛君彬，贵州人，今为姚安知府。今二守郑君良材，闽人；别驾费君椿，楚之江华人。节推郭君宗磐，闽之晋江人，今为南京刑部主事。曲江牟尹春华，郁林州人。皆始终兹举者也，邑博士则教谕潘楫，训导曾旦、何徕。而县丞吴汝元，主簿林一凤、张铭，典史朱道文，皆与有成劳[58]。附书。

题解

本文录自清康熙二十六年(1687 年)版《曲江县志·卷之三》第 64 页。标题下署名"明周嘉谟郡守"。清康熙二十六年(1687 年)版《韶州府志·卷之十一》第 8 页、清同治甲戌(1874 年)版《韶州府志·卷十六》第 28 页、清光绪元年(1875 年)版《曲江县志·卷九》第 3 页收录本文。参考以上版本校订。

曲江:曲江县,今广东韶关市曲江区。韶关古称韶州。韶州府治为曲江。周嘉谟于明万历五年(1577 年)任韶州知府。

注释

[1] 曲江,韶倚郭邑也:曲江是韶州府治。倚郭:宋元时州、路治所所在之县。

[2] 胜国:前朝。

[3] 一纪:岁星(木星)绕地球一周约需十二年,故古称十二年为一纪。

[4]邑庠:明清时称县学为邑庠。

解额:唐制,进士举于乡,给解状有一定名额,故称解额。

众溺形家言:众人迷信风水先生的话。形家:旧时以相度地形吉凶,为人选择宅基、墓地为业的人。也称堪舆家。

[5]颠鬤(méng):疑指草木丛生的样子。颠:马的额头。鬤:马垂鬣(liè)。

林薄:交错丛生的草木。

[6]邑博士:指县教谕。"博士"为古代学官的通称。下文"邑博士则教谕潘榑,训导曾旦、何徕"中的"邑博士"则指县教谕及其副职训导。

僦(jiù):租赁。

弟子员:指经本省各级考试取入府、州、县学学习者,通称秀才。参见本书附录《部分科举名词汇释》第 3 条。

[7]叨守是邦,首谒郡学:忝为此地知府,最先拜访的地方就是府学。叨:犹忝。表示承受之意。常用作谦辞。

捐饩(xì):捐献薪资。饩:饩廪。古代官府发给的作为月薪的粮食。亦泛指薪俸。

圮(pǐ):毁坏,坍塌。

[8]鞠:通"鞫(jū)"。尽。

宿莽:经冬不死的草。

鼯鼪(wú shēng):同"鼯鼬(yòu)"。指鼯鼠与鼬鼠一类动物。

趾错:履迹交错。比喻来往之多。

[9]无何:不久。

时绌:衰败之时。

[10]借令:假使。

长吏:旧称地位较高的官员。

休民:谓使人民休养生息。

莛(tíng):同"梃"。棍棒。

有司:官吏和官署泛称。古代设

官分职,各有专司,故称。

[11]揆(kuí)方探势:实地考察地形。揆:度量,揣度。

爽垲(kǎi):地势高敞而土质干燥。

都:总,聚集。

[12]羡缗(mín):多余的钱财。

衲(nà)子:僧人。

廉:察考,访查。

[13]同寅:旧称在同一处做官的人。

佥(qiān):都,皆。

厘蠹:治理侵蚀消耗国家财富的人或事。

[14]宣猷:明达而顺乎事理。

秉宪:执掌法令。

[15]檄:檄调。行檄调动。

牟尹:牟姓知县。

[16]涓日:选择吉祥的日子。

鸠工庀(pǐ)费:招聚工匠,准备经费。鸠:聚集。庀:准备。

计庸:计算佣工。

梓材:比喻优异的人才。此处为挑选人才。

陶埴:烧制砖瓦。

执艺:拿着测量的标杆。

董之:主持其事。

浃月:谓一个月。

序:序室。古代幼童读书处。

[18]顜(jiǎng):明。

肄文:习文。读书作文。

仓廥(kuài):贮藏粮草的仓库。

庖湢(bì):厨房和浴室。

[19]丹垩(è):涂红刷白,泛指油漆粉刷。垩:一种白色土。

翚(huī)飞:像翚高飞。形容宫室华丽。翚:五彩的野鸡。

轮奂:形容屋宇高大众多。

[20]裴回:徐行貌。

言言如:高大貌,茂盛貌。

将将如:美盛貌。

[21]邑尹洎(jì)博士:知县及学官。

肃矜:矜肃。端庄,严肃。

髦:誉髦。俊美,俊杰。

济济然:整齐美好貌。

规制:指建筑物的规模形制。

逡(qūn)巡:因为有所顾虑而徘徊不前。

[22]党塾:指乡学。

庠序:古代地方学校的泛称。与天子的辟雍、诸侯的泮宫等大学相对而言。后人通释庠序为乡学,亦以庠序概称学校或教育事业。

[23]王都:天子的都城。

侯国:侯爵的封地。

[24]右文饬教:崇尚文治,重视教育。

玺书:古代以泥封加印的文书。秦以后专指皇帝的诏书。

靡岁:接连几年。

[25]居肆:倨傲放肆。居:通"倨"。

[26]中州:指中原地区。

清淑:清和。

岭:特指大庾岭等五岭。岭南指五岭以南的广东、广西一带。

[27]南州:指两粤。

[28]纷员:犹纷纭。多盛貌。

波溢:液体满而外溢。

[29]胥庭:太古帝王赫胥氏和大庭氏的并称。

轩唐:传说中的古代帝王轩辕、唐尧的并称。

抑何:一何。为何,多么。

径庭辽绝:大相径庭的意思。谓彼此相差极远。辽绝:相去甚远,悬殊。

[30]己巳之役,岂不以堪舆赤帜?然星已逾破荒而起者又何寥寥也?地曷与焉:隆庆己巳年迁建县学,岂不是迷信风水的范例?但时光流逝,破天荒的人怎么就寥寥无几呢?这跟得地利又有何相关呢?堪舆:相度地形吉凶,为人选择宅基、墓地。赤帜:比喻榜样,典范。

[31]层峦叠巘(yǎn):重峦叠嶂。形容山岭重重迭迭,连绵不断。叠巘:重叠的山峰。

吐武翕浈(zhēn):吐纳武水、浈水。武水发源于湖南临武县三峰岭,在韶关沙洲尾注入北江。浈水发源于江西信丰县西溪湾,在韶关汇武水后称北江。

[32]舞象:学象舞。象舞,武舞。古代成童所学。后以指成童之年。

张文献:指张九龄。曲江人。进士。唐代贤相,有文名,谥文献。

余襄公:指余靖。曲江人。进士。北宋名臣,官至工部尚书。谥襄。

忻忻:欣喜得意貌。

艳慕:爱慕,羡慕。亦谓使人羡慕。

[33]多士:古指众多的贤士。也指百官。

观法景行:效法道德高尚的人。观法:观察法度。景行:高尚的德行。

[34]希乎阔乎:希阔。不平常,罕见。

[35]蕞(zuì)尔:形容小。

董倍:守正与背弃。

影国:指附庸国。

二贤:指张文献、余襄公。

訇(hōng)焉:訇然。形容声音很大。

踵出:接踵而出。

名世:名显于世。

比肩:一个接着一个。形容众多。

[36]自勖(xù):自勉。

蕲之旦暮则庶几:祈求于短时间内有所成,则是差不多的。庶几:差不多,近似。赞扬之辞。

[37]洪永:指明洪武、永乐年间。

功令:法令。

山盩(zhōu)水厔(zhì):盘曲的山水。山曲曰盩,水曲曰厔。

编民:编入户籍的平民。

褒衣博带:宽衣大带。古代儒者

的装束。

强隶入博士籍中：强制入学的意思。博士籍：生员名册。

[38]廓培：扩大、培育。

翔洽：和洽。

桂海：古代指南方边远地区。

疏逖：指荒远之地。

暗曶（hū）：指天将亮未亮之时。泛指隐晦，不明。

章逢："章甫缝掖"的省略。指儒者或儒家学说。语出《礼记·儒行》："丘少居鲁，衣缝掖之衣；长居宋，冠章甫之冠。"

流辈：同辈，同一流的人。

闤闠（huán huì）：街市，街道。

矧（shěn）：况且。

韶为妫（guī）圣谐乐过化之地：相传虞舜曾在韶州北韶石山奏韶乐。妫圣：指虞舜。《说文》："妫，虞舜居妫汭（ruì），因以为氏。"过化：谓经过其地而教化其民。

[39]在宥（yòu）：指任物自在，无为而化。多用以赞美帝王的"仁政""德化"。

鼎铉（xuàn）：举鼎之具。亦借指鼎。

明旨：对帝王旨意的美称。

精舍：学舍，书斋。

膺謦（qǐng）不经：疑指思想言论荒诞不经。謦：原字上为"月""攵"，下为"言"。据清康熙二十六年（1687 年）手抄本《曲江县志》（广东省立中山图书馆藏）改。

[40]率遵旧章：同"率由旧章"。一切按照老规矩办事。率：遵循。旧章：老法规。

抡：选择。

[41]贵玉贱珉（mín）：语出《荀子·法行》：子贡问于孔子曰："君子之所以贵玉而贱珉者，何也？为夫玉之少而珉之多邪？"珉：似玉的美石。

[42]粤镈（bó）秦庐：粤地人人都能制作镈，秦地人人都能制作庐。语出《周礼·考工记·总序》："粤无镈，燕无函，秦无庐，胡无弓车。"越地没有制作镈的工匠，燕地没有制作铠甲的工匠。秦地没有制作矛戟等长柄武器的工匠，匈奴没有制作弓、车的工匠。镈：古代乐器，大钟。庐：通"籚（lú）"。矛戟等兵器的柄。

[43]胶黉（hóng）：学校的旧称。诸本原文皆为"胶横"。

质：质朴无华。

不啻（chì）：无异于，如同。

徭船：清康熙二十六年（1687 年）版《韶州府志·卷之十一》第 8 页同名文为"徭般"。

[44]斧藻：修饰。

矜奋：骄傲自大。

非夫：谓非大丈夫，懦夫。

[45]成周：借指周公辅成王的兴盛时代。

贡：贡士。旧指地方向朝廷荐举人才。

三适：谓好德、贤贤、有功。

[46]文艺：指撰述和写作方面的学问。

筌蹄：比喻达到目的的手段或工具。语出《庄子·外物》："荃者所以在鱼，得鱼而忘荃；蹄者所以在兔，得兔而忘蹄。"筌：捕鱼竹器。蹄：捕兔网。

[47]服官：为官，做官。

次：接续。

白盖瓮绳：代指出身寒微的读书人。白盖：白茅覆顶的屋。颜师古《汉书注》："白屋，谓白盖之屋，以茅覆之，贱人所居。"瓮绳："瓮牖绳枢"的缩略。以破瓮作窗户，以草绳系户枢。形容家里穷。牖：窗户。枢：门上的转轴。

第克践所诵法者均之适矣：意思是，只要能够效法古代贤能，都能进入"三适"的境界。第：只。践：实行。诵法：称颂并效法。

[48]宴佚：宴逸。逸乐。闲适安乐。

燕僻：指燕游邪僻。闲游、乖谬不正。

诋诱(tū)：狡猾。

突梯：圆滑。

[49]赘疣：喻多余无用之物。

匏(páo)瓜：喻未得仕用或无所作为的人。

翼以膏沐：覆以油脂。膏沐：古代妇女润发的油脂。

倚市：谓经营商业。

雕龙：指经过精雕细琢，文辞优美。

五侯七贵：泛指达官显贵。

[50]腼然：惭愧貌。

[51]待罪：古代官吏任职的谦称，意谓不胜其职而将获罪。

自顾非能张韶文而棫(yù)朴之徒：自视并不是能够在韶州兴文教、育贤材的人。棫朴：《诗经·大雅》中的篇名。该篇诗序称是咏"文王能官人也"，故多以喻贤材众多。

乐观厥成：乐观其成。

缓颊：婉言劝解或代人讲情。

[52]唯唯：恭敬的应诺声。

[53]砻：砻刻。磨光雕刻。

[54]有奇(jī)：有余。

[55]锾(huán)：银钱。

[56]疲下：使百姓疲乏困苦。

[57]经始：开始测量营造。

庚辰：明万历八年，1580年。

[58]与有成劳：参与并有功。成劳：成就和功劳。

重修儒学并创建尊经阁魁星楼记

周嘉谟

郢先是为安陆，州学规制湫隘[1]。献皇帝加意文教[2]，前后频次捐金修葺。嘉靖十三年始改升为府学[3]。是后院道若府相继事者[4]，间有增修，大都因陋就简，稍稍称饰因循。逮今兹焉，若有待也。自肃皇帝龙飞启运[5]，山川王气，鼎足两京[6]；人文誉髦，彪炳宇内[7]。厥亦被服皇谟，埏埴圣教，士习尊信，有由然已[8]。

兹大藩参高公建节荆郢[9]，首重文学，乃于明伦堂竖二大石，一书"天地纲常"，一书"古今名教"，则公身任斯文之重也。考览形胜，则喟然叹曰[10]："嗟夫！是文献之邦，家娴于诵者矣[11]。若乃荫丰芑之灵淑，阐皇极之懿训[12]，以六经孔孟之正脉，掞阳春白雪之奇藻[13]，郢岂有俪哉[14]？"顾何以独无尊经阁？于是与郡伯李公、郡丞孙公、别驾梅公、司理陈公计定[15]，具请两台[16]，立允如议。

维时士绅欣跃，百工兢劝[17]。而备监刘公亦捐百金为赠，乐观其成[18]。乃庀材程役，卜吉相宜[19]，并新文庙自殿堂门庑以及师儒官舍、甃甓，丹垩垣潦惟虔[20]。又以文庙巽方[21]，宜高，文明乃盛，爰创魁星楼。仰插云霄，俯窥江汉。嶒崪峻峭于龙脉，头角得尺木焉[22]。议者谓："阁之建也，典而崇，公之为心也诚而正；楼之建也，奇而胜，公之为心也精而详。百世当不茀废焉[23]。"役既竣，公乃出所为《尊经阁说》并《魁星楼记》，进多士而诏之曰："士不知尊经，犹之乎射无的耳。凡吾所为尊经者，尊心也，非必法堂前草深一丈云也[24]。魁星者，元气之精英也；六经者，文章之精英也。植为名教[25]，阐为六经；象为魁星，生为硕儒。大魁亦自六经中出也。顾所为尊之何如耳，吾且以大魁期诸士勖之[26]！"诸士始洒然知向方云[27]。越翌日，诸生乃洗爵布币诣公[28]，顿首称曰："奕奕藩守[29]，迪我圣经；弘我正学，佐我魁文。"公悠然避席，归之贤守令。而守令不有[30]，复归之公。诸士退而议曰："是役也，则无不敏于功矣[31]。抑离娄之明不能及曲岩[32]，贲育之呼不能逆劲风[33]。披云之烛，顺风之呼，谁实司之哉？仰溯百年，无与任此者而竟待公，时耶，人耶？"

故观郢之学，知郢之士；观郢之士，知公之德郢者深矣[34]。大抵持身特异，则其竖立不伦[35]。公生平以纲常名教为己任，其为政也精淳[36]。而惇大诸若厘奸弊、清刑狱，宽逋赋、核善恶，兴教化、谕民俗，礼寒畯、端蒙教，具载别录不赘[37]，兹为诸生记其不朽者云。若乃志公之教，以无负千载盛美[38]，则在诸生。

公讳第，永平之滦州人[39]。

题解

本文录自程起鹏修，贺运清等纂，清康熙五年（1666 年）刻本《钟祥县志·卷之八》第 52 页。标题下注"万历丙辰年（万历四十四年，1616 年。《天门进士诗文》编者）"，作者周嘉谟名下注："尚书。景陵人。"据清康熙八年（1669 年）版《安陆府志·卷三十二·上》第 34 页《重修承天府学尊经阁记》订正。

李权编、民国癸酉（1933 年）版《钟祥金石考·卷三》收录本文。文后云："按：是记缘起，已详前《尊经阁说》《魁星楼记》。周嘉谟，字明卿。景陵人。官至吏部尚书。光、熹之际，与杨涟、左光斗共定大计，事详《明史》本传。史称汉川人，按：周居乾驿，与汉川毗连，然地实属景陵也。郡丞孙，名继光，江宁人。别驾梅，名燮，籍贯未详。"

注释

[1]郢：安陆府，古称郢州，治湖北钟祥。

规制：指建筑物的规模形制。

湫（jiǎo）隘：低下狭小。

[2]献皇帝：明非正式皇帝，为明世宗朱厚熜（cōng）之父兴王朱祐杬（yòu yuán）之追称。

[3]嘉靖十三年：甲午，1534 年。

[4]院道若府：巡抚、道员和知府。明清抚院（巡抚）与道署连称。道：道署，道署的长官为道员。若：和。

[5]肃皇帝：明世宗朱厚熜之别称。

龙飞：指即天子位。

启运：指皇帝开启世运。

[6]鼎足两京：明朝初期定都于应天府（今南京），永乐十九年（1421 年），明成祖朱棣迁都至顺天府（今北京），称京师；而金陵应天府改称为南京，在南京仍虚设了没有太多实权的

六部等中央机构,称南京某部。

[7]誉髦(máo):俊美,俊杰。

彪炳:辉耀,照耀。

[8]被服:感受,蒙受。

皇谟(mó):帝王的谋略。

埏埴(shān zhí):和泥土作陶器。引申为陶冶、培育。

圣教:皇帝的教导。

士习:士大夫的习气,读书人的风气。

尊信:尊重信奉,尊重相信。

然已:罢了。

[9]藩参:明代承宣布政使司左、右参政与参议别称。布政使司别称"藩司",故有此称。

建节:执持符节。古代使臣受命,必建节以为凭信。

[10]考览:查考观览。

形胜:美好的山河、楼阁、园林等。

喟然:慨叹的样子。

[11]是文献之邦,家娴于诵者矣:这里是人文荟萃之地,家娴户习,文学风气昌盛。文献:指典籍与宿贤。邦:地区,政区。

[12]若乃荫丰艺(qǐ)之灵淑,阐皇极之懿训:至于庇护子弟的聪慧秀美之气,阐发帝王的施政准则。荫:遮盖。引申为庇护。丰艺:指帝王慎选储君。亦指常人对子孙的教育培养。灵淑:指聪慧秀美之气。皇极:儒家典籍中的政治概念。指帝王施政的最高准则。懿训:完美的法则。

[13]正脉:正统,正宗。

掞(shàn)阳春白雪之奇藻:抒发阳春白雪一般高雅而奇丽的辞藻。掞……藻:掞藻,抒发辞藻,施展文才。阳春白雪:古代与诗学有关的美学概念,以音乐来譬喻高雅的文学艺术作品。奇藻:奇丽的文辞。

[14]俪:两。

[15]郡伯:官名。明清知府的尊称。因知府掌管一郡,相当于古代的方伯,故称郡伯。

郡丞:官名。明清指同知。知府佐官。

别驾:官名。别驾从事史、别驾从事的简称。汉置,为州刺史的佐官。因其地位较高,出巡时不与刺史同车,别乘一车,故名。明代为州府副长官通判的别称。

司理:官名。明代俗称推官。又作"司李"。

[16]两台:义同"藩臬"。藩司和臬司。明清两代布政使和按察使的并称。布政使主管一省的人事和财政,按察使为一省司法长官。

[17]兢劝:戒慎、努力。

[18]备监:充任工程监理的人。

[19]庀(pǐ)材程役:准备材料,监督工役。庀:准备。程役:监督工役。

卜吉:谓占问选择吉利的日期或风水好的地方。

[20]甃甓(zhòu pì):指砖壁。

丹垩(è)垣潦:修葺粉刷断垣残

壁。丹垩:涂红刷白,泛指油漆粉刷。垩:一种白色土。

[21]巽(xùn)方:东南方。

[22]崷崒(qiú zú):高峻的样子。

尺木:古人谓龙升天时所凭依的短小树木。或谓"尺木"是龙头上如博山形之物。唐段成式《酉阳杂俎·鳞介篇》:"龙头上有一物,如博山形,名尺木。龙无尺木,不能升天。"

[23]茀(fú)废:荒废。茀:杂草塞路。

[24]非必法堂前草深一丈云也:并非像无人来,法堂前的路上必定长满荒草,佛法因而湮没无闻一样。意思是,即使我们不建尊经阁,六经孔孟也不会衰微。法堂前草深一丈:本意是,因无人能到,法堂前的路上必定长满荒草,佛法就此湮没无闻。

[25]名教:以儒家思想所定的名分和以儒家教训为准则的道德观念。

[26]顾所以尊之何如耳:反思这样尊经的原因。

大魁:泛指中进士。

勖(xù):勉励。

[27]洒然:了然而悟。

向方:归向正道。方:义方。

[28]诸生乃洗爵布币诣(yì)公:生员们带着酒和钱拜访知府大人。洗爵:古代敬酒时,先洗酒杯。布币:古代铸成铲状的铜币。诣:拜访。

[29]奕奕:姿态悠闲,神采焕发。

藩守:太守。藩:州郡长吏或称藩,屏藩京师之谓。

[30]不有:表示否定,与"没有"相当。

[31]敏:奋勉。

[32]离娄:古代明目之人,传说能视于百步之外,见秋毫之末。比喻好眼力。

曲岩:曲折隐秘的岩穴。岩:岩石突起而形成的山峰、岩石、洞穴、险峻、险要等。

[33]贲(bì)育:战国时期的勇士孟贲和夏育。孟贲,周时齐国的勇士,因秦武王喜欢力士,到秦做了大官。夏育,周时卫国的勇士,力大可拔牛尾。

[34]知公之德郢者深矣:知道高公给予郢地的恩德很深。德:谓受到恩惠。此处指使人受到恩惠。

[35]持身:立身处世。

竖立:树立,建树。

不伦:犹言超凡拔俗。

[36]纲常名教:旧时为维护封建统治而设置的一套规范。

纲常:三纲五常的简称。

名教:儒家政治思想。名即名分,教指教化。名教即通过正定名分教化天下以维护伦理纲常、等级制度。

[37]惇(dūn)大:敦厚宽大。

厘奸弊:端正不良的社会风气。厘:改变,改正。奸弊:诡诈舞弊,欺诈蒙骗。

刑狱:刑罚。

逋(bū)赋:拖欠土地税即田赋。

寒畯(jùn):贫穷的读书人。

蒙教:启蒙教育。

具载:详载,备载。

别录:分别撰述。

[38]盛美:美善。

[39]永平:永平路,古政区名。本平滦路,明洪武二年(1369年)改为平滦府。四年(1371年)三月,改为永平府。

滦州:今河北省滦县。民国初改滦州为滦县。

上冀道尊(冀光祚)水灾书

周嘉谟

郡属七城,敝邑最称污邪,频年河伯为虐[1],民不聊生久矣。然有水灾未及之处,尚可移民移粟[2],缓须臾无死。乃今岁四郊一壑,目弥天际。匪直野无青草[3],且无寸土矣。匪直室如悬磬[4],且十室九付东流矣。匪直转死沟壑,且泥胔朽骨,委之鱼腹,无隙地可收瘗也[5]。父老相传为百年异常之变、地方未有之灾。哀哀寡妇,痛哭秋原,即呼天呼父母乎?恐当事公祖,虽有如天好生之仁,亦病博施济众之艰[6]。伏乞老公祖转达两台公祖,速赐题请[7]。即南兑为军国之需,渔课为亲藩之膳[8],亦须大破常格,特为减免,少可摄众志,毋令死徙[9]。来年国课[10],称有赖焉。否则人民离散,土地荒芜,遂成乌有,宁至国非其国耶!

题解

本文录自清康熙七年(1668年)版《景陵县志·卷十二·杂录志》第33页。原文标题下有“冀讳光祚”几字。

冀道尊:冀光祚,字贻胤,别号奕轩。河北邯郸人。明万历二十年壬辰科(1592年)进士。以刑部郎升宝庆知府,晋沔阳副使。官至云南按察使。道尊:对道一级行政长官的敬称。

注释

[1]郡属七城：时安陆府辖荆门州、沔阳州，京山县、潜江县、当阳县、景陵县、钟祥县。

敝邑：谦辞。用来对人称自己所在的县。

污邪：地势低洼。

频年河伯为虐：河水连年肆虐。频年：连年，多年。河伯：传说中的河神。

[2]移民移粟：语出《孟子·梁惠王上》："河内凶，则移其民于河东，移其粟于河内；河东凶亦然。"黄河以北遭遇荒年，就把那里的百姓迁移到黄河以东，把黄河以东的粮食运到黄河以北；黄河以东遭遇荒年也是这样。

[3]匪直：不只是。

[4]室如悬磬(qìng)：房间内空空的，什么也没有。形容空无所有，极贫。磬：古代石制乐器，状如倒悬的瓦盆，中间空空。语出《国语·鲁语上》："室如悬磬，野无青草，何恃而不恐?"

[5]胔(zì)：带有腐肉的尸骨，也指整个尸体。

瘗(yì)：埋葬。

[6]当事：当权者。

公祖：旧时士绅对知府以上地方官的尊称。对地位较高者，亦称老公祖、大公祖和公祖父母。流行于明清。

如天好(hào)生之仁：像天一样有爱护生灵的仁心。

病博施济众之艰：苦于广施恩惠拯救众民之难。

[7]伏乞：向尊者恳求。与"伏祈"相同。

两台：义同"藩臬"。藩司和臬司。明清两代布政使和按察使的并称。布政使主管一省的人事和财政，按察使为一省司法长官。

题请：犹奏请。

[8]南兑为军国之需：大意是，向农民征收的粮食是军队和国家的必需品。南兑：疑指南方数省应缴税粮。

渔课：旧时历代政府所征的渔业税。元明时设河泊所专收渔税，渔民岁有定额，负担很重，后将渔税转摊与民田。

亲藩：明代亲王府别称。

[9]少可摄众志，毋令死徙：能够稍稍安定人心，不让他们非死即迁。

[10]国课：犹国赋。国税，国家税收。

上钱按台(钱春)筑泗港书

周嘉谟

某原非公正不发愤者也[1]。泗港一堤,奉旨筑塞。老台台公祖听潜令王生言[2],妄为开掘。无论田产宅第,尽受其害,即先人遗骸亦遭其没。而敝邑若陈所学、若徐成位[3],素以名义自重[4],昨迫切相告,皆出于不得已。而祖台乃以公子为名,动加喝叱[5],皆起于潜令一偏之所致也。昨闻兑军之改、永镇观之作,亦望风承惠矣[6]。但泗港一节,还望再为筑塞。倘其坚执,不佞与敝邑诸君子他有举动,岂不更烦台虑乎[7]?

题解

本文录自清康熙七年(1668 年)版《景陵县志·卷十二·杂录志》第 31 页。原文标题下有"万历癸丑八月事"几字。明万历四十一年(癸丑,1613 年),钱春批准潜江知县王念祖的建议,打算开疏泗港,周嘉谟写信阻止了这一行为。钱春复书附后。

钱按台:指时任湖广按察使钱春。按台:明代官名,即按司,提刑按察使司别称。

泗港:明代"汉江九口"之一。当时属潜江,今属天门张港。泗港与小泽口、大泽口的开塞之争,是明清时期两湖平原众多的水利纷争中的三个纷争事件。

何谓"汉江九口"?清光绪八年(1882 年)版《京山县志·卷之四·堤防》记载:"钟邑向有铁牛关口、狮子口、白口,京山向有张壁口、操家口、黄傅口、唐心口,潜江向有泗港口、官吉口,共九口。明世宗龙飞郢邸,守备太监以献陵风水为名,筑塞九口。"

本文说的是"周嘉谟一本筑九河"之后的事:清同治十二年(1873 年)版《汉川县志·卷二十二·杂记》记载:"京山白口、操家口,潜泗港,处襄江北岸上游。白口、操家口早年淤塞。万历甲戌,北岸作堤并三口筑之,厥后溃决不时。庚子(万历二十八年,1600 年),周少保嘉谟请于朝,连塞九河。时潜人欧阳太仆移书抚按,力主开通泗港,潜令王念祖附之。周偕陈侍郎所学、徐巡抚成位主塞,纷纷争辩不休。癸丑(万历四十一年,1613年),钱巡按春卒从周言堵筑。复有太监某为献陵风水计,图开泗港,令水势北。景人请命中止。”

注释

[1]某:自称之词,指代“我”,或指代人名。旧戏曲、文学中常用之。

发愤:发泄愤懑。

[2]老台台公祖:指钱春。

老台台:对时任按察使钱春的尊称。按察使古称臬司,又称臬台。台台:抚按两台。这里偏于按台,指臬台,按察使。

公祖:旧时士绅对知府以上地方官的尊称。对地位较高者,亦称老公祖、大公祖和公祖父母。流行于明清。

潜令王生:潜江王姓知县。查康熙版《潜江县志》,明万历三十七年至万历四十一年,王念祖任潜江知县。

[3]敝邑:谦辞。用来对人称自己所在的县。

陈所学:字正甫,号志寰。参见本书陈所学传略。

徐成位:字惟得,号中庵。参见本书徐成位传略。

[4]名义:名誉,名节。

[5]祖台乃以公子为名,动加喝叱:指当时潜江县府要求疏通泗港,以利汉水北泄,而泗港民众强力阻止,按察使钱春却以地方豪强滋事的名义呵斥泗港民众。泗港民众因堵塞泗港“滋事”,清康熙版《潜江县志》有记载。

祖台:旧时对高级官吏的尊称。

公子:尊称有权势地位的人,称富贵人家的子弟。

喝叱:同“呵斥”。大声地怒斥喝骂。

[6]兑军之改:指改折南粮,用银两代替粮食缴纳漕粮。兑军:当指官军代运的漕运米粮。由官军代运漕粮,百姓付予相应的路费和耗米,这是明代漕运方式之一。

[7]坚执:坚持。

不佞(nìng):谦辞,不才。

他有举动:有别的举动。

台虑:敬辞,思虑。

与鲁四匆书

周嘉谟

不佞归田数载,已置浮云身外,何俟褫斥[1]?薄德浅基,叨恩隆重有余不尽,应还之朝廷,何俟追夺[2]? 前同五君子为例,处霍维华所螫,蒙恩宽贷[3],知必难杜奸党之口、塞奸党之心。近见刘相国【阁臣刘一燝】复以他事,不免日夕兢兢[4],知必及我,今果然矣。衅端祸胎,总在杨大洪【名涟】疏论魏珰[5]。以不佞与刘相国之去位[6],皆自魏珰驱逐,遂为切骨之恨耳。第旨内“倚庇王安,蔑旨罔上[7]”,八字若风马牛不相及,止可付之天地鬼神,不足置辨。若不佞则抱杞忧,别从君父起见[8],不徒一身一家之荣已也。从此钓耕风月,啸傲烟霞,为盛世逸民仅有余适,何事浮名? 祖宗在九原,焚黄之典久已领受[9],自难追夺子孙,非贪非酷,他日自见祖宗于地下,亦未为辱。且科头箕踞长松下[10],白眼看此辈之受用结果耳。东冈戚友素必关心,烦为我转致[11],不劳遣一使、持一札,徒劳往返裁答[12]。他日松石相晤,多以大白浮我[13],共为一笑可也。

题解

本文录自清光绪七年(1881 年)版、天门多祥九屋沟《周氏宗谱·卷九·艺文》第 18 页。标题下注“时为魏忠贤矫旨削籍”。

注释

[1]何俟(sì):等什么。

褫(chǐ)斥:革职。

[2]叨(tāo):承受。古汉语中用于对受人恩惠及礼物表示感谢的谦辞。

追夺:追究剥夺。

[3]五君子:疑指“六君子”。明熹宗时杨涟、左光斗、魏大中、周朝瑞、袁化中、顾大章反对宦官魏忠贤,被害死狱中,时称熹宗朝前六君子。

霍维华:明朝河间府东光人。明万历四十一年(1613 年)进士。因太监陆荩(jìn)臣之引荐,依附于魏忠贤、崔呈秀。官至兵部尚书。

螫(shì):毒虫或毒蛇咬刺。

宽贷:宽容饶恕。

[4]刘相国:刘一燝(zhǔ),字季晦。明万历进士。东阁大学士兼礼部尚书。相国:古代官名。春秋时齐景公开始设左右相。唐以后成为曾任宰相者之尊称。

日夕兢兢:日夜小心谨慎。

[5]衅端:争端,事端。

祸胎:致祸的根源。

杨大洪:杨涟,字文孺,号大洪。参见本书周嘉谟《表忠歌》题解。

魏珰(dāng):魏忠贤。

[6]去位:离开官位,卸职。

[7]第:只是。

倚庇王安,蔑旨罔上:《明实录熹宗实录·卷之五十九》天启五年五月甲子记载:“周嘉谟护庇王安,以蔑旨罔上。”

[8]君父:天子,君主。

[9]焚黄:旧时品官新受恩典,祭告家庙祖墓,告文用黄纸书写,祭毕即焚去,谓之焚黄。后亦称祭告祝文为焚黄。

[10]科头:谓不戴冠帽,裸露头髻。

箕(jī)踞:两脚张开,两膝微曲地坐着,形状像箕。这是一种不拘礼节的坐法。

[11]东冈:东冈岭,位于今天门市干驿镇松石湖西北。

转致:转送,转赠。

[12]裁答:作书答复。

[13]松石:松石湖。

以大白浮我:罚我饮一大杯酒。指与人畅饮。大白:古酒器。为一种罚酒所用的大酒杯。

南中奏牍叙

周嘉谟

《南中奏牍十六卷》,豫章邓公巡滇且竣,付诸剞劂,命不佞弁诸首简[1]。不佞与公共事三年,诸奏牍皆先后所领略者。今合观斯编,公殆有深意乎?夫削稿焚草[2],人美其避名,而不知其削与焚,反以邀名,不有毅然攀赤墀之槛、发白兽之樽[3],而无所忌讳者乎?故存草为功令[4],是以法遗国也。传草与人,使知则效,是以人事君也。君子所为,岂陋见偏知所能窥乎[5]?

初,公单车从都亭来,睹时事叹曰:“滇民无告,隅泣已久,吾且缓埋轮而急在鼎乎[6]。”因上言:“臣驰驱万里,为陛下视赤子耳。滇地鏠鑼交衅,至再至三,孑然遗此痱癖之民,胃脘犹未充也[7],乃汤镣加增,则扼其吭而夺其粒矣。臣悉其状,有可罢者三,有当罢者五、不得不罢者二。”反复数千言,词危意恳,不啻痛哭[8]。偕不佞至四五请而犹未已。

滇自除元孽后，立西平为镇，垂二百余年，蔓延蚕食。全滇郡邑，苟非不毛，往往据为汤沐[9]。穴寇丛奸，四出为御，有司莫敢问[10]。公乃与不佞合策，遣将吏擒其魁丑，尽祛其所为助虐者。因条列其状，请以总庄归有司，无令驱虎为政。久之而天颜回睇，始得疆里其土田，而蠡贼用屏矣[11]。至于章獐建置，勘武定、陇川功次[12]，弹通海、鹤川二豪绅发丽江，援奥加级，不惜忌器违时[13]。若修政弭灾一疏[14]，备陈灾异由主德失常，尽言极绳，无所隐伏[15]。自言路无折，骨鲠者得以轮轩，而蜂锐者亦借兹扬喙[16]，南北纷然。公虑复有洛蜀、牛李之事，遂上疏请审议论核名实[17]，皆切中当世之弊，伟矣哉！

凡公诸疏，大言裨万国[18]，小言裨一方。虽笔锐干将，而墨含甘液[19]。弛之则开天地所欲苏，张之则刈鬼神所欲杀，皆与元化相关[20]，岂偶然哉？今天下骖騑鸿渐之英，得当圣主，孰不欲以言自见顾[21]？不能求仁自居[22]，而惟求事自显。骇天下以奇，则字皆准绳；标天下以直，则不顾粗翘[23]。公盖求仁而非求名者，忧世切而非忿，爱主笃而非讦[24]。其盛气所溢、余勇所贾，真有贲育不夺、山岳难撼之势[25]。而真实恳恻，又如懿亲之権事，如孝子之干父[26]，绝无飞扬漂浮之意。故奏书一上，九重动容，百僚吐舌[27]。虽说不尽行，膏不尽下[28]，而巨猾神奸忌惮消阻，敛迹束手，则诸疏之为斧钺针砭也[29]，严乎哉！《诗》曰："凤凰鸣矣，于彼高冈；梧桐生矣，于彼朝阳[30]。"处高向明，乘时奏响，天下所以贵鸣凤也。公当蜩螗群噪之候，而独振长离之唱[31]，将使交战士奋然兴起，争为正言，不为诡言[32]；争为靖共，不为险诐[33]。佐天子精明开泰之治，启国家荡平遵道之风，是疏为之前茅乎[34]？彼避名邀名、陋见偏知，何足以语公[35]！

钦差巡抚云南兼建昌、毕节、东川等处地方赞理军务兼督川贵兵饷，都察院右副都御使周嘉谟撰。

题解

本文录自邓渼撰、明万历间云南原刊本、台湾图书馆藏《南中奏牍十六卷》。

邓渼,字远游,号壶邱,自号箫曲山人,建昌新城(今属江西)人。万历二十六年(1598 年)三十岁时进士及第。巡按云南,出为山东副使,历参政按察使,以佥都御史巡抚顺天。《南中奏牍十六卷》为邓渼任云南巡按时的奏疏集。南中:指川南和云贵一带。奏牍:犹奏章。叙:通“序”。

注释

[1]巡滇且竣:云南巡按任期将满。明代有巡按御史,为监察御史赴各地巡视者。其职权颇重,负责考核吏治,审理大案,知府以下均奉其命。简称巡按。三年一换。

剞劂(jī jué):本指刻镂的刀具,这里是雕版、刻印的意思。

命不佞弁(biàn)诸首简:请我写一篇序放在卷首。弁:放在前面。

[2]削稿焚草:销毁奏章草稿。削稿:古时大臣上封事,为防泄露,将草稿销毁。焚草:烧掉奏稿,以示谨严。

[3]攀赤墀(chí)之槛:典自“攀朱槛”。《汉书·朱云传》载,朱云请成帝先斩张禹来警诫他人,成帝大怒,令斩朱云。朱云手攀殿槛,槛折,还尽力强谏。后得左将军辛庆忌解救,免死。后世遂用“折槛”为臣下敢于直言强谏的典故。赤墀:皇宫中的台阶。因以赤色丹漆涂饰,故称。

发白兽之樽:白兽樽是古代用以奖劝直言者的一种盖有白虎图像的酒器。《晋书·礼志下》:“正旦元会,设白兽樽于殿庭。樽盖上施白兽,若有能献直言者,则发此樽饮酒。案《礼》,白兽樽乃杜举之遗式也,为白兽盖,是后代所为,示忌惮也。”

[4]功令:法令。

[5]陋见偏知:见识浅陋,才智不足。“知”古同“智”。

[6]无告:有苦无处诉。

缓埋轮而急在鼎:缓于进谏而急于反腐。

埋轮:东汉顺帝时,大将军梁冀专权,朝政腐败。汉安元年(142 年)选派张纲等八人巡视全国,纠察吏治,余人皆受命之部,而纲独埋其车轮于洛阳都亭,曰:“豺狼当路,安问狐狸!”遂上书弹劾梁冀,揭露其罪恶,京都为之震动。事见《后汉书·张纲传》。后以“埋轮”为不畏权贵,直言正谏之典。

在鼎:典自“郜鼎在庙”。《左传·桓公二年》记载,鲁国从宋国运来郜国的大鼎,同月戊申日把大鼎安放在鲁国太庙中。这件事并不合乎礼制,因此鲁大夫臧哀伯谏诤说:“一个身为国君的人,必须发扬威德而抛弃邪恶,如此才能作为文武百官的典范,即使如此,仍担心有失误,可见必须发扬美德来垂范子孙。现在郜国的大鼎放在宗庙内,哪里还有比这更明显的受贿行为呢。”后来用“郜鼎在庙”讽刺把贿赂物放置神圣肃穆之处所。

[7]鍨(kuí)鑺(qú)交衅:指动乱交替。鍨、鑺为古兵器名。衅:祸患,祸乱。

孑然:全体,整个。

胃脘(wǎn):胃的内腔。

[8]词危意恳:正直的话,真诚的心。

不啻(chì):无异于,如同。

[9]汤沐:指汤沐邑。天子赐给诸侯封邑,其邑内收入归诸侯作斋戒沐浴之用。

[10]御:违逆。

有司:官吏和官署泛称。古代设官分职,各有专司,故称。

[11]疆里:界限,指定的范围。此处活用为动词,划定界限。

蟊贼用屏:坏人因而退避。蟊贼:原指两种吃禾苗的害虫,后常用来比喻危害人民或国家的人。

[12]章瘅(dàn):疑为"彰善瘅恶"的缩略。表扬好的,斥责恶的。

建置:犹建树。

功次:指功绩的大小、官阶升迁的先后顺序。

[13]援奥:奥援。内援。指在内部暗中支持帮助的力量。

忌器:谓有所顾忌。

违时:不合时令。

[14]修政:修明政教。

弭灾:消除灾害。

[15]尽言极绳:把话说完,极力纠正。绳:纠正。

隐伏:隐瞒,隐晦。

[16]骨鲠:比喻刚直。

轮轩:古代一种供显贵乘的轻便车。喻禄位。原文为"输轩"。

蜂锐:办事敏锐。

[17]洛蜀:指洛党和蜀党。为宋哲宗时元祐三党中的两党(另一党叫朔党)。洛党以程颐为首,朱光庭、贾谊为辅;蜀党以苏轼为首,而吕陶等为辅。两党交恶,互相攻讦,为北宋朝政一大故实。

牛李:指唐朝以牛僧孺、李宗闵为首和以李吉甫、李德裕父子为首的两个宗派。

论核名实:同"综核名实"。对事物进行综合考核以察其名称和实际是否符合。一般用于吏治。论核:研究考核。

[18]裨万国:补益于天下。裨:原文为"俾"。下文"裨"亦如此。

[19]虽笔锐干将,而墨含甘液:虽笔锋比宝剑干将还要锐利,而初衷却如甜美的汁液。语出刘勰《文心雕龙·奏启》:"笔锐干将,墨含淳酖(dān)。"笔锋比宝剑干将还要锐利,墨汁比浓厚的毒酒还要猛烈。甘液:甜美的汁液。

[20]刈(yì):割草。此处是铲除的意思。

元化:造化,天地。

[21]骖騑(cān fēi):驾在服马两

侧的马。泛指车马。

鸿渐:鸿鸟渐飞而进。比喻仕进于朝的贤人。

见顾:看待我,赏识我。

[22]自居:犹自处。

[23]粗翘:委婉地规谏。语出《礼记·儒行》:"儒有澡身而浴德,陈言而伏,静而正之,上弗知也;粗而翘之,又不急为也。"君上不理解,就略加启发,又不操之过急。

[24]讦(jié):揭发、攻击他人的隐私、过错或短处。

[25]余勇所贾(gǔ):余勇可贾。比喻还有多余的力量可以使出。贾:卖。

贲(bì)育:战国时期的勇士孟贲和夏育。孟贲,周时齐国的勇士,因秦武王喜欢力士,到秦做了大官。夏育,周时卫国的勇士,力大可拔牛尾。

[26]恳恻:诚恳痛切。

懿亲:特指皇室宗亲、外戚。

榷事:疑指官府专卖之事。

干父:"干父之蛊"的略语。谓儿子能继承父志,完成父亲未竟之业。干:办理,担当。蛊:事业,指有才能的人办理的事务。

[27]九重:指帝王。

百僚:百官。

[28]说不尽行,膏不尽下:疑为臣下的奏疏尚未采纳,君主的恩泽尚未遍及。语出《孟子·离娄下》:"谏行言听,膏泽下于民。"臣下在职时有劝谏,君主就听从,有建议,君主就采纳,使君主恩泽遍及百姓。

[29]斧钺(yuè):斧与钺。泛指兵器。亦泛指刑罚、杀戮。

针砭(biān):古代用石针治病。后借喻为纠谬、规谏。

[30]凤凰鸣矣,于彼高冈;梧桐生矣,于彼朝阳:凤凰在高山上鸣叫,梧桐树很茂盛地屹立在山的东边。语出《诗经·大雅·卷阿》。明朱善《诗解颐》卷三:"凤凰者,贤才之喻;高冈者,朝廷之喻;梧桐者,贤君之喻;朝阳者,明时之喻也。"后以"丹凤朝阳"喻贤才逢明时。

[31]蜩螗(tiáo táng):蝉。蜩:古书上指蝉。螗:古书上指一种较小的蝉。

长离:凤凰一类的鸟。借指有才德的人。

[32]正言:正面的话,合于正道的话。

诡言:诡诈不正之言,怪诞不实之言。

[33]靖共:恭谨地奉守,静肃恭谨。

险诐(bì):阴险邪僻。

[34]精明:光明,晴明。

开泰:亨通安泰。

荡平:平坦。

遵道:遵循正道。亦以比喻遵循法度。

前茅:古代行军时的前哨斥候。

遇敌情则举旌向后军示警。

[35]语:谈论。

车田谱序

周嘉谟

余先世居安成之枫塘[1]。大王父以孝廉为楚学博[2],十年不调,遂家楚,去安成不数世耳。余与车田同祖在从公,从公之孙次曰俞十,为车田始祖;长曰俞五,为余始祖之祖。溯从公而上之同祖乌东汾公,则各派之所自出[3]。汾公,隋大业间刺史也。千余年来,庐井未改,邱墓如故[4]。吁!亦异矣。

余忝窃制科,与臬副公同榜[5]。臬副公素性朴直,与余敦昆季之谊甚洽[6]。已而驰驱中外,不相见者数十年。戊申,余奉命抚六诏,则公季子鹤峋公时先持节按滇[7],纠镇宽乱,撤税减金,立平夙孽[8],为滇人造万年之功甚钜。已而,得代去[9]。余目公父子清节畏知,大似胡质父子,而德业勋名又似远过之,时以为知言[10]。嗣后,回翔藩臬,更历绝塞[11],所至著功。诸公卿、台省[12],推卓异第一。庚申,余备位大冢宰,公以廷推晋位大中丞,镇朔方[13]。朔方孤悬环虏,当调发之后,虏眈眈伺便[14]。公振威,实握战款,虏咋指远遁[15]。

一日,以片函讯余。启视之,则家谱在焉。曰:“不肖承乏疆吏,赖天子威灵,狡虏崩角款关[16],以事之闲,得纂修谱牒,且是先大夫之绪也[17],敢请一言使不朽。”余受而读之,见其自汉以来,至今纪数千年,故实如旦夕间物[18]。世系疆域,剖分厘然[19],明白在目。余读之,恍如与父老子弟、乡社里饮谈笑相对,又如春秋伏腊躬上茔域时也,余因是而怛焉心动矣[20]。家之有谱,犹国之有史也。别尊卑,防侵轶,慎宗祧[21],昭惩劝,将于是乎出。余先世羁迹楚邸,派谱缺焉[22]。未讲一抔之土,几为里豪蚕食[23],赖公力得全,余益怛焉心动矣。公又尝曰:“此余一派私谱也;进之则有通谱在,矧汾公旧祠乌东不戒于火[24]。余小子朝夕是念,祠谱之役,愿与世父共之[25]。”余谓:

"修乘建祠，昭施于有政，此山林中间工课也[26]。余以三朝宠眷，黾勉承乏，今且作归山计矣[27]。公方以盛年处大位，为天子纲纪四方[28]，又安得优游岁月，以了此愿乎？愿公且一心勤职，待麟阁功成，然后乞此闲身于五世四灵之间，以鸠宗而合祠，章乘以明派[29]。余年虽耄，犹能为公诵《葛藟》之什[30]，请执笔而从其后。"

泰昌元年庚申季冬月，赐进士第、光禄大夫、太子太保、吏部尚书、侍经筵讲官，汾公三十世孙嘉谟明卿氏撰[31]。

【安成，即安福。汉安平、安成二县地。东汉改安平为平都，晋改安成为安复，唐改为安福县。】

题解

本文录自民国六年(1917年)版、天门多祥九屋沟《周氏宗谱·卷首·序》第17页。

注释

[1]安成之枫塘：今江西省吉安市安福县枫田镇。

[2]大王父：曾祖父。此处指周嘉谟高祖父、时任湖广荆州府长阳县教谕周岳。

孝廉：明清时对举人的称谓。

学博：清代州、县学官之别称。

[3]所自出：指诞生圣贤的祖先。此处指祖先。

[4]邱墓：坟墓。

[5]忝(tiǎn)窃：谦言辱居其位或愧得其名。

制科：科举取士非常设科目的统称。由皇帝根据国家需要或自身好尚设置。不拘常格，录取者优予官职。以制科取士称制举。此处指科举。

臬副公：此处指周宪。周宪：江西安福(今江西吉安)人。明隆庆五年辛未科(1571年)进士。其子周懋卿、周懋相为明万历十七年己丑科(1589年)同榜进士。臬副：明代提刑按察副使别称。由按察使别称司臬而来。

同榜：科举考试用语。指科举考试中同科考中的人。

[6]敦昆季之谊：重视兄弟情谊。

[7]戊申：明万历三十六年，1608年。

抚六诏：任云南巡抚。六诏：唐代位于今云南及四川西南的乌蛮六个部落的总称。此处指云南。

鹤屿：周懋相，号鹤屿。

持节按滇：奉旨任云南巡按。持

节:官员或使臣外出时持有皇帝授予的节杖,以示其威权。

[8]夙孽:前世的冤孽。

[9]得代:谓可得继任。

[10]清节畏知:语出宋代强至《依韵和郑中立秘丞将替写怀》:“襟怀洒落恬荣进,清节从来畏众知。”畏知:语出《后汉书·杨震传》“赞”言:“震畏四知。”《杨震传》:“王密为昌邑令,夜怀金十斤遗震,曰:‘暮夜无知者。’震曰:‘天知、神知、我知、子知,何谓无知?’”

胡质父子:胡质为荆州刺史时,其子胡威自京都出发去看他。胡威归时,胡质送他绢一匹,以为路资。胡威问:“大人清白,不知何得此绢?”胡质说:“是我俸禄之余。”胡威乃受之,辞归。胡质一帐下都督,胡威素不相识,先于胡威请假还家,于半路等待胡威同行,一路上每事皆佐助经营之。行数百里后,胡威疑之,乃密相诱问,知其为父亲帐下都督,因此用其父所赐之绢答谢而遣之。后胡威将此事告知其父,胡质乃杖责其都督,除其吏名。事出《三国志·徐胡二王传》裴松之注引《晋阳秋》。

知言:知音。

[11]回翔藩臬:徘徊于布政使和按察使之职。藩臬:藩司和臬司。明清两代布政使和按察使的并称。布政使主管一省的人事和财政,按察使为一省司法长官。

绝塞(sài):极远的边疆。

[12]公卿:三公九卿的简称。

台省:官署名。明都察院、六科通称。都察院称西台,六科称省垣,故有“台省”之连称。

[13]庚申:泰昌元年,1620年。

备位:居官的自谦之词。谓愧居其位,不过聊以充数。

大冢宰:吏部尚书。

廷推:明代任用高级官吏,凡由在朝大臣推荐,经皇帝批准任用的,称“廷推”。

大中丞:明清时称巡抚为大中丞。明朝都察院副都御史职位相当于御史中丞,常用作巡抚的加衔,故有此称。

朔方:北方。

[14]调发:调遣,调度。

伺便:等待合适的时机。

[15]战款:战与和。

咋(zé)指:谓咬指出血以自誓。

[16]承乏:所任职位一时无适当人选,暂由自己来充数。旧时在任官吏常用的谦辞。

崩角:指叩头。

款关:叩塞门,指外族前来通好。

[17]先大夫:指已故而又做过官的父亲或祖父。此处犹先父。

绪:前人未完成的事业,功业。

[18]故实:故事,史实。

[19]厘然:清楚,分明。

[20]伏腊:指伏祭和腊祭之日。伏在农历夏六月,腊在农历冬十二月。

或泛指节日。

茔域:墓地。

怛(dá):惊恐。

[21]侵轶:侵犯,侵扰。

宗祧(tiāo):指家族世系,宗嗣,嗣续。

[22]羁迹:羁旅的足迹,指长久羁留地方。

派谱:指字派和谱牒。字派,同宗同谱的族人按事先拟定的一组吉祥字,以之入名并区分辈分、排行,这一组字就叫行辈、字派。字辈派语通常是一些寓意深刻的四言诗、五言诗或七言诗。

[23]一抔(póu)之土:一捧泥土。泛指坟墓。

里豪:乡里的豪绅。

[24]私谱:此处指某一支系的谱牒。

通谱:此处指由各支系组合而成的谱牒。

[25]世父:大伯父。后用为伯父的通称。

[26]修乘建祠:修谱牒,建宗祠。

昭施于有政:把修乘建祠这些事施与政事,也就是从事政治。语出《尚书·君陈》:"惟孝,友于兄弟,克施有政。"有政:政事,政治。有:助词。

山林:代指隐居(山林多为隐居之所)。

[27]宠眷:谓帝王的宠爱关注。

黾(mǐn)勉:勉励,尽力。

归山:谓退隐。

[28]纲纪:治理,管理。

[29]麟阁:"麒麟阁"的省称。泛指画有功臣图像的楼阁。

五世:家族世系相传的五代。父子相继为一世。

四灵:指麟、凤、龟、龙四种灵畜。

鸠宗:聚集族众。

章乘以明派:纂修谱牒以明世系字派。

[30]葛藟(lěi):《诗经·王风》篇名。此篇咏乱世家族离散,一个既无父母又与兄弟失散的流浪者的悲哀。

什:篇什。《诗经》的"雅"和"颂"以十篇为一什,所以诗章又称"篇什"。

[31]泰昌元年庚申:1620年。

光禄大夫:明代的光禄大夫为从一品散官。

太子太保:辅导太子的大臣。《明史·职官一》:"太子太师、太子太傅、太子太保(并从一品),掌以道德辅导太子,而谨护翼之。"其实,太子太保也多为加衔,不任职事。天启元年(1621年),周嘉谟加太子太保。

侍经筵讲官:古代官职名。经筵为皇帝听讲书史之处。宋代凡侍读、侍讲学士均称经筵官。明清以实际进讲之官为经筵讲官,例由翰林出身的大臣兼充。但进讲已渐成空文。

嘉谟明卿氏:周嘉谟,字明卿。氏:古时女子称姓,男子称氏。

回向庵记(节录)

周嘉谟

徐惟德先生与余缔姻,情好益笃[1]。嗣是宦辙东西,天涯之感,采真之思[2],两人何念无之。比余抚滇,得先生为代[3]。亡何而先生疾不起。长儿告予云:"先生未易箦时[4],元旦有道人登堂乞晤,岂期会他山之阳者耶?"先生弱冠[5],舟过金山,梦白衣道人引见真武帝,寤而风涛作,舟竟无恙。嗣后,守新安,登齐云山,见披发仗剑立岩前者,即梦中像也,故捐金修岩以垂久。后治淮疏河,实仗神力。而先生解组归里[6],即营建回向庵,祀真武帝,额名感恩所。先生尝语余云:"庵名回向,示不忘皈依意,心识此语久矣[7]。"先生厚愿酬息,功德自达,他日振振公孙世感先志,勿忘嗣葺[8],斯庵之不朽云。

题解

本文录自清康熙七年(1668 年)版《景陵县志·卷之七·享祀志》第 72 页。原文为节录。文前云:"回向庵,在县北郭外。邑中丞徐成位鼎建。少保周嘉谟记(略)。"

回向庵:庵名。回向:佛教语。谓回转自己的功德,趋向众生和佛果。

注释

[1]徐惟德:徐成位,字惟得,号中庵。参见本书徐成位传略。

缔姻:联姻,结为婚姻。

情好:感情,交情。

笃:感情深厚。

[2]宦辙:指仕宦之路,为官之行迹、经历。

采真:顺应自然。

[3]比余抚滇,得先生为代:等到我任云南巡抚,恰好是先生的继任。周嘉谟《余清阁年谱》记载,周嘉谟抚滇是戊申、明万历三十六年(1608 年)。徐成位卒于甲辰、明万历三十二年(1604 年)。

得先生为代:得以成为先生的继任。得……代:谓可得继任。

[4]易箦(zé):病重将死。

[5]弱冠:古时以男子二十岁为成人,初加冠,因体犹未壮,故称弱冠。

[6]解组:解下系印的丝带,指辞官。组:丝带。

[7]皈(guī)依:谓身心归向、依托。

识(zhì):通"志"。记。

[8]厚愿酬息:指还愿。

振振:众多貌,盛貌。

公孙:对贵族官僚子孙的尊称。

嗣:接着,随后。

李翁似山(李伋)暨元配马孺人合葬墓志铭

周嘉谟

翁讳伋[1],字廷贤,别号似山。先世为襄阳人,避乱于竟陵之泊江[2],数传而铎生兴仁,兴仁生翁。翁为家督[3],备尝苦辛,产益拓而无自功之色。生平不曳绮縠,居丧衰绖[4],三年以为常。终其身以方正见惮于族党[5]。孺人以高门女士曰嫔于李,中道嫠而操凛冰霜,笄袆而烈丈夫哉[6]!

翁生嘉靖甲辰三月三十日,卒万历壬辰五月二十九日[7]。孺人生嘉靖乙巳八月初四日,卒万历庚戌九月初三日[8]。子二:长美文,娶王氏;仲美春,娶梁氏,先孺人卒。女二:长适杨绍尹[9],次适周嘉谕。孙男二:天植,聘周嘉谕女。乙卯十一月二十五日,美文迁翁柩与孺人合葬于黄显祖湖之阴[10],谒不佞而泣请铭[11]。不佞以末弟谕为翁子婿,于谊当铭,乃雪涕而铭[12]:

翁虽早逝,树德已滋。贞闺之秀,习礼明诗。人伦选俊,女妇称师[13]。死则同穴,汉水之湄。

钦差巡抚总督两广兼理军务、盐法,兵部左侍郎,都察院右都御使,眷侍生周嘉谟顿首拜撰[14]。

万历四十三年乙卯岁仲冬月二十五日良利[15]。

题解

本文录自李翁似山暨元配马孺人合葬墓志。墓志现藏于天门市博物馆。

注释

[1]伋:音 jí。

[2]竟陵之泊江:今天门市麻洋镇鹤江村(原名泊江村)。

[3]家督:谓长子。

[4]绮縠(qǐ hú):有花纹的丝质衣裳。

衰绖(cuī dié):丧服。古人丧服胸前当心处缀有长六寸、宽四寸的麻布,为"衰"。围在头上和缠在腰间的散麻绳为"绖"。是丧服的主要部分,故以此代称丧服。

[5]见惮(dàn)于族党:为同族所惮服。族党:聚居的同族亲属。

[6]曰嫔:出嫁。曰:助词。用于句中。

中道嫠(lí):中途丧夫成为寡妇。

笄袆(jī yī):品德美好的成年女性。

[7]嘉靖甲辰:明嘉靖二十三年,1544 年。

万历壬辰:明万历二十年,1592 年。

[8]嘉靖乙巳:明嘉靖二十四年,1545 年。

万历庚戌:明万历三十八年,1610 年。

[9]适:嫁。

[10]阴:水的南面。

[11]谒不佞而泣请铭:拜见我并流着泪恳请我为他的父母作墓志铭。

[12]雪涕:擦眼泪。

[13]人伦选俊,女妇称师:称颂男墓主为人中的出众者,女墓主是妇女的模范。

[14]眷侍生:姻眷侍生。旧时用作书信结尾的自称谦辞,表示有亲戚关系的晚辈。

[15]万历四十三年:乙卯,1615 年。

良利:"良利日辰"的略语。吉日良辰。

余清阁年谱(周嘉谟自叙)

周嘉谟

嘉靖二十六年,丁未,一岁。嘉谟,字明卿,号敬松,别号清澄居士。景陵人，汉川籍。先世居江西安福县枫塘村。以南宋袁州司马讳贵德者为初祖，八传至高祖静庵公讳岳，宣德丙午科举人，官湖广长阳县教谕，遂家楚，籍景陵之多祥河。妣刘孺人，继妣曾孺人。曾祖讳侃，妣李太夫人，继妣郭太夫人。祖讳曰春，妣谢太夫人。考讳惇，妣刘太夫人，副吉孺人，生予兄弟七人，予居次，刘太夫人出，以是年七月二十六日丑时生。

嘉靖二十七年，戊申，二岁。

嘉靖二十八年，己酉，三岁。

嘉靖二十九年，庚戌，四岁。

嘉靖三十年，辛亥，五岁。

嘉靖三十一年，壬子，六岁。是岁，先赠光禄公课予读，读能强记。

嘉靖三十二年，癸丑，七岁。

嘉靖三十三年，甲寅，八岁。

嘉靖三十四年，乙卯，九岁。

嘉靖三十五年，丙辰，十岁。

嘉靖三十六年，丁巳，十一岁。始学为四书文。偶语颇能捷应。

嘉靖三十七年，戊午，十二岁。

嘉靖三十八年，己未，十三岁。

嘉靖三十九年，庚申，十四岁。

嘉靖四十年，辛酉，十五岁。

嘉靖四十一年，壬戌，十六岁。

嘉靖四十二年，癸亥，十七岁。应汉川童子试，邑侯为（原文缺字。清同治版《汉川县志·卷二十二·杂记》第17页记载“县令为小江吴文华”。《天门进士诗文》编者）公。试第一。

嘉靖四十三年，甲子，十八岁。文宗吴小江文华。院试第一，入汉川县学。

嘉靖四十四年，乙丑，十九岁。方伯毕松坡锵汉川观风。试第一。

嘉靖四十五年，丙寅，二十岁。学使徐凤竹栻。岁试第一。

隆庆元年，丁卯，二十一岁。夏四月，补刘召廪缺。学使颜冲宇鲸。科考乡试中六十四。监临察院部文川光先，总裁布政孙淮海应鳌。首场昌凤冈应时，武冈知州。二场朱一松，襄阳同知。三场宝庆知府陆公。房考教官尹三聘。

隆庆二年，戊辰，二十二岁。

隆庆三年，己巳，二十三岁。

隆庆四年，庚午，二十四岁。

隆庆五年，辛未，二十五岁。会试中第九十四名。座师张太岳居正、吕豫所调阳，本房检讨陈春宇思育。廷试第二甲第二十八名，赐张元忭榜进士出身。八月选户部山东司主事，差管九门盐法。

隆庆六年，壬申，二十六岁。八月，解昌平饷银二万，便道还家。十月，神宗登极，覃恩敕封父松歧公承德郎、户部主事，母刘氏太安人，妻萧氏安人。

万历元年，癸酉，二十七岁。正月还京，差管皇城四门。四门仓粮俱在长安门内及内阙门内，使将守门。军米每名每月三斗，俱以家人冒领，贫军不得升合。出示务要贫军亲领，差押出长安门内。竖有打夺者，余厉言题参至屈膝求免。

万历二年，甲戌，二十八岁。七月，三年考满。十月，差管通州草场子粒兼张家湾税课。先是草场地棍包揽子粒，致多抗欠。该湾税课亦率被内使揽免。余视事后一切禁绝，正额完足。

万历三年，乙亥，二十九岁。十月，回京即日差九江钞关。

万历四年，丙子，三十岁。二月，入九江。六月，升山西司员外。本关税一万六千有奇，严禁本水船冒免及过往使客、会试举人讨关者，始得足额收税。议委各府佐官，每季折封解部，俱于空衙门及寺观中，公同委官及府库吏秤兑有羡余者，仍添写船户姓名，入正项起解，毫不沾染。每日放船二次。是日如有宴会，即夜半亦放完始入衙，以故一年之内未损一船，未伤一人。

万历五年，丁丑，三十一岁。正月，升贵州司郎中。四月，回部到任。六月,升广东韶州知府,由水路抵家。十月初二日到任。韶俗醇朴易治,凡有告远年田土找补者,概不准行。每有词讼,遇各县解到人犯,即刻问理,尽填察院宪票发落各县,解司钱粮即填批具文。原役领解银不见面,恪守诸先达之言。各县一蔬不入府,本府一人不下县。月课诸生于明经会馆,得诸生邓光祚、李延大等,后俱登甲第,先后为铨部郎。

万历六年,戊寅,三十二岁。

万历七年,己卯,三十三岁。入觐,自雇脚力,宿于旅店。

万历八年,庚辰,三十四岁。江陵老师诸子登高第,及闻太封翁计,不能遣一力奉贺、致奠。

万历九年,辛巳,三十五岁。给由加封松歧公中宪大夫,母太恭人,妻恭人。

万历十年,壬午,三十六岁。升四川副使。时议郡丞秦君代觐事,各县贮有赎锾数十金,尽捐为秦丞道里费,不以充交际。肇庆别驾张柏馈端溪二砚,即转遗同僚。充别仪都司成大儒送古铜投壶一具,亦留署中,皆虞为行李累也。是年十月,抵泸州任。泸有大憝杨腾霄者,合州吏民俱受其害,访拿置之法,人人称快。

万历十一年,癸未,三十七岁。夏,总兵郭成被劾遣戍,两院议以总兵旗牌、印信送,道兼摄,即巡历建武,申饬将领,严总哨科克兵士之禁,虽具造粮册,纸张亦不派及厘毫,兵颇感激。

万历十二年,甲申,三十八岁。冬,适新总兵沈思学激建武兵变,仅以身免。坐营周尺等飞报至泸,时嘉平念四日也。念五,发牌禁谕。念六,即单骑驰往。至念九日抵建武所。各兵分扎各山头,摇旗放炮,声震山谷。旋遣坐营官传谕各兵云:“放炮呐喊,还是张其反叛之势,还是迎接本道?”众皆答曰:“本道来,众兵有主。乃迎接也。”既抵公署,各兵总持状来诉总兵激变之由,因以祸福利害晓之,众皆唯唯。且分付曰:“众兵不齐,待明日下教场,再有宣谕。”次日约参将马呈文同往,殊有难色。即掾吏辈亦嗫嚅欲阻行,竟不听。直入教场,令各营兵分班而上,一一仍前晓谕,众皆唯唯,愿下檄招抚。时守道王君名凤竹者，行次珙县，越趄不前。乃谕各兵回营，待守道至，共下檄焉。各兵安静而退，无一哗者。乃遣舍人王承宗往迎王君，而承宗不善应答，王君却步不前，且贻书云："倘各兵必欲邀赏，我当在外设处以应。"盖因吏舍马前，闻有各兵邀赏之语也。嗣建武所差一舍人去详述于王君，王君始起马于新正初四入建武城。余方整理文揭报两院，而王君已先遣使从珙县入省。及差人星驰往报，而抚院雒君泾波已驰疏上闻矣。

万历十三年，乙酉，三十九岁。新正初六日，约守道、参将同诣教场，宣谕官兵，谓："今日之事，朝廷定从宽政。尔等可设香案，望阙叩谢。"时叩者与立者相半。遣官询之，则云："众兵有禀。"及呼之前，则对马参将曰："马参将，你也是朝廷除的官，我等又不是反，如何说调士兵来躏死我们？"参将闻而面赤，与之辩说，各兵不屈。余旋起，向各兵曰："尔等特为总兵激变，本道与你作主。若尔等果反，能免调士兵杀尔乎？"众皆寂然无以应。是日，适军门遣都司周于德来会。众兵又指都司说："我等何须周都司来，只要周兵爷管我们便是。"周都司亦面赤，与之辩，众兵亦不屈。则又起向各兵云："周都司此来不似总兵酷虐，尔等定与我去年管尔一样，行事无虑也。"各兵随下，仍复啧啧。又遣官问之，众答云："再有话禀。"及呼之近前，皆云："我等被总兵剥害穷了，难过日子。愿各位老爷行赏。"守道与二弁俱失色，似谓是日之事有不可测者。乃复起，向各兵云："尔等要赏，即一人一两，亦须四千金。两道何能措处？定闻之两院，即两院亦难张主。定闻之朝廷。且尔等每人得银一两，或吃或穿，旦夕可了，此后欲我为尔等作主万不能矣！"众兵齐声曰："老爷抬举我等，不难我等。情愿把旗烧了。"众兵争下，将原竖激变旗点火烧讫，寂然无哗。随差坐营官下问曰："本道原发牌要今日操练，尔等如何说？"众云："小的等操与老爷看。"四千兵摆列整齐，照常操练一番。即行，安边官共赏牛十只，酒四十坛，各散归。次日，两道并参将齐出建武城，众兵摆列护送，而此事遂定矣。大率各兵感激年半内抚恤之恩，乃得旋噪旋定，其所以除夕谕散之后复有初六日之恣肆者，因雒军门连日差官，持白牌晓瑜，并无一字言及各兵罪状，遂被其看破军门行径故耳已。因科臣刘尚志言仍拿首恶李德等十二人解省处决，盖逆知首恶必当处，庙堂必有言。豫行，都司、坐营等官密访的实，奉勘合到，即密行拿解者也。是役也，倡乱者四千人，不烦一镞，不费勺米，而地方宁谧，若不知有兵变事者。乃守道因与直指同里同榜，反引为己功，而雒抚叙功疏，独归之，谓兵道有地方之责，功过相准，仅赏银十两，渠赏同升俸一级。蜀士绅人人不平，予亦付之不言而已。寻中丞徐华阳公代雒抚蜀，采木诸属官于夔门言及此事，遂蒙此公特达之知。

万历十四年，丙戌，四十岁。春，以予摄安绵道印务，抚谕白草诸番，特叙题升俸一级。时有松潘之役，寻陪视师灌县，已委散松潘调来各士兵数万于新津县登舟，议详尽取叙泸嘉定等处船，俱挽至新津，编定字号及装载士兵名数，差官押送，沿途不许一兵登岸。薪米俱贮河下，随到随领。即播州杨应龙所部兵，素称骄悍，亦寂然不敢妄动也。已复摄臬司篆，又以建昌之役题改建昌兵道。疏未入，而量移上川南守道之命下矣。中丞意不惬，仍委予监军之役，设入山宴宠其行。寻驻镇雅州料理，而总兵及各文武官俱未至。适有前长子甫七岁，病剧，余正艰子息，暂请假回衙调治，而中丞遂不悦。因建昌本道周耿西适履任，遂以监军事付之，而以饷运事在守道，檄余专督饷之役。余既谢监军，遂以入山宴席诸物缴还藩司。中丞闻之益不悦，余亦不为之动。

万历十五年，丁亥，四十一岁。春，仍与巡道武秦川陪视师邛州，朝夕谈笑，意稍释。及建昌功垂成，中丞为马湖推官吴时泰所误，欲锐意加兵。余与巡道惧为蛇足，屡有开说，坚执不听。未几没军三千，一都司、一守备、一指挥、一土官死焉。报至，茫然似悔不用蹇叔之言者。旋议大举，仍欲余肩此役，乃诡言按院陈将复命。因余两辞监军事，为避难，欲挂弹章，又诡与李总兵书，谓渠居间解免，得无恙。余适入省，亲递会议大举详文，而总戎出其手札相示。余遂即刻回舟束装，为浩然长往计。中丞益跼蹐不自安，日促司道。及成都守耿叔台为余同年，华阳令刘直庵为余子女戚，恳切劝止。至云中丞丧师，方图掩护,它日庙堂稍有督过,责有所归。余以其言为然,仍出视事,身任三路督饷之役,中丞始得安意经略大举事。它日直指向人辩白,谓周道贤者,原未求多,乃中丞之诡词也。仍列优荐焉。余心谅中丞无它肠,止欲盖前愆,急于得人为彼用耳。余且感其平日特知,遂殚心力,为督三路饷。

万历十六年,戊子,四十二岁。春,奏捷班师。余坚请致仕。中丞强留,待叙功始行。余遂缴敕印,解缆而东。中丞不得已,题请加衔致仕。部覆病痊奏荐起用,不必预加。寻以叙功加升按察使,仍致仕归。三月,而中宪公病,且弃养。倘从中丞之言,濡忍以待,几抱终天之恨矣。是冬,中宪公葬于松石之阳。

万历十七年,己丑,四十三岁。

万历十八年,庚寅,四十四岁。

万历十九年,辛卯,四十五岁。

万历二十年,壬辰,四十六岁。

万历二十一年,癸巳,四十七岁。

万历二十二年,甲午,四十八岁。因祖居南垸水患频仍,集诸圩头鸣于藩司武方伯,议修马骨泛剅。与兄爱松赁民居,督畚锸。越数月,而工完,亦以卒中宪公未竟之志也。

万历二十三年,乙未,四十九岁。

万历二十四年,丙申,五十岁。

万历二十五年,丁酉,五十一岁。十二月,丁内艰。自戊子告致仕,家居侍太恭人共十年。

万历二十六年,戊戌,五十二岁。

万历二十七年,己亥,五十三岁。

万历二十八年,庚子,五十四岁。孟春,报起蜀宪,长兵巡川北,距服阕一月。时蜀有平播之役,严旨迫限以六月十三日履臬司任。监察乡试文场。

万历二十九年,辛丑,五十五岁。五月斋捧入贺。

万历三十年,壬寅,五十六岁。四月复任。时榷使中贵邱乘云委官四出，多所摧抑。百姓有被提解者，率视为死所。谕有司，一切不许擅解民始便。是月，以东宫册立，覃恩赠中宪公洎祖梅轩公，俱通议大夫；祖母谢与太恭人刘，俱赠淑人；妻萧氏封淑人。十月升右布政，管兵巡上川东道事。榷税委官，素多横行，至是亦有所严惮。一罢闲官持中贵告示一纸来见，谓奉差采金。余戒不许擅动民间一草一木。有金任尔采买，盖土民五人赴中贵处，告差官以鱼肉里人者也。差官下乡逾月，采金无所得，又不敢生一事扰民，旋即告归。而土民五人者咸置之法，渝中士民无不称快。

万历三十一年，癸卯，五十七岁。

万历三十二年，甲辰，五十八岁。苦旱，赤地千里。请于直指，发沿江州县仓谷，及直指捐赎买谷，蔽江而下，多方赈恤，灾民全活者众。

万历三十三年，乙巳，五十九岁。冬，以三年考满，叨恩加赠祖父右布政使，祖母、母加赠夫人，妻加封夫人。

万历三十四年，丙午，六十岁。春，升左布政，管上川东守道事。五月，斋捧入贺。还家，以病请。两院会题不允。旋奉部文催促赴任。

万历三十五年，丁未，六十一岁。冬，十二月，单骑入蜀，面请两院会题，不允。适三门大木工奉旨严催，不得已料理起解。时蜀苦大木之扰，条议照楚中官买之法，每粮一石，止派银五钱。而民间若不知有采运事者，又节年进贡茶、蜡心、红漆料等项，俱条议陈。直指李君命各州县解银赴省买交，人人称便。

万历三十六年，戊申，六十二岁。九月，报升云南巡抚。时滇事正严急，兼程还里，携家入滇，以嘉平念九入境。

万历三十七年，己酉，六十三岁。正月，入省受事。时滇当兵燹之后，夷情未定，民生日蹙，斗米至三钱，一意与民休息。即陇川土酋多安民背汉投缅，归据蛮湾，不肯还巢。惟多方招抚，不敢言兵也。地方盗贼充斥，直指竟欲动兵，坚不听。惟多方擒拿积案贼首，如贾江西等四十人，稍稍敛戢。又访得各盗多总庄佃民，被世镇剥削，不得已掠财以转应其求者，乃与直指邓壶邱议疏，将总庄尽归有司征解，幸庙堂同心，部覆奉钦依允行。该镇虽怨，而庄民如脱虎口。

万历三十八年，庚戌，六十四岁。秋，陇川宣抚多安民叛，入缅，据蛮湾。奏请征讨，调汉土官兵二万，筹饷二万金。先期下令，戒诸将领无过杀。安民既被歼，斩首仅二百有奇。以捷闻，旋议善后，立其弟安靖，谕散余党。陇川以平，而缅酋亦自是胆慑矣。邓直指及滇之士绅俱有凯歌纪其事，盖谓此举关全滇之安危也。

万历三十九年，辛亥，六十五岁。部覆勘功疏，奉旨升兵部右侍郎兼右佥都御史，照旧巡抚，赏银四十两、纻丝四表。以考满复叨恩，祖、父俱加赠副都，祖母、母改赠淑人，妻改封淑人，荫子玺入监读书。

万历四十年，壬子，六十六岁。廷推刑部侍郎，久不报。

万历四十一年，癸丑，六十七岁。改推两广总督，命下，候代者二十月。丽江土知府木增不由抚按会疏，径自具奏，请加服色。吏部为题已奉钦依。余会同按院具疏，参革之。吏部司官亦经指摘焉。滇中贡金额数五千两，屡疏减免，俱留中，不得已为之调停各府属额，办二千五百两，行藩司议为官买法，各府属每岁省银五千两，而民困稍苏。初入滇之年，藩司朝觐，交盘库贮仅有银五千余两。及得代查司库年终循环册，已贮银十五万有奇，固节年地方安静、节省所致，亦由疏减贡金，动以诎乏为言，不敢上闻也。先是镇孙沐启元谋袭祖职，将原奉明旨抚按官奏请袭替之文贿通职方，将“抚按官”三字削去，朦胧得旨准袭。余会同直指毛具茨疏参，旨不下，启元益得志，肆行无忌。乃于得代。后特疏参劾，部覆奉旨，仍令伊祖沐昌祚管事，而抚按之职掌始明朝廷之法纪不废。

万历四十二年，甲寅，六十八岁。

万历四十三年，乙卯，六十九岁。春，以六年考满加升右都御史兼兵部右侍郎，得代，还家。三疏请告，不允。十二月，度岭视事料理征黎善后诸务。值粤西土思州一带交夷，多被侵扰。调兵防御，两疏请留税充募兵、筑城等费，俱留中不报。随捐广西盐赎四千余金，助充兵需。

万历四十四年，丙辰，七十岁。粤东大浸，稽天疏请留税蠲赈，不报。会同按院议捐赎锾各数千金，为广之南海、番禺、三水等县，肇之高要、高明、四会等县，修筑圩基，各邑永赖。广城米价腾贵，民饥盗起。复会议动支官银五千两，差官于广西及本省阳江等处，买谷回省平粜，米价顿减。韶州更苦水患，城垣荡析，民无宁宇。捐锾督修，岿然可观。韶民交番南、肇庆诸郡邑代后各立祠。乡绅黄太史区、侍御李铨郎各有碑文纪其事。

万历四十五年，丁巳，七十一岁。秋，移南计部。

万历四十六年，戊午，七十二岁。春，得代。以十月入金陵受事。各省、直南粮夙多逋负，余申严参罚厘清耗蠹，国储稍裕。

万历四十七年，己未，七十三岁。七月，移工部。寻推总宪。时辽东告急，起曹需人，由水路送家眷回籍，兼程北发。以十一月入都门，受工部事。凡辽左需用军器、火药及都城督修城濠等事拮据，数月始就绪。

万历四十八年，庚申，七十四岁。正月，以工部尚书通前都御史，计正二品俸，三年考满，蒙恩加赠祖父工部尚书，祖母、母太夫人，加封妻夫人。四月，孝端皇后宾天。奉旨开通隧道，易换寝殿金柱，搭盖沿途棚厂十数处，与置办冥器等项，费且不赀，开诚化谕。内宫监太监汪良德等多方节省金钱十数万。时推铨部已数月，旨久不下，遂得专意陵工。及六月终旬，命下，而陵工且告成矣。七月初一，履铨部任。疏请“用人有进惟其贤，与众共举；退惟不肖，与众共弃。地之东西南北弗问，人之亲故知交弗嫌。自盟幽独，可质天日”等语。连旬之间，启事亦多得请。会皇祖疾革，召余等至榻前，因奏：“用人一事最急。”皇祖谕云：“待朕好着。”越一日，遂宾天矣。先帝以八月丙午朔登极，改元泰昌。一月内启事不间朝夕，淹滞者通，废弃者起，诚千载一时之遇也。既而先帝不豫，外廷喧传贵妃郑同处乾清宫，邀封皇太后，进侍姬八人，致圣体不和。余会诸大僚及科道官，谓此事当切责贵妃兄子郑养性。明日诣松棚下，召养性抗言责之，曰：“先朝不早建国储，皆由汝家。今更处嫌疑之地，萌非常之祸。事发郑氏，无噍类矣。莫谓举朝无人，此自关汝家门祸福！”养性色变，上疏请贵妃即日移慈宁宫，封后事亦寝，群疑始释。先帝益不豫。八月二十八日，召首辅方从哲，内阁刘一燝、韩爌。余与户书李汝华、礼书孙如游、兵书黄嘉善、刑书黄尊素、总宪张问达、吏科范景文、兵科杨涟、河南道顾(原文缺二字。《天门进士诗文》编者)入乾清宫问安。先帝备述病久之由，及以皇长子托李选侍之故，指今上云：“卿等辅他做个尧舜。”又问及寿宫，余误以为问皇祖寿宫，答云：“俱已齐备。”首辅方云：“皇上问自己寿宫。”众皆云：“皇上万寿，何为出此语?”诸臣问服药状，先帝云：“已六、七日不进矣。”余对：“服药犹是第二义。陛下清心寡欲要紧。”先帝注视久之，曰：“宫中无甚事?”顾今上曰：“哥儿出去传一传，外廷讹言不可信。”诸臣乃退。次日，复召首辅与余等同入问安。先帝言：“病久不能食饮，只进白水一、二口。”因问有鸿胪官进药者安在，首辅方以鸿胪寺丞李可灼对。急召入，连进丸二次，似微有效，传颁赏有差。诸臣退，可灼复进一丸。次日五鼓，仍宣召及入右掖门，而遗诏下矣。余请内阁及同被召十余人至乾清宫，门为阉人所格。余与兵科杨涟厉言呵斥，排门而入。至宫门，举哀毕，旋请今上出见。久之，今上出。余云：“此非朝见之地，请出乾清门，西向坐。”内侍冗杂，亦不能成礼。急呼小舆至，请今上升舆，拥护至文华殿后门，直入前殿。请今上西向坐，齐出至丹墀下，行一拜三叩头礼。旋请坐移南向，齐呼万岁，行五拜三叩头礼毕，随上殿面奏：“请陛下暂驻慈庆宫。”今上许可，即拥护至慈庆宫。仍面奏：“陛下之身，社稷是托，出入不得轻脱。入乾清宫躬亲大小殓，须臣等至乃发。”今上颔之，遂退宫门外。而一时言请即日登极者纷纷，外廷文武各官俱已朝服候矣。少顷，内阁差官请议登极事。余云：“先帝未殓，岂有即日登极之理！我朝前有此事否?”忽郭御史出一书，载孝宗四月辛卯崩，武宗壬辰即位。余窃疑孝、武之际有何嫌，而急急如此，殊不以为然。且云：“三上笺事如何?”众云：“口上亦可。”又云：“祭告事如何?”众云：“一面登极，一面遣祭。”余知众议不可夺，但云上有内阁，下有礼部，我等不敢与闻。无何传宣护驾入乾清宫，众皆候于门外。时内阁已就地草祭告文。余曰："今日之事，且看内廷如何裁处。"旋有中使传言，即位事另择吉来行。余深服内廷有人，不似外廷之糊涂也。急令宗伯孙传旨出文华殿，众始帖然。而百官犹有未解朝服、候于慈庆宫外者。及护驾回，众皆侍立。余传各官随入慈庆宫，行五拜三叩头礼，呼万岁而出，众议始息，人心益大定矣。余与众议，九卿科道自初一至初五，分班直宿内朝房，早晚赴慈庆宫门外，查点直宿官军，问安而出。至初三日，余晨起，偶检昭代典则，查武宗登极月日，乃壬寅，非壬辰也。袖入思善门哭灵之所，众皆无言，不知郭御史所持何书，舛误至此。若非内廷主持有人，皇上何以有词于天下后世乎？初议九月初六日登极，百官连日夜三上笺，次第得旨。惟李选侍尚在乾清宫。余首事会疏，请令移宫。科道官杨连、左光斗等各有疏继之。选侍大怒，然卒不得不移，乃于初五日移居哕鸾宫。是夜一鼓，雷雨大作。四鼓，则豁然开朗，天明霁色可爱，人情欢畅。辰刻拥护皇上升文华殿，如日中天。文武各官朝贺如仪，咸为宗社生灵庆有太平天子也。李本宁太史曾会掌科杨太洪述其梗概，有《庚申纪事一刻》传焉，然渗漏处尚多也。九月初六日，奉恩诏内开两京三品以上文官，已经三年考满，荫子；又历正二品俸，三年考满者，仍荫一子入监读书。次男璧以监生历满改荫挂选。仍以覃恩改赠祖父吏部尚书，祖母、母太夫人，封妻夫人。自铨部受事以来，凡遇双月大选急选，秉公掣签定拟地方，仍每官给刊印单票一纸，劝诫砥砺，不外"洁己爱民"四字。凡遇双月推升选司送单，火房一一检阅停当，方登稿上疏。凡会推大僚，先期拟定正陪，登记手摺传单，大小九卿、科道衙门尽知。是日，九卿齐至本部朝房，看过手摺，出，至阙门一揖，进松棚坐定，候科道至齐，序立松棚下，会推尽题，往时会推俱先至朝房，与内阁商议。余一切屏绝，科道无一人有异议者。但此衙门乃是非之场、恩怨之薮，终难久安其位也。

天启元年，辛酉，七十五岁。屡疏乞归，屡蒙温旨勉留，亦因皇上冠昏大礼未成、先帝襄祔大礼未举，只得勉留。寻以皇祖陵工事毕，以原任工部效劳，奉旨加太子少保，荫一子入监读书，长孙重庆承荫入监完历候选。又以先帝襄祔礼成加太子太保，颁给诰命，赠曾祖、祖、父俱太子太保、吏部尚书，曾祖母、祖母、母俱一品夫人，妻封一品夫人。至十一月内，因给事孙杰疏论例转霍维华事，连上三疏乞休，至十五疏，奉旨俞允，驰驿回籍，仍候召用。以十二月初三日辞朝并上，老臣去国身轻，恋主情重一疏。即以是日出城，大小九卿郊饯于顺城门外。

天启二年，壬戌，七十六岁。正月初十日抵家。途次有七律二首志喜："曾披汉史羡疏公，祖帐都门事颇同。十五封章天听转，三千驿路主恩隆。梅花斗雪清香远，松干凌霜劲节崇。归去故园春色好，时时回首帝城中。连章得请赋来归，丹陛陈情泪湿衣。自信心长缘发短，敢云昨是觉今非。兼驱猛兽无良策，闲伴浮鸥有息机。独使至尊劳旰食，难将寸草答春晖。"

壬戌暮春，清澄居士自叙。时年七十有六。

题解

本文录自清光绪七年(1881 年)版，天门多祥九屋沟《周氏宗谱》。

余清阁：周嘉谟住宅名。

附

复周敬松(周嘉谟)先生书

钱　春

某以幼冲之年，当兹巡方大任，事多有谬，取罪大方。

泗港起自贵县，印官不以一字相闻，而诸父老又止巡抚台告理，故加开掘。惟取其有利于潜，而岂知其有害于景，一至此极也！昨捧华翰，愧赧无地。永镇观之作，捐俸三千，将功赎罪。而兑折之改，景与潜同，某曾无成心也。惟俟永镇观工完后，即加筑塞泗港，不劳台下过虑也。

题解

本文录自彭湛然撰、民国二十五年(1936年)活字本《襄河水利案牍汇抄上卷》卷首。

钱春:时任湖广按察使。

李　登(解元)

清康熙三十一年(1692 年)版《景陵县志·卷之六·人物志·进士》第 15 页记载:李登,字伯庸,号华台。儿时目下数千言悉成诵。明万历癸酉举乡试第一人,庚辰成进士。谒选得大理评事,不二年,卒于邸。自孝廉至服官,未尝拓一椽舍,增一田圃。旧居北郊外,吟啸其中,于书无不窥。发为诗歌,皆高宕。饮酒数斗不乱,射辄命中,投壶能使矢跃丈许。好借齿牙援人,里中要害,侃侃争于上官。退则萧然,不问家人生产,人称长者。子纯元,进士,陕西参议。又,解元里,在城内十字街傍,邑解元李登所居里也。

李登墓志由李维桢题,神道碑由周嘉谟题,墓表由张懋修撰。

莲台寺

李　登

慧日散灵花,慈云霭佛牙[1]。梦残松阁磬,倦醒竹炉茶。有兴宜题壁,重游定护纱。谈空非所事,弧矢是生涯[2]。

题解

本诗录自清道光元年(1821 年)版《天门县志·卷十七·寺观》第 27 页。诗前有文云:"莲台寺在县东南二十里,绘有图,有树连理,柯叶参天。邑人李登读书其中,题诗壁间,其子纯元跋之。"

注释

[1]慧日:佛教语。指普照一切的法慧、佛慧。　灵花:佛教语。谓神妙绚丽之天花。

慈云：佛教语。比喻慈悲心怀如云之广被世界、众生。

霭：笼罩。

佛牙：相传释迦牟尼圆寂之后，全身都变成细粒状舍利，但牙齿完整无损，佛教徒奉为珍宝，予以供奉，称佛牙。相传有一颗佛牙很早传入中国。

[2]谈空：谈论佛教义理。

弧矢：指男子当从小立大志。古代国君世子生，以桑弧蓬矢射天地四方，期其有志于远大。

万历癸酉乡试启行口占

李　登

举世沉沉不我知，临行遣兴故留题[1]。胸襟海阔三江小，志气天高五岳低。且将平昔惊神笔，暂作今宵步月梯[2]。华台自此襄阳远，寒窗再不听鸣鸡[3]。

题解

本诗录自民国七年(1918 年)版天门李菊后裔小二公支系《李氏宗谱》。

万历癸酉：明万历元年，1573 年。

注释

[1]沉沉：形容深隐沉静的样子。

遣兴：抒发情怀，解闷散心。

[2]步月：暗喻蟾宫折桂。攀折月宫桂花。科举时代比喻应考得中。

[3]华台自此襄阳远：诸葛亮在襄阳隆中躬耕苦读，留意世事，达十年之久。作者借此表达卧龙腾飞的志向。

华台：李登号华台。

中秋赏月

李　登

战罢文场笔阵收，客边不觉又中秋[1]。月明银汉三千界，人倚金峰十二楼[2]。竹叶酒添豪士兴，桂花香扑少年头。今宵暂与嫦娥约，指日蟾宫任我游[3]。

题解

本诗录自民国七年(1918年)版天门李菊后裔小二公支系《李氏宗谱》。

注释

[1]客边：驻足异乡。

[2]三千界："三千大千世界"的省称。佛教名词。指释迦牟尼所教化的广大范围。

[3]桂花香扑少年头、指日蟾宫任我游：暗喻蟾宫折桂。攀折月宫桂花。科举时代比喻应考得中。

蟾宫：月宫，月亮。

大理公(李登)京邸寄子书

李　登

路中相别，有千般言语不及与尔说。大段要尔读书，固望步及第[1]，光祖宗、显父母、荣妻子，此乃大丈夫好事。然圣贤教人为学，岂徒袭文章、事章句，组织华藻为一身富贵计哉？大抵学者学为人也，要尽为人道理。道理安在？孝亲敬长，忠君信友。小而行止语默，大而纲常伦纪[2]。事上处下，待人接物，都要安重谦和、详审谨慎[3]。不要轻言，轻言取辱；不要妄动，妄动损德。凡事存心，广积阴德。仆婢要恩义兼尽，乃能得其依附。乡里要恭谦退逊，乃能不招物议[4]。朋友要观法善士，乃能长德进业[5]。用度要崇尚俭朴[6]，乃能兴家足用。酒不宜多饮,事不宜邪行,心不宜外驰。所以重养元气、固性命、保父母遗体[7],为天下国家干事,为男儿一生撑持。特其大概耳[8],余可类推。古人出门见宾,使民承祭[9];参前倚衡[10],行不愧影,寝不愧衾[11]。如此用功,何处不是学,何处不是敬[12],何愁不做好人?

原想除县令,或得南来观尔进益[13]。今授京职,相别许久,不知尔立志勤学何如。观帖中有负我望之语[14],且喜且惧。喜儿之有言,惧儿之无此志也。孔子志学,自十五以至七十,一日不间,此所谓"学而时习之"也[15],时时而学,时时而悦;终身而学,终身而悦。只在知行此道理[16]。道理在心,乐道不倦;义理悦心,举业到此方有贞得[17]。非沉潜理会、静养[18],何能致此?处躁心浮气、虚夸放荡[19],万万无可成之理。观尔帖中,将经书温背读过、诸文讨论寻绎[20],固皆正事,然此特皮毛糟粕耳。犹善用兵者,干戈刀斧种种,咸备止兵家之器具。至其料敌设奇、深谋秘计,则运用之宰于一心[21],乃能制胜。徒取胜于器具,人人有也,何人不思起翦颇牧哉[22]?如此可论举业矣。所说数语,惟以备衬料,当使不空疏,非真持此以为举业真传。

令讲看经书、分截主意,要细玩刊文轻重疏密[23];要妥讲章[24],不必多记刊文。当其看书或作文时,闭目澄思凝神,反照求诸心髓性灵之间[25],体验于身心性情之际,从容涵咏于静一之中,超然觉悟于象数意言之表[26],乃谓真见真闻,是为举业真传。涵养此心,活活泼泼,生而不息。何处不到,何处不通?施之文章,自如万斛之泉[27],随涌随出。何愁"七篇",何愁"三场[28]"?若此心失养,昏昧放逸,口谈邪说,身近邪人;心动邪思,身行邪事,则在醉梦中过了一生,与草木犬豕同。心机枯槁,生意过竭[29]。非残忍刻薄,则放僻邪侈[30]。此圣狂关头[31],岂仅系举业之成败哉?子试思之,吾非虚说迂谈也。

凡观书把玩及作文得题,先将圣贤道理、当时光景恍然于心目,潜探其立意之旨,发其精蕴之趣[32]。凡六经四书所在,无非人身道理,无非日用间事[33],一一以心理会、以身体贴,如作学而时习,节节将注寻玩一番[34],便自思曰:"学者效先觉之人,致知力行[35]。理与心契,有一段快乐处,岂不是悦。”看得如此透彻,下笔为文,自不肤浅,自有醒快动人处[36]。若但照题翻为,浮蔓不根[37],犹人有骨而无筋;如剪五彩为花,体裁虽似,生意索然。老儒宿师所以株守终身,不见天者也[38]。思之慎之,勿使时光付之流水哉!

题解

本文录自民国七年(1918 年)版天门李菊后裔小二公支系《李氏宗谱》。

大理公:指李登。李登官至大理寺左评事。此处是修谱者对李登的敬称。

京邸:京都的邸舍。

注释

[1]大段:大凡,大体。

及第:又称“登第”。科举考试及格被录取者称及第,因列榜有等第,故名。

[2]语默:指或说话或沉默。语出《易·系辞上》:“君子之道,或出或处,或默或语。”

纲常:三纲五常的合称。封建社会所提倡的人与人之间的道德标准。三纲指君为臣纲、父为子纲、夫为妻纲。五常指仁、义、礼、智、信。

伦纪:伦常、纲纪。

[3]安重:稳重,庄重。

详审:周密审慎。

[4]乡里:同乡的人。

退逊:退让,谦让。

物议:众人的议论,多指非议。

[5]观法善士:取法于品行良好之士。观法:佛家语。指探究真理于一心。善士:品行良好的士。

长德进业:修养德行,使学业有所进益,使事业有所发展。

[6]用度:开支。

[7]遗体:身体为父母所生,所以称自己的身体为父母的“遗体”。

[8]特:但,仅,只是。

[9]出门见宾,使民承祭:语出《论语·颜渊》:仲弓问仁。子曰:“出门如见大宾,使民如承大祭。己所不欲,勿施于人。”出门如同去会见贵宾,役使人民如同面临大的祭典。自己不愿承受的事,也不要强加在别人身上。这里,孔子解释的是仁,说的是“敬之道”,所以下文说“何处不是敬”。

[10]参前倚衡:语本《论语·卫灵公》:子张问孔子,如何才能使自己到处行得通,孔子回答说:“言忠信,行笃敬。”“立则见其参于前也,在舆则见其倚于衡也,夫然后行。”意指言行要讲究忠信笃敬,站着就仿佛看见“忠信笃

敬”四字展现于眼前，乘车就好像看见这几个字在车辕的横木上。泛指一举一动，都要谨慎合礼。参：列，显现。前：指眼前。倚：靠。衡：车前横木。

[11]行不愧影，寝不愧衾（qīn）：走路没有对不起影子，睡觉没有对不起被子。形容日夜扪心自问，毫无愧疚。语本《宋史·蔡元定传》：“独行不愧影，独寝不愧衾。”衾：被子。

[12]何处不是敬：此处呼应前文，参见本文注释[9]。

[13]除：拜受官位。

进益：指学业、品德上的进步。

[14]帖：小柬，即纸片，后世指短小信札。

[15]孔子志学，自十五以至七十：语出《论语·为政》：子曰：“吾十有五而志于学，三十而立，四十而不惑，五十而知天命，六十而耳顺，七十而从心所欲，不逾矩。”孔子说：“我十五岁才开始立志学习，三十岁才在社会上站住脚，四十岁时才对社会的一些现象不再感到困惑，五十岁时才明白了对人力所不及的应该听天由命，六十岁时才无论听到了什么都不再逆耳，七十岁时才随心所欲地行事而没有什么违犯规矩之处。”

学而时习之：学了，又时时去温习它。语出《论语·学而》。

[16]知行：认识与实行。

[17]义理悦心：以理义悦心，孟子的自我修养方法。语出《孟子·告子上》：“故理义之悦我心，犹刍豢之悦我口。”所以理义使我的心高兴，就像猪狗牛羊肉使我觉得味美一样。

贞得：疑为“得正”之意。谓得正道。

[18]沉潜理会：深刻领会。原文为“沉潜理”。

[19]虚夸：浮夸，虚浮。原文为“虚跨”。

放荡：指言行放纵，不拘形迹。

[20]寻绎：〈书〉反复推求。

[21]宰：主宰。

[22]起翦颇牧：白起、王翦、廉颇、赵牧，战国时秦、赵两国的名将。比喻用兵精妙的人才。

[23]令：假设语气词。

分截：分割，割裂。

刊文：科举时代刊印的八股文章，如《三场闱墨》之类，总称为刊文。后指《会考升学指导》一类书籍。

[24]妥：疑为“妥视”。垂视。古代臣见诸侯，视线低于对方的面。

讲章：书眉上的讲解性文字，供学童深入理解参考，也称高头讲章。

[25]澄思：深思，静思。

心髓：心灵深处。

性灵：犹言性情。

[26]静一：恬静，专一。

象数：《周易》中象与数的合称。《周易》中的卦有卦象、爻有爻象。又一爻为六，一爻称九，依六爻从下到上分别称初、二、三、四、五、上；《易传》又讲天地之数、大衍之数。《易》学中的象数学派,专门阐发象数的意义,形成一套专门的理论。

意言:意会之言。

[27]斛(hú):旧量器名,亦是容量单位,一斛本为十斗,后来改为五斗。

[28]七篇:亦称七艺、七作、七题。明清科举乡、会试应试的八股文篇数。明洪武十七年颁科举定式,初场试《四书》义三道,每道二百字以上,经义四道,每道三百字以上,故名。清初因之。

三场:科举考试用语。指考试的场次。三场的具体考期、内容,历朝各有不同。明行八股文后,士子的精力专于初场的四书义及经义,考官阅卷亦重初场,而不深究其第二、三场,至清尤甚。

[29]生意:生机,生命力。

过竭:指精神过度使用就要耗尽。原文为"过绝"。

[30]放僻邪侈:谓肆意作恶。放、侈:放纵。僻(辟)、邪:不正。原文为"放僻邪耻"。

[31]圣狂:圣明或狂妄。语出陆游《老学庵自规》诗:"圣狂在一念,祸福皆自求。"圣明或狂妄,常常取决于一念之差;受祸或得福,都是自己的行为招致。

[32]精蕴:精微深奥的内容。

[33]六经:六部儒家典籍。指《诗》《书》《礼》《易》《乐》《春秋》。

四书:指《论语》《大学》《中庸》《孟子》四部儒家的经典。

日用间事:日常生活中间的事。

[34]寻玩:"寻绎吟玩"的略语。即反复推究、探索、体会事理。

[35]学者效先觉之人:孟子有先觉和后觉的说法,后觉效仿先觉而"习",这就是"学"。

致知力行:获得知识并加以身体力行。朱熹云:"大抵学问只有两途,致知力行而已。"(《朱文公文集》卷四十)

契:切合。

[36]醒快:疑为"酣快"。酣畅痛快。

[37]翻为:写作。

[38]宿师:老成博学之士,即大师。宿:大。

所以株守终身,不见天者:"所以……者",表示原因的固定短语,意思是"……的原故""之所以……的原因"。株守:比喻拘泥守旧,不知变通。

附

华台李公(李登)墓表

张懋修

李登,字伯庸,号华台。万历癸酉科解元,庚辰进士。公堕地负奇,目下数十言番成诵。十八补博士弟子员,然数踬于有司。癸酉始领乡荐,为第一人。

曩先生儿时,父龙山公感其梦,睹先生领解状,寤为《喜雨歌》识之,卒应如响。庚辰举进士,高等谒选得大理寺左评事。不二年,被骤恙,卒邸中。自孝廉至服官,未尝拓一丙舍,增瓯脱(瓯脱:也作“区脱”。汉时匈奴语指边境屯戍或守望之处)地。

按:公魁岸丰颐,岳立如仙。于书无不窥,发为诗歌,皆高宕。洪于酒,数斗不乱,酒酣度曲,掩映数座。善射,彻命中。投壶,能使跃丈许。为乐好偕齿牙人,里中要害,侃侃争于上官。退则萧然不问。筑园北郭外,构亭吟啸其中,时人莫能窥也。

子纯元,进士。陕西参议。

编修、新野马之骐曰:“李先生,高朗君子也。”造化者予以艺材盛名,而抱之使愈壮,而得之复夺以去,何如也?前不难丰之以才,而后不靳赐之佳子弟,天道果真梦梦者哉?昔颜延之诸儿,各得其一斑,独其往谓不可及。余谓先生之二子,或得其逸,或得其文,譬如河深流远矣。

题解

本文录自民国七年(1918 年)版天门李菊后裔小二公支系《李氏宗谱》。

张懋修:湖北江陵人。状元。清乾隆五十九年(1794 年)版《江陵县志 · 卷之二十七》第 47 页记载:“张懋修,字斗枢。居正第四子(实为第三子。《天门进士诗文》编者)。万历庚辰进士,殿试第一。”

华台李公(李登)夫人谭氏合葬墓志铭

闵庭训

景陵李公华台,讳登,字伯庸。由进士任大理评事。以万历壬午八月卒于官,岁癸未二月已卜葬矣。至甲申四月十六日,夫人谭氏卒,以十月七日将祔合葬焉。其子纯湛、纯元以余与华台公为垂髫莫逆交,请志与铭余。

按:李公实钟华山之秀以生,生而颖异。其父龙山公,珂母姚氏生公,盖有异兆。公幼,日诵千百言,过目辄不忘;发为文章,落笔千万言,亹亹不绝。见者无不惊服。至其词翰,亦奇绝一世。邑中先哲有文恪公鲁铎,中会试第一,由翰林任祭酒,士类以其勋业属李公。后公果以癸酉领乡书第一,庚辰中会试魁卷,赐进士,任大理评事。未几卒于官。特旨赐乘传、赐葬。先皇御制诔鲁公曰:“寿不满德,用不竟才。”余于李公亦云,盖二贤一辙也。惜哉!

公初娶延氏,早卒。继娶谭氏夫人,谭公祐女,有内教,贤而能。凡公之所以无内顾忧,得卒业于诗礼,终成大名者,大抵皆夫人力也。生子男二人,即湛、元,皆邃于学,有父风。每一试,辄推重有司。人争传诵其文,然则成父之志、以光先绪者,其在斯欤?昔孔子重季札,而为题其母墓曰:“呜呼!延陵季子之母之墓。”如李氏二子之表其父母之墓矣。公有弟二人,次发,次督,皆学生。长子湛,娶罗氏;次元,娶谭氏。长女嫁吴公三子,次女嫁谭公长子,三女聘殷公长子。

公以庚寅年九月初十日生,至卒,年五十有三。夫人以丙申年四月十四日生,至卒,年五十,皆祔葬于子文庙之麓、曾祖靳公之傍,作壬丙向。兆成,因为之铭,铭曰:

子文之山,风气攸聚。有山如黛,有水如注。青山瘗玉,孔安且固。哲人之藏,鬼神呵护。万有千年,华表如故。后有过者,皆指之曰:“呜呼!此大理李公、夫人谭氏合葬之墓。”

万历甲申岁十月朔,邑中友人闵庭训顿首拜书。

题解

本文录自李登谭氏合葬墓志。原题为《明大理华台李公夫人谭氏合葬墓志铭》。墓志现藏于李姓宗亲家。

陈所学(户部尚书)

陈所学(1559～1641年),字正甫,号志寰,又号松石山人。天门干驿人。明万历十一年癸未科(1583年)进士。官至户部尚书。

《大清一统志·人物》记载:陈所学,字正甫。景陵人。万历八年庚辰进士。历官山西巡抚,晋户部尚书。值杨涟疏劾魏忠贤,祸且不测。所学疏救,不报。珰邀阁部议事,所学力折之,忠贤默然。遂告归。

清乾隆乙酉(1765年)初版《天门县志·卷十四·宦迹》第9页记载:陈所学,字正甫。弱冠成进士。父篆召归,使键户力学三年。再赴廷对,授西曹主事,移虞衡,典试滇南。复命即司榷浙之武林关,珰视眈眈,以廉见惮。由新安守视学三晋,能识士,与其滇中所拔咸速售有名。及分巡冀北,筹边事,足边食,使番戍不以空名縻饷,武事不以宴安废弛,具有条款。会顺义拥众窥边抵城下,知宿备寻盟而去。弥衅靖疆,深得政体。由闽右司转浙左司,旋开府雁门,拥节江表。时天下扰扰,旱蝗能备给饷,多方皆称职。晋大司农,会杨给谏涟以纠珰忤上,震怒赫然。而厂、卫皆奸人党中,旨自魏忠贤标出,上意不可知。所学引诸大臣上疏力救,忠贤深嫉之。适以驾视成均,百官习仪内殿,阉邀执政卿贰议事至司农,辞色颇厉。所学据理应之,不能为难,遂连章乞休。盖自诏起闽藩,每转必具疏力辞,至此凡十二上矣。其居乡也,置堤剅则惠一乡,置义田则惠一宗,请除加派则惠及一邑矣。年八十二,预道卒期,遗命勿得请祭葬,亦尸谏之义云。

陈所学编辑《会心集》,袁宏道作序——《叙陈正甫会心集》,云:余友陈正甫,深于趣者也,故所述《会心集》若干卷,趣居其多。不然,虽介若伯夷,高若严光,不录也。噫!孰谓有品如君、官如君、年之壮如君而能知趣如此者哉!

陈心源纂修、民国三十七年(1948年)版天门干驿鸳鸯湖《陈氏宗谱·卷六下·艺文》记载:公著有《检身录》《会心集》《鸿蒙馆集》《鸿蒙馆续集》《松石园诗集》等书。民国癸未年(1943年)正月初六日,为兵火焚尽,可惜也!

题仙女山

陈所学

天削孤峰抱古台，参差径树接城隈[1]。远烟疑自湘灵绕，绝嶂惊从巫峡来[2]。万户遥窥如画里，千帆坐看似云堆[3]。名山佳会忍令负，能不放歌一举杯[4]？

仄径盘纡蹑屐通，登临直欲挽天风[5]。仙人芝节竟何在，玉女箫声恨未逢[6]。坐久昙花云里坠，望来烟景江南空。凭君莫话阳台事，作赋那如宋玉工[7]。

题解

本诗引自武汉市汉阳区地方志办公室编、武汉出版社2016年版《万历汉阳府志（校注本）》第187页。作者前有“景陵”二字。据清乾隆三十八年（1773年）版《汉川县志·卷之五·艺文·诗》中的《仙女山二首》补足缺损文字。

仙女山：山名，在今汉川市城西。传楚怀王于此地梦游阳台与神女相会，又叫“阳台山”。

注释

[1]城隈（wēi）：城角，城内偏僻处。

[2]湘灵：古代传说中的湘水之神。

巫峡：宋玉《阳台山高唐赋》记楚襄王游云梦台馆，有楚怀王梦与巫山神女相会的故事，后遂以“巫峡”称男女幽会之事。此处指神女。

[3]云堆：原文缺“堆”。

[4]佳会：指男女欢会。

[5]仄径：狭窄的小路。

盘纡：回绕曲折。

蹑屐：拖着木屐，穿着木屐。

[6]芝节：原文缺“芝”。

[7]凭君莫话阳台事，作赋那如宋玉工：指宋玉曾作《阳台山高唐赋》和《神女赋》。《万历汉阳府志》收录两文。凭君：请你。

致仕述怀

陈所学

松石好秋色，湖光无俗氛[1]。钟鸣出浦月，渔唱入冈云[2]。老矣身宜隐，归欤政不闻[3]。扪心犹向阙，何以答吾君[4]？

梓里同心友，先皇顾命臣[5]。一朝蒙贝锦，匹马出城闉[6]。偕隐宁无伴，归休好结邻[7]。凄然谈往事，不觉泪沾巾。

文儒赴东市，严刑五毒深[8]。回天无大力，解组有惭心[9]。北阙萦幽梦，东山豁素襟[10]。个中丝竹趣，何处觅知音？

当年麋鹿性，丰草与长林[11]。簪绂烟云宦，鬓毛岁月深[12]。不言宫里树，惟听座中琴。俯仰宽天地，无庸泽畔吟[13]。

题解

本诗录自陈心源纂修、民国三十七年（1948 年）版天门干驿鸳鸯湖《陈氏宗谱·卷六下·艺文》第 25 页。熊士鹏编、清道光癸未（1823 年）版《竟陵诗选·卷六》第 9 页收录第一首，题为《归松石园》。

致仕：古代官员年老或因病交还官职，辞官退居，犹近世之退休。

注释

[1]俗氛：指尘俗之气或庸俗的气氛。

[2]浦：水边。

[3]欤：语气词。表示感叹。

[4]向阙：心系朝廷。阙：借指宫廷，帝王所居之处。后也借指京城。

[5]梓里同心友，先皇顾命臣：指作者与顾命大臣周嘉谟是知音，都是天门干驿人，都因得罪魏忠贤阉党而致仕。

顾命：《尚书》的篇名。取临终遗命之意。后因称帝王临终前的遗诏为顾命，帝王临终前托以治国重任的大臣为顾命大臣。

[6]贝锦：喻诬陷他人、罗织成罪的谗言。

城闉（yīn）：城内重门。亦泛指城郭。

[7]偕隐：一起隐居。

归休：辞官退休，归隐。

[8]文儒赴东市,严刑五毒深:指杨涟疏劾魏忠贤,遭致杀身之祸。陈所学曾舍身上疏救杨。

文儒:文士。

东市:汉代在长安东市处决判死刑的犯人。后以"东市"泛指刑场。

五毒:古代的五种酷刑。

[9]解组:解下印绶,辞去官职。组:印绶。

[10]北阙:古代宫殿北面的门楼,是臣子等候朝见或上书奏事之处。用为宫禁或朝廷的别称。

幽梦:忧愁之梦。

东山:谢安早年曾辞官隐居会稽之东山,经朝廷屡次征聘,方从东山复出,官至司徒要职,成为东晋重臣。又,临安、金陵亦有东山,也曾是谢安的游憩之地。后因以"东山"为典。指隐居或游憩之地。

素襟:本心。亦指平素的襟怀。

[11]丰草与长林:长林丰草。本谓高大的树林、丰茂的野草,为禽兽栖止之佳处。后用以指隐逸者所居。

[12]簪绂(zān fú):冠簪和缨带。古代官员服饰。亦用以喻显贵,仕宦。

[13]泽畔吟:语出《楚辞·渔父》:"屈原既放,游于江潭,行吟泽畔。"后常把谪官失意时所写的作品称为"泽畔吟"。

松石园诗(五律四首)

陈所学

鹏息非离海,龙潜且在渊。赤松游有待,黄石略曾传[1]。镇日容萧散,浮云任变迁[2]。不知三径里,谁可共周旋[3]。

日涉园多趣,青松白石同。生成原帝力,位置待人工[4]。偃盖天陵上,支机月宇中[5]。平泉与金谷,未敢拟豪雄[6]。

信是经纶手,为园事事宜[7]。随身无长物,悦目有余姿[8]。石缀千钟乳,松流万岁脂。于中饶服食,世味亦何其[9]。

占梦松生腹,谈经石点头[10]。鸾栖征孝子,鹊印兆封侯[11]。云雾行看澈,风涛坐听留。名园无不有,何必苦人求。

题解

本诗录自陈心源纂修、民国三十七年(1948年)版天门干驿鸳鸯湖《陈氏宗谱·卷六下·艺文》第14页。

注释

[1]赤松游:张良辅佐刘邦建立汉王朝之后,无心留恋仕宦利禄,愿功遂身退,明哲自保,故提出愿出世求仙,从赤松子游。后用为咏出世求仙之典。

黄石略:张良年少时,曾在下邳桥上为一位老者拾鞋并给他穿上。老者高兴地拿出一部书给张良,说:"如果学会它就可以做帝王的老师。后十年就会兴旺发达。十三年后你到济北见我,穀(gǔ)城山下的黄石就是我。"张良打开书一看,原来是《太公兵法》。后用"黄石书、黄公略"等指兵书、兵法。

[2]萧散:消散,消释。

[3]三径:代指隐士的家园。语出陶渊明《归去来辞》:"三径就荒,松菊犹存。"

[4]生成原帝力,位置待人工:意思是,松石园的趣味自然形成,仿佛无为而治,但处置却是人力所为。

帝力:帝王的作用或恩德。

位置:处置。

[5]偃盖天陵上,支机月宇中:意思是,青松白石的世界,宛若仙境。

偃盖天陵:语出《艺文类聚》卷八八引葛洪《抱朴子》:"天陵偃盖之松,太谷倒生之柏,皆为天齐其长,地等其久。"偃盖:形容松树枝叶横垂,张大如伞盖之状。

支机:支机石。传说为天上织女用以支撑织布机的石头。传说汉代张骞奉命寻找河源,乘槎经月亮至天河,在月亮见一女织,又见一丈夫牵牛饮河,织女取支机石与骞。

[6]平泉:平泉庄。唐李德裕游息的别庄。

金谷:为晋代富豪贵官石崇的别墅园林,在今河南洛阳西北金谷涧中。

[7]经纶:整理丝缕、理出丝绪和编丝成绳,统称经纶。引申为筹划治理国家大事。

[8]长物:多余的东西。

余姿:赏玩不尽的姿容。

[9]饶服食:丰衣足食。

[10]占梦松生腹:典自"丁固生松"。指梦幻成真。传说三国吴丁固梦松生腹上,预言十八年后为公,果如其言。盖松字乃十八公之合字。

谈经石点头:讲经说道能使石头理解开化。《十道四番志》云:"生公讲经于此,无信之者,乃聚石为徒,与谈至理,石皆为点头。"

[11]鸾栖:鸾鸟栖止。比喻贤士

在位。

鹊印：晋干宝《搜神记》卷九载，张颢得山鹊所化的金印，官至太尉，后遂以“鹊印”指得官的喜兆。

松石园诗（七律四首）

陈所学

湖山列绣郁蒸霞，苍翠葱茏水木华。岂事扫除仲举室，争看征辟太丘家[1]。龙根橘叟分云液，雀舌茶颠摘露芽[2]。自是宰君能渡世，双林长转白牛车[3]。

家将孝友齐张仲，国以安危仗令公[4]。草木知名惟阃外，烟霞抱癖恋林中[5]。幡经漏滴莲花水，坐钓舟移柳絮风。一啸湖天孤月晓，杖藜矫首羡冥鸿[6]。

溪名不似柳州愚，山色浑如辋水图[7]。丈室清凉开净社，丹房阒寂隐方壶[8]。庭栽异土三花树，涧采仙人九节蒲[9]。蜡屐绳床无长物，埙篪迭奏自于于[10]。

仗钺每怀南国梦，移文肯负北山灵[11]。逃禅兀坐松堪友，款客微酣石可醒[12]。杂佩幽芳纫蕙茝，长镵闲适劚芝苓[13]。武溪遥隔沧浪外，一艇先将老钓汀[14]。

题解

本诗录自陈心源纂修、民国三十七年（1948 年）版天门干驿鸳鸯湖《陈氏宗谱·卷六下·艺文》第 15 页。

注释

[1]岂事扫除仲举室：典自“陈蕃扫一室”。《后汉书·陈蕃列传》记载：后汉陈蕃年少时不爱打扫庭院，他父亲的同僚薛勤问他其中的缘故，他说：“大丈夫处世，应当为国家扫除天下，不应在乎扫一间屋子。”仲举：陈蕃，字仲举。东汉大臣。

争看征辟太丘家：指东汉陈实屡辞征召。汉蔡邕《陈太丘碑文》：“大将军何公，司徒袁公，前后招辟，使人晓喻……皆遂不至。”征辟:征召,荐举。旧指朝廷或三公以下召举布衣之士授以官职。太丘:东汉陈实,德行极高,誉满天下,因其曾任太丘长,故称。

[2]龙根橘叟:典自唐牛僧孺撰《玄怪录》卷三《巴邛(qióng)人巧遇橘中仙》。相传有巴邛人,不知姓名,家有橘园。霜后收橘,有两个橘子大如三斗盎。剖开后,见每个橘子里都有两个老叟,都在相对下象棋,谈笑自若。一个说:“我饿了,须龙根脯食之。”就在袖中抽出一草根,形状宛转如龙,因削食之,削了随即又长出来。吃完,以水喷之,化为一龙,四位橘中仙人乘上,不知所在。

云液:古代扬州名酒。亦泛指美酒。

雀舌:古代对嫩芽茶的雅称。

茶颠:古指嗜茶成癖陆羽式的茶痴。

[3]宰君:对知县的敬称。

双林:借指寺院。

白牛车:比喻大乘教法,微妙禅法。按《法华经·譬喻品》中有羊车、鹿车和牛车之喻,以牛车最为上,为菩萨乘坐,故有此语。

[4]张仲:人名。辅佐周宣王管理内政的大臣。《诗经·小雅·六月》六章:“侯谁在矣?张仲孝友。”

令公:对中书令的尊称。

[5]阃(kǔn)外:指京城或朝廷以外,亦指外任将吏驻守管辖的地域,与朝中、朝廷相对。

抱癖:抱有某种癖好。

[6]杖藜:持藜茎为杖,泛指扶杖而行。

冥鸿:高飞的鸿雁。

[7]溪名不似柳州愚:湖南省永州市西南有愚溪,本名冉溪。唐柳宗元谪居于此,改其名为愚溪,并名其东北小泉为愚泉,意谓己之愚及于溪泉。柳州:柳宗元,人称柳河东,又因被贬谪为永州司马,后转柳州刺史,死于柳州,称柳柳州。

浑如:浑似,好似。

辋(wǎng)水图:指唐代诗人王维绘的名画《辋川图》。王绘辋川别业二十胜景于其上,故名。辋水:辋谷水。诸水汇合如车辋环凑,故名。在陕西省蓝田县南,源出秦岭北麓,北流至县南入灞水。唐诗人王维曾置别业于此。

[8]丈室:斗室。

净社:结净行社。共修净业的组织。佛家所称净业,指清净的言行意念等,可以招来善报者。

丹房:道教炼丹的地方。亦指道观。

阒(qù)寂:静寂,宁静。

方壶:腹圆口方的壶。古代礼器的一种。

[9]三花树:即贝多树。一年开花三次,故名。

九节蒲:菖蒲的一种。茎节密,每

寸达九节以上,故名。

[10]蜡屐:涂蜡的木屐。

绳床:一种可以折叠的轻便坐具。以板为之,并用绳穿织而成。又称“胡床”“交床”。

长物:多余的东西。

埙篪(xūn chí):埙、篪皆古代乐器,二者合奏时声音相应和。因常以“埙篪”比喻兄弟亲密和睦。语出《诗经·小雅·何人斯》:“伯氏吹埙,仲氏吹篪。”

于于:相属貌。

[11]仗钺(yuè)每怀南国梦:在外官居要职,却常常梦回故乡。仗钺:手持黄钺,表示将帅的权威。引申为统率军队。南国:南方之国,周之南土,即江汉一带地区。

移文肯负北山灵:意思是,我是地地道道的隐者,绝不会有负于北山山灵。南北朝孔稚珪作《北山移文》,借北山山灵的口吻,嘲讽了当时的名士周颙(yóng)。周故作高蹈而又醉心利禄。移文:古代官府文书的一种,旨在晓喻或责备对方。北山:即钟山,因在建康城(南朝京都,今江苏南京市)北,故名。

[12]逃禅:指遁世而参禅。

兀坐:独自端坐。

款客:亲切优厚地招待客人。

[13]杂佩:总称连缀在一起的各种佩玉。

纫蕙茝(chǎi):把蕙茝这些香草缝在一起作为佩带。蕙:香草名。一指薰草,俗称佩兰。古人佩之或作香焚以避疫。二指蕙兰。茝:古书上说的一种香草,即“白芷”。

长镵(chán):又称踏犁、蹠(zhí)铧。由耒耜(lěi sì)演变而来的耕地翻土工具。在一根有铁尖头的横木上,安一根斜的长柄,柄上端有一可手握的短横木,下端左边有一可脚踏的短横木。

斸(zhú):砍。

[14]武溪:古河流名。又称武水。泸溪县西有武溪,源于武山,溪自山出,注入沅江。

沧浪:古水名。在今湖北境内。或云汉水之支流,或云即汉水。

千一疏序

陈所学

往闻新安有程巨源云,余以尚书民部郎出守其郡[1]。巨源带櫑来谒,已读所构古文辞[2],澄澜汪濊,嶒峰踔厉[3],蔚如渊如,具称体贰之才[4]。乃屈首诸生中，头颅不异[5]。亡何赍志修文地下[6]。嗟乎！吏部耻吟于东野，孙生寄悼于玄英[7]，千载同恨矣。又可十载，而余辖闽，左使范原易先生贻书寓一编[8]，曰："是公所品拔程生遗墨，而槲儿订之、黄令如松镌之者也[9]。"首辞端言之宠，傥有意乎[10]？

既卒业所为《千一疏》者，类析区分[11]，渊综载籍，钩玄抉隐，并挈胸情[12]。高之耀魄郁华之乡，卑之块比幽漻之屈[13]；洪之龙伯巨灵之异，纤之鲲鲕蟭螟之倪[14]；迩之里馗逵路之步，远之濮铅网罠之隔[15]。义不必姬孔，柱下漆园，兰陵葱岭足训也[16]；书不必典坟，容成亢桑，蜎渊尸佼，长庐随巢足采也[17]；事不必故常，灵怪虷蠁，藻廉贰负，彭侯俞儿足纪也[18]；理不必高渺，蚕图耒经，龙髓禽言，鹤铭九镜，五木足赅也[19]。总之张乐广野，莹露递陈[20]；占象灵台，魁杓罗列[21]。斯才情之玄囿，艺文之神皋[22]。已挽近士以才技自声蘖开户牖，成一家言[23]。典则邻迂，高则类诞；繁则捃芜，简则譈刻[24]。《内业》《谰言》、贝书、《天隐》、元筌、《猗犴》、灸碾、乾馔而下[25]。书淫传癖，宁独令升之鬼狐、盈川之算博耶[26]？

巨源学总儒玄，才蓄盛藻[27]。方蜺龙之年，即已抽宛委、二酉之藏，搅竹素、铜浑之閟[28]。扬声博硕，何止染脔鼎、啖鸡跖也者[29]？尔其掩玄亭、濡素业，浸淫百家之言，嫥捖千古之思，吐茹二仪之灵，嬴坪三光之轸，跌宕万物之变[30]。梔言，或理出前人之未申；撷事，或义悉先史之不载。展卷，则耳目若濯；入思，则端倪在襟[31]。谓巨源今之士安、彦深非与，或者谓其书辨博恍洋，丛异吊诡[32]。亡论奴仆六经，去之益远；即优孟志林，将无弘治、卫虎之讥[33]。曰："文，贯道之器也[34]。"作者之情见乎辞，与文泳息，与道通回[35]。辨德明术，觉俗牖民，古今一也[36]。是书，亢眇论于群流，续高唱于旷代[37]。坛卷连漫不胶于经，经纬典刑必不畔于经[38]。以言被文，以文纬道，斯几之矣[39]。汉董生梦蛟龙入腹，爰缀繁露[40]。刘氏《鸿烈》二十篇云，字挟风霜[41]；《太玄》文义至深，论不诡于圣人[42]。诧其必传疏中千百言，理测渊微，言批隙窾[43]。天人多所听荧，性命时有会妙[44]。玉杯、繁露、竹林之章,俶真、览冥、说山、泰族之训[45]。格以二子,自可联镳[46]。后世晰理者窥其堂奥,敷文者倾其沥液,嗣万古人规芳、来叶允哉[47]!文斯行远,美而爱传,百世赏音,何必减桓君山也[48]。盖穆子论古今三立,命之曰不朽[49],巨源于是为不朽。夫疏始化理、卒说铃,汇若干卷[50]。千一,巨源谦辞也。

万历己酉秋日,郢中松石山人陈所学正甫撰[51]。

题解

本文录自《四库禁毁书丛刊·子部·1册·千一疏》第425页。为明万历三十七年黄如松刻本。

千一疏:程涓的一部杂纂之作,此书杂辑作者所见所闻之事,并参以自己的见解,分为二十二编,每编为一卷,书中有许国、陈所学、李维桢、范涞、黄如松、金忠士所作序文及程涓自序,又有范槲和程先礼所作跋语。《千一疏》其所著书名,取千虑一得之义。

注释

[1]新安:徽州的古称。

程巨源:程涓,字巨源。安徽省歙(shè)县人。明万历举人,休宁县令。

尚书民部郎:指户部郎中。民部:官署名。唐高宗永徽初年,因避太宗李世民讳,改民部为户部,掌全国土地、人口户籍、赋税财政等。明清户部按地域分成若干清吏司,各司的郎中通称户部郎中。

出守:由京官出为太守。

[2]櫑(léi):古代盛酒的器具。这里指酒。

构:构思,草拟。

古文辞:诗古文辞。它的含义是诗、古文和辞赋,基本概括了中国文学的正宗。古文是与骈文相对的概念。

[3]澄澜:清波。

汪濊(wèi):亦作"汪秽"。深广。

崷崒(qiú zuò):常作"崷崪(zú)"。山势高峻。

踔(chuō)厉:形容见识高超、精神振奋的样子。

[4]蔚如渊如:文采华美,见识精深。

体贰之才:意为总体旁出的相辅之才。体贰:谓相类似。

[5]屈首:低头。屈服顺从貌。

不弁:没有差别,等同。

[6]亡何:同"无何"。不久。

赍(jī)志:谓怀抱着志愿。

修文地下:旧指有才文人早死。典出《太平御览》卷八八引王隐《晋书》:“韶言天上及地下事,亦不能悉知也。颜渊、卜商今见在为修文郎。”

[7]吏部耻吟于东野:《送孟东野序》是唐代文学家韩愈为孟郊去江南就任溧阳县尉而作的一篇赠序。韩愈晚年任吏部侍郎,又称韩吏部。开篇提出“大凡物不得其平则鸣”。孟郊,字东野。

孙生寄悼于玄英:唐末孙郃(hé)曾作《哭方玄英先生》一诗,悼念方玄英。方干,私谥玄英先生。

[8]左使范原易先生:范涞,字本易,一字原易。安徽休宁人。万历二年(1574 年)进士,官至福建左布政使。是明朝中后期著名的新安理学家。

贻书寓:来信。有谦敬的味道。

[9]品拔:品评选拔。

槲(hú)儿:范槲,字惟蕃。范涞次子。邑庠生。

黄令如松:黄如松,安徽休宁人。万历举人。曾任龙溪县令。

镌:凿,雕刻。特指雕刻书版。

[10]端言:正言,直言。

傥:或许,可能。

[11]卒业:完成未竟之功业。

类析区分:分门别类。类析:义同“析类”。分类。

[12]渊综:精深综达。

载籍:指书籍、典籍。

钩玄:探求精深的道理。

抉(jué)隐:挖掘出隐微之义。抉:挑出,挖出。

[13]耀魄:耀魄宝。星名,即天帝星。北极五星的最尊者。

郁华:古代传说中的太阳神。

幽漻(liáo):清澈幽深。

[14]龙伯:古代传说中的巨人。

巨灵:古代传说中的河神,力大能开河。

纤:细小。

鲲鲕(kūn ér):小鱼。

蟭螟(jiāo míng):焦螟。传说中一种微虫名。

倪:端,边际。

[15]里馗逵路:家乡四通八达的大道。

濮(pú)铅:也作“獛(pú)铅”。我国古代南方少数民族名。

网罠(mín):渔具。这里指渔民。罠:钓鱼绳。

岖(qū):“岖”的异体字。

[16]姬孔:周公姬旦与孔子的并称。

柱下:相传老子曾为周柱下史,后以“柱下”为老子或老子《道德经》的代称。

漆园:指庄子。《史记·老子韩非列传》:“庄子者,蒙人也。名周,周尝为蒙漆园吏。”

兰陵:指荀卿。楚春申君曾以荀卿为兰陵令。

葱岭:古称今帕米尔高原。此处

疑指佛家。佛教典故如“只履西归”等,与葱岭有关。

[17]典坟:亦作“坟典”。三坟五典的省称。指各种古代文籍。

容成:复姓,指容成公,自称是黄帝的老师。主讲谷神不死、守生养气,补导之术。

亢桑:传说中周代人。名楚。老聃弟子。尽传老聃之学。居畏垒之山三年,民人以其为圣者。

蜎(yuān)渊:战国时哲学家,相传为老子弟子。

尸佼:战国时法家。晋国人,一说鲁国人。曾参与商鞅变法的策划。商鞅被杀后逃亡入蜀。所著《尸子》,主张“令名自正,令事自定,赏罚随名,民莫不敬”,要求以法治国。

长卢:长卢子。楚人,属道家流。著书九篇。

随巢:随巢子。墨子弟子。一说随巢为氏,一说随为氏,巢为名。墨子尚俭,随巢子传其学。

[18]故常:旧规,常例,习惯。

灵怪:神奇。

蚈蠁(yú xiǎng):蚈:虫名,即蚰蜒(yóu yán)。蜈蚣的一种。蠁:知声虫。相传它能知声响而辨明方向。

藻廉:亦作“藻兼”。传说中水木之别称。

贰负:古代传说中的神名。人面蛇身。

彭侯:传说中的木精之名。

俞儿:登山之神,长足善走。

[19]高渺(miǎo):高深渺茫。

蚕图:疑指蚕织图。南宋长卷,所绘内容是宋朝江浙一带的蚕织户,自腊月治蚕开始,到下机入箱为止的养蚕、织帛整套生产工艺流程。

耒经:疑指耒耜经。现存最早农具专书。一卷。唐末陆龟蒙撰。

龙髓禽言:具体指何物,待考。龙髓:龙身上的精髓之处。禽言:本指鸟语。又指诗体名。以禽鸟为题,将鸟名隐入诗句,象声取义,以抒情写态。宋梅尧臣有《禽言》诗四首,苏轼有《五禽言》诗五首。

鹤铭:《瘗(yì)鹤铭》,大字摩崖,南梁天监十三年刻,署名为“华阳真逸撰,上皇山樵正书。”这是一篇哀悼家鹤的纪念文章,内容虽不足道,而其书法艺术诚然可贵。

九镜:疑指《九镜射经》。古籍。宋代韦韫著。《宋史·艺文志》著录。南宋陈振孙《直斋书录解题》谓此书:“制弓矢法三篇、射法九篇”。元代马端临《文献通考》著录为《九镜射经》。其书已佚。

五木:古代的一种博戏用具,用以掷采。因为是用木头制成,一具五枚,故名。后世所用骰子相传即由五木演变而来。

赅(gāi):完备,包括。

[20]张乐:置乐,奏乐。

广野:空旷的原野。

莹露：露珠。

[21]占象：占卜观象。象：观测天象。

灵台：古时帝王观察天文星象、妖祥灾异的建筑。

魁杓(biāo)：北斗星七星中首尾两星的合称。汉代刘向《说苑·辨物》："以其魁杓之所指二十八宿为吉凶祸福。"

[22]玄圃：仙人的园圃。

神皋：神明所聚之地。引申为神圣的土地。

[23]挽近：晚近，离现在最近的时代。

蘖(niè)：树木砍去后从残存茎根上长出的新芽，泛指植物近根处长出的分枝。

户牖(yǒu)：门和窗。

[24]捃(jùn)芜：此处有芜杂的意思。

譤(jī)刻：诈、不厚道。

[25]内业：《管子》篇名。战国时期稷下学士的著作。主旨是论说治心修身之道。

谰言：一卷。周孔穿撰。穿字子高，孔子六世孙。《汉书·艺文志》谓儒家《谰言》十篇。

贝书：贝叶书。本指写于贝叶的佛经，后因以为佛经的代称。印度贝多罗树(菩提树、觉树)之叶，经处理后可以代纸，古代印度人常用以书写佛经。

天隐：《天隐子》。道家养生学著作。唐代司马承祯撰。因卷首司马承祯序言中有云"天隐子，吾不知其何许人"。

元筌(quán)：疑指元延祐间陈绎曾所编《文筌》。元延祐间恢复科举，陈绎曾为士子们编著《文说》《文筌》，旨在阐释朱熹学说并论作文之法，作者认为："文者何？理之至精者也。"故以筌喻文，以鱼喻理，筌以捕鱼，得鱼则忘筌，告诫人们不要念念于筌，而要去咀嚼六经之鱼。

猗玕(yī àn)：《猗玕子》。杂录小说。唐元结撰，一卷。元结，字次山，号漫郎、聱叟，因避难于猗玕洞，又号猗玕子。

炙碾：本指炙茶、碾茶。代指茶书。

乾馔：《乾馔子》。已佚之唐人说部书。清胡鼐等从古籍中辑出，编入《胡刻唐人说部书》。说部，旧指小说以及有关逸闻、琐事之类的著作。

[26]书淫：旧时称嗜书成癖，好学不倦的人。

传癖：左传癖。喻指勤奋读书，钻研学问。晋杜预喜爱《左传》，著有《春秋左传集解》等。时王济解相马，又甚爱之；而和峤颇聚敛。预尝称济有马癖，峤有钱癖。武帝闻之，谓预曰："卿有何癖？"预对曰："臣有《左传》癖。"

令升：干宝，字令升。东晋汝阴新蔡人。勤学博览。著《晋纪》，直而能婉,称良史。好阴阳术数,撰《搜神记》,刘惔(dàn)誉为“鬼之董狐”,为我国古代著名小说。

盈川:杨盈川。杨炯,唐初诗人,因曾任盈川令,故有是称。

算慱(tuán):忧思。杨炯《幽兰之歌》:“美人愁思兮,采芙蓉于南浦;公子忘忧兮,树萱草于北堂。”杨炯以幽兰为喻,以屈原自喻,以屈原忠于楚怀王而见疑为证,抒发自己怀才不遇的愤懑。

[27]总:揽。

儒玄:儒学和玄学。

盛藻:华美的辞藻。多用作对别人文章的美称。

[28]蜺(ní)龙:云之有色似龙者也。这里有风华正茂之时的意思。典出“蜺龙节度”:唐侯弘实少时,梦为虹饮于河,有僧相之曰:“此蜺龙也。”后为节度使。

宛委:宛委山。传说禹登宛委山得金简玉字之书,因以借喻书文之珍贵难得。

二酉:指大酉、小酉二山。在今湖南沅陵县西北。《太平御览》引《荆州记》:“小酉山上石穴中有书千卷,相传秦人于此而学,因留之。”后称藏书为“二酉”。也以“二酉”喻学识丰富。

竹素:史册的代称。古时以竹简素帛书史,故称。

铜浑:即铜仪,指浑天仪。一种观测天体位置的仪器。

閟(bì):掩蔽,隐藏。

[29]扬声:声誉振起。

博硕:大的意思。

脔(luán)鼎:钟鼎里的一块肉。比喻珍贵的美食。脔:切成片或块状的肉。

鸡跖(zhí):鸡的脚掌。《吕氏春秋·用众》:“善学者,若齐王之食鸡也,必食其跖数千而后足。”高诱注:“跖,鸡足踵。喻学者取道众多,然后优也。”比喻为学务求其博,然后有成就。

[30]玄亭:西汉著名文学家扬雄字子云,四川成都人,他在简陋的屋子里写成《太玄经》,后人称为玄亭,或称子云亭。

素业:清高的事业。旧指儒业。

浸淫:涉足,涉及,浸染。

嫥捖(tuán wán):调和。

吐茹:吐纳。这里是吸纳的意思。

二仪:天地。

羸埒(hū):有旋转的意思。《淮南子·要略》:“俶真者,穷逐终始之化,羸埒有无之精。”《俶真训》的内容,探求自然界起始终结的变化规律,包含了有无相生的精髓。原文为“羸埒(liè)”。

三光:同三辰。指日、月、星。

轸(zhěn):弦乐器上系弦线的小柱。可转动以调节弦的松紧。

跌宕:纵情。

[31]梔言:常指伪饰的言辞。这

里指修饰言辞。栀：树名，果实可染黄色。又用作动词，染上黄色，涂饰。有成语“栀貌蜡言”。

或：常，时常。

擷（xié）事：取事。

濯（zhuó）：洗。

端倪在襟：事情的头绪和轮廓了然于胸。

［32］今之士安、彦深非与：当今的士安、彦深不可比。

士安：疑指徐定夫，字士安，自号嵩阳山樵。海盐人。嘉靖初布衣。诗有风骨，堪与朱陈相伯仲。（据《槜李诗系》第二部分）

彦深：郭濬，字彦深，号默庵。明末戏曲作家。浙江海宁人。年轻时以治《易》名，并善古文辞。著《虹映堂集》《增定评注唐诗正声》十二卷、叙演杜十娘故事的传奇《百宝箱》。

辨博：指学识广博。

恍洋：当为“汪洋”。谓文章义理深广，气势浑厚雄健。

丛异：众多的怪异之事。

吊诡：怪异，奇特。

［33］亡论奴仆六经：化用典故“奴仆命骚”。唐代诗人李贺，七岁能辞章，文才超卓，为韩愈等人所重，可惜二十七岁即早亡。杜牧评价他，如果不早死，再从文理上加以提高，屈原的《离骚》与他的作品相比，就可以看成奴仆一样了。后以此典指人诗文华美，才华横溢。

亡论：暂且不说，不必论及。

六经：六部儒家典籍。指《诗》《书》《礼》《易》《乐》《春秋》。

优孟：借指模仿。优孟本指春秋楚国著名优人。常谈笑讽喻，曾谏止楚庄王以大夫礼葬马；又善模仿，着楚相孙叔敖衣冠见楚王，楚王不能辨。

志林：《东坡志林》。该书大都是苏轼随手所记，内容十分广泛。

将无弘治、卫虎之讥：将没有拿弘治与卫虎比美的讥诮。南朝宋刘义庆《世说新语·品藻》：“或问‘杜弘治何如卫虎？’桓答曰：‘弘治肤清，卫虎奕奕神令。’”

弘治：晋杜乂，字弘治。袭封当阳侯，以貌美为名流所重。东晋王羲之曾称赞杜乂的仪容，说他脸面像凝冻的油脂，眼珠黑亮如漆。成语“弘治凝脂”源于此典。

卫虎：西晋名士卫玠（jiè），字叔宝，小字虎。晋王济对外甥卫玠极为赞赏，将卫玠喻为照人明珠。后因用卫玠作为美称外甥的典故。借指美男子。

［34］贯道：载道。语出李汉《〈昌黎先生集〉序》：“文者，贯道之器也。”

［35］泳息：疑为“游息”。游息：犹行止。

通回：通达。

［36］辨德明术：分辨德操掌握制胜门径。

觉俗牖民：常作“觉世牖民”。昌

明教化，导民向善。觉世：启发世人觉醒。牖民：诱导人民。牖：通“诱”。

[37]亢：举，兴起。

眇（miào）论：精妙的言论。眇：通“妙”。

群流：同辈。

高唱：指格调高绝的诗歌。

旷代：绝代，世所未有。

[38]坛卷连漫：曲折广博。原文为“坛卷连僈”。语出《淮南子·要略》。

坛卷：谓曲折而不通畅。

连漫：蔓延扩展。

胶：固执。

经纬：经书和纬书的简称。经书是儒家的经典，纬书只是托名孔子，而宣扬以神学迷信为中心的书。今文经学与一些学者都把纬书看成阐发圣人微言大义的书，明孙瑴（jué）将所辑纬书称为《古纬书》即是此义。因此，经纬常被合称。

典刑：谓旧法，常规。

畔：通“叛”。背叛。

[39]以言被文，以文纬道：用文辞表现文采，用文采经纬思想。此句化用南朝时的沈约《宋书·谢灵运传论》中的“以情纬文，以文被质”。依据情志组织文辞，用文辞润饰内容，做到文质相称。

[40]汉董生梦蛟龙入腹，爰缀繁露：典出“蛟龙入怀”。葛洪《西京杂记》卷二：“董仲舒梦蛟龙入怀，乃作《春秋繁露》词。”

[41]刘氏《鸿烈》二十篇：即《淮南子》，不计提要性的末篇《要略》，共二十篇。此书原名《鸿烈》，刘向校订此书时名之《淮南》。以后有人将之合称为《淮南鸿烈》。

字挟风霜：比喻文笔褒贬森严。

[42]《太玄》文义至深，论不诡于圣人：语出《汉书·杨雄传下》：“今杨子之书文义至深，而论不诡于圣人。”这句话是桓谭对杨雄的评价。

太玄：杨雄模拟《易经》作《太玄》，又称《太玄经》。

文义：文章的义理，文章的内容。

诡：违反。

[43]传疏：指诠释经义的文字。传以释经，疏以推演传义。

渊微：深沉精微。

言批隙窾（kuǎn）：言语击中要害。化用成语“批隙导窾”。成语的本意谓在骨节空隙处运刀，牛体自然迎刃而分解。批：击。窾：骨节空处。

[44]听荧：惶惑。

[45]玉杯、繁露、竹林之章：董仲舒《春秋繁露》的篇名。“繁露”原文为“繁霜”。

俶（chù）真、览冥、说山、泰族之训：指刘向《淮南子》中的部分篇目《俶真训》《览冥训》《说山训》《泰族训》。

[46]格以二子：以上句所述董仲舒、刘向二人的文章为标准。格：法式，标准。

联镳(biāo):谓并骑同行。亦指事业上并进或相等。镳:马嚼子两端露出嘴外的部分,代指乘骑。

[47]晰理:分辨事理。

堂奥:厅堂和内室的深处,比喻深奥的道理或境界。奥本指室的西南隅。

敷文:铺叙文辞。指作文。

沥液:滴下的水珠。

规芳:当为"芳规"。前贤的遗规。

来叶:后世。

允:使人信服,受人敬重。

[48]行远:传布广远。

赏音:鉴赏,赏识。知音。

减:逊于,亚于。

桓君:桓君山,即桓谭(前23~50年),汉沛国相(今安徽濉溪西北)人。好音律,善鼓琴,博学多能,为汉代著名哲学家、经学家。

[49]穆子论古今三立:语本《左传·襄公二十四年》:"(穆叔曰:)大上有立德,其次有立功,其次有立言。"穆子:穆叔,即"叔孙豹"。春秋时期鲁国大夫。

[50]疏:分条记录或分条陈述。

化理:教化治理。

说铃:指琐屑的言论。

[51]万历己酉:万历三十七年,1609年。

郢中:指明承天府(明嘉靖十年由安陆州升)。时景陵县(今天门市)为承天府所辖。

松石山人:陈所学自号。

松石园记

陈所学

余家世松石里。冈峦委迤,湖水渊泓,人以为占地脉[1]。而七甲嘴当绾毂处[2]。至此,山若迫而迩,水若汇而凑,人又以为据松石之胜云。王父母故[3],葬西南隅。先君性笃孝,往时无不瞻慕其间[4]。遂以先慈祔,有若将依焉之意[5]。而穴在右偏,形家言坏水不宜,不肖[6]。兄弟夙兴夜寐,议更诸爽垲者[7],猝难得吉。故先君奄弃,权厝旧茔[8]。而余兄敬普胼胝重茧以图之,垂二十年而未遂[9]。偶青乌刘生至,指示七甲嘴善,穆卜习吉,乃决策合窆焉[10]。盖我二人离二十五载而合,始慰同穴之愿,又望王父母茔,尺有咫间,更惬岵屺之怀，遇綦奇矣[11]。

余谢闽藩事归，手植松楸，心痛蓼莪[12]，日怦怦营营于其地，初诛茅作丙舍，已乃谋为休老计[13]。去垅之左百余武，构屋数楹，群子姓肄业其中[14]，名之曰亲贤书院。入可数十步，有室轩敞[15]，屹于垅之旁，名之曰永言斋。有洞深靓峙于斋之后，名之曰燕息窝[16]。有室邃僻[17]，列于窝之右，名之曰怡云草堂。又右数十步，有亭翼如，缥缈于灌木竹筱间，名之曰绥予亭[18]。从绥予亭下十数级，为涧壑[19]，可以藏舟。从涧上数级，为坊曰长林丰草，曰雨华深隐。堤其洼处，分种菡萏、茭蒲，可以茹采[20]。从堤上数十级，为云桥，为净植亭，为宝树坊，为既右轩。登其处，玲珑翕张，可以揽四面烟霞云物之胜[21]。而梵诵书声，渔歌樵唱[22]，更令人耳目应接不暇。又从亭北辟一门而出，垒土为山，编槿为篱，砻石为几，原田每每可以寓目尽收焉[23]。为台曰省获，亭曰乐只。凡自垅以左，及后观止矣。折而右，界以明堂[24]。直前可千余尺，创为净，以奉如来大士[25]，名之曰常乐庵。庵之内，禅室廊庑具备，延衲子数众，朝夕焚修习净，冀小资二人冥福[26]。庵之外，列树数重，凿池，种红白莲花，仿佛西方境界。中为门，曰净土。从此深入，曰玄圃，圃广漠间旷[27]。为堤，以四方绕之，所植皆翠柏青松；为沼，以三方环之，所种皆莲菇菱芡。中为岭曰百果，而内独侈于茶[28]。吾乡方数百里，内外无播茶者。邑人陆鸿渐名为品茶，然以乏产故，竟隐苕雪山中[29]。而余兄敬甫以官苕霅[30]，取其种归而遍布之。吾邑乃今知种茶，亦是希有[31]。当明堂之东渚，建一室，左方与庵对觑，面我二人邱垅在焉，名之曰回向[32]。前辟一门曰道岸，后辟一门曰孔迩[33]。

凡自垅以右，及前观止矣，而总命名曰松石园。松石志地，亦余所藉，以署其斋者也[34]。盖余性素疏僻，耽静厌嚣[35]。每浪迹所经，遇山川佳处，必盘礴箕踞[36]，徘徊不能去。每萍踪所至，必葺幽斋，艺花竹自娱[37]。而方典剧郡时，胸臆约结，采古之抗志沉冥者数十人，弁其集曰《会心》，以寄向往[38]。第恒苦驰逐不休，今幸而此身为我有，又幸先垅都山水欣合之区[39]。旁皆寝丘[40]，原平易拓。田可耕，地可蔬,圃可茶,池可渔,林可樵。而余结庐以往,日偃息其中[41]。孔迩二人,皈依至圣;“独寐寤歌,永矢弗过[42]。”有时偕兄弟朋好,徜徉于花晨月夕、松风岚翠之余,焚香瀹茗,轻舠短屐,其为乐可胜计也耶[43]?

客有游于园者,听然而笑曰,始者以子之筑为沉沉矣[44],而不闻惟心净土、心净土净、一切境界终不可取之旨乎[45]。且夫蘧庐天地,幻妄山河[46];等身世于浮沤,纳须弥于芥子[47]。岂其恋住蜗庐规规,净境而思议之[48],以此为乐,毋亦洿池埳井之乐耳[49]! 子之于道也,其犹醯鸡欤[50]?

余曰,不然。区区数亩之宫,以住此七尺躯者,是境也,万境之境一也[51]。境日接于前,虚缘顺应,而我不与焉[52]。尸居龙见,渊默雷声;宇泰天光,吉祥止止[53]。是无所住而生其心也,所谓不为境转者也[54]。余将以住,住觅无住,食苟简之田,立逍遥之墟[55],游于境之所不得遁而道存[56]。而汝乌知之,然绌其解,而不能得其玄[57]。姑以识之于园[58],作《松石园记》。

万历壬子八月望日,松石居士陈所学正甫识于永言斋[59]。

题解

本文录自陈心源纂修、民国三十七年(1948 年)版天门干驿鸳鸯湖《陈氏宗谱·卷六下·艺文》第 12 页。

松石园:陈所学别墅,北濒松石湖。松石湖:位于天门市干驿镇镇区以北。今多淤塞为农田。

注释

[1]委迤:逶迤。绵延屈曲貌。

渊泓:渊深宏大。

地脉:迷信的人讲风水所说的地形好坏。

[2]七甲嘴:地名。当为今天门市干驿镇七屋嘴。

绾毂(gǔ):统摄,犹如车辐之凑集在毂。比喻扼住要冲。毂:车辐所聚之处。

[3]王父母:古代亲属称谓。即祖父母。

[4]先君:旧时自称去世的父亲。

先：尊称死去的人。

笃孝：十分孝顺。

瞻慕：犹仰慕。

[5]先慈：指已死去的母亲。

祔(fù)：合葬。

依：傍着。

[6]形家：旧时以相度地形吉凶，为人选择宅基、墓地为业的人。也称堪舆家。

不肖：不才，不贤，不像。此处指后世不成才。

[7]夙兴夜寐：早起晚睡，言勤勉。

爽垲(kǎi)：地势高敞而土质干燥。

[8]奄弃：抛弃，舍弃。犹永别，谓死亡。

权厝(cuò)：临时置棺待葬。

[9]胼胝(pián zhī)重茧：手掌、脚掌都长起层层老茧。形容长期参加体力劳动，极其劳倦。胼胝：手脚所生的厚茧。

垂：接近。

[10]青鸟：即青乌。鸟，系“乌”字之讹。指堪舆之术。

穆卜：恭敬地卜问吉凶。

习吉：谓再卜重得吉兆。

合窆(cuì)：共用墓穴。合葬。

[11]尺有咫间：咫尺之间。

惬岵屺(hù qǐ)之怀：满足父母的心愿。惬……怀：惬怀，内心感到满足。岵屺：常作“屺岵”。山有草曰岵，无草曰屺。借指父母。

綦(qí)：极。

[12]谢闽藩事：辞去福建布政使一职。谢……事：谢事，谓辞去官职。闽藩：福建布政使。藩：藩司。明清时布政使的别称。

蓼莪(lù é)：长大的莪蒿。莪蒿，一名萝蒿，多年生草本植物，抱根丛生，俗谓之“抱娘蒿”。嫩叶可吃，味香美。语出《诗经·小雅·蓼莪》：“蓼蓼者莪，匪我伊蒿。哀哀父母，生我劬(qú)劳。”《蓼莪》诗以蓼莪起兴，咏叹人子苦于兵役不得尽孝。后世用作悼念亡亲的典故。

[13]怦怦(pēng)：忠谨貌。

营营：劳而不知休息，忙碌。

诛茅：芟(shān)除茅草。引申为结庐安居。

丙舍(shè)：后汉宫中正室两边的房屋，以甲乙丙为次，其第三等舍称丙舍。泛指正室旁的别室，或简陋的房舍。

休老：使老人得到休养。

[14]武：半步，泛指脚步。

子姓：泛指子孙、后辈。

肄(yì)业：修习课业。古人书所学之文字于方版谓之业，师授生曰授业，生受之于师曰受业，习之曰肄业。

[15]轩敞：喻指住室宽敞明亮，颇有气派。原意房屋高大宽敞。

[16]深靓(jìng)：深邃宁静。靓：通“静”。

燕息：休息。

[17]邃(suì)僻:幽深僻静。

[18]翼如:形容姿态端好,如鸟类展翅之状。

竹筱(xiǎo):小竹,细竹。

绥予:保佑我。

[19]涧壑(hè):溪涧山谷。这里指沟壑。

[20]菡萏(hàn dàn):荷花。

茭蒲:茭白与菖蒲。

茹采:像蔬菜一样采摘。

[21]翕(xī)张:敛缩舒张。

揽四面烟霞云物之胜:把四面美景尽收眼底。揽……胜:揽胜,把美好景物尽收眼底。烟霞:烟雾与云霞,指山水胜境。云物:犹景物。

[22]梵诵:谓佛家诵经。

樵唱:樵歌。打柴人唱的山歌。

[23]槿(jǐn):木名,即木槿。锦葵科,落叶灌木。

砻:磨平。

寓目:过目,看到。

[24]明堂:本指古代帝王宣明政教的地方。此处当指宽敞的平地。

[25]净:佛教指除净情欲,无所沾染。此处指下文的常乐庵。

奉如来大士:信奉如来菩萨。大士:菩萨的通称。

[26]衲(nà)子:僧人。

焚修:(在寺庙长期)焚香修道。

习净:修习净妙。

冀小资二人冥福:希望对两位先人增福有小的帮助。冥福:迷信谓死者在阴间所享之福。

[27]玄圃:相传昆仑山顶神仙所居处。

广漠间旷:广大空旷。

[28]侈:放纵,过度。此处有大量种植的意思。

[29]苕霅(tiáo zhá):苕溪、霅溪二水的并称。在今浙江省湖州市境内。

[30]余兄敬甫:陈所学兄陈所前,字敬甫。清康熙三十一年(1692年)版《景陵县志·卷之十·人物志》第16页记载,陈所学兄陈所前,贡士,通判。陈所学年幼时,父陈篆让其随长兄陈所前学习。

[31]希有:很少有,极少见。希:同"稀"。

[32]对觌(dí):面对。

邱垅:坟墓。

回向:佛教语,谓回转自己的功德,趋向众生和佛果。

[33]道岸:佛教语。菩提岸,彻悟的境界。

孔迩:很近。语出《诗经·周南·汝坟》:"虽则如毁,父母孔迩。"虽然差遣如火焚,父母近在需供奉。

[34]松石志地,亦余所藉:以松石给一个地方命名,也寄寓我的情志。志:标记。藉:蕴藉。

署:签名。此处有命名的意思。

[35]疏僻:犹疏忽。

耽静厌嚣:特别好静,嫌恶喧闹。

[36]浪迹:到处漫游,行踪不定。

盘礴:随便席地盘坐。

箕(jī)踞:两脚张开,两膝微曲地坐着,形状像箕。这是一种不拘礼节的坐法。

[37]幽斋:幽静的住处。

艺:种植。

[38]方典剧郡:正当担任知府时。陈所学担任徽州知府时,编辑了《会心集》。典:主持,主管。剧郡:大郡,政务繁剧的州郡。

胸臆约结:内心郁闷。约结:郁结,闷闷不乐。

抗志:指高尚的志向。

沉冥:指隐居的人。

弁(biàn):置放。此处是编辑的意思。

向往:理想,追求。

[39]第:只是。

先垅:祖先的坟墓。

都:居。

欣合:感通。

[40]寝丘:陵寝之丘。

[41]偃息:休养,歇息。

[42]皈(guī)依:谓身心归向、依托。

至圣:谓极圣明,超脱凡俗。

独寐寤(mèi wù)歌,永矢弗过:即使独身冷冷清清地度日,誓不忘记隐居的欢乐舒畅。语出《诗经·卫风·考槃》。寐寤:睡眠和觉醒。引申为生活起居。矢:同"誓"。过:失也,失亦忘也。

[43]瀹(yuè)茗:煮茶。

轻舠(dāo):小船。

短屐(jī):轻便的鞋子。屐:木头鞋,泛指鞋。

胜计:计算得尽,算计得清。

[44]听然:笑貌。

始者以子之筑为沉沉矣:起初还以为您的松石园中房子深广气派呢。沉沉:宫室深邃貌。

[45]惟心净土:即"唯心净土"。禅宗之唯心净土主张,主要是依据《维摩经》的心净土净之说而来。禅宗以为,若直了心性,则即心即佛。明自心处,即是净土。

心净土净:如果菩萨想得到佛国净土,就应当先使自己的心清净;随着心的清净,佛国净土即在眼前。

一切境界终不可取:境界是事物所达到的程度或呈现出的情况。佛教认为世界上一切事物都是"因缘生法",一切法从心想生。因缘一到、机缘成熟才可悟入。

[46]蘧(qú)庐天地:视天地如寄宿的一间草房。蘧庐:传舍,即供传递公文的人或往来官员途中暂宿之所。

幻妄山河:把山河看成是虚幻的影像。佛教认为天地日月为幻妄。

[47]等身世于浮沤(ōu):把生命看成是水面上的泡沫。浮沤:水面上的泡沫。因其易生易灭,常比喻变化无常的世事和短暂的生命。

纳须弥于芥子：佛门和世俗社会是相通的，就像芥子和须弥山可以互相包容一样。芥为蔬菜，子如粟粒，佛家以“芥子”比喻极为微小。须弥山原为印度神话中的山名，后为佛教所用，指帝释天、四大天王等居所。佛家以“须弥山”比喻极为巨大。

[48]岂其：难道。

蜗庐：形圆似蜗牛的简易庐舍。亦泛指简陋的房屋。常用以谦称自己的居处。

规规：浅陋拘泥貌。

净境：除烦恼后的清净之境。

思议：可以心思之，可以言议之。

[49]洿(hù)池：水塘。

埳(kǎn)井：同“坎井”。废井，浅井。

[50]子之于道也，其犹醯(xī)鸡欤：您对于道之认识，就如同醋瓮中的飞虫般渺小。语出《庄子·田子方》：“丘之于道也，其犹醯鸡欤！微夫子之发吾覆也，吾不知天地之大全也。”我对于道之认识，就如同醋瓮中的飞虫般渺小！没有先生揭开我之蒙蔽，我就不知道天地大全之理啊！

醯鸡：瓮中的小蠓虫。古人误以为酒、醋上的白霉变成，故名。借指人孤陋寡闻，见识狭小。

[51]万境之境一：万境归一境。

[52]境日接于前：这种境界一天天地接近所对应的境界。指接近上文说的一境。

虚缘：心无任何杂念，保持天生的自然。

我不与焉：我不会参与其中。意思是顺其自然。

[53]尸居龙见(xiàn)，渊默雷声：意谓只有率性而动，从容无为，万物才会欣欣向荣。语出《庄子·在宥(yòu)》：“尸居而龙见，渊默而雷声。”

尸居龙见：形容静如尸而动如龙。居：静居。见：出现，显现。

渊默雷声：古人认为龙经常栖息在深渊，深沉静默，显现时却雷声轰鸣。

宇泰天光：语出《庄子外篇·庚桑楚》：“宇泰定者，发乎天光。发乎天光者，人见其人，物见其物。”心境安泰的人，便发出自然的光辉。发出自然光辉的人，便显现其人的天然本质。

吉祥止止：吉祥来临。语出《庄子·人间世》：“瞻彼阕者，虚室生白，吉祥止止。”看那空明的心境，就会了解，只有把内心空虚起来，才可以产生纯洁的状态，吉祥就来临了。吉祥：美好的预兆。止止：前一个“止”是动词聚集的意思，后一个“止”是语助词。

[54]无所住而生其心：人应该对世俗物质无所留恋，才有可能生出清净之心。住：指的是人对世俗、对物质的留恋程度。心：指的是人对佛理禅义的领悟。出自《金刚经》的“庄严净土”。

不为境转：精神不为境界产生的

外在条件而流转。

[55]无住:亦称不住。佛教名词。住,即缚,无住,即无所系缚。指事物不为任何固定的性质所系缚。

食苟简之田,立逍遥之墟:语出《庄子·天运》:“古之至人,假道于仁,托宿于义,以游逍遥之墟,食于苟简之田,立于不贷之圃。”

食苟简之田:食简略的田地,谓简朴的养生之处,实指道家理想中的清静无为境界。苟简:简略不全,草率简陋。田:指饮食条件。

立逍遥之墟:立于自然无为的境地。逍遥:无为也,指自然无为的境地,道家理想中的自由王国。虚:也作“墟”。境界。

[56]游于境之所不得遁而道存:语出《庄子·大宗师》:“圣人将游于物之所不得遁而皆存。”圣人要游于不得亡失的境地而和大道共存。

[57]乌:哪里,怎么。

绌(chù)其解:理解不深。绌:犹“屈”。引申为不足。

玄:奥妙,玄妙。

[58]识(zhì):通“志”。记。

[59]万历壬子:明万历四十年,1612年。

望日:农历每月十五日。

松石居士:陈所学自号。居士:文人雅士的自称。

采真园记

陈所学

友人周明卿氏,谢其参知之三年而乃有园[1],又明年而园成。园去宅之余清阁,步武相望[2],传呼可及。

然介汉以南,盖汉水自鄢郢而下,汇为三澨,播为三汊,迤逦百余里,为吾镇乾滩[3],乾滩固吾邑一大都会也。旋折而下可里许,其流回复瀚潆为白云,白云又吾镇乾滩一大襟喉也[4]。而是园适裾带其间[5],谭者以为占胜地云。顾灌木周遭,篱垣墉堞[6],骤而望之,不知其园之胜也。从荆扉北入萝径[7],宛转数百武而遥,跨池为桥。从桥西入委巷,曲折数十武而遥,负池为草堂。堂中杂置经史、贝典、壶博之类[8],以便翻娱。面临孔道[9],车毂击、人肩摩之声,连日夜不休。湖光万顷,平楚苍然,一遥睇可尽收焉[10]。从此东入,则有阁曰冯虚[11],半履实地半控池。池水环带其后,修竹掩映于前,石几可据,芙蓉可集,平台可步。客至,则选胜斞泉,举网即可获鱼,无俟归谋,何异冯虚御风之致哉[12]?复左旋而深入,若杳然别一天者,则有亭在焉。负阴抱阳,四封苍翠。所植芦橘、梅李、桃杏、梧槐、葵榴、楂梨、君迁、文欓、棕桂诸果树[13],以数十百计。而河流之滈瀑也,帆樯之缤纷也;轮囷之虬蟠也,比屋之鳞接也[14]。远近浓澹,寓目可眺[15],是以寓目名亭耳。未也,复右旋而深入,有室廓如,奇卉、锦鳞、名蔬、嘉谷皆足以供适。幽靓庵蔼,蹊径隔绝,人迹罕有至者[16],最可以独适,而非君所为适其适者[17]。室之中一几、一榻、一蒲团,闲则科头袒跣、跏趺其中[18]。合气于漠,游神于玄,是以尚玄名室耳。而总颜之曰采真,则君所自命名,亦其所寓意微也[19]。盖使君素喜旷朗,每岁之中,非疾风厉雨,未尝一日不之园[20]。其规擘意缔,既已出入思表[21],且映带沧浪,环抱洲渚,夏晔冬茜,于何不敷[22]?

故其园最著闻四方。贤豪往往祈向裹粮[23],以愿得望见为幸。而君复性好客,客至必备宾主之礼,所交烟霞素心数相过从[24]。或浮白饮满,或清言解颐[25]。童子唱淮南之曲,榜人奏采菱之歌[26]。胸次气象,容与自得[27]。而天地逆旅,万态泡沫,举不足撄其虑矣[28]。余不佞,雅志寥廓,癖兹园甚[29],每暇辄过,若不知非吾有也。朝夕与君抵掌纵谭,两无町畦[30],久之亦忘其园为君有也。一日就质曰:“君之以采真名园者何居[31]?”君笑而不答。

客有习于使君者,语余曰:“而独不闻之乎?道之真以治身,其绪余土苴[32],乃以治家国天下。是故历万劫而不坏,塞天地而无介,终始相附,莫知端纪[33],非真也,且孰为之宗所以?古之至人,才笼一世,不自说也;智络海内,不自虑也[34]。惟是彻志之勃、达道之塞,虽与物为构,而精光常自弢敛;安身立命[35],处常自有归宿者,此物此志耳。彼夫尊知而火驰,虚骄而乘捷[36],皆不返其宗、不完其真者也,而独不知之,惜哉!莫有以真人之言,謦欬吾子之侧者[37]。”余曰:“古者采真之游,则既闻命矣[38]。尝闻至人不物,于物安在[39]?采真而托之园为[40]。”客曰:“人身原有真宅,不涂茨而安,不丹漆而华[41],不修葺而久。故善尊生者，无缚无脱，不即不离，四大六尘皆幻也[42]。枕石漱流皆乐也[43]，奚所假于外物？虽然恬神栖息，亦必有寄。北窗精庐，濠梁濮上[44]，花裀蛙吹，鸢飞鱼跃，孰非吾真机所呈露也[45]？不然，沂水舞雩，何关真我，而孔子喟然与之哉[46]！"余曰："既寄之园，则胡不更诸高明爽垲者，而仅仅茅垒泥垣为[47]？"

客曰："是非尔所知也。裴晋公、李太尉功名著于春秋，乃所为绿野之堂、平泉之庄[48]，奇章履道，丽甲天下，卒之不数传，而荡为邱虚[49]。物太华则易敝，此故也。天地之道，惟质乃久[50]。方使君壮游二十载，而其志念，无日不在长林丰草间[51]。属典在疆场不得请，既得请而归[52]，创构兹园，始不过掌大。已稍稍改辟，而无庸心；不雕不饰，而无庸为。素其位而行，聊以寄意云尔[53]。然以比古之坐卧土室、结茆河滨者，大有径庭矣[54]。"余乃听然而笑曰："有是哉。君之以采真题园也、命之矣，君其以是园为东山乎[55]？虚缘葆真，蝉蜕物表，于治身计诚得[56]。然中外望君风采久，一旦搒而迫之，其能不以绪余土苴应世求乎[57]？余且出，暂违兹园；君亦安得久羁此[58]？"姑为之记，以俟他日订盟耳。

题解

本文录自清光绪七年(1881 年)版、多祥九屋沟《周氏宗谱·卷九·艺文》第 22 页，参考陈心源纂修、民国三十七年(1948 年)版天门干驿鸳鸯湖《陈氏宗谱·卷六下·艺文》第 1 页校订。

注释

[1]周明卿：指周嘉谟。周嘉谟，字明卿，号敬松。天门干驿人。官至吏部尚书。参见本书周嘉谟传略。

参知：明代承宣布政使司左、右参政别称。

[2]余清阁：周嘉谟住宅名。

步武：指相距很近。古以六尺为步，半步为武。

[3]介：边际。

鄢郢：战国时期楚国的都城，在今湖北宜城县南。

三澨(shì)：三澨河。今天门河。参见本书皮日休《三澨渔歌》注释[24]。

三汊：天门河西自南河口、黑流渡、石家河口入，故名。干驿亦有同名河（据嘉靖版《沔阳州志·卷六》第3页）。此处当指牛蹄支河，今天南长渠。

迤逦（yǐ lǐ）：曲折连绵貌。

乾滩：乾滩驿，今天门市干驿镇。

[4]流回：曲流回环。

奫潫（yūn wān）：水回旋貌。

襟喉：衣领和咽喉。比喻要害之地。原文为“噤喉”。

[5]裾（jū）带：义同“襟带”。屏障环绕。

[6]垍墌（qì zhí）：累土。

[7]萝径：长满藤蔓的小路。萝是蔓延的藤。径：小路。

[8]委巷：偏僻简陋、弯弯曲曲的小巷。

贝典：佛经。原文为“具典”。

壶博：博壶。投壶所用的矢、壶。投壶是春秋战国时期的一种宫廷娱乐活动。用不去皮的“柘”或“棘”枝制成没有羽镞的箭，前尖后粗。宾主每次各投四枝。以投中次数多寡决定胜负。壶为酒器。

[9]孔道：大道，通道。

[10]平楚：平野。

遥睇：遥望。

[11]冯（píng）虚：凌空。冯：同“凭”。虚：太虚，天空。

[12]斞（jū）：挹，舀。

归谋：“归谋诸妇”的省略。回家同妻子商量。语出苏轼《后赤壁赋》。后人用此作为事欠完美或无酒助兴的典故。

冯虚御风：凌空驾风而行。语出苏轼《前赤壁赋》。

[13]欀（xiāng）：古书上说的一种树，树皮中有像白米屑的东西，捣碎，用水淋过后，可以做饼。

[14]澩（xuè）瀑：水翻腾上涌的样子。

轮囷（qūn）：盘曲貌。

虬蟠（qiú pán）：盘虬，盘曲的虬龙。虬：古代传说中有角的小龙。原文“虬蟠”后无“也”。

[15]浓澹（dàn）：浓淡。

寓目：过目，看到。

[16]幽靓（jìng）：犹幽静。

奄蔼：茂盛的样子。

[17]最可以独适，而非君所为适其适者：这里最适合自处自安，而不是周明卿君营建此园为的是使人安适。适：指逍遥、安适的精神状态。适其适：谓使人安适。

[18]科头袒跣（xiǎn）：多作“科头跣足”。光着头赤着脚。科头：不戴帽子。跣足：光脚。

跏趺（jiā fū）：“结跏趺坐”的略称。本指佛教中修禅者的坐法。泛指静坐，端坐。

[19]颜：题写匾额。

采真：顺应自然。

微：精深，精妙。

[20]旷朗:开阔明亮。

不之园:不到园中。

[21]规擘(bò):擘划,擘画。筹划、计划的意思。

意缔:决意建造的念头。

思表:思绪。

[22]映带沧浪:与青色的水相互映衬。映带:景物相互映衬,彼此关联。沧浪:水青色。

夏晔冬茜(qiàn):夏日明媚冬天青葱。晔:光艳华美的样子。茜:青葱的样子。

于何不敷:还有什么不足呢。于何:什么。于:助词。不敷:不够,不足。

[23]祈向:向导,引导。

裹粮:裹糇(hóu)粮。携带熟食干粮,以备出征或远行。

[24]烟霞:指红尘俗世。

素心:心地纯朴。

过从:往来,交往。

[25]浮白:本义为罚饮一满杯酒,后亦称满饮或饮酒为浮白。

清言解颐:清谈间开颜欢笑。

[26]榜人:船夫,划船的人。

[27]胸次:胸中,心里。

气象:气度,气概。

容与:安逸自得的样子。

[28]天地逆旅:空间是万物的旅舍。意思是,人生就像一次旅行,短暂无常,漂泊无定。逆旅:指客舍,旅店。

撄(yīng):扰乱。

[29]不佞(nìng):谦辞,不才。

雅志:平素的意愿。

寥廓:冷清,冷落。原文为"寥廓"。

癖:嗜好。

[30]抵掌:击掌。指人在谈话中的高兴神情。亦因指快谈。

纵谭:纵谈。

两无町畦(tǐng qí):双方言行没有约束。无町畦:没有田界。亦以比喻人的言行没有约束。

[31]何居:何故。居:助词。

[32]使君:对人的尊称。本文指周嘉谟。

真:本性,本原。

绪余:本指蚕抽丝后留在茧子上的残丝。引申指理论的一部分或其遗留部分。

土苴(jū):渣滓,糟粕。比喻微贱的东西。犹土芥。

[33]介:界。

端纪:头绪。

[34]至人:庄子用语。谓超俗得道之人。

才笼一世,不自说也;智络海内,不自虑也:化用《庄子·天道》中的语句。原文为:"知虽落天地,不自虑也;辩虽雕万物,不自说也。"智慧即使能笼络天地,也从不亲自去思虑;口才即使能文饰万物,也从不亲自去言谈。

[35]彻志之勃,达道之塞:毁除意志的干扰,打通大道的阻碍。语出《庄

子·庚桑楚》:“彻志之勃,解心之谬,去德之累,达道之塞。”毁除意志的干扰,解脱心灵的束缚,遗弃道德的牵累,打通大道的阻碍。彻:通“撤”。撤除。勃:通“悖”。悖逆,悖乱。达:疏通。塞:阻塞,障碍。

精光:光彩。

弢(tāo)敛:收敛,敛藏。

安身立命:谓生活有着落,精神亦有所寄托。

[36]尊知:重视理智。

火驰:形容急速地奔驰,谓用智之急。

虚骄:虚浮而骄矜。

乘捷:“乘人斗捷”的略称。语出《庄子·人间世》:“若唯无诏,王公必将乘人,而斗其捷。”乘人:欺侮人。斗捷:取胜。

[37]莫有以真人之言,謦欬(qǐng kài)吾子之侧者:没有用真人纯朴的话语,在君子身边说笑的人了。语出《庄子·徐无鬼》:“久矣夫,莫以真人之言謦欬吾君之侧乎!”很久很久了,没有谁用真人纯朴的话语在国君身边说笑了啊!謦欬:轻轻咳嗽。借指小声谈笑。

[38]采真之游:指逍遥无为,简略自足,不损己以为物,天性真实无伪。语出《庄子·天运》:“逍遥,无为也;苟简,易养也;不贷,无出也。古者谓是采真之游。”自由自在、无拘无束,便是无为;马虎简单、无奢无华,就易于生存。从不施与,就不会使自己受损也无裨益于他人。古代称这种情况为采真之游。

闻命:犹言听取教诲。敬辞。

[39]至人不物:至人不为外物所束缚。

于物安在:外物在哪里。

[40]采真而托之园为:将采真之怀寄托于园。

[41]真宅:汉代人谓万物原本的处所,即天地、自然。

涂茨:涂饰墙壁。

丹漆:朱红色的涂漆。此处是涂上丹漆的意思。

[42]尊生:保重生命。

四大:佛教、道家玄理性名词术语。指地、水、火、风四种构成物质世界的基本要素。

六尘:道家以色、声、香、味、触、注为六尘。谓此六尘之境,能由六根而染污浊之尘,故谓六尘也。

[43]枕石漱流:用石头当枕头,用流水漱口齿。指隐居山林的生活。也借指闲逸的生活。

[44]北窗:向北的窗户。借指隐逸自适的情致。典自陶渊明《与子俨等疏》。

精庐:精舍。佛寺,僧舍。

濠梁濮(pú)上:指高人寄身闲居之所。相传庄子游于濠梁之上,垂钓于濮水之中。

[45]花裀(yīn):用落花当坐垫。

蛙吹：南朝齐孔稚圭门庭之内，草莱不剪，中有蛙鸣，圭对人称此为可当“两部鼓吹”。后因以“蛙吹”称蛙鸣。

鸢（yuān）飞鱼跃：鹰在天空飞翔，鱼在水中腾跃。形容万物各得其所。鸢：老鹰。

真机：玄妙之理，秘要。

[46]沂水舞雩（yú）：指乐道遂志，不求仕进。典自《论语·先进》“子路、曾皙、冉有、公西华侍坐章”。曾点回答孔子言志：“春服既成，冠者五六人，童子六七人，浴乎沂，风乎舞雩，咏而归。”古代求雨祭天，设坛命女巫为舞，故称舞雩。雩：古代求雨的一种祭祀。

真我：真实的自我，指个体在任何时候的真实状况。佛教谓出离生死烦恼的自在之我。

与：赞许。

[47]高明爽垲（kǎi）：地势高敞而土质干燥。

[48]裴晋公：唐晋国公裴度，唐代中期杰出的政治家、文学家。

李太尉：唐著名政治家、文学家李德裕，多次任相，武宗朝位为首宰，官至太尉。

绿野之堂：指唐朝裴度别墅绿野堂。

平泉之庄：唐李德裕所筑之平泉山庄，故址在今河南洛阳市南。

[49]奇章：唐朝宰相牛僧孺嗜石，游息时与石为伍。牛僧孺，唐敬宗时封奇章郡公。

履道：履道里，洛阳里巷名，白居易的居处。

邱虚：废墟，荒地。

[50]质：朴素，单纯。

[51]壮游：谓怀抱壮志而远游。

长林丰草：本谓高大的树林、丰茂的野草，为禽兽栖止之佳处。后用以指隐逸者所居。

[52]属典在疆场不得请，既得请而归：此处史事《明史周嘉谟传》记载：“万历十年迁四川副使，分巡泸州。至即穷治大猾杨腾霄，置之死。建武所兵燔总兵官沈思学廨，单车谕定之。寻抚白草番。督兵邛（qióng）州、灌县，皆有方略。居五年，进按察使，移疾归。”

属典：疑为“典属”，典属国为秦汉官名，掌管诸属国及归附之少数民族等事务。

[53]素其位：素位。明清之际陈确强调的伦理概念，指一种克己改过、安分守己的自律修养方法。

云尔：语末助词。犹言如此。

[54]结茆（máo）：结茅。编茅为屋。谓建造简陋的屋舍。

径庭：差得非常远。

[55]听然：笑貌。

东山：谢安早年曾辞官隐居会稽之东山，经朝廷屡次征聘，方从东山复出，官至司徒要职，成为东晋重臣。又，临安、金陵亦有东山，也曾是谢安的游憩之地。后因以“东山”为典。指隐居或游憩之地。

[56]虚缘葆真：心无任何杂念，保全人的自然真性。语出《庄子·田子方》：“人貌而天虚，缘而葆真，清而容物。”他的为人十分真诚，平常人的相貌，内心却与自然吻合；顺应外物却保持着天真的个性；清白无瑕又能容人。虚：孔窍，故可释为心。缘：顺着。

蝉蜕：蝉自幼虫变为成虫时脱下的壳。常用来比喻解脱。

物表：犹“物外”。指超脱于世俗之外。

[57]望君风采：与“想望风采”义同。谓非常仰慕其人，渴望一见。唐韩愈《顺宗实录四》：“李泌为相，举为谏议大夫，拜官不辞，未至京师，人皆想望风采。”风采：仪表风度。

拶（zā）：逼迫。

[58]余且出，暂违兹园：指作者陈所学即将复出，暂时离别频繁造访的采真园。违：离别。

羁：停留。

奉贺藩伯明卿周公（周嘉谟）六十初度序

陈所学

皇上御宇之三十有四年，诞育元孙[1]，霈降仁诏嘉与，海内更始[2]。于是戴天履地，凡有血气之伦，莫不举手加额[3]，惟曰欲至于万年者。秋八月，又当祝厘之期[4]。行省藩臬诸大夫而下，如故事奉贺[5]。蜀以西则左使明卿周公任行，五月发自锦江，再浃旬而憩里门[6]。而是岁适为公六十初度，七月之念五日，乃其揽揆日也[7]。戚党诸君子，以公昼绣，与诞期会，诩为盛事，谓宜豫以一觞寿[8]。公曰：“不可。人臣之义，无以有己。吾缘寿君，行先其身而后君，义之所不敢出也，敢辞[9]。”诸君子聚族而议，公言良是，请胥后期[10]。而酌者之辞，则佥以属不佞，不佞谢不敏[11]。

窃惟天之生大贤大智不数，生一人焉，而俾之完福完名亦不数[12]。是故始合则终怫，晚达必蚤困；尺短或寸长，此信固彼绌[13]。缺陷尘世，往往如此。若乃履顺际和，得全全昌，而生平遭值曾无几[14]；微纤介憾，累百千人，不能遘一人[15]，而吾今乃得之公。

公之二尊人方艾，而膺褒宠备极，物志之养，优游数十年，而后厌世[16]。兄弟七人，怡怡雁行，垂白无闲言[17]。丈夫子有二，而皆翩翩绳武；诸孙兰芬玉润，芃芃未艾[18]。盖人生伦常之盛[19]，几得有如公者乎？

燥发而廪学宫，弱冠而登贤书[20]，再计偕而籍公车，甫筮仕而郎民部[21]，出典粤郡，旋副蜀宪，即擢其省参知[22]，从田间仍起观察使[23]，晋为左右藩伯。凡三考绩、两覃恩，屡以金紫荣被其尊人及王父母[24]。盖人生遇合之隆[25]，几得有如公者乎？

当江陵柄政时，环楚而仕者，强半踞要津[26]。以公英标峻望，又为其门下士[27]，炙手可热，乃避之。若将浼焉，浮沉无竞之地，六载而仅得远郡[28]，出其备兵蜀也。适有得已之戎役，当事者强，公在行间为重。公不可因之触忤[29]。敝屣一官，脱身归时年才强仕耳[30]。而鸿冥凤举，逍遥物外，又可十二周乃起藩臬大僚[31]。逾六七载，片刺不入春明门[32]。积薪居上，油然安之，若羔羊素丝之操，则自通籍以迄今如一日[33]。盖人生出处之节[34]，几得有如公者乎？

从口之所发，而皆俊言；衡身之所应，而皆矩行[35]。其忠信笃厚之至，使儇佻者恧焉[36]。而检其肆，耿介明哲之识，使贤者有所规以树立，而不肖者有所辟而自远[37]。在家为孝子，为哲父，为察兄；在乡为端人，为义士[38]；在天下为良二千石，为名执法，为社稷臣[39]。子姓象之，闾党仪之，大夫国人矜式之[40]。盖人生名实之粹[41]，几得有如公者乎？

造物不能为响应之福、不尽之益，而公敛之若赴，举世所祈向、所企幸[42]；不能万分一至者，而公取之若掇，此固真宰之注积、厚德之凝承[43]。然则而忧恚不乘易腴也，坎坷不逢易适也[44]；淡泊寡营易完也，顺事恕施易慊也[45]。其形神游于恬愉之乡，而其心思智虑，日相忘于无何有之境，正所谓深根固蒂、长生久视之道[46]。六十犹其始，基之何足侈焉[47]。

诸君了曰："子称引良辨，顾是数者皆公所自为寿耳[48]。吾侪奉觞上寿，其奚以效一言之祝[49]？"不佞雅习诗，则请以所诵诗祝。首赋《南山》。《南山》之诗曰："乐只君子，邦家之基。乐只君子，万寿无期[50]。”夫百年寿之大齐，乃颂祝而极之于万者，何人有身之身，有身外之身[51]？身之身会有穷尽，而身外之身则无涯。无涯之智，结为大年[52]，长于上古而不为久，后天地终而不为老，固元会运世之所不能拘也[53]。公为园而命名采真，得之矣[54]。以是祝可乎？诸君子曰："善。穆矣，远矣[55]。"

不佞曰："未也。请再赋《崧高》。"《崧高》之诗曰："维岳降神，生甫及申。维申及甫，维周之翰。四国于藩，四方于宣[56]。"颂申甫而本之岳神，究之藩翰者，何至人之生[57]？虽地灵之所孕毓，而天之笃钟之，则实以调燮茂育之责寄焉[58]。故必通天地万物为一身，乃可语仁[59]。而一夫不获、一物疵疠，犹为吾性之有亏欠[60]。公之泽霑濡群生，久尚有涯也[61]。继自今进握枢要，精心吐茹，将登薄海于春台，而跻举世于寿域[62]。以是祝可乎？诸君子曰："善。广矣，大矣[63]。"

不佞曰："未也。请再赋《江汉》。"《江汉》之篇曰："虎拜稽首[64]，天子万年。虎拜稽首，对扬王休。作召公考，天子万寿。明明天子，令闻不已。矢其文德，洽此四国。"今皇上在宥，圣子神孙，博厚悠远，景福于前代无两[65]。公且益贵重用事，秉国之钧，而浴日膏；世扬休明，而敷文德[66]。天子万年无疆，公岁岁献万年之觞。不佞得而与诸君子乐观其盛，尚亦有荣藉哉[67]！诸君子曰："善。此吾楚人之咏，而公之志也。忠矣，尽矣，蔑以加矣[68]。"

遂次第其语，授之简以侑爵[69]。

题解

本文录自陈心源纂修、民国三十七年(1948 年)版天门干驿鸳鸯湖《陈氏宗谱·卷六下·艺文》第 6 页。据清光绪七年(1881 年)版、天门多祥九屋沟《周氏宗谱·卷九·艺文》第 29 页改动近十处文字，未一一注明。

藩伯明卿周公：指时任四川布政使周嘉谟。周嘉谟字明卿。藩伯：明清时指布政使。

初度：原指人的生辰。后称人的生日为初度。语出屈原《离骚》："皇览揆余初度兮，肇锡余以嘉名。"

注释

[1]皇上御宇之三十有四年：指万历三十四年，丙午，1606年。御宇：谓皇帝统治天下，皇帝在位。

诞育：生育，出生。

元孙：明皇太孙别称。

[2]霈降：帝王恩泽降临。

嘉与：奖励优待。

更始：除旧布新，从头开始。

[3]戴天履地：头顶着天，脚踏着地。指人生存于天地之间，立身处世。

血气之伦：有血性之辈。

举手加额：举起手放在额头上，表示庆幸、景仰、感激或称赏。

[4]祝厘（xī）：祈求福佑，祝福。厘：通"禧"。

[5]行省：古代地方最高一级行政机构。原为中央派出的高级机构，以后成为地方行政区划名称。明代于洪武九年（1376年）改行中书省为承宣布政使司，明宣德以后，除南、北两直隶外，共设十三个布政使司，每司设左、右布政使各一人，为一省最高行政长官。后因军事需要，增设总督、巡抚等官，权位高于布政使。而习惯上仍称布政使司为行省，简称为"省"，其长官称布政使。

藩臬（niè）：藩司和臬司。明清两代布政使和按察使的并称。布政使主管一省的人事和财政，按察使为一省司法长官。

如故事奉贺：依先例赴京祝贺。

[6]左使：指左布政使。

锦江：水名。又名流江、汶江，俗称府河。在四川省成都市南。

浃旬：十天，一旬。泛指十天左右的时间。

里门：乡里之门。古制，同族聚居一里，里有里门。此处指故里。

[7]念五日：二十五日。念："廿"的大写。

揽揆（kuí）：本义为观察、揣测。后以"揽揆"为生日的代称。

[8]戚党：亲族。

昼绣：昼锦。谓白天穿锦绣之衣，喻富贵还乡。

诞期：出生的日期。

诩：夸耀。

豫：同"预"。

以一觞（shāng）寿：用一杯酒祝寿。觞：盛有酒的杯。

[9]义之所不敢出：按照道义的标准，我是不敢去做的。

敢辞：应推辞不受。

[10]请胥后期：请等待日后的会聚时间。胥：通"须"。等待。

[11]酌者之辞，则佥以属（zhǔ）不佞，不佞谢不敏：大家都把写寿序这件事托付给我，我因自己没有才智而辞谢。

[12]不数：数不清，无数。

完福完名：福泽齐全、名节完美。

[13]怫（fèi）：通"悖"（bèi）。违

反,逆乱。

蚕困:早困。困:困窘,艰难窘迫。

信(shēn):古同“伸”。舒展开。

绌(chù):通“黜”。废除,贬退。

[14]履顺际和:处于顺利的境遇中。际和:境遇和顺。

得全全昌:指人臣事君的礼,能全具无失,则身名获昌。语出《史记·田敬仲完世家》:“得全全昌,失全全亡。”

遭值:遭遇,遭逢。

无几:很少,没有多少。

[15]微纤介憾:有小小遗憾的人。微纤:微细,细小。

累:积。

遘(gòu):相遇。

[16]尊人:对他人或自己的父母的敬称。

方艾:正年长。

膺褒宠:受褒赏荣宠。膺:受,得到。

备极:犹言十二分,形容程度极深。

物志之养:养志。涵养高雅的志趣。

优游:悠闲自得。

厌世:厌弃尘世,也指人死。

[17]怡怡:和顺的样子。语出《论语·子路》:“朋友切切偲偲,兄弟怡怡。”朋友间互相勉励,兄弟间和睦相处。后因以指兄弟和睦。

雁行:指兄弟。意即兄长弟幼,年齿有序,如雁之平行而有次序。

垂白:垂发戴白。幼儿与老人。

[18]翩翩:风度、文采优美的样子。

绳武:继承先人业迹。

兰芬玉润:像香兰一样芬芳,像美玉一般温润。比喻子孙优秀。

芃芃(péng)未艾:指子孙兴旺。芃芃:茂盛的样子。艾:停止。

[19]伦常:本指封建伦理道德。此处指天伦,指父子、兄弟等天然的亲属关系。

[20]燥发而廪学宫:小小年纪便入学宫成为秀才。燥发:胎发刚干。指小小年纪。廪:廪生。明清科举制度中生员名目。明初府、州、县学在学生员都给廪膳(由政府发给膳食津贴)。

弱冠而登贤书:成年便中举。弱冠:古时以男子二十岁为成人,初加冠,因体犹未壮,故称弱冠。登贤书:科举考试用语。指乡试中举。贤书:本意指举荐贤能的名单。

[21]计偕:举人赴会试者。

籍公车:本义是记入公车名录。公车:古代应试举人的代称。汉代应举之人均用公家车马接送,后便以“公车”作为入京举人的代称。

甫筮仕:才做官。筮仕:古之迷信,人将出仕,先占卜凶吉谓之筮仕。借指初次做官。

郎民部:任户部郎中。《明史·周嘉谟传》记载,周嘉谟曾任户部主事。

[22]出典粤郡：指周嘉谟担任韶州知府。出典：谓出而执掌某种官职。

旋副蜀宪：随即升任四川副宪。副宪：对按察副使的敬称，因为按察使又称宪台。

参知：明代承宣布政使司左、右参政别称。

[23]从田间仍起观察使：指周嘉谟辞去按察使，移疾归景陵，从乡间复出再度担任按察使。

[24]考绩：古代指年终或一定期限内，按一定标准考核文武官吏的政绩。

覃恩：广施恩泽。旧时多用以称帝王对臣民的封赏、赦免等。

金紫：古代文武官员佩饰之物。即"金印紫绶"的简称。此处指封赠的荣誉。

王父母：古代亲属称谓。祖父母。

[25]遇合之隆：遇到贤君而享受优厚的待遇。遇合：指遇到贤君而得以有用于世。

[26]江陵柄政：指神宗朝首辅张居正执政。张居正(1525～1582年)，字叔大，号太岳，江陵(今属湖北)人。张居正整饬吏治，加强边备，改革漕运，清丈土地，推行"一条鞭法"。为相十年，海内称治。这一段时间，史称"江陵柄政"。

环楚而仕者，强半踞要津：在朝为官的湖北人，大半占据显要的职位。

[27]英标：远大的目标。英：杰出的，非凡的。

峻望：极高的名望。

门下士：指门徒和部属。张居正为周嘉谟会试座师。

[28]浼(měi)：恳托。

无竞：不争，没有竞争。

远郡：远方之郡。泛指边远地区。

[29]戎役：兵役。

行间：行伍之间，指军中。

触忤：冒犯。

[30]敝屣：破旧的鞋子。喻无用之物。

强仕：四十岁的代称。语本《礼记·曲礼上》："四十曰强，而仕。"

[31]鸿冥：鸿飞冥冥。鸿雁飞向又高又远的空际。比喻隐者远走高飞，全身避害。亦比喻隐者的高远踪迹。

凤举：凤鸟高飞。比喻高尚的举止。

逍遥物外：不受拘束，超脱于世事之外。

十二周：十二年。周：周星，指木星。木星每年经过黄道十二宫(即十二次)的一宫，约十二年运行一周天，故称周星。古人用它纪年，故又称岁星。

大僚：大官。

[32]片刺：名刺，名片。古人为介绍自己身份、籍贯而使用的一种名片。明清时也称"名帖"。

春明门：唐代首都长安，东面有三

门,中间的叫春明门。后世便以“春明”为首都的别称。

[33]羔羊素丝:白丝和羔羊皮。旧时用以誉正直廉洁官吏之词。

通籍:指初做官。亦谓做了官,朝中有了名籍。籍:挂在宫门外的名单牌。竹片制成,二尺长,上写姓名、年龄、身份等,出入宫门查对之用。

[34]出处:进退,引申指行动、行径。出:犹言登上仕途。处:犹言退隐家居。

[35]俊言:俊美的言辞。

衡身之所应:意思是,看他的表现。

矩行:行为合乎规范。

[36]笃厚:忠实厚道。

儇佻(xuān tiāo):轻佻。

恧(nǜ):惭愧。

[37]检其肆:大意是,检视他的品性。肆:陈设。

耿介:光明正大,不趋附世俗。

明哲:明智,洞察事理。

不肖:不才,不贤。

辟:同“避”。

[38]哲父:明达的父亲。

察兄:疑指明察事理的兄长。

端人:正直之士,正派人。

义士:能维护正义或有侠义行为的人。

[39]良二千石:良宦。二千石:官秩等级,因所得俸禄以米谷为准,故以“石”称之。自汉朝至三国、两晋、南北朝,二千石亦作为州牧、郡守、国相以及地位与之相当的中央高级官员的泛称。

名执法:名宦。执法:泛指执政官。

社稷臣:身系国家安危的重臣。

[40]子姓象之,闾党仪之,大夫国人矜式之:子孙效法他,乡邻把他当作表率,官员和国民把他当作楷模。矜式:楷模。

[41]名实:名誉与事功。

粹:古同“萃”。齐全,集聚。

[42]响应之福:应验之福。

祈向:祈求向往,所希望达到的目标或努力的方向。

企幸:企盼,希望。

[43]掇:拾取。

此固真宰之注积,厚德之凝承:这本是造物者的垂爱,德高者的容载。真宰:天为万物的主宰,故称天为真宰。

[44]忧恚(huì)不乘易腴:不经历忧愤,身体容易肥胖。忧恚:忧愁愤恨。

适:满足。

[45]淡泊:恬淡,不追名逐利。

寡营:欲望少,不为个人营谋打算。

顺事恕施:顺乎事理,合乎恕道。

慊(qiè):满足,满意。

[46]恬愉:恬适,安乐。

智虑:指智慧与思虑。

无何有之境：无何有之乡。语出《庄子·逍遥游》。原意为没有任何东西的地方，后用以转指空想的或虚幻的境界。

深根固蒂、长生久视之道：语出《老子》第五十九章："有国之母，可以长久，是谓深根固柢，长生久视之道。"长生久视：长生不老，永久生存。久视：不老。

[47]何足侈：哪里值得侈谈。

[48]称引：犹援引。指援引古义或古事以暗示或证实自己的主张。

良辨：疑指能言善辩。

所自为寿：自己所做的有益于长寿的事。

[49]吾侪（chái）：我辈，我们这类人。

奉觞（shāng）：捧杯上前敬酒。

奚以：用什么。

效一言之祝：学说一番话来做祝词。

[50]乐只君子，邦家之基。乐只君子，万寿无期：引自《诗经·南山有台》。大意是，乐哉君子，您是国家的根基。乐哉君子，祝您长寿无期。

[51]身外之身：指出壳的阳神。超越肉体的真实自己。

[52]无涯之智，结为大年：无穷无尽的智慧，聚合为高寿。意思是，大智慧才有长寿命，智者长寿。语出明李攀龙《沧溟集》附录。

[53]元会运世：北宋邵雍提出的循环论的历史观。他用天干十、地支十二等数字套到一年十二个月，一月三十日，一日十二个时辰上面，推衍出"元""会""运""世"等天地历史时间单位。由"年"推衍出"元"的概念，把世界从开始到消灭的一个周期叫作一元；由"月"推衍出"会"的概念，一元包括十二会；由"日"推衍出"运"的概念，一会包括三十运；由"时辰"推衍出"世"的概念，一会包括十地世。总括起来，一元之年数为十二万九千六百年。他认为世界的历史以元为周期始而终、终而复始地循环着。族谱原文为"元会世运"。

所不能拘者：所不能限制的。

[54]采真：道教语。指顺乎天性，放任自然。周嘉谟在天门干驿的别业名采真。

得之：与上述顺应自然则长寿的道理相合。得：合。

[55]穆矣，远矣：穆、远：淳和深远。

[56]维岳降神，生甫及申。维申及甫，维周之翰。四国于蕃，四方于宣：引自《诗经·大雅·崧高》。意思是，神明灵气降四岳，甫侯申伯生人间。申伯甫侯大贤人，辅佐王室国桢干（支柱）。藩国以他为屏蔽，天下以他为墙垣。

维：发语词。

甫：国名，此指甫侯。其封地在今河南省南阳市西。

申：国名，此指申伯。其封地在今河南南阳北。

翰："干"之假借，筑墙时树立两旁以障土之木柱。

于：犹"为"。

藩：藩篱，屏障。

宣："垣"之假借。

[57]至人：庄子用语。谓超俗得道之人。

[58]孕毓(yù)：孕育。

笃钟：特别厚爱。

调燮(xiè)：犹言调和阴阳。古谓宰相能调和阴阳，治理国事，故以称宰相。

茂育：努力育养。

[59]通天地万物为一身，乃可语仁：通晓万物之理，方可谈论仁。

[60]一夫不获：即使只有一个老百姓生活上不能得到安宁。

一物疵疠：即使只有一物遇到病害。疵疠：灾害，疾病。

吾性之有亏欠：我心觉得对保护百姓利益有欠缺。

亏欠：犹欠缺，不足。

[61]公之泽霑濡(zhān rú)群生：周明卿公的恩泽惠及百姓。

霑濡：沾湿。谓蒙受恩泽、教化。

[62]进握：清光绪七年(1881年)版、天门多祥九屋沟《周氏宗谱》作"建握"。

枢要：指中央政权中机要部门或官职。

吐茹：比喻为政的宽严。

将登薄海于春台，而跻举世于寿域：意思是，寿星官运亨通，举世尽享太平盛世。化用"人跻寿域，世登春台"。

将登薄海于春台：即将登春台而辅治天下。意思是，即将高就，到礼部任职。薄海：本指到达海边，泛指广大地区。统称海内外。春台：礼部的别称。

寿域：谓人人得尽天年的太平盛世。

[63]广矣大矣：广大。指内容博大渊深。

[64]《诗经·大雅·江汉》节录部分的意思是，下臣召虎叩头伏地："大周天子万年长寿！"下臣召虎叩头伏地，报答颂扬天子美意。做成纪念康公铜簋(guǐ)，"敬颂天子万寿无期！"勤勤勉勉大周天子，美名流播永无止息。施行文治广被德政，和洽当今四周之地。族谱原文"对扬王休"后漏"作召公考，天子万寿"。

稽(qǐ)首：古人行跪拜礼时叩头至地，并在地上停留一会儿。

[65]在宥(yòu)：指任物自在，无为而化。多用以赞美帝王的"仁政""德化"。

景福：洪福，大福。

无两：独一无二。

[66]贵重用事，秉国之钧：位高权重，执掌国政。语出《史记·绛侯周勃

世家》:“君后三岁而侯,侯八岁为将相,持国秉,贵重矣,于人臣无两。”贵重:位尊任重。用事:指当权。秉国之钧:执掌国政。钧:制陶器所用的转轮。

浴日膏:沐浴皇上膏泽。

世扬休明,而敷文德:世人称颂明君,称颂明君施行的德政。休明:用以赞美明君或盛世。文德:指礼乐教化。与“武功”相对。

[67]荣藉:分享的荣誉。

[68]忠矣,尽矣,蔑以加矣:忠到极点,无以复加。《庄子·庚桑楚》:“至矣尽矣,弗可以加矣。”宋代严羽《沧浪诗话·诗辩》:“至矣尽矣,蔑以加矣!”蔑:不,无。

[69]次第其语:把这些话写成文字。次第:编排。

授之简以侑(yòu)爵:奉命作文,以助酒兴。授之简:授简。谓奉命吟诗作赋。南朝宋谢惠连在《雪赋》中讲述了梁王授简札于司马相如,命他即时作赋的故事。

观察使君周公(周嘉谟)建修马骨泛河渠记

陈所学

吾里中为襄郢尾闾,当汉水下流,故泽国也,盖汉水自郢东而下,播为芦洑,汇为三澨[1]。而支派遂分为两:一由潭湾、仙桃,一由陶溪、乾滩,会合于鲇鱼套,迤逦入江。而是分派之间,于中所包,上帐、下帐、白云、马骨四所地,以湖汙计者无虑数十[2],以道里计者无虑数百,以田亩计者无虑数万。先年,壅防不设,疏泄自如;高低周遭,俱为督亢[3]。嘉、隆以来[4],合并成垸,一值潰涝,高者尽潴于下[5],下者纳而不吐。白云、下帐诸处,漭漭成巨浸,可一苇而杭矣[6]。

封大夫松歧周公悯时伤事,倡率有众,置闸于杨赞、反湾[7],两地填遏,赖以稍稍泄。然是时尚未获要领,譬人有胀懑之疾,受病已深,不于其腠理肯綮处施针炙,遽欲脱然无累,得乎[8]?又可十余载,而观察使君解蜀组归,归而端居深念[9],每蒿目桑梓剥肤之灾,思恢宏前人未竟之功,乃与里中父老博议,暇则操舴艋[10],往来其间,审局面势,相机度宜。以所最急浚之地,无如马骨泛,是可建瓴下者[11],则以其业属副宪孙公，典客尹公随力恳之[12]，俱许可。适方伯秦川武公访使君于里门，使君以民情控告，方伯唯唯，随达之中丞希宇郭公[13]。旋檄州，刺史仝公亲履其地，相视规画，与使君议合[14]。乃属其耆老而诏之，虑财用，兴人徒，计荒度，创为河渠者一，斯为剅渠者二[15]。经始于甲午之冬十月[16]，而以明年春就绪。自是水落土出，原田每每余粮栖于亩矣[17]。

不佞持晋节归里[18]，龙麓胡君、振吾魏君数数过而言曰："吾侪不腆之产，赖使君之储胥[19]，我以毋遂鱼鳖，敢一日而忘使君功？惟吾子之图之也[20]。"盖方议初举，不佞实与闻焉，窃尝以舆情事势度之，而豫决其必有成。乃当时闻诸藉藉之谈、首鼠两端[21]、从旁观望者，既疑为功大，不能卒业；而阴恶害己、从中阻挠者，且谓弊所恃，以事无用，甚至故为蜚语，恫疑虚喝[22]，即所亲昵，意不能无少动。而使君独破拘挛之见[23]，力排纷纭之议；深切痌瘝之怀，躬亲橇檋之务[24]；不令而共，不疾而速；功成而民永赖之，才识有过人者矣。

嗟乎！自古豪杰建功，未有不苦首事难者也。常人安于故俗，非常之原骇而惧焉，则创议难[25]。苟自规利便、视他人肥瘠若秦越耳，则推心难[26]。甫有所营，为群志携贰，谁其响应者，则孚众难[27]。举大事不惜小费，一木一石，人人得而绳其后[28]，则经费难。况以百余年阡陌之地，日浸月灌，虑殚为河，实由人为梗。乃嗷嗷者，莫谁何已，举而诿之天。今举数十载垫隘之区[29]，且溉且粪，长我禾黍，斯所谓以人力挽天，以天定胜人，难之难者也。自非至诚勤物，视人若己，如使君，其孰能屹然而建之[30]？昔晋人戴束皙而歌曰："我黍以育稷以生，何以酬之报长生[31]。"而谷口无棣之谣，终古舄卤之颂[32]，民一得其饶，没世不忘，彼固应有土之责者。且尔使君在比党中，能令河润泽濡，奕世蒙休而诵德[33]，是不可无记，以垂永永矣[34]。不佞故不辞，为之授简[35]。使君名嘉谟，官四川按察使，赫然负公辅望[36]。出而为德于天下不一，归而为德于乡亦不一，兹特其一端耳[37]。某某皆与劳者，例得并书。

万历三十四年勒石[38]。

题解

本文录自陈心源纂修、民国三十七年(1948 年)版天门干驿鸳鸯湖《陈氏宗谱·卷六下·艺文》第 4 页。据清光绪七年(1881 年)版、天门多祥九屋沟《周氏宗谱》改动近十处文字,未一一注明。原题为《周嘉谟建修马骨泛河渠记》。

注释

[1]襄郢:古指襄州、郢州,汉江中游一带。

尾闾:泛指事物趋归或倾泄之所。

芦洑:古称潜江。芦洑河,今称东荆河。

三澨(shì):三澨河。今天门河。参见本书皮日休《三澨渔歌》注释[24]。

[2]汙(wū):停水的地方。

无虑:表示对人或事物的数量的估计、揣测。

[3]督亢:泛指膏腴之地。亦借指高地或山脉。

[4]嘉、隆:明世宗嘉靖及穆宗隆庆两朝。起于正德十六年(1521 年)世宗即位,止于隆庆六年(1572 年)。

[5]潴(zhū):水聚积。

[6]漭漭(mǎng):广阔无边。

巨浸:大湖。

一苇而杭:同"一苇可航"。用一捆芦苇做成一只小船就可以通行过去。

[7]封大夫松歧周公:指周嘉谟之父周惇(dūn)。周惇字子叙,号松歧。周嘉谟任韶州知府时其父诰封中宪大夫。"松歧"原文为"松溪"。据周惇墓志改。

悯时伤事:哀怜时事。

倡率:倡导。

剅(lóu):堤坝下面排水、灌水的口子,横穿河堤的水道。

[8]胀懑(mèn):又胀又闷。

腠(còu)理:中医指皮下肌肉之间的空隙和皮肤、肌肉的纹理。为渗泄及气血流通灌注之处。

肯綮(qìng):筋骨结合的地方,比喻要害或最重要的关键。

脱然无累:超脱无累的样子。

[9]观察:明提刑按察使司按察使别称。主管一省的司法,与布政使司并称"两司"。明中叶后,各地多设巡抚,按察使逐渐成为巡抚的属官。

使君:对人的尊称。本文指周嘉谟。

解蜀组归:辞去蜀地按察使的官职,回到故里。解……组:解组,解下印绶,辞去官职。组:印绶。

端居:平居,安居。

[10]蒿目:极目远望。借指忧世爱民之情。

剥肤：伤害肌肤，似割剜肌肤那样的痛楚。形容遭到害及人身的灾难。

博议：全面详尽地讨论或评议。

舴艋(zé měng)：小船。

[11]急湲：水深流急。

建瓴(líng)：即“建瓴水”之省，谓倾倒瓶中之水，形容居高临下、难以阻挡的形势。

[12]副宪：对按察副使的敬称，因为按察使又称宪台。

典客：官名。职掌来归的少数民族事务。

[13]方伯：古代一方诸侯中的领袖称方伯。明清布政使，皆称方伯。

里门：乡里之门。古制，同族聚居一里，里有里门。此处指故里。

控告：告诉，上告。

唯唯：恭敬的应诺声。

中丞：明初置都察院，其副都御史之职与前代的御史中丞略同，称为中丞。

[14]檄：用檄文晓谕。

规画：谋划，设计。

议合：一起商量。

[15]乃属其耆老而诏之：于是集合德高望重的老年人，告诉他们。

耆老：老年人，多指在地方上有身份地位的。

财用：财政，用度。

人徒：民众。

荒度：大力治理，通盘筹划。

厮：通“斯”。分，疏。

[16]经始：开始测量营造。

甲午：明万历二十二年，1594年。

[17]余粮栖于亩：义同“余粮栖亩”。传说东户、季子之世，道不拾遗，粮食多得只好栖亩(存放于田头)。见《淮南子·缪称训》《初学记》卷九引《子思子》。后以“余粮栖亩”等称颂丰年盛世。

[18]不佞持晋节归里：我担任山西巡抚之职，回到家乡。

持……节：持节，官员或使臣外出时持有皇帝授予的节杖，以示其威权。

[19]数数(shuò)：屡次，常常。

吾侪：我辈，我们这类人。

不腆：不丰厚，不体面。

储胥：栅栏，藩篱。作守卫拒障之用。

[20]吾子：对人相亲昵的称呼。可译为“您”。

[21]藉藉：杂乱众多。

首鼠两端：瞻前顾后、迟疑不决的意思。首鼠：踌躇不决、欲进又退貌。两端：两头。

[22]恫疑：因恐惧而怀疑。

虚喝：虚声恫喝。虚张声势，威吓对方。

[23]拘挛：拘束，拘泥。

[24]痌瘝(tōng guān)：谓关怀人民病痛、疾苦。

橇梮(qiāo jū)：指对艰苦的劳动能亲力亲为。橇：古代人在泥路上行走所乘之具。梮：上山穿的钉鞋。古语云:“泥行乘橇,山行乘檋。”

[25]常人安于故俗:平常的人拘守于老习惯。形容因循守旧,安于现状。语出《史记·商君列传》:“常人安于故俗,学者溺于所闻。”

非常之原骇而惧焉:事情的开端不寻常,百姓便会感到惊惧。原:指事初,事情开端。语出《史记·司马相如列传》:“非常之原,黎民惧焉。”凡实施某项国事若有一个不寻常的开端,百姓便会因为感到恐惧而格外小心地来对待。

创议:首先提出意见或建议。

[26]视他人肥瘠若秦越:看他人的痛痒与己无关。此句意思与成语“秦越肥瘠”同。秦越,春秋时两个相距很远的诸侯国,一在西部,今陕西一带;一在东南,今浙江一带。肥:形容丰裕。瘠:指苦寒。

推心:以诚相待。

[27]携贰:亲附的人渐生离心,叛离。

孚众:使群众信服。孚:信服,信任。

[28]绳:继。

[29]垫隘:困顿。

[30]自非至诚勤物,视人若己,如使君,其孰能屹然而建之:倘若不是像使君这样,至诚至勤,视人事若己事,还有谁能动员官民声势浩大地建成河渠呢。

自非:倘若不是。

至诚:诚实之至。指道德修养的最高境界。

勤物:勤心物务。用心做事。

屹然:堂堂。

[31]戴:尊奉,推崇,拥护。

束皙:西晋辞赋家、文学家。晋元城人,博学多闻。为邑人祷雨,三日雨降。民歌之曰:“束先生通神明,请天三日甘雨零。我黍以育,我稷以生。何以酬之,报束长生。”

[32]谷口:疑与白渠有关。白渠为汉代关中平原的人工灌溉渠道。在今陕西省境。汉白公所开,故名。《汉书·沟血志》:“太始二年,赵中大夫白公,复奏穿渠引泾水,首起谷口,尾入栎阳,注渭中。袤二百里,溉田四千五百余顷,因名曰白渠。”《古诗源·郑白渠歌》:“田于何所,池阳谷口。郑国在前,白渠起后。”

无棣:疑指无棣沟,在无棣县境内,唐永徽元年沧州刺史薛大鼎开沟引鱼盐于海。唐代河北一带流传民谣:“河北盛传三刺史,首推沧州薛大鼎。”

终古舄卤(xì lǔ):往昔盐碱地。语出《汉书·沟洫志》:“决漳水兮灌邺旁,终古舄卤兮生稻粱。”终古:往昔,自古以来。舄卤:含有过多盐碱成分不适于耕种的土地。

[33]比党:同党。这里作褒义用。

河润:谓施惠恩泽及人,犹河流之浸润土地。

泽濡:濡泽。沾润,喻获得恩惠。

奕世蒙休:一代接一代承受福禄。

诵德:颂德。

[34]垂永永:长久流传。

[35]授简:谓奉命吟诗作赋。南朝宋谢惠连在《雪赋》中讲述了梁王授简札于司马相如,命他即时作赋的故事。

[36]赫然:声威盛大。

负公辅望:享有宰相的声望。公辅:为公与辅的合称。公指太师、太傅、太保、太尉、司徒、司空等。辅指左辅、右弼、前疑、后丞。后用公辅代指辅佐帝王的重臣。

[37]不一:书信末尾用语,表示不详细说。

特其一端:只是提到其中的一点。一端:事情的一方面或一点。

[38]万历三十四年:丙午,1606年。

勒石:刻石。

祭始祖文

陈所学

昆仑渐而为龙门,岷嶓疏而为江汉[1]。自非本原之高厚,何以流衍之浚长[2]。而庇树者,即思培其根;饮泉者,必务祀其源。飨利既以无涯,笃报其恶可已[3]?恒情固然,无或爽者[4]。而况吾启土肇基之祖,又况吾祖妥灵发祥之地耶[5]!

惟祖秉义质仁,履忠蹈信[6],虚舟不校[7],恒畸于人而侔于天[8]。焚券如忘[9],即阳为贷,而阴为积。爰杖马箠,出贾景、沔,乐松石土风之盛,而相宅居之[10]。筚路蓝缕,以启山林[11]。顾业已缔造夫室家,而终不能忘情于桑梓。时出时入,数往数还。晚乃倦游,终于首邱[12]。而家松石者,一再传而蕃庶,三四传而寝炽[13]。箕裘诗书,代有闻人[14]。即以所学之不肖,亦忝旬宣于八闽[15]。兴门知先德之长,昌世卜观光之远[16]。追念原原本本,何敢一日忘诸。而地分楚越[17],人隔天涯,仅能蒸尝于几筵,无由骏奔于墟墓[18]。呜呼!碑立思贤,仁人犹笃敬于往哲[19];茔禁刍牧,孝子恐贻戾于所亲[20]。矧属玄来,何独无念[21]?敬诹今吉,遣使代申,灌醴崇肴,芜词寄酬[22]。

尚冀牛眠衍庆，马鬣孕灵[23]。二百年来，愈瞻郁郁葱葱之气；一朝封内，更显绳绳振振之祥[24]。石椁铭而佳城开，宅兆叠呈休征；坤轴转而旺气盛，戬谷以莫不增[25]。祖其来歆，施于孙子[26]。

题解

本文录自陈心源纂修、民国三十七年（1948年）版天门干驿鸳鸯湖《陈氏宗谱·卷六下·艺文》第25页。同版族谱卷四下第17页记载陈所学《与乐安竖碑族人书》云："祖宗根本之地，何尝不刻刻在念。盖往岁入闽之初，悃忱久积矣。矧辱恭继诸金玉远临，业已面订约于春初。而地方以税务未妥，致费苦心调停。兼之簿书沉迷，胃病许时，因循至今。念兹在兹，未尝一日敢忘也。谨肃千夫长叶正从、舍人卢铠，驰不腆之奠，代申于始祖世贞公之茔。其七尺之石，曾与来衙之几位言之详悉，托妥人竖立矣。别具竖碑及祭品之费，共计三十金。希诸丈与族长计议办祭，择于八月初七或十一日致祭。同差官以芜词面告。如不肖亲行，对越至感至恳。外具修谱公费二十余两，统希付与当事者收照。余别不宣。"

始祖：本文取以在某地最初立宗有后代繁衍的世祖为始祖意，特指天门干驿鸳鸯湖陈氏始迁祖。

注释

[1]渐：疏导。

龙门：山名。在河南省洛阳市南。《汉书·沟洫志》："昔大禹治水，山陵当路者毁之，故凿龙门，辟伊阙。"

岷嶓（bō）：岷山与嶓冢山的并称。

[2]流衍：广泛流布。

[3]飨（xiǎng）利既以无涯，笃报其恶（wū）可已：既然已经享受到先人无边的利益，哪可停止笃诚的报本反始呢。飨：通"享"。享受。报：报本。受恩思报，不忘本源。恶：古同"乌"。疑问词。哪，何。

[4]恒情：常情，一般的情理。

无或爽：不含有差错。

[5]启土肇基：开拓疆域始创基业。

妥灵：安置亡灵。

发祥：泛指开始建立基业或兴起。

[6]秉义质仁：同"质仁秉义"。依仗仁义。秉：操持。质：目标，以……为目标。

履忠蹈信：躬行忠信之道。行为忠诚而有信义。蹈：实行，信守。

[7]虚舟不校：空船撞了别人的船，虽性子不好的人也不会发怒。可用于虚心地处世的意思。典出《庄子·山木》。虚舟：空船。形容将世事看得很淡，不予挂心。不校：不计较。

[8]恒畸于人而侔(móu)于天：语出《庄子·大宗师》："畸人者，畸于人而侔于天。"所谓畸人，就是不同于世俗而又等同于自然的人。畸人：即奇异的人，这里指不合于世俗的人。侔：齐同。

[9]焚券：即焚烧债券。典自《战国策·齐策》，齐国宰相孟尝君食客三千，广交好友。一次，他派门客冯谖到其封地薛收债，冯谖到薛地后，看到那里的百姓困苦，就代表孟尝君烧掉了大家的债券，免除了大家的债务，替孟尝君收买了薛地的人心。后孟尝君被齐闵王罢黜了相位后回到薛，百姓都非常爱戴、尊敬他。后以"焚券"喻指免除债务的义举。

[10]爰杖马箠(chuí)：于是执马鞭。

出贾(gǔ)景、沔：外出到景陵、沔阳一带做官。贾：贾正，古官名，掌管城市商业，调节物价。据陈氏宗谱记载，始祖曾在沔阳、景陵一带做武官。

松石：指今天门市干驿镇松石湖一带。

土风：地方风俗习惯。

相宅：以阴阳、五行、八卦等学说观察分析住宅好坏的方术。

[11]筚路蓝缕，以启山林：驾着简陋的车，穿着破烂的衣服，去开辟山林。形容创业的艰苦。筚路：柴车。蓝缕：破衣服。语出《左传·宣公十二年》。

[12]倦游：对在外游历或做官感到厌倦。

首邱：同"首丘"。传说狐死时，头依然朝着巢穴的方向。比喻归葬故乡。

[13]蕃庶：繁殖人口。

寖炽：有家道兴旺的意思。

[14]箕(jī)裘：家传的事业。源自《礼学·学记》："良冶之子必学为裘，良弓之子必学为箕。"良匠的儿子，想必也能学习补缀皮衣；良弓的儿子，想必也能制作畚箕。因为工艺相近。

闻人：有名望的人。

[15]忝(tiǎn)旬宣于八闽：忝列福建承宣布政使。忝：辱，有愧于，常用作谦辞。旬宣：巡视各地，代宣王命。指承宣布政使一职。八闽：福建省的别称。福建古为闽地。宋时始分为八个府、州、军，元代分为福州、兴化、建宁、延平、汀州、邵武、泉州、漳州八路，明代改八路为八府，清仍之，因有八闽之称。

[16]兴门知先德之长，昌世卜观光之远：兴旺的家族可以推知先人的恩德之长，昌盛的时代可以预卜国家的盛治之远。观光：谓观仰一国盛治之光。

[17]楚越：楚国和越国。喻相距遥远。

[18]无由：没有门径，没有办法。

骏奔：急速奔走。

[19]笃敬：春秋孔子用语。指行

为忠厚严肃。

往哲：先哲，前贤。

[20]茔禁刍牧：坟地禁止割草放牧。

贻戾：获罪。

所亲：亲人。

[21]矧(shěn)：况且。

玄来：玄来礽(réng)，泛指远代子孙。玄：玄孙。来：来孙。礽：礽孙。

何独：犹何谁，谁人。独：犹孰。

[22]敬诹今吉，遣使代申，灌醴崇肴，芜词寄酬：大意是，我恭谨地选择吉日，派遣使者转达对始祖的敬意，斟满甜酒，摆满佳肴，寄赠这篇祭文。敬诹今吉：诹吉，选择吉日。芜词：芜杂之词。常用作对自己文章的谦称。寄酬：酬寄。犹寄赠。

[23]牛眠：即牛眠地，指风水好的墓地。语出《晋书·周光传》："前冈见一牛，眠山污中，其地若葬，位极人臣矣。"

衍庆：绵延吉庆。常用作祝颂之词。

马鬣(liè)：本指马鬃。孔子坟墓封土状如马鬣，后即代指坟墓。此典入诗多用于悼亡。

[24]封内：天子或诸侯的领地之内。

绳绳：无边际貌，连续不断貌。

振振：众多貌，盛貌。

[25]石椁(guǒ)铭而佳城开：得到了石椁铭也就找到了墓地。晋·张华《博物志》七《异闻》："汉滕公(夏侯婴)薨，求葬东都门外，公卿送丧，驷马不行，踣(bó)地悲鸣。跑蹄下地，得石有铭，曰：'佳城郁郁，三千年，见白日，吁嗟滕公居此室！'遂葬之。"石椁：古代套在棺材外的石棺材。佳城、宅兆：墓地。

休征：吉祥的征兆。

坤轴：古人想象中的地轴。

戬(jiǎn)谷：意为福禄。语出《诗经·小雅·天保》："天保定尔，俾尔戬谷。"上天保佑你安定，降你福禄与太平。后世沿用为祝颂之词。

以莫不增：没有一样不增添。《诗经·小雅·天保》："如川之方至，以莫不增。"恩情如潮忽然至，一切增多真幸运。

[26]祖其来歆(xīn)：祖宗啊，请歆享供品吧。来歆：前来接受祭祀，歆享供品。

施(yì)于孙子：语出《诗经·大雅·皇矣》："既受帝祉，施于孙子。"已经接受天帝赐福，延及子孙受福无穷。施：延续。

夙疾难痊不能赴任恳容休致调理疏

陈所学

福建等处承宣布政使司右布政使、臣陈所学谨奏为夙疾难痊，不能赴任，恳乞天恩，容令休致调理，以保余生事[1]。

臣由万历十一年进士，除授刑部主事[2]。丁母忧，回籍守制[3]。起复[4]，补工部。丁父忧，回籍守制。起复，仍补原职。历升户部员外郎郎中、直隶徽州府知府，山西按察司提学副使、本省布政使司右参政、分巡冀北兵备道，考满[5]，加升右布政使，仍管冀北道事。调今职。

伏念臣才能驽下，无以逾人。遭际圣明，滥竽藩服[6]。每感激而图报，誓捐糜以忘躯，何敢有爱，引身言退[7]？但臣赋质最为孱弱，夙有狗马之病，不耐劳瘁[8]。而所历职任，又多繁剧之司[9]。迨辛丑入云中，即值地方非常灾沴之变[10]，寻逢虏酋拥众要挟之事，殚力拮据，无遑寝处[11]。顿苦心神，怔忡为恙[12]。目不交睫[13]，率数十夜。有时眩晕扑地，有时颠倒迷方，因而皮骨仅存，气体尫羸[14]，屡番具文乞休，恳督府按代题，而诸臣以边方多事，拳拳勉留[15]。日复一日，迁延至去岁之冬，力量遂不能支矣。正恳恳投劾间，适逢量移之新命[16]，乃得便道以还家。而归来数月，旧疾愈觉沉淫[17]。影响之疑，便生惊悸。梦寐之中，或作谵语[18]。眠食俱损，药饵无功。似此病症必难以旦暮望痊，惟久息于林泉，庶稍延乎残喘，尚可影缨组而亲簿领，以速之戾乎[19]。此群医之为臣计甚详，而臣所自为计甚明也。伏望陛下，怜臣言出真切，情无规托，敕下吏部，早为廉察[20]，准臣休致调摄，力田采药[21]，以保余生，则自今引长之年[22]，皆皇上再生之赐。臣惟早夜焚香叩天[23]，颂祝万岁、歌咏太平而矣。臣不胜祈恳待命之至，为此专差义男陈俞赍进[24]，谨具奏闻[25]。

题解

本文录自陈心源纂修、民国三十七年(1948 年)版天门干驿鸳鸯湖《陈氏宗谱·卷六下·艺文》第 9 页。

疏:旧指臣下向皇帝陈述意见的章奏。

注释

[1]福建等处承宣布政使司右布政使:参见本书王世贞《五华李公(李淑)墓志铭》题解。

为夙疾难痊,不能赴任,恳乞天恩,容令休致调理,以保余生事:按照常规,奏议或公呈的标题由具题时间、具题人、具题事由三个要素构成。"为……事"是奏议题目中表述主题词的一般格式。它提示奏章或公呈的主要内容,是题目的要素之一。天恩:指帝王的恩惠。休致:泛指辞官。

[2]除授:拜官授职。

[3]丁母忧,回籍守制:值母亲之丧,回原籍守丧。丁忧:古代官员遇父母亡故,一般均解除官职,守丧三年(实际为二十七个月),称为丁忧。丁:当。

守制:旧时父母或祖父母死后,儿子或长孙在家守孝二十七个月,在此期间,不任官、应考、嫁娶等,叫作"守制"。

[4]起复:明清时专指服父母丧期满后重新复出做官。

[5]考满:旧时指官吏的考绩期限已满。一考或数考为一任,故考满亦常为任满。

[6]遭际:遭遇时机,指受到达官贵人的提拔、赏识。

圣明:皇帝的代称。

滥竽:比喻没有真才实学的人。有时也表示自谦。

藩服:古九服之一。古代分王畿以外之地为九服。其封国区域离王畿最远的称"藩服"。后用以指藩国或藩臣。

[7]捐糜:谓弃食。犹牺牲。

引身:抽身,引退。

[8]赋质:天赋资质。

孱弱:瘦小虚弱。

狗马之病:亦作"狗马疾"。谦称自己的疾病。

劳瘁:劳累病苦。

[9]繁剧:事务繁重。

[10]迨:等到。

辛丑:明万历二十九年,1601 年。

灾沴(lì):旧时指阴阳之气不和导致灾害。

[11]虏酋:对敌方首领的蔑称。

拮据:本指鸟类筑巢,操作劳苦,手口并作。后用"拮据"比喻艰难困顿,或境况窘迫。

无遑寝处:没有时间休息。寝处:

起居。

[12]怔忡(zhēng chōng):中医病名。患者心脏跳动剧烈的一种症状。

[13]交睫:上下睫毛相交接,亦即合眼而睡。

[14]气体尫羸(wāng léi):身体瘦弱。气体:精气和身体。尫羸:亦作“尩羸”。瘦弱。亦指瘦弱之人。

[15]拳拳:诚恳、深切的样子。

[16]投劾:呈递弹劾自己的状文。古代弃官的一种方式。

量移:泛指迁职。

[17]沉淫:沉溺。

[18]谵(zhān)语:病中神志不清,胡言乱语。

[19]影(piāo)缨组:谓冠缨飘动。指在朝为官。影:飘扬,飘卷。缨组:结冠的丝带。亦借指官宦。

簿领:在官府的簿籍上做记录。指办理公务。

以速之戾:速戾,招致罪责。

[20]规托:疑为“诡托”。谓假借名义。

廉察:考察。

[21]调摄:调理保养。

力田:努力耕田。亦泛指勤于农事。

[22]引长:延长年寿。

[23]叩天:向天叩拜。

[24]义男:即“义子”。旧指名义上的儿子,而非亲生之子。

赍(jī)进:指携带奏疏进呈皇上。

[25]谨具奏闻:同“谨具题知”。明清时期的题本文书中,将有关事情用题本上报皇上知悉的用语。凡奏报之事不必请求皇帝裁决批示,仅使其知悉内容并报中央备案便可施行,用此语表示。奏闻:臣下将情事向帝王报告。

旧疾痊可无期新任趋赴难前再恳休致疏

陈所学

福建等处承宣布政使司右布政使、臣陈所学谨奏为旧疾痊可无期,新任趋赴难前,再恳天恩,容令休致,以便调摄而延残喘事。

顷臣因病乞休,章下吏部,未蒙题覆,趣令供职,么么小臣,何功何能,而仰荷高厚之洪恩,俯遭知遇之隆际,苟非木石,宁不思所报塞?即此肤发,敢复宴然自有哉?第无奈狗马病何耳。缘臣禀赋素弱,调养复疏,而向所感者,又怔忡尫羸、未易骤效之症。数月以来,医外求医,药饵已投于无用;病中增病,精气益耗于多愁。手足顽麻,神思恍惚。言出于口,辄自惶惑;心有所念,旋即遗忘。服气导引,茫无一验。臣命之薄,可见于此。若非一意槁灰静养,必有偏枯不仁、重患而性命之忧,又不必言矣。此所以辗转思惟,不得不披情愫而渎天听也。

伏维皇上鉴臣控诉之无伪,怜臣痼蔽之难痊,敕下吏部,检臣前后奏词,早为覆请,准令休致;或以察典在迩,即行罢斥。倘得以宽调摄而延余生,偃息林泉,歌咏太平,皇上生成之赐,世世衔结无已矣。臣无任瞻天仰圣激切,祈恳待命之至。

题解

本文录自陈心源纂修、民国三十七年(1948 年)版天门干驿鸳鸯湖《陈氏宗谱·卷六下·艺文》第 10 页。

本文与《夙疾难痊不能赴任恳容休致调理疏》内容相关。阅读时可参考该篇注释。

论救副都御史杨涟疏

陈所学

户部尚书、臣陈所学谨奏为太监窃权、直臣得罪,恳乞圣明乾断、扶正抑邪事[1]。

该左副都御史杨涟,于先皇大渐之时,自以小臣得预顾命[2],感激图报,誓在忘身,为皇上定移宫之策,为国家建万年之计,优诏褒答[3],直臣快心。

魏忠贤不过内庭奔走之小竖耳[4]。皇上过加宠幸,稍迁司礼[5]。晋掌东厂,专作威福;嫉恶正人,日肆狂吠;收召佥壬[6],倚为爪牙;树鹰鹯之威,张罗织之网[7]。使天下皆知有忠贤,不知有皇上;皆知皇上信任忠贤，不知忠贤目无皇上。

杨涟披肝沥胆，直纠其罪，是克尽宪臣之职，不愧陛下法司之寄矣[8]。皇上不责忠贤，反责杨涟，使顾命之忠臣，厄于内庭之小竖，其若先皇何？其若朝臣何[9]？

忠贤恃皇上之优容，凭颐指之气焰[10]。昨日擅于朝堂参见九卿，意气凶凶，居然梁冀[11]。臣偕缙绅之后，与论杨涟之冤，忠贤噤口结舌，不觉屈服。则杨涟之无罪可知，忠贤之怙恶亦可知矣[12]。皇上宜赦杨涟，以砺直臣敢言之锋；疏退忠贤，以杜内臣窃权之渐[13]。岂惟社稷之福，而实天下之幸！

臣长户部以来，深念国用耗蠹，兵饷烦费[14]，移东补西，苦于应付。重以年垂七十，筋力都消；事件遗忘，什恒八九[15]。尝恐溺职遗羞[16]，以负先帝，而误皇上。思捐顶踵，其道无由[17]。若得以衰朽之身，易杨涟之命，固臣所甘心者也，臣无任惶恐待命之至，为此专折奏闻[18]。谨奏。

题解

本文录自陈心源纂修、民国三十七年(1948 年)版天门干驿鸳鸯湖《陈氏宗谱·卷六下·艺文》第 11 页。

副都御史：官名。又称“副宪”。明清都察院之副长官。佐左都御史掌院事。明洪武十六年(1383 年)设。左、右各一人，秩正四品。十七年升秩正三品。明洪熙元年(1425 年)，南京都察院设右副都御史一人。

杨涟：参见本书周嘉谟《表忠歌》题解。

疏：旧指臣下向皇帝陈述意见的章奏。

注释

[1]这句话是本文的真正标题。按照常规，奏议或公呈的标题由具题时间、具题人、具题事由三个要素构成。“为……事”是奏议题目中表述主题词的一般格式。它提示奏章或公呈的主要内容，是题目的要素之一。

直臣：直言谏诤之臣。

乾断：帝王的裁决。

[2]大渐：谓病危。

自以小臣得预顾命：光宗病危召

见大臣,杨涟不属大臣,亦在召见之列,临危顾命。

预:参与。

顾命:《尚书》的篇名。取临终遗命之意。后因称帝王临终前的遗诏为顾命,帝王临终前托以治国重任的大臣为顾命大臣。

[3]移宫:晚明三案之一。泰昌元年(1620年)光宗死,熹宗即位。抚养他的李选侍与心腹宦官魏忠贤欲趁其年幼把持朝政。杨涟、左光斗等大臣上疏,迫使她移居别宫,以防其窃权。此事后成为派系斗争争论的题目。

优诏:褒美嘉奖的诏书。

褒答:嘉奖报答。

[4]内庭:也写作内廷,指皇宫内。

小竖:鄙陋的小人。

[5]司礼:官署名。明代内官有司礼监,简称司礼,负责宫廷礼节、内外章奏等。

[6]东厂:官署名,明代由太监掌管的负责侦缉和刑狱的最大的特务机关。

佥壬:巧言谄媚、行为卑鄙的人。

[7]鹰鹯(zhān):鹰、鹯都是猛禽,比喻凶猛或凶恶的人。

罗织:虚构罪名,陷害无辜。

[8]披肝沥胆:披露肝脏,滴出胆汁。表示以真诚相见。

宪臣:指御史。也泛指执法官吏。

法司:指掌司法刑狱的官署。

[9]厄:使困窘。

其若先皇何:怎么面对先皇。其:语气词,加强反诘语气。若……何:文言文固定句式,如何,怎样。先皇:前代帝王。

朝臣:朝廷官员。

[10]优容:宽容,厚待。

颐指:以脸颊表情示意来指挥人。常以形容指挥别人时的傲慢态度。

[11]朝堂:汉代正朝左右百官治事的地方。国家有大事,皆于朝堂会议。

参见:以一定礼节晋见上级。此处是接受参见的意思。

九卿:参见本书周嘉谟《途次志喜(二首)》注释[12]"大小九卿"。

梁冀:东汉顺帝梁皇后兄,袭父商为大将军,擅权达二十年。延熹二年,帝与中常侍单超等谋,勒兵收冀,冀自杀。

[12]缙(jìn)绅:原意是插笏(hù)于带,旧时官宦的装束,转用为官宦的代称。缙:插。绅:束在衣服外面的大带子。笏,古代朝会时官宦所执的手板,有事就写在上面,以防遗忘。

怙(hù)恶:坚持作恶。怙:依仗,凭借。

[13]砺直臣敢言之锋:砺……锋:砺锋,磨砺锋刃。

杜内臣窃权之渐:杜……渐:杜渐,杜绝、堵塞事物的苗头。杜:阻塞。

[14]长户部:任户部尚书。长:做长官,为首领。

国用：国家的费用或经费。

耗蠹：耗费损害。

烦费：大量耗费。

[15]什恒八九：十有八九的意思。恒：总会，总是。什：通“十”。

[16]溺职遗羞：因失职而留下羞辱。

[17]思捐顶踵：义同“顶踵尽捐”。犹言顶踵捐糜。指捐躯，牺牲。顶踵：头顶与足踵。借指全躯。

[18]无任：敬辞。犹不胜。旧时多用于表状、章奏或笺启、书信中。

奏闻：上奏使君主知道。

云中城西十五里观音古刹碑记

陈所学

盖西方十万亿国土有佛名阿弥陀，其佐阿弥陀而行化若宰执储贰然者[1]，曰观世音大士，又曰光世音，称号不一，要以缘德标彰显无方之用[2]，其义固一也。我大士之得道也，实始于无央数恒河沙劫前一世尊[3]，亦号观世音者，度而教之，从闻思修，入三摩地，繇三空智尽灭谛理[4]。因而超越世界，获二殊胜。上合十方诸佛之觉心，同一慈力；下彻六道众生之异境，同一悲仰[5]。自是而成三十二应，入诸国土，变化显现，周满婆娑[6]。自是而令众生获十四种无畏功德，一切兵戈水火、险盗狂鬼之害，以致寿考、富贵、子女之求，莫不罄我愿力，俯顺兆情[7]，是以道成。而世尊默许之，为放五体宝光，远灌十方微尘[8]。又为之印证，俾同师号[9]，曰观世音。助以禅法，扬化我大士，乃巍巍乎，皦皦乎[10]！若鹫岭之标，众峰望月之夺列宿[11]，而此阎浮提之界，四光天之下[12]，一切含识窍而负血气、莫不知尊且亲者，其神明之奚啻人臣之于大君，其怙恃之奚啻赤子之于慈父母[13]，匪偶然也。

云中城西越十五里之遥，有观音古刹。流传原地名虾蟆石湾，怪物数扰害其间，民用不宁，道路阻塞[14]。金重熙年之六月又九日，忽大士现丈六金身，偕左右菩萨、明王[15]，从秦万佛洞飞往水门顶山头，从此妖魔降灭，地方宁谧。父老聚族而议，山势峣屼，不便修庙貌[16]，请得移平地便。旋蒙神显灵异，顿徙坦途。由是大众鸠工立寺，每逢六月之十九日，遐迩男女，顶礼朝谒[17]，肩相摩于道。盖所传即未谂尽确，而大士之方便拯救刹那显化，政其慈力、悲仰之昭彻处，理或有然者[18]。第时久事湮，勒石漶灭不可考[19]。

余备兵云中四载奇，不时从二三君子瞻谒其下[20]。一日，众王孙来求为记，垂示永永，业已心许，而偶缘南移未果[21]。呜呼！妙音观世音，梵音海潮音，倾耳而聆之，亡闻也[22]，然不敢以亡闻议也。八万四千烁迦罗首，八万四千母陀罗臂，八万四千清净宝目，决睫而察之[23]，亡见也，然不敢以亡见议也。观不取色，音不受听，圆通广大，变化灵应，是故谓之观世音，谓之观自在，谓之光世音也。若夫拯难救灾，特其一端耳[24]。余窃不揣[25]，聊因众王孙之请，而备及之以示夫皈心供奉者[26]，同志则先民部今观察杨公名一葵[27]，闽之漳浦人；元戎焦公名承勋，本里人。

万历三十五年丁未岁孟春月吉旦[28]，赐进士第、通奉大夫、福建布政使司右布政使，前奉敕分巡冀北兵备道、山西右参政、提督学校副使，云杜陈所学顿首拜撰[29]。

题解

本文转引自高晓凤《观音堂和明清时期大同地区的观音信仰》。该文载《山西大同大学学报(社会科学版)》2009年第五期。转引时文字、标点略有改动。

辽代佛教古寺观音堂位于山西大同南郊区佛子湾武周川北岸山上。

注释

[1]十万亿国土：《阿弥陀经》所云东西南北上下各方，均有佛如恒河沙数(经中称“十万亿国土”)，而每一佛土内又有不计其数的菩萨。

行化：游方教化。

宰执：指执政的高级官员或宰相。

储贰：被确为君位的继承者，特指皇太子。

[2]无方：无规矩法度。

[3]无央数：无数。佛教用来表示异常久远的时间单位。

恒河沙：恒河沙数。佛经常用恒

河中沙子的数量做比喻,形容非常多。

劫:佛教名词。“劫波”的略称。意为极久远的时节。古印度传说世界经历若干万年毁灭一次,重新再开始,这样一个周期叫作一“劫”。

世尊:释迦牟尼佛的称号,意为世间至尊。

[4]度:僧尼道士劝人出家。

闻思修:修学佛法的三大次第。闻,谓听闻佛法,包括研读佛典、听讲经说法等,由此可知晓佛法,得“闻慧”。次则由闻而思,思,谓对所闻法思索理解,由此得“思慧”。次则依思慧而修行,由修行证得“修慧”,以修慧断尽烦恼,证得道果。由闻而思,由思而修,由修而证,乃修学通途。语出《楞严经》卷六。

三摩地:为佛家语,梵语音译而来,也译作三昧,指佛教所说的排除杂念、心定于一的境界。语出《楞严经》卷六。

繇(yóu):古同“由”。从,自。

三空智:教义名数。即三种智慧。诸经具体所指不一。空智:佛教教理功理性修为名词。即一切智。

灭谛:佛家指断灭世俗诸苦产生的原因,是佛家所要达到的目的。苦谛、集谛、灭谛、道谛,谓之“四谛”,是释迦牟尼最初说法的主要内容。

[5]因而超越世界……同一悲仰:据《观世音菩萨耳根圆通章》说:“忽然超越世出世间。十方圆明,获二殊胜。一者,上合十方诸佛本妙觉心,与佛如来同一慈力。二者,下合十方一切六道众生,与诸众生同一悲仰。”在这寂灭现前的时候,忽然间就超越这个有情世间和器世间了。这时候,和十方的世界都互相融通而圆融无碍了,就获两种殊胜的境界。第一,就是向上可以和十方诸佛这个本妙觉心相合了,和十方如来的慈悲心是一样的。第二,就是向下可以和十方一切的六道众生都相合了,和一切的众生一样有这种悲仰,这种悲心是仰求于佛的。“诸佛之觉心”中的“心”为《天门进士诗文》编者所加,并对原文重新标点。

殊胜:指特别的胜境。

觉心:佛教语。谓能去迷悟道的心。

六道:佛家泛指生死轮回世界里的众生。具体指地狱、饿鬼、畜生、阿修罗、人间、天上。

[6]三十二应:指观音菩萨为普济众生而示现的三十二种应化身形。

婆娑:佛教语。即娑婆,娑婆世界。意为忍土、忍界。指释迦牟尼进行教化的现实世界。

[7]罄我愿力:尽我善愿功德之力。愿力:佛教语。誓愿的力量。多指善愿功德之力。

俯顺兆情:指顺从预兆。俯顺:顺从。用于上对下。

[8]而世尊默许之,为放五体宝光,远灌十方微尘:《大佛顶首楞严经

卷六》云："尔时世尊于师子座，从其五体同放宝光，远灌十方微尘如来及法王子诸菩萨顶。"大意是，当尔之时，世尊在师子宝座上，从他的五体，即佛的全身（头和二手二足），同时放出宝光，远灌十方世界微尘数的如来、法王子，以及诸大菩萨的顶上。

[9]印证：禅师对于学人的禅悟进行鉴定、证明，称为"印证"。

俾同师号：指释迦牟尼佛使他与自己同称观世音。

[10]禅法：教义名词。即进入佛门修道求法的途径和方法。

扬化：弘扬、教化。

皦皦（jiǎo）：心胸光明。

[11]鹫（jiù）岭：山名，在中印度。以山中多鹫，且山顶形似鹫鸟，故称。为释迦牟尼佛说法之地。

列宿（xiù）：众星宿。特指二十八宿。

[12]阎浮提：此处指尘世。梵文，译为南赡部州，佛经上指印度，后也泛指中国及东方诸国。

四光天：普天。

[13]识窍：掌握时机和窍门。

血气：指元气，精力。

奚啻：何止，岂但。

大君：天子的古称。

怙恃（hù shì）：依靠，凭借。

[14]用：因此。

[15]金重熙年：指辽重熙年。重熙：辽兴宗耶律宗真年号（1032～1055年）。

明王：梵文意译。佛教名词。佛教密宗对示现愤怒威猛相状，或多面多臂，手持各种法物降伏恶魔之诸尊、菩萨的通称。明：即光明，取以智慧之光明破除愚痴烦恼业障的意义。

[16]峣屼（yáo wù）：山高险的样子。

庙貌：庙宇及其中的神像。

[17]鸠工：招聚工匠。鸠：聚集。

顶礼朝谒：指拜谒时五体投地。顶礼：又称"五体投地"，佛教徒最崇敬的礼节。行礼时，双膝下跪，双手伏地，以额头着地进行礼拜。

[18]谂（shěn）：同"审"。详细，周密。

方便：印度佛教术语。指以善巧的种种方法，根据听众的不同需要和天分素质说法，达到便利众生悟入佛智的目的。

显化：指神灵显现化身。

政（zhēng）：通"征"。证明，证验。

昭彻：明彻，清亮。

然：这样，如此。

[19]第：只是。

湮（yān）：埋没。

勒石漶（huàn）灭：石碑字迹模糊。勒石：在石上刻字。此处指石碑。漶灭：模糊，无法辨识。

[20]余备兵云中四载奇（jī）：我在大同担任冀北兵备道四年多。

备兵：担任兵备道。兵备道是整

饬兵备道简称。明清道员之一，主治兵备事宜。明弘治年间，以武职不修，议增副佥一人，隶于总兵。自此设兵备道者凡四十三处，分巡道兼兵备道者五处，皆以布、按二司所属参政、参议及副使、佥事充任。

云中：郡名。唐置。初为云州，不久，改成云中郡，后又复名为云州；治所在山西省大同县。

奇：零数。

瞻谒：犹朝见，谒见。

[21]王孙：古代贵族子弟的通称。

南移：指作者由山西右参政升任福建右布政使。

[22]梵音：诵经声。

亡（wú）：古同“无”。没有。

[23]烁迦罗：梵文音译，意译为轮、金刚、精进。

母陀罗：梵语译音。意为印契。指以手结成的各种印形。

决睫：决眦（zì）。瞪裂眼角。形容张目极视的样子。

[24]特：但，仅，只是。

[25]不揣：没有把自己可笑的想法藏起来。

[26]皈（guī）心：诚心归依。

[27]民部：户部。隋及唐初置，唐高宗时为避太宗李世民讳改称户部。

观察：明代提刑按察使司按察使别称，掌管一省司法，正三品。

[28]万历三十五年：1607年。

吉旦：农历每月初一。

[29]通奉大夫：文散官名。明制通奉大夫为从二品升授之阶。

布政使司右布政使：参见本书王世贞《五华李公（李淑）墓志铭》题解。

右参政：明代中书省废，于各布政区的承宣布政使司（省级地方行政机构）之下，设左右参政和左右参议（均无定员），以辅佐左右布政使（司长官）。左右参政秩从三品。

提督学校副使：提督学校官。官名。明置，掌学校政令。明初英宗正统元年（1436年）分别派御史为两京的“提学御史”，十三布政司以按察司副使、佥事充任，称进督学道。故山西学官称“提督学校副使”。

云杜：西汉置云杜县，属江夏郡。梁置沔阳郡，省云杜入竟陵，迁竟陵县治于云杜城。云杜城在竟陵西北巾口。此处代指竟陵，今天门。

重修中山水陆寺碑记

陈所学

夫古郢水陆寺者有三[1]，曰上、中、下。地灵发于大洪，实我世宗肃皇帝龙飞之邸[2]。距东六十里为中山水陆，巉岩硉矹，林菁苍古[3]。左瞻缭屈，隐隐青螺浴日；右眺三峰，如削玉插碧落间[4]。背枕龙凤，巅峰有观曰朝阳。□□瀑布，清泉西流环绕。面瞰磐石，若化城带围宝所[5]。圣水神山，星□□□，俨西竺之灵鹫耳[6]。

征诸文献，古有黄石公者创始斯刹[7]，为□延所会□□□，一时取义，故名之无斁[8]。元末兵燹遂废[9]。迨我朝宣德间[10]，一世祖讳智圆，号秀峰，乃庐陵巨室李氏子，由彼□□院披剃，云游北都[11]，而南憩于此山，徘徊不能去，蹑峡崥，穿翠微，周观清泉潆玉[12]，众山拱秀，卓锡居焉[13]。出钵囊资兼募信施，辟草莱，坚殿宇，而弘法之始矣[14]。度徒五[15]，以□作派，讳曰用、琏、纲、纪、海。买民田九石，以赡常住[16]。师徒戒行精严，晨夕诵礼《华严》，兼修禅观[17]。但岁值旱魃，诵祷雨□□□□乡利赖之[18]，□□□者如云。□□南藩思李方伯桢公与师同籍，嘉乐其行，撰□镌石，遗藻可□而识也[19]。历景泰，二世祖纲、海二师，惟募诸檀越[20]，□□□□殿，□□□□廊，□□□□□□金碧辉煌，徒众增盛。兹皆安陆州属□，至我世宗皇帝易州为府[21]，宜兴都，设皇庄，其前田遂属皇租，殿宇□□九十。春秋□□□□□□□□□□□□□重新。越二十七载，为隆庆初六世兴山师劝郢□□刘□□□独力又新之[22]。比及万历庚寅末[23]，又经三十□。各殿渗浸，梁栋□□，住持□□讳兴善，号法庵，徒讳隆寿，号玉亭，皆李姓，出本邑清平里右族[24]。师□□游伏牛、五台、□京，溥海内名山还。目击本寺日渐摧残，持三尺□募化檀越，恢始重修。磊石为基，抡木为材[25]。鼎建正殿，重增佛像，更换钟楼。新增天王殿，并塑四天王伽祖诸像。重修金刚殿为山门，亦塑金刚像。□□而栋宇之翚飞者岿如，金碧之端拱者泽如，月台之流泉曲水蜿蜒殿前者湛如[26]。增砌石垣，新植松桧果木千余株，周山之麓草乔蓊松者郁如[27]。历数年而工告成。地献灵，奚翅清梵靡征[28]？上下四彻即泉鸣谷应，风篁堂□□□韵虫吟，无往非演摩诃妙音[29]。故荆襄郧郢之区，论大道场，指必屈中山水陆矣[30]！

予宦游两京，愧不能谢国事[31]，返初服，逃禅兹山中，以需性灵[32]，□□□□闽之后，行车载脂[33]。倏英法师介绍，东禅主师讳清□，偕至索予记之。义既不容辞，亦不暇工。姑揭其颠末，援笔以书[34]。是为记。

赐进士第、通奉大夫、福建布政使司右布政，前奉敕提督山西学校、钦差镇守大同总制紫荆等关军务、户部尚书郎，竟陵陈所学撰[35]。

皇明万历乙卯岁姑洗末浣穀旦立，郢沙门、七十叟灵崑书[36]。

题解

本文录自《重修中山水陆寺碑记》碑。碑立于钟祥市东桥镇马岭村九组凤凰山南坡水陆寺遗址。碑文缺损处，字数明确的以“□”代替。

注释

[1]郢：安陆府，古称郢州，治湖北钟祥。

[2]世宗肃皇帝龙飞之邸：指明嘉靖帝朱厚熜（cōng）出生、发迹之地。1531年，明嘉靖帝朱厚熜以自己出生、发迹于此，取“风水宝地、祥瑞所钟”之意，赐县名“钟祥”。龙飞：指即天子位。

[3]巉（chán）岩：一种陡而隆起的岩石，如悬崖或崖、孤立突出的岩石。

硉矹（lù wù）：高耸，突出。

林菁：指丛生的草木。

[4]青螺：喻青山。

碧落：天空。

[5]若化城带围宝所：指佛寺处于神仙幻境之中。化城：佛教名词。指一时幻化的城郭。后称佛寺为“化城”，亦喻指神仙幻境。宝所：佛教语。本谓藏珍宝之所，喻指涅槃，谓自由无碍的境界。

[6]西竺之灵鹫（jiù）：印度灵鹫山，在中印度。以山中多鹫，且山顶形似鹫鸟，故称。为释迦牟尼佛说法之地。

[7]征：证明，证验。

刹：梵语“刹多罗”的简称，寺庙佛塔。

[8]无斁（yì）：犹无终，无尽。

[9]兵燹(xiǎn):指因战乱所致的焚烧破坏。燹:兵火。

[10]迨:等到,及。

宣德:明宣宗朱瞻基年号(1426~1435年)。

[11]巨室:旧指世家大族。

披剃:佛教信徒依戒律剃除须发、身披袈裟的一种仪式。亦通称出家为“披剃”。披:穿僧衣。剃:剃发。

云游:指僧道到处漫游,行踪飘忽,有如行云。

北都:指今北京市。明成祖朱棣永乐十九年(1421年)由应天(今江苏南京市)迁都北京,正统六年正式定都北京,故北京亦称北都。

[12]峡崥(bǐ):即山足。

翠微:指青翠掩映的山腰幽深处。

潆(yíng)玉:像玉带一样环绕。

[13]卓锡:称僧人在某地居留。卓:直立。锡:锡杖,僧人出外所用。

[14]信施:谓信者之施物也。

草莱:犹草莽。杂生的丛草。

弘法:佛教语。谓弘扬流通佛法。

[15]度:僧尼道士劝人出家。

[16]赡:资助。

[17]戒行:佛教徒在身、语、意三方面遵守戒律的行为。

精严:精练谨严。

禅观:禅坐以参究佛教的教理,是禅修的一种方法。

[18]旱魃(bá):传说中引起旱灾的怪物,比喻旱象。

利赖:谓依傍,依靠。

[19]李方伯桢公:指李维桢。方伯:古代一方诸侯中的领袖称方伯。明清布政使皆称方伯。

遗藻:遗文。

[20]景泰:明代宗朱祁钰的年号(1450~1456年)。

檀越:也作“檀信”。施主,奉佛的善男信女。

[21]易州为府:明嘉靖十年(1531年)升安陆州为承天府,治钟祥。

[22]隆庆:明穆宗朱载垕(hòu)的年号(1567~1572年)。

[23]万历庚寅:明万历十八年,1590年。

[24]右族:古代以右为尊,六朝时重门第,称豪门大族为右族。

[25]抡木:挑选木材。

[26]翚(huī)飞:像翚高飞。形容宫室华丽。翚:五彩的野鸡。

端拱:端坐,拱手致敬。

湛如:安然。

[27]郁如:丛集茂密的样子。

[28]奚翅:同“奚啻”。何止,岂但。

清梵:谓僧尼诵经的声音。

[29]四彻:四达。

风篁:风吹着竹林。篁:竹林。

无往:无论到哪里。

摩诃:梵语音译,意译为大、多、胜。

[30]荆襄郧郢:荆州、襄阳、郧阳、

郢州。

道场：亦称“法场”。佛教指诵经礼佛修道成道之处所。

[31]宦游两京：在应天(南京)和北都(北京)做官。宦游：旧谓外出求官或做官。两京：明永乐后指南京和北京。

国事：国家的政事。

[32]返初服：指希望辞官退隐之意。初服：指出任官职前的衣服。

逃禅：指逃避世事，参禅学佛。

需：等待。

性灵：内心世界。泛指精神、思想、情感等。

[33]载脂：抹油于车轴上。谓准备起程。载：发语词。脂：润滑车轴的油脂。

[34]颠末：犹始末、本末。前后经过情况。

援笔：拿起笔来，谓执笔写作。

[35]通奉大夫：文散官名。明制通奉大夫为从二品升授之阶。

此处“布政使司右布政”等官职名，参见本书陈所学《云中城西十五里观音古刹碑记》注释[29]。

户部尚书郎：户部郎中。

[36]万历乙卯：明万历四十三年，1615年。

姑洗：指夏历三月。本指十二音律之一，与三月相配。

榖旦：良晨，晴朗美好的日子。旧时常用为吉日的代称。

沙门：原为古印度反婆罗门教思潮各个派别出家者的通称，佛教盛行后专指佛教僧侣。

崑：音 kūn。

观音寺福田记

陈所学

尝观易卦，先王鼎烹以飨上帝，而大烹以养圣贤，盖古者教养兼隆意也[1]。故卿以下必有圭田，下逮余夫亦授田二十五亩[2]。此又《颐卦》所谓养贤以及万民者乎[3]？佛法入中国，创福田利益之说，言恩田供父母，敬田供佛僧，悲田供贫病，总名曰福也。唐王维诗：“乞饭从香积，裁衣学水田[4]。”盖襞绩袈裟，以象田之义也，或取衣钵兼传者欤[5]？《四十二章经》：“饭持五戒万人，不如饭一须陀洹。饭斯陀含千万，不如饭一阿那含。饭阿罗汉亿万，不如饭一辟支佛[6]。”佛为世尊故也。

邑人吴君弘施田供佛，给食饭僧，岂贪利益而为是哉[7]？夫圣王人情以为田，其弘济宁有待乎[8]？诗云：“岂弟君子，求福不回[9]。”吴君有焉[10]。

题解

本文录自清康熙七年(1668年)版《景陵县志·卷之七·享祀志》第65页。文前记载：“观音寺在县东北，去石堰口不远。庠生吴贵施田，有福田记。司徒陈所学福田记。”

注释

[1]鼎烹：贵族古代祭祀盛牲之具，也用为食具。

飨(xiǎng)：通“享”。祭祀，祭献。

大烹以养：以丰盛的食品去奉养人。语出《易经·鼎》：“而大亨以养圣贤。”

教养兼隆：教化民众与奉养圣贤的意愿都很强烈。兼：同时占有。隆：盛，多。

[2]卿以下必有圭田：语出《孟子·滕文公上》：“卿以下必有圭田，圭田五十亩。”圭田：古代卿、大夫、士供祭祀用的田地。

下逮余夫亦授田二十五亩：语出《孟子·滕文公上》：“余夫二十五亩。”余夫：西周受田制度中非主要受田者。农户中一人为夫，系主要受田者，其余劳动力称为余夫。

[3]《颐卦》所谓养贤以及万民：语出《易经·颐卦》：“天地养万物。圣人养贤以及万民。”天地养育万物，圣人颐养贤人，养育万民。

[4]乞饭从香积，裁衣学水田：语出王维《过卢四员外宅看饭僧共题七韵》。

香积：香积厨。佛教僧人的食厨。香积，原为佛名。其佛土为众香世界，其间一切都芳香无比。香积厨即取香积佛的世界饭香之意。

水田：水田衣。因袈裟系用多块长方形布缝成，观之如水田分界，故名。

[5]襞(bì)绩：衣服上的褶子。

象田之义：指袈裟系用多块长方形布缝成，观之如水田分界。

衣钵兼传：衣钵相传。佛教禅宗师徒间道法的授受，常付衣钵为信，称为“衣钵相传”。后泛指师父传法于徒弟，以及思想、学术、技能方面的继承。衣：指僧尼穿的袈裟。钵：食器。

[6]四十二章经：相传为中国第一部汉译佛经。后汉迦叶摩腾和竺法兰共译于汉明帝永平十年。

“饭持五戒万人”一句：原文为：“佛言，饭凡人百不如饭一善人，饭善人千不如饭持五戒者一人，饭持五戒者万人，不如饭一须陀洹，饭须陀洹百万不如饭一斯陀含，饭斯陀含千万不如饭一阿那含，饭阿那含一亿不如饭一阿罗汉，饭阿罗汉十亿不如饭辟支佛一人，饭辟支佛百亿不如饭一佛。学愿求佛欲济众生也。”

持五戒者：奉持五戒者。五戒：佛教制定的不杀生、不偷盗、不邪淫、不妄语、不饮酒的戒律。

须陀洹（huán）：佛教名词。意为初入圣道，又译作“入流”“预流”。是小乘佛教修行所要达到的四种道果之一，即声闻四果之“初果”。

斯陀含：即“一来”。为小乘佛教修行之“四双八辈”之二。

阿那含：佛教声闻乘（小乘）的四果之三，为断尽欲界烦恼、不再还到欲界来受生的圣者名。

阿罗汉：佛教术语。为小乘佛教修行之“四双八辈”之四，代表小乘佛教修行的最高果位，又称“阿罗汉果”。

辟支佛：指未经佛指导就独自觉悟却又不对人说法或教化的圣者。

[7]给食饭僧：向和尚施饭。迷信者修善祈福的行为。

为是：做这件事。

[8]夫圣王人情以为田，其弘济宁有待乎：圣王以人情为本，广为救助，难道不需要什么凭借吗。

圣王：古指德才超群达于至境之帝王。

人情以为田：语出《礼记·礼运》：“礼义以为器，故事行有考也；人情以为田，故人以为奥也；四灵以为畜，故饮食有由也。”以礼义为工具，所以行为可以考核；以人情为田地，所以人成为主体；以四灵为养畜，所以饮食有来源。

有待：佛教语。谓人身须待食物、衣服等资财而生活。

[9]岂弟（kǎi tì）君子，求福不回：和乐平易好个君子，求福有道不邪不奸。语出《诗经·大雅·旱麓》。岂弟：通“恺悌”。平易快乐。回：奸回，邪僻。

[10]吴君有焉：吴君就是具有这样性情的君子呀。

熊　寅

清康熙三十一年(1692 年)版《景陵县志·卷之十·人物志·进士》第 19 页记载:熊寅,字国亮,号念塘。万历癸酉科举人,壬辰科进士。少客京师,遇异人,超然有出世志。登第后,疏请养母,得予归子舍。感乌鹤之异,母安之,为加餐,色喜。【吴郡王稚登送公归养诗:"已将三策对公车,疏请还乡慰倚闾。颇似报刘同令伯,非关谕蜀拟相如。黄金正市燕台骏,白发须供丙穴鱼。君出国门人共惜,不知谁上治安书。"】逾十年,太夫人捐养。始释褐为婺源令,惠爱洽民,功绩茂著。亡何属疾卒于官舍。临终,自为偈曰:"我外原无我,吾今却见吾。世间多少事,曾了一些无。"识者知其蜕形轻举也。邑举人胡承诺书公逸事曰:公客长安,从道人游。已而道人出赫蹄书授公曰:"异日有厄发,此当相助。我邹月宾也。他年,芙蓉岭上复与子期耳。"言讫而去。后任婺源,行彭泽,飓风大作,樯折帆摧。取道人缄发,视之,有"告汝婺源"数字,其余仍秘语也。居官以公事入村,于峻岭高峰,忽见月宾空中相与道故如平。公舆中举袖揖之,从者瞩目良久乃罢。问其地,则芙蓉岭也。公乃为诗曰……壬寅元日,梦道人来,曰:"龙华会遘(gòu)。"觉而与徐、刘两学博言。是年遂卒。

芙蓉岭

熊　寅

回首长安已十年,相逢岭上两茫然。愧予俗骨还为吏,羡尔丹容合是仙[1]。世事无凭蕉鹿梦,玄谈空堕野狐禅[2]。渔郎不久风波里,烟雨桃花一钓船。

题解

本诗录自清康熙三十一年(1692 年)版《景陵县志·卷之十·人物志·进士》

第19页。

注释

[1]俗骨：尘世中人的资质或禀赋。

[2]蕉鹿梦：《列子·周穆王》载，春秋时，郑国樵夫打死一头惊跑的鹿，怕被人看到，把鹿藏在干涸的濠沟里，盖上蕉叶。不久，当他要取鹿时，却忘掉藏鹿的地方，他便以为是一场梦。后以“蕉鹿”指梦幻。

玄谈：佛教语。对佛教义理的阐述。

空堕：佛教语。谓偏执“空”义，不能融通。

野狐禅：禅宗对一些妄称开悟而流入邪僻者的讥刺语。据说从前有一老人谈因果，因错对一字，就五百生投胎为野狐。后遇百丈禅师点化，始得解脱。见《五灯会元·马祖一禅师法嗣·百丈怀海禅师》。

鉴湖鲁公（鲁鲤）墓志铭

熊　寅

赐进士出身、任婺源县知县、眷晚生念塘熊寅撰文[1]。

鉴湖鲁公以丁亥九月终于正寝，其孤从等持所为状泣涕，谓不佞[2]：“先君逝矣。所图不朽地下者，惟君子一言[3]。”不佞于公为姻家子，不敢以不文辞。

谨按[4]：公讳鲤，字洛卿，别号鉴湖居士。其先，荆之长林人[5]。元至正间，思旻公避红巾乱，徙景陵之东冈，四传而为封翰林编修仕贤公[6]。仕贤公有二子：长处士镇，次文恪公[7]。处士公温恭慈惠，廪廪德让君子[8]。而文恪公文章德行，卓为儒宗，举弘治壬戌第一人，入翰林，读中秘书，两师成均，盖弘、正间称名臣云[9]。处士有子八人，举鉴湖公最晚。甫九龄而孤，依文恪公居。奉教惟谨，与乐会公、观复公兄弟自相师友，咿唔声丙夜不辍[10]。已试有司[11]，不得志乃罢去。

服家政，事母刘孺人，孝敬笃至，先意承欢[12]。遇疾，亲尝汤药进之。孺人之亡也，友爱诸兄弟，情好无间。宗族匮乏，调护尤厚。生而养，死而赙[13]，有无与共，即倾橐无难色。公所不足非财，然犹尚节啬，无侈靡俸。昧爽而起，夜分而寐[14]。部署诸臧获任职，分功家人，罔有偷惰者[15]。用是日拓先业，以赀雄里闬[16]。里人望公称贷举火，公仅责母钱不较，里中德之[17]。景号泽国，松石湖成巨浸，不可艺[18]。公乃相地宜为堤捍之，滨湖人始有稼穑，称沃壤矣。邻有以盗议诳误者[19]，众冤之，莫敢白。公挺身公府为讼，冤状得更，爰书从末减云。

公虽隐于穑事，然其人故儒者，晚嗜山水，与二、三知己，陟东冈，泛石湖，把酒谈诗，飘然风尘之外。

丈夫子八，爱不废劳，居恒谆谆戒语，谓："吾鲁，代有隐德[20]。至叔氏始亢宗而少替于吾，所不坠先绪、庶几代兴者，其在孺子乎[21]？孺子勉之！"

公仁心为质[22]，富而好行其德，至老不倦。有司廉公行谊授三老爵，而邑诸生推毂耆年渊德者率首公[23]。诸子姓说诗书，敦礼乐，彬彬胶序，有储公辅器者[24]。公之世泽远矣[25]。公启自名家，孝友仁恕，有汉万石、宋三槐风[26]。而大其里熙熙然，行其庭断断然[27]，所谓一乡一家之三代，非耶。夫公遁迹山林，不出阛阓，八索、九邱之精[28]，托为郭驼、汉阴之愚，桑林、经首之音[29]；不以鸣清庙、奏郊祀，乃与欸乃大堤之歌响答于云林山水之间[30]。其蕴阏益固，而流衍益长，与文恪公比隆而埒美矣[31]。

距生正德辛未年正月十八日[32]，享年七十有七。娶梁孺人，继向孺人，贞懿淑恭，妇道母仪[33]，兼举并美。子男八：长循，早卒。次从、御、徒，俱庠生，胤省掾听选[34]，梁母出。复庠生道、待，通经，向母出。女三：长适庠生刘湖清，次适周宗解，三适何敏才。孙男二十有一，曾孙六十二。孙女十二，曾孙女十一。以万历丁亥岁十二月十九日吉时，祔葬于东冈大埠嘴祖茔之原[35]。呜呼！硕德贻谋，螽斯衍庆[36]，可以铭矣。铭曰：

惟鲁得姓肇东方，荆之长林厥璞藏。珪璋特达自东冈，东冈典型鉴湖旁[37]。公有隐德韫其光,宜尔玉叶世弥昌[38]。

万历丁亥岁嘉平月吉日撰[39]。

题解

本文录自清光绪十三年(1887 年)版、天门干驿六湾《东冈鲁氏宗谱》卷首第 77 页。

鉴湖鲁公:鲁鲤,字洛卿,别号鉴湖居士。鲁铎侄子。

注释

[1]眷晚生:旧时姻亲互称,对平辈自称“眷弟”,对长辈自称“眷晚生”,对晚辈自称“眷生”。

念塘:熊寅,字国亮,号念塘。

[2]丁亥:明万历十五年,1587 年。

终于正寝:旧时人死后一般停尸于住房正屋。指年老在家安然地死去。正寝:住房正屋。

孤从:本指幼年丧父的人。此处指丧父的人。

所为状:所写的行状。状:行状。亲友为死者所写的叙述生平事迹的文章。

不佞(nìng):谦辞,不才。

[3]不朽地下者:使逝者不朽。

惟:愿,希望。

[4]谨按:引用论据、史实开端的常用语。

[5]荆之长林:指荆门府长林县。长林:古县名。东晋隆安五年(401 年)置。以其地有栎林长坂得名。治今湖北省荆门市西北。

[6]至正:元惠宗顺帝妥欢贴睦尔年号(1341 ~1368 年)。

景陵:天门古称。天门市在明称景陵。五代后唐以前称竟陵,五代晋至清雍正四年称景陵。下文“景”指景陵。

东冈:东冈岭,位于今天门市干驿镇松石湖西北。

封翰林编修:鲁铎父仕贤,号松石,以鲁铎贵,封翰林编修。翰林编修是鲁铎当时的官职。

[7]处士:古时称有才德而隐居不仕的人。

文恪公:鲁铎,谥文恪。参见本书鲁铎传略。

[8]廪廪:谓有风采。廪:通“凛”。

德让:本谓为人的品德应谦让。后即指礼让。

[9]儒宗:儒者的宗师。汉以后亦泛指为读书人所宗仰的学者。

举弘治壬戌第一人:指鲁铎参加明弘治十五年(1502 年)壬戌科会试,名列第一,称会元。

中秘书:宫廷所收藏之书。

两师成均：指鲁铎先后担任南京国子监和北京国子监祭酒。成均：相传为五帝时的宫廷学校，西周为国学以教王室子弟的机关。古代的最高学府。唐高宗时曾改国子监为成均监，后人亦称国子监为成均。

弘、正间：指明弘治、正德年间。

[10]丙夜：三更时候，为晚上十一时至翌日凌晨一时。

[11]有司：官吏和官署泛称。古代设官分职，各有专司，故称。

[12]笃至：深厚到了极点。

先意承欢：谓孝子善于体会父母的心意而侍奉父母，让他们欢喜。

[13]赙(fù)：赠送财物助人治丧。

[14]昧爽：拂晓，黎明。

夜分：夜半。

[15]臧获：古代对奴婢的贱称。

偷惰：苟且怠惰。

[16]用是：因此。

以赀(zī)雄里闬(hàn)：凭借财富而称雄乡里。赀：同"资"。货物，钱财。里闬：代指乡里。

[17]称贷：举债，告贷。

母钱：指用来增殖的本钱。传说古代有种虫，名叫青蚨。捉它的小虫，母虫会飞来，而且不计远近。如果以母虫的血涂钱八十一文，又以小虫血涂钱八十一文，拿去买东西，不管先用母钱或先用子钱，钱都会飞回来。见晋干宝《搜神记》卷十三。

德：感激。

[18]松石湖：位于天门市干驿镇镇区以北。湖北有周嘉谟墓，湖南有陈所学松石园，湖东有陈所学墓，湖西北有陆羽读书处东冈。今多淤塞为农田。

巨浸：大湖。

艺：种植。

[19]诳误：欺骗迷惑。

[20]隐德：不为人知的美德。

[21]亢宗：能光宗耀祖。

不坠：不辱，不失。

先绪：祖先的功业。

庶几：也许。表示希望。

代兴：谓更迭兴起或盛行。

[22]仁心为质：以仁心为本性。

[23]三老：泛指有声望的老人。

邑诸生推毂耆年渊德者率首公：推举年老而德高望重的县学生员，鲁公都是第一个。推毂：荐举，援引。耆年渊德：耆年硕德。年老而德高望重。

[24]说：古同"悦"。

敦：崇尚，注重。

胶序：殷学名序，周学名胶，后即用为学校的通称。

储公辅器：有治国理政之才。公、辅：公指太师、太傅、太保、太尉、司徒、司空等。辅指左辅、右弼、前疑、后丞。后用公辅代指辅佐帝王的重臣。

[25]世泽：祖先的遗泽。

[26]汉万石(dàn)：西汉石奋以孝谨闻于时，与其子五人皆为二千石，乃号奋为万石君。二千石：官秩等级，因

所得俸禄以米谷为准，故以“石”称之。自汉朝至三国、两晋、南北朝，二千石亦作为州牧、郡守、国相以及地位与之相当的中央高级官员的泛称。

宋三槐：北宋王祐于庭院植槐树三株，曰：“吾之后世，必有为三公者。”世因以“三槐”为王氏之代称。

[27]大其里熙熙然：疑指心胸豁达，待人和气。熙熙然：和悦的样子。

行其庭断断然：大意是专诚守善。行其庭：行走在庭院里也看不出邪恶。语出《周易·艮卦》：“行其庭，不见其人，无咎。”譬如行走在庭院里也两两相背，互不见对方被抑制的邪恶，这样抑制就不致咎害。断断然：专诚守一的样子。

[28]阛阓(huán huì)：街市，街道。

八索、九邱：泛指古代典籍。八索：古书名。后代多以指称古代典籍或八卦。九邱：九丘。古书名，是传说中我国最古的书籍之一。为避孔丘讳，将“丘”写作“邱”。

[29]托：假托。

郭驼、汉阴之愚：郭橐(tuó)驼、汉阴丈人之愚笨。

郭驼：郭橐驼，是柳宗元《种树郭橐驼传》中的人物。郭橐驼种树能顺应树木生长的自然规律，认为做官治民，命令不能太烦，干涉不能过多。

汉阴：此处指汉阴丈人。《庄子·外篇·天地》载，子贡游学归，经汉阴时见一丈人(长老之称)掘井取水浇菜，费力大，而收效小。子贡就向他建议，用机械桔槔(jié gāo)提水。汉阴丈人斥笑其为“机心”。

桑林、经首之音：语出《庄子·养生主》：“合于《桑林》之舞，乃中《经首》之会。”符合《桑林》之舞和《经首》之乐的节奏。桑林：商汤时的乐曲名，配合该乐曲的舞蹈即为桑林之舞。经首：传说是尧时《咸池》乐中的一章。

[30]清庙：指古帝王祭祀祖先的乐章。

郊祀：古代于郊外祭祀天地，南郊祭天，北郊祭地。

欸(ǎi)乃：象声词。泛指歌声悠扬。

[31]壅阏(è)：隔绝，阻塞。

流衍：广泛流布。

埒(liè)美：比美，媲美。

[32]正德辛未年：明正德六年，1511年。

[33]贞懿：贞洁懿美。多指妇德。

淑恭：贤淑谦恭。

妇道：为妇之道。旧多指贞节、孝敬、卑顺、勤谨而言。此处指守为妇之道。

母仪：人母的仪范。

[34]庠生：明清两代府、州、县学的生员别称。“庠”为古代学校名称。

胤(yìn)：谓因祖先有功，后代受到皇帝的抚恤恩赏。

省掾(yuàn)：中枢各省的佐治官员。此处疑指“掾史”，胥吏之意。

听选:明清对已授职而等候选用者之称。

[35]祔(fù):合葬。

[36]硕德:指大德之人。

贻谋:指父祖对子孙的训诲。

螽(zhōng)斯衍庆:像螽斯那样庆贺着子孙的繁衍。旧时比喻子孙众多,是祝颂的话。语出《诗经·周南·螽斯》。螽斯:一种生殖力极强的昆虫。衍:繁衍,延续。庆:庆贺。

[37]珪璋特达:指古代特出的、贵重的玉制礼器。后用以喻指特殊高贵的人品。珪璋:古代贵重的玉制礼器。特达:特出,特殊。

[38]韫(yùn):藏,蕴藏,怀藏。

宜尔玉叶:你家子孙。宜:和顺。玉叶:喻皇家子孙。

[39]嘉平:为腊月的别称。本为腊祭的异名。腊祭,每年十二月八日举行的年终祭祀,以祭先祖百神为主,故十二月称嘉平。

附

书熊婺源公(熊寅)逸事

胡承诺

公名寅,字念塘。万历中进士。官婺源令。

少有弱疾,因讲辅体延年术。客京师,徘徊长安街,有道人修髯伟貌,神采清炯。公知其骨青髓绿士也,辄目之入饭肆。餔饦饙馏炊于釜者,气浮浮然,释不取,掇宿饭所,余冰糜啖之,俄,数升都尽。公谓之曰:“弃彼取此,宁有意乎?”道人曰:“此中冷之为愈耳。”公益旨其言,从之不舍。遂相随至隐屏处,北面长跽:“愿受教。”道人喜,踦间而语,日下舂未已,大抵皆练魄行气法也。语秘,人莫能知。出袖中方寸缄,有赫蹄书,封题甚固。授公曰:“子异日有厄,方发此缄,当相助于险阻。我,邹月宾也。他年,芙蓉岭上复与子期。”言讫而去。

公素好道,及遇异人得秘术,益超然有遗世志。计偕公车举进士,念太夫人春秋高,得请长假侍养,栖迟里闾。久之,太夫人捐色养。公既免丧,始释褐得婺源。舟行入彭蠡,飓风大作,樯折帆摧,济川之具皆废,得胶浅洲不溺。公曰:“此真破冢出矣。”取道人缄发视之，有“告汝嫢源”数字，余仍秘语也。居未几，以公事之郡传遽，出于峻岭高峰，翼云长松，彗日忽见。月宾空中相与，道旧故如平生欢。公舆中举袖揖之，时吏人夹毂者、厮徒举舆者，若竦身而起、凌虚而步，不知足之附地。即公所乘舆，亦不丽于肩而丽于空，咸洒然异之。问其地，则芙蓉岭也。公有诗云：“回首长安已十年，相逢岭上两茫然。愧余俗骨还为吏，羡尔丹容合是仙。世事无凭蕉鹿梦，元谈空堕野狐禅。渔郎不久风波里，烟雨桃花一钓船。”

公精理学，尤耽道味。乐清净而远荣利，屏虚名而崇实政。惠爱洽于民心，功绩书于计簿。竟以疾卒于官舍。临终作偈曰：“我外原无我，吾今却见吾。世间多少事，曾了一些无。”识者知其蜕脱轻举，从月宾子游也。

初，道人戒公曰：“吾法，非促促欲有所见者，慎勿轻语人！有愿学者，致斋七日，立坛场盟誓而后授之。非是，吾遣汝矣！”公家居日，中丞徐公，邑先达也，从容语次，问：“传异人术，可得闻乎？”公重违其请，稍举示徐公。夜梦月宾诘之，曰：“嘱子勿泄吾言，抑何语之深也？罪当笞。”取大荆笞之，五发而后止。公痛寤，取火视之，臀间隐起若笞痕者五。亟谒徐公，复设坛场，斋戒如道人指云。

故曰：聚则成形，散则成气。真气见形，谓之阳神。性命双修乃合道，真神仙中人。夫何常之有哉！

题解

本文录自吴履谦编辑、清道光丙申(1836 年)版《竟陵文选·卷中》第 54 页。

朱一龙

清乾隆乙酉(1765 年)初版《天门县志・卷十四・宦迹》第 17 页记载:朱一龙,字虞言。神宗壬辰进士。司理苏州,材敏断谳(yàn)决,多所平反。时太守朱燮元、郡佐朱芹,咸著卓异,有"一郡三朱"之誉。庚子分考南畿,明年迁吏部,终考功司郎中。

杨公(杨凤翥)去思碑记

朱一龙

杨公为政期年,化维新而民丕变[1]。邑人惟恐公一日去,不得终奉事以利益我桑土。而亡何公当太夫人忧[2]。邑人仰天而拊号曰:"嗟乎!使公奉内召入,民犹以献皇帝之灵请强留公[3],而不幸公当大痛;请命于天子,夺公之情而与之民。"公方寸乱矣,亦何情及于民耶?于是公谢邑事,朝闻讣而夕届行。杖躄徒跣,号哭出国门[4]。邑人冕衣裳者,及缝掖跗注之士暨诸父老田氓[5],自南郭属之境外,无虑数千、万人,相与壅塞郊关遮留公[6]。度不可留,乃亦号泣而随公行。素车白马,络绎数十、百里不绝。又醵金就南郭为特祠祀公[7],而乃征记于不佞。不佞敬问状,则合辞以对曰:公善众大,更仆不易数[8]。其精微又未易测,姑陈其显者——

邑故敝,重以山陵,集内外使者一城内,皆令所严事。稍脂韦,辄诎辱;见伉直,又速尤矣[9]。公贞心直道,济之以和,第无失其所以事之者[10];而一切取给,无后时,亦无失已[11]。久之而诸使者皆服公清真,敬日益隆也。

邑当要道，车马舳舻相衔，而悉馆谷于令[12]。令无他人，公自减损服御以充交际[13]，尝苦不足。即不足，客亦谅公清苦，不苛责，而声誉益藉甚。

赋，以田程也[14]。而民或有无田之赋。豪有力者借他族以复其家，又食不赋之田。公慨然曰："敝极矣!"为之清正，得匿赋千余斛[15]，并去其浮赋。即胥吏无所上下其手，闾左无所容其奸[16]。民输赋，戒司柜者如额。尝发柜，百钱羸一立黜，其羸者还民[17]。岁当审丁，去其所谓枯丁者，而核实丁。民感其诚，无敢隐。即隐，公悉得之，惊以为神，而丁亦增几及千矣。

庠序故辖于府，令惟子弟视诸生若客耳[18]。而郡诸生咸亲就公若明师，凡执经来者辄请正，公无虚日[19]，莫不虚往实归。于是士民化而从礼乐、习逊让，莫有以讼至。即以讼，公判其牒，是非而曲直之，民皆心服去。裹粮而至，粮未及炊，而讼已平。然而猾顽武健，又未尝不痛抶矣[20]。

辛、壬之际大水[21]，民不得食。公尽缓其征，求急发以赈其穷人，出俸多买粟，实预备仓。曰："得请而发，民不食矣。仓又不可虚，令自为救民计，故急也。"公悯民困，又无敢奸国赋，酌国与民两利之。公犹曰，未也。水以为灾，堤防之不善，郡故有永镇堤遏水，而无使浸于其邑，水涨辄圮，有司之过也。倡诸民而筑之，佐以赎粟，遂永为民利焉。

他若葺学舍、恤诸生，部署同官分曹受事[22]，平市价、剔神奸、理民舫、禁民自杀诸大政，不可殚举，则公所以修事、而民所以慕公者也[23]。

不佞佯为抑之曰："公亦惟修举常政耳。"则又合词进曰："不然也。即古圣贤，亦惟修举其常者耳[24]。"不佞振冠肃容作而曰："常则可久。此天地不言而化成、帝王无为而就理者[25]。夫令非以刻异[26]，惟期安民。至于安民，而令之事毕矣。公不能外于民与政，惟以实心敷政、以实政治民。推行不见其迹，变化不以为扰[27]。载其清静，抵于宁壹[28]，即诗书所称，何以加兹？夫公宰百里，未尝私于百姓，而百姓莫不谓公贤也；未尝徇于缙绅学士[29]，而缙绅学士莫不以公为贤也。又上之未尝从欲以奉诸部使，而诸部使不谋而贤公，其荐剡未尝不首公也[30]。且也公在，邑人若不知有公[31]；公去，而盈庭呜咽、倾国走哭，送公逾境，攀辕腾颂，若免赤子于怀而不忍离，又若梦寐神明而若或睹者，且为尸祝报享，此岂声音笑貌可袭取哉[32]？”

公为政，心日夜无不在民者。及闻太夫人丧，皇皇焉如有求而不得，毁容骨立[33]。吏民就公而吊慰者，公若罔知。岂非仁心至性，不以外遇易孺慕耶[34]？公不忘太夫人以成其孝，邑人不忘公以成其忠，上下交相尽于以征公之政矣[35]。

不佞邻于邑，又尝覼公清光[36]，故详公之大者。遂因邑人之请而次之，以泐诸石[37]。并以告夫令民者常道，自足为政，乌容刻异为哉[38]！

公讳凤翥，号卷阿。登万历辛卯贤书[39]。蜀之巴县人。

万历癸卯年[40]。

题解

本文录自清同治六年(1867年)版《钟祥县志·卷之十八·记》第43页。

杨公：杨凤翥，巴县人。举人。明万历二十九年(1601年)任钟祥知县。

去思：旧称地方绅民对离职官吏的怀念。

注释

[1]期(jī)年：一年。期：时间周而复始，一年过去即将开始新的一年，故称期年。

丕变：大变。

[2]亡何：同“无何”。不久。

当太夫人忧：值母亲之丧。当……忧：丁忧。古代官员遇父母亡故，一般均解除官职，守丧三年(实际为二十七个月)，称为丁忧。丁：当。太夫人：汉朝规定只有列侯的母亲可称太夫人。后世成为对官员母亲的尊称。

[3]奉内召：奉旨内召。古时称大臣被皇帝召见为内召。

献皇帝：明非正式皇帝，为明世宗朱厚熜(cōng)之父兴王朱祐杬(yòu yuán)之追称。

[4]杖躄(bì)：扶杖躄踊。因哀痛

而扶杖而行、椎胸顿足。

徒跣(xiǎn):赤足步行。

国门:泛指一般城门。

[5]缝掖:大袖单衣,古儒者所服。亦指儒者。

跗(fū)注:古代的一种军服。

田氓:田夫。

[6]遮留:拦阻挽留。

[7]醵(jù)金:集资,凑钱。原文为“聚金”。

[8]善众大:善待大众。众大:即大众。表示数量很多的人。

更仆:形容多,数不胜数。

[9]脂韦:油脂和软皮。比喻阿谀或圆滑。

诎(qū)辱:委屈和耻辱。

伉(gāng)直:刚直。

速尤:招致过错。

[10]贞心:坚贞不移的心地。

第无失其所以事之者:却不失去做人的根本原则。

[11]无后时,亦无失已:无失时之叹,也就没有差错了。后时:失时,不及时。

[12]馆谷:居其馆舍而食其粮谷。

[13]服御:乘马驾车。

[14]程:计量,考核。

[15]斛(hú):量器,容十斗。

[16]上下其手:有关楚国大臣串通作弊的历史典故。向上抬手、向下垂手示意以诱供舞弊。后遂称诱供、舞弊而枉法为“上下其手”。

闾左:秦代居住于里门之左的贫民。闾指里门。

[17]赢:原文为“羸”。

[18]庠序故辖于府:学校以前为安陆府所辖。庠序:古代地方学校的泛称。与天子的辟雍、诸侯的泮宫等大学相对而言。后人通释庠序为乡学,亦以庠序概称学校或教育事业。

诸生:明清两代称已入学的生员。俗称“秀才”。

[19]执经:手持经书。谓从师受业。

请正:请求指正。多用为敬辞。

虚日:空闲的日子,间断的日子。

[20]猾顽:奸狡凶恶之人。

武健:勇武刚健之人。此处是贬义。

抶(chì):用鞭、杖或竹板之类的东西打。

[21]辛、壬之际:此处指明万历辛丑、壬寅之际,万历二十九年、三十年之间。

[22]分曹:犹今之分部门,分科。

[23]修事:指治理政事。

[24]修举:推行。

[25]天地不言而化成:天地有极大的功德而不言,却能成功教化万民。化成:教化万民以成礼俗。

帝王无为而就理者:帝王无为而治,天下却治理得很好。理:治理得很好。

[26]刻异:疑为“刻意”。

[27]推行不见其迹,变化不以为

扰:施政看不到严厉的措施,革故鼎新却不扰民。

[28]载其清静,抵于宁壹:清静无为、休养生息的政策使老百姓过上了安宁的生活。语出《汉书》“画一歌”:“萧何为相,讲若画一。曹参代之,守而勿失。载其清静,民以宁壹。”宁壹:安定统一。

[29]狗:曲从。

[30]从欲:犹言“遂愿”,顺合心愿。

部使:部使者。

荐剡(shàn):古代荐举人才的公用文书。

首公:以公务为首要。即“奉公”。

[31]且也公在,邑人若不知有公:称颂对方施行德政,无为而治。

[32]攀辕:泛指百姓眷恋或挽留良吏。典出《东观汉记》:“第五伦为会稽守,为事征,百姓攀辕扣马呼曰:‘舍我何之!’”

腾颂:腾舆颂。沸沸扬扬,即使在道路上人们的称颂也不绝于耳。舆颂:民众的称颂之声。

免赤子于怀:与怀中的小孩分开。免:别离。

尸祝:祭祀。

报享:谓上帝酬答祭享。

袭取:沿袭取用。

[33]毁容骨立:常作“哀毁骨立”。形容因居亲丧悲损其身,瘦瘠如骨骸支立。

[34]至性:多指天赋的卓绝的品性。

孺慕:对父母的哀悼、悼念为“孺慕”。

[35]征:证明,证验。

[36]不佞(nìng)邻于邑:指作者故里天门与钟祥接壤。

觐(jìn):进见,访谒。

清光:清美的风采。多喻帝王的容颜。

[37]次:编次,编纂。

泐(lè):同“勒”。刻。

[38]常道自足:疑指用德行教化人民,就能使人民自安。

乌容:不用。

[39]登万历辛卯贤书:明万历十九年辛卯科(1591年)中举。登贤书:科举考试用语。指乡试中举。贤书:本意指举荐贤能的名单。

[40]万历癸卯年:明万历三十一年,1603年。

董　历

清康熙三十一年(1692 年)版《景陵县志·卷之十·人物志·进士》第 20 页记载:董历,字玉衡。万历戊子科举人,第四名;乙未科进士。授蜀富顺令。挥霍不群,坚贞有守。吏畏其威,民戴其德,见奖于蜀抚云。

民国二十四年(1935 年)版、天门胡市董大四组董家大湾《董氏宗谱·卷一》记载:董历,字玉衡,别号东陵。大明万历戊子科第四名经魁。专习易学。乙未科第一百三十六名进士。任四川富顺县知事。后又选吏部文选司。葬纱帽堰北鲟鱼地。

谱　序

董　历

宗之有谱也,非徒侈人夸门阀、炫记载也[1]。凡昭穆之次序,亲疏之等差,生齿之荣枯,尊卑、长幼、支庶之分辨,莫不于此[2]。占其详而考其实,谱于是可贵[3]。名门望族皆有宗谱,不独余董氏为然[4]。

溯余董氏一姓,昔有飂叔安有裔子曰董父,服事帝舜,帝赐之姓曰董氏、曰豢龙,封诸鬷川,鬷夷氏其后也[5]。考古,晋良史曰董狐,汉孝廉曰董永,汉大儒曰仲舒。大抵汉时世居楚地。后至华廷公官籍江南,徙江西万年县土名石头街秧马巷、南昌县棋盘街古董家村白果树鸭儿池居焉。至大明洪武二年,允通公后传五公:兴一公,字仲华;兴二公,字荣华;兴三公,字仲仁;兴四公,字仲义;兴五公,字仲信。皆由江西迁居湖北天门县[6]。

尝闻云,仲信住居应城石门有年[7]。后时仲信率仲华子与荣华子，偕允通公复还原籍，以承宗祀。孰知五公返里故乡，而兴一二三四公亦欲卜地择居[8]。兴一公迁居京山宋河，兴二公迁居潜江、沔阳，兴三公与兴四公迁居景陵北枣林嘴、利涉埠、宏岗岭、观音堂、笑堰西角、董家大湾、长门巷、怀璧堰。此地钟灵毓秀，名士挺生[9]。

题解

本文录自民国二十四年(1935 年)版、天门市胡市镇董大村四组董家大湾《董氏宗谱》。本文疑似续谱者没有录完或所录原书缺页。

注释

[1]非徒侈人夸门阀、炫记载也：并不只是加强人们夸耀门第、炫耀家世的印象。

侈人：谓加强人们在某个方面的印象。

门阀：即门第阀阅。古代世代贵显之家正门外竖两柱，高一丈二尺，间隔一丈，左柱称阀，右柱称阅，以旌表功绩。后即以门阀、阀阅指称功绩、经历、门第。

[2]昭穆：祭祀制度。古代宗法制度，在祭祀宗庙祖先时，分别昭穆两侧序位。昭穆的序位是，父昭子穆，以始祖居中，二世、四世、六世位于始祖的左方，称昭；三世、五世、七世位于始祖的右方，称穆。

等差：等级次序，等级差别。

生齿：人口，人民。

支庶：嫡子以外的旁支。

[3]占：窥察，察看。

[4]望族：有声望的家族。

不独余董氏为然：不只我们董姓是这样。

[5]飂：音 liù。

裔子：后代子孙。

鬷(zōng)夷：复姓。

[6]湖北天门县：当为“湖广景陵县”。作者撰写本文时，天门称景陵。

[7]有年：多年。

[8]卜地择居：择地而居。

[9]钟灵毓(yù)秀：谓美好的风土诞育优秀人物。

名士挺生：谓董氏人才辈出，非常优秀。名士：泛指知名人士。挺生：挺拔生长。亦谓杰出。

吴文企(宁夏兵粮道)

吴文企(1564~1624年),字幼如,一字士行,一字季騧(guā),号白雪。天门石家河人。明万历十九年辛卯科(1591年)举人第二名。万历二十六年戊戌科(1598年)进士。官终宁夏兵粮道。著有《絜庵惭录》。

清道光元年(1821年)版《天门县志·卷之二十三·人物官迹》第11页记载:吴文企,字幼如,一字士行,号白雪。万历戊戌进士。幼读书三一庵,与同邑李纯元相淬厉,俱成名。初授南户部主事,榷武林北新关,减杂税三千金。擢守宁波府,再守湖州。以监司起官,观察秦中,视学宁夏,纳款塞外。最闻赍金赐秩,卒于官。其威望著于西北,风采整于东南。当守吴兴,于郡斋掘地得石,为元丰时物,镌曰"玉笋"。去官无长物,携之归。吴兴至今称"风流太守",肖像祠之。

题资福寺同僚友作

吴文企

行到寺边寺,坐看山外山。讲堂分户牖,野席对溪湾[1]。暗水香厨引,高云绝顶还[2]。茶瓜深话久,欲起更牵攀[3]。

题解

本诗录自四库全书本《明诗综·卷六十三》第31页。

资福寺:在今浙江湖州弁山云峰南麓。

同僚:同在一衙门为官者的互称。

注释

[1]户牖(yǒu):门窗。

[2]香厨:僧家的厨房。

[3]牵攀:牵拉。

登定海八面楼望海

吴文企

便欲乘潮去,登临小白华。凭谁辨灰劫,无术算河沙[1]。开士元居海,仙姑旧姓麻[2]。蓬莱几清浅,好问蔡经家[3]。

题解

本诗录自四库全书本《明诗综·卷六十三》第31页。

注释

[1]凭谁:疑问语气。正面意谓"没谁"。

灰劫:佛教语。指大三灾中火劫后的余灰。

无术:没有办法。

河沙:恒河沙数。佛经常用恒河中沙子的数量做比喻,形容非常多。

[2]开士:菩萨的异名。以能自开觉,又可开他人生信心,故称。

仙姑旧姓麻:指麻仙姑。传说中的古代仙女。据葛洪《神仙传》载,麻姑是豫章郡建昌府人。东汉桓帝时,她降于蔡经家,年十八九,能掷米成珠,自言曾见东海三次变为桑田,蓬莱之水也浅于旧时。传说三月三日,为西王母寿诞,麻姑曾以灵芝酿酒为西王母祝寿,名曰"麻姑献寿"。

[3]蓬莱几清浅,好问蔡经家:指麻仙姑降于蔡经家,自言蓬莱之水浅于旧时。

泛舟碧浪湖(二首)

吴文企

绀塔高悬山寺,兰舟不远人家[1]。载出村庄儿女,折来杨柳桃花。

小棹白苹洲渡,轻帆碧浪湖风。归到郡城春望,湖山尽在楼中[2]。

题解

本诗录自四库全书本《御选明诗·卷一百十八》第18页。

碧浪湖:位于今浙江省湖州市南。

注释

[1]绀(gàn)塔:寺前佛塔。

[2]郡城:指当时湖州府治乌程,即今湖州市。

初至朔方南塘公宴

吴文企

受降城外兰山远,细柳营边晚翠多[1]。白屋万烟邻紫塞,青天一雁渡黄河[2]。马嘶芳草群罴虎,鱼丽长波起鹳鹅[3]。莫以哀笳恼胡拍,铙歌吹罢听吴歌[4]。

题解

本诗录自吴文企撰、天津图书馆藏、明末刻本《絮庵惭录》。

朔方:北方。

南塘:在宁夏银川老城南熏门外、永通桥西南。明代为缙绅士民休闲娱乐的风景胜地。

注释

[1]受降城:城名。汉唐筑以接受敌人投降,故名。

细柳营:西汉名将周亚夫屯守的军营,后世因称纪律严整的军营作细柳营。细柳:在今咸阳市西南。

晚翠:日暮时苍翠的景色。

[2]紫塞：北方边塞。晋·崔豹《古今注·都邑》："秦筑长城，土色皆紫，汉塞亦然，故称紫塞焉。"

[3]鱼丽长波起鹳(guàn)鹅：指战阵变换。语出张衡《东京赋》："鹅鹳鱼丽，箕张翼舒。"

鱼丽：古代车战阵法。《左传·桓公五年》："为鱼丽之阵，先偏后伍，伍承弥缝。"杜预注引《司马法》："车战，二十五乘偏，以车居前，以伍次之，承偏之，而弥缝阙漏也。五人为伍，此盖鱼丽阵法。"

鹳鹅：鹅鹳阵。春秋时的一种阵法。见载于《左传》。此阵以中军为鹳军，以两翼及外围为鹅军。作战时互相配合、互相掩护。

[4]哀笳：悲凉的胡笳声。

胡拍：《胡笳十八拍》，古琴曲。词曲皆为汉末蔡琰(文姬)所作。胡笳十八拍是蔡文姬返回汉朝的路上创作的。胡笳，原来是古代西北少数民族的一种吹奏乐器；十八拍，就是十八段歌词。

铙歌：凯歌。

吴歌：吴地之歌。亦指江南民歌。

对　酒

吴文企

贺兰山下古边头，冰泮黄河水北流[1]。座客尽倾桑落酒，游人只少木兰舟[2]。闭关此日无骄虏，系颈他年想胜筹[3]。寄语诸公各努力，五云直北是神州[4]。

题解

本诗录自吴文企撰、天津图书馆藏、明末刻本《絮庵惭录》。

注释

[1]边头：边塞，边境。

冰泮：冰冻融解。

[2]桑落酒：古代美酒名。

木兰舟：船的美称，并非实指木兰木所制。

[3]骄虏：骄横的胡虏。

系颈：把绳套在颈上，表示伏罪投降。

[4]五云直北是神州：意思是，将要收复正北“骄虏”所占之地。五云：五色瑞云。多作吉祥的征兆。

秋兴八首

（巡关西作）

吴文企

一丸束指潼关险，半壁西撑太华雄[1]。行尽秋原骋秋望，平凉城外即崆峒[2]。

远山行到又前山，朔气蛮烟指顾间[3]。度水褰衣过筝峡，马蹄今夜宿萧关[4]。

暑当絺袗人忘暑，秋到罗帏麦未秋[5]。逆旅空囊俱挟弹，朱门美酒正藏钩[6]。

一带空山绝鸟迹，六盘何处有钟声？马从高岭岭边下，云在中峰峰外迎。

偏多流水无人听，胜有青山不解看。牧女驱羊立衰草，羌童吹管咽西湾。

荞涩殷红燕麦黄，草低风冷见牛羊。行人尽说边头恶，神水滩高虏骑狂[7]。

山攒万岭大湾川，斗揭高寒欲到天。肯信峰巅澄小海，冰天鼓角动龙渊[8]。

八塞烽烟连帝关，六师旗鼓尽张皇[9]。请金惆怅烦中使，说药殷勤谢虏王[10]。

题解

本诗录自吴文企撰、天津图书馆藏、明末刻本《絜庵惭录》。

关西：古地区名。汉、唐时泛指函谷关或潼关以西地区为关西。包括今陕西、甘肃两省。

注释

[1]一丸："一丸泥"的省略。《东观汉记·隗嚣载记》："元(王元)请以一丸泥为大王东封函谷关，此万世一时也。"谓函谷关地势险要，易于防守。后用于比喻以极少的力量，可以防守险要的关隘。亦省作"一丸"。

太华：又作"泰华"。山名，即西岳华山。

[2]平凉：春秋秦地，汉时为北地郡。东晋、前秦时置平凉郡，治所在平凉(今甘肃平凉西北)。金元以后置府，府治在平凉(今平凉)。

崆峒(kōng tóng)：山名。在今甘肃平凉市西。相传是黄帝问道于广成子之所。也称空同、空桐。

[3]指顾：一指一瞥之间。形容时间的短暂、迅速。

[4]褰(qiān)衣：手提着衣裙。

筝峡：弹筝峡。在今甘肃平凉市西北。泾水至此，过都卢山，常如弹筝之声，故名。为关中通往陇右交通孔道。

萧关：古关名。故址在今宁夏固原东南，为自关中通向塞北的交通要冲。

[5]絺袗(chī zhěn)：穿单衣。

罗帏：罗帐。

[6]逆旅：客舍，旅馆。

挟弹：手持弹弓。

藏钩：古代的一种游戏。相传汉昭帝母钩弋夫人少时手拳，入宫，汉武帝展其手，得一钩，后人乃作藏钩之戏。

[7]边头：边塞，边境。

[8]小海：内陆广阔的湖泊。

龙渊：深渊。古人以为深渊中藏有蛟龙，故称。

[9]帝关：天帝、天子的宫门。

六师旗鼓尽张皇：语出《尚书·康王之诰》："张皇六师，无坏我高祖寡命。"孔传："言当张大六师之众。"六师：周天子所统六军之师。张皇：张大，壮大。

[10]中使：宫中派出的使者。多指宦官。

题陆舟亭联

吴文企

快矣水天阆苑，
居然陆地仙舟[1]。

题解

本联录自清道光元年(1821 年)版《天门县志·卷之十六·古迹》第 21 页。此页记载:"陆舟亭,谢侍御奇举与弟中书谢庆举所构也。在北城上,面临重湖,殊有佳致。邑人吴文企赠联云……"

注释

[1]阆(làng)苑:传说中的神仙住　处。常用指宫苑。

题大中丞徐公(徐成位)祠联

吴文企

汉水东流归保障,
泰山北斗见仪型。

题解

本联录自清康熙七年(1668 年)版《景陵县志·卷之七·享祀志》第 41 页。此页记载:"大中丞徐公祠,在古城内。公为邑中典除利弊,阖邑德之,殁世不忘,特建祠。观察吴公文企祠联……"

大中丞徐公祠:指徐成位祠。大中丞:明清时称巡抚为大中丞。明朝都察院副都御史职位相当于御史中丞,常用作巡抚的加衔,故有此称。

桑苎园记

吴文企

吾于东西浙再来人也[1]。行山阴道,已饱应接之奇。来苕霅间[2],又极登临之胜。向青山绿水中,作二千石[3],大有清缘。

加以岁丰人乐、吏久民信，在公多暇日焉。然溪边荫美，舟子云劳；郭外峰青，傔人不易[4]。吾所甘，人所苦。孰与咫尺围城之内、烟月万家之景？无烦双屐，坐揽千峰。登平台而岩视，俯流沚以川观[5]。水自清漪，缀之以板桥人迹；林木翳桑，收之以曲磴精栏。为者不劳，取之无禁。何必彭泽仰公田之酒，成都树八百之桑[6]，然后公私取给、进退宴如者哉[7]！

园以万历乙卯新秋作[8]。不列垣，以城为垣；不凿池，以河为池。逍遥者其堂，鹳鹤者其亭，乐度者其梁，语载各小记中。在唐中叶，陆鸿渐亦竟陵人，流寓此中[9]，自号桑苎翁。与吾生同里，游同地，山水同情，吾园翁园也[10]。作《桑苎园记》。

题解

本文录自清乾隆四年（1739 年）版《湖州府志・卷八・古迹》第 1 页。篇首注："在府治东北飞英塔院前，明知府吴文企置。"

注释

[1]吾于东西浙再来人也：指吴文企先任浙东宁波知府，丁忧，家居五年，补浙西湖州知府。

[2]苕霅（tiáo zhá）：苕溪、霅溪二水的并称。在今浙江省湖州市境内。

[3]二千石：官秩等级，因所得俸禄以米谷为准，故以"石"称之。自汉朝至三国、两晋、南北朝，二千石亦作为州牧、郡守、国相以及地位与之相当的中央高级官员的泛称。

[4]傔（qiàn）人：随从人员。

[5]登平台而岩视，俯流沚以川观：成语"岩居川观"的化用。居于山岩之间观看潺潺流水。形容隐者生活简陋，而悠然自得。

[6]彭泽仰公田之酒：像陶渊明那样依赖公田上高粱酿造的酒。

彭泽：指陶渊明，因曾任彭泽令等职，故称。

公田之酒：典自"公田种秫"。据南朝梁萧统《陶渊明传》，陶潜任彭泽县令时，让人在公家田里都种上高粱，以便用来酿酒。他常对人说："只要饮酒能得一醉，我就感到心满意足。"

成都树八百之桑：像诸葛亮那样在成都栽植八百株桑树。《三国志・蜀志・诸葛亮传》：诸葛亮一生事蜀先主刘备及后主刘禅，鞠躬尽瘁。他向刘禅奏表，称"成都有桑八百株，薄田十五顷"，足以自给，他日死后，也不应当有多余的财产。

[7]宴如:安定平静貌。

[8]万历乙卯:明万历四十三年,1615年。

[9]流寓此中:寄居这里。流寓:寄居他乡。

[10]吾园翁园:我的园也就是桑苎翁陆羽的园。

东林寺碑记

吴文企

景陵北郭,东踞太湖,凌睥睨望之[1],四面削成、百尺直上者,涌光楼也。其直北,玉皇阁;其南,放生台;而合之为三一庵。具乾明之闳秀,而缥缈过之;兼龙盖之静窕[2],而明媚胜之。水木助其清华,日月涤而开朗。南浦轻鸥,乱行飞白;西窗远岫[3],百里来青。此天然一段画思也。庵在胜国至正间,称东岳庙[4]。碑载道士居之,不知何故称东林寺。按废宇梁上题名“弘治三年僧圆镜修”意[5],寺得名以此。不知何故而道士邱和明居之,其弟子不绝如发。至万历戊午,众缘福集[6],再新庵成。而议守始纷呶矣,或称帝所,或曰佛庐[7];或引黄冠,或推白足[8]。余衷其说[9],两存之。诸道家土木像,仍崇祀玉皇阁【阁,布政文佳建】;迎西塔古佛入涌光楼【楼,则文企新建】,释道备矣。而余以孔氏弟子左手执《楞严》,右手执《黄庭》《老子》,徜徉其间,称“三教”焉[10]。则函三为一,可乎?秣陵故有三一庵[11],今适袭其嘉名。彼自秣陵,此自竟陵,乾天坤地,亦自假合释种道流[12],曾如实相二氏,香火眷侣,耦俱无猜[13]。而吾更与诸子姓,向此中凿匡壁而布董帷[14]。护法欢喜上真见福,亦或在此[15]。《诗》曰:“永言配命,自求多福[16]。”敬哉!敬哉!

题解

本文录自清道光元年(1821年)版《天门县志·卷之十七·寺观》第32页。

注释

[1]凌睥睨(pì nì):登上城墙上的小墙。睥睨:城墙上的小墙。

[2]乾明:禅院名。在天门旧县城二里外东湖中。宋代已有此名,崇祯末毁于兵。

龙盖寺:禅院名。位于天门旧县城西西湖覆釜洲。

[3]南浦:南面的水边。《屈原·九歌·河伯》:“予交手兮东行,送美人兮南浦。”

远岫:远处的峰峦。

[4]胜国:前朝。

至正:元惠宗顺帝妥欢贴睦尔年号(1341~1368年)。

[5]弘治三年:庚戌,1490年。

[6]万历戊午:明万历四十六年,1618年。

众缘:佛教指众多的因缘条件。

[7]纷呶:纷乱喧哗。此处指意见不一。原文为“分呶”。

帝所:天帝或天子居住的地方。

佛庐:指佛寺。

[8]黄冠:即道士。据说道士的衣冠尚保留黄帝的衣冠形色,故称。

白足:原指北魏世祖时高僧惠始,后泛指僧人。

[9]衷:正中不偏。折中。指调和不同意见或争执。

[10]楞严:即《楞严经》。佛教经典。

黄庭:道教经典著作《上清黄庭内景经》《上清黄庭外景经》的统称。

老子:又名《道德经》,因分《道经》和《德经》两篇,故名。其书不是老子本人亲著,但基本上保存了老子的学说,其中也间杂有后人的文句。

三教:儒教、道教、佛教的统称。

[11]秣(mò)陵:南京旧称。秦于此置秣陵县。

[12]释种:佛教创始者释迦牟尼是古印度释迦族人,简称为“释种”。后亦泛指佛教信徒。

道流:学道者流。原指道家,后因道教所祖即道家,故多指道教。

[13]实相:佛教指宇宙中事物的真相或事物的本然状态,并非肉眼所能见到的事物或现象。

二氏:指释道两家。

眷侣:伴侣、情侣。

耦(ǒu)俱无猜:两方面都不至于疑恨。耦:通“偶”。指双方。

[14]子姓:泛指子孙、后辈。

凿匡壁:与“匡衡凿壁”同典。相传汉时匡衡凿壁借光以读书,后比喻刻苦读书。

布董帷:与“董生下帷”同典。汉代董仲舒教授弟子,放下帷幔讲诵,三年不窥园。后指讲学或就学。董帷:借指闭门苦读之处。

[15]护法:佛家语。称拥护佛法的人为护法,护持自己所得之法也叫护法。

[16]永言配命，自求多福：一个人要使自己的命运永远与天命相配合，而不一味地违反天命，自己才能寻求到更多的幸福。语出《诗经·大雅·文王》。配命：配合天命而行事。

寿贤嫂杨孺人七十初度叙

吴文企

我生未脱乳，而嫂归吾兄[1]。举子元常后啼[2]，犹及饮其乳也。嫂今者春秋七十，而我亦飒然衰相，称老翁矣。人生一世间，如飞鸟行空、良骥走坂，直俄顷事耳[3]。忆先子中宪公见我举茂才，母君谢恭人见我登孝廉科，兄见我成进士，起家南省为郎[4]。我母毛恭人暨庶母顾见我一麾千骑，典东方海郡[5]。嫂则见我至于今日，见仕见隐、见童见老也。忆吾兄幼而娇怜我，成童奇我，稍长特达知我，玉友金昆，乡人羡我，比来不相见者已二十余年[6]。安得他生劫中在在处处为兄弟乎[7]？酌酒酹吾兄，举酒寿吾嫂[8]。綦履既错，笙镛以间[9]。若子子妇，若孙孙妇；若子婿，若子子婿，不下数十余，人人为一祝辞，而余独称引圣善，事不外索[10]。

盖嫂于吾母至孝。母惟三事之一。吾母两恭人春秋皆八十有奇[11]，顾母亦八十有奇，合之得二百五十有奇。天锡孝妇，俾三寿于一人[12]。景福有加，神明无替[13]。不肖文企虽植德无殊邈，愿教养子孙愈益退谦厚让[14]，以不辱其家世。倘徼天之幸，久延视息，得如张苍饮乳状[15]，嫂更见我老而童也，亦快矣哉！

万历四十有八年庚申仲秋[16]，具官小叔文企顿首拜祝[17]。时六十四翁仲兄文俊，八十翁从兄文化，逾艾从兄弟文位、文仝，共集家宴[18]。

题解

本文录自吴文企撰、天津图书馆藏、明末刻本《絜庵惭录》。

初度:原指人的生辰。后称人的生日为初度。

叙:通“序”。

注释

[1]归:出嫁,嫁。

[2]举子:生育子女。

[3]良骥走坂:骏马跑下坡。比喻迅疾。

直俄顷事:只不过是一会儿的事。

[4]先子中宪公:我的被封为中宪大夫的先父。先子:亲属称谓。旧时用于自称去世的父亲。中宪:中宪大夫。文散官名。明制中宪大夫为正四品升授之阶。

茂才:岁举常科。原称秀才,因避刘秀讳改称茂才。

恭人:用以封赠中散大夫以上至中大夫之妻。明清两代,四品官之妻封之。明清如封赠四品官之母或祖母称太恭人。

登孝廉科:举人中试。

起家南省为郎:指作者初除南京户部主事。南省:南京。

[5]庶母:旧时嫡出子女称父妾为“庶母”。

一麾(huī)千骑:出任太守。一麾:一面旌麾。旧时作为出为外任的代称。千骑:唐刺史、太守之典故称。南朝时州牧或太守外出有千骑随从。

典东方海郡:疑指作者出任宁波知府。典……郡:典郡。本义是主管一郡的政务,也代指郡守。

[6]奇我:对我的才能感到惊异。

达知我:认为我是通达智命之人。

玉友金昆:谓一门兄弟才德并美。昆:兄弟。

比来:原来。

[7]他生:来生,下一世。

劫:佛教名词。“劫波”的略称。意为极久远的时节。古印度传说世界经历若干万年毁灭一次,重新再开始,这样一个周期叫作一“劫”。

在在处处:佛教术语,各处各方。

[8]酹(lèi):把酒洒在地上表示祭奠或起誓。

寿:祝人长寿。

[9]綦(qí)履既错:鞋子已经装饰。綦履:鞋子下面的饰物。错:金涂饰,镶嵌。

笙镛以间:笙和编钟穿插着演奏。语出《尚书·益稷》:“笙镛以间,鸟兽跄跄。”笙和编钟穿插着演奏,鸟兽随着音乐起舞。

[10]称引:犹援引。指援引古义或古事以暗示或证实自己的主张。

圣善:聪明贤良。后用为母亲的美称。

事不外索:这样的事不用到外面去找。外索:外求。

[11]吾母两恭人:我的荣封恭人

的生母、继母。

[12]锡:赏赐。

俾:使。

[13]景福:洪福。景:大。

神明无替:精神常在。替:停止。

[14]虽植德无殊邈,愿教养子孙愈益退谦厚让:即使立德并不特别的高尚,我还是要教育子孙更加谦逊。语出《晋书·王羲之传》:"虽植德无殊邈,犹欲教养子孙以敦厚退让。"植德:立德。邈:远。这里引申为高尚。退谦厚让:谦逊厚道、谦让。

[15]徼(jiǎo)天之幸:靠老天的保佑获得幸运。徼:通"侥"。

久延视息:将性命苟且长久地延续下去。视息:眼仅能视,鼻仅能呼吸,形容苟活性命。

张苍饮乳:《史记·张丞相列传》:"苍之免相后,老,口中无齿,食乳,女子为乳母。妻妾以百数,尝孕者不复幸。苍年百有余岁而卒。"葛洪《抱朴子·至理》:"汉丞相张苍,偶得小术,吮妇人乳汁,得一百八十岁。"

[16]万历四十有八年:1620年。

[17]具官:官爵品级的简称。唐宋以后,在公文函牍或其他应酬文字的底稿上,常把应写明的官爵品级简写为"具官",以表谦。

[18]仲兄:次兄,二哥。

从兄:旧时对堂兄之称谓。

逾艾:年过五十。艾:苍白色。古人认为,男子到了五十岁,气力已衰,头发苍白,如艾之色。

送户部同僚长至节启

吴文企

伏以一元乍转,万品昭苏;亚岁迎祥,从长纳庆[1]。爰稽宣尼之赞易,"商旅不行,后不省方[2]";载考文王之系辞,出入无疾,朋友无咎[3]。总谓律天时者不可无惠政,甚言有官守者必须求胜友也[4]。弟以懒慢之性,疏拙之调,作客武林,抱关海上,亦既旬朔于此矣[5]。嗟乎!期月而可,以何者为尺寸之奇;七日来复,于何处见天地之心乎?才久谢于八能,功无裨于一得[6]。所冀直谅多闻之友,过失相规,不吝书云之笔[7];庶令至愚极陋之人,闻义则徙,奉为测景之圭[8]。迷复堪羞,玄明可畏;输心霡霂,拜手回追[9]。

题解

本文录自李自荣辑、浙江图书馆藏、明末刻本《四六宙函·卷五》第42页。

同僚:旧时称同在一个官署任职的官吏。

长至节:冬至节。

启:书信。

注释

[1]亚岁迎祥,从长纳庆:冬至节,我们迎纳祥瑞。语出曹植《冬至献袜颂表》:“亚岁迎祥,履长纳庆。”亚岁、履长:冬至。

[2]宣尼:汉平帝元始元年追谥孔子为褒成宣尼公,后因称孔子为宣尼。

赞易:孔子十分重视《易经》,赞扬《易经》中包含的哲理而废黜就八卦而求其理的迷信说法。因为他相信天道与人事是互不相干的。

商旅不行,后不省方:《周易·复卦》的《大象传》语。意思是,(冬至之日)商贾旅客不外出远行,君主不省巡四方。后:泛指君主。省方:指省视四方。

[3]出入无疾,朋友无咎:《周易·复卦》的卦辞,原文为:“亨。出入无疾,朋来无咎。”咎:灾祸。

[4]律天时:遵循天道。

惠政:仁政,德政。

官守:居官守职。

胜友:犹良友。

[5]疏拙:谦辞。谓文辞粗疏拙劣。

武林:杭州的别称。以武林山得名。

抱关:守门。借指小吏或职务卑微的人。抱:持守。关:门闩。

海上:指湖滨。此处指吴兴。作者曾任吴兴(今浙江湖州)太守。吴兴北滨太湖。

旬朔:十天或一个月。亦泛指不长的时日。

[6]八能:谓能调和阴阳律历五音等。

一得:一点可取之处,一点长处。

[7]直谅:正直诚信。

过失相规:见过失相互规劝。

书云:古时人观天象变化迹象以附会为世事的预兆。每于春分、秋分、夏至、冬至及四时之立日,登台望云,书于简册,附会吉凶,称为书云。后用以称冬至、夏至。

[8]测景之圭:古代测日影的器具,长一尺五寸。比喻典范、表率。景:古同“影”。

[9]迷:疑为迷岸。佛教用语。谓误入迷途。

玄明：指大明，光明，引申指太阳的光芒。

霡霂（mài mù）：小雨。

拜手：亦称"拜首"。古代男子跪拜礼的一种。跪后两手相拱，俯头至手。

回遑：游移不定，彷徨疑惑。

鹤峋周公（周懋相）去思祠碑记

吴文企

病臣文企起泽中，备兵关西，移佐宁夏[1]。宁负其官，絮败丝棼，理纕罔克绩[2]。揖塞翁而问之，多可少怪瑕之匿，乃更谀瑜已[3]。自惟"不习吏，视成事[4]"，其告予畴昔之能为宁夏军者，一时诸将吏、国人衿子，雝雝跄跄[5]，跻于公堂，如忆焉，如□焉。不思议以成词，若宿构而有待[6]。其大略曰："夏之土高寒，河实润余□我□我粒。河伯之予，匪因河治，亦借人吏。吏不勤于职而民乃赒饥。浊河可清，惠吏难俟。使君幸辱问焉[7]，愿得如周公惠。夏之土五民杂处[8]。甲士寒卧沙场，聚粟以望其腹，军吏不时告粟且后。期氓之蚩蚩，仰机利而食[9]。无财作力，少有斗智[10]。一朝之忿，饮食以讼，质讼于庭[11]，输金于府，吏急追呼不遑启处[12]。此夫朘民以自殖也[13]，廉者不为。使君幸辱问焉，愿得如周公廉。夏之土三面邻虏。黄河衣带之水，讵称天堑[14]？饮马长城之窟[15]，空有其名。毡帐相望，雏生内地，岁吸金缯，阴阳万端，习熟见闻，以为故常[16]。此时也，虽粟支数十年，积甲与贺兰山齐，犹不得须臾帖席卧而可无算乎[17]？使君幸辱问焉，愿得如周公精。乃志握，乃筹章皇朔气，以对扬天子休命[18]。"语既卒，余矍然避席谢。美哉！渊乎颂而箴其称，夏之风乎[19]？

然周公为谁？曰："我公，安福人也。讳懋相。由己丑进士高第为李官[20]，为名御史，为秦诸路观察，为宁夏河西道，为都御史[21]。抚我夏人，殁于夏。夏人哭未休，思未替也[22]。"余曰："死而不忘者，唯思子之于父母也。生事尽孝,事死尽思焉耳矣。”都人孔思云:“胡不祀?曰,吾侪小人,饘于斯,粥于斯,岁时伏腊,酹周公而后尝食[23],吾祀之勤矣,匪朝伊夕矣,无专祠耳[24]。”余再拜,避席起,喟然叹:“前事不忘,后事之师。周公,我师也。祠诚在我。”以质之大中丞南乐介石李先生[25],先生曰:“吾死友也,是尝理长沙,与吾相提证,莫逆于心者也[26]。今此夏民实获我心。祠诚在我。”又以请于河东廉访使曙海张公[27],公曰:“君何闻之暮也?余所闻三年往矣。不愆不忘,率由旧章[28]。遵周公之法,而过者未之有也。祠诚在我。”于是度地考室,置几布筵,箫鼓豆笾[29],告处以静。集诸将吏、国人衿子,即位以祀之,而相与叹人心之神明也。在《祭法》曰:“法施于人则祀之[30]。”无其施而食报于民[31],未之尝闻。汉史纪良吏,所至无赫赫名,去后常见思[32]。

嗟乎!名之厚,实之薄也。“人之无良,相怨一方[33]。”呜呼!思,其思也可纪,其去后思也可传[34]。采民之风,著公之概,而公天际真人也[35]。代夏人作幽思之辞焉[36]。辞曰:

杞子丹兮秋叶薄,肴蔬陈兮理觞酌。公在天兮为法星,星影黄河天半落[37]。落月满梁天欲曙,云上天兮公将去。去兮来兮出入我祠,是耶非耶以慰我思。我所思兮秋昊鹤,指公骑鹤然疑作。朔方父老兮扶健儿,千秋万春兮公无我违。福我兮寿我,磔枭狼兮兰山之左[38]。罗池神异兮自今始,我民服事兮钦世世[39]。

题解

本文录自吴文企撰、天津图书馆藏、明末刻本《絜庵惭录》。原题为《明故巡抚宁夏赞理军务都察院右佥御史鹤峋周公去思祠碑记》。

周懋相:字弼甫,号鹤峋。江西吉安府安福县人。明万历十七年己丑科(1589年)进士。万历末,以佥都御史任宁夏巡抚。周嘉谟《车田谱序》曾提到周懋相。周懋相与周嘉谟均为车田周姓始迁祖之后。

去思:旧称地方绅民对离职官吏的怀念。

注释

[1]泽中:如同水乡。

备兵:担任兵备道。兵备道是整饬兵备道简称。明清道员之一,主治兵备事宜。明弘治年间,以武职不修,议增副佥一人,隶于总兵。自此设兵备道者凡四十三处,分巡道兼兵备道者五处,皆以布、按二司所属参政、参议及副使、佥事充任。

关西:古地区名。汉、唐时泛指函谷关或潼关以西地区为关西。包括今陕西、甘肃两省。

移佐:指作者“调宁夏兵粮,兼督学政”(语出谭元春《观察使吴公白雪墓志铭》)。移:调动。佐:指副职或任副职者。

[2]负其官:有失官守,失职。

絮败丝棼(fén):比喻政局紊乱。

理纕(rǎng):纕:捋袖出臂。故亦为攘除。

罔克绩:没有成果。罔克:不能。

[3]塞翁:指塞上老翁。

多可少怪:多所许可,少所责怪。

瑕之匿:匿瑕。隐藏不足。比喻人器量大能包容。

[4]不习吏,视成事:“不习为吏,而视已事”的化用。指如果不懂得如何当官,多看看以前的事例,就能学会。

[5]畴昔:往日,从前。

国人:古代指居住在大邑内的人。

衿子:青衿子。指学子,青年书生。

雝雝(yōng):和悦的样子。

跄跄:步趋有节貌。

[6]宿构:预先构思、草拟。多指诗文。

[7]使君幸辱问焉:有幸让您询问。使君:对人的尊称。辱问:表示对方询问让对方受辱,是一种谦虚的表现。

[8]五民:指士、农、工、商贾、兵。

[9]氓之蚩蚩:憨厚之人。语出《诗经·卫风·氓》:“氓之蚩蚩,抱布贸丝。”

仰机利而食:依赖投机取巧过日子。语出《史记·货殖列传》:“中山地薄人众,犹有沙丘纣淫地余民,民俗懁(xuān)急,仰机利而食。”机利:以机巧牟利。

[10]无财作力,少有斗智:没有钱财只能出卖劳力,稍有钱财便玩弄智巧。语出《史记·货殖列传》。

[11]饮食以讼,质讼于庭:人们为了满足饮食需求,必然产生争执,诉讼于公堂。语出《易经·序卦传》:“饮食必有讼,故受之以讼。”

[12]不遑启处:没有空闲的时间过安宁的日子。指忙于应付繁重或紧急的事务。不遑:无暇,没有闲暇。

[13]朘(juān)民以自殖:剥削民众以肥己。朘:剥削。

[14]衣带之水:一衣带水。谓像

一条衣带那么宽的河流，形容其狭窄或逼近。后亦泛指江河湖海不足为阻。

讵：岂。

［15］饮马长城之窟：古乐府有《饮马长城窟行》。宋郭茂倩题解："长城，秦所筑以备胡者，其下有泉窟，可以饮马。"后世文人常拟作，诗中大都描述边境寒冷荒凉、征戍之苦。因以"饮马窟"比喻边境地区或北方寒冷荒凉及战火频仍之处。

［16］故常：旧规，常例，习惯。

［17］粟支数十年：积累的粮食可以吃几十年。

积甲与贺兰山齐：义同"积甲山齐"。兵器铠甲等军需品堆积得像山一样高。甲：铠甲。这里并指兵器。语出《后汉书·刘盆子传》。

帖席：贴卧席上。喻安稳。

［18］章皇：犹彷徨。此处当理解为彰显。

朔气：指北方人的气质。

对扬天子休命：接受和宣扬天子的伟大光明美好的命令。对扬：对答颂扬。休命：美善的命令。语出《尚书·说命下》："敢对扬天子之休命。"

［19］渊乎颂而箴其称：意思是，大家对周鹤屿公的称颂发自肺腑而又足以规劝他人。

［20］己丑：明万历十七年，1589年。

高第：科举考试名列前茅。

李官：古代的法官。李：通"理"。

［21］观察：明清时道的行政长官，别称"道台""观察"。

道：道台。

都御史：此处指周懋相任宁夏巡抚时的加衔"佥都御史"。佥都御史：官名。明代都察院在主官左右都御史之下，设有左右佥都御史等官。佥都御史秩正四品。在地方任职的巡抚、总督、提督等，往往可加佥都御史之衔。

［22］替：停止。

［23］吾侪（chái）：我辈，我们这类人。

小人：旧时男子对地位高于己者自称的谦辞。

饘（zhān）于斯，粥于斯：意思是，生活在这个地方。饘粥：古代主食之一。此处活用为动词。饘：煮或吃（稠粥）。

岁时伏腊：岁时：一年四季，即春夏秋冬。伏腊：指伏日和腊日。指一年中的重大节日或四季时节更换之时。

酹（lèi）：把酒洒在地上表示祭奠或起誓。

［24］匪朝伊夕：不止一日。匪：不，不是。伊：文言助词。

专祠：为特定的人或神设立的祠宇。旧以有大功德于民者，得敕封神号专立祠庙。以身殉职或亲民之官，亦得在立功或原任地方建立专祠。

［25］质：评断。

大中丞：明清时称巡抚为大中丞。明朝都察院副都御史职位相当于御史中丞，常用作巡抚的加衔，故有此称。

南乐介石李先生：南乐人李介石先生。

[26]莫逆于心：指内心情意相投。莫逆：没有抵触。语出《庄子·大宗师》："三人相视而笑，莫逆于心，遂相与为友。"

[27]廉访使：按察使因与元代肃政廉访使职掌略同，故有对按察使尊称为"廉访使"者。

[28]不愆(qiān)不忘，率由旧章：不敢有过错，不敢忘本，都因循旧制。《孟子》所引《诗经·大雅·假乐》语，借以论证为政者须谨遵先王法度，行仁爱之王政。率由：沿袭，遵循。旧章：过去的法度典章。

[29]箫鼓：箫乐与鼓乐的合称，是一种庆典仪礼中以箫鼓演奏为主的音乐，属当时的雅乐，异于俗乐。

豆笾(biān)：笾豆。笾和豆。古代祭祀及宴会时常用的两种礼器。竹制为笾，木制为豆。

[30]法施于人则祀之：语出《礼记·祭法》："夫圣王之制祭祀也，法施于民则祀之。"(圣明帝王规定祭祀对象，其良政善法施行于人民的，就祭祀他。)

[31]无其施而食报于民：不能施行良政善法于人民却又要人民报答。食报：受报答或受报应。

[32]汉史纪良吏，所至无赫赫名，去后常见思：汉史为循良官吏立传，这些官吏在位时无赫赫之名，离职后却常常被地方士民怀念。语出《汉书·何武传》："其所居亦无赫赫名，去后常见思。"后遂以"去思"指地方士民对离职官吏的怀念。

[33]人之无良，相怨一方：人(指统治者)不善良，人民就在一旁怨恨他们(指统治者)。语出《小雅·角弓》第四章。

[34]纪、传：前后互文。这句话的意思是周鹤岣公在位时和离职后，民众对他的思念都应该大书特书。

[35]概：风概。

天际真人：天上仙人。

[36]幽思：幽幽的思念。

[37]法星：星名。北斗七星第二星天璇的别名。《晋书·天文志上》："北斗七星在太微北……石氏云：'第一曰正星，主阳德；天子之象也。二曰法星，主阴刑，女主之位也。'"说天帝座旁有法星，掌执法用刑，是朝廷司法官的象征。

[38]磔(zhé)：斩杀，捕杀。

枭狼：枭与狼。比喻凶恶之徒。

兰山之左：宁夏位于贺兰山东面，即左侧，故云。

[39]罗池神异：唐文学家柳宗元因参与革新运动，失败后被贬谪为永州司马，后转柳州刺史，死于柳州。当地人民在罗池为之建庙。韩愈为之撰

《柳州罗池庙碑》，文中记述了柳宗元　　死而为神的传说。

赠刘明府(刘黄中)摄政去思序

吴文企

景陵，褊小邑也[1]。一城如掌，物情人理，了然易见如十指。岁输金钱，不足当东南一巨室也[2]，宇内如此其大也。我生发未燥，至于今日，荏苒五十年中，君子之令于斯者，未当数数然也[3]。居是邦，不非其令也[4]，不可道也。令不时去，摄令而来者，益不可道也；所可道也，言之丑也[5]。孔子摄鲁相，三月而道不拾遗[6]；子之不欲，虽赏不窃也[7]。泗上环山刘公于孔子为乡人，明春秋经起家，判沔阳[8]，摄令此中。甫数月，教化大行，官府若无吏，亭落若无民[9]。胡床东壁，实不持一钱去，吾以为刘宠之清[10]，不过如此。而公恂恂然，自署腐儒也[11]。吁嗟乎！腐儒谈何易也！人皆巧宦，我独无营，则无营者腐[12]；人皆虎而冠，我为牛羊牧[13]，则牛羊牧者腐。彼溪壑无厌而托之流水不腐[14]，吾安见夫罪臣之为通儒也[15]？公安其官若静女，士若民望公，如姑射神人，吸风饮露，不食五谷[16]。而公明日遂行也。天乎！景人奚罪而不能长有公，纾旦夕之惊魂也[17]？黯然别，绻然慕也[18]；中心藏之，何日忘之也[19]！

题解

本文录自吴文企撰、天津图书馆藏、明末刻本《絜庵惭录》。

赠……序：赠序。文体名。赠言惜别的文章。

刘明府：指沔阳州通判刘黄中。清光绪二十年(1894年)版《沔阳州志·卷七·秩官》第27页记载："刘黄中，泗水人。贡生。(万历)四十五年任(州判)。"该志又记，万历四十七年，王文敏任州判。刘黄中代理景陵知县事，清康熙三十一年(1692年)版《景陵县志·卷之九·秩官志·知县考》无此记载。该志记载：万历四十五年，朱淯任知县，本年卒。万历四十六年，李良卿任知县，未久去职。万历四十七年,程维模任知县。刘黄中可能在此期间代理景陵知县。

明府:汉有以“明府”称县令,唐以后多用以专称县令。

摄政:本指代国君处理国政。此处谓代行政事。

去思:旧称地方绅民对离职官吏的怀念。

注释

[1]景陵:天门古称。五代后唐以前称竟陵,五代晋至清雍正四年称景陵。

褊(biǎn)小:土地狭小。

[2]输:征输。征收赋税输入官府。

巨室:旧指世家大族。

[3]生发未燥:胎发尚未干。谓孩童之时。

荏苒(rěn rǎn):(时间)渐渐过去。常形容时光易逝。

数数然:犹汲汲追求也。

[4]非:责怪。

[5]摄令而来者,益不可道也;所可道也,言之丑也:来这里代行知县事的,更不好说了;如果真要说出来,那话就难听死啦。化用《诗经·鄘风·墙有茨》:“中冓(gòu)之言,不可道也。所可道也,言之丑也。”你们宫中私房话,实在没法说出口。如果真要说出来,那话就难听死啦。

摄令:代行知县事。

[6]孔子摄鲁相,三月而道不拾遗:孔子年五十六,由大司寇代理相国职务,几个月,社会风气良好,路上没有人拾取别人丢失的东西。语出《韩非子·内储说下》:“仲尼为政于鲁,道不拾遗,齐景公患之。”

[7]子之不欲,虽赏不窃:语出《论语·颜渊》:“苟子之不欲,虽赏之不窃。”是孔子提出的弭盗之法。倘若你不贪求财物,即使奖励人去盗窃财物,也没有人会去盗窃。

[8]泗上环山刘公于孔子为乡人:泗上刘环山公与孔子是同乡的人。

泗上:指泗水之滨。因春秋时代孔子曾在泗上讲学授徒,所以后世常用来指学术之乡。

明春秋经:本义为明于《春秋》者。指“明经”。自汉代开始设立的选举科目之一。被推举者须明习经书,故名。明清时称贡生为“明经”。

判:任州判。

[9]教化:儒家用语。特指以民为主要对象的政治教育和道德感化。

亭落:庭院。

[10]胡床东壁:借指为官廉洁,生活俭朴。语出李白《寄上吴王》诗之二:“去时无一物,东壁挂胡床。”三国魏裴潜,家境清贫,后虽升官,清省恪然。任兖州刺史时,制一胡床,调任时将其挂于柱间而去。胡床:一种可以

折叠的轻便坐具,也叫交椅、交床。由胡地传入,故名胡床。

一钱、刘宠:典自"一钱太守"。《后汉书·刘宠传》载,会稽郡太守刘宠,做官清正,严于法治。宠离任时,有几个须眉皓白的老人,带着一百个大钱赠与他。刘宠谦虚了一番后,只"选一大钱受之",总算受了他们的人情。到出境的时候,就把这个钱丢在河里。后人因此把这条河叫作钱清。以后用"一钱太守"作为地方官的廉洁和不扰民的典故。

[11]恂恂然:温顺恭谨貌。

腐儒:迂腐之儒者。

[12]巧宦:善于钻营谄媚的官吏。

无营:无所谋求。

[13]虎而冠:虎冠。谓虎而戴冠。喻指凶恶残暴之人。

为牛羊牧:牛羊牧夫。

[14]无厌:不满足,没有节制。

[15]通儒:指通晓古今、学识渊博的儒者。

[16]安其官若静女:像娴静的少女一样安处官位。静女:娴静的女子。

士若民:士和民。若:和。

姑射(yè)神人:原指姑射山的得道真人,后泛指美貌女子。语出《庄子·逍遥游》:"藐姑射之山,有神人居焉,肌肤若冰雪,淖(绰)约若处子;不食五谷,吸风饮露。"

[17]景人奚罪而不能长有公,纾旦夕之惊魂也:景陵人有什么罪过而不能让刘公长久地做景陵知县,解除他们终日的惊恐呢。纾:解除。

[18]黯然:感伤沮丧貌。

绻(quǎn)然:眷恋的样子。

[19]中心藏之,何日忘之:心中对他有深深的爱意,哪天能够忘记?语出《诗经·小雅·隰桑》。

西塔寺施田疏

吴文企

景陵西塔禅院自积公、季疵后千余年[1],僧真公浮浔阳,谒庐阜,延师讲律[2]。此中犹恐师去堂空,烟消厨冷,非得常住,福田将转眼不闻佛律,檀施有田数亩[3],今施常住,愿此功德圆成饱满,洗钵纳履而去,其本誓如此[4]。时则有东海行脚僧烧香谢罗山,道经兹土,感梦入西垸,愿充化主,而无希取意[5]。菩萨戒弟子会在一处可异也,居士闻其风而悦之[6]。施田矣，不念其供，是名真施；出力矣，不取其直，是名渡施[7]。诸君子、再来人于此能无施乎[8]？

题解

本文录自清道光元年(1821年)版《天门县志·卷之十七·寺观》第20页。

西塔寺：清道光元年(1821年)版《天门县志·卷之十七·寺观》第14页记载："西塔寺在西湖，即旧志所云覆釜洲也。"《清一统志·安陆府》：西湖"在天门县西门外，广次于东湖。有洲曰覆釜洲，唐陆羽所居，后葬此，即建塔焉。有西塔寺。寺有陆子茶亭"。东晋名僧支道林驻锡于此，唐代陆羽少年时居住于此。

疏：文体名。疏引。旧时募捐簿前的简短的说明文字。

注释

[1]积公：唐代僧人。竟陵(今天门)龙盖寺僧。约为唐玄宗时人。嗜饮茶，并对各地茶叶、泉水、制茶方法、茶具、烹茶法均有研究，精于茶道。曾见陆羽孤苦无依，乃收养为子。命其烧茶、打杂，待之严苛。陆羽在其影响下，熟悉茶道，为以后撰写世界上第一部茶叶专著《茶经》奠下基础。

季疵：陆羽，一名疾，字鸿渐，又字季疵，号东冈子、竟陵子，自称桑苎翁。

[2]真公：僧名。清康熙七年(1668年)版《景陵县志·卷十二·人物志·仙释》第24页记载："照真，字一如。结社匡庐，建西林塔。"

延师讲律：聘请教师讲宣佛教戒律。

[3]福田：佛教语。佛教以为供养布施，行善修德，能受福报，犹如播种田亩，有秋收之利，故称。

檀施：布施。

[4]本誓：诸佛菩萨在因地时所建立的根本誓约。

[5]行脚僧：云游四方的和尚。

化主：佛家指掌管化缘的僧徒。

希取：企望求取。

[6]菩萨戒：大乘菩萨僧之戒律。

可异：令人诧异。

居士：未出家而信奉佛法的人称"居士"。

[7]不取其直：不要钱。直：同"值"。即价值。

渡施：疑指佛教"施度三行"中的"财施"。谓以己所有财物，施与他人，令其安乐。

[8]再来人：佛教称再度转世皈依佛门的人。

附

吴白雪(吴文企)遗集引

钱谦益

万历中,竟陵吴白雪为吴兴守,掘地得石于郡斋茂树下,为元丰时物,镌“玉笋”二字,最奇古。退公之暇,摩挲竟日。去官无长物,携之以行。吴兴至今称风流太守,有杜牧之、苏子瞻之余韵。其后,屡迁备兵,佐宁夏军,用胡僧招降银定,出平虏塞,登抚夷台,虏罗拜帐下,进名马数千蹄。命画工作《银定归款图》,为诗记之。杜牧之好论兵,注孙武书,自谓因而用之,如盘中走丸,而不得一试以死。吴公视牧之,可以雄矣。

余最爱吴兴山水,尝与范东生、程孟阳再泛夹山漾,咏欧阳公“吴兴水晶宫,楼阁在寒鉴”之句。倚棹扣舷,徘徊不忍别。今读白雪遗集,吴兴山水,轻清寒碧,恍惚在卷帙中。楚人之文,以豪放跌宕为主,而吴公独不然。岂文章山水,故有宿缘,吴公之风流,故当与牧之、子瞻长留于岘山、霅水间,而斯文为之魄兆耶?

公之子孝廉既闲,访余山中,奉其遗文乞叙,为书其篇首。如此。

题解

本文录自《搜韵·影印古籍》中的钱谦益《牧斋初学集·卷四十》第12页。

钱谦益:参见本书钱谦益《李公(李维桢)墓志铭》题解。

吴公白雪(吴文企)墓志铭

谭元春

吴公白雪,天启甲子卒于宁夏,既舆榇归家五年,二子寅、骥将以崇祯二年正月二十三日,葬公于北郭香稻园。园,公所营也,其中绿篆幽石、水榭烟路，皆公平日耽玩徙倚之地。又其北为三一庵，旧为东林寺，公少与李少参长叔读书处。两君先后通籍。公湖州归，葺之。灯火青荧，烟水空冥，公魂魄必往来是中，卜吉固宜矣。而二子以其状乞铭于元春。记公家居日，予常过公贝阁，爱其天机铿宏，道心超忽，固尝以公为韵人也。而读其状，想其居官，又不得以一韵而掩之，乃作志曰：

公讳文企，字幼如，白雪其号，又号屋庵老人，又号絜庵。毛恭人孕公时，从兄方伯公文佳举于乡，旗至而公生，故小字旗生。其先世自三吴徙吾竟陵，曾祖讳琼，祖讳政潮，父讳镗，赠公也。赠公有四子，而公为季。赠公早殁，伯兄文炳督之学，辛卯乡举第二人，戊戌成进士。

初除南户部主事，即矫然以清节自治，往榷武林北新关，公慨然曰："珰为虎，官为狼，商不可为也。"澄心察之，度其利病所在，而一以商为命，于是减纤杂税三千金。有翼珰而虎者，抵于法，除其蠹殆尽。少冢宰史公叹曰："亭亭哉，斯人乎！"疏荐之。

后六年，出守宁波，曰："吾今日东海太守，惟知有法耳。"定海邑为防汛驻节之地，郡城阛常虚其地以贮戎马，豪者夺之为市肆，而输金赂守号公用钱。吏抱牍进，公叱之："岂有是乎？"撤其屋，即相国家奴不得庇。盖沈相国，郡人也，又公座主。先是守令以折腰见，公曰不可。入而揖，揖而请毡下拜，相国答拜。有横于市者，相国家奴也。民讼相国，公械击之，朱书其上："讼相国者，罪勿赦。"一郡人见械上书相国无所讳，莫不股栗失色。郡中以滨海防倭，有水陆兵饷数十万金，向饱人腹，不得问。公身自支算，秋毫不受人渔，务使国家兵饷出于实用而后已。大司马青雷薛公作《抚戎碑》载其事，曰："安得九边皆若人乎？岂忧南倭北虏哉？"

岁丁未上计毕，取道还家，觞毛恭人八十，再赴郡。寻丁母忧去职，家居五年，始补郡，得湖州。湖州与四明壤相接，清栗之声达于境外。旧多寇盗，出没千流万屿中，闻公至，皆解去。予尝过吴兴，郡人誉之不容口。韩太史求仲导予寻公故迹，由桑苎园上鹳鹤亭，因谒白雪祠，祠塑公像，予不觉失笑："何其似使君甚也！"因为予谈在郡卧治，琴书悠悠，当置公颜清臣、柳文畅间。会太守秩满，迁江西副使去郡。郡斋有石一片，宋元丰间物，公从林薄中出之，笑曰："太守落落如此石，石应太守将去。"遂归里，与石相对，掷饶南节不赴。

偃仰八年，始起家秦中，备兵关西。尝署"守道""苑马"两印，一以考核虚实，约身束下，墨吏皆望风而避。蠹有根冗，不尽搜剔不快。由是平凉、固原之间，兵饷皆有纪经。平凉宗室万家，禄饩不均，不以时给，常聚族而哗。公曰："此非宗人哗也，在我而已。"裒益之，去其害，宗人以悦。

未几，调宁夏兵粮，兼督学政。宁夏，古朔方地，虏在篱落间，叛服荒忽不常，宾兔、宰僧、松柏、黄台吉十有三种，其部落款贡效顺，独银定黠不服者三十年，降夷或欲窥边，则用为口实。公移宁夏后，是时有一老胡，弃家熏修，胡人宗信之，号为佛僧，即兵事亦咨焉。佛僧教银定降，边吏具以闻，督抚臣请于上，报"可"，乃以公出塞平虏。银酋初哗，议赏不合，公持之力，命撤去款宴，即草檄饬兵以待，酋见公不可夺，乃意绌。公于是登抚夷台，宣命受降，是日贡名马数千蹄，乃给文锦、金钱、牛酒劳之，酋皆罗拜呼万岁去。公在宁夏，修敌楼，易战马，造石闸百余里，不为一切衰世苟且之计，贺兰细柳，耸然改观。巡按高公曰："民失一寇，军得一韩。"非虚语也。忽梦有幡幢鼓吹来迎者，觉而异之。有顷，端坐而逝。

公为人清通灵警，妙整风格，而临事先发制奸，迎见逆决，尤其所长。每到官，辄呼吏胥问年久近，年深者则罢之。吏胥自言无罪，不当罢。公笑遣之曰："恋恋公家，即汝罪也。"

公清冽固其天性，然亦由嵚崎成之。官吴越时，家人舟舶往来，凡粳秫旨畜皆自家中潜赍到廨。僮婢闲暇，日从署后园刈草攀枝为薪，不时时向外采给。民皆骇服，私相谓曰："吴府君不食脯鲙犹可也，无薪何以炊？世固有清廉吏，能令釜自热者乎？"其忍情迈俗，不令人测，皆此类也。所著有《絜庵惭录》《读书大义》《耳鸣集》，藏于家。

公以嘉靖甲子九月初六日生，以天启甲子八月初六日卒，得年六十有一。嗣子寅、骥，皆诸生。寅朴雅能继其志；骥有俊才，从予游。初，公艰嗣息。一日梦赠公谓曰：“无忧也。有子考，视其足，则着重屣。”没以二子为后，始知考，寅小字也；屣、骥音类，梦竟验。

谭子曰：“吾邑自鲁振之祭酒后，德业名实相踵不绝，而公于其间，具胜因，标佳事，有锡杖胡床之思、古鼎奇字之好，可谓韵矣，纪之亦足以传。”然观公关西款塞，恩威相辅，非但人不敢以韵尽公，即公亦若耻以文士廉吏尽，而思以宗泽、种世衡之奇抱，一施用于当世者，予尤愧其未足以尽公，是宜铭。铭曰：

俊合道，巧中理。典两郡，心如水。倚长剑，拭髹几。黠者服，降者喜。旄头落，马惊起。绯衣迎，长吉死。独乐园，通德里。我作铭，公瘗此。似吴天，烟月美。

题解

本文录自《搜韵·影印古籍》中的《新刻谭友夏合集·卷十二·志铭》第8页。原题为《观察使吴公白雪墓志铭》。

胡承诏(四川左布政使,南太仆寺卿)

清康熙三十一年(1692年)版《景陵县志·卷之十·人物志·进士》第22页记载:胡承诏,字君麻,号侍黄。万历庚子科举人,甲辰科会魁第五名。养利学正胡早子也。读书西塔寺,风晨雪夜,怡然自得。庚子始入闱,登贤书。经文刻程式论孟二义,为黄贞父、汤霍林所赏。甲辰中南宫,授蜀夹江令,召集逋亡民以乐业。三月,调内江,壹意爱民,兼喜造士;而又平盐课、议马价,诸善政申饬为令。升南仪制主事,调南验封主事,随晋稽勋郎中。南士子问奇者,趾相错也,公概谢之。锁署,严冷□□森墨,以所识士请质,乃受之。嗣是门人以文投品题,皆如意去。旋丁艰。服阕,除祠祭郎。升蜀宪副,督学政,端士习,正文体。试课三年,持衡独裁,不假于他人。所得奇篇辄缄其稿,以示弟承诺(丙子举人,知县),同相参订,并勉其子俊、儒共究之。迁河南大参,未发而奢难作,分捍东城,躬擐(huàn)甲胄,亲冒矢石,縋士取胜。乃辞诣任。是年冬,以蜀守城功,晋秩按察使,兵备如故。随擢山东右辖,转四川左辖。洁己率属,其所殿最。天官信为去取,迁留都太仆,驻节滁州,督完岁会,莫由弛负。辛未,奉旨致仕,以焚黄登垄,冲冒风雪,甫成礼,而卒。子来俊,荫太学生,拟授庐州府推官。按:公入乡贤祠。分守宪吴公尚默勘语曰:“扬历中外三十年,何以铭竹帛曰社稷臣?砥节始终如一日,何以贻子孙曰清白吏?”又,督学宪水公佳胤勘语曰,“文掇巍科,政成卓异。裕国佐县官之急,孤城著捍圉之功。温饱不图于生前,清白独贻于死后”云。

四库全书本《四川通志·卷七上·名宦·直隶资州》第74页记载:胡承诏,天门人。万历甲辰进士。知夹江县,以治最调繁内江,不畏强暴,待人有礼,作士有法,为政务大体。邑人至今思之。

胡承诺撰、顾锡麟校辑《绎志·卷十九·自叙》记载:太仆,吾长兄也。居官大节,莫如拒绝珰祠一事。明天启丙寅、丁卯间,所在为魏珰立祠。兴都之祠,鸱吻与泰禋殿挈其飞翔。蜀抚,珰私人也,讽两司趣具役。太仆时为左藩,班次居前。首对以蜀方用兵,帑藏空虚,不敢訾公家财,给私门役;若配诸民间,则度一钱、役一人,皆得罪朝廷,不敢以身试法也。倡言者默然止,思所以中之。微是翁宁渠不祠者,拟以罪斥去,更用他人为蜀。太仆亦奉是年计最,入都,期以静受流斥,而珰败矣,所以天下皆祠,独蜀无祠。

戏题山居效白乐天体

胡承诏

一亩山堂半亩塘,一塘横带数重堂[1]。塘侵堂上云摇水,塘连堂中月照梁。月下云间多物色,看云步月弄壶觞[2]。平常物色壶觞里,兴极青山绿水傍。

题解

本诗录自清同治十年(1871 年)版《内江县志 · 卷十二 · 艺文》第 18 页。署名下注“邑令”。

白乐天体:唐代诗人白居易,字乐天,南宋严羽《沧浪诗话》标举其诗为“白乐天体”。白诗现实主义色彩鲜明,基本风格为平易通俗、质朴浅切。

注释

[1]山堂:山中的寺院。

[2]物色:景色,景象。　　壶觞(shāng):酒器。

题西林上寺

胡承诏

清虚直上野云收,独立浮图之上头[1]。转练横披天竺国,垂帘俯视海蜃楼[2]。乾坤浩荡皆长物,身世遭逢即胜游[3]。却笑如来空说法,折芦飞锡为谁留[4]?

题解

本诗录自清同治十年(1871年)版《内江县志·卷十二·艺文》第18页。清光绪间刻本《内江县志·卷之一·寺观》第32页记载:西林寺,治北二里许。宋咸淳五年建,嘉靖间增修,历四十年,上下两寺,金碧辉煌,万松郁郁。

注释

[1]清虚:指风露。

浮图:指佛塔。

[2]天竺国:古印度别称。此处指佛国。

[3]长物:多余的东西。

胜游:快意的游览。

[4]折芦:《古今逸史》载录《神僧传》第四卷:"师知机不契,十九日遂去梁,折芦一枝渡江。"

飞锡:佛教语。谓僧人等执锡杖飞空。

题西林下寺

胡承诏

诸法无边一藏收,登临遥忆旧心头[1]。要知吾道渊如海,且看僧家经满楼。玉垒高浮天地老,锦江长注古今游[2]。邺侯万卷神呵护,不与山云共去留[3]。

题解

本诗录自清同治十年(1871年)版《内江县志·卷十二·艺文》第18页。

注释

[1]一藏:梵语"藏"有包蕴意,故佛教谓一切教法为"一藏"。

[2]玉垒:指玉垒山。在四川省理县东南。多作成都的代称。

锦江:水名。又名流江、汶江,俗称府河。在成都市南。

[3]邺侯:唐李泌于贞元三年,拜中书侍郎、同中书门下平章事,累封邺县侯,家富藏书。后用为称美他人藏书众多之典。

读李年伯端淑集述旧

胡承诏

先生有世德，迈种而弥芳[1]。衣钵传经远，箕裘肯构长[2]。建牙新事业，挥制旧文章[3]。休道埙篪奏，桂兰且未央[4]。

又：

一览龙门李，风闻已昔年。剖符来大国，展墓谒高贤[5]。玉瘗气犹紫，书留草更玄[6]。口碑盈载道，采取付如椽[7]。

题解

本诗录自《中国地方志集成·四川府县志1》中的熊承显1962年抄本《天启新修成都府志·卷之五十·艺文》第5页。作者名下注："提学副使、前祠部郎中。"

注释

[1]迈种：勉力树德。

[2]箕(jī)裘：家传的事业。源自《礼学·学记》："良冶之子必学为裘，良弓之子必学为箕。"良匠的儿子，想必也能学习补缀皮衣；良弓的儿子，想必也能制作畚箕。因为工艺相近。

肯构："肯堂肯构"的节略。语出《书·大诰》："若考作室，既底法，厥子乃弗肯堂，矧肯构?"原意是儿子连房屋的地基都不肯做，哪里还谈得上肯盖房子。后反其意而用之，比喻子能继承父业。堂：立堂基。构：盖屋。

[3]建牙：古代武官级别到达一定高度可以有自己的警卫部队，建立警卫部队叫作建牙。

[4]埙篪(xūn chí)：埙、篪皆古代乐器，二者合奏时声音相应和。因常以"埙篪"比喻兄弟亲密和睦。语出《诗经·小雅·何人斯》："伯氏吹埙，仲氏吹篪。"

桂兰：兰桂。比喻子孙。

[5]剖符：东汉新郡太守上任，与原任太守须合符交接。故郡太守有"剖符"之称。

大国：古指大诸侯国。

展墓：省视坟墓。

[6]玉瘗(yì)：古代祭山礼仪。治礼毕埋玉于坑。

草更玄：西汉学者扬雄不求荣名，著书《太玄经》以垂后世。后遂用“草玄”为称誉著书撰文之典。

[7]如椽：“如椽大笔”的略称。象椽子一般粗大的笔。比喻记录大事的手笔，也比喻笔力雄健的文辞。

七里沔

胡承诏

如游富春濑，定发沧浪啸[1]。东皋亦以望，水木何清妙[2]。问谁濯缨来，一鼓渔父棹[3]。

题解

本诗录自丁宿章撰、清光绪九年(1883 年)版《湖北诗征传略・卷二十八》第23 页。

七里沔：清道光元年(1821 年)版《天门县志・卷之六・山川》第 21 页记载：“七里泛，即七里沔。在县东七里。”

注释

[1]富春濑(lài)：东汉初年，高士严光不愿为官，隐居于富春山，其垂钓之处后人名为严陵濑，又名富春濑。

沧浪：古水名。在今湖北境内。或云汉水之支流，或云即汉水。

[2]东皋：田地。

清妙：清新美妙。

[3]濯缨：洗濯冠缨。语出《孟子・离娄上》：“沧浪之水清兮，可以濯我缨。”后以“濯缨”比喻超脱世俗，操守高洁。

一鼓渔父棹(zhào)：一渔父划桨而来。

鼓……棹：鼓棹，划桨。

渔父：屈原于流放中遇到渔父，渔父得知他因“独醒”而被流放，劝他与世推移，隐退自全。后世常以渔父咏隐士。

南社仓赎买基房小记

胡承诏

社仓之设以备民也，而守仓者有陪累耗谷之苦[1]。一人不可独累，则听令派之户族[2]。滋多弊矣，浸假不已[3]。管钥随其收掌，启闭任其干没[4]。交盘不足，则尽诿于所应折之耗也[5]，而通派于户族。奸者射利，愚者剜肉[6]，是何以备民者递年，为民祟无已时哉[7]！余从任后询知其故，亦既收诸管钥而亲掌之。启闭必亲临，升合必亲入，交代必亲盘[8]，诸弊绝而频年所派累者遂以大省[9]。然其所应折之耗，固不能为民，鬼运而神输也[10]。

仓故有门房五间，中为官道，而两二间皆民舍也。余甚怪焉，询之，则先邑侯以官地鬻之于民[11]，以佐仓费者也。呜呼！鬻以佐仓费，赎以佐仓累[12]。总之，以为吾民，则先后何间焉[13]？余乃捐俸八两六钱，给各买主。龚贵芳等悉还所鬻直及所造房费，而归房地于官。岁所入者计银三二钱，新旧交代则给守者，以为衆补耗谷之资[14]，禁其派族，庶备民或无累民乎！要之[15]，积谷渐多，则折耗渐甚。吾不无虑涓涓者之有穷于后世也[16]。

题解

本文录自清同治十年(1871年)版《内江县志·卷十一·艺文》第23页。

社仓：古时窖贮粟麦，以备荒年赈灾之用的仓库。

注释

[1]陪累：做买卖损失了本钱还欠下债。陪：用同“赔”。

[2]听令：听命于人。

派：分摊。

户族：宗族。

[3]浸假：亦作“寖假”。逐渐。原文为“侵假”。

[4]管钥：钥匙。

干没：古代表述将公有财产或他人财物据为己有的法律用语。“干没”

喻指将公有财产或他人财物据为己有，如同以水淹没物品，物品沉入水中而不留任何痕迹，但侵吞公有财产或他人财物，无须水淹，物品亦沉没无迹，故名“干没”。

[5]交盘：谓前任卸职时把账目、公物、文书等清点明白，移交给后任。

尽诿于所应折（shé）之耗：把原因全部推托给应有的损失消耗。

[6]射利：谋取财利。谓见利所在，即如猎者发矢取之。

剜（wān）肉：“补疮剜肉”的略语。比喻以彼补此，只顾眼前，不顾将来。

[7]备民：保民。

递年：一年又一年，年年。

崇无已时：此处指年年如此，没有休止。崇：兴盛。

[8]升合（gě）：一升一合，比喻极微小的量。升、合，都是古代量粮食的度量单位，相对较小，10 合 =1 升，10 升 =1 斗。

交代：指前后任相接替，移交。

[9]派累：指上文“通派于户族”“陪累耗谷”。

[10]鬼运而神输：成语“神运鬼输”的活用。以喻偷漏。

[11]邑侯：明清县长官别称。

鬻（yù）：卖。

[12]赎：用财物换回抵押品。

[13]间（jiàn）：差距，区别。

[14]籴（dí）：买进粮食，与“粜（tiào）”相对。

[15]要之：表示下文是总括性的话，要而言之，总之。

[16]吾不无虑涓涓者之有穷于后世也：我为往后折耗如涓涓细流终归穷尽而忧虑。

戴伯母赞

胡承诏

《天门进士诗文》编者按：清康熙七年（1668 年）版《景陵县志·卷十一·人物志·节妇》第 24 页记载：戴氏，年十六嫁夫胡东谷，为继室。夫年已四十七矣。前室有子三，氏抚如己出。夫寝疾[1]，祈祷请代。卒不瘳[2]，抚孤守志。岁偶俭[3]，氏苦节支持。会大病，梦神人啖以梅实，果愈。已，又病，思雉膏[4]，不获。忽天雨，雉入室，烹而食之，亦愈。远近传为神异。按，氏二十四而寡，七十二而殁。冰玉自矢[5]，五十年如一日也。

先大夫尝道戴伯母守节状[6]。呜呼！妇人为忍死难耳。衾穴相盟，踵顶可捐，特恐虑人后者未悉也[7]。先君易箦而委之，亡人茹檗而任之[8]。夫乃可以死，可以无死，而生有益于人家也。母勤苦力作，岁不能立。而凡梅转芳于标有、雉不待于矢亡[9]，举天地间物，尽灵通于一身。若母者又存孤立节之矫矫者矣，先大夫不忘有以哉[10]！

题解

本文录自清康熙七年(1668年)版《景陵县志·卷十一·人物志·节妇》第24页。原文无标题。戴氏传略之后、本文之前有“邑太仆胡公承诏曰”几字。

注释

[1]寝疾：卧病。

[2]瘳(chōu)：病愈。

[3]俭：歉收。

[4]雉膏：肥美的野鸡肉。

[5]冰玉自矢：保持自身冰清玉洁。自矢：犹自誓。立志不移。矢：通“誓”。

[6]先大夫：先父。

[7]衾穴：生同衾，死同穴。

踵顶：从足跟到头顶。

特：只。

[8]先君：已故的父亲。此处当指伯父。

易箦(zé)：病重将死。

亡人：此处同“未亡人”。

茹檗(bò)：“饮冰茹檗”的省略。喝凉水，吃黄檗。比喻生活清寒，心情悲苦。檗：黄檗。落叶乔木，树皮可入药，味苦。

[9]梅转芳于标有、雉不待于矢亡：参见本文按语。

[10]存孤立节：恤养孤儿、树立节操。

矫矫：卓然不群貌。

有以：犹有因。有道理，有规律。

送真公请藏序

胡承诏

环景皆水也。波腾壁立，望若海市。而西塔尤盛，唐裴迪题诗在焉[1]。寺僧真公,幼通三乘[2],长汇百川。予昔年读书圆通阁,与穷讨内典、历二十余年所矣[3]。真公持一册以进曰:“将之金陵,请全藏。”余曰:西塔之兴,其始积公乎?然未闻以衣钵传也[4]。自吾子浮浔阳,谒庐阜,吾里始有毗尼事[5]。子能以西塔兴矣,而又汲汲全藏[6]。昔慧远言:“白莲重开,吾当再来。”安知真非积再来乎?

题解

本文录自清康熙七年(1668年)版《景陵县志·卷十二·人物志·仙释》第25页。文前有关于“真公”的记载:“照真,字一如。结社匡庐,建西林塔。”

注释

[1]裴迪题诗:晚唐五代时裴迪《西塔寺陆羽茶泉》云:“竟陵西塔寺,踪迹尚空虚。不独支公住,曾经陆羽居。草堂荒产蛤,茶井冷生鱼。一汲清泠水,高风味有余。”裴迪:字升之,河东闻喜人。宰相裴垍玄孙,晚唐五代时人,与盛唐裴迪同名,史书多以此诗为早于陆羽数十年的盛唐裴迪作,误。

[2]三乘:佛教语。一般指小乘(声闻乘)、中乘(缘觉乘)和大乘(菩萨乘)。三者均为浅深不同的解脱之道。亦泛指佛法。

[3]内典:佛教徒称佛经为内典。

[4]积公:唐代僧人。竟陵(今天门)龙盖寺僧。约为唐玄宗时人。嗜饮茶,并对各地茶叶、泉水、制茶方法、茶具、烹茶法均有研究,精于茶道。曾见陆羽孤苦无依,乃收养为子。

衣钵传:佛教禅宗师徒间道法的授受,常付衣钵为信,称为“衣钵相传”。后泛指师父传法于徒弟,以及思想、学术、技能方面的继承。衣:指僧尼穿的袈裟。钵:食器。

[5]吾子:对对方的敬爱之称。一般用于男子之间。

浮:水上航行。

浔阳:今江西九江。

庐阜:庐山。

毗尼:佛教语。又译作“毗奈耶”。意为律。此处指佛事。原文为“毘泥”。

[6]汲汲:心情急切貌。

李纯元（陕西左参议）

清道光元年（1821 年）版《天门县志·卷之二十二·人物·文苑》第 4 页记载：李纯元，字长叔，号空斋。幼岐嶷不凡，读书日数千言。万历庚子举人，庚戌成进士。授工部主事，督修皇极殿，升陕西布政司左参议。上疏乞休，家居二十年。高咏自适，晚喜禅悦，不预户外事。憩宝树庵前，构烟水园、濠上亭，超然有出尘之意。谭元春赠诗云："六旬鬓黑四旬斑，自是输君淡与闲。频喜帝师黄叔度，不须亲见白香山。官宜水部梅花里，身在沙门贝叶间。更欲抠衣重下拜，日纵歌笑学朱颜。"

旧谱题辞

李纯元

伯兄靖廷负不羁之才，擅多学之誉[1]；气若奔马，文如贯虹；每试辄冠曹偶[2]。先廷尉绝爱怜之，比于骥子凤雏，而竟不能博一弟子员[3]。一旦喟然叹曰："名教中自有乐地，何必纡金拖紫、朱丹其毂哉[4]？"遂扬眉高步，携妻子入山中，筑土为垣，诛茆为室[5]。所居枕大湖之滨，波涛莽互，岩阿深窅[6]；虾鱼麋鹿之与同堵，而田父野老匏尊相属[7]。而数十年不入城府，五侯七贵[8]，不足当其一快。而纸窗木榻，时时手一编，闻有异书购求抄写，君山之积富于猗顿之财矣[9]，偶谓余曰："吾宗胜国来，世居此土，簪组蝉联，颇称著姓[10]。而谱牒蔑有，世系无稽[11]。族之人渐有忘先民之训，而恣横凌犯，忝尔所生者[12]。不以此时障既倒之狂澜，伊于胡底耶[13]？"乃遍访穷搜，考遗文于长老。上世若有若无者阙之，传信实录，断自小二公为始，弈业相承[14]，了然指掌。又为训诫之文，原本风雅，编珠贯玉，真可光祖考、昭来许矣[15]。

余展玩周复,浩叹不已[16]。以伯兄奇抱,不获修天禄石渠之业,仅于家乘少许[17],露豹纹之一斑。才士奇穷,古今一体。然古来文士真有彩笔能传世者,固不在多。杜牧赋阿房,李华吊战场,和靖之梅花,商隐之锦瑟[18],结撰至微,皆悬日月而射珠斗[19],则伯兄之谱为不朽盛事矣。宋儒谓"家难而天下易[20]"。管幼安在辽东,蹊田自嘿[21],人皆化之;王彦方端介自持,乡人畏为所知甚于刑罚[22]。此两者,伯兄不难方驾而未能[23],必行于族。即缪肜之掩户自挝,石奋之对案不食,付之莫可谁何[24]。祖父孝友雍睦之风[25],已觉渐尽;李氏其衰乎,余与伯兄有深惧焉。

今者,谱牒既出,褒贬逾于衮钺,严冽甚于霜霰[26]。族之人或有不畏科条而畏名义者,伯兄嘉与,更始偕之大道[27]。吾宗之正风俗者,流而传之,族而谱之。

时天启五年乙丑仲春月[28],赐进士出身、陕西布政使司左参议,前工部营缮司郎中纯元书于空斋[29]。

题解

本文录自民国七年(1918年)版天门李菊后裔小二公支系《李氏宗谱》。标题为后世修谱者改。

注释

[1]伯兄:旧时对长兄之称谓。

负不羁之才:怀高远之才。不羁:谓才行高远,不可拘限。

擅:独揽,占有。

[2]曹偶:侪辈,同类。

[3]先廷尉:指作者之父李登。李登生前任大理平章,故称廷尉。廷尉:廷尉平,亦作"廷尉评",官名。汉时为廷尉属官。宣帝地节三年(前67年),初置廷尉平四人,称左右平,秩六百石。东汉光武帝省右平,唯有左平一人,掌平决诏狱事。魏晋以后不分左右,直谓之廷尉评。北魏、北齐及隋各设廷尉评一人。隋文帝开皇三年罢。至炀帝及唐太宗时复置评事,属大理寺,但一般仍以"廷评"称之。

爱怜:疼爱,喜爱。

骥子凤雏:常作"麟子凤雏"。麒

麟之子,凤凰之雏。比喻俊秀的后代。

弟子员:指经本省各级考试取入府、州、县学学习者,通称秀才。参见本书附录《部分科举名词汇释》第3条。

[4]名教:以儒家思想所定的名分和以儒家教训为准则的道德观念。

纡(yū)金拖紫、朱丹其毂(gǔ):原文为“纡金抛紫、丹朱其毂”。语出扬雄《解嘲》:“吾闻上世之士,人纲人纪,不生则已,生必上尊人君,下荣父母,析人之珪,儋人之爵,怀人之符,分人之禄,纡青拖紫,朱丹其毂。”

纡金拖紫:常作“纡金曳紫”。形容地位显赫。纡:系结。金、紫:指高官所佩印绶的颜色。

朱丹其毂:红色车毂。形容古代高官所乘的车。

[5]扬眉:形容快活得意的神情。

高步:本指阔步,大步。远行隐遁,高蹈。

妻子:妻子和儿女。

诛茆(máo):同“诛茅”。芟(shān)除茅草。引申为结庐安居。

[6]莽亙:疑为“连绵起伏、无边无际”之意。

岩阿:石窟边侧,指隐士所居。

深窅(yǎo):幽深,深邃。

[7]同堵:同居。

田父野老:同“田夫野老”。泛指乡野父老。

匏(páo)尊相属(zhǔ):端起葫芦做的酒樽来互相敬酒。语出苏轼《前赤壁赋》:“驾一叶之扁舟,举匏尊以相属。”驾着一片叶子似的小船,端起葫芦做的酒樽来互相敬酒。匏尊:用葫芦做的酒器。属:属望。此指敬酒。

[8]五侯七贵:泛指权贵,达官贵人。五侯:指公、侯、伯、子、男。七贵:指汉时吕、霍、上官、丁、赵、傅、王七姓。

[9]君山之积富于猗(yī)顿之财:语出王充《佚文篇》:“玩杨子云之篇,乐于居千石之官;挟桓君山之书,富于积猗顿之财。”欣赏杨子云的文章,比当了年俸一千石的大官还要高兴;拥有桓君山写的书,比猗顿积聚的财富更富有。猗顿:春秋时鲁国的大富翁。

[10]胜国:亡国,谓已亡之国,亡国为今国所胜,故称“胜国”。后亦称前朝为“胜国”。

簪(zān)组蝉联:世代为官。簪组:官吏的冠饰。喻指做官。组:冠带。

著姓:旧称有显著名声的世家。

[11]蔑有:没有。

无稽:无从查考,没有根据。

[12]恣横:恣肆专横。

凌犯:侵犯,侵扰。

忝(tiǎn)尔所生:愧对自己的父母。

[13]障既倒之狂澜:义同“力挽狂澜”。阻挡奔泻狂澜。语出韩愈《进学解》:“障百川而东之,回狂澜于既倒。”

(阻挡百川旁流,挽回奔泻狂澜。)

伊于胡底:不知将弄到什么地步为止,不堪设想的意思。伊:句首语助词。于:往。胡:何。底:尽头,终极。

[14]传信:把确信的事实传告于人。

小二公:据该家谱记载,李菊生小一、小二、小八,三子后裔多居于京山、天门、枣阳等地。

弈业:大业。弈:通“奕”。

[15]光祖考、昭来许:光耀祖宗,昭示后代。语出《诗经·大雅·下武》:“昭兹来许,绳其祖武。”光明显耀好后进,遵循祖先的足迹。昭:彰明,显扬。兹:这,此。来许:来世,后世。

[16]展玩周复:反复赏玩。

浩叹:长叹,大声叹息。

[17]修天禄石渠之业:本指研读天禄石渠所藏书籍,指修举业到极致。天禄与石渠皆汉代宫内阁名,相传是萧何所造,以藏秘书,以处贤才,国内著名学者还可在石渠阁内讨论经书之异同。后人以此比喻皇家藏书之所,或比喻有学问的人。明代徐元《三元记》三一:“状元乃天禄石渠之贵客,小姐是瑶台阆苑之神仙。”

家乘(shèng):原指家事的记录,这里指家谱。

[18]杜牧赋阿房:指唐代文学家杜牧的《阿房宫赋》。

李华吊战场:指唐代文学家李华的《吊古战场文》。

和靖之梅花:指北宋诗人林和靖的《山园小梅》诗。

商隐之锦瑟:指唐代诗人李商隐的《锦瑟》诗。

[19]结撰:安排篇章结构,加以撰述。

悬日月:像太阳和月亮高高挂在天空一样。形容作品有永恒的生命力。

射珠斗:文采直射北斗。珠斗:亦称“玉斗”“瑶斗”,北斗星之美称。其色明朗如珠玉,故称。

[20]宋儒谓“家难而天下易”:南宋哲学家朱熹、吕祖谦合编《近思录》,卷八言“治国平天下之道”,共二十五条。认为“王者如砥,本乎人情,出乎礼义”。治天下以身、家为“本”、为“则”。“家难而天下易,家亲而天下疏也。”

[21]管幼安:汉末管宁字幼安,值天下战乱,闻辽东一带平静,于是率家属友人等往辽东避难,隐居于山谷间。至魏文帝即位,征召他,才与家人又渡海返回家乡,在辽东共住了三十七年。后以此典指人离家漂泊在外,或指淡泊隐居。

蹊(xī)田自嘿(mò):典自“蹊田夺牛”。人家的牛践踏了田禾,也默不作声,更不会强夺人家的牛。指民风淳朴、耻于诉讼。嘿:同“默”。

[22]王彦方:典自“遗布”“君子乡”。《后汉书·王烈传》:“王烈字彦

方，以义行称乡里。有盗牛者，主得之，盗请罪曰：'刑戮是甘，乞不使王彦方知也。'烈闻而使人谢之，遗布一端。或问其故，烈曰：'盗惧吾闻其过，是有耻恶之心，既怀耻恶，必能改善，故以此激之。'"

乡人畏为所知甚于刑罚：指同乡的人宁可受刑罚也不肯让王烈知道这件事。

[23]方驾：比肩，媲美。

[24]掩户自挝（zhuā）：关起门户自己打自己。形容一种不好对外人说的自责的心情。《后汉书·缪肜（miào róng）传》：缪肜字豫公，汝南召陵人也。"少孤，兄弟四人，皆周财产。及各娶妻，诸妇遂求分异，又数有斗争之言。肜深怀愤叹，乃掩户首挝曰：'缪肜，汝修身谨行，学圣人之法，将以齐整风俗，奈何不能正其家乎？'弟及诸妇闻之，悉叩头谢罪，遂更为敦睦之行。"缪肜：原文为"缪彤"。

对案不食：面对饭食而不吃。比喻教导子孙。也泛指郁闷不乐或愁思不食。汉万石君石奋为人谨慎小心，对子女要求更是严格。子女犯有过失，他并不当面责备，而是自己不入正室，并且面对饭食而不吃，以示不满。直到有错的人到他面前去承认错误，表示悔改，他才开始进食。见《史记·万石张叔列传》。

莫可谁何：此处是"无可奈何"的意思。

[25]孝友雍睦：孝顺父母、友爱兄弟，与人相处和睦。孝友：孝顺父母、友爱兄弟。雍睦：和睦。

[26]谱牒：记述氏族、家族世系的书籍。

衮钺（gǔn yuè）：谓褒贬。古代赐衮衣以示嘉奖，给斧钺以示惩罚，故云。

严冽：凛冽。

霜霰（xiàn）：霜雪。喻艰难的处境。霰：雪粒。

[27]科条：法令条规。

嘉与：奖励优待。

更始：重新开始，除旧布新。

偕之大道：共走一条大路。指和睦友好。

[28]天启五年乙丑：1625年。

仲春月：农历二月。

[29]参议：明于布政使下设左、右参议，从四品，无定员，分守各道，并分管粮储、屯田、清军、驿传、水利等事。

读先君子莲台寺诗跋

李纯元

予为童子时，业闻邑东南有寺在苍莽间，曰莲台。先君子曾冷毡教授其中[1]，有诗题壁，缙绅、学士皆传诵之。而足迹竟未至，招提境也[2]。庚戌成进士，始同吴使君白雪随喜其中[3]，泫然流涕者久之，思先君子攻苦食贫、断齑画粥光景也[4]。寺栋宇传自隋唐，罗汉皆唐塑。有树连理，柯叶参天，居然古封而年久荒颓[5]。大苾刍结众缘，舍旧而新是，图撤壁间诗板见贻[6]。窃惟此寺居广莫沮洳之乡，每野水回环，寺若浮盂，蒹葭极目，平楚苍然[7]。故累世以来，灾害不及，所托者善也。因重录旧作而悬之。先君子松风桐韵，庶与双树共不朽乎[8]！

崇祯乙亥重九日书[9]。

题解

本文录自清康熙七年（1668 年）版《景陵县志·卷之七·享祀志》第 62 页。

先君子莲台寺诗：指作者父亲李登《莲台寺》诗。先君子：旧时自称去世的父亲。

注释

[1]冷毡教授：形容学习清苦。教授：本为传授学业之意。此处指学习。

[2]招提：梵语，译义为四方，后省作拓提，误为招提。四方之僧为招提僧，四方之僧的住处为招提房。

[3]庚戌：明万历三十八年，1610 年。

吴使君白雪：指天门进士、时任知府的吴文企。使君：尊称州郡长官。白雪：吴文企，号白雪。

随喜：佛教语。谓欢喜之意随瞻拜佛像而生。因用以称游谒寺院。

[4]泫（xuàn）然：水珠向下滴的样子。

断齑（jī）画粥：分开切碎的腌菜，划分凝结的粥块，按量分顿来吃。形容生活的艰苦。断：断开。齑：切碎的腌菜。画：划分。宋代释文莹《湘山野录》载：范仲淹少年时很穷，在长白山僧舍读书，他每天把二升小米煮成粥，让粥疑结成块，用刀划分为四块，再分好切碎的腌菜，按早晚分顿来吃。

[5]柯叶：枝叶。

古封：古旧尘封。

[6]苾（bì）刍：指受过具足戒之僧男。

见贻：犹见赠。

[7]广莫：广漠。辽阔空旷。

沮洳（rù）：指低湿。原文为“沮茹”。

蒹葭（jiān jiā）：蒹是荻，葭为芦苇。

平楚：平野。

[8]庶：庶几。也许。表示希望。

[9]崇祯乙亥：明崇祯八年，1635年。

李公义台先生墓志铭

李纯元

时岁在丙寅冬十一月，余方闲居谢客，欠伸昼睡[1]，偶宗侄孙上进、上迪斩然衰绖谒余，持币涕泣，长跽而前曰[2]：“孤先君以去冬良月见背，两孤肃题犊于寝者期月矣[3]，顷形家卜是月望日之吉，厝于山椒[4]，同嫡母氏之垅。风木怆神，乌鸟含思，茕茕集蓼，意满口重[5]，不能状一语以文先君之寂。恃先君生存左右大父前非昕夕矣，敢丐片言以不朽白骨，且奉先君治命也[6]。”余泫然曰：“而翁，三代之遗民也[7]。元风夏德[8]，生荣死哀，碑腾道上，风呈太史。余愧不文，安能为尔翁重进[9]？”兄弟泣下固请，义不容辞。乃呼其灵爽而质之曰[10]：

侄乎，尔音容遗响，仿佛如在；懿行高躅，搦管茫然，余何从状子耶[11]？追溯尔高王父公绒，国子上舍，余曾王父靳同胞兄弟也[12]。绒生明，明生仕仪，并有隐德[13]。仕仪公生子三，尔翁其长也，讳桥，妣田氏，别号斗山。跌宕，美丰仪，千金一掷，不侵为然诺[14]；排难解纷，不收其功伐[15]，盖侠烈奇丈夫也。惜寿不蒙德，五十而卒。生子三：长君仗，娶张氏；仲君偕，娶卢氏，续张氏；季即公也。斗山公死，而政属家督,仗性跅弛不羁[16]。虽入粟为掾而耻侔刀笔,日游青楼酒肆,昏酉骂坐,即窦婴、程不识[17],不值一纹矣。用是先资日旁落[18],兄弟分异而四壁萧然矣。公最少,倜傥不群,与人若公瑾之醇酒[19],而泾渭不少假。吾先君廷评抚之曰[20]:“吾阅宗党,尔陈义高,别号尔义台,欲使尔顾名思义,此王昶、何胤所以命其子也[21]。”故自髫年以至盖棺,无适而非义,人以此多先君子人伦之鉴云[22]。初,邑人梁公楫,素封著族也,奇公,以女妻之,资奁颇饶,而梁妇益善下事姑田氏,惟谨甘毳之奉,身独任之,一无藉娣姒菽水矣[23]。公于两兄,取索如寄。即戚里之称贷而不克偿者[24],折焚契券以为常。晚年两兄暨诸嫂岁给脯资,死为求椑旁,封鬣寒原[25],哭之以礼,如子事父母然。两兄之子若孙待而举火者,数家皆安其居处、时其婚娶,察之无难色。虽公之多藏,而亦缘天性之仁洽之任其謑诟[26],因是度公之启家,盖天授非人力也。故望杏瞻蒲,种戒骏发,或治生者之正道[27];金穰木饥,粟生金死,亦心计者之滥觞[28]。而公揣摩如向,无遗策;收债增偿,如承蜩[29]。数十年生聚埒朱顿之间,沟塍脉散,原隰龙鳞[30]。庾廪之储堪摽阿六之榜,高明之丽沉沉者,蛰动而风生也,操何术而臻此[31]?彼邑遭水涨,东西两堤危于累卵,邑侯俯耆老任筑。公披星戴月,不惮暑雨,有捐助而无割匿[32]。顷令君任奉文赈恤民饥,谛问耆硕可倚托者[33],众推公。公悉出私囊,不费公家黍丝,以所给还,乞别补征解[34]。邑乡饮大宾博士及弟子员,敦请者数矣,公谢凉德,凿坏而遁[35]。制高年赐爵一级,公受而不拜,日课督两子钻励求学[36]。所执贽而请还贽[37],而相事者必名士。而后快曰:“兰茝藁本,渐于密醴[38]。君子之隐栝,不可不谨也[39]。”长君上进,积学补胶庠[40];次君上迪,英英殊有凤毛。岂吾宗之多奇,抑公所钟毓也[41]?第劬劳之恩,食报未究于今日,而膺褒纶于泉台;附床之息,含饴少娱于目前,而遗孙谋于丰芑[42]。人以此为公或未惬,而翁夷然曰:“吾于造物亦多取矣。”庶几含笑而入,实乎达哉卓识之君子,虽百世凛凛尤有生气也。

公行四,名倍,号义台。妻梁氏,次尹氏,次朱氏,次宋氏。生二男：长上进，媳鄢氏。进，尹之骨而梁肉之，抚摩掬育百于所生[43]。进不知有尹，尹不得而有进，垂三十年。刀尺余泽，巾箱旧封[44]，无适非梁之遗。进之有今日也，进之所寤寐而不忍忘者也。次上迪，媳刘氏。迪，朱所生。朱，继梁者也。生女二：长适邑庠士吴三重，次适邑庠士曾作圣。男孙二：长庆余，次泽余。女孙二，长聘吴，即女竘外生吴可权[45]；次聘庠士陈肇模子五美。

公生于嘉靖己酉年十二月三十日，卒天启乙丑年十月十六日，享年七十有八。葬于丙寅年十一月十五日，合元配梁氏之垄，抱甲负庚为茔[46]。铭曰：

惟孝友于兄弟，惟德之基。任恤姻睦[47]，遗者其谁，更孰有擅？益盆泽量之积而独不阶尺寸之禅，比一都千户之饶而愈不亏岩穴处士之奇[48]。於戏噫嘻[49]！

赐进士出身、朝议大夫、陕西布政使司左参议[50]，前工部营缮清吏司郎中，叔纯元顿首拜撰[51]。

题解

本文录自李长台墓志。墓志现藏于天门市博物馆。标题原为《大明端谨李公义台先生墓志铭》。

注释

[1]欠伸：打哈欠，伸懒腰。疲倦的表示。

[2]斩然：整肃貌，整齐貌。

衰绖（cuī dié）：丧服。古人丧服胸前当心处缀有长六寸、宽四寸的麻布，为“衰”。围在头上和缠在腰间的散麻绳为“绖”。是丧服的主要部分，故以此代称丧服。

长跽（jì）：长跪。

[3]良月：十月的代称。

见背：谓父母或长辈去世。背：离开。

题辏：应为“题凑”。古代天子的椁制，也赐用于大臣。椁室用大木累积而成，木头皆内向为椁盖，上尖下方，犹如屋檐四垂，谓之“题凑”。

期月：一整年。

[4]形家：旧时以相度地形吉凶，为人选择宅基、墓地为业的人。也称堪舆家。

望日：农历每月十五日。

厝（cuò）：停柩待葬或浅埋以待

改葬。

山椒:山顶。

[5]风木:比喻父母亡故,不及奉养。

怆神:伤心。

乌鸟:乌鸦一类的鸟。古称乌鸟反哺,因以喻孝亲之人子。

茕茕(qióng):孤单。

集蓼:谓遭遇苦难。

口重:语言太直,使人难以接受。

[6]大父:祖父。此处指死者之子对作者的称呼,实际上应称叔祖父。

昕(xīn)夕:朝暮,谓终日。此处指一朝一夕。

治命:指人死前神志清醒时的遗嘱。与"乱命"相对。后亦泛指生前遗言。

[7]泫(xuàn)然:水珠向下滴的样子。

三代:夏、商、周三个朝代。

[8]元风夏德:疑指好的风范德行。元、夏:大。

[9]不文:对自己的谦称,犹不才。

重进:疑与"田重进拒酒"有关,指拒绝。宋太宗登基前,受封为晋王,很赏识田重进的为人,想和他交好。晋王知道田重进喜欢喝酒,就派人送了许多好酒去。田重进吩咐门上人拒收。来人对田重进说:"这是晋王送给你的东西,你怎么可以拒收呢?"田重进回答说:"做臣子的只知道皇上,除了皇上,我怎么可以随随便便地喝别人的酒、拿别人的东西呢?"

[10]灵爽:灵魂。

[11]懿行:善行。

高躅(zhú):崇高的品行。

搦管:握笔,执笔为文。

状子:此处指陈述你的(善行美德)。

[12]缄:音 yù。原文左为"韦",右为"彧"。

国子上舍:指在国子监上学的上舍生。太学生分外舍、内舍、上舍三等,其中上舍最优,内舍次之,外舍又次之。学生在一定的年限和条件下,可依次而升。

[13]隐德:不为人知的美德。

[14]跌宕:放荡不拘。

丰仪:丰盛的礼仪。

不侵为然诺:不背弃自己的许诺。

[15]功伐:功劳,功勋。

[16]家督:谓家长,户主。

跅(tuò)弛不羁:放荡不受拘束。

[17]入粟为掾(yuàn):用谷物来买得佐官。

耻侔刀笔:耻于谋求刀笔之吏。

昏酉:黄昏酉时。

骂坐:骂座。漫骂同座的人。

窦婴:西汉大臣。窦太后侄。

程不识:西汉名将。曾任边郡太守,治军严谨。

[18]用是:因此。

旁落:衰落。

[19]倜傥不群:形容洒脱豪放与

众不同。

公瑾之醇酒:《三国志·周瑜传》云,程普:“与周公瑾交,若饮醇醪(láo),不觉自醉。”

[20]吾先君廷评:指作者的父亲李登。李登生前任大理平章,故称廷评。廷评:廷尉平,亦作“廷尉评”。官名。汉时为廷尉属官。宣帝地节三年,初置廷尉平四人,称左右平,秩六百石。东汉光武帝省右平,唯有左平一人,掌平决诏狱事。魏晋以后不分左右,直谓之廷尉评。北魏、北齐及隋各设廷尉评一人。隋文帝开皇三年罢。至炀帝及唐太宗时复置评事,属大理寺,但一般仍以“廷评”称之。

[21]王昶(chǎng):三国曹魏时期王昶为兄弟的孩子和自己的孩子取名字,都依据谦虚和诚实,用以显示他的志趣。

何胤:南朝齐梁之际礼学名家。何胤名其子之事待考。

[22]无适:无往,到处。

人伦之鉴:相面的镜子。意思是,以貌论人。人伦:指相面术,根据人的相貌占卦祸福。

[23]资奁:嫁妆。

姑:称夫之母,公婆。

甘毳(cuì)之奉:儿子侍奉母亲的饮食。含有恭维的口吻。甘毳:美味的食物。奉:侍候。

娣姒(sì):古代妯娌间,以兄妻为姒,弟妻为娣;相谓亦曰姒。

菽水:豆与水。指所食唯豆和水,形容生活清苦。常以“菽水”指晚辈对长辈的供养。

[24]称贷:举债,告贷。

[25]脯资:干肉和粮食。亦泛指食物。

椫(shàn)旁:棺材。

封鬣(liè):坟墓封土的一种形状。亦指坟墓。

[26]多藏:“多藏厚亡”的省略。谓聚敛越多,则丧失越大。

仁洽:仁爱和睦。

謑(xǐ)诟:辱骂。

[27]望杏瞻蒲:掌握农时及时耕种。望杏:指劝耕的时节。瞻蒲:“瞻蒲劝穑”的略语。看见菖蒲初生,便督促农民及时耕种。

种戒:播种的准备工作。

骏发:使民疾耕发其私田。

治生:经营家业,谋生计。

[28]金穰(ráng)木饥:古代根据太岁星运行的方位来预测年成的丰歉。太岁星运行至酉宫(正西方)称“岁在金”,预示农业丰收。语出《史记·天官书》:“然必察太岁所在:在金,穰;水,毁;木,饥;火,旱。此其大较也。”

粟生金死:此处指有粮有钱。战国秦商鞅论述粮食与钱财的关系时指出:买来粮,花了钱;售出粮,得到钱。

心计:内心考虑。

滥觞(làn shāng):本指江河发源

处水很小，仅可浮起酒杯。后比喻事物的起源、发端。

[29]揣摩：原文为"惴摩"。

承蜩(tiáo)：用顶端涂着黏合剂的竹竿捉蝉。

[30]生聚埒(liè)朱顿之间：指人口增加、财富增加。朱顿：春秋时富豪陶朱公和猗顿的并称。

沟塍(chéng)：沟渠和田埂。

脉散：水道分流。犹如血脉分散，故名。

原隰(xí)：平原和低下的地方。

[31]庾廪：粮仓。

臻此：达到这样的境界。

[32]割匿：割舍和藏匿。

[33]令君：对县令的尊称。

[34]黍丝：古代指极轻微的重量单位。

征解：指赋税的征收解送。

[35]大宾：古乡饮礼，推举年高德劭者一人为宾，称"大宾"。

博士及弟子员：博士弟子员。参见本书附录《部分科举名词汇释》第3条。

凉德：薄德，缺少仁义。后世多用为王侯的自谦之词。

凿坏而遁：鲁国君听说颜阖贤德，想封之为相，派使者带重礼前去聘请。颜阖闻知使者即将到来，就凿开后墙逃跑。

[36]制：按制度惯例。

课督：督责，督促。

[37]执贽：执挚。古代礼制，谒见人时携礼物相赠。

[38]兰茝(chén)藁(gǎo)本，渐于密醴：兰芷、稿本等香草，如果浸在蜂蜜和甜酒中，一经佩戴就要更换它。语出《荀子·大略篇》。

[39]君子之隐栝，不可不谨也：君子对于正身的工具，不能不谨慎地对待啊！隐栝：同"隐括"。用以矫正邪曲的器具。引申为标准、规范。

[40]胶庠：泛指学校。胶为周之大学，庠为周之小学。

[41]钟毓(yù)："钟灵毓秀"的缩略。凝聚。指天地间所凝聚的灵秀之气。钟：汇聚，凝聚。毓：养育。

[42]第：只是，只。

劬(qú)劳：劳累，劳苦。

食报：受报答或受报应。

膺褒纶于泉台：指死后受到褒奖。膺：接受，承当。褒纶：本指降旨褒奖。此处指善报。

含饴："含饴弄孙"的省略。意为含着糖浆逗弄孙儿，后沿用此语形容老年人的闲适生活。

遗孙谋于丰芑：为子孙谋划。丰芑：指帝王慎选储君。亦指常人对子孙的教育培养。

[43]进，尹之骨而梁肉之，抚摩掬育百于所生：上进，尹氏所生，梁氏视为己出；梁氏抚育之劳，百倍于尹氏。

[44]刀尺余泽，巾箱旧封：语出刘禹锡《伤往赋》："阅刀尺之余泽，见巾

箱之故封。”刀尺:剪刀和尺。裁剪工具。巾箱:古人放置头巾的小箱子。

[45]妐(zhōng):丈夫的姐姐。

[46]抱甲负庚:指墓穴的朝向。风水罗盘中间有一层是指示二十四山方位的。从北方开始依次序排列分别是壬子癸、丑艮寅、甲卯乙、辰巽巳、丙午丁、未坤申、庚酉辛、戌乾亥,共二十四个方位。每一个汉字表示一“山”,占360度中的15度。甲与庚相对,甲在东北,庚在西南,各占15度。甲山庚向是坐东北朝西南,就说成“抱甲负庚”。负:背倚。

[47]任恤姻睦:语出《周礼·地官·大司徒》:“二曰六行:孝、友、睦、姻、任、恤。”任恤:谓诚信并给人以帮助同情。姻睦:睦姻。姻亲和睦相处。泛指与人和睦相处。

[48]益:通“溢”。

泽量:即用泽来计量,形容满泽都是。

不阶尺寸之裨:不凭借些许的裨补。不阶:不凭借。

一都:一城。也可以将“都”理解为行政区划。宋、元、明、清县级以下行政区划。《宋史·袁燮传》:“合保为都,合都为乡,合乡为县。”

千户:千户侯。食邑千户的侯爵,有向一千户以上的人家征税的权力。

岩穴处士:隐士。岩穴:古时隐士多山居,故称岩穴之士也为“岩穴”。处士:古时称有才德而隐居不仕的人。

[49]於戏(wū hū):呜呼。

[50]参议:明于布政使下设左、右参议,从四品,无定员,分守各道,并分管粮储、屯田、清军、驿传、水利等事。

[51]叔纯元:李纯元,字长叔。

钟　惺(福建提学佥事,竟陵派创始人)

钟惺(1574～1625年),字伯敬,号退谷。天门皂市人。明代文学家。万历三十八年庚戌科(1610年)进士。初授行人,改工部主事,升南京礼部郎中。擢福建提学佥事,未及半年,以父忧归。晚年逃禅,临终受戒,卒于家。周嘉谟题其墓曰"钟灵毓秀"。钟惺在前后七子和公安派之后,力图矫正复古派的肤熟格套和公安派的俚俗莽荡,另辟"幽深孤峭"之径,与同邑谭元春编选《诗归》数种,其诗喜用奇字险韵,时称"钟谭体"或"竟陵体",风靡一时。有《隐秀轩集》等传世。

邺中歌

钟　惺

城则邺城水漳水,定有异人从此起[1]。雄谋韵事与文心,君臣兄弟而父子[2]。英雄未有俗胸中,出没岂随人眼底[3]?功首罪魁非两人,遗臭流芳本一身[4]。文章有神霸有气,岂能苟尔化为尘[5]?横流筑台拒太行,气与理势相低昂[6]。安有斯人不作逆,小不为霸大不王[7]?霸王降作儿女鸣,无可奈何中不平[8]。向帐明知非有益,分香未可谓无情[9]。

呜呼!古人作事无巨细,寂寞豪华皆有意[10]。书生轻议冢中人,冢中笑尔书生气[11]。

题解

本诗录自《搜韵·影印古籍》中的《翠娱阁评选钟伯敬全集·卷之二》第22页。罗贯中著、人民文学出版社1980年版《三国演义》第78回"治风疾神医身死,传遗命奸雄数终",引用此诗。

注释

[1]城则邺城水漳水，定有异人从此起：雄伟的邺城啊围绕着漳河水，一定有卓异不凡的人从此兴起。罗贯中著、人民文学出版社1980年版《三国演义》作“邺则邺城水漳水”。

邺城：曹魏、后赵、冉魏、前燕、东魏、北齐之都城。遗址在河北省临漳县西南，为南北毗连的两个城址。北邺城大部在今漳河北，始建于齐桓公时。东汉末建安九年(204年)，曹操营此城为国都，曹丕移都洛阳后，以其为北都。

漳水：卫河之流，在今河南、河北两省边界。漳河水流经邺城。

[2]雄谋韵事与文心，君臣兄弟而父子：曹操文才武略兼而有之，他与曹丕、曹植兄弟是君臣，又是父子。

雄谋：宏大的谋略。

韵事：风雅之事，指文人诗歌吟咏及琴棋书画之类的活动。此处指诗歌吟咏之事。

文心：指文章或文思。

[3]英雄未有俗胸中，出没岂随人眼底：英雄他没有粗俗的心胸，出没怎么会像常人那样？

[4]功首罪魁非两人，遗臭流芳本一身：他是安定汉室之能臣、篡权立魏之奸雄，遗臭也好流芳也好都集于他一身。

功首罪魁：功劳最大而罪过也最重。

[5]文章有神霸有气，岂能苟尔化为尘：他的文章神采霸气，怎么能随便湮没在平常之中？罗贯中著、人民文学出版社1980年版《三国演义》作“岂能苟尔化为群”。

霸有气：有霸气。霸气：旧指象征霸主运数的祥瑞之气。此处当理解为曹操统一中国的雄心。

苟尔：随便的意思。

[6]横流筑台拒太行，气与理势相低昂：横跨漳河啊筑起铜雀台与远处的太行山对峙，气势与地理契合啊铜雀台起伏有致、变化参差。

横流：此处指横跨漳河。《水经·谷水注》：“武帝引漳流自邺城西东入，经铜雀台下伏流，入城东注。”

气与理势相低昂：意思是台阁与地势相配合，起伏有致，变化多端。气：楼台阁廊的气势。理：地形的走势。低昂：起伏变化。

[7]安有斯人不作逆，小不为霸大不王：哪里有这样的英雄啊，不为逆反，权势无论大小都不称王称霸。这句诗的意思是，权势小也罢大也罢，都不行王霸之事，即指曹操未称帝。

作逆：背天意而行。

小、大：指权势的大小。

为：成为，变成。

霸、王：指天子事。

[8]霸王降作儿女鸣,无可奈何中不平:英雄也有儿女情,无可奈何之中他的心里不平静。

儿女鸣:儿女情。鸣:抒发或表示情感。

[9]向帐明知非有益,分香未可谓无情:要求姬妾们归向帷帐啊,其实也明明知道没有多大益处,“分香”实在是人间真性情。

向帐:归向帷帐之中。指曹操临死前命诸妾多居铜雀台中一事。

分香:曹操临终前留下遗令,将所藏余下的名香分与诸夫人。后以此典形容霸业已空,风流云散,凭吊怀古。

[10]呜呼!古人作事无巨细,寂寞豪华皆有意:唉!古人成就事业心思缜密事无大小,寂寞也好豪华也好都是有志向的。

[11]书生轻议冢中人,冢中笑尔书生气:书生轻狂地议论已经躺在坟墓中的人,墓中的英雄会嘲笑你书生气!

书生气:指只知读书,脱离实际,看问题单纯、幼稚的习气。

桃花涧古藤歌

钟　惺

吾闻藤以蔓得名,身无所依不生成。看君偃卧如起立,雅负节目不自轻[1]。昂藏诘屈自为树,傍有长松义不附[2]。春来影落涧水中,不与桃花同其去。

题解

本诗录自《搜韵 · 影印古籍》中的《翠娱阁评选钟伯敬全集 · 卷之二》第28页。

注释

[1]雅负:素有。

节目:树木枝干相接的地方和纹理纠结不顺的地方。此处喻人的名节操守。

[2]昂藏:挺拔。

诘屈:曲折,弯曲。

舟　晚

钟　惺

舟栖频易处,水宿偶依岑。岸暝江愈远,天寒谷自深。隔墟烟似晓,近峡气先阴。初月难离雾,疏灯稍著林。渔樵昏后语,山水静中音[1]。莫数归鸦翼,徒惊倦客心[2]。

题解

本诗录自四库全书本《御选明诗·卷九十四》第20页。

注释

[1]渔樵:渔人和樵夫。

[2]倦客:指对客居外乡的生活感到厌倦之人。

宿乌龙潭

钟　惺

渊静息群有,孤月无声入[1]。冥漠抱天光,吾见晦明一[2]。寒影何默然,守此如恐失。空翠润飞潜,中宵万象湿[3]。损益难致思,徒然勤风日[4]。吁嗟灵昧前,钦哉久行立[5]。

题解

本诗录自《搜韵·影印古籍》中的《翠娱阁评选钟伯敬全集·卷之一》第30页。袁行霈主编、中华书局2007年版《中国文学作品选注》第四卷收录此诗。

乌龙潭:在江苏省南京市盘山前。相传晋时常有乌龙出现,故名。

注释

[1]渊静:幽深静谧。

息:止息。

群有:佛教语。犹众生或万物。

[2]冥漠:昏暗幽寂。

天光:天色与湖光。

晦明:从暗夜到天明。

一:一致,无区别。

[3]空翠:指青色的潮湿的雾气。

飞潜:飞禽和鱼类。

中宵:半夜。

[4]损益:增加和减少,指得失。

致思:谓集中心思于某一方面。

勤:忧虑、愁苦。

风日:风光。

[5]吁嗟(xū jiē):表示有所感触的嗟叹词。

灵昧:泛指众生。

钦哉:同上文"吁嗟"。

行立:行走站立。

夜归联句

钟 惺 林古度

落月下山径,草堂人未归【林古度】[1]。砌虫泣凉露,篱犬吠残辉【惺】[2]。霜静户逾皎,烟生墟更微【古度】[3]。入秋知几日,邻杵数声移【惺】[4]。

题解

本诗录自《搜韵·影印古籍》中的《翠娱阁评选钟伯敬全集·卷之三》第4页。

联句:旧时上层饮宴及朋友应酬所用的作诗方式,由两人或多人共作一诗,相联成篇。

林古度:明末清初著名诗人。字茂之,号那子,别号乳山道士,福建福清人。诗文名重一时。

注释

[1]草堂:简陋的住宅。此处指作者的住处。

[2]砌虫泣凉露:蟋蟀在轻寒薄凉的露水中哀鸣。砌虫:指生活在阶基下的蟋蟀之类。

篱犬:被篱笆关住的狗。

[3]烟:夜晚的雾气。

墟:村落。

微:微茫,朦胧。

[4]邻杵(chǔ):邻近的杵声。此处指捣衣的声音。

秣陵桃叶歌(选一)

钟　惺

女儿十五未知羞,市上门前作伴游。今日相邀佯不出,郎家昨送玉搔头[2]。

题解

本诗录自《搜韵·影印古籍》中的《翠娱阁评选钟伯敬全集·卷之五·七言绝句》第23页。《秣陵桃叶歌》共七首,序云:"予初适金陵,游止不过两三月,采俗观风,十不得五,就闻见记忆杂录成歌。此地故有桃叶渡,借以命名,取夫俚而真、质而谐,犹云《柳枝》《竹枝》之类,聊资鼓掌云尔。"本诗为第二首。

秣(mò)陵:南京旧称。秦于此置秣陵县。

注释

[1]玉搔头:即玉簪。古代女子的　　一种首饰。

江行俳体(选二)

钟　惺

虚船也复戒偷关,枉杀西风尽日湾[1]。舟卧梦归醒见水,江行怨泊快看山[2]。弘羊半自儒生出,馁虎空传税使还[3]。近道计臣心转细,官钱曾未漏渔蛮[4]。

村烟城树远依依,解指青溪与翠微[5]。风送白鱼争入市,江过黄鹄渐多矶[6]。家从久念方惊别,地喜初来也似归[7]。近日江南新涝后,稻虾难比往年肥。

题解

两首诗录自《搜韵·影印古籍》中的《翠娱阁评选钟伯敬全集·卷之四·七言律》第 14 页、第 15 页。

俳(pái)体:古以游戏笑乐为内容的诗文,称俳谐体。简称俳体。

注释

[1]虚船也复戒偷关,枉杀西风尽日湾:税卡正在对过往船只进行盘查收税,为严防偷漏关税,凡属未经验查的船只一律不得放行,客船也不例外。客船整日停泊在港湾,真是有屈了西风。虚船:空船。戒偷关:严戒偷税过关。尽日湾:整日停泊待检。"湾"是俗话,泊舟之谓也。

[2]舟卧梦归醒见水,江行怨泊快看山:无聊之中在船上白日睡觉,梦中归家,醒来才看见船还停在老地方,一场空欢喜;希望船只早日放行,很快看到两岸青山。

[3]弘羊半自儒生出,馁虎空传税使还:儒家本来主张薄税敛,施仁政,但搜刮民财的官吏原本不少是读书人出身。即令税已收去,也不可高兴太早,饿虎般的税使,随时可以"光顾"。弘羊:桑弘羊。汉代以理财著名的历史人物,征收舟车税是由他和孔仅等始作俑。馁虎:饿虎。此处指税使。

[4]近道计臣心转细,官钱曾未漏渔蛮:听说官吏盘剥无孔不入,连渔民也不放过。计臣:主管财政的官吏。官钱:税钱。渔蛮:渔民。

[5]依依:隐约。

解指：辨认。

青溪与翠微：泛指沿江的名山胜迹。青溪：指三国东吴在建业城东南所凿东渠，发源于今南京市钟山西南，流经南京市区入秦淮河，曲折达十余里，亦名九曲青溪。翠微：翠微亭。在贵池南齐山。始建于唐。

[6]黄鹄：山名，今武昌蛇山，其西北有黄鹄矶。

[7]家从久念方惊别，地喜初来也似归：沿途美景相伴，离家虽久却如方才惊别。而此地民风淳朴好客，初来之人有如归之感。

送丘长孺（选二）

钟　惺

曲突何曾劝徙薪，烽烟桴鼓重边臣[1]。全辽三五年中事，烂额焦头半楚人[2]。

借箸前筹战守和，较君当局意如何[3]？岂应但作旁观者，预拟铙歌与挽歌[4]【长孺有“诸君蘸笔悬相待，不是铙歌即挽诗”之句】。

题解

本文录自《搜韵·影印古籍》中的《翠娱阁评选钟伯敬全集·卷之二》第22页。原题为《丘长孺将赴辽阳留诗别友意欲勿生壮惋之余和以送之》。原诗共五首，所选为其一、其五。

丘长孺：丘坦，字长孺。湖北麻城人。乡试武举第一。工诗善文，公安派诗人之一。与袁宏道、钟惺为至交。

注释

[1]曲突何曾劝徙薪：典自“曲突徙薪”。把烟囱改建成弯曲的，搬开灶旁的柴火，避免发生火灾。比喻事先采取措施，防患于未然。

桴(fú)鼓：战鼓。

重边臣：重视备边御边的大臣。

[2]全辽三五年中事，烂额焦头半楚人：指明万历后期，辽东频频告急，冲锋陷阵、焦头烂额者多为楚籍将领。万历四十五年(1617年)四月，总兵官

张承胤率师援抚顺,败没。以杨镐为兵部右侍郎经略辽东。万历四十七年(1619年)二月,杨镐誓师于辽阳(今沈阳),总兵官李如柏等分道出塞,皆战死败没。以熊廷弼为兵部右侍郎经略辽东。万历四十八年(1620年)十月,以袁应泰为兵部右侍郎经略辽东。总兵官陈策等率诸将援辽,皆战死败没。清兵取辽阳,袁应泰战死。复以熊廷弼为兵部右侍郎经略辽东。楚人:指以熊廷弼、丘长孺为代表的楚籍将领。

[3]借箸前筹战守和:指以熊廷弼、王化贞屡议战守,以经、抚不和而坐失良机。也可以理解为筹算战斗结果,为预写歌辞做准备。

借箸前筹:此典指张良借用刘邦面前的筷子为他筹划当前形势。后以此典比喻代人谋划,提出办法和计策。

[4]岂应但作旁观者:自己虽不赴边,也不应只做旁观者。

预拟铙歌与挽歌:指尊重朋友的意愿,先就作好铙歌与挽歌备用。丘长孺赴辽前已做"不成功便成仁"的思想准备。铙歌:指凯歌。挽歌:挽柩者所唱哀悼死者的歌。后泛指对死者悼念的诗歌或哀叹旧事物灭亡的文辞。

将访苕霅

钟　惺

鸿渐生竟陵,茶隐老苕霅[1]。袭美亦竟陵,甫里有遗辙[2]。予忝竟陵人,怀古情内挟[3]。十载吴越心,水烟未遑接[4]。谁知苕上路,可用甫里楫。迎送非俗情,山水分夙业[5]。吴淞始有江,天远流渐叠。未揖桑苎翁,皮陆迹先蹑[6]。苟可添佳游,取途何必捷[7]。二公居游地,一身逝将涉[8]。

题解

本诗录自《搜韵·影印古籍》中的《翠娱阁评选钟伯敬全集·卷之二·五言古二》第4页。原题为《将访苕雪许中秘迎于金阊导往先过其甫里所往有皮陆遗迹》。

苕霅(tiáo zhá):苕溪、霅溪二水的并称。在今浙江省湖州市境内。

许中秘：许自昌，明末戏曲作家。字玄祐，号霖环，又号去缘居士，别署梅花墅主人。长洲甫里人。明万历丁未(1607 年)授中书舍人。不思入仕，遂归故里。中秘：中书省和秘书省的合称。许自昌曾官中书舍人，明清内阁设有中书舍人，其职仅为缮写文书。

金阊：苏州有金门、阊门两城门，故以“金阊”借指苏州。

甫里：今苏州市吴中区东南甪(lù)直镇。

皮陆：指皮日休、陆羽。二人均为竟陵(今天门)人。

注释

[1]鸿渐：陆羽(733～804 年)，字鸿渐，一名疾，字季疵，号桑苎翁、东冈子、竟陵子。下文“桑苎翁”亦指陆羽。

[2]袭美：皮日休，后字袭美，襄阳之竟陵(今天门)人。唐咸通间进士。

遗辙：指留下的车辙。此处指遗迹。

[3]忝(tiǎn)：辱，有愧于。常用作谦辞。

[4]水烟：明天启二年(1622 年)沈春泽刻本《隐秀轩集·卷第四·五言古三》同名诗作“风烟”。

未遑：表示没有时间或不可能做某件事情。可译为“没有空闲”“来不及”等。

[5]夙业：前世的罪业、冤孽。

[6]揖：拱手行礼。

[7]取途：选取经由的道路。

[8]一身：谓独自一人。

白门逢周明卿(周嘉谟)大司农诞辰赋赠

钟　惺

进履今年北斗边，国称元老里推贤[1]。人欣私愿尊亲合，天笃公家理数专[2]。鱼菽他乡三党会，桑蓬夙昔四方缘[3]。苍松莫道风霜肃，处处垂阴岁岁然[4]。

题解

本诗录自《搜韵·影印古籍》中的《翠娱阁评选钟伯敬全集·卷之四》第

28 页。

白门：江苏省南京市的别名。六朝皆都建康（今南京市），其正南门为宣阳门，俗称白门，故名。

周明卿大司农：指时任户部尚书周嘉谟。周嘉谟，字明卿。大司农：指户部尚书。汉代官名，掌管钱粮。东汉末改为大农，由魏至明，历代相沿，或称司农，或称大司农。

注释

[1]进履今年北斗边：疑指周嘉谟荣升南京户部尚书，得近天子。周嘉谟《余清阁年谱》记载："万历四十五年，丁巳，七十一岁。秋，移南计部。"北斗：喻帝王。

[2]私愿：个人的愿望。

尊亲：对人敬称自己的父母。亦以敬称他人父母。

公家：国家或公众。

理数：道理，事理。

[3]鱼菽：鱼和豆，常用食品。

三党：父族、母族、妻族。此处指乡亲。

桑蓬："桑弧蓬矢"的略语。古代诸侯生子后举行的一种仪式，用桑木做的弓和蓬梗做的箭射向四方，象征长大后能守疆固土，抵御四方之难。后用来勉励人要树立远大志向。

夙昔：泛指昔时、往日。

[4]然：这样，如此。

陈中丞正甫（陈所学）自晋贻书白门

钟　惺

十年逵渐陆沈间，屡见时情国步艰[1]。如某一官何足道，惟公千里亦相关。图书颇愧封疆苦，花鸟微沾岁月闲。重地安危元老在，暂容流寓不须还[2]。

题解

本诗录自《搜韵·影印古籍》中的《翠娱阁评选钟伯敬全集·卷之四》第 30 页。原题为《陈中丞正甫自晋贻书白门极为相念感答时将以南少司农莅任于此》。

陈中丞正甫:陈所学,字正甫,号志寰,天门干驿人。参见本书陈所学传略。中丞:明初置都察院,其副都御史之职与前代的御史中丞略同,称为中丞。明清两代常以副都御史或佥都御使出任巡抚,清代各省巡抚例兼右都御史衔,因此明清巡抚也称中丞。

白门:江苏省南京市的别名。六朝皆都建康(今南京市),其正南门为宣阳门,俗称白门,故名。

南少司农:南京户部侍郎(户部尚书的佐官)。

注释

[1]逵渐:疑为显赫闻达之意。与后文"陆沈"相对。逵:四通八达的大道。渐:入。

陆沈:陆沉。陆地无水而沉。比喻隐居。此处指陈所学几度辞官,在天门干驿居家养病。

[2]流寓:寄居他乡。

访友夏(谭元春)不值自朝坐至暮始归

钟　惺

名士身难静,幽居事渐稀[1]。约曾烦折柬,到尚喜留扉[2]。敢以偕来众,而疑先去非。阶庭如有待,笔墨得相依[3]。热客寻声返,寒吟抱影微[4]。劳生分暇日,举体在清机[5]。乍雨陂塘气,浮凉草树晖[6]。此时坚坐意,不凭迟君归。

题解

本文录自《搜韵·影印古籍》中的《翠娱阁评选钟伯敬全集·卷之五·五言排律》第11页。

友夏:谭元春,字友夏,号鹄湾。

不值:没遇到。

注释

[1]幽居:僻静的居处。

[2]折柬:指书札或信笺。

[3]有待:有所期待,要等待。

[4]热客:常来常往之客。

寒吟:谓于清冷环境中长吟。

[5]劳生:语出《庄子·大宗师》:"夫大块载我以形,劳我以生,佚我以老,息我以死。"后以"劳生"指辛苦劳累的生活。

清机:清净的心机。

[6]陂(bēi)塘:蓄水的池塘。

秦淮灯船赋(有序)

钟　惺

小舫可四五十只[1],周以雕槛,覆以翠帷[2]。每舫载二十许人,人习鼓吹,皆少年场中人也[3]。悬羊角灯于两旁[4],略如舫中人数,流苏缀之[5]。用绳联舟,令其衔尾,有若一舫。火举伎作,如烛龙焉[6]。已散之,又如凫雁蹒跚波间[7],望之皆出于火,直得一赋耳[8]。

集众舫而为水兮,乃秦淮之所观。借万炬以为舟兮,纵水嬉之更端[9]。波内外之化为火兮,水欲热而火欲寒。联则虬龙之蠢动兮,首尾腹之无故而交攒[10]。散则鹳鹅之作阵兮,差左右下上于其间[11]。观其蜿蜒与喋唼兮[12],载万光而往还。俄箫鼓怒生于鳞羽之内兮[13],楼台沸而虫鱼欢。彼舟中人之惘恍而不知兮[14],乃居高者之悉其回环。嗟景光之流而不居兮,群动去而一水自安[15]。

重曰:火水沓兮[16],生星月兮。声光杂兮,晴澜压兮。照幽泬兮,潜怪怛兮[17]。晦明达兮,作津筏兮[18]。彼楚魄兮,冤滞豁兮[19]。

题解

本文录自《搜韵·影印古籍》中的《翠娱阁评选钟伯敬先生合集·卷之一·赋》第4页。文尾附陆文龙评语:"灯船,金陵一奇也。此赋摹索亦无语不奇观者领之,观者不能言之。读此觉笙歌灯烛,交呈于耳目。"

注释

[1]小舫:小船。

[2]雕槛:雕镂的栏杆。

[3]少年场:少年人聚集作乐的地方。

[4]羊角灯:用羊角熬制成半透明的薄片而做罩子的灯。也叫明角灯。

[5]流苏:下垂的穗子,凡下垂曰苏。用五彩羽毛或丝线制成。

[6]火举伎作:灯火燃亮,音乐响起。

烛龙:亦称"龙烛"。本为传说中衔火照天之神龙。

[7]凫(fú)雁:野鸭、大雁。这里泛指水鸟。

蹒跚(pán shān):走路缓慢,摇摆的样子。

[8]直:通"值"。

[9]更端:另一事。

[10]交攒:接合、聚集。

[11]鹳(guàn)鹅之作阵:就像鹳、鹅布阵。作阵:排成阵势。亦形容均匀密布。

羌:乃。用于后面小句之首,或用于句中,有承接上文的意味。

[12]喋唼(zhá shà):同"唼喋"。形容成群的鱼或水鸟吃食的声音。

[13]鳞羽:泛指鱼类和鸟类。

[14]惘恍:迷惘,恍惚。

[15]景光:光阴。

不居:不停留。

群动:所有的动物。

[16]重曰:赋后再赋的意思。

沓:重叠。

[17]怪怛(dá):令人惊恐的妖怪。

幽泬(xuè):幽深空旷。泬:空旷虚静貌。

[18]晦明达:通达阴阳两界。

津筏:渡河的木筏。多比喻引导人们达到目的的门径。

[19]楚魄:即楚魂,指屈原之魂。屈原投汨罗江死,故亦称楚江沉魄。这里泛指溺死者的冤魂。

冤滞豁:排遣沉积的冤怀。冤滞:沉滞未雪的冤案,沉冤。

诗归序

钟 惺

选古人诗而命曰《诗归》,非谓古人之诗以吾所选为归[1],庶几见吾所选者以古人为归也[2]。引古人之精神以接后人之心目,使其心目有所止焉[3],如是而已矣。昭明选古诗[4],人遂以其所选者为古诗,因而名古诗为“选体”、唐人之古诗曰“唐选”[5]。呜呼！非惟古诗亡,几并古诗之名而亡之矣。何者？人归之也。选者之权力能使人归,又能使古诗之名与实俱徇之[6],吾其敢易言选哉？

尝试论之,诗文气运,不能不代趋而下[7]。而作诗者之意兴,虑无不代求其高[8]。高者,取异于途径耳[9]。夫途径者,不能不异者也,然其变有穷也[10]。精神者,不能不同者也,然其变无穷也[11]。操其有穷者以求变,而欲以其异与气运争,吾以为能为异,而终不能为高[12],其究途径穷,而异者与之俱穷[13],不亦愈劳而愈远乎？此不求古人真诗之过也[14]。

今非无学古者,大要取古人之极肤、极狭、极熟,便于口手者,以为古人在是[15]。使捷者矫之[16],必于古人外自为一人之诗以为异。要其异,又皆同乎古人之险且僻者[17],不则其俚者也,则何以服学古者之心？无以服其心,而又坚其说,以告人曰:“千变万化,不出古人[18]。”问其所为古人,则又向之极肤、极狭、极熟者也[19]。世真不知有古人矣!

惺与同邑谭子元春忧之,内省诸心,不敢先有所谓学古不学古者,而第求古人真诗所在[20]。真诗者,精神所为也。察其幽情单绪、孤行静寄于喧杂之中,而乃以其虚怀定力,独往冥游于寥廓之外[21]。如访者之几于一逢,求者之幸于一获,入者之欣于一至[22]。不敢谓吾之说,非即向者“千变万化,不出古人”之说,而特不敢以肤者、狭者、熟者塞之也[23]。

书成,自古逸至隋[24],凡十五卷,曰《古诗归》。初唐五卷,盛唐十九卷,中唐八卷,晚唐四卷,凡三十六卷,曰《唐诗归》。取而覆之[25],见古人诗久传者,反若今人新作诗。见己所评古人语,如看他人语。仓卒中,古今人我,心目为之一易,而茫无所止者[26],其故何也？正吾与古人之精神,远近前后于此中,而若使人不得不有所止者也[27]。

明万历四十五年丁巳岁八月朔日[28],景陵钟惺撰。

题解

本文录自《搜韵·影印古籍》中的《唐诗归·卷一》第1页。

注释

[1]命:命名。

归:归向、趋从。

[2]庶几:也许。表示希望。

[3]精神:此处指古人作品中的意旨,亦即下文“真诗”“幽情单绪”。

心目:指触于目而会于心,通过思维对事物作出评价,亦即思想观点。

止:归附,归依。

[4]昭明选古诗:昭明指昭明太子萧统(501~531年),南朝梁文学家,字德施,南兰陵(今江苏常州西北)人,梁武帝长子。武帝天监元年立为太子,未及即位而卒,谥昭明,世称昭明太子。曾召集文士编纂《文选》三十卷,世称《昭明文选》,是我国现存最早的诗文总集。

[5]选体:“文选体”的简称。过去称梁萧统《文选》所选的诗歌风格体式为“选体”。因《文选》所选诗多为五言,因亦有人称五言诗为“选体”。它与唐以后的近体诗相对称。也有将仿照《文选》所录古诗风格的诗称为“选体”。

[6]徇:通“殉”。

[7]气运:时序的转移和变迁。此处指诗文的发展方向。

代趋而下:指诗文创作一代不如一代。

[8]作诗者之意兴,虑无不代求其高:作诗者的心愿,都想超过古人。虑:计,挨个数。

[9]取异于途径耳:从形式上求变化罢了。

[10]夫途径者,不能不异者也,然其变有穷也:意思是,形式是肯定要变化的,但变化是有限的。

[11]精神者,不能不同者也,然其变无穷也:意思是,古今精神实质相同,但有所变化,且这种变化是无限的。

[12]操其有穷者以求变,而欲以其异与气运争,吾以为能为异,而终不能为高:意思是,从形式上求变化,以此来挽回代趋而下的命运,虽然能做出形式各异的诗文来,但终究高不过古人。

[13]其究途径穷,而异者与之俱穷:意思是,这样的结果是,有限的形式变化写完了,这些求变者也就无计可施了。

[14]真诗:诗之真谛。

[15]今非无学古者,大要取古人之极肤、极狭、极熟,便于口手者,以为古人在是:意思是,前后七子及其末

流，他们虽然学古，但大体上把对古人的理解局限在那些肤浅、褊狭、俗套、烂熟，便于口读手写的诗文上，以为这些就是古人的所在。

学古者：指明代中叶倡言“文必秦汉，诗必盛唐”的前后七子。

口手：指诵读抄写。

古人在是：意思是，古人的精华在这里。

［16］捷者：善于取巧走近路的人。指公安派。有讽刺意。

矫之：矫正学古者所犯的毛病。

［17］要其异，又皆同乎古人之险且僻者：意思是，他们所做的“异”，大体上又和古人那些押险韵、用冷僻词和俚俗的差不多。

险且僻：指大量采用险韵、怪僻字。

［18］无以服其心，而又坚其说，以告人曰：“千变万化，不出古人”：公安派不能让学古的七子心服，反而让他们从中坚定了自己的看法，从公安派的诗文可以看出，公安派再怎样变化，都脱自古人，都回到古人那里去了。

［19］问其所为古人，则又向之极肤、极狭、极熟者也：意思是，问他们什么是所谓的“古人”，他们又举以前所说的那些“肤、狭、熟”的东西来。

［20］同邑：同乡。

内省（xǐng）诸心：在内心自我检查。省：反省。

不敢先有所谓学古不学古者，而第求古人真诗所在：不敢像前后七子和公安派那样，标榜自己学古或不学古，只是想寻求古人作诗的精神所在。第求：只求。

［21］幽情单绪：幽深孤独的情怀。指一种幽深、凄清、虚无缥缈、超世脱俗的审美心境。钟惺认为这种审美心境才是“真诗”的实质所在。这一观点与谭元春《诗归序》首提的“孤怀孤诣”含义相同，钱谦益将其概括为“幽深孤峭”，成为古代诗学概念。单：单独。

孤行静寄：超然脱俗、孤寂静默的寄托。

虚怀定力：谦虚的情怀和坚定的毅力。定力：佛教语。五力之一。伏除烦恼妄想的禅定之力。

独往冥游于寥廓之外：独自在广阔的精神世界里自由回翔。冥游：远游。

［22］几于一逢：期望一次相逢。

入者之欣于一至：想到达某一地方的人欣喜于到达目的地。入者：想到达某一地方的人。欣：欣喜。至：到达想到的地方。

［23］向者：从前。

特：但，仅，只是。

塞：敷衍。

［24］古逸：先秦时代未被《诗经》收录之诗。

［25］取而覆之：拿来细看。覆：详察。

［26］仓卒：通“仓促”。

一易:完全改变。

茫无所止:茫茫然不知所在何处。所止:所归。

[27]正吾与古人之精神,远近前后于此中:意思是,从这本书中发现,我与古人的精神已经非常接近。

若使人不得不有所止者也:意思是,好像让人明白了应该遵循的道理。

[28]明万历四十五年:1617年。

朔日:农历每月初一。

译文(引自夏传才《古文论译释》)

选古人诗而名叫《诗归》,不是说古人的诗,以我们所选的眼光为归,而是我们所选的眼光,以古人的作品为归。引述古人的精神,供后人鉴赏,使读者了解诗歌的最高成就,如是而已。《昭明文选》选古诗,人们因为他所选的是古诗,便把古诗叫作选体,而把唐人的古诗叫唐选。唉!这样不但古诗消亡,几乎连古诗的名称也消亡了。为什么会这样?这是以个人眼光为归的原因。编选者的权利,能以个人的眼光为归,又能使古诗的名和实一同消灭,我怎么敢轻易地谈选诗呢?

曾经试论,诗文随时代发展变化,不能不一代低于一代,而诗人的意兴,恐怕没有人不希望高于上一代。要高,就要取其与众不同的创作途径。所以创作的途径,不能不求奇特,然而它的变化有一定的止境。精神,是不能同的,然而它的变化是没有止境的。在有一定止境的范围内求变化,而与时代的变迁相争,我们以为能做得奇特,而结果总不能高于古人。探求的途径穷尽了,那些奇异之处也随之穷尽,这不是越费力距离越远吗?这是不求古人真诗而造成的错误。

现在不是没有学古诗的人,而大多都是取古人极肤浅、极狭窄、极熟悉,便于诵读抄写的作品,以为古人的精华就在这里。让走"捷径"的人来矫正这个毛病,必然在古人之外,自己制作一人的诗表现与众不同,而它的与众不同,又都是模仿古诗中险的僻字,而不效法古诗中的通俗辞句;这怎么能使学古诗的人心服!不能使人心服,而又坚持自己的主张,对人说千变万化都没有离开古人。问他所学的古人是谁,就又指出那些极肤浅、极狭窄、极熟悉的作品。世上真不知道还有古人了。

我与同乡谭元春为此担忧,在内心省察,不敢先论所谓学古不学古问题,而但求古人的真谛。真诗,是精神的创造。细看其情致幽深,意绪孤峭,在喧杂的市寰中孤独而寂寞地行进;而又以其胸怀中坚定的信念,独自冥游于宇宙之外,如同来访者期望于一次相逢,探求者庆幸于一次获得,入门者欣喜终于来达。不敢说我们的观点,就与从前千变万化仍离不开古人的观点不同,不过我们的选本不敢以肤浅、狭窄、熟悉的作品来充塞。

书成，从古逸诗到隋代，一共十五卷，名《古诗归》；初唐五卷，盛唐十九卷，中唐八卷，晚唐四卷，一共三十六卷，名《唐诗归》。取来仔细看一下，见长期流传的古人诗，反而像现在的人新作的诗。见自己评论古人的话好像别人的话。仓促中，古和今、人和我，在心目中换了一下，而茫然不知所在何处，这是什么缘故呢？正是我们与古人的精神，远近前后融汇在一起，于是好像使人不知所在何处了。

浣花溪记

钟　惺

出成都南门，左为万里桥[1]。西折，纤秀长曲[2]，所见如连环，如玦如带，如规如钩[3]，色如鉴，如琅玕，如绿沉瓜[4]，窈然深碧，潆回城下者，皆浣花溪委也[5]。然必至草堂而后浣花有专名，则以少陵浣花居在焉耳[6]。

行三四里，为青羊宫[7]。溪时远时近，竹柏苍然，隔岸阴森者尽溪。平望如荠[8]，水木清华，神肤洞达[9]。自宫以西，流汇而桥者三[10]，相距各不半里。舁夫云“通灌县”，或所云“江从灌口来”是也[11]。人家住溪左，则溪蔽不时见。稍断，则复见溪。如是者数处。缚柴编竹，颇有次第[12]。

桥尽，一亭树道左，署曰缘江路[13]。过此则武侯祠[14]。祠前跨溪为板桥一，覆以水槛，乃睹“浣花溪”题榜[15]。过桥，一小洲横斜插水间如梭。溪周之[16]，非桥不通。置亭其上，题曰百花潭水[17]。由此亭还，度桥，过梵安寺[18]，始为杜工部祠[19]。像颇清古，不必求肖，想当尔尔[20]。石刻像一，附以本传，何仁仲别驾署华阳时所为也[21]。碑皆不堪读。

钟子曰[22]：杜老二居，浣花清远，东屯险奥，各不相袭[23]。严公不死，浣溪可老[24]。患难之于友朋大矣哉！然天遣此翁增夔门一段奇耳[25]。穷愁奔走，犹能择胜。胸中暇整，可以应世[26]。如孔子微服主司城贞子时也[27]。

时万历辛亥十月十七日。出城欲雨,顷之霁[28]。使客游者,多由监司郡邑招饮[29],冠盖稠浊,磬折喧溢,迫暮趣归[30]。是日清晨,偶然独往。

楚人钟惺记[31]。

题解

本文录自北京师范大学图书馆藏明天启二年(1622 年)沈春泽刻本《隐秀轩集·文·辰集·记一》。《原国立北平图书馆甲库善本丛书》第 879 册收录该刻本,本文页码为 2981。

浣花溪:一名濯锦江,又称百花潭,是当时成都西郊著名的郊游胜地。唐肃宗乾元二年(759 年)冬天,杜甫由同谷(今甘肃成县)流亡到成都,借住在浣花溪边的草堂寺里。第二年春天,杜甫在寺旁修建草堂并居住了四年,留下二百余首诗篇。浣花溪由此闻名。

明万历三十九年(1611 年),钟惺奉命使蜀,当年十月到达成都。作者在游览成都浣花溪杜工部祠后,于十月十七日写下此文。

注释

[1]万里桥:在成都市南锦江上,旧名长星桥。传说三国时蜀国费祎(yī)出使吴国,诸葛亮在这里替他饯行。费祎感叹:"万里之路,始于此桥。"因此改称万里桥。

[2]纤秀:纤细秀丽。

[3]连环:连成串而不可解的玉环。

玦(jué):似环而有缺口的玉佩。

规:画圆形的工具。这里指圆弧。

[4]色如鉴、如琅玕(láng gān)、如绿沉瓜:颜色像镜子、像美丽的石头、像绿沉瓜。

鉴:铜镜。

琅玕:似珠玉的美石。

绿沉瓜:一种深绿色的瓜,史载梁武帝西苑食绿沉瓜。绿沉:在深底色上显示的绿色。

[5]窈(yǎo)然:幽深的样子。

潆(yíng)回:水流回旋的样子。

委:水流所聚。

[6]少陵:指杜甫。本为皇后陵,在今陕西西安市南。所葬汉宣帝的皇后许氏,因其陵较宣帝的杜陵为小,故名。杜甫曾居此附近,并自号少陵野老,后因称杜少陵。他在诗中自称"少

陵野老”。

浣花居：在浣花溪的住宅，指草堂。

[7]青羊宫：道观名，在今成都市西南浣花溪附近。传说老子牵青羊过此。

[8]苍然：幽深碧绿的样子。

平望如荠：平望过去，树木像荠菜一样。平望：平视。荠：一种野菜。

[9]水木清华，神肤洞达：水光树色清幽美丽，使人感到神清气爽。

水木清华：水很清澈，树木繁盛。指园林景色清朗秀丽。木：树。清：清澈。华：繁盛。

神肤洞达：指精神和形体清新舒爽。洞达：通达。指清爽之气贯通肤神。

[10]流汇而桥者三：溪水所流经的桥有三座。

[11]舁(yú)夫：轿夫。舁：抬。

灌县：旧县名。今都江堰市。

江从灌口来：这是杜甫《野望固过常少仙》中的诗句。江，指锦江。锦江发源于郫(pí)县，流经成都城南，是岷江的支流。岷江发源于岷山羊膊岭，从灌县东南流经成都附近，纳锦江。故上文说“通灌县”。

灌口：灌县县城古称灌口。战国秦李冰治水，江水自此以灌平陆，为灌之口，故名。

[12]溪左：溪东。古以东为左。

缚柴编竹：用柴竹做门墙。

颇有次第：很整齐。

[13]缘江路：取自杜甫诗句“缘江路熟俯青郊”。

[14]武侯祠：即武侯庙，祀三国蜀武乡侯诸葛亮。原址在成都少城，西晋末年十六国李雄建。明时改与刘备昭烈祠合，今在成都西南。

[15]覆以水槛：桥上加了临水的栏杆。

题榜：题写匾额。

[16]周：环绕。

[17]百花潭水：此四字取自杜甫《狂夫》诗：“百花潭水即沧浪。”

[18]梵安寺：在今成都市南，本名浣花寺，宋改梵安寺，因与杜甫草堂相近，俗称草堂寺。

[19]杜工部祠：宋人吕大防就杜甫草堂故址建祠，因杜甫曾任工部员外郎，称杜工部祠。

[20]清古：清癯古朴。

想当尔尔：谓想象中的杜甫大概是这个样子。尔尔：如此。

[21]本传：见于正史的人物传记。这里指唐书中杜甫的传记。

何仁仲：万历时为夔州通判。

别驾：官名。别驾从事史、别驾从事的简称。汉置，为州刺史的佐官。因其地位较高，出巡时不与刺史同车，别乘一车，故名。明代为州府副长官通判的别称。

署：代理，暂任。

华阳：古县名，明时为成都府治，

今并入双流县。

[22]钟子:钟惺自称。

[23]二居:指下文浣花溪、东屯两处住所。

东屯:在四川奉节白帝山东瀼(ràng)溪畔。公孙述曾屯田于此,故名。杜甫曾耕于此。

相袭:相同。

[24]严公:指严武,字季鹰。曾任剑南节度使兼成都尹。杜甫漂泊四川,受严武照拂,在浣花溪构筑草堂。代宗永泰元年(765年)四月,严武死,杜甫离成都至夔州(今四川奉节),居留近二年。

浣溪可老:指杜甫可以在浣溪终老。

[25]然天遣此翁增夔门一段奇耳:可是老天爷又让杜翁人生中平添夔门东屯客居这段奇特经历。天遣:谓天意驱使。

[26]穷愁奔走,犹能择胜。胸中暇整,可以应世:在漂泊不得意时,能够洁身退隐在风景幽胜的地方,心怀安详镇静,随时可以出来救世济民。

暇整:即"好整以暇",形容遇事从容不迫。

应世:应对世间万事。

[27]如孔子微服主司城贞子时也:正像孔子避居在司城贞子家里的时候一样。

司城贞子:陈国大夫。孔子流亡陈国时,曾住司城贞子家。司城:姓。

[28]万历辛亥:明万历三十九年,1611年。

顷之霁(jì):一会儿天晴了。霁:天放晴。

[29]使客:朝廷派来的使臣、客人。

监司:监察州郡的官。此处指按察使。

郡邑:指郡县长官。

[30]冠盖:仕宦的代称。

稠浊:繁多杂乱。

磬折:打躬作揖,弯腰似磬。指热衷于官场的人。

喧溢:声音嘈杂。

迫暮:接近黄昏。

趣(cù):通"促"。急速。

[31]楚人:钟惺为竟陵人,战国时竟陵为楚地,因此钟惺自称楚人。

夏梅说

钟 惺

梅之冷易知也,然亦有极热之候[1]。冬春冰雪,繁花粲粲,雅俗争赴[2]，此其极热时也。三四五月，累累其实，和风甘雨之所加，而梅始冷矣。花实俱往，时维朱夏[3]，叶干相守，与烈日争，而梅之冷极矣。故夫看梅与咏梅者，未有于无花之时者也。

张谓《官舍早梅》诗所咏者[4]，花之终，实之始也。咏梅而及于实，斯已难矣，况叶乎！梅至于叶而过时久矣。廷尉董崇相官南都，在告[5]，有《夏梅》诗，始及于叶。何者？舍叶无所为夏梅也[6]。予为梅感此谊，属同志者和焉[7]，而为图卷以赠之。

夫世固有处极冷之时之地，而名实之权在焉[8]。巧者乘间赴之[9]，有名实之得，而又无赴热之讥。此趋梅于冬春冰雪者之人也，乃真附热者也[10]。苟真为热之所在，虽与地之极冷而有所必辩焉[11]。此咏夏梅意也。

题解

本文录自北京师范大学图书馆藏明天启二年(1622 年)沈春泽刻本《隐秀轩集·文·成集·说一》。《原国立北平图书馆甲库善本丛书》第 879 册收录该刻本，本文页码为 3149。

注释

[1]梅之冷，易知也，然亦有极热之候：梅的冷是人所熟知的，但它也有极热的时节。

[2]粲粲(càn)：明亮、鲜艳的样子。

雅俗争赴：风雅之士、粗俗之人都争先恐后地前往观赏。

[3]花实俱往：花和果实都已枯萎凋谢。

时维朱夏：时值盛夏。维：助词，相当于"在"。朱夏：盛夏，阴阳家以四时配五行、五色，夏于五行为火，于五色为朱，故曰朱夏。

[4]张谓：唐代诗人。其《官舍早梅》诗云："阶下双梅树，春来画不成。晚时花未落，阴处叶难生。摘子防人到，攀枝畏鸟惊。风光先占得，桃李莫相轻。"

[5]廷尉董崇相：廷尉：秦汉掌司法的官员，为九卿之一。明代称为大理寺卿。董崇相：名应举，福建人，时任南京大理寺丞，所以称他为廷尉。

南都：明人称南京为南都。

在告：在"告归"期间。古时官吏告假回乡叫"告归"。

[6]无所为：无所谓。

[7]属:通“嘱”。嘱托。

和:奉和,依照别人诗词的题材、体裁和格律写诗。此指依照《夏梅》这首诗的题材、主题而画的画卷,即《夏梅图》。

[8]名实之权:名望和实际利益都有。权:权衡。

[9]乘间(jiàn):趁这个空隙。

[10]趋梅:追逐欣赏梅花。

[11]热之所在:此处指盛夏热极时的梅花。

与地之极冷:指夏梅虽然开放,却无人观赏,显得冷冷清清。与:于。

有所必辩焉:这是必须加以辨明的事情。

白云先生传

钟惺

白云先生陈昂者,字云仲,福建莆田黄石街人也。所居所至,人皆不知其何许人。自隐于诗,性命以之,独与马公子用昭善[1]。先生诗所谓“自天亡我友”者,即其人也。

其后莆田中倭[2],城且破,先生领妻子奔豫章,织草屦为日,不给,继之以卜[3]。泛彭蠡,憩匡庐山,观陶令之迹[4],皆有诗。已入楚,由江陵入蜀,附僧舟佣爨以往[5]。至亦辄佣于僧,遂遍历三峡、剑门之胜,登峨眉焉。所佣僧辄死,反自蜀,寓江陵、松滋、公安、巴陵诸处[6]。至金陵,姚太守稍客之[7],给居食。久之,姚太守亦死,无所依,仍卖卜秦淮,或自榜片纸于扉[8],为人佣作诗文。其巷中人有小小庆吊[9],持百钱、斗米与之,辄随所求以应。无,则又卖卜,或杂以织屦。

而林古度与其兄楙者,闽人,林孝廉初文子[10],寓居金陵者也。一日,兄弟过其门,见所榜片纸于扉者色有异,突入其室,问知为莆田人,颇述其平生。一扉之内,席床缶灶,败纸退笔[11],错处其中。检其诗诵之,是时古度虽年少,颇晓其大意,称之[12]。每称其一诗,辄反面向壁,流涕悲咽,至于失声[13]。其后每过门,则袖饼饵食之,辄喜,复出其诗，泣如前。居数年，竟穷以死。其子仓皇出觅棺衣，舁之中野[14]。古度兄弟急走索其集，无所得，得先生手书五言今体一帙。五言今体者，五言律、排律也。其诗，予莫能名[15]。其自序略云："昂壮夫时，尤嗜五言。第家贫无多古书，得王右丞即诵读右丞，得杜工部即诵读工部[16]，间取其所中规中矩者，时或一周旋之，又时或一折旋之[17]。含笔腐毫，研精殚思[18]。"今观其五言律七百首，则先生所学所得，实录实际[19]，尽此数言矣。其云末一卷为排律，亦不存。盖谢生兆申云："先生有集十六卷，在江浦族人家。"或亦有据。今刻其存者，以次购之[20]。

论曰：明自有诗，而二三君子者，自有其明诗，何隘也[21]？画地为限，不得入。自缙绅士夫诗，的的有本末者，非其所交游品目，不使得见于世者多矣，况老贱晦辱之尤如陈昂者乎[22]？近有徐渭、宋登春，皆以穷而显，晦于诗[23]，诗皆逊昂，然未有如昂之穷者也。予尝默思，公织屦卖卜、佣爨佣书时，胸中皆作何想？其视世人纷纷藉藉，过乎其前者，眼中皆以为何物[24]？求其意象所在而不得[25]。吾友张慎言曰："自今入市门，见卖菜佣，皆宜物色之，恐有如白云先生其人者。"甚矣，有激乎其言之也[26]！

题解

本文录自《搜韵·影印古籍》中的《翠娱阁评选钟伯敬先生合集·卷之九·传》第4页。

本文情文并茂，即便是将钟、谭斥为"诗妖"的钱谦益也在《列朝诗集小传》中，基本照录原文。

注释

[1]自隐于诗，性命以之，独与马公子用昭善：他自己隐居在诗中，把诗当作自己的性命，只与公子马用昭交好。

[2]中(zhòng)倭(wō)：受到倭寇的攻击。倭：古代对日本人的称谓，此处指明代经常侵扰我国沿海地区的日本海盗，时称"倭寇"。

[3]豫章：豫章郡，今江西省南昌市。

草屦(jù):草鞋。

不给:供给不足,匮乏。此处指难以维持生计。

卜:占卜。

[4]彭蠡(lǐ):鄱阳湖。

匡庐山:庐山。相传周有匡姓七兄弟结庐隐居于此,故名。

陶令:陶渊明。陶曾为彭泽令。

[5]附僧舟佣爨(cuàn)以往:他是附乘和尚的便船,并受雇于和尚,为他们烧火做饭前往的。爨:烧火做饭。

[6]巴陵:巴陵郡。今湖南省岳阳市。

[7]金陵:今南京市的别称。

稍客之:渐渐地把他当作宾客。

[8]榜片纸于扉:在门上贴着一小张字纸。榜:书写张贴。

[9]庆吊:庆贺与吊慰。亦指喜事与丧事。

[10]林古度:明末清初著名诗人。字茂之,号那子,别号乳山道士,福建福清人。

楙:音máo。

闽人,林孝廉初文子:此句原文无。据其他版本补。

[11]席床缶灶:以竹席为床,以瓦缸作灶。

败纸退笔:破旧的纸、掉毛的笔。退笔:用旧的笔,秃笔。

[12]称:赞许。

[13]失声:悲痛过度而泣不成声。

[14]舁(yú)之中野:把他抬到荒野安葬。舁:抬。中野:原野之中。

[15]予莫能名:我难以说出它的妙处。名:称说。此处有称许的意思。

[16]第:只是。

王右丞:唐代诗人王维,王维曾任尚书右丞。

杜工部:唐代诗人杜甫,杜甫曾任检校工部员外郎。

[17]中规中矩:此处指符合五言今体格律。

周旋:顺其诗意而和作。

折旋:不顺其诗意而和作。

[18]含笔腐毫,研精殚思:以一支秃笔,费尽心思。

[19]实录实际:此处指白云先生的创作实践。

[20]以次购之:此处的意思是,其余的逸稿再收购刻印。以次:其他。

[21]论曰:明自有诗,而二三君子者自有其明诗,何隘也:有评论说:人因为诗而显名传扬,可是只有两三个君子因为诗歌而显名,诗歌这条路是多么的狭窄啊!

[22]自缙绅士夫诗,的的有本末者,非其所交游品目,不使得见于世者多矣,况老贱晦辱之尤如陈昂者乎:从那些达官贵人看,诗歌并不是他们交游品鉴所需要的,不能被世人欣赏,这种情况很多。谁的情形能有比陈昂年老低贱、晦气屈辱更坏的呢!尤:坏。

的的有本末者:确实有始末的。意思是,诗作能完全保存下来的。的的:分明。

[23]近有徐渭、宋登春,皆以穷而显,晦于诗:近有徐渭、宋登春,都是因为穷困而显扬,在诗歌方面却得不到显扬。

徐渭:徐文长,名渭,文长是他的字。明代著名的诗人、戏曲家,又是一流的画家、书法家。

宋登春:字应元,号海翁、鹅池,明代诗人、画家。

[24]其视世人纷纷藉藉过乎其前者,眼中皆以为何物:看到纷纷攘攘从面前经过的世人,眼中都把他们看成什么东西呢?

[25]求其意象所在而不得:探求他的内心所思却不能知晓。

[26]自今入市门,见卖菜佣,皆宜物色之,恐有如白云先生其人者:从今天去集市,看见卖菜的人都应该好好看看,唯恐有像白云先生这样的人。

甚矣,有激乎其言之也:还有比这更让人激励的话吗?

附

退谷先生(钟惺)墓志铭

谭元春

退谷先生者,吾友钟学使伯敬先生也[1]。退谷既葬,其弟曰快者,谓元春知独深,可不须状而铭[2];又地下人偏嗜其文字[3],不宜舍所嗜,乞他人铭。元春唯唯[4]。居数月,其嗣陔夏[5],复以母黄宜人之命申焉[6]。元春返其币而哭[7],使予不为文则已,使予而尚为文也,舍是奚述焉[8]?虽然,退谷,异人也,不夺其形影精光[9],使必传于世,徒絮絮然为志墓之言[10],彼其诗文撰述虽传矣,而形影精光,终不能行于天地之间,则是志墓者之罪也。元春伏思累日夜[11],至不寐达旦。

退谷初在神宗时,官行人[12],思有用于当世,与一二同官讲求时务,厌呻吟不从病起,玄黄水火,终日聒渎[13]。以为吾若居给事、御史[14],务求实用,不竞末节小名,爱恋身家,如鸡鹜之争食,妇女之简狎[15]。庶不令主上厌极大创,祸流缙绅[16],然其要惟在读书。读书而后实忠实孝,实用出矣。先机蚤见,已若知有熹庙之末年,与今上之神圣者[17],是其人真可大用。会有忌其才高者厄之,使不得至台省,后遂偃仰郎署,衡文闽海[18],终不能大有所表见,而仅以诗文为当时师法[19],亦可惜也。

退谷羸寝,力不能胜布褐,性深靖如一泓定水,披其帷[20],如含冰霜。不与世俗人交接,或时对面同坐起若无睹者。仕宦邀饮,无酬酢主宾,如不相属[21],人以是多忌之。而专积思于书史[22],斋头亦致法书名画、瓶几布设[23]。不数日,翻阅功深,尘堆砚表,卷帙正倒参差。常从尘砚中,磨墨一方,头眼入于纸笔,作书生家纸格细字。居官垂老,无一日间。尝恨世人闻见汩没,守文难破[24],故潜思遐览,深入超出,缀古今之命脉[25],开人我之眼界。故其所著书,出贤者通志,而钝夫长恨[26]。虽甚仇怨者,意欲投之于厕,而不能禁其不行[27]。

万历甲寅、乙卯间[28],取古人诗,与元春商定,分朱、蓝笔,各以意弃取,锄莠除砾[29],笑哭由我,虽古人不之顾,世所传《诗归》是也。几以此得祸者数矣[30]。小儒辈侏侏暖暖,刻为书破之[31]。退谷笑谓我曰:"是何见之晚也[32]? 吾辈除此书外,自有可传后者,正不须护之。使人不妒我辈,护此书而必欲其兴,与世之妒此书而必欲其废,广隘深浅,相去几何?"予深高其言[33]。

退谷改南时,僦秦淮一水阁[34],闭门读史,笔其所见,题曰《史怀》。孤衷静影,常借歌管往来,陶写文心[35]。每游人午夜棹回,曲倦酒尽,两岸寂不闻声,而犹有一灯荧荧,守笔墨不收者,窥窗视之,则嗒然退谷也[36]。东南人士以为真好学者,退谷一人耳。所至名山川必游,游必足目渊渺,极升降萦缭之美[37]。使巴蜀,历三峡;入东鲁,观日出;较闽士,陟武夷[38]。东南之久客如家,吴越之一游忘返。山川预待,人士欢迎,其诗文未尝不勇进而勤徙也[39]。

年四十八、九,始念人生不常,佛种渐失,悲泪自矢[40],以为读书不读内典,如乞丐食,终非自爨[41],男子住世数十年,不明生死大事,贸贸而去,一妄庸人耳[42]。乃研精《楞言》,眠食、藩溷,皆执卷熟思[43],著《如说》十卷,病卧犹沾沾念之,曰:"使吾数年视息人间,犹得细窥妙庄严路也[44]。"

退谷简易如扬子云、刘子政一流人[45]，敝车羸服，挟双僮出，不治威仪[46]。尝游虎丘，遭两公子见侮于途，醉状欹倾，作捉搦蹴鞠势[47]。同行客怒欲殴之，退谷急止之曰："此恶少也，吾趋避之耳！"明日传刺[48]，有两书生求见，肃衣冠，书币恭谨，以文来贽[49]，称弟子者。退谷出舟相见，则向人也[50]。为细阅其文，不复言。两人惭无措。

退谷虽严冷，然待友接士，一以诚厚，荐人惟恐其知。曾答当路书[51]，至半，停笔思曰："彼方有何士？为一言之。"久之，思得一人，喜而书，汩汩然若有所请属者[52]。其后所荐人多雌黄退谷，彼特未知前书中语耳[53]。使以书中语告之，惭当何如也！性喜择士，凡一见而知其人，卒以成名者甚众。遇有真赏，虽其人在千里之外，心忆口追，常如隔邻人。有佳文妙谈，日自寻味，以润泽其胸臆，不问所逢贵贱，皆执其裾而详告之，故往往才人成就[54]，欢悦无量。但以爱人慧巧，不肖者因而呈身，滥入交游，訽怼龋龁[55]，皆丛于此，亦可为士大夫不慎之戒矣。

退谷内行过人[56]。凡大父以下，先世贻家孝爱、为生艰难事[57]，皆回环于心。未尝一日忘生嗣父母，恩养教诲[58]，言之哽咽，不能竟其词。弟侄相依，孤寡盈前，欢笑、痛苦，一往无绪[59]。然居丧作诗文、游山水，不尽拘乎礼俗，哀乐奇到，非俗儒所能测也[60]。余尝记其一事：生父训导公，以受礼部郎中封去毗陵[61]。退谷亦秩满，迁闽中督学，侍亲还家[62]，舟泊九江。岁除，明晨服吉贺正[63]。训导公素严，忽中继室之言[64]，不听上舟。退谷衣冠立岸上良久。长年厮役，错愕不知所谓[65]。已而上舟跪拜，训导公咄咄促之起[66]。问妪安在，则犹床上卧。退谷复衣冠拜床下，曰："太夫人安否？谨再拜贺太夫人。"正后侍童为予道如是[67]。予尔时问之，叹仰而已[68]。

退谷为诸生十二年，常不利，癸卯举孝廉[69]，至庚戌始为夷陵雷公简讨所深赏[70]，中第十七人，成进士。为行人者八年，中间使四川、山东，及典贵州乙卯乡试者凡三差，拟部者二年[71]，改授工部主事，上疏愿改南曹部，持不覆者又二年，授南礼部仪制司主事[72]，转祠祭司郎中者又一年，升福建提学佥事，考较兴化、延平、福州三府者一年，寻丁父忧去职[73]。大计中人言，服阕居家者凡三年[74]，而退谷卒，寿盖五十有二矣。

生于万历甲戌七月二十七日，没以天启四年六月二十一日，葬以天启末年丁卯十月十二日[75]，茔去皂市十里笑城之南。所著书有《隐秀轩全集》，评阅诸书，俱行于世。

退谷讳惺，字伯敬。先世江西永丰人，正德中始徙景陵之皂市[76]。曾祖讳弘仲。祖讳山，最有隐德[77]。山生二子，长即公嗣父，讳一理，号裕斋公；嗣母陈宜人。次即公生父，讳一贯，号鲁庵公，武进县训导，生母冯宜人，皆以公贵，拜大夫、宜人[78]。妻黄氏，亦封宜人。妾广陵女吴氏，以过悲继公死。黄宜人所生子肆夏，年十四为诸生，颖迈[79]，早卒。嗣子陔夏[80]，亦诸生，娶谢氏，有孙矣。母弟四人：慷，早卒；恮，诸生，诗文甚奇，先退谷卒；悌，又先恮卒。独五弟快在耳。快真朴，长斋事佛，通书画，事予如兄。侄二人：昭夏、纳夏。昭夏亦诸生。

元春既已为志，忆昔年退谷之作《魏长公铭》也，曰："后死者之墓之志，乌知夫谁手[81]？"予戏谓退谷："有如我一旦填沟壑，所谓君虽恨于臣，无可奈何也[82]。"当时戏言耳，岂意一片幽石[83]，真落予手乎？悲夫！何以铭？铭曰：

餐幽猎秀无终极，冰性霜豪真宰匿[84]。得意静书不再饰，海岳如从君受职[85]。驱烟排雾待拂拭，纷纷余子不相识[86]。强来君前谈法式，鞭笞凤麟加裁抑[87]。尔曹蠢蠢徒失色，勤农尧汤费稼穑[88]。汗流至踵没籍湜，大勇猛人归莲域[89]。厌多闻障宣慈力，海印放光只顷刻[90]。发棺求之不可得，茫茫衣履我铭侧[91]。

题解

本文录自《搜韵·影印古籍》中的《新刻谭友夏合集·卷十二·志铭》第1页。钟惺墓在天门市皂市镇鲁新村。周嘉谟题其墓曰"钟灵毓秀"。

本文部分注释引自吴调公、王骧、祝诚《竟陵派钟惺谭元春选集》。

注释

［1］学使：即学政。地方专管考试的官。

［2］可不须状而铭：可以不须提供死者的行状而写墓志铭。状：行状。亲友为死者所写的叙述生平事迹的文章。

［3］地下人：指已经过世的钟惺。

［4］唯唯：恭敬的应诺声。

［5］其嗣陔（gāi）夏：钟惺的嗣子钟陔夏。

［6］复以母黄宜人之命申焉：又以母亲黄宜人的旨意申述这一请求。宜人：明清五品其母或妻封宜人。

［7］返其币：退回撰写墓志铭的润笔酬金。

［8］舍是奚述焉：除此还写什么文章呢。

［9］不夺其形影精光：不丧失他的形貌和精神。

［10］志墓：撰写墓志铭。

［11］伏思：敬辞。谓念及，想到。

［12］神宗：明万历帝朱翊（yì）钧庙号。1572～1620年在位。

行人：官名。明代设行人司，有行人之官，掌传旨、册封等事。

［13］同官：同僚，旧时称在同一部门做官的人。

厌呻吟不从病起，玄黄水火，终日聒（guō）渎：厌恶那些无病呻吟的人，各执一端，互不相让，整天争吵，彼此轻慢。玄黄：黑色与黄色，指天地之色，又借以指代“天地”。聒：吵扰。渎：轻慢。

［14］居给（jǐ）事、御史：处于给事、御史的职位。给事：给事中的略称，给事中三字是在内廷服务的意思。明代六科（吏、户、礼、兵、刑、工科）每科置都给事中一人，正七品。左、右给事中各一人，从七品。给事中若干人。御史：明代设监察御史，分道分任行使纠察职权。

［15］不竞：不争逐。

鸡鹜（wù）：鸡和鸭。二者均为家禽，旧常用以比喻平庸的人。

简狎：轻忽。

［16］厌（yā）极大创：视听堵塞之极，元气大伤。厌：堵塞。

［17］先机蚤见：早已看到事物的苗头。先机：事之端倪。蚤：通“早”。

熹庙之末年：指明熹宗末期，极受宠信的宦官魏忠贤，排除异己，专断国政，造成的黑暗统治。熹庙：熹宗朱由校代称。年号天启。

今上之神圣：指明思宗朱由检即位后罢黜魏忠贤、魏自缢一事。

［18］厄：使困窘，为难，迫害。

台省：官署名。明都察院、六科通称。都察院称西台，六科称省垣，故有“台省”之连称。

偃仰：犹“俯仰”。指随从时俗而无主张。这里有安处的意思。

郎署：明清两朝称京曹为郎署。

在朝廷各部衙门内任职的属官，司官以下，泛称京曹。

衡文：衡量文章的优劣，即主持科举考试。

闽海：指福建和浙江南部沿海地带。

[19]师法：师承效法之谓。

[20]羸(léi)寝：瘦弱、丑陋。

深靖：沉静、安定。

披其帷：拨开他的帷幕。见面的意思。

[21]酬酢(zuò)：饮酒时主客互相敬酒，主敬客称“酬”，客还敬称“酢”。泛指应酬。

相属：相互有关系。

[22]专积思：专精积神，聚精会神。

书史：典籍，指经史一类书籍。

[23]法书：指有一定书法成就的作品。

[24]闻见汩没：缺乏见识。汩没：埋没，湮灭。

守文难破：遵守成法，难以破除。

[25]潜思遐览：深思博览。

缀古今之命脉：缀辑从古至今的重要人事。

[26]贤者通志：贤明之人感到志意通达。

钝夫长恨：愚钝之人长恨不如。

[27]不行：不行之于世。

[28]万历甲寅：明万历四十二年，1614年。

乙卯：明万历四十三年，1615年。

[29]锄莠除砾：锄掉恶草，剔除沙砾。比喻选编诗归时剔除劣质诗作。

[30]数(shuò)：屡次。

[31]侏侏暖暖：幼稚无知而又自以为是的样子。

破：这里有推翻说法、观点的意思。

[32]晚：落后。

[33]深高其言：认为这一见解很高明。

[34]改南：指钟惺由行人迁工部主事后，改任南京礼部郎中。

僦(jiù)：租赁。

[35]陶写：谓怡悦情性，消愁解闷。

[36]荧荧：微光闪烁的样子。

嗒(tà)然：形容身心俱遣、物我两忘的神态。

[37]足目渊渺：涉足深远、观察细致。

[38]较闽士，陟武夷：此句史事指，钟惺曾任福建提学佥事，考校兴化、延平、福州三府文士，登武夷山。

[39]预待：预备接待。

勤徙：勤于变化。这里指创作有新意。

[40]佛种：佛教谓成佛之因。

自矢：犹自誓。立志不移。矢：通“誓”。

[41]内典：佛教徒称佛经为内典。

自爨(cuàn)：自己烧火做饭。

［42］住世：谓身居现实世界。与“出世”相对。

贸贸：目眩貌。引申为不明方向或目的，就是昏庸糊涂的意思。

妄庸：狂妄无知。

［43］《楞言》：《楞言经》，佛教经名。

藩溷(hùn)：厕所。

［44］视息：生存。

细窥妙庄严路：仔细窥探到清净庄严的佛国妙土。

［45］扬子云：即扬雄(前53～18年)。一作杨雄。字子云，蜀郡成都(今四川成都)人。西汉文学家、哲学家、语言学家。扬雄不好与人结交，清心寡欲。

刘子政：即刘向。刘向(前77～前6年)。西汉经学家、目录学家、文学家。本名更生，字子政，沛(今江苏沛县)人。刘向为人朴质。

［46］敝车羸服：乘坐破旧的车子，穿着破旧的衣服。形容清廉俭约。

不治：不修整。

［47］攲(qī)倾：歪斜，歪倒。

作捉搦(nuò)蹴鞠(cù jū)势：做出手捏脚踢的姿势。捉搦：捉弄，嘲戏。蹴鞠：古代的一种踢球游戏，以皮革制成球，众人相踢，可用于健身、娱乐等。

［48］明日传刺：第二天传来名帖。刺：名帖，名片。

［49］书币：书信与钱财。

贽(zhì)：执物以求见。

［50］向人：指前一天见到的恶少。

［51］当路：当仕路，掌握政权。犹言“当权”“当政”。

［52］汩汩然：水疾流的样子。比喻文思勃发。

请属：请托。

［53］雌黄：信口胡说。雌黄原是抄校书籍时用来涂抹文字的一种矿物质。

［54］才人成就：才子有了成就。

［55］爱人：友爱他人。

慧巧：聪明灵巧。

不肖：不才，不贤。

呈身：自荐求仕。

诟怼(gòu duì)：辱骂怨恨。诟：通“诟”。

齮龁(yǐ hé)：本义是咬。引申为毁伤，陷害，倾轧。

［56］内行：平日家居的操行。

［57］贻家孝爱：留下孝敬长辈、友善晚辈的家风。

［58］生嗣父母：亲生父母和过继父母。

恩养：养育之恩。

［59］弟侄相依，孤寡盈前：指钟惺弟钟慷、钟悌早卒，两弟媳守寡抚养后代。

一往无绪：一直承受，不计苦乐。

［60］居丧作诗文、游山水：指钟惺离职为父亲守丧期间，携姬妾游武夷山一事。

奇到：奇特。

［61］训导公：钟惺生父钟一贯，号鲁庵，曾任武进训导。训导：明代府、州、县儒学训导，通称训导。佐教授、学正或教谕教诲所属生员。

毗（pí）陵：古地名，历代废置无常，后世多称今江苏常州一带为毗陵。

［62］秩满：古代官吏任期届满。亦称"俸满"。

督学：明代提学道别称。指钟惺担任的"提学佥事"。

侍亲：侍奉父母。

［63］岁除：除夕。

服吉贺正（zhēng）：穿着吉服，庆贺新年。正：农历每年第一个月。

［64］中：中伤。

继室：指元配死后续娶的妻子。

［65］长（zhǎng）年：船工。

厮役：旧称干杂事劳役的奴隶。后泛指受人驱使的奴仆。

错愕（è）：因为事出仓促而惊惧。

［66］咄咄：气势汹汹。

［67］正后：新年过后。

［68］尔时：那时，当时。

叹仰：赞叹仰慕。

［69］诸生：明清两代称已入学的生员。俗称"秀才"。

不利：不顺利，不能取胜。

癸卯举孝廉：万历三十一年癸卯科（1603 年）乡试，钟惺中举。孝廉：明清时对举人的称谓。

［70］庚戌：万历三十八年，1610 年。

夷陵雷公简讨：指时任翰林院检讨的夷陵人雷思霈。雷为钟惺座师。简讨：明代翰林院史官名。本作"检讨"。避崇祯帝朱由检讳改。

［71］典贵州乙卯乡试：主持贵州万历乙卯科乡试。典：掌管，从事。乙卯：指万历四十三年（1615 年）。乡试：明清科举考试之一。乡试取中者称举人，俗称孝廉，第一名称解元。参见本书附录《部分科举名词汇释》第 2 条。

拟部：留部待任。

［72］南："南曹部""南礼部"中的"南"均指南京。

［73］提学佥事：明代提学佥事全称为提督学道、按察佥事，即以提督学道带提刑按察司按察佥事衔之连称。

考较：考核，考试。

丁父忧：值父之丧。丁忧：古代官员遇父母亡故，一般均解除官职，守丧三年（实际为二十七个月），称为丁忧。丁：当。

［74］大计：明代对官吏的定期性考察叫"大计"。

中（zhòng）人言：被他人恶言中伤。指天启四年（1624 年）二月十八日，福建巡抚南居益上疏纠劾钟惺，言辞甚为激烈。

服阕：古丧礼规定，因父母死亡，服丧三年，期满除服，称服阕。阕：终。

［75］万历甲戌：万历二年，1574 年。

天启四年：甲子，1624 年。据徐波

《隐秀轩遗稿序》、谭元春《甲子除夕和伯敬岁暮感怀之作因示弟辈》《乙丑岁除夕感蔡敬夫钟伯敬之亡赋十二韵示弟》《丧友诗三十首》,钟惺卒年应为天启五年,乙丑,1625 年。

天启末年丁卯:天启七年,1627 年。

[76]正德:明武宗朱厚照的年号(1506~1521 年)。

[77]隐德:不为人知的美德。

[78]大夫:文散官名。明代从五品以上为大夫。这里指钟惺之父所受的封赠。

宜人:封建时代命妇的一种封号。明代用以封赠正五品、从五品官的母亲、妻子。

[79]颖迈:才能超群,卓然不凡。

[80]嗣子:承嗣的儿子。

[81]后死者之墓之志,乌知夫谁手:这是钟惺所作《魏长公铭》中的一句话。意思是,我是后死之人,墓志不知出于谁之手。

[82]有如我一旦填沟壑,所谓君虽恨于臣,无可奈何也:假如我一旦死去,正如所谓国君尽管有遗恨于臣子,却也无可奈何。填沟壑:死亡的婉言。人死埋于地下,故称填沟壑。

[83]幽石:墓石。

[84]餐幽猎秀无终极:钟惺永远在幽微隐秀的境域中汲取一切。

冰性霜豪真宰匿:他以严冷的性格形之于纯洁的笔墨,造物主似乎都要躲藏起来。真宰:天为万物的主宰,故称天为真宰。

[85]受职:接受上级委派的职务。

[86]拂拭:修饰。

余子:其余的人。指攻讦(jié)竟陵派的人。

[87]鞭笞凤麟加裁抑:钟惺对那些自命为凤麟的人物,加以鞭笞、制裁和贬抑。

[88]尔曹:你们。指上文的“余子”。

勤农尧汤费稼穑:只有勤于农事的帝尧和成汤才是致力于推广栽种收割之业的。意思是,只有钟惺才是执着追求艺术真谛的人。

[89]汗流至踵没籍湜(shí):“余子”们汗流脚跟,也没追上钟惺,到底还是灭没了。籍湜:唐代文学家张籍和皇甫湜的并称。两人都是韩愈的学生。苏轼有诗:“汗流籍湜走且僵,灭没倒景不得望。”

莲域:青莲域。指寺院佛舍。

[90]厌多闻障宣慈力:压抑制服因多闻而生的魔障,宣扬大慈大悲的佛法。

海印:亦作“海印定”“海印三昧”。《华严经》等所说佛所入的一种定。意谓如大海,能影现一切众生形相等,能容纳一切诸法。

[91]发棺:打开灵柩,叩问死者。

钟佥事伯敬(钟惺)传

魏裔介

钟先生名惺,字伯敬。景陵人也。万历癸卯乡举,庚戌成进士。授行人。历升福建按察司提学佥事,一年,父忧去职,大计中人言。服阕不起,卒于家。

先生负逸才,刻深好学。而貌羸寝,力不胜衣。性不乐与世俗人接。或时对面同坐,起若无所睹者。同辈饮集极欢,独渺然若失,无酬酢宾主礼。以是众皆阳敬而实阴忌之。然由是得谢绝人事,专于书史。尝憾世人闻见汩没,故独潜思遐览,深入超出。

当是时,袁中郎之书盛行。其意以诗主性情,期自适,何取古蹈袭为也?始亦有所矫厉为之,而其流及于俚亵谑浪。先生与同邑谭子友夏,取古诗汉魏至唐末,闭门丹铅,以冲淡为浑厚,以简静为弘通,观人于微。众忌者取之,众习者落之,世所传《诗归》是也。

先生改南仪司时曹务简,僦秦淮水阁,闭户读史。有所见辄笔之成帙,题曰《史怀》,多驳翻古人。倦则歌管往来恣陶写,至游人午夜棹回,曲尽席阑,两岸寂无声。而窗壁灯火荧荧,笔墨酣濡不忍收者,视之嗒然,伯敬先生也。东南人士以此称先生真好学。

所至名山川必游,游必极足目之力。使蜀历三峡,入东鲁登岱观日出,过闽陟武夷,久客吴越,盘桓忘返焉。

年近五十,念人生不常,悲泪自失。著《如说》十卷。

先生虽僻冷至,接士友以诚,荐人惟恐其知。曾答当路,书至半,停笔思曰:“彼土有何士为一言?”久之,思得一人,喜而书。后所荐反致毁先生,先生待如故。与谭子交最善,其余布衣穷饿。得遗篇瓦石中,表而出之前后,著名当世者众。然居丧著诗文、游山水,不尽拘礼俗。

伯敬既死,其书盛行天下,皆窃附伯敬以行。或谓淳古几失,握景陵书,嗫嚅而不欲读。要之楚人文繁兴,其才识刻深能自树立者,如伯敬之学,亦未易测云。《史怀》别为书行世,《隐秀轩集》十卷。

魏子曰:余未及见伯敬先生。读其书及所选诗,居然有隐秀之色。

题解

本文录自魏裔介撰、四库全书本《兼济堂文集·卷十一》第14页。

魏裔介:字石生,号贞庵,一号昆林。直隶柏乡(今属河北)人。清顺治初进士,康熙初任吏部尚书、保和殿大学士。

魏士前(榆林道)

魏士前(1584~1648年),天门干驿人。

清康熙二十三年(1684年)版《湖广通志·卷之第三十四·人物》第11页记载:魏士前,字瞻之。景陵人。万历庚戌进士。授芜湖令,调吴江,迁南户部主事。备兵颍州,会龙华变起,不数月戡定之。及奸珰开屯江淮汝颍,所在骚动。士前调剂有法,全活多人。以忤珰免归。崇祯初,补冀宁道,平渠贼神一魁等。转川北道,劾蜀藩御门僭(jiàn)制事,再迁榆林道。寻疏乞休。卒年六十五。

清康熙八年(1669年)版《安陆府志·卷二十二·宦业》第41页记载,卒年为戊子,即清顺治五年——1648年。

清光绪十六年(1890年)版《寿州志·卷十六·名宦》第19页记载:魏士前,字华山。湖广景陵人。进士。天启间任兵备道佥事。肃吏诘戎,课士恤民。去任后,捐田六百二十亩入循理书院,至今蒙惠。祀名宦(祠)。

附

循理书院置田记

邹元标

余读白鹿书院置田诸规则,而知书院之不可无田也。书院者,儒学之离宫别墅也。儒学阶序煌煌,理法森备,所以尊师道。书院为藏修游息之所,深衣博带之士谈仁义而践伦常,见之者肃然起敬,闻其风者亦莫不善长而恶消,知此中有人可以助明主维持之治,而补化育辅相之能。但书院与学宫有异。书院非朝廷之额设,无动支之缗钱,浸久而圮,谁为葺治?请业之士,咿唔讨论其中,饔飧无策,易成离索。是欲书院之完旦夕,非置田莫为功也。

寿春友人方生震仲、刘生复生谒余问学,持黄博士书来,言:“寿近创书院，兵宪华山魏公捐俸成之。复于去任时罄俸，请于大中丞，置田六百二十亩，俾书院得以永久。愿先生一言纪之。”余耸然而喜，曰：“世有魏公其人乎！”杨石首之坦雅、戴浮梁之介鍊、王三原之正大，合为一人。公盖以身注经者也。世之官一郡、镇一方者，只能买田宅自益耳，孰肯为书院买田者！即有之，亦未有不笑其迂者。且将夺其院而馆舍之，侵其田甚而干没焉，任书院之就圮而不顾。视魏公之捐俸置田也，奚啻天壤耶！吾愿书院中诸生其体魏公之心以益励，并愿后之主是书院者，其推广魏公之心而永之于无穷也。

公讳士前，号华山。湖广景陵人。万历庚戌科进士。

题解

本文录自清乾隆三十二年(1767年)版《寿州志·卷之五·学校》第49页。题前署名“都御史邹元标”。文前有记：“天启四年，寿颍兵备道魏士前捐俸置田六顷二十亩(顷：田地面积的单位，等于一百亩)，以为书院膏火之资。有碑记。”文中黄博士指寿州学正黄奇士。

邹元标：字尔瞻，号南皋。江西吉水人。明万历五年进士。同年，以疏论张居正夺情，得罪。仕途坎坷，官至左都御史。为魏忠贤所忌。东林党首领之一，与赵南星、顾宪成号为“三君”。

刘必达(会元)

清康熙二十三年(1684 年)版《湖广通志·卷五十三·人物志·安陆府》第 12 页记载:刘必达,字士征。天启二年壬戌科(1622 年)会元,进士。授编修、起居注官,诰敕纂修国史,晋侍讲。《神宗实录》告成,赐金帛,升春坊右中允。因母春秋高,决计请归。恩诏再起,竟陈情,终养,卒于家。生平乐易无忤,胸怀坦直。服官十余年,以清正著,里人至今称之。所著有《小山亭集》行世。

登万花山顶数前后诸山

刘必达

红云千丈颜渥赭,三月桃花太妖冶[1]。万花山顶花争开,雨丝雾縠织山下[2]。山下人看山上人,后人肩到前人踝。山樵引我陟其巅,都入画图谁能写[3]。老僧破院秋复秋,松撑屋椽萝补瓦。我从山顶数诸山,山高山低供挥洒。烟来即暮去即朝,别有寒暑非冬夏。陇上不闻归犊鸣,林间但见栖鸦打。此地泉石如逢仙,霓为车兮风为马[4]。

题解

本诗录自熊士鹏编、清道光癸未(1823 年)版《竟陵诗选·卷五》第 3 页。

注释

[1]渥赭(wò zhě):犹渥丹。润泽的朱砂。形容颜色红润。

[2]雾縠(hú):像轻纱一样的烟云薄雾。

[3]山樵:樵夫。陟(zhì):登高。

[4]霓为车兮风为马：用彩虹做衣裳，将风作为马来乘。语出李白《梦游天姥吟留别》。

苦 雨

刘必达

竟日门常掩，唯凭旧燕过。那能同客饮，犹不废吾歌。崖白明寒火，沙黄涨远波。无聊消永昼，农圃事如何[1]？

巢如阿阁小，屋与白云平[2]。鸟向波中立，鱼看树杪行[3]。晚钟窥塔近，孤火浴江明。夜半流泉响，都成瓦滴声。

题解

本诗录自丁宿章撰、清光绪九年(1883 年)版《湖北诗征传略·卷二十八》第 18 页。

注释

[1]永昼：漫长的白天。

[2]阿阁：四周有檐的楼阁。

[3]树杪(miǎo)：树梢。

宿圭峰寺

刘必达

削壁疑无地，青苍匪一天。户开花径入，藤倒石根牵。松浪补泉响，山云随鸟还。聊分僧梦外，怕到磬声边。

题解

本诗录自熊士鹏编、清道光癸未(1823 年)版《竟陵诗选·卷五》第 4 页。

游双岩寺和成苾韵

刘必达

疑无路处径微开,水石湾环入得来。残茗有僧当客送,落花无鸟报春回。我如饭颗吟诗苦,君自莲台击钵催[1]。踏遍空山都莫问,休教屐齿破苍苔[2]。

题解

本诗录自熊士鹏编、清道光癸未(1823年)版《竟陵诗选·卷五》第4页。

成苾(bì):僧名。

注释

[1]饭颗:李白赠杜甫一首“饭颗山”诗,戏言杜甫作诗过于辛苦,因而身体日渐消瘦。

莲台:莲花台座,亦称“莲座”,佛像的座位。此处指佛寺。

击钵催:催促之下写成诗篇。比喻诗才高,诗艺强,文思极为敏捷。典自“击钵催诗”。《宋史·王僧孺传》:竟陵王萧子良与有才学的人,经常在夜晚聚集,在蜡烛上做上记号,限定时间写一首诗。有天晚上,萧子良说:“蜡烛点烧掉了一寸,做一首四韵诗,怎样?”萧文琰说:“这有什么难处呢?”于是就和丘令楷、江洪几个人,敲打铜钵立韵。铜钵的声音一停止,诗也就写成了,并给在座的人传阅。

[2]休教屐(jī)齿破苍苔:不能让木屐踏碎苍苔。化用宋代叶绍翁《游园不值》:“应怜屐齿印苍苔,小扣柴扉久不开。”

屐齿:木头鞋底下的齿。

题　画

刘必达

置屋芳洲外，周遭峭壁多。渔船轻雨雪，浪里自高歌。

题解

本诗录自熊士鹏编、清道光癸未(1823 年)版《竟陵诗选 · 卷五》第 4 页。

过庐墓台

刘必达

骨立危如此，筇扶步未能[1]。谁怜庐墓客，却似住山僧。泪落三更月，魂飞五夜灯。相随黄土窟，色笑见何曾[2]。

题解

本诗录自清同治十二年(1873 年)版《汉川县志 · 卷十五 · 名迹》第 5 页。原文前有古迹记载："庐墓台，在观音泉南。明万历中邑人黄孝子溥筑。天门刘必达《过庐墓台》诗。"

庐墓：古人为父母或师长服丧时在墓旁修筑小屋守墓，称为庐墓。

注释

[1]骨立："哀毁骨立"的省略。形容因居亲丧悲损其身，瘦瘠如骨骸支立。

筇(qióng)扶：扶杖。筇：一种竹。实心，节高，宜于作拐杖。

[2]色笑：和颜悦色。旧称侍奉父母为"承色笑"。

祝胡公跃如赠君八十

刘必达

说经老辈特觥觥，杖履追陪快此生[1]。室宝琳琅钦纸贵，士宗山斗仰衡平[2]。兰芽竞爽传家学，花萼联芳远世情[3]。共指弧南光正澈，遥斞云液祝长庚[4]。

题解

本诗录自胡书田纂、清道光乙巳(1845年)版，天门干驿小河槐源《胡氏宗谱·卷三》。本支胡氏由安徽歙县槐源分支迁入天门。原文标题下注“侍读学士刘必达士征”。

注释

[1]觥觥(gōng)：健壮貌。

杖履追陪：杖履相从。谓追随左右。杖履：老人出游须持杖着履，故以此指老人出游。追陪：追随、陪伴。

[2]纸贵：犹言洛阳纸贵。形容别人的著作受人欢迎，广为流传。

山斗：泰山、北斗的合称。犹言泰斗。比喻为世人所钦仰的人。

衡平：谓掌管，治理。

[3]兰芽竞爽：兰的嫩芽竞相媲美。比喻子弟无不优秀。兰芽：兰的嫩芽。常比喻子弟挺秀。竞爽：媲美，争胜。

花萼联芳：花朵与花萼交相辉映。比喻兄弟同享美名。

[4]弧南：指南极星。旧时以为此星主寿，故常用于祝寿时称颂主人。张守节正义：“老人一星，在弧南，一曰南极，为人主占寿命延长之应。”弧：指弧矢星。又名天弓。

斞(jū)：酌酒。

云液：古代扬州名酒。亦泛指美酒。

长庚：古代指傍晚出现在西方天空的金星。亦名太白星、明星。

上李道尊弭盗书

刘必达

敝邑当襄汉下流,河伯为虐,靡岁不登[1]。兹复连年苦旱,金沙焦烂,禾黍槁立[2]。间有桔槔得水者,食心食根之虫[3],又从蜂起。昔与鱼鳖争居,今与蝗虫夺食矣。而大盗啸聚草泽,猖狂江河[4];称干比戈,树帜扬盖[5];肆然公行,白昼不伏。虽赤子弄兵潢池,实巨魁发纵指示[6]。此时沿江一带,商旅罕至,舟楫不通,各镇几于罢市。

仰祈年台老公祖,念灾疲下邑,民不堪命,亟檄潜、沔,搜乘简卒,及时剪灭[7],宁此万姓。若复迁延[8],便有滋蔓难图之势。其所关国计民生非小者,万惟垂察[9]。

题解

本文录自清康熙七年(1668 年)版《景陵县志·卷十二·杂录志》第 34 页。原文标题下有"李讳佺台"几字。

李道尊:李佺台,字仲方。福建南安人。明万历三十五年丁未科(1607 年)进士。道尊:对道一级行政长官的敬称。

注释

[1]敝邑:谦辞。用来对人称自己所在的县。

襄汉:汉水流至湖北省襄阳以下的部分。

河伯为虐:河水肆虐。河伯:传说中的河神。

靡岁不登:接连几年歉收。

[2]槁立:枯槁而立。

[3]桔槔(jié gāo):井上汲水的工具。在井旁架上设一杠杆,一端系汲器,一端悬、绑石块等重物,用不大的力量即可将灌满水的汲器提起。

食心食根之虫:指蝗虫。

[4]啸聚:互相招呼着聚合起来。旧时多指盗贼结伙。

江河:犹江湖。

[5]称干比戈:举起戈,手执盾。语出《尚书·牧誓》:"称尔戈,比尔干,立尔矛,予其誓。"举起你们的戈,排列好你们的盾,竖起你们的矛,我要宣

誓了。

树帜扬盖：高举起义造反的旗帜。树帜：树立旗帜。借指起义。扬盖：揭盖。比喻把事情显示出来。

[6]赤子弄兵潢池：谓造反的百姓在积水塘玩弄兵器。弄兵：玩弄兵器。旧时对人民起义的蔑称。潢池：积水塘。

巨魁发纵指示：首领操纵指挥。

[7]年台：对同年的尊称。

老公祖：旧时士绅对知府以上地方官尊称公祖。对地位较高者，亦称老公祖、大公祖和公祖父母。流行于明清。

搜乘简卒：检阅兵车，挑选士卒。

剪灭：犹歼灭。

[8]迁延：拖延。多指时间上的耽误。

[9]万惟垂察：万分地期盼您明察。

上按台修城书

刘必达

敝邑城垣褊小，素称泽国，水患频仍，城圮池淤[1]。久际承平，戈凋甲朽[2]，突闻贼警，四顾无策。今幸新任陈父母缮城修筑，众论佥同[3]，咸曰："先生修筑永镇观，修筑板桥湾及东西护城两堤，悉从均摊，事克有济。夫当此赋重时加派似不可行，然实有至情焉[4]。"粮在殷实者什九，而在细户者什一[5]。且城卑难守，大家世族咸思奔徙；而险固足恃，寒门单族亦必重迁[6]，此大小所以有同愿也。狡贼所至，用侦最密，本地宵壬伺隙[7]。援引譬，根本固而枝节联，是一邑有金汤，则四野无骇散矣[8]。从来城池大事，凡有筑建，本邑不足，犹借派邻封，岂一境内外敢分畛域[9]？且恒人卫性命急于顾财货，而保妻子深于赴公事[10]。况积锱成钜，所出无几[11]；而镂金铸鼎，所全实多[12]。此加派所不俟上闻而自下陈也。往例可效，不为创非常之原；舆情允孚，不啻下流水之令[13]。夫举事有名若弗美，而其实大有益于地方者，此类是已。某等不识忌讳，同集士民，合词上请[14]，恳祈台台老公祖，俯采狂瞽，酌议均摊，立赐施行[15]，则景城邑幸甚，士民幸甚[16]。

题解

本文录自清康熙三十一年(1692 年)版《景陵县志 · 卷之四 · 城图志城郭考》第 6 页。原题为《右中允刘必达上按台修城书》。右中允:官名。明清詹事府所属机构右春坊职官。与右庶子、右谕德等共掌记注、纂修之事。明洪武十五年(1382 年)始置。二十五年,改詹事院为詹事府,始为詹事府右春坊属官。额二人,正六品。

按台:对巡按的尊称。明代有巡按御史,为监察御史赴各地巡视者。

注释

[1]敝邑:谦辞。用来对人称自己所在的县。

褊(biǎn)小:土地狭小。

圮(pǐ):塌坏,倒塌。

[2]承平:太平,持久太平。

戈凋甲朽:义同“朽戈钝甲”。形容兵器钝朽。

[3]陈父母:指时任景陵知县陈席珍。父母:父母官。

佥同:一致赞成。

[4]至情:至诚的感情。

[5]什九:指十分之九。指绝大多数。

细户:户。指平民。

[6]寒门单族:门第微贱孤寒。

[7]宵壬:小人,奸人。

[8]援引譬:同“引譬援类”。援引相类似的例证来说明事理。引:援引。譬:比方。语出《淮南子 · 要略》:“言天地四时,而不引譬援类。”

骇散:受惊而逃散。

[9]邻封:本为相邻的封地。泛指邻县,邻地。

畛(zhěn)域:界限,范围。

[10]恒人:常人,一般的人。

妻子:妻子和儿女。

[11]积錙(zī)成钜,所出无几:积小成大,每一个出钱的人又出得不多。錙:古代重量单位,六铢等于一錙,四錙等于一两。

[12]镂金:雕镂物体,中间嵌金。

铸鼎:相传夏禹曾收九牧之贡金铸造九鼎,以象百物,使民知神奸。

[13]舆情允孚,不啻(chì)下流水之令:下令顺应民意,无异于顺应水流之势。舆情:群情,民情。允孚:谓得人心,使人信服。不啻:无异于,如同。下流水之令:下顺民心之令。语出《史记 · 管晏列传》:“下令如流水之源,令顺民心。”

[14]合词:联名上书。

[15]台台老公祖:此处是对按台

的尊称。台台:旧时对长官的尊称。公祖:明清时士绅对知府以上的地方官的尊称。

狂瞽(gǔ):愚妄无知。多用作自谦之辞。

酌议:斟酌商议。

[16]景城邑:指景陵城及景陵县。景陵:天门古称。天门市在明称景陵。五代后唐以前称竟陵,五代晋至清雍正四年称景陵。

幸甚:非常幸运,非常幸福。

陈侯重建东岳庙碑记

刘必达

颂贤令者,必曰神君[1],明乎神与令之并尊也。神如水在地,方疏污而茹清,分膏而溥泽[2],无之而非民利者。按祭法咸得有祠,而潜之祀独岿然矶上,盖汉水自芦洑而下,西折入潜。奔腾喧豗,势若建瓴[3]。实惟矶砥柱之。矶不敢恃,则吁徼神贶[4],以恃无恐。故祠与矶相庇如唇齿焉。迩岁矶流震激,祠址悬岸;神圣露处,鲛蜃侵宫[5]。即潜之簾社室庐[6],岌岌乎将不自保。士绅暨父母每过其下,辄心悸神摇,不忍近视。顾念时俭费繁,安得当事者慨然任之,为潜邑造祉乎?

属不佞年友陈大夫,以忠臣世裔筮仕入潜[7]。甫下车谒祠,见颓垣断桷,陋不可仪,旋集里耆诏之曰:"尔潜阖邑之大,崇墉栉比,谁为表镇者乎[8]?乃使神栖靡奠,上雨旁风。万一神怒欲徙,潜又安能晏焉而已[9]?"里耆谓:"欲葺祠,请先以矶商;矶安则祠安,此万世之利。"大夫曰:"次第兴举,为费奈何?"父老逡巡不敢应[10]。大夫曰:"若曹固丛任于我矣[11]。虽灾氛频仍,廪庾萧然[12],计诚无所出。第吾为若邑长,神弗歆民,有司之罪也[13]。"遂慨然捐资若干,听诸慕义者稍佐之,度可布工。

爰简里胥之勤慎者董其事,随鸠匠庀材[14],构前后殿六楹、东西各五楹。负殿而峙者,一为子孙祠,大夫众人之母,而驺虞麟趾,化被南国也[15]；一为福禄祠，大夫受禄于天，而饮食五福，敷锡庶民也[16]。逮至僧舍宾居、酹廪茗厨，靡一不具[17]。缭以垣树，周饰丹碧。輶轩之使，纪纲之仆[18]，凡经行斯境者，望而知为奇观焉。自是上帝称享，冯夷靖戢[19]；秋水偶至，不复敢与矶抗，惟逦迤循矶而去[20]。百堵安，万室盈。先王因成民而致力于神，大夫致力于神以及民，其揆一也[21]。

盖大夫，东牟人。泰岱在其封内者，维岳降灵，所助者顺。此与受金简玉书于沧水使者绝相类[22]。不然，前此葺祠之议，竟成筑舍，大夫才五阅月而告成，岂人力哉？不佞达典在掌故，窃欲取大夫之功，置之西门豹、史起、殷衮之中，恐大夫尚夷然弗屑矣[23]。大夫讳梦琉[24]，宣城靖献公后。

按：郑子产曰："山川之神，凡水旱疠疫之灾，于是乎策之皆有功于境内者也。"朱熹亦曰："非境内山川与我不相关，自不当祭之。"今东岳行祠遍天下[25]，而四岳则各祀于境内，岂非以触石而出、肤寸而合，不崇朝而遍，惟泰山者乎[26]？

题解

本文录自清康熙三十三年(1694年)版《潜江县志·卷六·乡祀志·庙祠》第8页。标题原为《景陵中允刘必达记》。

注释

[1]神君：旧时对贤明官吏的敬称。

[2]疏污而茹清：除污纳清。

分膏而溥泽：普施恩惠的意思。

[3]喧豗(huì)：哄闹声。喧：声音大且繁闹。豗：水撞击声。

建瓴(líng)：即"建瓴水"之省，谓倾倒瓶中之水，形容居高临下、难以阻挡的形势。

[4]吁徼(jiǎo)神贶(kuàng)：呼吁并恳求神灵的恩赐。

[5]鲛蜃(shèn)：鲨鱼和蛤蜊。泛指水族。

[6]簴(jù)社：泛指祠庙。簴：古代挂钟磬的架子上的立柱。社：古代指土地神和祭祀土地神的地方、日子以及祭礼。

[7]年友：同年。唐代进士入第之

后，称同登金榜之人为“同年”。

筮仕：古之迷信，人将出仕，先占卜凶吉谓之筮仕。借指初次做官。

下车：旧时官吏初到任为“下车”。

桷(jué)：方形的椽子。

[8]里耆：乡里的耆老。

崇墉栉比：高墙犹如梳齿般排列。原文为“墉崇栉比”。

谁为表镇者乎：哪个建筑能够成为镇河的标志呢。

[9]晏：安定，安乐。

[10]逡(qūn)巡：退却。

[11]若曹固丛任于我矣：你们原本将这个任务聚集在我身上。

[12]廪庾(yǔ)：粮仓。

[13]神弗歆民：神不享受民众的祭品。

有司：官吏。古代设官分职，各有专司，故称。

[14]董其事：主持其事。

鸠匠庀(pǐ)材：招聚工匠，准备材料。形容建筑工程的准备。鸠：聚集。庀：准备。

[15]驺(zōu)虞麟趾：驺虞和麒麟。均为传说中的仁兽。语出《诗经·召南·驺虞》和《诗经·周南·麟之趾》。

化被南国：指恩德感化到四面八方。化：感化，教化。被：遍及。

[16]敷锡：施赐。锡：通“赐”。

[17]醑(xǔ)：美酒。

[18]輶(yóu)轩：古代使臣乘坐的一种轻车。

纪纲：统领仆隶之人。后泛指仆人。

[19]冯夷靖戢：水神安静收敛。冯夷：河神。指河伯。

[20]逦迤：迤逦。曲折连绵貌。

[21]揆(kuí)：道理，准则。

[22]受金简玉书于沧水使者：指禹从沧水使者那里得到导水简书。《吴越春秋》云：“九山东南曰天柱山，号宛委，承以文玉，覆以磐石，其书金简青玉为字，编以白银。禹乃东巡，登衡山，杀四马以祭之。见赤绣文衣男子，自称玄夷仓水使者。谓禹曰：‘欲得我简书，知导水之方者，斋于黄帝之岳。’禹乃斋，登石篑山，果得其文，乃知四渎之眼百川之理，凿龙门，通伊阙，遂周行天下。”

[23]西门豹、史起：西门豹，战国魏人，为邺令，曾开水渠十二条，引漳水以灌邺地之田。史起，战国魏人，也为邺令，曾引漳水灌邺地之田，以富河内，民歌颂之：“西门溉其前，史起灌其后。”

殷裒(póu)：晋时人，为荥阳令。兴学教民，民知礼让。

夷然弗屑：夷然不屑。心中泰然，毫不在意。

[24]珫：音 chōng。

[25]东岳行祠：东岳行宫。为供奉东岳泰山真君之所。

[26]岂非以触石而出、肤寸而合，

不崇朝而遍，惟泰山者乎：语出《春秋·公羊传》："触石而出（山中云气与峰峦相碰击，吐出云来），肤寸而合（如人以两手之四指平铺，先分两处向下覆之，由分而合，渐肖云合之状，合之甚易，故云肤寸而合），不崇朝而遍雨乎天下者（不是整个早晨普天之下都在下雨），唯泰山尔。"崇朝：终朝，整个早晨。

任氏三烈碑记

刘必达

圣人南面而听天下，必自人道始。人道者，人心之所淆也[1]。人心不死，故人道不坠。虽转盼死生之顷，有确乎其不可拔者也。不佞发未燥时，习闻吾乡有三烈云。三烈，蜀人，司训任公之妻李，与其二女幺哥、留哥也。仓皇遇盗，母女同时厉声骂贼，视死如归。当时自邑令长至台使皆义之，闻于朝，立其坊，颜其庐，就蜀里祠之[2]。又表其墓，祠于吾邑，至今祀春秋不衰[3]。

杨侯至，闻其事而嘉之，复为之庀材鸠工[4]，拓故宇，广祭田，请于学使者，衣冠其子孙，以供骏奔瀹尝之役，祠事始犁然大备矣[5]。于是委不佞曰："斯三烈也，余佥宪碑之，郭司马青螺辞之，李宗伯本宁记之[6]。今日者，起故维新，广田增祭，亦重典也。太史其碑焉？"不佞瞿然曰："吾恶乎碑诸？当年舍生投渊之情，母子环抱之状，征诸铭诔，形诸诗歌，具于奏疏，亦既炳炳烺烺矣[7]，吾恶乎碑诸？无已，请体我侯风教之旨，推而衍之，可乎？"

《易》："风自火出，曰家人，利女贞[8]。"夫夫妇妇而家道正，正家而天下定。任氏一家，妇从夫，子从母，弟从兄，矢死靡它，各率其贞，盖由其先光禄廷尉及孝子公，皆言物行恒刑于率先[9]，故当猝然忽然时，敬其身不顾其死若此哉！或叹其事最奇惨，而三烈甘之。固有同赴江则快，不赴不同则不快。一时见且闻者，疏其事则快，表其墓则快，旌其门、颜其闾则快[10]。迄于今，骨冷门单，有谈说当日景状者，行者住，坐者起，岂非人心之慕义无穷，而人道之有关教化者大哉？侯之加意斯举也，人心益正而人道益明。庶几乎蜀楚之间遐哉，有汉广之风乎[11]？斯祠不朽！三烈不朽！侯之德教亦与之俱不朽云！

题解

本文录自吴履谦编辑、清道光丙申（1836年）版《竟陵文选·卷中》第30页。文后按语云："予观天门旧志载此文，为修志者改坏。取中允公本集，稍加删减，庶令文成体立。"

任氏三烈：指时任景陵（今天门）教谕任子高之妻女。

注释

[1]淆：彻底地掺和。

[2]颜：题写匾额。

[3]表其墓：立墓碑。碑竖墓前或墓道内，刻载死者生平事迹，颂扬其功德，以表彰于外，故称墓表。

[4]庀（pǐ）材鸠工：准备材料，招聚工匠。形容建筑工程的准备。庀：准备。鸠：聚集。

[5]请于学使者衣冠其子孙：向学使者请示，给她们家子孙一个士人的身份。学使者：即学政。地方专管考试的官。衣冠：衣和冠。古代士以上戴冠，因用以指士以上的服装。此处为穿衣戴冠。

瀹（yuè）尝：疑指煮茶之类的事务。

犁然：明察，明辨貌。

大备：一切具备，完备。

[6]李宗伯本宁：指李维桢。李维桢字本宁，曾任礼部尚书。当时称礼部尚书为宗伯。

[7]铭诔（lěi）：记叙死者功德的文体名。

炳炳烺烺（lǎng）：光亮鲜明。形容文章辞采声韵之美。

[8]风自火出，曰家人，利女贞：语出《周易·家人》："家人。利女贞。象曰：风自火出，家人。君子以言有物，而行有恒。"家人卦：有利于妇女的占问。《象辞》说：本卦外卦为巽，巽为风；内卦为离，离为火。内火外风，风助火势，火借风威，相辅相成，是家人的卦象。君子观此卦象，从而省悟到言辞须有内容才不至于空洞，德行须持之以恒才能充沛。

[9]言物行恒：参见注释[8]。

[10]疏其事：上疏陈述三烈之事。

旌其门：封建社会旌表所谓忠孝节义的人，由朝廷官府赐给匾额，张挂门上。

[11]汉广之风：指江汉女子高尚出众的特质。《诗经·汉广》是一首爱

情诗,产生于周代江汉流域。诗歌咏　　叹一南方女子之高尚出众,不可求得。

七山人诗集序

刘必达

文之难工,莫如韵语,而律为甚[1]。律有五、七言,而七言为甚。盖古风可任意排宕,而律则动有法程[2]。句短则调易苍,而语长则气滋弱[3]。譬之用兵,纪律之师与野战之众孰优?强弩之穿与短兵之接孰艰?不待智者辨之耳。故李于鳞谓:"七言律,诸家所难,王维、李颀颇臻其妙;杜子美篇什虽多,愦焉自放矣[4]。"王元美谓:"王维、李颀虽极风雅之致,而调不甚响;子美虽不无利钝,终是上国武库[5]。"信若此是[6]。有唐三百年来,几无全盛,而何论其他!难可知已。

不佞为诸生时,仅知攻呫哔[7],于此道良浅。比入中秘,得发箧遍读汉魏以来迄昭代诸名家所喁咏[8],颇有会心,而于七言近体尤号昌歜之嗜[9]。因思先正评制举业有云:"八股文字与造化相侔生长[10]。收藏一篇,备四时之气[11]。"今溯其体裁,大抵仿佛律诗而至于五十六字,包含元气,尤非泛泛帖括可比[12]。偶见坊间有《七子诗》一编,实先得我心。但胪列皆缙绅先生,仅一山人厕其间[13],又生当其时,为素所狎习者,余固不无遗珠也[14]。唐以诗赋取士,而李杜两宗匠不由制科[15]。今士以经义显,而推敲于簿领公余,据所就反有加于烟霞枕漱者上哉[16]。缅维历下、琅琊诸君子皆名公钜卿,不翼而蜚声宇内[17]。山中被褐行吟、技以穷工者,不知凡几[18]。非附青云而声施,其道无由[19]。每欲历搜古今山人诗梓行于世,而力有未遑[20]。姑昉《七子》义例,近选隆万以来耳而目者七人,亦如其数,以为别部鼓吹[21]。

取材既具,尚阙其一。适同门汪岁星持其尊君年伯介如先生《邮燕诗草》见示,强半近体[22]。余受而卒业,见其沉雄尔雅,直逼开元、大历，使七子而在，当把臂入林焉[23]。有是哉，草泽洵多逸才[24]。远求之天下，讵忍近失之同志[25]？爰汇为《七山人集》，付诸剞劂[26]。岁星曰："七才子脍炙人口久矣，而兹集另结气味，其为江瑶柱耶，酪苍头耶[27]？六山人羽仪宇内久矣，而家君备数作者，其为狐腋聚耶，貂尾续耶[28]？手眼各别，知罪何常[29]？明公盍弁数语为此集玄晏，庶悬诸国门，不至覆瓿贻哂[30]。小子行且捧檄而南，赍副墨为趋庭启事，奚啻分金茎露、佐称觞耶[31]？"不佞唯唯，爰述畴昔管见，颜诸首简[32]。

噫嘻！序诗而独有当于近体[33]，仍不离八股伎俩，识者将毋笑予有猎心也欤[34]！抑不佞楚人，家在郢中[35]，阳春白雪，请先击节，为属和者唱[36]。至于技工选精具耳，皆可为钟期，毋俟不佞赘矣[37]。

时天启乙丑仲秋吉旦[38]，景陵刘必达题。

题解

本文录自刘必达辑、明天启五年(1625年)版《皇明七山人诗集》。

皇明七山人诗集：明诗选集。七卷。刘必达编。今存有明天启年间刻本。传本甚稀，弥足珍贵。集中所选的"七山人"是：徐渭，选诗39首；卢柟，选诗18首；陈继儒，选诗51首；王稚登，选诗52首；梅鼎祚，选诗57首；王寅，选诗46首；汪时和，选诗100首。这里所选的汪时和诗很少见于其他选本，本书所选颇为珍贵。

山人：指隐士。

注释

[1]工：细致，精巧。

韵语：押韵的语句。指诗、词、曲等。

律：律诗的简称。

[2]古风：诗体名。唐代及其以后，称古体诗为"古风"，以区别于近体诗。

排宕：豪放，奔放。亦言推广放开。

法程：法则，程式。

[3]调：格调。

气：气韵，韵味。

[4]李于鳞：李攀龙，字于鳞。

"七言律"一句：语出李攀龙《唐诗选序》。原文为："七言律体诸家所难，王维、李颀颇臻其妙；即子美篇什虽众，愦焉自放矣。"

颇臻其妙：稍稍达到妙处。

臻:至。

杜子美:杜甫,字子美。

篇什:《诗经》的"雅"和"颂"以十篇为一什,所以诗章又称"篇什"。

愦(kuì)焉自放:纷乱不受拘束。

[5]王元美:王世贞,字元美。

"王维、李颀虽极风雅之致"一句:语出王世贞《艺苑卮言·卷四》。原文为:"王维、李颀虽极风雅之致,而调不甚响。子美固不无利钝,终是上国武库。"

不无利钝:多少有一点不足。利钝:偏指失败。

上国武库:此处称誉杜甫为国家最好的诗人。上国:大国。指中国。武库:称誉人的学识渊博,干练多能。晋代杜预(死后赠征南大将军)博学多才,在朝中治事周全得当,人称为杜武库。意思是如同储存兵器甲仗的仓库,诸般兵器无所不有。

[6]信:果真,的确。

[7]不佞(nìng):谦辞,不才。

诸生:明清时称府、州、县学之生员为诸生。俗称"秀才"。

呫哔(chè bì):形容低声细语。泛称诵读。

[8]中秘:南北朝时以中书省和秘书省合称"中秘"。

发箧(qiè):开启小箱子。

迄:至,到。

昭代:政治清明的时代。常用以称颂本朝或当今时代。

喁(yú)咏:疑指吟咏。

[9]会心:领悟,领会。

近体:近体诗。诗体名。与"古体诗"相对而言,亦称今体诗。唐代形成的律诗和绝句诗的通称。

昌歜(chù):又称昌菹(zū)。腌制的菖蒲根。传说周文王嗜昌歜,孔子慕文王而食之以取味。后以指前贤所嗜之物。昌:通"菖"。

[10]先正:亦作"先政"。前代的贤臣。泛指前代的贤人。

制举业:指八股文。

八股文字与造化相侔生长:语出明代袁黄《游艺塾续文规·卷四》:"八股文字与天地造化相侔,首二比春也,次二比夏也,次二比秋也,末二比冬也。"相侔:相等,一致。

[11]备四时之气:具备四季的正气。此处承上文"与造化相侔生长"。

[12]帖括:括帖。泛指科举应试文章。明清时亦指八股文。

[13]胪(lú)列:罗列,列举。

缙(jìn)绅:原意是插笏(hù)于带,旧时官宦的装束,转用为官宦的代称。缙:插。绅:束在衣服外面的大带子。笏,古代朝会时官宦所执的手板,有事就写在上面,以防遗忘。

厕其间:夹杂在里面。

[14]狎习:亲近熟习。

不无遗珠:多少有一点遗珠之憾。遗珠:喻指弃置未用的美好事物或贤德之才。

［15］李杜两宗匠不由制科：指李白、杜甫应试不第。

宗匠：技艺高超的工匠。常比喻在政治上或学问上有重大成就，众所推崇之人。

制科：科举取士非常设科目的统称。由皇帝根据国家需要或自身好尚设置。不拘常格，录取者优予官职。以制科取士称制举。

［16］今士以经义显，而推敲于簿领公余，据所就反有加于烟霞枕漱者上哉：当今读书人凭借科举考试而获得功名，在办完公事的闲暇时间吟诗作赋，凭依所从事的职业，反而比那些隐士的诗赋还要强。

经义：古代科举考试的一种方法。它以儒家经书文句为题，使考生论其意义，故称为经义。亦指科举考试文体之一。即以经书中文句为题，应试者作文阐明其中之义理。始于北宋熙宁四年（1071 年），至南宋后期已形成固定格式，至明，更演变为八股文。

簿领公余：指办完公事的闲暇时间。簿领：官府记事的簿册，文书。

据所就：疑指凭依所从事的职业。

烟霞：烟雾与云霞，指山水胜境。

枕漱：枕石漱流。用石头当枕头，用流水漱口齿。指隐居山林的生活。也借指闲逸的生活。

［17］缅维：遥想。

历下：古邑名。在今山东济南市东，因面对历山而得名。

琅琊：琅琊邑。春秋战国时期齐主要城邑和港口。

名公钜卿：同“名公巨卿”。指有名望的权贵。

蜚声：扬名，驰名。

［18］被褐行吟：穿着粗布衣，边走边吟咏。

技以穷工：技法极其精致。

不知凡几：不知道总共有多少。形容同类的人或事物非常多。

［19］非附青云而声施，其道无由：如果不是依附名望地位极高的人，以传播名声，那就没有别的办法了。

其道无由：找不到门径，无法办到。

［20］梓行：刻版印行。亦泛指出版。

未遑：表示没有时间或不可能做某件事情。可译为“没有空闲”“来不及”等。

［21］姑昉（fǎng）七子义例：姑且始于《七子诗》的体例。昉：起始。义例：著书的主旨和体例。

隆万：指明隆庆、万历年间。

别部鼓吹：疑指起辅助作用。别部：犹偏师。主力部队之外协同作战的部队。鼓吹：谓阐发意义，引申为羽翼，辅佐者。

［22］同门：指同学，谓同出一师门下。

尊君：对别人父亲的敬称。

年伯：科场称谓。科举时代作为

对与父亲同年登科者的尊称。明代中叶以后亦用以称同年的父亲或伯叔，后用以泛指父辈。

见示：敬辞。对方把某物给自己看。

强半：过半，大半。

[23]余受而卒业：我收下诗集，诵读完毕。卒业：谓全部诵读完毕。

沉雄：诗文深沉雄浑。

尔雅：雅正，文雅。

开元、大历：开元至大历时期是唐诗的兴盛阶段。昔人编诗，以开元、大历初为盛唐。开元：唐玄宗李隆基年号(713～741年)。大历：唐代宗李豫年号(766～779年)。

把臂入林：挽着手臂，进入竹林。借指与友归隐。

[24]有是哉，草泽洵多逸才：有这样的说法，民众中间确实有高手。洵：假借为"恂"。诚然，确实。逸才：过人之才。

[25]讵忍：岂忍，怎忍。

同志：犹同性。性质相同。

[26]剞劂(jī jué)：本指刻镂的刀具，这里是雕版、刻印的意思。

[27]江瑶柱：江珧(yáo)的肉柱。即江珧的闭壳肌。是一种名贵的海味。

酪苍头：茶的谑称。苍头：奴仆。

[28]羽仪：比喻受人重视为表率。

备数：充数。一般用作谦辞。

狐腋聚：狐腋下的毛皮虽然很少，但聚集起来就能缝成一件皮袍。因以"集腋成裘"比喻积少成多或集众力而成一事。腋：指狐腋下的毛皮。

貂尾续：貂尾不够，续上狗尾。本指封官太滥，比喻续加的不如原有的。常用作自谦之辞。

[29]手眼：比喻本领才识。

何常：何尝，哪曾。

[30]明公盍弁(biàn)数语为此集玄晏，庶悬诸国门，不至覆瓿(bù)贻哂(shěn)：您何不写下几句话放在前面，作为对这部诗集的题品，但愿经得起指摘，不至于用这部诗集来盖酱罐，贻笑大方。

明公：旧时对有名位者的尊称。

盍：何不。

弁：放在前面。

玄晏：晋皇甫谧沉静寡欲，隐居不仕，自号玄晏先生。他曾为左思的《三都赋》作序。后因以"玄晏"泛指高人雅士或山林隐逸。亦用为待人题品诗文的典故。

庶：表示希望发生或出现某事，进行推测。但愿，或许。

悬诸国门：悬挂于国都的城门。形容诗文精益求精，经得起指摘。《史记·吕不韦列传》记载，秦代吕不韦让门客记录见闻，合著《吕氏春秋》，共有二十多万字，内容丰富，纵横古今天下。吕不韦命人将全书公布于咸阳城门上，并悬有千金，告知众人有能增损一字的就赏赐千金。

覆瓿:西汉刘歆对扬雄评论侯芭,谓其著作只能用来盖酱罐。比喻著作学术价值不高。后因以此为谦辞,喻己著作毫无价值。

贻哂(shěn):遗留下讥笑。

[31]小子行且捧檄而南,赍(jī)副墨为趋庭启事,奚啻(chì)分金茎露、佐称觞耶:我将要到南方出任官职,携带诗文去接受父亲的教诲,这岂止是区分秋露和美酒可以比拟的。

小子:对自己的谦称。

捧檄:接到委任官职的通知。

副墨:指文字,诗文。副:辅助。墨:翰墨。意谓文字并非道的本身,不过是传道之助,故称副墨。

趋庭:指孔子之子趋而过庭,并闻孔子言诗礼事。后引申为晚辈接受长辈的教诲。

启事:陈述事情的文书函件。

奚啻:何止,岂但。

金茎露:承露仙人掌以铜为之,金茎是其铜柱。汉武帝造此以承接秋天之露,并认为和玉屑而饮之可以长生。

佐称觞(shāng):陪酒。佐:陪。称觞:举杯祝酒。

[32]不佞唯唯,爰述畴昔管见,颜诸首简:我连连称是,于是将以前的想法写下来,放在卷首。

唯唯:恭敬的应诺声。

畴昔:往日,从前。

管见:管中窥物。比喻所见浅小。多用为自己意见的谦辞。

首简:指一本书的最前边。

[33]噫嘻:叹词。表示慨叹。

有当:适合,合宜。

[34]猎心:"见猎心喜"的略语。看见别人打猎而感到高兴。某种情况触动自己原有的爱好,不免跃跃欲试。

[35]抑:文言连词。表选择,相当于或是、还是。

郢中:指明承天府(明嘉靖十年由安陆州升)。时景陵县(今天门市)为承天府所辖。

[36]阳春白雪:指战国时代楚国的一种高雅乐曲。

击节:打拍子。

属和(zhǔ hè):跟着别人唱。

[37]技工选精具:疑指技艺精巧的人总是挑选精巧的工具。

钟期:钟子期。春秋时楚国人,善知音。

毋俟不佞赘:不待我赘述。

[38]天启乙丑:明天启五年,1625年。

吉旦:农历每月初一。

林可任(林增志)密印草序

刘必达

予果能知人乎哉?偶以文相士,得数十人于千百人中,因得一人于数十人中,暗中摸索,遂与林子可任成独知之契。每一把玩其文,雅而不俚,典而不晦,精而不凿,新而不诡。状其用笔,神化所至。如李将军用兵,无部伍行阵,而进退舍止自如[1]。又如程不识刁斗严明,无暇隙可犯[2]。度其人,清韵逸致,足以蝉蜕世外。又必智深勇沉,且能经纶宇内。已而对其人,果然。及读其平日密印揣摩之文,又复然。余始爽然曰:“文之与人,磁铁应而薪火传也,如是夫!”顾世有读可任文者,如见其人;挹可任人者[3],更想其文。爱之重之,佥谓是宜在中秘,无烦以吏事[4]。余曰:“不然。司马子长传循吏[5],合阅春秋战国凡五人,而为相者四。谓国家不宜以吏治扰相业可耳[6],若谓相必不习吏,吏必有妨于相,岂通论哉?”扬子云称一代才人[7],晚年著书,悔其少作,且谓雕虫小技,壮夫不为[8]。由今观之,《太玄》《法言》与《剧秦美新》之论,有以异其人乎?非其文不足道也。苏子瞻《刑赏忠厚之论》,犁然有当于主试者[9],识之曰:“应是我辈人。”至今读其文,一切书札策奏疏表诸制作,道理贯心肝,忠义填骨髓。当时不独称为文士,而后世且号为名臣,时而外补,时而内召,或吏或史,唯所置之[10]。彼亦直寄焉,以行其所学报其所知而止,恶问官方位置哉?予以文知可任,以可任知政,亦且自知不敢以文章误人,必不以人之害政、害事,误天下苍生。予果能知人乎哉?

题解

本文录自吴履谦编辑、清道光丙申(1836 年)版《竟陵文选 · 卷中》第 25 页。原文标题下注:“系中允本房会元。”

林可任:林增志,字任先、可任。吉州安福(今属江西省)人。崇祯元年戊辰科(1628 年)会元、进士,授蒲圻令,多仁政。官至右中允。

注释

[1]李将军用兵,无部伍行阵,而进退舍止自如:语出《史记·李将军列传》:“广行无部伍行陈,就善水草屯,舍止,人人自便。”李将军:李广。部伍:军队的编制单位,部曲行伍。舍止:停驻,居留。

[2]程不识刁斗严明,无暇隙可犯:语出《史记·李将军列传》:“程不识正部曲、行伍、营陈,击刁斗,士吏治军簿至明,军不得休息,然亦未尝遇害。”程不识:西汉名将。曾任边郡太守,治军严谨。作战时,所部行伍营阵严整,匈奴贵族不敢贸然进攻,与李广同为当时名将。刁斗:古代行军用具。斗形有柄,铜质;白天用作炊具,晚上击以巡更。

[3]挹:挹慕。牵念,羡慕。

[4]佥:都,皆。

中秘:中书省和秘书省的合称。

无烦:不需烦劳,不用。

[5]司马子长:司马迁,字子长。

[6]吏治:官吏的作风和治绩。

相业:宰相的功业。亦喻巨大的功绩。

通论:通达的议论。

[7]扬子云:即扬雄(前53~18年)。一作杨雄。字子云,蜀郡成都(今四川成都)人。西汉文学家、哲学家、语言学家。

[8]壮夫:豪壮之士,豪杰。

[9]苏子瞻:苏轼,字子瞻。

犁然有当于主试者:指主考官欧阳修欣赏苏轼的文章,在《与梅圣俞书》中说:“读轼书,不觉汗出,快哉快哉!”犁然:犹释然。自得貌。有当:适合,合宜。

[10]外补:旧时称京官外调。

内召:古时称大臣被皇帝召见为内召。

或吏或史:意思是,或外补为官吏,或内召为太史。

唯所置之:有全凭处置的意思。

谭年伯七十寿叙

刘必达

岁壬戌同年四百人,而蜀赤城谭印在最恂恂,肫笃厌浮夸[1]。每晤其人,若翠竹青松,可纳凉飔而荫清影[2],不自知其膝之前也。一日印在执余手曰:“吾欲西归,将与子别矣!”余曰:“何遽也[3]?”印在曰："吾父春秋且七十，不肖先以贫故，就近暂栖一毡，尤可晨昏割脯脡而供滫瀡，如在膝下[4]。今越数千里外远矣，孺子纵不能问视寝膳，而于宾友称觞上寿时[5]，顾盼孺子独不在膝下，吾父有不索然少味者乎？叨列同门，吾父每闻吾子粲花之论则色喜[6]，孺子将借一言以觞吾父也。"

余斯时亦为慈氏年六十，思恳恩图归[7]，少毕人子一日之欢而不得请。见印在之得请，方跃然喜，且爽然失也[8]。顾安所得鸿文大篇，侑封公康爵，而光印在五色斑斓衣乎[9]？余不得归寿吾母。余之时也，吾母必不以为怼[10]。印在之得归寿其父，又印在之时也，封公必深以为乐。

封公为名御史曾孙。蚤岁籍诸生，偃蹇名场，固以余庆寄之印在矣[11]。生平敦孝友，事继母得其欢心。而周贫乐施[12]，垂老不倦。此封公之自为寿而即印在之所以寿封公者也。人子所以显扬其亲者，岂必以制科为荣[13]？老人所以怡然于人子之显扬者，其必以人子之有勋名为美。异日，印在绾铜墨而能含膏吐雨[14]，守柱下而能激浊扬清[15]，列琐垣而能伏蒲请剑[16]，调盐梅而能论道经邦[17]。印在之小有所施，是封公之小年也[18]；大有所施，是封公之大年也。子而能仕，父教之忠[19]。吾故曰："印在之所以寿封公者，即封公平日之自为寿者也。"予愿与印在共勉之哉。

题解

本文录自吴履谦编辑、清道光丙申（1836年）版《竟陵文选·卷中》第27页。

注释

[1]岁壬戌同年四百人：壬戌科同榜进士四百人。壬戌：明天启二年，1622年。同年：唐代进士入第之后，称同登金榜之人为"同年"。

恂恂：温顺恭谨貌。

肫（zhūn）笃：意为人品诚恳笃厚，可以信赖。肫：即诚恳。或作"肫挚"。

[2]凉飔（sī）：凉风。飔：凉风。

[3]遽（jù）：急。

[4]脯脡（tǐng）：干肉条。

滫瀡（xiū suǐ）：本指类似粉面一类调料，拌和使食物光滑。指柔滑爽口的食物。

膝下：指父母的身边。

[5]问视寝膳：问寝视膳。每日早晚问安，每餐在旁伺候。指子女侍奉父母的孝礼。

称觞(shāng)上寿：举起酒杯祝人长寿。称觞：举杯祝酒。

[6]叨列同门：我叨光为同榜进士。叨：犹忝。表示承受之意。常用作谦辞。同门：同出一师门下的同学。

吾子：对对方的敬爱之称。一般用于男子之间。可译为“您”。

粲(càn)花：言谈之美，犹如百花灿烂。形容言论优美精妙，引人入胜。也指委婉美妙的言谈。

[7]慈氏：佛教菩萨名，即弥勒菩萨。弥勒的梵语意译。此处指慈母。

恳恩：请求恩典。

[8]爽然：茫然。

[9]安所：哪里，什么地方。

侑(yòu)封公康爵：举酒为谭年伯祝寿。侑：劝。多用于酒食、宴饮。封公：封建时代因子孙显贵而受封典的人。康爵：大酒器。

光印在五色斑斓衣：为谭印在的孝行添彩。五色斑斓衣：典自“舞蝶斑衣”。出自二十四孝故事。《艺文类聚》卷二十引《列女传》：相传春秋时楚国老莱子事亲至孝，年七十，常著五色斑斓衣，作婴儿戏。上堂，故意扑地，以博父母一笑。

[10]怼(duì)：怨恨。

[11]蚤岁籍诸生：年少即成秀才。蚤岁：早年。指年少之时。蚤：通“早”。籍：登记名册。诸生：明清时称府、州、县学之生员为诸生。俗称“秀才”。

偃蹇(yǎn jiǎn)名场：科举不得志。偃蹇：困顿。名场：指科举的考场。

余庆：指留给子孙后辈的德泽。

[12]周贫乐施：周济贫穷，乐于施舍。

[13]制科：科举取士非常设科目的统称。由皇帝根据国家需要或自身好尚设置。不拘常格，录取者优予官职。以制科取士称制举。

[14]绾铜墨：指任知县。铜墨：原指铜印墨绶，后以此喻县官。汉制，县官授铜印黑绶，故谓。

含膏吐雨：比喻造福百姓。膏雨，播洒滋润农作物的及时雨。

[15]守柱下：指任御史。柱下：周秦置柱下史，后因以为御史的代称。

激浊扬清：比喻除恶扬善。

[16]列琐垣：身为朝臣。琐垣：指朝廷。亦指京都官署或京官。琐：青琐。装饰皇宫门窗的青色连环花纹。垣：紫垣。

伏蒲：汉元帝欲废太子，史丹候帝独寝时，直入卧室，伏青蒲上泣谏。事见《汉书·史丹传》。后因以“伏蒲”为犯颜直谏的典故。

请剑：指朝臣直言谏诤，大胆敢

为。汉成帝时，丞相故安昌侯张禹以皇帝老师的身份尊贵有加。朱云上疏求见成帝，说："现今朝中大臣上不能辅佐君主，下无益于人民，都是占着官位白吃饭。请皇上赐我一把尚方斩马剑，以杀一儆百。"成帝问杀谁，朱云答是张禹。

[17]调盐梅：位居宰相。盐梅：盐和梅子。盐味咸，梅味酸，均为调味所需。《尚书·说命》下："若作和羹，尔唯盐梅。"此为殷高宗命傅说为相之辞。后来诗文中常以盐梅指宰相或职位权力相当于宰相的人。

论道经邦：讲论治国之道，并用以管好国家。

[18]小有所施：小展其才。

小年：短促的寿命。

[19]子而能仕，父教之忠：儿子是有才能之士，必定是父亲教以忠诚之理的结果。语出《左传·僖公二十三年》："子之能仕，父教之忠。"

附

泮水呈祥赋

游文鍫

天启辛酉二月，若有物自东来，蜿蜒于学宫之树杪。既而泮池水涌丈余，红光烛天，凫、鲤自水中飞入棂星门者不可数计。其底似金狮子形。经日水如山立不散，见者莫不骇愕。次年，刘公必达会试第一，王公鸣玉同榜入翰林、改谏垣。人杰地灵其验云。

惟天启之御极，属辛酉之仲春。遵祖宗之功令，值三载之宾兴。庆玉衡之起运，诞发祥于景陵。有神物之自天，乘云气以东来。忽风生于苹末，乃如轮而如颓。方蜿蜒于宫树，复环绕于庭阶。俄而泮池水涌，腾起百丈。红光纠结，永日如嶂。其闪闪也如日，其团团也如盖，其旋转也如毂，其潆绕也如带。隐隐隆隆，奇奇怪怪，变幻翕忽，莫可名态。予时挟策往观，喟然叹曰："有是哉，是物之显异也！"岂楚王之济江，浮萍实于水滨？岂交甫之适野，弄遗珠于汉津？岂阳侯之奋怒，鼓白波于洞庭？岂天吴之作祟，仍洪水于襄陵？而胡为乎！

若海水之蜃楼，潜泣珠之鲛人；若钱塘之舞潮，迎胥涛之巨神。

如银汉之倒泻,高挂于碧云;如黄河之下注,震撼于龙门。如江海之翻澜,摇天而荡日;如瀑布之飞泉,溅珠而喷玉。显龙宫于海藏,现水怪于燃犀。而予不觉银海生花,五色无主;形神俱丧,舌强欲吐。恍惚之间,若有所谕;神虽不言,默示以意。

若谓子既素称夫涉猎,胡不追忆夫睹记?虎啸而生风,龙兴而致云。雨零而础润,蛛网而喜临。灯火爆而得钱财,乾鹊噪而至行人。里社鸣而圣人出,黄河清而圣人生。河出图,洛出书,兆文明之瑞;而麟游郊,凤仪庭,显至治之征。兹者天道之著象,夫岂虚幻而难凭?当必有异人焉!钟扶舆之间气,萃光岳之精英;振文澜于学海,漱芳润于词林。行且开两间之泰运,沛八表之甘霖。调元气于玉烛,转日毂于昆仑;勒鸿名于鼎彝,竖骏业于无垠。

倘谓予言之未信,请以俟夫来春。既而刘君必达以会元而及第,王君鸣玉以谏议而显名。喜天道之不爽,爰走笔而特书,以自附于斯文。

题解

本文录自清康熙八年(1669年)版《安陆府志·卷三十一·艺文志》第18页。原题为《竟陵泮水呈祥赋》。“若海水之蜃楼”中的“若”,原文无,据下文补。

清康熙七年(1668年)版《景陵县志·卷之五·学校志》第19页记载:“泮池……是年二月春,泮池水踊跃数丈许,有声如雷,有物如龙,蜿蜒行水上,逾时犹不减。阖邑观者如堵。此异人将出之兆也。次年春榜,刘必达举礼闱第一人。教谕游文褧(jiǒng)《泮水呈祥赋》按:自明设科以来,景两会元。前为鲁铎,后为刘必达。历年一百二十,俱值壬戌,先后不爽,亦异矣哉!”

游文褧:字絅(jiǒng)卿。武昌江夏人。由举人任景陵教谕。

王鸣玉（陇右道）

清乾隆乙酉(1765年)初版《天门县志·卷十四·宦迹》第14页记载：王鸣玉，字六瑞。天启壬戌进士，入庶常，改给事。以直节著。魏阉憎其不附己，出为陇西观察。濒行，犹疏数千言，请远佥壬乾纲独断，奸人侧目。抵任，会旱久，所部犷悍骚然，犯禁发矿。众议动师剿之，鸣玉持不可，驰谕云："汝，良民，苦岁乃然，毋恐！官来生汝，其速止，否则诛汝！"乃披发徒跣，行赤日中，吁嗟而祷之，霖雨大沛，啸聚皆解散。陇民相庆曰："观察生我，不则罹锋镝久矣。"其不逞者皆感恩私泣。怀宗即位，特旨召还，补刑科，以失纠司寇逸囚降外。寻迁膳部郎，以疾引归。

韦公寺

王鸣玉

左安门外澹如汀，畏客频邀过水亭[1]。一片尘羞溪面照，十分酒入客脾醒。荷含秋意多相向，蝉作乡音乍可听。花合灯分钟定夕，今宵旅梦各星星[2]。

题解

本诗录自刘侗、于奕正撰，明崇祯八年(1635年)版《帝京景物略·卷三·韦公寺》第67页。丁宿章撰、清光绪九年(1883年)版《湖北诗征传略·卷二十八》第24页收录本诗，文字有异："左安门外绕长汀，畏友频邀过水亭。一片尘羞溪面照，十分酒入客脾醒。荷含秋意多相向，蝉作乡音乍可听。花落灯残钟定后，今宵旅梦各惺惺。"

注释

[1]汀:水边平地,小洲。

畏客:畏友。在道义上、德行上、学问上互相规劝砥砺,令人敬重的朋友。

[2]星星:当理解为“惺惺”。清醒貌。

金泉寺(二首)

王鸣玉

寒光引我踏层冰,人影风声悄欲崩[1]。客使到门钟鼓出,孤吟分却佛前灯。

泉寺传为铁爵新,袈裟袯襫问前因[2]。山深不得官家历,城市传来明日春[3]。

题解

本诗录自清光绪八年(1882年)版《京山县志·卷之二十一·艺文》第33页。

注释

[1]层冰:犹厚冰。

[2]袯襫(bó shì):蓑衣之类的防雨衣。

前因:佛教语。谓事皆种因于前世,故称。

[3]官家历:官历。指官府颁行的历书。

游康乐园

王鸣玉

到山山即主,遇主山亦喜。夕郎吾父执,犹子而客礼[1]。绝口天下事,进酒故人子。临溪泉作导,棹舟峰若徙。洞皎无需月,鱼狎出人履。南宫书满架,北苑画殊侈。焚香同展觌,清奇疗俗鄙[2]。老僧古之愚,不顾且去矣。主人发长啸,尔我安得此[3]?日落水尽处,曲折总难纪。

题解

本诗录自清光绪八年(1882年)版《京山县志·卷之二十一·艺文》第2页。

注释

[1]夕郎:黄门侍郎的别称。

父执:父亲的朋友。

犹子:侄子。

[2]展觌(dí):相见。

俗鄙:庸俗鄙俚。亦指庸俗鄙俚之气。

[3]长啸:撮口发出悠长清越的声音。古人常以此述志。

题如意寺

王鸣玉

吾邑京旧侣,披采此读书[1]。松涛喧砚北,有响楼钟余[2]。问字生曦晚,承风意傥如[3]。昨宵灯一点,不信是僧庐。

崇祯庚午立秋日,西湖茶使王鸣玉题[4]。

题解

本诗录自京山市钱场镇长林山村南如意寺后山摩崖石刻,由焦知云先生录文。题目为《天门进士诗文》编者所加。

注释

[1]吾邑:指作者的家乡,明称景陵,今天门。

披采:广为采集。

[2]砚北:谓几案面南,人坐砚北。指从事著作。

[3]问字:据《汉书·扬雄传》载,扬雄多识古文奇字,刘棻(fēn)曾向扬雄学奇字。后来称从人受学或向人请

教为“问字”。

承风：接受教化。

傥如：安闲自得的样子。

[4] 崇祯庚午：明崇祯三年，1630年。

请停贡例以惜名器疏

王鸣玉

窃惟国家三途并用，除乡会两标外，额贡循资，恩贡考选，皆以文字为致身地[1]。故虽门户单寒之士，肉食纨绔不敢与相颉颃，岂非重诗书不耻以贿闻也哉[2]？其他事例输资尽属末局，虽先年例贡，偶一举之，限人限时，随举随罢。天启二年，工部以陵工议开，巡视科道臣刘弘化、刘芳力持不可[3]。三年，户部以济边议开，奉旨“各款俱允”，惟例贡独停[4]，盖于万不得已之中寓爱惜名器之意焉。须巡视台臣疏上，部议陵工十月限完，事急无措，暂开贡例，内有“十人可得半万”之语，工完即止。法非不善，而部疏争执，科臣调停，稍示两存之，遂倚马铜山金穴一往不返[5]。夫以陵工则十月已报竣，可以止矣；若曰济边，虽尽天下之庠序而贡之，毋乃犹未足乎[6]？臣约而言之，有不必者三，有不可者三——

广宁陷矣，辽阳失矣。兵无片甲，饷无粒米。此告身易一醉之时，犹不以正途为市，顾冒滥于河清凤见、玺出命新之日乎[7]？其不必者一。

兵可核也而不核，饷可查也而不查，稍一留心，可余数百万。乃泥沙虚掷于纸兵，而锱铢滥取于正途乎[8]？其不必者二。

例开于宾兴之年，天下廪监，辐辏云集[9]。今已五阅月，咨送吏部不过数十人[10]，所得几何而冒鬻爵之虚名。其不必者三。

廪生曾经学臣优取，尽一时誉髦，阅各省贤书，中式大半[11]。今一趋于贿，士风日下，士气日卑，所忧不但在乏财矣。其不可者一。

富者倒出囊中，贫者闻之借贷。仕宦之捷径取偿于他日[12]，欲世不浊、民不穷，岂可得乎？其不可者二。

两部取数既多，吏部选法益壅，正缺又少，势必与资郎[13]。等是朝廷以正途为饵，而愚天下之寒生也[14]？彼跅弛之才陷身末局，欲返初服又可得乎[15]？其不可者三。

有此三不必、三不可，而冒昧行之，得少失多，当事者可不深长思耶[16]？

题解

本文录自上海书店1990年版《明熹宗实录·卷之四十七·天启四年冬十月》(影印本)第2464页。文前署名为“兵科王鸣玉”。兵科指兵科给事中。明制分设吏、户、礼、兵、刑、工六科给事中掌侍从规谏，稽察六部之弊误，有驳正制敕违失之权。

贡例：疑指纳贡与例监。明代科举制度准许人捐纳钱财入国子监，由生员捐纳者称纳贡，而由普通民人捐纳者称例监。清代有例贡，性质相近。

名器：名号与车服仪制。用以区别尊卑贵贱的等级。

注释

[1]窃惟：私下考虑。谦辞。

三途：指封建时代取得官职的三条途径：举荐、征辟、科甲。

乡会：指乡试、会试。

标：量词。犹支，队。

额贡：疑指岁贡。参见本书附录《部分科举名词汇释》第3条。

循资：按年资逐级晋升。

恩贡：参见本书附录《部分科举名词汇释》第3条。

致身：原谓献身。后用作出仕之典。

[2]单寒：谓出身寒微。

肉食：指高位厚禄。亦泛指做官的人。

纨绔：细绢制的裤。古代贵族子弟所服。借指富贵人家子弟，含贬义。

颉颃(xié háng)：谓傲视。

不耻以贿闻：此处当理解为，以用财物买得虚名为耻。

[3]陵工：营缮帝王陵墓寝庙的工程。

议开：此处指谋开贡例之事。

科道：明清六科给事中与都察院各道监察御史的合称。

力持：极力坚持。

[4]先年：往年，从前。

济边：济助边饷。

例贡：与上文“贡例”同。

[5]科臣：明代六科给事中官通称。

遂倚马铜山金穴一往不返：于是器重贤能的时代一去不复返。倚马：形容才思敏捷。参见本书蒋元溥《倚马可待》题解。铜山金穴：比喻极其富有。

[6]庠序：古代地方学校的泛称。与天子的辟雍、诸侯的泮宫等大学相对而言。后人通释庠序为乡学，亦以庠序概称学校或教育事业。

毋乃：莫非，岂非。

[7]此告身易一醉之时：这是拿朝廷的委任状换得一醉的时候。告身：古代授官的文凭。

正途：明清仕途有正、异之分，凡进士、举人、贡监等出身为正途；吏员、捐纳、杂流等出身为异途。

冒滥：假冒浮滥。

河清凤见：此处指虚拟的祥瑞征兆。

玺出命新：疑指朝廷新的任命，多指提升。

[8]泥沙虚掷于纸兵：疑指兵员人数不清，白白浪费兵饷。纸兵：剪纸成兵。

锱铢滥取于正途：向正途出身者任意索取微利。锱铢：比喻微利，极少的钱。

[9]宾兴：西周时地方向天子荐举人才的制度。亦称乡举里送。

廪监：廪监生。向国子监捐资而得。

辐辏：集中。

[10]五阅月：经过了五个月。

咨送：谓移文保送。移文是旧时文体之一，指行于不相统属的官署间的公文，亦泛指平行文书。

[11]学臣：指学政。地方专管考试的官。

誉髦(máo)：俊美，俊杰。

贤书：本意指举荐贤能的名单。此处指乡试举人名录。

中式：科举考试合格。

[12]取偿：得到补偿。

[13]与：给予。

资郎：出钱捐官之人。

[14]等是：为何。

寒生：贫苦的读书人。

[15]跅(tuò)弛之才：指旷放、不受旧礼法约束的人。

返初服：指希望辞官退隐之意。初服：指出任官职前的衣服。

[16]冒昧：鲁莽轻率。

当事者：当权者。

长深：长远，深远。

沈沧洲(沈惟耀)先生去思碑记

王鸣玉

世之欲有为于时者,勿论秩之内外、局之炎冷,但相其地所宜,为时所可为,与职所不得不为,即当栉垢爬痒,嘉与维新,然不办一片血诚,烈然高断,将必取熟软以媚耳目为也[1]。邑谕沈沧洲先生,郧甲族也[2]。壬子,沧洲兄念莪与余同乡举。及余备员夕郎,又与沧洲弟炎洲有同舍之谊[3]。炎洲处天沸地涌时,气干虹霓,笔横秋霜,天下壮之。每与余合樽促坐,辄口沧洲不置[4]。曰:"吾兄,种学绩文士也[5]。吾辈有今日,多兄奖提之功。"而止以明经格得京武学司训,余以是得数数过从,疏肠白意,时暖人以布帛之词[6]。

既余出守陇右,值先生振铎吾邑[7]。声迹相避,然积资已久[8]。甫数月,即蒙台使荐,遂有今洧川令之迁[9]。适余环召,取道归里,犹得与其寅亚及诸弟子员祖道国门外,一时綦履轮蹄[10],填塞街陌。华哉!是日也。余因进问先生谕竟陵状,则合词对曰:"先生于人无溪刻,每有造请,各醉清光以去[11]。洪于酒,健谈笑,终无一媟亵语,尤怜爱单寒而曲成之[12]。曰:昔韦玄成接人[13],贫贱者益加敬。吾岂为钱神铜臭遂起异同见乎?所举乡贤、孝子、节妇,例旧有馈遗,先生却之,曰,将以朝廷重典为奇货乎,直道安在[14]?诸生有冤抑事,白长吏及学使[15],昭雪乃已。其最大者,莫如修学宫一事。邑自柯观察迁学北郭后,百有余年。外蚕食,内鞠茂草[16],先生按图复其旧。殿阁斋庑之间,苍鼠窜瓦,蟏蛸网户[17],心甚悲之,曰,世人于贝阙珠宫,丹垩髹采之不遗力[18],而游圣人之门者,听其荒破而不为意,登枝弃本之谓何[19]?于是捐俸首倡,焕然一新。且展其履任之期,必观厥成而后去。有师若此,吾辈请砻石以志不朽,太史氏顾靳一言乎[20]?"

余曰:"先生真所谓欲有为于时者也。即修学宫一事,岂易得之于如水青毡乎[21]?鲁叔孙所馆虽一日,必葺其墙屋[22];郭有道每至,必躬自洒扫[23]。此与扫除天下岂有二旨耶?丈夫一登仕版,大之桑土绸缪[24]，小之竹头木屑。在天下，则城狐社鼠之必殛[25]；在一邑，则荆榛蓬蒿之悉剪，其义一而已矣。今圣朝御宇，海内肃清，有炎洲之黜幽陟明[26]，有沧洲之革故鼎新，又有念莪民部主持留都之钱刀货贝，所谓欲得元结数十辈，参差为牧伯[27]，何忧天下哉！而兹固萃之沈氏一门矣，况今先生所迁淯川，此惠人枌榆之乡，革芍药之陋习，新乘舆之德政[28]，又岂无可言者乎？"

于是诸公是余言而勒之贞珉[29]。

题解

本文录自吴履谦编辑、清道光丙申(1836年)版《竟陵文选·卷中》第1页。

沈沧洲：沈惟耀，字沧洲。天启末任景陵县教谕。

去思：旧时地方绅民对有德政去职官吏的怀念之情。

注释

[1]栉垢爬庠：去脏抓痒。比喻清除邪恶。

嘉与维新：鼓励革故鼎新。嘉与：奖励优待。维新：反对旧的，提倡新的。通常指变旧法，行新政。

血诚：丹心，赤诚。

烈然：凛然。

高断：英明判断。

熟软：软熟。谓柔和谄媚。

[2]甲族：指世家大族。

[3]备员：充数，凑数。

夕郎：黄门侍郎的别称。

[4]合樽：合尊。共同饮酒。樽、尊：酒器。

[5]种学绩文：培养学识，积累文才。绩文：写文章。

不置：不舍，不止。

[6]明经：明清两朝称贡生为明经。

司训：明清时县学教谕的别称。教谕：清代府学官称"教授"，州学官称"学正"，县学官称"教谕"，负责教育所属生员。

数数(shuò)：屡次，常常。

过从：来访，相互往来。

疏肠白意：近似虚心白意。谦虚淡泊的意思。白意：心中淡然无所沾滞。

[7]陇右：亦称"陇西"。甘肃省旧时别称之一。

振铎：古代鸣铃以教众。后引申为从事教职的代称。铎：有舌大铃。

[8]声迹相避：声望与事迹不为人所知。

积资：指累积升官的资历。

[9]洧（wěi）川：古县名。明洪武二年（1369年）迁治今洧川镇。明清属开封府。

[10]环召：经常用以指被放逐之臣或在京城之外的臣僚返回京城。

寅亚：当为对同僚兄弟的敬称。寅：同僚。

祖道：古人于出行前祭祀路神，称祖道。后也指饯行。

国门：国都的城门。引申为一般城门。

綦（qí）履：履綦。鞋子下面的饰物，引申为履迹，足迹。

轮蹄：车轮与马蹄。犹言车马。

[11]合词：联名上书。

溪刻：刻薄，苛刻。

造请：登门拜见。

醉清光：形容醉态。清光：容颜。

[12]媟亵（xiè xiè）：轻薄，猥亵。

单寒：谓出身寒微。

曲成：多方设法使有成就。

[13]韦玄成：字少翁，鲁国邹（今属山东）人，丞相韦贤之少子。韦玄成少好学，为人谦逊，尤敬贫贱。

[14]重典：隆重的典礼。

直道：指诚信、忠实，恪守儒家道德规范。

[15]白长吏及学使：向长吏和学使陈述。

长吏：明清或以地方僚属泛称“长吏”。

学使：即学政。明直、省提督学政、督学政省称。由朝廷在侍郎、京堂、翰林、科道、部属等官中选进士出身者简派，三年一任。不问本人品阶高低，任学政期间，地位与督、抚平等。

[16]柯观察迁学北郭：参见本书谭篆《重修景陵学宫记》注释。柯观察：指时任佥都御史柯乔。观察：明清时道的行政长官别称“道台”“观察”。

鞠：通“鞫（jū）”。尽。

[17]蟏蛸（xiāo shāo）：蜘蛛的一种，脚很长。通称蟢（xǐ）子。

[18]贝阙珠宫：用贝类和珍珠装饰的宫阙。借指神仙的宫殿。阙：皇宫门前两边的楼。

丹垩（è）髹（xiū）采：涂红刷白，泛指油漆粉刷。垩：一种白色土。

髹采：赤多黑少的彩色。

[19]登枝弃本：攀上高枝，就把根本抛弃了。

[20]砻石：磨石，刻石。

太史氏：此处指王鸣玉。太史：翰林。本为官名，夏商周三代为史官和历官的长官。明朝和清朝都叫钦天监，掌管天文占候的事；编写史书的任务归翰林院，故俗称翰林为太史。

顾靳：顾惜，吝惜。

[21]青毡：借指祖先留存之物。《晋书》卷八十《王献之传》：王献之为人寡言少语，却有胆识。“夜卧斋中，而有偷人入其室，盗物都尽。献之徐曰：‘偷儿，青毡我家旧物，可特置之。’

群偷惊走。”

[22]鲁叔孙所馆虽一日，必葺其墙屋：《左传》载，鲁叔孙昭子居一日，必葺其墙屋，去之如始至。

[23]郭有道每至，必躬自洒扫：明江东伟《芙蓉镜寓言》：“郭林宗每行宿逆旅，辄躬自洒扫。及明去，后人至，见之曰：此必郭有道昨宿处也。”郭有道：郭泰，字林宗，人称有道先生，山西介休人，东汉末太学生首领。

[24]仕版：记载官吏名籍的册子。也引申指仕途，官场。

桑土绸缪：比喻事先做好防备工作。桑土：指桑根皮。绸缪：紧紧缠绕。

[25]城狐社鼠：城墙上的狐狸，土地庙里的老鼠。比喻仗势作恶的小人。

殛(jí)：杀死。

[26]御宇：统治天下，也指天下。

肃清：清平，太平。

黜幽陟明：黜陟幽明。黜退愚暗的官，晋升贤明的官。

[27]留都：古代王朝迁都后，常称旧都为留都。如明代迁都北京后，以旧都南京为留都。

钱刀货贝：指货币。钱刀：金钱。刀：古代一种刀形钱币。货贝：古代用贝壳做的货币。亦借指财货珍宝。

元结：唐代文学家。字次山，号漫叟、聱叟。河南鲁山人。

牧伯：州郡长官的别称。古代州长既称州牧，又称方伯，二者合而省之则为牧伯。

[28]惠人：施恩惠于他人的人，仁慈的人。

枌(fén)榆：乡名，汉高祖的故乡，借指故乡。

芍药之陋习：指游乐之习。芍药：《诗经·郑风·溱(zhēn)洧》：“维士与女，伊其相谑，赠之以勺药。”勺药即“芍药”。后因以“芍药”表示男女爱慕之情，或以指文学中言情之作。

乘舆：借指帝王。

[29]是：赞同，认为正确，肯定。

贞珉(mín)：石刻碑铭的美称。

哭伯素(黄问)文

王鸣玉

天启四年秋九月十七日，故同年孝廉蕲水谕黄子伯素客死[1]。其友王鸣玉时官长安，僦舍贮米以待子至[2]，无何有传子病且死。余叱之，心疑之。后有见子死且殓者，乃不能不信之、哭之。接子之友，哭。发子家书,哭。检子诗文笔札,又哭。时吾两亲在子舍,虩然投箸曰:"往年丧汝叔,丧汝子,吾未见汝哭至此!吾老人板舆远涉何为[3]?奈何以汝知己之感,废吾膝下之欢乎?"予于是臆结语塞不能言,亦何忍终不言哉?

时当七夕之夜,拉泪焚香[4],哭之曰——

呜呼!交之难言久矣。予与子交十三年,子之肝肠意气、议论文章,无不可以师我、友我。其生平孝友姻睦之行,特立独往之志,淹雅鸿驳之才[5],无论知与不知,皆为子惜。然能知子之心、识子之天性者,交游中恐不多得。尝与子学矣,一字之得不以私予。晓窗夜烛,析义抗言,各成其才之所近而止,则子之老识虚衷可思也[6],吾当哭子于社。尝与子旅矣,风马雪驴,子先我后,正不择便,约不失期,甚者童仆资斧,不问予而问子,则子之平情恕道可思也[7],吾当哭子于途。尝与子功名之际矣,壬戌之役,我吊子贺,我为子而投笔,子为我而弹冠。而且勉为我词臣,诫我以荒饱[8]。俱出俱入,共耐半载之寒暄;或醉或醒,不废客中之吟啸,则子之高怀远度可思也[9],吾当哭子于邸。所不同者,予缓子卞,予华子朴,予钝子敏,予肥子羸,予陋子博,予懒子勤,予疏子毖[10]。余冲口好尽,子择人而言。余世味颇轻,子名根太重[11]。余兴寄一醉,子志在千秋。余枕席意淡,子香粉情笃。然每当风雨论心、文酒发议之会,未尝不韦弦共佩、药石并投[12],使子与余再得交十三年而别,左右提挈,庶几各随短长自见,而今竟已矣!去岁遗余书:"王郎能为简洁文字,可洗近来奏疏恶习。若国家大议大事,须待黄教官到时商量,勿漫作今人纸上忠义。"

呜呼!子言虽存,子魂焉往?敝裘已穿,青毡尚暖[13]。半生贫苦,笔酣墨饱。徒借他人之酒杯,十载迍邅,汲短绠长[14]。惟怜《陵阳》之心血[15],为子之造物者,不亦太惨乎?予今且归矣,萧然三亩,余不忍过。皤然二老[16],余不忍拜。凄然一棺,予不忍见。奄奄者嫠,茕茕者孤[17],予俱不忍问。犹记畴昔之夜[18],连床而寝,子患肠鸣,呻吟之声,不辨虫鸟。夜半,子哭呼予语曰:"托妻寄子,子或办此。"余佯寝不应。再呼予语,则叱予曰:"是何言也!"呜呼!余今应子矣,子死矣!

题解

本文录自吴履谦编辑、清道光丙申(1836年)版《竟陵文选·卷中》第3页。

伯素:黄问,字伯素。天门人。与王鸣玉为同榜举人。

注释

[1]同年孝廉蕲水谕黄子伯素客死:我的举人同榜、蕲水教谕黄伯素死于异地他乡。

[2]僦舍(jiù shè):租屋。

[3]艴(fú)然投箸(zhù):非常生气地扔掉筷子。

[3]板舆:代指官吏在任迎养父母。

[4]抆(wěn)泪:擦眼泪。

[5]姻睦:睦姻。姻亲和睦相处。泛指与人和睦相处。

淹雅鸿驳:渊博高雅。"鸿驳"当为"鸿博"。指学识渊博。

[6]析义:分析说明文章意义。

抗言:对面交谈。

虚衷:虚心。

[7]资斧:旅费。

平情:公允而不偏于感情。

恕道:宽仁之道。

[8]词臣:旧指文学侍从之臣,如翰林之类。

荒饱:谓无功受禄,晏安享乐。

[9]高怀远度:大志远谋。

[10]卞:急躁。

葸:谨慎。

[11]世味:指功名宦情。

名根:指好名的根性。

[12]韦弦共佩:化用成语"韦弦之佩"。意为同以有益的规劝来警诫自己。韦:熟牛皮。弦:弓弦。典出《韩非子·观行》。

药石:比喻规戒。

[13]青毡:青毡制品。如帐篷、帽冠等物。指清寒贫困的生活。

[14]迍邅(zhūn zhān):处境不利,困顿。

汲短绠长:"绠短汲长"的化用。绠:汲水用的绳子。汲:从井里打水。本义为吊桶的绳子短,打不了深井里的水。比喻能力薄弱,难以担任艰巨的任务。此处反其意而用之。

[15]陵阳:古曲名。与《白雪》同属高雅而和者寡的曲子。

[16]皤(pó)然:白貌。多指须发。

[17]奄奄者嫠(lí),茕茕(qióng)者孤:指寡母和孤儿。

[18]畴昔:往日,从前。

律堂碑文

王鸣玉

真公在西塔始为堂、为阁，次为藏、为房、为田、为库，又次为桥、为亭、为路、为山门，于此可谓劳而功矣。真公曰："再少一碑。"予曰："又多乎哉？"真公曰："再得一碑而去，吾愿毕矣！"予曰："汝以身去，以碑守乎？以众守，抑以律守乎[1]？汝为众望，佛则以律守律。吾为佛宽众，何如以不守守心[2]？堂，犹夫公庭也，良者誓不入，奸者讵难出[3]？藏，犹夫经史也，勤者市肆可学，偷者父书可焚[4]。房，犹夫火宅也，贤者世守之，不屑者邮传之[5]。田，犹夫农亩也，义者耦耕而食，黠者越畔而芸[6]。库，犹夫私橐也[7]，廉者一钱不选，贪者万贯非多。桥梁亭榭，犹夫辋川金谷也[8]，韵者以之邀风月，俗者以之系马牛。汝未能保汝之身，如此一片石，安能必此西塔之堂之藏之房之田之桥梁亭榭，如汝之四大五蕴也哉[9]！"乃亟呼曰："真公，真公，真乎？否也。"此足以碑矣，亦足以守矣。

题解

本文录自清乾隆乙酉(1765 年)初版《天门县志·卷二十四·余编》第 32 页。

注释

[1] 真公：僧名。清康熙七年(1668 年)版《景陵县志·卷十二·人物志·仙释》第 24 页记载："照真，字一如。结社匡庐，建西林塔。"

抑以律守乎：还是以戒律来持守呢。律：佛教的戒律。

[2] 宽众：疑指待人宽厚得民心。

守心：持正之心。

[3] 公庭：古代国君的庙庭或朝堂之庭。庭：堂前地。

讵难：岂难。

[4] 市肆：市中店铺。

偷者：浅薄之人。

父书：父亲读过的书册。

[5] 火宅：佛教谓人有六情七欲，未脱烦恼，如居火坑之中，故名"火宅"。

邮传：古时传递文书、供应食宿和

车马的驿站。

[6]耦(ǒu)耕:两人各持一耜(sì)的合力并耕,为西周流行的一种协作劳动方式。泛指耕作。

越畔:越过田界。

[7]私橐(tuó):私囊。私人的钱袋。

[8]辋川:水名。即辋谷水。诸水会合如车辋环凑,故名。在陕西省蓝田县南,源出秦岭北麓,北流至县南入灞水。唐诗人王维曾置别业于此。

金谷:为晋代富豪贵官石崇的别墅园林,在今河南洛阳西北金谷涧中。

[9]四大:佛教名词。指地、水、火、风。

五蕴:佛语。指构成现实人的五种物质和精神现象,色(形相)、受(情欲)、想(意念)、行(行为)、识(心灵)。

永宁公(程宗简)小传并赞

王鸣玉

余读《大泌山房》[1],见《韦庵先生寿序》,而叹先生之德之盛也。且其序详核而确实,先生生平大略可睹矣。

先生讳宗简,字叔可,号韦庵。敦行博物,文章推重一时,尤以让德称[2]。父东磐先生为刺史,时长公督家政,先生闭户一孤檠也[3]。兄殁,而先生抚其弟侄,卑田敝服[4],拾以自给,而嘉者悉分让之。晚始岁荐,以同学邹公需次稍后[5],毅然让居前。学使者令其三思,先生让益坚,宪使奇之[6]。久之,廷试授河南永宁司训[7]。再期而归,家四壁立,裒衣高冠[8],端然独踞。而子姓之庚彧如龙,亚中男以下,皆曲肖其高、曾[9]。

是时邑中有三先生:鲁公净潭以理学著,刘公秋潭以芳洁著[10],程公以文名博物著。然先生兼而有之,而人不敢指为一艺。故推理学、芳洁者,必首称公。其在永宁也,以己所独悟者诱迪后进,无倦色,盖彰教于二程之乡,伊洛遗风犹存也[11]。当时学者宗之[12],亦有祥云瑞日之慕焉。时本宁先生为中州宪使,延先生于别馆,揖之上座,先生辞逊[13]。太史曰:“先生道谊高一时,余岂敢以梁国吓庄子哉[14]?”于是中州自藩臬以下,佥尊礼先生[15]。及家居时,本宁先生每幅巾跨蹇,造门而访以古今事[16]。先生应之暇整,无遗思足夺其席[17]。尝与汉上诸公同登鹤楼。众欲赋诗,先生曰:“崔司勋而后,雄才如太白,尚欲捶碎黄鹤[18]。吾辈又当从凤凰台、鹦鹉洲外,别寻一境也。”乃振笔作《全楚大观赋》,数千言立就,众皆惊叹辍笔焉。先生有《宫怨诗》数章,与王建《宫词》、罗邺《闺怨》同为千古绝调[19]。如所云“安得妾身如腐草,化萤犹自上君衣”,尤脍炙人口。他若《纨扇赋》及诸碑文、序记,雄博奥伟,直欲轶汉魏而上之矣[20]。又尝纂录《姓氏全谱》,已成编而卒。其书汇辑古今人物,依韵编次,列《男子行实》,后附《女子》,古史逸乘,罔不搜罗。年逾八旬,犹日搦管细书精缮[21]。积数十卷,为火所毁,故其著述仅有存者。惜哉!先生晚居乡,德益高。邑侯刘公延先生为泽宫祭酒者三,先生折柬谢之[22]。刘公曰:“又费先生一纸书矣。”先生型家肃穆,教子弟以礼;堂阶秩秩,有汉庭长者风[23]。卒年八十有四。本宁先生铭其墓曰“程有道先生”云。

赞曰:世称子云之博物、王通之遗文[24],冠绝当时。予皆读之久矣。然子云询谋列国而因以畀人[25],王通摹拟古人而授之弟子。若夫无所咨询拟议,而以奖进后学者[26],累思之而推一韦庵先生也。当时人争慕之。行其庭,阒其无人;褰其帷[27],其人斯在。不招招以为名而洁己翻经[28],嗟乎不可及也!

题解

本文录自清光绪甲午(1894年)版天门胡市《鹤塘程氏世谱》。

永宁公:指程宗简。清道光元年(1821年)版《天门县志·卷之二十一·人物》第3页记载:程宗简,字叔可,号韦庵,程鸿仲子。潜心理学。曾任永宁县教谕。李维桢题其碣曰:“程有道先生之墓。”

注释

[1]大泌山房:指李维桢文集《大泌山房集》。

[2]敦行:笃行。

推重:推许尊重。

让德：将自己的德行归功于他人。

[3]东磐先生：程鸿，字子渐。程飞云高祖程鹄之兄。解元。通州知州。

长公：古人多以“长公”为字，为行次居长之意。

孤檠（qíng）：孤灯。

[4]卑田敝服：低劣的田地和破旧的衣服。

[5]岁荐：即岁贡生，五贡之一。参见本书附录《部分科举名词汇释》第3条。

需次：旧时补吏，要按其资历依次补缺，叫需次。此处指补贡生。

[6]学使者：即学政。地方专管考试的官。

宪使：明提刑按察使别称。

[7]廷试：此处指皇帝命题考察贡生的考试。

司训：明清时县学教谕的别称。清代府学官称“教授”，州学官称“学正”，县学官称“教谕”，负责教育所属生员。

[8]家四壁立：室中空无所有，唯余四壁。比喻贫困。

裒（bāo）衣：宽大之衣，为儒生服式。裒：同“褒”。衣襟宽大。

高冠：楚冠的一种。屈原喜服高冠。

[9]子姓：泛指子孙、后辈。

庚彧（yù）：疑指程家子孙卓异。庚：通“更”。又，再。彧：有文采的，茂盛。

中男：于诸子中在长幼之间者。

曲肖：曲似，完全相似。

[10]鲁公净潭：鲁思，字睿甫，人称净潭先生。举人。

理学：又称“道学”或“宋明理学”。宋明时期的儒家哲学思想，中国古代哲学发展的最后和最高阶段。

刘公秋潭：刘锭，字伯兼，号秋潭。贡生。任分宜县令，方正清洁，弃官归里。

[11]二程：指宋代理学家程颢、程颐兄弟两人。洛阳人。

伊洛：指宋程颢、程颐的理学。程氏兄弟洛阳人，讲学伊洛之间，故称。

[12]宗：尊崇。

[13]本宁先生为中州宪使：指李维桢任河南提刑按察使。本宁：李维桢字本宁。

延：引进，请。

别馆：招待宾客的住所。

辞逊：辞让。

[14]太史：翰林。本为官名，夏商周三代为史官和历官的长官。明朝和清朝都叫钦天监，掌管天文占候的事；编写史书的任务归翰林院，故俗称翰林为太史。此处指李维桢。李维桢中进士后为翰林院庶吉士。

道谊：指道术，技艺。

以梁国吓庄子：指庸人以财利、权位为贵，忌怕别人争夺。典同“鸱（chī）吓”“吓梁国”。《庄子·秋水》

云：惠子在梁国作相，听人说庄子来到梁国想替代他的位子，于是惠子很害怕，在国中大肆搜寻庄子。庄子去见他，说：“南方有叫鹓(yuān)的鸟，不是梧桐树不栖息，不是竹米不吃，不是甘泉不饮。有只鸱子得到一只腐鼠，见鹓飞过，以为要与它争夺腐鼠，于是发出威胁的声音，你也想因为你在梁国而威胁我吗？”

[15]藩臬(niè)：藩司和臬司。明清两代布政使和按察使的并称。布政使主管一省的人事和财政，按察使为一省司法长官。

佥(qiān)：都，皆。

[16]幅巾：原指一种束发的绢巾，后古人不戴冠以巾束发皆可称作幅巾。一些做官的常以不戴冠而幅巾，视为雅举。

跨蹇(jiǎn)：谓骑着蹇驴或驽马。

造门：上门，登门。

[17]暇整：整暇。形容既严谨又从容不迫。整：整齐，谓按部就班。暇：闲暇，谓从容安暇。

遗思：往某方面思考。

夺其席：夺占别人的席位以代之。后以“夺席”为才气特高，压过他人之意。

[18]崔司勋：崔灏。唐代诗人，天宝时历任太仆寺卿、司勋员外郎等职。曾于黄鹤楼写下《黄鹤楼》诗，闻名一时，据说连李白也自叹不如，说：“眼前有景道不得，崔灏题诗在上头。”

捶碎黄鹤：指李白作《醉后答丁十八以诗讥余捶碎黄鹤楼》。

[19]王建：唐代诗人。字仲初。与张籍都工于乐府，世称二人所作为“张王乐府”。王建《宫词》一百首，多言唐宫禁中事、皆史传小说所不载者，往往见于其诗。

罗邺：唐代诗人。工于七言律诗，其诗多怨愤哀愁之作。杨升庵盛称罗邺为江东之冠，尤爱其《闺怨》《南行》二绝。

[20]雄博：宏伟博大。

轶：超过。

[21]搦(nuò)管：握笔，执笔为文。

[22]邑侯：明清县长官别称。

泽宫：天子行大射礼的处所，又是考试贡士的场所。也叫射宫、辟雍。此处当指县学。

祭酒：古代中央政府官职之一，基本隶属于朝廷最高学府国子监。主要任务为掌大学之法与教学考试。此处当指县学主持。

[23]型家：治家。

堂阶秩秩：厅堂前的台阶。秩秩：肃敬的样子。

汉庭：指汉朝。

[24]子云：即扬雄，一作“杨雄”。字子云，成都人，西汉时文学家。他曾在简陋的亭子里写出《太玄经》。

王通：隋朝哲学家、文学批评家。字仲淹，绛州龙门(今山西河津)人。为初唐王勃祖父。大业末，返归乡里，聚徒讲学，执教自给，弟子众多，时称“河汾门下”。卒后，门人私谥曰文中子。今存《中说》十卷，亦名《文中子》，记载王通言行，可能为其门人或子孙所作。

[25]畀(bì)：赐予，给予。

[26]拟议：行动之前的谋划和议论。

奖进：称许，提拔。

[27]阒(qù)其无人：寂静无人。语出《周易·丰》：“窥其户，阒其无人。”阒：寂静。其：然。

褰(qiān)其帷：撩起他的帷幔。

[28]招招：摆手相招。

洁己：洁身正己。语出《论语·述而》：“人洁己以进，与其洁也，不保其往也。”别人把自己弄得干干净净而来，便应当赞成他的干净，不要死记住他那过去。

熊开元(南明随征东阁大学士)

熊开元(1600～1671年),明天启五年乙丑科(1625年)进士。除崇明知县,调吴江。明崇祯四年,征授吏科给事中,坐事谪外,不赴。久之,起山西按察司照磨。十三年,迁行人司副,以官卑失望,往见首辅周延儒,欲有所陈述。延儒适有事外出,不肯听取。开元大憾,遂数面奏,论延儒隐事,触帝怒,被廷杖系狱,遣戍杭州。南明唐王立,累擢为随征东阁大学士。后弃家为僧,法名释正志,隐苏州灵岩山而终。

丁宿章撰、清光绪九年(1883年)版《湖北诗征传略·卷三》第30页记载:熊开元,字元年,号鱼山。明天启进士。由知县官给事中。暮年为僧,号檗(bò)庵。有《华山纪胜集》。开元先世天门。在妊,母为嫡所逐,依外家嘉鱼,目生,遂籍嘉鱼……鱼山本竟陵产而迁嘉鱼者。

清道光元年(1821年)版《天门县志·卷之二十三·人物》第14页记载:熊开元,字鱼山。少依外家,借籍嘉鱼。天启五年进士。授崇明县尹。移剧吴江。崇祯召入为谏垣……

沈文祖著、苏州大学出版社2010年版《廉石千秋:苏州清官廉吏史话》收录《熊开元:直言进谏廉能爱才》一文。第一、二段摘录如下(引用时文字有改动):

熊开元,字玄年,号鱼山,崇祯元年(1628年)到吴江任知县。他本为湖北天门人,因为母亲是妾,被大老婆逐回到娘家嘉鱼县生下他,遂入籍嘉鱼。万历四十五年丁巳(1617年)考取秀才第一名,四十六年戊午成举人。天启五年乙丑科(1625年)考中三甲第175名进士,七年任崇明(今属上海)知县。他为官清廉,一身正气,疾恶如仇,清除恶势力毫不留情,许多贪赃枉法的事经他审理后都得到严厉处理,在崇明享有较高的威望,受到当地百姓的尊敬和爱戴。由于他政绩突出,崇祯元年被调往吴江任职。崇明的父老乡亲得知知县要离开崇明,舍不得他走,请求朝廷把他留下,最终没有成功。为不忘他所取得的功绩,百姓自发为他立了一块"去思碑",以示永久纪念。

过去,按规定吴江衙门里的开销都出自金库,记账就行,管库的库吏权力很大。不少人为了得到更多的好处,经常巴结他们,给他们许多好处,衙门内怨声载道、反响很大。熊开元到吴江任职听到反映后，对此非常重视。他下令进行清查，没收库吏的非法所得，全部拍卖后还进库里，还改革了各项内部管理规定，重新慎重选用库吏，为出入库订了严格的章程……他还亲自组织清理出全县隐瞒的田亩数以万计，赋粮数以千计，上司用“廉能”两字来称赞他。

鸟道卧石狮

熊开元

从来入蜀叹崎岖，九折何如此路迂。若是香林黑狮子，向前翻掷肯踯躅[1]。

题解

本诗录自四库全书本《明诗综·卷之七十一》第22页。

鸟道：险峻狭窄的山路。

注释

[1]香林：禅林。　　踯躅(zhí zhú)：徘徊不前。

穿云栈

熊开元

尽日凝云谷口封，倦还飞鸟亦迷踪[1]。何如近借斋厨钵，鞭取耕烟白耳龙[2]。

题解

本诗录自四库全书本《御选明诗·卷一百十三》第1页。

苏州市吴中区西有花山，旧名华山，去阳山东南五里。山石峭拔，岩壑深秀，相传山顶有池，生千叶莲，服之羽化。花山有摩崖石刻《穿云栈》（熊鱼山）。

穿云栈：穿越云雾的栈道。栈道，在险绝的地方傍山架木而成的道路。

注释

[1]迷踪：迷失道路。

[2]斋厨：寺院的厨房。

鞭取耕烟白耳龙：化用李贺诗中神仙呼龙耕田种瑶草的吟咏，描写自己的隐居生活。唐诗人李贺《天上谣》："王子吹笙鹅管长，呼龙耕烟种瑶草。"

鞭取：驱赶。

白耳龙：传说中的白耳朵的神龙。

吴门与金正希（金声）夜哭

熊开元

碧血何曾洒，丹心不可砭[1]。谁人呼马角，与子泣龙髯[2]。半壁留吴越，群奸布网钳[3]。吾将披发去，长向海山潜[4]。

题解

本诗录自熊士鹏编、清道光癸未（1823 年）版《竟陵诗选·卷六》第 9 页。

吴门：指苏州或苏州一带。为春秋吴国故地，故称。

金正希：金声，字正希，一字子骏，号赤壁。湖北嘉鱼人。一说安徽休宁人。明崇祯元年（1628 年）进士。历任副总兵、御史等职。清兵入关后，举兵抗清被擒。1645 年死于南京，谥文毅。

注释

[1]砭：古代治病用的石针。此处指救治。

[2]马角：指灾异之兆。

泣龙髯：同"龙髯攀泣"。谓痛悼帝王之死。此处指痛悼崇祯皇帝。

[3]半壁留吴越：指清军已压境，尚未渡江，江南为南明之地。

网钳：罗钳吉网。唐明皇时侍御史罗希奭（shì）、吉温。罗像一把铁钳，吉像一张罗网。指二人酷刑断狱，使人无可逃脱。

[4]吾将披发去，长向海山潜：指“被发入山”。披散着头发到山上去。指离开俗世而入山隐居。

击筑余音

熊开元

谱得新词叹古今，悲歌击筑动知音。莫嫌变徵声凄切，要识孤臣一片心[1]。

【一、曼声引】混沌元苞，却被那老盘王无端啰唣[2]，生刺刺捏两丸圆弹子，撮几粒碎尘硗，云是乌飞兔走，岳镇也山朝[3]。更蛀几条儿疥虫路，挖半掌儿蹄涔道[4]。到如今昆仑万仞撑天柱，江汉千波入海潮，弄这虚器[5]。

【二、入拍】女娲氏，你斫什么柱天鳌[6]？有巢氏，你架什么避风巢[7]？那不识字的老庖牺，你画什么奇和偶[8]？那不知味的老神农[9]，你尝什么卉和草？更有那惹祸招非的老轩辕[10]，你弥天排下鱼龙阵，匠意装成虎豹韬[11]，便留下一把万古的杀人刀。

【三、初拍】笑笑笑！笑那唠叨置闰的老唐尧，你何不把自己的丹朱来教导[12]？笑笑笑！笑那虞廷授禅的女夫姚，终日里咨稷契，拜咎陶，命四岳，杀三苗，省方巡狩远游遨[13]。到头来只博得湘江两泪悲新竹，衡岳枯骸葬野蒿[14]。试向那九嶷山前听杜宇，一声声道“不如归去好[15]”。

【四、换拍】可怜那崇伯子胫无毛，平水土[16]，克勤劳。他家落得贤郎好，却不道转眼儿早被寒家小奡得了头标，更找一出没下梢的禁死在南巢[17]。那小子履真无道，听着一个老农夫开手儿便把君王剿[18]。只道三宗享国能长久，七圣流风尽可标，谁知道六百年来梦一觉[19]。冤家到，不相饶。琼台万焰青磷冷，支首孤悬太白摇[20]，方信道因果昭昭。

【五、大拍】仗黄钺，阵云高，逞鹰扬，血流漂[21]。谁知有同室鸱鸮,《破斧》兴嘲,天显挥刀[22],只这一桩儿早被那商家笑。纵然有能干蛊的宣王,也救不得骊山一槩宗周燎[23]。秦邦夜半催兵到,泗滨顷刻沦神宝[24]。试听那悠悠行迈《黍离歌》,依稀似渐渐麦秀《伤殷操》[25]。

【六、变拍】最可笑那弄笔头的老尼山,把二百四十年死骷髅提得他没颠没倒[26]。更可怪那爱斗口的老峄山,把五帝三王的大头巾磕得人没头没脑[27]。还有那骑青牛的说玄道妙,跨鹏鸟的汗漫逍遥[28],记不得许多鸦鸣蝉噪。秦关楚峤,兰卿鬼老,都只是扯虚脾、斩不尽的葛藤,骗矮人、弄猢狲的圈套[29]。

【七、叠声奏】嬴蛉气正豪,六鹊巢俱扫[30],琅玡碑镌不尽秦官号,绿云鬟妆不了阿房俏[31],童男女采不迭长生料,人鱼膏照不见三泉爝[32]。谁知那赤帝子斩蛇当道;重瞳兴,邯戈倒;轵道旁,婴前导[33]。若不是咸阳三月彻天红,怎泻得六王泉下心头恼[34]。

【八、钧天奏】更有那莽亭长唱《大风》一套[35],便做了汉家天子压群豪。更有那小秦王下残棋几道,便做了唐家天子拥神皋[36]。还有那香孩儿结相知几老,便向那陈桥古驿换黄袍[37]。当日个将相萧曹,文学虞姚,草檄仪陶,共道金瓯无缺,玉烛长调[38]。谁知那丑巨君早摹拓下《金縢》稿,小曹瞒套写定了山阳表,渔阳鼓惊破了《霓裳调》[39],砀山贼凿开了九龙沼,五国城预图着双昏赵,高亭山明欺那孤儿藐[40]。试看那未央春老,华清秋早,六陵树杳,一抹子兔迹狐踪[41],荒烟蔓草,何处觅前朝?

【九、刮地风】那其间有几个狗偷鼠窃的权和操,有几个马前牛后的翁和媪[42],有几个狼奔豕突的燕和赵,有几个狗屠驴贩的奴和盗,有几个枭唇鴂舌的蛮和獠[43]。乱纷纷好一似蝼蚁成桥,鸠鸦争巢,蜂蝎跟涛,豚蜮随潮[44],那里有闲工夫记这些名和号!

【十、飞龙乐】惟有我太祖高皇帝,定鼎金陵早[45]。驱貔虎[46],礼英豪。东征西讨,雾散烟消。将一片不见天日的山前山后洗净得风清月皎,将一番极龌龊不堪的胡言胡服生劈开中华夷獠[47]。真个是南冲瘴海标铜柱,北碎冰崖试宝刀[48]。更可喜十七叶的圣子神孙,一叶叶垂裳问道，食旰衣宵[49]。

【十一、龙尾吟】谁知道天地变，蘖芽萌[50]，风波闹。生几个剪毛，挟几条短刀，不提防冲破了崤岷道[51]。望秦川欃枪正摇，指燕云旌旗正高，一霎时把二百七十年的神京生踹做妖狐淖[52]。

【十二、蛟龙泣】痛痛痛！痛那十七年的圣天子掩面向煤山吊[53]。痛痛痛！痛那掌上珍的小公主一剑向昭阳倒[54]。痛痛痛！痛那咏《关雎》、嗣徽音的圣母尸在搬后宫门[55]，没一个老宫娥私悲悼。痛痛痛！痛那有令德的东宫生斫做血虾蟆[56]。痛痛痛！痛那无罪过的二王竟做一对开刀料[57]。痛痛痛！痛那受宝册、坐长信的懿安后支身儿失陷在贼窝巢[58]。

【十三、龙吟怨】恨只恨这些左班官平日里受皇恩，沾封诰[59]，乌纱罩首，锦带横腰；今日里一个个稽首贼庭，怀揣着几篇儿劝进表[60]。更有那叫做识字文人，还草几句儿登极诏[61]。那些不管事的蠢公侯，如羊似豕，都押在东城隩，夹拶着追金宝[62]。娇滴滴的女娇娆，白日里恣淫嬲[63]；俊翩翩的缙绅儿，都牵去做供奉龙阳料[64]。更可恨九衢百姓悲无主，三殿千官庆早朝，万斩也难饶！

【十四、风雨大江楼】没一个建义旗下井陉的张天讨，没一个驱铁骑渡黄河把贼胆摇[65]，没一个痛哭秦庭效楚包，没一个洒泪新亭做晋导[66]，没一个击江楫风涌怒涛高，没一个舞鸡鸣星净月痕小[67]，没一个守孤城碎首在睢阳庙，没一个骂贼庭嚼舌似常山杲[68]。大都来鹤唳风声豫遁逃，把青徐兖冀双手儿奉得早。

【十五、变调】金陵福王兴[69]，江南彗星照。夸定册，推翼戴，铁券儿晃耀[70]。招狐群，树狗党，蝉蛄般嘹噪。那掌大的两淮供不得群狼抄，便半壁的江南也下不得诸公钓。反让那晋刘渊做了哭义帝的汉高皇，军容素缟[71]。可怜那猛将军做了绝救兵的李都尉辫发胡帽[72]。兀的不闷杀人也么哥[73]，兀的不痛杀人也么哥！尚欲贪天功向秦淮渡口把威权召[74]。

【十六、前调】胡哄哄闹一回，痴迷迷溷几朝[75]。献不迭歌喉舞腰，选不迭花容月貌[76]。终日里醉酕醄，烧刀御量千钟少[77]。更传闻圣躬坚巨赛敖曹，却亏了蟾酥秘药方儿妙[78]。没来由羽书未达甘泉报，翠华先上了潼关道[79]。一霎时南人胆摇，北人气骄；长江水臊，钟山气消，已不是大明年号。

【十七、前调】宫廷瓦砾抛，陵寝松楸倒。但听得忽喇喇一天胡哨[80]，车儿上满载着琼瑶，马儿上斜搂着妖娆，打量处处把脾儿燥。急得那些斫不尽的蛮子都一样金线鼠绦、红缨狗帽，恨不得向大鼻子把都们便做了亲爹叫[81]。

【十八、归山早】俺再不向小朝廷拜献降胡表，再不向钱神国告纳通关钞，再不向众醉乡跪进清浑醪[82]。拔尽鼠狼毫，椎碎陈元宝；万石君已绝交，楮先生告辞了，俺自向长林丰草，山坳水峤，一曲伴渔樵[83]。

【十九、鲛人珠】遇着那老衲子参几句禅机妙，遇着那野道士访几处蓬莱岛[84]，遇着那村农夫唱一曲《田家乐》，遇着那小吃儿打一套《莲花落》[85]。闷来时，登高山，攀绝顶，将我那爱百姓的先皇，洒数行血泪也把英灵吊；将我那没祭祀的东宫，把一碗凉浆和麦饭也浇；将我那死忠死节的先生们，千叩首，万叩首，合掌也高声叫[86]。

【二十、大拍遍】春水生，桃花笑；黄鹂鸣，竹影交。凉风吹纤草，月色照寒袍；彤云凝六花，灼烁点霜毫[87]。傍山腰水腰，望云涛海涛，倚梅梢柳梢，听钟敲磬敲，卧僧寮佛寮[88]，任日高月高，到头来没些儿半愁半恼。真个是纵海鱼，离笼鸟，翻身直透碧云霄。任便是银青作饵，金紫为纶，漫天匝地张罗钓[89]，呸呸呸！俺老先生摆手摇头，再不来和你们胡厮闹。

世事浮云变古今，当筵慷慨奏清音[90]。宫槐叶落秋风起，凝碧池头共此心[91]。

题解

本曲录自熊开元著，沔阳卢靖、卢弼校刊本，民国十三年（1924年）版《击筑余音》。本曲一名《万古愁》，曾享大名。一说作者为归庄，民国史学家卢弼（卢慎之）据抄本流传情况和熊开元生平确定为熊作。崇庆张国铨、白珩注释，茹古书局排印，民国三十五年（1946年）版《击筑余音注释》；金宁芬、周育德、黄克、朱世滋编,北京燕山出版社2000年版《历代名曲千首·下卷》;王学泰编、天津古籍出版社2004年版《中国古典诗歌要籍丛谈·下册》;汪玢玲编、吉林文史出版社1994年版《中华古文献大辞典·文学卷》,均以熊开元为作者。

《中国古典诗歌要籍丛谈·下册》介绍《击筑余音》时说:"曲词概述了由混沌初开到明朝灭亡的历史过程,对于历代君王、圣贤多有嘲笑、讽刺,甚至斥骂,揭露了统治者争夺天下残害百姓的事实,对于清入侵、明代统治者腐朽、官吏投降亦多抨击之词。"

击筑:敲击筑。指慷慨悲歌。筑:古乐器,似筝。

余音:不绝之音,感人至深之音。

曲中"【】"内的"曼声引"等为曲牌名。原文部分曲牌名缺,据张国铨、白珩《击筑余音注释》补。

注释

[1]变徵(zhǐ):古七音(宫、商、角、变徵、徵、羽、变宫)之一,以此为主调的歌曲,凄怆悲凉。《战国策·燕策三》:"高渐离击筑,荆轲和而歌,为变徵之声,士皆垂泪涕泣。"

孤臣:封建王朝中孤立无助的臣子。

[2]元苞:太极混沦之义。

老盘王:指盘古。神话传说中开天辟地的人物。

啰唣(luó zào):吵闹,搅乱。

[3]生剌剌:活活地,生硬地。

捏两丸圆弹子,撮几粒碎尘硗(qiāo):指造日月、大地山河。

乌飞兔走:古代传说日中有三足乌,月中有兔,故以"乌飞兔走"比喻日月运行,言日月速逝。

岳镇也山朝:指四岳震四方、江湖朝宗于海。

[4]疥虫:小虫。

蹄涔:兽蹄大的积水坑。指容量、体积等微小。原文为"蛀涔"。

[5]虚嚣:虚张声势。

[6]女娲氏:神话中女帝名。天崩地裂时,女娲炼五色石以补天,断鳌足以立四极。

[7]有巢氏:古代传说中巢居的创造者。

避风巢:原文为"避风潮"。

[8]庖牺:即伏羲。伏羲是古代传说中的部落酋长,即太昊。风姓。相传他是雷神之子,坐在方坛上,听到八风之气,就画出八卦,教民捕鱼结网畜牧,以充庖厨。

奇和偶:伏羲画八卦,阳卦奇,阴卦偶。

[9]老神农:炎帝。炎帝兴农业,尝百草为药以治病。

[10]老轩辕:黄帝。黄帝战胜蚩尤,被诸侯尊为天子。

[11]鱼龙阵:鱼龙变化之阵。《史记·五帝本纪》:“(轩辕)教熊罴、貔貅(pí xiū)、貙(chū)虎,以与炎帝战于阪泉之野。”

匠意:犹措意,刻意。

虎豹韬:泛指用兵韬略。《六韬·豹韬》:周文王武王曾问姜太公(吕望)兵战之事。太公从文韬、武韬、龙韬、虎韬、豹韬、犬韬六个方面分别论述了用兵之法。

[12]置闰:设置闰月闰日。此处有不依常规的意思。

老唐尧:唐尧,古帝名。因其子丹朱不肖,便传位于舜。

[13]女夫姚:指尧降二女于舜。姚:虞舜,姚姓。

稷契:后稷和契,舜时两位贤能之臣。

咎陶:即皋陶(yáo)。舜之贤臣。咎:通“皋”。

四岳:亦称四伯,四方诸侯之长。

三苗:传说中黄帝至尧舜时代的古族名。又称“苗民”“有苗”。主要分布在洞庭湖(今湖南北部)和彭蠡湖(今江西鄱阳湖)之间,即长江中游以南一带。

省方巡狩:古时皇帝五年一巡狩,视察诸侯所守的地方。

[14]湘江两泪悲新竹:传说舜死之后,他的两个妃子哀哭,泪水洒遍湘水边的竹林,遂成斑竹。

衡岳枯骸葬野蒿:相传,“(舜)南巡狩,崩于苍梧之野,葬于江南九嶷”。九嶷,九疑山,在湖南省宁远县南,“亦名苍梧山。九峰相似,望而疑之,谓之九疑山”。

[15]杜宇、不如归去:相传古蜀帝杜宇,含冤死去,化为杜鹃,即子规。杜鹃啼声似摹拟人语“不如归去”,后诗文多用为思归或催人归家之词。

[16]崇伯子:指夏禹。夏禹父鲧(gǔn),因封于崇,故称。

平水土:平治水土。治理水土。

[17]贤郎好:指启贤能。启是禹的儿子,夏朝的第二任君王。

寒家小奡(ào):指夏朝寒浞(zhuó)之子浇。浇通“奡”,又称“过浇”。富有武力,曾杀死夏国君相(太康之侄,仲康之子),后又被相之子少康所杀。

头标:头等功。

没下梢:没有好下场。

南巢:古地名。为商王成汤放逐夏桀之地。在今安徽省巢县西南。原文为“南潮”。

[18]履:桀。又名癸、履癸。夏朝末代君主名,是历史上有名的暴君。

老农夫:指伊尹。商汤的著名贤相。相传伊尹曾耕于有莘国之野。

[19]三宗享国:指商朝太宗、中宗、高宗三帝在位。享国:指帝王在位。语出苏辙《历代论二·汉昭帝》:

“故吾论三宗享国长久，皆学道之力。”

七圣流风：指殷高宗武丁时勋旧世家好的风俗习惯。《孟子·公孙丑上》：“纣之去武丁未久也，其故家遗俗，流风善政，犹有存者。”纣王时上距武丁并不太久，当时的勋旧世家，好的风俗习惯，仁惠政教还有很深的影响。七圣：指殷商王室分为七姓。

六百年：指商享祀六百年。

[20]瑶台万焰青磷冷，支首孤悬太白摇：武王伐纣时，纣王登鹿台自焚。武王断纣之头悬于太白旗上。青磷：指荒坟上尸骨夜间发出的磷火。

[21]黄钺（yuè）：以黄金为饰之斧。天子所用，或将赐给专主征战的重臣。

鹰扬：比喻武勇如雄鹰飞扬。后世用作称美将军的典故。

血流漂：“血流漂杵”的省略，形容杀人极多。

[22]同室鸱鸮（chī xiāo）：指武王死，成王幼，周公摄政。武王之弟管叔、蔡叔作乱。

破斧：《诗经·豳（bīn）风》篇名。赞美周公东征，歌颂战士立功。

天显：指上天显示的意旨。

[23]干蛊（gǔ）：指子有才能，能继父业。

宣王：指周宣王。在位时北伐南征，多有建树。

骊山一粲：指周幽王烽火戏诸侯，博宠妃褒姒一笑之事。

宗周：诸侯宗仰周朝，故称周王都所在为宗周。此处指周王朝镐京的宗庙社稷。

[24]泗滨顷刻沦神宝：指秦强取九鼎，其一沦于泗。神宝：神奇的宝物。

[25]悠悠行迈《黍离歌》：周大夫见镐京宗庙宫室长满黍稷，感叹周室颠覆，遂作《黍离》一诗。诗云：“彼黍离离，彼稷之苗。行迈靡靡，中心摇摇。”行迈：远行。

渐渐麦秀《伤殷操》：《史记·宋微子世家》：“其后箕子朝周，过故殷虚，感宫室毁坏，生禾黍，箕子伤之，欲哭则不可，欲泣为其近妇人，乃作《麦秀》之诗以歌咏之。其诗曰：‘麦秀渐渐兮，禾黍油油。彼狡僮兮，不与我好兮。’所谓狡童者，纣也。殷民闻之，皆为流涕。”《麦秀》又名《伤殷操》。

[26]老尼山：指孔子。尼山：原名尼丘山，为孔子降生地，因孔子名丘，为避圣讳，易名。

二百四十年：指春秋时期。

没颠没倒：指孔子删削《春秋》。

[27]斗口：吵嘴。指孟子好辩。

老峄（yì）山：指孟子。峄山：又名邹峄山，在今山东邹县东南。孟子为邹县人。

把五帝三王的大头巾磕得人没头没脑：指孟子称尧舜，言汤武，劝时君行王道。

[28]骑青牛的：指老子。相传老

子骑青牛过函谷。

跨鹏鸟的：指庄子。庄子《逍遥游》云："北冥有鱼，其名为鲲。鲲之大，不知其几千里也，化而为鸟，其名为鹏。鹏之背，不知其几千里。"

汗漫：汗漫游。世外之游。形容漫游之远。

逍遥：逍遥游。《庄子》篇名。篇中借用大鹏和小鸠、大椿和朝菌的比喻，说明任何事物都不能超越自己本性和客观环境，主张各任其性，放弃一切大小、荣辱、死生、寿夭的差别观念，便能逍遥自在，无往而不适。后用以指自由自在、无拘无束的游玩。

[29]楚峤(qiáo)：楚山。原文为"楚跷"。

兰卿：指荀子。春申君时为兰陵令。

鬼老：指鬼谷子。春秋战国时期道家代表人物、纵横家的鼻祖。

虚脾：虚假。

矮人：见识浅短的人。

[30]蠃(luǒ)蛉：指秦始皇。《诗经·小雅·小宛》："螟蛉有子，蜾(guǒ)蠃负之。"蜾蠃(一种蜂)常捕来螟蛉，把卵产在它们体内，卵孵化后就用螟蛉作食物。古人误认蜾蠃不产子而喂养螟蛉为子，故以"螟蛉之子"指称养子。传说秦始皇非嬴氏所出。

六鹊：指被秦统一的六国。

[31]琅玡碑镌不尽秦官号：指琅玡碑所刻李斯、王离等带有官职名称的随行官员十人。

琅玡碑：琅玡台刻石。秦代刻石，小篆，相传始皇二十八年(前219年)登琅玡台，李斯等为其歌功颂德，于二世元年(前209年)立此刻石于琅玡台(今属山东)，传为李斯书。

绿云鬟(huán)、阿房：阿房宫，为秦始皇所建。极天下之丽，壮观无比。后被项羽一把火烧成焦土。杜牧《阿房宫赋》云："绿云扰扰，梳晓鬟也。"绿云缭绕，原来是宫女们正在早晨梳理发髻。

[32]童男女：未成年的男女。《史记·秦始皇本纪》："发童男女数千人入海求仙人。"

人鱼膏照不见三泉爝(jiào)：指秦始皇陵内用人鱼膏照明。人鱼膏：即炼取的海鱼油脂。三泉：三重深泉。指地下。爝：小火。

[33]赤帝子斩蛇当道：指刘邦斩蛇起义。相传刘邦是赤帝之子。

重瞳：指项羽。谓眼中有两个瞳子，旧时人们认为非凡人之相。古传说舜与项羽眼中都有两个瞳子。

邯戈倒：指秦名将章邯、王离所率四十万秦军主力在巨鹿为项羽所破。

轵(zhǐ)道旁，婴前导：刘邦兵至霸上，秦王子婴素军白马，降于轵道亭。轵道：位于陕西省西安市东北灞水西岸的一条大道上。秦时为一亭名。

[34]咸阳三月彻天红：指项羽攻破秦都咸阳，大火三月不绝。

六王：指被秦统一的六国之君。

[35]莽亭长唱《大风》：刘邦称帝后回乡宴请亲友，席间唱《大风歌》。莽亭长：指汉高祖刘邦。刘邦曾为泗水亭长之职。

[36]小秦王下残棋几道：指李世民破灭隋末割据诸人。小秦王：指李世民。

神皋：神明的界域，指京都一带的良田。此处指社稷。

[37]香孩儿、陈桥古驿换黄袍：指"陈桥兵变"。赵匡胤乘率师抗敌的机会，在大梁（今河南开封）东北四十里陈桥驿发动兵变，令士兵拥他为帝，黄袍加身，于是回师大梁，代周称帝，建立宋朝。香孩儿：传说宋太祖赵匡胤在洛阳夹马营出生时，四周有异香，经日不散。时人谓有天子气，故呼之为香孩儿。

[38]将相萧曹，文学虞姚，草檄仪陶：原书校刊者注释："樊云此阕包括汉唐宋而言，故萧曹属汉，虞姚属唐，仪陶属宋。"

萧曹：萧何、曹参的合称，二人均为辅佐汉高祖刘邦的开国功臣，曾先后担任丞相。

虞姚：指虞世南、姚思廉。虞世南是越州余姚人，唐太宗时期著名的书法家、文学家、诗人、政治家。姚思廉是吴兴武康（今浙江吴兴）人，唐初史学家。

仪陶：指窦仪、陶谷。宋太祖时，窦仪任工部尚书，判大理寺事，曾奉命主撰《建隆重定刑统》。北宋建立后，陶谷出任礼部尚书，后又历任刑部尚书、户部尚书，文翰冠绝一时。

金瓯无缺：比喻国土完整。语见《南史·朱异传》："我国家犹若金瓯，无一伤缺。"金瓯：金属做的盛酒器皿，借指国土。

玉烛长调：颂美四时气候调和，君王治理有方。玉烛：古人称四季气候调和为"玉烛"，并把它视为人君德美所致。

[39]丑巨君、金滕稿：指王莽篡位前假造符命。丑巨君：王莽，字巨君。金滕稿：珍藏的秘密文献。语出《尚书·周书》："武王有疾，周公作《金滕》。"

小曹瞒套写定了山阳表：指曹氏篡汉。220年十月，汉献帝宣布退位并将皇位"禅让"给曹丕。曹丕故作推辞，在上"让禅三表"之后才"答允"接受。曹丕封汉献帝刘协为山阳公。小曹瞒：指曹操之子曹丕。曹操小字阿瞒。

渔阳鼓惊破了《霓裳调》：指唐安史之乱。白居易《长恨歌》："渔阳鼙（pí）鼓动地来，惊破《霓裳羽衣曲》。"

[40]砀山贼凿开了九龙沼：唐昭宣帝天祐二年，朱温使蒋元晖邀德王裕等九人，置酒九曲池，悉缢杀之，投尸池中，九人皆昭宗之子也。

砀山贼：指朱温（朱全忠）。五代

中后梁的开国之君，宋州砀山县（今江苏砀山县）人。

五国城：宋靖康徽宗、钦宗二帝囚死处。

双昏赵：金主封徽宗为昏德公，钦宗为重昏侯。

高亭山：皋亭山，又名半山，在今浙江省杭州市北郊。南宋时为临安防守要隘，元兵至，南宋君臣在此投降。

孤儿藐：指宋度宗亡，留孤儿眇。

[41]未央春老：谓未央宫零落。未央：指汉未央宫。

华清秋早：谓华清池凋残。华清：指唐华清池。

六陵树杳：元世祖至元二十二年（1285年），时任江南释教总摄在宰相桑哥的支持下，率众僧及凶暴之徒，赶到绍兴陵园，将整个南宋皇陵破坏殆尽。宋代遗民、绍兴义士唐珏时年二十三岁，闻知帝陵被毁，邀集里中少年，乘夜潜入陵园，收拾六陵遗骨。事前备置木匣若干，覆以黄绢，上署帝号、陵名，将诸帝遗骸收藏匣中，“六陵各为一函”，密埋于绍兴兰渚山天章寺前，并植以冬青树为标志。

六陵：宋六陵是南宋六位皇帝的陵墓，位于绍兴城东南约十八公里的皋埠镇。

一抹子：一抹。一片（用于痕迹、景物等）。

免迹狐踪：比喻罕无人迹。

[42]有几个狗偷鼠窃的权和操，有几个马前牛后的翁和媪（ǎo）：这两句说的是“三国鼎分牛继马”（陈草庵语）。以三国到晋这一段历史的急剧变动，说明兴亡盛衰变化无常。后一句指晋代江山改姓。

权和操：孙权与曹操。

马前牛后：典自“牛继马后”。指司马睿为牛氏之子，牛姓代司马氏继承帝位。“牛继马后”为晋代谶（chèn）语。谓将有牛姓者代司马氏继承帝位。《晋书·元帝纪》：“初，《玄石图》有‘牛继马后’，故宣帝（司马懿）深忌牛氏，遂为二榼（kē），共一口，以贮酒焉。帝先饮佳者，而以毒酒鸩其将牛金。而恭王妃夏侯氏竟通小吏牛氏而生元帝（司马睿）。”

媪：老妇人的通称。

[43]有几个狼奔豕突的燕和赵：指西晋末期，北方各族统治者相互争夺地盘、扩张势力，有五个少数民族在北方建立了十六个政权，形成分裂割据局面，史称“五胡十六国”。

狼奔豕突：像被追赶的狼和猪那样奔突乱窜。比喻人奔逃时的惊慌状态。也比喻坏人乱冲乱闯。

燕和赵：指代十六国。十六国指前赵、成汉、前凉、后赵、前燕、前秦、后秦、后燕、西秦、后凉、南凉、南燕、西凉、北凉、夏、北燕。

有几个狗屠驴贩的奴和盗：指十六国时期后赵的建立者石勒青年时期做过商贩。《晋书·石勒载记上》：

“(石勒)年十四,随邑人行贩(外出经商)洛阳。”

枭唇鴂(jué)舌:比喻语言难懂。鴂舌:伯劳弄舌啼聒。

蛮和獠:蛮獠。旧时对西南方少数民族的蔑称。

[44]豚蜮(yù):疑指坏人。

[45]太祖高皇帝:指朱元璋。太祖是庙号,高皇帝是谥号。朱元璋建立明朝,定都于金陵(今南京)。

[46]貔(pí)虎:貔与虎,皆是猛兽。比喻勇猛的将士或军队。

[47]胡言胡服:指元朝。

夷獠:古代对西南少数民族之称。

[48]标铜柱:东汉马援在交趾树立铜柱,作为东汉南边的疆界。

北碎冰崖试宝刀:指明成祖征伐元的残余。

[49]十七叶:自明太祖至思宗并英宗复辟,共十七帝。叶:代。

垂裳问道:指无为而治。垂裳:垂裳而治。原指穿着长大的衣裳,无所事事而天下治理得很好。后用以称颂帝王无为而治。问道:指追求好的思想学说。

食旰(gàn)衣宵:宵衣旰食。天不亮就穿衣起床,天黑了才吃饭。多指帝王勤于政务。

[50]龙尾吟:原文为“龙飞吟”,据张国铨、白珩《击筑余音注释》改。

蘖(niè)芽:草木萌生的新芽。引申为开始发生。常指坏事苗头。

[51]剪毛:剪径毛贼。拦路抢劫的毛贼。此处指李自成领导的起义军。

崤岷:山名。在河南境内。张国铨、白珩《击筑余音注释》作“崤函道”。此处指明崇祯元年,陕西饥,高迎祥聚众二十万,自陕西出,攻陷河南灵宝。

[52]欃(chán)枪:彗星的别名。

指燕云旌旗正高:指明崇祯十七年,李自成攻陷京师。

二百七十年:指明朝(1368~1644年)大约二百七十年的历史。原文为“二百四十年”,据张国铨、白珩《击筑余音注释》改。

淖(nào):烂泥,泥沼。

[53]十七年的圣天子掩面向煤山吊:登基十七年的崇祯皇帝在万寿山自缢。煤山:明称万寿山,今景山。

[54]昭阳:汉成帝时赵飞燕居昭阳殿。宋词中多用指后妃所居之宫或代指宫殿。此句指崇祯皇帝自缢前于寿宁宫剑断长平公主左臂。

[55]咏《关雎》、嗣徽音的圣母尸在搬后宫门:指京师陷,崇祯帝令皇后周氏自裁。李自成命以宫门将周载出,盛柳棺,置东华门外,翌年始由昌平吏目赵一桂葬于山陵。

咏《关雎》:诗序云:关雎,后妃之德也。

嗣徽音:谓继承先人的美德、声誉。

[56]令德:美德。

东宫：太子所居之宫，也代指太子。

[57]二王竟做一对开刀料：指京师陷，太子及两位亲王不知去向，传被杀。

[58]受宝册、坐长信：指太后。宝册：册书和宝玺。明朝册立皇后有册有宝，册立贵妃起初有册无宝，从明宣宗册封孙贵妃始，有册有宝。长信：汉宫名，太后所居。

[59]左班官：明朝文臣别称。

封诰：皇帝赐给的封号。明清时代对官员及其先代和妻室授予的封典，五品以上由皇帝诰命授予，称"诰封"，即封诰；五品以下用敕命授予，称"敕封"。

[60]稽(qǐ)首：古人行跪拜礼时叩头至地，并在地上停留一会儿。

劝进表：臣下劝请旧君或掌权者登基即位的表章。多发生于国家政权混乱的时候，撰写者不少为趋炎附势之人，或被谋事者授意的文人等。其内容多附会天意，以示被劝者德高望重，或天命授意或众望所归。京师陷三日，朱纯臣、魏藻德、陈演等率百官入贺，向李自成献劝进表。

[61]登极诏：帝王即位诏书。

[62]隩(ào)：掩藏，掩藏之所。

夹拶(zǎn)着追金宝：李自成入京后，囚系勋戚大臣、文武百官八百余人，送刘宗敏营中严刑拷打，追赃助饷七千万两。拶：压紧。指拶指，用拶子套入手指，再用力紧收，是旧时的一种酷刑。

[63]恣淫：放荡，不知拘捡。

嬲(niǎo)：纠缠，戏弄。

[64]龙阳：即男性同性恋之古称。战国时魏王有男宠食邑龙阳，号龙阳君。

[65]建义旗下井陉(xíng)：韩信率军攻击赵王。距离井陉口三十里，停下来宿营。韩信挑选两千善战的骑兵，让每人持一面红旗，伺机突入赵军营地，拔下赵军旗帜，换上汉军的红旗。建：竖。

天讨：上天的惩治。后以王师征伐为"天讨"，意谓禀承天意而行。

驱铁骑渡黄河：宋东京留守宗泽多次上书高宗赵构，力主还都东京，均未被采纳。他因壮志难酬，忧愤成疾，临终三呼"过河"而卒。

[66]痛哭秦庭：春秋鲁定公时，吴兵攻破楚都，楚昭王逃亡，申包胥到秦国求援。在秦庭痛哭七日，感动秦哀公，出兵救楚。

洒泪新亭：《晋书》卷六十五《王导传》：过江人士，每至暇日，相邀出新亭饮宴。周中坐而叹曰："风景不殊，举目有山河之异。"皆相视流涕。惟导愀然变色曰："当共戮力王室，克复神州，何至作楚囚相对泣邪！"众收泪而谢之。

[67]击江楫：中流击楫。江中敲打船桨。《晋书·祖逖传》："仍将本流

徙部曲百余家渡江，中流击楫而誓曰：'祖逖不能清中原而复济者，有如大江。'”后因以“击楫”形容志节慷慨。

舞鸡鸣：闻鸡起舞。晋时祖逖、刘琨志向远大，两人俱为司州主簿时常是听到鸡鸣声便起床习武。后因以闻鸡起舞为志士奋发的典故。

[68]睢(suī)阳庙：位于福建省福州市道山亭西。明万历间建，祀唐死守睢阳的张巡。

常山杲(gǎo)：唐朝将领颜杲卿天宝末年为常山(今河北正定)太守，史思明急攻常山，杲卿昼夜奋战，城池陷落，被俘，骂不绝口，遭安禄山割舌。

[69]金陵福王兴：南明皇帝朱由崧(sōng)被马士英拥立于南京，改元弘光。明崇祯十六年(1643年)，朱由崧继承其父朱常洵福王封爵。次年五月，兵部尚书史可法等奉福王于南京，旋即帝位。

[70]定册：定策。古时尊立天子，书其事于简策，以告宗庙，因称大臣等谋立天子为“定策”。

翼戴：辅佐拥戴。

铁券儿：古时帝王颁赐功臣授以世代享受某种特权的铁契。

[71]刘渊：十六国时期汉国的建立者，著名谋略家。刘渊以西汉皇室的外甥自居，建国号汉。他祭天于南郊，发布诏书，追尊刘禅为孝怀皇帝。

义帝：即楚怀王的孙子，名心，原在民间牧羊，秦末农民起义中，被项梁找来立为楚怀王。秦亡以后，项羽恃强自立为西楚霸王，尊他为义帝。不久又逼他迁都长沙，暗中命英布追杀于郴县。刘邦听说后，为义帝举行丧礼，哭吊三日，并借机号召诸侯讨伐杀害义帝的项羽。

素缟：缟素。白色的丧服。

[72]那猛将军做了绝救兵的李都尉辫发胡帽：指洪承畴降清。

李都尉：指李陵。汉武帝时拜骑都尉。

辫发胡帽：指满族男子传统发式以及斗笠似的帽子。清军入关后以武力迫使关内各族男子剃发编辫。

[73]兀的不闷杀人也么哥：这怎不把人闷死呢。兀的不：这岂不，怎不。表示较强烈的肯定语气。也么哥：元曲中常用的句末衬字，有声无义。

[74]尚欲贪天功向秦淮渡口把威权召：清军陷金陵，下淮安，收明降卒，半屯江宁，洪承畴将之。别遣将攻绩溪，执金声、江天一至江宁。洪承畴劝降，江天一朗诵明思宗谕祭洪承畴文。江天一与金声俱死。

[75]溷(hùn)：混乱。

[76]献不迭歌喉舞腰，选不迭花容月貌：除夕，福王深居宫中，悄然不乐。清军南下，众官以兵败相告。福王云：“所忧梨园子弟无一佳者，欲广选良家，以充掖庭。惟诸君早行之耳。”

[77]酕醄(máo táo):大醉的样子。

烧刀:烧酒。疑指"烧春"酒。

[78]圣躬:对帝王的尊称。

敖曹:高昂,字敖曹。北齐人,为永昌王。《北齐书·高昂传》:"昂,字敖曹。幼稚时,便有壮气;长而倜傥,胆力过人。"

蟾酥(chán sū):中药名。

[79]没来由羽书未达甘泉报,翠华先上了潼关道:指清军至京口,明军败绩,福王夜奔。

没来由:无端。

羽书:上插鸟羽的军事文书,表示须紧急传递。

甘泉:亦称"云阳宫",简称"甘泉"。汉代宫名。

翠华:在竿顶饰以翠羽的旗,为皇帝仪仗,也代指皇帝的车驾或皇帝。

[80]胡哨:此处将清军喻为聚啸山林的强盗。

[81]金线鼠绦、红缨狗帽:指清时武吏服饰。

大鼻子把都们:指清兵。大鼻子:指满人。把都:蒙语音译,指勇士、武士、将士。

[82]不向小朝廷拜献降胡表:宋高宗时,胡铨抗疏,反对称臣于金,称不能处小朝廷求活。

钱神国:对明朝的讥讽。钱神:晋鲁褒撰《钱神论》,讽刺人心贪鄙。后世以"钱神"泛指万能的金钱。

通关钞:明时有钞关之税,始于宣德四年(1429年)。其时行钞法,凡舟船受雇装载者,计所载货多寡、路远近,悉令纳钞,或以金银易钞纳之。

清浑醽(bào):指酒。

[83]鼠狼毫、陈元宝、楮(chǔ)先生:分别指笔、砚、纸。韩愈《毛颖传》:"颖(指毛笔)与绛人陈玄(墨)、弘农陶泓(砚)、会稽楮先生(纸)友善。"

鼠狼毫:指毛笔。

陈元宝:陈玄宝,指砚。

楮先生:纸的别名。楮:构树,其皮可以制造纸张。

万石(dàn)君:指一家有五人官至二千石或一家多人为大官者。西汉石奋以孝谨闻于时,与其子五人皆为二千石,乃号奋为万石君。二千石:官秩等级,因所得俸禄以米谷为准,故以"石"称之。自汉朝至三国、两晋、南北朝,二千石亦作为州牧、郡守、国相以及地位与之相当的中央高级官员的泛称。

长林丰草:本谓高大的树林、丰茂的野草,为禽兽栖止之佳处。后用以指隐逸者所居。

山坳(āo)水峤(qiáo):山低水高。化用"山高水低"。指隐居地。峤:同"乔"。高。

渔樵:渔人和樵夫。此处指渔歌和樵歌。

[84]衲子:僧人。

参几句禅机妙:指参禅悟道。参

禅是佛教禅宗修持方法之一。“参”谓“参究”,“禅”谓“禅道”。禅机:禅宗和尚常用一言一行或一事物来暗示教义,使徒众领会奥秘,因而悟道,故称禅机。

蓬莱岛:古代传说中的仙人所居之处。以此比喻仙景,或形容风景优美的地方。

[85]田家乐:杨万里有《田家乐》诗。

莲花落:又叫“莲花乐”“落子”“莲花闹”。曲艺的一种。至迟在明中叶,莲花落已成为说唱故事情节的曲艺形式。

[86]凉浆和麦饭:凉浆水饭。祭奠死者的饭食。

合掌:两掌合起来,放在胸前,表示恭敬。佛教徒的一种礼仪形式。

[87]六花:指雪。雪花有六角。

灼烁:光彩闪耀貌。

霜毫:白色的光芒。寒光。

[88]僧寮(liáo)佛寮:寺院房舍。僧寮:僧舍。

[89]银青:古代文武官员佩饰之物。即银印青绶,与“金紫”相对。汉光禄大夫秩比二千石,银印青绶,故称光禄大夫为银青光禄大夫,简称“银青”。

金紫为纶:指金印紫绶。黄金印章和系印的紫色绶带。古代相国、丞相、太尉、大司空、太傅、太师、太保、前后左右将军及六宫后妃所掌。后代指高官显爵。

漫天匝地:弥漫天空,遍布地面。形容范围极大或势头极猛。匝:满,环绕。

[90]清音:旧时婚丧中所用的吹奏乐。

[91]宫槐叶落:语出王维“秋槐叶落深宫里”。参见下文“凝碧池”注释。

凝碧池:唐代洛阳禁苑中池名。安史之乱,两京失陷,王维被俘。安禄山宴凝碧池,有雷海清者,掷弃乐器、面向西方失声大恸,安禄山下令将雷肢解。王维私下赋诗:“万户伤心生野烟,百官何日更朝天?秋槐叶落深宫里,凝碧池头奏管弦。”

感事赘言一

熊开元

历观往牒,三代迄今,莫不由中叶之衰崛然再起[1]。本朝高皇帝以布衣之杰,取天下于胡元,有禹契之功,无汤武之过,宜尔本支百世、亿万斯年[2]。今国祚未侔唐宋，子孙未有失德，绿林凶丑辄犯京师，致烈皇帝升徂[3]；不五十日，贼亦奔亡，此天不祚酬之明验也[4]。

乘贼敝，一举而收两京，不烦血战，似有渔人之利焉[5]。然所与共天下者，皆我乱臣贼子、贪官污吏、暴将骄兵之数者而已矣。之数者居恒无善状，当事有腥闻[6]，取财无厌、夺子女无厌[7]、杀人无厌，一旦有急，天方欲尽诛之，以快斯民之怒，徒以反面事仇无所加问[8]。取财如故、夺子女如故、杀人如故，即不能取、不能夺、不能杀，而先所取之财、所夺之子女，已充牣宫廷[9]，先所杀之人已弥满地下，而谓天必眷之，使尽为开国承家之彦，虽至愚且暗[10]，有以知其必不然，而弘光、隆武、永历之兴，皆不能再岁[11]，其故何也？《书》曰："与治同道，罔不兴；与乱同道，罔不亡[12]。"国家之乱，本由官邪。三朝继起[13]，未闻有卧薪仰胆、破釜沉船之意。不过立一君，升授百十员将吏，颁几纸诏书，差遣几使臣，上几封事，批答几敕旨[14]，如斯而已矣。之数者不但于中兴无与也[15]，所升授之将吏必互相倾轧。侯一人，则群耻为伯；相一人，则群耻为卿[16]。甚有贤儒厮养得五六品官夷然不屑者[17]。至于差遣使臣，借征兵问饷，为索赂之囮[18]，应则跖署上考，不应则夷陷深文[19]；他如辇毂之下选胜征歌，皇华之亭繁装盛从[20]，劣状不能枚举。既无愧惮，宁有忠忧？封事日上，无非市利攘官[21]；批答若流，不过调停安慰。凡此者，本欲以鼓劝人心，而适以增其悖慢；本欲以联络诸夏，而适以速其叛离[22]。以此冀中兴，如一人树谷，千百手坏其根，岂独无益而已乎？唯立君与颁诏，一以为宗社，一以告宗社之有人，似不容已然亦有说焉。兵法先声而后实，唯此举宜先实而后声。潜于九地，动于九天，使敌不知所自来，所谓如神之智也。今士马一未闲，刍粮一未具，乃呺然自号为王者[23]，问罪之师，无半寸之实，而腾千仞之声，使敌并力以图我，或同姓并大敌未图我，而我先自图，皆目前已事，良可为殷鉴也[24]。

今武冈失守，乘舆未卜所如[25]。宗子价人诚切同仇之愤[26]，只宜外此一身，以付能者，约曰："谁能尽略诸名位赭衣从事者，吾与俱[27]；谁能尽置诸子女轻骑长往者[28]，吾与俱；谁能所过须一饱无私货财者,吾与俱。不能,则南山东海,吾蹈而死焉!徒误尔将士不得白头,徒误我生灵不能安枕[29]!吾不忍,吾不为也!”由是说似于人情不近,然谓人情不爱名位、子女、货财,则开元之说诚迂[30]。人情而必爱名位、子女、货财也,不能为子孙计,亦当为终身计、十年数年计。若今日极人臣之位、尽生人之乐[31],明日偿以性命,虽行路乞人不欲。数朝之为名位、子女、货财者,何以异此?而后起者必尤效之,同趋于尽[32],真可谓不近人情矣!况士各有志。功名之士,以垂勋竹帛为悦;忠孝之士,以安社稷为悦;有道之士,以尧舜君民为悦[33]。层累而上,名位、子女、货财犹敝帚也[34],可谓世无其人耶!今诚能用前约法,宗子价人与大将言,大将与偏裨士卒言[35]。深明之以是非,浅譬之以祸福。谭言不中则嗟叹从之,嗟叹不足则痛苦从之[36]。一军之内,但得十许人同心同德,亿万人离心离德,不足忧也。既宅心乎忠孝,乃力图夫安攘[37]。尽革条陈议复之陋,事面商即定,计甫订即行[38]。视敌虚实,为我避就。以处女之密,成脱兔之奇[39],所至不烦血刃,必有殊功。数节之后,迎刃而解。与我同志者,既闻风而相慕;非我族类者,亦鸱鸮而好音[40]。为黄巾、赤眉而莫保其首领,孰与为鞅鞨、为囚首胡服而不免于诛求[41]?孰与为衣冠,不言鼓劝而鼓劝莫大焉[42],不言联络而联络莫迅焉?张承业曰[43]:“高祖、太宗复生,无敢居王上者。”虽箕山阳城不改维城之节,而朝觐讴歌讼狱非至德所能避矣[44]。定鼎之后,上焉者或为张良、赤松子之游,下焉者亦可寻石守信诸人[45]。良田美宅、歌儿舞女之乐,既泽加于四海,亦快足其天年。视前此所为,孰得孰失,而谓愚言,于人情不近也。若复循行故事,牵引文法[46],三劝三让,布告闻知,购求冕玉[47],修理行宫,厚征兵饷,备设官僚,看详章奏,此宋人所谓议论定时、虏已过河者也[48]。吾党不足惜,堕高皇之大业,斩百姓之余命,不忍言、不忍见矣!

题解

本文录自熊开元《鱼山剩稿·卷二·议》第17页(《四库禁毁丛刊补篇·第七五一册》影印本)。《感事赘言》共三篇,本文为第一篇。

注释

[1]往牒:往昔的典籍。

三代:指夏、商、周三个朝代。

中叶:中世,中期。

[2]本朝高皇帝:朱元璋。庙号太祖,谥号开天行道肇纪立极大圣至神仁文义武俊德成功高皇帝。

胡元:对元朝的贬称。

禹契:夏禹和商的始祖契。

汤武:商汤和周武王合称。

宜尔本支百世、亿万斯年:意思是,朱元璋为后世子孙奠定了千秋万代江山永固的基础。宜:和顺,美满。此处是"使……和顺"的意思。亿万斯年:极言年代的久长。斯:语助词,无意思。

国祚(zuò):国家的命运。

未侔(móu):比不上。侔:等,与……等同。

[3]绿林凶丑:指李自成。绿林:原为山名,在当阳东北。西汉末年,新市人王匡、王凤聚众起义,藏于绿林。以后,这支义军被称为"绿林军"。后世的侠义小说中,将强盗称为"绿林",将强盗中能扶弱抑暴,劫富济贫者称为"绿林好汉"。凶丑:凶恶的人,也指反叛作乱的人。

致烈皇帝升徂:致使崇祯皇帝登上山陵自缢。烈皇帝:崇祯皇帝朱由检死后庙号怀宗,清兵入关,谥怀宗,后改庄烈帝;南明谥思宗,后改毅宗。徂:通"殂"。死亡。

[4]祚(zuò)酬:报之以保佑。

[5]乘贼敝……似有渔人之利焉:此句说的是清兵入关,所向披靡,乘明末大乱而得渔翁之利。

两京:明永乐后指南京和北京。明太祖朱元璋建都南京,称应天府。后燕王朱棣起兵夺得帝位,迁都北京,称顺天府。合称两京。

[6]居恒无善状:平时就没有好的事迹。居:平时。恒:经常。

腥闻:秽恶的名声。

[7]无厌:不满足、没有节制。

子女:年轻貌美的女子。

[8]徒以反面事仇无所加问:只是从反面为仇敌做事却无人过问。事仇:"腼颜事仇"的略语。指不知羞耻地为仇敌做事。无所加问:不过问。

[9]充牣(rèn):同"充仞"。充满。

[10]开国承家:谓建立邦国,继承封邑。

彦:贤士,俊才。

至愚且暗:极为愚钝。

[11]弘光:南明福王朱由崧年号(1645年)。

隆武:南明唐王朱聿键年号(1645~1646年)。凡二年。

永历:南明桂王朱由榔年号(1647~1661年)。凡十五年。郑成功及其后代在台湾沿用至1683年。

再岁：岁月再现。

[12]与治同道，罔不兴；与乱同道，罔不亡：《尚书·太甲下》："德惟治，否德乱。与治同道，罔不兴；与乱同事，罔不亡。"实行德政天下就能治理好，反之，天下就会有灾乱。采用与治国之道相同的办法，没有不兴盛的；采用与乱国之道相同的办法，没有不灭亡的。同事：行事相同。

[13]三朝：指南明弘光、隆武、永历三朝。

[14]敕旨：帝王的诏旨。

[15]无与(yù)：不相干。

[16]侯一人，则群耻为伯；相一人，则群耻为卿：封一人为侯，那么，大家就以封伯为耻；封一人为相，那么，大家就以封卿为耻。侯之下为伯，相与卿均为执政的大官。

[17]厮养：奴仆，仆从。

夷然不屑：形容不以为然、鄙夷轻视的神情。夷然：镇定的样子。不屑：轻视，不在意。

[18]囮(é)：本指用来诱捕同类鸟的鸟，称"囮子"。此处作"媒介"理解。

[19]跖(zhí)署上考：谓官吏考绩虚列为上等。跖：跳跃。

夷陷深文：同"深文周纳"。歪曲或苛刻地援引法律条文，陷人以罪。

[20]辇毂(niǎn gǔ)之下：皇帝车驾近旁。

选胜征歌：寻游名胜之地，征召歌者歌唱。

皇华之亭：指福州皇华亭。

[21]封事：古时臣下上疏奏事，防有泄露，用袋封缄，称为封事。

市利攘官：谋取利益，夺取官职。

[22]悖慢：违逆不敬，悖理傲慢。

诸夏：周代王室所分封的诸国。此处指明宗室所封诸藩王。

[23]呺(xiāo)然：大而中空的样子。

[24]殷鉴：谓殷人子孙应以夏的灭亡为鉴戒。

[25]乘舆：皇帝、诸侯乘坐的车子，通称乘舆。后代因不敢直呼皇帝，用"乘舆"作为代称。

所如：所往、所去之处。

[26]宗子：同姓。

价人：周朝武官代称。

[27]赭(zhě)衣：古代囚衣。因以赤土染成赭色，故称。指囚犯，罪人。

吾与俱：我与他一块去。

[28]轻骑：单骑。

[29]生灵：指生民、百姓。

[30]诚迂：确实为迂阔之论。

[31]极人臣之位：位极人臣。官居宰相之职，为臣位的最高级别。

[32]尤效：效尤。仿效坏的行为。

同趋于尽：同归于尽。指一起死亡或一同毁灭。

[33]有道之士：有道德有才能的士人。

尧舜君民：指尧舜时代君民平等、世界清宁、人人安居乐业的理想世界。

[34]层累:谓逐层积累。

敝帚:破旧的扫帚。比喻不好或不贵重的东西。

[35]偏裨:偏将,副将。

[36]谭言:言谈。

[37]宅心:居心,存心。

力图:竭力谋求。

安攘:谓排除祸患,使天下安定。

[38]尽革条陈议复之陋:全部革除朝廷公文的陋习。条陈:条奏天子的呈文。议复:明清的臣工向皇帝奏报的题本、奏折等文书中,表示请求皇帝命令中央有关部门的大臣讨论本文书奏报的事情,最后将处理意见再复交皇帝审批的用语。

甫:刚刚。

[39]以处女之密,成脱兔之奇:“守如处女,出如脱兔”的化用。形容处于守势时,像姑娘那样文静、持重,而当进攻时,就像奔跑而出的兔子一样快速敏捷。语出《孙子·九地》:“是故始如处女,敌人开户;后如脱兔,敌不及拒。”

[40]鸱鸮(chī xiāo)而好音:恶声之鸟食桑葚而变音,喻不善之人感恩惠而从化。语出《诗经·鲁颂·泮水》:“翩彼飞鸮,集于泮林。食我桑葚,怀我好音。”翩翩而飞猫头鹰,泮水边上栖树林。吃了我们的桑葚,回报我们好声音。

[41]黄巾:东汉末年张角所领导的农民起义军,因头包黄巾而得名。

赤眉:指汉末以樊崇等为首的农民起义军。因以赤色涂眉为标志,故称。

孰与:用于比较询问,相当于“与……相比怎么样”“比起……来怎么样”。

靺鞨(mò hé):我国古代东北的一个民族。

囚首:头发蓬乱如囚犯。

胡服:指古代西方和北方各族的服装。后亦泛称外族的服装。

诛求:需索,强制征收。

[42]衣冠:代称缙绅、士大夫。

不言鼓劝而鼓劝莫大焉:不说是鼓动劝说,却没有比这更大的鼓动劝说了。鼓劝:鼓动劝说。

[43]张承业:唐末五代初宦官。字继元,本姓康,同州(今陕西大荔)人。为宦官张泰养子。他尽心于国,积金粟,招兵买马,劝课农桑,为李存勖立帝业,出力最多。

[44]箕(jī)山阳城:阳城箕山。在今河南登封东南告成镇。相传尧时巢父、许由隐居于此。

维城:借指皇子或皇室宗族。《诗经·大雅·板》:有“宗子维城”语,谓帝王的德政乃是保护宗子的坚城。后因以“维城”为咏宗室子的典故。

至德:最高的道德,盛德。

[45]张良:西汉初年的重要谋臣。字子房。

赤松子:古代仙人。《列仙传》称

其为神农时雨师。

石守信:北宋初名将。

[46]循行故事:按照先例办。

牵引文法:拘泥于法规。

[47]冕玉:冠冕、玉佩,为官者必服佩戴的等级标志。

[48]宋人所谓议论定时、虏已过河者:北宋政府机构庞大臃肿,官制叠床架屋,办起事来互相牵制,效率极低,后人称他们"宋人议论未定,而金人兵已过河"。

龚 奭

清康熙三十一年(1692 年)版《景陵县志·卷之十·人物志》第 29 页记载:龚奭(shì),字君路,号昔庵。天启辛酉科举人第七名,崇祯辛未科进士。公性敏,少孤。为诸生时,见重于学谕陆公怀贽,然贫不能自给。母张孺人辄励之曰:“汝穷年不获,曾不如吾鬻屦之易售也。”公掩卷长泣,益攻苦弗辍。年逾三旬,始举孝廉。遂陈情请恩,得丰县教谕。迎养署中,怡然承欢。时丰士史文奎、宣城孙襄、徐州万寿祺咸假馆,执经问业,后俱成名。辛未登第,授桃源令。邑苦征役,难货,有司先后被褫。公即日上疏叩阁,请蠲旧逋。奉宸谕:“龚奭著用心料理,以苏疲邑。”公陛辞赴任,招抚流亡,缓征却耗,民始效义。时黄河为害,修缮有方。障堤植杉,逾月忽茂,人以为精诚所至,而公自处坦如。复筑城、修学,百废俱举。寻举循良,称卓异。擢兵部主政,甫就职,敕令掌铨曹。毅然以得人事君为己任,甄拔所加,望风钦服。未几,丁内艰,回籍。服阕,屏戚交,与诸弟涤觞为欢,盖友子固其天性也。癸未贼变,舆疾出城而终。著有《秋水堂文》《鱼圃诗集》,散患无传。

礼窑变观音

龚 奭

因缘非所作,自在具威仪。烟火观空幻,琉璃入妙思。不知身异器,但觉性原磁[1]。礼拜窑开际,当其晏坐时[2]。

题解

本诗录自刘侗、于奕正撰,明崇祯八年(1635 年)版《帝京景物略·卷三·报国寺》第 30 页。

礼:礼拜,顶礼膜拜。

窑变观音:瓷观音像。

注释

[1]异器：不同的器物。性原磁：疑指瓷观音像的“瓷”与观音的“慈”谐音。磁：旧同“瓷”。

[2]晏坐：安坐，闲坐。

有兔在林四章赋答观生

龚 奭

有兔在林，有虞张之[1]。相戒勿出，终焉藏之。（其一）

有兔在毕，具曰用之[2]。用之则宜，谁其纵之？惠我良园，朝夕共之，尽如是用之。（其二）

有兔在园，不思其林。维今之林，不尚有深园之音矣，惟予之心矣。（其三）

有颀者牲，衣绣以入。彼其之子，不与我偕出。偕出伊何？君子有穀[3]。于以衣之，空庭落木。（其四）

题解

本诗录自清顺治十三年(1656年)版《新修丰县志·卷之十·艺文》第13页。作者名下注“吏部”。

诗题出自《诗经·国风·周南·兔罝》。

观生：张逢宸，字观生。江苏丰县人。崇祯间贡生。明末清初文人。龚奭中进士之前，以举人身份官江苏丰县教谕，与沛县阎尔梅、丰县张逢宸交往颇深。

注释

[1]有虞：有忧患。

[2]毕：古时田猎用的长柄网。

[3]伊何：如何。有穀：有福泽。

阅观生诗知阎翁尚在附致肉絮因成一律

龚　爽

如此霜寒日,知君扉未开。何人怜袜垢,爱老肯市回。眼拭萤新火,床支龟古苔[1]。似闻千里笑,肉絮尔弛来。

题解

本诗录自清顺治十三年(1656年)版《新修丰县志·卷之十·艺文》第13页。

阎翁:阎尔梅,字用卿,号古古,别号白耷山人。江苏沛县人。明崇祯庚午举人。诗人。与铜山万寿祺并称明末“徐州二遗民”。明亡后,龚爽与阎尔梅失去联系,通过张逢宸才得知一些阎尔梅的消息。

肉絮:疑指腊肉、棉布。

注释

[1]眼拭萤新火,床支龟古苔:作者猜想阎尔梅回到阔别多年的旧居,挥去眼前的萤火虫,在布满青苔的房间,龟支床足,颐养天年。

赠曾同轨

龚　爽

以我养生拙,从君指下呼。乍交知白首,相戒失铉珠[1]。车马来门满,声名入肆殊。故方焚莫尽,有诏问淳于[2]。

题解

本诗录自清康熙七年(1668年)版《景陵县志·卷十二·人物志·方伎》第20页。本文前有曾同轨传略:“曾同轨,医深儒理,神解铉机;顺养清健,视履不衰。”

注释

[1]铉珠:疑指玄珠。比喻贤才或宝贵的事物。

[2]故方:原来的药方。淳于:淳于意,西汉临床医学家。

新选奏疏

龚　奭

奏为疲邑义不敢避积逋,势难考成,恳乞天恩谕令分别新旧,宽免带征,以弘抚字,以图实效事[1]。

臣恭逢圣明,叨举礼闱,循例为令,属皇上轸念兵荒地方改用科甲[2]。臣适值此县,自思发肤顶踵,皆高厚长养之恩;东西南北,一惟天子所使[3]。各图其易,孰任其难?臣所为欣然就道,庶几借以自试也[4]。然竭犬马之力,止能为其可为而已。但琴堂之席未暖,考功之罚立至[5],往事不能悉举。据臣所知,近年官此地者,如知县许璞、刘体乾、刘邦杰、乔光顾、杨玉廷、谢兴之、王万龄、张铉、范联芳、陈新政、蒋及筠、朱长庚、李惟凤、管九功等,或降或斥[6],一十四人。其中岂无一二实心任事之臣[7]?特以事穷于不可为,故功名之路无由自奋耳[8]。恐一笔行勾,即以臣为十四人之续,桃之积负如故也[9]。

今闻其地滨河为治,岁受水灾。邑无城郭,井里萧条。言抚字而无民可抚,言催科而无土可耕[10]。流亡已非一日,则荒芜何止数村!即新赋尚不可问,何况旧逋!至若甫及受事辄言催科[11],则其地已沟壑矣、民已鱼鳖矣!是名为急公,实未能急公,臣之不敢也!

考成虽有定式,然新旧各有司存[12]。新旧不分,则后人代前人受过,而转累后人。使臣苦心区处[13],止为前令偿欠。既无救于前令之降斥,而臣之欠额如故,降斥将亦随之。继臣而来者,又将代臣受过。为地任人,何至以地阱人[14],而终无益于地?究竟作何底止,亦皇上所深惜也[15]。

臣思司农考试之法,惟见征最为画一[16]。然此带征之说,可以绳海内、平等州县[17]，而不可施于极灾极疲之桃源。若眷兹孑遗[18]，竭力于新随令偿旧，彼匹夫得一金，无论征新征旧，总此一金。分而应之，止得其一金之用，而新旧仍存不了之局也。惟正之供，何敢轻言请蠲[19]？而事有不可为者，法又穷于考功，将何策而处此？望皇上以臣疏下司农，考成之法暂宽带征，容臣到任后逐一细心经理，度其民之逃复、灾之轻重、本县欠额之多寡，因而察臣新赋如何拮据[20]，以法外之仁，施于有一无二之穷邑，即他处不得援以为例。但有一分可为，臣誓鞠躬尽瘁，仰副任使[21]。庶几荒瘠惮人，得与优游仙令同戴尧天矣[22]。

臣新进愚昧，冒渎天听，字句冗长逾格，不胜战栗陨越之至[23]。

【崇祯四年九月初四日具奏[24]，

十三日奉旨："疲邑久弊，必须设法整顿。这奏内事情该部酌议具覆[25]。"又奉旨："俱依议。龚奭著用心料理，以苏疲邑[26]。"】

题解

本文录自清乾隆三年（1738 年）版《重修桃源县志・卷之九・艺文上》第 7 页。

桃源县：今江苏省泗阳县。元称桃源县，属淮安路。明延用桃源县。民国三年，因与国民党元老宋教仁故乡湖南省桃源县名相重，复改称泗阳县。

注释

[1]奏为……事：这句话是本文的真正标题。按照常规，奏议或公呈的标题由具题时间、具题人、具题事由三个要素构成。"为……事"是奏议题目中表述主题词的一般格式。它提示奏章或公呈的主要内容，是题目的要素之一。

疲邑：疲敝之县。

积逋（bū）：指累欠的赋税。亦谓积欠赋税。

考成：旧指在一定期限内考核官吏的政事成绩。

宽免：从宽减免或赦免。

带征：本年未完成或历年积欠钱粮，根据数量多寡，规定年限日期，每年除征收当年钱粮外，并加征前欠应纳之数，称为带征。

抚字：谓对百姓的安抚体恤。

[2]恭逢圣明：敬逢治世。圣明：封建时代对所谓"治世""明时"的

颂词。

叨举礼闱：有幸为礼部所举。指中进士。叨：犹忝。表示承受之意。常用作谦辞。礼闱：指礼部或其考试进士的场所。

轸(zhěn)念：悲痛地思念。

科甲：汉唐取士，皆有甲乙等科，后世因称科举为科甲。此处指科甲出身。

[3]顶踵：头顶与足踵。借指全躯。

一惟：一唯。谓完全听从。

[4]就道：上路，动身。

庶几：也许。表示希望。

[5]琴堂：县衙。《吕氏春秋·察贤》载，孔子的学生宓(mì)不齐，在治理单父(shàn fǔ)的时候“弹鸣琴，身不下堂而单父治”。后将“琴堂”比作仁者之治，又据此典把县衙门亦称作“琴堂”。

考功：官署名。明代吏部设考功清吏司，考核官吏的政绩。

[6]斥：罢免。

[7]实心任事：真心实意承担事务或担负责任。

[8]特以事穷于不可为，故功名之路无由自奋耳：只是因为事情根本上就是办不到的，所以桃源的县令们在求取功名的路上没有门径自我奋发。自奋：自我奋发而欲有所为，自勉。

[9]一笔行勾：一笔勾去。比喻不提往事或全部加以取消、否定。

积负：积欠。

[10]催科：催收租税。

[11]甫及：刚到。

受事：接受职事或职务。

[12]司存：执掌，职掌。

[13]区处：安排，处理。

[14]任人：委用人。指委人以官职。

阱人：使人入陷阱。

[15]底止：尽头，止境。

深惜：极其痛惜。

[16]司农：指户部尚书。汉代官名，掌管钱粮。东汉末改为大农，由魏至明，历代相沿，或称司农，或称大司农。

画一：一致，一律。

[17]绳：衡量。

[18]眷：眷顾。

孑(jié)遗：遭受兵灾等大变故多数人死亡后遗留下的少数人。

[19]正之供：正供。常供，法定的赋税。

蠲(juān)：蠲免。免除租税、罚款、劳役等。

[20]拮据：经济窘迫，钱不够用。

[21]仰副任使：有不负使命的意思。仰：敬辞。下对上表示尊敬。副：相称，符合。任使：指差事，使命。

[22]惮人：劳苦的人。惮：通“瘅(dàn)”。

优游：悠闲自得。

仙令：对县令的美称。

同戴尧天：共同生活在太平盛世。

［23］新进：谓新入仕途或新中科第。

冒渎天听：冒犯皇上。天听：古谓天有意志和知觉，因称上天（天帝）的听闻为“天听”。

陨越：亦作“殒越”。本义是颠坠、惶恐。封建社会上疏皇帝时的套语。谓犯上而表示死罪之意。

［24］具奏：备文上奏。

［25］该部酌议具覆：皇帝批阅奏折的常用语。表示让相关衙门斟酌商议，备办回复。具覆：备办回复的文件。

［26］料理：整治。

龚氏族谱叙

龚　爽

宗法斁，氏谱彰；世家炽，姓苑香[1]。缅旧族于洪都，留遗芬于渤海[2]。上溯太昊之后，以水纪官；远追炎帝而前，后土作氏[3]。循良跻于召杜【遂公】，节义媲于夷齐【舍公、胜公】[4]。荆楚仙人丰姿端雅【祈公】，南峰居士气度安闲【剡公】。越国公佩玉鸣金，金曾封以千户【愈公】；宋丞相垂绅正笏，笏恰比于满床【茂公四世同朝】[5]。此典册所昭垂，宜谨承于勿替也[6]。

则有风城胜迹，天邑名区[7]。门临柘水之旁，派衍桃溪而上[8]。其犹龙矣，看变化于昊天；兹益共焉，认伛偻于楚地。山接撒花台畔，池连种柳河边。雪里飘梅【江西祖茔地名】，香生四野；霄中散绮，霞绚一城[9]。律中黄钟，徵羽角商之始；爵颁丹诏，侯伯子男之先[10]。此所以仿六一之规模，而为四千之系牒也[11]。

且夫谱原以兴教化、叙彝伦[12]，岂徒侈冠盖之荣、缙绅之富哉[13]！是故白鹿驯扰，以纯孝格天心也；黄金荣归，以精忠膺主眷也[14]。读则新纶叠贲，覃恩及于重闱也；耕则积谷赈饥，懋赏逮于下里也[15]。捧列贤之像赞，生者宜何如振兴也；览中闽之褒旌，丈夫宜何如激励也[16]。前人之遗烈，后人表彰之；前人之茂规，后人法守之[17]。凡谱中所备载，皆来许所宜遵[18]。合宗庶以大同，緊修明其谁属[19]？趁今日芸窗校正，删除虚虎鲁鱼；示来兹草宅法程，更望腾蛟起凤[20]！

明崇祯赐进士出身、桃源县正堂、敕升吏部天官，昔庵氏奭撰[21]。

题解

本文录自清光绪六年(1880年)版、天门横林鄢滩《龚氏族谱》。

本文撰写的时间在明崇祯乙亥(崇祯八年，1635年)冬之后。

阅读本文时可参阅本书龚健飏《获族谱及历代祖先像赞记》。

注释

[1]宗法斁(dù)，氏谱彰；世家炽，姓苑香：宗法败坏，可以通过族谱来彰显；家族兴盛，在《姓苑》中的地位就高出一等。斁：败坏。氏谱：宗族谱系。世家：家世，世系。姓苑：关于中国姓氏来源的著作。南朝宋何承天撰，共十卷。

[2]旧族：指旧时曾有一定社会政治地位的家族。

洪都：江西省旧南昌府的别称。因隋、唐、宋三朝地为洪州州治，又为东南都会，故有此名。明曾置洪都府，旋改南昌府。

遗芬：比喻前人留下的盛德美名。

渤海：渤海郡。汉宣帝时，渤海郡岁饥民乱，龚遂为太守。

[3]上溯太昊之后，以水纪官：《左传》曰："共工氏以水纪官，故为水师而水名。"龚姓以共工治水有功而引以为荣，尊其为得姓始祖。太昊：即伏羲。古代传说中的部落酋长。

远追炎帝而前，后土作氏：传说炎帝后代共工氏有子名叫句龙，在黄帝时担任后土，其后代就以官名的一字为姓，称为后氏。

[4]循良跻于召杜：指龚遂七十多岁为渤海郡太守，安抚而不镇压，很有政绩。龚遂：字少卿，山阳南平阳(今山东邹县)人。循良：谓奉公守法的官吏。召杜："召父杜母"的略称。指西汉召信臣和东汉杜诗。他们都曾为南阳太守，且皆有善政，使人民得以休养生息，安居乐业，故南阳人为之语曰："前有召父，后有杜母。"见《汉书·循吏传·召信臣》《后汉书·杜诗传》。后因以"召父杜母"为颂扬地方官政绩的套语。

节义媲于夷齐：指龚舍、龚胜不仕王莽新政。龚舍：武原(今江苏邳州市)人，西汉任谏议大夫。重节义，拒不仕王莽新政，与龚胜一同归乡，二人并称“楚两龚”。龚胜：西汉楚国彭城（今江苏徐州市）人，字君宾。与龚舍相友，并以名节著称。节义：谓节操与义行。夷齐：指伯夷、叔齐。殷代遗民、不食周粟饿死于首阳山下的隐士伯夷、叔齐的合称。

［5］越国公佩玉鸣金，金曾封以千户：指南唐越国公龚愈。龚愈官至礼部尚书，金紫光禄大夫，太子太傅，封上柱越国公，赐紫金鱼袋，食邑一千七百户。

宋丞相垂绅正笏，笏恰比于满床：指龚茂良。龚茂良，字实之，南宋兴化军（治今福建莆田龚屯）人。宋淳熙元年（1174 年）拜参知政事，叶衡罢相，龚茂良以首参代行宰相职。垂绅正笏：垂下大带的末端，双手端正地拿着朝笏。形容朝廷大臣庄重严肃的样子。绅：古代士大夫束在衣外的大带。笏：朝笏，古代臣子朝见国君时双手所执的狭长板子，供指画、记事等之用。

［6］典册：记载典章制度等的重要册籍。

昭垂：昭示，垂示。即显示给人看。

宜谨承于勿替：后世应该传承先祖的业绩，不能让优良的传统断绝。谨承：敬慎奉行。替：废弃，断绝。

［7］风城：即今天门市。《元和志》卷二十一“竟陵县”：“县城本古风城，古之风国，即伏羲，风姓也。南临汉水。”

［8］柘水：指天门河上游一段，俗称渔薪河。天门龚姓有居于天门河泮的黄土潭（今黄潭镇）、爪龙潭（今天门城区官路居委会）支系。

桃溪：当指今天门市横林镇陶潭以北、牛蹄支河北鄢滩村一带。这里是天门部分龚姓的始迁地。陶潭古称陶（桃）溪潭。

［9］其犹龙矣……霞绚一城：此处叙述龚姓从吴地迁居湖北，散居天门各地。称颂先祖，眷念原籍。犹龙：谓道之高深奇妙，如龙之变化不可测。伛偻（yǔ lǚ）：典自“伛偻丈人”。《庄子·达生》：“仲尼适楚，出于林中，见佝（gōu）偻者承蜩，犹掇之也。”后用指称乡里老者。

［10］律中黄钟，徵羽角商之始：黄钟为十二律中的第一律。宫商角徵羽中，宫为第一音。宫与“龚”同音。宫商角徵羽：古代音乐中所指音阶的术语，相当于今天西洋音乐中的 12356。

爵颁丹诏，侯伯子男之先：天子分封诸侯，公侯伯子男中，公为第一等。公与“龚”同音。公侯伯子男：周代封建诸侯，各国君分公、侯、伯、子、男五等爵位，诸侯其统称。爵颁：列爵分土。指分封诸侯。丹诏：皇帝所发出的文书称“诏”，因用朱笔书写，故称丹诏。

［11］仿六一之规模：效仿欧阳修所创谱例。欧氏世系表又称横行体，

为欧阳修所创。它世代分格，五世一表，人名左侧有一段生平记述，由右向左横行。六一：指欧阳修。欧阳修自号“六一居士”，传从“集古一千卷、藏书一万卷、琴一张、棋一局、酒一壶”，加上自己髯髯一老翁，合成六“一”。

为四千之系牒：编纂成人数众多的龚氏谱牒。四千：疑为“八万四千”的略语。八万四千：本为佛教表示事物众多的数字，后用以形容极多。

[12]兴教化、叙彝伦：兴起政教风化，理顺宗族伦常。教化：儒家用语。特指以民为主要对象的政治教育和道德感化。叙：顺，次序。彝伦：指伦常。古指人与人之间通常的道德关系和正常的社会秩序。

[13]岂徒侈冠盖之荣、缙绅之富哉：难道只是加强人们官宦家世的印象？侈：侈人。谓加强人们在某个方面的印象。冠盖：仕官的代称。缙(jìn)绅：原意是插笏(hù)于带，旧时官宦的装束，转用为官宦的代称。缙：插。绅：束在衣服外面的大带子。笏：古代朝会时官宦所执的手板，有事就写在上面，以防遗忘。

[14]白鹿驯扰，以纯孝格天心：陈孝意守孝，白鹿驯伏，是因为孝心感动上天的缘故。白鹿驯扰：《北史·卷八十五·列传·第七十三·节义·陈孝意》：“后以父忧去职，居丧过礼，有白鹿驯扰其庐，时人以为孝感。”纯孝：至孝，谓完美无缺的孝行。格天心：孝心感动上天。格：感通。天心：天意。

黄金荣归，以精忠膺主眷：狄仁杰披金字之袍，是因为纯洁忠贞受到君主眷顾的缘故。《幼学琼林·衣服》：“精忠膺主眷，狄仁杰披金字之袍。”狄仁杰任幽州都督时，武则天为了表彰他的功绩，赐给他紫袍、龟带，并亲自在紫袍上写了“敷政术，守清勤，升显位，励相臣”十二个金字。膺主眷：受到君主的器重和恩赐。

[15]读则新纶叠贲(bì)，覃恩及于重闱：读书则新颁的恩诏光耀门庭，朝廷的封赠恩及祖辈父辈。贲：光耀。覃恩：广施恩泽。旧时多用以称帝王对臣民的封赏、赦免等。重闱：代指父母或祖父母。

耕则积谷赈饥，楙(mào)赏逮于下里：务农则积储食粮赈济饥民，上面的奖赏及于乡里。楙赏：奖赏以示勉励，褒美奖赏。下里：谓乡里，乡野。

[16]捧列贤之像赞，生者宜何如振兴：手捧先贤的画像，要思考活着的人该怎样振兴我们龚氏家族。

览中阃(kǔn)之褒旌，丈夫宜何如激励：阅读族谱中妇女的事迹，要思考该怎样以此激励我们这些男人。中阃：内室。阃本指宫内的小巷，借指为内宫或妇女居住的内室。此处指妇女。褒旌：犹褒表。

[17]遗烈：前人遗留的业迹。

茂规：好的法度、准则。

法守：谓按法度履行自己的职守。

[18]备载：详细记载。

来许：来世，后世。

[19]宗庶：宗子和庶子。称为族人兄弟所共宗（尊）的嫡长子为宗子。妻所生之子长子为嫡子，其弟们称庶子。

繄（yī）修明其谁属：靠谁来发扬光大呢？繄：句首、句中助词。有时相当于“惟”。修明：发扬光大。

[20]芸窗：书斋的别称。以内有驱虫之芸香，故称。

虚虎鲁鱼：多作“鲁鱼虚虎”。《抱朴子·遐览》：“书三写，鱼成鲁，虚成虎。”后因以指因形近而致的文字讹误。

来兹：指未来的岁月，来年。

法程：法则，程式。

腾蛟起凤：比喻才华出众，就像蛟龙腾跃、凤凰奋飞一样。语出王勃《滕王阁序》。

[21]桃源县：今江苏省泗阳县。元称桃源县，属淮安路。明沿用桃源县。民国三年，因与国民党元老宋教仁故乡湖南省桃源县名相重，复改称泗阳县。

正堂：明清两代称府县的长官。

吏部天官：唐武后光宅元年改吏部为天官，神龙元年复旧。后世也称吏部为天官，或称“吏部天官”。龚奭曾官吏部稽勋司。

昔庵氏：龚奭号昔庵。原文为“习庵氏”。

为母六十乞言引

龚 奭

世论父母者，恩同而职异。父职劳者也，母职逸者也。若乃母一身耳[1]，代父为子，代父为父为师，又代其子为子，代其子为孙。冰霜自矢，荼蓼备尝[2]。为子者，欲避内举之嫌，而不邀名公一言白其苦，犹区区称觞为务，罪莫大焉[3]！如奭之母是也[4]。

奭之母，苦母也。夫“苦”之一字，佞其亲者讳言之。而“节孝”二字，则人子所欲滥施于亲不顾其安者，孰知皆从我母苦境中确然实历[5]，而其子又不敢自白，则但存其苦，以听之立言君子，如范蔚宗之善搜者而已[6]。

题解

本文录自清康熙七年(1668 年)版《景陵县志 · 卷十二 · 人物志 · 节孝》第 77 页。清康熙三十一年(1692 年)版《景陵县志 · 卷之十一 · 人物志 · 节妇》第 92 页记载,龚奭母张氏“幼贫早寡,苦节极孝,内外无间。享年七十有二而终”。

乞言:向长者乞取善言。此处指向名流乞取龚母寿序。

引:文体名。相当于序,而较序短。

注释

[1]若乃母一身:如果你的母亲将父职、母职集于一身。

[2]冰霜自矢:保持自身坚贞清白的操守。

荼蓼(tú liǎo):两种草名。荼味苦,蓼味辣,因比喻艰难困苦。

[3]内举:举荐亲友。

不邀名公一言白其苦,犹区区称觞(shāng)为务,罪莫大焉:不请名流写几句话叙述龚母的艰难困苦,还微不足道地举杯祝寿,没有比这更大的罪了。名公:名流。白其苦:指叙述龚母的艰难困苦。区区:小,少。形容微不足道。称觞:举杯祝酒。

[4]如奭之母是也:我龚奭的母亲就是这样啊。

[5]实历:亲身经历。

[6]立言:泛指写文章。

范蔚宗:范晔(398 ~445 年),字蔚宗,顺阳(今河南南阳淅川)人,南朝宋史学家、文学家。其《后汉书》博采众书,结构严谨,属词丽密,与《史记》《汉书》《三国志》并称“前四史”。

附

邑侯龚公(龚奭)生祠记

朱大成

崇祯乙亥冬,邑侯龚昔庵先生以治行高第入为兵曹郎,攀车雨泣者近万人,数百里内趾相错也。桃邑从无生祠,乃始得祠先生,一月而成,则相与抚膺祠前,曰:“天乎！此后桃民恐不复有生之乐矣。”

桃故瘠土,治濒黄淮。十岁不能三四稔,死、徙略尽,以故地多不毛。败井颓垣,萧条极目。强有力者食不税之田,愚者负无田之税。

桃民业以死、徙闻,而胥吏益相缘为奸。及捧府牒,则缧者、号者、行乞者相望于道。然地当南北之冲,奉使而过者又不肯少贷也。先是邑中递马每骑私贴至一百八十余金,皆加之无地贫丁,大抵充诸人鲜衣靡食、旦夕饮博之需,仅以羸马支应。急则泥门远避,责仍归诸里中。盖二者为害,循环不已。

侯下车,廉得其故,进绅儒三老论之曰:"土之荒,以无民。民之逃、死,以地多兼并,胥吏为奸,力役不堪也。是在反其所为而为,则其余乃可次第举。"故先审地。官给一单,名曰《清供》。令买者、卖者各列其亩数多寡,无许溢啬。侯曰:"如是而可以议征矣。"乃作《易知单》,给一纸,载地亩、税额之数,立勾销簿,付主棱者掌之,使民自行封纳,不设权衡。又备正马四十三匹,副马如之,差等其价,酌其刍栈医药之费。马户所得甚赢,而民间所出乃反省一千八百有奇。当是时,老稚欢呼,如脱桎梏焉。又下审编之令,死者削之,徙者复之,额不足者有地代丁以苏之。先是桃源之征两税也,或先一岁征,或先半岁征之。民苦鞭朴,辄称贷富室,出子钱过于母。侯曰:"如是则民输一金,偿二金不足也,民宁不死且徙乎?"遂下令曰:"绅儒之好义者,邑居而富于财者,按季输之。远乡贫民,春夏之税以麦,秋冬之税以菽与稻,不须先时贷也。"盖岁为吾民省万金有余。河工烟墩、归仁堤,关系皇陵。岁费河帑不赀,民间赔累倍之。侯搜费若干,砌烟墩以障洪流,栽柳五千余株以护归仁堤。乙亥岁饥,流寇灰焚凤阳。侯发官帑,籴米楚中,又请贷仓米牧养。饥民之壮者,人日给三升,使之浚濠、筑土城,一月竣事,民赖以安。收募民间废铁,作兵甲火器之用。凡侯之事,事实用而不费财劳民,大率类此。当侯之拜疏莅桃也,爱侯者曰:"灾桃何能报绩?"乃期月而政成,相与叹诧以为神。庶务既集,民日奉约束惟谨。侯遂多饶暇日,亲为诸士诵说经义。诸士咸感自修彬彬质有其文焉。散衙,上食太夫人,必言今日所见某人,所平反某事。在任四载,囹圄一空。治装之日,萧然出桃,敝箧而已。

嗟乎!桃之幼者长矣,徙者归矣,贫困者、羸者除矣。一旦舍我而去,即痛哭流涕,岂能尽其区区!方欲走告,海内钜公乞椽笔以不朽吾侯。吾辈一段孺慕之私,人所不能代宣,相与向老天泣而道之,非能扬扢万一也。使观风者凭吊斯祠,知侯之贤,因悉吾民之苦,采入《循良》,以光史册,且期后之君子拜斯祠而观斯记,知桃如是则生,不如是则死且徙,而或踵侯之已事行之,则吾桃之子若孙,乃常沐侯泽于无穷,斯吾辈自己之私情也。

侯讳奭,字君路,号昔庵。湖广景陵县籍,江西南昌县人。崇祯辛未进士。

题解

本文录自清乾隆三年(1738 年)版《重修桃源县志 · 卷之九 · 艺文上》第 34 页。

朱大成:桃源县人。明万历贡士。兴县知县。

谭元礼

谭元礼，字服膺，号柘泉。解元谭元春胞弟。明崇祯四年辛未科(1631 年)进士。曾任德清县令。官至户部主事。著有《黄叶轩诗集》。

清康熙十二年(1673 年)版《德清县志·卷七·治行传·名宦》第 8 页记载：谭元礼，字服膺。湖广景陵人。崇祯辛未进士。壬申冬莅任。宏才绩学，夙号宗工。至其抚琴而治也，操介若冰，化映一溪；省追呼，简讼牒，所云"闭门官舍冷，殆亦犹东坡"焉，以故吏佚民驯。尤喜奖拔士类，清溪课士录而外，又有浙社一刻，遍及杭嘉数郡。时悯南粮折银为巨蠹所蚀，上请十年带征夏税，绢疋丝绵，积欠万余金，力叩大司农，得旨蠲(juān)免，尤惠民之大者。所至题咏遗爱满清溪之邑，蒸蒸成化雨矣。报最，擢部曹，舟次邗沟而卒，惜伟业未究云。

卖　衣

谭元礼

已解绨袍去，愧非脱赠情[1]。临尊谋醉易，向仆喜装轻[2]。袖贮余香永，书添半箧平[3]。要知归信在，寒不耐凄清。

题解

本诗录自丁宿章撰、清光绪九年(1883 年)版《湖北诗征传略·卷二十八》第 22 页。

注释

[1]绨(tí)袍：厚绸做的袍。比喻不忘旧情。《史记·范雎蔡泽列传》载，范雎原为魏大夫须贾门客，后因受辱入秦，为秦相。须贾使秦，范雎扮穷

人去见他。天寒,须贾见其衣敝单薄,“取其一绨袍以赠之”。后遂用“绨袍赠”“范叔袍”等指不忘旧情,或赠予寒士之物。

[2]临尊:临樽。端杯。

[3]箧(qiè):小箱子。

窑变观音赞

谭元礼

何以悟世,惟音可观。滞彼形器,见身无端[1]。
陶人为陶,水火土佐。烟销窑开,有观音坐。
是观音来,匪窑也变[2]。世化若烟,空借色现[3]。
有冠岌如,有衣褶如[4];有目湿如,厥情汲如[5]。
像法住世,世惊以奇[6]。我作平想,香凝风吹。

题解

本诗录自刘侗、于奕正撰,明崇祯八年(1635 年)版《帝京景物略·卷三·报国寺》第 30 页。

礼:礼拜,顶礼膜拜。

窑变观音:瓷观音像。

注释

[1]滞彼形器,见身无端:指凝聚成人像,现身于无因。形器:指人的形体。无端:无因。

[2]匪:通“非”。

[3]空借色现:佛教把客观世界的万事万物叫作“色”,并认为“色”是不真实的、虚幻的,即所谓“色即是空”。还原回去,即所谓“空即是色”。

[4]岌如:高耸的样子。

褶如:指衣服褶纹明显的样子。

[5]湿如:指眼眶湿润的样子。

厥情汲如:指观音像端庄慈爱,导人向善。厥:其。汲如:汲善(导人向善)的样子。

[6]像法:佛教语。正、像、末“三时”之一。谓佛去世久远,与“正法”相似的佛法。“像法”的时限说法不一。一般认为在佛去世五百年后的一千年

之间。

住世：谓身居现实世界。与“出世”相对。

晚晴步金鱼池

谭元礼

帘开我为晚晴出，万叶沉绿浅深一。滴滴跃跃洗池塘，朱鱼拨剌表文质[1]。接餐生水水气鲜，霞非赤日碧非莲。儿童拍手晚光内，如我如鱼急风烟。士女相呼看金鲫，欢尽趣竭饼饵掷。不携一樽淡然观，薄暮奕奕有此客[2]。

题解

本诗录自刘侗、于奕正撰，明崇祯八年（1635 年）版《帝京景物略·卷三·金鱼池》第 11 页。

注释

[1]滴滴（shāng）：流荡貌。原文为“滴滴”。

跃跃：跳动貌。

朱鱼：金鱼。

拨剌（là）：鱼尾拨水声。喻鱼疾游。

文质：文采和本质。

[2]樽：古代盛酒的器具。

奕奕：闲习貌。

赠徐元叹（徐波）

谭元礼

君为泉来为我来，察君神色几徘徊。谈深烛跋重重见，恰有残光夜半开[1]。

题解

本诗录自清康熙十二年(1673 年)版《德清县志·卷九·艺文志》第 22 页。署名为"邑令谭元礼,湖广人"。

徐元叹:徐波,字元叹,号顽庵,一号落木老人。江苏苏州人。与钟惺、谭元春交好,是竟陵派重要成员之一。诗才清逸,不落凡近。明亡后,居天池落木庵。

注释

[1]烛跋:谓烛将燃尽。

和谭梁生重过半月泉见简四绝句

谭元礼

真是爱泉好,非因苏子过[1]。绿荫兼素魄,凑就一泓多[2]。
偕客临泉少,孤光独步宜。幽人筇未响,翻作共游时[3]。
形似是神似,冰凝一缕魂。涓涓相属处,幽寂不堪论[4]。
仄径多泉意,何须坐槛看[5]。好从霜月里,平酌此中寒。

题解

本诗录自清康熙十二年(1673 年)版《德清县志·卷九·艺文志》第 22 页。半月泉在德清县城关。

注释

[1]苏子:苏轼。苏轼《半月泉苏轼、曹辅、刘季孙、鲍朝懋、郑嘉会、苏固同游,元祐六年三月十一日》云:"请得一日假,来游半月泉。"

[2]绿荫:原文为"绿阴"。

素魄:月的别称,亦指月光。

[3]幽人:幽隐之人,隐士。

筇(qióng):一种竹。实心,节高,宜于作拐杖。

翻作:写作。翻:按照曲调写歌词,谱制歌曲。

[4]涓涓:缓流,细流。

[5]仄径:狭窄的小路。

苏商碑记

谭元礼

今夫商,相语以利,相示以数,相周以知[1]。监于四方之货以知其贵贱,赢粮跃马,如猛鸟之鸷发[2]。捐亲戚,去坟墓,涉风波,牵车牛,远服贾,何为哉?其将为某邑日用不足、供亿不给、往而备其不时之需乎,抑锱铢刀锥唯利是知也[3]?厨传不饰,古今以为美谭[4]。至人生所需,日不过饭二升,岁不过布二疋。奈何忧不足而竭人之汗血供我之口体为耶?昔有仕于吴者,未尝市吴中一物。予读史时,辄为仰止[5]。甫下车时[6],集市人而告之曰:“予莅兹土,只如一家于此与客于此之人,有价则与,无则不与;价足则与,价不足则不与。小人居市,敢不知市乎?是予幸也,否则是予过也。”予持论素如此[7]。适奉宪禁,感往事愀然,为之记[8]。后之观者,将恍然于斯文[9]。

题解

本文录自清康熙十二年(1673年)版《德清县志·卷八·艺文志》第46页。

苏商:让商业恢复生机。

注释

[1]相语以利,相示以数,相周以知:语出《国语·齐语》:“相语以利,相示以赖,相陈以知贾。”互相谈论生财之道,互相交流赚钱经验,互相展示经营手段。

[2]赢粮:担负粮食。引申指携带粮食。

鸷(zhì)发:猛烈发作。谓顿时显露出来。

[3]供亿:根据需要而供应。亿:估量。

抑锱铢刀锥唯利是知也:还是贪图刀锥之利呢。抑:文言连词。表选择,相当于或是、还是。锱铢:比喻微利,极少的钱。刀锥:喻微末的小利。

[4]厨传:古代供应过客食宿、车

马的处所。

美谭：美谈。

[5]仰止：仰慕，向往。止：语助词。

[6]下车：旧时官吏初到任为“下车”。

[7]持论：把自己的主张发表出来，立论。

[8]宪禁：法律、禁令。

愀(qiǎo)然：忧愁貌。

[9]怃(wǔ)然：惊愕貌。

浙社序

谭元礼

楚人有适越者，越之士爱其赏奇弄笔如闲俦，又喜其不执一说绳束笔墨[1]，争投以文字。始削筒拾之，筒满。既开箧藏之[2]，箧满。卒乃散堆架上。楚人不忍焚，复不能尽囊以去，掠肤吸气，洗髓沥汁，聊用配《越绝书》一种[3]。昔吕伯恭与浙士讲举业不辍[4]，朱子书相规。伯恭答书，以为若不开此一路，则法堂前草深一丈[5]。前辈用心如此，诵之钦仰而已[6]。

浙社者，十五国各系以“风”始，自余不而及西浙，将由浙渐暨海内[7]。盖越之士适有兹请，楚人漫诺而题之尔，践是诺何日哉[8]？

题解

本文录自清康熙十二年(1673年)版《德清县志・卷九・艺文志》第5页。

注释

[1]楚人：此处指湖广人，即作者自己。

适越：到浙江。

闲俦：疑指闲暇时的同伴。

不执一说：不拘泥于某一定论。

绳束：束缚。

[2]箧(qiè)：小箱子。

[3]掠肤吸气，洗髓沥汁：此处比喻费尽心力整理诗文的过程。

洗髓：道教谓修道者洗去凡髓，换成仙骨。亦比喻彻底改变思想、习性。

配：媲美。

越绝书：又称《越绝记》。浙江现存最早的地方志。东汉袁康撰，吴平编定。

[4]吕伯恭：吕祖谦，字伯恭。婺州（今浙江金华）人。南宋著名理学家、文学家。

举业：指科举时代专为应试的诗文。

[5]法堂前草深一丈：本义是，因无人能到，法堂前的路上必定长满荒草，佛法就此湮没无闻。此处指举业荒废。

[6]钦仰：景仰，敬慕。

[7]渐社：当指诗社。渐：古水名。浙江，今钱塘江。亦指浙江中、上游的新安江。此处当指新安江，“西渐”一带。

十五国：指《诗经·国风》分布的地区。此处前后文的意思是，《诗经·国风》中没有浙西的。

自余：其余，此外。

渐暨海内：影响到海内。渐：浸泡，熏染。暨：至，到。

[8]漫诺：疑指随意承诺。

践是诺：履行这一诺言。

李国仿 校注

天门進士詩文

（下卷）

新 华 出 版 社

天门[illegible][illegible]诗文（下）

目　录
CONTENTS

下　卷

说明:目录标题中括号内的人名为注者所加,以方便读者识别。标题中的书名号从略。

沈　伦

四库全书本《广西通志 · 卷六十九 · 名宦》第 3 页记载:沈伦,湖广天门人。己丑进士。顺治八年知梧州府。慈惠温良,操持刚介。时梧疆初开,百姓逃匿,疮痍未起。伦多方招徕,民渐安集。未几,六师征讨,伦悉心经理,不累民间一粟一丝。又时时为镇将开诚婉谕,调剂辑和。故地方即甫定,而百姓安堵,皆伦之力也。政事暇,辄进诸生课艺,奖劝多士,翕然向风。伪安西寇梧,筹划劳瘁力竭。城陷,不屈而死。

民国十年(1921 年)版《湖北通志 · 卷八十七 · 艺文十一》第 14 页记载:伦,字彝士,号景山。景陵人。顺治六年进士。任梧州知府,卒官。

送程质夫(程先达)任随州学正

沈　伦

何以求今夕,于兹不可谖[1]。鳣堂随世远,苜味因君存[2]。漉酒题巾水,寻秋揖雪门[3]。季梁敦古处,相对应忘言[4]。

题解

本诗录自清康熙七年(1668 年)版《景陵县志 · 卷十二 · 杂录志》第 41 页。

程质夫:程先达,字质夫。天门人。明崇祯十二年己卯科(1639 年)举人。清授随州学正,历国子学录,擢兵部司务、工部员外,升山西平阳知府。

学正:清代府学官称"教授",州学官称"学正",县学官称"教谕",负责教育所属生员。

注释

[1]谖(xuān):忘记。

[2]鳣(zhān)堂:语出《后汉书》卷五十四《杨震传》:后有冠雀衔三鳣鱼,飞集讲堂前,都讲取鱼进曰:"蛇鳣者,卿大夫服之象也。数三者,法三台也。先生自此升矣。"后以鳣堂称讲学的处所。

苜味:"苜蓿风味"的省称。苜蓿,一种价钱便宜的蔬菜。苜蓿风味比喻教书生活的清苦。

[3]漉(lù)酒:滤酒。

巾水:即今湖北省京山市西南及天门市西北石河。

[4]季梁:春秋初随国贤臣。随都(今湖北随州市)人。

敦古:厚古。

夜泛东湖

沈 伦

一拳刹影着烟蒙,四处苍茫未有中[1]。荷力支持香不了,波声收拾梦将同[2]。人疑雁字沿桥立,醉遣霜威到树红[3]。作客故乡频动定,还留朝气补虚空。

题解

本诗录自清康熙七年(1668 年)版《景陵县志·卷之三·舆地志》第 23 页。

注释

[1]刹(chà):佛塔顶部的装饰,即相轮。亦指佛塔、佛寺。

[2]收拾:犹领略。

[3]雁字:成列而飞的雁群。此处指雁。

欧阳鼎

清康熙三十一年(1692 年)版《景陵县志·卷之十·人物志·进士》第 34 页记载:欧阳鼎,字长卿,号象庵。顺治甲午科第二名举人,己亥科进士。考选推官。著有《韵会政事》。改授万泉知县。

清乾隆二十三年(1758 年)版《万泉县志·卷四·职官》第 8 页记载:欧阳鼎,江南景陵人。进士。康熙七年任(知县)。洁己爱民,邑人思慕。

清光绪二十年(1894 年)版《沔阳州志·卷之九·人物志·宦迹》第 12 页记载:欧阳鼎,字长卿(顺治十年举人、顺治十六年进士,景陵籍)。为诸生时素著古文名,督学高世泰、郜郝元先后特拔之,由明副车举顺治甲午乡试第二,己亥会魁。授万泉令,民有逋赋鬻其子者,捐俸代赎。康熙己酉分校棘闱,苦心搜阅,竟染沉疴,归舍,卒。

赠兰翁(李馨)老父台

欧阳鼎

禹书十七问灵威,吐凤雕龙百代辉[1]。北里笙歌皆寂历,南窗交火自纷飞[2]。白庚才许分昆弟,绛甲何须论是非[3]。绣岭祥光流谱下,也从仙露觐奎薇[4]。

题解

本诗录自清康熙七年(1668 年)版《景陵县志·卷十二·杂录志》第 46 页。原题“同前题”。

兰翁老父台:指时任景陵代理知县李馨。李馨,字兰若。陕西狄道县人。贡生。清康熙六年(1667 年)由京山县丞委署。老父台:旧时对州县官吏的尊称。

注释

[1]禹书十七问灵威：意思是，李馨得仙人之助，得治世良方。《吴地记》载："在县西一百三十里中有洞庭，深远世莫能测。吴王使灵威丈人入洞穴，十七日不能尽，因得禹书。"

禹书：传说大禹治水时神授予他的"金简玉字"天书。

灵威："灵威丈人"的省称。传说中仙人名。

吐凤雕龙：称颂文才。吐凤：称颂文才或文字之美。雕龙：指经过精雕细琢，文辞优美。

[2]寂历：寂寞。

南窗：向南的窗子。泛指窗子。

交火：疑指灯火。

[3]白庚才许分昆弟，绛甲何须论是非：意思是，才比李白，寿比绛人。

白庚：庚白。《新唐书·文艺传中·李白》："白之生，母梦长庚（太白）星，因以命之。"后因以"庚白"代指李白。

昆弟：哥哥和弟弟。

绛甲：典自"绛人甲子"。指年高。《左传·襄公三十年》：绛县老人用"甲子"回答他的年龄，有"四百有四十五甲子"。

[4]绣岭祥光流谱下，也从仙露觐奎薇：疑指称颂对方从陕西带着治县良方来到此地，此地的人们将从奎垣和薇垣一睹对方的风采。

绣岭：山名。在今陕西省临潼县骊山上，有东绣岭、西绣岭。以山势高峻，如云霞绣错，故名。

谱：治谱。指南齐傅琰家有治县良方，故其家人政绩显著。《南齐书·傅琰传》载，傅琰父子政绩显著，世人认为傅家有"治县谱"，世代相传，不告诉外人。后来把父子兄弟做官、政绩显著称为"治谱家传"。

仙露："仙露明珠"的省略。仙露甘润，明珠晶莹。形容人的神采秀异脱俗。

觐（jìn）：进见，访谒。

奎薇：疑指奎垣、薇垣。此处用以称颂对方的文才和仕途。奎垣：文人荟萃之地。薇垣：明清时常以薇垣称相当于中书省的中枢机构或布政司。

题双节传

欧阳鼎

吾邑城南三十里有梅溪焉，古梅千百成林。环溪皆李氏，而李母王暨其姑并在焉[1]。王孺人少有妇德，早年丧夫，断指矢志，教养子媳，督课童仆，敦孝友以修族谱，簪珥以构义庄[2]，殆妇德中不多有者。事九十孀姑，克尽其孝，内外无间。予与梅溪李母，姨表兄弟也，故知之最悉。夫古今孝子节妇，湮没弗传者多矣。如李母节孝，古今罕俪[3]。嗟夫！玉骨冰肌，傲雪凌霜，当与梅溪争芳矣！

题解

本文录自清康熙七年(1668 年)版《景陵县志・卷十二・人物志・节孝》第 83 页。该文前有王氏传略：王氏，邑梅溪人。生十七，归生员李佐。谨事孀姑甘氏。至二十四，失所天，断指矢志，以内凛然难犯也。一日谓儿注曰："尔父困诸生尝修谱，置义田，孝友，遗志终不可泯。"遂捐资……

注释

[1]姑：公婆。

[2]簪珥：发簪和耳饰。古代多为高贵妇女的首饰。此处指脱簪珥。义庄：旧时族中所置的赡济族人的田庄。

[3]罕俪：指少有伦比。

刘浑孙

清道光元年(1821 年)版《天门县志·卷之二十二·人物·文苑》第 13 页记载:刘浑孙,字厚存。性颖异。为文不起草,援笔立就。成进士,授永平司理。刚直耿介,鞫狱无冤,廉能声著畿辅。寻以公出,卒于行署。

登一杯亭

刘浑孙

也买轻舠问古滩,高台原向石根蟠[1]。江回白雪分山绕,树拥平沙拂水寒。渔父解呼亭畔酒,梨花曾倚旧时栏。仍然万井生烟火,有鹤归来不可弹。

题解

本诗录自熊士鹏编、清道光癸未(1823 年)版《竟陵诗选·卷十》第 7 页。

注释

[1]轻舠(dāo):小船。

高台:丁宿章撰、清光绪九年(1883 年)版《湖北诗征传略·卷二十八》为“高亭”。

挽皓月上人

刘浑孙

上方依旧锁栖霞，放尽梧桐几树华。到枕钟声驱客梦，押檐荷影散樵家[1]。还疑一棹寻烟去，岂是孤筇入谷赊[2]。谁赴他年泉石约，挂瓢空惹故人车[3]。

题解

本诗录自熊士鹏编、清道光癸未(1823年)版《竟陵诗选·卷十四》第14页。

注释

[1]樵家：打柴的人家。

[2]孤筇(qióng)：一柄手杖。谓独自步行。

[3]挂瓢：典自“许由挂瓢”。旧以许由“挂瓢”比喻清高自守，隐居遁世。相传许由隐居箕山之下，颍水之阳，躬耕自食，以手掬饮。人遗一瓢，挂于树，风吹历历作声，以为烦，弃之。

程一璧

清康熙三十一年(1692 年)版《景陵县志·卷之十·人物志·进士》第 32 页记载:程一璧,字文球。顺治丙戌科举人,壬辰科进士。出授安阳知县,调北隶长芦盐运司知事。景陵里役利弊相沿日甚。公上条陈详明剀切。各宪允其议,大为革除。邑人德之。

赠兰翁(李馨)老父台

程一璧

函关紫气拂丹台,仙吏声名远近来[1]。茶井清流溥雾瓮,巾湖明月注霞杯[2]。愿分化雨锡邻圃,喜见魁躔逼上台[3]。自愧微才当寿域,遥将词赋拟邹枚[4]。

题解

本诗录自清康熙七年(1668 年)版《景陵县志·卷十二·杂录志》第 46 页。原题"同前题"。

兰翁老父台:指时任景陵代理知县李馨。李馨,字兰若。陕西狄道县人。贡生。清康熙六年(1667 年)由京山县丞委署。老父台:旧时对州县官吏的尊称。

注释

[1]函关紫气拂丹台:意思是,李馨自陕西到景陵任职。

函关:函谷关,秦关名。古代传说,老子曾乘青牛到西方游历,途经函谷关赴流沙而终未返回。司马贞索隐引《列仙传》:"老子西游,关令尹喜望见有紫气浮关,而老子果乘青牛而过也。"

丹台：天门旧有丹台观、丹台井。丹台井现存，在天门中学旧址内。

仙吏：仙界、天庭的职事人员。

[2]茶井：指文学泉，又名陆子井，俗称三眼井，在今天门市文学泉路南侧。相传陆羽曾在此取水品茶。

漙(tuán)：形容露水多。

霞杯：盛满美酒的酒杯。

[3]化雨：比喻善于施教，犹如雨水滋润植物一样。

魁躔(chán)：指北斗星的运行度次。

上台：星名。在文昌星之南。

[4]寿域：语出《汉书·礼乐志》："驱一世之民，跻之仁寿之域。"后用"寿域"比喻太平盛世。

邹枚：汉邹阳、枚乘的并称。北魏郦道元《水经注·睢水》："梁王与邹、枚、司马相如之徒极游于其上。"两人皆以才辩著名当时。后因以"邹枚"借指富于才辩之士。

刘临孙

清道光元年(1821 年)版《天门县志·卷之二十二·人物·文苑》第 13 页记载:(刘浑孙)从弟临孙,少孤好学。祖和平令渐甚器之,俾从浑孙共笔砚,切磋砥砺,相期有成。顺治壬辰,同捷南宫。起家弋阳令。公余,不废吟咏。惜其亦陨于任也。

清康熙二十二年(1683 年)版《弋阳县志·卷之二·名宦》第 21 页记载:刘临孙,景陵人。由壬辰进士知县事。壬戌会元刘必达之从侄也。为人恂恂若孺子。退食之暇,博览群书,伊唔彻曙。著作甚富,刻有《甜雪斋集》百二十卷,誊稿数四,皆手自为之;及《弋佣小草》《响石轩稿》《批评八大家》行世。

宿龟峰

刘临孙

削壁疑无地,青苍匪一天。户开花径入,藤倒石根牵。松浪补泉响,山云带鸟还。与僧分梦后,应妒磬声先。

题解

本诗录自清康熙二十二年(1683 年)版《弋阳县志·卷之八·艺文五·诗》第 22 页。署名“知县刘临孙,景陵人”。

龟峰:龟峰山。同版《弋阳县志·卷之一·疆域》第 29 页记载:“县南二十里,玉亭乡有三十二峰,名状各异。中峰之顶有三巨石,皆如龟形,号三叠龟,故总名龟峰。”

游鄗山

刘临孙

游人未至寺先知，接杖开扉翻笑迟[1]。行至庵前惊一顾，虎踪如许不遮篱。

题解

本诗录自清康熙二十二年(1683 年)版《弋阳县志·卷之八·艺文五·诗》第 22 页。

鄗(hào)山：鄗阳山。同版《弋阳县志·卷之一·疆域》第 32 页记载："鄗阳山，在万全乡。峰峦耸翠，四山环拱。上有八景三异。"

注释

[1]翻笑：反笑，却笑。

游双岩寺

刘临孙

笋雨吹香过枳林，减舆未许起幽禽[1]。寻逢奇石腰苔入，静思翻同云壑深。

题解

本诗录自清同治十年(1871 年)版《弋阳县志·卷十三·艺文·文征》第 41 页。

注释

[1] 枳林：刺林。枳：一种带刺　的树。

减舆:减少舆从。

幽禽:隐栖在林中的鸟。

游南岩

刘临孙

石佛晶晶向壁胎,钟声淅沥和烟回[1]。教停不借防蹊仄,坐未移时鸟信催[2]。

题解

本诗录自清同治十年(1871年)版《弋阳县志·卷十三·艺文·文征》第42页。

注释

[1]向壁:面对墙壁。

胎:疑指圣胎。圣人之胎。

淅沥:拟声词,形容细小的雨雪声、风声、落叶声等。

[2]蹊仄:幽蹊仄径。僻静狭窄的小路。

鸟信:江淮船户称农历三月的东北风为鸟信。

吊姜侯(姜绾)

刘临孙

桐乡来是匪无源,墟墓家园细细存[1]。阡易应猜回马处,碑残犹记过车门。先生自厌衣冠老,后裔能知稼穑尊[2]。景水弋山盟两地,他年付与叟童论[3]。

题解

本诗录自清道光元年(1821年)版《天门县志·卷之二十·循良》第7页。

姜侯：姜绾，字玉卿。江西弋阳人。进士。明成化十六年（1480 年）任景陵（今天门）知县。六年后擢南京监察御史。

注释

[1]桐乡：汉大司农朱邑曾为桐乡吏，有惠政，死后葬于桐乡，乡民为之立祠，祭祀不绝。后因用为称美地方官德政的典故。此处当指景陵（今天门）。

墟墓：丘墓，墓地。

[2]衣冠：代称缙绅、士大夫。

[3]景水弋山：代指景陵与弋阳。

弋署送乾明寺懒云还竟陵

刘临孙

十年前俱少年人，相见唯惊鹤发新。为问而师知甚健，更能于我羡长贫[1]。梦回还觉荷风软，衣冷正怜柳月巡。蔬圃竹坞勤课护，与君分得老农因[2]。

题解

本诗录自清康熙八年（1669 年）版《安陆府志・卷三十五下・七言律》第 33 页。

乾明寺：清道光元年（1821 年）版《天门县志・卷六・山川》第 26 页记载："东禅寺又曰乾明寺。寺前长堤接东门河街。"

注释

[1]为问而师知甚健，更能于我羡长贫：疑化用陆游《春雨》诗之一："长贫博得身强健，久矣无心咎化工。"

而师：你的师傅。

[2]竹坞：竹舍，竹楼。

课护：疑指护理。课：谓致力于，从事。

因：机会。

仙圃长春

刘临孙

频来日月挂峰鬟，蹀躞桃津性太顽[1]。村鸟不飞红树外，酒楼多在藕花湾。似闻远岫吹箫过，如见当年跃兔还【即张鹤鸣炼丹事】。何事石门题野鹤，儿孙解守旧时山[2]。

题解

本诗录自熊士鹏编、清道光癸未(1823年)版《竟陵诗选·卷十》第7页。

仙圃：传说中仙人种药草的园圃。

注释

[1]挂峰鬟(huán)：疑指日月挂在峰顶，像女子的发髻。蹀躞(dié xiè)：小步行走。

[2]石门：疑指隐居之地。

题曹溪汪氏山房

刘临孙

半壁稜稜白石堆，翠微迢递带樵回[1]。天开卵色当轩落，树过溪声抱石来[2]。烟外竹臞含雨意，山头枫老见霜才[3]。村村卧犬田田犊，谁话桑麻共举杯[4]。

题解

本诗录自熊士鹏编、清道光癸未(1823年)版《竟陵诗选·卷十》第7页。

注释

[1]稜稜(léng):威严貌。威严方正的样子。霜气严冬之貌。

翠微:泛指青山。

迢递:连绵不绝貌。

[2]卵色:蛋青色。古多用以形容天的颜色。

[3]竹臞(qú):竹瘦。

[4]桑麻:泛指农作物或农事。陶潜《归园田居诗五首》其二:"相见无杂言,但道桑麻长。"

牵船草堂诗

刘临孙

却泊林中刺史艇,不浮水上志和家[1]。闭关卜籒无人启,许我频来踏落花[2]。

题解

本诗录自清康熙七年(1668年)版《景陵县志·卷十二·人物志·仙释》第15页。熊士鹏编、清道光癸未(1823年)版《竟陵诗选·卷十》第7页载,刘临孙《题牵船草堂》诗:"不向湖头泛钓槎,数椽宛似志和家。闭关竟日无人到,许我频来踏落花。"

牵船草堂:天门鄢韵(鄢谷音)自建草堂名。

注释

[1]志和:唐代诗人张志和,自号烟波钓徒。其《渔歌子》是名世之作。

[2]闭关:闭门。

卜籒(zhòu):疑指占卜诵读。

游文星塔记

刘临孙

川游者首仙湖，曰以远；山游者首赭亭，曰以虎患[1]。兼山川游者首龟峰，曰以舟车妨，主人步不可十里，留不可竟日，故屐齿常限焉[2]。若夫举航可岸、登岸可峰，晨夕勿时拘、晦明堪自主者[3]，唯文星塔为最。

塔因于石崖，崖悬急流中。登塔者不以游以望。东望灵山自待宾而还，山在东者以数十计，而皆莫有遁焉者。南望宝峰自峦山而还，山在南者以数十计，而皆莫有遁焉者。西望象山自藐姑而还，山在西者以数十计，而皆莫有遁焉者。唯北蔽于城，城亦因山耳。晨烟缥缈，人踪历落[4]，堪望者正复不少也。一级一周，级凡七，每间其一以新归路。崖不草而苔，苔青青茙茸，步者不忍蹴[5]。旁为茂林，竹木森阴。接崖麓无断者，俯瞰之如置身崖树巅而踞其上。登而下视焉，溪光飘忽，塔影倒曳，如浮水上，如举空中；目为之眩，心为之摇，人往往不能自必[6]。

烟云直入，微凉渐生，乃出塔就所谓茙茸者席焉。语同行某某曰："事故有不如人意者。此滩波澜潆折，如往而复，当不减兰泽[7]。使得青蓑绿笠、垂钓理纶其间，宁让王方平耶[8]？"语已，留连不可去。遥望隔岸茅舍数十间，竹篱隐蔽，忽有筏自篱间出，载鹭鹚筏上，行歌而来[9]。从者曰："此渔人也。"呼舟子并楫而还。

题解

本文录自清康熙二十二年（1683年）版《弋阳县志·卷之八·艺文》第1页。署名"知县刘临孙，景陵人"。

注释

[1]曰以远：因为路途远。曰：句首、句中助词，无实义。

赭(zhě)亭:赭亭山。同版《弋阳县志·卷之一·疆域》第30页记载:“县东五十里,山形方正如削,望之亭亭,其色赤,无林木。”

[2]龟峰:龟峰山。同版《弋阳县志·卷之一·疆域》第29页记载:“县南二十里,玉亭乡有三十二峰,名状各异。中峰之顶有三巨石,皆如龟形,号三叠龟,故总名龟峰。”

竟日:整整一天。

屐(jī)齿常限:指登山临水常受限制。屐齿:“屐齿登临”的略语。南朝宋诗人谢灵运性喜山水,常着一种前后齿可以装拆的木屐以登临。后因用为登山临水的故实。

[3]晦明:阴暗和晴朗。

[4]历落:疏疏落落。

[5]茙(róng)茸:疑为“绒茸”之误。当理解为“茸茸”,形容毛发等浓密柔软。

蹴(cù):踏。

[6]自必:自己坚信,自以为必然。

[7]潆(yíng)折:回旋曲折。

兰泽:长兰草的沼泽。

[8]理纶:整理鱼线,指垂钓。纶:钓鱼用的线。

宁让:难道亚于。

王方平:王弘之,字方平。南朝宋名士。琅琊临沂(今山东临沂北)人。家贫,而性爱山水,求为乌程令,寻以病归。宋武帝、宋文帝征召,不就。平时喜好钓鱼,常垂钓于上虞江边,傍晚回家,经亲故门前,各以一两条鱼置门内而去。

[9]鹭鹚(lù cí):鹭鸶(sī)。

游南岩记

刘临孙

有告余者曰:“南岩堪游,与龟峰并。”予过其言:“叔于田,巷无居人[1]。”龟峰出而谁谓弋有山者[2]?重瞳子击破秦军,诸侯皆从壁上观[3],俯首伏膝,莫敢独当一队。有龟峰而外语山也[4],可乎哉?然乐其近且喜其未尝传也,与某某等赴之。石壁千寻,摩天无阶,负日俯仰,望同匹练垂云[5]。当其半隙,若悬峰之挂霄汉间。岩下洞穴逶迤,空中而旷,度可置千余人[6]。每晨曦初起,夕晖斜照,荒荒漠漠,不可名状[7]。

寺随岩架立,不瓦而栋,不檐而藩[8]。合烟合雾,云皆从户牖中出[9],石浪护其顶。缥缈冥幻,人往往不能自定[10]。佛像古洁,其世尊罗汉诸像不下数十,皆就壁斫石成之,如画悬空立,令人肃肃生悸矣[11]。飞檐削出,不作缕垂[12],风雨亦勿敢窥。久之淡人思,亦复深人思。岩壁传有二十余字,字漫灭不可考[13]。以其景过清,与某某谋,唯登高而望可了之。

群山拱映,龟峰值其西南,如相翼状,而岩反屹然不应。大溪当其前,望之潆折如带[14]。怪石异木,辄随其折处。石为之浮,树为之摇。其与波上下者,水石都无辨,唯苔者分耳。远岚起伏,视之缥碧,作一层峻崿相送[15]。的的历历又一层至,重岭叠嶂、缨峦带阜者[16],殆莫定其层数,然皆贡秀献奇,不敢稍匿其光景。

予顾之长叹,至不能言。其近弋而又近龟峰如此,乃数百年不传,何哉?昔刘梦得尝爱泰华[17],谓此外无奇;爱荆山,谓此外无秀。乃见九华方深悔前言之失也。柳柳州云:"游山者,宜旷与奥[18]。"兹其奥者欤?古有市隐,如东陵伯休辈[19],名不可得闻。兹岩其隐者欤?张氏子凿石室以居,郡守庾翼欲表之,因逸不见[20]。以地志考之,适当其处兹,当非其别馆欤?他姑勿论,即壁间二十余字,宁蚀啮几尽,不索名贤一题吟。正如渔阳鼓吏纸毛字褪,刺不谩投[21]。何无忌之至浔阳也[22],远、永二师来会。远师持名望,从徒百余,高言华论,举止可观[23]。永师衲衣半胫,荷杖捉钵[24],松下飘然而至。无忌谓众曰:"永公清散之风[25],乃多于远公矣。"予取为南岩赠,并示龟峰,何如也?聊以志吾前言之过而已。

题解

本文录自清康熙二十二年(1683 年)版《弋阳县志·卷之八·艺文》第 2 页。

注释

[1]叔于田,巷无居人:语出《诗经·郑风·叔于田》。意思是,郑庄公的弟弟太叔段去打猎,巷里居住的人没有一个能比得上。

[2]龟峰出而谁谓弋有山者:意思是,除了龟峰山,弋阳县哪座山还能称

得上山呢?

[3]重瞳子:指项羽。谓眼中有两个瞳子,旧时人们认为非凡人之相。古传说舜与项羽眼中都有两个瞳子。

从壁上观:亦作"作壁上观"。在营垒上往下观看他人交战。比喻坐观成败不予帮助。

[4]语:谈论。

[5]匹练垂云:就像白绢从云间下垂。原文为"练垂云"。据清同治十年(1871年)版《弋阳县志·卷之十二·艺文·文征》同题文补。

[6]度(duó):计算,推测。

[7]荒荒漠漠:黯淡迷蒙的样子。

不可名状:无法用言语来说明、描绘。名:说出。状:描绘。

[8]不瓦而栋,不檐而藩:不用砖瓦却能建成栋宇,没有屋檐却能遮蔽风雨。

[9]合:聚合。

户牖(yǒu):门窗。

[10]自定:犹自安。

[11]世尊:佛陀的尊号之一。意为世间及出世间共同尊重的人。

肃肃生悸:指佛像肃穆,让人心生恐惧。

[12]不作緌(ruí)垂:没有门帘一类的东西。緌垂:像帽带下垂。緌:古时帽带打结后下垂的部分。

[13]漫灭:磨灭,模糊不清。

[14]濴(yíng)折:回旋曲折。

[15]缥碧:青绿色。

峻崿(è):高峻的山崖。

[16]的的历历:清晰分明。

缨峦带阜:山峦丘阜萦回环抱。

[17]刘梦得尝爱泰华:唐代诗人刘禹锡爱华山。他的《华山歌》有诗句"高山固无限,如此方为岳"。刘梦得:刘禹锡,字梦得。泰华:太华山。在陕西东部,华山之主峰。

[18]柳柳州:柳宗元,字子厚,号柳柳州,唐河东人。

旷与奥:空旷辽阔与深邃幽僻。风景分为旷奥的想法最早见于唐代文学家柳宗元的《永州龙兴寺东丘记》:"游之适,大率有二:旷如也,奥如也,如斯而已。"这是风景旷奥概念的雏形。

[19]市隐:隐居闹市。

东陵:亦称"东陵侯"。秦东陵侯邵平的别称。邵平于秦亡后隐居种瓜。

伯休:韩康,一名恬休,后汉隐士。

[20]张氏子凿石室以居:清康熙二十二年(1683年)版《弋阳县志·卷之六·隐逸》第53页记载:"晋。张某隐居石室,其名不可考。按旧志云,在弋阳南十余里,琢石为室,其形如囷(qūn)。郡守鄱陵庾翼欲表荐之,隐而不见。即其居,因以为号焉。"

[21]渔阳鼓吏:指祢(mí)衡。典自刘义庆《世说新语·言语》:"祢衡被魏武谪为鼓吏,正月半试鼓,衡扬桴(鼓槌)为《渔阳掺挝》(鼓曲名),渊渊

有金石声。”

纸毛字褪：典同“名纸毛生”。“名纸毛生”原谓名片受磨起毛致字迹漫灭。后以喻长时间求谒而不得见。《后汉书·祢衡传》记载，祢衡初至颍川，怀刺求谒，而久无所投，至于刺字漫灭。

[22]何无忌：东晋将领。东海郯(tán，今山东郯城)人。曾与刘裕等起兵讨伐篡位的桓玄，后官至江州刺史，在卢循之乱中与徐道覆作战战死。

浔阳：今江西九江。晋时浔阳郡属江州。

[23]高言华论：高妙华丽的谈论。

举止可观：举止达到相当高的程度。

[24]荷杖捉钵：拄着锡杖拿着钵。

[25]清散：清雅散淡。

游嵩阳山记

刘临孙

弋南无名山。非无名山也，夫山而可名也。传其北山亦佳甚，唯西犹有憾。

乙未春，予偶有西征之役[1]。闻所谓嵩山者，寺僧颇奇。来自兵燹间，忽得荒山，诛茅而居[2]。屋以百，徒众以数十。锄地而佳石列为阶，寻源而清泉会于厨。类有慧者，遂往造焉[3]。

初入山不觉异，唯路甚逶迤，稍行渐不逢人。两崖翼立，才通一径。有涧流，乍大乍小，辄随其径而曲折，以护山根。是时方仲春，残叶犹依树，作秋冬飘纷状坠涧。中者铿然时一响，忽有樵人行歌林间[4]。问其路，不释斧，举手遥东指。行数步，回顾樵人，佚不见[5]。得非随行人语以官长来耶[6]？因戒从者，到山不必白姓字，令僧人作俗面孔相向[7]。渐行山益险，择然后可步，面面皆如壁，疑无路者。东行，人忽尔西向，已乃渐折而南旋焉[8]。登者力力，气不能息；下者碌碌，气不容息。备登陟之阻，而同行有致者反以为极快[9]。渡桥桥横数木耳，泉涓涓清冽可取饮。有鱼潜其下伏不动，迫视一笑[10]，乃石也耶！桥渡为茂林[11]，林间一隙以入。入林中，行者俯视地，仰视垂枝，左右视藤刺，心目无暇者。攀葛拊丛，扪胸叠肩，造其巅，谓已峻极。先行者憩。

前山则又倍之。路稍开，忽不逢石。有指者曰："此即山寺也。"止，从人剥啄[12]，选阶石休焉。忽有僧自内出，开户微哂曰："吾师固云尔[13]，盖师即建寺僧季智也。"予色然而骇[14]。因策杖延坐[15]，为我煮茗烧笋，细话山中事。俯视群峰，若坠谷中。树摇其巅，如翻浪弄潮于人足趾间。树雅善覆，山不能自出树梢间。竹承其缝，日光被隔，觉高于林一二尺许，不下。有僧襕衲入[16]，方采野蔬作供接众。予顾语僧曰："兹山埋野榛荒烟中数百年，今不深自藏匿，乃为师所得，然唯师固足以当此。但惜不置之稍近，一夺弋南诸峰之垒尔。"僧曰："予舍博山而就此，正爱其名字不挂名胜中。故自置福田、庵斋，僧田二百三十有零。又寺邻王文启助田柒十叁亩，于万全乡以供饘粥[17]。将有终焉之志[18]。予方幸而子乃惜之，何哉？"予亦默然别去。然此行也，于西可以不憾。

题解

本文录自清康熙二十二年(1683 年)版《弋阳县志 · 卷之八 · 艺文》第 4 页。

鄗(hào)阳山：同版《弋阳县志 · 卷之一 · 疆域》第 32 页记载："鄗阳山，在万全乡。峰峦耸翠，四山环拱。上有八景三异。"

注释

[1]乙未：清顺治十二年，1655 年。

[2]兵燹(xiǎn)：指因战乱所致的焚烧破坏。燹：兵火。

诛茅：芟(shān)除茅草。引申为结庐安居。

[3]造：拜访。

[4]行歌：边走边唱。

[5]佚：隐逸。

[6]得非：莫非是。

[7]相向：相对，面对面。

[8]已乃：旋即，不久。

[9]有致：有情致。富有情趣。

[10]迫视：逼视，逼近看。

[11]桥渡为茂林：清同治十年(1871 年)版《弋阳县志 · 卷十二 · 艺文》第 100 页同名文为"逾桥为茂林"。

[12]剥啄：象声词。敲门声。

[13]哂(shěn)：微笑。

固云尔：早就说过，本来就是这样。

[14]色然而骇：变为惊骇之色。色然：变色貌。

[15]策杖：扶杖。

延坐：请坐。

[16]有僧襭(xié)衲入：有个和尚用僧衣兜着东西进来。襭：把衣襟掖(yē)在腰带间来兜东西。

[17]饘(zhān)粥：即厚粥，稠粥。

[18]终焉之志：在此安身终老的想法。

鄢谷音(鄢韵)传

刘临孙

鄢谷音，邑中高士也[1]，自称紫渡樵客。读书深思，诗文歌赋出入汉魏间[2]。幼补诸生，历试高等，久而棘闱蹭蹬，啸歌自如[3]。甲申贼变，放浪渔樵[4]，仿白乐天石楼、邵尧夫安乐窝，制茅屋，为息隐计，颜曰："牵船草堂[5]"。寄题颇工，远迩属和[6]。予亦作记与诗志之，刻《弋佣集》中，吴楚人士传为佳话。

新朝定鼎前后，督学使者慕其名，檄就试[7]。鄢子远游冀北，不乐应征。冀北诸名流慕其名，佩其文，翕然宗之，自以为羶行可厌也[8]。复之东海，诸守令慕其名，思招致之，欲分猪肝一片[9]，不可得。已乃买舟彭蠡，访予弋阳，相与把臂讽吟、掀髯谈笑者六月有奇[10]。上下同寅慕其名，求一识荆亦不可得[11]。卒谢予去。

忆卿先达毛槐眉令海盐时[12]，鄢子偶来游，邀留花幕。忽一日念北堂离父[13]，乘挂归帆。槐翁强为维系，还所赠而别，槐翁益加叹服[14]。逢人说项，刘四骂人人亦不恨，殆类是欤[15]！

至生平著述，古文时艺，有父宅揆[16]，弟允谐、男真、侄晋时刻《来归草》暨持社、文变几社、文起焕社、梅溪社《天下名篇》诸选刻。诗有《紫渡吟》《泛息草》《二吹草》《怍庵辍草》四稿，俱行于世。

题解

本文录自清康熙七年(1668年)版《景陵县志·卷十二·人物志·隐逸》第

15 页。

注释

[1]高士:指隐居不仕或修炼者。

[2]出入汉魏间:疑指作品具有“汉魏风骨”。出入:谓或出或入,有相似处,亦有相异处。汉魏:汉魏风骨。指汉魏诗歌爽朗有力的动人风貌。

[3]诸生:明清时称府、州、县学之生员为诸生。俗称“秀才”。

棘闱蹭蹬:指参加科举考试,不中。棘闱:科举时代试院的别称。古代试士,用棘围试院,以防止弊端,故称。蹭蹬:困顿,失意。

啸歌:大声吟咏,歌唱。

[4]甲申贼变:指明崇祯十七年,甲申(1644 年),李自成攻陷京师。

放浪渔樵:混迹于渔人和樵夫之中。放浪:浪游,浪迹。

[5]颜:题写匾额。

[6]属(zhǔ)和:指和别人的诗。

[7]新朝定鼎:传说夏禹曾收九州之金,铸造九鼎,夏商周三代都把它们作为传国的重器。后世称新朝定都建国为定鼎。

檄就试:意思是,发公文请他参加选拔考试。

[8]翕(xī)然:一致。

羶(shān)行:令人仰慕的德行。

[9]之:往,到。

招致:招而使至,收罗。

欲分猪肝一片:意思是,愿意受牵累。典自“仲叔猪肝”。《后汉书》卷五十三《周燮传序》记载,闵仲叔寄居安邑,因贫病买不起肉,每天买猪肝一片,屠户有时不给,被安邑令听得,命县吏照常供给。仲叔知道后,叹道:“我岂能以口腹拖累安邑地方!”便离开安邑他去。后即用以表示牵累主人的典实。

[10]把臂讽吟:挽着手臂,讽诵吟咏。

撖豗(huī):喧豗。喧闹。

[11]同寅:旧称在同一处做官的人。

识荆:也作“识韩”。李白《与韩荆州书》:“白闻天下谈士相聚而言曰:‘生不用封万户侯,但愿一识韩荆州。’何令人之景慕,一至于此!”韩荆州:即韩朝宗,时为荆州长史。迫切期望亲见自己所仰慕和敬佩的人叫“识荆”或“识韩”。

[12]卿先达:指同乡显达的前辈。

令:此处指任县令。

[13]北堂离父:指父母。北堂:指母亲的居室。代指母亲。

[14]叹服:赞叹佩服。

[15]逢人说项:比喻到处替人家说好话。凡是替人家说好话的,都叫作“说项”。项:指唐朝人项斯。

刘四骂人人亦不恨:《旧唐书·刘

祎之传》："父子翼，善吟讽，有学行……性不容非，朋僚有短常面折之。友人李伯药常称曰：'刘四虽复骂人，人都不恨。'"后以"刘四骂人"谓用俏皮浅露的语言骂人。

殆：大概，几乎。

[16]时艺：即时文、八股文。

宅揆(kuí)：谓总领国政。此处指总管。

祭景陵令方梁文

刘临孙

呜呼！遇合之数岂偶然哉[1]？或并时而相慕，或异世而相感；或其人已往[2]，而流风遗韵犹得于故老之所传闻[3]。而数代而后遂得因彼子孙以想见其形容，虽所遇不同而要之不可谓之无所合也[4]，独予于公尤异焉？

余生也晚，不及见公矣。辛卯春[5]，偶宿戚友村中，梦一伟人，乌纱绛服，手刺云访予者[6]，觉而异之。及明，从断碣中得公姓名，或曰此令所额某宦墓道也[7]。述梦同游，相视而叹。

后一年，而予成进士。又一年，而承乏兹邑[8]。又二年，而始读《弋志》，见公仕历于《乡贤》中。予不觉仰而慕、俯而感，追念畴昔之夜，不啻如前日事也[9]。

呜呼！凡梦生于因，因必生于情之所已接与耳目所已经。盖公之令景也[10]，已百六七十年矣。凡公所以治景民，与景民所以事公者，予皆不得及而见之意者。予忝斯邑[11]，于公之子孙偶为一日之长，而公预知之耶？抑予虽不获亲炙公化[12]，而予之先人必有蒙其泽者，是亦其宿因也耶[13]？然予独怪其在景不意梦，而梦在弋矣，宜梦也而反不梦。朱邑有言："子孙奉祀我，不如桐乡[14]。"倘亦景民德公甚深，而公之灵遂流连于蒹葭云水之间而不去耶[15]？

今予已二年于兹，而始访公里居、吊公之藏，得勿后欤？然因公子孙以详公生平、形容，固不若畴昔者乌纱绛服、手刺相访者之亲也。

读《弋志》而睹公历仕始终，固不若荒垄断碣、摩挲姓字者之异也[16]。遇之奇则思之必固，予之与公殆所谓神交者非欤？然则公之精神所存，犹征梦于数百年后[17]，闻见不及之人及梦矣，而终无一语。使公而在，岂肯自言其所私耶？于是而公所以治景民与景民所以事公者，皆可知也已，予所以低徊企慕而不禁其唏嘘屡叹也[18]。尚飨[19]！

题解

本文录自清康熙二十二年(1683 年)版《弋阳县志·卷之八·艺文》第 6 页。清康熙三十一年(1692 年)版《景陵县志·卷之十二·艺文》第 55 页收录本文，标题为《纪前令方公异梦》，多处文字不同。

清康熙三十一年(1692 年)版《景陵县志·卷之九·秩官志·知县考》第 31 页记载："方梁，字星野。江西弋阳人。由举人隆庆三年任。"

注释

[1]遇合之数：相遇的规律。遇合：犹碰到。数：规律，必然性。

[2]并时：同时代。

往：亡去。

[3]流风遗韵：前代流传下来的风雅韵事或好的风尚。

故老：遗老，当时的老人。

[4]形容：外貌，形体和容貌。

虽所遇不同而要之不可谓之无所合也：子孙虽所遇见的先祖与真人不同，但重要的是遇见了。要之：总之，重要的是。不可谓之无所合：不能说没有遇见。

[5]辛卯：清顺治八年，1651 年。

[6]乌纱绛服：指头戴乌纱帽、身着绛色官服。绛服：赤色之服。古官服常用绛色。

手刺：旧时官场中拜谒时用的亲笔写的名帖。此处作动词用，手持名帖。

[7]断碣：断碑。

额：碑额。此处为题写碑额的意思。

[8]承乏：所任职位一时无适当人选，暂由自己来充数。旧时在任官吏常用的谦辞。

[9]畴昔：往日，从前。

不啻(chì)：无异于，如同。

[10]令景：担任景陵知县。令：县一级的行政长官。此处活用为动词，担任县令。

[11]予忝(tiǎn)斯邑：我愧为弋阳县令。忝：辱，有愧于，常用作谦辞。

[12]抑予虽不获亲炙公化：或是

我虽没有亲受方梁公的教诲。亲炙：亲自受熏陶、教益。炙：火烤肉。比喻熏陶。

[13]宿因：前世的因缘。

[14]朱邑：字仲卿，庐江舒县人。西汉官员。年轻时担任舒城县桐乡（今安徽桐城）的啬夫，官至大司农。朱邑弥留之际，嘱咐儿子："我原来做桐乡的官吏，那里的百姓爱戴我。我死后一定埋葬在桐乡。后代子孙供奉我，也不如桐乡的百姓。"他的儿子将他安葬在桐乡城西，百姓果然一起为他立墓修祠堂，年年祭拜他。

[15]德：感激。

蒹葭（jiān jiā）：蒹是荻，葭为芦苇。本指在水边怀念故人，后以"蒹葭"泛指思念异地友人。语出《诗经·秦风·蒹葭》："蒹葭苍苍，白露为霜。所谓伊人，在水一方。"

[16]摩挲：模糊不清。

[17]征：证明，证验。

[18]企慕：仰慕。

[19]尚飨（xiǎng）：希望死者享用祭品。多用作祭文的结语。

谭 篆

谭篆,字玉章,号灌村。解元谭元春季弟谭元亮之子。清顺治十五年戊戌科(1658 年)进士。著有《灌村诗集》《高话园诗集》《四枝馆诗集》等。

清雍正十一年(1733 年)刊竟、四库全书本《湖广通志·卷五十三·人物》第 18 页记载:谭篆,字灌村。天门人。顺治戊戌进士,选庶常。庚子典试江南,公明严正,得人最盛。补国子司业,经指授者,皆以文名。嗣纂修《孝经》,进侍讲。每入值,惓惓(quán)以用正人、端国本为言,恩赉有加。因母病,告养归里,承欢六年。及母逝,庐墓三载。凡伯叔子侄贫乏者,皆资给训课之。推宅与从弟帘。帘没,代养孀母,抚遗孤成立。同村数百家,濒水苦涝,独任修筑,不以累众。又,条陈里役利弊,邑人德之。撰有《天门县修学记》。

楚故宫

谭 篆

寒日下红墙,西风扫大荒。城乌啼故树,野雀守空仓[1]。相国怀沙痛,王孙抱柱伤[2]。不情呜咽水,江汉日汤汤[3]。

题解

本诗录自清康熙二十六年(1687 年)版《湖广武昌府志·卷之十·艺文志》第 79 页。

注释

[1]城乌:城上的乌鸦。

[2]相国怀沙痛:指屈原自沉汨罗。屈原被楚怀王封为左徒,地位仅次于令尹。令尹在同时代的其他国家

叫相国。

王孙抱柱伤：楚大夫申包胥姓王孙氏。吴兵破楚，申包胥乞师于秦。秦王不许。申于秦廷，抱柱哭泣七日七夜，终于感动了秦王。

[3]不情：无情，薄情。

汤汤(shāng)：水流盛大貌。

登鲁文恪(鲁铎)梦野台

谭　篆

百年文物见层台，祭酒风流旷代才[1]。华表仙归悲故郭，昆明劫尽认残灰[2]。莲塘柳路凭栏外，刹影湖阴逼座来[3]。我辈登临心自省，遭逢可得是邹枚[4]。

题解

本诗录自清康熙三十一年(1692 年)版《景陵县志・卷十二・艺文志》第 18 页。

鲁文恪梦野台：参见本书鲁铎《己有园》诗题解。

注释

[1]层台：多层高台。

祭酒：国子监祭酒。此处指曾任此职的鲁铎。

旷代：绝代，世所未有。

[2]华表仙归悲故郭：典自"鹤归华表""华表千年"。陶潜《搜神后记》云：汉代丁令威，辽东人。学道灵虚山，道成化鹤，飞回故里，停于城门华表柱之上。一少年见后举弓欲射，鹤乃飞，徘徊空中而言："有鸟有鸟丁令威，去家千年今欲归。城郭如故人民非，何不学仙冢累累。"遂高飞入云。后喻时光流逝之疾。

昆明劫尽认残灰：典自"昆明劫灰"。传说汉武帝挖昆明池，在深处发现灰墨，问东方朔，朔不知，说可以问西域胡。到东汉明帝时，西域僧人竺法兰来洛阳，有人问起此事，他说："经云，天地大劫将尽，则劫烧，此劫烧之余。"见南朝梁释惠皎《高僧传・竺法兰》。后以"昆明劫灰"等指大灾难的遗迹。

[3]刹(chà):佛塔顶部的装饰,即相轮。亦指佛塔、佛寺。

[4]邹枚:汉邹阳、枚乘的并称。北魏郦道元《水经注·睢水》:"梁王与邹、枚、司马相如之徒极游于其上。"两人皆以才辩著名当时。后因以"邹枚"借指富于才辩之士。

荷 怨

谭 篆

采华不采叶,绿鬓无颜色[1]。采花不采实,阿娘多气塞[2]。拔取叶上花,弃置花后子。可怜叶蓬蓬,将随秋露委[3]。寄言花自爱,莫念同溪水。花亦谢时芳,低头色不起。

题解

本诗录自丁宿章撰、清光绪九年(1883年)版《湖北诗征传略·卷二十九》第1页。

注释

[1]华:古同"花"。

[2]气塞:气息堵塞。形容极度气愤。

[3]蓬蓬:茂盛、蓬勃的样子。委:无精打采,不振作。

舟中秋兴

谭 篆

秋来泽国采菰蒲,满野飞蝗草树枯[1]。海外欃枪犹战伐,平原鸡犬尚征输[2]。寒蛩日落声偏急,独鹤天边影自孤[3]。高兴晚来时一醉,渔歌隐隐出平湖。

题解

本诗录自丁宿章撰、清光绪九年(1883 年)版《湖北诗征传略·卷二十九》第 2 页。

注释

[1]菰(gū)蒲:茭白与菖蒲,均生于水边。

[2]欃(chán)枪:彗星的别名。喻指叛乱、动乱。

战伐:征战,战争。

征输:征收赋税输入官府。

[3]寒螿(jiāng):即寒蝉。

寄家兄鹿柴(谭籍)

谭 篆

往事梅花梦,十年过眼非[1]。空庭留好月,夜夜雁南飞。

题解

本诗录自丁宿章撰、清光绪九年(1883 年)版《湖北诗征传略·卷二十九》第 1 页。

鹿柴:谭籍,字只收,号鹿柴。谭元春嗣子,谭元春弟谭元亮之子,谭篆胞兄。恩贡生。

注释

[1]梅花梦:相传隋文帝时期,赵师雄被贬谪,途经罗浮山,在松林间遇一女子,与她同入酒家共饮而醉,醒后发现自己在大梅花树下,方知先前女子乃梅花之魂。

宿三澨河上

谭　篆

栖霜雁影落平沙，浅草河洲日已斜。几叶樯帆来远浦，一廛灯火聚荒涯[1]。贫村冷寺僧无语，小店饥年酒不赊。千里长堤襄水恶，鱼龙争破万人家[2]。

题解

本诗录自清光绪十九年(1893年)刻本《湖北下荆南道志·卷之二十三·诗》第39页。

三澨(shì)河：今天门河。参见本书皮日休《三澨渔歌》注释[24]。

注释

[1]浦：水边。

一廛(chán)：泛指一块土地，一处居宅。

[2]襄水：古水名。又称襄江、襄河。即今湖北省襄阳市以下汉水河段。

鱼龙：鱼和龙。泛指鳞介水族。

留题东湖禅房

谭　篆

栖云小立道林庄，六月荷溪送晚凉[1]。不必买山随意定，闭门灯影叩钟长[2]。

题解

本诗录自清光绪十九年(1893年)刻本《湖北下荆南道志·卷之二十三·诗》第53页。

东湖禅房:指明清时天门东湖中的东禅寺。旧号乾明。

注释

[1]栖云:指隐遁。

小立:暂时立住。

道林庄:此处借指东湖禅房。道林:晋之高僧支遁,字道林。支遁曾驻锡于天门西湖西塔寺。

[2]买山:《世说新语·排调》:"支道林因人就深公买印山。深公答曰:'未闻巢、由买山而隐。'"晋人支道林向深公提出买山隐遁,深公感到这笔买卖无法做,故提出质疑。后因称退隐为"买山"。

寒河

谭篆

谷口新春异,闲居野兴偏[1]。自从归旧里,真觉愧时贤[2]。好雨清蔬润,初风带柳牵。登楼宜此日,高吟是尧天[3]。

村舍门临水,溪鱼亦暖游。倦飞回北雁,晴浴弄沙鸥。野径滋芳草,春田散牧牛。南湖初涨雨,暇日问轻舟。

题解

本诗录自清康熙八年(1669年)版《安陆府志·卷三十五上·五言律》第20页。

寒河:清道光元年(1821年)版《天门县志·卷六·山川》记载:"寒河在县西南二十五里,汉北小河也。其北有寒土岭,昔谭元春结庐其南,中有蓑桥、柳庵、红湿亭、简远堂诸胜迹。"

注释

[1]谷口:借指隐居之地。谷口本为地名,在今陕西泾阳县西北。西汉隐士郑子真,修身养性,不是自己织布做成的服装就不穿,不是自己种的粮食就不吃。汉成帝时,大将军王凤礼聘郑子真出山,但他始终不改初衷,在谷口岩下耕种庄稼,在京城以清高著称于世。后因作咏隐士之典。

[2]时贤:当时有才德的人。

[3]尧天:太平盛世。

白竹寺

谭　篆

古寺临残照,春风野气昏。溪田开麦浪,石壁护云根。白竹才经岭,桃花又一村。年年寒食节,瀑水灌山门[1]。

题解

本诗录自熊士鹏编、清道光癸未(1823 年)版《竟陵诗选·卷十》第 2 页。

白竹寺:旧址在今天门市黄潭镇黄嘴村白竹台。与谭元春墓相邻。清乾隆乙酉(1765 年)初版《天门县志·卷之二·建置》第 38 页记载:"白竹寺在县西北,离城十五里。天启时谭元春捐解额坊金为阁资。"

注释

[1]寒食节:节日名。在清明前一日或二日。

瀑水:谓瀑布。此处指溪水。白竹寺前有白龙河。

山门:佛寺的外门。因古代寺院多居山林而得名。通常是三个门并立,象征"三解脱门",即"空门""无相门""无作门",故又称"三门"。

燕署对雨忆白竹寺碧公

谭　篆

遥想空山雨，春深闭户眠。林花香石屋，溪水灌松田。宿草交情见【寺在先伯父征君墓左】，孤钟世事捐[1]。应知供奉醉，犹忆是云烟。

题解

本诗录自熊士鹏编、清道光癸未(1823 年)版《竟陵诗选·卷十》第 2 页。

注释

[1]宿草：隔年的草。借指坟墓。先伯父征君：指谭元春。后人称谭元春为谭征聘。征聘：征召聘请。明崇祯八年，天子行荐举法，编修王用予以谭元春名上，谭元春辞不就。

世事：尘俗之事。

赠张懋修(张尊德)太守

谭　篆

清河家世近风云，绛节朱幡早策勋[1]。鲁地桑麻良有爱，关中鸡犬旧相闻。褰车梦泽鸧鹒啭，敷座丹台杜若薰[2]。取次天街征化理，郡城弦管正纷纷[3]。

题解

本诗录自清康熙七年(1668 年)版《景陵县志·卷十二·杂录志》第 43 页。原诗二首，本诗为第一首。

张懋修：张尊德，字懋修。时任安陆府知府。

注释

[1]清河：河北清河郡是张氏郡望。从十六国北朝直至隋唐，以东武城(今河北故城县南部)张氏最为显赫。

绛节：古代使者持作凭证的红色符节。

朱幡：红色的旗幡。尊显者所用。

[2]褰(qiān)车：疑与“褰帷”义同。《后汉书・贾琮传》：“琮为冀州刺史。旧典，传车骖驾，垂赤帷裳，迎于州界。及琮之部，升车言曰：‘刺史当远视广听，纠察美恶，何有反垂帷裳以自掩塞乎？’乃命御者褰之。”后因以“褰帷”为官吏接近百姓，实施廉政之典。褰：撩。

梦泽：云梦泽。此处指安陆府。

鸧鹒(cāng gēng)：黄鹂。

丹台：指古代帝王为功臣绘制画像的台阁。

杜若：香草名。

[3]取次：随便，任意。

天街：京城中的街道。

化理：教化治理。

李氏节孝诗(李母王孺人并子占黄)

谭　篆

浑源岳嶙峋，气淑河漳濒[1]。仙媛粉台古，石姥苔发新[2]。笃生孝廉母，贤哉节孝人[3]。俯仰三世间，至行溢天真[4]。世德相承藉，奕奕振华簪[5]。褒封符朝典，公论协乡评[6]。方今清晏日，八荒拜恩纶[7]。策勋盟府外，忠孝在百征[8]。次及节与义，咸得邀殊荣。悬知丹凤诏，早晚下黎亭[9]。

又：

盛义可表里，懿孝竞旌门[10]。千载清江上，再传了不闻。国哉节与孝，子母后先承。孝初缘节植，节复缘孝成。国堂羞甘毳，入阁茹苦辛[11]。双鳞冰可跃，一燕丝长纫[12]。石坚抱山骨，松劲老霜棱。蓬首终归职，蒿目振家声[13]。国阴兰蕙茁，秋旻鹗雕横[14]。含笑捧毛檄，和怡长田荆[15]。母曰吾愿毕，可以慰尔亲。子曰志未逮，罔极地天恩[16]。异哉节与孝，淑善钟一门。采风国十五，唐魏风尤古[17]。

在魏歌《陟屺》,在唐歌《鸨羽》[18]。仁孝本天成,声光动海宇[19]。我生非空桑,繄独无父母[20]。蓼莪不须删,南陔良可补[21]。

题解

本文录自清康熙二十一年(1682年)版《黎城县志·卷之四》第6页。署名为“竟陵谭篆侍讲”。

占黄:李占黄,山西黎城人。曾任天台知县。

注释

[1]浑源岳嶙峋:意思是,北望浑源恒山,山石峻峭、重叠。浑源:山西浑源州。岳:此处指恒山山脉。嶙峋:形容山石峻峭、重叠。

气淑:温和美好之气。

[2]仙媛:仙女。传说恒山有山洞,为桃花仙女修行之所。

石姥苔发:形似老妇的石头上发状的青苔。

[3]笃生:谓生而得天独厚。

孝廉:明清时对举人的美称。

[4]至行:卓绝的品行。

天真:指人的纯朴德行。

[5]世德:累世的功德,先世的德行。

承藉:通“承籍”。继承先人的仕籍。此处是继承的意思。

奕奕:一代接一代。

华簪:华贵的冠簪。古人用簪把冠连缀在头发上。华簪为贵官所用,故常用以指显贵的官职。

[6]褒封:褒奖封赏。

朝典:朝廷的礼仪制度。

乡评:相传汉代许劭与其兄许靖好一起评论乡里人物,每月更换其品题,时人谓之月旦评。后因以通称乡里的评论为乡评。

[7]清晏:清平安宁。

恩纶:犹恩诏。

[8]策勋:记功勋于策书之上。

盟府:官署名。周朝及诸侯国所置收藏盟约载书、封爵勋策的机构。

征:证明,证验。

[9]悬知:料想,预知。

丹凤诏:诏书之美称。十六国时,后赵主石虎与皇后在邺城戏关马上为诏书,用五色纸,衔于木制凤口中。侍人放数百丈绯绳,辘轳回转,凤则飞下,谓之“凤诏”。后世凡大礼则沿用。

黎亭:黎亭县。唐天祐二年(905年)改黎城县置,属潞州。治所即今山西黎城县西北古县。五代唐复为黎城县。

[10]懿孝:指女德和孝道。

表里、旌门:前后互文。旌表于里门。在家乡表彰他们。

［11］羞：进献。

甘毳（cuì）：美食。

［12］双鳞冰可跃：典自“卧冰求鲤”。晋干宝《搜神记》卷十一：“（王祥）母常欲生鱼，时天寒冰冻，祥解衣，将剖冰求之，冰忽自解，双鲤跃出。”

［13］蒿目：极目远望。借指忧世爱民之情。

［14］国阴：指都城北郊。

秋旻：秋季的天空。

［15］田荆：据南朝梁吴均《续齐谐记·紫荆树》载，京兆田真兄弟三人析产，拟破堂前一紫荆树而三分之，明日，树即枯死。真大惊，谓诸弟曰：“树本同株，闻将分斫，所以憔悴，是人不如木也。”兄弟感悟，遂合产和好。树亦复茂。后因以“田荆”为兄弟和好之典实。

［16］未逮：不及，没有达到。

罔极：无穷尽。

［17］采风国十五：指《诗经》有十五“国风”。

唐魏：唐、魏两地均属晋国，地瘠民贫，勤俭质朴，风俗相似。

［18］《陟屺（qǐ）》：《诗经·魏风》篇名。

《鸨羽》：《诗经·唐风》篇名。

［19］声光：声望，影响。

［20］空桑：指非父母所生，来历不明者。

繄（yī）：句首、句中助词。有时相当于“惟”。

［21］蓼莪（lù é）不须删：典自“蓼莪咏废”。《晋书·王裒（póu）传》载：王裒父名仪为文帝司马。后因故被司马昭所杀。裒痛父非命，未尝西向而坐，示不臣朝廷。及读《诗》至“哀哀父母，生我劬劳”，未尝不三复流涕，门人受业者并废《蓼莪》之篇。《蓼莪》的内容是写孝子追念父母的，为了不致引起王裒的哀痛，故门人受业者废读《蓼莪》之篇。后因以“蓼莪咏废”或“废蓼莪”为追念父母尽心守孝的典故。

南陔：《南陔》本是《诗经·小雅》中的篇名，有名无辞。束晰本《诗序》所言“孝子相戒以养也”之旨，补写成此篇。“循彼南陔”，诗意为沿着南陇，去采摘香草，将以供养父母。后因以为孝子养亲的典故。

重修景陵学宫记

谭 篆

景陵，古竟陵也。邑学宫旧在城内，规模庳隘，宜非瞻依居养之地[1]。父老传百年前，佥宪柯公感清河之祥，徙置北郭，即今学庙地也[2]。佥宪精堪舆家言，揽辔卜吉，马忽踶地，异而凿之，泉涌石出，是为唐吴道子绘镌先师像[3]。兆食吉[4]，遂迁建焉。

其宫，古城环绕，两湖襟带[5]。雉楼屏列于前，皂洲峰插乎左[6]。烟钟霜艇、夏荷秋苹之胜，恢恢燿燿，郁若蟠龙云[7]。庙制：中为文庙、为两庑，前为戟门、为棂星门[8]。庙东为祭器库。戟门左为神橱，东北为启圣祠，左右名宦、乡贤祠。庙后为明伦堂，堂后为尊经阁。东西石坊为表。坊外泮水，方广十亩，四时渟澈[9]，不随两湖为消长。闳豁深閟，有严有翼[10]，百余年兹矣！

癸未兵燹[11]，尊经阁及斋号、官署、祠庖等皆毁，岿然独存者大成殿、明伦堂。己丑火灾，殿复毁，先师木主移置明伦堂[12]。顾瞻泮壁，惘然心目[13]。吾邑数百年叆叇琼宫之盛，一旦鞠为茂草哉[14]！

越数年，西泠顾公巡视楚北，同闽中黄公司李驻节景邑[15]，肃礼圣庙，徘徊徙倚[16]，慨然者久之。爰集诸生而语之曰："郦道元含巾吐柘，陆季疵万羡西江[17]，竟陵烟月似吴天，夙慕之矣[18]！以故休风颢气，代钟名哲[19]。在先朝，理学名臣，则鲁文恪莲北公；顾命元老，则周冢宰敬松公、陈司徒正甫公[20]；词林宗匠，则钟督学退谷公、谭征聘鹄湾公，骎骎乎其盛之也[21]！今两湖烟月，光照黉宫；而顾瞻俎豆，风雨鸟鼠之不恤，无亦多士之憾，而司牧者之职事欤[22]！夫庙者貌也，先王饰庙以隆礼[23]，将以报德也。不崇其貌，无以示敬，如兴道何[24]？且道之在天地也，发于山川，泄于人文，而吾身参两焉[25]！是上自日月星辰，下至昆虫草木，所以位育者，胥是赖之[26]。国家举帝王之政，养士取人，率用是理[27]。况景为三澨名区、人文所萃，而庙与学委诸榛棘，如报德何[28]？"

遂有守宪王公、巡宪孟公，先后太守马公、张公，欣然同意。爰偕邑侯刘君、学正王君，各捐官禄，首登役书[29]。而义风所激，竞相举助。凡木石、黝丹髹垩、佣募[30]，咸取足焉！而邑侯暨学正又命工图式，敦事者务极弘壮，以合于度[31]。士人勤效职事。不期年，庙学一新[32]。工始辛丑，讫以壬寅[33]。

念兹胶庠重兴落成之日，适当今上改元覲光之始，黄公继至，率群僚从师儒，聿观厥成[34]。复顾诸生而庆之曰："先师参前倚衡之训，欲随所在见道也，况专业其地者乎[35]！继自今入其门者，如见宗庙之美、百官之富，趋隅仰止[36]、进德修业，庶其升堂入室，用而行之中牟、摄相之政[37]，则吾与有官君子及尔多士所当念也！"于是圜桥观者退而皆若有得焉[38]。

是役也，官不纪费，而下不知劳。甍栋杰构[39]，迥出城北。危若仰止，逸若履冰[40]。义河之上，巍然焕观。一时师氏弟子咸勃焉兴起[41]。故居是邦，乐有贤士大夫也。勉我同志，倡明正学，以绍前休，庶无负今日父师之教哉[42]！乃公谓是足以振今作后也[43]，勒使寓书于篆，属记其盛[44]。篆滥竽史职，届告养归里[45]，躬际其盛，不辞诠次[46]，其说如此。

题解

本文录自清康熙八年(1669 年)刻本《安陆府志·卷三十二·下》第 15 页。

景陵学官：位于今天门市鸿渐路竟陵中学旧址。学官：清代学校别称。

注释

[1]庳(bēi)隘：低矮而狭窄。

瞻依：语出《诗经·小雅·小弁》："维桑与梓，必恭敬止。靡瞻匪父，靡依匪母。"表示对尊长的瞻仰依恃、向往效法。古代学校与孔庙并立，故对学宫有瞻仰之说。

居养：养恤的一种，是临时收容抚恤的办法。

[2]佥宪柯公：指柯乔。柯乔，字迁之，号双华。时任湖广按察司佥事、荆西道佥宪(主官)，驻节沔阳。佥宪：对佥都御史的美称。

清河：明代景陵(今天门)城北有河，河上有桥。相传为楚庄王击鼓、清河桥比箭之处。此河今称后濠，连通西湖、东湖；此桥现已复建，位于鸿渐路、后濠上。

学庙：古代学校与孔庙并立，故称。

[3]堪舆家：旧时以相度地形吉凶，为人选择宅基、墓地为业的人。也称形家。

揽辔卜吉：控御马匹缰绳，用占卜的方法选择风水好的地方。原文为"揽卜吉"，据清雍正十一年(1733 年)刊竟、四库全书本《湖广通志·卷一百十一·艺文》第11页《天门县儒学记》补。

跽(jì):跪。

先师:儒教名词。即已逝世的导师。宋代,先师的称号只属孔子。

[4]兆食吉:预兆吉祥。食吉:语出《大畜卦辞》:"不家食吉。"不使贤人在家中自食可获吉祥。意思是,朝廷要广聚贤才。

[5]襟带:山川屏障环绕,如襟似带。襟:衣襟。

[6]雉楼:城楼。

凫:音fú。

[7]烟钟:烟云外传来的钟声。

恢恢爟爟(huò):广大空阔的样子。

郁:积聚。

[8]文庙:中国纪念孔子的庙宇。唐玄宗开元二十七年(739年)封孔子为文宣王,因称孔庙为文宣王庙。明以后称文庙,相对武庙(关羽庙)而言。

[9]泮(pàn)水:亦称"泮池"。古代学宫南面的水池。南有北无,半有半无,故称。

渟(tíng)澈:水深而清澈。

[10]闳(hóng)豁:宽敞。

深阒(qù):形容深而幽静。

有严有翼:此处有严整肃穆的意思。语出《诗经·小雅·六月》:"有严有翼,共武之服。"严整肃穆小心,认真对待敌军。严:威严。翼:恭敬。

[11]癸未:明崇祯十六年,1643年。

兵燹(xiǎn):指因战乱所致的焚烧破坏。燹:兵火。

[12]己丑:清顺治六年,1649年。

木主:为死者立的木制牌位,上写称呼、姓名。原文为"本主"。

[13]恫(dòng)然心目:内心哀痛。

[14]叆叇(ài dài):云盛貌。

琼宫:玉饰之宫。

鞠为茂草:谓杂草塞道。形容衰败荒芜的景象。鞠:通"鞫(jū)"。尽。《诗经·小雅·小弁》二章:"踧踧(dí)周道,鞠为茂草。"

[15]西泠(líng):杭州西湖风景区地名,建有西泠桥。此处借指杭州。原文为"西冷"。

司李:官名。即司理。李:通"理"。狱官也。

驻节:大官停留在外,或使节驻留于外。

闽中:古郡名。秦置。治所在冶县(今福州市)。后以"闽中"指福建一带。

[16]肃礼:严肃礼法。

徙倚:流连徘徊。

[17]含巾吐柘:郦道元称:竟陵之水含巾吐柘。巾:巾水。即今湖北京山市西南及天门市西北石河。柘:柘水。指天门河上游一段,俗称渔薪河。

陆季疵万羡西江:陆羽《六羡歌》有"千羡万羡西江水"之语。原文为"陆季疵万羡西江月",据清雍正十一年(1733 年)刊竟、四库全书本《湖广通志·卷一百十一·艺文》第 11 页《天门县儒学记》改。

[18]竟陵烟月似吴天:语出皮日休《送从弟皮崇归复州》。

夙慕:早就仰慕。

[19]休风灏(hào)气:美好的风气弥漫于天地间。

代钟名哲:每一代都会孕育一批有德行有智慧的人。

[20]先朝:前朝。多指上一个朝代。

理学:又称“道学”或“宋明理学”。宋明时期的儒家哲学思想,中国古代哲学发展的最后和最高阶段。

鲁文恪莲北公:鲁铎,字振之,号莲北,谥文恪。参见本书鲁铎传略。

顾命:《尚书》的篇名。取临终遗命之意。后因称帝王临终前的遗诏为顾命。帝王临终前托以治国重任的大臣为顾命大臣。

周冢宰敬松公:周嘉谟,字明卿,号敬松。历任户部尚书、工部尚书、吏部尚书等职。冢宰:吏部尚书。

陈司徒正甫公:陈所学,字正甫。官至户部尚书。司徒:西汉哀帝时改丞相为大司徒,东汉去“大”字改为司徒,掌人民事。

[21]词林:指文人之群。

宗匠:技艺高超的工匠,常指有重大成就、众所推崇之人。

钟督学退谷公:钟惺,字伯敬,号退谷。官至福建提学佥事。

谭征聘鹄湾公:谭元春,字友夏,号鹄湾。征聘:征召聘请。明崇祯八年,天子行荐举法,编修王用予以谭元春名上,谭元春辞不就。

骎骎(qīn):马展足疾驰貌。此处意为盛的样子。

[22]黉(hóng)宫:旧指学宫。

俎(zǔ)豆:俎和豆都是祭祀、宴会用的器具。谓祭祀,奉祀。

恤:怜惜。

司牧:旧把治民比作牧畜,因称管理、统治为司牧。

[23]庙者貌也:庙是假托先祖形貌所在。《艺文类聚·卷三十八·礼部上》:宗庙。《尚书大传》曰:“庙者,貌也,其以貌言之也。”《释名》曰:“宗,尊也;庙,貌也。先祖形貌所在也。”

隆礼:《荀子》用语。尊崇礼之意。

[24]不崇其貌,无以示敬,如兴道何:不崇敬先祖的形貌,就无以表达尊敬,怎能提倡仁义之道呢。

[25]吾身参两:我们自己就是天地山川人文的统一体。

参两:北宋张载哲学用语。语出《周易·说卦》:“参天两地而倚数。”张载吸收了“参”(即三)有“三中含两”的旧训,在《正蒙·参两》中予以发挥。“两”,指统一物中包含着矛盾的对立面及其相互作用。“参”,指矛盾既对立又统一,亦即天地万物既有对立又合成为统一体。张载认为这是事物的内在本性，也是构成事物运动变化的根本原因。

[26]位育：正治培育，使天地万物各得其所并给以长养抚育。

胥是赖之：全都依赖“道”。胥：全，都。

[27]率用是理：都是同一个道理。率：都。

[28]景为三澨（shì）名区：景陵是三澨流域有名之地。

三澨：三澨河。此处指三澨河流域，今京山、天门、汉川一带。

庙与学委诸榛棘（zhēn jí）：文庙和学宫委弃埋没于荆棘之中。

如报德何：怎么报答别人的恩德。

[29]邑侯：明清县长官别称。

学正：学官名。此处指教谕。清代府学官称“教授”，州学官称“学正”，县学官称“教谕”，负责教育所属生员。

役书：此处指徭役榜。

[30]黝（yǒu）丹髹垩（xiū è）：泛指各色涂料。黝丹：黑红两色的漆。髹垩：红黑色的漆和白土。

[31]图式：画出样式。

敦：督促。

弘壮：宏伟雄壮。

度：法则，应遵行的标准。

[32]期（jī）年：一年。期：时间周而复始，一年过去即将开始新的一年，故称期年。

[33]辛丑、壬寅：分别指清顺治十八年（1661 年）、清康熙元年（1662 年）。

[34]胶庠：泛指学校。胶为周之大学，庠为周之小学。

改元：新君即位，改变年号，称为改元。同一个皇帝在位，也可以多次改元。

师儒：古代指教官或学官。

聿（yù）观厥成：看到成果。语出《诗经·大雅·文王有声》：“遹（yù）观厥成。”遹即曰、聿，为发语之词。

[35]先师参前倚衡之训，欲随所在见道也，况专业其地者乎：要牢记先师孔子“参前倚衡”的教导，时时处处都要谨慎合礼，何况学宫还是专门培养人的地方。

参前倚衡：语本《论语·卫灵公》：子张问孔子，如何才能使自己到处行得通，孔子回答说：“言忠信，行笃敬。”意指言行要讲究忠信笃敬，站着就仿佛看见“忠信笃敬”四字展现于眼前，乘车就好像看见这几个字在车辕的横木上。泛指一举一动，都要谨慎合礼。参：列，显现。前：指眼前。倚：靠。衡：车前横木。

[36]趋隅：“抠衣趋隅”的省略。提起衣服前襟，小步走向席角到适当位置坐下。古人在尊长面前时应有的礼貌。因用以指恭敬地谒见尊长。

仰止：仰慕，向往。止：语助词。

[37]庶其：但愿。

升堂入室：古代宫室，前为堂后为室。孔子曾经评价弟子子路（名仲由）："由也升堂矣，未入于室也。"谓子路学习已有成就（升堂），但还未到更高境界（入室）。见《论语·先进》。后因以"升堂入室"等比喻学问或技艺已造诣精深或深得师传。

中牟：古邑名。春秋晋地。当时在黄河东岸。在今河南南乐、河北大名、山东聊城之间。鲁定公九年晋国范氏家臣佛肸（bì xī）在中牟举兵对抗晋国权卿赵简子，召请孔子，孔子欲往，子路以"佛肸以中牟叛"为由反对，孔子说："吾岂匏瓜也哉！焉能系而不食？"（《论语·阳货》）然终未去。

摄相：代理宰相。《荀子·宥坐》："孔子为鲁摄相，朝七日而诛少正卯。"

[38]圜桥观者：指听讲的诸生。《后汉书·儒林传》记载：东汉明帝刘庄到辟雍宣讲经义，"冠带缙绅之人，圜桥门外而观听者盖以万计"。辟雍四门外有水，以节观者，门外皆有桥，观者在水外，故云圜桥。

[39]甍（méng）栋杰构：屋宇宏伟。甍栋：屋梁。杰构：宏伟的建筑。

[40]危若仰止，逸若履冰：屋宇高大，让人生敬仰之情；超越流俗，让人生敬畏之心。

[41]师氏：官名。西周置。掌教育贵族子弟。

[42]以绍前休：谓继承前贤的美好事业。绍：继续，接续。

父师：对长者的尊称。

[43]振今作后：使今后之人振作起来。

[44]勒使寓书：派使者传书。

属（zhǔ）：古同"嘱"。嘱咐，托付。

[45]滥竽史职：作者谦称自己以劣充优，担任翰林院检讨之职。

告养：旧称官吏因父母年高，告归奉养。

[46]躬际其盛：躬逢其盛。谓亲身参加了那个盛会。躬：亲身。际：逢。

诠次：选择和编排。此处指作记。

安陆府志序

谭　篆

辛丑夏，余请告归养[1]。越明年，郡伯张公来守吾郡[2]。是时，军兴旁午，不遑修文事[3]。暨西山告定，疮痍甫息，百坠修举[4]，三载政通人和。适云杜王编修朴庵亦以假还里[5]，使君日孳孳兴废，首欲修郡志，檄二州五邑[6]，各采其事。由是东向而诣京山揖编修王君，南向而诣景陵揖寒河谭子[7]。斋宿而进语曰："两君职纂修，并以著作承家[8]。文献首郡中，惧旷日久而籍滋亡，是在掌故[9]。"余以椎鲁、忧居棘次[10]，不敢诺使君。使君请之固，王子不获辞其请也，乃以丙午受事，不期月而告成[11]。

使君委序于不佞，不佞受而卒业[12]，且重有所感也，起而言曰：《周礼》："太史掌典，以逆邦国之治；掌法，以逆官府之治；掌则，以逆都鄙之治[13]。"其后世国之史乎？"小史掌邦国之志，奠系世，辨昭穆[14]。"其后世省之志、郡之志、邑之志乎？使逾世不述，后何观焉？宜使君之亟亟图此也[15]！且志，原《尔雅》，彰《职方》，《春秋》以下，《晋乘》《楚书》最著矣。如《禹贡》纪郡法也，《周官》秩官法也，《山海经》叙山法也，《水经》叙水法也，相如《与五公子相难》书草木法也，扬子云《九箴》《方言》书土风法也。然而往者不书则遗，存者特书则谀。头白汗青[16]，昔人曾痛之，岂非载笔之难哉！

往先，伯父征君谈宇内名志，康德涵志武功[17]，王敬夫志鄠县，杨升庵志全蜀，张文邦志茶陵，乔景淑志耀州，孔汝锡志汾州，财五六乘耳[18]。即以郡志论，明嘉靖初，有兴都龙飞纪，王太史少泉志之[19]；万历壬寅间，李修撰大泌志之[20]。今又阅六十余年，中间兴革治乱、水旱兵祲之故[21]，昔完而雕、昔肥而瘠，昔之宫庙泮璧，侈为岐邠丰镐之盛者，而今门社城洫尽化为烟榛蔓草之余矣[22]。使君问俗荒丘、访旧遗老，不犹汉漾、三澨之泛失故道耶[23]！今天子复古，西汉五凤、神雀间事，特重二千石[24]，如汲黯之出卧淮阳，张咏之永镇蜀川，褒然增秩如古诸侯，而使君首际其会[25]。则凡风土谣俗，与夫废置因革，使君察之深，习之熟，行之果。时或登宋玉之台，辟浩然之馆，日勤咨诹而严考核，缙绅所言视乡先生[26]，都鄙所阅视闾史、闾府，不特家至而日见之[27]。且将登简而籍之，使其事该而不浮、确而不虚[28]。旌别以著往，美刺以诲来[29]。吾郡风俗之丕变[30]、人文之蔚起，不卓然复盛于今乎？

余与王子适里居，又幸预校正之列[31]。观其所论述，皆生齿息耗、吏治淑慝[32]，与夫幽贞之操、孤嫠之懿、篇翰之垂[33]，沉于山谷、闾巷者，一一可见。且严而有体，赡而不秽[34]；“博而得其要，简而周于事[35]。”王子信博物，实则使君政成化流之暇、宅生居方之余也[36]，宜其言文而传远矣。若夫固河防、均食货、劝循牧、彰名贤，锡民于殷富，以上报朝廷爱养之至意，则大夫业有良法，不啻如古书法也[37]。守而广之，是在后之有位哉[38]！

时皇清康熙六年丁未岁孟冬月穀旦[39]，赐进士第、翰林院检讨，前充庚子科江南乡试正主考、充廷试阅卷官、内翰林弘文院庶吉士，治年通家弟谭篆顿首拜撰[40]。

题解

本文录自清康熙八年(1669年)刻本《安陆府志·卷首·谭序》第64页。谭篆与京山籍进士王吉人为该志纂修。

注释

[1]辛丑：清顺治十八年，1661年。

请告归养：请假回家奉养父母。请告：请求休假或退休。归养：回家奉养父母。

[2]郡伯张公来守吾郡：指张尊德到安陆府任知府。时景陵县(今天门)为安陆府所辖，故曰“吾郡”。郡伯：知府的别称。因知府掌管一郡，相当于古代的方伯，故称郡伯。

[3]旁午：指事情交错，纷繁。

不遑：无暇，没有闲暇。

修文事：兴修文德教化之事。

[4]疮痍甫息：指动乱刚刚平息。

[5]云杜王编修朴庵：指京山人、翰林院编修王吉人。王吉人，字孚伯，号朴庵。

[6]使君：汉代称州刺史为使君。汉以后用作对州、郡长官的尊称。

日孳孳(zī zī)：日夜孳孳。谓日日夜夜勤勉不懈。孳孳：勤勉不懈。

二州五邑：时安陆府辖荆门州、沔阳州，京山县、潜江县、当阳县、景陵县、钟祥县。

[7]揖：拱手行礼。

寒河谭子：指作者谭篆自己。寒河为其世居地。寒河：清道光元年(1821年)版《天门县志·卷六·山川》记载：“寒河在县西南二十五里，汉北小河也。其北有寒土岭，昔谭元春结庐其南，中有蓑桥、柳庵、红湿亭、简远堂诸胜迹。”

[8]斋宿：在祭祀或典礼前，先一日斋戒独宿，表示虔诚。

承家：承继家业。

[9]文献首郡中:郡中第一重要的是文献。文献:有关典章制度的文字资料和多闻熟悉掌故的人。

旷日久:旷日长久。指历时长久,久经时日。

掌故:旧制旧例。

[10]椎鲁:愚钝。

忧居棘次:为父母守丧居于乡里。棘次:指庐墓。墓旁搭盖的小屋。

[11]期月:一整年。

[12]卒业:完成未竟的事业或工作。

[13]太史掌典,以逆邦国之治;掌法,以逆官府之治;掌则,以逆都鄙之治:语出《周礼·春官宗伯》。原文为"大史掌建邦之六典,以逆邦国之治;掌法,以逆官府之治;掌则,以逆都鄙之治。"大史掌握大宰所建王国的六种法典,以迎受天下各国上报的治理情况的文书;掌握八种法则,以迎受各官府上报的治理情况的文书;掌握八种法则,以迎受采邑上报的治理情况的文书。

都鄙:周公卿、大夫、王子弟的采邑,封地。

[14]小史掌邦国之志,奠系世,辨昭穆:小史掌管王国和王畿内侯国的史记,撰定帝系和世本,辨别昭穆的次序。语出《周礼·春官宗伯》。

昭穆:泛指一般宗族的辈分。参见本书董历《谱序》注释[2]。

[15]宜使君之亟亟图此也:意思是,张知府急急忙忙地谋划修志这件事是合适的。亟亟:急忙,急迫。

[16]头白汗青:汗青头白。谓书成人老。

[17]伯父征君:指谭元春。后人称谭元春为谭征聘。征聘:征召聘请。明崇祯八年,天子行荐举法,编修王用予以谭元春名上,谭元春辞不就。

康德涵志武功:指康海为武功纂《武功县志》。下文五个分句句式同此。康海,字德涵,号对山。陕西武功人。状元。所纂《武功县志》饮誉海内。

[18]财五六乘(shèng):为世人认可的地方志仅仅五六种。财:古同"才"。仅仅。

[19]兴都龙飞纪:指《兴都志》。因安陆府原名承天府,府治钟祥是明世宗(嘉靖帝)朱厚熜(cōng)从此即天子位的地方,故云"龙飞"。

王太史少泉:指京山进士王格。王格,字汝化,号少泉。明嘉靖五年进士。太史:翰林。

[20]李修撰大泌:李维桢,字本宁,号大泌山人。修撰:修撰:元明清时翰林院职官名。主要职责为掌修国史、实录等。

[21]祲(jìn):灾异。

[22]完而雕:指完好的、衰败的。雕:同"凋"。

泮璧:古代学宫前半圆形的水池形似半块璧玉,所以也称泮水为璧泮、泮璧,引申则指学宫。

岐邠(bīn):周公亶(dǎn)父自邠迁岐,是为岐周。岐:指岐周。岐山下的周代旧邑。邠:指周代创业先人公刘建都于邠地。

丰镐(hào):周的旧都。文王邑丰,在今陕西西安西南丰水以西。武王迁镐。

门社城洫(xù):泛指城乡。社:古代地区单位之一。方六里为社,或二十五家、五十家为社。城洫:城濠。

烟榛(zhēn)蔓草:形容杂草丛生的荒凉景象。烟榛:榛烟。指树丛中缭绕的云雾。蔓草:生有长茎能缠绕攀缘的杂草。泛指蔓生的野草。

[23]不犹汉漾、三澨之泛失故道:文献失传,比汉水、三澨水泛滥而失去故道还要坏。

不犹:指不同平常,比平常坏。

汉漾:汉水。漾:古水名。汉水上流,源出陕西省宁羌县北嶓(bō)冢山。《尚书·禹贡》:“嶓冢导漾,东流为汉。”孔传:“泉始出山为漾水,东南流为沔水,至汉中东流为汉水。”

三澨水:今天门河。参见本书皮日休《三澨渔歌》注释[24]。

[24]西汉五凤、神雀间事:我国古代从汉武帝始建年号。汉宣帝时,因神雀集,五凤至,甘露降,黄龙现,认为瑞祥,故先后改为神雀、五凤、甘露、黄龙等年号。

二千石:官秩等级,因所得俸禄以米谷为准,故以“石”称之。自汉朝至三国、两晋、南北朝,二千石亦作为州牧、郡守、国相以及地位与之相当的中央高级官员的泛称。

[25]汲黯之出卧淮阳:典自“卧理淮阳”。《史记》卷一百二十《汲郑列传》。西汉时汲黯为东海太守,治理政事主张清静无为,把握大的要旨,而不苛求小节。汲黯多病,整天卧在室内不出。一年后,东海出现了政清人和的局面。汲黯被汉武帝召为淮阳太守,不受。武帝说:“吾徒得君之重,卧而治之。”后用“卧理淮阳”喻指官吏治理有方或声望高,能做到无为而治。

张咏之永镇蜀川:张咏,字复之。北宋太宗、真宗两朝名臣,尤以治蜀著称,曾两次任益州知州。

褎(yòu)然:美好出众的样子。

增秩:增俸,升官。

首际其会:最先遇到这样的好时机。

[26]宋玉之台:兰台,楚宫苑,在今湖北钟祥东。宋玉《风赋》:“楚襄王游于兰台之宫,宋玉、景差侍。”

浩然之馆:当指孟亭。王维路过郢州,在刺史亭画下了孟浩然的画像,名此亭为浩然亭,后改为孟亭。

咨诹(zōu):询问。

乡先生:古时尊称辞官居乡或在乡教学的老人。

[27]闾史:疑指地方志。

闾府:地方藏书处。

不特家至而日见之:不只是挨家挨户、天天去见面。语出《孝经·广至德》:"君子之教以孝也,非家至而日见之也。"

[28]登简而籍之:此处指载入府志。

该:应当,理应如此。

确:真实,准确。

[29]旌别:识别,区别。

美刺:称美与讽恶。多用于诗文。

[30]丕变:大变。

[31]预:参与。

[32]生齿息耗:人口消长。

吏治淑慝(tè):吏治善恶。

[33]幽贞之操:节操高洁的隐士。

孤嫠(lí)之懿:品德美好的寡妇。孤嫠:孤儿寡妇。此处偏指寡妇。

篇翰之垂:经久流传的诗文。篇翰:犹篇章,篇简。一般指诗文。

[34]严而有体,赡而不秽:严谨得体,笔墨丰赡而文辞又不杂乱。语出《后汉书·班固传论》:"赡而不秽,详而有体。"

[35]博而得其要,简而周于事:内容广博而且得其要点,叙事简明却又周详。语出宋神宗《资治通鉴序》。

[36]王子信博物:王吉人确实通晓众物。

政成化流:善政施行,德化传布。

宅生居方:百姓顺赖,安得其所。宅生:犹言寄托生命。居方:各居其方,使皆得安其所。

[37]不啻(chì):无异于,如同。

[38]有位:指居官之人。

[39]康熙六年:1667年。

榖旦:良晨,晴朗美好的日子。旧时常用为吉日的代称。

[40]内翰林弘文院:清顺治二年(1645年),以翰林院官分隶内三院,称内翰林国史院、内翰林秘书院、内翰林弘文院。内翰林弘文院掌注释古今政事得失,向皇帝和皇子进讲并教诸亲王等。

庶吉士:参见本书附录《部分科举名词汇释》第1条。

治:"治生"的省略。旧时部属对长官或旅外官吏对原籍长官的自称。

年:科举时代同科考中者互称。

通家弟:子侄之师,则互称通家弟。

寒河谱引

谭 篆

篆碌碌无才，蒙天祖之眷佑，得叨戊戌之选幸矣[1]。既而获主上德意，知人善任，过于同朝，赐之题曰“与帝同庚[2]”。复亲出其旨，令庚子典试江南，使南中文人入我门下，而登第者大半又幸矣[3]。

未几，例上疏乞假归养，以奉老母太夫人余年[4]，上果如奏。不意于丙午春遭太母大故，茕茕守制，今当礼成[5]。适逢新主清冲临朝，明年春自是还京叩复，举效微志[6]。但予不可忘先大父之命[7]，犹忆先大父未没之时，呼篆而言曰：“汝异日富贵，勿忘我同姓。”篆日夕以未奉此言为耿。而先伯父正则翁亦曰：“此事，余可行也而不行。俟之篆侄可耳。”忽玄宰叔偶坐园亭，道及于兹，云：“在寒河左右，或隔一带之水者，或隔村里之遥者，获侄惠顾，欣然乐悦，不必言矣。独离乱之后，星居他乡，皆吾同宗一本[8]。贤侄意念甚切，余令长男彝叙往前而询识之[9]。凡同姓父老，齿德俱尊，则宜行旌报[10]；同姓子弟，文理兼备，则宜行荐拔。而工贾耕凿、微弱弗振者，则宜行匡维[11]。庶几贤侄之愿可毕，又无负尔考之命，而忠孝克全矣[12]。”篆如是应之曰：“唯唯[13]。未知彝叙弟肯欣然往否？”玄宰叔曰：“余有以命，其何能违？”

篆如是直书其由，凡我同姓，派别年湮[14]，可弗烦录。惟就今日之父老子弟，详列其名，量力捐金，于本县世德堂垂名著碑，万古流芳。化亲疏之别，而会顾无尤[15]；笃本支之源，相爱敬不已，是则引首而不之殚忧也[16]。倘谓借端以致利，无论彝叙弟不肯为，而太史玉章又岂肯为乎哉[17]？

康熙元年仲夏月朔日，寒河篆书[18]。

题解

本文录自民国丙寅(1926 年)版、天门新堰寒河《谭氏宗谱·余编》。原题为《清奉议大夫篆公寒河谱引》。

寒河:清道光元年(1821 年)版《天门县志·卷六·山川》记载:“寒河在县西南二十五里,汉北小河也。其北有寒土岭,昔谭元春结庐其南,中有蓑桥、柳庵、红湿亭、简远堂诸胜迹。”

引:文体名。相当于序,而较序短。

注释

[1]叨戊戌之选幸:指清顺治十五年戊戌科(1658 年)谭篆进士及第。叨……幸:叨幸,幸叨。有幸得到他人的好处。叨:犹忝。表示承受之意。常用作谦辞。

[2]德意:布施恩德的心意。赞美人德行美好。

过于同朝:指受当朝皇帝眷顾,胜于同朝为官者。同朝:同僚,指同在朝廷任职者。

与帝同庚:清顺治皇帝生于 1638 年,与谭篆同岁,便书“与帝同庚”相赐。

[3]典试:主持考试。

南中:泛指南方。

登第:科举考试录取时须评定等第,因称应考中试者为登第。相对而言,未中试者为“不第”或“落第”。

[4]乞假归养:请假回家奉养父母。

太夫人:旧时有地位的人对母亲的敬称。

[5]丙午:按下文叙述的内容推算,疑为“庚子”之误。清顺治朝没有丙午年。庚子:清顺治十七年,1660 年。

太母:泛指祖母。

茕茕(qióng):孤单。

守制:旧例居父母或承重祖父母之丧,须谢绝应酬,不得任官、应考、嫁娶等,以二十七月为期满,称为“守制”。

礼成:仪式终结。

[6]新主清冲临朝:指清康熙皇帝以冲龄继位。清冲:疑为“冲龄”之误,谓年龄幼小,多用于帝王。

举效微志:有尽绵薄之力之意。微志:谦辞。意思是微小的志向。用来对人称自己的志向或意愿。

[7]先大父:指去世的祖父。

[8]离乱:变乱。常指战乱。

星居:分散居住。

一本:同一根本。

[9]识(zhì):通“志”。记住。

[10]齿德俱尊:年高而有德行。

[11]工贾(gǔ):手工业和商业。

耕凿:耕田凿井。泛指耕种,

务农。

匡维：匡正维护。

［12］尔考：你已故的父亲。

［13］唯唯：恭敬的应诺声。

［14］年湮(yān)：年代久远。

［15］会顾无尤：相聚无怨恨。

［16］是则引首而不之殚忱也：这就是我这篇序表达不尽的对宗族的情意。殚忱：原文为“惮忱”。

［17］太史玉章：指作者谭篆。谭篆，字玉章，中进士后为翰林院庶吉士、检讨。太史：翰林。本为官名，夏商周三代为史官和历官的长官。明朝和清朝都叫钦天监，掌管天文占候的事；编写史书的任务归翰林院，故俗称翰林为太史。

［18］康熙元年：壬寅，1662 年。

朔日：农历每月初一。

程飞云(解元)

清乾隆乙酉(1765年)初版《天门县志·卷十四·宦迹》第21页记载：程飞云，字培风。七岁能文章。入郡，有江夏无双之目，倾动其郡人。父士杰恐颖脱髫齿伤光琢，键户喃之经籍。甲午冠贤书，己亥成进士。初觐承明缀行以出，上目送之，曰："此甲午湖广解元也。"盖已简在之矣。以司理改获鹿尹。

李节孝(王太孺人并子占黄)

程飞云

霜封肃立松筠干，彩服欢承堂背萱[1]。孤燕春归帘影寂，和熊夜永杼声喧[2]。名高李卫才何羡，代起苏欧学有源[3]。圣世作忠先孝治，行看六阙树君门[4]【杨炎三世行孝，门树六阙】。

题解

本诗录自清康熙二十一年(1682年)版《黎城县志·卷之四》第27页。署名为"竟陵程飞云"。

占黄：李占黄，山西黎城人。曾任天台知县。

注释

[1]松筠(yún)：松与竹。

彩服欢承：典自"彩衣""舞蝶斑衣"。指孝养父母。出自二十四孝故事。《艺文类聚》卷二十引《列女传》：相传春秋时楚国老莱子事亲至孝，年七十，常著五色斑斓衣，作婴儿戏。上堂，故意扑地，以博父母一笑。欢承：承欢。指侍奉父母，让他们欢喜。

堂背萱：北堂萱。借指母亲。语本《诗经·卫风·伯兮》："焉得諼草，言树之背。”毛传：“谖草令人忘忧。背，北堂也。”

［2］和熊：形容母善教子。唐朝柳仲郢幼年好学，其母韩氏，曾和熊胆丸，让其夜晚嚼咽，以助勤促学。

［3］李卫：李卫公，即李德裕，追赠卫国公。唐武宗会昌年间仕历六朝，出将入相，是著名的宰相、杰出的政治家。

苏欧：欧苏。指宋文学家欧阳修、苏轼。

［4］六阙：六座牌坊。《新唐书·列传·卷七十》记载：杨炎三代以行孝出名，以至门前树有六座牌坊，自古以来还没有过。

景陵风俗论

程飞云

景邑，古风国地也。风氏系出伏羲，而神农氏又崛起南随，结绳画卦，鞭草尝木[1]，实开万世生民之始。迄今过风市入其庙，观其车服礼器，市民以时奠飨其祠，肃然若而俨然思，前天下之日月在躬者，犹食楚邑之茅土[2]；而风雨其田者，尚茹楚邑之草木也。嗣是而白起之师一过其境，先主之驾信宿其地[3]，过荒墟而访遗迹，感慨一往，令人雄心奋发矣。若乃李翱之诗文，实与昌黎相辉映；陆羽之《茶经》，直由筮易而得名[4]。有唐数百年来，惟兹景邑实为冠裳都会焉[5]。是故论其民俗，则醇质而惇愨[6]，犹然睹江汉永广之化也。论其风，则好古而服奇，犹得见屈宋人文之胜也[7]。论其山川，则沧浪受嶓冢之流，三澨开大别之波[8]；五华挟君山而送青，两湖偕温泉以并泳。真不啻分三湘七泽之雄、九嶷岳衡之胜也[9]。

夫文章之灵，生于山水；政事之才，生于文章。故有明三百年，其一官一能自表见于世者，不俱述。至于文恪之望重远迩，太保之枢典权衡[10]，退谷之好学闻于东南，鹄湾之清思敦其孝友[11]，一时人才先后相望。过是邑者，未尝不有“天下文章”之叹焉。而况夫踵生是里[12]，仰其余风，大其声施，读其遗书而知其传者，复绳绳未有艾乎[13]？他若子良之王于是土，以文章而友沈、谢之侣[14]；裴让之令于是邑，以材敏而当金、宋之衡[15]；姜尹十二遂创雄城百雉[16]，程尹一疏至捐楚赋百万，又皆著绩扬勋、惠往开来者也[17]。

夫景邑自嘉、隆以前属于汉，嘉、隆以后隶于沔[18]。其不以属于汉而隶于沔者，知景之不乐于汉而沔之大有和于景也。无如数十年来，凋敝极多，两遭兵革，数罹烟烽[19]。当鄢郢之下流[20]，则时驱马而来游；据江汉之上游，则时扬帆而示武。南河以南，值水则为泽国；北山以北，际旱则为石田[21]。其民之散而耕、士之存而读者，大半皆创痍流徙之余也。夫论东南之形胜，则全楚扼荆扬之邦。全楚之威不壮，则东南犹未为安枕也。论全楚之形势，则景陵控汉黄之险[22]。景陵之民不安，则汉黄犹未为固圉也[23]。赖鸾凤之游于枳棘，故抚字之瘁厥心神[24]。不数年，创民瘳而草野渐有全形矣，泮宫修而焦桐始有遗响矣；石田者渐易而为沃墟，欹倾者复支而为栋梁矣[25]。言其山水，犹寻声而得貌；言其节候，犹披文而见实[26]。诵已往之书，芳风可再[27]；耕百世之田，瘠土多材。安在景邑之治不为天下先，而景邑之俗不再见文王南国之化矣乎[28]？【邑解元程飞云上分巡道吴公论[29]】

题解

本文录自清康熙七年(1668年)版《景陵县志·卷之六·风土志》第3页。据清康熙三十一年(1692年)版《景陵县志·卷十二》第38页增补“欹倾者复支而为栋梁矣”中的“为”字。

注释

[1]结绳画卦：结绳记事和伏羲画卦。

鞭草尝木：尝百草、知性味。

[2]过风市入其庙：指经过天门皂市时进入五华山伏羲祠。

奠飨(xiǎng)：置酒食以祭祀。

肃然若而俨然思：恭敬庄重、若有所思。语出《礼记·曲礼上》：“毋不敬，俨若思。”不要不敬，仪容要端庄稳重，若有所思。

日月在躬者：圣贤王侯。如下文“子良之王于是土”中的竟陵王萧子良即是。语出唐代钱起《象环赋》:“循环无极,参日月之在躬;佩服有常,于韦弦而戒事。”在躬:自身。

茅土:指王侯的封爵。古天子分封王侯时,用代表方位的五色土筑坛,按封地所在方向取一色土,包以白茅而授之,作为受封者得以有国建社的表征。

[3]先主之驾:相传刘备逃往夏口(今汉口),经过天门。至今牛蹄支河沿岸留有“诸葛岭”“留驾河”等遗迹。

信宿:连宿两夜。

[4]李翱:字习之,唐代散文家,哲学家,陕西成纪(今甘肃秦安东)人。贞元十四年进士。曾跟从韩愈学习古文,是古文运动的参加者。《湖北下荆南道志·卷之六·胜迹、陵墓·天门县》记载:“洗墨池,在五华山伏羲祠旁,唐进士李翱读书处。”

昌黎:韩愈,字退之。河南河阳(今孟州市)人,祖籍昌黎,后人称为韩昌黎。唐代著名的文学家、古文理论家。

由筮易而得名:指陆羽取名于卦辞。宋祁《新唐书·陆羽传》记载:既长,以《易》自筮,得《蹇》之《渐》,曰:“鸿渐于陆,其羽可用为仪。”乃以陆为氏,名而字之。

[5]冠裳:本指全套的官服,因借称有官职的士绅。

[6]醇质:淳厚质朴。

惇慤(dūn què):敦厚诚实。

[7]屈宋:战国后期楚屈原和宋玉的合称。二人均为楚辞代表作家,故并称屈宋。

[8]沧浪:古水名。在今湖北境内。或云汉水之支流,或云即汉水。

嶓(bō)冢:一名嶓山。指今陕西宁强县北汉源所出之山。《尚书·禹贡》:“嶓冢导漾,东流为汉。”唐杜佑《通典·州郡》:“嶓冢山,禹导漾水,至此为汉水,亦曰沔水。”

三澨(shì):三澨河。今天门河。参见本书皮日休《三澨渔歌》注释[24]。

大别:大别山。今汉阳龟山。

[9]三湘七泽:指楚地。三湘:地区名,说法不一,泛指湖南。七泽:相传古时楚有七处沼泽。后以“七泽”泛称楚地诸湖泊。

[10]文恪:鲁铎,谥文恪。参见本书鲁铎传略。

太保之枢典权衡:指周嘉谟执掌吏部。周嘉谟,卒,谥太子太保。枢典权衡:执掌吏部。

[11]退谷:钟惺,字伯敬,号退谷。从政及主要文学活动在江苏、福建等地。

鹄湾:谭元春,字友夏,号鹄湾。

[12]踵生:生机不断延续。

[13]声施:为世人所传扬的名声。

绳绳:无边际貌,连续不断貌。

艾:停止。

[14]子良之王于是土:南北朝时

期南齐宗室、齐武帝萧赜(zé)次子萧子良封竟陵王。萧子良好结儒士,常与文友交流学问。其中以范云、萧琛、任昉(fǎng)、王融、萧衍、谢朓、沈约、陆倕(chuí)最知名,时称"竟陵八友"。

沈、谢:指"竟陵八友"中的沈约、谢朓。

[15]裴让:清康熙三十一年(1692年)版《景陵县志·卷之九·秩官志·守令考》第14页记载:唐,"裴让,权知县事。《唐会要》曰:'宣宗大中五年十二月,有贼获神门戟架。六年四月,以裴让权知县事。'后有知县名自此始。按,裴让,州志已辩其误。唐时无景陵县名,亦无知县名。盖宋时事也。"

以材敏而当金、宋之衡:疑指以才思敏捷而于宋金时期担当重任。

[16]姜尹十二:清康熙三十一年(1692年)版《景陵县志·卷十二》第32页同名文为"姜尹筮仕"。姜尹:姜绾。姜任景陵知县时,"修复义河,开陂筑堤,以兴水利。又兴庙学,设乡校"(据章懋《按察使姜君墓表》)。筮仕:古之迷信,人将出仕,先占卜凶吉谓之筮仕。借指初次做官。

百雉:借指城墙。

[17]程尹一疏:指景陵知县程维楧上《请均加饷疏》。程维楧,富顺人。

[18]嘉、隆:指明代嘉靖、隆庆两朝。

汉、沔:指汉阳府、沔阳府。清道光元年(1821年)版《天门县志·卷之四·沿革》只有天门隶属江夏郡的记载。

[19]无如:无奈。

凋敝:(生活)困苦,(事物)衰败。

数罹(lí)烟烽:屡次遭逢战火。

[20]鄢郢:战国时期楚国的都城,在今湖北宜城县南。

[21]石田:多石而无法耕作的田地。

[22]汉黄:指汉川、黄陂一带。

[23]固圉(yǔ):本指使边境安静无事。此处为"安静无事"的意思。

[24]赖鸾凤之游于枳棘:典自"枳棘栖凤"。"枳棘丛中,绝非栖鸾凤之所"的意思。语出《后汉书·仇览传》:"枳棘非鸾凤所栖,百里岂大贤之路?"

抚字:谓对百姓的安抚体恤。

[25]瘳(chōu):病愈。

全形:指形体健康完整无损。

泮宫:古时的学校名称。

焦桐:琴名。东汉蔡邕曾用烧焦的桐木造琴,后因称琴为焦桐。

遗响:余音。

攲(qī)倾:歪斜,歪倒。

[26]言其山水,犹寻声而得貌;言其节候,犹披文而见实:语出《文心雕龙·辨骚》:"论山水,则循声而得貌;言节候,则披文而见时。"描绘山水,便能使人按照声情而得到它的形貌;叙述季节,便能使人披阅文辞而看到时令。

[27]芳风:比喻美好的风格或文

章的韵味。

[28]安在景邑之治不为天下先，而景邑之俗不再见文王南国之化矣乎：怎么就知道景陵的治理不是天下最好的，景陵的风俗不会重现周文王美好的教化行于江汉的盛况呢？

安在：何在。此处当理解为“安知”。

文王南国之化：景陵在周时属周南，是周文王盛德善行远播之地。《湖广通志·卷三》说：“禹贡荆州之域，商称荆楚，周文化行江汉，为周南。”《诗经·周南·汉广》等篇，为江汉流域之作。文王：指周文王。西周奠基者，儒家推尊称道的圣王。

[29]分巡道吴公：指时任分巡荆西道吴之纪。吴为清顺治六年己丑科(1649年)进士。

修黑流渡记

程飞云

汉水自鄢郢下[1]，径竟邑之西偏，为黑流渡。又下十里为渔泛洚[2]。渔泛洚之有官渡也，以荆潜驿路。黑流渡少偏，居民自以苇筏接济。岁月深久，朽腐破败，不任篙楫。涉斯渡者，凛凛有羊肠吕峡之恐，盖既济而后庆再生焉。岁庚申，吴门钱公来尹是邦[3]。下车之始[4]，询疾若，咨利弊。无弊不剔，有利必兴。其大者如清逋累、诘奸慝，除害马之政，擒伏莽之奸；赈饥而贫窭以存[5]，修堤而倾溃获免。至于捐资俸、营公署、筑仓廒、修学宫，一皆出己所有，无丝毫派累于民。虽至穷乡远地，东如柳河之桥，西如渔镇之渡，无不竭己力为之。至于黑流市之私渡，不属于官者，亦且捐俸倡率，命帅子洵荣同里耆李三恒等悉力劝募，以共观厥成也[6]。呜呼！前此之为竟邑也者，颓弊层叠[7]，疮孔百千。其溃败萎靡不可收拾，有如昔日之朽舟矣。今一载以来，百废修举，焕然改观，即黑流之扁舟亦有如竟邑之重新焉。至其买田以给渡子，免其需索之扰[8]；申详以禁游兵，绝其往来之嚣，则又经久无弊之道也[9]。

题解

本文录自清乾隆乙酉(1765年)初版《天门县志·卷之二·建置》第30页。

注释

[1]鄢郢:战国时期楚国的都城,在今湖北宜城县南。

[2]渔泛浲(féng):旧地名。在今汉江以南、潜江市竹根滩镇东北。当时属天门。

[3]庚申:清康熙十九年,1680年。

吴门钱公来尹是邦:吴门人钱永来景陵担任知县。吴门:古吴县城(今苏州市)的别称。钱公:指钱永。尹:元代时称州、县长官为尹。这里是担任知县的意思。

[4]下车之始:旧指新官刚到任。

[5]逋累(bū lèi):指积欠的赋税、债务等。

诘奸慝(tè):问罪于奸恶的人。

伏莽:军队埋伏在草莽中。亦指潜藏的寇盗。

贫窭(jù):指贫穷的人。

[6]里耆:乡里的耆老。

劝募:用劝说的方式募集。

共观厥成:一起出力,并享受取得的成果。

[7]颓弊:破败。

[8]给(jǐ)渡子:供应摆渡的船夫。

需索:敲诈勒索。

[9]申详:向上级官府详细呈报。

游兵:流动不定的军队。

经久无弊之道:持久又无弊端的办法。

太学生高伯仙(高步蟾)墓志铭

程飞云

高公讳步蟾,字伯仙;爱天马山,结庐两峰之下[1],故号两峰。其先世为黎亭右族[2]。九世祖升,正统时举孝廉[3]。三传而鸾,以太学生为狄道监牧郎官久[4]。四传为艮斋,公之大父也[5]。艮斋子惊寰,生公。公生而清标令韶,长而好学,善属文,慷慨有大略[6]。久之,以太学生终,君子惜之。

公先世雄于赀[7]。及乃祖惊寰公,才气超轶,弗屑屑治生业,经荒薉，家道中落[8]。公以成童失怙，田仅食余夫[9]，室庐聊蔽风雨，意泊如也，而奉母则洗腆滑甘不少缺[10]。

幼见赏于李赠君冲虚先生[11]。先生有人伦鉴，每以快婿目之[12]。公遂师事先生[13]，得其传。于书无所不窥，而尤喜《孟子》。尝曰："我之学从一部《孟子》中来。"故生平大概不离仁义二字。夫仁义之道，峄山大阐其说，以此历说齐梁间[14]，一时淳于、宋钘之徒靡然不得伸其舌，其岩岩泰山之气有以慑之也[15]。

公以孝奉母，以让友弟，以仁厚疏，旷泽其党族婚友[16]。拯人之危，雪人之冤。贷偿而更恤其后，排纷而自捐其赀[17]。收养孤丐，而残废者不至捐瘠[18]；出粟赈施，而远迩疏戚任所资而无德色[19]。以至偿旧负，却莜金，施义冢，表烈贞[20]，种种善行，不可殚述。如公者，岂非仗仁而立、扶义而行者耶！士君子穷居里闬，读古人书，孜孜不遑息[21]。相与谈论，未尝不以圣贤豪杰相期许[22]。究观其所树立，求一二事之几于道不可得[23]，岂非好言仁义而不能躬行者之过欤？闻伯仙之风，夫亦可以愧矣。

黎邑自国朝奠鼎越十五年[24]，而文风不振。公之伯子星雯始领乡荐[25]，可不谓荣焉？而公犹自奋思，决起霄汉[26]。丁巳赴汴试，年已六十矣，而壮志不稍衰。越五年而殂[27]。呜呼惜哉！虽其生平干济之才未获稍展[28]，而拒大同之贼，不犯其乡；辞闯逆之官，不挠其节[29]。宽民力于坐画之署，减盐引于立谈之顷，其里人犹乐道之，非其得于学术者宏欤[30]！向使少而掇巍科，抒其怀抱以襄赞国是[31]，其所就何可量也！然公以瘠产蓬居，恢宏旧业，振其声施；子若孙宾宾高翥焉[32]，不可谓非躬行仁义之效矣。

公有《两峰文集》，子汉雯、垣雯将刊行于世。

卜吉于癸亥年二月十八日袝葬天马山李孺人之墓[33]。述公行实而请志于予，为论次其生平如此[34]。公生于前万历戊午年，卒于今康熙辛酉年。元配李氏。子六：长星雯，丁酉科举人；次汉雯、垣雯，邑学生。次曜雯、庆雯、奎雯，具幼，业儒[35]。孙男三，邑庠生[36]，唐适、明本，俱幼。铭曰：

水淙淙，山巀巀，异人笃生兮潞子之国[37]。钦尔行，峻尔节，蠖伏而鹊起兮，光于奕叶[38]。呜呼！怀仁而履义兮，惟此攸宅[39]。

题解

本文录自清康熙二十一年(1682 年)版《黎城县志·卷之四·艺文后》第56 页。

太学生：在最高学府国子监学习的学生，简称监生，可直接考取举人。

注释

[1]结庐：构建房子。

[2]黎亭：黎亭县。唐天祐二年(905 年)改黎城县置，属潞州。治所即今山西黎城县西北古县。五代唐复为黎城县。

右族：古代以右为尊，六朝时重门第，称豪门大族为右族。

[3]正统：明英宗朱祁镇年号(1436～1449 年)。

孝廉：明清时对举人的称谓。

[4]狄道：古地名。位于今甘肃临洮县境。

监牧：监督牧放。

[5]大父：祖父。

[6]清标：谓清美出众。

令韶：聪慧，美好。

属(zhǔ)文：写作。谓连缀字句而成文章。属：缀辑，撰著。

慷慨：性格豪爽。

[7]雄于赀(zī)：富有钱财。雄：富有。

[8]乃祖：先祖。

超轶：谓高超不同凡俗。

弗屑屑治生业：意思是，不会辛辛苦苦地去谋生。屑屑：劳瘁匆迫貌。生业：从事某种产业。

荒燹(xiǎn)：指灾荒和战乱。燹：兵火。

家道中落：家业衰败，境况没有从前富裕。

[9]失怙(hù)：失去依靠，特指丧父。怙：依靠。语出《诗经·小雅·蓼莪(lù é)》："无父何怙？无母何恃？"没有亲爹何所靠？没有亲妈何所恃？

余夫：古代谓法定的受田人口之外的人。

[10]泊如：恬淡无欲貌。

洗腆：谓置办洁净丰盛的酒食。多指用来孝敬父母或款待客人。

滑甘：代指甘美的食物。

[11]见赏：被赏识。

赠君：古代敬称官员的父亲。

[12]有人伦鉴：有相面的镜子。意思是，以貌论人。人伦：指相面术，根据人的相貌占断祸福。

快婿：称心如意的女婿。

[13]师事：谓拜某人为师或以师礼相待。

[14]峄(yì)山：指孟子。峄山又名邹峄山，在今山东邹县东南。孟子为邹县人。

历说：游说。

[15]淳于：淳于髡(kūn)。战国时期齐国的政治家和思想家。

宋钘(xíng)：又称宋径、宋荣、宋子。与尹文齐名。战国时期学者，宋尹学派代表人物。

靡然：倒伏的样子。

岩岩泰山：高峻的泰山。岩岩：山势高峻的样子。语出《诗经·鲁颂·閟(bì)宫》："泰山岩岩，鲁邦所詹。"

有以：表示具有某种条件、原因等。

[16]厚疏：厚待关系疏远的。

旷泽：广施恩泽。

党族：党羽和亲族。

婚友：有婚姻关系的亲戚、朋友。

[17]贷偿：借贷和偿还。

赀(zī)：同"资"。

[18]捐瘠：饥饿而死。

[19]赈施：救济布施。

德色：自以为对人有恩德而表现出来的神色。

[20]奁金：结婚时候的女方陪嫁的礼金和首饰。

义冢：古代官府为掩埋无主尸体而建造的公墓。

烈贞：烈妇。古指重义守节的妇女。

[21]里闬(hàn)：乡里。

不遑：无暇，没有闲暇。

[22]期许：期望，称许。

[23]树立：建树。

求一二事之几于道不可得：找到一两件接近于道的事是找不到的。意思是，每一件事都合于道。几于道：接近于道。

[24]国朝：指本朝。

奠鼎：传说夏禹铸九鼎象征九州，历商至周，都作为传国重器，置于国都。后因以称定都或建立王朝为"奠鼎"。

[25]伯子：长子。

领乡荐：唐代由州县地方官荐举进京师应礼部试者称"乡荐"。后世亦称乡试中试者(举人)为"领乡荐"。

[26]决起：迅疾而起。

[27]殂：死亡。

[28]干济：谓办事干练而有成效。

[29]闯逆：指李自成。

不挠其节：形容节操刚正。挠：弯曲。

[30]盐引：古代官府在商人缴纳盐价和税款后，发给商人用以支领和运销食盐的凭证。

非其得于学术者宏欤：这不比那些得意于科举功名的人声名宏大吗？

[31]巍科：高级的科举考试。

襄赞国是：辅助君王治理国家。襄赞：佐助。国是：国策，国家大事。

[32]声施:为世人所传扬的名声。

若:和。

宾宾:频频。

高翥(zhù):高飞。

[33]卜吉:谓占问选择吉利的婚期或风水好的葬地等。

祔(fù):合葬。

[34]行实:指生平事迹。

论次:论定编次。

[35]业儒:以儒学为业。以读书求学为业。

[36]邑庠生:明清时期州县学叫"邑庠",所以秀才也叫"邑庠生"。庠生:明清两代府、州、县学的生员别称。

[37]巀巀(jié):高耸。

异人:不寻常的人,有异才的人。

笃生:谓生而得天独厚。

潞子之国:潞子国。本西周潞国,春秋亦称潞子国。在今山西黎城县南古城。

[38]钦尔行,峻尔节:戒慎的行为,高尚的节操。钦:谨慎,诫慎。

蠖(huò)伏而鹊起:生时虽不得志,身后却名声兴起。蠖伏:如尺蠖之屈伏。比喻人不得志。鹊起:比喻名声兴起。

光于奕叶:光耀世世代代。奕叶:累世,代代。

[39]怀仁而履义:义同"蹈仁履义"。遵循仁义之道。

攸宅:疑同"幽宅"。坟墓。

附

水部公(程飞云)寿序

魏裔介

宰天下与宰一邑同。宰天下,则寿天下;宰一邑,则寿一邑。总以寿一身者寿之,而并可上寿其祖父、下寿其子孙,此理数之必然者。人臣既受主知,则当高议云台之上、图形麟阁之间,养一代之元气,寿身以寿国。乌有思画锦之荣、耽泉石之乐者哉!然国事所关,最为重大,自非仁德纯备之身,安能胜任?而愉快则引病,请告得以保其尪羸。此圣天子之鸿恩,而臣子之厚幸也。

辛亥春,余病甚,乃不得已疏恳于上。蒙恩赐"回籍调理",勉以"痊可起用",稽首。我皇上天高地厚之恩,而臣心夙夜图维者,又乌能自已也?乃轺车出都,暂憩恒山,晤余宗弟侍御雍伯,握手殷殷。

雍伯家居获鹿，询及其邑父母，雍伯曰：“竟陵部翁程公也。”余曰：“公，甲午三楚名解元，己亥成名进士者。曾读其乡、会墨，见其文浑然元气，吐风嗡雨，何以加焉！今将见其文，并见其人，且见其政教焉。”雍伯曰：“仁父母也，循良有德者也。其政教难以更仆数。”然余窃心志。未几，初夏，余旋柏乡，走栾赵间，过绿柳长廊。其地，乃获鹿所属，得晤公芝眉于荆壁邮舍，大慰渴慕之忱。回忆余在朝二十六载阅历，海内之名公仁人君子多矣，未有如公之文如其人、人如其文，可卜其天寿平格云。及秋，余高卧太行，闻鹿邑士民颂声载道，为公立万人碑于白鹿书院之前，以贞不朽，为畿内八郡父母所仪型，如雷贯耳，非仁德纯备、政教沁入肺腑，安能得人心若是哉？徂冬，公偶因病具恳各台，一如余昔之恳皇上。余曰：“公年富力强，正寿身寿天下之时，鹿之士民必不忍释公去。”已而果鸣之各台者，数千百人。公复起而副民望矣。

今六月初九日，为公览揆之辰。诸缙绅士庶升堂执觥之私，日日集于阶，几不得展。雍伯同其邑中丞瑞轩崔公之孙、孝廉太彤崔君之子、国学名士崔子正常交札，嘱余以酌者之辞。雍伯曰：“弟麟龙及熊子鼎及晋正常曰子如岱，侄如岳，孙理昭，俱雪立公门下。”而鹿之英人硕士，不克备述。姓名具列于左数十人，皆公所日批而月阅之，且与其长公禹奏、次公载亳、季公环修，互相切磋。公之教士，无异其教子，而文章为之丕变。适遇新例选天下士入太学，以是禹奏拔元于楚，理昭拔贡于赵，已小试其端。秋闱在即，公之子与门下士将抡元掇魁于两闱者济济，多士皆得公元钵之传，可计日以待乎！

更不止此，公之治鹿也，躬崇节俭，劝农恤商惠贾，以及缮城郭，查保甲，赈灾荒，缓征求，省刑罚，虽身处冲繁，未尝一刻自安者。本诸家学之渊源也，盖公之太翁脱颖先生五十载，下帷穷经，洪开绛帐，其门下咸知名士，惜终身未遂其志。尝训公曰：“余此生不得为名元，而名元必属子矣！”洵不让君家大中之训明道伊川也。兼以太母孟夫人皈依慈氏，精通内典，茹素诵经，鱼梵之声不绝者四十余年。恒训公日后治民务体君心慈爱，勿事刻核。其诫训若此，所以太翁太母皆以上寿考终。公下车以来，恪遵太翁太母之遗言，存察于退食之暇，而奏效于四载之后。目今幸邀皇恩，得请诰封，因以寿其祖先。此公之以孝为仁、以仁为德，而诸子佩服于宇下者，久固历历能道之应，不俟余言之赘也。

余惟仁者寿，先圣之雅言也。又谓一日克己复礼，天下归仁。夫一日克复介于俄顷之间，而天下之大，何以不绍而孚此，必有以相通者。山川城邑不能隔，飞潜动植不能违。虽尔室而神明可格，虽一时而百世可俟。夫以匹夫匹妇一日见天之心，而仁者操存不息，弥于六合，则恒久静峙之理，无有加于仁寿审矣。

今观我公之敷政教于获鹿也，仁积于中，而德周民隐，时其饥寒而噢咻之，永其乐利而安全之。树其田庐，复赒其水旱；先其父兄，复率其子弟。计其目前之利，复除其后世之害，彰彰在人心目者，大都如是书之称，五福敛锡于大德，不信然哉？今日以宰一邑者寿一邑，异日以宰天下者寿天下，是又天子万年之休，非仅公家仁德之报已也。雍伯正常偕诸士民，鼓歌以舞，载赓云汉天章之诗，三进爵焉。

是为序。

赐进士第、诰封光禄大夫、东阁大学士，邻治生柏乡魏裔介拜撰。

题解

本文录自清光绪甲午(1894年)版天门胡市《鹤塘程氏世谱》。

水部公：指程飞云。程飞云曾任职于工部都水司。水部：唐代工部内设水部郎中、员外郎各一人。明清改为都水司，掌有关水道之政令，水部亦一直相沿为工部司官的一般称呼。

魏裔介：字石生，号贞庵，一号昆林。直隶柏乡(今属河北)人。清顺治初进士，康熙初任吏部尚书、保和殿大学士。

水部公(程飞云)寿序

梁清标

今上癸丑六月九日，为获鹿邑侯培翁程父母岳降之辰。邑绅士耆老走使长安,特丐不佞一言以酌大斗,且曰:“客岁壬子,公览揆之吉,柏乡魏相国贞庵先生已摛酌者之辞矣,并呈以质。今非君一言不光。”不佞瞿然曰:“此盛典也。记美扬徽,安得金玉之章继相国鸿词,并垂声而永世哉?不佞滥竽大司农,‘掌邦教,敷五典,扰兆民’,率属以倡九牧,朝虔夕惕,未暇以不文进。已而思之,方今华幛锦屏,功令有禁,无非祛伪而汰侈耳。又闻程公谦让不遑,但民心秉彝之好,地方爱戴之诚;泐金石而不渝,绘丹青而不朽,固非声色之可临摹、势分之可掩抑也,则不佞又安得无言?”

爰取相国之文而静读之,其竟陵之家乘、鹿泉之治行,祖父之源本、父子之才名,已若云霞昭宣、日星炳耀矣。而公之长公禹奏,壬子秋闱,果以壁经为顺天第五魁。说者谓如操左券次第应之,真宰相之言哉!不佞又何以扬言于后乎?然相国言公言于壬子之前,不佞言公言于壬子之后。程父母抚绥获鹿五年于兹矣。孔子之论治曰:“三年有成。”解者曰:“有成,治功成也。”而况越三年而将倍之,所以抚绥获鹿又何如者?公有父母之才,有父母之识,尤有父母之量。夫才易见,长辄隆赫赫之誉;识因事起,独炳察察之明。量则兼才与识而融之。盖真才不露才锋,卓识不标识解,如和风之披拂于万有,不可端倪;甘雨之沾濡于九垓,不可涯涘也。

今岁二月间,为敬陈恤灾一案,州县升转、左迁、病去者不一,独询之见任十余人,公侃侃直陈,独胸次洒落概等太虚。谓人曰:“余抚鹿将五载,惟县志未修,诸生抑郁,乡、会未得联镳,以此为憾耳。”鹿邑绅士父老子弟,下至佣夫贩妇、马通下走,莫不错愕相告,又群相谋以挽留之者。未几,旨下,公与十数县父母皆无恙,而公之长公禹奏,则已先期率眷南归矣。公自四月以来,萧然一署,自图书外绝无所累,盖官舍浑如僧舍冷也,而脱粟布被不免于故人之揶揄。是公之清,诸上台信之,诸大夫国人信之,舆台皂隶信之。不佞尝云:“赵清献清矣,犹有朝天之琴鹤。”公则并琴鹤而无之。清献之所行,犹待焚香而夜告。公则一动一静,上帝其式临冥昊。其立格也,以是益励悬鱼之节。时而征收钱粮,值柜于堂下,俾其自封自兑,乃执戥而抽查之,以杜里役羡耗侵肥之弊。鹿邑额设驿递马之外,又有里递马一役,价料虽编之正项,前任俱派之十八,杜富户因而借马头之名色,希免门差,扳扯帮丁,累及数十家。公自下车以来,驿马里马,皆自买自喂已久,尚恐乡棍通同蠹役,私行需索,为害不小,复大彰明示谕禁之,而欢声载道。偶有贫民夫妇闹穷乏,自经于富人之树下,诬及富人,兴词上控。而公立为请释,而民是以不冤。且邻封之大盗犯鹿境者三案,俱缉获授首。而剪绺之子混名为"炒上",此谚语也,互相师友者十余人。公访其名姓,令其朔望点卯,以束其身心。小惩大诫,又化大为小、化小为无之妙用,此皆公利犹恐不尽兴、害犹恐不尽除,不动声色而登斯民于寿域者。复集诸生于白鹿书院,日课月试,坐绛帐而命之曰:"力尔文章,勉尔德行。诸生其下帷攻苦,务期乙卯、丙辰乡、会两榜高掇巍科,与吾儿禹奏、载亳等南北辉映,是则余之志也夫!"此又公之治功成而加勉,一年来较前四年如一日也。

曾记不佞在戊申京察之期,遭权门之忌,以大宗伯退归田间,高卧恒山。庚戌,蒙皇上宠召,起复。辛亥,擢为大司寇。壬子,晋为大司农。每静阅人世功名,荣膴萧寂,各有命存,大概如蘧庐传舍,独慨今日失官者何限,得官者何限,似我公之白云卷舒于虚空,而虚空无碍也,即将失官而又得官者何限?或其上惜之而不必通于下,或匹夫匹妇有口而不能达于上。而公何以得此思慕流连于上下而无间也?则公之才识量度归根于一诚。清为真清,惠为真惠,所谓至诚而不动者,未之有也。盖人情惟久则征,征则恋慕而不忍释;惟诚则动,动则变化而不可穷耳。况仕以正己为先,以强毅为本。公之夙夜匪懈,身孰正焉!委蛇素丝,志孰强焉!能正能强,则精神日健。精神日健,则性命日固。且晚持此以入佐天子,或持宪,或秉铨,或启沃论思,无不恢恢乎有余裕。余不佞,他日更端以颂公者,将日进而未有艾也。

鹿之诸君子闻而喜曰:"是文可以与相国之文为我公寿屏前后之联璧矣。"遂书以献。

时康熙三十二年,岁次癸丑,六月吉旦,赐进士第、太子太保、户部尚书,年家邻治生梁清标顿首拜撰。

题解

本文录自清光绪甲午(1894年)版天门胡市《鹤塘程氏世谱》。

水部公:参见前文题解。

梁清标:明末清初直隶真定人,字玉立,一字苍岩,号棠村。明崇祯十六年(1643年)进士。顺治元年归清,授编修,官至户部尚书、保和殿大学士。

拙庵程先生(程飞云)墓志铭

徐乾学

水部程拙庵先生[1],讳飞云,字培风,楚竟陵人也。东晋新安太守程元谭裔孙有念五公者,宋元之际徙居竟陵东偏,曰洄河口。再传天麟,徙廖家垱。四传繁始居邑城心街,遂世为竟陵右族[2]。八传鹄先生,高祖也,与兄鸿同肄举子业。鸿以正德癸酉魁楚榜,仕至通州刺史。鹄课子宗、稷,志未遂。稷生笃斋,为先生大父。德行文艺,有声三楚,为博士弟子员,矢志魁天下;年七十,犹翔步棘闱[3]。考讳士杰,字脱颖,诰赠文林郎[4]。同产五人,齿最幼。笃行孝友,先人田庐,悉让诸昆。筑室村东,迎养双亲终老焉。文学彪炳一时,持介节,言笑不苟,士人咸敬礼之。子二。长乘云,字六御。积学,隐居,有三代以上之风。次即先生也。

先生之夕,诰赠君梦神僧至其家,觉而生先生。诰赠君自课之,七岁善属文。应郡试,有"江夏无双"之称。诰赠君不欲小试其技,携归楗户[5],恣其涉猎今古。久之,应童子科,见赏于学使者李公承尹,每试则冠曹偶[6]。甲午,登楚榜第一人。典试者,家莘叟及赵公韫退[7]。两公皆文章宗匠,得先生跃跃自负,不啻欧、梅之于子瞻也[8]。先生天资英妙,六籍诸史百家言,寓目即成诵。快意之篇缮写成帙,或风清月白、名花烂漫处,良友过从,出其秘帙。高诵一过,别有会心;轩舞击节,旁若无人。读罢藏箧中,涉旬累月不一观。其操觚也,意兴所至,娓娓数千言。或短幅清空华赡,无定式,一任气机之所止[9]。于古文辞，喜司马、昌黎、眉山父子[10]。于诗，喜太白、右丞[11]。于时艺，喜鹿门、陶庵、嘉鱼诸子[12]。余为诸生时，读其元墨[13]，已知其所欣赏。语二弟曰："三楚名元，自川楼、鹄湾后[14]，今复见之。"越数年，吾季廷对第一，得缀先生年谱。比引见先皇帝，曰："此甲午湖广解元也。"目送久之。时先生著青毡曳裾[15]，华纨间未免夺色，遂同进士出身。

先生性朴遬[16]，子弟鲜衣，怒骂辄斥之。履任时，饮冰茹檗[17]。延客一如真率会，然大庆会集嘉宾良友，不吝肆设，务成礼醑接而后止[18]。其接人也，宽和而严毅。喜奖借后生，集社课校[19]，多所成就。族党中掇高科登仕版、以诗文名者，皆出其门。己亥春，携子婿读书鄂城。黄公鸥湄为藩伯，课士江汉书院。先生以数艺杂诸生牍以进，鸥湄愕然曰："诸生中那得有此？"特置一座，敬礼备至。是秋，增会试一科，遂释褐南宫，候补司李，已而改铨邑令[20]。

乙巳冬，诰赠君及孟太孺人后先弃养。先生哀毁骨立，凄感行道。时景邑苦于征徭。先生偶检遗箧，见先人手书有"收户苦累""邑民无人造福"之语，怆然投袂而起，吁请于各宪[21]。盖景邑自明季积弊相仍[22]，曰收户，曰当年，蠹胥奸民，朋比剥噬。长吏又乐处脂膏中。男女老稚，系累号泣[23]，一邑鼎沸。先生廉得其状，闭户篝灯[24]，条析缕陈，数万言，一夕而就。东走鄂城西走郢，数月过家门不入。破产捐资，泣请宪司，力遵功令[25]。税粮、驿站，悉领于官，一切积弊概除。立石县治前，系累者释，转徙者归；比户焚香尸祝，喁喁然有乐生之心[26]。且孝友性成，未第时，授经村落间，脡脯之资[27]，悉以奉甘脂。太孺人茹素数十年，别设斋供无缺。方两柩在堂，邻舍火，先生叩天号呼，风忽转，无恙。爰卜佳城[28]，梦神示以向方夙兴。如所往，果得善地。人皆以为诚孝所感，云："甫登贤书，即以析箸田庐，奉伯氏，训兄子如子、兄之孙如孙。"戊申，筮仕鹿泉。值久潦后，饥民十数万日集公厅，设法赈救，民免死徙。先生洁己爱民，一蔬一粒不苟取。出按户籍，自携青蚨市饼饵[29]。

方有事滇南也，禁旅更番骚于道。先生戴星出入飞挽，咄嗟而办[30]。大弁恣睢，胥徒窜匿[31]。先生单骑营伍中，挈羔酒往劳之。相对大嚼，有所需辄抗声曰："吾民苦累剧矣，无可诛求。吾岂恋恋一官者哉？"弁帅叹服而去。始至盗案数十，一经鞫谳[32]，奏当悉平。乃计诱渠魁，咸革心输款[33]。盗至辄报，先生乘夜领数骑突至其所，皆伏地就缚。黎明入城，邑民大骇。大辟中亦多所平反。宪司异其才，邻邑疑案历载不决者，悉付之。每谳决毕，坐公堂，烧椽烛，摇笔沉吟顷之，爰书就，皆原本经术。无事钩距，修白鹿书院，进多士课艺，甲乙之人文丕变[34]。有遴入史馆者尝郊行，妇孺夹道拥观，咸目为瑞人。有老妪数辈持新果以献，先生笑而受之，其平易近民，类如此。壬子秋，余典试比闱，先生长嗣大夏以选拔占壁经元[35]。捷音至鹿泉，先生大喜曰："沆瀣一气[36]，吾早知必出徐公门下也。"邑士大夫，下及里胥野老，肩酒牵羊，跻堂上寿；榜联诗歌，遍张门廨，亦一时盛事也。旋奉覃恩敕封文林郎，孺人苏封孺人，二亲皆赠如其秩[37]。丁巳考满，内擢行人司行人，士民拥泣，不得行为人，碑至今岿然道左。是年，余兄弟始得拜先生于邸舍，握手如平生欢。先生出其《鄂渚新诗》及其仲子大濩诸刻示余[38]。余受而读之，矍然曰："君家父子不减眉山，岂第突过黄初，且浸淫乎汉氏矣[39]。"无何濩谕竹溪，卒于官。先生方需次主政，家报至，凄然，俶装归籍，杜门复理诸生业，课子大夏、大复，孙方莘、方蕙、方荇等。次年己未，大夏成进士，旋宰山右黎亭。先生命之曰："利济苍生，莫便于令。须确然视民如己子，事事诚求斯上不负君父、下不负所学也。"大夏至黎，一一如家治谱[40]。先生子评选全稿《鄂渚新诗》《弄月堂集》，久已行世。

将以己巳年十二月，厝于五华山左[41]。爰驰一介于京邸，属余志而铭之。东坡有言："轼于天下，未尝志墓。独铭五人，以盛德故。"先生道德文章，焜耀千载；而与吾弟立斋同年谱，余与大夏属通家[42]，义不容辞。先生生于明天启甲子年六月初九日戌时，卒于康熙戊辰年十一月二十二日申时，享年六十有五。葬于己巳年十二月二十二日寅时，癸山丁向，土名八十家。铭曰：

南邦岳二，曰嵾与衡[43]。九水北注，汉广江清。扶舆磅礴[44]，奇气笃生。轶马班才，辔龙绣虎[45]。锦瑟和鸣，誉高卓鲁[46]。輶轩锡命，鹓行篷羽[47]。帝咨摭采：“畴若予工[48]？”稽首拜让，佥曰：“惟公[49]。”公以诗人，例作水曹[50]。云胡不就，偃仰林皋[51]。苍生望重，实大声宏。穹碑道左，藓驳苔封。于门大启，槐荫满庭[52]。洪支累叶，彯组华簪[53]。凌云一笑，驭彼赤虬[54]。五华山左，蘧滏环流[55]。佳城蟠固，郁郁松楸。左襟右带，凤岭虎丘[56]。官诰叠锡，媲美泷冈[57]。庆流万叶，为龙为光[58]。

题解

本文录自清康熙三十一年(1692年)版《景陵县志·卷之六》第25页。原题为《清敕封承德郎拙庵程先生墓志铭》。

徐乾学：字原一、幼慧，号健庵、玉峰先生。江苏昆山人。顾炎武外甥。探花。与弟元文(状元)、秉义(探花)皆官贵文名，人称昆山三徐。刑部尚书。

注释

[1]水部：参见本书魏裔介《水部公(程飞云)寿序》题解。

[2]右族：豪门大族。

[3]翔步棘闱：指参加科举考试。翔步：缓步。比喻可以从缓进行的事。棘闱：科举时代试院的别称。古代试士，用棘围试院，以防止弊端，故称。

[4]诰赠：明清对五品以上官员的曾祖父母、祖父母、父母及妻室之殁者，以皇帝的诰命追赠封号，叫诰赠。

[5]楗(jiàn)户：闭门。楗：竖插在门闩上使闩拔不开的木棍。

[6]童子科：科举考试中为儿童、少年设立的科目。

见赏：被赏识。

曹偶：侪辈，同类。

[7]典试：主持考试。

韫：音yùn。

[8]欧、梅之于子瞻：苏轼参加礼部考试时，欧阳修是主考官，梅圣俞是判官。苏轼，字子瞻。

[9]清空：古代诗学概念。指空灵清雅的诗歌审美境界。

华赡：华美富丽。多用以形容文辞。

气机：指行文的气势。

[10]古文辞：古文和辞赋。古文是与骈文相对的概念。

司马、昌黎、眉山父子：指司马相如、韩愈和苏洵、苏轼、苏辙父子。眉山：苏轼的代称。苏为四川眉山人，故称。

[11]太白、右丞:指李白、王维。

[12]时艺:即时文、八股文。

鹿门、陶庵、嘉鱼诸子:当指茅坤、张岱、方逢时。明嘉靖进士茅坤,号鹿门。明末文学家张岱,号陶庵。明进士方逢时,嘉鱼人。

[13]元墨:此处当指程飞云乡试墨卷。

[14]三楚名元:指湖广的解元。三楚:后人诗文中多以泛指长江中游以南,今湖南湖北一带地区。此处指湖北。

川楼:吴国伦,字明卿,号川楼子。武昌府兴国州人(今阳新县)人。解元,进士。明朝嘉靖、万历年间著名文学家。"后七子"前期,以李攀龙、王世贞为代表,王死后,吴国伦成为文坛盟主。

鹄湾:谭元春,号鹄湾。天门人。明天启七年丁卯科(1627年)举人,解元。竟陵派创始人之一。

[15]青毡:青色毛毡,由于王献之的故事,自晋以后遂用作士人故家旧物的代称。

曳裾:意为长襟拖地。汉邹阳用"曳长裾"描绘出入王侯之门的形象。后世用作寄食于权贵门下的典故。

同进士出身:明清科举定制,凡参加殿试合格,列名三甲者,皆赐同进士出身。

[16]朴遬(sù):朴素。

[17]饮冰茹檗(bò):喝冷水,吃苦味的东西。比喻处境困苦,心情抑郁。也形容生活清苦。茹:吃。檗:俗称黄柏,味苦。

[18]真率会:宋司马光罢政在洛,常与故老游集,相约酒不过五行,食不过五味。号"真率会"。见宋邵伯温《闻见前录》卷十。

大庆:大可庆贺之事。

肆设:设席肆筵。摆酒席。肆:陈设。

成礼:行礼完毕,使礼节完备。

霑(zhān)接:接待。

[19]奖借:称赞推许。

课校:校课。考试。

[20]释褐南宫,候补司李:中进士,候补推官。释褐:亦作"解褐"。脱去平民衣服。喻始任官职。后亦以新进士及第授官为释褐。南宫:明代会试由礼部主持,礼部别称南宫,故礼部试或称南宫试,简称南宫。司李:明清府推官之别称,司李亦即司理,法官之意。

铨:铨选。选才授官。

[21]投袂(mèi):挥袖,甩袖。形容决绝或奋发。

宪:旧指朝廷委驻各行省的高级官吏。如清代称抚、藩、臬三司为三大宪。

[22]景邑:景陵县(今天门市)。

相仍:相沿袭。

[23]系累:捆绑、拘囚。

[24]廉:察考,访查。

篝灯:谓置灯于笼中。

[25]宪司:魏晋以来御史台官的别称。

力遵功令:恪遵功令。严谨地遵守条令制度。

[26]尸祝:祭祀。

喁喁(yú)然:形容众人向慕之状。

[27]脡(tǐng)脯:晒干的肉。

[28]佳城:传说汉夏侯婴(滕公)生前曾掘地得铭,铭文有"佳城郁郁""滕公居此室"等语,夏侯氏死后遂葬于此地。后世因以"佳城"喻指墓地。

[29]青蚨(fú):传说古代有种虫,名叫青蚨。捉它的小虫,母虫会飞来,而且不计远近。如果以母虫的血涂钱八十一文,又以小虫血涂钱八十一文,拿去买东西,不管先用母钱或先用子钱,钱都会飞回来。见晋干宝《搜神记》卷十三。后因以"青蚨"指钱。

[30]飞挽:飞刍挽粒。谓迅速运送粮草。刍:草。粒:粮食。

咄嗟(duō jiē):一呼一吸之间,即一霎时,顷刻。

[31]大弁:指武官。

恣睢(zì suī):放纵,暴戾。

胥徒:官府衙役。

[32]鞫谳(jū yàn):审讯议断(狱案)。

[33]渠魁:即渠帅,首领,多用于地方少数民族头领或敌军主将。

革心:改正错误思想。

输款:犹投诚。

[34]钩距:辗转推问,究其情实。

课艺:考核学业成绩。

甲乙:甲科、乙科的并称。唐代科举进士分甲乙科,故以甲乙代称科举。

丕变:大变。

[35]比闱:此处指乡试。比:大比,明清特指乡试。闱:指试场。

长嗣大夏:指程飞云长子程大夏。

经元:举人二至五名称经元。

[36]沆瀣(hàng xiè)一气:沆瀣本指夜间的水气。唐代崔沆任主考官,崔瀣去参加考试,崔沆便录取了他,时人谈论说,一"沆"一"瀣"本来是一气的。

[37]二亲皆赠如其秩:指将程飞云的职务封赠给他的父母亲。

[38]濩:音 hù。

[39]黄初:三国时期曹魏的君主魏文帝曹丕的年号(220~226年)。此处指"黄初体",三国魏黄初时期诗人的诗歌体式风格。

浸淫:涉足,涉及。

[40]如家治谱:如家传治县谱。原文"家"字缺损,据残存的最后一笔"点"补。治谱:指南齐傅琰家有治县良方,故其家人政绩显著。《南齐书·傅琰传》载,傅琰父子政绩显著,世人认为傅家有"治县谱",世代相传,不告诉外人。后来把父子兄弟做官、政绩显著称为"治谱家传"。

[41]厝(cuò):停柩待葬或浅埋以待改葬。

[42]焜(kūn)耀:明亮照耀。

与吾弟立斋同年谱：指与作者弟徐元文于清顺治十六年己亥科（1659年）同中进士。徐元文，字公肃，号立斋，为该科状元。同年谱：唐代进士入第之后，称同登金榜之人为“同年”，称同年名录同年谱。

通家：犹世交。

[43]嵾（cēn）：湖北武当山。

[44]扶舆：形容盘旋而上，犹扶摇。

[45]轶马班才：有司马迁和班固一样的才能。轶……才：轶才。特殊才能。马班：汉代史学家司马迁和班固的并称。

孌（luán）：美丽。

[46]卓鲁：东汉时的清官卓茂和鲁恭。借指廉正的官吏。

[47]輶（yóu）轩：古代使臣乘坐的一种轻车。

锡命：天子有所赐予的诏命。

鹓（yuān）行簉（zào）羽：常作“簉羽鹓鹭”。比喻朝臣。簉羽：排列齐整，若飞鸟的羽翅。比喻古代百官朝见时仪仗行列整齐。鹓鹭：鹓和鹭飞行有序，因喻百官朝见时秩序井然。

[48]帝咨摭（zhí）采：指皇上访求选拔人才。摭采：原文为“庶采”。

畴若予工：谁能当好掌管我们百工的官。语出《尚书·舜典》。

[49]稽（qǐ）首：古人行跪拜礼时叩头至地，并在地上停留一会儿。

佥（qiān）：都，皆。

[50]水曹：水部的别称。

[51]林皋：即指林野和水岸之地，泛指山野。

[52]槐荫满庭：喻指人丁兴旺。语出苏轼《三槐堂铭并序》。

[53]洪支累叶：有枝繁叶茂的意思。

彯（piāo）组华簪（zān）：指子孙富贵。彯组：飘扬印绶。华簪：华贵的帽簪，比喻贵官。

[54]凌云一笑：形容生前身后无遗憾，心情宽慰。

驭彼赤虬（qiú）：婉指死亡。传说唐代著名诗人李贺临死前，有个绯衣人驾着赤虬，对他说：“天帝要我来召你。”

[55]薳澨（yuǎn shì）：古水名。三澨之一。自京山东南流入天门境内。

[56]凤岭虎丘：颂美程飞云墓地风水。尧葬于南岳凤岭，吴王阖闾葬于苏州虎丘。

[57]官诰叠锡，媲美泷（shuāng）冈：天恩叠赐，堪比欧阳修之父。官诰：皇帝封官或赐爵的文件。泷冈：《泷冈阡表》，欧阳修为父亲撰写的墓表。

[58]庆流万叶：福泽绵延万代。

为龙为光：语出《诗经·小雅·蓼萧》：“既见君子，为龙为光。”表示受到天子的恩宠并感到增光。龙光：宠光。

卢 偀

清康熙三十一年(1692 年)版《景陵县志·卷之十·人物志·进士》第 34 页记载:卢偀(yīng),字鸿士。顺治丙戌科举人,己亥科进士。选授商南知县,会吴逆倡乱,不屈,死。事详《忠臣志》。

清乾隆十三年(1748 年)版《商南县志·第八卷·名宦》第 11 页记载:卢英(偀),湖广天门人(康熙十五年任知县)。康熙十四年,吴逆作乱,伪将军汤入寇屯商属地。至十五年九月,城陷,乃捐躯殉难。十七年,敕赠陕西按察司佥事(括号中的任职时间载于同版县志第七卷第 4 页)。

清雍正十一年(1733 年)刊竟、四库全书本《湖广通志·卷之第三十四·人物》第 14 页记载:卢偀,景陵人。授陕西商南知县。在任殉难于康熙十七年,赠陕西按察司佥事。荫一子。谕葬,遣官致祭。

清雍正十一年(1733 年)刊竟、四库全书本《湖广通志·卷首》第 5 页康熙帝《谕祭陕西商南县知县赠按察司佥事卢偀文(康熙十七年)》:烈士成仁,赍志而殁。忠臣报国,捐躯以从。尔卢偀,矢志忠贞,服官敬慎。值逆贼之煽乱,励臣节以弥坚。临难不屈,甘心殒命。朕用悼焉,特颁祭葬,以慰幽魂。尔如有知,尚克歆享。

湖 上

卢 偀

荣利稍知止,浮名非所期。徒有笔墨缘,闲作聊自嬉。春动湖上绿,青光摇碧漪。横棹出溪口,凫鸥与我宜[1]。物闲人亦懒,云去不嫌迟[2]。

题解

本诗录自丁宿章撰、清光绪九年(1883 年)版《湖北诗征传略·卷二十八》第 45 页。

注释

[1]横棹出溪口:熊士鹏编、清道光癸未(1823 年)版《竟陵诗选·补遗》第 1 页为“沿岸出溪口”。

凫(fú)鸥:凫,水鸟,俗称“野鸭”。鸥指鸥鸟。

[2]物闲人亦懒,云去不嫌迟:熊士鹏编、清道光癸未(1823 年)版《竟陵诗选·补遗》第 1 页为“物闲人亦静,孤云去迟迟”。

二弟离居感书其屋壁

卢 僎

分竹为汝园,分椽为汝室。安栖同一枝,忽焉异蓬荜[1]。烟月逐随人,分照两书帙[2]。人生会有营,自知终须出。所叹东流水,日远复一日。族姓遍里闾,初亦孔怀蜜[3]。骨肉缘天性,人生勿或失。

题解

本诗录自熊士鹏编、清道光癸未(1823 年)版《竟陵诗选·补遗》第 1 页。

注释

[1]蓬荜(bì):蓬门荜户,用草、树枝等做的门户,指穷人住的房子,常作“自己家里”的自谦辞。

[2]烟月:云雾笼罩的月亮,朦胧的月色。

书帙(zhì):书卷的外套。

[3]里闾:乡里。

孔怀:原谓甚相思念。语出《诗经·常棣》:“死丧之威,兄弟孔怀。”后用为兄弟的代称。

园　橘

卢　僎

庭前有丹橘，青青小作林。敷荣同众卉，贞坚表余心[1]。草木岁月晚，清秋零露深[2]。自尔为佳实，丹子耀南金[3]。常恐严霜至，凋落或见侵[4]。防护感君子，孤根托荫森。

题解

本诗录自熊士鹏编、清道光癸未(1823年)版《竟陵诗选·补遗》第1页。

注释

[1]敷荣：开花。

[2]零露：降落的露水。

[3]自尔：犹自然。

佳实：质优味美的果实。

南金：南方出产的铜。后亦借指贵重之物。

[4]见：助词，表示被动或对我如何。

舟　行

卢　僎

缓缆过秋色，回舟望岛容。正当积雨后，能使瘦村浓。鹿饮沿溪下，僧来近岸逢。坐看云尽处，山影立重重。

题解

本诗录自熊士鹏编、清道光癸未(1823年)版《竟陵诗选·补遗》第1页。

夏　日

卢　俟

正尔幽居地，还堪抱膝吟[1]。新凉生枕后，好鸟息花阴。千里片云驻，两湖荷气深。虑营俱无着，自省风尘心[2]。

题解

本诗录自熊士鹏编、清道光癸未(1823年)版《竟陵诗选·补遗》第1页。

注释

[1]抱膝吟：裴松之注三国魏鱼豢《魏略》："每晨夕从容，常抱膝长啸。"后以"抱膝吟"指高人志士的吟咏抒怀。

[2]虑营："三虑营国"的缩略。三虑营国，指宋景公为了国家宁愿自己受天的惩罚，也不愿迁罚于宰相、人民、收成。虑：考虑。营：经营，治理。

风尘：官途，官场。

哭　友

卢　俟

未免群情累，何从见古人？大家重璞玉，之子托青磷[1]。径竹荒无主，帷灯隐有神[2]。延陵空挂剑，莫慰平生亲[3]。

题解

本诗录自丁宿章撰、清光绪九年(1883年)版《湖北诗征传略·卷二十八》第45页。熊士鹏编、清道光癸未(1823年)版《竟陵诗选·补遗》第2页收录本诗，题为《哭陈秩文》。

注释

[1]璞玉:比喻尚未为人所知的贤才。

之子:这个人。

青磷:俗称鬼火。喻指死者。

[2]帷灯:帷幕中的灯光。

[3]延陵空挂剑:典自"挂剑"。表示悼念亡友。春秋时吴国公子季札出使路过徐国,徐君喜爱他的宝剑但又不好意思说出口。季札返回时又经徐国,徐君已死。季札就把宝剑解下系在徐君墓地的树上。

登太行(二首)

卢 僎

太行山色倚云间,连壁巉岩未可扳[1]。三晋雄蟠通楚塞,九河环抱出秦关。阴生巨壑留残雨,雪积层岗照远山。险堑由来不易越,何人跃马走时艰。

千峰盘亘接巑岏,此日凌空万里看[2]。地接邢襄秋色远,云连燕冀朔风寒[3]。暗天苍雨故陵渺,折地黄河大陆宽。临眺不堪还极目,石门萧瑟罢凭栏[4]。

题解

本诗录自熊士鹏编、清道光癸未(1823年)版《竟陵诗选·补遗》第2页。

注释

[1]巉(chán)岩:一种陡而隆起的岩石,如悬崖或崖、孤立突出的岩石。

[2]巑岏(cuán wán):峻峭。

[3]邢襄:河北省邢台市的别称,简称邢,旧称邢州,商周时期封邢国,春秋战国属晋国赵地,成为赵襄子封邑,自赵襄子迁邢,邢地始称邢襄。

[4]石门:疑指石门关。古称石门汛口,太行山中段的重要隘口。位于山西省平定县马山乡七亘村东。

胡鼎生(御史)

清康熙版《湖广通志·卷之第三十四·人物》第14页记载:胡鼎生,字元羹。景陵人。顺治己亥进士。授陕西石泉令,理冤狱,减荒征,邑人德之。丁内艰,归。补进贤令。岁大旱暴露,引咎,旋获澍(shù)雨之应。未几,土寇围城,悉力捍御,擒献逆谍。选入台员,寻以疾卒。

应制诗

胡鼎生

俯伏蓬瀛动,真人坐画楹[1]。开基星斗列,六宇水山成[2]。听政追先烈,勤民尽下情[3]。佢期无阙事,谁识诤臣名[4]?

题解

本诗录自清康熙三十一年(1692年)版《景陵县志·卷之十·人物志·进士》第36页。

应制诗:诗体名。封建时代臣僚奉皇帝之命所作或所和的诗歌。形式多为近体,诗题上大都有"应制""应诏"或"奉和"等字样,内容多为歌功颂德,也有少数含规谏期望的作品。

注释

[1]俯伏:俯首伏地,多表示恐惧屈服或极端崇敬。

蓬瀛:即蓬莱、瀛洲,皆山名,古代方士传说为仙人所居。

真人:道家称存养本性或修真得道的人。亦泛称"成仙"之人。

画楹:有彩绘的堂柱。

[2]开基星斗列,六宇水山成:意

思是，依据天命开创基业、创立制度。何晏《景福殿赋》："䚡天地以开基，并列宿而作制。"《史记·天官书》："天有五星，地有五行；天则有列宿，地则有州域。"

开基：犹开国。谓开创基业。

六宇：犹六合，谓天地四方。

[3]听政：坐朝处理政务，执政。

先烈：祖先的功业。

[4]佢（qú）期无阙事，谁识诤臣名：期望圣明的朝代，政事没有缺陷，谏诤之臣也没有什么可以进谏。化用岑参《寄左省杜拾遗》："圣朝无阙事，自觉谏书稀。"

佢：〈方〉他。

阙事：失事，误事。

诤臣：谏诤之臣。能直言劝谏的臣子。

别　楣

清康熙三十一年(1692年)版《景陵县志·卷之十·人物志·进士》第36页记载:别楣,字上可。康熙己酉科举人,庚戌科进士。初任直隶宝坻县。在任清慎,邑人思之。复授四川德阳县。移病归,杜门著书,不与外事。

清乾隆十年(1745年)版《宝坻县志·卷之十一·人物上·名宦》第20页记载:别楣,景陵人。康熙进士。于二十年之任。廉静慈爱,能以至性化人。尝谓:“人同此性,冥顽者汩其天耳。有以激发其天,感斯悔,悔斯改矣。”于断狱时亹亹(wěi)陈说,多叩头泣谢而去。后民间有忿争,其长老辄谕止之曰:“奈何负别侯?”予告归养,百姓扳辕不忍去。

别楣于清康熙二十年任宝坻知县,二十五年任德阳知县。

德阳县志序

别　楣

王者,坐明堂而辑瑞[1],合万国之版图而贡之天子。凡列国之疆域、风俗之异同、材产之美丽、人物之俊伟,悉于史册见之,非仅以来贡赋也,实于此彰政教焉[2]。

蜀川险远,僻处天末。寇乱之余,沃野芳区,变而鞠为茂草矣[3]。我圣朝开复,剪除群盗、劳征讨者十有六年[4],而全川始定。薄海内外尧封禹甸之未届者,悉稽首来归[5]。今上御极之二十有三年,宸虑巡狩之典久湮,特驾六龙至鲁郊[6],谒孔庙、登泰岳,泛舟江南。翠华所至,沛泽溥焉[7]。爰征率土之图书,以大《一统》之规模[8],甚盛典也。维兹巴蜀兵燹凋残[9],典籍之藏,烬于劫火;艺材之士,毙于兵凶。文献无征,谨询之寥寥父老,拾残碑断碣而载之耳[10]。

适遘德阳令缺,予奉节度命摄厥邑篆[11]。蓬蒿满目,四野丘墟。荒凉之状,倍于他邑。所可幸者,风俗之淳,亦倍于他邑。纪孝子,则如姜如王如辛如张如傅;纪烈女,则如张如赵如閻如安如潘如杜[12]。肫肫纯诚,煌煌嘉烈;炳若日星,脍炙人口[13]。论户口之繁庶、土地之膏腴、科第之络绎,固不克比肩如各属[14]。若较人伦品节之概,不亦与他郡邑大相径庭也哉[15]!虽蕞尔之区,诚足以取重于采风者矣[16]。

题解

本文录自清乾隆二十七年(1762 年)版《德阳县志·卷之首·序》第 8 页。原题为《旧志序》,标题下注明“康熙三十四年”;作者“别楣”下注明“邑令”。

别楣是清康熙版《德阳县志》的创编者。

注释

[1]明堂:指古代帝王宣明政教的地方。

辑瑞:指会见属下的典礼。

[2]政教:政治与教化。

[3]鞠为茂草:全是茂密的杂草。形容荒凉衰败的样子。鞠:通“鞫(jū)”。尽。

[4]圣朝:封建时代对本朝的尊称。亦用作本朝皇帝的代称。

开复:恢复。

劳征讨:频繁讨伐。劳:频繁,繁多。

[5]薄海内外尧封禹甸之未届者,悉稽(qǐ)首来归:指中国周边国家全都俯首归附。

薄海:到达海边。

尧封:传说尧时命舜巡视天下,划为十二州,并在十二座大山上封土为坛,以作祭祀。《书·舜典》:“肇有十二州,封十有二山。”后因以“尧封”称中国的疆域。

禹甸:中国的别称,谓中国九州之地。禹治而分成丘、甸。后世因称中国的疆域为“禹甸”。

未届:指界限没有划到。

稽首:古人行跪拜礼时叩头至地,并在地上停留一会儿。

[6]御极:皇帝登极,即位。

宸(chén)虑:帝王的思虑谋划。

巡狩:谓天子出行,视察邦国州郡。

湮(yān):埋没。

六龙:古代天子的车驾为六马,马八尺称龙,因以为天子车驾的代称。

[7]翠华：在竿顶饰以翠羽的旗，为皇帝仪仗，也代指皇帝的车驾或皇帝。

沛泽溥焉：盛大的恩泽遍及所到之处。

[8]率土："率土之滨"的省略，指四海之内。

一统：一统志。记全国地理之书。宋、元、明、清皆有。此处指《大清一统志》。

[9]兵燹(xiǎn)：指因战乱所致的焚烧破坏。燹：兵火。

[10]无征：没有实据。

断碣：断碑。

[11]适遘(gòu)：适逢。遘：遇。

节度：官名。节度使的简称。

摄厥邑篆：代理德阳知县。篆：名字印章多为篆文，故称名为篆，称字为次篆。亦以为官印的代称，如代理叫摄篆。

[12]纪孝子、纪烈女：指县志中的孝子、烈女记载。纪：通"记"。记载。

誾：音 yín。

[13]肫肫(zhūn)：诚恳，真挚。

纯诚：纯朴真诚。

煌煌：明亮辉耀貌，光彩夺目貌。

嘉烈：美好、贞烈。

炳若日星：光明灿烂如同日月星辰。

[14]繁庶：众多。

科第：科举考试登第。

固不克比肩如各属：本来就不能与同郡各县并列。

[15]人伦：儒家伦理学范畴，指人与人之间的道德关系和应当遵循的行为规范。

品节：品行，节操。

大相径庭：谓彼此相差极远或矛盾很大。

[16]蕞(zuì)尔：形容小。

取重于采风者：得到采风者的重视。

采风：又称"采诗"。始于周代，是宫廷为搜集民间歌谣而制定的一种制度。朝廷为此专门设有采诗之官。通过采集民间歌谣，来考察时政的得失。

胡鸣皋

清道光元年(1821 年)版《天门县志·卷之二十三·人物》第 21 页记载:胡鸣皋,字云翥(zhù)。康熙庚戌进士。历知青县、汶川县。汶川有羌寨,曰通山,曰斜堡,东连威州,与威构隙,久占其土地。鸣皋至汶,谕二羌内附,皆踵至,稽首誓供徭役,不敢叛。擢知代州。岁编审州之役法,丁口不随田赋起科。奸吏得富人钱,即移加贫者。鸣皋严惩之,弊尽革。移临清州,州有便民谷二千石,向充官庾。鸣皋悉出之,以待赈。岁荒,劝富民输粟赈民。又核丁额,羡余,立从轻减。皆实心惠下云。

招鹤谣

胡鸣皋

谁云世上无神仙?缥缈当年幻化间。试看武昌城中辛氏楼,橘皮画鹤何翾翾[1]。拍手向君舞,乘云忽飞去。云去还复来,鹤归向何处?吁嗟黄鹤胡不归?黄鹤之楼复崔巍[2]。下有浩渺不断之江水,上有嶙峋涌月之高台[3]。鹦鹉迷离,凤凰徘徊[4]。吁嗟黄鹤胡不归?

题解

本诗录自清康熙二十六年(1687 年)版《湖广武昌府志·卷之十·艺文志》第 53 页。

注释

[1]翾翾(xuān):飞貌。

[2]吁嗟(xū jiē):表示有所感触的嗟叹词。崔巍:高峻,高大雄伟。

[3]嶙峋:形容山石峻峭、重叠。

[4]迷离:眯起眼睛。

程大夏

程大夏(1643～1696年)。清乾隆乙酉(1765年)初版《天门县志·卷十四·宦迹》第23页记载:程大夏,字禹奏。水部飞云长子。自幼有声庠序。楚黄方伯鸥湄爱其文,俾读书江汉书院。旋拔明经,登顺天贤书。己未科成进士,授黎城尹。事神治民,一遵鹿泉旧绩。不敲朴其民以征赋而赋起,不鄙亵其士而士端。邑有通神手,特与之杖,钱神不灵;邑有坐枉鬼,力抗其符,白骨再肉。最声入,行取主政。会父疾,假归,欲遂侍养。父以疾愈,促之出,补司农曹。外艰,再起,补本曹。理运米事,例剔除伪冒;主盐法,尽革陋规。两者皆足致贿赂,以冰心镇之。迁膳部,即召对瀛台,上深加器重。出察通州仓,革宿弊,新仓廒。常严夜忍霜风巡行四衢,以劳致病。差满,卒于京。

清光绪九年(1883年)版《黎城县续志·卷二·人物志·名宦》第11页记载:程大夏,性平易近人,儿童妇女胥得陈其疾苦,清洁不妄取一钱。又勤于官治,文书不少辍,加意学校,宏奖士类,以文艺请者,抉摘是非不隐。创凿漳湾以便行旅,期月之间,百废俱举。莅位五年,士习民风一变。行取御史,邑人送者如云。后闻其卒,设位祭之,从祀名宦祠。

岚山

程大夏

省耕吾所事,出郭趁芳风[1]。松径转苍翠,杏株能白红。人呼悬磡上,鸟瞰夕阳中。还欲扪萝径,结草万木丛。

题解

本诗录自清康熙二十一年(1682年)版《黎城县志·卷之四》第22页。本诗为和作者之弟程雅《岚山》而作。

注释

[1]省耕:古代帝王视察春耕。此处泛指官员巡视春耕。

喜雨亭(有序)

程大夏

岚山为黎邑八景之一,谓祷雨辄应。余政暇登临,窃计宜建一亭。无何而邑苦旱,步祷于斯,既而果雨,民大悦。因捐俸构数楹,颜曰:“喜雨亭。”率笔赋此[1]。讵曰“希踵前哲,聊以昭示来兹”云尔[2]。

化调玉烛治垂裳,龙德正中时雨旸[3]。油云四岳封中起,寰海清晏觐龙光[4]。拜命莅此甫三载,涸瘵风气亦渐改[5]。无才敢言抚字劳,沃野桑麻春霭霭[6]。每于风和景丽时,题彼岚山一登之。回蹊谷狭多荒梗,连峰盘木小洞欹。中有清流夏结冰,春不溢兮冬不竭。岿然祠宇两三间,再拜龙宫势煊赫[7]。有神危坐金碧辉,肃然起敬立岩侧。翘首山腰万松攒,褰裳欲往蹑屐难[8]。遥指此中结亭宜,宾僚载酒时跻攀[9]。后有好事登临者,高吟谷响松风澜。迟迟未久蕴隆作,哀鸿嗷嗷满郊郭[10]。司牧何人敢自宽,赤日躬祷忘饥渴[11]。诚积或有鬼神通,前此赤旱转穰丰[12]。中宵不寐深戚戚,走告列神叩龙宫。屏翳倏驾灵霆奔,玉女披衣石燕翻[13]。阿谁倒挽银河泻,四山震荡林木喧。无端风雨百灵集,万壑争流郊原溢。民曰霑足我侯功,谁敢贪天为己力[14]?意者山灵鉴此衷,始愿结亭万木丛。昔人亭成喜值雨,吾喜时雨亭鸠工[15]。置酒落落成高会,词客欣欣载笔从[16]。吟罢掬泉瀹香茗,和风习习响高松[17]。还告我民勤耕耨,岁岁豳吹蜡赛通[18]。

题解

本诗录自清光绪九年(1883年)版《黎城县续志·卷之三·诗》第1页。

注释

［1］率（lǜ）笔：犹败笔。

［2］讵（jù）：岂敢。

踵：追随，继承。

来兹：指未来的岁月，来年。

云尔：语末助词。犹言如此。

［3］化调玉烛：义同“玉烛长调”。颂美四时气候调和，君王治理有方。玉烛：古人称四季气候调和为“玉烛”，并把它视为人君德美所致。

治垂裳：垂裳而治。原指穿着长大的衣裳，无所事事而天下治理得很好。后用以称颂帝王无为而治。

龙德正中：本指龙刚好居于正中位，大得其时。此处指圣德播扬。龙德：圣人之德，天子之德。语出《易·乾》：“龙德而正中者也。”朱熹本义：“正中，不潜而未跃之时也。”

时雨旸（yáng）：雨旸时若。晴雨适时，气候调和。

［4］油云：语出《孟子·梁惠王上》：“天油然作云，沛然下雨。”后诗文中因以“油云”指浓云。

寰海：海内，全国。

清晏：安宁平静。

龙光：皇帝给予的恩宠，荣光。龙：通“宠”。

［5］凋瘵（zhài）：衰败，困乏。

［6］抚字：谓对百姓的安抚体恤。

［7］煊（xuān）赫：形容名声大、声势盛。

［8］褰（qiān）裳：撩起下裳。

［9］宾僚：宾客幕僚。

［10］蕴隆：暑气郁结而隆盛。

［11］司牧：官吏。

［12］穰（ráng）丰：丰穰。犹丰熟。

［13］屏翳（yì）：古代传说中的神名。指云神。

灵霳（lóng）：雷神。

石燕：湖南零陵山有石似燕，传说遇风雨则大石小石相随飞舞，风雨停，仍还原为石。诗文中常借以咏雨。

［14］霑（zhān）足：指雨水充分浸润土壤。

［15］鸠工：招聚工匠。鸠：聚集。

［16］落落：形容举止潇洒自然，豁达开朗。

高会：盛大宴会。

［17］瀹（yuè）：煮。

［18］耕耨（nòu）：耕田除草。亦泛指耕种。

豳（bīn）吹：龡（chuī）豳。用籥（yuè）吹奏豳人的乐歌。是古代祈祷风调雨顺、农业丰收的一种仪式。

蜡：古代年终大祭。

式清亭雪月联句

程大夏　程雅　程方蕙　程方荪

春城残雪荡晴曦【大夏】，坐待东山月上时。退省堂空开玉镜【雅】，式清亭静拥皋比[1]。云横雁阵冲星过【大夏】，院隔松声带漏移【雅】[2]。一榻高悬留韵士【大夏】，半窗疏影动诗思【方蕙】[3]。帘阴昼寂忘官廨【雅】，篝火宵分映客帷【方蕙】。坩鲊偏劳慈母寄，彩衣敢效啬夫私【大夏】[4]。不堪仲叔片肝累【雅】，宁受大人匹练疑【方荪】[5]。暇日貌丰餐杞菊【大夏】，乐郊花满植榆篱【方蕙】[6]。怀仁桑垄存三异【雅】，受事冰心凛四知【大夏】[7]。求友频来千里驾【雅】，怀君欲进万年卮【大夏。时当圣寿节】[8]。蔚蓝一色天如洗【雅】，良宵清景醉莫辞【大夏】。

题解

本诗录自清康熙二十一年(1682年)版《黎城县志·卷之四》第32页。标题下注“时叔雅，子方蕙、方荪读书亭中”。

联句：旧时上层饮宴及友朋酬应所用的作诗方式，由两人或多人共作一诗，相联成篇。

注释

[1]皋比：虎皮。古人坐虎皮讲学，后因以指讲席。

[2]漏：古代以漏壶滴漏计时。

[3]一榻高悬留韵士：典自“悬榻”。喻礼待贤士。《后汉书》卷五十三《徐稚传》记载，陈蕃为豫章太守时，特备一榻以接待徐稚，徐稚走后便悬挂起来。

[4]坩鲊(zhǎ)偏劳慈母寄：典自“寄鲊”。称赞子孝母贤。《三国志·吴志·孙晧传》“司空孟仁卒”裴松之注引《吴录》曰：“(孟仁)自能结网，毛以捕鱼，作鲊寄母，母因以还之，曰：‘汝为鱼官，而以鲊寄我，非避嫌也。’”《晋书·列女传·陶侃母湛氏》：“侃少为寻阳县吏，尝监渔梁，以一坩鲊遗母。湛氏封鲊及书，责侃曰：‘尔为吏，以官物遗我，非惟不能益吾，乃以增吾

忧矣。'"坩:盛物的陶器。鲊:腌鱼。

彩衣敢效啬夫私:典自"彩衣""舞蝶斑衣"。指孝养父母。参见本书程飞云《李节孝(王太孺人并子占黄)》注释[1]。啬夫:农夫。啬:通"穑"。

[5]不堪仲叔片肝累:典自"仲叔猪肝"。《后汉书》卷五十三《周燮传序》记载,闵仲叔寄居安邑,因贫病买不起肉,每天买猪肝一片,屠户有时不给,被安邑令听得,命县吏照常供给。仲叔知道后,叹道:"我岂能以口腹拖累安邑地方!"便离开安邑他去。后即用以表示牵累主人的典实。

匹练:白绢。

[6]乐郊:乐土。

[7]怀仁桑垄存三异:典自"政成驯雉""狎雉驯童"。三异:指汉中牟令鲁恭行德政而出现的三种奇迹。后汉鲁恭宰中牟,以德化民。时郡国螟蝗伤稼,独不入其境;有母雉将雏过童子旁,童子仁而不捕。河南尹袁安疑其不实,便派肥亲前去察看。肥亲对鲁恭说:"所以来者,欲察君之政迹耳。今虫不犯境,此一异也;化及鸟兽,此二异也;竖子有仁心,此三异也。"事见《后汉书·鲁恭传》。后因以誉人政绩。

受事冰心凛四知:典自"杨震四知"。东汉杨震为东莱太守,道经昌邑,县令王密求见。至晚,以十金送给杨震说:"暮夜无知者。"杨震说:"天知、地知、我知、子知,何谓无知?"事见《后汉书·杨震传》。

[8]怀君欲进万年卮(zhī):今当圣寿,心系君王,遥进一杯,祝万寿无疆。卮:古代盛酒器。

花　村

程大夏

城南杏可数十株,绿柳间之。北坊有古梨二树,大可数十围,荫蔽亩余,间以红桃翠柳;清泉过其下,括括有声,皆妙境也。每岁花放时,辄与坦公诸君子携樽游焉。

山城南北报花开,傍晚移樽携客来。满目芳菲堪朗咏,不须怀县又新栽[1]。

题解

本诗录自清康熙二十一年(1682年)版《黎城县志·卷之四》第41页。

注释

[1]朗咏:高声吟诵。

怀县:指县令。典自“潘怀县”。晋文士潘岳曾任怀县令。后遂以为潘岳之代称,亦为咏县令之典。

忠烈诗

程大夏

往代多忠烈,为君守岩疆[1]。武臣握旌节,谋士策庙廊[2]。我公奇男子,赋性称素刚。雄才冠贾董,钜篇迈王杨[3]。少年多折节,执经涉沅湘[4]。弦歌被涢水,射策出为郎[5]。野旷城社圮,茅亭结山冈[6]。鹿豕堪为友,烟霞满书仓。一枰消岁月,十载凛秋霜[7]。逆氛突西至,蜂屯以谷量[8]。尚烦天戈指,势逼爰剪商[9]。士女拥公去,公曰吾何亡?既以身许国,期无负君王。心怀鲁连耻,愤切祢衡狂[10]。正气撼华岳,引颈赴剑芒。忆昔涢水日,坦腹在公堂[11]。练裳非不贵,跃跃志腾骧[12]。自公宰商邑,渭树隔天长[13]。何期乘箕尾,就义而慨慷[14]。功名岂有尽,丈夫贵流芳。圣主甫加意,捍城重睢阳[15]。公固未尝死,于焉庸何伤[16]!

题解

本诗录自清康熙三十一年(1692年)版《景陵县志·卷十一·人物志·忠臣》第76页。本诗为吊天门进士卢偀而作。

注释

[1]岩疆:边远险要之地。

[2]旌节:古代使臣所持的符节。用作信物。

庙廊:朝廷。指以君王为首的中央政府。

[3]贾董:汉贾谊和董仲舒的并

称。二人以文才著名。

钜篇:大作。

迈:超越,超出。

王杨:唐初诗人王勃与杨炯的并称。

[4]折节:强自克制,改变平素志行。

执经:手持经书。谓从师受业。

沅湘:沅水和湘水的并称。

[5]弦歌:指礼乐教化。

涢(yún)水:此处当指汉江支流丹江。代指陕西商南。

射策:汉代考试方法之一,类似于抽签考试。主考者将试题写在简策上,按难易大小分为甲乙科,列置案上,让应试者任意拈取,然后根据拈取的问题作答。泛指应试。

[6]城社:城池和祭地神的土坛。代指城镇。

圮(pǐ):毁坏,坍塌。

[7]一枰:枰为古代的一种小坐具,始见和流行于汉代。枰上只可坐一人,故亦称独坐。

[8]逆氛:不祥的云气。多喻凶灾、祸乱。

蜂屯:蜂聚。

谷量:谓以山谷计算牛马等牲畜。极言其多。

[9]天戈:帝王的军队。

剪商:《诗经·鲁颂·閟(bì)宫》中有"实始剪商"句,是说周武王兴兵灭殷商事。后遂用为改朝换代之典。

[10]鲁连:典自"鲁连蹈海"。秦军围邯郸,魏国派新垣衍为使,劝赵国尊秦王为帝,以求取退兵。鲁仲连往见新垣衍,阐述帝秦之害,申明大义,并说:"如果秦王称帝,我就跳东海而死。"最后,说服了新垣衍。

祢衡:东汉末文学家。字正平。少有才辩,而尚气刚傲,好矫时慢物。数称述于曹操。操欲见之,而衡素相轻疾,自称狂病,不肯往,而数有恣言。

[11]公堂:旧时官署的厅堂。

[12]练裳:粗裳布被。

腾骧(xiāng):腾跃貌。引申指宦途得意。

[13]宰商邑:任商南知县。

渭树:"江云渭树"的省略。杜甫《春日忆李白》:"渭北春天树,江东日暮云。何时一樽酒,重与细论文。"渭北:长安一带。江东:长江以南下游地区。后因以"江云渭树"比喻朋友之间的离情别意。

[14]何期:犹言岂料。表示没有想到。

乘箕(jī)尾:特指大臣之死。典自"骑箕尾"。傅说是殷高宗武丁的臣相,统治天下。死后,其精魂化为傅说星,在指向东方的箕尾(二十八宿)上。

[15]甫:刚刚。

加意:注重,特别注意。

睢阳:郡名。治宋城,故址在今河南省商丘市南。辖境相当今河南睢县、柘城、夏邑,安徽砀山,山东单县、曹县之间地。唐至德二年(757年),安庆绪遣将攻睢阳,张巡、许远等死守十个月,牵制和歼灭了大批安军,终因寡不敌众而城破。

[16]于焉:从此,于此。

白岩寺牡丹赋(有序)

程大夏

环黎皆山也。山多寺刹,其踞胜地而最古者,莫白岩。若他,皆宋元以来,而此独肇基于唐[1],一胜也。寺必题额,而此独字之以山,齐武帝尝登临焉,二胜也。河北地寒,名花难植,而岩前牡丹一丛,曾为藩府所夺[2];紫袍黄盖,芳魂入梦;去而复还,较前更茂,三胜也。壬戌首夏清和,予以省耕偕同人往观焉[3]。正值花放,碧叶紫萼,竞为烂漫。是日也,云岚变彩,榆柳摇青;麦方茁而欲秋,莺向人而频唤。政简多暇[4],愿与吾民乐之;丰稔可期[5],莫非自天赐者?爰抽赋笔,以纪胜游。赋曰:

名园英蕤,实地仙葩[6]。展春晖而绚彩,依净土以敷华[7]。琼分蕃厘之观,妍夺姚魏之家[8]。香浮夜月兮,锦烂朝霞。孰问法兮祇树,曾一笑兮拈花[9]。

白岩寺者,唐初名刹,齐武攸临[10]。洞邃昭泽[11],峰高绣屏。群峦环抱兮壁立耸青,绿畴绣错兮十里云平[12]。古木干直兮如柱,池无涉兮蔓草菁菁。僧过云堂兮昼寂,玉砌花翻兮香生。盖自黄蝶禁里,露扑金钱;沉香学比,赋抵花笺[13]。脂印仙春之馆,觞飞锦亭之筵[14]。瑞云艳称于金屋[15],花相遣侍乎甘泉。掩群芳而擅美[16],倚东风而独妍。若乃托根净域,分茎沈藩[17]。朱栏移去仍留芳魂,紫袍重来梦回敷荣。心皈佛国,迹扫王门[18]。绣幕珠楼,适以涴其芳洁[19];批风抹月,更足重其清芬[20]。枝枝丛簇兮,萼萼平匀。吐灵葩兮一色,媚空王兮无言[21]。六时曼陀飞雨,万叶贝多翻经[22]。緊白岩之幽异,以牡丹而特闻[23]。

惟是龙华法会，结夏芳晨[24]。五色浴香泉之水，群品集甘露之门。冠山则六道紫盖，绕月则一穗黄云[25]。松枝可麈，孰解菩萨之缚[26]；梅子方熟，谁现宰官之身[27]？兹以清时多暇，引兴独遥。爰饬驺从，爰戒宾僚[28]。将阅耕于北阜，观蚕事于东郊[29]。麦吹浪兮万井，溪垂阴兮一桥。桑径曲兮采采，莺羽掷兮交交[30]。锄卧绿莎，观步蹀于陇首[31]；歌饭黄犊，望飞旆于林梢[32]。及其涉平楚[33]，指崇峰；峦烟散，林壑空。叩精蓝兮山麓，礼金粟兮花宫[34]。幢摇慧口兮坐拥芳风，花气蓬勃兮密叶丰茸[35]。娟娟别有幽致，蒨蒨不留娇容[36]。药栏周回，恍入金碧丛里；茶寮阒寂，如从香水海中[37]。乃有探奇高士，选胜名流，开梵呗而至止，携琴尊以来游[38]。对峰排筵，坐见人行洞口；藉草敷席，时听野鸟啁啾[39]。香飘三昧之酒，盘荐兴平之酥[40]。杞菊可餐，斋厨生其禅喜[41]；木樨何隐，海藏肆其冥搜[42]。笑文简之题句，祝飞泉以乍流。叩前代之遗碣，挹清韵而唱酬[43]。俯仰兴怀，不数兰亭嘉会[44]；人风可爱，宁减芳园胜游[45]。然则寺以花传，花缘佛卫。灵夺天蟒，香销朱喙。固欧阳之所不能谱，亦徐熙之所不能绘者也[46]。

重为系曰：法王宫里育花王，弥天宝雨平石床[47]。有才莫续《清平调》，作赋常登选佛场[48]。百年此际成高会，好凭驿使寄天香[49]。

题解

本文录自清康熙二十一年(1682 年)版《黎城县志·卷之四》第 42 页。

注释

[1]肇基：谓始创基业。

[2]藩府：唐节度使府、观察使府等别称。明王府别称。

[3]壬戌：清康熙二十一年，1682 年。

首夏：农历四月。犹孟夏。

省耕：古代帝王视察春耕。此处泛指官员巡视春耕。

同人：旧时称在同一单位共事者或业内人。

[4]政简：指政事简明。

[5]丰稔(rěn)：农作物丰收。

[6]英蕤(ruí)：犹英华。

仙葩：仙界的异草奇花。

[7]净土:佛教术语。指清净的国土,为佛家的理想境界,亦为极乐世界。

敷华:犹敷荣。开花。

[8]蕃厘:洪福。

姚魏:"姚黄魏紫"的简称。两种名贵的牡丹花。亦泛指牡丹花。欧阳修《欧阳修全集·居士外集》卷二十二《洛阳牡丹记·花释名》:"姚黄者,千叶黄花,出于民姚氏家。此花之出,于今未十年。姚氏居白司马坡,其地属河阳,然花不传河阳而传洛阳,洛阳亦不甚多,一岁不过数朵。钱思公尝曰:'人谓牡丹花王,今姚黄真可为王,魏花乃后也。'魏花千叶而红,始樵者得于寿安山中,卖与魏相仁溥家。魏氏之馆,其池甚大。传者以花初开时,有欲观者人数十钱乃得登舟。至花落,魏氏卒得数十缗钱。"

[9]问法:问佛法。

祇树:指祇园。为释迦牟尼往舍卫国说法时的住处。后借称佛寺。原文为"秖树"。

一笑兮拈花:典自"拈花微笑"。相传释迦牟尼在灵山会上,拈花示众,众皆默然,唯迦叶破颜微笑。佛曰:"吾有正法眼藏,涅槃妙心,实相无相,微妙法门,不立文字,教外别传,付嘱摩诃迦叶。"后用以喻彼此心心相印。

[10]攸:助词。所。

[11]昭泽:大昭泽。古泽薮名。在今山西省祁县、平遥县以西,文水县东南和介休市以北一带。原面积广阔,《尔雅·释地》列为十薮之一。

[12]绣错:色彩错杂如绣。

[13]禁里:宫内。

花笺:精致华美的笺纸。

[14]仙春之馆:唐有御花园仙春馆。《月令广义》:"明皇时,有牡丹名杨家红。盖贵妃匀面而口脂在手,偶印于花上。诏于仙春馆栽之。来岁花开,上有脂印红迹,帝名为'一捻红'"。

觞飞锦亭之筵:美盛的筵席上,大家欢宴畅饮。觞飞:飞觞。指传杯行酒令。

[15]艳称:谓以容色艳美著称。

金屋:华美之屋。

[16]擅美:专美,独享美名。

[17]净域:清净之地,意谓佛门。

沈藩:知母草。

[18]皈(guī):皈依。谓身心归向、依托。

迹扫王门:指超出尘世。典自"山英扫迹""山灵勒驾"。《北山移文》有"乍低枝而扫迹"语,叙写山神号召山上的树枝低下来扫除俗士周子的车迹,对假隐士表示厌恶。

王门:犹王庭,帝阙。

[19]涴(wò):污染,弄脏。

[20]批风抹月:犹言吟风弄月。指诗人以风花雪月为吟诵的题材以状其闲适。或形容评论欣赏清风明月,自然景色。

清芬:喻高洁的德行。

[21]灵葩:珍奇的花。

空王:佛教语。佛的尊称。佛说世界一切皆空,故称"空王"。

[22]六时:佛教分一昼夜为六时:晨朝、日中、日没,初夜、中夜、后夜。

曼陀:指曼陀罗花,意思是"悦意花",系梵语音译。也叫"风茄儿",一年生有毒草本植物。法华经言佛说法时,天雨曼陀罗花。

贝多:梵语音译。意为树叶。古印度常以多罗树叶写经。

[23]繄(yī):句首、句中助词。有时相当于"唯"。

特闻:非常出名。

[24]龙华法会:佛教语。度人出世的法会。《祖庭事苑》:"龙华树也,其树有华,华形如龙,故名龙华。"

结夏:佛教僧尼自农历四月十五日起静居寺院九十日,不出门行动,谓之"结夏"。又称结制。

[25]紫盖、黄云:成语"紫盖黄旗"的化用。紫盖、黄旗,均指现于斗牛之间的云气,古代术士以为帝王符瑞。

[26]麾:古代用以指挥军队的旗帜。后又成为宫廷演奏音乐时的指挥工具。

菩萨之缚:菩萨缚。指贪着禅乐。入于禅定所得的喜乐,此乐能资养身心,故称"禅悦食"。亦称"禅乐""禅味"。然贪着禅乐,则被斥为魔业,《维摩经·问疾品》:"贪著禅味,是菩萨缚。"

[27]宰官:特指县官。

[28]爰:于是,就。

饬、戒:戒饬,告诫。

驺(zōu)从:古代贵族高官出行时所带的骑马的侍从。

宾僚:宾客幕僚。

[29]阅耕:疑指官员巡视春耕。

蚕事:养蚕的事。

[30]采采:茂盛,众多貌。

交交:鸟鸣声。

[31]绿莎:泛指绿草地。

步蹀(dié):小步行走。

[32]歌饭黄犊:典自"饭牛歌"。相传春秋时卫人宁戚饲牛于齐国东门外,待桓公出,扣牛角而唱此歌。桓公闻而异之,授以大田之职。

[33]平楚:平野。

[34]精蓝:佛寺,僧舍。精:精舍。蓝:阿兰若。

金粟:"金粟如来"的简称。佛名。即维摩诘大士。

[35]幢摇:摇动的经幢。书写佛号或经咒于帛上者称经幢。

丰茸:草木丰盛茂密貌。

[36]娟娟:姿态柔美貌。

幽致:幽雅别致,幽静雅致。

蒨蒨(qiàn):鲜明,鲜艳。

[37]茶寮(liáo):寺中品茶小斋。

香水海:略称香海。即注满香水之大海。据佛教之传说,世界有九山八海,中央是须弥山,其周围为八山八海所围绕。

[38]梵呗：佛教谓作法事时的歌咏赞颂之声。

琴尊：琴樽。琴与酒樽为文士悠闲生活用具。

[39]啁啾（zhōu jiū）：形容鸟叫声。

[40]三味之酒：用三种中草药浸泡的酒。此处并非实指。

兴平之酥：陕西兴平酥，宋代即已闻名。

[41]斋厨：寺院的厨房。

禅喜：参禅、坐禅带来的快乐。

[42]木樨：桂花。

海藏：传说中大海龙宫的宝藏。

冥搜：尽力寻找，搜集。

[43]遗碣：前代留传下来的碑碣。

挹（yì）：推崇。

清韵：喻指铿锵优美的诗文。

唱酬：以诗词相唱和。

[44]不数：不亚于。

兰亭嘉会：指东晋王羲之与谢安、孙绰等显达者及隐士文人在兰亭聚会宴咏之事。嘉会：谓众美相聚。

[45]人风：民风，民情。

胜游：快意的游览。

[46]欧阳之所不能谱：指宋欧阳修作《牡丹谱记》一事。

徐熙之所不能绘：指五代南唐徐熙画《牡丹图》一事。

[47]系：志，记。

法王：佛的称号。

[48]清平调：唐代大曲名。后用作词牌。相传开元年间，李白任宫中应制的翰林供奉。时宫中牡丹盛开。玄宗月夜在兴庆宫沉香亭前赏花，杨贵妃侍酒，召李白进清平调词。李白醉吟三章，由李龟年捧檀板歌唱。

选佛场：指寺院，禅家法会。唐宋时代把科举考试看作选官，借此说法，便将学佛参禅称作选佛。

[49]高会：盛大宴会。

天香：特指桂、梅、牡丹等花香。

常平仓记

程大夏

国家财赋，悉领度支，故古称司农为天仓[1]。盖国以民为本，民以食为天。其在周礼，廪人掌九谷之数，以待国之匪颁[2]；仓人掌粟入之藏，辨九谷之物，以待邦用。是仓者，存救之要术也。故孟冬谨盖藏[3]，务积聚；季春发仓廪，赈贫穷。汉唐以来，如耿寿昌之常平，

开皇之义仓,贞观之义仓[4],皆有裨于当时,取则于后世焉。

吾邑自西山进剿,飞刍挽粟,悉征求于收户[5]。当年民老于狱,田荒于野,而户日以减,赋日以逋[6]。官斯土者视为传舍,其于廨舍仓库之类,委之颓垣荒碛,概不复问矣[7]。曩时有预备税粮国命广储等仓,兵燹之后不克举其一[8]。每至挽输之期,羽檄交驰,不得已而借贮祇园,往往收兑难稽,干没错出[9]。毋论地非其地,且有伤国体焉。

岁己未,吴门钱公膺简命来令是邦[10]。始至之日,询民疾苦,以兴利除害为己任。宽征比,却苞苴,蠲赎锾,革羡余,杜争讼,惩奸胥,清士籍[11],兴学校,谨堤防。期年之后,民之逃者归,居者说[12],而赋日以供,地日以辟。政通人和,百废俱举,公于是建仓于署西以贮漕[13]。其后天子从科臣之请[14],令天下郡县官绅士民皆量力捐输以备荒。比者岁不登,又从台臣之请[15],开纳粟之例以备赈。公于是复建仓于署东以贮谷,颜曰“常平”,凡十廒[16]。不动众,不扰民,不请于上以为己功。不数月而工竣,屹然与西仓并峙。邑之相望者,莫不指以为所天在焉[17]:“噫,是非向之竟陵哉!”

顾何以得此?柳子曰:“德及故信孚,信孚故人和,人和故政多暇[18]。”盖公之德及而政闲为之也。欧阳子曰:“理繁而得其要则简,简则易行而不违。惟简与易,然后其力不劳而有余[19]。”盖公简且易,故其力不劳而余也。且夫南与漕有定者也[20],谷则无定者也。有定者,下所以事上,其常也,公既为廪焉以安其常;无定者,上所以惠下,其变也,公又为藏焉以济其变。上下常变之际,公之区画至矣[21]。将见自兹以往,蓄积多而具先备,天无水旱之灾,人无损瘠之苦[22]。景之粟且陈陈相因,红腐不可食,虽亚夫之细柳,建兴之邸阁,绍兴之丰储,莫有逾是者[23]。又不啻苏章之活三千余人,王韶之活万余户已也[24]。昔耿寿昌请建常平于边郡,赐爵关内侯。公固即今日之汉司农矣,余有司度之责者于不涸之仓,是不可以无记[25]。

题解

本文录自清康熙三十一年(1692 年)版《景陵县志·卷之四》第 27 页。文前云:“常平仓,康熙二十九年,钱侯永建于堂东。捐俸鸠工,移时告成。凡六廒。邑户部主事程大夏撰碑记,树于仓侧,门人戴祁书丹。”

常平仓:古代官府为调节粮价、储粮备荒所设置的粮仓。始置于西汉宣帝时。参见本文“耿寿昌”注释。

注释

[1]度支:规划计算(开支)。

司农:官名。上古时代负责教民稼穑的农官。

天仓:星名。属西方七宿中的娄宿。《史记·天官书》:“胃为天仓。”张守节正义:“胃三星……胃主仓廪,五谷之府也。”《晋书·天文志上》:“天仓六星在娄南,仓谷所藏也。”

[2]匪颁:分赐。匪:通“分”。

[3]盖藏:储藏。《礼记·月令》:“(孟冬之月)命百官谨盖藏。”郑玄注:“谓府库囷仓有藏物。”

[4]耿寿昌:西汉理财家、历算家。宣帝时,任大司农中丞。西汉时期设立常平仓的主要倡议者。汉宣帝五凤年间(前 57 ~ 前 54 年),鉴于西北地区粮价不稳,他倡议在西北各郡设立常平仓,积贮粮谷,谷贱时增价收购,谷贵时减价出售,以稳定粮价,并用于备荒赈恤。

开皇:隋文帝杨坚的年号(581 ~ 600 年)。

义仓:古代仓储的一种。是官府为防备荒年而倡导民间自办的公益粮仓。

贞观:唐太宗李世民的年号(627 ~ 649 年)。

[5]西山进剿:清乾隆版《天门县志·卷之七·五行、兵事》记载,“闯贼陷承天,遣伪将郝党两营破竟邑”。清顺治元年正月,前荆西观察章旷奉檄征剿,先取竟邑。

飞刍挽粟:迅速运送粮草。刍:草。

[6]逋(bū):欠,多指欠税。

[7]官斯土者:在此做官的人。

传舍(chuán shè):古代供来往行人居住的旅舍。也称客馆、客舍。

廨舍(xiè shè):官吏办事及居住的处所。是旧时官吏办公处的通称,也叫官署。

委:托付。

颓垣:倒塌的矮墙。

荒碛(qì):荒芜的沙石地。

[8]曩(nǎng)时:从前,过去。

兵燹(xiǎn):指因战乱所致的焚烧破坏。燹:兵火。

不克:不能。

[9]挽输:运输。

羽檄交驰:军书接连不断地传送。形容军情紧急。羽檄:古代的一种紧急军事文书,上插羽毛作为紧急标志。亦称“羽书”。

祇(zhī)园:“祇树给孤独园”或“祇园精舍”的简称。传说佛在此地讲过经。这里指寺庙。

干没:古代表述将公有财产或他人财物据为己有的法律用语。参见本书胡承诏《南社仓赎买基房小记》注释[4]。

[10]己未:清康熙十八年,1679年。

吴门钱公膺简命来令是邦:吴门人钱永奉命担任景陵知县。吴门:古吴县城(今苏州市)的别称。钱公:指钱永。膺:承当。简命:简任,选派任命。令:这里是担任知县的意思。

[11]征比:古代称征用人力和考校服役成绩为“征比”。

却苞苴(bāo jū):拒绝礼物。苞苴:指馈赠的礼物。

蠲(juān)赎锾(huán):减免赎罪的金钱。

羡余:清代田赋征收银两,铸成银块以弥补损耗为名,加征火耗。当时规定,火耗归公。火耗中剔除公费开支及私人中饱后解交省库的一部分,亦称羡余。

奸胥:奸猾的官吏。

士籍:有士人身份,可以参加考试的名籍簿。

[12]期(jī)年:一年。期:时间周而复始,一年过去即将开始新的一年,故称期年。

说(yuè):通“悦”。

[13]贮漕:收贮税粮。

[14]科臣:明代六科给事中官通称。

[15]比者岁不登:近年歉收。比者:用于句首,表示事实在不久前或近年发生。

台臣:指宰辅重臣。

[16]颜曰“常平”:在横匾上题写“常平”二字。

廒(áo):收藏粮食的仓房。

[17]所天:在封建社会里,受支配的人称所依靠的人为“所天”。或指丈夫,或指君主,或指父。

[18]柳子:柳宗元。这句话引自柳宗元《邕(yōng)州马退山茅亭记》。

[19]欧阳子:欧阳修。这句话引自欧阳修《海陵许氏南园记》。

[20]南与漕:此处“与”字多余。南漕本为清代对所有运抵京、通各仓漕粮的总称。特指湖北省每年南运的漕粮。

[21]区画:筹划。

[22]损瘠:消瘦羸弱。亦指消瘦羸弱的人。

[23]亚夫之细柳:西汉名将周亚夫屯军细柳,军营纪律严明。汉文帝前来劳军,未得到将军命令,也不能随

便入营。

建兴之邸阁：蜀汉建兴初，诸葛亮攻魏，运米积于斜谷口并修治斜谷邸阁。

绍兴之丰储：指丰储仓，南宋所置国家粮仓名。南宋初为北省仓。绍兴二十七年始易以“丰储”之名。诸路上供岁余粮，归丰储仓。

逾：超过，胜过。

[24]不啻(chì)：无异于，如同。

苏章：字孺文，东汉扶风平陵(今陕西咸阳西北)人。少博学，能属文。安帝时举贤良方正，对策高第，拜为议郎。数陈得失，其言甚直。出为武原令，时逢荒年，他开仓赈饥，救活三千余户。

王韶之活万余户：此典待考。王韶：疑指北宋大将王韶。王经略边疆，抚羌屯田，立下赫赫战功。

[25]余有司度之责者于不涸之仓：作者程大夏写作本文时任户部主事，故有此说。

黎城县志序

程大夏

圣天子膺箓御宇，薄海内外，悉登版章[1]。皇矣天府之藏，未有一统车书若斯之盛者也[2]。余观上世所传《山海经》《穆天子传》《西域志》《王会图》以及《星槎胜览》诸书，率皆侈陈域外奇观，以夸示远迩，况禹甸山河隶职方之书者哉[3]！古者司徒掌九州之图，以周知其广轮，而又有职方氏以同其贯利，形方氏正疆域使无华离之地[4]。故其时山川险易，男女畜产以及车辇马牛，无不悉诸户版。其公卿士大夫，平居坐一室。左右图书，博观而详记之。坐而言，起而行，指麾大定，约略不越数语，皆按图以稽，据籍而求，物土之宜而布其利。政刑以修，教化以起，风俗以成，由此其选也。

前十年，余从家君作宰鹿泉[5]。及内召，余又再上春官、登南省[6]，数往来京洛间。西望太行诸山，高插天表，矗亘千百里，徘徊者久之。庚申春，受命莅兹土。见其列峰环抱，二漳交流，村落间往往有陶复陶穴之遗风焉[7]。已而索其志观之，旧者无复存。诸生中李御、李吉二子新辑一书，粗成梗概。两载以来，幸其民淳朴而少讼，催科外皆暇日也[8]。取而阅之,虽人文事迹,多所阙略,而山川田赋以及风土沿革诸大端,已悉具于兹,爰加裁定而润色之。欲广为搜罗以成大观,而簿书期会,不无萦绕于胸中,未遑也[9]。第编次为四志,类析而条分之,观者燎若列眉矣[10]。夫以参井之文,上应天垣;衡漳之水,统诸冀方[11]。啸傲箕颍者,开万古高士之风;陈书甘泉者,动当时天子之听[12]。《旄丘》缀乎风雅,潞子纪于《春秋》,孰谓黎为蕞尔邑哉[13]?

今天下名郡巨镇,所在都有。苟其人儇薄而难与为理[14],其俗顽敝而古治不复,虽坐拥江山之雄图,物华锦烂,娱心骇瞩,奚足尚哉[15]?昔庐陵之治滁也[16],喜其地僻而事简,又爱其俗之安闲与其岁之丰,而乐与其民游。余于琴歌之暇,亦尝登城而眺。见夫峙者苍然,涌者滃然[17]。白岩之晓烟,缥缈于空际;金牙之夕照[18],掩映于林端。一瞰田溪之水,再拜玉泉之石。时而远寺之钟声隐隐若闻,岚山之雨气飒飒欲来。无俟叩关而问三老,过墟而访故侯[19]。凡志中所载,又一一燎然陈列于俯仰间也。诚使政刑修而教化起、风俗成,有以上报圣天子之休命[20],则此志亦天府之藏、职方之书所必采者矣。

时康熙二十一年,赐进士出身、文林郎[21]、山西潞安府黎城县知县,楚竟陵程大夏序。

题解

本文录自清康熙二十一年(1682 年)版《黎城县志》。

注释

[1]膺箓(lù):谓帝王承受符命。

薄海:到达海边。

版章:版图,疆域。

[2]皇:光辉、伟大。

天府:皇宫藏物之所。

一统车书:意思是车同轨,书同文,表示国家的统一。

[3]禹甸:中国的别称,谓中国九州之地。禹治而分成丘、甸。后世因称中国的疆域为“禹甸”。

职方:官名。《周礼》夏官之属有职方氏。掌天下地图及四方职贡。

[4]贯利:指事功和利益。

形方氏:亦省作“形方”。《周礼》官名。掌诸侯国地理封疆。

华离:指国与国间疆界犬牙交错。

[5]作宰:出任县令。

[6]内召:古时称大臣被皇帝召见为内召。

上春官:指进京参加会试。春官:礼部。明清时会试由礼部主持。

登南省:指进京参加会试。南宋时,蜀地文人赴临安参加科举的,称赴南省,以南省代指都城。

[7]二漳:指漳河上游的清漳河和浊漳河。

陶复陶穴:古代民居形式。语出《诗经·大雅·绵》。陶复:窑洞。陶穴:古代凿地而成的土室。

[8]催科:催收租税。

[9]簿书:官署中的文书簿册。代指公务。

期会:谓在规定的期限内实施政令。多指有关朝廷或官府的财物出入。

未遑:表示没有时间或不可能做某件事情。可译为“没有空闲”“来不及”等。

[10]燎(liǎo)若列眉:形容非常清楚明白。燎:同“憭”。明白,明了。列眉:两眉对列。谓真切无疑。

[11]参井:参星和井星,位在西南方。

天垣:天星的区域。

冀方:古泛指中原地区。

[12]箕颍:箕山和颍水。相传尧时,贤者许由曾隐居箕山之下,颍水之阳。后因以“箕颍”指隐居者或隐居之地。

陈书甘泉者:指令狐茂上书讼太子冤一事。令狐茂,壶关县人。汉武帝时封为壶关三老。汉武帝在甘泉捕反者,太子兵败南奔出亡。上怒。令狐茂上书讼太子冤,天子感悟。商周时期,壶关县属黎国。

[13]《旄丘》缀乎风雅:指《诗经·邶风·旄丘》。此篇为黎国臣子劝君归国之作。黎城属潞安府,这里属于古代的黎国。旄丘:卫国境内一山丘名,在今河南濮阳县境内,形状是前高后低。

潞子纪于《春秋》:指《春秋》有潞子国的记载。潞子:本西周潞国,春秋亦称潞子国。在今山西黎城县南古城。

蕞(zuì)尔:形容小。

[14]儇(xuān)薄:〈书〉轻佻,轻薄。

[15]娱心骇瞩:谓看到后感到愉快、震惊。

奚足尚哉:哪有值得夸耀的呢。

[16]庐陵之治滁:指欧阳修任滁州太守。

[17]滃(wěng)然:水势盛大的样子。

[18]金牙:古代洛阳城门名。此

处当指城墙。

[19]叩关：叩门。

三老：古代掌教化的乡官。

故侯：指经历升沉的归隐者。

[20]休命：指帝王或神明的旨意。

[21]康熙二十一年：壬戌，1682年。

文林郎：明清为正七品升授之阶。

李梧冈(李世芳)传

程大夏

中宪大夫李梧冈先生，讳世芳，字伯传。黎城进士。其先陇西敦煌人也，在隋帝时，有名嵩者为州司马。其孙睿为黎城尉，迁潞城令，遂家于黎。历宋元数百年，代有闻人[1]。及明英宗时，有锦衣卫尉名浩者，当己巳之变，以忠奋见称于时[2]。浩生英，即先生之父也，为邑学生。次当贡，见其次贡者贫而年长，亟让之[3]。当道高其行谊，至今邑人称美焉[4]。先生生而英毅秀爽[5]，强记博闻。年十八通五经。嘉靖辛卯，以诗经隽于乡。乙未成进士，以高第为刑部主事[6]，升员外郎。时严中贵夺民田，民诉于上，敕下刑部理问[7]。同僚惧祸，不敢直斥。先生执法疏其罪，悉还民田，而阉宦屈服[8]。清直之声震于朝右[9]，随升本部郎中。有盗陵寝物者，株累数百人。先生廉其实[10]，请诛首恶，余皆原释焉。

既而出知陕西巩昌府，巩地处山险，番戎杂错[11]。先生以儒术饰吏治，旌贞良，礼贤能[12]，而摧折其豪暴，于是郡内大治。尝遇饥，先生多方赈施[13]，旁郡就食者日数百人。复教民穿井溉田而民不苦饥[14]。又其地有茶马禁，尝缉获百余人、马百匹、茶百斤者，宜置之法。先生以为荒歉迫之也，悉从末减。又有山祟为幻术以惑人，先生檄下之，即遁去。人以为潮州驱鳄之政[15]，颂神明焉。及升陕西按察司副使，奉敕整饬固原兵备[16]。去郡之日，穷谷老稚号泣遮留不忍释，乃绘像生祠而尸祝之[17]。

先生以固原为西北重镇，职任匪轻。抵任即修险隘，除戎器，广储峙,数年而盗贼屏息,蕃戎亦望风远遁,边徼宁谧[18]。台省谓其忠勤有茂绩[19],请改授近地而大用之。先生以持满求退,屡请于上,遂得休致[20]。尝曰:“士君子宜甘淡泊而习劳勚以为大受之资,盖甘淡泊则心清,习劳勚则力健,然后可以胜大任而无覆餗之虞[21]。”先生扬历中外十有八年[22],忠以奉公,诚以爱民;刚肠嫉恶[23],急流勇退。真可谓心清而力健,任艰大而克胜者矣。其生平行实,详于谷泉宿公椿所撰行状中[24]。其卒也,年甫六十有一。其子杭为邑庠生,后亦沦落不偶[25],乡人惜之。常为予道其行实,因为之传,俾后之人闻先生之风,亦足以景仰于不替云[26]。

题解

本文录自清康熙二十一年(1682 年)版《黎城县志·卷之四·艺文·传》第 31 页。原题为《中宪大夫陕西按察司副使整饬固原兵备道李梧冈传》。

注释

[1]闻人:有名望的人。

[2]己巳之变:也称土木之变。指明英宗被瓦剌俘于土木堡事件。明正统十四年(1449 年),瓦剌贵族也先率兵攻明。宦官王振挟持英宗统兵五十万亲征,至大同,闻前方小败,即惊慌后撤,行军至土木堡(今河北怀来县东)被敌军追及,仓猝应战,死伤过半,英宗被俘,王振也为乱军所杀。因这一年是己巳年,故名。

见称:受人称誉。

[3]次当贡,见其次贡者贫而年长,亟(qì)让之:按等第当选贡生,见名次靠后、贫困而又年长的人,屡次请求,将贡生的名额让给了别人。

[4]当道:指执政者,掌权者。

行谊:品行,道义。

[5]秀爽:犹秀朗。秀美爽朗。

[6]高第:科举考试名列前茅。

[7]理问:审理,讯问。

[8]阉宦:宦官。

[9]朝右:位列朝班之右。指朝廷大官。

[10]廉:察考,访查。

[11]番戎:古代泛称少数民族。

[12]旌贞良,礼贤能:表彰忠贞美善,敬重贤能之人。

[13]赈施:救济布施。

[14]穿井:掘井。

[15]潮州驱鳄之政:韩愈为潮州刺史时,为了使当地百姓免受鳄鱼之害,作《祭鳄鱼文》以祭之,命令鳄鱼于

五、七日内迁到海里去，否则将诛杀之。传说鳄鱼果然于次日远离潮州而去。后因称贤明官吏为民除害为“驱鳄”。

[16]奉敕整饬固原兵备：奉旨担任固原“整饬兵备道”一职。

[17]穷谷：“深山穷谷”的节略。与山外距离远、人迹罕至的山岭、山谷。

遮留：拦阻挽留。

生祠：为生者建立的祠庙。宋代凡居官有恩于百姓者，百姓往往立生祠，供奉其画像或塑像。

尸祝：祭祀。

[18]储峙：储备，特指存储物资以备需用。

边徼：犹边境。

[19]台省：官署名。明都察院、六科通称。都察院称西台，六科称省垣，故有“台省”之连称。

茂绩：丰功伟绩。

[20]持满：保守成业。

休致：泛指辞官。

[21]劳勚(yì)：劳苦，疲劳。

覆餗(sù)：意同“折足覆餗”。谓鼎足折断而倾覆所盛之美食，喻在位者智小谋大、力薄任重遂致凶咎。餗：代指鼎中的食物，后泛指美味佳肴。

[22]扬历：功名、声威远扬。扬：传播，称颂。历：仕宦经历。

[23]刚肠嫉恶：为人刚强正直，憎恨坏人坏事。刚肠：刚直的心肠。

[24]行实：指生平事迹。

行状：亲友为死者所写的叙述生平事迹的文章。

[25]邑庠生：明清时期州县学叫“邑庠”，所以秀才也叫“邑庠生”。庠生：明清两代府、州、县学的生员别称。

不偶：命运不好。

[26]不替：不废弃。坚持不变。

李金漳(李甲寅)先生小传

程大夏

乡贤李先生[1]，讳甲寅，字九影，金漳其号也。黎城人。以孝廉署安邑教谕[2]，升安平令。敕封文林郎[3]。奏最晋秩，以水部郎终[4]。予治黎之三年始奉上命送入乡贤祠而崇祀焉[5]。

先生文学德政，所在扬历有声，而其生平所志焉而未就者，惟理学一事而已[6]。夫理学，绝响于明季[7]，百有余年矣。如姚江、慈溪、河津诸君子[8]，位既崇高，而又生当圣明之世，其时从游者众[9]，相与后先推引，故其成也易，而其声施亦大且远[10]。所最难者，渑池之月川、泰州之艮斋、余干之淑心[11]，或以下僚，或以布衣，直与诸君子统绪相承[12]。虽其践行笃实，足以震动人心，亦其所具之福命有独厚也[13]。

吾先世起家经术[14]，代有积善。王父而上，率角巾深衣，行应规表[15]。其宦于四方也，皆以为有伊洛遗风[16]。而处于道学流失之后，不克大振宗风。从祀乡贤者，仅先大夫东磐公一人耳[17]。

先生虽家近河津，而于曹月川设教之。蒲霍二州，亦数百里而遥，乃毅然有志理学。观其与刁君蒙吉往来之书，及所著《辨道录》《斯文正统》诸序，津津乎有泰州、余干之风矣[18]。惜明季无有以讲学为事者，其始也与姚江角，则并象山而攻之[19]；其既也宗姚江者，浸假而流入于二氏[20]；其终也又将二氏与孔孟浑同，而一之附东林、攻东林，倾侧扰攘者数十年[21]。当其实欲奋起而倡明濂洛关闽之学[22]，岂不难哉！先生空抱此志，仅得一刁君与为印证。而刁君亦泯灭无闻焉，良可叹也！

先生事亲也孝，居官也敬；其治民也严明而惠和[23]，而其处州闾乡党也惠与义交至焉。理学亦庶几躬行而实践之矣，其详在刁君寿序与志铭中，余不具述。

今先生得偕其弟杏苑公同侍赠君太先生于俎豆之列，父子昆弟，春秋飨祀[24]，不已荣哉！使先生生于河津月川之时，得分一席，其崇祀亦不过如是。予过长宁村，见先生子侄若孙比屋而居[25]，孝友敦睦，恂恂乎有万石君之遗意焉[26]。其杰出者又皆力学而能文，以是知先生之彝教垂裕后昆者深且远也[27]。故采其生平之节略而为之传[28]。

题解

本文录自清康熙二十一年（1682 年）版《黎城县志·卷之四·艺文后》第 33 页。

注释

[1]乡贤:地方上有才德与有声望的人物。

[2]孝廉:明清时对举人的美称。

教谕:清代府学官称“教授”,州学官称“学正”,县学官称“教谕”,负责教育所属生员。

[3]敕封:封建时代朝廷用敕命封赐臣僚爵号。五品以下用敕命授予,称“敕封”。清代制度,以封典给官员本身称为“授”,给官员曾祖父母、祖父母、父母和妻室,存者称为“封”,已死的称为“赠”。

文林郎:明清为正七品升授之阶。

[4]奏最:考绩列为优等,以此向朝廷上报。

晋秩:进升官职或等级。

水部郎:水部郎中。为工部尚书、侍郎之下的司官。水部为工部四司之一,明清改为都水司,掌有关水道之政令。相沿仍以水部为工部司官的一般称呼。

[5]崇祀:崇拜奉祀。

[6]扬历:功名、声威远扬。扬:传播,称颂。历:仕宦经历。

理学:又称“道学”或“宋明理学”。宋明时期的儒家哲学思想,中国古代哲学发展的最后和最高阶段。

[7]绝响:失传的技艺、学问等。

[8]姚江:指阳明学派创造人王守仁(阳明)。因王为浙江余姚人,而余姚境内有姚江,故名。

慈溪:指浙江慈溪朱子学派代表人物黄震。黄震继承了朱熹的理气观。

河津:指山西河津河东学派的创始人薛瑄(xuān)。薛瑄尊程朱理学,以躬行复性为宗。

[9]圣明:封建时代对所谓“治世”“明时”的颂词。

从游:随从求学。

[10]推引:推荐引进。

声施:为世人所传扬的名声。

[11]渑池之月川:指河南渑池曹端。曹端,字正夫,号月川。明理学家。

泰州之艮斋:指泰州学派创始人王艮。王艮,字汝止,号心斋。明理学家。毕生讲学。

余干之淑心:指江西余干胡居仁。胡居仁,字叔心,号敬斋。明理学家。家世业农,生活困窘。绝意科举仕进,于家乡南谷筑室讲学。

[12]下僚:职位低微的官吏。

统绪:头绪,系统。

[13]笃实:踏实,实在。

福命:享福的命运。

[14]经术:犹经学。

[15]王父:古代亲属称谓。祖父。

角巾:方巾,有棱角的头巾。为古代隐士冠饰。

深衣:古代上衣、下裳相连缀的一种服装。为古代诸侯、大夫、士家居常穿的衣服,也是庶人的常礼服。

行应规表：行为符合规范表率。

[16]伊洛：指宋程颢、程颐的理学。程氏兄弟洛阳人，讲学伊洛之间，故称。

[17]从祀：附祭。孔庙祭祀以孔子弟子及历代有名的儒者列在两庑一体受祭，称为配享从祀。人数历代屡有增减。

先大夫：已故的大夫。

东磐公：指程鸿，字子渐。程大夏高祖程稷伯父。解元。通州知州。

[18]刁君蒙吉：刁包，字蒙吉，晚号用六居士。直隶祁州(今河北安国)人。明天启举人。明清之际学者。

辨道录、斯文正统：刁包的著作。

津津：充溢貌，洋溢貌。

[19]象山：指南宋哲学家陆九渊。因陆曾结茅讲学于象山(在今江西贵溪)，世称象山先生。

[20]浸假：假令，假如。后多用为逐渐的意思。

[21]倾侧：指行为邪僻不正。

扰攘：混乱，骚乱。

[22]倡明：提倡并阐明。

濂洛关闽：宋代理学的四个主要学派。濂指周敦颐的濂溪学派，实属虚构。洛指程颢、程颐创立的洛学学派。关指张载创立的关学学派。闽指朱熹创立的闽学学派。南宋朱熹继承发挥二程特别是程颐的思想，改造、综合了周敦颐和张载的学说，集宋代理学之大成。朱熹死后，“濂、洛、关、闽”遂成为流行的口头语。

[23]惠和：温和仁惠。

[24]赠君太先生：指李金漳之父。赠君：古代敬称官员的父亲。太先生：称老师的父亲，父亲的老师或老师的老师为太先生。

俎(zǔ)豆：俎和豆都是祭祀、宴会用的器具。谓祭祀，奉祀。

飨(xiǎng)祀：享受祭祀。飨：通“享”。

[25]若：和。

比屋：紧邻。

[26]恂恂：温顺恭谨貌。

万石(dàn)君：指一家有五人官至二千石或一家多人为大官者。西汉石奋以孝谨闻于时，与其子五人皆为二千石，乃号奋为万石君。二千石：官秩等级，因所得俸禄以米谷为准，故以“石”称之。自汉朝至三国、两晋、南北朝，二千石亦作为州牧、郡守、国相以及地位与之相当的中央高级官员的泛称。

遗意：前人或古代事物留下的意味、旨趣。

[27]彝教：常教，永久不变的教化。

垂裕后昆：给子孙留下富裕。意即造福于子孙。垂：流传下去。裕：富饶。后昆：后裔，子孙。

[28]节略：概要，摘要。

附

容台公(程大夏)行状

江　蘩

容台公,余壬子贡入太学同年友也。后复同官京邸,相契深,相知最悉。丙子八月五日,忽舍我而去,觉联床篝灯、肩随待漏,一切光景,撩我心曲。虽无促之言者,正自不能已已,矧公之子号泣属余为状,余曷敢辞?

公姓程氏,讳大夏,字禹奏,号悟斋。世为竟陵望族,代有闻人。传至公大父赠公,至性笃行孝友,文章彪炳一世。赠公生司空公。司空公生子三,公为长。君幼聪颖,有奇质,童龀善文,赠公早以千里驹目之。顺治甲午,司空公领解,试春官未第,归,键户读书,兼晨夕课公。是时,公方总角,出应试,学使者得其文,如获拱璧,拔置前茅,声腾胶庠。既随司空公入会城肄业,方伯黄鸥湄先生试之,亦击节嘉叹,许以大器。声誉啧啧江汉间,余时闻而异之。己亥,司空公捷南宫,后出为鹿邑宰。公益惜阴绩学,日偕两弟上下今古,遂以高等选拔。予叨缀谱末,乃得一慰夙怀,朝夕依公于太学之舍。公健翮凌霄,是岁即魁北榜。予独复留滞,公不以我偃蹇而弃我也。

阅己未,公成进士。再阅辛酉,选得山西之黎城。予亦职授外吏,风尘奔走,正苦张皇莫及。而闻公之治黎也,谱遵鹿泉,缓催科,革火耗,设四征法,敲扑之声终岁不闻;新学宫,建文昌祠,进邑诸生讲论行艺,捐俸资助单寒,多所成就。而且招徕流亡,开治险道,出布粟以赈穷独,施槥殓以瘗路殣,作歌词以劝善良,立严法以惩奸宄,徒跣祷雨,朔望讲约,纂辑邑志,修建文峰,诸善政腾说人口不绝,余滋愧焉。又闻有富商以私贩得罪,上下已纳其贿,又以五百金赂公。公独抗法却之,卒予杖。有某姓兄弟六人,俱拟重典。公力为请释,全其五人。其不枉法、不轻生,类如此。辛酉、甲子,两充乡试同考,所得皆三晋知名士。时逢覃恩,敕封文林郎,旋奉行取入都考选主政郎，请假归省。丁卯，司空公在籍，推授工部营缮司主事，以疾告。公视膳膝下，雅不欲仕。司空公疾良已，促之行，得户部广西司缺，洁清供职。蒙恩赐蟒缎，再逢覃恩，敕封承德郎，父母如其官。予亦适逢内召，方幸昔之资公以为学者，今得资公以为政也。未几，司空公讣至，公以早违色养，虽扬名显亲，而号恸几绝，即日旋乡，哀感行路。服阙，补本部山西司司湖滩河（朔），运米事例，公咄咄办之，一夕而毕。时伪冒甚众，公得其情，尽为剔除。至利诱之不顾，威慑之不动，积弊为之一清。冢宰孝昌熊公谓公身处脂膏，不能自润。宗伯黄冈王公谓公有材有守。如二公者，虽谊属桑梓，然皆素不肯阿其所好者也。是时，大司农马公重公贤能，特荐于上，蒙恩记名，量移本部山东司员外郎，主盐法，尽革陋规。至蒙特旨，委查福建、四川二司米豆，论者荣之。寻迁礼部精膳司郎中，尝侍从瀛台。公以时奏对，皆称上旨。凡值郊祀大典及燕享诸礼，必诚必敬，罔敢陨越，贤能之声日闻于上。行将大用，会通州仓察，需人奉命往任其事。公至，则首革漕运旧规，凡仓储墙垣、守御房屋之朽圮者，悉捐俸修理，日会计于市，中夜巡行于通衢，遂致劳顿成疾。差满复命，日益尫羸，余时往问视，然犹奉行朝政不辍也。阅数日，公忽端坐郎署而逝。余匍匐往询，使者云，公无一他语，惟以世受国恩未及报，太安人在堂，仲氏不幸早亡，季氏又远铎湘南，此身不及终养为恨。噫！遗言若此，生平概可知已。

公视亲戚交游质直无假，接人谦谨和易，无城府。虽处事明决，大都归于忠厚，人有急必周之，人有患难必委曲全之，未尝自德。历官内外几二十年，未增田一亩，未构屋一椽。惟喜读书。其《乡会闱墨先花堂文稿》久经行世。所读子史百家，手自汇为《辨体》一书，未授梓。其他著作及散见于《十名家集时艺》，皆为当代名公所推许，今汇集藏于家。

公卒之日，距公生癸未八月之十三日，年五十有四。配卢安人，继沈安人。男三：长方莘，廪生，娶靖州训导谭孙迈女。次方蕙，现任夷陵州训导，出嗣仲弟竹溪公，娶毛氏，系考授县佐毛宫寀女。次方荪,庠生,娶嵩县知县卢志逊女。孙男三,孙女三,俱聘娶名门。公之梗概若此,余就所记忆序而著之,以复令嗣敬以不朽,俟之名笔云。

中宪大夫、翰林院提督、四译馆太常寺少卿,年眷弟江蘩拜撰。

题解

本文录自清光绪甲午(1894年)版天门胡市《鹤塘程氏世谱》。

容台公:指程大夏。容台:礼部的别称。程大夏曾任礼部精膳司郎中。

行状:亲友为死者所写的叙述生平事迹的文章。

江蘩:字采伯,号补斋,拔贡,清初湖广汉阳人。官至都察院左副都御史。

周寅旸

清道光元年(1821 年)版《天门县志·卷之二十三·人物》第 28 页记载:周寅旸(yáng),字秩光(一作先),号别庵。清康熙壬戌进士。选陕西临潼知县。为政简易和平。岁荒民饥,王金山、穆义等聚啸摽掠,肆害乡村。寅旸拿歼其魁,余党悉平。时飞蝗入境,虔诚步祷,蝗为退飞。复捐资乞籴(dí)邻邑,力请缓征豁赋,民赖以生。旋因拂上官意,降闽县丞,佐邑十余载,有政声。闽人志入《循良》。两权邑篆,不避权贵势官。林惟吉、惟兰等武断乡曲,凌虐贫民。寅旸详陈,制府按法治之。旋致仕,丁父艰,归,侨居江夏。杜门却扫,不干外事。陈中丞诜、李方伯锡咸器重之。

清同治五年(1866 年)版《郧西县志·卷十二·选举志·举贡》第 1 页记载:周寅旸,(康熙)壬戌科(进士)。景陵县寄籍。任陕西临潼县(知县)。考《湖广通志》及《汉阳志》,皆籍汉阳。姑就抄本存。

清康熙四十年(1701 年)版《临潼县志·卷之四·名宦》第 21 页记载:周寅旸,郧西进士也。廉静仁慈,以兴除为事。岁当大荒,人不聊生。县有巨憝(duì)王金山在骊山西南,虎服双刃,招结亡命。而河北布袋贼亦抢掠栎阳,风闻甚急。君亲入其室,计捕之,立毙于法。余党皆散,而潼民以宁。昔朱子曰:“韩魏公生平未尝以胆许人,盖自谓也。”今周君之胆,其魏公所许乎!后以轻议去,惜哉!

创修乾滩周氏谱序

周寅旸

古无姓。生人之得姓者[1],自黄帝始。盖黄帝之子廿五人,其得姓者十有四人,别为十二姓:曰祁,曰己,曰滕,曰箴,曰任,曰荀,曰僖,曰姞、儇、依,曰二姬、二酉[2],后之最著。三传而至于喾[3]。喾之元妃姜嫄[4]，生弃，为后稷，为周。次妃有娀氏[5]，生契，为司徒，为商。三妃陈锋氏庆都，生尧，为陶唐[6]。虞虽姚姓，夏虽姒姓[7]，考其世系，实皆轩辕之元孙也[8]。既同出于黄帝一姓之子孙，何后之规模缔造之不同[9]，若是其悬殊也？论者疑之，谓尧敦睦九族，而厘降二女于沩汭[10]，则舜乃同高曾，岂不渎礼不经哉[11]？《尚书》无明文，皆出于迁记[12]，其渊源不可考也，如以迁言为非耶。《国语》曰："有虞氏、夏后氏禘黄帝而祖颛顼，商人禘喾而郊契，周人禘喾而郊稷[13]。"又何以称焉[14]？但迁序"高祖父曰太公，母曰刘媪[15]"，历乎本朝，名氏、里居皆不暇详，何又凭于数千以上之年谱如历历睹记不爽哉[16]！总之，上有贤圣者，斯可千古不朽耳。

余以壬戌岁幸博一第[17]，当其旅邸京华时，同榜若上海砺岩[18]、无锡静斋、商州安侯、应山新伯、漳州平和、武昌静庵，以及安陆介庵、临潼星公、萧山石公、武进蓉湖，派皆雁行，气味兰薰[19]，因而推于宜兴，皆联一本。无何二、三十年，有遁迹邱园者，有箕尾上乘者[20]，又有老大无成、羁栖下僚者[21]。曾几何时，回想伯仲氏埙篪吹和，亦何落落不偶也[22]！诸公之子若孙，亦何音闻疏略也[23]！余今偃息闽南[24]，思得明远公始祖后文公十有九公之后演成全谱。前此虽苦于文献之无征[25]，今此又虑居处之晨星，但历乎三百载以后之子若孙，进溯乎三百载以上之祖祖宗宗，使后之人父与父言慈，子与子言孝，父父子子、兄兄弟弟可以百世，可以千世。又非攀缘巨室[26]，曰："某，吾宗也，吾家也。"荒谬不经，迂远不切，亦何惮而不为哉[27]？

是为序。

康熙癸酉年仲冬月[28]，十一世孙寅旸谨撰。

题解

本文录自天门干驿际盛堂刊、清光绪八年(1882年)续修《周氏宗谱》。

乾滩：今天门干驿，古称乾滩、乾镇驿。

注释

[1]生人:生民,百姓。避唐太宗李世民讳而改。

[2]别为十二姓:据《史记》《国语》等史籍记载,黄帝共生有二十五子,他给其中的十四个儿子分封了十二个姓氏,姬、姞、酉、祁、己、滕、箴、荀、任、僖、儇、依。其中重复的有姬、酉二姓。别:各自。

姞:音jí。

僖:音xī。

儇(huán):一作嬛(xuán)。

二姬、二酉:指有两子姓重复。

[3]喾(kù):传说中的五帝之一。黄帝子玄嚣后裔,号高辛氏,卜辞中商人以帝喾为高祖。

[4]元妃:本为“元配”之意,指第一次娶的嫡妻(正夫人)。

姜嫄(yuán):周朝始祖后稷的母亲。

[5]有娀(sōng):古代部落名。传说帝喾娶有娀氏之女简狄为妃,生契,为殷始祖。

[6]陶唐:指帝尧。尧初居于陶,后封于唐,为唐侯,故称陶唐。

[7]姒(sì):伯鲧(gǔn)之姓,鲧为尧崇伯,赐姓姒氏。其子禹,受舜禅为夏家,至桀而绝。

[8]元孙:玄孙。指本人以下的第五代。

[9]缔造:指创立大事业。

[10]敦睦九族:使九族亲厚和睦。敦睦:指使亲厚和睦。九族:古代将本宗上溯高祖下及玄孙的九代血亲称为九族。

厘降:下嫁。本谓尧女嫁舜事。后多用以指王女下嫁。厘:吉祥。降:下嫁。

沩汭(guī ruì):古水名。在今山西永济南,源出历山,西流入河。《尚书·尧典》:“厘降二女于妫汭。”一作两水。《水经注》:“历山,沩汭二水出焉。南曰沩水;北曰汭水。”按此水同归异源,实为一水,不可强分。

[11]高曾:高祖、曾祖。

渎礼不经:轻慢礼法,不遵守成规定法。

[12]迁记:指司马迁所著《史记》。

[13]禘(dì):古代帝王或诸侯在始祖庙里对祖先的一种盛大祭祀。

祖颛顼(zhuān xū):以颛顼为祖。颛顼:古代传说中的远古部族首领。黄帝之孙,昌意之子,号高阳氏,鲧、禹、舜均为其后。

郊:古帝王祭祀天地。冬至祭天于南郊,夏至瘗(yì)地于北郊。

[14]称:举行。

[15]迁序:指司马迁《史记》中叙述的。序:通“叙”。表达,叙述。

高祖父曰太公,母曰刘媪:语出《史记·高祖本纪》。

[16]本朝:指自己所处的朝代。

名氏:姓名。

里居：指籍贯。

不爽：不差。无差错。

[17]以壬戌岁幸博一第：指作者于壬戌年成进士。

[18]旅邸：旅馆。此处是旅居的意思。

京华：京城的美称。因京城是文物、人才汇集之地，故称。

同榜：科举考试用语。指科举考试中同科考中的人。

[19]派皆雁行：指字派有序。雁行：指兄弟。意即兄长弟幼，年齿有序，如雁之平行而有次序。

气味兰薰：语出唐朝文学家吕向《美人赋》："颜绰约以冰雪，气芬郁而兰薰。"美人的容颜柔美细腻，仿佛是用冰雪做成的肌肤；气味芳香而浓郁，仿佛兰花散出的香气一般。

[20]遁迹邱园：隐居乡村家园。邱园：乡村家园。

箕尾上乘(shèng)：谓青云直上，跻身上流社会。上乘：指最高的门阀品第。

[21]老大无成：年纪已大，却一事无成。

羁栖下僚：久居低微职位的官吏。羁栖：寄居作客。

[22]伯仲氏埙篪(xūn chí)吹和：兄弟和睦。埙、篪皆古代乐器，二者合奏时声音相应和。因常以"埙篪"比喻兄弟亲密和睦。语出《诗经·小雅·何人斯》："伯氏吹埙，仲氏吹篪。"

落落不偶：孤独，不合群。

[23]若：和。

音闻疏略：谓关系疏远。音闻：指声音的传播。

[24]偃息：安卧，闲居。

[25]征：证明，证验。

[26]巨室：旧指世家大族。

[27]荒谬不经：非常荒唐离奇，不合情理。

迂远不切：迂阔不切实际。

亦何惮而不为哉：又有什么可以忌惮而不做的呢？语出朱熹《论语集注》八佾(yì)第三："君子于其所不当为不敢须臾处，不忍故也。而季氏忍此矣，则虽弑父与君，亦何所惮而不为乎？"

[28]康熙癸酉年：清康熙三十二年，1693年。

龚廷飏

龚廷飏(yáng)(1677～1733年),字庶咸,号东圃。清康熙四十二年癸未科(1703年)进士。

清道光元年(1821年)版《天门县志·卷之二十三·人物·宦迹》第23页记载:龚廷飏,字庶咸。康熙庚辰进士,未廷对,丁内艰。服阙,除侯官尹。先白上官,谓:"宰当亲民,不敢以承奉邀宠。"能声大著。委决疑狱数十,生十七人。编审丁役,豁无田穷户三千二百七十二丁水粿,免其重赋。邑大水,勘详,吁复豁。塌田万三百余亩,仍免灾邑本年租。兴学教士,门下登科第者二十余人。擢守蒲州府。万泉县民怨其长,哗众,毁署。廷飏单骑从两隶行县,镇定之,严惩倡者,生全甚多。廷飏遇事铮铮然,孝友惇厚。身嗣世父,后取产均之诸弟,同甘共苦,有古人风。

朱仙镇

龚廷飏

中原望旌旗,岳军来喜色。提戈拜表行,金鼓震千里[1]。直抵黄龙下,痛饮真易耳[2]。讵中书生言,朝奸方矫旨[3]。仓皇诏班师,一日十二使[4]。男女哭干霄,相从如归市[5]。岂不念众心,侯也尊天子。宋室未中兴,其端实在此。徒余后人悲,遗庙河之涘[6]。老松吼战声,古镇荒营垒。生铁铸穷奇,长跪不知耻[7]。诛恶于身后,公愤岂今始。同时有英雄,军中含恨死。卓旗笑魏公,长城终已矣[8]。

题解

本诗录自熊士鹏编、清道光癸未(1823年)版《竟陵诗选·卷十》第13页。

朱仙镇:隶属于河南省开封市祥符区。与广东佛山镇、江西景德镇、湖北汉口镇同为全国“四大名镇”。传为战国魏人朱亥故里,朱亥曾以屠宰为业,颇有名望,被屠户尊为仙人,因得名朱仙镇。南宋绍兴十年(1140年)岳飞大败金兵于郾城,乘胜追击至此。这年七月,岳飞率中路北伐军奋勇突进,先在郾城打败了金兀术精锐部队,获得郾城大捷,然后“进军朱仙镇,距汴京(即今开封市)四十五里,与兀术对垒而阵,遣骁将以背嵬五百奋击,大破之,兀术遁还汴京”(《宋史纪事本末》卷七十)。岳飞眼看汴京指日可下,兴奋地对将士们说:“直抵黄龙府,与诸君痛饮耳!”此时主张投降的宋高宗赵构和宰相秦桧却命令岳飞退兵。岳飞拒不执行命令,秦桧竟在一天内下发十二道金牌,迫令岳飞火速退兵。岳飞愤慨地说:“十年之力,废于一旦!”岳飞撤军后,已收复的大片土地,包括朱仙镇在内,又重新沦入金兵铁蹄的践踏之下。岳飞撤回南宋后,惨遭秦桧以“莫须有”的罪名杀害,成为千古奇冤。人们为了纪念岳飞,在朱仙镇建立了岳王庙。

注释

[1]拜表:上奏章。

[2]直抵黄龙下,痛饮真易耳:参见题解。黄龙:黄龙府。在今吉林农安县古城,辽代军事重镇,金太祖完颜阿骨打后长期驻此。

[3]讵:岂。

矫旨:假托帝王诏命。

[4]一日十二使:指秦桧在一天内下发十二道金牌,迫令岳飞火速退兵。

[5]干霄:高入云霄。

[6]遗庙河之涘(sì):指后人在朱仙镇贾鲁河边建岳飞庙。

[7]生铁铸穷奇,长跪不知耻:指岳飞庙内秦桧的铁铸跪像。穷奇:古代恶人的称号。谓其行恶而好邪僻。

[8]魏公:张浚,字德远,汉州绵竹(今属四川)人。徽宗时进士。南宋大臣,力主抗金,与岳飞、韩世忠并称“三大将”。遭遇“符离惨败”,次年病死。封魏国公,谥忠献。

杨忠愍祠

龚廷飏

须眉想见直臣风,过客低徊感慨同[1]。岂比苍鹰击凡鸟,惜无丹槛表孤忠[2]。一官未了心偏苦,万死何伤胆更雄。敢为先生吟浩气,古廊寒叶落秋虫。

题解

本诗录自熊士鹏编、清道光癸未(1823年)版《竟陵诗选·卷十》第14页。

杨忠愍(mǐn):杨继盛,字仲芳,号椒山,容城(今河北容城县北河照村)人。明嘉靖二十六年(1547年)进士。历南京兵部右侍郎,因劾大将军仇鸾误国,贬官。后复起为刑部员外郎改兵部武选司,劾权相严嵩十大罪状,下狱受酷刑,被杀。明穆宗即位后,追赠太常少卿,谥忠愍。杨忠愍祠在江苏省镇江市焦山上。保定府也有纪念杨忠愍的旌忠祠。

注释

[1]直臣:直言谏诤之臣。

[2]丹槛:典自"丹槛折"。《汉书》卷六十七《杨胡朱梅云列传·朱云》记载,汉成帝时槐里令朱云,曾上书切谏,指斥朝臣尸位素餐,请斩佞臣安昌侯、张禹(汉成帝的师傅)以厉其余。成帝大怒,欲诛云,云攀折殿槛(殿堂上栏杆)。后来成帝觉悟,命保留折坏的殿槛,以旌直臣。后遂用"丹槛折"为臣子犯死直谏的典实。

舜迹八咏

龚廷飏

诸　冯

虞都发迹自诸冯,村落于今忆帝宫。一片云山三晋北,数家烟树两河东[1]。顽亲傲弟烝烝地,浚井耕田慄慄躬[2]。故土庙新瞻大孝,蒲人俎豆思无穷[3]。

河　滨

诸冯村外古陶滨,想见重华手泽新[4]。器别方圆能赋物,功兼水火用前民。坡中委土还余烬,窑底残沙似有神。熔铸经纶无巨细,暂将大冶寄河津[5]。

历　山

受终事业起躬耕，寂寞深山较雨晴。子职当供往田意，亲心未顺泣天晴。扶犁晓出披星冷，荷畚宵归带月明。闻说川原将曙候，居人犹耳叱牛声。

雷　泽

雷首山前太华东，洪荒初劈一渔翁。蛇龙未放横流外，鱼鳖丛生泛滥中。网罟张时朝雾白，钓竿下处夕阳红[6]。侧微且不忧巢窟，甘旨供亲愿已终[7]。

妫　汭

历山深处涧溪幽，二水源分亦合流。在下有鳏升孝德，钦哉帝女降河洲[8]。苍苍野竹珮声杳，细细清泉琴韵留。尧日型于观化始，征庸端的布勋猷[9]。

薰风楼

薰歌一曲手中吟，民愠民财系帝心[10]。此日楼高千里目，当年风送五弦琴。河明槛外曾留韵，山对檐前是赏音[11]。煮海奇才徒窃取，虞廷解阜法垂今[12]。

双　井

谟盖都君绩又新，天生匿空得全伦[13]。喜忧不改因心乐，水火难攻大孝身。自昔一诚能济变，至今双井志其神。广传寄语人间子，好把晨昏各慰亲。

陶　器

甕出河滨野老犁，有虞法物至今遗[14]。奇淫不事形浑朴，火土全销色陆离。辅相结绳同耒耜，儿孙周鼎与商彝[15]。诸冯庙里时陈设，宗器明禋万古垂[16]。

题解

本诗录自清光绪十二年(1886 年)版《永济县志·卷二十二·艺文》第 58 页。总标题为《天门进士诗文》编者所加。本诗署名“知州龚廷飏”。龚廷飏于清雍正三年(1725 年)任蒲州知州。

本诗所咏舜迹均在蒲州所辖永济县。《孟子·离娄下》:“舜生于诸冯。”《墨子·尚贤下》:“昔者,舜耕于历山,陶于河滨,渔于雷泽,灰于常阳。”参见本书龚廷飏《修诸冯村虞帝庙引》题解、注释。

诸冯:古地名。传说为舜的出生地。在山西永济,一说在山东菏泽。

河滨:相传为舜制陶之地。

历山:一名雷首山,俗名龙头山,位于永济市西南25公里。《读史方舆纪要》蒲州:“历山,州东南百里。相传即舜所耕处,上有历观。”

雷泽:一名雷水。在今山西永济市蒲州镇南。源出雷首山,南流入黄河。相传为“舜渔雷泽”处。

妫汭(guī ruì):古水名。一作“沩汭”。妫水弯曲之处,在今山西省永济市南,相传是尧二女嫁于舜的地方。

薰风楼:在蒲州古城。清光绪十二年(1886年)版《永济县志·卷三·古迹》第39页记载,唐河中节度使王仲荣为战胜黄巢而建。宋真宗登楼,以此地为虞旧都、舜帝作《南风歌》而更名薰风楼。明崇祯九年复建,不久废。

双井:指舜井。清光绪十二年(1886年)版《永济县志·卷三·山川》第16页记载:“舜井,在东关古城内。东西二井相对。”

注释

[1]三晋:古地区名。春秋末期,晋国的韩、赵、魏三家贵族瓜分了晋国,建立战国时期的韩、赵、魏三国,史称三晋。今代指山西省。

两河:北宋合称河北、河东地区为两河。相当于今山西与河北中、南部一带。

[2]顽亲傲弟烝烝地:《书·尧典》云:“父顽、母嚚(yín)、象傲。克谐以孝。蒸蒸乂不格奸。”舜是瞽(gǔ)叟的儿子,他的父亲很顽劣,母亲很嚚张荒谬,弟弟象又傲慢无礼。舜仍能克尽孝道,使一家人处得很和谐。并以孝道来修身自治,而感化那些邪恶的。

烝烝:谓孝德之厚美。

慄慄(lì):戒惧貌。

[3]蒲人:蒲州人。

俎(zǔ)豆:俎和豆都是祭祀、宴会用的器具。谓祭祀,奉祀。

[4]重华:虞舜的美称。相传舜目重瞳,故名。

手泽:犹手汗。后多用以称先人或前辈的遗墨、遗物等。

[5]经纶:整理丝缕、理出丝绪和编丝成绳,统称经纶。引申为筹划治理国家大事。

大冶:古称技术精湛的铸造金属器的工匠。

[6]网罟(gǔ):捕鱼及捕鸟兽的工具。

[7]侧微:卑贱。

且不:暂且不,姑且不。

甘旨:美味的食物。

[8]有鳏(guān):此处指舜。鳏:无妻或丧妻的男人。

钦哉:感叹词。

[9]尧日:"舜年尧日"的省略。比喻太平盛世。

型:型范。此处指成为法式。

观化:观察教化。

征庸:谓被征召任用。《书·舜典》:"舜生三十征庸。"孔传:"言其始见试用。"

端的:始末,底细。

勋猷(yóu):功勋。

[10]薰歌一曲手中吟,民愠民财系帝心:化用《南风歌》的旨意。《南风歌》是一首表现上古太和气象的诗歌,传为虞舜所作。其歌曰:"南风之薰兮,可以解吾民之愠兮。南风之时兮,可以阜吾民之财兮。"

[11]赏音:知音。

[12]煮海:"铸山煮海"的省略。指采铜矿铸钱,煮海水为盐。形容积极开发和利用自然资源。

虞廷:指虞舜的朝廷。相传虞舜为古代的圣明之主,故亦以"虞廷"为"圣朝"的代称。

解阜:语出《南风歌》。为百姓排忧解难,增加百姓收入。参见上文注释[10]。

[13]谟盖都君绩又新:指家人变着法子谋害舜。化用《孟子·万章上》"谟盖都君咸我绩"。原文的意思是,谋害舜都是我的功劳。

都君:舜的代称。《史记·五帝本纪》:"(虞舜)一年而所居成聚,二年成邑,三年成都。"

天生匿空得全伦:指舜掘井,父亲和胞弟下土填井,舜从暗道逃生,仍和气以待。《史记·五帝本纪》:"后瞽叟又使舜穿井,舜穿井为匿空旁出。舜既入深,瞽叟与象共下土实井,舜从匿空出,去。"

匿空:暗穴,隧道。空:通"孔"。

[14]法物:宗教礼器、乐器及依法使用的器具。

[15]辅相结绳同耒耜(lěi sì),儿孙周鼎与商彝:意思是,这些陶器与舜时治国、生活、生产相关,后人视作商彝周鼎。

辅相:辅助。此处指舜辅相尧二十八年。

耒耜:翻土所用的农具。耒为其柄,耜为其刃。

周鼎、商彝:商彝周鼎。泛称极其珍贵的古董。彝、鼎:古代祭祀用的鼎、尊等礼器。商周的青铜礼器。

[16]明禋(yīn):洁敬。指明洁诚敬的献享。

题古陶罐

龚廷飏

犁滨出瓮，陶器犹新；

不奇不窳，想见圣人[1]。

雍正三年八月廿二日，蒲州刺史、楚郢龚廷飏熏沐敬题[2]。

题解

本题词引自水野清一、日比野丈夫著，孙安邦、李广洁译，山西古籍出版社1993年版《山西古迹志》第266页。原文无标题。山西永济帝舜村有东大庙，庙内放着一个很大的素陶罐，罐上刻有如上文字。参阅本书龚廷飏《舜迹八咏·陶器》。

注释

[1]犁滨：指舜耕作、制陶之地。滨：河滨。相传为舜制陶之地。

窳（yǔ）：粗劣。

[2]雍正三年：乙巳，1725年。

楚郢：指湖北安陆府。安陆府古称郢州，治湖北钟祥。

熏沐：斋戒占卜前，沐浴并用香料涂身，以表示对神灵的尊敬。

题解州关帝庙联

龚廷飏

作者春秋，述者春秋[1]，立人伦之至，涑水与洙泗共远[2]；

山东夫子，山西夫子[3]，瞻圣人之居，条峰并泰岳同高[4]。

题解

本联引自卫龙、杨明珠编，文物出版社2006年版《山西解州关帝祖庙楹联牌匾》第122页。龚廷飏时任山西蒲州知州。解(当地人读hài)州本蒲州解县,故治原在今运城市盐湖区解州镇。解州为关羽故里。关帝庙位于解州镇西关,为全国现存最大的关帝庙。

注释

[1]作者春秋,述者春秋:孔子作《春秋》,是中华传统儒学的说教者;关羽读《春秋》,是中华传统文化精髓“忠义信勇”的实践者。关羽常夜读《春秋》。

作者、述者:语出《礼记·乐记》:“作者之谓圣,述者之谓明。”原意是指能够制礼作乐的圣人,能够阐述成说的贤人。作者:开始,创作者。述者:继承阐述者。

春秋:我国第一部编年体史书。相传为孔子据鲁史修订而成。

[2]人伦之至:做人的标准。语出《孟子·离娄上》:“圣人,人伦之至也。”圣人是做人的标准。

人伦:中国伦理思想史上的一个重要概念。一般指人与人之间的道德关系和应当遵守的行为准则。

至:极。指标准。

涑(sù)水:今称涑水河,发源绛县横岭关下,流经闻喜、夏县、运城、临猗,入永济伍姓湖后,西入黄河。

洙泗:指洙、泗二水。古时二水自今山东泗水县东合流西下,至鲁国首都曲阜北,又分为二水,洙北泗南,“洙、泗之间”,即孔子聚徒讲学之所阙里。后世因以洙泗代称鲁国的文化和孔子的“教泽”。

[3]山东夫子:指孔子。儒家尊称孔子为“文夫子”。

山西夫子:指关羽。儒家尊称关羽为“武夫子”。

[4]条峰:指中条山,又名雷首山。在山西省永济市东南,西起雷首,迤逦而东,直接太行。山狭而长。因西为华岳,东为太行,此山居中,故名中条山。

泰岳:泰山。比喻值得敬仰的人。

重修天门尊经阁启圣祠记

龚廷飏

材之难,能任其事之难,任其事而能终其事之尤难。邑侯潘公常念尊经阁芜废[1],倡捐二百金,三年而未成。己亥夏[2],吾友刘子敬存等毅然以其事为己任。阁竣,更以所余金钱增修启圣祠。前后七月,祠阁并竣。余尔时以心丧未除,未与奔走之劳[3]。然窃尝从旁微窥,诸君斋宿于庙,数月不一过其门。金钱出入,必大书特书,悬诸国门[4]。虽饔飧之费[5],不以一文取诸公。大冬严雪飞洒,颓庑几盈寸,而诸君同两司铎,夜半会计[6],绝无倦容,至拾木屑以续灯,其勤苦如此。

嗟乎!任天下而尽如此也,可不谓难焉?夫尊圣人必尊圣人之所自出[7],此之谓孝;敬其事始终无一毫苟且,此之谓廉。以诸君出而任国家事,当必大有可观也。

祠成,邑侯倩余纪其事[8]。余观修祠始末、祠制广狭,程太史书巢于阁中序之详矣[9]。余特有感于一邑一事之微,足见人才之大可为。取人之贵以实,而因冀当世之以人事君者。维时董其事者[10],吴子矗庵,江子绍元,樊子郅章,王子全石、东华,夏子咸万,崔子别江、潜友,吴子颜勖,谭子用宾,温子渐逵,徐子懋昭,吴子炎州,熊子今南,张子尊一也。

康熙庚子长夏撰并书[11]。

题解

本文录自清乾隆乙酉(1765年)初版《天门县志·卷之五·学校》第9页。

注释

[1]邑侯:明清县长官别称。

[2]己亥:清康熙五十八年,1719年。

[3]心丧:古时谓老师去世,弟子守丧,身无丧服而心存哀悼。泛指无服或释服后的深切悼念,有如守丧。

与:参与。

[4]国门:泛指一般城门。

[5]饔飧(yōng sūn):早饭和晚饭,饭食。

[6]司铎:谓掌管文教。相传古代宣布教化的人必摇木铎以聚众,故称。

会计:管理及出纳财务。

[7]所自出:指诞生圣贤的祖先。

[8]倩余纪其事:请我记载这件事。

[9]程太史书巢于阁中序之详:程翅撰写的、安放于阁中的《重修尊经阁

启圣祠记》记载很详细。

程太史：程翅，字修龄。天门进士。以翰林院检讨致仕。曾撰《重修尊经阁启圣祠记》。太史：翰林。本为官名，夏商周三代为史官和历官的长官。明朝和清朝都叫钦天监，掌管天文占候的事；编写史书的任务归翰林院，故俗称翰林为太史。

[10]董其事：主持其事。

[11]康熙庚子：清康熙五十九年，1720年。

长夏：指阴历六月。

修诸冯村虞帝庙引

龚廷飏

蒲坂为有虞旧都，而诸冯即虞帝故里。孟子曰："舜生于诸冯是也。"诸冯在蒲之西北，距城三十里许，向属舜陶里[1]。余嫌其以帝名名里，里人亦恶"陶"之音近"逃"，请余更其名。余曰："诸冯村在焉，即名诸冯里，可乎？"里人曰："唯唯[2]。"

村东有阜，阜上有庙，庙之圮也久矣[3]。里人欲易而新之，进而请曰："大夫曷为文以告蒲之乐襄其事者[4]？"余思夫古圣人之能使后世不能忘者，虽其生平所过之地，犹徘徊不能去，况其里闬乎[5]？间尝过河滨，涉雷泽，登历山，游妫汭[6]，其上均有舜庙云。是村也，顽父允若之地也，嚚母烝乂之区也，傲弟郁陶之所也[7]。孰无父母，孰鲜兄弟？夫畴不睪然高望、悠然遐思者[8]？且夫舜集五帝之终，开三王之始，际中天之运，致复旦之休[9]，其神圣为何如？而孔子止赞之曰孝，孟子仅称之曰人。自天子以至于庶人，尽人也，均可立人之道者也；尽子也，均宜有孝之思者也。今圣天子三年之孝始终无间，斋居疏食，引见臣工，著素服，薄海内外至有闻圣孝而感激涕零者矣[10]。宜诸冯人之欲举舜庙而堂皇其规模、丰盛其俎豆也[11]。彼闻风兴起者，独吾蒲人哉？夫宣上孝治达下孝思，以追崇千古大孝之圣，刺史事也[12]。于是乎书。

附《舜陵辩》:

丁未之春,廷自太原返蒲,绕道谒舜陵,即孟子所谓"鸣条也"[13]。窿窿者冈,巍巍者陵,炳炳者孟子之言[14],乃自司马子长有"崩苍梧、葬九嶷"之说[15]。后人竟信史而不信经,异矣!廷肃拜之余,遍寻碑记,得张明经《前后二辩》[16],其言确凿有据。因抄录付梓,以俟诸博学君子。

题解

本文录自清光绪十二年(1886年)版《永济县志·卷二十·艺文》第58页。

龚廷飏于清雍正三年任蒲州知州。永济为蒲州所辖。

清光绪版《山西通志·卷一百十·名宦录》记载:"龚廷飏,安陆人。雍正三年由进士知蒲州。居心恺测,莅事严明。重农惠商,吏民怀服。建坊东关,以志遗爱焉。性耽吟咏,于蒲坂名胜,考核甚详,并刊有《虞迹图考》行世。"

虞帝:即舜。

引:文体名。疏引。旧时募捐簿前的简短的说明文字。

注释

[1]舜陶里:舜制陶之地。陶:烧制陶器。

[2]唯唯:恭敬的应诺声。

[3]阜:土山。

圮(pǐ):毁坏,坍塌。

[4]盍:何不。

襄:相助,辅佐。

[5]里闬(hàn):乡里。

[6]间尝过河滨,涉雷泽,登历山,游妫汭(guī ruì):《史记·五帝本纪》:"舜耕历山,渔雷泽,陶河滨,作什器于寿丘,就时于负夏。"

河滨:相传为舜制陶之地。《史记》载:"舜陶于河滨。"

雷泽:一名雷水。在今山西永济市蒲州镇南。源出雷首山,南流入黄河。相传为"舜渔雷泽"处。

历山:一名雷首山,俗名龙头山,位于永济市西南25公里。《读史方舆纪要》蒲州:"历山,州东南百里。相传即舜所耕处,上有历观。"

妫汭:古水名。一作"沩汭"。妫水弯曲之处,在今山西省永济市南,相传是尧二女嫁于舜的地方。

[7]顽父允若之地也,嚚(yín)母烝乂(zhēng yì)之区也,傲弟郁陶之所也:《书·尧典》云:"父顽、母嚚、象傲。克谐以孝。蒸蒸乂不格奸。"尧求贤人

以继其位，四方诸侯推举虞舜。舜是瞽(gǔ)叟的儿子，他的父亲很顽劣，母亲很嚣张荒谬，弟弟象又傲慢无礼。舜仍能克尽孝道，使一家人处得很和谐。并以孝道来修身自治，而感化那些邪恶的。

允若：顺从。

烝乂：有兴盛、安定的意思。《象祠记》："克谐以孝，烝烝乂。"大意是舜用孝心能使家庭和睦，兴盛，安定。乂：安定。

郁陶：思念之貌。

[8]畴：谁。

睪然：高远貌。睪：通"皋"。

[9]五帝：传说中的上古帝王，说法不一，以五帝为"伏羲、神农、黄帝、尧、舜"一说为多。

三王：夏禹、商汤、周文王。我国历史上被认为是三代之贤君。

际中天之运：运际中天，世运正旺的意思。际：达到，接近。

复旦：《尚书大传·虞夏传》："日月光华，旦复旦兮。"郑玄注："言明明相代。"意谓光明又复光明。当时比喻舜禹禅让。

休：自请辞去官职。

[10]斋居疏食：斋居时吃粗糙的饭食。

臣工：群臣百官。

薄：这里是使接近的意思。

[11]堂皇：指高大宽敞的殿堂。这里是使高大宽敞的意思。

俎(zǔ)豆：俎和豆都是祭祀、宴会用的器具。谓祭祀，奉祀。

[12]刺史：明清为知州别称。

[13]鸣条：地名。山西省运城市鸣条岗有舜陵。

[14]巃巃(lóng)：高起，突出。

炳炳：光明。

[15]司马子长：司马迁，字子长。

[16]张明经《前后二辩》：张京俊作《舜陵辩》和《舜陵后辩》。前文否定了司马迁的观点，指出舜陵在安邑曲马村；后文否定舜陵在安邑曲马之说，并断言"今蒲州东南八十里有苍陵谷……以竹书断之，古必有苍梧之名"。张京俊，清康熙安邑县人，例贡生。

明经：本指科举中的明经科进士。明清时对贡生的尊称，不是正式进士。

上开泗港堤十不便书

龚廷飏

呈为仰体咨询盛意，奸言乱听，谨陈开河弊端，恳恩严饬永禁事[1]。

盖闻周爰咨诹，既每怀而靡及[2]；迩言必察，亦执两以用中[3]。恭惟都天大老爷望重申甫，学宗程朱[4]；抚琴未及期月，治谱几于有成[5]。如革火耗、减关税，平米价、发积谷[6]，诸大政亦既言无虚发，事求实效。而犹治益求治，广询博采，下及刍荛[7]，虽古圣贤闻言则拜之。盛何以过此？第言路既开，即不无大奸巨棍，饰词剿说，以似乱真，如景陵刘晸妄呈开掘一条是也[8]。

伏读宪示[9]，有曰："岂无探源之论，可以不恃堤防而永无水患者乎？"此大老爷自有神算，当非浅学所可妄窥。窃意自古治河之法，不越贾让《三策》：下策，增卑培薄，即今之堤防是也；中策，多张水门，以便蓄泄。今世亦有用之者。至其上策，则徙冀州民之当水冲者。夫民徙则地废，地废则田废，田废则赋废。以百姓产业、国家赋税，一旦付之东流，是以自古及今，空传美谈而不敢措之实事也。虽然让所言者犹民与地之当水冲者耳。何至取不当水冲之民而鱼鳖之，不当水冲之地而芦苇之？让所言者犹徙一方，以为天下计耳。何至剜全邑之肉，补一隅之疮，如刘晸妄议乎？都天大老爷保赤诚求博访策略，总为民利起见，利九而害一。大老爷犹不忍言若利一而害九。大老爷岂肯为乎？请将开掘弊端、不便于国计民生者，为我都天大老爷详切陈之[10]——

泗港既筑二百余年，明丁太监用形家言，而水泛皇陵，须开泗港，令其北绕以图升恒[11]。阖邑请命，中止。我朝顺治十二年，潜人刘若金于故明宏光朝为刑部，愤然议开，以图壑邻。官民力争，中止。县志、石碑，班班可考，大老爷一电即知。历年久远，故道已失。大役若兴，糜费无穷。金钱巨万，势必上动内帑[12]，劳民伤财，未知何年可告成工。一不便也。

七十二垸水患，何得归咎泗港之塞？泗港已筑二百余年，岂二百余年以前，七十二垸皆完固乎？据刘晸呈云："汉水之害，至今岁尤甚。"得无泗港去岁始筑耶？目今七十二垸，又何尝不已淹者半而未淹者亦半乎？彼有堤防，彼自玩抗不修，即如晸所条，刓嘴口听其水来水去[13]。自作之孽，于谁归咎？且七十二垸不过景南一隅。泗港一开波涛，全邑养其一指而失肩背。二不便也。

据刘晸呈云："泗港复开，于潜、沔、荆州皆有益。"按：《水经》云："汉水自荆城流绕当阳，又东南流绕云杜。"云杜，古竟陵也。荆踞上游，泗港之开，徒能鱼景，何益于荆？若以沔论，沔水界江汉之间。江溢则浸其东南，汉溢则浸其西北。以四面受敌之沔，岂泗港之开所能补救乎？此皆虚词耸听[14]，原无足辩。至云益潜，按：《尔雅》云："水自汉出为潜。"是潜江得名原以水也。前此四十五年，三官殿堤溃，淹没景陵。潜之竹根滩堤溃，亦被淹没。本年，叶家滩堤溃，淹没。而潜之周家月堤溃，亦被淹没。未闻景既沧海而潜即金瓯也。安潜以困景，尚曰邻国为壑；景困而潜终不安，计不两失乎？三不便也。

有河必有堤。景陵堤塍仅在县南一带，水利厅犹席不暇暖[15]。泗港一开，县东、县西、县北，俱要筑堤为命，势必非一水利官所能巡视矣。大老爷探源之论，本欲不恃堤防。如刘晸呈，不又添如许多堤防乎？四不便也。

景陵地处洼下。泗港一开，如顶灌足；城郭仓库，立沉波底。谚曰："开了泗港堤，景陵是个养鱼池。"五不便也。

据刘晸呈云："七十二垸周围三百余里耳。"泗港一开，巨壑者为景陵，横溢者为京山，直冲者为汉川，甚而应城、而孝感、而云梦，皆其波及者矣。以土地广狭论之，七十二垸何如数县？以民人众寡论之，七十二垸又何如数县？六不便也。

闻泗港一开，河身当废田产若干，堤塍当废田产若干，崩洗当废田产若干，沉塌当废田产若干。田产既废，国非其国。七不便也。

景陵钱粮四万有零。在山乡与大河南者，不过十之三、四。在泗港下流者，实居十之六、七。泗港一开，水天一色，四万有零之钱粮作何派減？八不便也。

泗港久筑，有故道而庐舍者矣。小民耕食凿饮，鸡犬桑麻，涵濡于数百年之深[16]。忽欲转徙他方，哀哀妇子，去将何之？河道淤塞既久，故老凋谢殆尽。百姓闻一议开，即惊惧而不知所出。或曰此是故道,或又曰彼是故道。水势骤至,若漂群蚁于杯水耳。数万生灵,汩沉昏垫[17]。九不便也。

泗港久筑,有故道而坟墓者矣。“潜寐黄泉下,千载永不寤。”已为古诗所悲。但生为太平之人,死得一抔之土[18],未可谓非厚幸。泗港一开,大水冲洗,白杨萧萧之魂,又作洪波淼淼之魄[19]。食蝼蚁而不足[20],葬江鱼而无余。不但新鬼含冤,旧鬼哭耶!有明太宰周嘉谟《上钱按台书》亦云:“无论田产宅地,尽受其害。即先人遗骸亦遭其没。”如刘晸呈指数万生灵以为七十二垸计,犹可言也。抛数万白骨以为七十二垸计,尚可言乎?昔文王泽及枯骨[21],谅大老爷有同心矣。十不便也。

夫事,必悉其源委,审其利害,而后可进说于大人君子之前。晸呈不知何年下流尽筑堤为垸。盖自五代时高季兴节度荆南,筑堤以障汉水,事经七、八百年矣,亦将皆令其复旧乎?又云:“人踞水之地,非水没人之田。”洪荒以前,洪水泛滥,举世皆水之地也。大禹疏瀹[22],人居平土,亦为踞水之地乎?狂瞽之言[23],真堪喷饭。至云:“安陆以上[24],河宽与江等,渐下渐窄。”不知由安陆而下,在荆门,则有泽口河以泄其势;在潜江,则有县河口河以泄其势;在景陵,则有牛蹄口河以泄其势。如此而犹溃缺,真人事不修所致矣!尚欲多开河道,亏赋损民,毋乃不和于室而作色于父耶[25]?凡此巧言蔽聪,亦知天地不容,又从而预为之防曰:“民好横议[26]”。夫《书》曰:“畏于民岩[27]。”孟子曰:“民为贵。”朝廷所爱惟民,大老爷所抚惟民。民得其所,乌得有议;民受其害,又乌得无议?刘晸乃欲遂一己之私、防万民之口乎?万民之议,必议之公;刘晸之议,正议之横者也。且刘晸生于景陵,长于景陵,一旦欲鱼鳖景陵,螺蚌景陵,总缘贪图邻贿,遂致残毁父母之邦,忍心害理,一至于此!

廷等一卷自守,非公正不敢发愤[28]。躬逢大老爷求言若渴,从谏如流,亦思陈一得以自效。况复奸言妄渎,廷等利害切身肤,敢将开掘诸弊,迫切上呈。伏乞都天大老爷立将刘晸所呈开掘一议,严饬永行禁止。景陵幸甚,汉川诸县幸甚!为此具呈须至呈者。

康熙四十八年[29]。

题解

本文录自清光绪二十年(1894年)竟陵阁邑版《襄堤成案·卷一》第9页。原题为《进士龚廷飏上开泗港堤十不便书》。

泗港:明代“汉江九口”之一。当时属潜江,今属天门张港。泗港与小泽口、大泽口的开塞之争,是明清时期两湖平原众多的水利纷争中的三个纷争事件。

注释

[1]“呈为”一句:这一句是本文的真正标题。

仰体:谓体察上情。

盛意:盛情。

严饬(chì):严加整治。

[2]周爰咨诹,每怀而靡及:要普遍地挨家挨户地调查访问,每每想起还有不周到地方。语出《诗经·小雅·皇皇者华》。

[3]迩言必察:肤浅之言务必明察。语出《诗经·小雅·小旻》:“维迩言是听,维迩言是争。”迩言:浅近、肤浅之言。

执两以用中:掌握住过与不及的两头,取用其中间。意谓对待、处理事物要不偏不倚,恪守中庸之道。“执其两端用其中”的简语,儒家所倡导的哲学方法。执:掌握。两:指过与不及两端。

[4]都天大老爷:大老爷为清代对四、五品官员的尊称,冠以“都天”,有“在上的大老爷”的意思。

申甫:周代名臣申伯和仲山甫的合称。后代借指贤佐。

程朱:指北宋程颢、程颐和南宋朱熹。以此为代表的理学学派,也称“程朱理学”。

[5]抚琴:同“鸣琴”。原文为“抚禁”。《吕氏春秋·察贤》:“宓(mì)子贱治单(chán)父,弹鸣琴,身不下堂而单父治。”后因用“鸣琴”称颂地方官简政清刑,无为而治。

期月:一整年。

治谱:指南齐傅琰家有治县良方,故其家人政绩显著。《南齐书·傅琰传》载,傅琰父子政绩显著,世人认为傅家有“治县谱”,世代相传,不告诉外人。后来把父子兄弟做官、政绩显著称为“治谱家传”。

[6]火耗:元代于产金地征税时,往往多于应征数,以为铸币时的损耗。明清时指赋税正项之外加征的税额。

[7]刍荛(chú ráo):割草打柴,也指割草打柴的人。指草野之人。

[8]第:只是。

饰词:掩饰真相的话,托词。此处

当理解为掩饰真相,不说真话。

剿(chāo)说:因袭别人的言论作为自己的说法。

晸:音 zhěng。

[9]宪示:疑指奉命而颁的告示。

[10]详切:详细恳切。

[11]形家:旧时以相度地形吉凶,为人选择宅基、墓地为业的人。也称堪舆家。

皇陵:指显陵,明兴献皇帝陵。在今湖北省钟祥市东。

升恒:祝颂事业发达的套语。

[12]内帑(tǎng):封建时代皇室的库藏及其资财。

[13]玩抗:抗玩。玩忽抗命。

剅(lóu):堤坝下面排水、灌水的口子,横穿河堤的水道。

[14]虚词:空话,假话。

[15]堤塍(chéng):堤坝和田界。

席不暇暖:谓席子未及坐暖即离去。形容忙于奔走,无时间久留。

[16]耕食凿饮:常作"凿饮耕食"。犹言掘井而饮,耕田而食。谓百姓乐业,天下太平。

涵濡:涵养滋润。

[17]汩沉:埋没。

昏垫:指困于水灾。

[18]一抔(póu)之土:一捧泥土。泛指坟墓。

[19]淼淼(miǎo):水势广阔无际的样子。

[20]蝼(lóu)蚁:蝼蛄及蚂蚁。

[21]文王泽及枯骨:语出《吕氏春秋·异用》:"文王贤矣,泽及髊(cī)骨。"恩泽施及于死去的人。形容恩德深厚。

[22]疏瀹(yuè):疏浚,疏通。

[23]狂瞽(gǔ):愚妄无知。

[24]安陆:指安陆府府治钟祥。

[25]不和于室而作色于父:"怒其室而作色于父"的化用。家里不和却迁怒于他人。父:父老,年长的人。

[26]横议:恣意议论。

[27]畏于民岩:顾及民众中的不同意见。岩:参差不齐之意,一说谓民情险恶。

[28]发愤:发泄愤懑。

[29]康熙四十八年:己丑,1709 年。

募铸东禅寺钟说

龚廷飏

钟,古乐器也。《三百篇》中,见于《颂》者《执竞》篇曰:"钟鼓喤喤[1]。"《那》篇曰:"庸鼓有斁[2]。"此庙中之钟也。见于《雅》者《灵台》篇曰:“於论鼓钟[3]。”此辟雍之钟也[4]。《彤弓》篇曰:“钟鼓既设[5]。”此朝中之钟也。《宾筵》篇曰[6]:“钟鼓既设。”此宴会之钟也。见于《风》者《关雎》篇曰:“钟鼓乐之[7]。”此房中之钟也。《山有枢》篇曰:“子有钟鼓,弗鼓弗考[8]。”此民间之钟也。

夫唐俗最俭,民间犹有钟鼓可见。古先王礼明乐备,所以移风易俗者,端在繁文缛节、宣幽导滞之中[9]。自后世礼乐不兴,而所谓礼器、乐器者,渐失其传。幸而存者,又茫然不知其所用。即如钟,仅庙、朝中有之。直省州县[10],则仅文庙中有之,然多设而弗考。独浮屠氏庙俱有钟[11],钟俱晨昏击,自是钟声常盛于佛教。而人之习而忘之者,竟视钟为刹中物[12]。

邑东禅寺僧豁然、映空辈,将铸佛殿钟。钟高若干尺,围若干尺,重若干斤,殆古所谓镛乎。镛费甚巨,僧欲乞余一言募于众。余盖念民间乐器之不能复古,而深叹先王遗风独流于浮屠氏,尚忍随僧之声乎哉!然子美《奉先寺》句云:“欲觉闻晨钟,令人发深省[13]。”不闻之我教,而闻之彼教,亦犹礼失而求之野也[14]。且东禅踞邑东湖之中,帝出乎震,震东方也[15];雷一发声,百果草木皆甲坼[16]。邑人士合力以洪东寺之钟声,未必不大有裨益。虽然,余儒也。儒言,佛恐不足取信。乃现头陀身,而为说偈[17]。偈曰:“从闻思修[18],闻莫如钟。声大小扣,法南北宗[19]。出林翔鸟,渡水惊龙。耳边钟边,悟者自逢。他日之钟,钟在人耳;今日之钟,钟在吾纸。愿出于僧,钟自僧始;力出于众,钟以众起。”

题解

本文录自清道光元年(1821年)版《天门县志·卷之十七·寺观》第4页。

东禅寺:清道光元年(1821年)版《天门县志·卷之十七·寺观》第2页记载:“东禅寺在东湖中,旧号乾明。创始,唐僧机锋、智远。”

说:又称“杂说”。论说文的一种。原指策士进说献谋的游说之辞。汉以后指表示说明或申说事理的文章。

注释

[1]三百篇：指《诗经》的篇数。后也用以代称《诗经》。

执竞：《诗经·周颂》的篇名。执竞的意思是自强不息。

喤喤（huáng）：形容大而和谐的声音。

[2]那：《诗经·商颂》的篇名。

庸鼓有斁（yì）：大钟大鼓相和齐鸣。庸：通“镛”。大钟。有斁：即斁斁。形容乐器声音盛大的样子。

[3]灵台：《诗经·大雅》的篇名。

於（wū）论（lún）鼓钟：啊，和谐的钟鼓之声。於：叹词。表示感叹、赞美。可译为“呀”“啊”。论：有条理，有节奏。

[4]辟雍：西周时天子设于王城的学校。取四周有水、形如璧环为名。

[5]彤弓：《诗经·小雅》的篇名。彤弓的意思是红色漆弓。

钟鼓既设：钟鼓架设齐备。

[6]宾筵：指《诗经·小雅·宾之初筵》。

[7]关雎（jū）：《诗经·周南》的篇名。

钟鼓乐之：敲击钟鼓，使她快乐。

[8]山有枢：《诗经·唐风》的篇名。山有枢的意思是刺榆长在山坡上。

子有钟鼓，弗鼓弗考：你有钟与鼓，却不击不敲。鼓：击鼓。考：敲。

[9]端：全，都。

繁文缛节：谓烦琐的仪式或礼节。

宣幽导滞：指培养造就人才。宣、导：引导。幽、滞：幽滞，隐沦而不用于世。

[10]直省：清代直隶与诸省连称。

[11]浮屠氏庙：佛寺。

浮屠氏：佛教徒。浮屠：佛教名词。梵文佛陀旧译，一译浮图。

[12]刹（chà）：佛塔顶部的装饰，即相轮。亦指佛塔、佛寺。

[13]子美《奉先寺》：指杜甫《游龙门奉先寺》。

[14]礼失而求之野：常作“礼失求诸野”。意谓古礼失传，可以在民间访求。

[15]帝出乎震，震东方：语出《周易》：“帝出乎震，齐乎巽。”意思是，主宰大自然生机的元气使万物出生于（象征东方和春分的）震，生长整齐于（象征东南和立夏的）巽。“万物出乎震，震东方也。”意思是，万物出生于震，因为震卦是象征（万物由以萌生的）东方。

[16]雷一发声，百果草木皆甲坼（chè）：语出《易·解·彖（tuàn）传》：“雷雨作而百果草木皆甲坼。”

雷一发声：易经第五十一卦，震为雷。此处承上文“震东方也”。

甲坼：种子外皮开裂而发芽。坼：裂开。原文为“甲折”。

[17]头陀：梵语称僧人为头陀。

偈(jì):梵语“偈陀”的简称,也译为颂,是一种佛家常用诗体,一般每首四句,每句字数相等。

[18]闻思修:修学佛法的三大次第。闻:谓听闻佛法。由闻而思,由思而修,由修而证,乃修学通途。

[19]南北宗:佛教禅宗自五祖弘忍以后分为南、北二宗。

附

龚君东圃(龚廷飏)墓志铭

李　绂

岁壬子,余见龚君东圃所为厥弟巽飏庐墓记,嘉其家孝友,心向往之。明年,巽飏来谒。又数月,君卒。因来乞文,志君墓。辞不获,乃按状志之。

君讳廷飏,字庶咸,东圃其别号。先世居江西南康【即南昌】府。高祖讳滨,始迁湖广今为天门县人。曾祖讳则敬,生而有文在手,曰“孝”。善事其亲,继母没,庐墓三年,事载郡志。祖讳仲鹄,举进士不第,生子二人。次讳松年,有儒行,君考也。君世父讳宽,无子,以君嗣;嗣考、本身考并以君仕遇覃恩,赠封文林郎。

君生早慧,八岁工属对,十三为文章,同学皆畏服。故大学士沁州吴公时方巡抚湖广,课士,拔君第一。已而郡试、学使试,并第一,年始十九岁。己卯年二十有三,即举于乡。明年庚辰会试中式,遽归。癸未补廷试,三甲第三人。以知县需次于家,益发愤读经济书。庚寅选授福建侯官知县。侯官附郭邑,号难治。君至,辨疑狱十余事,治豪强抗赋者,声大起。故事闽侯二令,日起居、院司大吏,君独谓令亲民,不当奔走废事,列状请惟朔望谒,后令至今赖之。遇事执法势要莫能挠一日昏夜。有吏传巡抚谕取四囚病故状,君以无明文不从。明日巡抚意亦悟,止斩一人。课士劝农,编审派累,请免玥江虚赋,惠政日益多。岁辛卯分校乡试,得士冠其榜,一士乞同舍生文中式,内场莫知也,事觉并解君任,寻得白,民千百欢呼拥舁君返衙。七年而政成。本生考殁,去官治丧。又三年,始赴补。皇上特命往山西，以知州用，遂补直隶蒲州。蒲俗颇悍，所属万泉令督粮急，奸民聚众千人毁县门，令逾垣出，告民叛。君单骑挟二役，驰至县，谕以利害。民感泣出，首祸者执归治之，威信大行。修虞帝祠，以崇先圣。应诏举薛孝子，以导风化。政有余闲，而精勤弥励。岁丁未以失报河清免官，民仓皇如失父母，争写君像祀之。

君天性纯挚。庚辰礼闱中式，将廷试，心动驰归。比至家，母程孺人果病剧，侍汤药，数日始殁，人咸异之。本生考殁，去官治丧，服阕心丧，三年不出。曰："服可杀，哀不可杀也。"待诸弟亲爱，出嗣大宗，未尝异财产。罢官归，谋访范氏义田，收恤族属，未成，遽卒。雍正十有一年八月二十有三日也，得年仅五十有七。娶谭氏友夏先生曾侄孙女，无子，以君仲弟、侍御君长子光海嗣。所著《仕学轩文集》藏于家。君以名进士通籍，居官循良，居家孝友，法应得铭。铭曰：

渤海政隆，荆楚德充。龚氏双美，克备于乃躬。世再绝而续，以昌其大宗。刻石写辞，识诸幽宫。千秋罩如，弗陨厥封。

赐进士出身、经筵讲官、兵部右侍郎，临川李绂撰。

题解

本文录自清光绪六年(1880年)版、天门横林鄢滩《龚氏族谱》。标题原为《廷飏公墓志铭》。

李绂(fú)：字巨来，号穆堂。江西临川县城荣山镇人。清代著名政治家、理学家和诗文家。清康熙四十八年进士，由编修累官内阁学士。

程　翅

清道光元年(1821 年)版《天门县志·卷之二十二·人物》第 16 页记载:程翅,字修龄。康熙己丑进士,以检讨致仕。蓬门却扫,座客常盈,专以接引后学为事。谆切往复,不惮再三;或继烛见跋,未尝倦也。初,翅以孝廉任郴州学正(原文为"柳州学正",据乾隆版《天门县志·卷十六》第十五页程翅传略改),擢施州教授。进诸生,各视其所能而教之。赵中丞申乔深契焉,累膺荐剡。晚年居乡,不履公庭,品斯崇矣。

之任郴州

程　翅

岩泉飞白练,湖岫拥青螺[1]。清绝好山水,苍然秋色多。征帆此中去,何处吊湘娥[2]。宛鼓云和瑟,依稀带女萝[3]。

题解

本诗录自熊士鹏编、清道光癸未(1823 年)版《竟陵诗选·卷七》第 11 页。

之任:赴任,上任。

注释

[1] 湖岫(xiù):湖和山。岫:峰峦。

[2] 湘娥:即湘夫人。传说尧女娥皇、女英嫁予虞舜为妻,舜涉方死于苍梧,二妃堕湘水中,为湘夫人。

[3] 云和瑟:云和,山名,谓以云和山之木所制之琴瑟。

女萝:植物名,即松萝。多附生在松树上,成丝状下垂。

之任施州

程　翅

路入羊肠曲，门穿虎穴幽[1]。遥临巴子国，已近夜郎秋[2]。树杪飞泉出，峰腰积雪浮[3]。兹游如太白，问月一倾瓯[4]。

题解

本诗录自熊士鹏编、清道光癸未(1823年)版《竟陵诗选·卷七》第11页。

注释

[1]路入羊肠曲：丁宿章撰、清光绪九年(1883年)版《湖北诗征传略·卷二十八》第四十六页作"路入羊肠险"。

[2]巴子国：古诸侯国名。巴人所建。领有今重庆、鄂西一带，都城在今重庆市北。

夜郎：汉时我国西南地区古国名。在今贵州省西北部及云南、四川二省部分地区。

[3]树杪(miǎo)：树梢。

[4]瓯：杯、碗之类的饮具。

重修尊经阁启圣祠记

程　翅

邑尊经阁，明邑人唐尧举、朱万祚同建[1]。万历癸丑，梁侯从兴补修[2]。迄今才百四十年耳，竟栋折墙倾，草蔓榛莽，砾场确圃，难以名状[3]。每见贝叶昙花、珠宫香阜[4]，唐宋时建者多巍峨璀璨，岂传灯煮汞家护惜苦心，非我心所能仿佛也[5]？邑潘侯丙申行奠[6]，目击欲修，以水旱频仍停止。阅四载，乃捐俸，招两铎及绅士商民集事，庀材鸠工[7]。刘公清史、聂公镛暨邑绅士吴亭、江之怍、樊愴孙[8]、王荣璞、刘寅壹、夏用和、崔汜、崔沱、王荣琏、吴天骥、熊上林、张世爵、吴学勤、谭大象、徐德晋等，或引义劝输[9]，或宿庑纠督。凡阅七月，而折者、倾者皆突兀峥嵘[10]。朱龛龙幕，俨然遗像，恍同亲炙[11]。设笥贮经暟洁[12]，俱称重建。

启圣祠深二丈有奇[13]，广七尺许。中龛奉木主，旁二龛列配享[14]。凡殿庑门亭以及内外垣墙，无不次第修葺。后之人尚相与护惜而绸缪之[15]。无为传灯煮汞[16]，子所窃笑，是则公之志也夫！

题解

本文录自清乾隆乙酉（1765 年）初版《天门县志·卷之五》第 8 页。

注释

［1］邑人：本县人。

［2］万历癸丑：明万历四十一年，1613 年。

梁侯从兴：指时任景陵知县梁从兴。梁为南海人，进士。侯：邑侯。明清县长官别称。

［3］榛莽：丛杂的草木。

确圃：石多土薄之地。确：确瘠。石多土薄，亦指石多土薄之地。

［4］贝叶：印度贝多罗树（菩提树、觉树）之叶。

珠宫：指道院或佛寺。

香阜：佛寺的别名。

［5］传灯煮汞家：指佛家、道家。传灯：佛家指传法。佛教以灯象征智慧，众生因智慧而解脱，故称教导佛法为“传灯”。煮汞：古代术士用朱砂、水银来提炼仙丹。

护惜：保护爱惜。

仿佛：近似。此处承前文有接近“苦心”的意思。

［6］邑潘侯：指时任景陵知县潘某某。乾隆版、道光版《天门县志》清顺治十三年前后任知县者无潘某某的记载。

丙申：清顺治十三年，1656 年。

行奠：指行祭祀之礼。

［7］铎：司铎。明清教官博士、教授训导、教谕等之别称。

庀（pǐ）材鸠工：准备材料，招聚工匠。形容建筑工程的准备。庀：准备。鸠：聚集。

［8］憎：音 wèi。

［9］引义劝输：指晓之以理，劝人捐资。引义：引用义理。

［10］峥嵘：不寻常。

［11］龛（kān）：供奉佛像、神位等的小阁子。

亲炙：亲自受熏陶、教益。炙：火烤肉。比喻熏陶。

[12]皚(kǎi)洁:洁美。

笥(sì):方形盛器。以竹或苇编成。此处指存放经书的箱子。

[13]有奇(jī):有余。

[14]木主:为死者立的木制牌位,上写称呼、姓名。原文为“本主”。

配享:贤人或有功于国家文化的人,附祀于庙,同受祭飨。

[15]绸缪:连绵不断。

[16]无为传灯煮汞:语出刘禹锡《送僧元暠(hào)东游》:“传灯已悟无为理,濡露犹怀罔极情。”无为:佛教用语。非造作,非条件构成的。

唐建中

清道光元年(1821 年)版《天门县志·卷之二十二·文苑》第 17 页记载:唐建中,字赤子。康熙癸巳举人,联捷成进士,选庶常。少力学,工诗文。随兄时模宦游徐州。以借籍不成,受知学使许时庵,名传江左。时林将军女能诗,建中赘居其家,与相唱和。既而学使携之北上,肄业成均。旋归楚,乡试登贤书。通籍后摛(chī)藻木天,王公大人争购求笔墨。忽弃官,游历燕赵、齐鲁间,渡河涉江,抵吴会。山川名胜,古今遗迹,供其啸咏。有《邓尉山梅花诗》三十首、《牡丹百韵》,大江南北,无不传诵。殁之日,白衣会葬者数千人。旅榇(chèn)未归,全集莫睹,惜哉!

清乾隆乙酉(1765 年)初版《天门县志·卷十五·卓行》第 4 页记载:唐胜学,住陶溪潭……生建中,振其家声。

张撝(huī)之等主编《中国历代人名大辞典·下》第 2039 页记载:唐建中,清湖北天门人,字赤子,一字作人。康熙五十二年进士,官庶吉士。恃才自负,散馆时举笔过迟,竟以不终卷免官。游燕赵齐鲁间,晚年侨居扬州。有《周易毛诗义疏》《国语国策纠正》(《国朝耆献类征初编》卷一二四)。

临高台

唐建中

临高望秋水,寒镜出尘函。碧藓净孤渚,苍云阴半岩。风传隔院笛,叶送下江帆。正有南来雁,离情孰寄缄?

题解

本诗录自丁宿章撰、清光绪九年(1883 年)版《湖北诗征传略·卷二十八》第 44 页。

过祖氏水亭

唐建中

出阁夏犹浅,闭门春已迟。草深骑马路,花过听莺时。远水白明镜,乱山青入池。城南风景地,不是少人知。

烟生山未紫,取道傍城偎。一片泉声出,谁家水槛开[1]。游鱼依草戏,宿鸟拂檐回[2]。留兴还谋醉,池荷作酒杯。

题解

本诗录自丁宿章撰、清光绪九年(1883 年)版《湖北诗征传略·卷二十八》第 45 页。

注释

[1]水槛:临水的栏杆。 [2]宿鸟:归巢栖息的鸟。

再同莫文中等游城南至丰台仍过祖氏水亭(三首)

唐建中

不尽城南兴,招邀复此行。故人官道柳,唤客寺门莺。一路风兼雨,众山阴复晴。谁云天亦妒,游屐有余清[1]。

帘影漾横塘,开尊对夕阳[2]。鸠鸣桑葚落,雉起麦苗香。野老频争席,村伶自作场[3]。幸无拘忌客,潦倒酒垆傍[4]。

未到水亭边,何人又管弦?听君歌宛转,容我舞蹁跹。风月真无价,池台信有缘[5]。请看荷叶大,昨日尚如钱。

题解

本诗录自熊士鹏编、清道光癸未(1823 年)版《竟陵诗选·卷十四》第 19 页。

注释

[1]游屐：游人穿的木屐。

[2]开尊：举杯。尊：盛酒器。

[3]村伶：乡村艺人。

[4]拘忌：拘束顾忌。

潦倒：形容酒醉。

酒垆：卖酒处安置酒瓮的砌台。亦借指酒肆、酒店。

[5]信：果真，的确。

邓尉山看梅花

唐建中

川原淳朴意闲闲，为住梅花十亩间[1]。何处疏篱偏界水，谁家高阁正临山[2]。雪深荒径骑驴去，月满空庭放鹤还。遍地玉英春不管，石田冷落鹿胎斑[3]。

题解

本诗录自熊士鹏编、清道光癸未(1823年)版《竟陵诗选·卷十四》第20页。

邓尉山：位于苏州市西南30公里光福镇东南。因东汉司徒邓禹隐居于此，故名邓尉山。此山又以香雪海著名，梅林遍布，早春时节，梅花如海，洁白似雪，冷艳吐香。邓尉探梅，是苏州一带居民传统习俗。

注释

[1]川原淳朴意闲闲：丁宿章撰、清光绪九年(1883年)版《湖北诗征传略·卷二十八》第45页作“川原浩渺意闲闲”。

[2]界水：接水。

[3]玉英：花之美称。

石田：多石而无法耕作的田地。

鹿胎斑：指梅花。因花瓣形如鹿斑。

月下次陈沧洲韵

唐建中

坐爱凉波满太清，罗衣渐觉露华盈[1]。闲看萤火当檐没，乍听虫声绕砌鸣[2]。长笛有情连小苑，哀笳何事起高城[3]？来朝休把青铜镜，白发悬知一夜生[4]。

题解

本诗录自熊士鹏编、清道光癸未(1823 年)版《竟陵诗选·卷十四》第 20 页。

注释

[1]坐：因，由于，为着。
凉波：月光。
太清：天空。
露华：清冷的月光。
[2]砌：台阶。
[3]小苑：小花园。
哀笳：悲凉的胡笳声。
[4]悬知：料想，预知。

端午竹枝

唐建中

无端铙鼓出空舟，赚得珠帘尽上钩[1]。小玉低言娇女避，郎君倚扇在船头。

题解

本诗录自《搜韵·影印古籍》中的袁枚《随园诗话·卷四》第 5 页。诗前云："己未冬，余乞假归娶，路过扬州，转运使徐梅麓先生止而觞之。席无杂宾，汪度龄应铨、唐赤子建中，皆翰林前辈。余科最晚，年最少，终席敬慎威仪，不敢发一语。但见壁上有赤子先生《端午竹枝》云……"李斗撰、清嘉庆二年(1797 年)版《扬州画舫录·卷十一·虹桥录下》第2页收录本诗。诗前诗后云:“唐赤子翰林《端午诗》云……皆此类堂客船也。”唐赤子:唐建中,字赤子。堂客船是专供女眷游览的画舫,四面垂帘。

竹枝:乐府《近代曲》之一。本为巴渝一带民歌,唐诗人刘禹锡据以改作新词,歌咏三峡风光和男女恋情,盛行于世。后人所作也多咏当地风土或儿女柔情。其形式为七言绝句,语言通俗,音调轻快。

注释

[1]无端:谓无由产生。

铙(náo)鼓:铙和鼓。泛指打击的响器。《扬州画舫录》作“铙吹”。

赚得:骗取。

[2]小玉:泛称侍女。

娇女:“左家娇女”的省略。左思《娇女诗》有“吾家有娇女,皎皎颇白皙”之句,后以“左家娇女”指美丽可爱的少女。

郎君:通称贵家子弟为郎君。

倚扇:持扇。

附 唐建中诗作《吊忠泉和韵》

谁从乱后说遗忠,父老吞声哭未穷。恨血千年和甃碧,丹心终古照波红。归来魂魄召巫史,想象须眉托画工。莫遣银瓶轻出汲,白虹夜夜起栏中。

题解:本诗录自清康熙五十三年(1714年)版《蒲城县续志·卷之四》。署名唐建中,该志没有唐建中的生平记载,姑录以备考。时任蒲城知县、京山籍汪元仕特邀西宁知县、钟祥籍进士何芬纂修县志。汪元仕捐俸修葺吊忠泉亭,郭恒、王远、唐建中、汪元仕、何芬、黄钟儒、汪之元等赋诗纪事。本诗作者疑为天门籍唐建中。唐于康熙五十二年(1713年)成进士、选为庶吉士,已负诗名。本诗为蒲城籍进士郭恒《吊忠泉题壁》的和诗。吊忠泉:指吊忠泉亭。清初为凭吊明末蒲城知县朱一统殉节而建。原址在县衙。明崇祯十六年(1643年),李自成农民起义军进入关中,劝朱归降而不从,朱赴后衙投井。

张继咏

清道光元年(1821 年)版《天门县志·卷之二十三·人物》第 24 页记载:张继咏,字次崖。康熙乙未进士。知青浦县,调镇洋未赴,卒。青浦,滨海大邑,赋广事繁。继咏治邑三年,兼摄华亭。以青浦旧逋,因公镌级。民间传其去职,两邑之人,暑月走汗,遮拥旌门,吁留慈母。只此兴学课农,缓征急恤,扶弱抑强,豁枉出滞,一切以精诚结之,故载《扳留集》。

附

豁免张继咏承修桥工追核减银两事折(节录)

赵弘恩等

工部尚书革职留任兼管正红旗汉军都统、臣赵弘恩等谨题为钦奉恩诏事。

……

今据苏州府查明,加具府结,申送前来,本司覆查:原署震泽县张继咏名下,应追承修底定桥工核减银壹百肆两陆钱陆厘叁毫。先经请咨该故员原籍安陆府天门县,查明张继咏家产已于原任青浦、华亭二县任内应完塘工银两各案追变无存,取结报部,奉准部文:“行查任所,如果并无产业,无可著追,即取具印结保题。”等因令行。据该府县确查:“该员任所并无资财隐匿,实在无项可抵,应行请免。出具印结,由府加结呈送,委无虚捏,实与豁免之例相符,理合据情回结具详,伏候保题请豁。”等情到臣。据此,该臣看得,原署震泽县知县张继咏承修底定桥工应追核减银两,先因该员回籍,移咨原籍湖广安陆府天门县著追,续准部覆湖北省咨报:“张继咏已经身故,伊弟张继良一贫如洗,实属家产全无。具结请免。”

……

今据布政使辰垣详称:“原署震泽县知县张继咏,应追承修底定桥工核减银壹百肆两陆钱零。确查:该员任所并无资财隐匿,实在无项可抵,与豁免之例相符。取具该府县印结详送,具题请豁。”等情前来。臣覆核无异。

……相应请旨豁免,恭候命下之日,臣部行文苏州巡抚、湖北巡抚遵奉施行。倘有别置产业隐匿,或被后官查出,或被旁人告发,除将产业入官、本人按律治罪外,其出结之地方官一并交部议处,并行文户部可也。

臣等未敢擅便,谨题请旨。

乾隆拾叁年拾月拾叁日。

题解

本文录自赵弘恩奏折。原件藏中国第一历史档案馆,档案号为02-01-008-000716-0010。文中三处“……”共省去约1200字。署名为赵弘恩及工部侍郎、主事等,省略。标题为《天门进士诗文》编者所加。

曾元迈(御史)

清乾隆乙酉(1765 年)初版《天门县志·卷十六·文苑》第 16 页记载:曾元迈,字循逸。夙慧天禀,有孝行,脱颖早而晚成。康熙癸巳举人,戊戌进士。选入庶常,三年授编修。读中秘书,益演迤恣肆,其所学久而得会归。有密友在朱相国轼幕,欲引元迈前谒,门下柬招之。谢曰:"相公固心如水,仆又可以热借釜耶?"固弗往。寻充会典馆纂修。丙午,典试江南。赉赐叠及。许事竣,省母。复命擢御史。遇事敢言,不避严显。其《端士习》《振吏治》两疏,以为养蒙于豫,叙官以能,尤建言得体要云。

清道光元年(1821 年)版《天门县志·卷之二十二·文苑》第 17 页记载:曾元迈,字循逸,号严斋。康熙癸巳举人,戊戌成进士。选庶常,三年授编修。有密友在朱相国轼幕,欲引谒,门下柬招之,固谢弗往。寻充会典馆纂修。丙午,典试江南。得士彭启丰,后以会状第一人仕至尚书。元迈秉性刚正。及擢御史,遇事敢言,不避严显。其《端士习》《振吏治》两疏尤得体要。著有《制义专稿》,卓然名家。子道亨。时亨登甲乙科。孙继祖,字蒿圃,以字行。工诗文,安贫不遇。

夜饮北塘即事

曾元迈

林塘地僻独清幽,携酒行来渐近秋。红藕花中频放艇,青山醉后一登楼。遥汀鹭影栖烟稳,积水蛙声叫月愁。为我添杯招胜友,余鲭不向五侯求[1]。

题解

本诗录自熊士鹏编、清道光癸未(1823 年)版《竟陵诗选·卷十》第 18 页。

即事:以当前事物为题材的诗。

注释

[1]余鲭(zhēng)不向五侯求:典自"五侯鲭"。五侯:指汉成帝母舅王谭、王根、王立、王商、王逢时,因同日封侯故号为五侯。鲭:为肉和鱼的杂烩。五侯鲭指汉代娄护合王氏五侯家珍膳而烹成的杂烩。后指佳肴。

赠刘将军

曾元迈

纵横沙塞几经秋,乞得云山汗漫游[1]。愁阵自今能却敌,醉乡何患不封侯[2]。骅骝已放还安步,鹅鹳无惊有钓舟[3]。莫道雄心除未尽,辟人犹自看吴钩[4]。

题解

本诗录自丁宿章撰、清光绪九年(1883年)版《湖北诗征传略·卷二十九》第4页。

注释

[1]汗漫:形容漫游之远。

[2]愁阵:指借酒消愁。

[3]骅骝:泛指骏马。

鹅鹳:水鸟天鹅与鹳鸟。

[4]辟人:谓驱除行人使避开。

吴钩:春秋吴人善铸钩,故称。后也泛指利剑。钩:兵器,形似剑而曲。

海淀至西堤

曾元迈

千里园林旧洞天,一泉分出数溪烟[1]。已环殿阁成冰镜,旋引宫渠入稻田。花偶过墙风半面,柳因近水日三眠。思乡夜梦潇湘景,今见潇湘在眼前。

题解

本诗录自熊士鹏编、清道光癸未(1823 年)版《竟陵诗选·卷十》第 18 页。

注释

[1]洞天:道教称神仙的居处,意谓洞中别有天地。后常泛指风景胜地。

中秋兴感(三首)

曾元迈

昨夜秋风梦故园,丹枫江上白云村。洞庭月出芙蓉冷,应照离人枕上魂。

巾柘江头有钓矶,料当佳节倚荆扉[1]。高堂望月思游子,游子何年趁月归?

去年今夕武昌游,月色江声满鹤楼。遥想筵前相送客,几人箫管在轻舟。

题解

本诗录自熊士鹏编、清道光癸未(1823 年)版《竟陵诗选·卷十》第 18 页。

注释

[1]巾柘:指巾水和柘水。巾水:即今湖北京山市西南及天门市西北石河。柘水:指天门河上游一段,俗称渔薪河。

陆子茶经序

曾元迈

人生最切于日用者有二：曰饮，曰食。自炎帝制耒耜，后稷教稼穑，烝民乃粒[1]，万世永赖，无俟覼缕矣[2]。唯饮之为道，酒正著于《周礼》，茶事详于季疵[3]。然禹恶旨酒，先王避酒祸[4]。我皇上万言谕曰："酒之为物，能乱人心志。"求其所以除痟去疠、风生两腋者，莫韵于茶[5]。茶之事，其来已旧。而茶之著书，始于吾竟陵陆子。其利用于世，亦始于陆子。由唐迄今，无论宾祀燕飨，宫省邑里[6]，荒陬穷谷，脍炙千古[7]。逮茗饮之风行于中外，而回纥亦以马易茶，大为边助[8]。不有陆子品鉴水味，为之分其源、制其具、教其造与饮之类，神而明之[9]，笔之于书，而尊为经，后之人乌从而饮其和哉[10]？

余性嗜茶。喜吾友王子闲园宅枕西湖，其所筑仪鸿堂，竹木阴森，与桑苎旧址相望。月夕花晨，余每过从，赏析之余，常以西塔为骋怀之地，或把袂偕往，或放舟同济[11]。汲泉煎茶，与之共酌于茶醉亭之上，凭吊季疵当年披阅所著《茶经》，穆然想见其为人[12]。昔人谓其功不稷下，其信然与[13]！迩时余即欣然相订，有重刊《茶经》之约，而资斧难办[14]。厥后予以一官匏系金台[15]，今秋奉命典试江南，复蒙恩旨，归籍省觐[16]，得与王子焚香煮茗，共话十余载离绪。王子因出平昔考订音韵，正其差讹[17]，亲手楷书《茶经》一帙示余，欲重刊以广其传，而问序于余[18]。余肃然曰："《茶经》之刻，向来每多脱误，且漶灭不可读[19]，余甚憾之。非吾子好学深思，留心风雅韵事，何能周悉详核至此！亟宜授之梓人，公诸天下后世，岂不使茗饮远胜于酒，而与食并重之，为最切于日用者哉？"同人闻之，应无不乐襄盛事[20]，以志不朽者。

是为序。

时雍正四年，岁次丙午，仲冬月之既望日，年家眷同学弟曾元迈顿首拜撰[21]。

题解

本文录自清雍正七年己酉(1729 年)重刊、仪鸿堂藏版陆羽《陆子茶经》。

注释

[1]耒耜(lěi sì):古代耕地翻土的农具。耒是柄,耜是下端的起土部分。

后稷:周之先祖。相传姜嫄(yuán)践天帝足迹,怀孕生子,因曾弃而不养,故名之为“弃”。虞舜命为农官,教民耕稼,称为“后稷”。

烝(zhēng)民乃粒:语出《尚书·益稷》:“烝民乃粒,万邦作乂。”百姓有粮食吃,天下才能安定。烝民:众民,百姓。

[2]无俟覼(luó)缕:不用等待详述。

[3]酒正:周朝酒官。职掌宫廷造酒、用酒。

季疵:陆羽,一名疾,字鸿渐,又字季疵。

[4]禹恶(wù)旨酒:语出《孟子·离娄下》:“禹恶旨酒,而好善言。”禹不喜欢美酒,却喜欢有价值的话。旨酒:美酒。

裀(gù):用同“祸”。

[5]痟(xiāo):通“消”。头部酸痛的一种疾病,发于春天。

疠:通“厉”。指疠气。

风生两腋:形容饮茶、嗜茶者会有飘飘欲仙之感,实际反映了一种道家情愫。语出卢仝(tóng)《走笔谢孟谏议寄新茶》:“七碗吃不得也,唯觉两腋习习清风生。”

韵:风韵雅致。

[6]宾祀:祭祀。

燕飨(xiǎng):亦作“燕享”“宴飨”“宴享”。古代帝王饮宴群臣。

宫省:指设在宫中的官署,如尚书省、中书省等。

邑里:乡里,乡间。

[7]荒陬(zōu):辽远的边地。陬:隅,角落。

穷谷:谷的尽头。指荒远偏僻的山野。

脍炙(kuài zhì):比喻诗文优美,为人传诵称道。脍:细切的肉。炙:烤肉。

[8]逮:到,及。

回纥(hé)亦以马易茶:西北少数民族也以马换茶。回纥:维吾尔族的古代译名。

边助:助边。资助边防。

[9]神而明之:玄妙的事理。语出《易·系辞上》:“神而明之,存乎其人。”要真正明白某一事物的奥妙,在于各人的领会。神:指事物的奥妙、道理。明:弄清楚。

[10]乌:怎么。

[11]过从:往来,交往。

骋怀:放开胸怀。

把袂(mèi):拉住衣袖,表示亲密。

[12]披阅:浏览,阅读。

穆然:肃敬,恭谨。

想见:由推想而知道。

[13]信然:确实如此。

[14]资斧:费用。

[15]匏(páo)系金台:意思是,虽有一官半职,却久不得升迁。

匏系:匏瓜系而不食。旧时用来比喻不得出仕,或久任微职,不得迁升。

金台:黄金台的省称。比喻延揽士人之处。

[16]典试江南:主持江南省科举考试之事。江南:省名。清顺治二年(1645 年)以南直隶改置,治今江苏南京市。清康熙六年(1667 年)分置江苏、安徽二省。

归籍省觐(xǐng jìn):返回故里,探望父母或其他尊长。

[17]音韵:也叫作"声韵"。汉字声、韵、调的总称,又用作音韵学的简称。此处指文字。

差讹:差错,失误。

[18]一帙(zhì):一册书,一套书。

示余:让我看。

问序于余:向我要序。请我作序。

[19]漶(huàn)灭:模糊,无法辨识。

[20]襄:帮助。

[21]雍正四年:丙午,1726 年。

既望:农历十五日为望,十六日为既望。

年家眷同学弟:这是按清初翰林的称谓习惯对人的自称。《词林典故》:"凡翰林前辈柬称年家眷同学弟。"督抚与下僚称年家眷弟。州县与生监、盐当等商人,亦称年家眷弟。年家:本义为科举考试中同榜登科者互称年家。同学弟:本义为旧时对同官的自谦的称呼。

静用堂偶编序

曾元迈

孝昌涂先生之于学,务在真知而允蹈之[1],非欲以言见者也。然讲且肄者历数十年,理味会心[2],随录所得,成书数种。为《谨庸斋札记》,为《守待录》,为《存斋闲话》,洎诸杂著[3],藏静用堂中。虽先生未尝轻出以示人,而海内知有是书者甚多。每私以请于门人子弟,其门人子弟苦于钞传之难遍，请付诸梓，而力不能尽刻，则取其论学者为《学言一》《学言二》，《学辨一》《学辨二》；论政者为《政言一》《政言二》。其他鸿文钜笔、因事而发者，具载文集，不以入编。惟训诫、箴铭，皆下学之精要、政事之基本[4]，所不敢遗。而古、近体诗亦拣其吟咏理致者百余首附焉[5]，合为上、下二编。编成，其门人魏君亦晋、赵君曰睿，余齐年友也，因属余为之序[6]。

夫余何足以知先生之学？虽然，亦尝进而承先生之教矣。先生论天命之性惟有一善，而圣贤之心惟有一敬。惟性之无不善也，则求知于此，求行于此，必务究其理一分殊之故[7]，而凡异说之以无善为宗者必黜焉[8]。惟心之无不敬也，则主此求知，主此求行，必务纯其静存动察之功[9]，而凡异说之以打破敬字直造本体为高者必黜焉。即其以燕闲而谈政事，未及详究经法，胪陈条件[10]，而要以尽人尽物者推其善之所同，安人安百姓者充其敬之所积[11]，欲有志之士平日深培其学养之源，以沛然于事为之际[12]。而凡智术权变出于异学，恣睢万物之心者[13]，皆在所必黜也。是岂先生之好辨哉？所辨于彼者不真知其非，则所辨于此者不真知其是。既未洞然于彼非此是之真，则虽言论行事始亦依仿于此。而中情回惑，未尝不疑彼说之可以两存，久且疑彼说之可以合一，又久之而疑彼说之高奇实出吾说之上。

盖自元迄明，讲学之书充栋。而自许、薛数真儒外，无不浸淫于异说者[14]。至于姚江、蕺山，借尼山之坛坫，传桑门之宗旨[15]，百余年间，邪徒昌炽[16]，靡所不至。虽以东林之贤者痛辟其非[17]，然燎原未扑，而焦烂及之矣。此在彼之创立新说，快翻窠臼，亦何尝料其流毒世教如此甚烈[18]！而提宗一差，猖狂莫挽，孰谓学之是非可不早辨也哉？惟先生念百家之狂澜必有砥柱，而圣道之大闲必有干城[19]，故其为学择精守固而辨之必力。

今学者于《静用堂》之书，虽未骤睹其全，第得是编而精究之[20]，则凡动静之一原、外内之合道，所以著其同者，既如百川之归海而争趋，至于公私义利之不可混，孔释、朱陆之不可合[21]。所以著其异者，又如群阴之见日而皆散，亦可抉择于是非之际。而由是以适于圣贤之路无难矣。或谓学贵行而不贵讲，又奚以是编为[22]？不知徒讲而不行者，亦先生所深恶也。然岂谓行者而可不讲乎？农言粟，女言布，工商言货财，正以行在此者所讲必在此也，士之讲学亦犹是耳。善乎！熊文端公之言曰[23]："世无孔文仲、韩侂胄其人者，而吾党先自放倒[24]，绝口不谈。"吾悲其志之荒也，盖因不讲而决其不行矣。若先生所言皆以言其真知允蹈之物[25]，有欲行先生之行者，其必讲于先生之学乎？

时康熙五十七年，岁次戊戌，长至月[26]，竟陵后学曾元迈顿首拜撰。

题解

本文录自涂天相撰、清康熙刻本《静用堂偶编》。

涂天相：字燮庵，号存斋，一号迂叟，孝感人。清康熙四十二年癸未科（1703年）进士，官至工部尚书。

注释

[1]允蹈：恪守，遵循。

[2]肄：学习，练习，演习。

理味：温习、体会。

会心：领悟，领会。

[3]洎（jì）：到。

[4]训诫：教导和劝诫。此处指教导和劝诫的文字。

箴（zhēn）铭：文体。古代用于规诫的文章，其中大都是用以劝诫和勉励自己的。

下学：谓学习人情事理的基本常识。

精要：精华要点。

[5]理致：义理情致。此处指要旨深刻。

[6]齐年：指科举制度下同科登第。

属（zhǔ）：古同"嘱"。嘱咐，托付。

[7]理一分殊：宇宙间有一个最高的"理"，而万物各自的"理"只是最高的"理"的体现。北宋程颐提出的关于一与多、一理与万物关系的命题。理一：指一、一理。分殊：指多、万物。

[8]黜（chù）：废除，取消。

[9]静存动察：朱熹工夫论思想的概括。"静"时以"敬"涵养，"动"时以"致知"体察。

[10]燕闲：公余之时，闲暇。

胪（lú）陈：逐一陈述。

条件：逐条逐件。

[11]尽人尽物者推其善:语出《礼记·中庸》:“唯天下至诚,为能尽其性;能尽其性,则能尽人之性;能尽人之性,则能尽物之性;能尽物之性,则可以赞天地之化育;可以赞天地之化育,则可以与天地参矣。”充分发挥人与物的本性,完美无缺地实行“诚”的道德,达到培育他人,化育万物,与天地齐名的道德顶峰。

安人安百姓者充其敬:修养自己,保持严肃恭敬的态度,使上层人物安乐,使老百姓安乐。语出《论语·宪问》:“修己以敬”“修己以安人”“修己以安百姓”。

[12]沛然:充裕无缺的样子。

[13]异学:旧指儒家以外的其他学派、学说。

恣睢(zī suī):放纵,放任。

[14]许、薛:指元代大儒许衡、第一位在明代从祀孔庙的薛瑄。

浸淫:涉足,涉及。

[15]姚江:即阳明学派。因其创始人王守仁(阳明)为浙江余姚人,而余姚境内有姚江,故名。

蕺(jí)山:即蕺山学派。晚明刘宗周为救王学之弊而讲学于山阴的蕺山书院,一时从游者称蕺山学派。

尼山:原名尼丘山,为孔子降生地,因孔子名丘,为避圣讳,易名。

坛坫(diàn):议坛。

桑门:佛教称谓,即沙门。

[16]昌炽:犹猖獗,猖狂。

[17]东林:指明末东林党。

[18]窠臼:现成格式,老套子。

世教:指当世的正统思想、正统礼教。

[19]大闲:基本的行为准则。

干(gān)城:比喻捍卫或捍卫者。干:盾。城:城郭。

[20]第:只是。

精究:精心研究。

[21]孔释:儒家与佛教的并称。

朱陆:指南宋理学家朱熹与陆九渊。他们在理学基本概念及治学方法上有争辩。在世界的本源、物质与精神的关系这些哲学的根本问题上,朱陆是一致的,但又有许多差异。

[22]学贵行而不贵讲:学所宝贵的在于付之实行,而不在于仅仅知道道理。语出司马光《答孔文仲司户书》:“学者贵于行之,而不贵于知之。”讲:明白,知晓。

又奚以是编为:又为什么编这个集子呢。

[23]熊文端:熊履祥(1635~1709年),字青岳,又字敬修,号九素,别号愚斋,湖北孝感人。清顺治十五年(1658年)进士,官至东阁大学士、吏部尚书,谥文端。

[24]孔文仲:字经父,临江新淦(今江西新干)人。宋嘉祐六年(1061年)进士第一。哲宗朝,历秘书省校书郎、左谏议大夫,官至中书舍人。后入党籍,与弟武仲、平仲俱以文名,合称

“清江三孔”。

韩侂(tuō)胄:南宋大臣。相州安阳(今河南安阳)人。字节夫。韩琦之曾孙。以荫入官,宁宗时拜相,封平原郡公,后以伐金失败被诛。

放倒:犹放下,停止。

[25]真知:正确而深刻的认识。

[26]康熙五十七年:1718 年。

长至月:即有冬至之月。自冬至以后白昼渐长,故称冬至为长至。

周　璋

清乾隆乙酉(1765 年)初版《天门县志·卷十六》第 20 页记载:(周士玙)弟璋,字达夫。康熙戊戌进士,除上高令。丙午同考,三年罢归,闭户著述,掌教兰台书院。璋与士玙皆借兄提携,以成璋复受业士玙,相继成名,名噪甚。性恬,无忤,惟涉嫌疑,介不可夺。所善谭一豫、一经,夏用临诸子。草书有怀素、张旭遗法。士玙书亦工。

清同治九年(1870 年)版《重修上高县志·卷五·秩官·知县》第 38 页记载:“周璋,湖广天门。进士。雍正三年任。”

佚题

周　璋

云含树色千花满,竹里泉声百道飞。自有神仙鸣凤曲,并将歌舞报恩辉。

题解

本诗录自周璋书法作品。

自娱草序

周　璋

诗文之贵贵以真,真者性情之谓也[1]。夫性情岂必一辙哉[2]?自古文人之自成一家言者[3],大都各随其志所存、才所优、时命所遭、境物所感触[4]。性情之真,勃不自禁[5],而因寄之诗歌文字,以自写其激昂慷慨、歌泣喜怒之情，而彼此前后不必相仿，是之谓性情之文。噫！求性情于月露风云之内，岂复有几微之存哉[6]！

今观卢子二期《自娱》诸草，庶几近之二期之自命太高，随笔点窜，苍然无近人色[7]，诚如昔人所云："远古风味，求合于世俗之耳目，则疏也[8]。"且其不世者惊才，无碍者辨才[9]，如剑倚天外空所依傍，如御生马羁靮不施[10]。彼循循尺寸者，安能望其项背耶[11]？顾二期之时命殊多奇矣。冲霄之鹤，久懊恨于樊笼；千里之麒，屡鸣号于槽枥[12]。纵道义充腴，必不以遭逢坎壈、减其气骨[13]。然而牢骚悲愤之感触于境物者，古人亦所时有，又安在二期之能默默不自鸣也夫？是故借酒杯以浇魂礧，咏川岳而抒啸傲[14]。时豪放如太白，时穷愁若虞卿[15]；时如宋玉悲鸣，时如彭泽闲远[16]。体裁各异，悲壮迥殊[17]。然总皆以自写其性情，断不肯拾慧齿牙，贻故纸堆物之诮也[18]。

是集也，予甚爱玩之[19]。惜俭于力不能佐二期付之梓。然玉光难掩，虎气必腾，终当存而俟之。

题解

本文录自清同治九年(1870年)版《重修上高县志·卷十二·艺文·序》第13页。

自娱草：指《自娱堂六草》，卢从志撰。《重修上高县志·卷八·人物·文苑》第36页记载："卢从志，字二期。河北岸人。诸生。思恩知府瑜之孙也。弱冠即工诗文。与进士黄光岳最善……著有《自娱堂六草》，高安朱文端公、知县事竟陵周璋、白沙黄光岳序而梓之，今传于世。"

注释

[1]性情：思想感情。

[2]一辙：同一车轮碾出的痕迹。比喻趋向一致。

[3]自成一家言：有独到见解而自成一家的学说或著作。司马迁所著《史记》的著述宗旨之一。

[4]时命：时运，命运。

[5]勃不自禁：兴盛而不能自我控制。

[6]几微：些微，一点点。

[7]自命：自许，自己认为。点窜：删改，修改。

人色:指人面部的血色。

[8]远古风味,求合于世俗之耳目,则疏也:语出苏轼《与鲜于子骏书三首(之二)》。原文为:"所惠诗文,皆萧然有远古风味。然此风之亡也久矣。欲以求合世俗之耳目,则疏矣。"

[9]不世者惊才:指惊世之才。不世:不是每代都有的。犹言非常,非凡。惊才:有惊人的才华。

无碍者辨才:辩才无碍。本是佛教用语,指菩萨为人说法,义理通达,言辞流利,后泛指口才好,能辩论。

[10]剑倚天外空所依傍:"一空依傍"的意思。没有任何依靠。也指在文学、艺术上能够独立创新而不依凭摹仿。

御生马羁靮(jī dí)不施:骑着未经驯服而又没有束缚的马。生马:未经驯服的马。羁靮:马络头和缰绳。喻束缚。

[11]循循尺寸:遵循规矩。循循:遵循规矩貌。

望其项背:形容赶得上或达得到。

[12]懊恨:怨恨,悔恨。

槽枥:养马之所。

[13]充腴:丰满,肥胖。此处是"充足"的意思。

坎壈(lǎn):不平,失意,不得志。

气骨:指作品的气势和骨力。

[14]磈磊(kuǐ lěi):同"块垒"。指心头郁积的愤懑与愁苦。

啸傲:放歌长啸,傲然自得。指言谈举止自由自在,不受礼俗约束(多指隐士生活)。

[15]虞卿:战国时游说之士。他出身平民,因游说赵孝成王,为赵上卿,受相印,故称虞卿。战国后期,赵国社会矛盾复杂,形势日衰,虞卿无心政治生涯,随弃相印去魏。晚年穷困于梁,从事学术研究。

[16]宋玉悲鸣:宋玉流传作品,以《九辩》最为可信。《九辩》首句为"悲哉秋之为气也",故后人常以宋玉为悲秋悯志的代表人物。

彭泽闲远:陶渊明是中国第一位田园诗人,其诗闲远。钟惺《古诗归》:"陶诗闲远,自其本色,一段渊永淹润之气,其妙全在不枯。"彭泽:陶渊明曾任彭泽令,后因以为代称。闲远:安闲清高。

[17]迥殊:迥别,很不一样。

[18]拾慧齿牙:拾人牙慧。拣取别人的一言半语,作为自己的话。比喻无独立思考地因袭他人的言论、见解。

故纸堆:指大量的古旧书籍、资料。比喻人埋首研读古书,不知人情世故。

诮(qiào):嘲笑,讥刺。

[19]爱玩:喜爱而研习,喜爱而玩赏。

龚健飏(御史)

清道光元年(1821 年)版《天门县志·卷之二十三·人物》第 25 页记载:龚健飏(yáng),字丙三。雍正甲辰进士。好经学,冲怀若虚,孜孜恐不及。为人公正不阿,毅然有为。释褐除工部主事,殚心部事。擢升御史。昌言谠(dǎng)论,多报可允行。以巡漕疏漕弊甚悉,不当重人意,齮龁(yǐ hé)之,被议镌行人。

张撝之等主编《中国历代人名大辞典·下》2144 页记载:龚健飏(? ~1731 年),清湖北天门人,号惕斋。雍正间进士。累官御史,伉直敢言,特旨授兵部主事。通诸经,尤好《春秋》,尝作《胡传辨》十余篇。

郊行(二首)

龚健飏

不觉前驱远,平郊望转赊[1]。日晴闲卧犊,风急冷啼鸦。峻岭盘松古,危桥架木斜。却怜秋色好,随意摘幽花。

一年频过此,旧路是耶非。隐隐烟中磬,萧萧竹外扉。水消滩作界,天远树成围。霜信增惆怅,云边白雁飞[2]。

题解

本诗录自熊士鹏编、清道光癸未(1823 年)版《竟陵诗选·卷十》第 14 页。

注释

[1]赊:遥远,渺茫。

[2]霜信:霜期来临的消息。

获族谱及历代祖先像赞记

龚健飏

余家世居福建光泽牛田里[1]，盖晋大夫坚公之后也。自坚公传至凤公，自凤公传至顺公。顺公为江右节度使，兴利除弊，悉中民隐[2]，民敬爱之如父母。及秩满当归，民不忍舍，扳留溪上者以亿万计[3]。公时持戟与民约曰："吾与尔以此戟卜天意，可乎？我当留，戟即立；我当去，戟即倒。"于是掷戟于溪，溪故激流，民呼吁之声震动山岳，戟果立。公叹曰："此真天意矣！"遂止江右。有子九人，八登显位。一时之盛，古今无两。后乃称为"戟溪"。龚戟至今存，每大比之年，子孙有登贤书者，戟即流汗[4]。多寡以汗点为验，人称神灵焉。后传至千四郎贵黼公，析居长港[5]。贵黼公传至敏公，敏公生国佐、国杰、国辅。（辅）公生浹公、滨公、汰公、淮公。滨公即余本支祖也。

滨公生而奇特，因家贫习商贾业，往来三楚间[6]，累万金。见竟陵山川秀丽，风俗醇美，欣然曰："是可以长吾子孙矣！"乃卜居焉[7]。子则敬公，生有异纹在手，曰"孝"。事继母以孝闻。庐墓三载，芝产其侧[8]，人以为纯孝所感，事载省志。则敬公生仲鹤、仲鹄公，兄弟能属文，试辄第一，时有"龚氏两状元"之目[9]。仲鹄闻庵公，余祖也，以丁亥拔贡捷顺治甲午北闱[10]。一时与游者，皆海内名士，以故声震天下。时长港诸父老群望其归里祭祖，公虽许之，而迟迟其行者，意有待也[11]。后以困于公车，此志遂未果[12]。生我伯父讳宽及我父封君讳松年号诚斋。诚斋公幼而失怙[13]，独侍祖母魏太夫人。家中落，公卓然自立，刻意读书。未几即补弟子员食饩[14]，方谓归里告祖，可继父志。而时命不犹，抱愿未伸[15]，日以受之我祖者训。余兄弟五人，卯、庚两岁，伯兄东圃捷南宫，时遭先母程太孺人之变，亦蹉跎未及往[16]。后任闽侯邑，我父就养署中。舟过南昌，有《恭述祖德诗》一章，其题曰："南昌，乃先人故里也。瞻望之余，恭慕祖德，述诗一章，以示子进飏、巽飏、遵飏[17]，待入闽，以示长子廷飏。"时余以应试弗获侍侧,故未及余也[18]。

今余以庚子乡荐、辛丑上春官不利[19],秋九月,仰体祖父未竟之志,买舟游江右,兼以南昌令李石湖系余年家好友[20],借此归扫先墓。有东道主及抵署后为访长港。其伯叔、兄弟、子侄辈闻之,俱大喜,以舆车来迎。既至,罗拜毕[21],有七十老翁者,名仲藩,字彦华,淮公孙也,导余前往,指三石门谓余曰:“此浃、汰、淮三公旧门。门内之堂,为各房公堂,四旁即三公子姓所居也[22]。”指一废址谓余曰:“此尔祖滨公旧居也。”旋至一山坡下,树木畅茂。指谓余曰:“此尔我公祖敏公坟也。”自敏公坟而南,面临瑶湖,背枕群山,有坟巍然临乎其上。指谓余曰:“此国辅公坟也。”由南转东,东有坟数冢,前有华表,题曰:“水拱山环胜境,地灵人杰佳城[23]。”指谓余曰:“此国佐、国杰及浃、汰、淮三公与汝高祖妣饶氏诸坟也。”西南里许,有大士阁。指谓余曰:“此吾家香火也。家庭辈于祭扫后辄休憩其上,登之可望吾先人坟墓。曷往观乎?”阁僧见余至,因以题额,请余颜曰:“旭华山阁。”并赘其由于后,志不忘也[24]。

次日,出余祖则敬公、闻庵公,我父诚斋公各手札,与余从伯祖昔庵公藏稿见示[25],又各出伊祖画像索题。而以素纸乞书者,坋集殊不可当[26]。一夕,汤孙侄语余曰[27]:“侄藏有历代族谱与各祖像赞,叔欲见乎?”余曰:“是所愿也。”汤孙乃捧呈案上。余拂去尘垢,见其纸色翳暗,心知为远年物。及披阅之,首叙谱系,每一祖像后即有赞或本身敕命[28]。其题赞者,如晋之王右军,唐之韩退之,宋之朱晦翁、张横渠、苏东坡、文文山,明之刘伯温、罗一峰等,皆理学名臣[29]。其他尤不可胜数。余窃惊喜,以为得见所未见,因语同行黄子尚陶曰:“是真传家宝物也!”夫自晋唐宋明以迄于今,历千数百年之久,中间不知几经兵燹、几经播迁矣[30]!而此卷犹得完然无损,岂非有神灵呵护者哉?黄子曰:“是皆君诸祖考积德所致,各名公精英所存,故至是也。抑君今日之来,安知非冥冥之中有属望于君者[31],故令君见之耶?且是卷之流传,非贤者莫能保守,亦非贤者莫能表彰,君得无意乎?”余诺之,因遂奉与俱归。

归之日，乃悬之中堂，设酒馔以妥先灵[32]，为文告我祖父。命五、七弟率子侄环拜之。五弟曰："祖父未竟之志，兄能继之，可谓无忝所生矣[33]。顺公所遗之戟，兄见之乎？"余曰："是在山阴祠堂中。余以区区贤书，不足为顺公光[34]，不及祭，故弗获见。然族人辈为余言甚详，且曰，庚子春，戟发汗二点，以为必售两人[35]。及江右榜发，家止一人，群谓戟失信。及余往长港，始惊喜，曰，戟不我欺矣。夫为人子孙，而不能取验于戟，当亦有志者之所羞也。吾愿弟勉之，即能取验于戟矣。而又逡巡不敢遽看此戟[36]，当又有志者之所不满也，吾尤愿与弟共勉之。"乃为记，以示后之绳武者[37]。

时大清雍正甲辰，赐进士出身、奉赠中宪大夫、官监察御史，蕉屏健飏撰[38]。

题解

本文录自清光绪六年(1880 年)版、天门横林鄢滩《龚氏族谱》。

像赞：画像上的题词。

注释

[1]光泽：今福建光泽县。

[2]江右：古人在地理上以东为左，以西为右，故江西又名江右。

节度使：总揽一区军、民、财政的重要军政长官。始置于唐代，因授职时，由朝廷赐给双旌双节，可以节制辖区内的军事和行政，故称节度使。

民隐：民众的痛苦。

[3]秩满：谓官吏任期届满。

扳留：挽留。

亿万：极言其数之多。

[4]大比：科举考试。明清时特指三年一次的乡试。

登贤书：科举考试用语。指乡试中举。贤书：本义指举荐贤能的名单。

[5]黼：音 fǔ。

析居：分别居住。谓分家。

[6]三楚：战国楚地疆域广阔，秦汉时分为西楚、东楚、南楚，合称三楚。后多以泛指今湖南、湖北一带。

[7]卜居：原指用占卜的办法选择定居处所。古时人以火灼烧龟甲取兆，来预测吉凶祸福，称为卜。后世以"卜居"泛指择地定居。

[8]庐墓：古人为父母或师长服丧时在墓旁修筑小屋守墓，称为庐墓。

芝：灵芝。古以为瑞草。

[9]仲鹄：清光绪六年(1880 年)

版、天门横林鄢滩《龚氏族谱》记载:“龚仲鹄,号闻庵,顺治丁亥拔贡,甲午顺天举人。改授郴州桂东县教谕。墓在陈家冈利涉埠。”

属(zhǔ)文:写作。谓连缀字句而成文章。属:缀辑,撰著。

目:称。

[10]拔贡:科举制度中选拔贡入国子监的生员的一种。参见本书附录《部分科举名词汇释》第3条。

捷顺治甲午北闱:参加清顺治甲午科顺天乡试中举。

捷:指科举及第。

顺治甲午:清顺治十一年甲午科(1654年)。

北闱:明清在北京举行的顺天乡试的别称。闱:指考场。明代实行南、北两京制,故以在北京举行的顺天乡试为北闱,以别于在南京举行的应天乡试。清沿之,以顺天乡试为北闱,江南乡试为南闱。

[11]意有待:此处指意在等待更高的功名。因为龚仲鹄中举后授官,还不是进士。语出欧阳修《泷(shuāng)冈阡表》:“非敢缓也,盖有待也。”

[12]公车:汉代官署名。此处指公务。

[13]封君:因子孙显贵而受封典的人。

失怙(hù):失去依靠,特指丧父。怙:依靠。语出《诗经·小雅·蓼莪(lù é)》:“无父何怙?无母何恃?”没有亲爹何所靠?没有亲妈何所恃?

[14]补弟子员食饩(xì):即“补廪食饩”。廪生一般为资历较深、由国家供给饭食的生员。经岁、科两试,成绩优秀,一等前列的,增生可依次升为资历较深的廪生,称补廪。

弟子员:指经本省各级考试取入府、州、县学学习者,通称秀才。参见本书附录《部分科举名词汇释》第3条。

食饩:指明清时经考试取得廪生资格的生员享受廪膳补贴。亦即成为廪生。

[15]:不犹:指不同平常,比平常坏。

[16]卯、庚两岁:指龚廷飏相继参加清康熙三十八年己卯科(1699年)乡试和清康熙三十九年庚辰科(1700年)会试。龚廷飏参加前一科会试,成为贡士,但因母故,回家守孝,没能参加接下来的殿试。三年后,龚廷飏参加会试、殿试,中进士。

伯兄东圃:指长兄龚廷飏。龚廷飏,号东圃。

捷南宫:参加进士考试,中进士。南宫:指礼部会试,即进士考试。

蹉跎:耽搁。

[17]巽:音 xùn。

[18]侍侧:指侍奉于尊长之侧。

未及余:没有提到我。

[19]乡荐:唐代由州县地方官荐

举进京师应礼部试者称“乡荐”。后世亦称乡试中试者(举人)为“领乡荐”。

上春官:指进京参加会试。春官:礼部。明清时会试由礼部主持。

不利:不顺利。指落第。

[20]仰体祖父未竟之志:抬头向上,体会祖父没有完成的心愿。仰体:谓体察上情。

年家:科举考试中同榜登科者互称年家。

[21]罗拜:罗列而拜,围绕着下拜。

[22]子姓:泛指子孙、后辈。

[23]佳城:墓地。

[24]颜:题写匾额。

赘其由于后,志不忘:将事由附记在后面,以铭记不忘。赘:通“缀”。连缀,附着。

[25]从伯祖:父亲的堂伯父。

昔庵公:龚奭号昔庵。昔:原文为“习”。

见示:敬辞。对方把某物给自己看。

[26]坋(bèn)集:聚集。

[27]汤孙:泛指子孙。

[28]敕命:明清两代封赠六品以下官职的命令称敕命。

[29]理学:又称“道学”或“宋明理学”。宋明时期的儒家哲学思想,中国古代哲学发展的最后和最高阶段。

[30]兵燹(xiǎn):指因战乱所致的焚烧破坏。燹:兵火。

播迁:流离迁徙。

[31]属(zhǔ)望:期望,期待。

[32]以妥先灵:祭祀祖先。妥:泛指祭祀。先灵:祖先的神灵。

[33]无忝(tiǎn)所生:不要辱没了你的父母。忝:玷污。所生:生身父母。

[34]余以区区贤书,不足为顺公光:凭我区区举人的功名,不足以为顺公增光。

贤书:本义指举荐贤能的名单。后称乡试考中为“登贤书”。

[35]售:货物卖出去。比喻考中(士人中试,换得施展才能的机会)。

[36]逡(qūn)巡:徘徊,欲行又止。

遽(jù):急。

[37]绳武:继承先人业迹。

[38]雍正甲辰:清雍正二年,1724年。

中宪大夫:文散官名。清代正四品概为中宪大夫。

监察御史:清代监察御史是督察府、州、县的高级官员。

蕉屏健飏:龚健飏,号蕉屏。

附

龚君(龚健飏)墓碣

方 苞

君姓龚氏,讳健飏,号惕斋。湖广天门县人也。初因其弟巽飏索交于余[1],余时衰疾,趋走内廷,终岁仅一再见君,每以不能亲近从问经书为言。

厥后闻君以陈漕弊为重人所龁,部议降调[2]。乃考其行于所习者,始知君自司工部,即勇任公事。及入台,奏"砌驰道,核门禁,粜仓粟以平市价",并惬众心[3]。而尤为时所称者,巡视南城,有主母杀婢,势家也[4]。君奏请自治,不送刑部。属托百方,卒持法不移[5]。雍正九年旱,诏谕科道联名直陈时政[6]。君首议"在任守制当急停[7]",同僚相视,不敢署名。君遂具疏独奏,付通政司[8],会挂部议,不得上。调行人司,方需次[9],特旨授兵部主事。以在台中数言事,其名犹简在圣心也[10]。君益自奋励,将有所设张,而未数月,遽以疾卒[11]。始巽飏及吾门,试春官不第,将尽弃所学而专心于《三礼》[12]。及归,亦遽卒。

龚氏世居福建,至南唐,越国公之子顺为江西节度使,遂留江西,既而迁于竟陵,近千年无显者,至君之祖,始举乙科。及君兄弟五人,而登甲科者二,乙科者一[13],众皆谓"龚氏其昌"矣。而仕者、学者皆不遂而无年,理数有不可诘者[14],独其志行犹不没于士大夫之口。君于诸经四书皆有编纂,尤好《春秋》,作《胡传辨》十余篇。惜乎!君生时,余未得与面讲也[15]。

君之祖仲鹄[16],顺治甲午举人。父讳松,廪贡生,以长子廷飏敕封文林郎;妻程氏,封孺人[17]。君以子学海遇乾隆三年覃恩,赠奉政大夫,妻谭氏赠宜人[18]。子三:长光海,嗣世父[19];次学海,次文海。女二。君以甲寅十二月合葬谭宜人之墓,在本县利涉铺[20],先兆,未有铭幽之文[21]。君卒后四年,学海以庶吉士属余教习[22],请铭。余

多事未暇。及归里检箧笥,失君行状[23]。乾隆九年秋九月,复以状来,乃叙而铭之,以列外碑[24]。铭曰:

职方张而柄移,志甚盛而身萎[25]。惟天造之难测,幸素履之无亏[26]。

题解

本文录自《搜韵·影印古籍》中的方苞《望溪先生文集·卷十三·碑碣》第32页。原题为《兵部主事龚君墓碣》。据清光绪六年(1880年)版、天门横林鄢滩《龚氏族谱》龚健飏墓志校订。

方苞,清代散文家。字灵皋,号望溪,安徽桐城人。清康熙年间进士。曾因戴名世案下狱,后官至礼部侍郎。桐城派创始者。代表作《狱中杂记》。

主事:清代为正六品,与郎中、员外郎并列为六部司官。

墓碣:墓碑的别体。形状与墓碑有区别。方者谓之碑,圆者谓之碣。

注释

[1]健飏、巽(xùn)飏:原文分别为“健阳”“巽阳”。

索交:交往。

[2]以陈漕弊为重人所龁(hé),部议降调:因上陈巡漕疏漕之弊,被重臣毁伤,吏部议处降级调离。

重人:朝廷中执掌大权的人。

龁:龄(yǐ)龁。本义是咬。引申为毁伤,陷害,倾轧。

[3]驰道:也叫御道。秦汉时帝王出巡时车马行驶的专用道路。

粜(tiào):卖粮食。

并惬众心:都能让大家满意。惬心:快心,满意。

[4]势家:有权势的人家。

[5]属(zhǔ)托:叮嘱、托付。属:通“嘱”。

持法:执法。

[6]科道:明清时督察院所属的吏、户、礼、兵、刑、工六科给事中及十五道监察使的统称。

[7]首议:倡议。

守制:旧例居父母或承重祖父母之丧,须谢绝应酬,不得任官、应考、嫁娶等,以二十七月为期满,称为“守制”。

[8]通政司:官署名。明代始设“通政使司”,简称“通政司”。清代沿置,掌内外章奏和臣民密封申诉之件。俗称“银台”。

[9]行人司:官署名。明初置,以进士充任。掌传旨、册封等事。

需次:旧时指官吏授职后,按照资历依次补缺。

[10]数(shuò):屡次。

简在圣心:简在帝心。为皇帝所知晓。简:在,存留。

[11]设张:张设。部署,设置。

遽(jù):急,仓促。

[12]春官:礼部的别名。会试在京城,由礼部主持。

三礼:汉以后对儒家经典《周礼》《仪礼》《礼记》的合称。

[13]甲科、乙科:明清称进士为甲科,举人为乙科。

[14]无年:无年寿,寿命不长。

理数:天理,天数。

[15]面讲:疑为"面覯(gòu)"之误。面覯:覯面,见面。

[16]仲鹄:原文为"仲鄂"。

[17]廪贡生:参见本书附录《部分科举名词汇释》第3条。

敕封:封建时代朝廷用敕命封赐臣僚爵号。五品以下用敕命授予,称"敕封"。清代制度,以封典给官员本身称为"授",给官员曾祖父母、祖父母、父母和妻室,存者称为"封",已死的称为"赠"。

孺人:参见本书附录《清代文职和命妇封赠品级表》。

[18]覃恩:广施恩泽。旧时多用以称帝王对臣民的封赏、赦免等。

奉政大夫、宜人:参见本书附录《清代文职和命妇封赠品级表》。

[19]嗣世父:指给大伯父龚廷飏做嗣子。世父:大伯父。后用为伯父的通称。

[20]利涉铺:今天门市九真镇利涉村。

[21]先兆:预见。

未有铭幽之文:没有墓志铭。

[22]学海以庶吉士属(zhǔ)余教习:学海被选为翰林院庶吉士,恰好遇到我在翰林院作教习。

庶吉士:参见本书附录《部分科举名词汇释》第1条。

属:恰好遇到。

教习:学官名。训课庶吉士者曰教习。

[23]箧笥(qiè sì):竹编的箱子。

行状:亲友为死者所写的叙述生平事迹的文章。

[24]外碑:疑指相对于墓中的墓志而言的墓志铭。

[25]职方张而柄移:职事正在施张,却遭权势转移。

[26]素履之无亏:清廉公正。素履:白色无文彩的鞋。无亏:保守志行无损缺。

谭卜世

清乾隆乙酉(1765 年)初版《天门县志·卷十六·文苑》第 20 页记载:(谭一泰)子卜世,字凤司。郡庠生。己酉拔贡,雍正壬子举人,乾隆丙辰进士。授户部山东司主事,卒官。卜世九岁而孤,母萧安人课之学,受经于从父大有。大有故理学孙蘧弟子,故其学相师承,皆不失矩矱。大有于弟子中尤爱卜世,谓颖异,将造学刚方,将受范也。乃卜世卒,慰其孀帷画荻之志、严师赠策之期。七年郎署以醇谨称。诗文皆藉藉重都下,又余事矣。天夺之年,未见施设,命也夫!

咨呈嵇曾筠复两浙停止帑本裁减公费事折

谭卜世等

该臣等查得[1],乾隆元年十二月内,总理事务处抄出[2],据李卫奏称:"浙江盐务公费银内拨出银八万两,系从前奏准借给各商营运之项,今日何停止给买?"又称:"前盐臣谢赐履奏:'留公费十二万五千余两,系各商自备应用,必不可已之公费。'等语。今日何裁减归公之处?应交户部行文嵇曾筠分晰报部闻[3]。"等目。随行文去后[4]。

今据大学士、管理浙江总督嵇曾筠咨称[5]:"两浙各商借领帑本,从前缓急通融,行之甚便,乃年来经理之员奉行未善[6]。不论场灶产盐多寡,先仅商帑多获羡余[7],以为急公。而借帑之商又指帑盐为名,勒令灶户首先剪配[8],将自出己资之商,悉行压下,无盐配引[9]。及至捆盐[10],逼掣发往应卖地方,则又以帑本应得先销,不许别商公卖。昂价垄断,无所不至。遂使不借帑之商引目难完,惰误课饷[11]。以济商之帑,转为病商之事[12]。且借帑之人均非殷实,安保必无亏空?应行停止。又,每年商捐引费银一十二万□千六百余两,经管理盐政谢赐履奏明,以□切费用之需。前日盐价昂贵,诚恐有累□□□。查原定各项内重复支领尚有浮多之处,是以将商输引费一项酌议裁减银四万余两,俾商人减一分之浮费[13],百姓即受一分之实惠。俱经具折奏明,奉旨俞允,相应分晰咨覆[14]。"等语。

查停借商人帑本并减公费银两一案,既据浙督嵇曾筠将从前奏明缘由,分晰咨部,理合奏闻存案[15]。为此谨奏。

乾隆二年六月初九日[16],户部额外主事谭卜世、户部员外郎阿敏尔图[17]。

题解

本文录自谭卜世奏折。原件藏中国第一历史档案馆,档案号为03－0609－010。标题为《天门进士诗文》编者所加。

咨呈:具文呈报。

两浙:指浙江省。今浙江省以富春江等为界分为浙东、浙西。

帑(tǎng)本:清代皇室和地方官衙对盐商放债所取得的利息,也是皇室和地方官衙的高利贷收入。皇室对盐商贷放的债本称内府帑本,地方官衙贷放的债本叫京外帑本。

注释

[1]该:代词。指上文说过的人或事物(多用于公文)。

臣等:明清时期的题本、奏折以及直接上报皇帝的文书中两个或两个以上的行文者在皇帝面前表示自称的用语。此处指户部额外主事谭卜世、户部员外郎阿敏尔图。

查得:经查考而得到的结果。明清时期,凡主管官员向上级分析所述案情,引申内容,说明办理方式时,文书中即用此语领起叙述,表示上述内容有档案或事实可查。

[2]总理事务处:清代军机处是处理全国军政大事的重要机构,设立于清雍正七年(1729年),因用兵西北、处理紧急军务而设。初称"军需房"或"军机房"。次年,改称"军机处"。清雍正十三年(1735年)曾一度废军机处,改设"总理事务处"。

[3]分晰:清楚,清晰。

[4]去后:旧时公文用语。用作公文关联语。多用于事情办理之经过,表明此件公文到达之后,立即发到有关机关查问结果。

[5]筠:音 yún。

咨:是一种行文规格较高,一般用于地位相等但不属于同一系统的高级衙门、官吏之间的平行公文文种。清代在京各部院之间,各部院与各省总督、巡抚、将军之间,各总督、巡抚、司道和总兵之间等有事商议,均可用咨文。

[6]经理之员奉行未善:经办的人落实不力。奉行:遵照实行。

[7]场灶:盐场上的煮盐灶。亦借指盐场。

羡余:盈余,剩余。

[8]帑盐:发帑收余盐。

灶户:旧时设灶煎盐的盐户。名称始见于五代。后亦作各种盐户的通称。

[9]盐配引:当指"盐引"。古代官府在商人缴纳盐价和税款后,发给商人用以支领和运销食盐的凭证。

[10]捆盐:疑指"毛盐"。将捆盐包拆卸的称为净盐,未改捆者称为毛盐。

[11]引目:古时获准销售的货物凭单。开列有品种、分量等。

惰误课饷:贻误国家税收。

[12]病商:此处指损害盐商。

[13]浮费:不必要的开支。

[14]俞允:允诺,答应。《尚书·尧典》:"帝曰:'俞。'"

咨覆:咨复。用咨文回复对方。该语表示平级机关收到对方来文后,用咨文回复对方的用语。此语除出现于文书开首处的事由套语中外,还更多地出现于文书末尾的请求语句中。

[15]咨部:此处指用咨文告知户部。

理合:照理应当。旧时公文用语。用作上行文归结语。

奏闻:臣下将情事向帝王报告。

[16]乾隆二年:丁巳,1737年。

[17]额外主事:明清时为各部司员的低级官吏。一般由没有考中庶吉士的进士充任,也可以由皇帝赏赐。清代六部之下设司,其主管官是郎中,副手是员外郎,再下是主事。在额定郎中、员外郎、主事之外又设额外郎中、额外员外郎、额外主事。额外主事不是实任官,要入部学习三年期满,才有实任的资格。

龚学海(贵东道)

龚学海(1714~1774年),天门城关庆云街人。

清道光元年(1821年)版《天门县志·卷之二十三·人物》第29页记载:龚学海,字务来,号醇斋,一号晴峰,晚号和倪老人。年八岁,塾师请予欲无言章。学海跃然曰:"天师是闭口孔子,孔子是开口天师。"奇之。随父健飏入都,以监生中己酉顺天副榜第一,时年十四。乾隆丙辰举本省乡试第四,联捷成进士。入翰林,晋侍读学士、通政司副使。充壬戌会试同考官,会状元金甡(shēn)出其门,因事降调。久之,补内阁侍读学士,遣祭西岳。旋出为兖沂漕道兼黄河道,开引河化险为平。以病归。起补岳常澧道。楚南溺女成风,立法严禁;著婆心苦口劝民歌,俗为之变。旋以挂误补贵州古州同知兼署丹江。逆苗香要等聚众攻丹江。丹江土城卑薄,恃江水为限。学海闻报查办,先期尽收江船,苗不得渡。会大雨暴涨,苗众星散。香要恃勇匿密箐(qìng)中,学海设计擒获之。钦使未至而苗已平。云贵督抚吴达善、李湖上其状,上嘉奖之有实心任事、整饬攸资之,谕即擢贵东道。甲午,年六十,卒官。著有诗文集各四卷。其刊行者《之官杂记》《湘泛小草》。孙世元,字仁甫,号一斋。少孤,力学。工诗,文词食饩有名。学使初公招入幕,以优贡肄业国子监,待铨盐大使。年四十三,卒。

张撝之等主编《中国历代人名大辞典·下》第2144页记载:龚学海,清湖北天门人。乾隆二年进士,任岳常澧道。常微服行乡曲,咨访民间疾苦,兴利除弊,宵小敛迹(《国朝耆献类征初编》卷二一一)。

登岳阳楼(二首)

龚学海

高楼百尺俯层澜,驻马登临此大观[1]。三楚地连云梦迥,五湖天入洞庭宽[2]。中年白发驰驱迫,盛世苍生衽席安[3]。谁似牧之风韵好,古梅花下独盘桓[4]。

翘首飞仙去不回,振衣欢自日边来[5]。烟紫极浦青成盖,云垒遥峰翠作堆。范老文章少陵句,湘灵声曲楚骚才[6]。汀兰岸芷何时发,我欲临风酹酒杯[7]。

题解

本诗录自清光绪十七年(1891 年)版《巴陵县志·卷七十六》第 51 页。

注释

[1]层澜:叠起的波浪。

大观:盛大壮观的景象。

[2]三楚:泛指长江中游以南,今湖南湖北一带地区。

五湖:泛指江湖。

[3]衽(rèn)席:泛指卧席。

[4]牧之:杜牧,字牧之。

[5]振衣:抖衣去尘,整衣。

[6]范老文章少陵句:指范仲淹《岳阳楼记》一文和杜甫《登岳阳楼》中的名句:“吴楚东南坼,乾坤日夜浮。”

湘灵:古代传说中的湘水之神。语出屈原《楚辞·远游》:“使湘灵鼓瑟兮,令海若舞冯夷。”

声曲:音声曲调。

楚骚:指战国楚屈原所作的《离骚》。

[7]汀兰岸芷:岸芷汀兰。岸边的香草,水旁的兰叶。多用以指湖泊、池塘岸边的景色。语出范仲淹《岳阳楼记》。

酹(lèi):把酒洒在地上表示祭奠或起誓。

渡洞庭湖

龚学海

一苇烟中行,湖光渺无极。风浪望不惊,鱼鳞细如织。杲杲晴日晖,蛟龙深藏匿[1]。自谓入江口,扬帆到瞬息。岂料事不常,狂飙忽倾仄[2]。雨云逐波涛,天宇讶昏黑[3]。空中声怒号,童仆颜缩啬[4]。率尔施篙桨,仓卒不如式[5]。涡漩水中央,何由生羽翼?余乃呵止之，一任长年力[6]。遂令舟中人，向晚得安食。始知出险才，局中见精识[7]。此理在目前，后来慎勿惑。

题解

本诗录自熊士鹏编、清道光癸未(1823年)版《竟陵诗选·卷十》第14页。

注释

[1]杲杲(gǎo)：太阳明亮貌。

[2]倾仄：同"倾侧"。指行为邪僻不正。

[3]讶：迎接。

[4]缩啬：畏缩。

[5]率尔：轻率，急遽。如式：按照规矩。

[6]长年：长工。

[7]精识：见解精确。

得都中诸公手书

龚学海

八年离凤阙，旧侣尽公卿[1]。梦里云霄路，天边剑履声[2]。临风怀倍切，对月字增明。奖借劳知己，班联愧盛名[3]。

题解

本诗录自熊士鹏编、清道光癸未(1823年)版《竟陵诗选·卷十》第15页。

注释

[1]凤阙：皇宫，朝廷。

[2]剑履：经帝王特许，重臣上朝时可不解剑，不脱履，以示殊荣。

[3]奖借：称赞推许。班联：指朝官。

湘江舟行

龚学海

欲浣风尘镜里颜，潇湘远忆正相关。一江浪白初无月，两岸烟青忽有山。野艇自横人渡后，夕阳时见鸟飞还。小篷窗外科头客，吟尽苹洲未是闲[1]。

题解

本诗录自熊士鹏编、清道光癸未(1823年)版《竟陵诗选·卷十》第15页。

注释

[1]科头：谓不戴冠帽，裸露头髻。

寄东园僧不波

龚学海

早悟空王断俗缘，义溪流水柘皋烟[1]。古香焚罢云生榻，清磬敲余月在天。石路可能随客过，经堂犹记抱书眠。庭中老鹤休相笑，不叩禅关十八年[2]。

题解

本诗录自清道光元年(1821年)版《天门县志·卷之十七·寺观》第8页。

东园：指东园禅院。在天门旧县城东门外一里许。

注释

[1]空王：佛教语。佛的尊称。佛说世界一切皆空，故称“空王”。义溪：指义河。天门河流经城区的一段。据姜绾《竟陵义河记》，天门

河“东距红花港,西至雁叫门,中为义河”。

柘皋:指柘水。指天门河上游一段,俗称渔薪河。皋:沼泽,湖泊。

[2]禅关:禅门。

题黄平飞云洞联

龚学海

洞辟几时?抚孤松而不语[1];

云飞何处?输老鹤以长闲[2]。

题解

本联录自胡君复编、民国十一年(1922年)版《古今联语汇编二集·名胜二》第17页。原题为《天门龚学海题黔中飞云洞联》。

飞云洞:在贵州黄平东坡山,又名飞云崖,似洞非洞,内部极宽。洞内石乳倒垂,形成各种天然的怪异形象。清代鄂尔泰曾称此为“黔南第一胜景”。

注释

[1]抚:敲,拍。此谓轻轻敲打之意。

[2]输:表露。

题贵阳府治图云关联

龚学海

两脚不离大道,吃紧关头,须要认清岔路;

一亭俯看群山,占高地步,自然赶上前人。

题解

本联录自胡君复编、民国七年(1918 年)版《古今联语汇选·初集·名胜二》第 30 页。该书《名胜一》第 27 页也收录本联,命题为《明郡守田汝成题南高峰联》,联中的"一亭"作"一楼"。

图云关:为老贵阳九门四阁十四关之一,位于今贵阳森林公园北门入口处。

题钟谭合祠(天下文章祠)联

龚学海

真契可忘年,笑畈寒河,古道千秋照颜色[1];
雅音能绝俗,中原北地,骚坛七子谢风流[2]。

题解

本文录自民国十年(1921 年)版、天门沔阳汉川《钟氏族谱》,民国丙寅(1926 年)版、天门新堰寒河《谭氏宗谱·余编》。

注释

[1]真契:知己,意志相合者。

笑畈寒河:指钟惺、谭元春。钟惺为天门皂市人,皂市有笑城遗址,钟惺葬于附近。谭元春居天门寒河。笑畈:指笑城。

[2]雅音:正音,有益于风教的诗歌和音乐。

绝俗:超绝世俗。

骚坛七子:指明代中叶倡言"文必秦汉,诗必盛唐"的前后七子。明弘治、正德年间李梦阳、何景明、徐祯卿、边贡、康海、王九思、王廷相七人,并以文章名世,称"前七子"。又明嘉靖、隆庆时期李攀龙、谢榛、梁有誉、宗臣、王世贞、徐中行、吴国伦七人,亦以文章名世,称"后七子"。骚坛:文坛。

谢风流:指不再风行。谢:衰败,衰落。

请举秋报大礼疏

龚学海

光禄寺少卿加一级、臣龚学海谨奏为请举秋报大礼，以备祀典，以崇圣治事[1]。

臣窃惟王者父天母地，事天一如事亲。宗庙之礼，禘祫而外，四时备享[2]。其祀天也，冬圜丘，春祈谷，夏大雩[3]；至享帝则秋祭也。唐虞、三代以来，典制虽异而祀义则同，简册具存，班班可考[4]。我皇上乘乾御宇[5]，敬天勤民，祈谷、冬祀诸大礼，每岁躬亲，复特举常雩示为民祈祷至意[6]，古制备祀事明，千载一时也。所犹未举行者，季秋享帝大祀耳。

臣闻，雩祈也，祈百谷之雨也；享报也，报百谷之成也。有祈必有报，祭之礼也。且夫祭天所以法天，四德备而为乾[7]，四时具而成岁。秋享之祭，协春祈以伸崇报，岁祀全而天人合。圣天子隆举斯礼，端在今日。

臣谨按：季秋享帝之文，载在《月令》；而秋祀昊天、上帝，《开元礼》亦复可稽。程子云[8]："古者一年之间，祭天甚多。春则因民播种而祈谷，夏则恐旱暵而大雩，以至秋则明堂[9]，冬则圜丘，皆人君为民之心也。"钦惟我皇上爱养黎元[10]，有加无已。当夫万宝告成[11]，普天丰乐，皆上天赐佑之恩。仰祈皇上举行季秋享帝大祀，以答天庥[12]，以合于四时备祭之义，洽四海之欢心，益展圣主敬天勤民至意，百司群僚曷胜抃舞[13]。至其规制仪文之详，仰祈敕下礼臣[14]，敬谨集议，恭呈睿鉴[15]，要于酌古宜今。斯所为，式来兹而光前牒者也[16]。

微臣学识谫陋，典礼未谙，何敢冒昧陈奏，仰渎天听[17]？但幸际礼乐明备之时，承乏执事奔走之末，敬献刍荛[18]，用抒忱悃，无任悚惕屏营之至[19]。

题解

本文录自《续修四库全书·473·史部·诏令奏议类·奏四十八》第16页。标题下注明时间为乾隆十八年。

秋报:秋收时祭祀,报答神力。

疏:旧指臣下向皇帝陈述意见的章奏。

注释

[1]加一级:加级是清代议叙法之一,是对官员的一种奖励方式。

奏为……事:参见本书龚奭《新选奏疏》注释[1]。

圣治:至善之治。亦用以称颂帝王之治迹。

[2]禘祫(dì xiá):古代帝王祭祀始祖的一种隆重仪礼。

[3]圜(yuán)丘:古代祭天的圆形高坛。古代帝王冬至祭天的地方。后亦用以祭天地。

祈谷:帝王祭祀谷神、祈祷丰收的典礼。

大雩(yú):古时求雨的祭名。凡遇大旱所举行的祈雨典礼,称大雩。

[4]唐虞:尧舜。

三代:夏、商、周三个朝代。

典制:典章制度。

简册:以竹为简,合数简为册。事少则书之于简,事多则书之于册。指史册。后泛指书籍。

[5]乘乾御宇:驾驭、掌握天地、宇宙。

[6]常雩:古代为百谷祈雨而举行的祭祀。

[7]法天:效法自然和天道。

四德备而为乾:元、亨、利、贞为四德,这就是《易》中的"乾"卦。

[8]程子:程颐。

[9]旱暵(hàn):不下雨而干旱。

明堂:天子理政,百官朝拜之所,举凡朝会、祭祀、庆赏、选士诸大典,都在此举行。

[10]钦惟:发语词。犹言敬思。

爱养:爱护,养育。

黎元:百姓,民众。

[11]万宝:古人称五谷。

[12]天庥(xiū):上天的庇佑。

[13]曷胜:何胜,不胜。

抃(biàn)舞:因欢欣而鼓掌舞蹈。形容极度欢乐而手舞足蹈的情状。抃:鼓掌。

[14]仪文:礼仪形式。

[15]集议:百官会议重大政事的制度。

睿鉴:御览,圣鉴。

[16]式来兹:作为来年的式范。来兹:指未来的岁月,来年。

[17]微臣:卑贱之臣。古代官吏用来对君主称自己。

谫(jiǎn)陋:浅陋。

仰渎(dú):冒犯。仰:旧时书信中下对上的敬辞。

天听:帝王的视听。

[18]承乏:所任职位一时无适当人选,暂由自己来充数。旧时在任官吏常用的谦辞。

执事:举行典礼时担任专职的人。

奔走:驱使。

刍荛(chú ráo):本指割草打柴。此处为浅陋的见解,自谦之词。

[19]用抒忱悃(kǔn):足以使我抒发对您的真心诚意。忱悃:悃忱。真心诚意。

无任悚(sǒng)惕屏营之至:非常惶恐,到了极点。无任:犹不胜,非常。悚惕:恐惧小心。屏营:惶恐貌。

李公(李飞云)碑像赞

龚学海

於戏[1]!公盖汉之循吏而宋之大儒也[2]。禔躬则正而不苟,宅心则仁而有余[3]。料事则如镜斯莹,接人则如春之舒[4]。始公之来,政成乎驯雉;今公之去,风高乎悬鱼[5]。然犹恳恳勤勤,不忍遽也[6]。展皋比以登座,环济济之生徒[7]。每谈经而竖议,觉寐者而疾呼,溯渊源之有自[8]。盖公实得之乡先生曰:“张子横渠,综一生之得力,流教泽于兹隅[9]。”

於戏!公留人喜,公去人思。公诚归矣,何以留之?留之不得,貌而图之[10]。我人瞻仰,公长留兹。

题解

本文录自清道光元年(1821年)版《天门县志·卷之十一·学校》第61页。

李公:指时任知县李飞云。李飞云,字步月。陕西华阴人。清乾隆十七年(1752年)任天门知县,乾隆十九年(1754年),修天门书院。

注释

[1]於戏(wū hū):亦作“於熙”,犹“於乎”。叹词。就是“呜呼”用于吉祥或没有悲伤的情况下的另一种写法。

[2]循吏:守法循理的官吏。

[3]禔(zhī)躬:安身,修身。

宅心:居心,存心。

[4]如镜斯莹:像镜子一样光洁透明。指能洞察一切。

[5]政成乎驯雉:典自“政成驯雉”“狎雉驯童”。后汉鲁恭宰中牟,以德化民。时郡国螟蝗伤稼,独不入其境;有母雉将雏过童子旁,童子仁而不捕。事见《后汉书·鲁恭传》。后因以誉人政绩。

风高乎悬鱼:典自“悬鱼”。二十四廉故事之一。汉太守羊续,有人送他生鱼,他将鱼挂在中庭,下次再送时即指悬挂的鱼,以杜绝再度送礼。见《后汉书·卷三十一·羊续传》。后即以悬鱼比喻清白廉洁。

[6]不忍遽(jù):“不忍遽舍”的省略。不忍心这样仓促地离开。

[7]皋比:虎皮。古人坐虎皮讲学。后因以指讲席。

[8]竖议:立议,建议。

有自:有由来,有根源。

[9]得:适宜。

乡先生:古时尊称辞官居乡或在乡教学的老人。

张子横渠:张载,字子厚,陕西眉县横渠镇人。北宋著名儒者、思想家。

教泽:教化或教育的恩泽。

[10]貌而图之:把相貌画下来。

林青山(林愈藩)先生墓志铭

龚学海

湖南酃县令林君[1],谢病告归,垂七载。既卒之明年,其侄兴宗偕其门人章廷翮,徒步走二千余里,手一纸,泣而请曰:“吾叔父病且死矣。属纩先二日犹强起执笔,命亲布左右,丐一言以不朽[2]。”余视字迹模糊、依稀可辨者曰:“此生得一知己,可以无恨。”

呜呼!吾何以得此于林君哉?当君宰酃时,余适观察岳常澧[3],恨无握手缘也。乙酉之秋监试内帘,君以分校应选[4],一见欢然,叙言甚洽。凡君苦心衡文及余整肃场规,早暮忘倦,两人者交相为喻[5],而不问外人者之知否也。未几,君解组归去,余送行,有“最喜身闲好著书”之句[6],君读之大喜。抵家则以书报,曰:“某屏踪山林,足不入城市,惟寝食紫阳遗籍[7],求其至是,以稍酬夙愿。”孰知其编辑未竣,而赍志以殁耶[8]! 此余所以临风悼惜,而不仅为知己零落之感也。

君讳愈蕃,字青山。其先世闽人,称九牧林氏,后徙楚南之宜章。曾祖讳荣长,不仕。祖讳昌斌,父讳德隆,皆赠文林郎[9]。赠公挈眷来蜀[10],遂为中江人。

君生有异质,八岁入家塾,受四子书,喜闻古者忠孝廉让之事,端严如老成[11]。随其兄香远读书馆所,拾薪执爨[12],克修弟道。始为文,即有大家风范,赠公见而异之。年十七,受知于学使莲峰周公,补弟子员[13]。以家贫营馆谷,佐高堂菽水[14],常取朱子《小学》《近思录》《白鹿洞学规》为及门讲习,一时翕然[15],以师道尊之。甲子登贤书[16],至辛未始成进士。需次期届,例当谒选[17],而君锐意潜修,实有在于荣禄显达之外者。乃复杜门授徒,益肆力于儒先著作,泛览经济有用之书[18],贯通古今,源流毕彻。

迨之官鄢邑[19],而君年已五十矣。鄢俗好讼,善交纳官长,更以演戏耗财[20]。君首严讼棍、却馈献,余以次颁示饬禁[21],民有神君慈母之戴。政暇,则延子弟讲课文艺,训以立身行己之要。士风佻达[22],为之一变。乡氓入公庭,引至坐下,亲询疾苦,开陈律令中易犯各条[23],晓譬再四,群知悚惕[24]。他若修邑乘、葺学宫,倡率众力,汲汲图之[25]。维时办职之吏,有哂其迂且拙者[26],君不之顾也。

郡守李君文在稔知君贤,撮其循迹荐之大中丞[27]。而君以长兄垂暮,切温公抚背之思,引病请去[28],坚不肯留。片帆西指,便晤原籍数十年未曾见面之姊。白头赋别,感动路人。比归,而君兄幸无恙,朝夕省视,友于蔼然[29]。

君居恒自念,每思扶植纲常、羽翼圣教[30],故随所睹记,必以身心性命为之根柢。闲居寡营,爰取《四书集注》排纂《读朱求是编》[31],考订各家同异,荟萃的当,比于精金[32]。惜编成上下论而疾作,不克卒业[33]。呜呼！岂非蔡九峰所谓不幸者与[34]？

君内行修饬[35]。居父母丧，哀毁循礼；仲兄殁，未尝饮酒茹荤。动止俱有法度。教人以衣冠必整、拜揖必肃[36]，见者望而知其为青山弟子也。性务本色，不肯以涂饰悦人[37]。铨选时[38]，有劝其染须赴验者，君正色拒之，曰："入官之始，敢以欺罔负咎耶?"与人交，笃于道义，周恤旅困，扶病拯危[39]。有人所难能者，然于君皆小节，不具录[40]。余独叹夫处为醇儒、出为循吏，两者相须而难以兼得也[41]。君出处较然不苟，砥砺终身，庶几无愧[42]。章生久游君门，谓君嗜学如饥渴之于饮食，嗜嘉言懿行如奇珍异玩[43]，相依为命。信矣夫[44]！吾无以易斯言也[45]。

君娶钟氏，再娶陆氏，皆无子。抚侄孙资畅、资恪为承祀孙[46]。享年五十有八，以乾隆三十六年十二月十一日卒。兴宗等即以是月十九日葬君于祖茔之侧，遵遗命也。

所著《青山堂文集》，散体浸淫八家，诗赋皆自出机杼[47]，多可传者。乃为之铭曰：

学敛华而为朴[48]，官未老而就闲。生平矻矻，延斯文一脉，而梦想于河汾伊洛之间[49]。铭幽载实[50]，慰我青山。

乾隆五十四年[51]，岁次己酉，九月二十六日，孙资恪、畅立石。

题解

本文录自民国十九年(1930 年)版《中江县志·卷之二十一·文征》第 11 页。原文标题下署名为"天门龚学海撰"。据中江县地方志编纂委员会编纂、2016 年版《中江县志》(嘉庆版点校本)第 322 页校订。

注释

[1]酃：音 líng。

[2]属纩(zhǔ kuàng)：谓用新绵置于临死者鼻前，察其是否断气。指临终。

丐：求。

[3]宰：任县令。

观察岳常澧：任岳常澧道道台。观察：明清时道的行政长官别称"观察"。

[4]乙酉：清乾隆三十年，1765 年。

内帘：清代科举考试的考务人员分为内帘和外帘两部分。内帘人员包括出题阅卷的官员和内监考、内收掌。其余人员均为外帘。为防止舞弊，考试期间内帘和外帘严禁接触。

分校：科举时校阅试卷的各房官。

[5]衡文：衡量文章的优劣，即主持科举考试。

交相为喻：相互告知，彼此知晓。

[6]解组：解下系印的丝带，指辞官。组：丝带。

喜：原文为后人改动的“是”，据2016年版《中江县志》（嘉庆版点校本）改。

[7]紫阳：宋代理学家朱熹的别称。朱熹之父朱松曾在紫阳山（在安徽省歙县）读书。朱熹后居福建崇安，题厅事曰紫阳书室，以示不忘。后人因以“紫阳”为朱熹的别称。

[8]赍(jī)志以殁：抱着没有实现的志愿死去。赍：带着，抱着。

[9]文林郎：明清为正七品升授之阶。

[10]赠公：古代敬称官员的父亲。

挈眷：携带家眷。

[11]异质：特异的资质、禀赋。

四子书：指《论语》《大学》《中庸》《孟子》四部儒家的经典。此四书是孔子、曾子、子思、孟子的言行录，故合称“四子书”。

端严：端庄严谨。

老成：成年。

[12]拾薪执爨(cuàn)：捡柴做饭。执爨：司炊事。

[13]受知：受人知遇。

学使：即学政。地方专管考试的官。

弟子员：指经本省各级考试取入府、州、县学学习者，通称秀才。参见本书附录《部分科举名词汇释》第3条。

[14]馆谷：指作馆，教私塾或任幕宾。

高堂：指父母。

菽水：豆与水。指所食唯豆和水，形容生活清苦。常以“菽水”指晚辈对长辈的供养。

[15]及门：指受业弟子。

翕然：指一致称颂。

[16]登贤书：科举考试用语。指乡试中举。贤书：本义指举荐贤能的名单。

[17]需次：旧时指官吏授职后，按照资历依次补缺。

期届：期限已到。

谒选：官吏赴吏部应选。

[18]杜门：闭门。

肆力：尽力。

儒先：犹先儒。

经济：治理国家。

[19]迨：等到。

[20]交纳：结交。

演戏：装模作样，用以欺瞒他人或取得信任。

[21]讼棍：指妄兴诉讼、无理缠讼或挑唆诉讼从中谋利的人。

馈献：奉送礼物。

余：之后，以后。

颁示：发布，通告。谓公布出来，使人知晓。

饬禁：饬令禁止。

[22]士风：士大夫的风气。

佻(tiāo)达：轻薄放荡，轻浮。

[23]乡氓：横行在乡村的人。

开陈：解说。

[24]晓譬：犹晓喻，开导。

悚(sǒng)惕：恐惧小心。

[25]邑乘(shèng)：县志，地方志。

倡率：倡导。

汲汲：心情急切貌。

[26]哂(shěn)：讥笑。

[27]稔知：犹素知。

撮其循迹荐之大中丞：挑取作为循吏的事迹，向巡抚举荐他。

大中丞：明清时称巡抚为大中丞。明朝都察院副都御史职位相当于御史中丞，常用作巡抚的加衔，故有此称。

[28]抚背：抚摩脊背。表示安慰、关切等。

引病：托病。

[29]省视：查看，探望。

友于：兄弟友爱之义。

蔼然：温和、和善貌。

[30]居恒：安闲度日。

纲常：三纲五常的简称。

羽翼：辅佐，维护。

圣教：皇帝的教导。

[31]寡营：欲望少，不为个人营谋打算。

排纂：编撰，编辑。

读朱求是编：指《论语读朱求是编》二十卷。

[32]的当：恰当，稳妥。

精金：精炼的金属。亦指纯金。

[33]惜编成上下论：原文为“惜编成论语”，据2016年版《中江县志》(嘉庆版点校本)改。上下论：指《论语集注》。后人把朱熹集注的《论语》分为《上论集注》《下论集注》，简称《上论》《下论》。

卒业：完成未竟的事业或工作。

[34]蔡九峰：蔡沈，南宋理学家。字仲默，建阳(今属福建)人，因隐居九峰，学者称九峰先生。一生未应举，潜心理学，精心研究《尚书》达数十年。曾师事朱熹。

[35]内行：平日家居的操行。

修饬：行为端正不违礼义，或谨严不逾规矩。

[36]拜揖必肃：原文无“揖”，据2016年版《中江县志》(嘉庆版点校本)增补。

[37]涂饰：谓着意修饰装扮。

[38]铨选：选才授官。

[39]笃：笃厚。

周恤：周济，接济。

旅困：羁旅困顿。

拯危：拯救受难的百姓。

[40]小节:小事。

具录:详尽记录。

[41]处为醇儒、出为循吏,两者相须:居家不仕,就是学识精粹纯正的儒者;出仕,就是善良守法的官吏,两者互相依存。处:居家不仕,隐居。醇儒:学识精粹纯正的儒者。循吏:善良守法的官吏。相须:互相依存,互相配合。

[42]较然不苟:正直,不苟且。

庶几:希望,但愿。

[43]游:求学。

嘉言懿行:美言善行。

[44]信:果真,的确。

[45]易:改变,更改。

[46]承祀:承嗣。旧时无子者以近支兄弟或他人之子为后嗣。

[47]青山堂文集:原文为“敬义堂文集”,据2016年版《中江县志》(嘉庆版点校本)改。

散体:不要求词句整齐对偶的文体。

浸淫:涉足,涉及。

八家:指唐宋八大家。

机杼:比喻诗文创作中的新巧构思和布局。

[48]学敛华而为朴:指治学有成而又不尚浮华。敛华:“敛花就实”的省略。落花后结果。

[49]矻矻(kū):勤劳不懈的样子。

河汾:黄河与汾水的并称。亦指山西省西南部地区。隋代绛州龙门(今山西稷山)人王通设教河汾之间,受业者千余人。后以“河汾”指称王通及其学术流派。见《新唐书·隐逸传·王绩》。

伊洛:指宋程颢、程颐的理学。程氏兄弟洛阳人,讲学伊洛之间,故称。

[50]铭幽:幽铭。墓志铭。

[51]乾隆五十四年:1789年。

附

请留降调之熟练道员龚学海以资弹压苗疆折

李　湖

贵州巡抚、臣李湖跪奏为恭吁圣恩,请留熟练道员,以重苗疆事。

窃臣于乾隆三十六年九月初七日接准部咨:“贵东道龚学海失察所属清平县苗人吴阿银买收奸徒宋升荣等伪造逆照案内,部议降二级调用。系革职留任之员,应行革任。奉旨:‘依议。’钦此。”臣当即转行布、按两司。钦遵在案。

伏查：古州、下江一带，层峦密箐，苗情凶悍，必须熟练强干大员，始足以资弹压。龚学海前在下江同知任内，时值党堆逆苗不法。该员首先发觉，闻报即行查办，并预收下江船只，令其不得过河猖獗。钦奉谕旨以龚学海始终实力任事，补授贵东道。该员升任以来，感激天恩，力图报效。一切巡查边隘、调剂地方、稽察汉奸、兴革利弊，俱能认真办理，不辞劳瘁。古州距省较远，凡有见闻，即时具禀到臣，俾得就事斟酌，甚资其力。现委督编保甲、稽查挽运诸要务，皆属妥帖周详。今因失察奸民，议以革任处分，固所应得。但以新辟苗疆，且经上年逆苗香要滋扰之后，若遽易生手，恐边境苗情一时骤难周知，致于机宜未协。

臣不揣冒昧，仰恳圣恩俯念员缺紧要，可否从宽将龚学海暂免革任，俾得驾轻就熟，以策后效？则该员受恩愈重，图报愈切，于苗疆既获收治理之益，即臣亦得资其指臂之助矣。臣因边要需才起见，谨恭折吁奏，伏乞圣主训示遵行。谨奏。

乾隆三十六年九月初七日。

题解

本文录自李湖奏折。原件藏中国第一历史档案馆，档案号为04－01－12－0145－070。标题为《天门进士诗文》编者所加。

乾隆皇帝朱批："所奏甚是。此本盖因不出名，朕疏忽看过了，即有旨谕。不想汝能如是执奏，甚属可嘉，有大臣风。勉之！"

邵如崙

清道光元年(1821 年)版《天门县志·卷之二十三·人物》第 26 页记载:邵如崙(lún),字角三。乾隆丁巳进士。选知临淄县。下车值岁歉,即捐俸赈饥。邑士民感激相劝,集粟数千石,全活甚众。所部旧有温泉,涸久。谚云:"温泉开,清官来。"如崙至之明年,泉溢,民以为符。寻罢官,贫不能归,授徒稷下,弟子多成名者。

题姻母胡门刘孺人贞节赞(为光煦嗣母作)

邵如崙

緊惟女士,衍泽然藜[1]。爰相清门,人钦其仪[2]。心难任命,矢志靡移[3]。克殚乃心,犹子保持[4]。庆贻来哲,彤管扬辉[5]。敬尔作赞,用告贤嗣[6]。

题解

本诗录自胡书田纂、清道光乙巳(1845 年)版,天门干驿小河槐源《胡氏宗谱·卷三》。原文"邵如崙"后有"邑孝廉"三字。

姻母:对兄弟妻之母、姐妹夫之母以及疏亲前辈之妻的称呼。或称姻伯母。

嗣母:出继的儿子称所继嗣一方的母亲。

注释

[1]緊(yī):句首、句中助词。有时相当于"唯"。

女士:旧谓有士人操行的女性。

衍泽然藜:意思是,刘孺人生在刘家,是上苍的恩泽。衍泽:广布恩泽。然藜:典自"藜阁家声"。西汉刘向奉命在皇家图书馆——天禄馆校阅经典,后写成中国最早的目录学著作《别录》。传说刘向正月十五在天禄阁校书至深夜,人皆出游,而向不出。有黄衣老人执青藜杖扣阁而进,见向独坐诵书,乃吹杖端焰,发出光芒,照亮了暗室。后来,"藜阁"便成为刘氏家族的代名词,"燃藜"便指夜读或勤学。此处当指刘家。然:"燃"的本字,燃烧。

[2]爰相清门:意思是,出嫁素称书香门第的胡家。相:妻。也可解释为治理。清门:书香门第。

人钦其仪:人们敬佩她,以她为女中楷模。

[3]任命:谓听任命运的支配。

矢志靡移:矢志不移。发下誓愿决不改变。

[4]克殚乃心:能竭尽心力。乃:代词。其,他的。

犹子保持:视嗣子如己出,精心抚育。犹子:谓如同儿子。保持:保护扶持。

[5]庆贻来哲:将福泽留给后代。来哲:后世高明的人。

彤管扬辉:意思是,刘孺人的事迹载入史册,发出光辉。彤管:赤管的笔。专指女子事迹的记载。

[6]贤嗣:贤良的后代。

邵氏宗谱序

邵如崙

夫花枝开,夫并蒂共,得锦绣之春,曷庇其同根无判;荣枯之景,是以棠阴美满,皆著东陵之发育[1]。

盖我祖先发源于章水,复迁地于共城。由是斗室潜修,已幸甲科蔚起[2];分枝聚族,亦欣子姓蕃生[3]。生齿频增,志趣各异[4]。数家迁宅,几处买邻[5]。前明正德朝,我祖鹰公偕侄玺、发二公议去吴山,皆游楚水。穷幽选胜,越境遥问夫鹤楼[6];泛宅浮家,分歧才经夫牛峡[7]。二公沿江南向为注念黄蓬之山,我祖入汉北行欲怡情红花之港[8]。此后虽支分派别,似住夫东头西头;而前溯流穷源,异处夫南海北海。盖不能聚处者势相隔也,而常与往来者情想通也。

崙祖武必绳父书是读,桂攀秋月,花看春风[9]。题名裴姓字之香[10]，及第为祖宗之盛。亦会作去年之崔护，似前度之刘郎[11]。重到复州[12]，群香萃处，话及将来纂谱。溯洪都之旧系，至瓒、麒、麟诸公而终；念鄂省之新支，自鹰、玺、发三公为始。左昭右穆[13]，接派序以分编；收族敬宗，统亲疏而合刻可耳。迨符泗水，摄篆临淄，拟待赋《归去来辞》[14]，与渔樵耕为伍，则可以伸夙志而表微忱也。盖试牛刀而肺石必昭，著蚕绩而心枢频远[15]。形劳案牍[16]，心忘家私。而于谱牒之修，未暇与赞一词，时萦五内者久矣。兹因手书遥寄，知高曾之矩递重新[17]；衷曲稍安[18]，取宗族之本之百世。第念竟陵脉络、沔水渊源，居虽属迢远，妙术难寻夫宿地；谱必合为编纂，睦族好效夫中天[19]。然今族党不相合者亦多故也[20]，或以尊凌卑，或以强欺弱；或恃人众而暴寡[21]，或恃家富而虐贫；或有桀骜难驯因微嫌而肆逆[22]，或有愚顽妄动忌约束而成仇。将奋拳而寄慨，角弓以试遂[23]，夫亲爱之意更切齿而争操宝剑，大伤祖考之心。尚望序联欢，共防手足之折；蛉原急难[24]，勿令骨肉之离也哉。

嵛抚民而胞与，为怀柯戒虎牙之猛[25]；收族而支持，共念仇怜鱼肉之残。忆江西一脉流传，犹水源可溯至；湖北两支繁衍，勿轸域而各分[26]。谱系重修，睹枝叶而知同一本；简编合纂，寿枣梨不设群流[27]。所冀百千万亿后世，将异派合流，海可探夫星宿；则慎终追源[28]，祖不至于遗忘，此嵛区区承先启后之深心也，族党其鉴而不忽。

乾隆二十三年，岁次戊寅，孟春月，迁楚六世孙、赐进士出身、山东青州府临淄县正堂如嵛敬撰[29]。

题解

本文引自天门横林1992年版《邵氏宗谱》。原文无标点，文字有错漏，转引时有改动。原题为《如嵛公序》。该谱记载，邵如嵛属龙潭湾（今天门竟陵官路社区）支系。

注释

［1］棠阴：棠树树荫。东陵：复姓。相传为秦东陵侯邵平之后。亦为汉邵平的别称。

［2］甲科：明清称进士为甲科。

[3]子姓:泛指子孙、后辈。

[4]生齿:人口,人民。

[5]买邻:谓择邻而居。

[6]越境:越过省界或国境。

[7]泛宅浮家:谓以船为家。

分歧:分叉。

[8]注念:思念,思虑。

[9]绳父书是读:继承父亲的事业。绳:继承。

桂攀秋月:蟾宫折桂。攀折月宫桂花。科举时代比喻应考得中。

花看春风:科举登第。取意于孟郊《登科后》:"春风得意马蹄疾,一日看尽长安花。"

[10]题名裴姓字之香:意思是,金榜题名,青史流芳。裴:疑为"斐"字之误。姓字:姓氏和名字,犹姓名。

[11]去年之崔护:取崔护《题都城南庄》诗意:"去年今日此门中,人面桃花相映红。人面不知何处去,桃花依旧笑春风。"崔护:原文为"崔萱"。

前度之刘郎:前度刘郎。上次来过的刘郎。比喻到旧地重游的人。刘义庆《幽明录》说,东汉时有刘晨、阮肇二人,曾在天台山遇到仙女,回家后又入天台。度:次,回。郎:指青年男子。也是旧时对一般男子的敬称。

[12]复州:古地名,曾治竟陵县(今天门)。

[13]左昭右穆:宗庙祭祀,排列祖宗牌位次序,称左昭右穆,以始祖牌位居中,二世、四世、六世,位于始祖的左方,称"昭";三世、五世、七世位于右方,称"穆"。

[14]追符泗水,摄篆临淄:指作者任临淄知县。上下文为互文。追符:等到受命于泗水(临淄)。摄篆:代理。篆:官印的代称。

归去来辞:指陶渊明《归去来辞》。此处指像陶渊明一样辞官归田。

[15]肺石必昭:有冤案必昭雪。肺石:古时设于朝廷门外的赤石。民有不平,得击石鸣冤。石形如肺,故名。

蚕绩:蚕桑和纺绩。

心枢频远:疑为地偏心远的意思。

[16]形劳案牍:案牍劳形。文书劳累身体,形容公事繁忙。

[17]高曾之矩递:祖先传下的成法。

[18]衷曲:内中。

[19]中天:天运正中。喻盛世。

[20]族党:聚居的同族亲属。

[21]暴寡:欺凌、迫害人少势弱的一方。

[22]肆逆:横行不法,背叛作乱。

[23]寄慨:寄托感慨。

角弓以试遂:疑指张弓搭箭。角弓:以兽角为饰的硬弓。此处指张弓。遂:古代射箭的人所穿的臂衣。

[24]蛉原:疑指家族子弟。蛉:螟蛉,比喻义子。

[25]抚民而胞与:民胞物与。北宋张载的伦理学说。意为:爱别人如

爱同胞,看万物皆是我自己。

怀柯:疑为执掌生杀大权。柯:斧柄。

[26]轸域:范围,界限。

[27]寿枣梨:刻印成书,使其长久流传。枣梨:谓雕版印刷。旧时多用枣木或梨木雕刻书版,故称。

[28]慎终追源:常作"慎终追远"。慎重地办理父母的丧事,虔诚地祭祀远代的祖先。

[29]乾隆二十三年:1758年。

正堂:明清两代称府县的长官。

附

审理参革邵如崙侵冒麦价一案折(节录)

杨应琚

暂署巡抚山东等处地方、督理军务,都察院右副都御史、臣杨应琚谨题为特参侵冒肥私、昏庸扰派之劣员,以儆官方,以肃功令事。

据布、按二司招开问得壹员邵如崙,年伍拾壹岁,系湖北安陆府天门县人。由乾隆贰年丁巳科进士选授临淄县知县,于乾隆拾叁年陆月初壹日到任。

状招:"如崙缘乾隆拾肆年奉文采买麦石,柒月拾柒日赴藩库领银叁千两,托伊戚宫成范采买。开报每仓石需银壹两叁钱。宫成范自拾捌日起至贰拾叁日止,先后赴县属各集场,凭经纪于纪等共收买麦玖百叁拾石,每仓石纹银壹两壹钱肆分捌厘。当有监生于德舆等陆户烦经纪评价粜卖麦石,每仓石纹银壹两壹钱肆分捌厘,共买麦叁百伍拾石,先后共买麦壹千贰百捌拾石,实止用银壹千肆百陆拾玖两肆钱肆分。如崙不合听信伊戚宫成范之言,以修仓、运脚、铺垫等费无从开销,不将实价报明,竟开报壹千陆百陆拾肆两,计多开麦价银壹百玖拾肆两伍钱陆分。"……

于乾隆拾肆年玖月拾柒日题,拾月初贰日奉旨:"这所参邵如崙,著革职。其侵冒肥私、昏庸扰派情由及本内有名人等,该抚一并严审追拟具奏。王如玖著严如议处具奏。该部知道。"钦此。……

山东巡抚准泰奏疏称:"临淄县知县邵如崙,该知县到任壹载,地方诸务毫无整顿。审办一切案件,率多迟钝不决。民情既鲜悦服,胥役复无畏惮。前经臣以该员系属初任,屡加训饬,并令道府随事开导,期以观其后效。讵知该知县才既粗庸,性复贪鄙,于本年伍月内奉文采买麦石,并不遵例于市集平购,乃径派令绅襟大户、庄农地多之人领银交麦。查其所发银数,每银壹百叁拾两,令各户交市斗伍拾石,合之仓斗,则系壹百贰拾伍石。计其买价,每仓石止应需价银壹两零肆分,乃该知县捏称每石价银壹两叁钱伍分。经臣驳查,旋称每石减银伍分,尚有壹两叁钱之多,有该县印文可据。计其所报壹两叁钱之数,每石侵冒银贰钱陆分。据报,已买麦壹千贰百捌拾石,约其侵冒价银叁百叁拾贰两捌钱。见有该县仓房李伟及各派买之户于德舆等审证。似此昏庸不职,且又居心贪鄙、扰派肥私之劣员,断难姑容。相应特疏纠参,请旨将邵如崙革职,以便严审追拟。再照:知府一官,身膺表率,察吏是其专责。至若纠劾庸劣,乃我国家彰瘅大法,尤非臣下所敢稍存私臆者。此案知县邵如崙庸劣贪鄙、侵冒麦价,种种不职,已据该知府王如玖于乾隆拾肆年玖月拾伍日钉封揭报到臣。正在缮疏之时,忽于拾陆日又据禀称:'邵如崙系初任之员,可否勒将侵冒之银尽行吐出,或令先自告退,俾得清脱归里,即是恩赐。'等语。臣披阅之下,不胜骇异。夫属员之才具不齐,固当教之;教之不率,则请旨另用。若敢贪渎败检,则为国法不容,又岂臣下所可市恩私寝者?邵如崙劣迹种种,既据该知府揭报于前,又复请宽于后,明系违道徇私,相应一并指参。请旨将青州府知府王如玖严加议处,以为市恩徇庇者戒。"……

兹于乾隆拾捌年肆月初壹日,据报该参令邵如崙病痊前来,随即查卷集讯问:"邵如崙,你是哪里人?多少年纪?由何项出身?几年上到临淄县任?乾隆拾肆年奉文领价买麦,如何将银派给绅襟大户、地多庄农人家,短价勒令大斗交仓,冒开价值,侵蚀肥己?如今奉文严审,据实供来!"

据供:"犯官今年伍拾壹岁,湖北安陆府天门县人。由乾隆贰年丁巳科进士选授临淄县知县。乾隆拾叁年陆月初壹日到任。乾隆拾肆年伍月里奉文买麦伍千石。那时临淄麦价每仓石尚需银壹两柒钱伍分不等。故此没有敢请价采买。到柒月初旬,麦价渐平,每石需银壹两叁钱伍分,随详明并具印领送司。到柒月拾柒日,蒙发银叁千两到县。访得麦价又减落了伍分,当将开仓日期麦价又减伍分缘由详报,一面就托亲戚宫成范去集上零星采买。拾捌、拾玖两日,先在桐林集买了叁百叁拾石,贰拾、贰拾壹贰叁等日,又在五路口、朱家集、白兔丘等处买了陆百石,陆续买了玖百叁拾石麦子,俱是自己雇车运上仓的。当时就有于德舆、于宗鲁、王子范、齐佳士、谢允吉、孙笃庵陆家,都说家里有麦,恐零星上集有折耗,情愿要整卖,当凭经纪们说定了价值。宫成范向各人买了多的壹百石,少的肆伍拾石,共买了叁百伍拾石,连前通共买了壹千贰百捌拾石麦子。因麦价顿减,每仓石库平纹银实止价银壹两壹钱肆分捌厘,共实用银壹千肆百陆拾玖两肆钱肆分。犯官原要报明,因犯官修仓铺垫运麦上仓脚费等项就在这麦价里用了。随后麦价也就长了,不敢再买存库,止有麦价银壹千叁百叁拾陆两了。前项杂费没有报补,宫成范说不如就在这麦价内一总开销了。犯官听了他,所以麦价里没有补还,就被访参了。这是实在情节,并没壹字虚谎,是实。”

诘问:“你采买麦石,并不向市集平价采买,都是勒派富户,每银壹百叁拾两令交市斗麦子伍拾石,合仓斗就有壹百贰拾伍石,算来价值每仓石止有壹两零肆分。你开报壹两叁钱,不是每石侵银贰钱陆分,买麦壹千贰百捌拾石,共侵银叁百叁拾贰两捌钱,原参确凿,如何止说侵银壹百玖拾肆两伍钱陆分?”

又供:“犯官采买麦石,内中虽有监生于德舆们陆家,实都是他们自己怕折耗,要趸卖麦子,凭经纪评定,照依市价交易买卖,实没有派买的事。犯官若要派买,自必先发监当,商合绅襟大户。如今请查临淄拾壹家监当店合绅襟大户,何曾派及?犯官若果派买,希图短价侵蚀,自应将叁千两银子一总发与富户,便可多得盈余,还肯零星采买,尚存了壹千叁百多银子?且派买麦子,富户也是不愿的。自然要传他们到来,发了银子,停的数日,方好催他上仓,最快也要拾日、半个月。今自乾隆拾肆年柒月拾柒日领到银子,拾捌日开仓收买起,贰拾叁日就停止了。伍日工夫,如何就派买得及壹千贰百捌拾石麦子都已交仓这样迅速呢?况派买也无大罪。犯官已经认了冒销重罪,若果有派买的事,为什么不承认呢?至于各集市斗有肆斗贰升合一仓石的,也有伍斗合一仓石的,并非市斗都是肆斗合一仓石,伍拾石就有壹百贰拾伍石。临淄一带地方从前连年荒歉,乾隆拾肆年柒月间也并没有壹两零肆分壹仓石的贱麦子。不但折报可查,就把邻县的折报核较也就晓得了。况且采买麦子,各处市价多寡不同;就是壹县之中,早晚市价涨落不一。这壹两壹钱肆分捌厘壹石的卖价,委是实在价银,再没丝毫浮冒的了。见有经纪、卖主在案下,都可问得的。犯官已经认了壹百玖拾肆两零银子,罪名总是一样,何苦为了百来两银子,只管争辩呢?”

求详情又问:“据你说修仓铺垫运脚等项杂费,用了麦价,但近地采买例不开销。你修仓铺垫从前也没有详明,因何就用了壹百玖拾肆两多银子,有何凭据呢?”

供:“这修仓铺垫运脚等项既不准开销,犯官情愿设法完缴就是了。”

又问:“当时四乡买麦,难道只托宫成范壹人,没有办事的家人长随么?如今何处去了?”

供:“犯官原是一介穷员,并无收买。家人就有几个长随,也不敢轻托他。宫成范老年至戚,故此托他采买麦子。那时原有一个雇工小厮叫寿儿,跟着宫成范的。犯官被参之后,各人星散去了。宫成范又死了。寿儿是江南人,久已回去了,是实。”

问:“李伟,你今年多少年纪了?是哪年充当仓书的?乾隆拾肆年柒月内,邵前县领帑采买麦石,你是经承。查:当时麦价每仓石止需银壹两零肆分,你如何从前拟报要壹两叁钱?如何派令绅襟大户庄农,每领银壹百叁拾两,即勒要交市斗伍拾石,交仓便合仓石壹百贰拾伍石了?邵前县实在侵冒了若干帑银?你既不禀阻于前,又不首明于后,定是分肥无疑了。如今奉文严审,你可逐一据实供来!”

供:“小的今年肆拾肆岁。是乾隆拾贰年应充仓房书办的。乾隆拾肆年伍月内,奉文采买麦石。其时市价每仓石要壹两柒钱伍分,故此不敢请买。至柒月中旬始减至壹两叁钱伍分,俱有报折为凭。后来奉催严切,至柒月初叁日,邵本官始详请领价奉司,发银叁千两到县。那时麦子已贱了伍分,当将开仓日期及麦子减价伍分具报本官,把银子托他亲戚宫成范赴各集场买麦。因麦价平减,实在每石纹银壹两壹钱肆分捌厘。宫成范在各集场共买麦玖百叁拾石,都是宫成范自己雇了小车运来上仓的。那时有监生于德舆、于宗鲁、齐佳士、谢允吉、孙笃庵、王子范陆个人,都有麦子,怕零卖折耗,要趸粜,先后在集上寻买主,都是经纪们对宫成范说了,替他们评了价钱,一共买了麦叁百伍拾仓石,麦子也是宫成范自己雇了车子运上仓来,小的量收的。后来因麦价长了,也就不买了。实在并不是派买,也无交市斗折算的事。听的本官说,用了壹千陆百陆拾肆两银子了,止买得壹千贰百捌拾石麦子。其实,小的只顾收麦记数,不知道集上买麦价值多少,这要问经纪们的。那杂费实在用了多少,浮冒了多少,这要问本官。小的不敢妄供。”

诘问:“查:原参款内是访实用银壹百叁拾两,买市斗伍拾石,即有仓石壹百贰拾伍石,是每仓石止用银壹两零肆分,都是勒派绅襟大户、庄农地多的人发银缴麦,极其确凿。如今供的一味朦混,必要严审了。”……

邵如崙侵冒麦价银壹百玖拾肆两零伍钱陆分,在壹千两以下,应依律拟斩,准徒五年,仍将侵冒银两照例勒限完缴。……

乾隆拾捌年伍月初拾日。

题解

本文录自杨应琚(jū)奏折。原件藏中国第一历史档案馆,档案号为02-01-07-05175-006。标题为《天门进士诗文》编者所加。原文万余字。

陈大经

陈大经,字和衷,号直台。天门干驿人。清雍正乙卯科举人第三名,清乾隆七年壬戌科(1742年)进士。曾任分宜知县、浮梁知县、萍乡知府。

清道光元年(1821年)版《天门县志·卷之二十三·人物》第27页记载:陈大经,字和衷。幼颖悟好学。父以独子节其勤,暑夜弗与膏,常以香炷映字默识。乙卯举于乡,壬戌成进士。授知江西分宜县,惩浇风,出枉狱。有被盗杀之道旁者去,或以诬其婿证具。大经核词辨貌,遽释之,果获真盗。又一盗陷其仇家。大经饰一胥,进盗党识之,不能办,乃脱诬者,一邑以为神。大吏常以自访四案发鞫语皆无根,立请豁之。移知浮梁,力行保甲以安闾井。最,入擢南康同知。工文章,精衡鉴。癸酉分校江西乡试卷,入闱梦得三元。揭晓,则胡翘元、戴第元、彭元瑞三人并以大才出门下,名与梦符,后皆贵登台阁云。

寄江西乐安知县李梦瑰书

陈大经

别经数月,每怀光辉,不禁仰霁月、披和风[1]。而遇之小价自省回述[2],又老哥宴尔之庆,殊欠申贺,歉仄无已[3]。乃荷关注,问讯家严,古道照人,实深铭刻[4]。

启者,近闻署理乐安[5],缘此地乃先人旧籍,自明迄今百余年,未通往来。天启年间,先祖官福建布政使司[6],曾致祭于先人之墓,立有碑碣。其地,乃邑之罗陂里,与伍姓联村。有先祖名世贞,自此地迁于楚之竟陵。世贞祖殁,归厝于此[7]。望老哥传唤罗陂陈姓绅衿[8],问其年老者:昔明季湖北竟陵,今改天门县,世贞一支子孙,福建布政使司复升户部尚书陈所学,来此竖碑,与附近伍姓酿成大案。

其年老居民，必有能记忆者。查明地方，离城远近，坟基、碑碣存否，赐一知音，以便差丁致祭。此乃天假之缘，使老哥署理乐安印务[9]，弟因得以远溯本原，亦祖宗之幸也。专候回音。

乾隆十七年壬申五月十八[10]。

题解

本文录自陈心源纂修、民国三十七年(1948 年)版天门干驿鸳鸯湖《陈氏宗谱·卷六下·艺文》。

李梦璁(cōng)，字敦五，号蓼园。江苏嘉定人。清乾隆七年壬戌科(1742 年)进士。乾隆七年至九年任乐安知县。后任赣州知府。

注释

[1]仰霁月、披和风：化用成语“霁月光风”。指雨过天晴时的明净景象。用以比喻人的品格高尚，胸襟开阔。

[2]小价：即小厮。对自己仆人的谦称。

回述：述说过去的事情。

[3]老哥：成年男性间的尊称。

宴尔：燕尔，新婚的代称。

歉仄：遗憾，抱歉。

[4]荷：承受，承蒙。特指承受恩惠，多用于书信中表示感激。

家严：对自己父亲的谦称。

古道照人：以淳厚古朴之诚待人。

[5]启者：旧时书信中开始陈述之套语。启：陈述。古代书札称书启。

署理：清朝吏部铨选制度。指内外官缺出，差委品级相近官员代理其职之制。

[6]先祖：指陈所学。陈时任福建布政使。

[7]归厝(cuò)：归葬。人死后将尸体运回故乡埋葬。

[8]绅衿(jīn)：泛指地方绅士。绅：古代士大夫系的大带子，代指做官的人，或退职官僚。衿：青衿，学中生员的服式，代指有秀才以上身份的人。

[9]印务：官印和职务。

[10]乾隆十七年，壬申：1752 年。

谢　兰(明通榜)

谢兰,清乾隆十八年癸酉科(1753年)举人,乾隆十九年甲戌科(1754年)(通榜)进士。

胡母鲁孺人六十节寿征诗启

谢　兰

间尝溯徽音于彤史,遐仰女箴[1];阐懿德于绛帏,久钦闺诫[2]。窃叹巾帼之行,无取英奇[3]。然而贞烈之操,多由患难。则有胡母鲁太孺人者,蕙性天成,苕姿夙裕[4]。衍东冈之遗派,相槐里之名宗[5]。甘操帚而偏勤,能改妆而习苦。无何饕风虐雪,夫罹二竖之灾[6];致令影只形单,氏矢两毛之愿[7]。环顾而宗枝是择,禋祀无虞[8];端居而阃范克昭[9],养教兼备。在母也,情殷似续,谓比儿即是佳儿[10];在子也,念切瞻依,云抚我何异生我[11]?以今正月,适届六旬。哲嗣定秀,既舞彩于北堂,欢承色笑[12];复奉笺于南国,遍乞表扬。松操鹤龄,督学既已表其节[13];竹素管彤,輶轩还待旌其门[14]。

予夙忝葭莩,敢辞葑菲[15]。恭成芜启,便锡瑶章[16];伏冀吟坛,同彰潜德[17]。表徽音于一代,是谓女宗[18];介遐祉于千秋,良云寿母尔[19]。

癸酉举人、甲戌明通,常德府教授,姻愚弟谢兰顿启。

题解

本文录自胡书田纂、清道光乙巳(1845年)版,天门干驿小河槐源《胡氏宗谱·卷三》。

节寿：指节操、福寿。

启：文体名，用于亲朋间的书信往来。旧时书札亦称书启。

注释

[1]间尝：犹曾经。

徽音：犹德音。指令闻美誉。

彤史：指记载宫闱生活的宫史。此处指记载女子芳泽的史册。

遐仰：遥相仰慕。

女箴：女师箴。封建社会中一种劝诫妇女的文辞。

[2]懿德：美德。

绛帏：绛帐，即红色纱帐。指讲座、讲台。典自太常官韦逞之母宋氏（宣文君）“隔绛帏而授业”，教授《周礼》。

闺诫：旧指妇女应遵守的戒条。

[3]英奇：英俊优异。指杰出的人才。

[4]蕙性：“兰心蕙性”的略语。芝兰的心性，蕙草的性格。比喻心地善良、高洁。

苕姿夙裕：称颂女性姿容一向美好。苕姿：像凌霄花一样的姿容。喻容貌之美。

[5]衍东冈之遗派，相槐里之名宗：指胡母鲁孺人出身鲁家，出嫁胡家，两家都属望族。

东冈：东冈岭，位于今天门市干驿镇松石湖西北。这里是“东冈鲁氏”的世居地。

遗派：遗脉。

相：选择。

槐里：指安徽歙县槐源。天门干驿小河胡氏由此分支迁入天门。

名宗：有名望的宗族。

[6]无何：不久。

饕（tāo）风虐雪：狂暴肆虐的风雪。

罹（lí）：遭受苦难或不幸。

二竖：原指春秋时晋侯梦中所见的两个病魔。后用来喻指所患疾病。多指较重的病。

[7]氏矢两毛之愿：指胡母立下终身守节的心愿。矢……愿：立下心愿。两毛：二毛，斑白的鬓发。

[8]环顾而宗枝是择，禋祀无虞：指胡母从同族后辈中挑选嗣子，以延续香火。

宗枝：指同宗之支派。亦指同族关系，或后嗣。枝亦作支。

禋（yīn）祀：泛指祭祀。本指古代祭天神的一种礼仪，先烧柴升烟，再加牲体及玉帛于柴上焚烧。

无虞：没有忧患，太平无事。

[9]端居：平居，安居。

阃（kūn）范克昭：妇德显扬的意思。阃范：指妇女的道德规范。克：能够，胜任。

[10]情殷：深切的情意。

比儿：侄儿。

佳儿：称心的儿子。

[11]念切：思念格外深切。

瞻依：意为仰望、倾慕之情不胜依依。

[12]哲嗣：对别人儿子的敬称，等于说“令嗣”。

舞彩：典自“彩衣”“舞蝶斑衣”。指孝养父母。参见本书程飞云《李节孝(王太孺人并子占黄)》注释[1]。

欢承色笑：旧称侍奉父母为“承色笑”。欢承：承欢。侍奉父母，让他们欢喜。色笑：和颜悦色。

[13]督学：学政的别名。明清派驻各省督导教育行政及考试的专职官员。管理一省教育的最高行政长官。

表其节：立石碑、匾额以颂扬其节操。表：旌表。

[14]竹素管彤：记载女子事迹的史册。竹素：犹言竹帛，指史册。管彤：即“彤管”。赤管的笔。专指女子事迹的记载。

輶(yóu)轩：古代使臣乘坐的一种轻车。

旌其门：封建社会旌表所谓忠孝节义的人，由朝廷官府赐给匾额，张挂门上，叫作“旌门”。

[15]忝(tiǎn)：辱，有愧于，常用作谦辞。

葭莩(jiā fú)：芦苇秆里面的薄膜。比喻远房的亲戚。

葑(fēng)菲：比喻微贱鄙陋(常用作谦辞)。葑：芜青(蔓菁)。菲：萝卜一类的菜。

[16]芜启：对自己书信的谦称。

锡：通“赐”。给予，赐给。

瑶章：对他人诗文、信札的美称。

[17]伏冀：恭请。

吟坛：诗坛，诗人聚会作诗之处。

潜德：不为人知的美德。

[18]女宗：指春秋时宋鲍苏之妻。鲍苏仕卫三年，另娶外室，妻谨遵妇道，孝事翁姑，坚贞自守，不肯离去。宋公旌表其闾，称为“女宗”。意谓女子可以师法的人物。

[19]介：佐助。

遐祉：绵延不断的福泽。

寿母：长寿的母亲。

刘显恭

清道光元年(1821 年)版《天门县志·卷之二十二·人物·文苑》第 26 页记载:刘显恭,字云峰,号惺斋。乾隆丙子乡试第三名举人,丁丑联捷成进士。选庶常,未散馆,告归。田园诗酒怡情,无入仕意。居泊江,修水榭,筑花坞,常著文章自娱,高华典雅,后进竞传诵之。

登黄鹤楼

刘显恭

黄鹤秋风夜,危楼徙倚频[1]。涛声飞木末,月影截江漘[2]。玉笛六朝梦,金沙千佛身[3]。白云横彼岸,欲渡恐迷津[4]。

题解

本诗录自熊士鹏编、清道光癸未(1823 年)版《竟陵诗选·卷十》第 17 页。

注释

[1]危楼:高楼。

徙倚:犹徘徊,逡巡。

[2]木末:树梢。

江漘(chún):江边。

[3]六朝:合称中国历史上均以建康(南京)为都的东吴、东晋、宋、齐、梁和陈,是三世纪初到六世纪末前后三百余年的历史时期的泛称。

[4]迷津:找不到渡口,多指使人迷惘的境界。

宿修莲庵

刘显恭

大块同冥寂，严威逼远岑[1]。冻鸦栖未稳，寒犬吠如瘖[2]。孤磬老僧夜，一灯羁客心[3]。何来云外雁？嘹唳渡江浔[4]。

题解

本诗录自丁宿章撰、清光绪九年(1883年)版《湖北诗征传略·卷二十九》第3页。

注释

[1]大块：大自然，大地。

冥寂：幽静。

严威：犹威力，威势。

远岑：远处的山。

[2]瘖(yīn)：同“喑”。嗓子哑，不能出声；失音。

[3]羁客：旅客，旅人。

[4]嘹唳：形容声音响亮凄清。

江浔：江边。

与德安府安陆县新孝廉沈翼万书

刘显恭

泊江游人鸿逸氏，致书于新孝廉公沈君。

仆，江湖散人也，居则傍花随柳，出则寻峰问泉。柳州之熊罴牛马，赤壁之虎豹虬龙[1]。虽才趣不逮古人，而扁舟蜡履，雅不欲效宗少文淹作卧游状也[2]。时一叶古溪渡口，秋江暮寒，殊不可耐。已乃御风道上，信步过太乙宫，见一白发黄冠，老且瞿，不堪语。旋复得杨四庙，排入，猛见僧辈十余，手执提名一纸，交口聚讼，断断然若大惑不解者。徐而叩之，告以故，余及点首曰：“是也，是也。此字也，即名也，不察而决矣。”或曰：“新贵人以字易名，此番不复能来矣。”少顷，一老尼起座间向余为和南礼[3]，径问：“老神仙何缘降临？”余未及应，还诘曰：“老僧人意将如何？”答曰：“僧女流，且晚入佛门，不识字，祈为我婉修一书，着人往持道喜，庶不我弃。”余感其意，爰涤砚而为之说。虽未尝为如来立文字，而情往兴来，已不免添一副老婆舌头矣。因叹大丈夫以天挺昂藏[4]，风乘九万，水击三千，而若辈者欲为学鸠之笑，继复为腐鼠吓人[5]，世间大都如斯，岂独一老尼也哉？第仆鸿而逸，君鲲而化[6]，青云碧海，共措羽毛。五日内如获把晤，仆犹能导扬前旌[7]，与君大笑江上，追风流于晴川、黄鹤间也。凭池神溯，曷胜翘企[8]。

笔墨俱出僧房，中书君老而秃，不任驱使，曲意旬之，然已成分外韵事矣[9]，其如见笑方家何？

题解

本文引自1990年版、天门麻洋泊江中和场《刘氏宗谱》。

德安府：宋朝宣和元年（1119年）在安陆置德安府。德安府管辖安陆、应城、孝感、应山、云梦五县以及大悟的一部分。

孝廉：明清时对举人的美称。

注释

[1]柳州之熊罴牛马：柳宗元《钴鉧潭西小丘记》云：“其嵚（qīn）然相累而下者，若牛马之饮于溪；其冲然角列而上者，若熊罴之登于山。”柳州：柳宗元，人称柳河东，又因被贬谪为永州司马，后转柳州刺史，死于柳州，称柳柳州。

赤壁之虎豹虬龙：赤壁：指苏轼《后赤壁赋》。文中云：“予乃摄衣而上，履巉岩，披蒙茸，踞虎豹，登虬龙，攀栖鹘之危巢，俯冯夷之幽宫，盖二客不能从焉。”

[2]蜡履：蜡屐。涂蜡的木屐。

宗少文淹作卧游状：宗少文：宗炳，南朝宋画家。字少文。曾将游历所见景物，绘于居室之壁，自称：“澄怀观道，卧以游之。”

[3]和南礼：合掌礼拜，合十。佛教徒与人相见的一种礼节。

[4]昂藏：气宇轩昂貌。

学鸠：小鸠。喻眼光短浅之人。《庄子·逍遥游》：蜩与学鸠笑之曰：

“我决起而飞,枪榆枋,时则不至,而控于地而已矣。”知了和小斑鸠讥笑大鹏说:“我尽全力而飞起,碰到榆树的枝干就停下来。有时飞不到树顶,也就下落到地上罢了。”

腐鼠:吓腐鼠。《庄子》的寓言故事。鸱把得到的死鼠当作宝,而鹓却不屑一顾。用以比喻那些争权夺利的势利小人。

[6]第仆鸿而逸,君鲲而化:只是我远避俗世,您高升腾达。鸿而逸:鸿逸。远避俗世。鲲而化:鲲化。鲲鱼化为鹏鸟。比喻人擢升高位。

[7]把晤:握手晤面。

导扬:宣扬,显扬。

前旌:仪仗中前行的旗帜。

[8]曷胜:不胜。

翘企:翘首企足。形容盼望殷切。

[9]中书君:毛笔的别称。韩愈《毛颖传》载:“累拜中书令,与上益狎,上尝呼为‘中书君’!”

曲意旬之:委曲己意,跟随您游历。旬:通“巡”。游历。

分外韵事:本分以外的风雅之事。

胡必达

清道光元年(1821年)版《天门县志·卷之二十二·人物·文苑》第26页记载:胡必达,字孚中,号月岩。乾隆己卯举人,丙戌进士。选庶常,改兵部武选司主事。分校《四库全书》,总裁器重之。因疾乞归,杜门读书,不干外事。性孝友,事嗣母及生母,曲磬孺慕,丧葬尽礼;与弟莹和洽无间。为人简穆。大义所关,必侃侃正论,听者折服。历掌兰台、蒲阳、天门书院,造就有方。门下领乡荐、捷南宫者多人。悉佳山水,游历遍东南。晚年谢绝人事,吟咏自适。有劝付梓者,笑谢之。警句如:

《晚眺》云:"半潭秋水碧,一树晚烟青。"

《示弟》云:"道可安心得,事须掉首看。"

《秋虫》云:"草根庭际露,客馆雨中声。"

《秋郊晚步》云:"晚烟平断垄,落木瘦空村。"

《梅花》云:"但是赏音多寂寞,由来风格在高寒。"

《客馆》云:"月当旅邸偏如水,人到中年易感秋。"

《秋柳》云:"红雨梦遥沽酒市,青灯人静读书堂。"

皆唐音。

年六十六,卒。

花台寺

胡必达

花雨霏何处,荒台向晚登[1]。钟声黄叶寺,笠影夕阳僧。似我宜初地,凭谁悟上乘[2]? 归途不萧瑟,烟霭一层层。

题解

本诗录自丁宿章撰、清光绪九年(1883 年)版《湖北诗征传略·卷二十九》第4 页。

花台寺:清道光元年(1821 年)版《天门县志·卷之十七·寺观》第 34 页记载:“花台庙,在县北三十里。万历中邑庠胡观光建。”

注释

[1]向晚:傍晚。

[2]初地:佛教寺院。

凭谁:疑问语气。正面意谓“没谁”。

上乘:佛教语。即大乘。公元一世纪左右逐步形成的佛教派别。在印度经历了中观学派、瑜伽行派和密教这三个发展时期。北传中国以后,又有所发展。“大乘”强调利他,普度一切众生,提倡以“六度”为主的“菩萨行”,如发大心者所乘的大车,故名“大乘”。

登岳阳楼

胡必达

一眺收南楚,人登最上楼。气吞湘水阔,身并岳云浮。日落归鸿阵,天空渺芥舟[1]。临风怀范老,胸臆大川流[2]。

题解

本诗录自丁宿章撰、清光绪九年(1883 年)版《湖北诗征传略·卷二十九》第4 页。

注释

[1]芥舟:比喻小舟。芥:小草也。

[2]范老:指范仲淹。

邵伯晓发

胡必达

寒流不可泛，关梁数易舟[1]。冰坚淮水腹，霜重楚人头[2]。雁影分乡思，鸥情笑宦游[3]。晓来暗霭散，回首见邗沟[4]。

题解

本诗录自熊士鹏编、清道光癸未(1823年)版《竟陵诗选·卷十四》第21页。邵伯：湖泊。位于江苏省扬州市邗(hán)江县北部、里运河西。北接高邮湖。

注释

[1]关梁：关口和桥梁。泛指水陆交通必经之处。这些地方往往设防戍守或设卡征税。

[2]楚人头："吴头楚尾"的化用。楚人头如同"楚尾"。楚尾：指古代楚地下游一带。

[3]鸥情：喻隐退的心情。

宦游：旧谓外出求官或做官。

[4]暗霭：此处指幽暗迷茫的云雾。

邗沟：也称邗水、邗江、邗溟沟等。春秋时吴王夫差为争霸中原，引江水入淮以通粮道而开凿的古运河。

过京口

胡必达

京口双峰峙，迢遥接汉阳。帆随江浦远，路绕楚天长[1]。胜地人怀古，残年客忆乡。数行云里雁，先我过潇湘。

题解

本诗录自熊士鹏编、清道光癸未(1823年)版《竟陵诗选·卷十四》第21页。京口:古城名。在今江苏镇江市。

注释

[1]江浦:泛指江河。

读杜诗

胡必达

莫以词人例,千秋国士风[1]。酸辛悲剑阁,慷慨吊隆中[2]。看剑雄心跃,溅花老泪红[3]。满怀匡济切,弦外有丝桐[4]。

题解

本诗录自熊士鹏编、清道光癸未(1823年)版《竟陵诗选·卷十四》第21页。

注释

[1]国士:一国中才能最优秀的人物。

[2]酸辛悲剑阁:杜甫《野老》诗云:“长路关心悲剑阁,片云何意傍琴台。”剑阁:剑门关。

慷慨吊隆中:杜甫入蜀后,曾拜谒成都武侯祠、先主祠、夔州八阵图、白帝城武侯庙、先主庙,留下多篇凭吊诸葛亮的诗句。

[3]看剑雄心跃:杜甫《夜》诗云:“独坐亲雄剑,哀歌叹短衣。”

溅花老泪红:杜甫《春望》诗云:“感时花溅泪,恨别鸟惊心。”

[4]匡济:“匡时济世”的略称。谓挽救艰困的局势,使转危为安。

弦外有丝桐:指弦外之音。丝桐:指琴。古人削桐为琴练丝为弦,故称。此处指乐曲。

汉江晚泛

胡必达

诸峰倒影下晴川，大别山头晚扣舷[1]。秋水白分渔子棹，夕阳红映酒人船[2]。遥看塔影高如斗，静听蝉声细若弦。愿把飞仙楼上笛，临风吹散楚江烟。

题解

本诗录自熊士鹏编、清道光癸未(1823 年)版《竟陵诗选·卷十四》第 22 页。

注释

[1]大别山:今汉阳龟山。

[2]渔子:捕鱼为业的人。

酒人:好酒的人。

登少陵台

胡必达

揽胜初经齐鲁地，寻幽独上少陵台。遥瞻泰岱峰千仞，倒泻沧溟海一杯[1]。自昔几挥诸葛泪，于今不为子山哀[2]。荒城古殿空陈迹，尚忆南楼纵目来。

题解

本诗录自熊士鹏编、清道光癸未(1823 年)版《竟陵诗选·卷十四》第 22 页。

少陵台:位于山东兖州城内府河北岸，为唐朝东郡兖州城门楼旧址。因唐朝诗人杜甫曾登此楼而得名。

注释

[1]泰岱：即泰山。泰山又名岱宗，故称。

沧溟：大海。

[2]诸葛泪：此处指杜甫借感叹历史人物诸葛亮来抒发自己功业无成、壮志难酬的情怀。杜甫《蜀相》诗云："出师未捷身先死，长使英雄泪满襟。"

子山哀：此处指杜甫感叹庾信晚年《哀江南赋》极为凄凉悲壮，暗寓自己的乡国之思。庾信，字子山。杜甫《咏怀古迹·其一》："庾信平生最萧瑟，暮年诗赋动江关。"

折杨柳

胡必达

杨柳扬春丝，离亭骢马去[1]。不愁折柳条，愁见柳絮飞。

题解

本诗录自熊士鹏编、清道光癸未(1823年)版《竟陵诗选·卷十四》第19页。

注释

[1]离亭：即古代道旁的驿亭。远者称离亭，近者称都亭。

骢(cōng)马：青白色的马。

梅　花

胡必达

海上虚传贯月槎，寻芳那得到天涯[1]。临风愿化庄周蝶，绕遍西湖十里花[2]。

题解

本诗录自熊士鹏编、清道光癸未(1823 年)版《竟陵诗选·卷十四》第 19 页。

注释

[1]贯月槎(chá):传说尧时西海中发光的浮木。借指舟楫。

[2]庄周蝶:庄周做梦化为蝴蝶。此典多咏春、花、蝶、梦之诗。

杏花(三首)

胡必达

绛云簇簇袅春烟,半在山城半水边[1]。何处箫声吹正晚,一枝斜出酒楼前。

饧香粥白近清明,燕子呢喃雨乍晴[2]。梦转晓窗红影瘦,隔墙初听卖花声。

吴天霜冷楚天长,瓜步前头唤小航[3]。四十里程江水阔,短篷烟雨过维扬[4]。

题解

本诗录自熊士鹏编、清道光癸未(1823 年)版《竟陵诗选·卷十四》第 19 页、第 22 页。

注释

[1]绛云:红色的云。传说天帝所居常有红云拥之。

[2]饧(xíng):糖稀。

[3]瓜步:地名。在江苏六合东南。有瓜步山,山下有瓜步镇。古时瓜步山南临大江,南北朝时屡为军事争夺要地。步:今写作“埠”。

小航:建康浮桥名。在今江苏省南京市南秦淮河上。

[4]维扬:扬州的别称。

万寿大桥引

胡必达

竟陵东北七十里曰皂市，市有山曰五华，邑中八景“樵唱”居一[1]。旧为风氏国[2]，今则巨镇。骚人文士、商客贩夫聚焉。其麓有河曰长汀，盖往来要区也。山溪一涨，水势四涌，牵车服贾者每望洋而踯躅[3]。相土地之宜，揆人情所利，盖莫善夫石桥[4]。然大厦非一木所能成，必赖随愿乐布，举以众擎[5]。庶几石梁克建，与七星第五共垂无既[6]。况竣功勒石，不没善缘[7]，又与长汀之流同永耶！是宜踊跃欢欣、群起而佽之[8]。

题解

本文录自清道光元年(1821 年)版《天门县志・卷之七・建置・市镇》第19 页。

万寿大桥：在天门市皂市镇长汀河(老皂市河)上。

引：文体名。疏引。旧时募捐簿前的简短的说明文字。

注释

[1]樵唱：指竟陵八景中的“五华樵唱”。

[2]风氏国：天门皂市古为风国地，为风国古都，故别称风城。

[3]服贾(gǔ)：经商。

望洋而踯躅(zhí zhú)：因茫然而徘徊不前。

[4]相土地之宜，揆(kuí)人情所利：选择合适的地方，揣度怎样对人员往来有利。

相……宜：相宜。合适，符合，合理。

揆：度量，揣度。

盖莫善夫石桥：大概没有比建一座石桥更好。

[5]随愿乐布：顺遂心愿、乐意布施。

举以众擎：一起出力，把东西举起来。比喻大家同心协力就容易把事情办成。擎：往上托举。

[6]庶几石梁克建，与七星第五共垂无既：也许石桥就可能建成，与北斗

共同传留,永不消失。

庶几:也许。表示希望。

七星第五:指北斗。七星指北斗。北斗由七颗星组成,故名。第五指玉衡星,北斗七星第五星名,代称北斗。

无既:无穷,不尽。

[7]不没善缘:不使大家的资助埋没。善缘:犹言布施。

[8]佽(cì):帮助,资助。

邹曾辉

清道光元年(1821 年)版《天门县志·卷之二十三·人物》第 31 页记载:邹曾辉,字宝毡,号桐轩。乾隆乙酉、丙戌联捷进士。少负俊名,试辄冠军。为文力追正始。年四十三始捷南宫。任云南大姚县知县,恩威并济,讼息盗敛。时滇南铜邅(zhān),派役甚繁,大为民累。辉力陈其害,改长邅。姚有河塘,灌山田万亩,岁久淤塞,设法疏浚,为利其溥。捐俸建书院,置膏火田二百亩。会课诸生,多所造就。己亥、庚子两充房考,所取皆知名士。莅姚五载,循声茂著。制军赠联有"三十年来名进士,四千里外好郎官"之句。年老乞休。著有《甄香集》《松雨亭集》。

早秋同友人读书岳庙(二首)

邹曾辉

笑对渔翁问虎溪,轻舟指我镜湖西[1]。风生古树蝉争响,日照深林鸟乱啼[2]。竹径人稀惟草长,蓬门市远觉云低。向来百丈红尘合,到此回头望已迷。

十亩缁庐傍小塘,诗人到此共清凉[3]。琴书都带烟霞气,笔墨还沾舍利香[4]。野外衣冠半耆旧,田家风俗自羲皇[5]。怡情最是春阴里,细雨蒙蒙湿海棠。

题解

本诗录自熊士鹏编、清道光癸未(1823 年)版《竟陵诗选·卷十》第 19 页。

岳庙:疑指庐山东林寺。岳飞将母亲安葬于庐山后,便辞官入住东林寺守丧。

注释

[1]虎溪:在今江西九江市南庐山西北麓东林寺前。东晋慧远法师居庐山,流泉绕寺,送客从不过溪桥,时虎辄鸣号,故名虎溪。

[2]风生古树蝉争响:丁宿章撰、清光绪九年(1883年)版《湖北诗征传略·卷二十九》第4页作"风生古树蝉争噪"。

[3]缁庐:此处疑指岳庙。缁:借指僧人。因僧尼穿黑衣。

[4]舍利:释迦牟尼佛遗体火化后结成的坚硬珠状物。又名舍利子。

[5]耆旧:故老,年老的旧好。

羲皇:指上古伏羲时代。

李兆元

清道光元年(1821 年)版《天门县志·卷之二十三·人物》第 31 页记载:李兆元,字恺泽,号旦庵。幼颖慧,十余岁援笔成文。性质直简默。乾隆乙酉举于乡,己丑成进士。选甘肃大通知县。清勤自矢,饮食服用,依然儒素风。人异之,曰:"此地凋敝,所当为者正多,何暇他及!"境有金厂,初莅者必一巡视。或以为请,兆元叱曰:"商民未请勘,我岂以一往为胥吏充囊橐(náng tuó)乎?"卒不往。在任逾载,诸务毕兴。俄,以水土不宜卒于官。士民垂泣,助资扶榇(chèn)归里。

附

题报甘肃大通县知县李兆元病故日期事

李侍尧

三品顶戴、总督陕甘等处地方军务兼理粮饷并管甘肃巡抚事兼理茶马、降一级留任、臣李侍尧谨题为报明病故日期事。

据甘肃布政使司布政使福崧呈准西宁道景如柏移,据西宁府知府巴海详,据大通县典史钱以仁申,据大通县知县李兆元之子李见祥报称:"窃身父现年伍拾叁岁,系湖北天门县人。由己丑科进士于乾隆肆拾陆年叁月签掣四川新都县知县,肆月引见,奉旨调补甘肃大通县知县,于是年柒月初陆日到任。近因染患伤寒病症,医药未效,于乾隆肆拾柒年贰月拾陆日病故。"理合报明等情据此,理合申报等情由府申道、转移到司,准此相应详请核题。再:大通县一缺,系专难壹项简缺,应归部选。但甘省现有试用人员,容俟另详请署,合并声明等情,呈详到臣。

该臣查得,知县以上官员病故,例应题报。兹据甘肃布政使福崧详称:查大通县知县李兆元染患伤寒病症,医药未效,于乾隆肆拾柒年贰月拾陆日病故等情。除委员前往清查仓库钱粮接署外,相应题报,伏祈皇上睿鉴,敕部查照施行。再查大通县一缺,系专难壹项简缺,应归部选。但甘省现有试用人员,容臣另疏请补,合并陈明。谨具题闻。

乾隆肆拾柒年叁月初拾日。

题解

本文录自李侍尧奏折。原件藏中国第一历史档案馆,档案号为03-3974-042。标题为《天门进士诗文》编者所加。

谭泽溥

清道光元年(1821 年)版《天门县志·卷之二十三·人物》第 32 页记载:谭泽溥,字普岩,号沉庵。其父丙世,号力庵。敦行绩学,为邑名诸生。母高氏生泽溥时,有白衣大士送孩之兆(丙世父明经大有,号竹斋),故原名泽衣。胡学使岁试,以高等食饩,赏赉日为易今名。乾隆戊子科举人,壬戌成进士。选知安徽南陵县,居官有声。假归后修理钟谭合祠,尤笃一本。临卒,命其子曰:“田宅器用,必与尔叔分。受其不以官余自私。”如此。

附

题为谭泽溥因病请解任回籍调理事

书　麟

兵部侍郎兼都察院右副都御使、巡抚安徽等处地方提督军务、臣书麟谨题为病躯难以供职,恳请回籍调理事。

据安徽布政使司布政使陈步瀛会同按察使司按察使冯光熊呈案,据宁国府属南陵县知县谭泽溥详称:“卑职见年肆拾贰岁,湖北天门县人。由进士选授今职,于乾隆肆拾玖年拾贰月拾叁日到任。本年伍月间染患伤寒病症,旋即医痊。后又得怔忡之症,心神恍惚,元气有亏,一时难以就痊,恐致贻误公事。理合详请俯赐委验,以便回籍调理。”等情。当即批饬宁国府照例委验。取结去后。

兹据宁国府知府孙述曾详称:“遵即饬委不同城乡之泾县知县蔡必昌往验该员。谭泽溥实系染患怔忡之症,心神恍惚,元气有亏,一时难以就痊。将来痊愈,尚堪起用。委无捏饰,取具医生甘结,加具验结,申送到府。卑府查得,谭泽溥才具明白,办事勤慎。见在并无承办紧要未清事件。”加具印结，详送到司。据此该安徽布政使陈步瀛、按察使冯光熊会查得：“南陵县知县谭泽溥染患怔忡病症，难以速痊。既据宁国府饬委不同城乡之泾县知县蔡必昌查验为实，并无捏饰规避情弊，亦无承办紧要经手未清事件。”取具各结前来。

本司等覆查：该员谭泽溥年力富强，心地明白。将来病痊，尚堪起用，相应详请会题。再照：所遗员缺，见有应补人员，容俟另详请补，合并声明。等情到臣。据此该臣看得，南陵县知县谭泽溥染患怔忡病症，难以速痊，详请解任回籍调理。

据布政使陈步瀛、按察使冯光熊详称：“饬委不同城乡之泾县知县蔡必昌验看属实。”取具医生甘结，加结详请，会题前来。臣查，谭泽溥心地朴实，办事尚勤。既据验明患病属实，相应会疏，题请解任回籍调理，俟病痊之日照例起用。

除供结揭送部科查核外，臣谨会同两江总督臣李世杰合词具题，伏乞皇上睿鉴，敕部议覆施行。

再照：所遗员缺，安省见有应补人员，容行另行请补，合并陈明。为此具本谨题请旨。

乾隆伍拾壹年拾月拾玖日。

题解

本文录自书麟奏折。原件藏中国第一历史档案馆，档案号为02－01－03－07645－003。标题为《天门进士诗文》编者所加。

萧蔚源

清道光元年(1821 年)版《天门县志·卷之十九·选举》第 34 页、第 35 页记载:萧蔚源,号印浦。(乾隆)戊戌科(进士)。直隶武清、浙江孝丰知县。有官声。多著作。

清光绪二年(1876 年)版《赞皇县志·卷之十四·职官》第四页记载:萧蔚源,湖北天门人。进士。(乾隆)五十八年六月任(知县)。

汤之盘铭曰章总论

萧蔚源

许白云曰[1]:“章内五新字,皆非新民之新[2]。《盘铭》以自新言,《康诰》以民之自新言,《诗》以天命之新言[3],然新民之意却只于中可见。”此说非也。试问,传者释新民[4],全不著到新民新字上讲,毕竟所释何事?愚谓,章内五新字,皆是新民之新。通章主脑,只是作新民一句;全副精神[5],又只在个作字上。作是作底新民之事,自新是作新源头[6]。作新先无,自新如何作得出来?新命是作新[7],究竟作新不到,新命终是作未到手。不然诗书所载,不少明德、受命之辞[8]。德何以不曰明德,必曰新德?谓其为新民之本也。命何以不曰受命,必曰新命?谓其为新民之终也。总是一个作新民新字,推前推后,说法讲家只缘作字认不真[9],又误会注中自新之民新字为本文新字[10],便把新民本义落了空,一空而彻首彻尾皆空矣。胡云峰曰[11]:“上章释明明德[12],故此章之首曰日新、又新,所以承上章之意。下章释止于至善,故此章之末曰无所不用其极[13],又所以开下章之端。义理接续,血脉贯通[14],此亦可见。”大段何尝不是[15]?然本章不只是过脉语[16]，须将本章实义是何如看清，然后可去讲上下章血脉。若如时讲所云彻底无新民本旨，则看首节便是通释明明德[17]，工夫只在自新上，下面则应乎人而顺乎天，皆明明德之效也。非释明明德之义，而何看末节便是通释止至善，前三节以自新与新民平分。汤之日新又新，岂反不如卫武之明德[18]？文武之作新新命，岂独不若前王之新民？况彼尚无结语，此则明结以无所不用其极乎，非释止至善之义而何是[19]？此章释明明德也好，释止于至善也好，而但不可以释新民也，又何上下章过脉之可言？须知通章都是说底新民，首末二节，传者并无承上起下之意。首节是以自新为新民引端，乃以著圣经明明德于天下，壹是皆以修身为本之义，故后传释齐、治、平各章，层层推本修身，盖有微指[20]。后三节接连一片，皆主新民言之。末节只顶中二节收结新民，不顶首节非通言止于至善也，承上起下之语，亦是隔壁小注云[21]，此章虽有自新、新民、新命三项，总以新民作主，盖自新者新民之本、新命者新民之应也。此是正论，但应字不若易极字妙。余详各节内。

题解

本文录自萧蔚源撰、清嘉庆己卯(1819年)版《四书习解辨·大学·卷二·汤之盘》第26页。该书收入2015年版《稀见清代四部辑刊·第五辑》，本文在第145页。本文为《大学》第三章“汤之盘铭曰”解读辨析后的总论，原题为《总论》。

汤之盘铭曰：指《大学》第三章：“汤之《盘铭》曰：‘苟日新，日日新，又日新。’”商汤的《盘铭》上说：“如果一日洗刷干净了，就应该天天洗净，不间断。”引申为，道德修养果真一天能够自新，就要天天自新，永远自新。盘铭：古代刻在盥洗盘器上的劝诫文辞。

注释

[1]许白云：许谦，字益之，号白云山人，世称白云先生。金华人。元代理学家、教育家。

[2]新民：使民更新，教民向善。

[3]《盘铭》以自新言，《康诰》以民之自新言，《诗》以天命之新言：《盘铭》以个人自新而言，《康诰》以劝人自新而言，《诗》以承天命立新朝而言。

《大学》原文为：汤之《盘铭》曰："苟日新，日日新，又日新。"《康诰》曰："作新民。"《诗》曰："周虽旧邦，其命维新。"商汤的《盘铭》上说："如果一日洗刷干净了，就应该天天洗净，不间断。"《康诰》篇上说："劝勉人们自新。"《诗经》上说："周虽是古老的邦国，但却承受天命建立新王朝。"

康诰：《尚书·周书》中的一篇，是西周时周成王任命康叔治理殷商旧地民众的命令。

自新：意谓自强不息，日有新得。

[4]传(zhuàn)者：阐述经义的人。

[5]主脑：主旨，中心。

作：振作兴起。

全副：全部，整个。

精神：犹实质，要旨。事物的精微所在。

[6]底：此，这。

作新：教化百姓，移风易俗。

[7]新命：指上文"天命之新"。承受天命建立新王朝。

[8]诗书：《诗经》和《尚书》。

明德：光明之德，美德。

受命：受天之命。古帝王自称受命于天以巩固其统治。

[9]说法：宣讲宗教教义。

讲家：解说经传的儒师。

[10]本文：正文。

[11]胡云峰：胡炳文，字仲虎，号云峰。婺源人。宋元之际儒学家，程朱学派传人。

[12]明明德：《大学》三纲(明明德、新民、止于至善)之首。儒家所追求的道德修养目标，彰明完美而光明的德性。前一个"明"字用作动词，彰明。《大学》开篇："大学之道，在明明德，在新民，在止于至善。"

[13]止于至善：处于最完美的境界。止于：处在。

无所不用其极：谓无处不用尽心力。

[14]义理：指讲求儒家经义的学问。

血脉：比喻贯通事物的脉络。

[15]大段：犹大略，大体。

[16]过脉：诗文中承前启后贯通上下的段落。

[17]通释：疏通解释。

[18]卫武：卫武公。春秋时卫国国君，名和。修政治国，和集其民。

[19]非释止至善之义而何是：非……而何。表反问的固定格式，强调肯定的意义。可译为"不是……又是什么(谁)呢？"

[20]圣经：旧指儒家经典。

壹是：一概，一律。

微指：精深微妙的意旨。

[21]通言：统言，笼统地说。

小注：注释。清时亦专指四书五经中的小注。

坦园公(蒋光荣)传

萧蔚源

先生讳光荣,字绍文,号坦园。先世由江右迁竟陵[1]。至十一代两仪公补州司马衔,夙丰于赀[2]。生先生昆季六人,先生其次君也。两仪公年四十余辞世,先生诸弟少小,长兄西文公又善病,家中食指甚繁[3]。先生佐兄经理,家政井然。延师课读,忠敬不倦,昆弟皆得列名成均[4]。堂构日益宏,产业日益增[5]。非有兼综之才乌能若此乎[6]?乃复拨冗读书,以贡生屡入棘闱[7],卓有能文声,其才更不可及矣。

夫家庭琐屑,最为难处,况以繁重之家而又处极难之势。乃先生经纬得宜,完先人未完之绪[8]。一门和乐,数十年内外无间言[9]。则又其悱恻之性与恬退之识而非徒以才也[10]。先生嗣君天锡[11],为余妹丈。往来密迩[12],知之甚悉,不敢以虚语相饰。但即其为善于家,盖亦有足多者焉。

赐进士出身、敕授文林郎、知直隶真定府赞皇县事[13],加五级、纪录五次,姻愚侄萧蔚源顿首拜撰。

题解

本文录自民国己未(1919年)版、天门净潭《蒋氏族谱》。

坦园公:蒋光荣。蒋祥墀堂叔祖父。

注释

[1]江右:古人在地理上以东为左,以西为右,故江西又名江右。

[2]夙丰于赀(zī):往昔家财殷实。赀:通“资”。

[3]食指甚繁:人口众多。食指:指家庭人口。

[4]成均:相传为五帝时的宫廷学校,西周为国学以教王室子弟的机关。古代的最高学府。唐高宗时曾改国子监为成均监,后人亦称国子监为成均。

[5]堂构：殿堂或房舍的构筑。

产业：指家产。

[6]兼综：兼理，综合。

[7]拨冗：于繁忙中抽出时间。

贡生：参见本书附录《部分科举名词汇释》第3条。

棘闱：科举时代试院的别称。古代试士，用棘围试院，以防止弊端，故称。

[8]经纬：规划治理。

绪：前人未完成的事业，功业。

[9]间言：闲言。非议，异议。

[10]悱恻：忧思抑郁。

恬退：淡于名利，安于退让。

[11]嗣君：称别人的儿子。

[12]密迩：贴近，靠近。

[13]敕授：皇帝任命低级官吏的文书称敕授。清制，五品以上以诰命授官，故称“诰授”；六品以下以敕命授官，故称“敕授”。以封典给官员本身称为“授”，给官员曾祖父母、祖父母、父母和妻室，存者称为“封”，已死的称为“赠”。

文林郎：明清为正七品升授之阶。

知直隶真定府赞皇县事：直隶真定府赞皇县知县。知：主持，执掌。

蔡　楫

清道光元年(1821 年)版《天门县志·卷之二十三·人物》第 27 页记载:蔡楫(chá),字廷蔚,号云槎。少喜任侠,既乃折节读书,文名噪甚,困诸生者二十载。乾隆辛卯举于乡,应聘主讲潞安府台林书院,弟子多以名显。庚子会试,中进士第九名。性孝友,虑归班需铨知县,不获。早荣封父兄。改教选荆州府教授,兴学育才,开馆明伦堂,负笈从者,不远数百里。为文独抒心得,不屑乞灵故纸。李侍郎云门潢至比之罗文止、杨维节云。著有《学庸讲义》《西爽轩文集》,待梓。年六十六,卒于官。

附

同年云槎蔡公(蔡楫)墓志铭

汪如洋

癸丑春,同年云槎蔡公之季息东屏,以试用儒官将归楚,来辞予。予嘉而勉之,为书以贻公。不两月而公讣忽至。呜呼!天何夺我友之速耶!忆昔分手都门,南北迢递。庚戌春,东屏来成均肄业时相过从,因得悉公兴居,并读其近年所作制义,卓然可传,谓天将假之年,以富其著作,而今竟捐馆矣。适有自南来者,告以公鬣封有日,其孤乞予言,以志其墓。微所请,子亦安得无词?

公世居天门皂市五华山之阳,距前明钟伯敬先生故居里许。其先世多隐德。年伯希翁生丈夫子二,公其次也。少习举子业,为诸生二十年,辛卯举于乡。其时,两尊人已先后即世矣。方一年,伯母之无恙也,以伯氏未举子为忧。迨公仲子生,即以付伯氏。又十年,而伯氏得男。公仍命所后子依之如初,又出己产酌与之,以安其心。乙巳岁,恭遇覃恩,例赠父母外,复请貤封兄松为文林郎、嫂王氏为孺人。时伯氏寿七十，白发未芾，望阙泥首。公复迎至学舍，率子若孙奉霞觞以祝之。呜呼！观公之友可以知公之孝矣。

公捷礼闱时，与予等十卷同呈睿览，予愧居胪先。而公虑归班需时不获，早荣其先，又欲伯氏生被殊恩，遂就郡博铨荆南。荆于古为名地，为扶风杨龟山之遗泽，后先辉映。公本其心得者以教人，随所叩问，析精详，无不得其意以去，裹粮从游者多至数十人。呜呼！其笃于学者耶，其有味夫万卷百城之言，而不以彼易此者耶！公负性慷慨，见义必为。遇戚党有急，辄倾身佐之；与人接，乐易可□□。乡举以后屡赴计偕。燕赵秦晋之邦，所与交游者，至今犹歌思焉。

公素无病，迩年患食少，然善自调摄，不以为苦，而人亦不见其悴。今年孟夏间，伯氏复以寿终。老年折翼，用尽伤心，精神遂减于前。先是年嫂胡孺人携两孙媳及曾孙至署，凡三阅月，其冢子及降服子亦至。病中惟望季心切。适东屏于五月十日抵署，伏地问安。旋启笥，出予手书并诸年友所赠诗及批点文稿呈榻前。公览之狂喜，起，步中庭，执曾孙手，与之言笑为乐。孰知阅一日而顷赴玉楼召耶！

呜呼！公仕虽不显，而登贤书、成进士，文章上陈黼座，亦足以偿其稽古之勤矣。年将及耄，举案眉齐，有子克家，孙曾蔚起，孝友之食报于兹，益信公岂有毫发遗恨哉！

公讳楫，字廷蔚，号云槎。乾隆辛卯举人，庚子会试第九名进士。任湖北荆州府教授。生于雍正六年七月十四日辰时，以乾隆五十八年五月十二日卯时卒于官署。子三：长宗隆，国学生，娶邱氏。次宗峄，出继伯氏。次宗岱，廪贡生，国子监肄业期满，以训导发本省试用，娶邹氏，继聘方氏。长女适里中邹士伟，次女适里中汪尚德，三女适汉邑国学生刘修式。孙三：长恒飏，次恒曜，次恒超。曾孙琇章。将以是年九月初四归葬□□□□□阡作□□□□。予悲良友之凋谢，而任黎之谊不可以或忌也，爰志之而系以铭。铭曰：

昔大罗天，肩拍群贤。今芙蓉馆，袖挹列仙。於戏吾友，内行纯全。事兄如父，兄寝门前。教法安定，官比郑虔。劬躬寿后，礼义罔愆。胡天不吊，绛帷寂然。丹青载道，马鬣是阡。於戏吾友，允臧终焉。式瞻佑启，簪绂绵绵。

赐进士及第、翰林院修撰、国使馆纂修、上书房行走，时提督云南学政，年愚弟汪如洋顿首拜撰。

江陵受业孙芝书丹。

题解

本文录自蔡楫墓志。标题原为《赐进士出身敕授文林郎湖北荆州府教授同年云槎蔡公墓志铭》。碑文缺损处，字数明确的以“□”代替。

同年：唐代进士入第之后，称同登金榜之人为“同年”。

汪如洋为状元，官至云南学政。撰写本文次年即卒，年仅40岁。

蒋祥墀(都察院左副都御使,光禄寺卿)

蒋祥墀(chí)(1762~1840年),字丹林,一字盈阶,号端邻居士、散樗(chū)老人。天门净潭人。清乾隆五十五年庚戌科(1790年)进士。选庶吉士。历任编修、司业、祭酒、奉天府丞兼学政、顺天府丞、通政副使、光禄寺卿、宗人府丞、左副都御史等职。有《散樗老人自纪年谱》一卷、《印心堂诗集》一卷传世。自蒋祥墀起,蒋门五代出了五位进士,为湖北著名的甲科世家。

万策衍龄诗(选一)

蒋祥墀

皇上五旬万寿,恭纪《万策衍龄诗》(五律百章)。

谨序:嘉庆十有四年己巳冬十月六日[1],恭逢我皇上五旬万寿庆辰,仁风翔洽,协气弥纶,中外臣民嵩呼华祝[2]。臣备员胄监,仿虞室和声之律,稽《周官》教乐之文,宣德导情不能自已[3]。臣谨按《易》大衍之数五十,二篇之策,万有一千五百二十,是万为大衍之盈数诗之,颂祷人君[4],俱以万寿致词。《天保》言"万寿无疆",《江汉》言"天子万寿"[5],然皆一再及之,未有长言引伸于无尽者[6]。皇上德赅万有、福备万全,由五旬开庆衍[7],至于亿万万龄,因撰《万策衍龄诗》(五律百章)。章以万字标题,共四千言,稍伸翘祝之忱,用希仰窥圣量于万一焉[8]。谨拜手稽首以献[9]。

万龄肇庆(纪圣寿五旬也[10])

萝图昭瑞景,松楝蔼祥烟[11]。箓启重华日,筹开大衍年[12]。九如天保定,十有福洪延[13]。泰策京垓兆,恩辉遍八埏[14]。

祭酒臣蒋祥墀恭进[15]。

题解

本诗及序录自北京匡时国际拍卖有限公司拍卖的蒋祥墀书法作品。

衍龄:延龄。

注释

[1]嘉庆十有四年己巳:1809年。

[2]仁风:形容恩泽如风之流布。旧时多用以颂扬帝王或地方长官的德政。

翔洽:周遍。

协气:和气。

弥纶:统摄,笼盖。

嵩呼:旧时臣下祝颂皇帝,高呼万岁,叫"嵩呼"。

华祝:"华封三祝"的缩略。传说唐尧游于华,华地守封疆之人,祝其寿、富、多男子。语出《庄子·天地》。后多以"华封三祝"为祝颂之词。

[3]备员胄监:指作者时任国子监祭酒。备员:充数,凑数。胄监:即国子监。

仿虞室和声之律,稽《周官》教乐之文:大意是,依照宫廷诗文的法式。

虞室:指虞舜。虞舜非常重视通过音乐、诗歌的熏陶,以塑造贵胄高洁庄重的人格,使其成为有德之人,最终达到和谐人伦之目的。

和声:调和声调,协和声调。

周官:又称"周官经"或"周礼"。书名。搜集周王朝官制和战国时代各国制度而成。近人考定为战国时作品。

教乐:乐教。《礼记》用语。指用乐教化百姓。

宣导:谓发抒导引使畅快。

[4]大衍:《周易》蓍筮用语。"大"指至极,"衍"指演算。《易·系辞上》:"大衍之数五十。"魏王弼注:"演天地之数,所赖者五十也。"唐孔颖达疏引京房曰:"五十者,谓十日、十二辰、二十八宿也。"后亦称五十为"大衍之数"。今有人考"大衍之数五十"后脱去"有五"二字。《易·系辞上》称:"天数二十有五,地数三十。"用这五十五个数可推演天地间一切变化。

二篇之策,万有一千五百二十,万为大衍之盈数:语出《周易》:"二篇之策,万有一千五百二十,当万物之数也。"《易经》的上下两篇,六十四卦。六十四卦阴阳爻各一百九十二爻,阳爻乘以三十六,阴爻乘以二十四,其和即为此数。这相当于万物的数目。

二篇:指《易经》的上下两篇。

万为大衍之盈数:意同"万物大衍之盈数"。盈数:指十、百、万等整数。

诗之：赋诗。

颂祷：赞美祝福。

[5]《天保》言“万寿无疆”：《诗经·小雅·天保》云：“君曰卜尔，万寿无疆。”先君说要祝愿您，祝您万寿永无疆。

《江汉》言“天子万寿”：《诗经·大雅·江汉》云：“作召公考，天子万寿。”做成纪念康公铜簋（guǐ），“敬颂天子万寿无期”。

[6]一再及之：指《诗经》中一次又一次出现“万寿无疆”。

长言：引长声音吟唱。

[7]赅：完备。原文为“该”。

万有：犹万物。

庆衍：福延。

[8]翘祝：翘首预祝。

用：因而。

圣量：疑指皇帝年寿的限量。

[9]拜手稽（qǐ）首：朝见皇帝时的“三叩九拜”。古代一种隆重的跪拜礼。拜手：古人行跪拜礼时两手相拱，低头至手。因头不至地而至手，故曰拜手。稽首：古人行跪拜礼时叩头至地，并在地上停留一会儿。

[10]圣寿：皇帝的年寿和生日。

[11]萝图：指疆宇。

[12]箓（lù）：古称上天赐予帝王的符命文书。

重华日：喻圣君惠政时代。重华：虞舜的美称。

大衍年：指五十岁。参见上文相关注释。

[13]九如天保定：《诗经·小雅·天保》：“如山如阜，如冈如陵；如川之方至，以莫不增……如月之恒；如日之升；如南山之寿，不骞不崩；如松柏之茂；如不尔或承。”本为祝颂人君之词，因连用九个“如”字，并有“如南山之寿，不骞不崩”之语，后因以“九如”为祝寿之词。

[14]泰策：疑指泰卦。王弼《周易注》：“泰者，物大通之时也。”天气下降，地气上升，二者相交，万物和畅。策：古代卜筮用的蓍草。

京垓兆：古代以十兆为京，十京为垓。极言众多。此处指万众。

八埏（yán）：八方的边际，八方。古人认为九州（中国）之外有八埏。

[15]祭酒：国子监祭酒。古代中央政府官职之一，基本隶属于朝廷最高学府国子监。主要任务为掌大学之法与教学考试。

子立镛幸胪首唱祥墀纪恩敬赋(四首)

蒋祥墀

谱例寻常诗赋不载。其有纪述君恩为海内仅见之事,谨将原稿附入,以志荣庆焉[1]。

嘉庆辛未,子立镛幸胪首唱释褐[2]。时祥墀忝官司成[3],纪恩敬赋四首。

其一

堂东喜擢一枝先,天赐臣家巧作缘[4]。养翮初成惭燕翼,探珠预兆说骊眠[5]【文昌诞辰,祥墀为楚省公车求签[6],有“家有骊珠自不贫”句,同人即以为立镛先兆】。渊源梓里难追步【顺治己丑,黄冈刘克猷先生殿元[7],至今百六十年】,似续兰盟忝附肩[8]【谓同年吴玉松令嗣蔼人修撰[9]】。报到泥金惶悚集,抚衷何以答陶甄[10]?

其二

看花归去马蹄新,贺举枌榆绮宴陈[11]【归第日,南北省公举贺宴】。抗席谊联师若弟[12]【旧例,请历科鼎甲前辈东向坐,新鼎甲西向坐。是日,座师胡印渚先生,读卷师汪瑟庵先生、陈雪香先生,补廪考优师茹古香先生,乡试座师王伯申先生,会试房师彭宝臣先生在座[13]】,传衣人作主兼宾[14]【谓宝臣先生】。欢生堂北含饴母【家慈现年八十有一】,喜动陔南舞彩身[15]。墨扁奉来京兆尹,一家香瓣登前因[16]【京兆初颐围先生为两舍弟入泮师[17],少京兆汪东序先生为王伯申先生乡试房师】。

其三

熏章入奏展葵私,稽首彤阶酌旧仪[18]【旧例,四品不得为子弟中式谢恩[19]。立镛十卷进呈,上以第三名拔置第一[20]。拆封时向读卷大臣垂询籍贯,当邀温奖,因于次日缮折,奏谢蒙恩召对】。特达九重亲拔选,殊荣两世愧论思[21]。献诗名早邀宸鉴[22]【乙丑,立镛曾由举人恭献东巡诗册，今蒙垂问】，传德家偏荷帝咨【上云："尔家有世德。"祥墀恐惶稽首叩谢天恩】。励品读书钦圣训，归铭楹几凛君师[23]。

其四

联翩蔼吉谒宫墙，此会偏欣际遇昌[24]。拥座先生呼老父，参阶弟子有儿郎[25]。花分上苑亲簪帽，酒酌公庭手递觞[26]。更喜寅僚师谊叠【满大司成多饶峰先生为宝臣先生乡试房师，少司成毛宁树先生为拨房师董小槎先生会试房师[27]】，璧池佳话播朝廊[28]。

题解

本诗录自民国己未(1919年)版、天门净潭《蒋氏族谱》。原无标题。

幸胪(lú)首唱：指荣获状元。胪：传胪。即唱名。科举制度中，贡举殿试后放榜，宣读皇帝诏命唱名之典礼，叫传胪。古代以上传语告下为胪，即唱名之意。首唱：指状元。状元系殿试首位被唱名者，故称。

阅读本诗时，可参阅本书蒋立镛《纪恩述德篇八十韵》。

注释

[1]荣庆：荣华幸福。

[2]嘉庆辛未：清嘉庆十六年，1811年。

释褐：亦作"解褐"。脱去平民衣服。喻始任官职。后亦以新进士及第授官为释褐。

[3]忝(tiǎn)官司成：愧为国子监祭酒。忝：辱，有愧于。常用作谦辞。司成：大司成。周代掌教国子(王及公卿大夫子弟)之官。唐代于唐高宗李治在位时一度改国子监为司成馆，祭酒为大司成。后恢复旧名。历代相沿以司成为国子监祭酒的别称。

[4]堂东：东堂。唐礼部南院的东墙。五代王定保《唐摭言·杂记》："进士旧例于都省考试，南院放榜，张榜墙乃南院东墙也。"

[5]养翮(hé)：养到羽毛长大。典自晋代高僧支遁爱鹤，放鹤归自然的故事。

燕翼：谓善为子孙后代谋划。语出《诗经·大雅·文王有声》。

探珠："探骊得珠"的缩略。传说古代有个靠编织蒿草帘为生的人，其子入水，得千金之珠。他对儿子说：这种珠生在九重深渊的骊龙颔下。你一定是趁它睡着摘来的，如果骊龙当时醒过来，你就没命了。事见《庄子·列御寇》。后以"探骊得珠"喻应试得第或吟诗作文能抓住关键。下文"骊眠"

“骊珠”均与此同典。

[6]公车：古代应试举人的代称。汉代应举之人均用公家车马接送，后便以“公车”作为入京举人的代称。

[7]刘克猷：刘子壮，字克猷。清顺治六年己丑科(1649年)状元。湖广黄州(今湖北黄冈市)人。

殿元：即状元。殿试第一名。

[8]附肩：谓相与比并。

[9]吴玉松：吴云，字润之，号玉松。安徽休宁县长丰人，寄籍江苏吴县(今江苏苏州)。吴信中之父。

令嗣：指才德美好的儿子。

蔼人：吴信中，字阅甫，号蔼人。清嘉庆十三年戊辰科(1808年)状元。

[10]泥金：本指用金和胶水制成的金色颜料。此处指泥金帖子。用泥金涂饰的笺帖。唐以来用于报新进士登科之喜。

惶悚(sǒng)：惶恐，害怕。

抚衷：抚持忠心。

陶甄(zhēn)：烧制陶器。比喻化育，培养造就。

[11]看花归去马蹄新：化用孟郊诗句。唐代诗人孟郊多次赴考不中，四十七岁进士及第后，作《登科后》：“昔日龌龊不足夸，今朝放荡思无涯。春风得意马蹄疾，一日看尽长安花。”

枌(fén)榆：乡名。汉高祖的故乡。借指故乡。

绮宴：华美丰盛的筵宴。

[12]抗席：并立，抗衡。

若：和。

[13]鼎甲：科举制度中状元、榜眼、探花之总称。以鼎有三足，一甲共三名，故称。

座师：明清两代举人进士对主考官的尊称。

读卷师：读卷官。明清殿试时负责阅卷的考官。按制度，殿试由皇帝亲策，考官无权主裁，故称“读卷”，以朝臣进士出身者为之。

补廪考优师：指生员时的老师。补廪：明清科举制度，生员经岁、科两试成绩优秀者，增生可依次升廪生。此处泛指廪生。

房师：明清乡、会试中试者对分房阅卷的房官的尊称。清顾炎武《生员论中》：“有所谓主考官者，谓之座师；有所谓同考官者，谓之房师。”

[14]传衣人：谓传授师法或继承师业的人。

[15]堂北：北堂。指母亲的居室。代指母亲。

含饴(yí)母：谓含饴弄孙的祖母。饴：用米、麦制成的糖浆，又称麦芽糖或糖稀。含饴弄孙，意为含着糖浆逗弄孙儿，后沿用此语形容老年人的闲适生活。

家慈：对人称自己的母亲。

陔南：南陔。《南陔》，本是《诗经·小雅》中的篇名，有名无辞。束晰本《诗序》所言“孝子相戒以养也”之旨，补写成此篇。“循彼南陔”，诗意为沿着南陇，去采摘香草，将以供养父母。后因以为孝子养亲的典故。

舞彩身：典自“彩衣”“舞蝶斑衣”。指孝养父母。参见本书程飞云《李节孝（王太孺人并子占黄）》注释[1]。

[16]京兆尹：京城地方行政长官习称。京兆：行政区划名。汉代京畿的行政区划名。汉太初元年（前104年）改右内史置京兆尹，分原右内史东半部为其辖区，即今陕西西安市以东至华阴之地。职掌相当于郡太守。因地属畿辅，故不称郡，为三辅之一，后世因称京都为京兆。

香瓣：瓣香。佛教语。犹言一瓣香。佛教禅宗长老开堂讲道，烧至第三炷香时，长老即云这一瓣香敬献传授道法的某某法师。后以“一瓣香”指师承或仰慕某人。

前因：佛教语。谓事皆种因于前世，故称。

[17]舍弟：对别人谦称自己的胞弟。

入泮：明清科举制度，经州县考试录取为生员而入学的，称为入泮，也称游泮。泮：泮宫，即古代的学宫。

[18]熏章：疑指谢恩表忠的奏章。

葵私：私衷如葵花之向太阳。

稽（qǐ）首：古人行跪拜礼时叩头至地，并在地上停留一会儿。

旧仪：犹古礼。

[19]四品：四品官。蒋祥墀时任国子监祭酒，正四品。

中式：科举考试合格。

[20]立镛十卷进呈，上以第三名拔置第一：指读卷大臣阅卷后拟定名次，将前十名试卷进呈，嘉庆皇帝将蒋立镛从阅卷大臣所排的第三名钦定为第一名。拔置：提拔安插，提拔放置。

[21]特达九重：特殊知遇之恩直达九天。

两世：指蒋祥墀、蒋立镛父子两代。

论思：讨论，思量。

[22]宸（chén）鉴：谓皇帝审阅，鉴察。

[23]励品：敦品励学。敦促品德修养，勉励勤奋学习。

圣训：帝王的训谕、诏令。

归铭楹几凛君师：归家后因敬畏天子而将圣训作为座右铭。君师：古代君、师皆尊，故常以君师称天子。

[24]联翩蔼吉谒宫墙：在吉庆连绵的氛围里朝见皇上。联翩：形容连续不断。蔼吉：吉庆遍布。

际遇：机遇，时运。

[25]参阶：在彤阶上参拜。

[26]上苑：皇家的园林。

簪帽：簪花，戴花。清制，每科殿试后，新进士赴孔庙行释褐礼。届时国子监预备红花、香烛、酒果以接待。诸进士由状元率领行礼后，更易补服，诣彝伦堂拜祭酒、司业，祭酒、司业向一甲三名进酒，并为其簪金花；诸进士则由属官接待，仪礼同前，簪红花。

公庭:朝廷,公室。宴请新科进士的恩荣宴在礼部举行。

[27]寅僚:同僚。同在一衙门为官者的互称。

拨房:科举时代乡试,试卷分房审阅,由房官推荐给主考决定取舍。因每房中额各有定数,而每房试卷好坏不一,往往形成各房中卷多寡不均。将中卷超额房内的试卷,拨入中卷少的房内,通过该房推荐录取,谓拨房。

[28]璧池:古代学宫前半月形的水池。借指太学和皇帝的选士之所。

朝廊:朝堂,朝廷。

香山道中所见

蒋祥墀

香山路指菊花香,猎猎风生马上凉。出土麦针初冒绿,垂堤柳线半摇黄。才离城市秋思劲,遥看山村野兴长。列队貔貅争鼓舞,圣皇阅武趁重阳[1]。

题解

本诗录自蒋祥墀撰、张盛藻批校,清道光间抄本《印心堂诗集》(湖北省图书馆藏)。

注释

[1]貔貅(pí xiū):古籍中的两种猛兽。多连用以比喻勇猛的战士。

圣皇:对皇帝的尊称。

阅武:讲习武事。

殿试榜发孙元溥一甲三名及第再赋二律纪恩

蒋祥墀

讲堂师父廿三年【辛未,立镛释褐,余适官祭国】,又写含饴志喜篇[1]。岂有阴功资蚁渡，何期甲第得蝉联[2]。高曾旧泽杯棬在，殿陛新恩雨露偏[3]。十卷初呈垂问切，已蒙温语识名先[4]。

桐木骊珠卜并论【辛未，文昌签云：家有骊珠自不贫。癸巳，签云：祥风丽日瑞云屯，坐看庭木长桐孙[5]】，果然丽日瑞云屯。人联翼轸星初聚【江西汪、曹二君相距二百余里，与楚接壤】，燕启枌榆谊共敦【岁前，重修湖广会馆，为归第公所[6]】。金榜昔曾欢大母【立镛中时先慈年八十有一】，玉堂今亦见雏孙[7]。阖家荣幸皆天赐，此后从何答九阍[8]。

题解

本诗录自蒋祥墀撰、张盛藻批校，清道光间抄本《印心堂诗集》（湖北省图书馆藏）。本诗为作者之孙蒋元溥中探花而作。

注释

[1]辛未，立镛释褐，余适官祭国：辛未年，子蒋立镛中状元，授翰林院修撰，我正任国子监祭酒。

辛未：嘉庆十六年，1811年。

释褐：亦作“解褐”。脱去平民衣服。喻始任官职。后亦以新进士及第授官为释褐。

含饴：“含饴弄孙”的省略。意为含着糖浆逗弄孙儿，后沿用此语形容老年人的闲适生活。

[2]阴功：迷信的人指在人世间所做而在阴间可以记功的好事。

甲第：科举考试中的第一等。

[3]高曾：高祖和曾祖。

杯棬（quān）：一种木质的饮器。

[4]十卷初呈垂问切，已蒙温语识名先：指读卷大臣阅卷后拟定名次，将前十名试卷进呈，嘉庆皇帝将蒋立镛从阅卷大臣所排的第三名钦定为第一名。嘉庆皇帝听说是蒋祥墀之子，说蒋家世有隐德。参见本书蒋立镛《纪恩述德篇八十韵》作者自注及注释。

[5]桐木骊珠卜并论：参见本书蒋立镛《纪恩述德篇八十韵》作者自注及注释。

桐孙：桐树新生的小枝。后以“桐孙”称美他人子孙。

[6]枌（fén）榆：乡名。汉高祖的故乡。借指故乡。

[7]玉堂：官署名。汉侍中有玉堂署，宋以后翰林院亦称玉堂。

[8]九阍（hūn）：九天之门。后借喻帝王的宫门。此处指朝廷。

回文诗(七律十五首)

蒋祥墀

咸临叶化大文同,纪甲重开绍运隆[1]。函镜留辉离继照,唱铙传令巽宣风[2]。诚和象验归辰北,焕炳书瞻聚壁东[3]。缄凤五云祥捧日,縿旒绕瑞效呼嵩[4]。

谦冲仰训式温恭,瑞应文昌际治醲[5]。拈藻韵篇裁月露,讲筵经义豁钟镛[6]。渐摩广学崇丁祀,睹听环雍在戊逢[7]。添额榜恩鸿选博,翘瞻共颂起儒宗[8]。

覃恩锡罢迓旌幢,缮葺重辉玉映窗[9]。岚彩倒涵洲渺渺,井波回泻水淙淙[10]。三厅起秀夸松竹,四库储珍撷茝洼[11]。簪盍众贤承德谕,骖鸾舞听韵琤琮[12]。

金盘掌上日辉迟,月纪阳春令协时[13]。深柳拂梢旗阴桂,落花吹影盖飞芝。临河玉鉴涵文藻,接岛琼山映彩楣[14]。林鹊噪声先报喜,骎骎驾备驭蚪螭[15]。

洲盈草绿引风微,簇笋班联驻跸騑[16]。球戛佩声铃动索,扇移云影鸟飞翚[17]。彪彪彩仗排旌羽,袅袅香烟曳衮衣[18]。优遇礼门金烛撤,標薪萃庆有光辉[19]。

冰条署迴壁藏书,古制尊师谒礼初。征鼓听同陈策箧,奉璋环共拥簪裾[20]。兴文翼道崇仪展,佑国酬勋祝悃摅[21]。仍典持严箴一敬,承明有碣旧传庐[22]。

庭中榜额绚丹涂,序继皇谟圣合符[23]。星日灿题榱并桷,雾烟霏篆楷兼模[24]。铭珍励品敦琮璧,训宝储才毓槚梧[25]。型典式瞻钦谕炳,青钱选重礼文敷[26]。

琼瑶满架入签题,赡雅资深测管蠡[27]。成集考图观壁左,汇文传本校园西[28]。英茎制萃亭储宝,汉魏碑颁室聚奎[29]。瀛峤积书藏院秘,清华露湛夜然藜[30]。

芳春赏宴列庭阶，缦糺云蒸郁气佳[31]。潢汉谱辉麟定角，奉萋鸣叶凤鸣谐[32]。香觥泛露仙茎挹，翠脯摇风瑞箑排[33]。光宠荷恩天禄接，堂东荫遍绿阴槐[34]。

纱笼艳曲绮筵开，妙舞更番几溯洄[35]。霞绚海瀛登陆褚，雪霏梁馆集邹枚[36]。花砖五度人趋院，药砌层翻影上台[37]。嘉宴礼成轩乐奏，沙堤重望寄盐梅[38]。

柯亭盼赏艳摛春，藻黼联辉接席珍[39]。歌再起歌赓集富，咏原依咏发声醇[40]。和衷勖治期悬鼓，见道征文屏饰轮[41]。珂振集贤群听竦，哦吟写意寓陶甄[42]。

毫烟落纸拂香芸，恺乐陈诗赋韵分[43]。高曲叠声金振玉，众竽环立海垂云。操歌汉宴台联咏，仿律唐诗殿彻闻。叨坐末员微技展，璈琅继响附仙群[44]。

坳堂玉映澈心源，赍予频施广乐尊[45]。苞络阐醇含至味，瀼溪传派溯源真[46]。蛟蟠墨影池含润，凤组缣函轴纪恩。交泰志庥扬盛美，抄增典实载輶轩[47]。

僚官众集喜随銮，抃舞同时献悃丹[48]。谣进壤歌儒播化，颂传舆论士腾欢[49]。翘翘秀发华林杏，冉冉香披昼省兰[50]。遥望景星文运应，霄云绚采振鹓鸾[51]。

天中日丽景斓斑，远轸文覃广泽颁[52]。躔映斗辉连汉倬，律调风化洽瀛寰[53]。年丰报瑞孚坛坎，地益征图贡海山[54]。平荡会逢时皞皞，编摩职忝豹窥斑[55]。

题解

本诗录自聂铣敏编、清嘉庆十四年(1809 年)文德堂刻本、国家图书馆藏《蓉峰诗话·卷之一》第 24 页。本为三十首，该书实录十五首。

聂铣敏按："嘉庆九年仲春月，上幸翰林院，赓诗锡宴，一遵旧章……上特赏编修臣蒋祥墀回文诗，云……诸什回环读之，成上下平三十首，而意义各别，亦可谓锦心绣口，极才人之能事矣。"

蒋祥墀自撰、道光年间刻本《散樗老人自纪年谱》记载："九年甲子，余年四十三，派修《词林典故》纂修，充国史馆提调，恭纂高宗纯皇帝本纪。二月，皇上幸翰林院,恭进回文诗七律三十首,用上下平韵。皇上亲选特取七人,余居首焉。”其子立镛按语云:“谨案回文诗册,都城传钞,几于纸贵,至有镌铜板作扇面者。叔父巾波公曾书一分,在鄂城刻之。时某王书负盛名,雅重府君书,朝中晤见索观诗册,或谓应书呈一分,府君以体制攸关不之与也。”

回文诗:古典诗歌中杂体诗之一。指一种可以倒读的诗篇,后发展成为可以回旋往复、循环诵读皆成诗章的诗体。

按顺读选择部分词语注释,注释从简。

注释

[1]大文:宏大的文章,伟大的作品。

绍:承继。

运隆:国运隆昌。

[2]离继照:与“极照”同。《易·离》:“明两作,《离》,大人以继明照于四方。”本谓《离》卦两离继明,光照四方。因离为火,为日,为君,故后以“极照”喻颂帝王圣明如日光普照天下。

唱铙:疑指奏铙歌乐。

巽(xùn)宣风:疑指“巽风”。东南风。又称清明风,景风。古有八卦主八风之说。

[3]辰北:北辰。北极星。

焕炳:谓词采明丽。

[4]縿旒(shān liú):泛指旌旗。縿:古时旌旗的正幅。旒:古代旌旗下边或边缘上悬垂的装饰品。

呼嵩:嵩呼。旧时臣下祝颂皇帝,高呼万岁,叫“嵩呼”。

[5]谦冲:虚心,和善,胸怀宽广。

瑞应:古代以为帝王修德,时世清平,天就降祥瑞以应之,谓之瑞应。

醲(nóng):浓厚。

[6]讲筵:王宫中讲论儒家经义之处。

钟镛:泛指大钟。

[7]渐摩:浸润,教育感化。

丁祀:指丁祭。旧时于每年阴历二月、八月第一个丁日祭祀孔子,称丁祭。

环雍:学宫。

戊逢:指春秋逢第二个月的第一个戊日祭朱熹。明景泰七年(1456年),礼部勘合春秋仲月上戊日(即每季第二个月的第一个戊日)两祭朱熹。

[8]翘瞻:仰盼。

儒宗:儒者的宗师。

[9]覃恩:广施恩泽。旧时多用以称帝王对臣民的封赏、赦免等。

锡:赏赐。

迓(yà):迎接。

旌幢:借指仪仗。旌:古时对旗的通称。幢:旧时作为仪仗用的一种旗帜。

缮葺:谓修理房屋、墙垣等。

[10]岚彩:犹岚光。

倒涵:倒映。

[11]四库:古代宫廷藏书之所。

茝泩(chǎi shēng):有学者认为应是“茝茳(jiāng)”。茝:香草名。即白芷。茳:茳蓠。一种香草。

[12]簪盍:谓朋友相聚。

骖(cān)鸾:谓仙人驾驭鸾鸟云游。

琤琮(chēng cōng):象声词。形容弹拨弦乐所发的声音,或形容流水声。

[13]金盘:承露之盘。

月纪:指极西之地。

[14]玉鉴:喻皎洁的月亮。

[15]骎骎(qīn):马展足疾驰貌。

蚪螭(chī):疑指龙。螭是上古神话传说中的龙生九子之一,属于一种没有角的龙。

[16]班联:行次连接,形容密集。

驻跸(bì):帝王出行,途中停留暂住。

騑(fēi):驾在车辕两旁的马。

[17]球戛:谓击响玉磬,敲击玉片。

翚(huī):疾飞。

[18]彪彪:颜色鲜丽貌。

彩仗:彩饰的仪仗。

旌羽:旌旗。因有羽饰,故称。

曳:穿着。

衮衣:古代帝王及上公穿的绘有卷龙的礼服。

[19]优遇:优待。

礼门:指孝友的门族。

槱(yǒu)薪:木柴。

[20]陈策箧:把小书箱排列开来。

奉璋:捧献玉璋。

簪裾(jū):古代显贵者的服饰。

[21]祝:向人祝颂。

悃摅(kǔn shū):表达至诚之情。

[22]箴:劝告,劝诫。

承明:承明庐。汉承明殿旁屋,侍臣值宿所居。

[23]榜额:匾额。

序继:继序。继绪。谓承继先代功业。

皇谟:皇帝的谋划。

[24]榱(cuī)、桷(jué):榱桷。房上的椽子。桷:方形的椽子。

[25]琮璧:玉制礼器。亦指珍贵的物品。

毓(yù):生育,养育。

檟(jiǎ)梧:梧檟。梧桐与山楸。两者皆良木,故以并称,比喻良材。檟:楸树的别称。

[26]型典:典型。典范。

式瞻:敬仰,景慕。

青钱:喻优秀人才。

礼文:指礼乐仪制。

[27]签题:题签。指书、卷册。

赡雅:广博而高雅。

测管蠡(lí):管窥蠡测。管中视天,以瓢量海水,喻眼光狭小,见识不广或不自量力。

[28]传本:流传于世间的版本。

［29］英茎：《汉书·礼乐志》："颛顼（zhuān xū）作《六茎》，帝喾（kù）作《五英》。"后以《英》《茎》泛指古代的雅乐。

［30］瀛峤（qiáo）：海边的山岭。

露湛：露浓貌。

夜然藜：典自"藜阁家声"。西汉刘向奉命在皇家图书馆——天禄馆校阅经典，后写成中国最早的目录学著作《别录》。传说刘向正月十五在天禄阁校书至深夜，人皆出游，而向不出。有黄衣老人执青藜杖扣阁而进，见向独坐诵书，乃吹杖端焰，发出光芒，照亮了暗室。后来，"藜阁"便成为刘氏家族的代名词，"燃藜"便指夜读或勤学。然："燃"的本字，燃烧。

［31］缦糺（jiū）：纡缓缭绕貌。

云蒸：指升腾的云气。

［32］潢汉：银河。

菶萋（běng qī）：草木茂盛貌。

［33］香觥：疑指酒杯。

挹：指吸取。

瑞箑（shà）：疑指扇子。

［34］光宠：恩典，宠幸。

荷恩：蒙受恩惠。

天禄：天赐的福禄。

堂东：东厢的殿堂或厅堂。古代多指皇宫或官舍。

［35］艳曲：爱情歌曲。

绮筵：华丽丰盛的筵席。

妙舞：美妙之舞。

更番：轮流替换。

溯洄：逆流而上。

［36］海瀛：指渤海瀛洲。

陆褚：指唐代大书法家陆柬之、褚遂良。

梁馆：疑指梁元帝时代建筑物。刘禹锡《荆州道怀古》："南国山川旧帝畿，宋台梁馆尚依稀。"

邹枚：汉邹阳、枚乘的并称。北魏郦道元《水经注·睢水》："梁王与邹、枚、司马相如之徒极游于其上。"两人皆以才辩著名当时。后因以"邹枚"借指富于才辩之士。

［37］花砖五度：疑与"八花砖"有关。唐代李肇《翰林志》记载，唐代翰林学士入署，常视日影为候。唐德宗朝翰林学士李程性懒，日影至前阶八砖（常人应为五砖）方入署。人称"八砖学士"。后世常用此典咏翰林学士。

药砌：疑与典故"红药翻阶"有关。南朝齐谢朓《直中书省》诗："红药当阶翻，苍苔依砌上。"后世常用"红药翻阶"作为标志中书省的典故，也用于咏芍药花。

［38］礼成：仪式终结。

沙堤：唐代专为宰相通行车马所铺筑的沙面大路。

盐梅：盐和梅子。盐味咸，梅味酸，均为调味所需。亦喻指国家所需的贤才。

［39］柯亭：在今浙江绍兴市西南，一名"千秋亭"，又名"高迁亭"，以产良竹著名。汉蔡邕取以制笛。后以"柯

亭竹”借指美笛或比喻良才。

艳摛(chī):摛艳。铺陈艳丽的文辞。

藻黼(fǔ):黼藻。指华美的辞藻或文字。

席珍:坐席上的珍宝。比喻儒者美善的才学。

[40]赓:赓诗。和诗。

[41]勖(xù):勉励。

悬鼓:典自“悬鼓待椎”。《渊鉴类函·乐·鼓》引明代陈耀文《天中记》载:宋范仲淹一日携子纯仁访民家,民舍有鼓为妖。仲淹对纯仁说:“此鼓久不击,见好客至,故自来庭寻槌。”令纯仁削槌以副之,鼓立碎。后因以“悬鼓待椎”比喻急不可待。

见道:洞彻真理,明白道理。

征文:验证文才。

[42]陶甄(zhēn):烧制陶器。比喻化育,培养造就。

[43]香芸:芸香一类的香草。俗呼七里香。有特异香气,能去蚤虱,辟蠹奇验,古来藏书家多用以防蠹。

恺乐:庆祝作战胜利的军乐。

韵分:分韵。数人相约赋诗,选择若干字为韵,各人分拈,依拈得之韵作诗,谓之分韵。

[44]叨坐末员:愧为小官员。叨:犹忝。表示承受之意。常用作谦辞。

璈(áo)琅:琅璈。古玉制乐器。

[45]坳堂:堂上的低洼处。

心源:犹心性。佛教视心为万法之源,故称。

广乐:称美雅乐。

[46]至味:最美好的滋味,最美味的食品。

瀼(ráng)溪:今江西瑞昌境内。《九江府志》:“瀼溪,在瑞昌县南五十步,唐元结尝居寓此。”

[47]交泰:指君臣之意互相沟通,上下同心。

典实:典故,史实。

輶(yóu)轩:古代使臣乘坐的一种轻车。

[48]抃(biàn)舞:因欢欣而鼓掌舞蹈。形容极度欢乐而手舞足蹈的情状。抃:鼓掌。

悃丹:丹悃。赤诚的心。

[49]壤歌:即《击壤歌》。相传帝尧时,一老者边击壤,边唱道:“日出而作,日入而息,凿井而饮,耕田而食,帝力于我何有哉?”后成为歌颂太平盛世之典。

播化:播植化育。谓天地普生万物。

[50]翘翘:众多貌。

秀发:指植物生长繁茂,花朵盛开。

华林:茂美的林木。

冉冉:柔弱下垂貌。

[51]景星:大星,德星,瑞星。古谓现于有道之国。

文运:文学盛衰的气运。

鹓(yuān)鸾:比喻朝官。

[52]斓斑:色彩错杂鲜明貌。

远轸(zhěn)文覃:疑指覃恩遍及远疆。

[53]躔(chán):日月星辰在黄道上运行。亦指其运行的轨迹。

汉倬(zhuō):指银汉。

风化:犹风教,风气。

瀛寰:即世界。地球海洋、陆地的总称。

[54]坛坎:供祭祀用的土台和坑穴。古代祭山林丘陵于坛,祭川谷于坎。亦泛指祭祀之处。

[55]平荡:扫荡平定。

皞皞(hào):广大自得貌,心情舒畅貌。

编摩:犹编集。

职忝:忝职。愧居其职。

望衡图为熊两溟(熊士鹏)题

蒋祥墀

先生饱读书五车,磊落胸藏天地庐。诗笔纵横一万里,山川览胜神蘧蘧[1]。讲学武昌十五秋,闲来携酒登南楼。二别中峰尽在目,直欲濯足江汉流[2]。凭栏不尽登临乐,还向楼头抱衡岳[3]。洞庭波涛思渺然,十二青螺自卓荦[4]。惜不得平叔紫金丹,遥躔朱鸟控黄鹤[5]。又不得长房缩地方,移取湘帆九面置之几研角[6]。何物丹青工描摹,为君写作《望衡图》。足踏芒鞋首戴笠,一童抱琴来于于[7]。扪星未观意气壮,开云已觉精诚孚[8]。指点层峦插天出,雁声几阵飞过无。拟将振衣祝融顶,仰逼帝座通吸呼[9]。岣嵝禹碑扫藓读,石青字赤多模糊[10]。揭来归订游山草,眼界何止空蓬壶[11]。愧我卅年老京洛,僦居久被尘网络[12]。一览此图神欲飞,愿与同订寻山约。

题解

本诗录自丁宿章撰、清光绪九年(1883年)版《湖北诗征传略·卷二十九》第23页。

熊两溟:熊士鹏,字两溟。参见本书熊士鹏传略。

注释

[1]蘧蘧(qú):悠然自得貌。

[2]二别:指大别山与小别山。大别山即今汉阳龟山。小别山即今位于汉川市马鞍乡的甑山。

[3]衡岳:南岳衡山。

[4]渺然:空虚渺茫、心无着落的样子。

青螺:喻青山。

卓荦(luò):超绝出众。

[5]平叔:张用成,本名伯端,字平叔,号紫阳,活动于北宋时期,浙江临海人,他的道教著作有《悟真篇》等。宋神宗熙宁二年(1069年),张遇刘海蟾授以"金液还丹火候之诀"。

紫金丹:古代方士所谓服之可以长生的丹药。

朱鸟:疑与"朱鸟化南岳"有关。上古神话传说南岳是朱鸟变的,头在衡阳回雁峰,尾在长沙岳麓山。

[6]长房缩地:葛洪《神仙传·壶公》云,汉代费长房有神术,能缩地,把很远的地方缩到眼前,顷刻可到。

几研:几砚。几案和砚台。

[7]芒鞋:用芒茎外皮编织成的鞋。亦泛指草鞋。

于于:徐行的样子。

[8]扪:抚摸。

孚:为人所信服。

[9]祝融顶:祝融峰,南岳衡山的最高峰。据说因古代火官祝融生前常游息于此、死后葬此而得名。

帝座:星名。即帝坐。

[10]岣嵝(gǒu lǒu)禹碑:南岳岣嵝峰古碑,九行七十七字,字体奇异,人不能识。传说为夏禹治水至南岳时所刻,人称"禹碑""禹王碑""神禹碑""岣嵝碑"。长沙岳麓山上也有一内容相同的碑。

[11]朅(qiè)来:去来。

游山草:指游山诗文的初稿。

蓬壶:即蓬莱。古代传说中的海中仙山。

[12]京洛:指西晋的京都洛阳。泛指国都。此处"老京洛"是说自己宦游于京城,汲汲于功名。与"京洛尘"意思相关。晋陆机《为顾彦先赠妇》诗之一:"京洛多风尘,素衣化为缁。"后以"京洛尘"比喻功名利禄等尘俗之事。

僦(jiù)居:租屋而居。

题沈阳书院联

蒋祥墀

地近圣居,洙泗宫墙瞻数仞[1];
基开王迹,镐丰钟鼓振千年[2]。

题解

本联引自于弢编著、农村读物出版社2004年版《历代咏钟对联精选》第22页。沈阳书院,在沈阳市中街,建于清初。

注释

[1]圣居:皇帝居住的地方。此处指沈阳故宫。

洙泗:指洙、泗二水。古时二水自今山东泗水县东合流西下,至鲁国首都曲阜北,又分为二水,洙北泗南,"洙、泗之间",即孔子聚徒讲学之所阙里。后世因以洙泗代称鲁国的文化和孔子的"教泽"。

宫墙瞻数仞:与"墙高数仞""数仞墙""夫子墙"同典。《论语·子张》:子贡曰:"夫子之墙数仞,不得其门而入。"春秋时子贡用被数仞高墙所围比喻孔子德业高深,不易被人认识。后因用"数仞墙"比喻人的学问精深。

[2]王迹:犹言王业,帝王创业的功迹。

镐丰:丰镐。西周都城名。在今西安市长安区西普渡村一带。周文王灭崇国后,在崇国腹地沣河西岸建新都丰邑,自岐山周原迁都于此。周武王即位后。又在沣水东岸与丰邑相对建镐京。武王虽迁于镐,但丰宫未改,同时使用丰、镐两京。

钟鼓:钟和鼓。古代礼乐器。

题蒋氏宗祠联

蒋祥墀

维新辉祖烈，
有谷育孙良。

题解

本联引自2013年版《天门市志》第543页。

挽戴兰芬联

蒋祥墀

重华第一元，看三锡永恩，天意方期大用[1]；
复命才周月，痛四年视学，臣心未了平生[2]。

题解

本联引自网络版“中安在线·徽文化·名人·古代名人”刊载的《天长状元戴兰芬的故事》。

戴兰芬：安徽天长人。字畹香，号湘浦（一作湘圃）。清道光二年壬午恩科（1822年）状元。清道光八年（1828年），充福建乡试主考官，人称选士公平。十年，任陕甘学政，整顿学规，杜绝弊端，为人称道，以至连任。清道光十三年（1833年）迁翰林院侍读学士，上任一月卒，享年52岁。工诗。著有《香祖诗集》《望明轩诗赋》。

注释

[1]重华：旧喻帝王功德相继，累世升平。

三锡：古代帝王尊礼大臣所给的三种器物。

天意:帝王的心意。

[2]复命才周月,痛四年视学:参见本诗题解。

五风十雨赋

蒋祥墀

《论衡》:“太平之世,五日一风,十日一雨。”又见京房《易候》[1]。

稽郅治之同天,睹祥光之满宇[2]。丰稔取以十千,咸登符乎三五[3]。玉烛而四时调,玑衡而七政抚[4]。纠云华旦,绘成庆裔之图[5];瑞露景星,歌入升平之谱[6]。箕毕好而攸同,阴阳和而相辅[7]。通呼吸于七十二牖,风令乘权[8];参来往于三十六宫,雨期按部[9]。抚《易候》以详占,有《论衡》之兼取[10]。

当夫铜乌树表,石燕凌空[11];光风乍转,零雨其濛[12]。风伯兼程,经番而独行遇雨[13];雨师并道,知节而入夜随风[14]。姤自天来,恰得天干之半[15];坎乎地上,适占地数之终[16]。舒再度之和飔,当过三三径里[17];洒八紘之灵澍,合消九九图中[18]。风能风人,雨能雨人[19],知天事之依乎人事;五日画石,十日画水,叹化工之具有画工[20]。

尔乃空穴初来,甘泉遥集。五桥渡乎竹园,十步滋夫兰隰[21]。摇午蓮而蒲扇微和,滴闰芭而桐添余汁[22]。逐蜂须而飘蕊,楝候遥临[23];灌鼠耳而濯枝,槐芽乍湿[24]。吹蓂阶之荣落,望弦不爽毫厘[25];趁梅子之送迎,春夏才交九十。倘遇秋风归里,终朝赋菊一之章[26];还看宿雨洗兵,弥月咏捷三之什[27]。

是以飒尔袪尘,密如散缕。气早盛于土囊,机先蒸于础柱[28]。宴传枌社之词,祷谢桑林之舞[29]。播休和于帝舜,五弦奏夫熏风[30];洽至治于神农,旬日名为谷雨[31]。吹回列御,风输定已三周[32];洒遍嵩车,雨点如催一鼓[33]。九曲而风应节,一月之所得半赢[34];三日而雨为霖，初阳之复来待补。光泛中和尺上，几度花朝[35]；兴添重九杯中，又滋菊圃[36]。应东方而入律，十旬之暇未休[37]；逢大衍而占期，五沃之膏应溥[38]。皇上五福颂成，十全功具[39]；瑞应祥飚，灵招甘澍[40]。鹊巢验而无违，鱼星知而不误[41]。鸣条罔虑，经林而如赴前期；破块不惊，洒道而弗离故步[42]。鼓舞合天之二十五数，余春色之几分[43]；涵濡周期之三百六旬，敛神功而全度[44]。仪瞻鸡羽，相风应五雨之占[45]；恩沛凤书，喜雨欣十风之布[46]。士永矢于卷阿，农争趋乎陇路[47]。自是泰交呈象，献和风甘雨之诗[48]；还应大有书年，陈瑞麦嘉禾之赋[49]。

题解

本文录自某网发布的蒋祥墀书法作品照片。原件有错字、衍字，可能是后人的抄件。余丙照编、清道光七年(1827年)版《赋学指南·卷三》引用蒋祥墀《五风十雨赋》数句以为赋中名句。

注释

[1]论衡：东汉王充著。汉代主要的唯物论和无神论著作。

又见京房《易候》：指上述引自《论衡》的语句，又见于京房所著《易飞候》。《太平御览》卷十引汉京房《易飞候》："太平之时，十日一雨，凡岁三十六雨，此休征时若之感。"

京房：西汉今文《易》学"京氏学"的开创者。律学家。本姓李，推律自定为京氏。字君明，东郡顿丘(今河南清丰西南)人。他学《易》于孟喜的门人焦延寿，以"变通"说《易》，好讲灾异，借自然界的灾异来附会朝政。

[2]郅(zhì)治：大治。

同天：谓共存于人世间。

[3]丰稔(rěn)：农作物丰收。

十千：一万。极言其多。此指万亩。

登符乎三五：大意是，上帝赐给的福祥与三皇五帝相同。登符：疑与"同符"义同。与……相合，相合。三五：指三皇五帝。

[4]玉烛而四时调：义同"玉烛长调"。颂美四时气候调和，君王治理有方。玉烛：古人称四季气候调和为"玉烛"，并把它视为人君德美所致。

玑衡而七政抚：根据日月和五星的变化，推知人事。《尚书·舜典》："在璇玑玉衡，以齐七政。"孔传："七政，日月五星各异政。"孔颖达疏："七政，其政有七，于玑衡察之，必在天者，知七政谓日月与五星也。”占星术家根据日月和五星的变化，来推测人事的吉凶祸福和王朝的兴衰更替。

玑衡：“璇玑玉衡”的简称。古代观测天体的仪器。清乾隆时有玑衡抚辰仪。

抚：顺应，依循。

[5]纠云华旦：祥云缭绕，光华照耀。化用先秦无名氏《卿云歌》：“卿云烂兮，纠缦缦兮。日月光华，旦复旦兮。”那片有着祥瑞之气的彩云是多么璀璨光明啊！它在空中轻轻浮动，舒卷自如。日月的光辉普照世间万物，一天又一天永不止息。纠：结集，连合。华旦：吉日良辰，光明盛世。

庆矞(yù)：庆云、矞云，均为祥瑞云的云气。

[6]景星：大星，德星，瑞星。古谓现于有道之国。

[7]箕毕：箕与毕为二星宿名，据传箕星主风，毕星主雨。

[8]七十二牖：周明堂中的宫室。周明堂是周天子宣明政教的地方。凡朝会、祭祀、庆赏、选士、养老、教学等大典，都在此举行。此处与下文“三十六宫”泛指宫室房屋。语出《大戴礼记·盛德》：“明堂者，古有之也，凡九室，一室而有四户八牖，三十六户，七十二牖，以茅盖屋，上圆下方。”

风令乘权：意思是，风行使职权。风令：旧时以风为天地之号令，能动物通气。乘权：利用权势。倚仗权势。

[9]参：夹杂。

三十六宫：参见“七十二牖”注释。

[10]抚《易候》以详占，有《论衡》之兼取：意思是，《易飞候》和《论衡》中都有据风雨推测朝政的记载。抚：占有。

[11]铜乌：铜制的乌形测风仪器。亦称相风乌。

树表：树梢。

石燕：湖南零陵山有石似燕，传说遇风雨则大石小石相随飞舞，风雨停，仍还原为石。诗文中常借以咏雨。

[12]光风：雨过天晴之和风。其时草木鲜明光亮，故称。

零雨其濛：下着蒙蒙的小雨。语出《诗经·豳(bīn)风·东山》：“我来自东，零雨其濛。”零雨：徐徐而下之雨。

[13]风伯：神话传说中称主司刮风的天神。用以指风。

[14]雨师：古代传说中司雨的神。用以指雨。

并道：与前文“兼程”意思相同。

[15]姤(gòu)自天来，恰得天干之半：指姤卦预示天下有风，而姤卦是个“复筮卦”，所用天干为己、庚、辛、壬、癸、甲，是天干中的一半。

姤：姤卦。主卦是巽卦，卦象是风。《易·姤》：“象曰：天下有风，姤。”

天干：甲、乙、丙、丁、戊、己、庚、辛、壬、癸为十干，是中国古代用来表示次序的符号。与十二地支配合以计算时日。

[16]坎孚地上,适占地数之终:句意疑为,坎的本义是低陷不平的地方。坎卦代表水。“坎月”为十一月,冬至前后万物归藏之季。

坎孚:语出《易经证释》:“坎孚先天五行之水。”坎:八卦之一,代表水。孚:合。

地数:疑为大地概况、时令的意思。

[17]和飔(sī):此处指和风。飔:飔风,即疾风。

三三径:宋杨万里《三三径》诗序:“东园新开九径,江梅、海棠、桃、李、橘、杏、红梅、碧桃、芙蓉九种花木,各植一径,命曰三三径。”

[18]八紘(hóng):八方太极远的地方。

灵澍(shù):及时雨。

九九图:九九消寒图,汉族岁时风俗。消寒图是记载进九以后天气阴晴的“日历”,人们寄望于它,来预卜来年丰歉。一共有九九八十一个单位,所以才叫作“九九消寒图”。从冬至算起,以九天作一单元,连数九个九天,冬天就过去了。当时围着家眷数九亦被视为逍遥境界。

[19]风(fèng)人:吹拂。

雨(yù)人:雨化。有如及时雨的化生万物。

[20]化工:造化之工。

画工:谓雕琢刻画工巧。

[21]兰隰(xí):此处指兰圃。隰:低湿之地。

[22]摇午蓮(shà)而蒲扇微和,滴闰芭而桐添余汁:意思是,微风徐来,如蒲扇摇舞;细雨滋润,催桐树发花。

午:疑为“舞”。

蓮:古书上说的一种植物,叶大可做扇。

闰:通“润”。滋润。

芭:通“葩”。

[23]逐蜂须而飘蕊,楝候遥临:风中蜜蜂的须子上粘着花蕊的香粉,谷雨时节也就远道而来。

楝候:疑指谷雨时节。南朝宗懔《荆楚岁时记》:“始梅花,终楝花,凡二十四番花信风。”根据农历节气,从小寒到谷雨,共八气,一百二十日。每气十五天,一气又分三候,每五天一候,八气共二十四候,每候应一种花。谷雨:一候牡丹、二候荼蘼、三候楝花。

[24]灌鼠耳而濯枝,槐芽乍湿:雨里槐树嫩芽初生,形如鼠耳。

鼠耳:谓像鼠耳朵样子。《艺文类聚》卷八八引《庄子》:“槐之生也,入季春五日而兔目,十日而鼠耳。”

[25]蓂(míng)阶:指蓂荚。传说中尧时的一种瑞草。《竹书纪年》卷上:“(尧时)又有草夹阶而生,月朔始生一荚,月半而生十五荚,十六日以后日落一荚,及晦而尽,月小则一荚而不落,名曰蓂荚,一曰历荚。”后以此借指

时光、日期。

望弦：农历初七、初八（上弦），二十二、二十三（下弦）和十五日（望）。

不爽：不差。

[26]终朝：整天。

章、什：前后互文，指诗篇、诗歌。

[27]宿雨：前夜的雨。

洗兵：洗刷兵器。形容军队出征或告捷。典自周文王兴兵伐商，临行前遇雨，认为是上天帮助冲洗兵器和甲胄。

[28]土囊：洞穴。

机：先兆，征兆。

础柱：柱础。承柱的础石。

[29]枌（fén）社：枌榆。乡名。汉高祖的故乡。借指故乡。

祷谢：谓祷请鬼神等免去灾难。

桑林之舞：桑林，商汤时的乐曲名，配合该乐曲的舞蹈即为桑林之舞。

[30]休和：安定和平。

五弦：古乐器。即五弦琵琶。

[31]至治：至善至美的政治。

[32]列御：指春秋时郑穆公时列御寇。《庄子·逍遥游》称列御寇能御风而行。

三周：三度环绕。

[33]嵩车：典自"甘雨随车"。《太平御览》卷一〇引谢承《后汉书》："百里嵩字景山，为徐州刺史。境旱，嵩出巡遽，甘雨辄澍。东海、祝其、合乡等三县父老诉曰：'人等是公百姓，独不迁降？'回赴，雨随车而下。"谓甘雨随百里嵩车而至，以解一境之旱。后用"甘雨随车"比喻地方官施行德政。

[34]应节：适应节令。

[35]中和尺：唐贞元五年（789年）正月，德宗下诏，以二月一日为中和节，要求百姓彼此之间以刀和尺为礼相赠。德宗也向大臣赐尺，意味着天子对度量衡标准的掌控。

[36]重九杯：当指重九饮酒的酒杯。古人逢重九，必登高、饮酒、赏菊。

[37]应东方而入律，十旬之暇未休：化用"东风入律，百旬不休"。语出汉东方朔《海内十洲记》："臣国去此三十万里，国有常占：东风入律，百旬不休；青云干吕，连月不散。"

应东方而入律：义同"东风入律"。春风和煦，律韵协调。常用以称赞太平盛世。

十旬之暇未休：本义为十旬休暇未休。唐代官吏十天休假一次，十旬即休假日。但此处当为"百旬不休"的意思，指太平盛世，连绵不尽。

[38]逢大衍而占期，五沃之膏应溥：以大衍之数推测，天下应是沃土遍布。

大衍：《周易》蓍筮用语。"大"指至极，"衍"指演算。《易·系辞上》："大衍之数五十。"魏王弼注："演天地之数，所赖者五十也。"唐孔颖达疏引京房曰："五十者，谓十日、十二辰、二十八宿也。"后亦称五十为"大衍之数”。今有人考“大衍之数五十”后脱去“有五”二字。《易·系辞上》称:“天数二十有五,地数三十。”用这五十五个数可推演天地间一切变化。

五沃:沃土。土质肥沃的上等土壤。

溥:广大,普遍。

[39]五福:旧时所说的五种幸福。《尚书·洪范》:“五福:一曰寿,二曰富,三曰康宁,四曰攸好德,五曰考终命。”

十全:乾隆帝自称所建武功的十个方面。

[40]祥飚:祥风。

甘澍(shù):甘雨。适时好雨。

[41]鹊巢验而无违:指喜鹊营巢而出入口不会正向太岁。《说文》:“鹊,知太岁所在。”《本草·四十九卷》:“喜鹊营巢,开户背太岁。”太岁为古代天文学中假设星名,与岁星(木星)相应,又称岁阴与太阴。

鱼星:星宿名。有一星,属尾宿。《晋书·天文志上》:“鱼一星,在尾后河中,主阴事,知云雨之期也。”

[42]鸣条、破块:语出王充《论衡·是应》:“风不鸣条,雨不破块,五日一风,十日一雨。”和风轻拂,树枝不发出声响;细雨润地,不毁坏农田。旧时认为这是贤者在位,天下大治的征象。后以风不鸣条,雨不破块比喻社会安定,世事太平。

前期:已往的约定。

故步:旧踪,原路。

[43]鼓舞:转动。

合天之二十五数:天数,即1至10这10个自然数中的奇数。五个奇数相加得25。语出《周易》:“天数二十有五,地数三十,凡天地之数五十有五。此所以成变化而行鬼神也。《乾》之策二百一十有六,《坤》之策百四十有四,凡三百有六十,当期之日。”

[44]涵濡:滋润,沉浸。

周期之三百六旬:指《乾》《坤》之策共三百六十,犹一年的日数。期:周年。

神功:神灵的功力。

全度:保全救护。

[45]仪瞻鸡羽:“仪羽”的化用。仪羽:仪禽。凤凰的别称。凤凰来舞而有容仪,古人以为瑞应。鸡:为与下文“凤书”错综而作“鸡”,实为凤。

十风之布:原文为“十行之布”。据上文“五雨之占”改。

[46]凤书:指皇帝的诏书。

[47]永矢:发誓永远要(做某事)。

卷阿:《诗经·大雅》篇名。此处代指儒业。

陇路:田间小路。陇:古同“垄”。土埂。

[48]泰交呈象:呈泰交象。呈现天地交而万物通之象。语出《易经·泰》:“天地交,泰。”谓天地之气相交,物得大通。

[49]大有书年:书大有年。书写

大丰收之年。

天门会馆落成记

蒋祥墀

邑馆之建,创议于庚午[1]。寻以相度不得其地,迄今七年。始建于宣武门外之街东,地临通衢,自外来者下车甚便,距内城亦仅数武[2]。馆屋宏敞,足以息公车、集公宴。至于增其式廓[3],则俟捐有余资,而徐图之,抑余更有望焉。会馆为荟萃人才、敦崇桑梓之地,必当以德义相勖、勋节相劘[4]。入为乡党矜式,出为国家桢干[5],斯馆与有光耳。

天门旧称景陵,雍正初年始改今名[6]。前明如周冢宰、李宗伯、陈司农、徐中丞、鲁祭酒诸公,勋名志节,照耀史乘[7]。而钟谭诗学[8],力挽颓风,尤为名满天下。景仰前贤,卓哉伟矣!我朝人文蔚起,举孝廉者二百四十余人,登进士者四十七人,登翰林者十人,膺拔萃科者科率三人[9]。内而科道、部曹,外而州县、府道、抚督、提镇,皆有其人[10]。即以迁寓他乡,犹有发名成业、巍然为当代倚重者[11]。

余忝副台垣,罔所报称[12],惟愿同邑诸君子,益绍前修[13],青云共励。或以政事著,或以文章显,或以风节高,各思精白乃心,以冀树国模而端乡望,则同斯馆者之厚幸也夫[14]!

嘉庆丙子小春月上浣,都察院左副都御使蒋祥墀撰[15]。

题解

本文录自清道光元年(1821 年)版《天门县志·卷之七·建置·公庙》第 7 页。撰文时间及署名据《湖北文征》补。

该志记载:“天门会馆在京师宣武门外街东。嘉庆庚午,邑人蒋祥墀时官国子监祭酒,与熊开阳(时官农曹)、罗家彦(编修)、李逢亨(河督)、张祖骞(知县)、程守伊(程明懋,知县)、夏仪(知县)、蒋祥堡(盐大使)、程德润(主事)、萧蔚源(知

县)、熊瑾(郎中)、熊士鹏(教授),纠同邑人捐资创建。至丙子年落成。有记。”(“程明懋”为《天门进士诗文》编者所加)

注释

[1]庚午:清嘉庆十五年,1810年。

[2]通衢(qú):四通八达的大道。

武:半步,泛指脚步。

[3]式廓:广大。

[4]敦崇:崇尚。

相勖(xù):互相勉励。

相劘(mó):相互砥砺。

[5]矜式:敬重并效法。

桢干:支柱。筑墙所用的木柱,竖在两端的叫“桢”,竖在两旁的叫“干”。

[6]雍正初年始改今名:指清雍正四年(1726年),为避康熙陵寝名(景陵)讳,改景陵县为天门县。

[7]周冢宰、李宗伯、陈司农、徐中丞、鲁祭酒:指周嘉谟、李维桢、陈所学、徐成位、鲁铎,均为天门进士。参见本书相关人物传略。

志节:志向和节操。

史乘(shèng):乘,春秋时期晋国史书名。后世称一般史书为史乘。

[8]钟谭:指钟惺、谭元春。竟陵派创始人。

[9]举孝廉:指乡试中举。孝廉:明清对举人的雅称。

登翰林:点翰林。殿试朝考后,新进士授翰林院庶吉士的,称为点翰林。

拔萃:清代用以代称拔贡。参见本书附录《部分科举名词汇释》第3条。

[10]科道:明清六科给事中与都察院各道监察御史的合称。

部曹:明清各部司官通称为曹。源于汉代尚书分曹治事。

府道:指知府、道台。

抚督:明清总督和巡抚的合称。

提镇:清代提督军务总兵官、镇守总兵官连称。

[11]发名成业:显扬名声,成就事业。指成就科举功名。

[12]忝(tiǎn)副台垣:愧任都察院左副都御使。台垣:官名统称。用以称明都察院与六科。台指御史台,以之称都察院。垣指墙垣,六科给事。

罔所报称:没有什么来报答。

[13]益绍前修:更应当继承前贤美善的德业。

[14]乡望:指乡里中有名望的人。

厚幸:大幸。

[15]嘉庆丙子:清嘉庆二十一年,1816年。

小春月:农历十月。

上浣:唐宋官员行旬休,即在官九日,休息一日。休息日多行浣洗。因以“上浣”指农历每月上旬的休息日或泛指上旬。

都察院左副都御使:都察院是明

清时期中央负责监察的官署。清朝置左都御史(满、汉各 1 人,从一品)、左副都御史(满、汉各 1 人,正二品)为主官,而右都御史及右副都御史则作为总督、巡抚的加衔。

大洪山志序

蒋祥墀

高君育亭,余故人兰圃先生子也[1]。寓书京邸,以所辑《大洪山志》属余勘定,且乞言以弁其首[2]。

忆少时试于郡,距洪山百里而近。三峰耸峙,宛然在目;林壑参差,隐见于烟云缥缈间。心向往之,而不及登览其胜。释褐后,备员史馆,兰圃以明经教习官学,时得接晤[3]。每酒酣耳热,为余道洪山甚详,不仅百里外望得其仿佛已也。自兰圃下世,二十余年,余宦辙久羁[4],终无游山之缘。今老矣,乃得披览育亭之书于数千里外。其体例完善,考据精博,足以资儒雅之观览,备輶乘之采择[5]。视葛稚川之记幕阜,康对山之志武功[6],古今人未必其不相及也。余虽生平未登此山,凡山川之胜概,建置之废兴,人文之钟毓[7],物产之珍奇,以及名胜之迹、幽异之事,与夫古今金石之文、风骚流览之作,靡不于几席间得之,又何必凭高陟险,身游其地,而始足快耶?

斯志也,与斯山垂不朽矣。

竟陵蒋祥墀丹林书。

题解

本文录自清道光甲午(1834 年)版《大洪山志》。

注释

[1]兰圃:高钧,字秉之,号兰圃。随州人。乡举屡荐不第,清嘉庆五年以恩贡充正黄旗教习官,期满以知县待选铨部,因亲老归省卒于家。

[2]弁(biàn)其首:放在卷首。

[3]释褐(hè):亦作“解褐”。脱去平民衣服。喻始任官职。后亦以新进士及第授官为释褐。

备员:充数,凑数。

接晤:接近晤面。

[4]宦辙:指仕官之路,为官之行迹、经历。

[5]輶(yóu)乘:輶轩。古代使臣乘坐的一种轻车。

[6]葛稚川之记幕阜:葛洪,字稚川,自号抱朴子,丹阳句容县(今江苏省句容县)人。东晋道教理论家、医学家、炼丹术家。他在幕阜山修炼数年,写下《幕阜山记》。幕阜:幕阜山,在湘、鄂、赣三省交界处,主峰在平江县北部。

康对山之志武功:康海,字德涵,号对山。陕西武功人。状元。所纂《武功县志》饮誉海内。写戏作曲,为秦腔的发展做出了巨大贡献。

[7]钟毓(yù):“钟灵毓秀”的缩略。凝聚。指天地间所凝聚的灵秀之气。钟:汇聚,凝聚。毓:养育。

德阳新志序

蒋祥墀

“九州之志谓之《九邱》。邱,聚也,谓土地所生、风气所宜,皆聚于此书也。”说本孔安国《尚书序》[1]。刘知几称史氏流曰郡书、曰都邑簿、曰地理书[2],后世郡邑志仿此。

我朝开国,史馆初修《一统志》,饬下礼部[3],征天下省志及郡邑志汇送史馆,以资采择,体至重也[4]。昔余膺馆职[5],充史馆提调兼总纂,得以备观各省郡邑志。四川《德阳县志》为吾邑别君楣所创始[6]。君以康熙九年进士二十五年任德阳令,甫三年即去任[7]。其时地广民稀,典籍缺如,搜采为难。又迫于时日,其叙述不能赅备宜也[8]。乾隆九年,吾乡安陆阚君昌言重修之[9]。二十七年,丰润周君际虞续修之[10]。皆滥觞别本,并载原序于简端[11]。有曰:“纪孝子则如姜、王、辛、张,传烈女则如张、赵、闇、安[12]。人伦品概与他郡邑大相径庭[13]。”真得修志之大要[14]。今之存史馆者,是也。

嘉庆十七年,钱塘吴君经世以复修《一统志》奉文重辑[15],盖距今二十余年矣。古闽裴淡如明府复加修纂[16]，名曰《新志》。裴君之宰德阳也，惠民爱士，素著循声[17]。凡所以裨益夫土地、维持夫风气者，靡不厘然具举[18]。如坛垣、考棚、演武厅、三造亭、节孝总坊[19]，及修祭祀礼乐器、购置书籍，皆关地方要务。因思有所纪载，以为后人续补之资[20]，并旧志之当补修与前任之宜续载者，均不可积久而归诸澌灭也[21]，于是有《新志》之作焉。其分门甚简，其汇举甚详，其考证甚精，其收录宽而不滥，较之旧志，诚焕然一新矣。抑吾思之，天地有日新之化机，人事有维新之运会[22]；旧者新之基也，新者旧之渐也[23]，后之视今亦犹今之视昔。

德阳为蜀之名区[24]。为宰者留心政典，接续而修明之[25]，俾土地益见蕃昌，风气益增淳厚[26]。则谓此志之以新补旧也可，即谓以新启新也亦可。

道光十七年丁酉季秋月上浣[27]，赐进士出身、诰授通奉大夫、鸿胪寺卿，前都察院左副都御使，古竟陵蒋祥墀序并书[28]。

题解

本文录自清道光十七年(1837 年)版《德阳县新志·卷首·旧序》。

注释

[1]九州之志谓之《九邱》：语出《左传·昭公十二年》疏。原文为：正义曰："孔安国《尚书序》云：伏羲神农黄帝之书谓之三坟，言大道也；少昊颛顼高辛唐虞之书谓之五典，言常道也；八卦之说谓之八索，求其义也；九州之志谓之九丘，丘聚也，言九州所有、土地所生、风气所宜皆聚此书也。"

九邱：九丘。古书名，是传说中我国最古的书籍之一。为避孔丘讳，将"丘"写作"邱"。

孔安国：西汉经学家。孔子十一世孙。曾向申公学《诗》，向伏生学《尚书》，并对司马迁有所传授。他从孔子住宅壁中得古文《尚书》十余篇，开古文《尚书》学派。

[2]刘知几：唐代史学家、史学理论家。他从历史编纂学的角度，将唐以前的历史著作分为"正史"与"杂著"两大类。对于"正史"，又按其著作的源流分为六家，即尚书家、春秋家、左传家、国语家、史记家、汉书家。按其编纂体例，又分为"编年""纪传"二体。对于"杂著"，则按内容分为"偏记"

“小录”“家史”“别传”“地理书”“都邑簿”等十流。

[3]一统志:记全国地理之书。宋、元、明、清皆有。此处指《大清一统志》。

饬:古同“敕”。告诫,命令。

[4]体至重:意思是,这件事至关重要。

[5]膺:承当。

[6]吾邑别君楣:指天门人别楣。别楣于清康熙二十年任宝坻知县,二十五年任德阳知县。参见本书别楣《德阳县志序》注释。

[7]甫:才。

[8]赅备:完备。

[9]安陆阚(kàn)君昌言:阚昌言,湖北安陆人,进士。清乾隆九年(1744年)重修《德阳县志》。安陆:安陆郡,宋、元、明、清为德安府。德安府辖境相当今湖北安陆、广水、应城、云梦、孝感等市、县地。

[10]丰润周君际虞:周际虞,主修清乾隆二十七年(1762年)版《德阳县志》。丰润:今唐山市丰润区。

[11]滥觞(làn shāng)别本:发端于别楣所创《德阳县志》。滥觞:本指江河发源处水很小,仅可浮起酒杯。后比喻事物的起源、发端。

简端:书首。

[12]誾:音yín。

[13]人伦:儒家伦理学范畴,指人与人之间的道德关系和应当遵循的行为规范。

品概:品格,气节。

[14]大要:要旨,概要。

[15]钱塘吴君经世:吴经世,字捧日,号秋樵,钱塘人。清嘉庆十二年任、十九年复任德阳知县。

[16]古闽裴淡如明府:古闽人裴淡如知县。古闽:今福建闽侯。裴淡如:裴显忠,清道光十年任,十三年、十七年复任德阳知县。明府:汉有以“明府”称县令,唐以后多用以专称县令。

[17]宰:主管、主持。

循声:指为官有循良之声。

[18]裨益:使受益。

靡不厘然具举:没有一件不兴办的。厘然:清楚,分明。

[19]坛垣:古代举行祭祀、誓师等大典用的土和石筑的高台。

[20]纪载:记载。纪:通“记”。记载。

资:凭借。

[21]澌(sī)灭:消失干净。

[22]抑:文言发语词。

化机:变化的枢机。

运会:时运际会。

[23]渐:成长,滋长。

[24]名区:指有名之地。

[25]为宰者:做官的人。

政典:本指治国的典章。唐代刘秩集历朝制政典之大成,撰《政典》。杜佑以此为基础,增开元礼等篇,成《通典》。此处指地方志。

修明：阐发弘扬。

[26]俾：使。

蕃昌：繁盛。

淳厚：敦厚质朴。

[27]清道光十七年：1837 年。

季秋月：秋季的最后一个月，农历九月。

上浣：唐宋官员行旬休，即在官九日，休息一日。休息日多行浣洗。因以"上浣"指农历每月上旬的休息日或泛指上旬。

[28]诰授：朝廷用诰命授予封号。清制，五品以上以诰命授官，故称"诰授"；六品以下以敕命授官，故称"敕授"。授：古代朝廷封典的一种。清代制度，以封典给官员本身称为"授"，给官员曾祖父母、祖父母、父母和妻室，存者称为"封"，已死的称为"赠"。

通奉大夫：文散官名。为从二品升授之阶。

鸿胪寺卿：官名。为鸿胪寺长官，专掌迎送宾客，册封番邦和吉凶庆吊方面的事务。正四品。

左副都御使：参见本书蒋祥墀《天门会馆落成记》注释。

鹄山小隐诗集序

蒋祥墀

吾邑诗派，自前明钟谭二先生提唱宗风[1]，《诗归》一选，力洗王李颓波，天下学者靡然从之[2]。我朝文运蔚兴，百余年来，邑之媲美流风，各随其姿，学所至摛藻扬芬，以著名邑乘者所在多有[3]。而述作宏富，淹贯诸家，卓然自成一队，则有熊两溟学博焉[4]。学博少擅隽才，发名最晚[5]。自为诸生，肆力于经史子集，穷流溯源，远近士多从问字[6]。凡所居停及游历所至，每有吟咏，各成一集。忆自乙丑公车北上，携以示余，已裒然十数卷[7]。是年春闱成进士[8]，以知县即用，辞不就，盖不欲以潇洒自得之怀羁绊于名缰利锁中也。随选武昌教授，自以儒官为读书本色，居之晏如[9]。武昌为会垣所在，当事钜公及各郡县诣省者，无不企慕高义，争相引重[10]。学博自礼接外，不事趋谒。日与诸生研经讲艺，纵谈樽酒[11]。闲暇则乘兴独往登黄鹤楼，看江流瀚浩，芳草晴川，入我怀抱，不觉气象万千，有撼岳阳、蒸云梦光景[12]。如是者盖又十数年,而学博之诗境进矣。乃取旧稿,益加汰择[13],汇为《鹄山小隐诗草》,得若干卷。鲍觉生、朱咏斋两学使皆为之序,并载法时帆先生评札题词[14],亦安容余之赘语哉?然余与学博里居最近,相交又最久,深知其品地之超卓、学力之深宏[15],乃得成此奥如旷如、幽渺拔俗之境,真可谓继乡先生之流派而不复落其窠臼者[16]。愿与海内士共质之[17],而不得私为一乡一邑之美也。于是乎书。

嘉庆戊寅仲春[18],愚弟蒋祥墀顿首拜撰。

题解

本文录自熊士鹏著、清嘉庆乙亥(1815年)版《鹄山小隐诗集》。

注释

[1]钟谭:指钟惺、谭元春。

提唱:提倡。

宗风:犹宗尚。

[2]王李:指王世贞、李攀龙。

颓波:比喻衰颓的世风或事物衰落的趋势。

靡然从之:谓群起效法。

[3]流风:前代流传下来的风气。多指好的风气。

摛(chī)藻:铺陈辞藻。意谓施展文才。

扬芬:扬名。

邑乘(shèng):县志,地方志。

[4]述作:指著作,作品。

淹贯:深通广晓。

熊两溟学博:熊士鹏,字两溟。参见本书熊士鹏传略。学博:清代州、县学官之别称。

[5]少擅隽才:少时才智出众。

发名:扬名。

[6]肆力:尽力。

经史子集:古代文献的总称。本指我国传统图书分类的四大部类。经部包括儒家的经典和小学方面的书。史部包括各种历史书和某些地理书。子部包括诸子百家的著作。集部包括诗、文、词、赋等总集、专集。

问字:据《汉书·扬雄传》载,扬雄多识古文奇字,刘棻(fēn)曾向扬雄学奇字。后来称从人受学或向人请教为"问字"。

[7]公车:古代应试举人的代称。汉代应举之人均用公家车马接送,后便以"公车"作为入京举人的代称。

裒(póu)然:汇集。

[8]春闱:唐宋礼部试士和明清

京城会试，均在春季举行，故称春闱。

[9]教授：清代府学官称“教授”，州学官称“学正”，县学官称“教谕”，负责教育所属生员。

晏如：安定，安宁，恬适。

[10]会垣：省城，都市。

当事：当权者。

钜公：指权贵。

引重：标榜，推重。

[11]诸生：明清两代称已入学的生员。俗称“秀才”。

纵谈樽酒：一边毫无拘束地谈论，一边喝酒。

[12]撼岳阳、蒸云梦：语出孟浩然《望洞庭湖赠张丞相》：“气蒸云梦泽，波撼岳阳城。”云梦泽水汽蒸腾，岳阳城受到洞庭湖波涛的摇撼。

[13]汰择：挑选。

[14]学使：学政的别称。明清派驻各省督导教育行政及主持考试的专职官员。

评札：书评札记。

[15]品地：品格。

[16]奥如旷如：深邃幽僻与空旷辽阔。风景分为旷奥的想法最早见于唐代文学家柳宗元的《永州龙兴寺东丘记》：“游之适，大率有二：旷如也，奥如也，如斯而已。”这是风景旷奥概念的雏形。

幽渺拔俗：深幽而微小、超出凡俗。

乡先生：古时尊称辞官居乡或在乡教学的老人。此处指篇首“钟谭二先生”。

[17]质：评断。

[18]嘉庆戊寅：清嘉庆二十三年，1818年。

雀砚斋诗集序

蒋祥墀

莲涛先生文名素著[1]，不以诗鸣者也。尝从各督学试牍见所为括帖诸作，而古今体未之或见[2]。

余与先生居隔百余里，而不同郡。幼少握晤，乡会科又互为后先[3]。己未谒选都门，始订交[4]。自出宰黔阳，七千里云树迢遥，尺素偶通，寸悃莫达[5]。逮赋闲后十年，乡邦学者，尊如山斗[6]。而余又久羁京邸，良觌莫由[7]，求其著作一读不可得。兹冬读礼回籍，先生适应王邑侯修志之聘,图史随身[8],好学不倦。纂辑之余,颐情吟咏[9]。因出其诗集三卷,属序于余[10]。

余惟今之以诗鸣者,往往写其抑郁不平之气[11]。或吟风啸月,自托于高人达士,放荡不羁,而不必有所为真性情者。虽欲以诗自鸣,而先失其所以鸣之本,其鸣犹弗鸣也。先生少以颖异之才,读书万卷,每属文辄为当代巨公所称许[12]。知己之感,复注于楮墨间[13]。虽未获珥笔词馆和其声以鸣盛,而以名进士作循良吏[14]。自出山以至归田,凡获上信友,爱民取士,忆家训后[15],与夫山川景物,流露于赠答题咏者,无不清新古淡,语语从肺腑中达出。其真朴如乐天诗,老妪可解[16];而典核又如工部诗,无一字无来历,反复读之,想见古人忠爱之遗意焉[17]。先生虽不以诗鸣,而先生之诗超矣,先生之学粹而品峻矣[18],何必以诗鸣,又何必不以诗鸣哉?

是为序。

愚弟蒋祥墀拜手[19]。

题解

本文录自清张锡穀撰、清嘉庆己卯(1819年)版《雀砚斋诗集》(广东省立中山图书馆藏)。

注释

[1]莲涛先生:张锡榖,字莲涛。今洪湖市曹市镇人。清乾隆五十四年己酉科(1789年)进士。曾任贵州开泰县知县、黄平州知州。

[2]督学:督学使者。学政的别称。明清派驻各省督导教育行政及主持考试的专职官员。也称"学使"。

试牍:试卷。

括帖:帖括。泛指科举应试文章。明清时亦指八股文。

古今体:诗体名。古体诗和今体诗。古体诗:对近体诗而言。形式有四言、五言、七言、杂言等,不要求对仗,平仄与用韵比较自由。后世使用五言、七言者较多。今体诗:对古体诗而言,亦称近体诗。凡五七言律、排律、律绝,皆属今体,形成于唐代。

[3]握晤:握手晤面。

乡会科:指乡试、会试。

[4]己未:清嘉庆四年,1799年。

谒选:官吏赴吏部应选。

订交:谓彼此结为朋友。

[5]出宰：由京官外出任县官。

云树迢遥：语本杜甫《春日忆李白》："渭北春天树，江东日暮云。"当时杜在渭北，李在江东。诗句假借云树表达思念的感情。指亲友分隔在遥远的两地。

尺素：古人以绢帛书写，常长一尺许，故称写文章所用的短笺为"尺素"。亦用作书信的代称。素：白色的生绢。

寸悃(kǔn)：诚心。

[6]逮：到。

赋闲：罢官闲居、失业无事。

乡邦：指同乡的人。

山斗：泰山北斗。比喻德高望重或有卓越成就而为人们所尊重敬仰的人。

[7]久羁京邸：长期滞留于京城。

良觌(dí)莫由：没有机会欢聚。

[8]读礼：古人守丧在家，读有关丧祭的礼书，因称居丧为"读礼"。

应王邑侯修志之聘：指张锡榖应天门知县王希琮之邀，纂修《天门县志》。

图史：图书和史籍。

[9]颐情：涵养性情。

[10]属(zhǔ)序于余：请我作序。

[11]今之以诗鸣者，往往写其抑郁不平之气：化用韩愈《送孟东野序》语句："大凡物不得其平则鸣。""乐也者，郁于中而泄于外者也。择其善鸣者而假之鸣。"

[12]属(zhǔ)文：写作。谓连缀字句而成文章。属：缀辑，撰著。

巨公：大师，大人物。

[13]楮(chǔ)墨：纸墨。

[14]珥笔词馆：此处泛指文学侍从之臣。珥笔：史官、谏官或近臣侍从，把笔插在帽子上，以便随时记录。珥：插。词馆：翰林院。

和其声以鸣盛：此处指为壮其声势而与文学侍从之臣的诗歌唱和。语出韩愈《送孟东野序》："抑不知天将和其声而使鸣国家之盛邪？"不知道上天要使他们的声音和谐，而使他们为国家的兴盛发出声音呢？

循良吏：奉公守法的官吏。

[15]获上信友：取重于上面，取信于朋友。语出《中庸》："获乎上有道：不信乎朋友，不获乎上矣。"

忆家训后：眷顾家庭，教育子孙。

[16]真朴如乐天诗，老妪可解：白居易作诗，力求浅白，老妪能解。真朴：纯真朴实。

[17]典核又如工部诗，无一字无来历：杜甫作诗，句句用典。典核：典雅而确实。无一字无来历：古代诗学概念。语见黄庭坚《答洪驹父书》："自作语最难，老杜作诗，退之作文，无一字无来处。盖后人读书少，故谓韩、杜自作此语耳。"

遗意：前人或古代事物留下的意味、旨趣。

[18]学粹而品峻：学术精通而又品行高洁

[19]拜手:古人行跪拜礼时两手相拱,低头至手。因头不至地而至手,故曰拜手。

蒋氏族谱序

蒋祥墀

家之有谱,犹之国有史、邑有乘[1]。古仁人君子不忍使其渊源之无所考、族姓之无所系,与夫后裔之无所承,而详审迟回[2],不敢臆断之所为作也。尝考欧阳文忠谱例[3],有曰:"姓氏之来也远,上世多亡不见。谱图之法,断自可见之世[4]。"后之修谱者,多宗之[5]。如我蒋氏,多引伯龄封蒋为说[6]。夫"诸侯不敢祖天子,大夫不敢祖诸侯[7]",《礼》有明文。况功令颁示,更不宜远引致起僭越[8]。故不若欧阳氏"断自可见"之说为足据也。

吾祖公璟公自明洪武初年,由江西迁湖广竟陵华严湖殷家城着籍。至四世珪公中宣德乙卯孝廉,任四川合州训导,升泸州合江教谕[9]。瑛公以天顺岁贡任南溪主簿[10]。瓒公以沔阳籍岁贡任博野教谕。兄弟竞爽,文行卓著[11],载在邑乘,可考而知。迄今历十有余世,族户繁衍约六百余家。其间掇科第、选明经、登仕版者,代有其人[12]。惟是世远年湮,旧传谱牒俱经销毁,仅存抄谱,未加厘定,敬宗收族之道缺如也[13]。

乾隆乙卯春,先大夫晴峰公以族中公议寄语墀曰[14]:"汝孟塘叔匏系于外,簿书鞅掌[15],无暇笔墨。修谱之事,族中皆于汝是望。"墀以事属烦难,非详细考订不可,遂迁延数年。己未秋,以父忧回籍[16]。族中复议此事,谓谱不溯所自出,终同卤莽[17]。遂促墀为江西之行。

墀按:家中旧抄云,江西蒋德璋公生阴、隆。阴公生公晃、公晁、公暄,住南昌县云团村。隆公生公景、公昂、公晟,公昂住饶州府安陆洲官团村,公景公始由饶州迁楚。又云"景一从璟,有兄弟公瑜、公璞、公瑄同迁"等语。墀乃携抄往查,抵南昌、饶州并临江、新喻、抚州、乐安诸处搜寻。五阅月[18]，见江西蒋氏得姓之祖皆同出一源，自迁徙靡常，虽同郡异县者，皆各以其迁祖为始祖。逐谱查对，支派亦不能尽合，俱无所谓德璋、隆、阴诸名。间有书迁湖广竟陵者，名既不符，时代亦不合。惟南昌丰城杨夏坊蒋家楼之谱云，八十世蕃宗公由江南常州出为丰城尉，遂家焉。由蕃宗公传十六世，有璟公、琛公。按之时代差近，惟名下空白，未详迁地。始疑公璟公字或为祖父通称，家中旧抄或系讹传。如安陆府旧名安陆州，讹以为江西之安陆州。竟陵之官一某团、云一某团，讹以为江西之官团、云团，依稀附会，类此甚多。然亦未敢遽断也[19]。遂将谱节录，归与族之长老共相商酌。仍本欧阳氏"断自可见"之语，以公璟公为始迁华严之鼻祖，就各房旧抄合而序之。璟祖以下五世总叙，以见源之合；六世以下分叙，以见支之分。其前河一支，则为江西同祖与公璟公先后迁楚，而后复同祠者，其处旧抄载世居江西新喻，自济公宦卒，汉文、汉武由陕西行商而归。文坐贾池河，武坐贾石牌，下至乾滩驿，则当以济公为乾滩隶籍之鼻祖，而次第叙焉。至有由华严、乾滩而迁于远地者，务彼此皆有确据，始得载入。否则宁阙之，以俟参考，示无敢滥也。

世系而外，次及祠基、祠宇，昭妥侑之灵；祭品、祭田，明禋祀之典[20]。载茔域，以严侵越[21]；述封诰，以志显扬[22]；详绅士，以隆奖劝[23]。他如懿行、闺范之表彰[24]，宗约、艺文之罗列，凡皆谱内之所必及而未敢草率从事者，遂合族众而分任之。司监局则有某某，司参阅则有某某，司编次则有某某，司校对则有某某，司收掌则有某某，司经费出入则有某某。撰纂之事，族命，墀不敢谢而惴惴焉，恐其不逮[25]。阅一年而谱竣，虽诸人共襄之力，孰非祖若宗默为呵护以底厥成耶[26]？自今而后，庶几睹此谱者[27]，咸昭然于源流根本之所自来，尊卑长幼之不可紊，相与家敦礼让，世守箕裘，肫肫乎上治旁治下治，俾百世谱牒缠绵周浃于乌可已[28]，是则墀之厚望而愿与共勉者。

十四代孙祥墀浣手谨叙[29]。

题解

本文录自民国己未(1919 年)版、天门净潭《蒋氏族谱》。原标题为《序》。

注释

[1]邑有乘(shèng):县有地方志。

[2]详审迟回:周密审慎、迟疑不决。

[3]欧阳文忠谱例:欧阳修所创谱例。欧氏世系表又称横行体,为欧阳修所创。它世代分格,五世一表,人名左侧有一段生平记述,由右向左横行。

[4]姓氏之来也远,上世多亡不见。谱图之法,断自可见之世:语出欧阳修《欧阳氏序吉州庐陵县儒林乡欧桂里》:“谱例曰:姓氏之出,其来也远,故其上世多亡不见。谱图之法,断自可见之世,即为高祖,下至五世玄孙,而别自为世。”

[5]宗:尊崇。

[6]伯龄封蒋:周公第三子伯龄封于蒋,子孙以国为氏(见《唐书·宰相世系表》)。

[7]诸侯不敢祖天子,大夫不敢祖诸侯:诸侯是庶子,不能像天子那样拥有祖庙;大夫是庶子,不能像诸侯那样拥有祖庙。语出《礼记·郊特牲》。

[8]僭(jiàn)越:超越本分行事。

[9]宣德乙卯:明宣德十年,1435 年。

孝廉:明清时对举人的美称。

训导:学官名。明清府、州、县学皆设训导,为府学教授、州学学正、县学教谕的副职。

教谕:清代府学官称“教授”,州学官称“学正”,县学官称“教谕”,负责教育所属生员。

[10]岁贡:五贡之一。明清地方儒学贡入国子监生员的一种形式。因以食廪年深者挨次升贡,又称“挨贡”。

主簿:官名。宋以后各县知县下设主簿,为知县辅佐。

[11]竞爽:争胜。

文行:文章与德行。

[12]掇科第:科举考试登第。掇:考取。

选明经:被推选为贡生。明经:明清时称贡生为“明经”。

登仕版:名列仕版。指做官。仕版:记载官吏名籍的册子。也引申指仕途,官场。

代有其人:代不乏人。指每一时期或世代都有同类的人出现。

[13]厘定:整理,考定。

收族:以尊卑亲疏之序团结族人。

[14]乾隆乙卯:清乾隆六十年,1795 年。

先大夫:指已故而又做过官的父亲或祖父。此处犹先父。

[15]匏系:匏瓜系而不食。旧时用来比喻不得出仕,或久任微职,不得

迁升。

簿书鞅掌：谓公事烦劳。鞅掌：忙碌不停。

[16]己未：清嘉庆四年，1799年。

父忧：丁父忧。遭逢父亲丧事。

[17]所自出：指诞生圣贤的祖先。

卤莽：粗疏，轻率。

[18]五阅月：经过五个月。阅：经过，经历。

[19]遽(jù)断：马上断定。

[20]昭妥侑(yòu)之灵：彰显安置先祖亡灵的仪式。妥侑：安坐、劝饮。原文为“妥佑”。

明禋(yīn)祀之典：彰显祭祀先祖的典礼。禋祀：古代祭天神的一种礼仪。先烧柴升烟，再加牲体、玉帛等于柴上焚烧。也泛指祭祀。

[21]茔域：古指墓地。

侵越：指越界侵犯。

[22]封诰：皇帝赐给的封号。

显扬：称扬，表彰。

[23]奖劝：表彰鼓励。

[24]懿行：善行。

闺范：指妇女应遵守的道德规范。此处指遵守道德规范的妇女。

[25]不逮：比不上，不及。

[26]共襄：共同来协助。

以底厥成：底成。取得成功。

[27]庶几：也许。表示希望。

[28]箕(jī)裘：家传的事业。源自《礼学·学记》：“良冶之子必学为裘，良弓之子必学为箕。”良匠的儿子，想必也能学习补缀皮衣；良弓的儿子，想必也能制作畚箕。因为工艺相近。

肫肫(zhūn)：诚恳的样子。

上治旁治下治：语出《礼记·大传》：“上治祖祢，尊尊也。下治子孙，亲亲也。旁治昆弟，合族以食，序以昭穆，别之以礼义，人道竭矣。”往上端正先祖先父的名分地位，这是尊崇正统至尊。往下确定子孙的继承关系，这是亲爱骨肉至亲。从旁理顺兄弟的手足情谊，用聚食制度来联合全族的感情，用左昭右穆的族规排列辈分，用礼仪来区别亲疏长幼，人道伦常就都体现无遗了。治：正。有规矩，严整。

周浃：周匝，遍及。

[29]浣手：洗手。表示虔诚恭敬。

钟氏族谱序

蒋祥墀

吾邑之有钟氏，旧族也；钟氏之有伯敬先生，传人也[1]。先生生于明万历之朝，癸卯举于乡，庚戌登会榜，官至南礼部郎中、督学福建。与谭友夏先生相友善，故并称钟谭。自《诗归》一选，力挽王李颓波，天下文章莫大乎是[2]。而后世乃从而攻击之，何与？夫伯敬先生岂徒学不可及，即其品行，亦粹然有道之儒[3]。余尝读其《家传》，其高、曾、祖、父，世有醇行[4]。先生至性蔼然，拳拳于庭闱之间，无一事一语不可对圣贤而质衾影，非世人所得知也[5]。顾世虽攻击之，而文苑则载之，所著《史怀》则录之，《隐秀轩集》则存之，诸书评语则《四库》采之；后裔差徭则邑令谕免之；邑中钟谭合祠则春秋祀之，家庙圆通庵则志乘而永守之，先生不已足不朽与[6]？

今其族裔重纂族谱，问序于余[7]。其谱上接江右[8]，分著于吾邑之华湖、皂市，支派渊源，了如指掌，何容予赞一词哉？但一仰溯先生之学与行，而不胜景行之慕[9]。即望其族裔丕承前绪，各思饬纪敦伦，守耕读而光阀阅[10]，则先生之所默慰矣。

嘉庆二十五年[11]，岁次庚辰，仲秋月，前翰林院编修、嘉庆戊午科浙江副主考，都察院副都御使，同里蒋祥墀拜序。

题解

本文录自民国十年(1921 年)版、天门沔阳汉川《钟氏族谱》。

注释

[1]旧族：指旧时曾有一定社会政治地位的家族。

传人：指声名留传到后世的人。

[2]王李：明王世贞、李攀龙的并称。

颓波：比喻衰颓的世风或事物衰落的趋势。

莫大乎是：没有比这更好的。

[3]岂徒：何止。

粹然有道之儒：纯正而又明白事理的大儒。

[4]醇行：淳行。仁厚的德行。

[5]至性：多指天赋的卓绝的品性。

蔼然：温和、和善貌。

拳拳：诚恳、深切的样子。

庭闱：内舍。多指父母居住处。

质衾影："衾影无愧"的意思。指在私生活中无丧德败行之事，问心无愧。

[6]志乘(shèng)：志书。此处指载入县志。

不已：岂非。

[7]问序于余：向我要序。请我

作序。

[8]江右：古人在地理上以东为左，以西为右，故江西又名江右。

[9]景行：高尚的德行。

[10]丕承前绪：很好地继承前人的事业。

饬纪：整饬纪纲。

敦伦：谓敦睦人伦。

阀阅：泛指门第、家世。

[11]嘉庆二十五年：1820年。

嘉庆庚辰华湖魏氏续修支谱序

蒋祥墀

魏氏，吾邑望族。先世由柏乡徙苏，至三甫公始徙豫章[1]，旋徙楚。其支派之隶华湖与冠盖、龙河者，与余里居甚近，世联婚媾[2]。余总角时见其族之合浦、汇古、松棚诸君子[3]，与余若兄为文社友。而余叔与松棚同试郡县，且与曙岚同游泮[4]，笔墨之交，联络最久，因悉其家世最详。前明如瞻之廉使节勋烂如，与周、陈、鲁三家后先辉映固已[5]。我朝如赓伯学博，教授平江，著述不愧名儒。即近若石亭钝翁先生，文行卓然，学者多宗仰之。其他硕彦宏儒，诗文彪蔚，以及忠孝节义、表表人群者[6]，不可胜数。非独以族户繁衍夸盛也。

兹者魏子敬亭重纂族谱，编类成牒。时偕钝翁公、冢孙体敬与余表兄薇垣[7]，请序于余，余因得观全谱。读其叙跋及记事、表扬、艺苑、家规十六条、初学规、女训诸篇，并申明家规公论议举户首书，而憬然于魏族之所以盛者，胥在乎此[8]。夫世之修谱者众矣，其远引牵附、自诬其祖者无论已[9]，然或谱欲聚之而势转涣，谱欲亲之而情转疏。虽有谱如无谱者，非谱不足恃，失其所以谱之意也[10]。今观魏氏之谱，而知先人之教与后人之遵其教者，实有所以谱之意存焉。以孝弟为先，以勤俭为本，以睦姻任恤为尚[11]；为士者不重文艺而重品望，居官者不争爵秩而争风节[12]，其旨切而近，其规严以明，其垂训婉以深，显而易晓。魏之族人，家藏一谱，朝夕披阅之，且朔望宣讲之[13]，与之优游餍饫中心安焉[14]，不见异物而迁焉。风俗日厚，人才益日出。吾于是不独知魏氏前此之所由盛，而并卜其后之绵绵翼翼者，有以永箕裘于无替也[15]。

是为序。

题解

本文录自民国七年戊午(1918 年)重镌天门冠盖、华湖、龙河《魏氏宗谱》。

嘉庆庚辰：清嘉庆二十五年，1820 年。

注释

[1]豫章：古代区划名称。江西建制后的第一个名称，即豫章郡(治南昌县)。

[2]华湖：华严湖，古地名，今天门市干驿镇匡台村一带。

冠盖：古地名，今天门市卢市镇徐台村。

龙河：古地名，今天门市卢市镇汪台、魏场村。旧有黄龙河，流经卢市镇北汪台、魏场一带，汉北河开挖后淤塞。

婚媾(gòu)：古代婚姻的别称，又作“昏媾”。

[3]总角：古未冠(不足二十岁)男子的一种发式。古时因不剪发，儿童头发长后，于发根处把它们扎在一起，垂于脑后，则称“总发”。若分作左右两股，扎成两束，则称作总角。因其像两牛角而称。

[4]游泮：明清科举制度，经州县考试录取为生员而入学的，称为入泮，也称游泮。泮：泮宫，即古代的学宫。

[5]瞻之：魏士前，字瞻之。天门人。万历庚戌进士。

周、陈、鲁三家：指天门干驿周嘉谟、陈所学、鲁铎三大家族。

勋烂：功勋卓著。

[6]硕彦宏儒：常作“硕彦名儒”“鸿儒硕学”。指学识渊博、造诣很高的学者。

彪蔚：文采华美。

表表：卓异，特出。

[7]冢孙：长孙。冢：长，大。

[8]憬然：清清楚楚。

胥：全，都。

[9]远引牵附：从远处引证、牵强附会。

[10]失其所以谱之意：失去修谱的宗旨。

[11]睦姻任恤：和睦亲邻、救济贫苦。语出《周礼·地官·大司徒》：“二曰六行：孝、友、睦、姻、任、恤。”睦姻：睦：亲于九族。姻：亲于外亲。后因以“睦”谓对宗族和睦，对外亲亲密。任恤：谓诚信并给人以帮助同情。

[12]爵秩：爵位和俸禄。

风节：风骨节操。

[13]朔望：朔日和望日。农历每月初一和十五。亦指每逢朔望的朝谒之礼。

[14]优游餍饫(yàn yù)：多作“优柔餍饫”。指在从容之中体味其中的含义，得到满足。优游：从容自得。餍饫：饱食，引申为满足。

[15]绵绵翼翼：连绵不绝、有次序。

箕(jī)裘：家传的事业。源自《礼学·学记》：“良冶之子必学为裘，良弓之子必学为箕。”良匠的儿子，想必也能学习补缀皮衣；良弓的儿子，想必也能制作畚箕。因为工艺相近。

替：废弃，断绝。

李培园(李逢亨)神道碑

蒋祥墀

正面碑文：

兵部侍郎兼都察院右副都御史、总督河南山东河道、提督军务，加三级，培园李府君之神道碑[1]。

碑阴碑文：

故荣禄大夫、河东河道总督培园李公终于第，同朝震悼，一时走使数千里，吊问者不绝于道[2]。而乡人无老幼贤愚，咸咨嗟流涕、临哭尽哀[3]。可谓荣矣。

谨按[4]：公讳逢亨，字恒斋，号培园。故诰赠荣禄大夫、崇祀乡贤莲村公之次子也[5]。世居湖北天门县，幼从莲村公徙居竹溪。溪邑与陕西平利接壤，遂占籍平利[6]。公少颖异，而莲村公时勖以敦品力学，辄能领受[7]。弱冠，补弟子员[8]。乾隆丁酉……充四库馆校录。书成，议叙分发直隶[9]。时有王府并旗人争地，两案屡年莫决。公随钦差往勘，密访得实，立予平反。使者称快，大加优礼[10]。旋补蓟州州判。丁父忧，回籍，哀毁尽礼[11]。服除[12]，补霸州州判。州故有民堰，公率士民培筑，至今赖之。擢三角淀通判。公□视堤工……大水骤至,东安、武清二县竟免水患。嘉庆六年,辛酉,直隶大水,永定河漫溢,上命使臣会勘[13]。公陈修筑机宜,悉中窾要,荐擢南岸同知[14]。十一年,丙寅,河水异涨[15],公昼夜抢护。时溜劈堤身数十丈[16],万难措手。公默祷河神,溜忽仆掣[17],人咸惊为神仙。大……旨嘉奖,赏换四品顶戴,记名以知府用[18]。十四年,己巳,授河间府知府。河间素称难治。公清厘积牍,严惩讼痞[19],一郡获安。未几,永定河出险,公往督办修防及灾赈事宜,诸臻妥善[20]。擢授永定河道……涕零,□□□报……询及全河形势,公敷陈机要[21],了如指掌,□□嘉悦。旋以奏告安澜,赏戴花翎,并予优叙[22]。永定旧有金门闸座,年久淤塞。公请将龙骨、海墁升高,以资分泄[23],并移建灰坝于南岸上头,以备盛涨[24]。复于凤河东堤之东、运河西堤之西筑堤拱卫□出……上嘉其能,擢河东河道总督。公念受任愈重,报称愈难[25]。昕夕劳瘁,刻无暇晷[26]。于河防疏浚机宜,讲求备至。两载之间,河流顺轨[27]。上宠嘉之[28],□颁赏福字、鹿肉。□□□□□□□者,以添筑土坝与水争地为……上念公无愆,□□□□□□□尤关紧要……命公以三品顶戴[29]□□□永定河总理,皆异数也[30]。二十四年,永定河漫口[31]。大学士吴璥等驰往督修,公专办南岸各工。九月,工竣。以公年逾七袠[32],传令回省。抵家□□□□□□□放怀山水间,绝口不言公事。

……而沉毅□□不随人为□□任河督日,每有保荐,必择实心任事、劳绩夙著者[33]。不受嘱托,一秉大公[34]。以故人……治河……

……子二人。长藩,任湖南常宁县知县,以干济知名;次荫,蚤卒[35]。孙男五人:长笃庆,次安庆,三长庆,四善庆,五余庆。曾孙佛保……

……孰□□□□□□动九□□□□□□而使公邅屯[36]。惟诚格天兮,信……民,金城峨峨兮[37],□□□□□神□□□以昌其身,以利后人。

赐进士出身、光禄寺卿兼都察院右副都御使□□□□□□□□□□□□□□□翰林院编修□嘉庆戊午科浙江乡试副主考蒋祥墀□撰。

赐进士出身、户部员外郎、军机处行走、前宗人府主事、内阁中书、侍读……李昌平书丹[38]。

大清道光四年，岁次甲申[39]。

题解

李培园：李逢亨（1744～1822年），字培元，号恒斋，又号培园。生于湖北天门，迁居湖北竹溪，寄籍陕西平利。清乾隆四十二年丁酉科（1777年）拔贡。官至河东河道总督（正二品）。告老还乡时授荣禄大夫（从一品）。李逢亨曾于1815年冬，回到出生地湾坝场孤树嘴（今天门市杨林办事处河堤村五组），为先人立碑，向宗亲赠送自纂的《李氏族谱》。李逢亨是北京天门会馆的创修人之一。

神道碑：又叫"神道表"。指墓道前的石碑，也指石碑上记录帝王、大臣生前活动的文字。

据徐信印《安康文史名胜集》李逢亨传略，李逢亨葬于兴安府（今陕西省安康市）赵台山下。李培园（李逢亨）神道碑高3.15米。现藏安康市文庙。

石碑风化严重。不可辨识但字数确定的以"□"代替；字数不确定的部分，以"……"代替。"正面碑文""阴面碑文"两行说明性文字为《天门进士诗文》编者所加。

注释

[1]兵部侍郎：兵部副长官，清代为从二品。

都察院右副都御史：都察院右都御史的副职，为外督抚系衔，正三品。都察院是明清时期中央负责监察的官署。清朝置左都御史（满、汉各1人，从一品）、左副都御史（满、汉各1人，正二品）为主官，而右都御史及右副都御史则作为总督、巡抚的加衔。

总督河南山东河道：简称"河东河道总督"，管辖河南、山东等地黄河及运河防治工作。正二品。衙署设在今山东省济宁市。

提督军务：清代军事职官名称。全称是"提督军务总兵官"，简称"提督"，从一品。河道总督辖有军队河标。河道总督如果没有兵部侍郎和提督军务的头衔，是不能带兵的。

加三级：加级是清代议叙法之一，是对官员的一种奖励方式。

府君：旧时对已故者的敬称。多用于碑版文字。

[2]荣禄大夫:清代文散官名。从一品。

终于第:在府邸去世。终:人死。第:封建社会官僚贵族的大宅子。

同朝:同僚,指同在朝廷任职者。

震悼:震惊悲悼。

走使:使唤,差遣。

吊问:吊祭死者,慰问其家属。

[3]无:无论,不论。

咨嗟:叹息。

临哭:哭临。哭吊死者。

尽哀:竭尽哀思。

[4]谨按:引用论据、史实开端的常用语。

[5]诰赠:明清对五品以上官员的曾祖父母、祖父母、父母及妻室之殁者,以皇帝的诰命追赠封号,叫诰赠。

崇祀:崇拜奉祀。

乡贤:地方上有才德与有声望的人物。

[6]占籍:上报户口,入籍定居。

[7]勖(xù)以敦品力学:以敦品力学勖,以修德和勤学勉励他。勖:勉励。敦品力学:品行淳厚,学习用功。敦品:砥砺品德。

辄:总是。

领受:接受。

[8]弱冠:古时以男子二十岁为成人,初加冠,因体犹未壮,故称弱冠。

弟子员:指经本省各级考试取入府、州、县学学习者,通称秀才。参见本书附录《部分科举名词汇释》第3条。

[9]议叙:清制于考核官吏以后,对成绩优良者给以议叙,以示奖励。议叙之法有二,一加级,二记录。又由保举而任用之官亦称为议叙,如议叙知县之类。

分发:清制,道府以下非实缺人员分省发往补用者,谓之“分发”。

[10]称快:表示痛快、快意。

优礼:优待礼遇。

[11]丁父忧:遭逢父亲丧事。

哀毁:谓居亲丧悲伤异常而毁损其身。后常作居丧尽礼之辞。

尽礼:竭尽礼仪。

[12]服除:守丧期满。

[13]会勘:会同查勘。

[14]悉中(zhòng):全都恰好合上。

窾(kuǎn)要:核心,要害。窾:空档,中心。

荐擢(zhuó):荐举提拔。

[15]异涨:指不常见的涨水。

[16]溜(liù):迅急的水流。

[17]此处史实,《李逢亨史料辑录》中李逢亨《闻郡侯健庵公祖续修府志有怀寄董朴园孝廉》自按可做参考:“丙寅夏,永定大涨,北岸土工漫溢。余抢办南岸时,下汛走埽数十丈,溜劈堤身,仅存一线,已不可救。余虔祷河神,竭力抢护,溜势忽外出。因卷埽加厢,遂得保平稳,皆神之赐也。”

溜忽仆(pū)掣(chè):意思是,直撞河堤的主溜忽然离开现在的河道,就像败退一样。仆：仆倒，败灭。掣：抽，拔。

［18］顶戴：也称“顶子”。清代用以区别官员等级的帽饰。依顶珠品质、颜色的不同而区分官阶大小。

记名：清制，官吏有功绩，交吏部或军机处记名，以备提升。

［19］清厘（lí）：清查，清理。

积牍（dú）：累积的公文。牍：古代写字用的木片，后世泛称公文。

讼痞（sòng pǐ）：讼棍。指妄兴诉讼、无理缠讼或挑唆诉讼从中牟利的人。

［20］灾赈（zhèn）：赈灾，救济灾民。

诸臻（zhēn）妥善：办理诸项事宜达到妥当完善的地步。臻：达到。

［21］敷陈：铺叙，论列。

机要：关键，要领。

［22］此处史实，可参看《李逢亨史料辑录》中董诏《步韵寄李培园观察》自注：“辛未三月，翠华西幸，屡蒙召见垂询全河形势。君敷陈机要，简明详切，喜动天颜。壬申岁，全河得庆安澜，吉奏上陈，特加优叙。”

花翎（líng）：清朝以孔雀羽制成拖在帽后表示官品的帽饰。本来由皇帝赐给建有功勋的人或贵族，后来五品以上的官就可以出钱捐花翎戴。

优叙：从优叙功，晋升官职。

［23］龙骨：在旧时河工中，常用来指在堤坝建筑结构当中相当于脊骨的那个部分。如在闸或减水坝的过水面，使用石料或三合土、灰土等砌筑的坝脊。

海墁：常作“海漫”。紧接在护坦下游防止河床被冲刷的设施。

资：帮助。

［24］灰坝：即用石灰、黄土、沙和匀形成的三合土坝。

［25］报称：报答。

［26］昕（xīn）夕：朝暮，谓终日。

劳瘁：辛苦劳累。

刻无暇晷（guǐ）：常作“日无暇晷”。一天中（或一刻）没有空闲的时间。形容非常繁忙，时间不够用。

［27］顺轨：指泛滥的河水经过抢护，顺着主河槽平稳流动，恢复正常。

［28］上宠嘉之：皇上赐之以荣耀华美。宠嘉：荣耀华美。

［29］此处史实，《清实录·仁宗实录》“嘉庆二十一年，丙子，十一月，壬子”一节记载：“朕本日召见吴璥。据奏称李逢亨于东河河务机宜实未熟谙，其言与陈预相符。两年以来，河流顺轨。由于海口深通，建瓴直下，此时上游修防，尤关紧要。李逢亨于黄河情形，既未能熟悉，著仍回永定河道之任。伊在河东河道总督任内并无咎愆，著加恩赏戴三品顶戴。其河东河道总督员缺，著叶观潮以三品顶戴补授，俟明年三汛安澜后再行施恩。”

颁赏：犹“颁赐”。旧时多指帝王将财物分赏给臣下。

愆(qiān):过失。

[30]异数:〈书〉不寻常的礼遇。

[31]漫口:河堤溃口、异涨出水口的总称。

[32]七袠(zhì):七十岁。十年为一袠。

[33]保荐:负责推荐,保举。

实心任事:真心实意承担事务或担负责任。

劳绩夙著:业绩平素就显著。劳绩:辛劳努力所取得之成绩,为官吏考课时的一种名目。

[34]嘱托:关说。代人陈说,从中给人说好话。

一秉大公:指说话办事完全依照公理。形容大公无私。秉:依据,凭借。

[35]干济:谓办事干练而有成效。

蚤卒:早逝,未成年而死去。蚤:通“早”。

[36]遭屯:同“遭迍”。遭受困顿。指李逢亨回任永定河道时因漫口被革职。

[37]惟诚格天:诚心感动上天。格天:古代统治者自称受命于天,凡有所作为,感通于天,叫格天。格:感通。

峨峨:盛壮,盛美。

[38]户部员外郎:官名。为户部郎中的副职。

军机处行走:军机处是清代所特有的辅佐皇帝的中央政务机关。雍正以后至终清之世,军机处是全国的政治总枢纽。军机大臣由皇帝从亲王、重臣中遴选,均为兼职,俗称大军机。所属官员也为兼职,俗称小军机。官员不改原任官职而调充其他某项职务,即称为在某处或某官上行走,以别于专设之官。“行走”一词源于满语,为入值(入选当值)办事之意。

宗人府:官署名。明清管理皇室宗族事务的机构。

主事:官名。明清六部各司皆置,正六品,为正式司员。其他官署,如内务府也置主事,正六品。

李昌平:湖北郧阳府(今十堰市)竹溪县人。清嘉庆六年辛酉恩科(1801年)进士。

[39]道光四年:1824年。

桂君未谷(桂馥)传

蒋祥墀

曲阜桂君未谷,与余同举乾隆庚戌进士。出宰滇南[1],卒于官。其孙显訦以其行略来属为传以传[2]。

君讳馥,字冬卉,未谷其号也。其先,贵溪人,以明初从征功世袭尼山卫百户,遂家焉。曾祖存正,邑庠生。祖枝茂,岁贡生,考授州别驾。父公瑞,恩贡生,候选教谕。未谷承其家学,于书无不览,尤邃于金石、六书之学[3]。戊子,以优行贡成均,得交北平翁覃溪先生[4],所学益精。其相与考订之功,具载先生《复初斋集》中。已而,以教习期满,补长山司训[5]。复与济南周书昌先生振兴文教,出两家所藏书,置借书园,以资来学,并祠汉经师其中,其诱掖后进甚笃[6]。己酉,举于乡。越明年,成进士,时年五十有五。后为永平令。永平故滇之边邑,未谷卧阁以治,政简刑清,境宇帖然,因以其余为经生业[7]。尝谓:“士不通经不足致用,而训诂不明不足以通经。”故自诸生以至通籍,四十年间,日取许氏《说文》与诸经之义相疏证[8],为《说文义证》五十卷。又绘许祭酒以下至二徐、张有吾、邱衍之属,为《说文统系图》。因题其书室曰“十二篆师精舍[9]”,盖未谷之精力萃于是矣!其他有《札朴》十卷、《谬篆分韵》五卷、《晚学集》八卷、诗集四卷。以嘉庆十年卒,年七十。其子常丰扶柩归葬,未抵家,亦卒于途。

呜呼!未谷以宿儒绩学[10],晚而仅得一仕,仕仅十年,未竟其用,而名满天下。识与不识,闻未谷之卒而痛之、哀之。余何能,何足以传未谷?未谷固自有其必传者,余滋愧焉!

题解

本文录自桂馥撰、清道光二十一年(1841年)版《晚岁集》卷首。本文与《皇清敕授文林郎赐进士出身云南永平县知县未谷桂公墓表》文字略有差异。墓表署名为:“赐进士出身、都察院左副都御使,年愚弟、竟陵蒋祥墀顿首拜撰。同里后学孔继堋书,(孔)继勋摩勒上石。道光二十八年,岁次戊申秋,七月上浣,里人孔宪彝、颜世君等立石。”

桂馥(1736~1805年),字冬卉,号未谷,山东曲阜人。清代杰出学者,著名的文字学家、书法家、篆刻家。乾隆庚戌(1790年)进士,官云南永平县知县。桂馥和段玉裁同时治《说文》,所著《说文解字义证》,被人认为与段玉裁《说文解字注》相伯仲,创“未谷学派”。

注释

[1]出宰：由京官外出任县官。

[2]訦：音 chén。

行略：记述死者生平概略的文字。

[3]金石：指古代镌刻文字、颂功纪事的钟鼎碑碣之属。

六书：古人分析汉字造字的理论。即象形、指事、会意、形声、转注、假借。

[4]成均：相传为五帝时的宫廷学校，西周为国学以教王室子弟的机关。古代的最高学府。唐高宗时曾改国子监为成均监，后人亦称国子监为成均。

翁覃溪：翁方纲(1733～1818年)，字正三，号覃溪。为当时著名学者。

[5]司训：明清时县学教谕的别称。

[6]诱掖后进：引导扶持后辈。诱掖：引导扶持。后进：后辈。

[7]卧阁以治：典自“卧理淮阳”。《史记》卷一百二十《汲郑列传》。西汉时汲黯为东海太守，治理政事主张清静无为，把握大的要旨，而不苛求小节。汲黯多病，整天卧在室内不出。一年后，东海出现了政清人和的局面。汲黯被汉武帝召为淮阳太守，不受。武帝说：“吾徒得君之重，卧而治之。”后用“卧理淮阳”喻指官吏治理有方或声望高，能做到无为而治。

政简刑清：旧时形容法令精确而简练，社会风气好，很少有犯罪的人。常用作称道地方官政绩的话。

境宇帖然：境域之民，服服帖帖。

生业：犹生涯，职业。

[8]诸生：明清两代称已入学的生员。俗称“秀才”。

通籍：指初做官。亦谓做了官，朝中有了名籍。籍：挂在宫门外的名单牌。竹片制成，二尺长，上写姓名、年龄、身份等，出入宫门查对之用。

许氏《说文》：指许慎《说文解字》。

疏证：阐释考证。

[9]精舍：学舍，书斋。

[10]宿儒：修养有素的儒士。

绩学：指学问渊博。

附

赠蒋丹林先生祥墀休致联

姚元之

帝许高年娱岁月，

天留余力课孙曾。

题解

本联录自蒋祥墀自撰、清道光间刻本《散樗老人自纪年谱》第53页。清道光十四年(1834年)蒋祥墀奉诏休致。原文无标题。

姚元之,字伯昂。桐城人。官至都察院左都御使。

题蒋丹林先生祥墀童子钓游图即次自题原韵

林则徐

三世蓬瀛海内稀,老臣恋阙忍言归。仙心自领烟霞趣,乡梦遥怜岁月非【原诗有楚北连岁水荒之感】。炳烛光明娱蔗境【老尤笃学,著述益闳。书法浸淫魏晋。四海人士,莫不宗仰】,垂竿滋味话苔矶。红尘何异青山住,万卷围身昼掩扉。

康强早越古来稀【今岁七十又五】,就养真成大老归。小字珠丝神奕奕【比两辱手书,小楷精妙】,长歌石屋想非非【赠陶云汀宫保《印心石屋长歌》,浩气流行,老斫轮手也】。遥知却杖摩铜狄,那惜投簪换石矶。因老得闲闲得健【来书自言如此】,东窗红日傲黄扉【公悬车后,取“睡觉东窗日已红”之句,镌为小印】。

题解

本诗录自林则徐著、清光绪丙戌(1886年)版《云左山房诗钞·卷四》第14页。林则徐全集编辑委员会编、海峡文艺出版社2002年版《林则徐全集·第六册·诗词》第179页,本诗标题下写作时间为道光十六年(1836年)。

挽蒋丹林祥墀联

林则徐

廿五科领袖蓬瀛，羡三代芸香，翰墨文章贻泽远[1]；
四十载回翔槐棘，怅八旬箕驭，江湖廊庙系心多[2]。

题解

本联引自林则徐全集编辑委员会编、海峡文艺出版社2002年版《林则徐全集·第六册·诗词》第328页。原载沈祖牟辑《云左山房文钞·附》。

注释

[1]廿五科：史实待考。蒋祥墀自撰、清道光间刻本《散樗老人自纪年谱》记载，蒋任乡试主考、同考数科，另有及门弟子多人多科登第。

蓬瀛：此处疑指翰林院、国子监之类。参见本书黄佐《鲁文恪公（鲁铎）神道碑》注释[67]。

芸香：一种香草名。古时藏书楼多用芸草防蛀，所谓“书香”即“芸香”。

[2]四十载：指蒋祥墀自1795年任国史馆协修，到1834年休致，其间四十年。

回翔：指任职或施展才干。

槐棘：指三公或三公之位。周时，朝廷种三槐九棘，公卿大夫分坐其下。左九棘为孤卿大夫之位，右九棘为公侯伯子男之位，面三槐为三公之位。

箕（jī）驭：即骑箕。指去世。箕、尾二星间有一傅说星，旧传为殷王武丁贤相傅说死后升天所化。

廊庙：殿下屋和太庙。指朝廷。

程明楙(程守伊)

程明楙(mào),号冕旃(zhān),更名守伊。清嘉庆三年戊午科(1798 年)举人,清嘉庆十年乙丑科(1805 年)进士。任山东夏津县知县。

邑侯方公(方遵辙)重修书院碑记

程明楙

楙初为诸生时,携笔袋赴院课,院中规制已非复李华阴、胡天都、王福山旧物矣,然堂阶尚未倾圮也[1]。后北游成均,出就广文,蹒跚朱路者三十余年[2]。复由乡贡通籍春官,待次于乡里,偶过城西课院[3],见茂草颓垣,大异曩昔,心甚恻之[4]。士气不振,学校荒凉,谁之咎与[5]?

我公自下车以来,首即捐修黉宫,重增礼器,为士类培根本[6]。又复于书院设立条规,添资膏火[7]。学有长,舍有上,课有内外,以及赏赉、饭食、薪水之资,岁费五六百金,皆捐廉与之[8]。常嫌院宇之太陋也,劝捐兴修,刘生天民捐资应之[9]。乃于崇文堂后葺旧舍七间,中奉先师孔子位,迁山长主其中[10]。东庑供先代创立院规诸公像碑[11],西庑即我公讲艺休憩之所。又于讲堂前另起一厅事为诸生分校处,案几、厨灶,悉如位置。堂上两楹设二题名额,使列胶庠、登科第者署之[12],以示鼓励。不期月而事竣,邻封若角陵、白洑、江洲诸属,数百里外且有闻风而来者,亦不惮教益焉,螺山之侧断断如也[13]。子侄辈课余归,谈及我公谆谆告诫之意,如家人父子,蔼然可亲,未尝不深服其爱士之苦心也。夫国家作育人材百余年矣,使宰牧之官[14],

尽能泽以诗书,庇以宫室,而饮食之,而教诲之,士焉有不争自濯磨以进于道者[15]?化民成俗,其必由学乎!

黉宫之役,懋实董其事[16]。书院之成,首士及诸生童均来请记于余[17],故略陈梗概。至于条规细目,另勒于石,以劝来者。

是为记。

赐进士出身、文林郎、候知县事,治年愚弟程明懋顿首拜撰[18]。

清嘉庆十七年,岁次壬申,仲夏月穀旦立[19]。

题解

本文引自1988年版《天门县志》第1087页。个别文字及标点有改动。

邑侯方公:指时任知县方遵辙。清道光元年(1821年)版《天门县志·卷十八·秩官》第23页记载:"方遵辙,柳湖。直隶宛平县人,安徽桐城籍。举人。爱民重士,捐修学宫、祭品。图详《学校志》。"方为清乾隆己酉(1789年)举人,清嘉庆十五年(1810年)至二十一年(1816年)任天门知县。

注释

[1]诸生:明清两代称已入学的生员。俗称"秀才"。

院课:清代书院考试方式之一。即师课。清代书院考试有官课及师课,官课由地方长官主持,师课由书院山长主持。相对于官课而言,师课又称院课。

规制:指建筑物的规模形制。

倾圮(pǐ):倒塌。

[2]成均:相传为五帝时的宫廷学校,西周为国学以教王室子弟的机关。古代的最高学府。唐高宗时曾改国子监为成均监,后人亦称国子监为成均。

广文:古代国学中的馆名,流传成为儒学教官的别称。

朱路:典自"杨朱路"。借指分别的道路。《淮南子》卷十七《说林训》:"杨子见逵路而哭之,为其可以南,可以北。"

[3]由乡贡通笈春官:由乡试中举而后参加礼部会试。意思是,先后中举、中进士。

乡贡:指乡试。

通籍:指初做官。亦谓做了官,朝中有了名籍。籍:挂在宫门外的名单牌。竹片制成,二尺长,上写姓名、年龄、身份等,出入宫门查对之用。

春官:礼部。

待次:旧时指官吏授职后,依次按照资历补缺。

[4]曩(nǎng)昔:往日,从前。

恻:忧伤。

[5]谁之咎与(yú):谁的过失呢。与:同“欤”。文言助词,表示疑问、感叹、反诘等语气。

[6]下车:旧时官吏初到任为“下车”。

黉(hóng)宫:旧指学宫。

士类:文人、士大夫的总称。

[7]膏火:照明用的油火。亦指旧时书院、学校中给学生的灯油津贴费用。

[8]学有长:指在众生员中有学长。

舍有上:疑指有高年级的生员。宋代太学分外舍、内舍和上舍,学生可按一定的年限和条件依次而升。

赏赉(lài):赏赐。

捐廉:旧谓官吏捐献除正俸之外的养廉银。

[9]劝捐:劝人出资,办理慈善事业。

刘生天民:刘天民,字孝长,更名为刘湻(chún)。天门岳口人。清嘉庆二十一年丙子科(1816年)举人。远安学博。著名诗人,有《云中集》。王柏心有《刘孝长传》。

[10]山长:五代时蒋维东隐居衡岳讲学,受业者称其为山长。元代书院设山长,既主持院务,又多兼书院的主讲,也称洞长。清乾隆时,山长改为院长。清末仍名山长。

[11]东庑:正房东边的廊屋。古代以东为上首,位尊。

[12]列胶庠:科举时代称进了学,成为生员、贡生或监生。原文为“列赐庠”。

登科第:犹登科。科举时代应考人被录取。

[13]期月:一整年。

邻封:本为相邻的封地。泛指邻县,邻地。

角陵:京山市在西魏时名角陵县。清顾祖禹撰、中华书局2005年版《读史方舆纪要·卷七十七·湖广·京山》第3590页记载:“皂角镇,县东南七十里,接竟陵县界。《寰宇记》:‘地多丘陵及皂角树,西魏因以角陵名县。’《志》云:‘县旧有东廊驿,万历八年革。’”

白洑(fú)。潜江县旧名。复旦大学出版社《中国行政区划通史·宋西夏卷》第404页“荆湖北路州县沿革”转引史料云:“潜江县,唐大中十一年(857年),以人户输纳不便,置征科巡院于白洑。皇朝乾德三年,因之升为潜江县。”

江洲:汉川县旧名。清同治十二年(1873年)版《汉川县志·卷一·沿革》第1页记载:“(汉川县)汉江夏郡地,南北朝梁置梁安郡,西魏改魏安郡置江州,寻改郡曰汉川。”

不惮:不怕。

螺山之侧断断如也:指邻县人慕

名到白螺山之侧的书院求学，态度虔诚。

螺山：白螺山。清乾隆乙酉（1765年）初版《天门县志·卷之一·地理》第12页记载：“白螺山，县城内西南隅，地势隐隐隆起。自丹台观迤逦而南，居人称是白螺云（以掘地多螺壳，故名）。”白螺山在城内西南角。书院原在白螺山之侧、今天门中学旧址。

断断如：专诚守一的样子。

[14]作育：培养，造就。

宰牧：宰相与州牧的并称。泛指治民的官吏。

[15]濯磨：洗涤磨炼。比喻加强修养，以期有为。

[16]懋：指作者程明懋。

董其事：主持其事。

[17]首士：书院内负责办理生员生活事务的人。

生童：生员和童生。此处指在书院学习的生员。

[18]治：“治生”的省略。旧时部属对长官或旅外官吏对原籍长官的自称。

年：科举时代同科考中者互称。

[19]嘉庆十七年：1812年。

榖旦：良晨，晴朗美好的日子。旧时常用为吉日的代称。

熊士鹏

熊士鹏(1755～1843年),字两溟,一字莼湾,号东坡老民。天门横林人。清嘉庆十年乙丑科(1805年)进士。初授知县,不就。曾任武昌府教授、国子监博士。著有《瘦羊录》(十四种)等。

王学泰编著、天津古籍出版社2004年版《中国古典诗歌要籍丛谈·上册》第234页记载:(熊)士鹏字两溟,一字莼湾。天门(今属湖北)人。嘉庆乙丑(1805年)进士,武昌府教授。喜培植孤寒,提倡风雅,奖掖后进。著有《两溟诗集》。

登黄鹤楼

熊士鹏

楼外远天波浪深,羁人乘兴独登临[1]。江南江北何穷恨,秋雨秋风共此心。鹦鹉无言竟垂翼,凤凰到处不闻音。当年只有周公瑾,思饮醇醪直至今[2]。

题解

本诗录自熊士鹏著、清嘉庆乙亥(1815年)版《鹄山小隐诗集·卷之二》第2页。

注释

[1]羁人:旅客。

[2]周公瑾:周瑜,字公瑾。醇醪(láo):味厚的美酒。

泛舟到文学泉

熊士鹏

烟际微茫泛小查，偶寻古井辘轳斜[1]。此泉尚涌唐时水，何寺曾为楚客家[2]？城对野天生月窟，湖依渔舍种芦花[3]。挈来茗具人知否，博士无烦著《毁茶》[4]。

题解

本诗录自熊士鹏著、清嘉庆乙亥(1815 年)版《鹄山小隐诗集·卷之四》第 7 页。

文学泉：又名陆子井，俗称三眼井，在今天门市文学泉路南侧。相传陆羽曾在此取水品茶，因其曾拜太子文学徙太常寺太祝之职(未就)，故以"文学"名泉。此井久堙，失其所在。至清乾隆三十三年(1768 年)天旱，居民掘荷池，见断碑，有"文学"字迹，得泉水，清甘而冽，即甃井，建亭，立碑，以复胜迹。后亭被毁，新中国成立后重建。现井口径 0.9 米，上覆八方形巨石，凿三孔，作"品"字状，甚为别致。

注释

[1]烟际：云烟迷茫之处。

小查：小船。查：木筏。

[2]何寺曾为楚客家：指陆羽少时以西塔寺为家。

楚客：指陆羽。陆羽客居浙江湖州著《茶经》。

[3]月窟：月宫，月亮。

[4]挈来茗具人知否，博士无烦著《毁茶》：指陆羽自带茶叶茶具向李季卿献茶，受羞辱后愧愤而撰《毁茶论》。《新唐书·陆羽传》记载："羽衣野服，挈具而入，季卿不为礼。羽愧之，更著《毁茶论》。"

博士：茶博士。古代本指善于烹茶的人。后称卖茶人及茶馆伙计。此处指陆羽。唐《封氏闻见记》："李季卿宣慰江南，时茶饮初盛行，陆羽来见，既坐……李公心鄙之，茶罢，命奴子取钱三十文酬茶博士。"

无烦：不须烦劳，不用。

西塔寺怀古

熊士鹏

西塔荒凉兴不除，残碑卧处正愁予。草堂自昔依桑苎，茶井于今产蛤鱼[1]【裴迪《咏陆羽茶泉》诗云：草堂荒产蛤，茶井冷生鱼】。曾读遗经知水味，偶拏小艇爱湖居[2]。绿蓑青箬尘如洗，为问渔翁许结庐[3]。

题解

本诗录自熊士鹏著、清嘉庆乙亥（1815年）版《鹄山小隐诗集·卷之四》第7页。

西塔寺：清道光元年（1821年）版《天门县志·卷之十七·寺观》第14页记载："西塔寺在西湖，即旧志所云覆釜洲也。"《清一统志·安陆府》：西湖"在天门县西门外，广次于东湖。有洲曰覆釜洲，唐陆羽所居，后葬此，即建塔焉。有西塔寺，寺有陆子茶亭"。东晋名僧支道林驻锡于此，唐代陆羽少年时居住于此。

注释

[1]桑苎（zhù）：桑苎翁。陆羽自号。

[2]遗经：指陆羽所著《茶经》。

拏（ná）：牵引。

[3]青箬（ruò）：青箬笠。雨具。箬竹叶或篾编制的笠帽。

结庐：构建房子。

泛湖游西塔寺复入东湖游乾明寺

熊士鹏

淡沲湖光似画溪，吴天烟雨竟陵西[1]。艇依鸭绿春桥小，花落猩红草阁低。正叹季疵茶未品，还寻裴迪句曾题[2]。白云影里垂杨外，刚听人家唱午鸡[3]。

羡煞西江碧似油，风吹船尾作船头[4]。合教云梦连三澨，应与沧浪共一流[5]。湖面还多名士鲫，客心可狎野人鸥[6]。请从覆釜洲边去，暂且停桡问酒楼[7]。

环县烟波半钓槎，岸横塔寺树周遮[8]。空怜神骏支公马，那得蔷薇张耒花[9]。此日谁分巾柘水，当年并作雁鸿家[10]。湖西更望湖东好，只少青山倒影斜[11]。

击汰中流白袷凉，片云片雨正青苍[12]。鹢舟浪涌桃花水，雉堞风生薜荔墙[13]。钟忽飞来知近寺，酒曾携处好流觞[14]。他时有客如相访，为道吾生属渴羌[15]。

题解

本诗录自熊士鹏著、清嘉庆乙亥（1815 年）版《鹄山小隐诗集 · 卷之四》第 8 页。

乾明寺：清道光元年(1821 年)版《天门县志 · 卷六 · 山川》第二十六页记载："东禅寺又曰乾明寺。寺前长堤接东门河街。"

注释

[1]淡沲(duò)：亦作"淡沱"。形容风光明净。

吴天烟雨竟陵西：竟陵西湖风景好比苏杭。化用皮日休诗句"竟陵烟月似吴天"。吴天：指苏南浙北地区。

[2]季疵：陆羽，字鸿渐，一名疾，字季疵。

裴迪：字升之，河东闻喜人。宰相裴垍玄孙。晚唐五代时人，与盛唐裴迪同名，史书多以《咏陆羽茶泉》诗为早于陆羽数十年的盛唐裴迪作，误。

[3]唱午鸡：日午鸡鸣。

[4]羡煞（shà)：极为羡慕。煞：极，很。

西江：清道光元年（1821 年）版《天门县志 · 卷之六 · 山川》第 18 页记载："县河至姜家河又东三里，为西江，又曰巾江。在县西门外。陆鸿渐所咏即其处也。"

[5]三澨（shì)：三澨河。今天门河。参见本书皮日休《三澨渔歌》注释[24]。

沧浪：古水名。在今湖北境内。或云汉水之支流，或云即汉水。本诗中，作者认为三澨河与沧浪水为同流。

[6]名士鲫：成群游动的鲫鱼。东

晋在江南建立后，北方的名士纷纷投奔，当时有人说：“过江名士多于鲫。”

野人鸥：指水中栖鸟。语出李峤《同赋山居七夕》：“暂惊河女鹊，终狎野人鸥。”典自“狎鸥”。《列子》寓言中的海上之人以纯洁之心待鸥，鸥数百相就。海上之人一旦有捕鸥之意，鸥即飞舞不下。诗文中常用“狎鸥”表现超逸出世的生活情趣。

[7]覆釜洲：参见本书熊士鹏《西塔寺怀古》题解。

桡(ráo)：桨，楫。

[8]钓槎：钓舟。

[9]空怜神骏支公马：指驻锡于西塔寺的支公因马雄健而爱马。《高僧传·支遁传》记载：“人尝有遗遁马者，遁受而养之。时或有讥之者，遁曰：‘爱其神骏，聊复畜耳。’”据清乾隆乙酉(1765 年)初版《天门县志·卷二十三·仙释》第 1 页记载，天门城北走马岭、东北六十里养马嘴两地名，均与支公养马爱马有关。

神骏：形容良马、猛禽等姿态雄健。

支公：名遁，字道林，为东晋著名僧人。

那得蔷薇张耒花：张耒在竟陵有诗《鸿轩下有蔷薇予初至时生意盖仅存耳予为灌溉》云：“堂下蔷薇亲灌溉，辛勤才见一春花。”

张耒：北宋诗人。字文潜，号柯山，楚州淮阴(今江苏淮安)人。黄庭坚、秦观、晁补之、张耒并称“苏门四学士”。元符二年(1099 年)，贬复州(宋地名，州治今湖北天门)监酒税。

[10]巾柘：指巾水和柘水。巾水：即今湖北京山市西南及天门市西北石河。柘水：指天门河上游一段，俗称渔薪河。

[11]湖西更望湖东好：湖西指西湖，湖东指东湖。

[12]击汰：拍击水波。亦指划船。

白袷(jiá)：白色夹衣。

[13]鹢(yì)舟：船头画有鹢鸟图像的船，亦泛指船。

雉堞(zhì dié)：城上排列如齿状的矮墙，作掩护用。

[14]流觞(shāng)：古人每逢三月上旬的巳日(魏以后始定为三月三日)集会于环曲的水渠旁，在上流放置酒杯，任其顺流而下，停在谁的面前，谁即取饮，叫作“流觞”。

[15]渴羌：晋王嘉《拾遗记·晋时事》：“有一羌人，姓姚名馥……好啜浊糟，常言渴于醇酒。群辈常弄狎之，呼为‘渴羌’。”后因以称嗜酒的人。

渡华严湖

熊士鹏

湖上扁舟相送迎，青钱顾直此身轻[1]。水飞独鸟夕阳影，秋借一村黄叶声。摇落何须悲宋玉，穷愁底事笑虞卿[2]。钓人泊艇芦花外，鱼尾蓰蓰酒亦清[3]。

题解

本诗录自熊士鹏著、清嘉庆乙亥（1815 年）版《鹄山小隐诗集·卷之一》第 5 页。

华严湖：湖名。位于天门市干驿镇区北。

注释

[1]青钱顾直：带上船钱酒钱。语出杜甫《拨闷》："已办青钱防雇直，当令美味入吾唇。"

青钱：即青铜钱。

顾直：雇直，雇佣劳动力的工资。雇：谓舟费。直：谓酒资。

[2]摇落：凋残，零落。

宋玉：战国时楚人，辞赋家。或称是屈原弟子，曾为楚顷襄王大夫。其流传作品，以《九辩》最为可信。《九辩》首句为"悲哉秋之为气也"，故后人常以宋玉为悲秋悯志的代表人物。

穷愁：穷困愁苦。

底事：副词。表疑问，询问原因。可译为"为什么"。

虞卿：战国时人。虞氏。因进说赵孝成王，被任为上卿。受相印。后因拯救魏相魏齐，弃相印与魏齐一起投奔信陵君。信陵君疑而未决，魏齐自杀。虞卿乃居住魏国，穷愁著书，作成《虞氏春秋》。后用为咏不得其志之典。

[3]蓰蓰（xǐ）：摇曳貌。

答蒋丹林(蒋祥墀)先生

熊士鹏

华严湖水碧无涯,路隔长安遍地沙。朝听轮蹄曾视草,晚看毛颖又生花[1]。南归梦野仍如客,北望都门转似家[2]。故旧无多风景改,双鱼读罢使人嗟[3]。

题解

本诗录自熊士鹏著、清道光丙申(1836年)版《鹾学集续刻》第2页。

蒋丹林:蒋祥墀,字盈阶,号丹林。

注释

[1]轮蹄:车轮与马蹄。此处指车马声。

毛颖:毛笔的别称。

[2]梦野:天门城区有梦野台。此处指天门。

[3]双鱼:指书信。

送蒋笙陔(蒋立镛)修撰之杭州

熊士鹏

汉口迟留酒数觞,忽鸣吴榜入鲈乡[1]。鼋鼍喷雨生秋水,雕鹗抟风上夕阳[2]。历历金焦帆影过,娟娟苕霅橹声凉[3]。断桥最是销魂处,草绿裙腰一道长[4]。

题解

本诗录自熊士鹏著、清嘉庆乙亥(1815年)版《鹄山小隐诗集·卷之十五》第11页。

修撰:元明清时翰林院职官名。主要职责为掌修国史、实录等。蒋立镛中状元后即授翰林院修撰。

注释

[1]吴榜:船棹。指船。

鲈乡:产鲈鱼之乡。泛指江南水乡。

[2]鼋鼍(yuán tuó):大鳖和猪婆龙。

雕鹗(è):雕与鹗。猛禽。

抟(tuán)风:称乘风捷上。

[3]金焦:金山与焦山的合称。两山都在今江苏省镇江市。

娟娟:同"涓涓"。缓流,细流。

苕霅(tiáo zhá):苕溪、霅溪二水的并称。在今浙江省湖州市境内。

[4]断桥:又名段桥、宝祐桥。位于杭州西湖。一端接白堤,一端跨环湖的北路。从孤山通过来的白堤到此而断,因此得桥名。

题桑苎庐陆羽像联

熊士鹏

流水前身鸣雁杳,
名山何处读书归?

题解

本联录自天门市吴建平藏民国刁作《桑苎庐读茶经记》。

竟陵诗选序

熊士鹏

竟陵诗不始于钟谭,亦不止于钟谭[1]。而近代名家论诗者辄云,某人某句诗似竟陵派,抑何所见之太偏也[2]! 今夫泰华之高,不知其几千仞也[3];江海之深,不知其几千寻也。乃若其中岩穴之所生殖、渊泉之所游泳,奇奇怪怪,层出迭生,又不知其几千种也。而徒举一木一石、一鳞一介[4],谓足以尽泰华、江海之盛。此固属管窥蠡测者之所为[5],而吾窃叹近代之论诗者亦何以异乎是也!诗之变也无穷,而其为体也屡迁。雅不同于风,颂不同于雅[6]。自汉魏晋唐以迄于今,亦不同于《三百》[7],要皆学焉,而各得其性之所近。居台阁者喜高华,居山林者喜清远[8]。乃遂谓台阁语易丑、山林语易俊,则必欲人皆伏处草茅,对田里景物、模山范水,而后乃夸为陶韦、储柳[9]。及与之抒写其兵戎慷慨之气,润色乎佩玉雍容之词,则未免废然返焉,是珠风而砾雅颂也[10],其失之偏也。固宜抑或转相仿效,惟知尚声调、崇浮华,卒不见所为性情之真、气韵之妙,则亦无殊乎内土木而外冠裳也,又岂得为善哉?

竟陵自唐以前无论已,即陆皮所著作甚富,亦间有存者[11]。而宋张徽《沧浪集》无传焉[12]。及鲁文恪公提唱宗风,颇与茶陵气体相近已,为崆峒、信阳开先声[13]。其一时接踵而起者,殆不仅钟谭。而钟谭别开风气,故最著要[14]。其中如李大泌、黄伯素、涂布衣诸人,亦矫矫特出者也[15],岂可概以钟谭例之哉?自古诗人未有诸体而皆佳者也,亦未有同曲而独工者也。才以全而见难,物以孤而称奇。论诗者必责其全,则白甫可议也[16];苟赏其孤,则郊岛复生也[17]。罗五侯以成鲭,贡九牧而铸鼎[18]。"四美具,二难并[19]。"诚有赖乎选诗者之善于取也。

予志已荒矣[20]。远之不能如《三楚诗萃》[21],广搜博采;近之不能如《湖北诗录》,求益选肥[22]。而但取吾竟陵已往之什,编为一集,以见自笑城、寒河而外[23],固大有人在。吾甚怪夫人拘墟之陋[24],而且笑其门户之见不广也。

时道光癸未年嘉平月八日,熊士鹏谨识于鄂城东坡[25]。

题解

本文录自熊士鹏编、清道光癸未(1823年)版《竟陵诗选》。

注释

[1]钟谭：指明末竟陵（今天门）籍诗文家钟惺、谭元春。《明史·文苑·袁宏道传》附《钟惺、谭元春传》："（惺）与同里谭元春，评选唐人之诗，为《唐诗归》；又评选隋以前诗，为《古诗归》。钟谭之名满天下，谓之'竟陵体'。"

[2]竟陵派：又称竟陵体或钟谭体。中国明代后期文学流派。以竟陵（今天门）人钟惺、谭元春为代表而得名。出现在公安派之后，认为公安派作品俚俗、浮浅。主张文学创作应抒写性灵，反对拟古文风。但他们所谓性灵，是指学习古人诗词中的精神，这种古人精神，不过是"幽情单绪"和"孤行静寄"。竟陵派所倡导的幽深孤峭的风格，指文风求新求奇，刻意追求字意深奥，常用怪字，押险韵，由此形成雕琢字句、语言佶屈、文风艰涩隐晦的特色。追随者有蔡复一、张泽、华淑等。受竟陵影响较有成就的作家刘侗所作《帝京景物略》，为竟陵体语言风格代表作之一。

抑：古同"噫"。叹词。

何：多么。

[3]泰华：又作"太华"。山名，即西岳华山。

[4]一鳞一介：义同"一鳞半甲"。比喻事物的零星片断。介：甲。

[5]管窥蠡（lí）测：管中视天，以瓢量海水，喻眼光狭小，见识不广或不自量力。

[6]雅、风、颂：指《诗经》中的三个部分，是《诗经》的分类、体制。风是用于教化、讽刺的作品；雅是"正"的意思，言王政所以兴废的作品；政事有大有小，故有大雅、小雅之分；颂是祭神祀祖时用以赞美"盛德"的舞歌。

[7]迄：至，到。

三百：代称《诗经》。语出《论语·为政》：子曰："诗三百，一言以蔽之，曰：思无邪。"

[8]台阁：古代对某官府的一种代称。东汉时，设尚书台辅佐皇帝，直接处理政务，因尚书台置于宫廷之内，故称之"台阁"。"台阁"往往与"公府"对举。

高华：典雅华美。

清远：清美幽远。

[9]陶韦：东晋诗人陶渊明，唐诗人韦应物，二人诗多写山川林园、田庄农舍的自然景物，语言质朴简淡，同情人民疾苦，论者以"陶韦"称之。

储柳：指唐代诗人储光羲和柳宗元。储、柳皆受陶渊明山水田园诗的影响。

[10]废然返：废然思返。指沮丧失望而回头，不想再前进了。

是珠风而砾雅颂：这是把《诗经》中的"风"当珍珠却把"雅""颂"当砂砾。

[11]陆皮：指陆羽、皮日休。两人

都是竟陵人。

［12］张徽：参见本书张徽传略。

［13］鲁文恪公：鲁铎，谥文恪。参见本书鲁铎传略。

提唱：提倡。

宗风：犹宗尚。

茶陵：明成化、正德年间形成的诗歌流派。首领为茶陵（今属湖南）人李东阳，故名。时社会弊病已见严重，但台阁体仍阿谀粉饰，单缓冗沓，包容不变。茶陵派不满于此，提倡宗法唐诗，其诗思想较贫弱，有师古倾向，但比台阁体雄浑深厚，为前后七子复古运动先声。

崆峒（kōng tóng）、信阳：指前七子领袖李梦阳和何景明。李梦阳，字献吉，号空同子，明庆阳（今甘肃庆阳）人，是前七子代表人物。何景明，字仲默，信阳人。

［14］著要：首要。

［15］李大泌、黄伯素、涂布衣：指竟陵人李维桢、黄问、涂如耀。李维桢，参见本书李维桢传略。黄问，字伯素，举人。涂如耀，无功名，故称布衣。

［16］白甫：当指李白、杜甫。

［17］郊岛：指孟郊、贾岛。

［18］罗五侯以成鲭（zhēng）：典自“五侯鲭”。《西京杂记》卷二载，西汉成帝时，帝同日所封母舅王谭、王商、王立、王根、王逢时五人号“五侯”。五侯不睦，宾客间不得互相往来。当时，有个叫娄护的能言善辩，他“传食五侯间，各得其欢心，竞致奇膳，护乃合以为鲭，世称五侯鲭”。鲭：鱼肉合烧的杂烩。后因称美味佳肴为“五侯鲭”。

贡九牧而铸鼎：古代关于禹铸九鼎的神话。夏禹时，远方各地图画山川奇异之物献上，大禹使九州之牧收取铜铁等，铸九鼎，将鬼神百物的图形都铸在上面，使百姓认识它们。然后再进入山林川泽，就会对山精水怪等有所防备，不致受害。

［19］四美具，二难并：语出王勃《滕王阁序》。良辰、美景、赏心、乐事四种美事一时齐备，贤主、嘉宾两种难得的人欢聚一堂。

［20］予志已荒：我的志向已经荒疏。

［21］三楚诗萃：书名。

［22］湖北诗录：书名。清高士熙编纂。

求益：买菜求益。指像买菜一样在价钱上争多论少。比喻斤斤计较。益：增加。

［23］什：篇什。《诗经》的“雅”和“颂”以十篇为一什，所以诗章又称“篇什”。

笑城、寒河：指钟惺、谭元春。钟惺为竟陵皂市人，皂市有笑城遗址，钟惺葬于附近。谭元春居竟陵寒河。

［24］拘墟：比喻人孤居一隅，见闻狭隘。拘：限制。墟：指所居之地。

［25］道光癸未：清道光三年，1823年。

嘉平：为腊月的别称。本为腊祭的异名。腊祭，每年十二月八日举行的年终祭祀，以祭先祖百神为主，故十二月称嘉平。

识(zhì)：通“志”。记。

竟陵文选序

熊士鹏

君子之学也博，其服也乡[1]。乡为先世歌哭聚族地，《诗》所云“维桑与梓，必恭敬止”也[2]。十室有忠信，三人有我师[3]。固皆不可狎而玩之[4]，而况博学有文者乎，而况博学有文者之为乡先辈乎？老聃，苦县人也，以《道德》传。庄周，蒙人也，以《南华》传。屈原、宋玉，秭归、宜城人也，以骚赋传。杜甫、孟浩然，襄阳人也，以诗传。顾楚才亦何可胜数？今特举其人所易知皆晓者，既遍天下，后世传其书，以为楚大有人焉而不可轻。又或有生长、流寓于其地者，其所咏歌皆不虚，尚且宝贵而什袭之，以备异日邑乘之用[5]。

盖文字之足重也久矣。竟陵自萧齐以来[6]，代有风雅才，而传者绝少。岂皆高驰而不顾欤[7]，抑或久湮而遂亡欤？古富贵而名磨灭者，亦何足惜！彼其心但营营于宫室妻妾，及所识穷乏得我者之卑且陋，身存与存，身亡与亡，当如白驹之过隙。乃若博学有文之士，雷动而天随，金声而玉色，实有其光焰不可掩遏者，而亦与草木同腐，则岂非传述无人之过欤[8]？

予自鄂退处于家，吴生履谦好古文，乃搜罗故家文史稿本，求予评论，并请捐资附梓，与予前刻《竟陵诗选》为一集。诚佳事也，抑有虑焉。家无多书籍，恐失考证，一也。老而不能博采，恐遗漏，二也。猝不及精择，恐淆去取，三也。有此三咎，讪笑交至，亦姑听之矣。吴生曰：“陆文学曰，风俗之美，无出吾乡。”是集出，使属博学有文者览之，当亦幸斯文未坠，夫孰有甘为西家愚夫者也[9]？

时道光丙申年七月中浣[10]，熊士鹏谨识于鹄山小隐藏书所。

题解

本文录自吴履谦编、清道光丙申(1836年)版《竟陵文选》。

注释

[1]君子之学也博,其服也乡:君子的学问要通博,衣服要随乡俗而不标新立异。语出《礼记·儒行》。

[2]维桑与梓,必恭敬止:古时于房舍四周种植桑梓。游子在外,见桑梓就想起故乡父母,于是孺慕恭敬之心,溢于言表。语出《诗经·小雅·小弁》。

[3]十室有忠信,三人有我师:只有十户人家的小地方,也会有忠实可靠的人;三个人在一起行走,其中也总会有值得学习的。语出《汉书·武帝纪》:"夫十室之邑,必有忠信;三人并行,厥有我师。"

[4]狎而玩之:狎玩。接近、戏弄。

[5]流寓:寄居他乡。

什袭:什袭而藏。将物品层层包裹起来收藏好。

邑乘(shèng):县志,地方志。

[6]萧齐:即南朝时期的齐朝,以皇室姓萧,历史上也叫萧齐。此处指竟陵王萧子良,明人辑有《南齐竟陵王集》。

[7]高驰而不顾:高视阔步什么也不理会。语出屈原《涉江》。

[8]雷动而天随:谓天性之动合于自然。语出《庄子·在宥》:"渊默而雷声,神动而天随。"谓君子静处而有生气,心神活动顺乎自然。

金声而玉色:比喻人的坚贞品格和操守。

传述:转述。

[9]西家愚夫:本指孔子的西邻。指不识圣贤的愚人。《书言故事·师儒类》:"东家丘"注引《家语》:孔子西家有愚夫,不能识孔子是圣人,乃曰:"彼东家丘,吾知之矣。"后世把孔子当作"圣人"崇敬,但当时孔子的西邻却轻蔑地称呼为"东家丘"。

[10]道光丙申:清道光十六年,1836年。

中浣:唐宋官员行旬休,即在官九日,休息一日。休息日多行浣洗。因以"中浣"指农历每月中旬的休息日或泛指中旬。

文学泉阁记

熊士鹏

泉以文学名，非重其官也，将以循名而核实也[1]；阁既圮而辟建，非壮其观也，将以蠲浊而流清也[2]。方陆子舍释从儒也[3]，则以愿学孔子为念，遂庐火门山而从邹夫子游，其立志已倜倜乎远矣[4]。唐天宝后，叛臣强藩日以滋甚。陆子独行歌击木，作《四悲诗》，作《天之未明赋》，作《君臣契》三卷，度胸中感时愤世，意欲有所建白而无由，乃不得不托诸文词，以写其郁积磅礴之气[5]。复且以其所著书贮于褐布囊，与一时名公钜卿、忠臣义士相唱酬，如颜鲁公、李萼、耿湋诸人[6]，固无人不游、无游不诗也。此其耳目之所尝识、襟怀之所抱负，既已高出尘俗万万。乃世皆舍此不传，而徒传《茶经》，何欤？陆子之前有陆通，即接舆也。接舆知尊孔子而不与言[7]，陆子知尊孔子而切愿学者，知陆子非接舆比也。接舆狂狷类也[8]，陆子文学类也。且其平生喜工书，其论书法云："徐吏部体裁，在似右军，以得其皮肤眼鼻也；颜太师点画，在不似右军，以得其筋骨心肺也。"非深于书法者不能道[9]。乃世亦并此不传，而辄赞《茶经》似《周礼》，美其功不在稷下，甚且陶其形而祀为神[10]，则又何欤？人情略大节而务细行，喜新奇而厌正论[11]。以彼陆子行至高，与颜、李诸人游，大都皆慷慨仗节，以古圣贤自命，而卒能赴难捐躯，经千百折而不回者，则以陆子之清风亮节有所砥砺者深也。

其始也不知其所自来，其终也不知其所自往。朝茗暮雪，皭然不滓[12]，鉴流而知名，辨名而知味，亦偶寄兴于茶，而栖饮于此泉耳，非必以此矜神奇也[13]。宜当日贡君相之以文学征欤，宜后之君子者睹斯泉而爱之者[14]，亦即以文学名斯泉欤？

邵公治政之暇，与予过西塔寺，见有桑苎庐，曰："此为陆子发迹之所则可，而不可为此寺释家祖也。"遂寻文学泉故址，泉水素清冽，而为瓦砾沟水所湮塞，故浊而不可食。命里人持畚锔，掘碑碣[15]，得陆子像焉，曰："此宜为陆子汤沐也"。尔地表薮泽，规原隰，甃井眉[16]，树石槛，中建阁，而曰围绕以垣篱，澄然而虚，渊然而净[17]，于是向之浊者蠲而清者流矣。邑中人士皆知陆子为文学中人，而又得天气之至清者，非浮屠与鬻茗者所得而尸祝之也[18]。然则邵公此举，其所系岂浅鲜哉[19]？此固可为清者道，而难与浊者言也。

题解

本文引自1988年版《天门县志》第782页。

文学泉：又名陆子井，俗称三眼井，在今天门市文学泉路南侧。参见本书熊士鹏《泛舟到文学泉》题解。

注释

[1]循名而核实：义同"因名核实""循名责实"。按照事物名称来考察实际内容，以求名副其实。因：循，按照。核实：审核查实。语出《韩非子·定法》："术者，因任而授官，循名而责实。"

[2]圮（pǐ）：毁坏，坍塌。

蠲（juān）浊而流清：除去污浊，让清水流动。

[3]舍释从儒：指陆羽不肯出家而"愿学孔子"。

[4]庐：古代指平民一家在郊野所占的房地。引申为指季节性临时寄居或休憩所用的简易房舍。此处有搭建陋室的意思。

火门山：在天门市佛子山镇，天门山西北。

倜倜（tì）：远貌。1988年版《天门县志》为"倜傥"。据程白苍《熊士鹏〈文学泉阁记〉注译》改。

[5]建白：对国事提出建议，陈述主张。

无由：犹言路不通。

磅礴：混同，充满。

[6]名公钜卿：同"名公巨卿"。指有名望的权贵。

公卿：原指三公九卿，后泛指朝廷中高级官员。

唱酬：以诗词相唱和。

湋：音wéi。

[7]接舆知尊孔子而不与言：指春秋末楚隐士接舆尊崇孔子，迎孔子车而歌，却不与孔子交谈，因为接舆主张出世，孔子主张入世。

[8]狂狷（juàn）：志向高远而固持操守的人。

[9]徐吏部：徐浩，唐代官吏、书法家。历官中书舍人、岭南节度观察使、

工部及吏部侍郎，封会稽郡公，故人称“徐会稽”。

右军：王羲之，东晋大书法家，后人尊为“书圣”，曾官右军将军，世称“王右军”。

颜太师：颜真卿，唐代名臣、杰出的书法家。曾任太子太师。德宗时，李希烈叛乱，颜真卿受命前往劝谕，被李希烈扣留，颜真卿忠直不屈，被缢杀。因此，下文说“赴难捐躯”。

非深于书法者不能道：1988 年版《天门县志》无“者”，据程白苍《熊士鹏〈文学泉阁记〉注译》补。

[10]稷：周之先祖。相传姜嫄践天帝足迹，怀孕生子，因曾弃而不养，故名之为“弃”。虞舜命为农官，教民耕稼，称为“后稷”。

陶：烧制陶器。

[11]正论：正确合理的言论。

[12]朝苕（tiáo）暮霅（zhà）：指陆羽隐居苕霅。苕霅：苕溪、霅溪二水的并称。在今浙江省湖州市境内。

皭（jiào）然不滓：形容陆羽操行高洁，不与世俗同流合污。皭然：洁净纯白的样子。不滓：不被染黑。

[13]矜：自夸。

[14]宜当日贡君相之以文学征欤：无怪当日圣君贤相以太子文学的官职来征召他。

宜后之君子者睹斯泉而爱之者：1988 年版《天门县志》句中“睹”为“见”，据程白苍《熊士鹏〈文学泉阁记〉注译》改。

[15]畚锔（běn jū）：两种器具。畚：古代用草绳编成的盛器，后编竹为之，即畚箕。锔：用铜铁等制成的两头有钩可以连合器物裂缝的东西，称“锔子”。

[16]汤沐：此处指斋戒沐浴之地。

薮泽：指水草茂密的沼泽湖泊地带。

规原隰（xí）：此处指谋划在低洼处砌井。原隰：平原和低下的地方。

甃（zhòu）：砌，垒。

[17]澄然而虚，渊然而净：井里的水便澄清透明得像空虚无物，深深地显得明净无比。

[18]天气：古人指轻清之气。

非浮屠与鬻（yù）茗者所得而尸祝之也：不是一般僧道和卖茶的所能当作神主加以祭祀的。浮屠：佛教语。指和尚。鬻：卖。尸祝：祭祀。

[19]所系岂浅鲜哉：所关联的道理难道还小吗？

九友游松石湖记

熊士鹏

竟陵无山也，界云杜则有之[1]。松根于山，石胎于山[2]。无山则无松无石；湖无松，石愈明矣。何以名？松德贞，石德坚，又与水不类。不松而松，不石而石，不类松石而松石，此余所以疑而急欲一游也。

先是周鹤汀邮书余与张星海，期以寒食日往游于湖，且曰："魏汇古、张竹樵、马兰陔其与俱来。"及期，竹樵羁汉阳未归。而余厮养卒方青鞋布袜欲行[3]，促余去。遂与蒋五溪由塞上过隍台招星海，星海拉余招毛子。毛子善种花，凡移徙无不活。隔数畦笑指园有桃者，其家也，至则行矣。已而皆会鹤汀家。郝子自二河来，释贯然自七甲来。七甲者，故陈司徒别业也[4]，废为寺，游湖者皆憩此。释贯然嗜诗，尝乐与诗人游。祖峡山伻来闻讯[5]，遂约买舟以俟。贯然去，汇古来，鹤汀出《鼓琴图》诗，相与歌吟以迟。兰陔俄持雨具来。惧雨，群欲返。厮养卒嘻曰："是游也，为雨阻乎？"力劝之行。顷复霁，而舟子已舣艇湖上矣[6]。

湖水最清洌，岸势犬牙差互，渊然虚，澄然静[7]。始自浅浦春草中，斗折蛇行，舟轇轕不利[8]。一篙入深处，水濞然有声[9]。合野绿天碧，而坠于湖，荡空泛影，诸人一路笑语之声，皆浮于水。见有眼微碧者、袍深青者、须眉拂拂欲绿者外，此坠黑者为云，飞白者为鹭，叶紫赤者为荇，其浪之黄间绿者为麦。列坐湖上者，洲如月。村坞散处如连环，如带。树如荠。岭如螺，如绿沉瓜[10]。湖中穿波涛往来而渔者，罾之，罫罣之，汕而撩罟之[11]。触处邂逅，心随目异，骤莫能穷[12]。其首尾出入，厮养卒乐不可支也，曰："我歌可夫？"扣舷引吭，众水一深，音响入于水中，吸水声以上于空，往来翕忽[13]。然终不解所谓松石者。汇古曰："子不闻陆季疵品水乎[14]？竟陵自西江文学外，松石为最。舟中若载茶灶瓦铛，停篙中流，掬绿煮之。风温不燥，火活不烈。沸声渊永[15]，松涛生焉；乳色轻圆，石花浮焉。沃之沁心，灌之清骨。陶贞白之听松，孙子荆之漱石，不必求肖，想当尔尔[16]。”余犹疑而不信也。

象鼻者，故明冢宰周公祖茔也[17]。湖于吾邑为秀出。摄衣而上，察其形，矗若象鼻而饮于水，堪舆家传为周公发迹处[18]。噫！抑知贤哲之生之本于天乎？将亦由其人，翘然杰出[19]，不因于地乎？或有之，奚待求也？然碑碣苔蚀藓剥，不堪读。墓前明器翁仲，偃仆攲侧，为樵夫牧竖所坐卧[20]。以周公勋名，彪炳百数十年耳，固已如此。人欲久富贵，而观居此世者，可悟也。相与太息者久之，反而登舟。

有树木芊蓛，禽鸟喧聒[21]。沉浮于湖之北者，则七甲也。释贯然立而望焉。寺门临湖上，浪花波纹拍其下，揽贯然襟袖，苍翠欲滴。入寺，花卉缤纷，蓊勃香气[22]。余初不识峡山，星海谓其面有佛气。及见，果然。煮茗饮客，著碗碧色。少呷焉，微馨绝类[23]。则睨视汇古，笑曰："松石，松石，不吾欺矣[24]。"然独惜竹樵不在此，及观壁间游记，知此处风景已为竹樵所有。记中所云南园、北园者，未见也。导星海诸人游其处，荒凉萧瑟，如象鼻。星海因叹："司徒昔年，与名公钜卿相聚为乐，冠盖稠浊，棋酒喧溢，固无日不然也[25]。今不意其至此！"余亦叹。

竹樵、星海尝欲得如吾辈六七人醵钱[26]，买傍松石田数十亩，构四三茆屋其上[27]，风月雨雪中，相与赋诗饮酒，囚捉湖光于几席履舄下[28]，此愿殊不奢，事固无难为，又不犯造物者之所忌也。然斯游，且不得竹樵共之，遑论其他。用是，以知吾辈会合之不可常也，矧百余年后乎[29]？又奚暇叹司徒为？

已而，贯然撷园蔬煮野蔌[30]，饮诸人酒。酒半，汇古脱帽偏袒，手斞余酒曰[31]："子一饮，我亦且一言。人生知己不过一二人，骤欲合并甚难。合并矣，或非其地，则弗乐；得其地，不得其时，犹弗乐也。以余八人皆同志，而濯松石之波，采寒食之花，得人得地得时，莫非得天也？又得贯然为主人，清矣。三笑、六逸于此兼之，香山之后，此其继乎？然余欲易老而友也，请子论所以绘九友图者[32]。"余亦酢之以酒曰[33]:"汇古,竹樵若来,则为方外十友矣[34]。无斯人焉,九友而已。然此厮养卒,图中又恶可少乎?"汇古悦,诸人亦悦,皆为之进一觞。饮罢,辞峡山,迂道自东岳行。汇古返华严,贯然复持楫以送。湖穷而岸见,迥异来时[35]。回望七甲,隐见不常,已峭然十里烟际矣[36]。于是诸人伫立岸上,目送贯然摇楫而去。

题解

本文录自熊士鹏撰、清嘉庆乙亥(1815 年)版《鹄山小隐文集·卷三》第 15 页。

松石湖:位于天门市干驿镇镇区以北。湖东北有周嘉谟墓,湖南有陈所学松石园,湖东有陈所学墓,湖西北有陆羽读书处东冈。今多淤塞为农田。

文中提及的"九友"可考者如下:

周鹤汀:周道河,字润九,号鹤汀。天门人。太学生。

张星海:张祖骞,字星海。天门人。嘉庆举人。官山西长治知县。

魏汇古:魏正钰,字琢夫,号汇古。天门人。

张竹樵:张清标,字令上,号竹樵。汉川人。诸生。名噪艺林二十年。中年卒。

马兰陔:马致远,字子猷,号兰陔。天门人。嘉庆举人。官应山县训导。

注释

[1]界:毗邻,毗连。接界。

云杜:湖北省京山市的旧称。

[2]胎:事的开始,根源。

[3]厮养卒:犹厮役。

[4]陈司徒别业:陈所学的别墅。陈所学官至户部尚书,职位大略和古代的司徒相近,因此称他为司徒。

[5]伻(bēng):使者。

[6]舣(yǐ)艇:停船靠岸。

[7]渊然虚,澄然静:明净得像空虚无物,澄清透明显得清澈无比。渊、澄:渊澄。谓明净,清澈。

[8]舟轇轕(jiāo gé)不利:船被水草纠缠行进不顺。轇轕:交错,杂乱。引申为纠缠不清。

[9]潨(cōng)然:水声。

[10]绿沉瓜:一种深绿色的瓜,史载梁武帝西苑食绿沉瓜。绿沉:在深底色上显示的绿色。

[11]罾(zēng):古代一种用木棍或竹竿做支架的方形渔网。此处指用罾捕鱼。

䉹罟(lǐng tīng):小孔网。此处指用这种渔具捕鱼。

汕:古代称抄网类的捕鱼用具。与“撩罟”义同。

撩罟(liáo gǔ):捕鱼的网,今谓之抄网。此处指用这种渔具捕鱼。

[12]触处邂逅,心随目异,骤莫能穷:处处所见,不期而遇;所见不同,心情不同。景象疾速变换,所见不能穷尽。

[13]翕(xī)忽:犹倏忽。急速貌。

[14]陆季疵:陆羽,字季疵。

[15]渊永:深长,深远。

[16]陶贞白之听松:陶弘景谥曰贞白先生。南朝齐东昏侯萧宝卷无道,陶弘景筑三层楼,终日闭门不出,唯听吹笙以自娱,特爱听风吹松树发出的声响。

孙子荆之漱石:《世说新语·排调》载,孙子荆年少时欲隐居,告诉王武子“当枕石漱流”,误说“漱石枕流”。王问:“流可枕,石可漱乎?”孙回答:“所以枕流,欲洗其耳;所以漱石,欲砺其齿。”

不必求肖不必求肖,想当尔尔:不求逼真,想象中的大概是这个样子。尔尔:如此。语出钟惺《浣花溪记》。

[17]冢宰周公:指吏部尚书周嘉谟。冢宰:吏部尚书。

[18]堪舆家:旧指以看风水为职业,替他人相宅、相墓者。

发迹:谓由隐微而得志通显。

[19]翘然:特出貌。

[20]明器:亦称冥器。指古代随死者葬于墓地的各种器具。

翁仲:指墓前石人。传说秦阮翁仲身长一丈三尺,异于常人,始皇命他出征匈奴,死后铸铜像立于咸阳宫司马门外。后因称铜像、石像为“翁仲”。

偃仆攲(qī)侧:身体倒下、倾斜。

牧竖:牧童。

[21]芊蒨(qiān liàn):青盛貌。

喧聒(guō):喧嚣刺耳。

[22]蓊(wěng)勃:浓郁。

[23]绝类:非常相似。此处呼应前文“沸声渊永,松涛生焉;乳色轻圆,石花浮焉”。

[24]松石,松石,不吾欺矣:指在松石湖上煮茶,声如松涛,形如石花,取名松石湖,没有骗人。

[25]冠盖稠浊,棋酒喧溢:化用钟惺《浣花溪记》中的“冠盖稠浊,磬折喧溢”。参见本书钟惺《浣花溪记》相关注释。冠盖:仕宦的代称。稠浊:繁多杂乱。喧溢:声音嘈杂。

无日不然:没有哪一天不是这样。

[26]醵(jù)钱:凑钱,集资。

[27]茆(máo)屋:茅屋。茆:通“茅”。按:茅屋、茅亭亦书作“茆屋”“茆亭”。

[28]囚捉:此处有拘囚的意思。

履舄(xì):此处指“履舄交错”之处,就是席间。座席外很多鞋杂乱地放在一起。形容宾客众多。古代单底鞋称履,复底鞋称舄,故以“履舄”泛称鞋。

[29]矧(shěn):况且。

[30]野蔌(sù):野蔬。蔌:菜肴。原文为“野蔌”。有误。

[31]㪺(jū):挹,酌。

[32]三笑:典自“虎溪三笑”。东晋慧远法师居庐山,流泉绕寺,送客从不过溪桥,时虎辄鸣号,故名虎溪。慧远送陶渊明、陆修敬至虎溪,三人相与大笑。

六逸:典自“竹溪六逸”。指居徂徕(cú lái)山日与遨游、酣饮的李白、孔巢父、韩准、裴政、张叔明、陶沔六个超逸的名士。

香山、九友图:典出于香山九老的故事。唐代白居易会昌五年三月,于洛阳与胡杲(gǎo)、吉旼(mín)、郑据、刘真、卢贞、张浑等,举行尚齿(敬老)会,各赋诗纪事。同年夏,又有李元爽及僧如满亦告老回洛,举行九老尚齿之会。因绘图,书姓名年齿,题为九老图。香山,在河南洛阳龙门山之东。白居易,字乐天,晚号香山居士。

[33]酢(zuò):客人用酒回敬主人。

[34]方外:世俗之外,旧时指神仙居住的地方。

[35]见:古同“现”。出现,显露。下文“隐见”的“见”同此。

迥异:大不相同。

[36]岿然:高大独立貌。

烟际:云烟迷茫之处。

游剪石台记

熊士鹏

避客丰山寺中,僧皆懒残[1],不足谈。藏弆《华严经》百卷[2],为蝉鼠衣食巢窟。手薰晒终日,列几上,读之文极奇,宜髯苏晚年诗文俱从此中出也[3]。

过摄庵访谭漱朝,与步寒河,登鹄湾先生剪石台[4]。台四面皆溪,溪横斜处有梅,梅上有桂。桂旁松四株,修百尺,森森然皆作老龙鳞矣。石隐松际不可见,漱朝运杉横溪上,略约可渡。见石尤嵌空玲珑,雨则泚生,曙则烟出,土人以此验阴晴[5]。云方筑斯台时,先生以诗闻天下,游襄阳山中而得石,经大堤而得剪[6],剪并携归,以名其台。

余登陟其上，婆娑松桂间，左石右梅，犹想见当年园亭之盛，且仿佛其对美人吟诗处也。去腊雪大如掌[7]，辄着屐探梅，梅一枝临水盼我。今秋桂放，余又登焉。此台百数十年，芜没野水荒天中，未有人过而问者。余三登而三咏之，其显晦固有时哉，抑亦近世所瞩目者不在此也[8]？

既而得《岳归堂诗集》，余尤爱焉。每丰山钟鸣时，眼光直出纸背上，其孤洁之性，幽渺之音，绝似东野、阆仙诸人[9]。选付王生槐录之，出示漱朝。漱朝曰："吾祖诗大有禅意，摄庵为其读书地。剪夫人亦能诗，有《剪草》。其手钞《华严经》，字画极端丽，藏此庵中。今皆不存。"余又问，同时有谭叟，所谓隔寒河四五村者，亦云无人知其处也。

题解

本文录自熊士鹏撰、清嘉庆乙亥（1815 年）版《鹄山小隐文集 · 卷五》第 20 页。原题为《谭鹄湾先生诗选序》。

剪石台：位于今天门市岳口镇徐越村。

注释

[1]懒残：性懒而食残。

[2]藏弆（jǔ）：收藏。

[3]髯苏：宋代苏轼的别称，以其多髯故。

[4]寒河：清道光元年（1821 年）版《天门县志 · 卷六 · 山川》记载："寒河在县西南二十五里，汉北小河也。其北有寒土岭，昔谭元春结庐其南，中有蓑桥、柳庵、红湿亭、简远堂诸胜迹。"

鹄湾：谭元春，字友夏，号鹄湾。

[5]泚（cǐ）：出汗。

曙：天刚亮。

土人：旧指世居本地之人。

[6]剪：谭元春妾名剪。

[7]去腊：去年腊月，去冬。

[8]显晦：隐显，显露和隐晦。

属（zhǔ）目：注目。

[9]岳归堂诗集：谭元春诗集。

幽渺：深幽而微小。

东野、阆（làng）仙：指孟郊、贾岛。孟郊字东野，贾岛字浪仙，一作阆仙。

冉公子传

熊士鹏

冉公子本，字务来，贵州贵筑人也，或曰余杭人[1]。父东陆，官杭州水师都督，生公子于杭。年十四，父卒。扶柩归黔，以门功例袭官[2]，不受。貌肥白如瓠，发漆黑，眉目明秀如画。日读书一二寸，辄能道其奥义。

已而游碧鸡、金马山中，遇苾刍僧[3]。深目而猳喙，短髭须[4]，大腹。坐虎茵石上，腰悬小瓮囊。取一物掷空，白光闪烁，飞鸟纷纷四堕。见公子，跃而起，而空中物已飘瞥入囊矣[5]。公子张目良久，乃拜。拜已，复灰心木立[6]，不敢仰视。僧笑曰："公子焉往，盍从我？"即导入岩洞，授以囊中物，则匕首也。居洞中岁余，啖石如青泥，不食亦不饥，行峭壁如飞，玃猱不能及[7]，遂尽得其术而辞归。

初为海澄黄士简子婿。乾隆庚寅秋[8]，将入闽辞婚。纡道清溪[9]，访李卿亭。卿亭家奴方城，魁岸有力[10]。头上二红毛，长与身齐。善使刀。尝走太行、王屋间，遇群盗舞槊而来，城避槊，夺槊，群盗皆三失槊矣。由是城以勇闻。闻公子善手臂，能空手入白刃，数请与公子对[11]。公子清癯如鹤[12]，终日无一言，目光炯炯射人，无复少时富贵气。署后楼三层，傍山而立。八月十四夜，公子趺坐楼下，城居楼上，数请公子登[13]。公子终弗应也。时山月当楼，四望无云。欻檐霤如鸟飞声[14]，城寒噤者再，已而寂然。及明，公子出二红毛示城，城惊伏，魄若失。

宁海提督段秀林爱其才，荐官，不受。经处州，总镇膏泽，长白人，以礼迓公子[15]，因与公子论用兵。公子笑曰："坐谈足矣，战必蹶[16]。"诘朝[17]，天风萧瑟，厩马鸣嘶，旌旗耀日，戈矢砺霜。膏同公子驰马出郊，登坛大阅[18]。公子传以马上三枪法，至今处州兵独称善云。时兵不下三千人。公子曰："吾能以双剑胜之。"膏乃鸣鼓合兵，三千人刀槊戈戟衷公子[19]。公子舞剑出入，尘上匝天[20]。但闻拔刀声、断槊声、折戈戟声，锵锵然地上鸣。左右手持人击人，夺马跃马，风驰雨骤。俄顷而冉公子大呼曰：“老子自此逝矣。”遂不见。

或曰，客从蜀中来，犍为人[21]。衣敝补衣，好雌黄图史文字，使酒骂座[22]。时陵蔑其父兄[23]，一夕失其首，书壁曰：“利齿儿污吾剑[24]。吾，冉公子也。”后得其首于溷中[25]。或曰，吾尝与岭南客游，客言冉公子衣袈裟，持钵桂林山中，斫一人头去，其人固狼也。李雪坪曰：“之二说者，余皆疑之。”乙未秋[26]，尝遇冉公子于淮安，与谈诗，最喜王孟[27]，即赠以诗曰：“策马春申浦[28]，秋风夜渡河。高歌逢壮士，不醉当如何？与击铁如意，还呼金叵罗[29]。快来谈剑术，抚掌笑荆轲。”公子微哂曰[30]：“佳哉，佳哉！”遂去，其后亦不知所终云。

论曰[31]：少时闻寒蛩暮鸟诗，为大侠题咏，字字有剑气，非侠士不能也。尝读《剑侠传》，虬髯、磨勒[32]，固烈丈夫哉；隐娘、红线[33]，女而侠，抑又奇矣。若冉公子，惜吾未见也。彼尝笑荆卿非英雄，卒以秦舞阳歼焉，不如聂政直入上阶[34]，犹见侠士本色。然抉眼屠肠何取哉[35]！天下中山狼多矣，假令冉公子在，当必使其血濡缕[36]。

题解

本文录自熊士鹏撰、清嘉庆乙亥（1815 年）版《鹄山小隐文集·卷四》第 17 页。

注释

[1]贵筑：县名。清康熙二十六年（1687 年）改贵州、贵前二卫置，治今贵州省贵阳市，与新贵县同为贵阳府治。三十四年废新贵县入贵筑县。1957 年并入贵阳市。

[2]门功：祖先的功勋。

[3]碧鸡、金马：今云南昆明市东有金马山，西有碧鸡山。

苾刍（bì chú）：即比丘。本西域草名，梵语以喻出家的佛弟子。为受具足戒者之通称。

[4]豭喙（jiā huì）：猪嘴。

髭（zī）须：嘴周围的胡子。

[5]飘瞥：迅速飘落或飘过。

[6]木立：呆立，失神站立。

[7]玃猱（jué náo）：猴类。

[8]乾隆庚寅：清乾隆三十五年，1770 年。

[9]纡(yū)道:绕道而行。

[10]魁岸:魁梧高大。

[11]数(shuò):屡次。

[12]清癯(qú):清瘦。

[13]趺(fū)坐:两脚盘腿打坐。

[14]欻(xū):忽然。

檐霤(liù):屋檐流下的雨水。

[15]迓(yà):迎接。

[16]蹶(jué):挫折,失败。

[17]诘朝:明晨,第二日。诘:犹“翌”。

[18]大阅:古代军礼之一。对军队(包括战车、步卒)的大检阅,也是军队的一次作战训练。

[19]裒:包围。

[20]匝:布满,遍及。

[21]犍为:县名。属四川省。

衣敝补衣:穿破旧的衣服。

[22]雌黄图史文字:指对历史妄事议论。雌黄:信口胡说。雌黄原是抄校书籍时用来涂抹文字的一种矿物质。图史:图书和史籍。

使酒骂座:称在酒宴上借酒使性、辱骂同席的人。

[23]陵蔑:凌侮蔑视。

[24]利齿儿:口齿伶俐的人。

[25]溷(hùn):厕所。

[26]乙未:乾隆四十年,1775年。

[27]王孟:盛唐诗人王维、孟浩然的并称。唐代山水田园诗流派的代表。其诗都具有清腴淡远、清新自然的特点,故宋代以后常以“王孟”连称。

[28]春申浦:即黄浦江。在今上海市。又名春申江,简称申江。相传为春申君所凿,故名。

[29]铁如意:铁制的爪杖。

金叵罗:古酒器。为一种金制的小酒杯。

[30]微哂(shěn):犹微笑。

[31]论曰:与“论赞”用法相同。附在史传后面的评语。

[32]虬髯(qiú rán)、磨勒:指唐传奇中的虬髯客、昆仑奴。磨勒:唐传奇中昆仑奴名。

[33]隐娘、红线:指唐传奇中的聂隐娘、红线女。

[34]荆卿:即荆轲。

聂政:战国时期韩国刺客。

[35]抉眼屠肠:同成语“屠肠决眼”。语出《战国策·韩策二》:“聂政大呼,所杀者数十人。因自皮面抉眼,自屠出肠,遂以死。”抉眼:挖出眼珠。屠肠:剖腹出肠。

[36]濡缕:沾湿一缕。语出《史记·刺客列传》:“得赵人徐夫人匕首,取之百金,使工以药淬之,以试人,血濡缕,人无不立死者。”

罗家彦（御史）

1990年版《岳口镇志》第269页记载（节录）：罗家彦（1786～1832年），号宝田。岳口三狮街人。清嘉庆十三年（1808年）进士。先后任宜都训导、翰林院编修、浙江道监察御史。嘉庆十五年任河南大主考，嘉庆二十四年为会试、乡试同考官。罗翰林告老还乡后被人谋杀，葬于岳口东郊鉴湖池周围（今保安桥水工部附近）。

清道光元年（1821年）版《天门县志·卷之十九·选举》第39页记载：罗家彦，翰林院编修，前浙江道监察御史。庚午科河南大主考，己卯会试、乡试同考官。

筹画旗民生计拟定章程折

罗家彦

浙江道监察御史、臣罗家彦跪奏为筹画旗民生计拟定章程，恭折奏闻，仰祈圣鉴事[1]。

窃惟我朝厚泽深仁，其于旗民生计区画周详，教养生成，惟恐一夫不得其所，圣恩诚为至优极渥[2]。惟近来生齿日繁[3]，而各项差使俱有定额。往往有食指殷繁之家，或一、二人关支钱粮，其余皆坐食耗费，以至日用支绌[4]。而国家经费有常，势难遍为周恤[5]。且此后年复一年，生长日增，尤需食用。是以筹画生计，时廑圣衷[6]。

臣仰体鸿慈，窃以为今日之势，筹此大策，要在不费国家之帑藏而自裕旗民之日用[7]，且见效必速而行之又可久者，斯为良法。古者养民之政，只论耕桑。而旗民聚处都城，其事皆格碍难行[8]。惟木棉之利[9]，前代虽有，至本朝始盛。此正天之惠爱黎元，而为我朝特发其菁华，以助养民之善政。臣尝远稽古事，近察时宜，窃以为木棉之利,有可裨益旗民而举行甚易者[10]。考王宏著议谓延安一府,不知纺织,生计日蹙[11]。非尽其民之惰,以无教之者耳。当于每州县发纺织之具一副,令有司依式造成,散给里下[12],募外郡能织者为师,即以民之勤惰、工拙为有司之殿最[13]。一、二年间,民享其利,将自为之而不烦程督矣[14]。计延安一府四万五千余户,每户不下三女子,固已十三万余人,其为利益岂不甚多?又崔实《政论》云,前为五原太守,土俗不知缉绩[15],乃于雁门广武迎织师,使巧手作机乃纺以教民织,载《汉书》本传中。是纺织之政,古人有行之者矣。且臣来自田间,见乡民无田可耕、无业可执者,一家老幼男女勤于纺织,不惟衣食赡足,兼可以驯致充盈,此又征于今而可信者[16]。旗民生长都城,非尽安于怠惰,惟未见民间操作之勤,故旷其力而不知所用[17]。夫三代之世,国无闲民。故《周礼》"九职任民",凡"化治丝枲"[18],稽核妇功,事虽纤细,亦必勒于政典[19]。今日民间自食其力,自谋资本,原不必上之人代为经画[20]。至旗民坐食日久,治生为亟,必先为之借给工本[21],稽考课程,以期可行可久。臣请为我皇上条分缕晰而敬陈之——

按口分给工本也。查纺车一具,约值制钱二、三百文[22],即按口借给,令其自置。按每人一月可纺棉花线六斤。棉花市价时有增减,目下每斤只值制钱二百余文。虽昂贵之时,亦不过三百有零。即以三百作价,每口先借给制钱一千八百文,以作工本。此项工本、纺车之价,除本人现挑差使及有志读书或家计充裕者不准借给外,其余老幼男女可以致力者,按口借给,于次月朔日即令缴纺线六斤交官[23],每线一斤给纺功制钱三百文。如一家有数人纺绩,即每月可获数千制钱之利,衣食有资矣。至所借工本、纺车之价,限一年内于给发功钱时,分作十二次扣完,以归公项。以后即可因纺功余利作为工本,不必官为借给,是立法之初所借公项不多,一年便可归款。既于公项无损,而民食大有裨益。

收缴棉线,支放钱文,责成佐领以下等官也[24]。查每月各佐领下户口应支放纺线功钱若干,仿照各馆月费之例,于前月初旬用印票向户部支领,临时弹压稽核[25],令属官照数给领,毋许克扣。

招募纺工,分班教习也。查京城内外,小民有知纺绩者,招募十名,令每名分教十人纺绩之事。虽至愚者,不过一日,即可熟习。是一日内可教成百人矣,次日即令此百人各分教邻居十人,是第二日又教成千人矣。由此类推,不过十日之内,城中老幼男女,无不遍习其事矣。

招募织匠,成造布匹也。盖纺绩既行,缴线必多,不可不织成布匹,变价归公。宜按照旗分各置织机三十座[26]。又仿照江南织造之例,招募附近直隶、山东机匠三十名【每名月支工食制钱二千一百文】,每月机匠一名限定成布十五匹【每匹重二斤,宽约一尺,长约五丈】。其有余暇,听其借机自织售卖,以示体恤。

发卖官局,缴价归公也。查棉线二斤,织布一匹【重二斤】。各旗置机三十座,计八旗,共二百四十座,每月可成布三千六百匹。市上布价虽时有增减,然至贱之时每匹【重二斤】可值制钱一千一、二百文。以至贱之价发卖官局,商人尚可获利,自必欣然乐就。即将价值随时归公,勿许丝毫积欠,令经管官收存归款。

制造机座,年终扣还垫款也。查制机一座,南方约制钱三千;京师木料较贵,约需制钱五千文。二百四十座计制钱一千五百吊。统计一年之内,成布四万三千二百匹。每匹以制钱一千一百发商,约得制钱四万七千五百二十吊。除工本纺钱、织匠工食开销制钱三万九千一百一十八吊外,尚余制钱二千五百九十二吊,即将制机工费扣存归款,余钱贮库。

核计赢余,酌给纸张费用,以裕办公也。查每年赢余数千,除立法之始扣还工本、纺车机价外,以后并无扣还归款之处。户部及佐领处需用纸张、心红[27],应准开销。即于此项盈余,酌给一、二百、千,以裕办公,勿许浮冒[28]。

添设机座,宜随时斟酌也。前云每旗置机三十座,亦只约略计算。如纺织行之有效,宜随时添置,以供织造。

纺绩宜认真稽核也。在乡民自食其力,勤劳习惯,原不待于催督。至旗民素未操作,一旦驱之纺绩,在勤者因衣食有资,自必欣然乐赴;而惰者安逸成性,势必始勤终怠。责成佐领等官,于朔日收缴纺线时,如每月不及六斤,及不留心纺绩、草率完缴者,立予惩戒;其纺线甚细,酌加工钱,以示鼓励。至妇女安逸日久,亦不可任其怠惰。《周礼》有典妇功之职[29],以稽核女功,是古圣人亦不使妇功闲旷、坐食耗财[30]。令佐领等官责成各宅家长缴线如额,违者责罚。

随时更换织匠也。织布之事非如织造绸缎之难,愚者亦不过十日可学而知。如一年之后,旗人有能织布者,即将原募织匠酌量裁退,令旗人陆续充补。

棉花准易布匹也。棉花各省皆有。产于南者十之六,产于北者十之四。纺织既行,需用棉花必多,商贾闻其易于销售,自必贩运赴京,断不至于缺乏。若再准其以花易布,则所积愈多,更可用之不竭矣。

择入官空房,安设机座也。民间环堵之室[31],即可安置纺车数具。旗民各有栖身之所,自能就地纺绩。至每旗设机三十座,只就入官空房十余间[32],便可安设,不必另置房屋,以省縻费。

以上十二条,如蒙允准施行[33],其效有四——

稽查易周也。近来旗民常有报逃不返及游荡滋事者。此法一行,既可赡足衣食,不至无端逃逸,且每日皆有工课,亦不能游手好闲。于稽查之法,亦不严而自密矣。

风俗可归俭朴也。盖勤则必俭,理本相因。凡人自食其力,未有不自爱其财。且比户纺绩[34],共效勤劳,奢侈之心无自而生矣。

布匹日渐充足也。布为日用所需,京城取给外省,近来益见昂贵。此法一行,一年即可得四万三千余匹。三、四年后不惟京城可以足用,并可以衣被外省矣[35]。

法可久行也。纺织之事,安坐而为。既不同沾体涂足之苦,亦非如佣工执鞭之贱,行之必无流弊。所谓因民之利,而利之惠而不费,又所谓以佚道使民劳而不怨也[36]。且此后生齿益繁,则生财者益众,其有益于经费尚小,其有补于民食甚钜。况人有恒业必有恒心,放僻邪侈无自而生[37],其效更大矣。

臣愚昧之见,是否可行,伏祈皇上圣明睿鉴训示[38]。谨奏。

嘉庆二十一年十月二十九日[39]。

题解

本文录自罗家彦奏折。原件藏中国第一历史档案馆,档案号为04-01-36-0012-040。标题为《天门进士诗文》编者所加。

筹画:谋划。

旗民:清代旗人和民人的合称。民人主要指汉人。

注释

[1]臣:对皇帝,汉人官员自称臣、微臣或臣等,宦官及清代旗籍文武官员对皇帝自称奴才。都是谦称。

奏为……事:参见本书龚奭《新选奏疏》注释[1]。

恭折奏闻:恭敬地呈上奏折,奏请皇帝知悉。奏闻:臣下将情事向帝王报告。

仰祈圣鉴:祈请皇上审阅。圣鉴:清代文书中,表示请皇帝看阅本文书的用语。

[2]窃惟:私下考虑。谦辞。

区画:筹划。

生成:养育。

至优极渥(wò):至优至渥。非常优厚。

[3]生齿:人口,人民。

[4]食指殷繁:人口众多。食指:指家庭人口。殷繁:繁多,众多。

关支:领取。

支绌:款项不够支配。绌:指不够、不足。

[5]周恤:周济,接济。

[6]时廑(jǐn)圣衷:天子时时挂念在怀。廑:关注挂念。圣衷:天子的心意。

[7]仰体:谓体察上情。

鸿慈:大恩。

要:纲要,要点。

帑(tǎng)藏:国库。帑:国库或国库所藏的金银财帛。

[8]格碍:阻碍,障碍。

[9]木棉:通称棉花。

[10]时宜:当时的需要或风尚。

举行:施行。

[11]蹙(cù):窘迫。

[12]有司:官吏和官署泛称。古代设官分职,各有专司,故称。

里下:下里。乡里。

[13]殿最:泛指等级的高低上下。

[14]程督:对于法定赋税、工程劳役、学课等的监督。

[15]缉绩:犹纺织。

[16]赡足:富足,充足。

驯致：逐渐达到。

征：证明，证验。

[17]旷其力：空费其力。旷：徒然，徒劳。

[18]九职任民：分平民为九种职业。语出《周礼·天官·冢宰》："以九职任万民。一曰三农，生九谷；二曰园圃，毓草木。"

化治丝枲（xǐ）：指缫丝绩麻。语出《周礼·天官·太宰》："七曰嫔妇化治丝枲。"贾公彦疏："嫔妇谓国中妇人有德行者，治理变化丝枲以为布帛之等也。"化治：变化治理。丝枲：指缫丝绩麻之事。

[19]妇功：时指纺织、刺绣、缝纫等事，为妇女四德之一。

勒于政典：编纂入政典。政典：记载治国的典章或制度的书籍。

[20]经画：经营筹划。

[21]工本：制造器物所用的成本。

[22]制钱：明清两代按其本朝定制由官炉所铸铜钱。制钱以别于前朝旧钱和本朝的私炉钱。它的计算采用十进制，以文为单位，千文为一串，或称一贯、一吊。清初，规定每枚制钱重一钱，称作一文，每千文为一串钱，并规定一串钱相当于一两银。

[23]朔日：农历每月初一。

[24]佐领：清代八旗组织基本单位名称。是满语"牛录"的汉译。掌管所属户口、田宅、兵籍、诉讼等。初时一佐领统辖三百人，后改定为二百人。其长亦称佐领，世袭者称为世管佐领，选任者称为公中佐领。

[25]印票：旧时官方颁发的券证。

弹压：制服。此处有监管之意。

[26]旗：清代以旗帜的名色作为区别的兵民一体的组织。

[27]心红：指红色印泥。

[28]浮冒：虚报冒充。

[29]典妇功：官名。周朝设此官，掌管妇人丝麻，为功官之长。

[30]闲旷：空闲无事。

坐食：谓不劳而食。

[31]环堵：四周环着每面一方丈的土墙。形容狭小、简陋的居室。

[32]入官：旧指把罪犯的财产没收入官府。

[33]允准：同意，准许。

[34]比户：家家户户。

[35]衣被外省：加惠于京都以外的地方各省。衣被：比喻养护，加惠。

[36]佚道：逸道，使百姓安乐之道。

[37]况人有恒业必有恒心，放僻邪侈无自而生：语出《孟子·梁惠王上》："无恒产而有恒心者，惟士为能。若民，则无恒产，因无恒心。苟无恒心，放辟邪侈，无不为已。"没有固定的产业收入却有固定的道德观念，只有读书人才能做到。至于一般老百姓，如果没有固定的产业收入，也就没有固定的道德观念。一旦没有固定的道德观念，那就会胡作非为，什么事都做

得出来。

恒业:指家庭的固定产业。

恒心:常有的善心。

放僻邪侈:同“放辟邪侈”。肆意为非作歹。

[38]伏祈皇上圣明睿鉴训示:祈请皇上审阅有所训令指示。伏祈:敬辞。用来向对方表示请求。祈:请求,希望。睿鉴:御览,圣鉴。

[39]嘉庆二十一年:丙子,1816年。

周氏宗谱序

罗家彦

明少保周公明卿先生扬历中外,宣力四朝[1],其伟绩忠谋照耀史册。匪徒吾邑之望,洵胜朝社稷臣也[2]。余居京师久,每与同邑诸君子谈及先生立朝大节,咸敬仰不谖[3]。辄欲裒集遗文疏稿,都为一集,以存先生之绪余[4],而卒不可得。

丁亥冬奉讳旋里[5],其裔孙茂才位谦以其尊甫蓬山先生所撰宗谱,问序于余[6]。余受而读之,乃知其系出东吴,历豫章之安福,而宦籍于楚,世居竟陵,至少保始大其门[7]。入我朝百数十年来,族姓蕃衍,代有哲人[8]。噫!少保之遗泽长矣[9]。

慨自习俗之偷也,世家大族鲜有矩训不数传而凋替零夷,宗绪废坠几不可考[10]。其或有鉴于此,收族合宗,修明谱系。而世次冒滥黩宗已甚,即不然而笔墨芜陋[11],详略失宜。欲表扬先德,而适以自晦其贤[12],不肖相去几何哉?兹谱昭穆著晰,体裁谨严;嘉言懿行,罔不备载[13]。蓬山洵善体先志[14],使族之人有所观感,世德相承于勿替,其为功于宗族匪浅鲜也。噫!少保之遗泽长矣。

余不敏,不克仰逮前贤硕德于万一[15]。幸生当圣世,朝野清明,遭际过于少保远甚[16]。窃愿以少保之才望心迹,奉为圭臬,用缀片言,以志景仰之忱云尔[17]。

赐进士出身,前国子监祭酒,翰林院编修,侍讲侍读,詹事府司经局洗马、左春坊左中允，日讲起居注官，国史馆总纂，浙江道监察御史，邑人罗家彦撰并书[18]。

道光八年三月十二日[19]。

题解

本文录自民国六年(1917年)版、天门多祥九屋沟《周氏宗谱·卷首·序》第11页。

注释

[1]少保周公明卿：指周嘉谟。周嘉谟，字明卿。少保：太子少保。官名。掌辅佐太子。明清太子少保皆为正二品。清代中叶以后无太子，太子三太三少作为加衔保留，且视为荣典。即使是一品大官，初次加衔也只加太子少保，其后依次渐进。

扬历：功名、声威远扬。扬：传播，称颂。历：仕宦经历。

宣力四朝：指周嘉谟效力于神宗（万历）、光宗（泰昌）、熙宗（天启）、思宗（崇祯）四朝。宣力：效力，尽力。

[2]匪徒：非徒。不仅，不但。

洵：假借为“恂”。诚然，确实。

胜朝：指已灭亡的前一朝代。

[3]谖(xuān)：忘记。

[4]裒(póu)集：辑集，聚集。

都：总。

绪余：本指蚕抽丝后留在茧子上的残丝。引申指理论的一部分或其遗留部分。

[5]丁亥：清道光七年，1827年。

奉讳旋里：因父母去世而返回故乡。奉讳：指居丧。古人讳亡父母名，因称居丧为“奉讳”。

[6]裔孙：远代子孙。

茂才：岁举常科。原称秀才，因避刘秀讳改称茂才。

尊甫：对他人父亲的敬称。

问序于余：向我要序。请我作序。

[7]宦籍于楚：指在楚地为官。宦籍：记录官员名位的簿册文书。此处指为官。

大其门：昌大其门。使他的家族昌盛。

[8]蕃衍：繁盛众多。

哲人：智慧卓越的人。

[9]遗泽：留下的德泽。

[10]习俗之偷：习俗浅薄。偷：浅薄。

矩训：矩教。规矩合度的教诲。

凋替：凋谢，死亡。

零夷：陵夷，衰颓。

宗绪：祖先留下的事业。

[11]世次：世系相承的先后。

冒滥：胡乱冒充。

黩宗:玷污祖宗。

已甚:过甚。

芜陋:荒芜浅陋。引申才能低劣。

[12]自晦:自隐才能,不使声名彰著。

[13]昭穆:泛指一般宗族的辈分。参见本书董历《谱序》注释[2]。

懿行:善行。

备载:详细记载。

[14]洵善体先志:确实善于继承先人的遗志。体:继承。

[15]不克仰逮前贤硕德于万一:前贤大德,只有仰慕,而不能及于万分之一。

[16]圣世:圣代。封建时代称当代为圣代,意为圣明的时代。

遭际:犹际遇。

[17]才望:才能声望。

心迹:思想与行为。

奉为圭臬:遵奉为准则或法度。圭臬:土圭和水臬。古代测日影、正四时和测度土地的仪器。

云尔:语末助词。犹言如此。

[18]詹事府司经局洗马:詹事府为官署名,掌太子家事。明代詹事府下设有左右春坊及司经局等,名义上有辅导太子之责,实际上与翰林院所掌相同,其设官专门用来容纳文学侍从之臣。明清有司经局洗马的官名,隶詹事府,无实职。清为从五品,以备翰林官之升转。

左春坊左中允:春坊为官署名,指太子宫府。魏晋以来,称太子宫太子府为春坊。唐置太子詹事府,以统众务,置左右二春坊,以领各局。清朝詹事府置左右春坊,其长官为左右庶子,正五品。其属官有左右中允,正六品;左右赞善,从六品。左右春坊各官,掌记注撰文。

日讲起居注官:清代秘书官员,侍从皇帝,记录皇帝言行,兼入宫讲论经史。由翰林、詹事等日讲官担任。

[19]道光八年:戊子,1828年。

附

嘉庆帝谕旨革退罗家彦

《嘉庆帝起居注》

(嘉庆二十一年十一月)初九日甲寅。

内阁奉谕旨:

八旗都统等奏驳御史罗家彦条奏《筹画旗民生计章程》一折,所驳甚是。

该御史条陈,以为旗民生计艰难,欲令八旗老幼男妇皆以纺织为业。当奏上时,朕即觉其事不可行。今该都统等所奏,果众论俱以为事多窒碍,公同议驳。

本日特召见诸皇子、军机大臣等,明白宣谕:我八旗满洲,首以清语、骑射为本务,其次则诵读经书,以为明理治事之用。若文艺即非所重,不学亦可。是以皇子等在内庭读书,从不令学作制艺,恐类于文士之所为。凡以端本务实,示所趋向。列圣垂训,命后嗣无改衣冠,以清语、骑射为重。圣谟深远,我子孙所当万世遵守。若如该御史所奏,八旗男妇皆以纺织为务,则骑射将置之不讲。且营谋小利,势必至渐以贸易为生,纷纷四出,于国家赡养八旗劲旅、屯住京师本计,岂不大相刺谬乎? 近日旗人耳濡目渐,已不免稍染汉人习气,正应竭力挽回,以身率先,岂可导以外务、益远本计矣! 即如朕三年一次阅选秀女,其寒素之家,衣服尚仍俭朴。至大臣官员之女,则衣袖宽广逾度,竟与汉人妇女衣袖相似。此风渐不可长! 现在宫中衣服,悉依国初旧制,乃旗人风气。日就华靡,甚属非是。各王公大臣之家,皆当力敦旧俗,倡挽时趋。不能齐家,焉能治国? 以副朕崇实黜华至意。

罗家彦此折,若出于满洲御史,必当重责四十板,发往伊犁。姑念该御史系属汉人,罔识国家规制。但伊识见如此,竟欲更我旧俗,岂能复胜言官之任? 著革退御史,仍回原衙门以编修用。将此通谕知之。

题解

本文录自中国第一历史档案馆编纂、广西师范大学出版社2006年版《嘉庆帝起居注·十八·嘉庆二十一年十一月》(影印本)第470页。原文无标题。

蒋立镛(状元,内阁学士兼礼部侍郎)

蒋立镛(1782~1842年),字序东,号笙陔。天门净潭人。

闻明、张林主编,中国环境科学出版社、学苑音像出版社2006年版《状元全录》第187页记载:蒋立镛,湖北天门人。字序东,号笙陔。生于清乾隆四十七年(1782年),卒于清道光二十二年(1842年)。清嘉庆十六年(1811年)状元。是科二甲四名便是禁烟英雄林则徐。蒋立镛取状元后,授翰林院修撰。历任国史馆协修及纂修,朝考阅卷官等。嘉庆十八年,出任河南乡试副主考官。嘉庆二十四年,出任广西乡试主考官。由于蒋立镛性格耿直,不喜逢迎拍马,故仕途不畅。道光帝时,多蒙召见,蒋立镛被考虑委以重任,终因权臣妒者构陷而不得。道光八年,仍然以修撰衔出任顺天乡试同考官。直到道光十六年阻碍其升迁的权臣曹振镛死去,始得重用。历任侍讲学士、侍读学士、少詹事,官至内阁学士兼任礼部侍郎。道光二十一年,扶其父灵柩回乡安葬。次年,卒于家中。史称蒋立镛祖辈行善,为官廉洁爱民。蒋立镛受家风熏陶,清正仁义,一生乐善好施,常救人之急,自甘清贫。蒋立镛好诗文,立意新而笔调流畅。书法以道劲及端庄秀丽,著称于世。著有《香案集》。蒋立镛家世代科名。其父亲是进士,其子为探花,其孙为进士,而其曾孙也是进士。"五代鼎甲"。故其出生地被誉称为"状元湾"。

春浪白于鹅

蒋立镛

一篙春水白,遥岸望如何。绿浪刚浮鸭,银涛乍浴鹅。湖边光掩映,沙上影婆娑。派接鸥盟迴,声旋鹳阵俄。岂真溪濯绢,不比雪翻罗。换忆临池去,乙看刷羽过[1]。苍茫分画鹢,杳霭点青螺[2]。欣值宸游畅,晴开太液波[3]。

题解

本诗引自王凯贤编著、昆仑出版社2012年版《清朝状元诗榜眼诗探花诗·上》第200页。

本诗为试帖诗。题目源自唐代韩偓(wò)《信笔》:“春风狂似虎,春浪白于鹅。”

注释

[1]换忆、乙看:语义待考。疑文字有误。

刷羽:禽类以喙整刷羽毛,以便奋飞。

[2]画鹢(yì):船的别称。鹢:水鸟名,古时常画鹢首于船头,取其善飞之义,故名船为鹢或鹢首。

杳霭:深远的样子。

青螺:喻青山。

[3]宸(chén)游:帝王之巡游。

太液:元、明、清时太液池指今北京故宫西华门外的北海、中海和南海。

太液池人字柳(得边字)

蒋立镛

濯濯春前柳,阴森太液边[1]。如人双影合,比字几行联。梢接飞鸿迹,文呈贯鲟篇[2]。偃波从此地,作态似当年[3]。有眼凭垂顾,多情费写传。真逢神九烈,果验日三眠[4]。体宛分欧褚,时难辨永宣[5]。朝朝思染翰,如映玉堂仙[6]。

题解

本诗引自王凯贤编著、昆仑出版社2012年版《清朝状元诗榜眼诗探花诗·上》第201页。

本诗为试帖诗。元、明、清时太液池指今北京故宫西华门外的北海、中海和南海。人字柳在太液池畔,乾隆间风吹一枝着地,木株倾斜欲倒,命以折枝撑住,日久埋枝即活,发叶生枝,与本枝作“人”字形,因名为人字柳。

注释

[1]濯濯:明净貌,清朗貌。

[2]鲟(yú):鱼名,即"鲢鱼"。

[3]偃波:指偃波书。书体名。即版书,状如连文,故称。为颁发诏命所用。

作态:故意作出某种姿态或表情。

[4]九烈:封建社会用以形容妇女的节烈。"九",极言其甚。

三眠:指柽柳(即人柳)的柔弱枝条在风中时时伏倒。

[5]欧褚:唐代大书法家欧阳询与褚遂良的并称。

永宣:指明永乐、宣德两朝。

[6]染翰:以笔蘸墨。谓挥笔疾书,撰写文章。

六事廉为本

蒋立镛

呈材逢圣代,计吏述周官[1]。清列三言首,廉开六事端[2]。推仁庭养鹤,勖职室悬狟[3]。匪懈羔羊革,无邪獬豸[4]冠。律严霜入抱,心朗月澄观。台已黄金贵,家犹白屋寒[5]。愿将臣节励,好报帝恩宽。况忝冰衔领,循名敢自安[6]。

题解

本诗录自费丙章辑、清道光丙戌(1826年)版、广东省立中山图书馆藏《近科馆阁诗钞·卷一》第1页。

六事廉为本:语出苏轼《六事廉为本赋》。

注释

[1]呈材逢圣代,计吏述周官:意思是,能在圣明的时代显示薄才,按照周礼设官分职,大家才得以跻身官员行列。

圣代:封建时代称当代为圣代,意为圣明的时代。

计吏:职官名。古代掌管会计簿籍的官员。

[2]清列三言首:语出宋代吕祖谦《官箴》:"当官之法惟有三事:曰清,曰

慎,曰勤。”清康熙二十一年(1682 年)五月,康熙皇帝御书“清慎勤”,颁发直隶各省督抚。

廉开六事端:语出《周礼 · 天官 · 小宰》:“以听官府之六计,蔽群吏之治:一曰廉善,二曰廉能,三曰廉敬,四曰廉正,五曰廉法,六曰廉辨。”

[3] 悬狟(huán):“悬狟素飡(cān)”的省略。比喻无功受禄。

[4] 匪懈羔羊革,无邪獬豸(xiè zhì)冠:意思是,清廉,毫不懈怠;守正,一无邪念。

羔羊革:羔羊皮。旧时用以誉正直廉洁官吏之词。

獬豸冠:古代御史等执法官吏戴的帽子。古有“獬豸决讼”之说,相传皋陶被舜任命为法官时,开始用獬豸参加审查疑案。讼诉双方到庭,獬豸所触一方为有罪,另一方无罪。獬豸冠是这种“神判法”的遗制。

[5] 台已黄金贵:黄金台,比喻延揽士人之处。

白屋:指以白茅覆盖的房屋,为古代平民所居,指平民或寒士。

[6] 忝(tiǎn):辱,有愧于,常用作谦辞。

冰衔:谓清贵的官职。

池塘生春草

蒋立镛

谢氏新篇著,西堂雅话传[1]。庭芝原秀发,池草忽芊绵[2]。入梦春三月,怀人水一川。生机迎沼上,乐意到窗前。色共荆华映,情应柳絮牵[3]。长从风雨夜,结此咏歌缘。好助文泉瀹,频增意蕊圆[4]。恩波涵太液,茂育畅尧天[5]。

题解

本诗录自费丙章辑、清道光丙戌(1826 年)版、广东省立中山图书馆藏《近科馆阁诗钞 · 卷一》第 4 页。

池塘生春草:语出谢灵运《登池上楼》:“池塘生春草,园柳变鸣禽。”

注释

[1]西堂:泛指西边的堂屋。《南史·谢惠连传》:“(谢灵运)尝于永嘉西堂思诗,竟日不就。”

[2]芊绵:草木茂盛貌。

[3]荆华:荆花。紫荆花。

[4]瀹(yuè):以汤煮物。

意蕊:指心情,心意。谓其纠结如花蕊,故云。

[5]恩波涵太液:“恩波凤池”的化用。喻指天子恩泽。太液:元、明、清时太液池指今北京故宫西华门外的北海、中海和南海。

茂育畅尧天:太平盛世,万物繁茂滋长。茂育:努力育养。尧天:太平盛世。

山水含清晖

蒋立镛

雅兴湖中发,佳游石壁还。依岩寻绿水,飞瀑有青山。景揽清晖共,音偕爽籁环[1]。翠含松色岭,秋老蓼花湾。岚涌潭千丈,波涵岫一鬟。琴弹流峙外,文赋媚辉间。仁智真诠悟,天渊乐意关[2]。试征灵运句,俯仰悦宸颜[3]。

题解

本诗录自费丙章辑、清道光丙戌(1826年)版、广东省立中山图书馆藏《近科馆阁诗钞·卷一》第6页。

山水含清晖:语出谢灵运《石壁精舍还湖中作》:“昏旦变气候,山水含清晖。”

注释

[1]爽籁(lài):指清风。

[2]仁智:仁智乐。《论语·雍也》:“知者乐水,仁者乐山。”后以“仁智乐”指遨游山水的乐趣。

真诠:真谛。

天渊:高天和深渊。

[3]试征灵运句:意思是,上述佳游之悟,验证了谢灵运的诗句言之有理。谢灵运《石壁精舍还湖中作》中有“清晖能娱人,游子憺(dàn)忘归”“虑

澹物自轻,意惬理无违”的诗句。 游乐。

俯仰:疑为“偃仰”之意。安居, 宸(chén)颜:借指帝王。

纪恩述德篇八十韵

蒋立镛

嘉庆十六载,孟夏月建巳[1]。皇帝重临轩,廷试天下士[2]。济济三百人,群材腾骧起[3]。自顾驽骀姿,安敢望騄駬[4]?廿一对策问,廿四十本拟[5]。门外烂银袍,鹄立听宣旨[6]【四月二十四日,诸进士齐集乾清门外听宣旨】。

觚棱射晨曦,金钟一声骇[7]。上御乾清宫,糊名亲手启。意在防漏泄,传说徒尔尔[8]【是日五鼓,读卷八大臣十本进呈。上阅毕,用早膳后,升座亲拆弥封。读卷官跪于旁,书写姓名于卷面,云第一甲一名某人】。詄荡天门开,飞来忽片纸[9]。首唱臣镛名,王【毓英】、吴【廷珍】以次递[10]【乾清门启钥亲王袖中出名单,唱名】。拥立玉阶旁,惊惶不知喜。笋班排一一,斗觉万人指[11]。学士为引导,去朝天尺咫[12]。小臣草莽来,严威不敢视[13]。但闻天语重,云是监臣子[14]【引见时,上问,董中堂云:“蒋立镛之父现为国子监祭酒。”天颜甚喜】。【以上十本引见。】

监臣本孤直,感激何能已[15]。举朝贺阿父,王侯识面每[16]。父曰:“儿早归,大母已门倚[17]。”入门拜大母,阿母为颐解[18]。抚顶与儿语,秀才巾顿改。喜极反掩涕,全家疑梦里。弟妹各相觑,牵衣儿女騃[19]。瘦妻亦扶病,为我检冠履。

越翼日传胪,待漏趋丹陛[20]。雉尾宫扇飏,彤云五色韡[21]。上御太和殿,如受元旦礼。韶乐奏中和,传呼鸿胪寺[22]。三人掖出班,臣躬九拜稽[23]。黄榜案正中,钤以紫泥玺[24]。云盘下九天,翼卫材官靡[25]。敬随龙亭出,中道直如砥[26]【是日,胪唱礼毕,校尉等以云盘承黄榜,置龙亭中,由午门迎至礼部张挂】。上马长安门,京尹为授箠[27]。旗拂绿杨烟，带飘红杏蕊。人生得意事，春风马蹄驶[28]【顺天府尹搭彩棚于长安门外，为一甲三人敬上马酒三爵，簪花披红，遂上马，由长安街行至顺天府，饮宴】。驻马揖京尹，京尹为设醴。冯翊阁特开，幢盖张两戺[29]。观者万余人，鼓吹一何斐[30]【设宴于顺天府大堂。一甲三席居中，府尹、府丞左右二席】。

粉署又赐筵，主人天子使[31]。宫花一枝春，金牌恩荣纪【又至礼部，与诸进士饮宴，谓之"恩荣宴"。上遣亲王监礼。惟一甲一名得金花一枝，上有银牌，镌"恩荣宴"三字】。京尹送归第，虎坊聚桑梓。座中尊前辈，宾主半师弟【归第，例请历科鼎甲。是日，同乡京官于虎坊桥全楚会馆内设宴，公贺镛，即借此请历科鼎甲前辈。座中茹古香先生为补廪师，胡西庚先生为会试座师，汪瑟庵先生、陈雪香先生为殿试读卷师，王伯申先生为乡试主师，彭宝臣先生为会试房师】。科第何足荣，盛名难副耳。百六十余年，黄冈惭继轨。文字征因缘【是科孟艺题即黄冈先生会试题】，况有渊源在。沆瀣成一家，臣心本如水[32]【湖南、湖北属全楚同乡，而分卷不回避，故镛得出彭宝臣师门下。传胪后赠镛以伟人相国所赠唐伯虎"臣心如水"印章】。回忆春宴日，决科卜筊抵[33]。吉语兆文章，骊珠今果采【新正同乡团拜日，公叩文昌帝君，卜签以决会试。签云："桃花百叶不成春，家有骊珠自不贫。莫叹老株生意尽，瑶池沐浴赐衣新。"时家君主卜，皆以"家有骊珠"之语为镛预贺，且谓惟一甲一名得"赐衣"】。岂曰神降福，弥感帝锡祉。【以上传胪归第。】

越二日进表【廿六日，镛父率镛至圆明园，上表谢恩】，御园来逦迤。臣父蒙引对，臣镛宫门侍。上曰："汝监师，汝其厘文体[34]。汝子策文优，浮华一以洗。高第朕特拔，汝家积德累[35]。汝母定欢颜，汝子有子儿？"家世逮垂询，君恩铭肌髓。【以上圆明园谢恩。】

越三日释褐【廿八日，镛率诸进士午门上表谢恩。蒙赐朝衣冠带，随到太学释褐】，观碑到槐市[36]。谒圣复谒师，坐受掌故美【向例，进士释褐后拜国子师。满汉司成、司业，皆高踞公座受拜，不答礼。或稍动则不利鼎甲】。阿父大司成，镛拜与众齿[37]。为镛手簪

花,为镛三爵酾[38]。清秘述旧闻,此事轶前史。【以上释褐。】

父归语大母,一庭乐恺涕[39]。大母呼镛前:“听我说祖祢[40]。我家世儒素,耕读为根柢[41]。鲲鹏争奋飞,门第光戟棨[42]。汝祖志四方,人伦鉴模楷。汝年始就傅,期汝掇青紫[43]。诗书岂望报,忠厚自足恃。巍巍启圣祠【先祖晴峰公于县中捐修崇圣祠】,凄凄五烈里【明末流贼之难,蒋氏有妯娌五人携手投河尽节,先祖为竖碑碣表扬之】。虹堤只手撑【每年倡修堤垸,保固良田亿万余顷】,义渡千夫摆【各河岸不便行旅处,皆设义渡】。况溯高曾上,隐德说尤夥[44]【始祖公璟公自江西迁景陵,至镛十五代,忠厚传家。太高祖蕉园公孝行已蒙旌】。至行泣鬼神,庇荫到如此[45]。汝勿坠家声,汝祖可不死。文章期报国,励职从兹始。”

闻此感愧并,薄植敢自委[46]?藜辉窃照读,光阴当惜晷[47]。幸际昌明世,元气调鼎鼐[48]。携手瀛洲路,万里汇学海[49]。测蠡鲜见闻,所幸日趋鲤[50]。两世叨承明,常愿葵衷矢[51]。

题解

本诗录自民国己未(1919 年)版、天门净潭《蒋氏族谱》。

纪恩述德:记叙皇帝恩德的意思。

韵:指一联诗句。

2013 年 11 月 28 日《光明日报》刊载邸永君的《殿试述略》云:

殿试结束之翌日清晨,皇帝依例单独召见前十名新科进士,史称“小传胪”。而正式揭晓殿试名次,则安排在皇帝召见之后。由填榜官负责填写榜文,所用黄纸为表里二层,称为“金榜”,有大小之分。小金榜交奏事处,存于大内;大金榜则钤满汉文“皇帝之宝”玉玺,于二十五日传胪时,张挂于长安左门外,以昭告天下,咸使知闻。因“鲤鱼跳龙门”之典,长安左门又被称作“龙门”。

“传胪大典”,是科举时代国家最隆重的仪式之一。而放榜传胪之后,则有“状元游街”之盛举。届时,新科状元公须领诸进士拜谢皇恩,一甲三人直接授职,状元授修撰,榜眼、探花授编修,并特允从午门正门出宫,依次经过太和门、午门、端门、天安门、大清门,至长安左门外观看张贴金榜。其后,状元公率同科进士赴礼部,参加专门为庆贺中进士登科而举行的宴会,唐、宋称“探花宴”,明代称“琼林宴”,清代则称“恩荣宴”。宴会之后,状元公尚需率众进士赴孔庙,拜谒至圣先师孔子。礼拜既毕,再赴国子监立碑,将新科进士姓名,泐于石碑之上。至此,殿试程序全部完成。

阅读本诗时,可参阅本书蒋祥墀《子立镛幸胪首唱祥墀纪恩敬赋四首》。

注释

[1]嘉庆十六载:清嘉庆十六年,辛未,1811 年。

建巳:夏历四月。

[2]临轩:古时皇帝不坐正殿而在殿前平台上接见臣属,叫“临轩”。

廷试:皇帝对会试录取的贡士在宫殿中亲自进行的策问考试,又称“殿试”“御试”“亲试”“殿前试”。这是科举制度中最高一级的考试,取中者即为“进士”。

[3]腾骧(xiāng):腾跃貌。引申指宦途得意。

[4]驽骀(nú tái):驽、骀都是劣马。比喻才能平庸。

騄駬(lù' ěr):骏马名。周穆王八骏之一,毛为绿色。泛指良马。比喻良才。

[5]廿一对策问:四月二十一日,参加廷试,回答策问。策问:以经义或政事等设问要求解答以试士。

十本拟:指下文作者自注“是日五鼓,读卷八大臣十本进呈”。阅卷采弥封制,读卷大臣阅后拟定名次,将前十名试卷进呈,由皇帝决定。

[6]烂银袍:形容进士们身上的长袍闪着灿烂的银光。

鹄立:天鹅伸长脖子站立,形容盼望。

[7]觚(gū)棱:宫阙上转角处的瓦脊。

[8]徒尔尔:徒然。枉然,白白地。

[9]詄(dié)荡:詄荡荡。空旷无际貌。语出《汉书·礼乐志·郊祀歌·天门》:“天门开,詄荡荡。”

[10]王【毓英】:应为“吴毓英”,或“王毓吴”。吴毓英原名“王毓吴”,后归宗改名“吴毓英”。中进士时名“吴毓英”。

次递:应为“次第”。指王、吴依次为榜眼、探花。

[11]笋班:玉笋班。指英才济济的朝班。唐代宰相李宗闵曾主管贡举考试,他所精选出来的门生大多容貌清秀、风度优雅,时人称作“玉笋”。唐末时把出众的朝士们称作“玉笋班”。

斗觉:陡觉。斗:通“陡”。

[12]学士:此处指东阁大学士董诰,下文注释称“董中堂”。清高宗、仁宗时军机大臣,东阁大学士,文华殿大学士。明清时称大学士为中堂,因为明代大学士实际掌握宰相权力,其办公处在内阁,中书居东西两房,大学士居中,故称中堂。

去朝天尺咫:朝见近在咫尺的

天子。

［13］严威：敬畏。

［14］天语：帝王的诏谕。

监（jiàn）臣子：国子监祭酒之子。蒋立镛之父蒋祥墀时任国子监祭酒。

［15］孤直：孤高耿直。

［16］王侯识面每：王侯们每每与父亲大人见面（都要祝贺）。

［17］大母：祖母。

［18］颐解：解颐。欢笑的样子。

［19］騃（ái）：呆。

［20］越翼日：到了第二天。翼：即“翌”。

传胪（lú）：即唱名，科举制度中，贡举殿试后放榜，宣读皇帝诏命唱名之典礼，叫传胪。古代以上传语告下为胪，即唱名之意。

待漏：旧时皇帝五更临朝，官员们要半夜进宫，在朝房等候。古人用铜壶滴漏计时，所以用待漏表示等候之意。

丹陛：古时宫殿前涂上红色的台阶。

［21］韡（wěi）：鲜明茂盛。

［22］韶乐奏中和：奏中和韶乐。中和韶乐：明清两朝宫廷音乐。清代，中和韶乐为雅乐，在殿堂、庙坊上演奏，用于吉礼各种祭祀。中和：中正平和。韶乐：相传为虞舜时音乐。

鸿胪寺：官署名，掌宾客。鸿胪之名，取大声传赞之意。实其本职为引导外宾。后世礼部有主客一司，鸿胪寺始专掌行礼之仪。

［23］掖出班：搀扶着走出行列。掖：搀扶，叉着人的胳膊。

九拜稽（qǐ）：朝见皇帝时的“三叩九拜”。古代一种隆重的跪拜礼。拜：拜手。古人行跪拜礼时两手相拱，低头至手。因头不至地而至手，故曰拜手。稽：稽首。古人行跪拜礼时叩头至地，并在地上停留一会儿。

［24］黄榜：皇帝的文告。也指殿试后朝廷发布的榜文，因用黄纸书写，故名。

钤以紫泥玺：用紫泥封口，盖上皇帝的玉印。紫泥：诏书。古时皇帝诏书的封袋用紫泥封口，上面盖印。

［25］云盘下九天：皇帝颁布诏书。云盘：承接诏书的铜制云纹圆托盘。九天：指帝王。

翼卫材官靡：承担护卫任务的武官向后退。翼卫：护卫。材官：多用以称供差遣的低级武职。靡：指后退，倒退。

［26］中道：道路的中央，路上。

［27］京尹：京府尹之通称。首都所在地区的行政长官。清指顺天府尹。

箠（chuí）：鞭子。

［28］春风马蹄驶：在和煦的春风中得意扬扬地纵马奔驰。唐代诗人孟郊多次赴考不中，四十七岁进士及第后，作《登科后》：“昔日龌龊不足夸，今朝放荡思无涯。春风得意马蹄疾，一

日看尽长安花。”

[29]戺(shì):阶旁斜石。指堂前。

[30]鼓吹一何斐:鼓吹乐是多么动听。

[31]粉署:汉代尚书省用胡粉涂壁,后世因称尚书省为粉署。

[32]沆瀣(hàng xiè)成一家:沆瀣一气。沆瀣本指夜间的水气。唐代崔沆任主考官,崔瀣去参加考试,崔沆便录取了他,后便有“座主门生,沆瀣一气”的俗语。此处反用其意,有慧眼识英才的意思。

[33]决科:谓参加射策,决定科第。后指参加科举考试。

卜筊(jiào):卜珓(jiào),掷筊。占卜术的一种,用杯形器物,投掷于地,视其仰覆以占吉凶。

[34]厘文体:端正文风。此处指在国子监任职。厘:治理。

[35]高第朕特拔:意思是,你这个状元,是我钦点的。高第:经过考核,成绩优秀,名列前茅。特拔:特别提拔。

[36]释褐(hè):亦作“解褐”。脱去平民衣服。喻始任官职。后亦以新进士及第授官为释褐。北宋太宗太平兴国二年(977 年)赐新及第进士与诸科举人绿袍、靴、笏(hù)。此后,中第者未命官而先解褐,成为定制。

观碑到槐市:到学宫观看进士题名碑。槐市:汉代长安读书人聚会、贸易之市。因其地多槐而得名。后借指学宫、学舍。清代进士题名碑在与国子监紧邻的孔庙。

[37]大司成:周代掌教国子(王及公卿大夫子弟)之官。唐代于唐高宗李治在位时一度改国子监为司成馆,祭酒为大司成。后恢复旧名。历代相沿以司成为国子监祭酒的别称。

[38]酾(shī):斟酒。

[39]乐恺:欢乐。

[40]祖祢(mí):先祖和先父。亦泛指祖先。

[41]儒素:指儒学,儒业。

根柢:比喻事物的本源或基础。柢:主根。

[42]戟棨(qǐ):棨戟。有缯衣或油漆的木戟。古代官吏所用的仪仗,出行时作为前导,后亦列于门庭。

[43]就傅:从师。

青紫:本为古时公卿绶带之色,因借指高官显爵。

[44]夥(huǒ):多。

[45]至行:卓绝的品行。

[46]薄植敢自委:我自知根基薄弱、学识浅薄,怎敢自甘落后。薄植:根基薄弱,学识浅薄。自委:自己放弃、辜负。

[47]藜辉窃照读:典出于“藜阁家声”。讲的是西汉经学家、目录学家、文学家刘向勤学的故事。刘向奉命在皇家图书馆——天禄馆校阅经典,后写成中国最早的目录学著作《别录》。

传说刘向正月十五在天禄阁校书至深夜，人皆出游，而向不出。有黄衣老人执青藜杖扣阁而进，见向独坐诵书，乃吹杖端焰，发出光芒，照亮了暗室。

[48]幸际昌明世：欣逢盛世。

元气调鼎鼐（nài）：调和阴阳，调和食物。比喻辅佐皇帝治理国家。调鼎鼐：调和鼎鼐。在鼎里调和食物。谓调和阴阳，执掌大政。鼐：大鼎。

[49]瀛洲：唐太宗为网罗人才，设置文学馆，任命杜如晦、房玄龄等十八名文官为学士，轮流宿于馆中，暇日，访以政事，讨论典籍。又命阎立本画像，褚亮作赞，题名字爵里，号"十八学士"。时人慕之，谓"登瀛洲"。

[50]测蠡鲜见闻：自己见识短浅。测蠡：蠡测。用瓢去测量海水，比喻见识短浅。蠡：瓢。

所幸日趋鲤：幸运的是可以天天向父亲请教。趋鲤：借指父教。语出《论语·季氏》"鲤趋而过庭"。是说孔子教训儿子孔鲤的事。

[51]两世叨承明：我们家两代承受皇恩，入朝为官。叨：犹忝。表示承受之意。常用作谦辞。承明：即承明庐，汉承明殿旁屋，为侍臣值宿之处，后因代指入朝为官。

葵衷矢：立誓尽葵花向日之忠。葵衷：葵忠。

典试粤西归登岳阳楼

蒋立镛

洞庭波起夕阳浮，纵目层楼亦壮游[1]。鸿雁声随天共远，鱼龙气与水争流[2]。神仙有约今朝醉，词赋何灵终古留[3]。如此长风当破浪，苍茫万里是归舟。

题解

本诗录自清光绪十七年(1891年)《巴陵县志·卷七十六》第69页。丁宿章撰、清光绪九年(1883年)版《湖北诗征传略·卷二十九》第24页收录此诗。

典试：主持考试。

粤西：古代广西别称。亦名西粤。

注释

[1]壮游:谓怀抱壮志而远游。

[2]鱼龙:鱼和龙。泛指鳞介水族。

[3]何灵:无灵。没有性灵。徐世昌辑、1929年版《晚晴簃诗汇·卷一百二十五》为“无灵”。

终古:久远。

梅花书屋

蒋立镛

绕屋梅花看不足,枝枝写作珊瑚绿[1]。张之素壁生昼寒,万卷书围窗下读[2]。暗香疏影何清奇,其人与笔两得之[3]。年来苦耐燕山雪,一忆梅花一首诗[4]。盘龙山下郁苍翠,何年虬干得其四[5]?君岂五柳七松俦,逢人但道梅为字[6]。

题解

本诗录自丁宿章撰、清光绪九年(1883年)版《湖北诗征传略·卷二十九》第24页。诗前云:“予家有梅花书屋绘图,征题至于三四,笙陔题云……”

注释

[1]写作:犹写成。指作诗文、绘画等。

[2]素壁:白色的墙壁、山壁、石壁。

昼寒:即使是白天,也有一种寒意。

[3]暗香疏影:宋林逋《山园小梅》诗之一:“疏影横斜水清浅,暗香浮动月黄昏。”后遂以“暗香疏影”为梅花的代称。

清奇:清秀不凡。

其人与笔两得之:谓画如其人、其人如画。两得:同时兼得两种长处、两种利益。

[4]苦耐:吃苦耐劳。

[5]虬干:盘绕弯曲的枝干。

[6]五柳七松:泛指志趣高尚的隐士。五柳:陶渊明隐居,于宅边植有五柳,因以五柳为号,世称五柳先生。七松:唐郑薰晚年,于里第植小松七棵,自号“七松处士”。

俦:同辈。

扬　州

蒋立镛

众柳丝丝绿满城，依然凉月二分生[1]。六宫秋雨繁华梦，一觉春风薄幸名[2]。不信美人皆绝世，可怜天子最多情。竹西亭外销魂处，夜半空闻玉笛声[3]！

题解

本诗录自丁宿章撰、清光绪九年（1883 年）版《湖北诗征传略·卷二十九》第 24 页。

注释

[1]凉月二分生：典自“二分明月”。《全唐诗》卷四七四徐凝《忆扬州》诗：“天下三分明月夜，二分无赖是扬州。”假如天下的明月是三分的话，那么扬州即占其二分，以此比喻扬州的繁华。后常以“二分明月”特指形容扬州的繁华景象。

[2]六宫：古代皇后的寝宫，正寝一，燕寝五，合为六宫。

薄幸：薄情，负心。

[3]竹西亭：在今江苏扬州市北。代指扬州及其各名胜古迹。

销魂：谓灵魂离开肉体。形容极其哀愁。

夜半空闻玉笛声：谓春夜闻笛声，感伤凄凉。李白《春夜洛城闻笛》云：“谁家玉笛暗飞声，散入春风满洛城。此夜曲中闻折柳，何人不起故园情？”

太和殿元旦朝贺班

蒋立镛

寅初，朝服貂褂，恭诣殿前祇候[1]。届时，立于殿内西三楹之前，东向。上升座受贺[2]，礼成乃退。旧制，元旦，起居注官先侍慈宁门班[3]。

礼毕，由右翼门趋至中和殿甬道西，俟上御中和殿，偕内大臣、侍卫、内阁、礼部、都察院诸执事人员，行礼毕，由太和殿后西门趋进。今分为二班，以免仓皇失仪。

阊阖天开晓气清，清班侍立指三楹[4]。光依帝座星辰近，春满皇洲日月明[5]。拜表中庭腾瑞霭，鸣鞭下界动欢声[6]。人间第一嘉祥事，岁岁朝元和太平[7]。

题解

本诗录自蒋立镛著、清道光十三年(1833 年)版《香案集》第 1 页。

元旦：新年第一天。旧指夏历正月初一。

班：特指朝班。古代群臣朝见帝王时按官品分班排列的位次。

注释

[1]朝服：举行隆重的典礼时官员着装。

祇(zhī)候：恭候。

[2]升座：登上座位。

[3]起居注官：随侍天子左右记录天子言行的官。清代由翰林、詹事等日讲官兼任。

[4]阊阖(chāng hé)：传说中的天门。

清班：清贵的官班。多指文学侍从一类臣子。

[5]皇洲：帝都。

[6]拜表：对神拜献祈祷文。

中庭：古代庙堂前阶下正中部分。为朝会或授爵行礼时臣下站立之处。

鸣鞭：古代皇帝仪仗中的一种，鞭形，挥动发出响声，使人肃静，故又称静鞭。

下界：指人间，对天上而言。

[7]嘉祥：犹祥瑞。

朝元：古代诸侯和臣属在每年元旦贺见帝王。

保和殿除夕筵宴班

蒋立镛

辰初，蟒袍貂褂，恭谒殿内祗候[1]。席于殿之西北隅。上将进殿后门出席，前排立，东向。上升座[2]，赐坐。行一叩礼。宴毕，仍出席如前。俟上出殿后门，乃退。

肆筵设席今何夕，送旧迎新古有年[3]。万里藩封依几下【筵宴年班外藩，惟王公一二品得预】，九重翊卫倚天边[4]。成书敢食文章报【年例，起居注进书，作前后序者预宴[5]】，陪宴欣承雨露偏。归献高堂说君赐，瘦羊博士好同传【是日，携得果品并羊腊一方，归献严亲为寿[6]】。

题解

本诗录自蒋立镛著、清道光十三年(1833年)版《香案集》第2页。

筵宴：宴会，酒席。

注释

[1]祗(zhī)候：恭候。

[2]升座：登上座位。

[3]肆筵：设宴。

[4]藩封：又叫封藩。封建王朝分封王亲贵戚、重臣和臣服各国以土地，此种制度称藩封。

预：参与，参加。

翊(yì)卫：弼辅护卫。

[5]起居注：起居注官。随侍天子左右记录天子言行的官，即起居注官。清代由翰林、詹事等日讲官兼任。

[6]瘦羊博士：东汉甄宇的外号。指能克己让人的人。东汉光武帝建武年间，岁终祭神后，皇帝照例要给博士每人一头羊。羊有大小肥瘦，博士祭酒建议杀羊分肉或采用抽阄办法。博士甄宇认为不足取，就带头选了最瘦的一头，众人也就不再争执。光武帝得悉此事，在一次朝会问起“瘦羊博士”何在？甄宇的这一称号遂传遍京师。

羊腊：古代蒙古族食品。将羊肉

经腌制后再烘烤或烟熏而成。

嘉庆十六年辛未科(1811年)殿试对策

蒋立镛

臣对[1]:臣闻建极所以绥猷,经邦在乎济运,明刑斯能弼教[2],卫民莫如足兵。帝王寅承宝命,本内外交修之实,握天人协应之机[3]。以课宥密,兢业凛夫九重;以利转输,贡赋通乎三壤[4]。以示慈祥,法归于准情酌理;以昭震叠[5],义著于怀德畏威。是以《诗》歌敬止之文,《书》美浚川之绩,《礼》记参听之命,《易》系容保之辞[6]。综搜载籍,主术懋而日月就将[7],民利兴而金汤巩固。国有政简刑清之化,士讲安民和众之方[8]。所由规矩乾坤,甄陶品汇,胥一世而跻之仁寿者,恃此也[9]。

钦惟皇帝陛下,道契执中,治昭普利[10]。沛好生之大德,修整武之常经[11]。固已庄敬日强而堤防永赖,简孚有众而法制相维矣[12]。乃圣怀冲挹,葑菲无遗[13]。既观民而设教,复询事以考言[14]。进臣等于廷,而策之以传心学、筹河防、慎典刑、严军制之至计[15]。如臣愚昧,何足以知体要?顾当对扬伊始之时,敬念"敷奏以言"之义,敢不勉述素所诵习者,以效管窥蠡测之微忱乎[16]?

伏读制策有曰:"危微精一之旨,为帝王道统所开。"而因揭夫内圣外王之功用[17]。臣谨按:《史记·五帝纪》云:"帝喾溉执中以遍天下[18]。"执中之说固不自《尚书》始,然删《书》断自唐虞。尧执中,舜用中,汤建中,先后一揆[19]。孔子特加一"庸"字,盖以性情言中和,以德行言中庸,其理无非一"中"也。朱子谓《大学》自格致诚正,以至修齐治平[20],始终不外乎"敬"。《中庸》自中和位育以迄圣神功化,枢纽不外乎"诚"[21]。诚则不息,敬则必勤。诚敬立而帝王之体用赅矣[22]。二书实与《尚书》相表里。真德秀《大学衍义》分四大纲:曰格致,曰诚正,曰修身,曰齐家,意在于正本清源,故略治平而不言。明邱浚以正朝廷、成功化等目补之，乃为完备。唐太宗《帝范》十二篇，始《君体》《建亲》，终《阅武》《崇文》。宋范祖禹《帝学》八卷，上自三皇五帝，下迄神宗。以至张蕴古《大宝箴》凛物侈声淫之戒，李德裕《丹扆箴》胪宵衣正服之条[23]，皆有足述者。《孔传》训"皇极"为"大中"[24]。朱子曰："中所以为皇极也。"以"极"为在中之准则可，以"极"训"中"则不可。五行、五事、八政、五纪，极之所由立；三德、稽疑、庶征、五福、六极，极之所由推[25]。以《洛书》以五居中，而《九畴》以皇极为本也。仰维圣学高深，崇儒重道。洵足接心源于往哲，树作睹于群伦，复绎经筵讲论，阐用中之微旨，发顺动之真诠，固宜其昭垂万古矣[26]。

制策又以今之治河，兼欲利漕[27]。此诚一劳永逸之策也。考《玉海》载《禹贡》九州末系河，是为运道之始。顾黄河自唐以前，北行入海。晋开运元年滑州之决，河乃自北而东。宋熙宁八年澶州曹村之决，河乃自东而南。元延祐六年筑汴梁护城，使水南汇于淮，而河始与淮通[28]。清口者，黄淮之会合也。淮之力易弱，黄之力常劲。黄水倒灌，清口必至淤淀。洪泽湖水不出，自高堰各坝流入高宝诸湖、入运河，则下流皆为泽国，而运道亦以不通。故欲收淮河之利，宜加意于清口，添筑拦黄矶嘴、长坝，以杀黄势[29]。其或淮黄并涨，又宜保固高家堰。潘季驯所为用束淮刷黄之策[30]，坚筑高家堰，蓄洪泽所注全淮之水，以七分入清口刷黄入海，而以三分入运河，自山阳、宝应、高邮、江都三百里以内以达之江，诚有以固东南之保障、导粮艘之关键也。自古河徙无常，惟在善治河者审时度势。或设矶嘴以御其冲，或修月堤以防其溃，或挑引河以杀其流[31]。而其大旨不外助淮以敌河，使淮治而河亦治；合黄淮以治漕，使黄淮治而漕亦治。庶水得遄行，而帑归实用耳[32]。方今海宇恬波，河流顺轨，皆仰赖睿谟筹画，集众议而衷一是，俾运道常通，而仓庾益见充实已[33]。

制策又曰："虞廷弼教，钦恤惟刑[34]。"而欲使察狱之道无枉无纵。夫五刑之制起于蚩尤，唐虞、三代因革不同[35]，而要无失乎刑期无刑之意。史称汉文帝十三年除肉刑，然崔浩《汉律序》谓文帝除肉刑而宫不易[36]。《通鉴》西魏大统十三年除宫刑[37]。《书正义》及《周礼疏》又谓至隋唐乃赦，则肉刑之除，不尽在汉矣。《周官》五刑之属各五百，穆王增为三千，轻刑增而重刑减。然《周礼》郑注引《夏刑》大辟二百、膑辟三百、宫辟五百、劓墨各千[38]，则三千之制自夏已然，即《吕刑》所本。法十家出于理官，名七家出于礼官，源流自别。礼、乐分为二职，兵、刑合为一官，详略各异故也。昔陈咸言："为人议法，当依于轻。虽有百金之利，慎无与人重比[39]。"盖汉承秦法，过于严酷，咸亦有激而言。至苟慕轻刑之名，而不恤惠奸之患，则姑息市恩[40]。如唐太宗纵囚一事，亦不免为欧阳修所讥耳。臣读御制《慎刑论》，往复重申，戒喜怒之勿纵，虑轻重之失宜，更恭绎御制《息讼安民论》[41]，仍本慎刑之意。推原勤政，非治民之要道欤？

制策又以"兵可以百年不用，不可以一日不备"。臣惟古者寓兵于农，蒐苗狝狩[42]，皆于农隙以讲武事。自管子作内政寄军令而兵农始分[43]。汉初南军以卫宫城，北军以卫京师，得内外相制之道。唐置府兵，一变为彍骑，再变为方镇[44]，其制益坏。宋统外兵于枢密，总内兵于三卫[45]，有召募、拣选、廪给、训练、屯戍、迁补、器甲、马政之目。明京兵锦衣十二卫，留守四十八卫，即唐府兵之遗[46]。边兵如蓟辽、大宁诸司等卫，即汉募民实塞下之遗。大抵自唐宋后专用募兵，而游手无藉之徒应募滥入[47]，养兵之费日浩，而实无所可用。必如宋臣苏轼疏河北弓箭社事宜，乡勇自相团练[48]，人情不扰，而边备修。特不至戎服执器，奔驱满野，如王安石保甲之法耳[49]。圣朝承平化洽，疆宇敉宁，海岛、重洋之区输诚者亿万计[50]。然犹敕谕屡颁，谆谆以简阅为念。属在将弁，孰敢不鼓舞而振兴哉[51]？

若此者，基命以单心，宜民以利运，缓刑以尚德，奋武以昭戎[52]。洋洋乎畅九垓而沂八埏，盖亘古而独隆也[53]。

臣尤伏愿皇上懋持盈保泰之怀，臻累洽重熙之盛[54]。时几已敕而益表洁齐，清晏已歌而愈勤疏凿，彰瘅已分而弥思保惠，戎兵已诘而更切怀柔[55]。逊志之修敏焉，翕河之颂陈焉，折狱之良称焉，知方之训著焉[56]。腾英声，蜚茂实，总八极而为量[57]。于以弥纶宇宙，鼓铸群生。开骏发之远祥，固保定之宏业[58]。则我国家万年有道之长，视诸此矣。

臣末学新进，罔识忌讳，干冒宸严，不胜战栗陨越之至[59]。

臣谨对。

殿试对策题解

对策原文引自仲光军、尚玉恒、冀南生编，1995 年版《历代金殿殿试鼎甲朱卷·清代试题试卷》第 621 页。参考杨寄林《中华状元卷·大清状元卷(上)》、李维新等《天下第一策·历代状元殿试对策观止》，改动了部分标点。

殿试：是皇帝对会试录取的贡士在宫殿中亲自进行的策问考试。殿试取中者即为“进士”。参见本书附录《部分科举名词汇释》第 1 条。

注释

[1]臣对：臣下我对策如下。对：对策。古代科举考试时，士子针对皇帝策问，提出一套治理政事的方略。

[2]建极所以绥猷(yóu)：“建极绥猷”是乾隆皇帝御书，横匾在故宫太和殿内。意思是，建立最高准则以落实安邦大计。建极：指帝王建立法度以治国。绥猷：安邦创业。

明刑斯能弼教：“明刑弼教”是成语，指大家知道法律而守法，以此来辅助教化所达不到的地方。

[3]寅承宝命：恭承天命。

交修：天子要求臣下匡助。

协应：配合呼应。

[4]课：讲习，学习。

宥(yòu)密：深广貌。也可解释为小心勤勉。宥：通“有”。语助词。

三壤：《尚书·禹贡》所记禹时的田亩贡赋制度。将九州的田地土壤按其肥瘠、地势高低等情况分为上、中、下三品，每品又分为上、中、下三等，据此确定其贡赋的等级。

[5]震叠：震动，恐惧。

[6]敬止：敬仰。止：语词，文言虚字。

浚川：疏通河道。

参听：协助断决，协助治理。

容保：宽容爱护。常用指爱民。

[7]主术：君主控制臣下的权术。

懋：大，盛大。

就将：谓每日有所成就，每月有所进步。

金汤：金属造的城，沸水流淌的护城河。形容城池险固。

[8]政简刑清：旧时形容法令精确而简练，社会风气好，很少有犯罪的人。常用作称道地方官政绩的话。

和众：使百姓关系融洽。

［9］规矩乾坤：治理天下的意思。语出葛洪《抱朴子·辞义》：“乾坤方园，非规矩之功。”

甄陶品汇：造化万物。甄陶：烧制陶器。比喻化育，培养造就。品汇：品种类别。

胥：皆，都。

跻之仁寿：步入太平盛世。语出《汉书·礼乐志》：“驱一世之民，跻之仁寿之域。”后用“寿域”比喻太平盛世。

［10］钦惟：发语词。犹言敬思。

道契：谓彼此思想一致、志趣相投。

执中：谓持中庸之道，无过与不及。

［11］好生：爱惜生灵，不嗜杀。

整武：整军经武。

常经：通常的行事方式，常规。

［12］简孚有众：要从众人中核实验证。语出《尚书·周书·吕刑》：“简孚有众，惟貌有稽。”简孚：犹核实。

［13］圣怀：皇上的心意。

冲挹（yì）：谦抑，谦退。

葑（fēng）菲无遗：采集蔓菁和萝卜时，不因根部不好而抛弃茎叶。比喻对一点点可用的人才广为收罗任用。

［14］观民而设教：观察民风，实施教化。

询事以考言：询事考言，审核所做的事和所讲的话，形容认真检查总结工作。询：问。考：审查。

［15］传心学：指儒家的道统传授之学。

至计：最好的计策、办法。

［16］体要：精要，指事物的关键。

对扬：称赞，颂扬。

敷奏以言：陈奏，向君上报告政务。语出《尚书·舜典》。

素所诵习：平时诵读学习的。

管窥蠡（lí）测：管中视天，以瓢量海水，喻眼光狭小，见识不广或不自量力。

微忱：一点儿诚意，些许诚心。

［17］内圣外王：修身能具有圣人的才德，治国能够施行王者的政治。古时美化统治阶级代表人物之辞。语出《庄子·天下》：“内圣外王之道，暗而不明，郁而不发。”内：指修身。外：指治国。王：旧指以仁义治天下的君主。

［18］帝喾（kù）：（上古）高辛氏之追称。高辛或为部落所居地名。喾似高辛氏之名。上古时期无人帝之称。当属后人加之。传说为黄帝曾孙，司马迁将其列入“五帝”之一。

溉执中：与“允执厥中”义同。谓言行符合不偏不倚的中正之道。溉：通“概”。平允。

［19］揆（kuí）：道理，准则。

［20］《大学》自格致诚正，以至修齐治平：格致诚正、修齐治平为儒家“八条目”，宋代理学标榜的“内圣外王”的八个步骤。常与“三纲领”合称

为"三纲八目"。源于《礼记·大学》:"古之欲明明德于天下者,先治其国;欲治其国者,先齐其家;欲齐其家者,先修其身;欲修其身者,先正其心;欲正其心者,先诚其意;欲诚其意者,先致其知;致知在格物。"《大学》本是《礼记》篇名,儒家经典之一。后宋儒从《礼记》中将其抽出,与《论语》《孟子》《中庸》相配称为《四书》。南宋朱熹撰《四书章句集注》,遂列为儒家重要经典之一。

格致诚正:"格物""致知""诚意""正心"的略语。格物:推究事物的原理。致知:获得知识。诚意:使心志真诚。正心:谓使人心归向于正。

修齐治平:修身、齐家、治国、平天下的略语。儒家的伦理政治思想。语出《礼记·大学》。意思是,一个人自身的道德修养是管理好家庭、治理好国家、平定天下的前提条件,而治理国家、平定天下是自身修养的必然延伸。

[21]中和位育:语出《礼记·中庸》:"致中和,天地位焉,万物育焉。"达到中正平和,天地便能各正其位,万物也能各依本性而生长。位育:正治培育,使天地万物各得其所并给以长养抚育。

圣神功化:与"神功圣化"义同。指帝王的功绩和教化,旧时对人君的颂扬之辞。

枢纽:指主门户开合之枢与提系器物之纽。比喻事物的关键或相互联系的中心环节。

[22]体用赅:体用兼备。体用是古代哲学的一对范畴。指本体和作用。一般认为,"体"是最根本的,即本原、根本;"用"是"体"的外在表现,即"体"的功能或作用。

[23]凛物侈声淫之戒:畏惧并戒除奢华和沉溺于声色的毛病。物侈:侈物,多余的物品。

丹扆(yǐ)箴:谏书名,唐李德裕撰。唐敬宗时,宦官当权,朝官权力受到压制,李德裕因上是疏,劝谏敬宗疏远小人,罢除弊政,分为六部分。丹扆:红屏风,为皇宫用物。指上朝进谏。

胪(lú)宵衣正服之条:列举帝王夜晚办公、身着朝服的条规。胪:列举。宵衣:天不亮就穿衣起身。旧时多用来称颂帝王勤于政事。正服:古代礼仪所规定的正式场合所穿的服式,如朝服、祭服等。

[24]皇极:指帝王施政的最高准则。语出《尚书·洪范》:"建用皇极。"皇:大。极:屋极,位于最高正中处,引申为标准。

大中:借指无过而不及的中正之道。

[25]五行、五事、八政、五纪:本句中的类似略语参见本文译文。

[26]洵足:实在值得。

心源:犹心性。佛教视心为万法之源,故称。

往哲:先哲,前贤。

作睹:"圣人作而万物睹"的略语。谓圣人奋起治世而万物昌盛、尽皆瞻睹。语出《乾》卦《文言传》。

经筵讲论:清代帝王开经筵时聆听儒臣所讲授而书写的心得。如玄烨的《经筵绪论》,胤禛(yìn zhēn)的《经筵讲议》,弘历的《经筵御论》等。经筵:皇帝御席,与侍讲、侍读等官讲论经史,谓之经筵。

昭垂:美名流传。

[27]漕:水道运输。

[28]开运元年:甲辰,944 年。开运:五代后晋少帝石重贵年号(944 ~ 946 年)。

熙宁八年:乙未,1075 年。熙宁:宋神宗赵顼(xū)的年号(1068 ~ 1077 年)。

澶:音 chán。

延祐六年:己未,1319 年。延祐:元仁宗爱育黎拔力八达年号(1314 ~ 1320 年)。

[29]矶嘴:鸡嘴坝,顺水坝之旧称。保护河岸、堤防和滩地的靠岸较短建筑物。

以杀黄势:以减弱黄河水势。

[30]潘季驯所为用束淮刷黄之策:潘季驯是明代著名的水利专家,曾四次出任治理黄河的总督。他提出并实践了解决黄河泥沙问题的三条措施,即:束水攻沙,蓄清刷黄,淤滩固堤。

[31]月堤:又称越堤。堤形弯曲如半月状的堤。修筑在遥堤或缕堤危险地段外侧或内侧,两头仍弯接大堤。其作用为保护并加强遥堤或缕堤抗洪的功能。

引河:分泄正河之水的人工开挖的新河道(或河段)。

[32]遄行:犹速行。

帑(tǎng):国库,国库藏的金帛。

[33]海宇恬波:海内安定。海宇:犹言海内、宇内,谓国境以内之地。恬波:平息波澜,喻使局势平静。此处与"浪恬波静"义同。

河流顺轨:河水在主河槽内平稳地流动。

睿谟:皇帝圣明的谋略。

衷一是:只裁断于一个正确的意见。

仓庾:储藏粮食的仓库。庾:露天的谷仓。

[34]虞廷:亦作"虞庭"。指虞舜的朝廷。相传虞舜为古代的圣明之主,故亦以"虞廷"为"圣朝"的代称。

弼教:辅佐教化。

钦恤:谨慎用刑,怜悯为怀。钦:谨慎。恤:体恤。《尚书·舜典》:"钦哉钦哉,惟刑之恤哉。"

[35]五刑:我国古代五种法定刑罚的简称。夏、商、周三代的奴隶制五刑包括墨、劓(yì)、剕(fèi)、宫、大辟五种。

唐虞:尧舜。

三代：夏、商、周三个朝代。

因革：犹沿革。包括因袭与变革。

［36］肉刑：也称“体刑”。我国古代残废犯人肢体或残害犯人肌肤或机能，并使之不能康复的刑罚。

宫：亦称“腐刑”“下蚕室”“阴刑”“腐”。我国古代对男犯割去其生殖器、女犯幽闭宫中的刑罚。奴隶制五刑之一，仅次于死刑。

［37］西魏大统十三年：戊辰，548年。大统：北朝西魏元宝炬文帝的年号（535～552年）。

［38］大辟：我国古代死刑的概称。辟：刑也。大辟犹言极刑。

膑（bìn）辟：刑罚名。即除去膝盖骨。

宫辟：即宫刑。

劓墨：劓刑和墨刑。劓：古代割去鼻子的肉刑。墨：用刀刺刻面颊，染以黑色，作为惩罚的标记。

［39］重比：谓从严议罪，从重拟刑。

［40］苟：随便，苟且。

恤惠奸之患：体察养奸的危害。

姑息市恩：姑息卖恩。

［41］恭绎：恭谨地研读。绎：抽丝。引申为寻究事理。

［42］蒐（sōu）苗狝（xiǎn）狩：古代帝王春季打猎叫“蒐”，夏季打猎叫“苗”，秋季打猎叫“狝”，冬季打猎叫“狩”。

［43］作内政寄军令：管仲向齐桓公提出的军制改革主张。把军令寓于内政之中，寓兵于农，兵民合一。把军事组织和行政组织有机结合起来，平时生产，战时从征。内政：国政。

［44］彍骑（kuò qí）：唐代中期宿卫兵名。唐代府兵制衰落后，被招募至京师，分隶诸卫，担任宿卫任务的士兵的称呼。彍：张满弩弓。彍骑，取其强勇之意。

方镇：镇守一方的军事地区名。其长官晋时称持节都督，唐时称节度使。唐代的大方镇管辖十余州，小方镇管辖三、四州。

［45］枢密：宋枢密院长官枢密使的简称。

三卫：古代的一种军事建制。唐承隋制，宫廷禁卫军设三卫，即亲卫、勋卫、翊（yì）卫。每卫设中郎将一人，掌有关宫廷禁卫事务。宋代仍沿置三卫，各有郎、中郎若干员。

［46］锦衣：明代锦衣卫亲军指挥使司之略称。

府兵：府兵制，西魏、北周、隋、唐兵制名。西魏大统年间宇文泰所建。将收编关陇豪族武装编为二十四军，由六柱国统领。府兵军士另立户籍，与民户有别。选拔体力强者充任。平日务农，农闲练武，有事出征。当时有府兵约5万人，是西魏的主要武力。北周武帝时，府兵军士改称“侍官”，不属柱国。唐天宝八年（749年），折冲府（唐府兵制军府总称）无兵可交，府兵制遂名存实亡。

[47]无藉：无赖。

[48]苏轼疏河北弓箭社事宜：指苏轼《乞增修弓箭社条约状》。弓箭社：北宋边境人民的自卫武装组织。

团练：就地选取丁壮加以编组而教练。

[49]王安石保甲之法：王安石新法之一。王安石为恢复兵农合一制，变募兵为保甲，而立此法。其法规定：以十户为一保，五十户为一大保，五百户为一都保。后改以五户为保，二十五户为大保，二百五十户为都保。分置保长、大保长、都保正和都副保正。规定每户两丁以上选一丁充保丁，按时训练，在当地巡查治安。又在保内实行连坐法。

[50]承平：相承平安之意。指社会秩序比较持久的安定的局面。

化洽：教化遍布。

敉（mǐ）宁：抚定，安定。

输诚：献纳诚心。

[51]敕谕：诏令文体的一种。始于明朝，皇帝的专用文书。

简阅：检查，挑选。

属（zhǔ）在将弁（jiàng biàn）：将士之间。将弁：旧时武官的通称。

[52]基命以单心：以孤忠之心承受天命。基命：谓人主初受天命而就位。单心：孤忠之心。

奋武：奋扬武威，用武力。

昭戎：戎昭。指兵戎之事。

[53]畅九垓（gāi）而沂（yín）八埏（yán）：上达九天，下及八方。

九垓：亦作“九畡”“九陔”。犹言天下，全部九州。

沂：通“圻”“垠”。崖，边际。

八埏：八方的边际，八方。古人认为九州（中国）之外有八埏。

独隆：这里指独特的极盛时期。

[54]懋（mào）：通“茂”。盛大。这里是使盛大的意思。

持盈保泰：戒勉富贵极盛时要小心谨慎，以免招祸。盈：盛满。泰：平安。

臻（zhēn）：达到。

累洽重（chóng）熙：接连几代升平昌盛。

[55]时几已敕而益表洁齐：意思是，时时警饬己身，还要斋戒沐浴。敕：自敕，警饬己身。洁齐：齐洁，同“斋洁”。谓斋戒沐浴以洁身。

清晏：安宁平静。

疏凿：开凿。

彰瘅（dàn）：彰善瘅恶。表扬好的，谴责坏的。

保惠：保护并施以恩惠。

戎兵已诘：军队已经整治。语出《尚书·立政》：“其克诘尔戎兵以陟禹之迹。”

[56]逊志之修敏：与“逊志时敏”义同。态度谦虚，经常想到自己的不足，以勉励自己。比喻谦虚好学，时时鞭策自己。逊志：态度谦虚。时：经

常。敏:奋勉。

翕(xī)河之颂陈:河以顺轨而合流,因而颂词纷陈。翕河:指河以顺轨而合流。

折狱:断案。

知方之训著:教导将士义勇兼备的效果显著。知方:典出“有勇知方”,既有勇气且知道义。

[57]腾英声,蜚茂实:语出《史记·司马相如列传》:“俾万世得激清流,扬微波,蜚英声,腾茂实。”后因以“蜚英腾茂”称颂人之声名事业日盛。蜚:同“飞”。英:英华之声,指名声。茂:茂盛之实,指实际。

总八极而为量:把总览八方作为度量。八极:汉代的一种地理观念。八方极远之地。古人认为九州(中国)之外有八埏。

[58]弥纶:包括,统摄。

鼓铸:鼓扇炽火,冶炼金属以铸造。谓陶冶、锻炼。

开骏发之远祥,固保定之宏业:开远方之祥瑞,保帝王之大业。语出王融《三月三日曲水诗序》:“骏发开其远祥,定尔固其洪业。”

骏发:英俊风发。骏:通“俊”。

远祥:远方之祥瑞。

[59]臣末学新进,罔识忌讳,干冒宸(chén)严,不胜战栗陨越之至:这是殿试对策中的套语。意思是,我学无根本,新登科第,不知忌讳,冒犯皇威,惶恐至极。

末学新进:与“末学后进”近似。指学识肤浅的新科之士。末学:无本之学。新进:谓新入仕途或新中科第。

宸严:天子的威严。

陨越:亦作“殒越”。本义是颠坠、惶恐。封建社会上疏皇帝时的套语。谓犯上而表示死罪之意。

译文(引自杨寄林编、2002年版《中华状元卷·大清状元卷》第545页)

臣下我对答:臣下我听说建立最高准则是用来落实安邦大计的,治理国家有赖于开发利用水道物资运输,明察刑狱方能辅助教化,保卫人民最重要的是充实军队。古代帝王恭承天赐大命,依靠在“内圣”与“外王”两方面自我修养之实效,把握天人协和感应的机宜。通过坚持宏深静密地积累德行,在深宫里养成了兢兢业业恭谨畏慎的作风;通过致力于发展水上运输,使得贡赋通达全国各地;通过将法律修订得合情合理,表明了对人民的慈祥之心;通过一再显示军事震慑力量,道义使得周边各个少数部族表现为怀德畏威。因此,《诗经》咏唱其恭敬的文字,《尚书》赞美其治水的功绩,《礼》记录其察狱听讼的训令,《易》缀录其主张宽待和保卫人民的言辞。综览搜寻群籍所载,可知君主的统治术兴盛就要不断学习,民众的利益兴起而国势便会固若金汤,国家具有政简刑清之风尚,士子讲求安民和众之方略。这些正是帝王赖以经天纬地、造化万物,使全社会步入仁德长寿境地的缘由。

敬思皇帝陛下,行道合乎“执中”的原则,治绩显示在普利民生上,扩展爱护生灵之大德,修明整军经武之常规。当然已经使自己的庄严敬慎之心日益坚强,江河的堤防修筑得永久可靠,众多的士兵经过训练而熟悉武艺了,国家各项法律制度也形成相互联结的完整体系了。然而圣上的心怀竟如此谦逊,对小事考虑得点滴无遗。既观察民风而设定教化之方,又垂询国事而考察浅近之言。特将臣下我等召进朝廷,而策问有关传心学、筹河防、慎典刑、严军制等方面的最佳方略。像臣下我这般愚昧,何能足以知其大体与精要?但当此应对称扬开始之时,敬念“敷奏以言”这句古训的意义,怎敢不尽量陈述平素诵习所得,从而献上一点儿管窥蠡测的陋见,借以表示自己的一片忠诚呢?

恭读策问诏书而见其上说:“危微精一的思想,是帝王道统的起始。”并进而揭示它对于实现“内圣外王”的功用。臣下我谨按:《史记·五帝纪》说:“帝喾治理百姓采取‘执中’的方针而像河水遍润天下。”可见“执中”的说法,事实上不是从《尚书》开始的。然而孔子删定《尚书》,上限断自唐虞,而尧“执中”、舜“用中”、汤“建中”的不同提法,其实前后是一个道理。孔子特加一“庸”字,因为“中和”是讲性情的,“中庸”是讲德行的,其实质无非是一个“中”字。朱子认为《大学》自“格致诚正”直至“修齐治平”,始终不外乎一个“敬”字。《中庸》从“中和位育”起,到“圣神功化”止,关键不外乎一个“诚”字。“诚”则不息,“敬”则必勤。诚敬之心树立起来,帝王之道的本体和功用就完备了。《大学》《中庸》二书实际上与《尚书》是互为表里的。真德秀的《大学衍义》分为四大纲:“格致”“诚正”“修身”“齐家”。因其意在于正本清源,故而省略了“治平”不讲。明人邱浚以“正朝廷”“成功化”等目补充它,方为完备。唐太宗的《帝范》十二篇,始自《君体》《建亲》,终于《阅武》《崇文》。宋人范祖禹撰有《帝学》八卷,上始自三皇五帝,下迄于宋神宗。以至张蕴古的《大宝箴》严肃提出为帝王者要注意戒除奢侈豪华和沉溺于声色的毛病,李德裕《丹扆箴》胪列帝王夜晚办公、身着正服的条规,都有值得称述的内容。《孔传》将“皇极”即“帝王治理天下的准则”解释为“大中”即“万分中正之道”。朱子说:“中正之道”是构成整个“准则”体系的手段。把整个“准则”体系看作在“中正之道”中起准绳作用的东西是可以的,但把“准则”解释为“中正之道”则不可以。《尚书·洪范》中所说的“五行”即木、火、土、金、水,“五事”即貌、言、视、听、思,“八政”即食、货、祀、司空、司徒、司寇、宾、师,“五纪”即岁、月、日、星辰、历数,是“准则”建立的基础;而“三德”即正直、刚克、柔克,稽疑即以卜筮决疑之方法,“庶征”即从自然气象及其变化推测人事的法则,“五福”即寿、富、康宁、好德、老有善终,“六极”即早夭、疾、忧、贫、恶、弱,则是“准则”借以推广开来的途径。因为《洛书》是以“五”这个数居中,而天帝赐给禹治理天下的九种法则是以“皇极”为根本的。敬思圣上学问高深,崇儒重道,委实足以从先哲那里接续心学之渊源,在众人中树立“圣人作而万物睹”的形象。且又不断讲论经学,阐发“用中”的精微要妙的旨趣以及“顺天而动”的真义。这就自然要昭垂万古了。

策问诏书又认为:现在治河要兼顾到便利漕运。这真是一劳永逸之计啊!查考《玉海》所载述的《禹贡》,大禹治水后,九州所开凿的河道最终都与黄河相通,这是运输水道的开始。但黄河在唐朝以前是北行入海的。后晋开运元年滑州决口,黄河便自北而东。宋神宗熙宁八年澶州曹村处决口,黄河又自东而南。元朝延祐六年筑汴梁护域,使水南汇于淮河,黄河始与淮河相通。清口即是黄淮的汇合处。但淮河水力容易减弱,黄河水力却经常保持强劲。黄河水一倒灌入淮,清口必然形成淤塞,洪泽湖水不得由高家堰各坝流进高宝境内诸湖入运河,于是淮河下游皆成水淹之地。漕运水道亦因此而不通。故欲收淮河之利,宜加意于清口,添筑拦黄矶嘴、长坝,以减轻黄河水势。鉴于有时黄淮并涨,又宜保固高家堰。潘季驯所设计的用“束淮刷黄”之策,坚筑高家堰,蓄住洪泽湖所注入的水流,使全淮之水以其七分泻入清口冲刷黄河所带来的泥沙入海,而以其三分流入运河,自山阳、宝应、高邮、江都三百里以内以达于长江,这对于加强东南地区的防涝保障,解决漕粮运输的关键问题,实在是个合理的方案。自古黄河水道迁徙无常,只有靠善于治河者审时度势,或设矶嘴以抵御其冲,或修月堤以防遏其溃,或挑引河床以减弱其流。而治河的大思路则不外乎借助淮水以抵拒黄河的倒灌,使淮水得治而黄河亦得其治;治黄淮以治理漕运,使黄淮得治而漕运亦得其治。差不多做到水得畅速而行,而国家钱财用有实效。方今海宇风平浪静,河流顺道,全仰赖皇上睿智宏谟的筹谋规划,广集众议而折中一是,使得运道常通,而仓库越发得到充实。

策问诏书又说:“虞舜时在辅助教化方面,对施用刑罚采取慎重而哀怜的态度。”由此想使察狱之道无冤屈无宽纵。说起“五刑”之制,原肇始于蚩尤。唐、虞、三代沿革不同,但总的说来都没有违背“设置刑罚以期达到无人犯法受刑”的本意。史称汉文帝十三年废止肉刑,但崔浩《汉律序》说,文帝废肉刑却仍保留了宫刑。《通鉴》载西魏大统十三年废宫刑,而《尚书正义》及《周礼疏》又说此刑直至隋唐时才宽免。可见肉刑的废除,不全在汉代。《周礼》记载“五刑”的种类各有五百，穆王增为三千，但增加了轻刑而减少了重刑。不过据《周礼》郑注所引，《夏刑》的“五刑”种类为大辟二百、膑辟三百、宫辟五百、劓与墨刑各一千，则“刑罚三千”之制在夏代便已形成，它便是《吕刑》制定的依据。法家十家出于掌狱讼的理官，名家七家出于礼官，源流自相区别。司礼司乐分为二职，掌兵掌刑合为一官，是因为施政侧重面有详有略的缘故。从前陈咸说过：为犯罪人议定他适应的刑罚，应当从轻。虽有百金的利诱，也千万不要按从重来给人定刑。因为汉承秦法，过于严酷，陈咸也是带着愤激情绪讲这番话的。至于轻率地追求轻刑的虚名而不体察对奸恶之徒讲仁慈的危害，那就属于姑息卖恩了。例如唐太宗放死刑犯回家过年一事，也不免受到了欧阳修的批评。臣下我读过御制《慎刑论》，记得其中反复重申，告诫断狱定案者切不可放纵自己的喜怒情绪，要谨防量刑轻重上的失当。臣下我更恭敬地寻绎了御制《息讼安民论》，见其仍本着慎重刑法的旨意，推求勤政为民之初衷。这些不正是治民的要道吗？

策问诏书又认为：“兵可以百年不用，不可以一日不备。”臣下我想到古代寓兵于农，春蒐、夏苗、秋狝、冬狩的集体围猎制度，都是利用农闲讲求武事。自从管子作内政，寄军令，兵与农开始分离。汉初以南军保卫宫城，以北军卫戍京师，合乎内外相制之道。唐朝建置府兵，一变而为彍骑，再变而为方镇，兵制越变越坏。宋代由枢密院统辖“外兵”，“内兵”则由“三卫”总领，其下设有分掌召募、拣选、廪给、训练、屯戍、迁补、器甲、马政等事宜的名目。明朝的京兵置有锦衣十二卫，留守兵四十八卫，这是唐朝府兵制的遗存；边兵如蓟辽、大宁诸司所置各卫，即为汉代招募流民充实塞下之制的遗存。大抵自唐宋后专用募兵，而游手无业之徒应募滥入，使得养兵之费日益浩大，但实际上却无可用之兵。看来必须如宋臣苏轼关于河北弓箭社事宜奏疏所言，实行乡勇自相团练，才能既不扰民又加强了边地的防务。不至于强迫百姓身着戎装手执兵器，奔驱于满山遍野，像王安石推行的保甲法那样罢了。我圣朝社会稳定，民风和睦，疆宇安宁。在海岛和重洋之外的地区，向我朝献纳诚心者数以亿万计。然而皇上仍屡颁敕谕，深切地以检查军队训练情况、挑选将士为念。凡属在军将士，谁能不感到鼓舞和振奋呢！

像以上这些问题：依据天命来尽心于圣德修养，从便利人民出发来改进漕运，通过宽缓刑罚使社会更崇尚道德，依靠勤奋讲武而使军威大震。盛大得上到九重天，下至八方边际，造成了亘古未有的极盛之世。臣下我更祝愿皇上扩展持盈保泰的心怀，以达历代大平之辉煌。时时防微杜渐已经做到之后，更要斋戒沐浴以表诚敬；百姓们已在歌颂天清地静之时，愈须勤勉地继续抓好疏浚河道的工程。对百官已经彰善惩恶，则进而考虑如何保民惠民；对军队已经严加整顿训练，则更深切地怀柔远方。对谦虚美德的修养与日俱进,对治河成效的颂词纷陈,断狱的清官受到普遍称赞,教导将士要有勇知方的训导收到显著的效果。仁德的名声交腾,隆盛的业绩飞布,把总揽八方边际作为度量。赖此足以统摄宇宙,铸造群生,开启深谋大智所长远呈现的吉祥,巩固上天保定的大业。那么,我国家万年有道之永福便由此奠定了。

臣下我学无根本,新入仕途,不知忌讳,冒犯皇威,不胜战栗跌腾之至。

臣下我谨对。

附　嘉庆十六年辛未科(1811 年)殿试策问及译文

殿试策问(引自仲光军、尚玉恒、冀南生编,1995 年版《历代金殿殿试鼎甲朱卷·清代试题试卷》第 620 页)

[嘉庆十六年]四月二十一日,策试天下贡士于保和殿。

制曰:朕诞膺昊眷,寅缵丕基,于今十有六年。幸函夏宁谧,海洋肃清,惟日孜孜,冀臻上理。探帝王建极之原,期河漕安澜之庆,刑罚清而民讼息,操防肃而兵制严。尔多士以敷奏为明试,爰资启沃,伫听嘉谟。

"危微精一"之旨,为帝王道统所开。尧曰"执中",舜曰"用中",汤曰"建中",与《中庸》"致中和"之义有合否?朱子谓《大学》之"格致诚正"以至"修齐治平",始终不外一"敬";《中庸》之"圣神功化",枢纽不外一"诚"。心法治法一以贯之,二书实括其全,能申明其意欤?真德秀《大学衍义》,略"治平"而不言,何欤?唐太宗《帝范》、范祖禹《帝学》,以及《大宝》《丹扆》之箴,有可采欤?《洪范》"皇极",汉儒训为"大中",宋儒又以为不然,何欤?

禹之治河先疏下流,《禹贡》一书可按也。若今之治河则兼欲利漕,其治法不过曰疏曰浚曰塞。潘季驯云:"水性不可拂,河防不可弛,地利不可强,治理不可凿。"此诚不易之论也。夫以堤束水,以水刷沙,自有成法。顾何以浊流或致分侵,运道或成淤淀?以借黄济运,苟且目前,不顾后患。宜用何策使之涓滴不久,又能利漕?其于入口出口、堤防闸坝之利,宜何如置力欤?国家数百万漕,岁资济运,而施工亦所费不赀。必使清足敌黄,黄不倒灌,水得遄行,帑归实用,始于河漕,均有裨益。讵可因循怠忽,致失机宜欤?

虞廷弼教,钦恤惟刑。《周官》大司寇以"五刑"纠万民。有"五禁""五戒",所以使勿犯也;有"三刺""五听",所以致其慎也;有"三赦""三宥""八议",所以加之仁也。肉刑除于何代?刑之属三千,夏商与周同否?法与名何以分为二家?兵与刑何以合为一典?人命至重,所谓悉其聪明,致其忠爱,岂不在折狱者之无成心、无偏见欤？朕哀矜庶狱，每阅谳牍，再三审慎，以期无枉无纵。而司狱者或以姑息为阴德，或以武健为胜任，岂称“不刚不柔，受王嘉师”之意欤？

兵可以百年不用，不可以一日不备。《易》占利用，《书》称克诘，《礼》有蒐苗狝狩之典，皆于农隙讲武，所以振国威也。周制寓兵于农，管子作内政而兵农以分。汉有南北军之屯，唐有府兵、彍骑之制，宋有禁兵、乡兵之殊。元立五卫，明设京兵、边兵。统属异同，其详若何？今直省营制，非不勾稽有册，简阅有规，校练有期，侵冒有禁，保无有老弱充伍、巡防疏惰、习为具文而无实效者乎？近日又有团勇、练勇之称，究竟有益无益？其何以副朕整饬戎行、设兵卫民之意？多士试详言之。

夫心法为宰化之枢，河防为安民之本，刑罚中而祥风洽，训练谨而武备修。皆致治之要图、经邦之大计也。多士学古入官，讲求实用，其各以素所诵习著于篇，毋泛毋隐，朕将亲遴焉。

殿试策问译文（引自杨寄林编、2002 年版《中华状元卷·大清状元卷》第 539 页）

皇帝的制策说：皇帝我承受苍天眷顾，恭谨地继承了盛大的基业，至今已经十六年了。所幸全国安定，海洋肃清。只管每日孜孜以求，希图达到最高的治理，探求帝王建立治理天下准则的本原，期盼黄河及漕运水道得到根治的喜庆，刑罚清正而民间争讼平息，军队训练与防务整肃而军事制度严明。你们众士子以铺陈上奏作为公开应试，于是希望从中获得你们提供的启发和补充，伫立而听大家的好对策。

“人心惟危，道心惟微，惟精惟一，允执厥中”的旨意，是帝王道统的起始。唐尧说“要执‘中’”，虞舜说“要用‘中’”，商汤说“要建‘中’”，这与《中庸》里讲的“要达到‘中和’境界”的含义有相合之处吗？朱子指出：《大学》中所讲的“格致诚正”以至“修齐治平”，始终不外乎一个“敬”字；《中庸》里所讲的“圣神功化”，其关键不外乎一个“诚”字。“心法”与“治法”贯通在一起，而这两本书实际上已概括了它们的全部内容。你们能申明他这段话的意蕴吗？真德秀的《大学衍义》省略了“治平”不讲，这是为什么呢？唐太宗的《帝范》，范祖禹的《帝学》，以及《大宝箴》《丹扆箴》，有可以选取的内容吗？《尚书·洪范》中的“皇极”概念，汉儒解释为“大中”，宋儒又以为不对，这是什么原因呢？

大禹治河的办法是先疏通下游河道，这有《禹贡》一书可资查核。若是讲到现在的治河，那就兼有便利漕运之目的了。其治法不外乎疏、浚、塞。潘季驯说过：

“水性不可违拗，河防不可松弛，地利不可强求，治理不可随意。”此话诚属不刊之论。用堤防来约束洪水，借水力来冲刷泥沙，这自然是早有成法的。但为何其结果或是导致浊流分侵两岸，或是造成运道泥沙淤积？单靠引借黄河洪水来解决运河漕运之需，是个苟且于目前而不顾后患的法子。那么宜用何种办法，使河水水位不偏低，又能有助于漕运呢？而在对入口、出口，堤防、闸坝的开发利用上，又当如何致力呢？国家每年花数百万两银子用于漕粮水运，而在治河施工上支出巨大。务必要使清流足以抵拒黄流，黄河水不倒灌进淮河，运河水得以畅行，国家钱财用到实处，这才对治河与漕运，均有裨益。怎可因循怠惰、玩忽职守，以致坐失机宜呢？

虞舜时在辅助教化方面，对施用刑罚采取慎重而哀怜的态度。《周礼》记载：大司寇以野刑、军刑、乡刑、官刑、国刑等五类刑罚纠察矫正万民的行为。同时设有“五禁”“五戒”，以此叫人们不要触犯法律；定有“三刺”“五听”等对犯罪事实进行多方面调查核实的制度，借以保证断狱量刑的慎重；在对犯罪人进行审判时，又有“三赦”“三宥”“八议”等对老幼愚蠢健忘者和亲贵贤能之人实行减免刑罚的特殊规定，以此施仁政于人民。肉刑废除于何代？古代治罪的名目有三千，夏商与周朝相同吗？法家与名家为何要分立为两家？军法与刑法为何可合为一典？人命问题至关重大。世上所说决断刑狱者一定要竭尽其聪明才智，奉献其忠爱之心，而这岂不在于他们既无成心又无偏见吗？皇帝我哀怜犯法待刑的庶民，每逢批阅定案文牍，总是再三审慎，以期无冤屈无宽纵。而执掌刑狱的官员有的以姑息为积阴德，有的以猛峻为胜任职务，这难道符合“不刚不柔，方能适合于王者善良的民众”这两句古训的意思吗？

兵可以百年不用，不可以一日不备。《周易》主张占卜获得有利时机方可用兵，《尚书》称许能整治军队之人，《周礼》载有春蒐、夏苗、秋狝、冬狩的集体围猎制度，都是在农闲时讲习军事，以此振扬国威。周朝本是实行“寓兵于农”制度的，自管仲作内政，兵与农由此分开。汉代建有南北两军屯戍京师。唐代兵制先后有府兵制和彍骑制。宋代军队有中央“禁兵”和地方“乡兵”的区别。元代将军队分置为五“卫”。明代设置了京兵和边兵。历代军队统属关系上的异同，其详细情况如何？现在中央直辖省的兵营管理制度，并非未做到考核有簿册，检查挑选有规章，操练比武有定期，对侵吞冒领士兵粮饷有禁令。但谁能担保就一定没有老弱兵丁充塞行伍、对巡逻防务疏忽怠惰、惯于对上作虚假空洞的例行报告而并无治军实效等不良现象了呢？近日又有了“团勇”“练勇”的名称，究竟有益无益？怎样才能符合皇帝我整饬戎行、设兵卫民的旨意？你们众士子试详言之。

心法是决定教化的关键,河防为安民的根本,刑罚适当则祥风和顺,训练谨严则军备修明。这都是实现治国的要图、赖以经邦的大计。众士子学古从政,讲求实用,那就请各将平素所诵习的写于答卷上,不要空泛,不要隐讳。皇帝我将亲自遴选你们。

恭祝诰封孺人易岳母王太孺人六十寿序

蒋立镛

吾邑与云杜接壤[1],自五华山迤逦而西,重峦叠嶂,绵亘数百里。其间世家大族、代承科目、蔚然称极盛者[2],首推易氏。镛以子婿故,悉其世德最审,而于岳母王太孺人之懿范尤详[3]。

甲子冬,既与内子拜别后堂束装来京[4]。又二年,内兄珊屏以谒选来[5]。又二年,珊屏之同祖弟莲航以赴礼闱试继来,来则道孺人之德意不置[6]。辛未春[7],莲航与镛同举进士。孺人闻报时,喜其侄之能成名,并喜镛之能与其侄之相与有成也[8]。

镛窃记甲子迄今,违孺人之训者九年,而孺人年已六十矣。莲航供职薇省,将以八月某日为堂上人开五旬双寿之觞,珊屏昆季亦必有以寿孺人[9]。乃莲航告镛曰:“适得家言,严君以祖母在堂[10],辞不为寿。”并述孺人之意,以辞镛之为孺人寿。斯固恒言不称老之义,而莲航之所以寿其堂上人,与珊屏昆季之所以寿孺人,究乌能已[11],则镛之所以寿孺人又乌能已哉?

孺人系出琅琊望族[12]。年及笄,归我岳父穆亭公[13]。公为眉川公之仲子,伯则静亭先生,叔则厚斋先生。方眉川公官教授时,三人迭往侍养[14]。孺人事姑余太孺人尽孝,即以姑命持家政,操井臼[15],勤纺织,甚得欢心。迨眉川公授广宁县尹[16],伯叔眷属俱奉太孺人来署。孺人与穆亭公摒挡门户,井井有条。是时值邪教蜂起,乡间讹言贼至[17],各谋奔窜。孺人持重筹画[18],而贼卒不至。已而眉川公解组归里[19],筑室于陈山之阳,日与诸孙欢娱。孺人则朝餐夕膳,手调以进，一家团栾之乐至斯而一聚[20]。“夫家人离，必起于妇人。故睽次家人，以二女同居其志不同行也[21]。”孺人妯娌三人，人各男女七八人；仆婢佣厮几及数十人[22]。孺人以仲妇持家，而能同居合食一门。孝友间以内奉若家督，虽古之义门，何以加焉[23]？

又数年，伯以豫章库使去，叔以枣阳训导去，老人甘旨之奉[24]，肩任一身。而诸侄子女之留而未去者，悉依孺人左右，视如己出。其已女暨侄女之已嫁者亦必时加存问[25]，而究无尺帛寸缕之私。盖孺人性本仁厚，而济之以敬慎，明于大义，不为毫发私利计，故宜于其家如此也。

南庄为子弟读书之所，距家里许。中植松杉百余，本杂以桃梨梅杏、芰荷兰蕙之属，俾得游息其间[26]。四围石垣缭之，前通一门，不禀白不得出。凡饮食衣服之用、纸札膏火之需，惟一老仆往来。昔吕原明甫十岁，申国夫人教极严[27]。市井里巷，郑卫之音[28]，未尝一接于耳；不正之书，非礼之色，未尝一接于目。故公之德器大异于人[29]。今孺人之教若此，不宜其克昌厥后欤[30]？长君珊屏以名诸生就选广文，丁卯一应京兆试，荐而未售[31]，旋出摄石首□□□□眉川公鳣堂旧舍[32]，一时老学□□□□□之群，季亦英挺俊秀诸孙林□□□□□孺人顾而乐之。壬戌覃恩[33]，以叔枣阳训导□□花灿烂，闾里观光。而孺人撝谦益下[34]，无日不□□妇事，上以慰九袠起居之心，下以励封鲊丸熊□□[35]。至振济贫乏，虽厚费不之惜，其所以博德施仁□□后福者至矣。他日珊屏昆季联翩，捷步看花[36]□□莲航同官京师，方将□□□锡显亲扬名，孺人且安舆迎养鱼轩[37]□□□□衣相辉映。而镛亦得从莲花幕里瞻元[38]□□□□霞之杯，则镛之所以寿孺人又在彼……

赐进士及第、翰林院修撰，愚婿蒋立镛顿首□□

嘉庆十七年十月[39]。

题解

本文录自蒋立镛贺寿条屏。原件藏京山博物馆。原件残缺，不可辨识但字数确定的以“□”代替;字数不确定的部分,以“……”代替。

诰封:明清时代对官员及其先代和妻室授予的封典,五品以上由皇帝诰命授予,称“诰封”,即封诰;五品以下用敕命授予,称“敕封”。清代制度,以封典给官员本身称为“授”,给官员曾祖父母、祖父母、父母和妻室,存者称为“封”,已死的称为“赠”。

孺人:明清为七品官的母亲或妻子的封号。亦通用为妇人的尊称。“诰封孺人”中的“孺人”为封号,但按品级应用“敕封”。“岳母王太孺人”中的“孺人”为尊称。

文中提到的“南庄”指今京山市永兴镇南庄村七组。眉川公即易履泰,举人,曾任汉阳府教授、广东广宁知县。易履泰有三子:易大枞(静亭先生)、易大谟(穆亭公,蒋立镛岳父,易本瑛之父)、易大醇(厚斋先生,枣阳训导,易镜清之父)。易本瑛,字珊屏,石首训导。易镜清,字本杰,号莲航,进士,庆阳知府。

注释

[1]云杜:湖北省京山市的旧称。

[2]世家大族:世代显贵的家族。

科目:指通过科举取得的功名。

[3]世德:累世的功德,先世的德行。

审:详细,仔细。

懿范:专用以赞美妇女的好品德。

[4]甲子:清嘉庆九年,1804年。

内子:妻的通称,称己之妻。

[5]谒选:官吏赴吏部应选。

[6]礼闱:指礼部或其考试进士的场所。

意不置:不舍,不止。

[7]辛未:清嘉庆十六年,1811年。

[8]相与:共同,一道。

[9]薇省:紫薇省的简称。借指中枢机要官署。

堂上人:指父母。父母居住的正房称“堂上”。

昆季:兄弟。长为昆,幼为季。

[10]适得:恰恰得到。

[11]乌:何,哪里。

[12]琅琊:指王姓郡望琅琊郡。今山东临沂。

望族:有声望的家族。

[13]及笄(jī):笄是古代妇女簪的一种。照礼制,女子成年才能著笄,古称“及笄”,就是表示已成年,可以结婚。

归:出嫁,嫁。

[14]教授:清代府学官称“教授”,州学官称“学正”,县学官称“教谕”,负责教育所属生员。

侍养:奉养。

[15]姑:称夫之母,公婆。

操井臼:身操井臼。亲自汲水舂

米。指亲自操持家务。

[16]迨:等到,及。

县尹:元代称知县为县尹。

[17]讹言:虚假、谣传的话。

[18]持重:稳重,谨慎。

[19]解组:解下系印的丝带,指辞官。组:丝带。

[20]团栾:团聚。

[21]夫家人离,必起于妇人。故睽(kuí)次家人,以二女同居其志不同行也:语出周敦颐《通书·家人睽复无妄第三十二》:“家人离,必起于妇人。故睽次家人,以二女同居而志不同行也。”家人这一卦最重要的是内卦离中间的阴爻,它代表的是家庭主妇。一个家庭要想搞好,要想有起色,必然是因为家庭主妇很好。睽卦在《周易》的卦序排位上,仅次于家人卦。说两个女儿都居住在家里,她们各怀心意,各打各的算盘。二女:指出嫁的和没有出嫁的女子。

[22]佣厮:厮佣。佣工,雇工。

[23]孝友间(jiàn)以内奉若家督,古之义门,何以加焉:家中孝友之人,暗暗地把(岳母)当作家长,即使是古时候尚义的门族,也没有超过岳母家的。

孝友:孝顺父母、友爱兄弟。

家督:谓家长,户主。

义门:旧谓尚义的门族。

何以:反问的语气,表示没有或不能。

加:超过。

[24]豫章:古代区划名称。江西建制后的第一个名称,即豫章郡(治南昌县)。

库使:官名。清代设于中央部、院、寺之各库,为未入流之库官。掌守档册,或兼司出纳,或供令使。

训导:学官名。明清府、州、县学皆设训导,为府学教授、州学学正、县学教谕的副职。

甘旨之奉:儿子侍奉母亲的饮食。这话含有恭维的口吻。甘旨:美味的食物。奉:侍候。

[25]存问:问候,探望。通常带有客气的意思。

[26]芰(jì):菱角。

游息:犹行止。

[27]吕原明:吕希哲,字原明。北宋寿州(治今安徽凤台)人。吕公著长子。北宋理学家。著《岁时杂记》。官至光禄少卿。

申国夫人:即北宋大臣吕公著之妻,性严有法,教子成名。

[28]郑卫之音:本是春秋战国时郑、卫两国的民间音乐,儒家认为不同于雅乐,故称为淫靡之声。

[29]德器:道德修养与才识度量。

[30]克昌厥后:做善事来庇荫子孙,使得子孙都兴旺起来。昌:昌大。厥后:其后世子孙。

[31]广文:古代国学中的馆名,流传成为儒学教官的别称。

丁卯：清嘉庆十二年，1807 年。

应京兆试：进京参加科举考试。京兆：行政区划名。汉代京畿的行政区划名。汉太初元年（前 104 年）改右内史置京兆尹，分原右内史东半部为其辖区，即今陕西西安市以东至华阴之地。职掌相当于郡太守。因地属畿辅，故不称郡，为三辅之一，后世因称京都为京兆。

荐而未售：指应试未中。未售：义同"不售"。货物卖不出去。比喻考试不中（士人应试未中，没能换得施展才能的机会）。

[32]鳣：音 zhān。

[33]壬戌：清嘉庆七年，1802 年。

覃恩：广施恩泽。旧时多用以称帝王对臣民的封赏、赦免等。

[34]撝（huī）谦：谓施行谦德。泛指谦逊。

[35]九袠（zhì）：九十岁。十年为一袠。

封鲊（zhǎ）：典自"封鲊训廉"。三国时吴人孟宗，字恭武。他在任监池司马时以鲊（糟鱼）寄母，母不受退还，说道：你身为鱼官，竟以鲊寄我，这是合适的吗？旧以"封鲊"称颂贤明的母教。

丸熊：形容母善教子。唐朝柳仲郢幼年好学，其母韩氏，曾和熊胆丸，让其夜晚嚼咽，以助勤促学。

[36]昆季联翩，捷步看花：指兄弟同登进士。

捷步看花：唐代诗人孟郊多次赴考不中，四十七岁进士及第后，作《登科后》："昔日龌龊不足夸，今朝放荡思无涯。春风得意马蹄疾，一日看尽长安花。"

[37]安舆：即安车，老年人和妇女乘坐的车子。后指迎养亲老。

鱼轩：古代贵族妇女所乘的车。用鱼皮为饰。

[38]莲花幕：指幕府。南朝齐王俭的府第。俭于高帝时为卫将军，领朝政，用才名之士为幕僚，后世遂以"莲花幕"为幕府的美称。后泛指大吏之幕府。

[39]嘉庆十七年：壬申，1812 年。

赶修湖北江汉堤工等事折

蒋立镛

翰林院侍讲学士、臣蒋立镛跪奏为湖北江汉堤工请旨饬令赶修以备水患，并禁止抢劫棍徒以安民俗，查参贪污知县以儆官方，仰祈圣鉴事[1]。

臣窃惟旱干水溢[2]，自古常有，惟恃有修防补救之功。湖北荆州江水堤工为枝江、松滋、公安、石首、监利等县保障[3]。襄阳汉水堤工为钟祥、京山、潜江、天门、汉川、沔阳、孝感、黄陂等县保障。春夏水涨，一被冲决，下游无不浸淹。每逢八、九月水退时，地方官赶紧修筑，以备来岁水患。若修筑不能坚固，每致旋筑旋溃。本年水患较甚，去年业经前任湖广总督卢坤、新任总督讷尔经额等先后奏蒙皇上特旨抚恤赈济，分别蠲缓[4]。天恩浩荡，有加无已，百姓实深感激。近闻江汉两处堤工自八、九月水退至今，尚未兴修。十月底云南主考路过荆州、安陆等处，目击情形，府道州县观望迟疑，毫无定见。倘明年春涨，又成一片汪洋，民命其何以堪！仰恳皇上饬令地方官赶紧修筑，毋致承办官吏草率侵冒，俾工坚料实[5]，以成一劳永逸之计。

再闻得孝感、黄陂抢劫之案甚多，地方官置若罔闻，或避重就轻，规避处分。凡家道稍裕，多有迁居城内者。其他州县类此者恐亦不少。仰恳皇上饬下督抚，出示查禁，照例惩办，以安民心而靖民俗[6]。

再闻得署天门县知县吕恂去岁办理赈务[7]，将合邑民商捐赈银二万余两，只发一万，余皆肥己。又督抚捐有被灾各州县棉衣三千件[8]，银两吕知县领回，乡民有来领者，止给草衣，而以棉衣开报。故乡间有“吃抚恤，吃钱粮，两张大口；欺皇上，欺百姓，整日勾心”之谣。今年九、十月间，吕知县尚在天门署事，如再令办理赈务，百姓何由得沾实惠？仰恳饬下督抚撤任查参，以儆官方而苏民命。

湖北现无御史，臣籍隶天门，职备讲官，例得奏事，所有家乡传闻情形不敢壅于上闻[9]。谨缮折恭奏，伏乞圣鉴[10]。谨奏。

道光十二年十二月十三日[11]。

题解

本文录自蒋立镛奏折。原件藏中国第一历史档案馆，档案号为03－3974－042。标题为《天门进士诗文》编者所加。

中华书局1987年版《清实录·道光朝实录·卷之二百三十·道光十三年癸巳正月戊子》（影印本）第438页记载：谕内阁：前据蒋立镛奏“湖北堤工，地方官未赶紧兴修;孝感、黄陂抢劫之案甚多;署天门县知县吕恂侵蚀捐赈棉衣、银两”各款,当降旨交穆彰阿等查办。兹据奏:“讷尔经额于到任后查知,各属官民希冀借帑兴修,以致观望迟延,即严饬该管道府亲诣督勘筹议,并勒限严督赶办,春汛以前均可一律完竣。至历年残缺堤工,须俟水势归槽,方能集费修筑,实非有意迟延。孝感、黄陂二县因上年捻匪窜入抢劫滋扰,业经该督等严饬营县尽力搜捕。当时各乡居民防范绸缪,在所不免,嗣获犯后民情安帖,乡民并非全迁城内。州县遇有抢劫案件,据实具报,处分甚轻,若一讳匿,转成私罪。即被害之人,无不即时上控。现检查两县及各州县,并无被控抢劫案件。其无规避处分讳盗不报之事,自属可信。又吕恂上年代理天门县事,共收绅商捐输工赈钱文,查明各垸内实在贫民户口,择其公正绅士耆民,将钱文当堂给领。每垸给钱自一百余千至数十千文不等,有花名细册、绅耆领状可据。其余钱文,为修复各垸溃堤之用,均系绅耆经手,俱有工程底帐可查。不但该员毫无沾染,且未假手吏胥,可保无克扣之弊。至制备御寒棉衣草衣,系该员捐廉施舍,并未报销,从何侵冒”等语。穆彰阿系钦派大臣,讷尔经额系新任湖广总督。交查事件,均无所用其回护。既据详查具奏,自系实在情形。蒋立镛所奏,著毋庸议。

注释

[1]翰林院侍讲学士:官名。元明清翰林院均置此职,讲论文史,甚为清显。并不实际担任讲经之职,实任需加经筵官之衔。明品等为从五品,清为从四品。主要任务为文史修撰,编修与检讨。

臣:对皇帝,汉人官员自称臣、微臣或臣等,宦官及清代旗籍文武官员对皇帝自称奴才。都是谦称。

棍徒:恶棍,无赖。

查参:调查参劾。

儆:告诫,警告。

仰祈圣鉴:祈请皇上审阅。

[2]窃惟:私下考虑。谦辞。

[3]堤工:堤防工程。

[4]蠲(juān)缓:指免征或缓征赋税。蠲:除去,免除。

[5]饬令:上级命令下级。多用于旧时公文。

侵冒:非法占有公物或他人之物。

俾:使。

[6]督抚:总督和巡抚的并称。明清两代最高地方官,兼理军政、刑狱。

出示:告示。

靖:治理。

[7]署:署理,兼摄。指代理,暂任或试充官职。

赈务:赈济的事务。

[8]被灾:受灾。

[9]职备讲官:指作者时任翰林院

侍讲学士。备：备员。充数，凑数。

壅于上闻：隐藏实情而不向朝廷呈报。上闻：向朝廷呈报。

[10]缮折恭奏，伏乞圣鉴：写上奏折，恭敬地呈上，祈请皇上审阅。缮：抄写。敬辞。伏乞：向尊者恳求。与“伏祈”相同。

[11]道光十二年：壬辰，1832年。

杨忠烈公（杨涟）文集序

蒋立镛

君子之于小人，若水火之不相容、薰莸之不相合[1]。故君子见奸欺无君者，攻之不遗余力[2]。然求其无害于国而止，不必遽置诸死也。小人则阴伺巧中，快心于搒掠斩杀、血肉狼藉，使善类股栗[3]，畏其毒而逃其灾，然后为所得为，莫敢吾抗[4]。而不知恶盈祸极、殒身赤族，其惨烈有甚于君子创惩所不忍至者[5]。而国随颠覆，无救于亡。此忠魂毅魄所为痛哭于九原，而遗憾于君之不明、天之不祚者也[6]。

吾乡杨忠烈公以劾魏珰惨死诏狱[7]，天下莫不伤之。吾谓公之死于逆竖也[8]，犹死于蛇虎寇盗鬼魅也。古今类然，亦何足异？所可惜者，公有应变之才、持重之力、识远之量[9]。值多事之际，足以扶危而立倾，振衰而兴废。以立朝未久，任事未重[10]，仅以气节显也。而天下且惊之，后世且慕之，是以龙比视公，不知以伊吕视公矣[11]。夫公未尝与朝士为仇，特以盛名直节[12]，为人嫉忌，故谤伤者众。思避其锋而卒之不免，盖时党祸方炽，逆珰既切齿而甘心，群小即阿附以相戕贼[13]。而正人又分门户于其间，视其死为不切于己[14]。故与同狱诸君子，体无完肤，而尸填牢户也。观公之请移宫也，未尝不欲善全李选侍[15]；其谏内批屡降也，未尝不欲戒谕忠贤，使保全恩宠，其后司风宪也[16]。忠贤少知顾忌，久不敢肆。公亦安之，冀其改图[17]。自非恶不可忍，公亦不至尽列其罪，呼祖吁天也。其论辽沈黔蜀败衄之势、应敌择将之道[18]，洞若观火；殷忧硕画[19]，在远不忘。其恬退田里,又有倏然尘表之致[20]。或谓公之情过激而气过亢者,实未尝合公生平始终而熟察深论之也。夫公之死惨矣,不一瞬而起东林之狱[21],其惨亦不减于公,岂皆劾逆珰者哉?道消道长[22],其势然也。嗟乎!公之一疏,虽不足启昏主之聪、伸直臣之气,而逆珰族灭之祸,实发于此。然则公固非无功徒死者矣,况血冤、赐谥、赠荫优加,至我朝犹庙食不替[23]。虽非公所冀幸,然是可为效忠者劝也[24]。夫公固不徒以文字显[25],然读其文可以想见其性情之和平、志气之坚定,悉由学之正与养之优,而非"婞直以亡身"与脂韦以避祸者所得借口也矣[26]。

日讲起居注官,翰林院侍读学士[27],前左右春坊中允、赞善,国史馆纂修,河南、广西主考官[28],乡后学蒋立镛顿首拜撰。

题解

本文录自清道光十三年(1833 年)版《杨忠烈公文集·蒋序》第 9 页。

杨忠烈公:杨涟。参见本书周嘉谟《表忠歌》题解。

注释

[1]薰莸(yóu):香草和臭草。喻善恶、贤愚、好坏等。

[2]奸欺:虚伪欺诈。

无君:"无父无君"的省略。孟轲斥责墨翟、杨朱之语。后以讥刺无伦常者。

[3]巧中:"巧中说话,巧中有人"的意思。都碰巧了,碰巧正谈话,碰巧有人听。意谓说话正恰被有关的人听到。

搒掠(péng lüè):也作"榜掠(péng lüè)"。拷打。

善类:善良的人,有德之士。

股栗:大腿发抖。形容恐惧之甚。

[4]莫敢吾抗:"莫敢抗吾"的倒装。吾:指上文"小人"和下文"魏珰"。

[5]殒身:丧生。

赤族:诛灭全族。

创惩:惩戒,惩处。

[6]祚(zuò):保佑,赐福。

[7]魏珰(dāng):指魏忠贤。珰:汉代武职宦官帽子的装饰品,后借指宦官。

诏狱:又称锦衣卫狱。明朝由锦衣卫掌管的特殊刑狱。

[8]逆竖:对叛逆者的憎称。

[9]持重:稳重,谨慎。

识远:见识远大。

[10]立朝：指在朝为官。

任事：犹言承担职务。

[11]伊吕：指伊尹和吕尚。商伊尹辅商汤，西周吕尚佐周武王，皆有大功，后并称"伊吕"泛指辅弼重臣。

[12]朝士：朝廷之士。泛称中央官员。

直节：谓守正不阿的操守。

[13]党祸：指因党争而引起的祸难。

戕(qiāng)贼：残害。

[14]正人：正直的人，正派的人。

不切于己：与己无关。切：靠近，贴近。

[15]请移宫、李选侍：指杨涟于泰昌元年(1620年)迫李选侍移宫。参见本书周嘉谟《余清阁年谱》所记相关史实。

[16]内批：从宫内传出来的皇帝圣旨。

戒谕：告诫，训导。

风宪：古代御史观民风正吏治，谓之"风宪"。明代监察机关都察院又称"风宪衙门"，风宪官即监督法律执行的御史。

[17]改图：改变计划。

[18]败衄(nǜ)：战败。

[19]殷忧：忧伤。

硕画：远大的谋划。

[20]恬退：指安然退隐。

田里：指故乡。

倏(shū)然：迅疾。

尘表之致：谓人品超世绝俗，达到极致。

[21]东林：指明末东林党。

[22]道消道长："小人道长，君子道消"的化用。道德卑下的人得势，品德高尚的人必定失势。邪气上升，则正气下降。语出《否》卦《彖(tuàn)传》："内阴而外阳，内柔而外刚，内小人而外君子，小人道长，君子道消。"

[23]赐谥：大臣死后，天子依其生前事迹评定褒贬给予称号。

赠荫：古代朝廷对已死有功人员的子孙授以官爵。

优加：优礼有加。指给予优待礼遇。加：施加。

庙食：谓死后立庙，受人奉祀，享受祭飨。

不替：不废弃。坚持不变。

[24]冀幸：犹侥幸，希冀。

劝：奖勉，鼓励。

[25]不徒：不独。

[26]婞(xìng)直以亡身：语出屈原《离骚》："鲧(gǔn)婞直以亡身兮，终然夭乎羽之野。"鲧太刚直不顾性命，结果被杀死在羽山荒野。婞直：倔强，刚直。

脂韦：油脂和软皮。比喻阿谀或圆滑。语出《楚辞·卜居》："宁廉洁正直以自清乎？将突梯滑稽如脂如韦以絜楹乎？"是廉洁正直出淤泥而不染呢？还是像柔软的油脂和熟牛皮那样圆滑来待人处世。絜楹：意谓削平方棱成为圆形。比喻圆滑谄谀,善于揣度人之所好。

[27]日讲起居注官:清代秘书官员,侍从皇帝,记录皇帝言行,兼入宫讲论经史。由翰林、詹事等日讲官担任。

翰林院侍读学士:官名。翰林院学士之一,职在为皇帝及太子讲读经史,备顾问应对。

[28]左右春坊中允、赞善:春坊为官署名,指太子宫府。魏晋以来,称太子宫太子府为春坊。唐置太子詹事府,以统众务,置左右二春坊,以领各局。清朝詹事府置左右春坊,其长官为左右庶子,正五品。其属官有左右中允,正六品;左右赞善,从六品。左右春坊各官,掌记注撰文。

国史馆纂修:国史馆为翰林院附属机构。国史馆的提调、总纂、纂修等官,多由翰林院官员兼任。总纂地位较高,不一定亲自参加具体编纂,而最后由其总成。纂修、协修分司具体编纂,而以纂修为主,其职多由内阁侍读学士、侍读及翰、詹人员充任。

主考官:明清科举考试主持各省(包括京城)乡试的主试官。

香案集序

蒋立镛

起居注官,即古左史也[1]。地分清切,仪制綦崇[2]。《大清会典》暨《词林典故》载之详矣,然往往有临时检阅及履其地而范无所措者[3]。

镛自道光元年四月[4],蒙恩命充是职。资俸未深,讲求益切[5]。每次记之以诗,俾无遗忘。迄今十三年来,凡朝祭燕射、在宫在园之地[6],几于遍历。回忆曩昔,同直膺封圻、跻卿贰者大半[7]。至或以出使暂离,或以改官[8],再到新旧更换,岁不绝书。惟镛以结袜之材,备簪毫之选[9],未尝一日稍闲。此中之聚散存亡,则又感慨系之矣。兹同人以镛久历是职,问途已经[10]。因出拙诗正之,咸谓援据详明[11],可为先导。乃不揣固陋,更加删补,都为一册[12],计七律三十八首,付之剞劂,即作侍班册档可也[13]。若夫行围、橐笔之荣,则请俟诸异日[14]。

道光十三年癸巳嘉平除日，蒋立镛识[15]。

题解

本文录自蒋立镛著、清道光十三年(1833 年)版《香案集》。书名“香案集”由蒋立镛同年、内阁学士户部侍郎程恩泽题。本文标题为《天门进士诗文》编者所加。

香案：典自“香案吏”。元稹曾为宰相，谪出为浙东观察使，自称是玉皇香案吏谪居蓬莱。后因以香案吏借指在朝官员。

注释

[1]起居注官：随侍天子左右记录天子言行的官，即起居注官。清代由翰林、詹事等日讲官兼任。

左史：古代史官。周代左史主记国君行动。

[2]地分(fèn)：地步、情况。

清切：清贵而切近。指清贵而接近皇帝的官职。

仪制：礼仪制度。

綦(qí)崇：极高。

[3]履其地：指亲临其地。

范无所措：疑指范式缺失。

[4]道光元年：辛巳，1821 年。

[5]资俸：资历和俸禄。

讲求：修习研究。

[6]朝(zhāo)祭：满族旧时祭祀活动。因于清晨举行，故名。

燕射：古代射礼之一。指宴饮之射。泛指宴饮作乐。

[7]曩(nǎng)昔：往日，从前。

同直：指朝臣一同当值。

膺封圻(qí)：承当封疆大吏之任。封圻：指封疆大吏。

跻卿贰：升迁为侍郎。卿贰：侍郎的别称。尚书为卿，故副手侍郎为贰卿，也称亚卿。

[8]改官：旧时官员晋升调任的一种制度。

[9]结袜：西汉处士王生曾当众呼唤廷尉张释之跪着为自己系袜子。疑为作者自谦之词。

备簪毫之选：候选皇帝身边的近臣。簪毫：簪笔。借指皇帝身边的近臣。

[10]问途已经：问途于已经。问路要向走过此路的人打听。

[11]援据：引证。

[12]都：总。

[13]剞劂(jī jué)：本指刻镂的刀具，这里是雕版、刻印的意思。

侍班：古代臣下轮流在宫内或行在所随侍君王，记事、记注起居，或处理其他事务，称侍班，即入直。

册档：簿册，卷宗。

[14]行围：又称打围或围猎。清入关前，满族社会已盛行，后渐成制度。

橐(tuó)笔：古代书史小吏，手持囊(náng)橐，簪笔于头，侍立于帝王大臣左右，以备随时记事，称作持橐簪笔，简称“橐笔”。

[15]道光十三年：1833年。

嘉平：为腊月的别称。本为腊祭的异名。腊祭，每年十二月八日举行的年终祭祀，以祭先祖百神为主，故十二月称嘉平。

除日：农历十二月最后一天。

识(zhì)：通“志”。记。

重修龙泉寺记

蒋立镛

士夫之来宦京师者，声车马，味尘坋，赁屋聚居，若旋蠡然[1]。值夫天朗风熏、月清雪皓，世诧为良辰嘉会者，恒苦无以发摅其志气[2]。而旅宦之错处外城，鳞次栉比，密之又密，其湫隘蕴郁[3]，视内城尤甚。独宣武坊之西南隅，地势污坳，隙土广绰；丛林古刹，往往而有、而最胜、而宜于士大夫之燕游，龙泉又其较著者。

考洪武《北平图经书》，龙泉在旧城开阳东坊，开山第一代祖师谷氏净端号龙泉老人创建，因以龙泉名其寺，至元二十四年立碑。《析津志》云：“在天宝宫西北。”又云：“在清夸门西，俗号五台寺。”二书皆久佚，文载《永乐大典》。余幸备员史馆，得紬绎旧闻，识其建置命名之权舆[4]。既读《杨禹江集》，有《丙戌夏日陪宋商邱过龙泉寺观风氏园古松之作》。又知，经寮佛屋，不鲜胜观，而斯寺独久为名流所盘礴也[5]，乌可听其倾废、弗思整饰哉？

明以来叠事修治。其著于碑者，正统初一修之，康熙间再修之，乾隆中又修之。比嘉庆初年而寺复颓圮。于是吾乡蔡君镜舫乐其幽胜，悯其沦铺，布满金钱，谋更鼎建，择善知识而授其事于清远。清远老退，付于其僚瑞光。瑞光亦衰，付其徒绍祖。会绍祖因他故辞去，清远复代理半载，始付诸方丈惟一。清远、惟一，皆楚产也。

溯自嘉庆十年乙丑始，至道光廿一年辛丑止，历三十七年，而龙泉乃焕然称上刹焉。凡瑞光重修客堂三间，绍祖重修左右廊二十八间，惟一重修天王殿一区、方丈前后屋十五间、灵房六十余间、厨房十二间，又置别产店房一所，以供岁时补葺之费。盖始终其事者，清远。而清远所杖以开筑奠基者，蔡君镜舫力也。於戏！岂特沙门实饫其福[6]。凡吾士夫今日之得以豁舒胸臆、排解烦懊，畴非蔡君之赐哉？清远以余与蔡君同籍楚北，念创置之艰劬，感檀施之逾量[7]，谓不可无文以纪之，爰为钩稽颠末，丹诸贞石，俾后人知蔡君之不遴于财[8]，与清远诸僧之不苟于财，乃相得益彰云。

赐进士及第、诰授通奉大夫、内阁学士兼礼部侍郎衔、文渊阁直阁事、稽察中书科事务，加三级，纪录十次，天门蒋立镛撰。

赐进士出身、诰授通议大夫、大理寺卿、稽察右翼觉罗学，加三级，昆明赵光书。

赐进士出身、诰授中宪大夫，江西署按察使司按察使、暂理通省盐法道，汉阳叶名琛篆额。

大清道光辛丑仲秋月，中兴第一代清远率继席门人绍祖、惟一暨两序首领大众同立[9]。

题解

本文录自国家图书馆藏北京龙泉寺石刻拓片。

龙泉寺位于北京市陶然亭路南侧龙爪槐胡同，陶然亭小学校园内。

注释

[1]尘坋(bèn)：尘埃。

旋蠡：旋螺。

[2]发摅(shū)：抒发，舒散。

[3]湫(jiǎo)隘：低下狭小。

蕴郁：郁积。

[4]备员：充数，凑数。

紬(chōu)绎：理出头绪。

权舆：起始。

[5]盘礴：徘徊，逗留。

[6]於戏(wū hū)：亦作"於熙"，犹"於乎"。叹词。就是"呜呼"用于吉祥或没有悲伤的情况下的另一种写法。

饫(yù)：饱食。引申为饱足。

[7]艰劬(qú):艰辛劳苦。

檀施:布施。

逾量:超过限度。

[8]勾稽颠末:查考事情的始末。

丹诸贞石:书丹于碑石。

遴:通“吝”。贪啬。

[9]道光辛丑:道光二十一年,1841年。

中兴第一代:由衰落而重新兴盛的第一代。

附

笙陔公(蒋立镛)传

程恩泽

公蒋氏,讳立镛,号笙陔。楚北竟陵人也。生平以文学著。

将诞夕,母林太夫人见月华齐涌五彩,缨络四垂,惊视久之,而公于寅刻降生。此乾隆壬寅八月十六日也。少负奇才,读书过目成诵。嘉庆甲子举于乡,辛未成进士,殿试以一甲一名及第。历官至内阁学士。

当释褐成均时,尊甫丹林公适官祭酒,为之递酒簪花,议者比之昆山徐氏为尤荣。其典试也,力崇实学,故所得佳士如林。

汉江频年水溢,制军周公天爵欲开狮子口,引水北流。公寓书止之,迄今天、汉诸邑不致生灵鱼鳖者,皆公力也。

性孤直,事多忤俗。在词垣时,叠蒙宣宗召见,将大用之,有媒孽其失者,遂沉沦十余年。古所谓“硗硗者易缺,皎皎者易污”,公其近之。

生平不持筹算,虽处窘之,而急人之急。有友负官累钜万,已拟大辟。公倡首重捐,亲朋皆翕然乐从。虽臧获辈,亦有感动而佽助者,由是友人之罪遂释。道光壬寅春,家乡荐饥。公奉讳回里,以行囊所存二百金,易米以济近族,然犹以未克全恤为憾也。

精书法,得者珍之。外夷使臣皆欲识面款求。诗品亦劲隽,不落前人町畦。著有《香案集》,梓行于世。

夫以公之学济公之才,使非有忌而沮之者,将拜首飏言、功勒鼎钟矣,岂仅以文学见哉!

赐进士出身、诰授荣禄大夫、户部右侍郎,加三级,年愚弟程恩泽顿首拜撰。

题解

本文录自民国己未(1919年)版、天门净潭《蒋氏族谱》。

程恩泽:字云芬,号春海。安徽歙县人。清嘉庆十六年进士,授翰林院编修,官至户部侍郎。蒋立镛《香案集》书名为程恩泽题。

蒋笙陔公(蒋立镛)墓志铭

祝庆蕃

赐进士及第、诰授资政大夫、都察院左副都御史、署刑部右侍郎,年侍生祝庆蕃拜撰[1]。

赐进士出身、诰授资政大夫、总督仓场、户部侍郎,门人毛树棠书丹。

赐进士出身、诰授光禄大夫、经筵讲官、协办大学士、吏部尚书,馆愚弟卓秉恬篆盖[2]。

阁学蒋笙陔先生以辛丑五月奉其太先生之丧南归[3],未及葬而公殁,其孤元溥以赴闻,且持状乞铭[4]。蕃愕悼者弥日[5],知公之以大事未终为憾也。蕃何足以铭公?顾念与公同举进士,入馆又为后辈,交知三十年,契最深,铭不敢辞。

案状:公姓蒋氏,讳立镛,字序东,号笙陔。世籍湖北天门,先世代有隐德。至太先生丹林公以翰林起家,遂为箕裘传[6]。

公幼颖异,太先生教綦严[7]。年二十三举于乡,三十成进士。廷对独悉河防[8],仁宗睿皇帝亲拔为第一人。今上御极,荐擢至内阁学士[9]。凡典河南、广西试者二,校京兆试、殿廷阅卷各一,门下多名显士[10]。哲嗣誉侯复为癸巳一甲第三人,屡司文枋[11]。清华三世,上第传家,先生之遇可谓荣矣[12]。

而蕃独有惜者,先生内行修洁,质直光明,处事能持大体[13]。其刚肠嫉恶之严,偶一发露此公之真也。世只知先生文艺之工、遭际极盛,而先生志节之大或未之知,而先生亦内蕴而未之用也。使天假先生以年,终必用。即不用,先生之学养必尤宏,胡遽膺末疾而抱以终也[14]?岂天之不欲竟先生之用邪,抑留待后嗣以竟其志邪?嗟夫!古君子之以文艺掩其气节,或终身未及一试者,岂少也哉?

公生于乾隆壬寅八月十六日寅时,殁于道光壬寅正月二十七日丑时[15],年六十有一。子元溥,癸巳一甲第三名进士,官国子监司业[16]。女一。孙五:可松、可榕、可桐、可栋、可枫。将以是年十二月初四日奉窆于邑东之段家岭,艮山坤向[17]。铭曰:

黄河入海覆斗式,千里一曲复一直。漾淼渟浤遏之抑,榑桑陈芳萃百福[18]。沐日浴月宝此域,子子孙孙兼无极[19]。

道光二十二年,岁次壬寅,十二月。

题解

本文录自蒋立镛墓志拓片。原题为《皇清诰授资政大夫内阁学士兼礼部侍郎衔蒋笙陔公墓志铭并序》。

祝庆蕃:字晋甫,号蘅畦。河南固始人。清嘉庆十九年甲戌科(1814年)进士第二人(榜眼)。官至礼部尚书。

毛树棠:字荫南,号芾村。河南武陟人。清嘉庆二十二年丁丑科(1817年)进士。官至户部右侍郎、总督仓场。

卓秉恬:字静远。四川华阳(今成都华阳)人。清嘉庆七年壬戌科(1802年)进士。官至吏部尚书,武英殿大学士。

注释

[1]年侍生:科举时代一般同年登科者来往中的自称。

[2]馆愚弟:此处馆指国史馆。

[3]阁学:清代称内阁学士。

辛丑:清道光二十一年,1841年。

太先生:此处称老师的父亲。

[4]状:行状。亲友为死者所写的叙述生平事迹的文章。

[5]蓄愕悼者弥日：我终日骇愕悼恸。

[6]翰林：职官名。明清为进士朝考后，得庶吉士的称号。

箕(jī)裘：家传的事业。源自《礼学·学记》："良冶之子必学为裘，良弓之子必学为箕。"良匠的儿子，想必也能学习补缀皮衣；良弓的儿子，想必也能制作畚箕。因为工艺相近。

[7]綦(qí)严：极严。

[8]廷对：在朝廷上回答皇帝的咨询。指殿试对策。

[9]御极：皇帝登基，即位。

荐擢：荐升。一级一级地荣升到。

内阁学士：清代独有的官名，位居内阁大学士之下，负责传达正式诏命及章奏，担任这个官职的人必兼礼部侍郎，是一种职务轻简而地位高华的秘书官。

[10]典河南、广西试：主持河南、广西的考试(乡试)。

校京兆试：主持京都的考选考试。

殿廷阅卷：担任殿试、廷试的阅卷官。

显士：名士，名流。

[11]哲嗣誉侯复为癸巳一甲第三人：指蒋立镛之子蒋元溥为清道光十三年癸巳科(1833 年)进士，探花。哲嗣：对别人儿子的敬称，等于说"令嗣"。誉侯：蒋元溥，字誉侯。

屡司文枋：屡次执掌考选文士的权柄。

[12]清华：谓门第或职位清高显贵。

上第：考试成绩中的第一等。

遇：优遇，优待。

[13]内行修洁：操守品行高洁。内行：平日家居的操行。

质直：朴实正直。

大体：重要的义理，有关大局的道理。

[14]遽膺末疾：猝然染病。末疾：四肢的疾患。

[15]乾隆壬寅：清乾隆四十七年，1782 年。

道光壬寅：清道光二十二年，1842 年。

[16]国子监司业：国子监的副长官。协助祭酒教授生徒和掌管训导之政。

[17]窆(biǎn)：下葬。

艮山坤向：坐东北朝西南。风水罗盘中间有一层是指示二十四山方位的。从北方开始依次序排列分别是壬子癸、丑艮寅、甲卯乙、辰巽巳、丙午丁、未坤申、庚酉辛、戌乾亥，共二十四个方位。每一个汉字表示一"山"，占 360 度中的 15 度。如艮与坤相对，艮在东北，坤在西南，各占 15 度。

[18]漾淼(miǎo)：疑指汉水。漾：漾水。源出陕西省宁羌县北嶓(bō)冢山，为汉水的上游。淼：水广阔无际貌。

遏之抑：遏抑。阻止抑制。

渟浤(tíng hóng):渟泓。积水深的样子。

榑(fú)桑:即扶桑。传说中的神树,为日出之处。

[19]沐日浴月:谓受日月光华的润泽。传说禹登南岳,获金简玉字之书,有文曰:"祝融司方发其英,沐日浴月百宝生。"

羕(yàng):水长流。

蒋母易夫人墓志铭

何绍基

赐进士出身、奉直大夫、翰林院编修、国史馆纂修,加三级,年姻愚侄,道州何绍基撰文、书丹并篆盖。

阁学少宗伯蒋笙陔丈人既卒之二年,其配易夫人以忧劳病,隔噎时愈时作。又一年,以是疾终。其子元溥之侍疾也,恒跪而进食进药,不能咽则泣。既而母子相持泣,而卒不能进一匙。元溥曰:"吾母以康强之身,婴惨酷之疾,天之抏我,使不能致养于吾母也。"哀极痛溢,令人不忍闻见。归葬有日,持事略乞文其志墓之石。

余惟天门蒋氏,自丹林公由词林起家,官跻卿贰。笙陔公以廷对擢大魁,荐陟内阁学士兼礼部侍郎。元溥复以对策第三人及第,再任少司成。祖孙父子,三世并时;文衡相错,除目踵至。科名簪组之盛,为海内所稀有。

顾其门以内,刻厉勤苦,不改寒素。丹林公之配林夫人,以懿慎清勤,为吾楚京宦所矜式。夫人继其姑之志,益励谨俭持贵盛,布裳执爨,身先婢媪,日与亲串语田里耕馌时事,岂知有笄珈之荣、纨绮之适哉!门庭菀枯,基于壸德。夫人虽以积忧遘疾,不七旬而终,而其后祉,盖未有量已。

夫人生于乾隆四十有一年六月五日,卒于道光二十有五年六月六日,年六十有五,笙陔公讳立镛之元配。子元溥,女一。孙可松、可榕、可桐、可栋。孙女一。曾孙一,曾孙女二。

笙陔公与先文安公为乡试同岁生，可松为余弟绍祺之婿，姻连世交，谂悉内行，不辞而为之铭。铭曰：

闬闳崇弈接魁鼎，视其闺内朴愈谨。不饰珩瑀理臼井，由天所竺匪人警。厥疾则苦德益静，我文其幽彤管炳，泽贻孙子福禄永。

道光二十有六年，岁次丙午，春二月吉日。

题解

本文录自蒋母墓志。原题为《皇清诰封夫人蒋母易夫人墓志铭并序》。墓志现藏于天门市博物馆。《搜韵·影印古籍》收录的何绍基《东洲草堂文钞·卷十六》第 12 页收录本文。

程德润(甘肃布政使,代理陕甘总督)

程德润,字玉樵。原名程鸿绪,号少磐。清嘉庆十九年甲戌科(1814 年)进士。签分吏部,补考功司主事,升文选司员外郎、江南道御史,转兵科给事中、刑科掌印给事中。补授甘肃巩秦阶道。历升山东盐运使、甘肃按察使、甘肃布政使代办陕甘总督事。清道光二十三年(1843 年),因前在御史任内失察银库亏短案内革职,钦点降捐道员分发陕西补用,官终陕西按察使。有《白螺山馆诗钞》(《程玉樵诗稿》)传世。

典试粤东途中偶成

程德润

远山何苍苍,白云常相逐。云山两莫辨,山断云能续。却爱山中人,夜伴白云宿。

题解

本诗录自丁宿章撰、清光绪九年(1883 年)版《湖北诗征传略·卷二十九》第 31 页。

典试:主持考试。

滕王阁

程德润

阁上仙踪不可求,子安一序足千秋[1]。天光水色开图画,风景依稀似鹤楼。

题解

本诗录自程德润撰、清咸丰癸丑(1853年)抄本《白螺山馆诗钞》(《程玉樵诗稿》)“使粤集”第21页。

注释

[1]子安一序:指王勃所作《滕王阁序》。初唐王勃,字子安。

甲申五月廿七日召对勤政殿恭纪

程德润

几人曾入麒麟阁,此日新弹獬豸冠[1]?未必文章能报国,须知鼓吹总为官[2]。依旬雨过天颜喜,解愠风来海宇安[3]。温语亲褒臣职愧,钦哉铁面立台端[4]。

题解

本诗录自程德润撰、清咸丰癸丑(1853年)抄本《白螺山馆诗钞》(《程玉樵诗稿》)“使粤集”第22页。

甲申:清道光四年,1824年。

召对:君主召见臣下令其回答有关政事、经义等方面的问题。

注释

[1]麒麟阁:汉代阁名。在未央宫中。汉宣帝时曾图霍光等十一功臣像于阁上,以表扬其功绩。封建时代多以画像于“麒麟阁”表示卓越功勋和最高的荣誉。

獬豸(xiè zhì)冠:古代御史等执法官吏戴的帽子。古有“獬豸决讼”之说,相传皋陶被舜任命为法官时,开始用獬豸参加审查疑案。讼诉双方到庭,獬豸所触一方为有罪,另一方无罪。獬豸冠是这种“神判法”的遗制。

[2]鼓吹:谓阐发意义,引申为羽

翼,辅佐者。

[3]解愠风来:典自"南风解愠"。"南风解愠"是传说舜所作《南风歌》中的一句话。据《文选·琴赋》注引《尸子》:舜作五弦之歌《南风》:"南风之薰兮,可以解吾民之愠。是舜歌也。"解愠:消除怨怒。

[4]温语亲褒:意思是,皇上以温和的话语称美我。原文为"温语亲褒(yòu)"。

铁面:形容严肃、刚直。典自"铁面御史"。北宋大臣赵抃(biàn)在任殿中侍御史时,弹劾不畏权贵,声称凛然。

台端:唐代侍御史称台端。

壬辰中秋即事书怀

程德润

秋风两度在边城,夜坐城楼百感生。只有凤凰能特立,问他鹬蚌为谁争[1]?官居散地无妨冷,月到今宵也自明[2]。佳节良朋同一醉,长空忽听雁飞声。

题解

本诗录自程德润撰、清咸丰癸丑(1853 年)抄本《白螺山馆诗钞》(《程玉樵诗稿》)"岷阳集"第 39 页。

壬辰:清道光十二年,1832 年。

即事:面对眼前事物。

注释

[1]特立:谓有坚定的志向和操守。

[2]散地:闲散之地。多指闲散的官职。

若己有园落成喜赋一律

程德润

醉翁一记古今传，思政堂开仰昔贤[1]。灵沼灵台非独乐，一邱一壑总天然[2]。云山到处皆如画，风月由来不用钱。若己有虽非己有，权将传舍作平泉[3]。

题解

本诗录自程德润撰、清咸丰癸丑(1853 年)抄本《白螺山馆诗钞》(《程玉樵诗稿》)“兰山吟稿”第 1 页。

若己有园：即甘肃布政使衙门的后园，有林泉之胜，经程德润修理，名为若己有园。

注释

[1]醉翁一记：指欧阳修所作《醉翁亭记》。

思政堂：此处泛指官署。北宋曾巩应池州知州王君之求，为王整修的后堂思政堂作《思政堂记》。

[2]灵沼灵台：相传文王建灵台，旁有水池名灵沼。

[3]传舍：即供传递公文的人或往来官员途中暂宿之所。

平泉：平泉庄。唐李德裕游息的别庄。

若己有园十六景

程德润

圆　桥

海上三山我有缘，蓬莱只合驻神仙。天风缥缈登临处，恰对西峰塔影圆。

方　塘

方塘半亩水盈盈，爱听鸣蛙两部声[1]。人在天光云影下，湛然心迹觉双清[2]。

四照厅

南飞燕子北飞鸿，爽气西来紫气东。莲叶田田花四壁，却疑身在图画中[3]。

蔬香馆

文人大半爱蔬香，只有菜根滋味长。秋来晚菘春早韭，好将佳句入诗囊[4]。

天香亭

太白风流今已邈，天香何必异沉香。倚阑默默人何处，为续清平调一章[5]。

芍药坡

此花最好是丰台，万紫千红次第开。却喜殿春无俗艳，何妨婪尾尽余杯[6]。

夕佳楼

参差楼阁小园东，山气遥分夕照红。一道清泉流石上，千重远岫列窗中。

小昆仑墟

张骞西去访河源，万顷波涛入禹门。我有灵符能调水，归墟即是小昆仑[7]。

花神庙

焚香叠鼓正迎神，多少游人泗水滨[8]。二十四番风信遍，散花天女为留春[9]。

襟带桥

小桥流水不生波，两岸孤蒲一苇过。欸乃声中山水绿，垂杨阴里听鱼歌[10]。

月波亭

园中佳景似新秋，山色湖光一鉴收。十二阑干闲倚遍，月随波影荡轻舟。

鹿 砦

鸣鹿呦呦不计年，梦中蕉叶亦茫然[11]。水心亭外蓼花畔，风景依稀似辋川[12]。

蓼 畔

渡口斜阳衬晚霞，西风黄叶正栖鸦。休嫌水国秋容淡，红蓼何如白蓼花。

芥 坳

谁将一勺灌坳堂，芥子须弥亦渺茫[13]。云梦胸中吞八九，南华秋水笑蒙庄[14]。

水心亭

方亭恰在水中央，四面荷风送晚凉。一叶扁舟呼不应，小童扶我过渔梁[15]。

旷怡台

雉堞排云亦壮哉，紫云深处旷怡台[16]。楼中仙子今何在？但有笙歌天上来。

题解

本诗录自程德润撰、清咸丰癸丑(1853 年)抄本《白螺山馆诗钞》(《程玉樵诗稿》)“兰山吟稿”第 2 页。

注释

[1]两部声：指蛙鸣。典自“两部鼓吹”。语出《南史·孔稚珪传》：鼓吹乐用鼓、钲、箫、笳合奏，蛙声如鼓，以比鼓吹。孔稚珪的庭院里面，杂草丛生，中有蛙鸣。有人问他，是不是要学东汉时的名人陈蕃那样，不关心修整庭院，只关心修整天下？他说，他没有这样的大志，只是让庭院这样，好听两部鼓吹。

[2]湛然：淡泊。

双清：谓思想及行事皆无尘俗气。

[3]田田：莲叶盛密貌。

[4]秋来晚菘(sōng)春早韭:典自“早韭晚菘”。形容生活清淡简朴。语本《南史·周颙(yóng)传》:“文惠太子问颙菜食何味最胜,颙曰:‘春初早韭,秋末晚菘。’”菘:白菜。

[5]清平调:唐代乐曲名。开元年间,长安禁中牡丹盛开,玄宗与杨妃赏花有感,命李白作《清平调》辞三章,又令梨园弟子略抚丝竹以成歌,玄宗自调玉笛以寄曲。后发展为一种词调。

[6]殿春:春季的末尾。指农历三月。

婪尾:指芍药花。

[7]归墟:古代神话中位于渤海极东面的大沟。其深无底,地上百川、海洋以及天河中的水都流入那里,但其水却不增也不减。

[8]叠鼓:较轻地连续击鼓。

[9]二十四番风信:即花信风。应花期而来的风。自小寒至谷雨,凡四月,共八个节气,一百二十日,每五日一候,计二十四候,每候应以一种花的信风。每气三番。如小寒:梅花、山茶、水仙。

[10]欸(ǎi)乃:象声词。泛指歌声悠扬。

[11]鹿砦(zhài):军营的防御物。用树木设置的形似鹿角的障碍物。

鹿鸣呦呦(yōu):语出《诗经·小雅·鹿鸣》:“呦呦鹿鸣,食野之苹。”鹿儿呦呦地鸣叫,召唤同伴共吃野地里的苹草。呦呦:鹿鸣声。

计年:计算岁月多少。

梦中蕉叶:指梦幻。参见本书熊寅《芙蓉岭》注释[2]。

[12]辋川:辋水,辋谷水。诸水会合如车辋环凑,故名。在陕西省蓝田县南,源出秦岭北麓,北流至县南入灞水。唐诗人王维曾置别业于此。

[13]坳堂:堂上的低洼处。

芥子须弥:芥为蔬菜,子如粟粒,佛家以“芥子”比喻极为微小。须弥山原为印度神话中的山名,后为佛教所用,指帝释天、四大天王等居所。佛家以“须弥山”比喻极为巨大。

[14]蒙庄:指庄子。战国时哲学家、文学家。名周,宋国蒙人。做过蒙地方的漆园吏,故称蒙庄。

[15]渔梁:拦截水流以捕鱼的设施。以土石筑堤横截水中,如桥,留水门,置竹笱(gǒu)或竹架于水门处,拦捕游鱼。

[16]雉堞(zhì dié):城上排列如齿状的矮墙,作掩护用。

送林少穆(林则徐)先生出关(二首)

程德润

旧是文章侍从臣,九重特达庆知人[1]。先河后海官无旷,楚尾吴头迹已陈[2]。岂有浮云能蔽日,谁云天意不回春[3]?此行万里玉关路,壁垒秋风又一新。

筹笔行看靖海氛,欣传阃令属将军[4]。指挥已觉兵威壮,腾沸难排众口纷。世事空摩天外剑,乡思暂隔陇头云[5]。老成谋国惟忠尽,早晚凌烟录旧勋[6]。

题解

本诗录自程德润撰、清咸丰癸丑(1853年)抄本《白螺山馆诗钞》(《程玉樵诗稿》)“兰山吟稿”第2页。参见本书林则徐和诗《程玉樵方伯德润饯予于兰州藩廨之若已有园次韵奉谢》。

注释

[1]特达:特出,特殊。

[2]先河后海官无旷,楚尾吴头迹已陈:此联说的是林则徐的官迹。1811年成进士,历任编修、监察御史等职。1820年秋,外放任浙江杭嘉湖道员。自1823年至1836年,历任按察使、布政使、河东河道总督、江苏巡抚、署理两江总督等职。1837年春,升任湖广总督。

[3]天意:帝王的心意。

[4]海氛:借指海疆动乱的形势。阃(kǔn)令:军令,将令。

[5]陇头:陇山。借指边塞。

[6]老成:指旧臣,老臣。

凌烟:凌烟阁的简称。唐太宗为表彰开国功臣,为其画像并悬挂于凌烟阁。后常以“上凌烟阁”比喻功勋卓著。

六盘山

程德润

敢云行役苦，策马上盘山[1]。势接秦关险，攀同蜀道难。风声群壑响，雪意一鞭寒。梅陇频回首，西陲永奠安[2]。

题解

本诗录自程德润撰、清咸丰癸丑（1853 年）抄本《白螺山馆诗钞》（《程玉樵诗稿》）“岷阳集”第 41 页。

注释

[1]行役：旧指因服兵役，劳役或公务而出外跋涉。

[2]奠安：安定。

癸卯秋月罢官归里留别兰州士民（四首）

程德润

三承恩命到金城【予自甘肃巩秦阶道荐升甘肃臬司藩司，并代理陕甘总督】，自顾疏慵宠若惊[1]。但以清操明素志，难言实惠及苍生。山川对我如相识，草木依人亦有情。最喜民情风近古，时和岁稔答升平[2]。

元戎出塞重边防，旁午军书效赞襄[3]。一自八城归版籍，于今四表固金汤[4]。从征久识风云色，偃武常瞻日月光[5]。窃愿蒙番咸乐业，年年休养事农桑。

兰山佳气郁轮囷，多士如林尽席珍[6]。子建文章归典则【谓曹镜侯太史】，右丞诗律总清新【谓王景康孝廉】。雪深久立门前客，风暖徐回座上春[7]。寄语诸生须努力，天家不薄读书人[8]。

者番承乏愧旬宣，大数升沉岂偶然[9]。未识何时须左藏，胥令在事赎前愆[10]。几经宦海风波险【予遇司任内奉旨严议】，终负天恩雨露偏。多谢朋僚敦旧好，回家犹有买山钱[11]。

题解

本诗录自程德润撰、清咸丰癸丑(1853年)抄本《白螺山馆诗钞》(《程玉樵诗稿》)“兰山吟稿”第5页。参见本书程德润《叩谢钦点降捐道员分发陕西补用天恩折》。

癸卯：清道光二十三年，1843年。

注释

[1]金城：古都邑名。地在今甘肃兰州西北。

臬司藩司：清代指按察使、布政使。

疏慵：疏懒，懒散。

[2]岁稔(rěn)：年成丰熟。

[3]元戎：主将，统帅。

旁(bàng)午军书：军书旁午。军中的文告情报事务很多很忙。形容指挥军事很忙。旁午：指事情交错，纷繁。

赞襄：佐助。

[4]四表：指四方极远之地，亦泛指天下。

[5]偃武：停息武备。

瞻日月光：“瞻云就日”的化用。比喻臣下对君王的崇仰和追随。

[6]兰山：指兰州市区正南皋兰山。

轮囷(qūn)：硕大貌。

多士：指众多的贤士。也指百官。

席珍：座席上的珍宝。比喻儒者美善的才学。

[7]雪深久立门前客：此处指向作者求学之人。典自“程门立雪”。程颐门人游酢(zuò)、杨时初见颐，颐瞑目而坐，二子侍立。既觉，顾谓曰：“贤辈尚在此乎？日既晚，且休矣。”及出门，门外之雪深一尺。《程氏外书》卷十二《传闻杂记》。后常用程门立雪喻对师长的尊敬。

[8]天家：对天子的称谓。

[9]者番：这番，这次。

承乏：所任职位一时无适当人选，暂由自己来充数。旧时在任官吏常用的谦辞。

旬宣：周遍宣示。

大数：古时谓气达、命运。

[10]左藏：古代国库之一，以其在左方，故称左藏。

前愆(qiān)：以前的过失。

[11]买山钱：为隐居而购买山林

所需的钱。《世说新语·排调》:晋代支道林派人请求深公允许他买下印山,作为隐居之所。深公答:“从没听说巢父、许由买山隐居。”后用“买山”等指归隐山林,用“买山钱”等形容退隐的机会。

秦岭谒韩文公庙

程德润

渐与长安远,秦云岭上寒。一封除弊政,八代挽狂澜。不信如来说,惟登曲阜坛[1]。高山今仰止,长揖慰瞻韩。

题解

本诗录自程德润撰、清咸丰癸丑(1853年)抄本《白螺山馆诗钞》(《程玉樵诗稿》)“关中吟草”第2页。

韩文公:唐代文学家韩愈,谥号文公。元和十四年(819年)正月,他因谏阻唐宪宗迎取佛骨,被贬为潮州刺史。行经蓝关时写下《左迁至蓝关示侄孙湘》,有“云横秦岭家何在?雪拥蓝关马不前”的名句。

注释

[1]曲阜坛:指韩愈崇儒反佛。隋唐时期佛教思想的蓬勃发展使当时社会呈现出佛老盛行、儒学式微的态势。韩愈为复兴儒学,主要从华夷之辨、扰乱纲常、浮屠害政三个方面对佛教进行了批判,在此基础上对儒家的“道”进行新的诠释与构建。

读　史

程德润

一代兴亡事,都归史册中。但能逢主圣,何必效臣忠。折槛逢其适,垂帘鲜有终[1]。小人与女子,覆辙古今同[2]。

题解

本诗录自程德润撰、清咸丰癸丑(1853 年)抄本《白螺山馆诗钞》(《程玉樵诗稿》)“关中吟草”第 7 页。

注释

[1]折槛:用力拽住栏杆,以致把栏杆折断了。汉成帝时,张禹以帝师进位丞相。他尸位素餐,搜刮民脂,政事紊乱。《汉书·朱云传》载,朱云请成帝先斩张禹来警诫他人,成帝大怒,令斩朱云。朱云手攀殿槛,槛折,还尽力强谏。后得左将军辛庆忌解救,免死。后世遂用“折槛”为臣下敢于直言强谏的典故。

垂帘:谓女后辅幼主临朝听政。

[2]小人与女子:语出《论语·阳货》:“唯女子与小人为难养也,近之则不逊,远之则怨。”(孔子说:“只有女子和小人是难以教养的,亲近他们,他们就会无礼;疏远他们,他们就会报怨。”)小人:儒家对道德品质低下或社会地位低微者的通称,常与“君子”对举。

题河楼联

程德润

高处不胜寒,溯沙鸟风帆,七十二沽丁字水[1];
夕阳无限好,对燕云蓟树,百千万叠米家山[2]。

题解

本联引自柳景瑞、廖福招编著,天津古籍出版社 2006 年版《中国古今名联鉴赏》第 154 页。

河楼:北京通县运渠河楼。

注释

[1]高处不胜寒:语出苏轼《水调歌头》:“我欲乘风归去,又恐琼楼玉宇,高处不胜寒。”

沙鸟:沙滩或沙洲上的水鸟。

七十二沽:河北省境白河支流,相传有七十二沽,其在天津者有二十一沽,故亦以借指天津。

丁字水:丁字沽。天津七十二沽之一。地处城厢北八里,是北运河、大清河的汇流处,成丁字形,故名。

[2]夕阳无限好:语出李商隐《乐游原》:“夕阳无限好,只是近黄昏。”

燕云:指燕山升起的云雾。

蓟(jì)树:即蓟门烟树,为燕京八景之一。

米家山:宋米芾(fú)善以水墨点染写山川岩石。其子友仁继承家学,并在山水技法上有所发展。世因称其父子所画山水为“米家山”。

题兰州蔬香馆联

程德润

瞻蒲望杏有余意[1],
明月清风无尽藏。

题解

本联引自谷向阳主编、学苑出版社1998年版《中国对联大典》第1096页。

注释

[1]瞻蒲望杏:掌握农时及时耕种。瞻蒲:“瞻蒲劝穑”的略语。看见菖蒲初生,便督促农民及时耕种。望杏:指劝耕的时节。

题兰州承流阁联

程德润

节用爱人,愿为边陲多造福[1];
承流宣化,须凭僚友共和衷[2]。

题解

本联引自谷向阳主编、学苑出版社1998年版《中国对联大典》第1095页。

注释

[1]节用爱人:节省开支,爱护百姓。语出《论语·学而》。

[2]承流宣化:谓官吏奉君主之命教化百姓。

重修泰山南天门记

程德润

岳五而岱为之宗,以其能生万物、雨天下也[1]。故帝者恒祀焉,七十二君尚矣[2],其著者见于《虞书》。朝廷敬祀勤民隆于三代,自省方亲祀之外,岁命官赍香供致祭[3],所以礼岱者尤隆。其自山麓至玉皇顶,凡神之所宅,有倾圮剥落者,守者以时闻,天子必发司农金修葺而丹雘之[4]。为民祈福,典至钜也。前岁,有司以庙工请,既发帑新之矣[5]。南天门当岳之南而最高,据全山之胜,为岱宗门户,故称天门。方请修时,大府以经费不足,未及勘估重修。适余衔命赍香致祭,见其栋宇摧折,墙垣坍圮。昔年琳宫贝阙、供奉神像之处,半为风雨剥蚀,殊不足以昭诚敬而壮观瞻[6]。将事之余,心甚惕然[7]。有司将复以闻,而朝廷当议蠲议赈之后,又海塘工方亟,似不便再三陈请,重烦司农[8]。爰于事竣后,亲加履勘估,计工料银二千三百余两,自捐俸廉,发交泰安郡伯,董其事,鸠工庀材[9],凡数阅月而告成。司事者请纪其事,余固非守土官,亦不敢有所祈于神,所以为此者,欲神之重福斯民,以答朝廷之禋祀而已[10]。是为记。

大清道光十五年乙未仲秋月,山东盐运使者、楚北程德润撰并书[11]。

题解

本文转引自中国日报网2010年3月26日刊载的《重修泰山南天门碑文揭秘》。2007年《泰山晨刊》记者从泰山南天门西侧台基旁杂物堆中发现该碑,并录文标点。

同知府衔、泰安府泰安县知县秦应逵《重修泰山南天门关帝庙碑》记载:"南天门上关圣帝君行宫,志谓自白云洞移来。重修者,道光乙未山东盐使,吾乡先达竟陵程公德润也。""况帝君功在荆襄,其德泽被吾楚独先,吾楚人之于帝君,尊而亲之若私□焉,亦固其所。程公讳德润,嘉庆甲戌进士,释褐先余六十年。"

注释

[1]岳五而岱为之宗:旧谓五岳中泰山居首,为诸山所宗。

雨(yù):润泽。

[2]七十二君:相传上古到泰山封禅者有七十二君。《史记·封禅书》引管仲语云:"古者封泰山禅梁父者七十二家,而夷吾所记者十有二焉。"

[3]三代:夏、商、周三个朝代。

省方:指省视四方。

赍(jī):带着。

[4]倾圮(pǐ):倒塌。

丹雘(huò):红色的涂漆。此处作动词用。

[5]帑(tǎng):指国库或国库里的钱财。

[6]琳宫:仙宫。亦为道观、殿堂之美称。

贝阙:以紫贝为饰的宫阙。本指河伯所居的龙宫水府,后用以形容壮丽的宫室。

观瞻:引申为体统。

[7]惕然:忧惧的样子。

[8]议蠲(juān)议赈:审议灾情,蠲免赋税,赈济灾民。

司农:户部尚书。清代因户部主管钱粮田赋,故俗称户部尚书为大司农。

[9]俸廉:俸银和养廉银的合称。

发交:交付。

郡伯:知府的别称。因知府掌管

一郡,相当于古代的方伯,故称郡伯。

董其事:主持其事。

鸠工庀(pǐ)材:招聚工匠,准备材料。形容建筑工程的准备。鸠:聚集。庀:准备。

[10]禋(yīn)祀:祭天神之礼。

[11]道光十五年:1835年。

盐运使者:都转盐运使司盐运使。地方管理盐务的道员。

续修中卫县志序

程德润

邑之有志,犹国之有史也。国无史,则孰知兴衰理乱之由?邑无志,则孰知因革损益之事[1]?顾今之为志者,大率抄撮成篇,沿袭为事,欲以信今而传后也,难矣!

中卫邑宰郑君考堂[2],予老友也。道光辛丑春[3],因公来省,携所葺邑志,就正于予[4],云:"中卫向无志乘[5],自前宰黄恩锡创为此书,迄今八十余年,未尝修葺,志且渐就湮没。元吉公余之暇,取旧志,网罗散失,始于庚子仲夏,成于辛丑仲春,乞予一言弁首[6]。"予披览往复,详略得宜,信乎师《武功志》之遗意,而非徒袭其绪余者也[7]。

吁!中卫山水甲雍州[8]。稻陇桑田,沃野千里。予三宦边陲,未曾一至其地。今观考堂所编《地理》一志,某山某水,引据甚悉,不啻置身于鸣沙流泉间矣。遂走笔而为之序。

道光二十一年辛丑岁孟夏月,甘藩使者玉樵程德润撰并书[9]。

题解

本文录自清道光二十一年(1841年)版《中卫县志》。

注释

[1]理乱:治与乱。

因革:犹沿革。包括因袭与变革。

[2]邑宰:县邑之长。即县令。

郑君考堂:郑元吉,字考堂。

[3]道光辛丑:清道光二十一年,1841年。

[4]所葺邑志:所修县志。

就正:向人求教,以匡正学识文章的讹误。常用作谦辞。

[5]志乘(shèng):志书。

[6]弁(biàn)首:卷首,前言。

[7]披览往复:反复展读。

武功志:县志名。康海纂修。清代王士祯谓前明郡邑志不啻充栋,而文简事赅,训词尔雅,无如康对山(康海)《武功志》。武功县,位于陕西中部。

遗意:前人或古代事物留下的意味、旨趣。

绪余:本指蚕抽丝后留在茧子上的残丝。引申指理论的一部分或其遗留部分。

[8]雍州:古九州之一。大致指今山西、陕西之间一段黄河以西、河套以南、秦岭以北地区,含有河西走廊大部分区域。后世用以代指这一地区。

[9]甘藩使者:甘肃布政使。藩:藩司。明清时布政使的别称。清代布政使已正式定为总督、巡抚的属官,专管一省的财赋和民政。

玉樵程德润:程德润,字玉樵。

销乌鲁木齐所属各厅州县仓储粮石事折

程德润

暂行代办陕甘总督事务、甘肃布政使司布政使、臣程德润谨题为奏闻事[1]。

据甘肃布政使程德润呈,遵查乌鲁木齐所属各厅州县仓贮粮石,例应造报奏销后造册题销[2]。兹奉檄准乌鲁木齐都统咨送镇西、迪化贰府州属各州县[3],暨吐鲁番厅、库尔喀喇乌苏、精河、喀喇巴尔噶逊管粮屯员[4],各将道光拾玖年收支存剩、一切粮石造其细数奏销清册前来,相应汇造简明总册,同各散册一并详赍会题,等情前来[5]。该臣查得,乌鲁木齐库所属各厅州县仓贮粮石,例应造报奏销之后造册题销,历经遵办在案。

兹据甘肃布政使程德润呈,查得册开镇西府属宜禾、奇台贰县并吐鲁番厅、迪化直隶州,及所属昌吉、阜康、绥来叁县,库尔喀喇乌苏、精河、喀喇巴尔噶逊叁屯粮员,旧管道光拾捌年年底止[6],共贮各色京斗粮陆拾陆万柒千壹百叁拾捌石柒斗捌升陆合陆勺肆抄,又白面肆拾伍万捌千壹百捌斤伍两柒钱玖厘;新收道光拾玖年正月起,至拾贰月底止,共收各色京斗粮叁拾万壹千壹百玖拾叁石贰斗捌升柒合柒勺贰抄,又白面伍拾壹万捌千柒百玖拾肆斤伍两。开除道光拾玖年正月起[7],至拾贰月底止,共除各色京斗粮贰拾伍万伍千陆百伍拾贰石伍斗玖升肆合柒勺,又白面伍拾万伍百叁拾捌斤伍两肆钱壹分陆厘。实在道光拾玖年年底止[8],共贮各色京斗粮柒拾壹万贰千陆百柒拾玖石肆斗柒升玖合陆勺陆抄,又白面肆拾柒万陆千叁百陆拾肆斤伍两贰钱玖分叁厘。前项实在粮石,据各厅州县屯粮册登,俱各实贮在仓。至开除供支各案粮石,按册核算,均属相符,并无浮冒,应请准销。所有造到册籍,理合汇造简明总册,同各散册一并详赍会题前来,臣覆核无异,除册分送部科外,相应会同乌鲁木齐都统、臣惠吉合词具题,伏祈皇上圣鉴,敕部核覆施行[9]。谨题请旨。

题解

本文录自程德润奏折。原件藏中国第一历史档案馆,档案号为02-01-04-21179-020。标题为《天门进士诗文》编者所加。原文无奏报时间。

粮石:指粮食。以石计量,故称。

注释

[1]臣:对皇帝,汉人官员自称臣、微臣或臣等,宦官及清代旗籍文武官员对皇帝自称奴才。都是谦称。

题为奏闻事:同“奏为奏闻事”。奏为……事:参见本书龚爽《新选奏疏》注释[1]。题:奏章。明清两代公文用语之一。又指上奏。奏闻:臣下将情事向帝王报告。

[2]遵查:下级机关向上级报送的文书中,表示遵照上级命令而查得某事的用语。

奏销:清代各州县每年将钱粮征收的实数报部奏闻,叫奏销。

题销:谓上奏经皇帝批准报销。

[3]都统:武官官衔。清末分武官为九等,第一等至第三等为都统、副都统、协都统。

咨送:谓移文保送。

[4]库尔喀喇乌苏：清代新疆地名。今新疆乌苏市。

喀喇巴尔噶逊：清代城堡名。亦称嘉德城。今新疆乌鲁木齐市属之达坂城。

屯：一种耕种、经营、占有国有土地的特殊经济组织形式。以耕垦为主要目的的带有军事性质的屯，隋唐以后各代也时有所见。

[5]清册：将财物或有关项目清理后详细登记的册子。

会题：即有关衙门共同会衔向皇帝题奏公事。清制，凡须几省或几个衙门共同定议之事，由一省或一个衙门主稿，其他省或衙门共同商酌定稿后，联合具名题奏或题覆，称为会题。

详赍(jī)：疑为“详送”之意。

等情前来：同“等因前来”。前来，所引叙的文书已到达本处。明清时期的文书中，凡前面所引叙上级或平级机关的来文完毕，即用此语表示结束，并表明前面所引叙的来文已经到达本机关或本官员处，相当于“等因到臣”“等因到本署”等语。多与“去后”联用。表明被查之所属机关已来文。

[6]旧管：犹原有。

[7]开除：去除，免除。

[8]实在：真实的情形。

[9]合词：联名上书。

具题：谓题本上奏。

伏祈皇上圣鉴：祈请皇上审阅。伏祈：敬辞。用来向对方表示请求。祈：请求，希望。圣鉴：清代文书中，表示请皇帝看阅本文书的用语。

敕部核覆施行：明清时期，大臣奏报皇帝的奏折和题本等文书中，请求皇帝命令中央有关某部审核后回复皇帝，以便施行的用语。敕部：皇帝命令中央某部。

叩谢钦点降捐道员分发陕西补用天恩折

程德润

分发陕西候补道、臣程德润跪奏为恭谢天恩、吁求恩训事[1]。

本月初一日，吏部以臣降捐道员带领引见[2]，奉旨：“程德润，著准其降捐道员，分发陕西，照例补用。”钦此[3]。

窃臣楚北下士[4]，知识庸愚。由甲戌科进士签分吏部[5]，补考功司主事，升文选司员外郎、江南道御史，转兵科给事中、刑科掌印给事中[6]。历充辛巳恩科顺天乡试、丙戌科会试同考官,壬午科广东乡试副考官。道光十年,奉旨补授甘肃巩秦阶道[7]。历升山东盐运使、甘肃按察使、甘肃布政使代办陕甘总督事。二十三年,因前在御史任内失察银库亏短案内革职,旋因赔款缴清,仰蒙特恩赏给主事。今在河南捐输[8],奏准降捐道员。复荷温纶,准予分发[9]。闻命之下,倍切悚惶[10]。伏念陕西为繁要之区[11],道员有监司之责。如臣梼昧,惧弗克胜[12]。惟有吁求恩训,敬谨遵循。于地方一切公事,随时留心,力图后效,以冀仰酬高厚鸿慈于万一[13]。

所有微臣感激下忱,谨缮折恭谢天恩,伏乞皇上圣鉴[14]。谨奏。

道光二十五年十二月初三日[15]。

题解

本文录自程德润奏折。原件藏中国第一历史档案馆,档案号为04-01-35-0678-004。道光皇帝在“程德润”名左朱批:“尚可。”标题为《天门进士诗文》编者所加。

降捐:指清代降职官吏捐银换取官职。是捐纳之一种。民出钱物,国家给官称捐纳。

道员:官名。为明清两代介于省、府之间的高级官员。

注释

[1]天恩:指帝王的恩惠。

吁求:呼吁恳求。

恩训:圣恩训示。

[2]引见:引导入见。旧指皇帝接见臣下或宾客时由有关大臣引导入见。

[3]钦此:归结皇帝的来文的用语。凡引叙皇帝的谕旨、朱批、诏令等文书完毕,即用此语表示引叙结束,并转入文书的引申段,后面叙述自己的意见。

[4]下士:才德差的人。

[5]签分:抽签分配。

[6]主事:清代为正六品,与郎中、员外郎并列为六部司官。

考功司:吏部下设考功司,掌管官吏的考课黜陟。有郎中、员外郎、主事。

文选司:文选清吏司,是明清时期吏部下设的机构。掌考文职官之品级与其选补升调之事,以及月选之政令。

御史:清代监察御史,是督察府、

州、县的高级官员。

兵科给事中、刑科掌印给事中：兵科、刑科：官署名，指吏、户、礼、兵、刑、工六科中的兵科、刑科。宋以给事中分治六房，明改设六科给事中，初属通政司，后自为一曹，得与部院平列。清雍正时并入都察院。六科掌规谏、稽察、封驳等事。六科各有都给事中，左、右给事中各一，给事中若干人。掌印给事中：明称都给事中，清称掌印给事中。正五品。

[7]巩秦阶道：清代设立的道一级地方行政机构，辖巩昌府、秦州、阶州。此处指巩秦阶道行政长官道员。

[8]捐输：犹捐纳。

[9]温纶：皇帝诏令的敬称。

分发：清制，道府以下非实缺人员分省发往补用者，谓之“分发”。

[10]悚(sǒng)惶：惶悚。惶恐，害怕。

[11]繁要：繁复而重要。

[12]梼(táo)昧：愚昧。多作自谦之词。

惧弗克胜：惧怕不能胜任此职。

[13]以冀仰酬高厚鸿慈于万一：以期报答皇上万分之一的天高地厚般的大恩。鸿慈：大恩。

[14]微臣：卑贱之臣。古代官吏用来对君主称自己。

缮：抄写。敬辞。

[15]道光二十五年：乙巳，1845年。

兰洲公(蒋立铣)传

程德润

昔杜牧之之分司洛阳也，日与李愿辈宴饮赋诗，议者谓其有雅人深致焉[1]；韩魏公为陕西安抚使，每宴客，郡斋声歌绕座，陕西之民佥啧啧颂魏公之德不衰[2]。至今读其书而考其行，未尝不临风感慨，觉古人之不可复作而企予慕之[3]。

竟陵蒋兰洲司马[4]，风雅吏也。少时读书都门，兼通法律，有用世志[5]。尊甫丹林公任中丞时，公出就荥县丞，旋以县令需次豫省，进职司马[6]。中牟河决，河帅麟公筹资修筑[7]。有山东盗刘五肆行劫掠，为地方害。公职司巡视[8]，于夜半设计擒之，可不谓智且勇欤！嵩县富商赵某被孕怨者诬以杀人，邑令不能直。按察使命公理之，冤始雪。其宰永宁也,推道训俗,蠲代耕氓租,邑人顺赖[9]。久之,政通岁稔,与邑中士大夫赏雨于凤山之西亭,击钵催诗[10],以咏丰乐之盛。民为之歌曰:"黍苗既枯,雨随公至。公如不至,谁为余抚字[11]?"呜呼!岂易得哉!然公戆直性成,从不阿私长官,故逐队十年[12],一即真不可得,其夙昔抱用世之志者固如是乎?

配张宜人,婉娈有志操[13]。事姑林太夫人,以孝谨称[14]。姑病笃,刀圭无灵[15]。宜人因自割其肱,调羹以献[16],是夕而太夫人之病忽愈。是非孝可格天,曷克臻此[17]?予因司马之传而并及之,欲使天下为人妇者,皆得行其孝于姑嫜也[18]。

赐进士出身、诰授资政大夫,甘肃布政使司布政使、护理陕甘总督[19],加五级、纪录十次,姻愚弟程德润顿首拜撰。

题解

本文录自民国己未(1919年)版、天门净潭《蒋氏族谱》。

兰洲公:蒋立铣,蒋祥墀之子,蒋立镛之弟。国学生。署永宁、叶县知县。军功,赏戴蓝翎。钦加同知衔,貤封中宪大夫。

注释

[1]杜牧之:杜牧,字牧之。

分司:唐代分别以长安、洛阳为西京、东都,政府机构设在长安。各机构分人到洛阳主持事务,称为分司。

雅人深致:指高雅的人意兴深远。亦用来形容人的言谈举止高尚文雅,不同于流俗。

[2]韩魏公:韩琦,北宋大臣,著名政治家,被封为魏国公。

声歌:指诗词歌赋等抒情遣怀的作品。

佥:都,皆。

[3]企予:踮起脚跟。予:相当于"而",助词。

[4]司马:后世称府同知曰司马。

[5]用世:旧时谓见用于当世,出来做官。

[6]尊甫丹林公:指蒋祥墀。蒋祥墀,字盈阶,号丹林。尊甫:对他人父亲的敬称。

中丞:历代御史中丞简称。明初置都察院,其中副都御史的职责与前代御史中丞基本相同。

需次:旧时候补吏,要按其资历依次补缺,叫需次。

进职:进升官职。

[7]河帅麟公：指清道光年江南河道总督麟庆。麟庆被革职后发往东河中牟工地效力。

[8]职司：职掌。

[9]宰永宁：任永宁县知县。

推道训俗：推行礼义之道，改变当地风俗。

蠲(juān)代耕诋租：指为非农业者减租。蠲：除去，免除。代耕：谓从事农业以外的职业。

顺赖：顺从而信赖。

[10]岁稔(rěn)：年成丰熟。

击钵催诗：一边敲打钵体，一边限韵作诗。钵声停止，韵诗完成。参见本书刘必达《游双岩寺和成苾韵》注释。

[11]抚字：谓对百姓的安抚体恤。

[12]戆(gàng)直：刚直。

阿私：偏爱，曲意庇护。

逐队：谓随众而行。

[13]婉娈：柔顺，柔媚。

志操：志向节操。

[14]姑：称夫之母，公婆。

孝谨：孝顺而恭谨。

[15]病笃：病势沉重。

刀圭：古代量取药末的器具。形状如刀圭的圭角，一端尖形，中部略凹陷。借指药物。

[16]肱(gōng)：手臂。

调羹：调和羹汤。

[17]是非孝可格天，曷克臻此：这不是孝心感动上天，怎能达到这样的境界。

格天：古代统治者自称受命于天，凡有所作为，感通于天，叫格天。

[18]姑嫜(zhāng)：丈夫的母亲与父亲。

[19]诰授：朝廷用诰命授予封号。参见本书蒋祥墀《德阳新志序》注释[28]。

资政大夫：官名。明清文散官正二品升授称资政大夫。

护理：官制用语。清代省级长官出缺，未及派员接替，即以次官暂代其职，称护理。如总督、巡抚出缺，多由布政使护理。

附

程玉樵方伯德润
饯予于兰州藩廨之若已有园次韵奉谢

林则徐

短辕西去笑羁臣，将出阳关有故人。坐我名园觞咏乐，倾来佳酿色香陈。开轩观稼知丰岁,激水浇花绚古春【小山后有石湫吐水灌入园圃】。不问官私皆护惜,平泉一记义标新【君自撰园记,语多真谛】。

我无长策靖蛮氛,愧说楼船练水军。闻道狼贪今渐戢,须防蚕食念犹纷。白头合对天山雪,赤手谁摩岭海云?多谢新诗赠珠玉,难禁伤别杜司勋!

题解

本诗录自林则徐著、清光绪丙戌(1886 年)版《云左山房诗钞·卷六》第 12 页。林则徐全集编辑委员会编、海峡文艺出版社 2002 年版《林则徐全集·第六册·诗词》第 210 页,本诗标题下写作时间为道光二十二年八月初四日(1842 年 9 月 8 日)。程德润撰、清咸丰癸丑(1853 年)抄本《白螺山馆诗钞》(《程玉樵诗稿》)"兰山吟稿"第 2 页收录本诗,注为"附《和诗》"。参见本书程德润《送林少穆(林则徐)先生出关(二首)》。

方伯:古代一方诸侯中的领袖称方伯。明清布政使,皆称方伯。

藩廨:即布政使衙门。布政使也称藩司或藩台,故称其门为藩廨。

若已有园:即甘肃布政使衙门的后园,有林泉之胜,经程德润修理,名为若已有园。

次韵:依照别人所作诗中的原韵及其用韵次序作诗叫"次韵",也叫"步韵"。此诗是根据程德润赠诗的原韵和用韵次序所作。

林则徐《壬寅日记》云:八月初四,"玉樵来邀,赴之。其署中后园有林泉之胜,玉樵新为修葺,名之曰若已有"。

激水:程德润诗集为"汲水"。

小山后有石,湫吐水灌入园圃:程德润诗集无此句。

君自撰园记,语多真谛:程德润诗集为"公时修葺若已有园,撰记多新意"。

委程德润署理潼商道印务片

林则徐

再,臣接准吏部咨:"钦奉上谕:'山东盐运使员缺,着刘源灏补授。’钦此。”当经转行饬遵。所遗潼商道印务,应即委员接署,以便刘源灏交卸起程前赴新任。查有候补道程德润,曾任甘肃藩臬两司,堪以委令署理。

除檄饬遵照外,理合附片陈明,伏乞圣鉴。谨奏。

道光二十六年八月初五日。

题解

本文录自林则徐奏折。原件藏中国第一历史档案馆,档案号为03－3644－024。标题为《天门进士诗文》编者所加。文中日期据林则徐全集编辑委员会编、海峡文艺出版社2002年版《林则徐全集·第四册·奏折卷》第35页补。

片:清代奏章的附件。

蒋元溥(探花,江西盐道)

蒋元溥(1803～1853年),字誉侯。状元蒋立镛之子。天门净潭人。清道光十三年癸巳科(1833年)进士,探花。授翰林院编修。任国史馆协修、文渊阁校理、庶吉士教习、国史馆纂修、国史馆总纂官、国子监司业,司经局洗马、翰林院侍讲,实录馆提调,累迁为侍讲。任日讲起居注官、咸安宫总裁、侍读、江西赣州知府。清咸丰二年(1852年),京察一等,记名以道府用。不久,任江西九江知府(未至),迁江西盐法道员,卒于任。

倚马可待

蒋元溥

自诩仙才高,凭君试万言[1]。容惟夸倚马,不俟赋高轩[2]。驹影才过隙,鹂声已在门。据鞍争顷刻,下笔数番更[3]。驴背敲何待,龙文写其论[4]。草成同露布,阵合骤云屯[5]。上水嘲船缓,驱尘快驷奔[6]。看花催宴速,骧首拜新恩[7]。

题解

本诗引自王凯贤编著、昆仑出版社2012年版《清朝状元诗榜眼诗探花诗·下》第219页。

倚马可待:形容才思敏捷,为文顷刻而成。刘义庆《世说新语·文学》载,袁宏文思敏捷,为桓温记室。桓温北征,唤"袁依马前令作,手不辍笔,俄得七纸",文章极为可观。后遂用"依马""倚马可待"形容文思敏捷。李白《与韩荆州书》:"请日试万言,倚马可待。"

注释

[1]仙才:超凡越俗的才华。宋王得臣《尘史》记宋祁对唐代诗人的评论云:"太白(李白)仙才,长吉(李贺)鬼才,其余不尽记也。"

[2]赋高轩:谓贵宾乘车过访。《高轩过》原是李贺应韩愈、皇甫湜(shì)要求自为诗的篇名,后用为文思敏捷、富有才学受到名人赏识而成名之典。

[3]据鞍:倚仗马鞍上。

[4]驴背敲:贾岛在驴背斟酌字句,称为"驴背敲诗"。

龙文:喻雄健的文笔。

[5]露布:军旅文书。

云屯:如云之聚集。

[6]上水嘲船缓:上水船,逆流而上的船。比喻文思迟钝。《唐摭言·敏捷》:"梁太祖受禅,姚洎为学士,尝从容,上问及廷裕(裴廷裕)行止。洎对曰:'顷岁左迁,今闻旅寄衡水。'上曰:'颇知其人构思甚捷。'对曰:'向在翰林,号为下水船。'太祖应声谓洎曰:'卿便是上水船也。'洎微笑,深有惭色。"

驱尘:车马奔驰扬起尘土。喻急驰。

[7]看花:唐时举进士及第者有在长安城中看花的风俗。

骧(xiāng)首:比喻意气轩昂。

蟋蟀俟秋吟

蒋元溥

夙性难趋熟,高吟惯俟秋。蟪蛄形自渺,蟋蟀兴偏幽[1]。消息金风送,因缘大火流[2]。争鸣羞众喙,怀响待吾俦[3]。一径苍苔外,三更古渡头。黄花同晚节,白月伴闲讴。语夏虫声躁,惊寒雁阵遒[4]。圣朝宏吁俊,岩穴应旁求[5]。

题解

本诗引自王凯贤编著、昆仑出版社 2012 年版《清朝状元诗榜眼诗探花诗·下》第 219 页。

蟋蟀俟秋吟:此处比喻贤臣遇圣主。语出汉王褒《圣主得贤臣颂》:"蟋蟀俟秋吟,蜉蝣(fú yóu)出以阴。”

注释

[1]蟪蛄(huì gū):形体像蝉的害虫,体小,青紫色,有黑纹,生命短促。

[2]大火流:大火星渐向西下,是暑退将寒的征象。大火:星名。心宿中央的红色大星,即荧惑星。

[3]众喙:众人的闲言碎语。

怀响:能够发出音响的东西。

吾俦:我辈,我类。

[4]语夏:此处指夏虫鸣叫。典自“夏虫不可语冰”。《庄子·秋水》:“井蛙不可以语于海者,拘于虚也;夏虫不可以语于冰者,笃于时也。”不能与井中的青蛙谈起大海,因为它受到住处的局限;只生存于夏天的昆虫不能和它提到冰,是因为它受到季节的限制。

遒:强劲,强健,有力。

[5]圣朝宏吁俊,岩穴应旁求:圣朝求贤,隐居在深山野林里的高士也应在选用之列。圣朝:封建时代对本朝的尊称。亦用作本朝皇帝的代称。吁俊:求贤。岩穴:古时隐士多山居,故称岩穴之士也为“岩穴”。旁求:四处征求,广泛搜求。

清风似雨余

蒋元溥

习习清风转,潇潇夏雨疏。每当风漾后,恰似雨晴余。薄润刚排闼,新凉乍袭裾[1]。淡云深径冷,明月小窗虚。泉响眠琴共,烟轻入画如。玉栏人倚处,冰簟客醒初[2]。丝重宜垂柳,香飘好送蕖[3]。帝廷占偃草,嘘植遍坤舆[4]。

题解

本诗录自翁心存辑、清同治七年(1868 年)版、广东省立中山图书馆藏《近科馆课分韵诗征·卷二·六鱼》第 4 页。

清风似雨余:语出唐司空曙《立秋日》:“澹日非云映,清风似雨余。”

注释

[1]排闼(tà):推开门。

[2]冰簟(diàn):凉席。

[3]蕖:芙蕖。即荷花。

[4]帝廷占偃草,嘘植遍坤舆:朝廷以德化民,恩德广布。帝廷:朝廷。偃草:风吹草倒。比喻道德教化见成效。嘘植:比喻呵护扶持。坤舆:地。

人镜芙蓉

蒋元溥

佳兆芙蓉记,郎君及第时。胪云人早至,朵殿镜重披[1]。梦果符江笔,春还入谢池[2]。爱伊蟠凤势,助我咏霓思。初日明如许,清芬撷若斯。波光吟皎洁,花影写葳蕤[3]。班已群仙领,名先九烈知[4]。御园红杏酒,锡宴预赓诗[5]。

题解

本诗引自王凯贤编著、昆仑出版社 2012 年版《清朝状元诗榜眼诗探花诗·下》第 220 页。

人镜芙蓉:唐段成式《酉阳杂俎续集·支诺皋中》:相国李公固言,元和六年,下第游蜀,遇一老姥,言:"郎君明年芙蓉镜下及第,后二纪拜相。"明年,果然状头及第,诗赋题有"人镜芙蓉"之目。后因以"人镜芙蓉"为预兆科举得中的典故。

注释

[1]胪云人早至,朵殿镜重披:传胪之日,新科进士早早地候于朵殿,等待诏命。

胪云:指殿试及第。科举时代殿试及第者,由皇帝在殿上宣读名次,然后由卫士齐声高呼,胪传至阶下,故称。

朵殿:大殿的东西侧堂。

镜重披:化用"披镜"。疑指再次阅读。

[2]江笔:"江淹笔"的简称。传说南朝梁江淹少时,梦人授以五色笔,故文采俊发。后以"江淹笔"比喻杰出的文才或文才出众者。

谢池："谢家池"的简称。南朝宋诗人谢灵运家的池塘。后亦泛指诗人家中的池塘。

[3]葳蕤（wēi ruí）：华美貌，艳丽貌。

[4]九烈：疑为"九列"之误。指九卿的职位，代指九卿。

[5]御园：皇家的花园。

红杏酒：马致远[双调]《夜行船·秋思》："和露摘黄花，带霜烹紫蟹，煮酒烧红杏。"这是文人骚客赏心悦目的三件事：带着清冷的露珠摘取菊花（黄花）；在九月霜天里蒸食肥肥的紫蟹；一边饮酒，一边烧烤红杏。三件事物，色香味俱全，可谓一餐脱俗的美食。

锡宴：赐宴。

赓诗：和诗。

绿杨花扑一溪烟

蒋元溥

一望溟濛里，垂杨绿满堤[1]。细搀花影活，轻扑絮烟迷。几度粘红舫，千丝漾碧溪。恰宜风力软，并作雪痕低。翠欲萦鸦点，香还衬马蹄。春浓琼岛外，阴亸画桥西[2]。粉蝶寻芳舞，新莺放晓啼。龙池依植好，瑞霭荷天题[3]。

题解

本诗录自翁心存辑、清同治七年（1868年）版、广东省立中山图书馆藏《近科馆课分韵诗征·卷二·八齐》第19页。

绿杨花扑一溪烟：语出唐代张泌《洞庭阻风》："青草浪高三月渡，绿杨花扑一溪烟。"

注释

[1]溟濛：形容草木茂密。

[2]亸（duǒ）：下垂。

[3]龙池依植好，瑞霭荷天题：意思是，龙池草木茂盛，祥云缭绕，全因敬承皇上的恩赐。

龙池：池名。所名之池非一。其一在唐长安隆庆坊玄宗未即位时所居的旧邸旁，中宗曾泛舟其中。玄宗即位后于隆庆坊建兴庆宫，龙池被包容于内。在今陕西西安兴庆公园内。

瑞霭：吉祥之云气。

赠仲斌姻五兄联

蒋元溥

清荫满阶开画本，
古香一榻坐书城。

题解

本联录自蒋元溥书法作品。

古之愚也直，今之愚也诈而已矣

——会试答卷一道

蒋元溥

继狂矜而言愚，愚更非昔比矣[1]。夫愚而直，犹不失为愚也。至愚而诈，则无所为直矣，所为与狂矜同慨哉。当谓好直不学其蔽绞[2]，是直固不能无蔽也。然有时尚足留愚之真、用人之智去其诈，是诈固多出于智也。乃有时转若成愚之习，于是天下至愚之人反为大不愚之事，岂特狂与矜有古今之殊哉[3]？试更验夫愚。今夫人之自安于愚者，何足道哉！然以为不安于愚，而以陶淑变其愚则可；以为不安于愚，而以矫诬文其愚则不可[4]。以为不安于愚，而以清明化其愚则可[5]；以为不安于愚，而以假借忘其愚则不可[6]。盍由今而思古之愚乎，古不尽顽钝之夫也[7]。疾而得愚，则犹然任天而动[8]。任天则质，无粉饰故无回邪，是质而直也[9]；任天则易，无矫揉故无委曲，是易而直也[10]。当其一意孤行，未必经权之悉协[11]。而出以不雕不琢，则天随而人可泯。吾见交友不失为切偲，事君不嫌于激戆，庶几遗直之操也哉[12]！古非必无巧令之侣也。疾而止愚，则犹然设诚而行[13]。诚则不欺，情伪去故性真留，是不欺之直也；诚则不挠，木讷存故刚毅著[14]，是不挠之直也。使其稍为通变，岂不意气之胥融[15]？而任其何虑何思，则诚至而物莫动。即令世事欲尝以诡谲，人情欲诱以倾邪，何损劲直之概也哉[16]！而无如今之竞掩共愚也。夫愚者原鲜化裁[17]，乃造文字以邀虚誉，借道义以淆讲学，援经据典以自证其师心，初不意赋质昏昧者之为欺滋甚也[18]。人方訾其愚之无识[19]，而彼偏巧用其窥探；人且责其愚之无能，而彼偏惯行夫侥幸。诪张为幻[20]，所谓温而直者无有矣，所谓清而直者无有矣，则诈而已矣。而无如今之转托于愚也。夫愚者原无机械[21]，乃本欲进而巧为退，本欲疏而貌为亲，本欲厚取诸斯人而必固舍于一己，初不意秉性谨醇者之作伪若斯也[22]。人方怜其冥顽，而彼即阴行其愚弄之术；人且恕其椎鲁[23]，而彼更显肆其愚妄之谋。儇薄成风[24]，所谓大智若愚者无有矣，所谓以学愈愚者无有矣，则诈而已矣。所愿有治民之责者，矫末世浇漓之习，还三代浑噩之风[25]，合天下而化其诈，并化其愚，且化其矜狂之疾也，讵不幸哉[26]！

题解

本文引自仲光军、尚玉恒、冀南生编，1995年版《历代金殿殿试鼎甲朱卷·清代试题试卷》第709页。标点有改动。

古之愚也直，今之愚也诈而已矣：直：孔子的道德规范。意谓正直、耿直。语出《论语·阳货》：子曰："古者民有三疾，今也或是之亡也。古之狂也肆，今之狂也荡；古之矜也廉，今之矜也忿戾；古之愚也直，今之愚也诈而已矣。"孔子说："古代人有三种毛病，现在恐怕连这三种毛病也不是原来的样子了。古代的狂者不过是愿望太高，而现在的狂妄者却是放荡不羁；古代骄傲的人不过是难以接近，现在那些骄傲的人却是凶恶蛮横；古代愚笨的人还直率，现在愚笨的人只是欺诈罢了。"

注释

[1]狂矜:狂妄自负。狂:志气太高。矜:自负。

[2]蔽绞:语出《论语·阳货》:“好直不好学,其蔽也绞。”爱好直率却不爱好学习,它的弊病是说话尖刻。蔽:弊端,蔽障。绞:话语尖刻。

[3]特:只。

[4]陶淑:谓陶冶使之美好。

矫诬:谓假借名义,以行诬罔,虚妄。

[5]清明:神志清晰,清察明审。

[6]假借:假托,假冒。

[7]顽钝:愚昧迟钝。

[8]任天而动:由着上天的旨意行事。

[9]回邪:不正,邪僻。

质而直:朴实正直。

[10]易而直:平易正直。

[11]经权之悉协:指既遵循常规,又灵活变通,处置合宜。

经权:中国古代哲学中关于常变关系的一对范畴。西汉董仲舒提出经与权必须结合,而以“经”为主。经:常道。权:变通。犹当今之原则性与灵活性。

[12]切偲(sī):切切偲偲。相互敬重切磋勉励貌。

激戆(gàng):戆激。迂直激切。

遗直:指直道而行、有古人遗风的人。

[13]设诚:存心忠厚。

[14]木讷:为人质朴,出言迟钝。

[15]意气:意态、气概。

胥融:调和,和谐。

[16]诡谲(jué):奇异多变。

倾邪:指为人邪僻不正。

劲直:坚强正直。

[17]化裁:谓随事物变化而相裁节。后多指教化裁节。

[18]师心:以心为师,自以为是。

赋质:天赋资质。

昏昧:愚昧,糊涂。

[19]訾(zī):古同“咨”。嗟叹声。

[20]诪(zhōu)张为幻:以欺骗迷惑别人。诪张:欺诳。

[21]机械:巧诈,机巧。

[22]谨醇:醇谨。淳厚谨慎。

[23]椎鲁:愚钝,鲁钝。

[24]儇(xuān)薄:巧佞轻佻。

[25]浇漓:浮薄不厚。多用于指社会风气。

三代:夏、商、周三个朝代。

浑噩:淳朴。

[26]讵:岂。

奉旨补授江西赣州府遗缺知府谢恩折

蒋元溥

新授江西赣州府遗缺知府、臣蒋元溥跪奏为恭谢天恩、吁求恩训事[1]。

本月十二日,内阁奉上谕:"江西赣州府遗缺知府,著蒋元溥补授。"钦此。

窃臣湖滨下士,知识庸愚[2]。由进士授职编修,历充国史馆协修、纂修、总纂,文渊阁校理,教习庶吉士[3],补国子监司业,升司经局洗马、翰林院侍讲[4],充实录馆提调、日讲起居注官、咸安宫总裁,转补侍读[5];京察一等,记名以道府用[6];经大学士祁寯藻等以"在馆出力"保奏,奉旨遇有升缺,先行题奏[7]。荷殊施之稠叠,方悚惕以难名[8]。

兹复渥奉温纶[9],补授今职。闻命之下,倍切兢惶[10]。伏念江西为繁要之区[11],知府有表率之责。如臣梼昧,惧弗克胜[12]。惟有吁求恩训,敬谨遵循。于地方一切公事,实力实心,矢勤矢慎,以冀稍酬高厚鸿慈于万一所有[13]。

微臣感激下忱,谨缮折叩谢天恩,伏乞皇上圣鉴[14]。谨奏。

咸丰二年五月十三日[15]。

题解

本文录自蒋元溥奏折。原件藏中国第一历史档案馆,档案号为04-01-12-0479-002。标题为《天门进士诗文》编者所加。

遗缺:空额,因原任人员死亡或去职而空缺的职位。

注释

[1]天恩:指帝王的恩惠。

吁求:呼吁恳求。

恩训:圣恩训示。

[2]湖滨:此处指湖北江汉平原湖

沼地区。

下士:才德差的人。

[3]编修:官名。宋代有史馆编修。明清属翰林院,位次修撰,与修撰、检讨同为史官。明清的翰林院编修以一甲二三名进士(即榜眼、探花)补授,或以留馆的庶吉士学习三年后考试,合格者二甲授编修。编修无定员,也无实际职务。

国史馆协修、纂修、总纂:国史馆为翰林院附属机构。国史馆的提调、总纂、纂修等官,多由翰林院官员兼任。总纂地位较高,不一定亲自参加具体编纂,而最后由其总成。纂修、协修分司具体编纂,而以纂修为主,其职多由内阁侍读学士、侍读及翰、詹人员充任。

文渊阁校理:官名。文渊阁职官,掌阁藏《四库全书》的注册、点验等事。额设八员,以翰林院侍读、侍讲、修撰、编修、检讨及詹事府所属左右庶子、中允、赞善和洗马等官兼充。

教习庶吉士:选进士入翰林院学习,称庶吉士;训课庶吉士者曰教习。此处指管理庶吉士教务的"小教习"。清改翰林院为庶常馆,设教习和小教习,教习由汉、满大臣各一人充当;小教习由侍讲、侍读以下官充任。

[4]国子监司业:国子监的副长官。协助祭酒教授生徒和掌管训导之政。

司经局洗马:明清有司经局洗马的官名,隶詹事府,无实职。清为从五品,以备翰林官之升转。

翰林院侍讲:官名。掌给皇帝讲学。为翰林院额定之官。

实录馆提调:清代分设国史馆、实录馆。国史馆随时修纂,实录馆则专编前一代皇帝的政令。提调:官名。负责管领、调度的人。

日讲起居注官:清代秘书官员,侍从皇帝,记录皇帝言行,兼入宫讲论经史。由翰林、詹事等日讲官担任。

咸安宫总裁:咸安宫官学总裁。咸安宫官学是清代教育八旗子弟的学校。

[5]侍读:翰林院侍读。官名。为帝王、皇子讲学之官。其职务与侍读学士略同,然级别较其为低。从五品。

[6]京察:明清定期考核京官的制度。明代每六年举行一次。清代吏部设考功清吏司,改为三年考核一次,在京的称"京察",在外地的称"大计"。翰林院所属各京官察列一等者,可任知府和道员。

记名:清制,官吏有功绩,交吏部或军机处记名,以备提升。

道府:道员、知府。

[7]大学士:官名。明代始专以殿阁大学士为宰辅之官,然官阶仅五品,其职务是替皇帝批答奏章、承理政务。自宣宗时乃以师保尚书兼大学士,官尊于六卿,职近宰相,称为"阁老"。清因之,设内阁大学士四人,为正一品;

协办大学士二人,为从一品,成为文臣最高的官位,称为“中堂”。

题奏:谓上奏章。

[8]荷殊施之稠叠,方悚惕以难名:再三蒙受特别的恩惠,恐惧之心难以言表。稠叠:稠密重叠,密密层层。

悚惕:恐惧小心。

[9]温纶:皇帝诏令的敬称。

[10]兢惶:惊惧惶恐。

[11]繁要:繁复而重要。

[12]梼(táo)昧:愚昧。多作自谦之词。

惧弗克胜:惧怕不能胜任此职。

[13]矢勤矢慎:同“矢慎矢勤”。立誓谨慎和勤勉。

以冀稍酬高厚鸿慈于万一所有:以期报答皇上万分之一的天高地厚般的大恩。鸿慈:大恩。

[14]微臣:卑贱之臣。古代官吏用来对君主称自己。

缮:抄写。敬辞。

伏乞皇上圣鉴:祈请皇上审阅。伏乞:向尊者恳求。圣鉴:清代文书中,表示请皇帝看阅本文书的用语。

[15]咸丰二年:壬子,1852年。

重修宗祠记

蒋元溥

溥惟古卿大夫士皆有庙,以祀其先祖[1]。故《孝经》以守其宗庙为卿大夫之孝。《大清会典》载,品官皆有家庙[2]。一、二、三品官,庙五间,两室,阶五级,两庑,三门。以朝服、少牢、俎豆、铏爵祀[3]。高、曾、祖、祢四室,祧者以昭穆藏于夹室[4]。著之古经者,如彼载之。今制者又如此,教孝之典讵不重哉[5]?

我祖、父世沐国恩,备员卿贰,先世祖妣俱受崇封[6]。自叔曾祖盂塘公以来,出膺民社者,代不乏人[7]。此正古所谓卿士大夫皆有庙以祀其先者,而况为合族子姓瞻拜受厘、俾展孝思之地乎哉[8]!

敬稽蒋氏宗祠,建自乾隆辛巳,迩时寝祏前厅门楼规制略备[9]。越辛卯,复建中厅。越丙午,垣墉、围舍、厨湢以次毕完[10]。迨庚戌,溥先大父已贵[11],祠制宜崇,乃增高后寝基翼,以东西廊祭有台,器有库;笾豆有品,祀享有时[12]。《谷梁传》论大夫士庙制之崇庳,而曰:

"德厚者流光[13]。"此之谓也。

嗟乎！我先世积德衍庆，俾后裔克炽而昌[14]。七十年中科名连绵，两登上第[15]。春秋展祀，冠裳济跄，过之者尚为徘徊叹慕，矧在子孙有不起敬起孝、寅念祖泽者哉[16]！乃者壬辰之秋，阳侯肆虐，三澨皆成巨浸，万庐悉付洪波[17]。而宗祠遂荡圮，无复存者[18]。族祖遥屏公伤之，亟寓书京邸，商为修复。祖父清宦长安，望南掩叹[19]。外任者，又囊无余俸[20]。至于族居子姓，素皆清寒。屡逢大祲，饔飧尚艰，安有余资以肩斯钜任[21]？此所以迟之又久而不克蒇事也[22]。然资力虽难裒集，而堂楹不可久虚[23]。遥屏公乃纠合族众，量力捐输[24]。公，寒士也，至鬻产以为之倡，族众咸为感奋[25]。自乙未至戊戌，后寝、中厅次第修举。旋以岁比不登，又复中止[26]。辛丑、壬寅，溥叠遭祖、父大故，归，展谒祠宇，不胜凄怆[27]。既营窀穸大事，力已告竭[28]。然而祖庙未成，烝尝缺若，岂惟溥一人之戾，我祖、父亦何以瞑目于九原哉[29]？乃与叔祖东美公、堂叔宜泉公议再复捐输，克期竣事[30]。一切经营缔造，遥屏公任其劳[31]。溥亦敬备薄资，效扫除之役。六阅月而始告成功焉，是为道光癸卯季夏也[32]。

嗟乎！溥幸承先人令绪，得绍书声[33]。而材轻禄薄，不能早襄黝垩，致重烦我诸父老，良自愧矣[34]。顾以先人数十年之规模一朝而坏之，迟之十二年而始复之，创者难，守者亦不易。子孙之承先业，凡事类然，可不儆惧乎[35]？兹榱桷依然，几筵展告；先灵是妥，衍祚方长[36]。遥屏公既有细册以详其事，溥复谨志其年月于左[37]。酌古准今，动必遵礼。修德念祖，无忝所生[38]。溥愿与合宗共勉焉。

道光癸卯，十六世孙元溥谨撰[39]。

题解

本文录自民国己未(1919 年)版、天门净潭《蒋氏族谱》。

注释

[1]惟：想，考虑。　卿大夫士：泛称各级官吏。卿大

夫:卿和大夫。后借指高级官员。士:古代诸侯设上士、中士、下士,“士”的地位次于大夫。

[2]品官:有品级的官。品官与非品官相对而言,古代官分九品,列于九品的称入流,不列于九品的无品小官,称未入流。

[3]朝服:举行隆重的典礼时官员着装。

少牢:旧时祭礼的牺牲,牛、羊、豕俱用叫太牢,只用羊、豕二牲叫少牢。

俎(zǔ)豆:俎和豆。古代祭祀、宴飨时盛食物用的两种礼器。

铏(xíng)爵:两种礼器。铏:古指盛菜和羹的小鼎,是一种礼器。爵:古代一种盛酒礼器,像雀形,比尊彝小,受一升。亦用为饮酒器。

[4]高、曾、祖、祢(mí)四室:指另设四室,奉高祖、曾祖、祖父、父的神位。祢:为亡父在宗庙中立主之称。

祧(tiāo):继承。

昭穆:祭祀制度。参见本书董历《谱序》注释[2]。

夹室:古代宗庙内堂东西厢的后部,藏五世祖以上远祖神主的地方。

[5]制:规格制度。

讵:岂。

[6]祖父:祖辈与父辈。

备员卿贰:指蒋祥墀官至都察院左副都御使,蒋立镛官至礼部侍郎。备员:充数,凑数。卿贰:侍郎的别称。尚书为卿,故副手侍郎为贰卿,也称亚卿。

崇封:荣誉崇高的封赠。

[7]出膺:出任。

民社:指州、县等地方。亦借指地方长官。

代不乏人:指每一时期或世代都有同类的人出现。

[8]子姓:泛指子孙、后辈。

瞻拜:瞻仰、参拜。

受厘(xī):汉代皇帝祭天地不自行,祭祀后受其余下的牲肉,借祭祀以致福的意思。“厘”即“胙(zuò)”,祭余之肉。

俾:使。

[9]乾隆辛巳:清乾隆二十六年,1761年。

迩时:近时。

寝祏(shí):此处指宗祠。寝:皇家宗庙后殿藏先人衣冠之处。祏:古代宗庙里藏神主的石匣。

规制:规格制度。

[10]垣墉:墙。

厨湢(bì):厨房和浴室。原文为“厨偪”。

毕完:疑为“完毕”。

[11]先大父:指去世的祖父。

[12]笾(biān)豆。古代祭祀及宴会时常用的两种礼器。竹制为笾,木制为豆。

[13]崇庳(bēi):高低。庳:通“卑”。低下。

德厚者流光:道德高厚者,影响深

远。流:影响。光:通“广”。

[14]积德衍庆:积德行善,绵延吉庆。

克炽而昌:昌盛。克:能。

[15]两登上第:指蒋立镛、蒋元溥父子两登鼎甲,先后中状元、探花。上第:考试成绩中的第一等。

[16]展祀:施行祭祀。

冠裳:本指全套的官服,因借称有官职的士绅。

济跄(qiāng):仪容敬慎貌。

矧(shěn):况且。

寅念祖泽:敬思祖先的恩泽。

[17]乃者:往日。

壬辰:清道光十二年,1832 年。

阳侯:古代传说中的波涛之神。

三澨(shì):三澨河。今天门河。参见本书皮日休《三澨渔歌》注释[24]。

巨浸:大湖。

[18]荡圮(pǐ):毁坏,坍塌。

[19]清官:显贵的官职。

[20]外任:任地方官,与朝官、京官相对而言。

[21]大祲(jìn):大侵。严重歉收,大饥荒。

饔飧(yōng sūn):早饭和晚饭,饭食。

钜任:重任。钜:通“巨”。

[22]蒇(chǎn)事:谓事情办理完成。

[23]裒(póu)集:辑集,聚集。

[24]纠合:集合,聚集。

捐输:清代出于急公好义之捐赠。

[25]鬻(yù):卖。

[26]岁比不登:接连几年歉收。比:屡屡。

[27]大故:指父母丧。亦用为死亡的代称。

展谒:敬辞。犹拜见,拜谒。

[28]窀穸(zhūn xī):墓穴。

[29]烝(zhēng)尝:冬祭曰烝,秋祭曰尝,烝尝泛称祭祀。

戾:罪过。

九原:九泉,黄泉。

[30]克期:克日。约定或限定日期。

[31]经营:筹划营造。

缔造:经营创建。

[32]六阅月:经过了六个月。

道光癸卯:清道光二十三年,1843 年。

[33]令绪:伟大的事业或业绩。

绍书声:指继承书香门第的声名美誉。

[34]材辁(quán)禄薄:才学短浅福禄微薄。

早襄黝垩(yǒu è):早早地帮助做一些粉刷类的小事。黝垩:涂饰黑色和白色。

[35]凡事类然:凡事都像这样。

儆惧:戒惧,警惕和畏惧。

[36]榱桷(cuī jué):屋椽。

几筵展告:疑指安排座席与几案,

以祭告祖先。几筵:座席与几案。古代礼敬尊长或祭祀行礼时的陈设。

先灵是妥:祭祀祖先。先灵:祖先的神灵。是:助词。用在宾语和它的动词之间,起着把宾语提前的作用,以达到强调的目的。妥:泛指祭祀。

衍祚(zuò):福气绵延。

[37]左:古时竖行书写,从右至左,故下文在左。

[38]酌古准今:择取古代之事,用来比照今天的情况。

无忝(tiǎn)所生:不要辱没了你的父母。忝:玷污。所生:生身父母。

[39]"道光癸卯"一句,原在标题之下。

附

誉侯公(蒋元溥)传

温予巽

君蒋氏,讳元溥,字誉侯。其先世由江西迁楚,世有令德。道光戊子举于乡,癸巳以一甲第三名及第,入翰林,四转至翰林院侍读,寻出守九江,未至,权江西盐道。工楷书,苍劲而秀媚,诗赋亦龠泫典雅。著有《木天清课彤馆赋钞》,传诸艺林。

其官侍读也,承修《宣宗实录》,寅入酉出,莫名劳勚。人方以公辅期之,而不料以郡守用也。豫章盐政,日就阘茸。君下车即设立条教,凡有未宜于今者,皆屏而汰之。江右之民至今阴食其利而不知也。当是时,贼氛甚炽,烽烟鼙鼓,荐逼境上。君乃严斥堠厉,士卒皇皇焉。日从事于戎马倥偬间,使贼不敢西向。朝廷方任之,乃忽膺痰疾而卒于官。

忆予供职清班,其鹤发童颜、立乌台而上谏书者,君之祖丹林中丞也。其高颡丰颐、蔼然玉立,传丹诏于螭殿者,君之父笙陔阁部也。斯时君方年少,佩球簪笔,以随其后。旁观者莫不望而艳之曰:"此固蒋氏之祖孙父子也!"今老成云亡,君亦不起,岂造物之果忌其才欤?不然何夺斯人之速也?呜呼!君若不中道而殒,其功烈乌可量哉!

赐进士出身、诰授荣禄大夫、直隶巡抚,前江西布政使司布政使,加三级,年愚弟温予巽顿首拜撰。

题解

本文录自民国己未(1919 年)版、天门净潭《蒋氏族谱》。

许本墉(江西盐道)

许本墉(1802~1886年),字霁堂,又字侍庭。天门城关人。清道光十三年癸巳科(1833年)进士。翰林院庶吉士。官江西盐道。

安陆赴考途中遇石马咏

许本墉

石马停迹在孤洲,先人留下几千秋。青草成堆难下口,细雨纷纷如汗流。风吹阵阵无毛落,铁鞭追打不回头。日月常照谁人管?天地高栏夜不收。

题解

本诗引自1994年版、天门杨林许庙《许氏家谱全书》。该谱记载,许本墉生于竟陵城关之东门城隍街。

奉旨补授江西瑞州府知府谢恩折

许本墉

新选江西瑞州府知府、臣许本墉跪奏为恭谢天恩、吁求宸训事[1]。

本月十七日,吏部以臣铨选知府带领引见[2],奉旨:"江西瑞州府知府员缺,著许本墉补授。"钦此[3]。

窃臣楚北庸材，毫无知识。由进士改庶吉士，散馆，以主事用[4]。签分户部，补山西司主事，荐升员外郎[5]。因丁忧，在籍带勇克复城池，经前任湖广总督保奏，以知府归部选用，并蒙赏戴花翎[6]。涓壤未酬，方深兢惕[7]。兹以签选到班，复荷温纶[8]，准予补授斯缺。自天闻命[9]，伏地增惭。复念江西地处冲繁[10]，知府职司表率。现当逆踪甫净，善后筹防，在在均关紧要[11]。惟有吁求训诲，敬谨遵循；到任后勉矢慎勤，力图报称[12]，以仰答高厚鸿慈于万一所有[13]。

微臣感激下忱，谨缮折叩谢天恩，伏乞皇上圣鉴[14]。谨奏。

咸丰七年十一月十九日[15]。

题解

本文录自许本墉奏折。原件藏中国第一历史档案馆，档案号为04－01－12－0489－164。标题为《天门进士诗文》编者所加。

注释

[1]天恩：指帝王的恩惠。

吁求：呼吁恳求。

宸(chén)训：帝王的训示。

[2]铨选：选才授官。

引见：引导入见。旧指皇帝接见臣下或宾客时由有关大臣引导入见。

[3]钦此：归结皇帝的来文的用语。凡引叙皇帝的谕旨、朱批、诏令等文书完毕，即用此语表示引叙结束，并转入文书的引申段，后面叙述自己的意见。

[4]庶吉士、散馆：参见本书附录《部分科举名词汇释》第1条。

主事：清代为正六品，与郎中、员外郎并列为六部司官。

[5]签分：抽签分配。

荐升：一级一级地荣升到。

员外郎：清代六部之下设司，其主管官是郎中，副手是员外郎，再下是主事。

[6]丁忧：古代官员遇父母亡故，一般均解除官职，守丧三年(实际为二十七个月)，称为丁忧。丁：当。

在籍带勇克复城池：在原籍天门带领乡勇克敌制胜收回城市。

花翎(líng)：清朝以孔雀羽制成拖在帽后表示官品的帽饰。本来由皇帝赐给建有功勋的人或贵族，后来五品以上的官就可以出钱捐花翎戴。

[7]涓壤：犹涓埃。细小的流水和尘埃。比喻很小的功劳。

兢惕：朝兢夕惕。谓日夜勤谨、自

强不息。

[8]温纶:皇帝诏令的敬称。

[9]自天闻命:接到从上天降下的命令。闻命:接受命令或教导。

[10]冲繁:谓地当冲要,事务繁重。

[11]逆踪甫净:逆贼的踪迹开始消失。当指太平军内讧,开始衰败。

在在:处处。

[12]勉矢慎勤:同“矢慎矢勤”。立誓谨慎和勤勉。

报称:报答。

[13]仰答高厚鸿慈于万一所有:报答皇上万分之一的天高地厚般的大恩。鸿慈:大恩。

[14]微臣:卑贱之臣。古代官吏用来对君主称自己。

缮:抄写。敬辞。

伏乞皇上圣鉴:祈请皇上审阅。伏乞:向尊者恳求。圣鉴:清代文书中,表示请皇帝看阅本文书的用语。

[15]咸丰七年:丁巳,1857年。

禁沔州僧人蔡福隆筑塞泽口呈

许本墉

户部主事许本墉等详,禁沔州僧人蔡福隆筑塞泽口呈,为妄塞古河,群恳通详移知禁毁事[1]。

缘襄河南岸泽口支河,分泄襄水[2],由来已久。突有沔洲未削发而僧衣之蔡福隆,借塞梁滩改口之名,纠约下游潜沔各垸,于十月十二日起手[3],将泽口以内十里而近之吴家场河口,又名垱河,尽行填塞,宽四十余弓,长二百余弓,高八九尺、丈余不等。附近居民莫之敢撄[4]。目下虽未填满,然不早为禁毁,日久渐加高厚,此河必成断港。转瞬春汛一至,襄水消泄无地,北岸以下堤塍定多溃决[5]。天邑地居下游[6],如顶灌足,其害何可胜言?

伏查[7],此河即《禹贡》“沱潜既道”之潜,蔡传所谓“汉出为潜”也,《潜江县志》确凿可据。其河自泽口起,蜿蜒数十里,至田关、梅家嘴等处,以下支分派衍,形如瓜蔓。或汇长湖、里湖,或归白鹭、童子、九泾等湖,以及南达新堤闸口,东达沌口,出江分泄之。河港既多容纳之,湖汊复广,以故襄河自安陆府治以下[8],南岸全仗此河分泄。

前因泽口水势倒灌，致有淤塞。道光五年，制宪李奏请筹款委员司潜主刘疏瀹[9]。今纵不加疏瀹，何至反行填塞？使经传所载数千年分泄之河，废于一旦。如谓迩年节遭溃淹，致有此举，不知天灾流行或南或北，原宜各安天命，岂可妄塞古河，只图利己，不顾壑邻？且此河一塞，水势必至壅激，不特襄河北岸当冲[10]，即襄河南岸与泽口内十里堤塍亦难保不溃。一溃之后，伊等下游任受淹渍[11]，究竟何利于己？况伊等节遭水害，江水居十之七、八，汉水居十之二、三。江水之来路不能塞，汉水之去路独可塞乎？

为此绘图，群恳台前刻日通详各大宪[12]，移知潜、沔二主，早加厉禁，押令将已填塞之土迅速挖毁[13]，使襄水仍有分泄。万姓永戴鸿兹矣[14]。上禀[15]。

道光二十四年十一月　日[16]。

题解

本文录自清光绪二十年(1894年)版《襄堤成案·卷二》第14页。原题为《户部主事许本墉等详禁沔州僧人蔡福隆筑塞泽口呈》。

详：旧时上行公文的一种，用于向上级陈报请示。

沔州：沔阳州。今湖北省仙桃市。

泽口：汉江旧时“九口”之一。位于汉江右岸、潜江泽口镇境内。

呈：旧时公文的一种，用于下对上。

注释

[1]通详：指旧时下级向上级申报文书。

移知：移文通知。

[2]襄河：古水名。又称襄江、襄水。即今湖北省襄阳市以下汉水河段。

[3]垸(yuàn)：湖南、湖北两省在湖泊地带挡水的堤圩，亦指堤所围住的地区。

起手：下手，着手。

[4]莫之敢撄(yīng)：没有人敢去迫近他。撄：向……挑战或撩斗。

[5]堤塍(chéng)：堤坝和田界。

[6]天邑：指天门。

[7]伏：敬辞。古时臣对君奏言多用之。

[8]安陆府治：今湖北省钟祥市。

[9]制宪李：指时任湖广总督李鸿

宾。制宪：清代对总督的尊称，又称制台。宪和台都是对高级长官的尊称。

员司：旧时指政府机关的中下级官员。

潜主刘：指时任湖北潜江知县刘坤琳。

疏瀹（yuè）：疏浚，疏通。

[10]不特：不只。

[11]伊等：你们。

[12]台前：台官。

刻日：限定日期。

大宪：清代地方官员对总督或巡抚的称谓。

[13]厉禁：严厉禁止。

押令：勒令。押：压。从上向下加以重力。

[14]永戴鸿兹：永远承当着别人的大恩大德。

[15]上禀：向上禀报。

[16]道光二十四年：甲辰，1844年。

罗楚石（罗佳珩）先生墓志铭

许本墉

道光岁庚寅，夷陵罗楚石先生选天门司训，吾楚名宿也[1]。本墉兄弟以弟子员晋谒，聆其言论风采，恒敬惮之，即负笈于门[2]。时受业者众，而吴之观进士与本墉兄弟[3]，先生尤器重之。本墉幸通籍，先生遽返道山[4]。顷方持节治鹾江右，适嗣君子模司马邮先生行状，属为志铭，谨按状诠次之[5]。

先生讳佳珩，字佩先，号楚石。世为东湖人。貤赠朝议大夫、岁贡生廷彦公长子[6]。资颖异，束发受书[7]，目数行下。始为文，即惊其长老。弱冠游黉校，旋食廪饩，尤自刻励钻研[8]。枕葄于经史子集，无不淹贯[9]。故其文精理宝光，风格遒上[10]。岁科试冠其军者六，学使鲍觉生先生亟称赏焉[11]。嘉庆癸酉登拔萃科，己卯中乡试第六名[12]。文誉噪国中，群以上第期之，公车四上不第[13]。丙戌大挑得教职，怡然曰："广文虽冷，其可以卒吾业矣[14]。"里人延主六一书院讲席。先生校艺，必点窜、绳削[15]。视塾师尤严，请业者屦恒满[16]。岁大比前数月，约诸生宿斋舍三日，如闱中式，由是士益加淬励[17]。顾湘坡太史实出其门[18]。未几赴官天门学博[19]。时吾邑熊两溟先生主讲书院,先生监院事,遇课题[20],辄拟焉。两溟见之大惊赏,传示院中诸生曰:“此真举业津梁也。”两溟以老辞,邑人士请于令,申牒大府,以先生继讲席[21]。评改课艺,一如在六一书院时。凡邑之有声庠序及奋迹云衢者[22],皆所成就云。性孝友,接物和易;读书外无嗜好,不善治生计。而慷慨好义,遇里党急难,即解囊助之。其盛德令望,足为儒林矜式[23]。顾自友教以来,弟子多飞黄腾达以去,而先生仅以青毡老,何其丰于德而啬于遇耶[24]!生平著述甚富,坊间选其文入《小题文孚》,嗣君梓《藻思堂文集》行世[25],读者可以知其学矣。

配江太恭人,贤而有才。管家政,壹禀《内则》[26]。子七:长行元,议叙县丞[27],以弟行楷贵,貤赠朝议大夫。次行言,郡增生[28]。行扬、行芳、行猷,议叙从九品。行周,四川知县,历署永宁、南江、什邡等县,权叙永直隶同知,加同知衔。行楷,选授湖南蓝山县,用守御功,保奏以同知即补,加运同衔[29]。孙启炳,由明经候选教职,加光署正衔[30]。启增,国学。启治,庠生。曾孙六人,元孙二人。多以诗礼世其家。

先生生乾隆戊戌年八月十六日,卒道光乙未年二月初六日,享年五十有八。以子行楷贵,诰赠奉直大夫,晋赠朝议大夫[31]。与江太恭人合葬邑东乡刘家垭[32]。铭曰:

先生之学,闳且肆也[33]。先生之品,纯且粹也。经师人师[34],惟先生兼之,而英才亦于是乎萃也。其河汾之流亚欤,潜德幽光,亦岂丹铅所能志也[35]?呜呼!先生不克隆其位于吾身,信能延其泽于后嗣[36]。

题解

本文录自聂光銮主修、清同治四年(1865年)版《宜昌府志·卷十四》第96页。原题为《敕授文林郎诰赠朝议大夫罗楚石先生墓志铭》。署名为“庶常、江西盐法道许本墉,天门人”。

朝议大夫:文散官名。清从四品概授朝议大夫。

注释

[1]道光岁庚寅:清道光十年,1830年。

司训:明清时县学教谕的别称。清代府学官称“教授”,州学官称“学正”,县学官称“教谕”,负责教育所属生员。

名宿:素有名望的人。

[2]弟子员:指经本省各级考试取入府、州、县学学习者,通称秀才。参见本书附录《部分科举名词汇释》第3条。

敬惮:敬畏。

负笈:背着书箱。

[3]受业:跟随老师学习。

吴之观:天门城关人。清道光二十一年辛丑恩科(1841年)进士。

[4]通籍:指初做官。亦谓做了官,朝中有了名籍。籍:挂在宫门外的名单牌。竹片制成,二尺长,上写姓名、年龄、身份等,出入宫门查对之用。

遽返道山:猝然去世。道山:传说中的仙山。旧时因称人死为“归道山”。

[5]持节治鹾(cuó)江右:奉旨任江西盐道。持节:官员或使臣外出时持有皇帝授予的节杖,以示其威权。江右:古人在地理上以东为左,以西为右,故江西又名江右。

适嗣君子模司马邮先生行状:恰好罗楚石先生之子、担任司马的子模将罗先生的生平事迹邮寄给我。嗣君:称别人的儿子。行状:亲友为死者所写的叙述生平事迹的文章。

属(zhǔ):古同“嘱”。嘱咐,托付。

诠次:选择和编排。此处指作墓志铭。

[6]貤(yí)赠:谓将本身和妻室封诰呈请朝廷移赠给先人。

岁贡生:岁贡。参见本书附录《部分科举名词汇释》第3条。

[7]束发:古代男孩成童时束发为髻,因以为成童的代称。

受书:谓接受文化教育。

[8]游黉(hóng)校:求学于学校。游:求学。黉校:学校。

食廪饩(xì):指成为有津贴的廪膳生。廪饩:指科举时代由公家发给在学生员的膳食津贴。

尤自:尚自。

刻励:刻苦勤勉。

[9]枕藉(zuò):犹枕籍。枕头与垫席。引申为沉溺,埋头。藉:垫。

经史子集:古代文献的总称。本指我国传统图书分类的四大部类。经部包括儒家的经典和小学方面的书。史部包括各种历史书和某些地理书。子部包括诸子百家的著作。集部包括诗、文、词、赋等总集、专集。

淹贯:深通广晓。

[10]精理:精微的义理。

宝光:神奇的光辉。

道上:超佚不群,雄健超群。

[11]岁科试:岁试与科试的合称。

岁试:亦称岁考。明清甄别生员学业优劣和取录生员的考试。由各省提学道(学政)巡回至各府州主持,属院试之一。多在府城或直隶州治所举行,先试生员,继试童生。

科试:亦称科考。明清时期每届乡试前由各省提学官巡回所属各学举行的考试。由在岁试中获第一、二等成绩的生员参加。凡名列前茅者,即取得参加乡试的资格。

学使:即学政。地方专管考试的官。

[12]拔萃:清代用以代称拔贡。参见本书附录《部分科举名词汇释》第3条。

乡试:明清科举考试之一。乡试取中者称举人,俗称孝廉,第一名称解元。参见本书附录《部分科举名词汇释》第2条。

[13]上第:考核儒生或秀才、孝廉等被荐举者对策后获得的最好等级。

公车:古代应试举人的代称。汉代应举之人均用公家车马接送,后便以"公车"作为入京举人的代称。

[14]大挑:清乾隆以后定制,三科以上会试不中的举人,挑取其中一等的以知县用,二等的以教职用。六年举行一次,意在使举人出身的有较宽的出路,名为大挑。

广文:古代国学中的馆名,流传成为儒学教官的别称。

[15]校艺:当指批阅学生的八股文习作。

点窜:删改,修改。

绳削:指木工弹墨、斧削。引申指纠正,修改。

[16]请业:向人请教学业中不懂的问题。

[17]大比:科举考试。明清时特指三年一次的乡试。

如闱中式:参加会试得中。中式:科举考试合格。

淬励:激励,鞭策。

[18]顾湘坡:顾嘉蘅,号湘坡,江苏昆山人,其父顾槐(号南林)来夷陵做官,为夷陵籍。清道光二十年(1840年)进士,官翰林院编修、南阳知府。

太史:翰林。本为官名,夏商周三代为史官和历官的长官。明朝和清朝都叫钦天监,掌管天文占候的事;编写史书的任务归翰林院,故俗称翰林为太史。

[19]学博:清代州、县学官之别称。

[20]熊两溟:熊士鹏,字两溟。天门横林人,进士。

监院事:掌管书院的事务。

课题:考试的题目。

[21]申牒:用公文向上呈报。

大府:明清时称总督、巡抚为"大府"。

讲席:高僧、儒师讲经讲学的席

位。亦用作对师长、学者的尊称。

[22]有声庠序：在学界享有声誉。庠序：古代地方学校的泛称。与天子的辟雍、诸侯的泮宫等大学相对而言。后人通释庠序为乡学，亦以庠序概称学校或教育事业。

奋迹云衢：在朝廷位居高位。奋迹：谓奋起投身从事某活动。云衢：本指云中的道路。比喻朝廷，或居高位。

[23]矜式：敬重和取法。

[24]友教：指不执师徒之礼，以朋友的身分教授。

以青毡老：指以清寒贫困而终。青毡：借指祖先留存之物。《晋书》卷八十《王献之传》：王献之为人寡言少语，却有胆识。“夜卧斋中，而有偷人入其室，盗物都尽。献之徐曰：‘偷儿，青毡我家旧物，可特置之。’群偷惊走。”

丰于德而啬于遇：德泽深厚却不得志。啬：少。

[25]梓：印书的雕版。因雕版以梓木为上，故称。后泛指制版印刷。

[26]壹禀《内则》：都禀承于《内则》。内则：为中国传统儒学经典著作《礼记》中的一篇，汇集了从战国到西汉时期儒家关于家庭内部关系的道德准则。

[27]议叙：清制于考核官吏以后，对成绩优良者给以议叙，以示奖励。议叙之法有二，一加级，二记录。又由保举而任用之官亦称为议叙，如议叙知县之类。

[28]增生：明清科举制度中生员名目之一。定额生员之外增加的称增生。参见本书附录《部分科举名词汇释》第3条。

[29]用：有。

运同：古代盐政官名。位仅次于运使。

[30]明经：明清两朝称贡生为明经。

光署正：光禄寺署正。官名。明清两朝都设大官署，为光禄寺四署之一，其长官为署正，从六品；其下有署丞，从七品。掌管祭祀燕飨用的肉和蔬菜之类。

[31]奉直大夫：文散官名。清从五品概授奉直大夫。

朝议大夫：文散官名。清从四品概授朝议大夫。

[32]恭人：用以封赠中散大夫以上至中大夫之妻。明清两代，四品官之妻封之。

[33]闳且肆：宏肆。宏伟恣肆。气势宏大，挥洒自如。

[34]经师：泛指传授经书的大师或师长。

人师：指德行学问等各方面可以为人表率的人。

[35]河汾：黄河与汾水的并称。亦指山西省西南部地区。隋代绛州龙门（今山西稷山）人王通设教河汾之间，受业者千余人。后以“河汾”指称

王通及其学术流派。

流亚：同一类的人或物。

潜德幽光：指隐德。潜德：不为人知的美德。幽光：潜隐的光辉。常用以指人的品德。

丹铅：点校书籍所用的丹砂与铅粉。因亦指校订文字。此处指文字。

[36]不克隆其位于吾身，信能延其泽于后嗣：不能使自己居于高位，却能将德泽留给后世。

竟陵忠烈诗草序

许本墉

南溟，予姻好[1]。性爽直，遇纷难辄排解之。尤嗜书，暇时读弗辍也。

自咸丰三年红巾贼起，吾邑相继失守[2]，遭贼蹂躏。阅百余日[3]，民人流离死亡，不计其数。予于是年七月，借京邑兵勇一千数百员名[4]，首击贼于县北之刘家场，尽歼之。越日，双镇军保自潜邑统兵至[5]，会剿复城。旋京山土匪复起，东南之贼不时来犯，四郊烽火无宁日。洎境内渐次肃清[6]，查吾邑阵亡及赴义死者，将二、三千人，未及查明者尚无数可纪。南溟不殚采访，于节之尤著者歌咏之，得诗一百余首，又附志二首。如周子良斌，年少恂谨，为予所器重。渠避难南乡，当道误以奸细[7]。孙子滋号季瞻，事继母孝，与予为世兄弟[8]。其人尤光明倜傥，能任事[9]。时帮予修筑钟堤溃口，予倚之如左右手。是年三月廿八日，郡城陷，同予自工次归[10]。次日吾邑复陷，同予避居离城八里之新渡，携一子、一侄往依予。忽贼至，走相失。越十余日，闻为周子往辩其诬，同为仇攀罹于法[11]。呜呼！士可杀而不可诬，若孙子之激于义而不惜一死，亦可谓难能矣，竟乃含冤地下，彼苍者天！非南溟表而出之[12]，二子不几沉冤莫雪乎？予曾为二子纪咏，得南溟诗可弗存。今南冥诗将付梓，特详其所略，俾吾道毋郁而不发之光[13]。二子虽诬，仍如青天白日，益服南溟作诗之意。传诗乎，传人乎？其亦名教之大防也夫[14]！

霁堂兄许本墉顿首拜撰[15]。

题解

本文录自郑昌运撰、清咸丰己未(1859年)重镌《竟陵忠烈诗草》。原文无标题。

注释

[1]南溟:指《竟陵忠烈诗草》的作者郑昌运。

姻好:姻亲。

[2]咸丰三年:癸丑,1853年。

红巾:对绿林好汉的称呼。因他们常头裹红巾而得名。此处指太平军。

吾邑:指作者的家乡,古称竟陵,清雍正四年易名为天门。

[3]阅:经过,经历。

[4]京邑:指京山县。

兵勇:清代称临时招募的兵卒为勇,因以"兵勇"泛指兵卒。

[5]潜邑:指潜江县。

[6]洎(jì):到。

[7]恂谨:恭顺谨慎。

渠:通"遽"。匆遽。

当道:指执政者,掌权者。

[8]世兄弟:世交之家平辈间的称呼。

[9]任事:担任大事。

[10]工次:疑指工地。次:外出居住的地方、处所。

[11]罹于法:触犯法律。

[12]表而出之:此处指彰显他们的义举。语出《论语·乡党》:"当暑袗絺绤(zhěn chī xì),必表而出之。"夏天穿粗的或细的葛布单衣,但一定要套在内衣外面。表:本义为罩上外衣。

[13]俾吾道毋郁而不发之光:使我的想法不再郁积心中。

吾道:我的学说或主张。

郁而不发:阻滞不通。语出《庄子·天下》:"是故内圣外王之道,暗而不明,郁而不发。"

[14]名教:以儒家思想所定的名分和以儒家教训为准则的道德观念。

大防:大堤。引申为重要界限。

[15]霁堂兄许本墉:许本墉,字霁堂。

蒋启勋（二品，湖南衡永郴桂道）

蒋启勋（1823～1888 年），派名式松，字揆（kuí）生，号鹤庄。天门净潭人。清咸丰十年庚申恩科（1860 年）进士。官河南道监察御史，江苏镇江、江宁知府，署理江南盐巡道，湖南衡永郴桂道。钦加二品衔，诰授资政大夫。曾国藩举荐蒋启勋由镇江知府转任江宁知府。

赋得聚米为山

蒋启勋

聚米陈良策，谋猷纪伏波[1]。千仓开壁垒，一粟定山河。势本倾囷出，功应覆篑多[2]。峰峦归露布，帷幄运星罗[3]。敌漫呼庚癸，兵原陋鹳鹅[4]。量沙同握算，扫穴不横戈[5]。南服留雄略，西征定凯歌。何如天讨速，洗甲颂嘉禾[6]。

题解

本诗录自顾廷龙编、台北成文出版社 1992 年版《清代朱卷集成・卷二十三》第 173 页。标题下注“得波字五言八韵”。

赋得：凡摘取古人成句为诗题，题首多冠以“赋得”二字。科举时代的试帖诗，因试题多取成句，故题前均有“赋得”二字。

聚米为山：东汉马援堆米成山，以代地形模型，给皇帝分析军事形势、进军计划，讲得十分明了。指形象地陈述军事形势、险要的地形。

注释

[1]谋猷：计谋，谋略。　　伏波：谓平息变乱。

[2]倾囷(qūn):“倒廪倾囷”的省略。倾倒米仓和谷仓。比喻竭尽所有。囷:谷仓。

覆篑:倒一筐土。谓积小成大,积少成多。

[3]露布:军旅文书。

[4]庚癸:呼庚癸。粮的隐语。庚:天干中庚在西方,主秋,粮食在秋天成熟,作为粮食的隐语。癸:在北方,属水,作为水的隐语。呼叫要粮要水。《左传·哀公十三年》记载,吴申叔仪向公孙有山氏借粮,因军粮不能借与人,就以庚癸作隐语,暗中给粮。后成为比喻向人借贷,或请求救济之语。

鹳鹅:鹅鹳阵。春秋时的一种阵法,见载于《左传》。此阵以中军为鹳军,以两翼及外围为鹅军。作战时互相配合、互相掩护。

[5]量沙:《南史·檀道济传》:“道济时与魏军三十余战多捷,军至历城,以资运竭乃还。时人降魏者具说粮食已罄,于是士卒忧惧,莫有固志。道济夜唱筹量沙,以所余少米散其上。及旦,魏军谓资粮有余,故不复追,以降者妄,斩以徇。”后以“量沙”为安定军心,迷惑敌人之典。

[6]天讨:上天的惩治。

洗甲:洗净甲兵,以便收藏。谓停止战事。

颂嘉禾:嘉禾颂。向朝廷歌功颂德之辞。《南史·梁宗室传下·萧映》:“中大通三年,野谷生武康,凡二十二处,自此丰穰(ráng)。映制《嘉谷颂》以闻,中诏称美。”

挽曾国藩联

蒋启勋

欧阳公道德文章,出将入相[1];
郭中令富贵寿考,生荣死哀[2]。

题解

本联引自邹学耀主编、中国文联出版社2011年版《中国对联集成·湖南双峰卷》第194页。

注释

[1]欧阳公：对欧阳修的尊称。

[2]郭中令：郭子仪。郭曾任中书令。

定于一

——会试答卷一道

蒋启勋

大贤思一统之治，有一定而无不定者焉[1]。盖惟一故定，不定由于不一也。以"定于一"告梁王，孟子之意深矣[2]。且得一以清者，亦得一以贞[3]，固有一定而无不定者存。而天下之不定者，非不定之故，实不一之故也。圣天子熙绩临宸以至一者，修我王度即以至一者，齐夫舆情[4]，然后知大一统之治无因而定之，必有所以定之者尔[5]。王问天下之定，盖自春秋以降，分为十二，并为六七[6]，天下之待定也久矣。周京有底定之分，而乏耆定之功[7]。文武成康，休风其未远矣[8]，而何以先圣后圣难出一辙也？则所以定之者无具也[9]。列国有戡定之权，而无绥定之术[10]。纵横捭阖，习俗其易移矣[11]，而何以东帝西帝只霸一方也？则所以不定者有由也[12]。无以一之，恶能定也[13]？今夫一也者，岂惟是高掌远蹠，兼容并包，争地争城云尔哉[14]？必将圣主当阳，群后用命，为久安长治之规[15]。故量极乎统驭八荒，而效征乎抚绥九有[16]。遐想其时，上有一心之主，下有一德之臣。仁寿积而气和，忠厚积而气乐。情一，则列邦不能自为其风俗也[17]。献享之精通于神，积和之气塞于明[18]。势一，则万物无所角其材能也[19]。上哉敻乎操何道而至此夫[20]？然而知定于一之非无据也[21]。夫拓土开疆，思定者匪一日矣。朝秦楚，莅中国，既缘木以求鱼[22]；开阡陌，侈富强，亦为丛而驱雀[23]。设也一人有庆，而国永赖[24]。将亿人兆人纵殊方而归化，山国泽国虽异俗而同风，此何如奠定乎[25]？夫北辰足以定天之星，而众星咸拱，惟不贰故一也[26]。彼建极之克一[27],亦若是焉已矣。招贤纳士,求定者,匪一邦矣。金台筑,雪宫成,独乐既不如同乐[28];炙輠兴,雕龙诞[29],千言复不如一言。设也一人元良,而邦以贞[30]。将同文同轨,车书合朝会之隆[31];无党无偏,正直臻荡平之盛[32],此何如大定乎?夫沧海足以定地之水,而万水朝宗,惟不息故一也[33]。彼首出之统一,亦若是焉已矣[34]。夫惟圣天子在上,内治外安,小怀大畏[35],四海九州,悉主悉臣,继继承承,于千万年也,猗欤盛哉[36]!

题解

本文录自顾廷龙编、台北成文出版社1992年版《清代朱卷集成·卷二十三》第169页。

定于一:天下一统就会安定。反映了孟子大一统的政治思想,表达了战国时期饱受战乱之苦的广大百姓渴望天下统一、社会安定的心愿,合乎历史发展的潮流。《孟子·梁惠王上》:孟子见梁襄王,出,语人曰:"望之不似人君,就之而不见所畏焉。卒然问曰:'天下恶乎定?'吾对曰:'定于一。''孰能一之?'对曰:'不嗜杀人者能一之。''孰能与之?'对曰:'天下莫不与也。'"孟子见了梁襄王,出来以后,告诉人说:"远看不像个国君,到了他跟前也看不出威严的样子。突然问我:'天下要怎样才能安定?'我回答说:'要统一才会安定。'他又问:'谁能统一天下呢?'我又答:'不喜欢杀人的国君能统一天下。'他又问:'有谁愿意跟随不喜欢杀人的国君呢?'我又答:'天下的人没有不愿意跟随他的。'"

注释

[1]大贤:才德超群的杰出之士。

一定:犹统一。

不定:不安定,不稳定。

[2]以"定于一"告梁王:参见题解。

[3]得一以清者,亦得一以贞:天地得到"道",因而天清地稳,侯王得道而成为天下的首领。语出《老子》之《道德经》第三十九章。一:道。贞:通"正"。

[4]圣天子:圣贤君主。

熙绩:弘扬功业。

临宸(chén):指登临帝位。

王度:王者的德行器度。

齐夫舆情:有顺应民意的意思。舆情:群情,民情。

[5]大一统:大:重视、尊重。一统:指天下诸侯皆统系于周天子。后

世因称封建王朝统治全国为大一统。

无因:无所凭借,没有机缘。

必有所以定之者尔:必定有安定天下的凭借。

[6]春秋以降(jiàng),分为十二,并为六七:春秋时期有十二个较大的诸侯国(鲁、齐、晋、秦、楚、宋、卫、陈、蔡、曹、郑、燕十二诸侯国),战国末期只剩七雄(秦、齐、楚、燕、韩、赵、魏)。以降:以下,以后。

[7]周京:西周王都镐京。故址在今陕西长安区韦曲西北。

底定:犹奠定。

耆定:达成。

[8]文武成康:周文王、周武王、周成王、周康王。后世称“四圣人”。

休风:美好的风格、风气。

[9]无具:疑指没有凭借,意思是办法不同。与下文“有由”相对而言。

[10]戡定:平定。

绥定:安抚平定。

[11]纵横捭阖(bǎi hé):指在政治或外交上运用手段进行分化或拉拢。纵横:合纵连横。捭阖:打开和闭合,策士游说时用来演示的方法。策士以开合演示游说诸侯联合或分化。

[12]有由:有相同的途径。

[13] 恶(wū):古同“乌”。哪,何。

[14]高掌远蹠(zhí):从高处擘开,往远处踏开。传说黄河河神手擘脚踢,把华岳一山分开为二。后用以比喻开拓、开辟。掌:用手掌擘开。蹠:用脚踏开。

云尔:语气词。用在陈述句末,助限止、终结语气。含有“似的”“如此而已”等意思。

[15]圣主当阳,群后用命:天子南面向阳而治,诸侯禀天子命而行。当阳:古称天子南面向阳而治。群后:指各诸侯国的国君。

规:格局。

[16]量极乎统驭八荒,而效征乎抚绥九有:统率天下,疆域达到极限;天下安定,功业达到预期。

量极:疑为“极限”的意思。

统驭八荒:统率天下。八荒:八方荒远的地方。

效征:疑为“效验”的意思。如所预期的效果。

抚绥九有:指安定天下。九有:九州。传说为上古我国中原的行政区划,也泛指全国。

[17]列邦不能自为其风俗:各国不能自以其风俗为善而与其他地方不一致。

[18]献享:奉献供品祭祀。

明:人世,阳世。

[19]万物无所角其材能:世间没有较量才能的地方。

[20]敻(xuàn):营求。

[21]无据:没有根据、凭借。

[22]朝(cháo)秦楚,莅中国:使秦国楚国来朝拜,君临中原。

缘木以求鱼:缘木求鱼。爬上树

去捉鱼，比喻行动和目的相反，劳而无所得。

[23]开阡陌，侈富强：将旧贵族封地取消分与他人，使他人成为豪富。

开阡陌：战国时，秦相商鞅曾下令挖开田间小路，整顿田亩。开阡陌封疆是商鞅变法的重要内容。当时为了建立田籍，确定私人土地占有的位置和面积，秦国政府下令在各农户田地之间用界道或其他标志确立分界线。

为丛而驱雀：为丛驱雀。把鸟雀赶到树林里去。原比喻为政不善，使百姓投向敌对方面。

[24]一人有庆，而国永赖：天子有善行，百姓永远仰赖他。语出《尚书·吕刑》："一人有庆，兆民赖之。"一人：指天子。庆：善行。赖：仰赖。

[25]殊方：异域，风俗习惯不同之地。

归化：同化。

奠定：安定。

[26]北辰：指北极星。

不贰：忠诚不怀二心。

[27]彼建极之克一：帝王即位，天下得以一统。建极：指帝王即位。

[28]金台：古台名。又称黄金台、燕台。相传战国燕昭王筑此台置千金以招贤纳士。

雪宫：春秋战国时期的齐国宫室。位于齐都临淄（今山东淄博市辛店镇北）东门外。雪宫因处齐都雪门外而得名。

[29]炙輠（guǒ）兴，雕龙诞：淳于髡、邹奭（shì）这样的辩才应运而生。《史记》卷七十四《孟子荀卿列传》记载：邹衍、邹奭、淳于髡（kūn）都是齐国有名的辩士，因此，齐人称颂他们为"谈天衍、雕龙奭，炙毂过髡"。

炙輠：本作"炙毂过"。过为"輠"的假借字。輠：古时车上盛贮油膏的器具。輠烘热后流油，润滑车轴。刘向《别录》注："过字作輠。輠者，车之盛膏器也。炙之虽尽，犹有余流者，言淳于髡智不尽，如炙輠也。"

雕龙：战国时齐人邹奭采邹衍之术，为文长于修饰，如雕镂龙文，时人称他"雕龙奭"。后用以比喻精心著文或善于文辞。

[30]一人元良，而邦以贞：天子有大善，则天下得其正。语出《尚书·太甲》："一人元良，万邦以贞。"

[31]同文同轨：统一文字，统一车辙的宽窄。比喻国家政令统一。轨：车子两轮之间的距离，指车辙。

车书："车书"连用，泛指国家体制制度。车：车轨。书：文字。

合：适合。

朝会：古代诸侯朝见天子称"朝会"。秦汉以后，公卿议事中朝堂，亦称"朝会"。

[32]无党无偏，正直臻（zhēn）荡平之盛：语出《尚书·洪范》："无偏无党，王道荡荡；无党无偏，王道平平；无反无侧，王道正直。"为政的不偏向自

己的亲人,不袒护自己的朋友,王道的理想政治是宽广的;不袒护自己的朋友,不偏向自己的亲人,王道的政治是平坦的;不背逆,不倾斜,王道的道路是正直的。

臻:达到。

[33]朝宗:比喻小水流注大水。

[34]彼首出之统一,亦若是焉已矣:那统摄万物的道理,也像这样罢了。

首出:出而为首。出而为万物之首、万物之统领。

已矣:句末语气词的连用形式。表示肯定语气的加强。可译为"了""啦""罢了"。

[35]惟:由于。

内治外安:对内治国安民,对外安和四方。

小怀大畏:小国感怀我的德政,大国惧怕我的武力。化用《尚书·武成》:"大邦畏其力,小邦怀其德。"

悉主悉臣:全都向一主称臣。

[36]猗欤(yī yú)盛哉:同"猗欤休哉"。多么好啊!古代赞颂的套语。猗欤:叹词,表示赞美。盛、休:美好。

同治上江两县志序

蒋启勋

国家崇儒重道,治隆三古[1]。自宰相以逮守令,咸慎简通经史、达治体者以在位[2]。所以为天下计者,至深且远。予家世以文学被恩遇,过庭之勖,一出于经训[3]。暨成进士,官铨部[4],逮出守金陵,罔敢逾越。惟金陵之被兵也久[5],残破甚于他郡。昔之炳乎焕乎其文物者,已澌为泠风[6]。深惧菲材不足振兴治术,用是兢惕[7]。

今年春,上元令莫君善徵、江宁令甘君愚亭[8],同以修志事来请。余谓志为周官小史之遗,《春秋》之支津也[9]。《传》曰:"拨乱世而反诸正,莫近于《春秋》[10]。"二君其裨予之不逮,与二君遂延嘉宾,采山问水,剪伐枚肄,掇拾灰烬,搜辑咨访于狐兔之野[11],以续百年之阙佚。虽曰述故,其勤乃倍于作者矣[12]。

夫志之为类,大凡有三。一曰由旧,《春秋》所谓"古常"。一曰新作,《春秋》所谓托始[13]。一曰阙文,《春秋》所谓无闻而为信史也[14]。其咸丰以来兵事，又《春秋》所谓为天下记异者、治世之要务也。然非握铅椠诸儒，道同相称，德合相友，亦安能隐括壹是，使就绳墨而同同哉[15]？

书既成，余顾而乐之。谓非二君之好儒，必不足以致诸儒；非诸儒和而不同，必不足以成巨制[16]。使天下之令尹，皆知笃于儒以裨治化[17]，则我国家亿万年无疆之休基于文治[18]，后之君子，其亦有乐乎此也。

赐进士出身、知江宁府事，前河南道御史蒋启勋撰。

题解

本文录自清同治十三年(1874年)版《同治上江两县志》。

注释

[1]治隆三古：指国家兴盛，堪比历史。

三古：上古、中古、下古。指我国古代史上三个历史阶段。具体说法不一。一说指伏羲、文王、孔子代表的三个时代。一说指伏羲、神农、五帝代表的三个时代。

[2]慎简：谨慎简选。

治体：治国的纲要。

[3]过庭：典自“鲤趋而过庭”。借指父教。语出《论语·季氏》，是说孔子教训儿子孔鲤的事。

勖(xù)：勉励。

一出于经训：全都受到先儒经训的濡染。经训：经籍义理的解说。

[4]铨部：指吏部。因吏部专司铨选，故称其为铨部。

[5]被兵：遭受战祸。

[6]炳乎焕乎：鲜明华丽的样子。

澌(sī)：尽。

[7]菲材：谦辞。菲薄之材，比喻才能小。

用是兢惕：因此勤谨异常。兢惕：朝兢夕惕。谓日夜勤谨、自强不息。

[8]上元令莫君善徵、江宁令甘君愚亭：指时任上元县知县莫祥之、江宁县知县甘绍盘。

[9]支津：支流。

[10]传：指《公羊传》。

拨乱世而反诸正，莫近于《春秋》：语出《公羊传·哀公十四年》：“拨乱世，反诸正，莫近诸《春秋》。”拨乱反正：治理好乱世，使之恢复正常。

[11]裨予之不逮：成语“匡我不逮”的化用。指在我力所不及时帮助我。逮：能力达不到。

枚肄：枝条。枚：枝曰条，干曰枚。肄：条肄。指再生的树枝。

狐兔之野：指民间。

[12]述故：传述前人成说。相对于自己创新而言。

作者：开始，创作者。

[13]托始：借一事作为叙事的开端，即起源。

[14]信史：纪事真实可信、无所讳饰的史籍。

[15]铅椠（qiàn）：古人书写文字的工具。铅：铅粉笔。椠：木板片。

隐括壹是：用统一的规范。隐括：用以矫正邪曲的器具。引申为标准、规范。壹是：一概，一律。

绳墨：木工画直线用的工具。喻规矩、准则。

[16]和而不同：孔子用语。谓和谐而不苟同。

巨制：指篇幅长、规模大的作品。

[17]笃：忠实。

治化：谓治理国家、教化人民。

[18]休：吉庆，美善，福禄。

文治：谓以文教礼乐治民。

重锓类证治裁序

蒋启勋

同治间，余守润州后，又承乏江宁[1]。林生嵩庚至署来谒，盖余守润州时所取士也[2]，出其先祖羲桐先生医书一册[3]，乞序于余。书固有余先师芗畦吉君原序[4]，先生与余师素号神交。知先生以经济之学，郁不得志，沉潜泛览于古来之医集，抉其精英，以为是书，卓然必传于后无疑也[5]。

余疏于艺术[6]，医学一道，概未有知。而劳劳仕宦，捧檄东西，窃以牧民之道，其通于医术者，为生告之[7]。当乱离之后，民生凋敝，培植之政，犹医之急补元气也；奸民猾吏，非种必锄，犹医之涤瑕荡秽[8]，不遗余力也；政治之施行，必求其利害之所在，犹医之分经分络，不得妄施药石也[9]。其他正治从治之法，君臣佐使之宜，虚实损益之故，调和血气，燮理阴阳[10]，良医之于病，亦犹良吏之于民。昔人所以谓治病之道通于治国也。使先生当日幸获通籍[11]，出经济之学以治民，当有更传无穷者。乃先生以大用之才，为绪余之见[12]，阅是书者,咸为先生惜。不知士生一世,只求有益夫生民。治病治民,其揆一也[13]。今先生之医术,传先生之经济,不因是深人想象欤[14]?既为生告之,遂书之以为序。

同治十三年,知江宁府事、天门鹤庄蒋启勋拜序[15]。

题解

本序引自张年顺主编、华夏出版社 1997 年版《中医综合类名著集成》第 681 页。

重锓(chóng qiān):重新刻板。锓:刻板。

类证治裁:《类证治裁》是综合性中医著作。清林珮琴著,撰于清道光十九年(1839 年)。

注释

[1]守润州:任润州知府。守:专指任郡守、太守、刺史等职。润州:清代镇江府,隋唐宋为润州。

承乏:所任职位一时无适当人选,暂由自己来充数。旧时在任官吏常用的谦辞。

江宁:清代江宁府所在地,今江苏南京市。

[2]廙:音 yì。

取士:选拔人才。

[3]羲桐:林佩琴(一作林珮琴),字云和,号羲桐,清江苏丹阳人。

[4]芗(xiāng)畦吉君:吉种颖,字秋丞,号芗畦。丹阳人。清嘉庆十年(1805 年)进士,授湖北南漳县知县,后升鹤峰州知州,迁四川会理州知州。

[5]经济:治理国家。

沉潜:集中精力,潜心。

泛览:广泛阅读。

抉:挑选。

以为是书:而成此书。

卓然:形容特出。

[6]艺术:泛指六艺以及术数方技等各种技术技能。艺谓礼、乐、书、数、射、御,术谓医、方、卜、筮。

[7]劳劳:辛劳,忙碌。

捧檄:得官就任之意。檄:官符。东汉人毛义有孝名。张奉去拜访他,刚好府檄至,要毛义去任守令,毛义拿到檄,表现出高兴的样子,张奉因此看不起他。后来毛义母死,毛义终于不再出去做官,张奉才知道他不过是为亲屈,感叹自己知他不深。见《后汉书·刘平等传序》。后以"捧檄"为为母出仕的典故。

牧民:治民。古时把人君和官吏

治民比做牧人牧养牲畜，因而把管理民政的官员，称作牧民。

为：对，向。

[8]涤瑕荡秽：清除污垢，去掉恶习。

[9]政治：治理国家的方略。

药石：药剂和砭石。泛指药物。

[10]燮（xiè）理：调和治理。

[11]通籍：指初做官。亦谓做了官，朝中有了名籍。籍：挂在宫门外的名单牌。竹片制成，二尺长，上写姓名、年龄、身份等，出入宫门时查对之用。

[12]绪余：本指蚕抽丝后留在茧子上的残丝。引申指理论的一部分或其遗留部分。

[13]揆（kuí）：尺度，准则。

[14]深人：有见识、有才学的人。

[15]同治十三年：甲戌，1874年。

拜序：恭敬地作序。

附

调补蒋启勋江宁府知府折

曾国藩等

大学士、两江总督、一等侯、臣曾国藩，江苏巡抚、臣张之万跪奏为拣员请调省会要缺知府，恭折仰祈圣鉴事。

窃臣等接准吏部咨开：同治九年闰十月初五日内阁奉上谕："江南江宁府知府员缺紧要，著该督抚于通省知府内拣员调补。所遗员缺，著赵佑宸补授。"钦此。

查江宁府系冲、繁、难三项要缺，例应在外拣员调补。该府地居省会，政务殷繁，整顿地方，表率属僚，兼之时有发审案件，在在均关紧要，必须明干有为之员方足以资治理。

查有镇江府知府蒋启勋，年四十九岁，湖北举人，国史馆录，议叙同知，报捐郎中，调赴军营，随同克复九江府城保奏奉旨："著以郎中遇缺即选，并分部行走。"钦此。咸丰九年签分兵部。十年庚申恩科会试中式进士引见，奉旨："著俟报满后作为候补郎中以该部郎中即补。"钦此。旋经选授吏部郎中，历俸期满，同治四年截取引见，奉旨记名，以繁缺知府用。五年考取御史引见，奉旨记名以御史用。六年京察一等引见，奉旨记名以道府用。七年六月补授河南道监察御史，九月二十七日奉旨补授江苏镇江府知府。八年三月二十六日任事。该员守洁才明，治事耐劳，以之调补江宁府知府，洵堪胜任。据江宁布政使梅启照等会详请奏前来，臣等往返函商，意见相同。合无仰恳天恩俯念省会员缺紧要，准以镇江府知府蒋启勋调补江宁府知府，实于地方有禆。如蒙俞允，该员系现任知府调补知府，衔缺相当，毋庸送部引见。一切因公处分，亦毋须核计。所遗镇江府知府要缺，遵旨即以赵佑宸补授，人地亦属相宜。

谨合词恭折具奏，伏乞皇太后、皇上圣鉴训示。谨奏。

同治十年七月初三日。

题解

本文录自曾国藩、张之万奏折。原件藏中国第一历史档案馆，档案号为04－01－13－0321－021。标题为《天门进士诗文》编者所加。

胡聘之（山西巡抚）

胡聘之(1840～1912年)，字蕲生。天门城关人。清同治四年乙丑科(1865年)进士。选庶吉士。历官御史、内阁侍读学士。清光绪十六年(1890年)授顺天府尹，次年任山西布政使、护理巡抚，旋改浙江布政使。二十一年擢陕西巡抚，寻调山西巡抚。主政山西期间，借助洋务自强之势，推进地方工业振兴，革新政治文化教育，扶持地方经济社会发展，是山西近代工业的奠基者，有“晚清重臣、洋务先锋”之誉。戊戌(1898年)变法后被革职。所编《山右石刻丛编》是山西省收录最多、著录最详、考证最精的石刻学著作。

郑天挺、吴泽、杨志玖主编，上海辞书出版社2000年版《中国历史大辞典》第2098页记载：胡聘之，清湖北天门人，字蕲生。同治进士，选庶吉士。历任河南道、太仆寺少卿。光绪十六年(1890)任顺天府尹。次年任山西布政使。二十一年擢陕西巡抚，旋调任山西巡抚。戊戌变法时，改令德书院为山西省大学堂，并奏设武备学堂增设西学书目。戊戌政变后被革职。

赋得芦笋生时柳絮飞

胡聘之

茁认芦芽短，飘怜柳絮轻。花飞宜共舞，笋折看初生。夜雨关心久，春风扑面迎。衔犹迟雁信，吹好趁鱼行[1]。浅水排难密，疏烟漾欲平。绿添新涨活，红衬夕阳明[2]。莼菜香分脆，萍踪化未成。上林宸赏惬，佳趣满蓬瀛[3]。

题解

本诗录自国家图书馆藏刻本《会试朱卷》(清同治乙丑科)胡聘之卷。

赋得：凡摘取古人成句为诗题，题首多冠以“赋得”二字。科举时代的试帖诗，因试题多取成句，故题前均有“赋得”二字。

芦笋生时柳絮飞：语出苏轼《寒芦港》：“溶溶晴港漾春晖，芦笋生时柳絮飞。”

注释

[1]衔犹迟雁信：疑指大雁北飞，告诉人们春天来了。雁信：指书信。语出《后汉书·苏武传》：“教使者谓单于，言天子射上林中，得雁，足有系帛书。”

吹好趁鱼行：疑指鱼儿吞吐水沫，追随而行。

[2]新涨：指刚刚上涨的春水。

[3]上林：泛指帝王的园囿。

宸(chén)赏：谓帝王的游赏。

蓬瀛：蓬莱和瀛洲。神山名，相传为仙人所居之处。亦泛指仙境。

飞鸟投远碧

胡聘之

一碧浑无际，投林鸟渐飞。遥山看缥缈，远树辨依稀。雪翼摩千仞，天光幕四围。螺峰凝黛色，鸦点度斜晖[1]。明灭分清嶂，翩翻入翠微[2]。村连晴霭合，巢向暮云归[3]。倦羽依樵担，浮岚染客衣[4]。彤庭鹓鹭集，香绕御炉霏[5]。

题解

本诗录自王先谦辑、清光绪丁亥(1887年)版《近科分韵馆诗初集·卷二·五微》第34页。标题下注“苏轼《过宜宾见夷中乱山》诗：行人挹孤光”。

飞鸟投远碧：语出苏轼《过宜宾见夷中乱山》：“行人挹孤光，飞鸟投远碧。”

注释

[1]黛色：青黑色。

[2]明灭：忽隐忽现。

清嶂：如屏障的青山。

翩翻：上下飞动貌。

翠微：泛指青山。

[3]晴霭：清朗的云气。

[4]浮岚:飘动的山林雾气。

[5]彤庭:汉代皇宫以朱色漆中庭,称为彤庭。后泛指皇宫。

鹓(yuān)鹭:鹓和鹭飞行有序,因喻百官朝见时秩序井然。

一钩淡月天如水

胡聘之

一望长空里,云容淡不收。天清真似水,月小恰如钩。尺五光疑泻,初三样许侔[1]。纤痕悬玳押,凉意浸珠楼[2]。鹤警寒先觉,鱼惊影乍浮[3]。玉绳低欲挂,银汉冷同流[4]。入户晖生夜,乘槎客泛秋[5]。甲兵欣尽洗,盛治巩金瓯[6]。

题解

本诗录自王先谦辑、清光绪丁亥(1887 年)版《近科分韵馆诗初集 · 卷八 · 十一尤》第 43 页。标题下注"谢逸《夏景词》:人散后"。

一钩淡月天如水:语出北宋谢逸《千秋岁 · 夏景》:"人散后,一钩新月天如水。"

注释

[1]尺五:一尺五寸。极言离高处距离近。

初三样许侔(móu):初三时淡月的模样与弯钩这般相似。侔:相等,齐。

[2]纤痕:此处指细线。

玳押:以玳瑁做的镇帘轴。徐陵《玉台新咏序》:"玉树以珊瑚作枝,珠帘以玳瑁为押。"

珠楼:华丽的楼阁。

[3]鹤警:谓鹤性机警。

[4]玉绳:星名。常泛指群星。

[5]乘槎(chá):传说天河与海通,有居住海岛的人乘槎浮海而至天河,看见牛郎织女。见张华《博物志》卷三。后用以比喻奉使。槎:竹、木筏。

[6]甲兵欣尽洗:欣喜的是兵甲不起,天下太平。语出杜甫《洗兵马》:"安得壮士挽天河,净洗甲兵长不用。"

盛治:昌明的政治。

金瓯:金属做的盛酒器皿,借指

国土。

三月三十日南康阻风

胡聘之

蠡湖东去片帆迟，风雨连宵搅客思[1]。花事阑珊余此日，萍踪漂泊竟何时[2]？青山约负难如券，绿鬓愁多渐有丝[3]。料得金钱还暗卜，几回消息问归期[4]。

题解

本诗引自王德镜主编、1993 年版《竟陵历代诗选》第 230 页。

注释

[1]蠡(lí)湖：湖名。在江苏省无锡市东南。相传春秋越范蠡伐吴时开造。

[2]阑珊：残，将尽。

[3]青山约负难如券：指因阻于风雨难以如约到达蠡湖。白居易《和微之春日投简阳明洞天五十韵》诗："白首青山约，抽身去得无?"说的是白居易与元稹相约晚年归隐山中。

绿鬓：乌黑而有光泽的鬓发。形容年轻美貌。

[4]金钱还暗卜：与"金钱卜"义同。旧时以钱币占卜吉凶祸福的方法。其法不一，一般用六枚制钱置于竹筒中，祝祷后，连摇数次，使制钱在内翻动，然后倒出，排成长行，视六枚制钱的背和字的排列次序，以推断吉凶祸福。语出唐代于鹄《江南曲》："众中不敢分明语，暗掷金钱卜远人。"在众人面前不敢明说心愿，只好暗中抛掷钱币占卜，算一算远方恋人何时归来。

消息：易学术语。指的是卦体的阴阳消长。汉虞翻喜用"消息"解释卦象的变化。

题传砚图

胡聘之

兵灾盗窃屡遗失，神物呵护竟获全[1]。始信君家富积累，允宜圭组相蝉联[2]。

题解

本诗引自《文物鉴定与鉴赏》2014 年第 10 期刊载的胡玮《庐山博物馆藏〈传砚图〉鉴赏》。

传砚图：庐山博物馆藏《传砚图》共两册，均为纸本。收录清代陈正勋、陈受培、陈銮三代所用砚拓片及 49 位名人题记题咏题跋。

注释

[1]神物：神仙。

[2]允宜：合宜。圭组：玉圭与印绶。引申指爵位、官职。

不违农时，谷不可胜食也

——会试答卷一道

胡聘之

民食不难足也，在上之重农时而已。夫谷生于农，而农有其时。不违焉，而食裕于民矣。足民者其念诸孟子意，谓王今者移民移粟[1]，凡以为民食也。顾臣谓王欲足民必先重农，诚使东作不愆[2]，而是穮是蓘，胥应小卯而来[3]；斯西成可卜，而如坻如京，自免呼庚之苦[4]。而特恐三时或失，百谷不登[5]，遂至家少余粮，而室忧悬罄，至此而始沾沾焉[6]。为转输之策也[7]，抑亦非足民之本计矣。何则民以食为天、食以谷为主？而欲民食之无缺，要在农时之不违。三日于耜，四日举趾[8]。谷之种端，赖人为矣。顾力之借乎人者，烟蓑雨笠，习其勤，固贵集十千之耦[9]；而时之视乎天者，水耕火耨，愆其候，即难取三百之禾也[10]。所以瞻蒲望杏，验农祥者聿垂《小正》一书[11]，扬州宜稻，青州宜麦，谷之生亦资地利矣。顾气之得乎地者，颖栗方苞，有嘉种，固可追后稷之穑也[12]。而时之因乎天者，作讹成易，有常期，乃能睹曾孙之稼也[13]。所以获稻烹葵，纪农事者备详《豳风》一册[14]，言有农也，必有时也[15]，王之民岂乐违之哉？乃兹者扈既趣矣，而民之荷矛戟者，竟无时而荷耰锄[16]；禽将飨矣，而民之修甲兵者，更无时而修场圃[17]。石其田，草其宅，此而欲民之自食其力也，岂不綦难[18]？今试息战争，罢徭役，诏民归农，将见苍头、奋击之伦聚之[19]，即主伯亚旅，酸枣鸿沟之界辟之，尽下隰高原[20]。一时野无游民，国无旷士[21]。将古所谓耕三余一、耕九余三者，不难为我民卜之矣[22]。而王犹虑农之不敏哉，而民犹患食之不充哉[23]。梁承三晋之遗风，其民素习勤苦，乃耒耜不惮其劳[24]，而仓箱不闻有庆者，无他，害其时也[25]。今幸鼛鼓不闻矣，吾见锄雨犁云，庆厥田之上上[26]；崇墉比栉，欣我黍之与与[27]。即有时缓急莫济，而鱼梦堪征，自无忧鸿嗷待哺也[28]，又何至劳小民之转徙也哉？梁据两河之沃壤[29]，其地极为富饶，乃抚田隰之畇畇，难冀室家之溱溱者[30]，无他，失其时也。今幸钱镈堪修矣，吾见或耘或耔，大田可取十千[31]；有干有年，高廪兴歌亿秭[32]。即有时丰歉难知，而仓有红陈[33]，自无忧野无青草也，又何至烦大君之补助也哉[34]？不可胜食，此足民之本计也。王诚欲尽心于民，其首于农时加之意焉可[35]。

题解

本文录自国家图书馆藏刻本《会试朱卷》（清同治乙丑科）胡聘之卷。

不违农时，谷不可胜食也：如果王（梁惠王）不在农忙季节去征兵、征工影响农业生产，那么百姓收获的粮食是吃不完的。语出《孟子・梁惠王上》。朱熹集注："农时，谓春耕、夏耘、秋收之时，凡有兴作，不违此时，至冬乃役之也。"孟子认为，王道以得民心为本。统治者征兵役民，不妨碍农事节令，则谷粟食用有余，人民生活温饱，无所不满。这就是实行王道的开始。在当时各国统治者滥用民力的情况下,这种重视农业生产的主张有其积极意义。

注释

[1]足民:使人民富足。

移民移粟:语出《孟子·梁惠王上》:“河内凶,则移其民于河东,移其粟于河内;河东凶亦然。”黄河以北遭遇荒年,就把那里的百姓迁移到黄河以东,把黄河以东的粮食运到黄河以北;黄河以东遭遇荒年也是这样。

[2]诚使:假使。

东作不愆(qiān):春耕生产不错过。东作:古人以为岁起于东,而开始耕作,谓之东作。不愆:无过错,无过失。

[3]是穮(biāo)是蓘(gǔn):穮:翻地。蓘:培土。皆为耕作之事。泛指辛勤劳作。原文为“衮”。语出《左传·昭公元年》。是:连词。表示承接,相当于“则”。

胥:全,都。

小卯:指二月。夏正建寅,二月为卯。

[4]西成可卜:秋天庄稼成熟可以预料。西成:谓秋天庄稼已熟,农事告成。

如坻如京:谓谷米堆积如山。后因以“京坻”形容丰收。语出《诗经·小雅·甫田》:“曾孙之庾,如坻如京。”坻:水中之高地也。京:高丘也。言周成王的谷仓,像高丘一样。

呼庚:呼庚癸。粮的隐语。庚:天干中庚在西方,主秋,粮食在秋天成熟,作为粮食的隐语。癸:在北方,属水,作为水的隐语。呼叫要粮要水。《左传·哀公十三年》记载,吴申叔仪向公孙有山氏借粮,因军粮不能借与人,就以庚癸作隐语,暗中给粮。后成为比喻向人借贷,或请求救济之语。

[5]三时:指春、夏、秋三季农作之时。

登:谷物成熟。

[6]悬罄:亦作“悬磬”。形容空无所有,极贫。磬:古代石制乐器,状如倒悬的瓦盆,中间空空。语出《国语·鲁语上》:“室如悬磬,野无青草,何恃而不恐?”

沾沾:执着,拘执。

[7]转输:周转输入。

[8]三日于耜(sì),四日举趾:正月开始修锄犁,二月下地去耕种。语出《诗经·豳(bīn)风·七月》:“三之日于耜,四之日举趾。”三日:三之日,相当于夏历的正月。四日:四之日,夏历二月。于:为也。此处指从事修理。耜:有曲柄的形似犁的翻土农具。举趾:动脚举步。即开始动手锄地。

[9]烟蓑雨笠:身披蓑衣,头戴笠帽,在茫茫的烟雨中辛勤劳作。

十千之耦(ǒu):即“十千为耦”。语出《诗经·周颂·噫嘻》:“亦服尔耕,十千维耦。”大伙儿都来耕地呀,万人出动,配呀配成双。耦:两个人在一起耕地。

[10]水耕火耨(nòu):多作“火耕水耨”。古代南方的耕作方法。烧去杂草,灌水种稻。耨:锄草。古代一种耕种方法。

愆其候:失时。

即难取三百之禾也:难以取得三百捆禾稻的收获。语出《诗经·魏风·伐檀》:“不稼不穑,胡取禾三百廛(chán)兮?”你不耕种又不收割,为什么占有三百束禾稻呢?廛:束,捆。

[11]瞻蒲望杏:谓按时令劝勉耕种。

农祥:指农事。

聿垂:注意,留意。聿:文言助词,无义,用于句首或句中。

小正:《夏小正》。中国现存最古的天文历法文献之一。传为夏代历书,实成书于战国中期。是书按夏历月序,分别记载每月中天象、物候和相应的农事、政事活动,为夏代以来积累的农牧业生产经验小结。

[12]颖栗:谓禾穗繁硕。颖:长出芒的穗。栗:谷粒饱满坚实。

方苞:芦苇破土出芽。苇之初生,似竹笋之含苞,故曰方苞。

嘉种:优良的谷种。

固可追后稷之穑:就可以像后稷一样耕种了。原文无“也”。语出《诗经·大雅·生民》:“诞后稷之穑,有相之道。”后稷耕田又种地,辨明土质有法道。穑:本义是收获庄稼,这里泛指耕耘收种。

[13]作讹成易:东作、南讹、西成、朔易四者的缩略,均就农事泛言。东作谓春耕。南讹指夏时耕作及劝农等事。西成谓秋天庄稼已熟,农事告成。朔易谓岁末年初,政事、生活当除旧更新,有所改易。语出《尚书·尧典》。

常期:一定的期限。

乃能睹曾孙之稼也:就能看见像周成王田里丰收的庄稼了。语出《诗经·小雅·甫田》四章:“曾孙之稼,如茨如梁。”周成王田里的庄稼,像屋顶,像拱桥。曾孙:《诗经》中周成王的通称。

[14]获稻烹葵:收割稻谷,烹煮葵菜。语出《诗经·豳风·七月》:“六月食郁及薁(yù),七月烹葵及菽。八月剥枣,十月获稻。”六月食李和葡萄,七月煮葵又煮豆。八月开始打红枣,十月下田收稻谷。

豳风:《诗经》的十五《国风》之一。共计七篇二十七章,都是西周时代的诗歌。

[15]有农:此处当指顺应农时。

有时:谓有如愿之时。

[16]扈既趣:指九扈驱赶百姓耕种。扈:九扈。传说中古代九个管理农务的官员。

民之荷矛戟者,竟无时而荷耰(yōu)锄:指百姓在农忙季节手持兵器打仗，竟然没有一刻手持农具。

[17]禽将飨(xiǎng)矣：鸟将要分享粮食了。语出《逸周书·大开武》："若农之服田，务耕而不耨，维草其宅之；既秋而不获，维禽其飨之。人而获饥，云谁哀之？"飨：通"享"。

场圃：农家种菜蔬和收打作物的地方。

[18]石其田：当指以徙石和运土方式改造低产沙碛(qì)田。

草其宅：以草苫盖住所。

綦(qí)难：极难，很难。

[19]苍头：战国、秦汉时以青巾裹头的军队。

奋击：能奋力击敌的士卒。指精兵。

[20]主伯亚旅：指家长、兄弟及晚辈。此处指没有战争，四海之内皆兄弟。语出《诗经·周颂·载芟》："侯主侯伯，侯亚侯旅，侯强侯以。"侯：发语词。主：家长。伯：长子。亚：次。长子以下的兄弟。旅：众。指晚辈。强：男奴。以：女奴。耕作的时候，全家一齐出动，家长、兄弟及晚辈，还有男奴和女奴。大家都在忙碌。主伯：指家长和长子。亚旅：代称兄弟及子弟。

酸枣：酸枣县，今河南延津县。

鸿沟：古代运河，在今河南省，楚汉相争时是两军对峙的临时分界。

下隰(xí)高原：原隰。广平与低湿之地。泛指原野。

[21]旷士：疑为"旷土"之误。指荒芜的土地。

[22]耕三余一、耕九余三：耕种三年，积余一年的粮食。耕作九年，可剩余三年的粮食。语出《礼记·王制》："三年耕，必有一年之食；九年耕，必有三年之食。"

[23]不敏：不明达，不敏捷。

[24]梁：朝代名。南朝萧衍(梁武帝)所建(502～557年)。

三晋：古地区名。春秋末期，晋国的韩、赵、魏三家贵族瓜分了晋国，建立战国时期的韩、赵、魏三国，史称"三晋"。今代指山西省。

素习：平素熟习。

耒耜(lěi sì)：翻土所用的农具。耒为其柄，耜为其刃。

不惮其劳：不怕劳苦。

[25]仓箱：喻丰收年。箱：车箱。借指车。

无他：没有别的。

害其时：指妨碍农事节令。

[26]鼛(gāo)鼓：大鼓。古代用于役事。语出《宋书·乐志一》："长丈二尺者曰鼛鼓，凡守备及役事则鼓之。"

庆厥田之上上：庆幸其田属第一等。

[27]崇墉比栉：喻聚积如城，紧密相连。语出《诗经·周颂·良耜》："其崇如墉，其比如栉。"墉：城墙。

欣我黍之与与：欣喜我的小米多茂盛。语出《诗经·小雅·楚茨》："我黍与与。"与与：茂盛的样子。

［28］鱼梦：典自“恩鱼”。借指蒙受君王恩幸。语出《三秦记》：“昆明池。汉武帝凿之，习水战，中有灵沼神池。云：尧时洪水，停船此池，池通白鹿原，人钓鱼于原，纶绝而去。鱼梦于武帝，求去其钩。明日，帝游戏于池，见大鱼衔索，曰：‘岂非昨所梦乎？’取鱼去钩而放之。帝后得明珠。”

鸿嗷：语出《诗经·小雅·鸿雁》：“鸿雁于飞，哀鸣嗷嗷。”后遂以“鸿嗷”形容饥民哀号求食的惨状。

［29］两河：北宋合称河北、河东地区为两河。相当于今山西与河北中、南部一带。

［30］畇畇（yún）：田地已开垦的样子。

溱溱（zhēn）：盛多貌。众多貌。

［31］钱镈（bó）：古代两种农具名，铁铲，锄头。后泛指农具。

或耘或耔：除草培土。语出《诗经·小雅·甫田》。耘：除草。耔：给禾稼的根部培土。后因以“耘耔”泛指从事田间劳动。

大田：指大面积种植作物的田地。

十千：言其多。

［32］有干有年：辛勤劳作，赢得丰年。语出《尚书·多士》：“今尔惟时宅尔邑，继尔居，尔厥有干有年于兹洛。”现在你们应当好好地住在你们的城里，继续做你们的事业。你们在洛邑会有安乐会有丰年的。有：助词。无义，作动词词头。干：劳作。

高廪兴歌亿秭：高大的粮仓，悠扬的歌声，难以斗量的粮食。语出《诗经·周颂·丰年》：“丰年多黍多稌（tú），亦有高廪，万亿及秭。”丰收年谷物车载斗量，谷场边有高耸的粮仓，亿万斛粮食好好储藏。廪：粮仓。亿：周代以十万为亿。秭：数词，十亿。

［33］红陈：形容粮食富足。红：指粟红腐。

［34］大君：天子。

补助：增益匡助。

［35］加之意：加意。注重，特别注意。

携雪堂试帖诗注

胡聘之

胸中有抑郁磊砢、极不能平之气，偶于此题发泄之，遂尔激昂慷慨[1]，悲壮淋漓，所谓借他人酒杯，浇自己垒块，不止为魏武写照已也[2]。盖我师以倜傥权奇之质、纵横跌宕之才，驰骋名场、出入郎署者二十余年[3]。中间如宦海之艰难、世道之险阻,以至乡关烽火、绝塞星霜,无不备尝周历[4]。故诗中所云:“道远诸艰试,途穷百感侵。”“揽辔来燕市,奔波又吏曹[5]。”皆自道其生平也。又素性倔强,不欲轻受人怜。故虽廿载蹉跎,一官蹭蹬,终不肯稍抑声价,以希诡遇[6]。如所云:“途愧心生畏,身惭尾乞怜。”“望途无捷足,恋主有微忱[7]。”师之气骨可见,师之遇合亦可知矣[8]。然读“骨因劳倍健,德以閟逾沈[9]。将军尚无恙,努力到如今”,意态雄杰,不肯作末路颓唐语[10]。固知廉颇善饭、马援据鞍,世有九方皋其人乎[11]?其所以许驰驱而报知己者[12],犹未晚也。聘之猥以驽骀,得厕门墙,因于读诗之余,而志其梗概如此[13]。至其隶事之工、炼字之响,格律之苍老、气韵之沈雄,固非寻常试帖家所能道其只字[14],聘之几不能赞一词矣。

时在庚午又十月,受业胡聘之谨注[15]。

题解

本文录自吴可读撰、清光绪癸巳(1893年)版《携雪堂全集·附时文试帖》第29页。本文为附于吴可读试帖诗后的评注。原文无标题。吴可读,字柳堂,号吴樵。甘肃皋兰人。清道光三十年(1850年)进士。御史。

试帖诗:科举时代士子考试时照所出题目、按规定程式所作的诗。也叫“赋得体”。

注释

[1]磊砢(luǒ):形容心中不平。亦指郁结在心中的不平之气。

遂尔:于是乎。

[2]借他人酒杯,浇自己垒块:指借助某种事物来达到排遣愤懑的目的。语出《世说新语·任诞》:“胸中垒块,故须酒浇之。”垒块:块垒。土块积砌成堆。借喻心中的积郁和愁闷。

魏武:指魏武帝曹操。

[3]俶傥(tì tǎng)权奇:不同凡响。语出《汉书·礼乐志》:“太一况,天马下,沾赤汗,沫流赭(zhě)。志俶傥,精权奇。”俶傥:卓异不凡。权奇:奇谲非凡。

纵横:雄健奔放。

跌宕(dàng):卓越,不同寻常。

名场:指科举的考场。

郎署:明清称京曹为郎署。清代称朝廷各部衙门司官以下的属官为京曹。

[4]绝塞:极远的边塞。

周历:遍历,遍游。

[5]揽辔:控御马匹缰绳。

燕市:指燕京。即今北京市。

[6]蹭蹬:困顿,失意。

声价:名誉身价。

诡遇:比喻用不正当的手段去追求、取得某种东西。

[7]微忱:微薄的心意。

[8]遇合:指臣子逢到善用其才的君主。

[9]閟(bì):掩蔽,隐藏。

沈:同“沉”。

[10]颓唐:萎靡不振貌。

[11]廉颇善饭、马援据鞍:喻老当益壮、思建功业者。语出《三国志·魏志·满宠传》:“昔廉颇强食,马援据鞍。”

廉颇善饭:典自《史记·廉颇蔺相如列传》:“廉将军虽老,尚善饭。”

马援据鞍:据《后汉书·马援传》载,马援年六十二,请求率兵出征,自请曰:“臣尚能披甲上马。”

九方皋:春秋时人,善相马。后用以喻善于发现人才的人。

[12]许驰驱:答应为人奔走效劳。语出诸葛亮《出师表》:“由是感激,遂许先帝以驰驱。”

[13]猥:谦辞。犹言“辱”。

驽骀(nú tái):驽、骀都是劣马。比喻才能平庸。

厕门墙:指师出其门。厕:加入,参与。门墙:师门。科举时代考取进士的人称考官为师门。

志:记录。

[14]隶事:以故事相隶属。谓引用典故。

炼字:写作时推敲用字,以求工稳。

沈雄:沉雄。深沉雄浑。

[15]庚午:清同治九年,1870年。

受业:弟子对老师自称受业。

请变通书院章程折

胡聘之

奏为时事多艰,需才孔亟,拟请变通书院章程,并课天算、格致等学,以裨实用,恭折仰祈圣鉴事[1]。

伏查上年钦奉谕旨[2]:“自来求治之道,必当因时制宜。况当国事艰难,尤宜上下一心,图自强而弭隐患[3]。朕宵旰忧勤,惩前毖后,惟以蠲除痼习、力行实政为先[4]。叠据中外臣工,条陈时务,详加披览,采择施行[5]。著各直省将军、督抚,各就本省悉心筹画,酌度办法[6]。"等因,钦此钦遵[7]。

查升任顺天府府尹胡燏棻等条奏内,如练兵筹饷诸大端,皆为当今急务,应由臣酌核情形[8],次第奏明办理。惟裁改书院一事,关系人才之消长、学术之纯疵,不可不熟筹审议[9]。

夫国家书院之设,固欲多方造就、广育人才,以备任使。自教失其道,名存实亡。合天下书院,养士无虑数万人,而朝廷不免乏才之叹。从而议裁议改,畴曰不宜[10]。然苟不探其本,眩于新法,标以西学之名,督以西士之教,势必举中国圣人数千年递传之道术而尽弃之。变本加厉,流弊何所底止[11]?

臣观西学所以擅长者,特精于天算、格致,其学固中国所自有也。考《周礼》,宾兴贤,教习国子[12],皆于德行而外,次以六艺。孔门七十二子,史特以身通六艺表之。数者,六艺之一也。汉魏以降,代有专家。至宋胡瑗教士,其治事一斋,亦以算数分科,是中土教法[13],本自赅备无遗。且凡西士递创新法,动谓中土所未闻者,如地圆、地行、地转之说,《大戴礼》《尚书》《考灵曜》及《张子正蒙》,皆言之凿凿。光学、重学,《墨子·经上·经下》篇,奥旨可寻[14],并在西人未悟其理以前。即就算术言,西法之借根,远逊中法之天元,后乃变为代数。若宋秦九韶正员开方,元朱世杰《四元玉鉴》,西法终莫能逾。对数为法绝诣[15],然推算极繁。自李善兰著《对数探源》,省算不啻百倍,突过西人[16]。可见同此一理,只在善用其心,不必尽弃所学。方今外患迭起,创钜痛深,固宜有穷变通久之方[17],以因时而立政,但能不悖于正道,无妨兼取乎新法。顾深诋西学者,既滞于通今,未能一发其扃钥[18];过尊西学者,又轻于蔑古,不惮自决其藩篱[19]。欲救二者之偏失,则惟有善变书院之法而已。

查近日书院之弊,或空谈讲学,或溺志词章[20],既皆无裨实用,其下者专摹帖括,注意膏奖,志趣卑陋[21],安望有所成就?宜将原设之额大加裁汰,每月诗文等课酌量并减。然后综核经费,更定章程。延硕学通儒为之教授，研究经义以穷其理，博综史事以观其变[22]。由是参考时务，兼习算学。凡天文、地舆、农务、兵事，与夫一切有用之学，统归格致之中，分门探讨，务臻其奥[23]。此外，水师、武备、船炮、器械及工技制造等类，尽可另立学堂，交资互益。以儒学书院会众理以挈其纲维，而以各项学堂操众事以效其职业，必贯通有所宰属，然后本末不嫌于倒置，体用不至于乖违[24]。

臣前在藩司署、巡抚任内察看，士风朴质，类能好学深思，曾就省城令德书院勖其专治实学[25]，兼习算教。因院长已革，御史屠仁守尝受学于同文馆总教习李善兰，于天算格致，颇能通晓，爰属其并教诸生[26]，俾识途径。臣此次到任后，调阅算学课卷，所有三角、测量、代数、几何诸题，多能精核[27]，相继来学者人数亦增。惟未尝议定章程，另筹膏火经费，博收广厉，其道无由[28]。今幸明奉谕旨，颁发条陈，整顿书院，诚为陶铸人才之大机[29]。

臣等与学臣钱骏祥再四筹商，拟就令德书院别订条规，添设算学等课，择院生能学者，按名注籍，优给膏奖。省外各府属如有可造之士，由臣与学臣随同甄录调院[30]。并于天津、上海广购译刻天算、格致诸书，俾资讲求。其一切费用，即于各书院汰额减课项下，量为挹注[31]。或有不敷，由臣等设法捐筹，不另开销公帑[32]。庶经费省而事易集，课程立而人知奋。遇有材能超越、新法明通、兼达时务者，不拘年限，由臣咨送总理衙门考试以备器使[33]。此外学者有心得、算法通晓者，准令分教外府属各书院，递相传习，借资鼓舞[34]。如此变通办理，自可收实效而祛流弊。拟请旨饬下各省督抚，于现在所有书院详议推行[35]。不惟其名惟其实，不务其侈务其精。收礼失求野之近效，峻用夷变夏之大防[36]。学术愈纯，人才日众。庶几自强之道，无在外求矣！

臣愚昧之见，是否有当，谨会同山西学政、臣钱骏祥[37]，恭折具陈，伏乞皇上圣鉴训示[38]。谨奏。

题解

本文录自《皇朝经世文统编·卷九·文教部·九·书院》第3页。呈折时间为光绪二十二年(1896年)六月。

折:奏折。清朝独有之机密文书,又称奏帖。

注释

[1]奏为……事:参见本书龚奭《新选奏疏》注释[1]。

孔亟:很紧急,很急迫。

课:讲习,学习。

天算:天文历算的简称。

格致:中国早期学科名称。原意是研究事物的道理。清代末年被用作对西方传入的物理、化学、动物、植物等自然科学的统称。

恭折仰祈圣鉴:恭敬地呈上奏折,祈请皇上审阅。圣鉴:清代文书中,表示请皇帝看阅本文书的用语。

[2]伏:敬辞。用于尊长。

钦奉谕旨:敬奉圣旨。钦奉:犹敬奉。谕旨:清代皇帝因臣僚奏请而下的简单指令。

[3]弭(mǐ):止息,消除。

[4]宵旰(gàn)忧勤:形容帝王勤于政事,十分辛苦。宵旰:宵衣旰食。天不亮就穿衣起床,天晚了才吃饭。宵:夜。旰:晚上,天色晚。

蠲(juān)除:免除。

力行:犹言竭力而行。

[5]中外臣工:朝廷内外群臣百官。

披览:同"披阅"。翻阅浏览。给晚辈的信中用之。披:揭开。

[6]著(zhuó):公文用语。有"命令""派遣"的意思。

酌度:酌量,度量。

[7]等因,钦此钦遵:旧式公文中常见的结转语。等因:是转述它文之后的结束语,一般紧接所转述上级或同级机关来文之后。钦此钦遵:旧时阁臣代皇帝批阅奏章和朝臣向皇帝启奏时每每使用的语词,意思是圣上旨意在此,领旨者遵命而行。

[8]顺天府府尹:顺天府为明清设置的行政区,即今北京。行政长官有府尹、府丞各一人。

胡燏棻(yù fēn):字芸楣,安徽泗州(今泗县)人。曾任顺天府尹、总理各国事务大臣,以谈洋务见称。

大端:主要的项目。

臣:对皇帝,汉人官员自称臣、微臣或臣等,宦官及清代旗籍文武官员对皇帝自称奴才。都是谦称。

[9]消长:增减,盛衰。

纯疵:正确与错误。

熟筹审议:周密筹划、审查评议。

[10]畴:语助。无义。

[11]底止:尽头,止境。

[12]考《周礼》，宾兴贤，教习国子：考查《周礼》，周时荐举贤能而宾礼之，让他们教导贵族子弟。语出《九章算术注·序》："且算在六艺，古者以宾兴贤能，教习国子。"

宾兴：西周时地方向天子荐举人才的制度。亦称乡举里送。

教习：教导，教学。

国子：周代诸侯、卿、大夫、士之子。

[13]胡瑗(yuàn)：北宋学者、教育家。字翼之，泰州海陵郡如皋人。胡瑗很重视因材施教，创立了著名的"苏湖教法"，即分斋教法，把学校分为经义斋和治事斋两部分。经义斋选择"心性疏通、有器局、可任大事"的学生，对他们讲授儒家经典的经义。治事斋也叫治道斋，对学习研究治道的学生，分别讲授治兵、治民、水利、天文历律等等，一人各治一事和兼治一事，或专或兼，教师可因学生所专进行教学。

中土：古地区名。指中国。

[14]奥旨：深奥的含义。

[15]绝诣：指极高的造诣。

[16]不啻(chì)：无异于，如同。

突过：超过。

[17]创钜痛深：比喻受到巨大的创伤，痛苦之极。钜：同"巨"。大。

穷变通久：事物到了尽头就要变化，变化才能继续发展，才能久远。

[18]顾深诋西学者，既滞于通今，未能一发其扃(jiōng)钥：看那些对西学深恶痛诋的人，既不通晓当今，又不能开启大门接受外来的东西。深诋：深恶痛诋，极其厌恶并加以痛斥。发：开启。扃钥：关闭加锁。

[19]不惮自决其藩篱：不怕自己拆掉全部屏障。意思是，不怕全部照搬外国的一套。

[20]溺志词章：心志沉湎于吟诗作文。

[21]帖括：泛指科举应试文章。明清时亦指八股文。

膏奖：膏火奖励。膏火：照明用的油火。亦指旧时书院、学校中给学生的灯油津贴费用。

卑陋：平庸浅陋。

[22]硕学通儒：泛指学识渊博的学者。硕学：学问渊博的人。通儒：旧指通晓儒家文献典故的学者。

博综：犹博通。广泛地通晓。

[23]务臻(zhēn)其奥：务必达到深奥的境界。形容钻研学问的高境界。

[24]以儒学书院会众理以挈其纲维，而以各项学堂操众事以效其职业，必贯通有所宰属，然后本末不嫌于倒置，体用不至于乖违：以儒学书院学习传统文化，以把握教育的大局；以专门学堂操练技能，以服务于各项职业。这样必定中学、西学贯通而有主从，不会本末倒置、体用脱节。

纲维：纲领。

宰属：此处是主从、本末的意思。

体用：体用是古代哲学的一对范畴。指本体和作用。一般认为，“体”是最根本的，即本原、根本；“用”是“体”的外在表现，即“体”的功能或作用。

乖违：隔绝，离散。

[25]藩司署：藩司、藩署的合称。即布政使司。明清时布政使的别称。主管一省民政与财务的官员。

巡抚：明清时代地方的最高长官。巡抚与总督同为封疆大臣，只是巡抚品级稍次。

士风：读书的风气。

类：大都。

实学：不尚空疏，务求实用之学问。诸如传统的经世致用各学、西方科技等新学等。

[26]御史：清代监察御史，是督察府、州、县的高级官员。

同文馆：又称“京师同文馆”。官署名，清末培养译员，学习外国文化、科技的学校。

总教习：清末官学教师通称教习。在同文馆、时务学堂、京师大学堂等学校并设总教习一人，相当于校长或教务长。

属(zhǔ)：通“嘱”。托付，请托。

[27]精核：仔细考核。

[28]厉：勉励，激励。

其道无由：这条道走不通。无由：无从，没有门径和机会。

[29]陶铸：烧制陶器和铸造金属器物，比喻造就人才。

[30]学臣：此处指学政。参见下文注释[37]。

甄(zhēn)录：鉴别选录。

[31]挹(yì)注：把液体从一个盛器中舀出，注入另一盛器中。比喻取有余以补不足。

[32]公帑(tǎng)：公款。

[33]咨送：谓移文保送。移文是旧时文体之一，指行于不相统属的官署间的公文，亦泛指平行文书。

总理衙门：晚清的中央机构，主管外交事务。全称“总理各国事务衙门”。

器使：量材使用。

[34]递相：轮流更换。

借资：借以。

[35]饬下：敕下，命令属下。

详议：审议。

[36]礼失求野：常作“礼失求诸野”。意谓古礼失传，可以在民间访求。

峻：严。

用夷变夏之大防：夷夏之防，中国传统文化中的一种伦理价值观。夷夏，指民族区别，尤指文明程度与伦理道德方面的分野。春秋时期，孔子为了维护周礼，提出“夷夏之防”的思想，把是否奉行忠君孝亲之道，作为划分夷夏、区别文野的标志。汉以后，“明华夷之辨”的命题为儒家所继承。明清之际的王夫之鉴于明亡于清的历史教训，也力倡华夷大防，“防之不可不严”。

用夷变夏：泛指用外来文化改造中国传统的东西。语出《孟子·滕文公上》：孟子曰：“吾闻用夏变夷者，未闻变于夷者也。”夷：指少数民族，有时也泛指异邦。夏：即华夏之邦。

大防：大堤。引申为重要界限。

[37]学政：清代学官。提督学政的简称，又称督学使者、学政使。主管所属各府、厅考试童生及生员。在任职期间，不论官阶大小，一律同督、抚平行。

[38]恭折具陈，伏乞皇上圣鉴训示：这是清代奏折结束时的常用语。意思是，敬奉奏折，详尽陈述，恳请皇上审察并做指示。伏乞：向尊者恳求。与“伏祈”相同。训示：训导指示。后多指上级对下属或长辈对晚辈的指示。

山右石刻丛编序

胡聘之

繄夫碑观郭、宋，始详善长之书；石列潞、蒲，爰见太平之记。稽宋人之宝刻，采及汉、周；读陶氏之丛钞，文无晋、冀。迨论搜罗于昭代，益勤研讨于墨华。王、陆之编，逮金源而考订；孙、赵所录，断元氏以标题。论碑例者不一家，集石跋者累数种，皆综佚遗于区夏，非专文献于魏唐。溯夫咸丰、同治以来，乃有碑目汇录诸作，自集成于通志，遂包举而鲜遗。然而踵欧录之成规，征名为重；仿广川之旧格，结体先论。豹隐未窥，虹藏不见。喜汲篇之有目，憾侠氏之无书。且详艺苑之谭，罕及政谟之用。夫夏传岣嵝，疏道云功；周勒歧阳，攻同志盛。凡此刻石填金之作，足证保邦致治之规。惟文采徒诩于士林，故志碣止资夫谈助。兹特广加搜辑，勤事参稽，镌华集一十四代而遥，翠墨有七百余篇之钜。元元本本，悉有补于见闻；郁郁彣彣，讵无关于损益。宏启参墟之蕴，可资晋史之求。用集琬珉，等观渊海，约可考者，盖有八焉：

羊肠马首，征蒙寺之文；王屋析城，入法轮之记。寇防安史，筑三堡于东陉；虏控兴灵，城四砦于西塞。佐国王而下晋绛，牛岭先争；翊太尉而保并汾，龙舟是扼。甸城路辟，通馈輓于和林；蒲下桥通，利征行于关陕。万户五路，殊郝传所书；九原四州，补元志之缺。大定之升府目，平安曰建州名。胥正史所未详，取兹篇而足证。则可考地域者一也。

并部行台，统军推劲。洛阴车骑，开府标雄。唐下淮西，用鸡田之族；晋战恒野，资雁塞之师。显德之捍刘宗，张护国建雄之镇；元符之御夏寇，合岚石麟府之军。校尉列忠孝之名，指挥有永安之号。以及任昌则班崇龙虎，聂珪则勋懋孟皋。平阳之旅，南镇武昌；闻喜之屯，北移朔漠。凡琢磨之有录，彰材武之无俦。则可考戎备者二也。

东雍建督，保洛是称；北都留司，兼训爰领。穆宗遏乱，招讨授于晋公；徽政不纲，宣抚寄之内侍。太原经司，详元丰而后；河中帅府，述正大之年。行省推穆哩之权，平章专察罕之柄。提仓著于一代，劝农重于两朝。他如汾、潞尝建节旄，忻、绛亦为防御。县秩以下，庆历加以都监；府尹诸官，至元必兼奥鲁。举兹民吏，多假武曹。则可考官制者三也。

秔稻桑麻，绎谢悰之记；蔷薇芍药，和蒲尹之词。春观颁书，园酿蒲桃之酤；绛亭赏胜，波凝菡萏之香。蜜酒藤花，奉宣差于宪北；丹粉铁冶，劳管领于交西。金银提职，是命刘瑛。骐骥盈郊，颂兴玉律。鄂城夸出磁之富，华峤有多玉之称。则可考物产者四也。

晋泽一泫，其仰文皇之笔；霍渠千顷，爰刊镇国之碑。田引龙泉，于公昭德；水疏鹫岭，介社留祠。阳武之凿熙宁，推经营于高氏；平定之开大德，详疏导于杨公。渠治古堆，首溯开皇之令；堰修涑野，人钦司马之名。五磨高兴化之规，三分泄滹沱之利。凡滮池之所润，罄翰墨而难终。则可考水利者五也。

紫谷柳泉，场见度支之刻；银河雪苑，诗留学士之题。颂灵庆之堂，赋逾百万；城圣惠之镇，社萃四千。姚相驰车，流潦败则天之世；王千起堰，丰盐复大观之朝。十井为沟，笼解梁而缭安邑；万商所辏，冠秦魏而明河汾。永济广泽之封，实加完泽；澹神风庙之额，爰锡崇宁。则可考盐法者六也。

蒙元草味，封建实行。平阳有尹，总管代嗣厥官；辽州荐朝，长官世修其职。节分解绛，褒仪靳之勋；镇列崞坚，悉阁刘之胄。银符作佩，周侯煊赫于定襄；金节临戎，史帅雍容于河上。他如辽荣之域，王赵之宗，辟尺土而有功，胙世官而不替。洎中统之改制，乃移职而无存。则可考封置者七也。

晋邦人士，元代为宏。文毅忠谏，可补提举之碑；襄懋威名，能参平蛮之记。谦亨之拜廉访，在泰定恩复而还；宋翼之赞礼仪，当至顺亲郊之际。昂霄功在两江，不列郑鼎之传；梁瑛威宣四蜀，未与郝拔并书。云南参政，历昭居敬之贤；山北察廉，式著吕沆之绩。以及辛卯地震之异，丙申淮寇之兵，试博览于丰碑，颇加详于史牍。则可考故实者八也。

若夫吉金之集，在重识铭；博古诸编，曰补笺注。以论涔西，则讥梃楹。栾戈箕鼎，已就蚀亡；吴鉴秦斤，莫详真伪。货泉多列，难曰征殷；剑刀有文，等之自郐。尚华则无嫌组织，征实则宜从柞芰。方治不沿，盖非无为。特是深山大泽，不无蕴藏；穷谷幽崖，每阻跋涉。郦亭所注，未尽见于元和；东武成书，或更广于永叔。拾遗之作，尚待后贤。故夫集此琳琅，在光参昂。残文未泐，补家传于河东；断碣能抚，续国记于上党。苟无关于辛史，自难录于晋阳。法帖诸班，所由从缺。至于广证群书，博求往籍，固将使法修执秩，备典于六卿；篇补嘉禾，毋忘乎五正。纂李璋之事实，非猎虚华；缉冀部之图经，期康氓物。庶几汉人可作，不兴复瓿之谈；隋志有编，当入集碑之卷矣。

光绪戊戌，天门胡聘之撰。

题解

本文录自胡聘之撰、清光绪己亥(1899年)版《山右石刻丛编》。

光绪二十二年(1896年)，胡聘之到山西绛县，其知县以所得山西石刻拓本，手录原文并撰考证八卷以献，并请求以公家之力组织编撰。胡氏同意，并下文全省州、县，要求各拓境内碑刻上送，并命其幕僚吴廷燮等人详加考证。编辑完成以后，复以稿本邮寄缪荃孙，请他厘订。经商榷再三，方始成书。书中著录山西石刻及附着的铜器款识，自后魏至元，共计726件。《山右石刻丛编》是山西省收录最多、著录最详、考证最精的石刻学著作，极具史料价值和学术价值。

东冈鲁氏续修族谱序

胡聘之

邑先正鲁文恪公以清德重望彪炳胜国[1]，自安南使归，志切养亲，投簪旋里，手订东冈谱图，以贻后人[2]。洎乎国朝[3]，谱凡数修，而鲁氏之子孙奉公之遗教者至于今不忘。候选训导遐麓鲁君予诸孙辈承其教命[4]，今年夏，以续修族谱来请序于予。

予惟古者收族之道，寓于宗法[5]。后世宗法不行，乃创为祠堂，有祠堂因有族谱。苏明允尝谓[6]："一人之身，分而至于途人，谱之所为作者是也。"然昔人以一人之身分至途人之故而作谱，今之为谱者或举本为途人者比而合之[7]，而人心世道之害其变遂不可胜言。何则聚一姓之人或千户百户而汇以一谱，入其谱者，辄诧于众曰："吾，某族也！"一有锥刀之争，即号于族中，鸣钲鼓，执刀械，呼噪闾里。其黠者又从而广敛金帛，勾结牙胥，以兴词讼[8]。故今之称巨族者，常以睚眦小嫌[9]，酿为械斗；械斗不已，继以大狱。致令豪猾不逞之徒，借此播弄乡曲[10]，荼毒善良。呜呼！人心之所以坏，世道之所以衰，岂不以是欤？

公之造斯谱也，谨世系，防冒滥，盖已逆烛其弊[11]；又为家约、俗言，以示针砭[12]。厥后衍东、松樵复踵而述之[13]。故鲁氏之族虽散处遍城乡，卒无一人染于薄俗也[14]。

今去公四百年矣。故国山川，几经兵火，而梦野台池景物花莳之胜，里人一一犹能称道[15]。瞻公之故址，览公之遗文，东冈诸君子毋亦有明允所谓"孝弟之心油然而生"者耶？

予归田数载，访求文献，既有慕于公之风概，而又嘉乡贤之后能不替其家声也，乃次而书之[16]。至于续修之故，鲁君自有纪述，予无复赘。

光绪十三年，岁次丁亥，闰四月中浣日[17]，诰授中宪大夫、前太常寺少卿胡聘之蕲生甫撰[18]。

题解

本文录自清光绪十三年（1887 年）版天门干驿六湾《东冈鲁氏宗谱》。

注释

［1］先正：亦作“先政”。前代的贤臣。泛指前代的贤人。

鲁文恪公：鲁铎，谥文恪。参见本书鲁铎传略。

彪炳胜国：形容业绩光耀前朝。胜国：被灭亡的国家。亡国谓已亡之国，为今国所胜，故称“胜国”。后因以指前朝。

［2］安南：古地区名和古国名。今越南。参见本书鲁铎《东冈鲁氏谱序》注释［8］。

志切养亲：奉养父母之心深切。

投簪旋里：弃官归里。投簪：丢下固冠用的簪子。比喻弃官。旋里：返回故乡。

饴：通“贻”。赠送。

［3］洎（jì）乎国朝：到本朝。洎乎：等到，待及。国朝：指本朝。

［4］予：赞许，称誉。

教命：犹教令。上对下的告谕。

［5］收族：以尊卑亲疏之序团结族人。

宗法：古代以家族为中心，按血统、嫡庶来组织、统治社会的法则。

［6］苏明允：苏洵，字明允，号老泉。北宋散文家。与其子苏轼、苏辙合称“三苏”，均被列入“唐宋八大家”。

［7］比而合之：指将一祖所分之人连缀排比而成族谱世系。

［8］词讼：诉讼。

［9］睚眦（yá zì）：发怒时瞪眼睛。借指极小的仇恨。

［10］豪猾：强横狡诈不守法纪的人。

不逞：不得志、不满意。

播弄：操纵，摆布。

乡曲：乡里，亦指穷乡僻壤。形容识见寡陋。

［11］逆烛：逆向照耀。此处为明察、洞悉之意。

［12］针砭（biān）：古代用石针治病。后借喻为纠谬，规谏。

［13］厥后：那以后。

［14］薄俗：轻薄的习俗，坏风气。

［15］梦野台：参见本书鲁铎《己有园》诗题解。鲁铎己有园位于梦野台侧。

花莳（shì）：本谓移植花苗。此处

指花草。

里人：同里的人，同乡。

[16]风概：犹节操。

不替其家声：不废弃家族世传的声名美誉。

次而书之：意思是，写下这篇序。次：编次，编纂。

[17]光绪十三年：1887 年。

中浣日：古时官吏中旬的休沐日。泛指每月中旬。

[18]诰授：朝廷用诰命授予封号。参见本书蒋祥墀《德阳新志序》注释[28]。

中宪大夫：文散官名。为正四品升授之阶。

太常寺：官署名。清初以其职属礼部，后乃归本寺，以满洲礼部尚书兼管寺事。

少卿：官名。正卿的副职。

胡聘之蕲生：胡聘之，字蕲生。

甫：古代男子的美称。也作“父”。多附缀于表字后。

胡氏宗谱序

胡聘之

曩在京师，闻翰林院侍讲、族侄鲁生云[1]，始祖如寿公由汉川鸡鸣里迁竟陵。是鸡鸣里胡姓，吾宗也。惜谱牒散失，无从稽考耳[2]。后予读礼回籍，鲁生以修谱事见属[3]，谨诺之。适值壬午、癸未年饥，饿殍载道[4]。大府命予赈恤，频年筹画[5]，不得一日暇。未几服阕[6]，奉诏进京，所谓谱事并未议及。敬宗收族之愿，何日慰耶？

甲午春，简放山西布政使司，寻理巡抚部院事[7]。侄子休邮寄谱图，系家香圃茂才所编辑，问序于予。公事之余细阅之，其始祖三洪公，明初由江西迁居汉川之鸡鸣里，传至今，十有八世。前五世用总叙法，后五世用分叙法，宗欧阳公断自可见之世，无所攀附，诚善本也[8]。然予重有感焉。魏之韦平，晋之王谢，唐之崔卢[9]，皆有谱牒，上之官司令史掌之[10]。唐太宗命高士廉等编天下谱牒为《氏族志》。古之维持风教者[11]，未有不自作谱始。使予回籍时无他事牵制，专心采辑，亦可追踪古人，况香圃之祖与鲁生之祖里居符合，因委溯源，非舍己之祖而祖他人之祖者可比。乃王事鞅掌[12]，无暇执笔，不独负鲁生之属，即所谓同原者失之当前，甚可愧矣！虽然，予子侄居乡者多，若从族中之请，议修谱事而溯所自出[13]，或居竟陵，或居鸡鸣里，庶分者可合，则香圃之谱，安知非予谱之先阶哉[14]？予此日序香圃之谱，安知后日不即自序其谱哉？

赐进士出身、头品顶戴，兵部侍郎、副都御史，提督山西全省军务、巡抚部院，聘之蕲生氏拜撰[15]。

题解

本文录自胡香圃纂、清光绪壬寅(1902 年)版，汉川市二河镇神灵村(胡向湾)《胡氏宗谱》。

注释

[1]曩(nǎng)：从前，过去。

京师：泛称国都。

鲁生：胡乔年，字鲁生、鲁笙。天门进士。

[2]谱牒：记述氏族、家族世系的书籍。

稽考：查考，考核。

[3]读礼：古人守丧在家，读有关丧祭的礼书，因称居丧为“读礼”。

见属(zhǔ)：嘱托我。

[4]壬午：清光绪八年，1882 年。

癸未：清光绪九年，1883 年。

饿殍(piǎo)载道：形容饿死的人极多。饿殍：饿死的人。

[5]大府：明清时称总督、巡抚为“大府”。

赈恤：以钱物救济贫苦或受灾的人。

频年：连年，多年。

筹画：谋划。

[6]服阕：古丧礼规定，因父母死亡，服丧三年，期满除服，称服阕。阕：终。

[7]甲午：清光绪二十年，1894 年。

简放：清代谓经铨叙派任道府以上外官。

寻理巡抚部院事：不久，任巡抚。理……事：处理……政事。巡抚部院：一省行政长官为巡抚，常加副都御史衔，故称巡抚部院，简称抚院。

[8]欧阳公断自可见之世：语出欧阳修《欧阳氏序吉州庐陵县儒林乡欧桂里》：“谱例曰：姓氏之出，其来也远，故其上世多亡不见。谱图之法，断自可见之世，即为高祖，下至五世玄孙，而别自为世。”

善本：珍贵优异的古代图书刻本或写本。

[9]魏之韦平：指西汉韦贤、韦玄成与平当、平晏父子。韦平父子相继为相，世所推重。

晋之王谢：指晋王坦之（王戎）与谢安两家。晋朝时王、谢世为望族，故常并称。

唐之崔卢：自魏晋至唐代，山东士族大姓有崔氏、卢氏，长期居高显之位。

[10]令史：官名。汉代兰台尚书属官，居郎之下，掌文书事务，历代因之。

[11]风教：指风俗教化。

[12]王事鞅掌：语出《诗经·小雅·北山》："或栖迟偃仰，或王事鞅掌。"王事：国家公务。鞅掌：毛传："鞅掌，失容也。"言事多无暇整理仪容。引申指公事忙碌。比喻公务繁忙。

[13]所自出：指诞生圣贤的祖先。此处指祖先。

[14]先阶：指基础、凭借。

[15]聘之薪生氏：胡聘之，字薪生。氏：古时女子称姓，男子称氏。

敖名震

敖名震(1836～1902 年),字少海。天门城关雁叫街人。清同治甲子(1864 年)举人,甲戌(1874 年)进士。散馆,授编修。历充国史馆协修、武英殿纂修、文渊阁校理本衙门撰文。光绪庚子随赴行在,回京后简放邵武府知府,未赴任。

题书斋联

敖名震

竹几覆阴琴书韵,
花气熏窗笔砚香。

题解

本联引自湖北省楹联学会编、长江文艺出版社 2002 年版《中国对联集成·湖北卷》第 368 页。

徐母廖太孺人暨朱太孺人八十寿序

敖名震

徐君步青,予至亲也。性严峻,慎然诺[1]。幼废蓼莪[2],终能恢旧业,抚弟侄成立,盖得于其母廖太孺人之训多矣。

太孺人者,姻伯孔臣公之德配也[3]。髫本端庄,笄尤淑慎[4]。丝已牵于金马,系原出自有熊[5]。羹记初调,遣小姑而尝味;衣经新瀚,告师氏以言旋[6]。熊入梦以频占，足真符鼎[7]；雀中屏而获选，腹许坦床[8]。已而舅姑无禄，夫子告终[9]。太孺人前后经理其间，至纤至悉[10]，罔不用尽心力矣。犹忆年未逢辰，事偏旁午[11]。镜兮已破，曲自谱夫离鸾[12]；篪也谁吹，情独深乎乳凤[13]。每当残灯半灺，晓月将沉[14]，四壁虫鸣，勤剪刀而不辍；三更雁语，操机杼以罔停。念尔时冷眼相遭，立身无地；问何日热肠可付，搔首呼天。幸而坎壈已经，丰亨渐遇[15]。主器莫如长子，治家不啻严君[16]。孺人乃矢口陈词[17]，诸子咸鞠躬听命。谓居心宜厚，勿舍业以嬉。时当午以犹锄，秋收匪易；日逢庚而必拜，夏课綦严[18]。铭记粥饘，虑饔飧之难继[19]；爱兼丝缕，念物力之维艰[20]。此盖戒家人贵有恒心，训子孙不徒革面也[21]。迄乎年歌大有，家庆小康[22]。二子宠荷龙光，粟原可纳[23]；仲孙荣膺鹗荐，芹已早探[24]。孺人犹时凛鸠虔，日防燕息[25]。出先量入[26]，井井有条；安不忘危，乾乾弗懈[27]。其措施内政，通晓人情如此。固宜瓜瓞呈祥，克睹林壬之盛[28]；萱堂介寿，重周花甲之年[29]。

乃步青君于数千里外，遥寄鸿书，谨述大略；兼为其伯母朱太孺人八旬，倩予作序，予不敢辞。窃思扬扢西河为妄作，铺陈南岳尽夸辞[30]。朱太孺人者，徐公律初之德配也。济济门楣[31]，绵绵宦族。生有大德，克享遐龄[32]。以予所闻，若宣文君之绛纱，存乎德教[33]；郗夫人之耳目，关于神明[34]。标此两母[35]，以为二太孺人颂。

题解

本文录自2014年版《湖北文征·第十一卷》第494页。原载《天门敖云门氏藏稿》。

寿序：祝寿的文章。明中叶以后开始盛行。

注释

[1]然诺：承诺，许诺。

[2]废蓼莪（lù é）：此处指丧父。典自“蓼莪咏废”。《晋书·王裒（póu）传》载：王裒父名仪，为文帝司马，后被司马昭所杀。裒痛父非命，未尝西向坐，示不臣朝廷。及读《诗》至“哀哀父母，生我劬劳”，未尝不三复流涕，门人受业者并废《蓼莪》之篇。《蓼莪》的内

容是写孝子追念父母的，为了不致引起王裒的哀痛，故门人受业者废读《蓼莪》之篇。后因以“蓼莪咏废”或“废蓼莪”为追念父母尽心守孝的典故。

[3]姻伯：称兄弟的岳父及姊妹夫的父亲为姻伯。对疏亲长辈亦多用此称。

德配：旧时用作对别人妻子的尊称。

[4]鬌(tuǒ)：小儿留而不剪的一部分头发。此处指少年时。

笄(jī)：笄是古代妇女簪的一种。照礼制，女子成年才能著笄，古称“及笄”，就是表示已成年，可以结婚。

[4]淑慎：善良恭慎。

[5]金马：汉金马门之简称，因当时有很多才士在金马门待诏备问，后世常用为有文才之称。

有熊：传说为黄帝都城。在今河南新郑市。

[6]羹记初调，遣小姑而尝味：化用古诗，称颂妇女勤劳贤惠。唐代王建《新嫁娘词》：“三日入厨下，洗手作羹汤。未谙姑食性，先遣小姑尝。”

衣经新瀚，告师氏以言旋：化用古诗，称颂妇女成年累月辛苦地劳动。《诗经·周南·葛覃》：“言告师氏，言告言归。薄污我私，薄浣我衣。”把心思告管家，说我省亲回娘家。急急忙忙洗内衣，洗了内衣洗外衣。新瀚：刚刚洗涤。师氏：女师。言旋：回还。言：语首助词。

[7]熊入梦以频占：典自“吉梦占熊”。熊为猛兽，古代占梦家谓梦熊是将生猛壮男子的吉贵之兆。

[8]雀中屏而获选，腹许坦床：典自雀屏中选、坦腹东床。

雀屏中选：旧时把选中为女婿的人称为“雀屏中选”，后用来比喻选得佳婿或求婚被允。雀屏：绘有孔雀图案的门屏。语本《旧唐书·高祖太穆皇后窦氏传》：“(窦毅)谓长公主曰：‘此女(指窦后)才貌如此，不可妄以许人，当为求贤夫。’乃于门屏画二孔雀，诸公子有求婚者，辄与两箭射之，潜约中目者许之。前后数十辈莫能中。高祖(李渊)后至，两发各中一目。毅大悦，遂归于我帝。”意为高祖李渊因射中孔雀而得窦后为妻。

坦腹东床：南朝宋刘义庆《世说新语·雅量》中的故事：东晋太尉郗(xī)鉴派门生到丞相王导家去选女婿，王导让他到东厢房去自己看。王家子弟中唯王羲之在东边的榻上坐着，敞着怀吃东西，像是没听见有这回事。后来就用“坦腹东床”称女婿。床：座榻。

[9]舅姑：旧时妻对夫之父母的称词。俗称公公婆婆。

无禄：无福，不幸。

夫子：称丈夫。

告终：特指生命结束。

[10]经理：经营管理，处理。

至纤至悉：形容极其详细，极其完备。至：最，极。纤、悉：细微详细。

[11]逢辰:谓遇到好时机。

旁午:指事情交错,纷繁。

[12]镜兮已破:比喻夫妻分离。

曲自谱夫离鸾:元代郑元祐《离鸾曲》:"鸾孤飞,凤不归,百年虽远情依依。请弹离鸾曲,祇(zhǐ)愁听者哭。"

离鸾:"离鸾别凤"的省略。比喻离散的夫妻或失去配偶的人。鸾:传说中凤凰一类的鸟。

[13]篪(chí)也谁吹:谁来吹奏篪管呢。典自"老妪吹篪"。北魏河间王琛有婢朝云,善吹篪。琛为秦州刺史,诸羌叛,屡讨不降。乃令朝云假为贫妪,吹篪而乞。羌皆流涕,相率归降。见北魏杨炫之《洛阳伽蓝记·开善寺》。篪:古代管乐器,形如笛,有八孔。

[14]灺(xiè):灯烛灰。诗词中常以指残烛。

[15]坎壈(lǎn):不平,喻不顺利、不得志。

丰亨:指古代贤明的帝王财多德高,事事顺遂。

[16]主器:主持鼎器。《易·序卦》:"主器者莫若长子,故受之以震,震者动也。"《序卦》认为,主持鼎器,最恰当的人是长子。器:即鼎。既为烹饪之器,又为象征权力的宝器。

不啻严君:无异于严父。严君:本指父母,后也专指父亲。

[17]矢口:出口。

[18]逢庚:庚指庚日,用天干来纪日时,有天干第七位"庚"字的那天。

夏课:科举考试用语。唐代落第举子,准备来年再试,于长安借静坊寺院或闲宅居住,撰写新文章,因时值夏季,谓之夏课。

綦(qí)严:极严。

[19]粥饘(zhān):稀饭的统称。饘:稠粥。

饔飧(yōng sūn):早饭和晚饭,饭食。

[20]爱兼丝缕,念物力之维艰:珍惜一丝一线,应常想到,这些东西生产出来是很艰难的。此句与上句化用古训。明末清初朱柏庐《朱子治家格言》:"一粥一饭,当思来处不易;半丝半缕,恒念物力维艰。"

[21]不徒革面:不独改变脸色或态度。意思是洗心革面,一心向善。

[22]大有:《周易》卦名。古语称年谷丰收为"大有"。

小康:家庭稍有资财,可以安然度日。

[23]宠荷:蒙受恩宠。

龙光:皇帝给予的恩宠,荣光。龙:通"宠"。

粟原可纳:粟纳。明清两代富家子弟捐纳财货进国子监为监生,可直接参加省城、京都的考试,称纳粟。

[24]仲孙:此处当指次孙。

鹗(è)荐:举荐贤才。孔融《荐祢衡表》:"鸷鸟累百,不如一鹗;使衡立朝,必有可观。"鹗:鱼鹰,因其趾具锐爪，江南渔民常用它来捕鱼。

芹已早探：芹探，同"撷芹"。谓生员入学。

[25]时凛：经常处于严肃状态。

鸠虔：疑为以笨鸟自警的意思。鸠不善营巢故言其笨拙，后因用"拙鸠"为自称笨拙的谦辞。

燕息：安息。此处有懈怠的意思。

[26]出先量入：量入为出。根据收入情况确定支出限度。

[27]乾乾：自强不息。语出《易·乾》："九三，君子终日乾乾。"

[28]瓜瓞(dié)：大瓜熟小瓜生，代代相继。比喻子孙繁衍兴盛。瓞：小瓜。

林壬：言礼之盛大。语出《诗经·小雅·宾之初筵》："有林有壬。"旧多从朱熹《诗集传》解释为礼仪盛大。

[29]萱堂：代称母亲。

介寿：祝寿称"介寿"。语出《诗经·七月》："八月剥枣，十月获稻，为此春酒，以介眉寿。"介：助。

重周花甲：双花甲。六十年为花甲，双花甲即一百二十岁。

[30]扬扢(gǔ)：显扬，弘扬。

西河：与"西河南阳之寿"义同。《礼记·檀弓上》：曾子对子夏说："吾与汝事夫子于洙泗之间，退而老于西河之上。"孔子死后，子夏到魏国西河去讲学，活到九十多岁。

妄作：虚妄之谈。

南岳：南山之寿。南山：终南山。象长存的终南山那样长寿，多用作祝寿之辞。

[31]济济：盛大。

门楣：门庭，门第。

[32]克享遐龄：能够受用高寿。遐龄：高寿。

[33]宣文君之绛纱：典自"绛幔传经"。宣文君为十六国时前秦女经学家。姓宋，名失传，家传周官学。《晋书·韦逞母宋氏传》：苻坚曾到太学，问博士们学习经典的情况，感慨礼乐的遗缺。太常韦逞母宋氏是儒学世家之女，从小通晓《周官》音义，现在已八十高龄，只有她可以讲授。于是在宋氏家中设立讲堂，称宋氏为宣文君，让一百二十名学生隔着绛纱帐幔听她讲授，这样使《周官》学又得以复兴。

[34]郗夫人之耳目：郗夫人：王羲之的妻子，为郗鉴之女，名璇，字子房。书法卓然独秀，被称为"女中笔仙"。清道光二十五年(1845年)，刘宇昌作《何氏百岁坊序》："郗夫人年逾耆艾，犹逊神明不衰。宣文君坐授生徒，喜极庭帏之乐。"

[35]标：显扬。

胡乔年

胡乔年(1834～1888年),字鲁生、鲁笙,号篠湘。天门雁叫街人。清道光甲午(1834年)七月二十九日生。清同治七年戊辰科(1868年)进士。官至左赞善、翰林院侍读。

赋得千林嫩叶始藏莺

胡乔年

色染千林嫩,声听百啭忙。絮曾随燕舞,叶始受莺藏。旧约依红杏,新阴占绿杨。春风初试剪,晓露正调簧[1]。

暗许金梭度,低看翠幕张[2]。伴呼晴日暖,痕锁暮烟凉。弱线才垂碧,轻衣半逗黄[3]。何如迁禁树,鸾凤共翱翔[4]。

题解

本诗录自顾廷龙编、台北成文出版社1992年版《清代朱卷集成·卷三十一》第131页。标题下注"得藏字五言八韵"。

赋得:凡摘取古人成句为诗题,题首多冠以"赋得"二字。科举时代的试帖诗,因试题多取成句,故题前均有"赋得"二字。

千林嫩叶始藏莺:语出唐代郑愔(yīn)《奉和春日幸望春宫》:"百草香心初罥(juàn)蝶,千林嫩叶始藏莺。"

注释

[1]调簧:调弄舌头。谓啼鸣。

[2]金梭:典自"掷金梭"。晋谢鲲调逗邻家女子,被女子投梭打坏了两颗牙。后世用作男女调情的典故。

[3]逗黄：显露出黄色。逗：透露，显露。

[4]禁树：禁苑中的树木。

清风弄水月衔山

胡乔年

水弄风双剪，山衔月半钩。乱峰围赤壁，危岸倚黄州。镜海天如洗，银云夜不流。蹴成三叠浪，吐出二分秋[1]。鸥梦惊初觉，螺鬟照欲收[2]。箬篷新白舫，玉笛小红楼[3]。瘦影萍花卷，轻香桂子浮。载吟坡老句，佳境接瀛洲[4]。

题解

本诗录自王先谦辑、清光绪丁亥(1887 年)版《近科分韵馆诗初集·卷八·十一尤》第 36 页。标题下注“苏轼《夜行武昌山》诗：幽人夜渡吴王岘”。

清风弄水月衔山：语出苏轼《过江夜行武昌山闻黄州鼓角》：“清风弄水月衔山，幽人夜渡吴王岘。”

吴王岘(xiàn)：又称吴王台，在九曲岭下，三国时魏黄初三年(222 年)吴王孙权曾建离宫于此。

注释

[1]蹴：追逐。

[2]螺鬟：形容盘旋直上的峰峦。

[3]箬篷：用箬竹叶做的船篷。

[4]载吟：吟咏，诵读。载：词缀。嵌在动词前边。

坡老：对苏轼的敬称。

瀛洲：唐太宗为网罗人才，设置文学馆，任命杜如晦、房玄龄等十八名文官为学士，轮流宿于馆中，暇日，访以政事，讨论典籍。又命阎立本画像，褚亮作赞，题名字爵里，号“十八学士”。时人慕之，谓“登瀛洲”。后来的诗文中常用“登瀛洲”“瀛洲”比喻士人获得殊荣，如入仙境。

畏大人，畏圣人之言

——会试答卷一道

胡乔年

窥天命之所寄，畏并深矣。夫大人，体天者也；圣言，宪天者也[1]。君子以畏天者畏之，非达天之学乎[2]？且大君者，承天之宗子[3]；至圣者，赞天之功臣[4]。作君作师，所以佑下民，即所以助上帝也[5]。垂衣裳而理，声灵赫濯，遵一统之车书[6]；揭日月而行，谟训昭垂，懔千秋之矩矱[7]。法在，则身受其治；道在，则心受其治。而受人之治者，实无非受天之治焉。则惕若之象，依然一钦若之神已[8]，君子岂但畏天命哉？今夫天命者，帝王所以布政，亦圣贤所以垂教也[9]。五帝三皇以上，俗尚榛狉[10]。天特恐赤子苍生繁而无所统也[11]，而立一人以主持之。眷顾愈深，即付托愈重[12]。而神灵覘首出，遂以慑亿万姓之心思[13]。百家诸子之流，论多庞杂。天特恐微文奥旨秘而不能宣也[14]，而生一人以阐发之。钟毓益厚，即担荷益艰[15]。而精一衍心传，遂以振数千年之聋聩[16]。是大人也，圣人之言也，非皆君子所畏哉？且夫大人、圣言亦何以可畏也？其聪明本自天亶，而临民出治，复以严恭矢之[17]，赏以春夏，刑以秋冬[18]，其与天合撰者何？莫非自寅畏来也[19]。大人犹畏天，而事君如事天者，其畏当何如矣？其生安实由天纵[20]，而称先则古，复以祗惧将之，五《诰》观仁，六《誓》观义，其与天合德者何[21]？莫非从敬畏出也。圣人犹畏天，而希圣以希天者，其畏当何如矣？夫然而见尊王之义焉。扬虎拜，觐龙光[22]，非不懔君威于咫尺，而君子曰：“此文貌也[23]。”古大人继天立极，阳以彰冕藻之华，即阴以锡彝伦之福，念及此而悚惶能自已乎[24]？分安愚贱，礼乐不敢专；道遵荡平，好恶无敢作[25]。元后也而帝天戴之[26]，盖不特畏以迹而直畏以心矣。夫登长吏之庭[27]，且有不寒而栗、不怒而威者，矧其为明明之后哉[28]？夫然而见法古之情焉，诵词章，详训诂[29]，非不钦圣道之高深，而君子曰：“此肤末也[30]。”古圣人开天明道，隐以抉苞符之秘，即显以垂物则之恒，念及此而兢业何敢忘乎[31]？披一卷之书，如闻謦欬[32]；读百王之史，俨对典型[33]。往哲也而性命依之，盖不特畏以形而直畏以神矣[34]。夫听刍荛之论[35]，且有言之无罪、闻之足戒者，矧其为洋洋之谟哉[36]？此君子之畏天，即君子之知天也。

题解

本文录自顾廷龙编、台北成文出版社1992年版《清代朱卷集成·卷三十一》第119页。

畏大人，畏圣人之言：语出《论语·季氏篇第十六》：孔子曰：“君子有三畏：畏天命，畏大人，畏圣人之言。”敬畏天命，敬畏王公大人，敬畏圣人的言语。这是君子所敬畏的三件事。孔子认为，凡属君子之人都有三种敬畏，其一是敬畏天命，天命在人事之外，非人所能支配，应顺从天的安排；其二是敬畏居高位之人，即最高统治者，在当时指周天子和各国诸侯；其三是敬畏圣人之言，圣人是人之至明至尊者，其言具有道德意义，是维护世人道心的规范，应当敬畏。大人：指在高位的人。圣人：指有道德的人。

注释

[1]体天：能体察上天的意志。

宪天：疑为“效法天道”的意思。

[2]达天：明了自然规律，乐天知命。

[3]大君：天子。

承天：承奉天道。

宗子：古代宗法制度称大宗的嫡长子。周天子是天下姬姓人的大宗，受封的姬姓诸侯对周天子说来是小宗……最先受封者死后，子孙奉他为始祖，立庙称为宗。他的嫡长子嫡长孙世世承袭封土，称为宗子。

[4]至圣：指道德最高尚的人。

赞天：辅佐天子。

[5]作君作师，所以佑下民，即所以助上帝也：选立君王和百官，是为了佑助天下万民，因为他们能够辅助上帝。语出《尚书·周书·泰誓上》：“天佑下民，作之君，作之师，惟其克相上帝，宠绥四方。”上帝佑助天下万民，为他们选立了君王，为他们选立了百官，因为他们能够辅助上帝，爱护和安定四方。

[6]垂衣裳而理：垂裳而治。原指穿着长大的衣裳，无所事事而天下治理得很好。后用以称颂帝王无为

而治。

声灵赫濯：声威显赫的样子。语出《诗经·商颂·殷武》："赫赫厥声，濯濯厥灵。"武丁有着赫赫声名，他的威灵光辉鲜明。声灵：声势威灵。赫濯：威严显赫的样子。

一统之车书：谓天下统一。车书：泛指国家体制制度。车：车轨。书：文字。

[7]揭日月而行：形容光明磊落。语出《庄子·达生》："昭昭乎若揭日月而行也。"揭：高举。

谟训："典谟训诰"的略语。典谟训诰是《尚书》中《尧典》《大禹谟》《汤诰》《伊训》等篇的并称。泛指经典之文。

昭垂：昭示，垂示，即显示给人看。

矩矱(yuē)：规矩法度。矱：尺度。

[8]惕若："夕惕若厉"的略语。朝夕戒惧，如临危境，不敢稍懈。

钦若：敬顺。

[9]布政：施政。

垂教：垂示教训。

[10]五帝：传说中的上古帝王，说法不一，以五帝为"伏羲、神农、黄帝、尧、舜"一说为多。

三皇：夏禹、商汤、周文王。我国历史上被认为是三代之贤君。

榛狉(zhēn pī)：野兽在草木丛生处活动。形容上古时代尚未开化的原始状态。

[11]特：但，仅，只是。

赤子苍生：百姓，人民。

[12]眷顾：垂爱，关注。

[13]觇(chān)：窥探，观测。

首出：杰出。

慑亿万姓之心思：慑服亿万百姓的心神。

[14]微文奥旨：隐寓讽喻的文辞、深奥的含义。

秘而不能宣：保守秘密，不对别人公开。

[15]钟毓：指受美好的自然风光的熏陶。

担荷：承受的压力或担负的责任。

[16]精一：专精，专一。

衍：递衍。依次衍生，逐步演变。

心传：佛教禅宗称以心传心。即不立文字，不依经卷，唯以师徒心心相印，理解契合，递相授受。

振数千年之聋聩：唤醒数千年麻木糊涂的人。振：振动。聩：先天耳聋。

[17]天亶(dǎn)：谓帝王的天性。

严恭：庄严恭敬。

矢：誓。

[18]赏以春夏，刑以秋冬：先秦顺应四时以定刑赏的法律思想。春夏是万物滋育生长的季节，利于赏；秋冬是肃杀蛰藏的季节，利于刑。从而把四时运行的自然现象与国家的刑赏联系起来，以便合于天道、顺于四时。

[19]与天合撰：与天道相一致。合撰：合数。符合道理。

寅畏：敬畏，恭敬戒惧。

[20]天纵：天所放任，意谓上天赋予。后常用以谀美帝王。

[21]祗惧：敬惧，小心谨慎。

五《诰》观仁，六《誓》观义：语出《尚书大传》卷五："六《誓》可以观义，五《诰》可以观仁。"五诰指《酒诰》《召诰》《洛诰》《大诰》《康诰》。六誓指《甘誓》《汤誓》《泰誓》《牧誓》《费誓》《秦誓》。相传孔子曾举《尚书》内容的七个方面，作为人们认识和鉴赏事物的途径、标准，后人因称为"七观"。

与天合德：与天的本性相一致。合德：犹同德。

[22]扬虎拜：叩谢美意。语出《诗经·大雅·江汉》六章："虎拜稽首，对扬王休。"召伯拜谢行礼叩头，答谢我王美意丰厚。

觐龙光：朝拜皇帝。觐：朝拜。龙光：极称帝王容颜。

[23]文貌：礼文仪节。

[24]继天立极：指继承天子之位。天、极：均指帝位。

冕藻：华冕之玉藻。皇帝冠冕上的下垂之饰，周时为皇帝的祭服。后世用以咏帝王行祭礼。

锡：赏赐。

彝伦：指伦常。古指人与人之间通常的道德关系和正常的社会秩序。

悚(sǒng)惶：惶悚。惶恐，害怕。

[25]分安愚贱：安守注定的愚笨轻贱。愚贱：愚笨轻贱。

道遵荡平：遵循先王平坦之道。荡平：平坦。

[26]元后：天子。

帝天：上天。

[27]长吏：旧称地位较高的官员。

[28]矧(shěn)：况且。

明明：古时用以歌颂明智聪察又有明德的君王之赞辞。

[29]法古：效法古代。

诵词章，详训诂：诵说诗文，知悉古书中词句的意义。指精于经学章句训诂之学。词章：诗文的总称。训诂：对字词的解释。

[30]肤末：指肤浅的见解或事物的次要部分。

[31]开天明道：启发天性，阐明道理。

抉苞符之秘：揭示天苞地符隐含的道理。苞符：天苞地符。孔颖疏引《春秋纬》："河以通乾出天苞，洛以流坤吐地符。"借喻记载广博。引为普遍包涵天地的道理。

垂物则之恒：留传楷模身上的优秀品质。物则：法则。恒：儒家提倡的一种道德品质。意即恒心。

兢业：谨慎戒惧。

[32]披：翻开；翻阅。

謦欬(qǐng kài)：轻轻咳嗽。借指小声谈笑。

[33]俨对典型：很像面对典范。

[34]往哲：先哲，前贤。

[35]刍荛(chú ráo)：割草打柴，也

指割草打柴的人。指草野之人。

[36]洋洋之谟：指圣人治天下的宏图大略。洋洋：美善。语出《尚书·伊训》："圣谟洋洋，嘉言孔彰。"

周椿妻刘孺人节孝赞

胡乔年

兰色不艳，其能在香；竹生不厚，其节弥长。其轰闻而骇听者[1]，义气之彰；其声希而味淡者[2]，人道之常。嗟哉孺人，无皎皎之烈，有黝黝之光[3]。孝行实冠闾里[4]，慈祥久著家乡。比匪知感，邪祟遁藏[5]。则又何羡乎穹石之能表，而虑乎坏土之不扬[6]？

题解

本文录自清光绪二十年(1894年)版《沔阳州志·卷十·烈女贤孝》第8页。此页记载："周椿妻刘氏，性淑静娴姆教。姑年逾八十，病靡痪。氏伺起居甚谨。岁荐饥，夫携子谋食于外，氏独留养姑，数年如一日。一日，有贼众涂面入室，四顾无物，欲取姑榇。一人曰：此妈殆毙，不以累孝妇。遂去。及姑卒，氏淡食三十年。"原文无标题。

注释

[1]轰闻而骇听：使人听了轰动、震惊。

[2]声希而味淡：指平淡无奇，没有什么名声。

[3]皎皎：光明洁白的样子。

黝黝：形容天色昏暗看不清楚，黑中还带点微青，有一些反光。

[4]闾里：乡里。

[5]比匪知感：连行为不端之人也懂得知恩感德。此句说的是题解中"有贼众涂面入室"一事。比匪："比之匪人"的略语。亲近行为不端之人。知感：知恩感德。

邪祟：旧指作祟害人的鬼怪。

[6]又何羡乎穹石之能表，而虑乎坏土之不扬：又为什么羡慕树立石坊予以表彰，而担忧葬于坟墓连浮名也没有呢。

穹石：大石头。

坏土：一抔(póu)土。指坟堆。汉

廷尉张释之曾用“取长陵一抔土”婉指盗掘长陵(汉高祖刘邦陵墓)。后因以“一抔土”代指陵墓。坏:抔。

刘氏续修宗谱序

胡乔年

谱者所以敦本睦族、率同姓之子弟以尊其尊、亲其亲也[1]。非谱,上无以考渊源之自,中无以详支条之分,下无以志派系之流。是以帝胄之贵必演玉牒,王室之亲必联金枝也[2]。谱之所关甚重,谱之宜修不诚急哉!

刘氏自陶唐迄汉以迄元末,其间或为博士,或为鸿儒,或中鼎甲,或登宰辅[3];或以孝友传家,或以诗书继世,人称望族久矣[4]。虽族姓繁衍,散处者若星布棋罗,要其世系历历可考而知独是,莫为之前,虽美弗彰;莫为之后,虽盛弗传。子孙之能绍先美、启后昆者,莫不由祖宗缔造之宏、积累之厚者为之前焉;祖宗之能垂休光、昭来兹者[5],亦莫不赖子孙之相为表彰、善为赞述者为之后焉[6]。倘非敬宗收族以辑为谱牒,将世次不明、昭穆无叙[7],甚且聚散靡常、迁徙多方,祖宗之字讳莫考,子孙之沿传日失,文献不足之会,安得不杞宋兴悲也耶[8]?

今东滨先生以耄耋之躯倡为首举,丐余为序[9]。余悚然起曰:“卓哉!欧苏之遐轨也[10],而先生之所处为尤难矣。庐陵、眉山之族[11],当时派不甚分,则编次易,未若刘氏之散居天、沔、汉也。比宋升平之时,士大夫咸竞著作,则敦序易,未若今日之订于兵燹后也[12]。欧公官执政,而文章擅美;苏公官学士,而伯仲继起,则校雠缮刻易,未若先生之布衣承任、力能驱策也[13]。夫以时势之难如此,而能体先人之志[14],使四百余年之世系原原本本、继继承承,未尝识其面貌者,一旦笃宗族之谊[15],兴尊亲之思焉。是岂由陶唐炎汉、圣帝贤君之余泽无穷与,抑岂由墨庄藜阁、祖功宗德之培植有在与[16]?否则,由顺安公而下，群公先正之灵爽默为呵护与[17]？何古人任之而见为难者，先生肩之而若见为易耶？吾以知敦本睦族之情深，必欲率子弟以尊其尊、亲其亲者，有以观厥成也[18]。"

是为序。

同治九年，岁次庚午，季春月中浣三日，赐进士出身、钦点翰林院庶吉士鲁笙胡乔年序[19]。

题解

本文录自清同治十一年(1872年)版、天门干驿多祥"西湾刘"《刘氏宗谱·卷一》第43页。

注释

[1]敦本:注重根本。

[2]帝胄:皇族。

玉牒:记载帝王谱系、历数及政令因革之书。

金枝:帝王子孙的贵称。

[3]陶唐:指帝尧。尧初居于陶，后封于唐，为唐侯，故称陶唐。

博士:博通古今的人。

鼎甲:科举制度中状元、榜眼、探花之总称。以鼎有三足，一甲共三名，故称。

宰辅:辅政的大臣。一般指宰相。

[4]望族:有声望的家族。

[5]绍先美、启后昆:承先启后的意思。绍:继续，接续。后昆:后嗣，子孙。

缔造:指创立大事业。

垂休光、昭来兹:勋业流传，光照未来。休光:盛美的光华。亦比喻美德或勋业。来兹:指未来的岁月，来年。

[6]赞述:赞美称述。

[7]收族:以尊卑亲疏之序团结族人。

昭穆:泛指一般宗族的辈分。参见本书董历《谱序》注释[2]。

叙:次第。

[8]会:附会。

杞宋兴悲:因事情缺乏证据而产生悲伤的感情。杞宋:"杞宋无征"的略语。《论语·八佾》:子曰:"夏礼吾能言之，杞不足征也;殷礼吾能言之，宋不足征也。文献不足故也。足，则吾能征之矣。"孔子说:"夏朝的礼，我能说出来，但是它的后代杞国不足以证明我的话;殷朝的礼，我能说出来，但它的后代宋国不足以证明我的话。这都是由于文字资料和熟悉夏礼、殷礼的人不足的缘故。如果足够的话，我就可以得到证明了。”后称事情缺乏证据为“杞宋无征”。

[9]耄耋(mào dié)：指高龄，高寿。

丐：求。

[10]欧苏：指宋文学家欧阳修、苏轼。

遐轨：古人之遗迹，前人之法度。

[11]庐陵、眉山：指欧阳修、苏轼。欧阳修，北宋中期的文坛领袖，吉州永丰(今属江西)人，自称庐陵人，因为吉州原属庐陵郡，人称庐陵先生。苏轼，宋代大文学家，苏为四川眉山人，故称。

[12]升平：太平。

敦序：谓使九族亲厚而有序。后谓亲睦和顺。

兵燹(xiǎn)：指因战乱所致的焚烧破坏。燹：兵火。

[13]执政：宋金某些高级官员的通称。此处指欧阳修曾任参知政事。

擅美：专美，独享美名。

学士：官名。南北朝以后，以学士为司文学撰述之官。唐代翰林学士亦本为文学侍从之臣，因接近皇帝，往往参与机要。宋代始设专职，其地位职掌与唐代略同。此处指苏轼官翰林学士。

校雠(jiào chóu)：一人独校为校，二人对校为雠。

驱策：驾御鞭策。

[14]体：继承。

[15]笃：感情深厚。此处是使感情深厚的意思。

[16]与：同“欤”。

墨庄：指藏书，书丛。

藜阁：典自“藜阁家声”。西汉刘向奉命在皇家图书馆——天禄馆校阅经典，后写成中国最早的目录学著作《别录》。传说刘向正月十五在天禄阁校书至深夜，人皆出游，而向不出。有黄衣老人执青藜杖扣阁而进，见向独坐诵书，乃吹杖端焰，发出光芒，照亮了暗室。后来，“藜阁”便成为刘氏家族的代名词。

[17]灵爽：灵魂。

[18]以观厥成：以看到成果。

[19]同治九年：1870年。

中浣：唐宋官员行旬休，即在官九日，休息一日。休息日多行浣洗。因以“中浣”指农历每月中旬的休息日或泛指中旬。

鲁笙胡乔年：胡乔年，字鲁生、鲁笙。

蒋传燮

蒋传燮(xiè)(1849~1896年),字理堂,号和卿。天门净潭人。清光绪十二年丙戌科(1886年)进士。以即用知县签分四川,丁母艰,去官。署蓬溪县篆,旋任雅安知县。时雅安动荡,师旅纵横。筹饷安民,夙夜匪懈,卒于任。

赋得尽放冰轮万丈光

蒋传燮

放尽明蟾影,如冰夜月凉[1]。一轮呈皓彩,万丈写秋光[2]。魄早壶心濯,辉从镜面扬[3]。好驱云雾净,直讶水天长。

偶傍银河转,难凭玉尺量[4]。无边空色相,有耀澈豪芒[5]。露冷浮兰气,风清送桂香。幸依蓬岛近,周句愿赓飏[6]。

题解

本诗录自顾廷龙编、台北成文出版社1992年版《清代朱卷集成·卷六十》第341页。标题下注“得光字五言八韵”。

赋得:凡摘取古人成句为诗题,题首多冠以“赋得”二字。科举时代的试帖诗,因试题多取成句,故题前均有“赋得”二字。

尽放冰轮万丈光:语出宋周必大《和仲宁中秋赴饮庄宅》:“疾驱云阵千重翳,尽放冰轮万丈光。”

注释

[1]明蟾:古代神话称月中有蟾蜍,后因以“明蟾”为月亮的代称。

[2]皓彩:皎洁的月光。

[3]魄早壶心濯:灵魂沐浴在冰壶

之中。语出李白《杂题二则》:“夜来月下卧醒,花影零乱,满人衿袖,疑如濯魄于冰壶。”

[4]玉尺:尺的美称。

[5]色相:指万物的形貌。

豪芒:毫毛的尖端。比喻极细微。豪:通“毫”。

[6]蓬岛:即蓬莱山。

周句:指本诗标题中周必大所赋诗句。

赓飏:谓飞扬轻举连续而歌。

赋得报雨早霞生

蒋传燮

早切为霖愿,崇朝象已呈[1]。天将甘雨报,人望彩霞生。风来侵晨绚,鸡筹破晓惊[2]。洒田尘待浥,出海曙犹明[3]。

掩映桃增色,平安竹有声。齐飞随鹜落,频唤笑鸠鸣[4]。余绮辉同散,新亭喜可名。依旬逢圣世,纠缦许重赓[5]。

题解

本诗录自顾廷龙编、台北成文出版社1992年版《清代朱卷集成·卷六十》第313页。

报雨早霞生:语出唐耿湋(wéi)《华州客舍奉和崔端公春城晓望》:“向人微月在,报雨早霞生。”

注释

[1]崇朝:终朝,整个早晨。

[2]鸡筹:鸡人报更筹。皇宫负责报更时的人称鸡人。筹:指更筹,漏壶中的浮标。

[3]浥(yì):湿润。

[4]齐飞随鹜落:化用王勃《滕王阁序》:“落霞与孤鹜齐飞,秋水共长天一色。”

[5]依旬:疑指雨应时。

圣世:犹圣代。

纠缦:萦回缭绕貌。

重赓:再和诗。

取诸人以为善，是与人为善者也。故君子莫大乎与人为善

——会试答卷一道

蒋传燮

以取诸人者与人，善量莫大于是矣[1]。夫第曰[2]，取人之善，而不能与人为善，非所以为君子也。以取之人者与人，为善之量，孰有大于是哉？且善之在天下也，无以引之[3]，则好善之念不坚；无以推之，则好善之机不畅。是在上之人，有以鼓舞之也。善为人所同具聚于己，而善无遗；善为人所乐从公诸人，而善无尽。借人之善以励己，仍即人之善以勉人，斯其量为特宏，而其诣有专属矣。舜之善，无非取诸人，是舜之所以为大也。虽然为善之量，岂徒恃取诸人哉[4]？统群贤以宏其翕受[5]，度量未易深窥，则略短著长，初不以分位之有殊，而漠不加察，所以达聪明目，殊觉圣道之淹通[6]。即众论以辨其纷纭，精神原有独注，则兼收并蓄，更不以性分之或异，而弃之如遗，所以执两用中[7]，具见真情之流露。若是者何也？是有取即有与也。为善之量孰有大于是哉？元后聪明天亶[8]，细流土壤，何补高深，而途以引而愈宽？觉善之在人，与其虚以悬，不若挹以注也[9]。孜孜焉情殷延揽，善与善相周旋[10]，取固为与之计也。圣朝启沃有人，葑菲刍荛[11]，何劳采择，而类以推而愈广？觉人之有善，我得之而众美兼，人得之而同声应也。勉勉焉念切观摩，善与善相感召[12]，取即寓与之机也。其与人为善有如是，是以善成善也，是以人治人也。善机至是而无阻，善类至是而益充，吾乃恍然于与人为善之君子所以为大矣[13]。君子知善与善相投，不外迎机而导，故不必要结乎斯世，而斯世共切向善之心。夫人与我两相忘，取则势见其分，善不难归于我；我与人交相助，与则情妙于合，善犹可付之人。盖不以己之善傲人所本无，仍以人之善还其所固有，几欲联亲疏为一体，扩我甄陶[14]。而不善者固见而思迁，其善者益进而加勉，非神其激扬之用，有如是之

大莫与京哉[15]！君子知善与善相印，不外诱掖而成，故不必董劝乎斯人[16]，而斯人同有乐善之愿。夫取即为与之地，成已犹期成物[17]，为善只此一心；与必借取之功，淑世悉本淑身，为善并无二致[18]。盖不以取之者私诸已，而必以与之者公诸人，几欲统群类之不齐，尽臻美备[19]。而未与者初非以不教见遗[20]，既与者亦不以能改即止。惟充其胞与之怀[21]，不益见其大而无外哉！人亦与人为善，以取法君子也可。

题解

本文录自顾廷龙编、台北成文出版社 1992 年版《清代朱卷集成·卷六十》第 297 页。

取诸人以为善，是与人为善者也。故君子莫大乎与人为善：语出《孟子·公孙丑上》。意思是，吸取别人的优点来弥补自己的不足，然后去做好事，这就等于偕同别人一道行善。所以君子的最高德行，就是偕同别人一道做好事。与：偕同。

注释

[1]善量：善能容纳的限度。

[2]第：只。

[3]引：援引。

[4]徒：只是。

[5]翕(xī)受：合受，吸收。

[6]分位：职分，地位。

达聪明目：眼睛明亮，耳朵灵敏。形容力图透彻了解。

圣道：圣人之道。也特指孔子之道。

淹通：弘广通达。

[7]性分：犹天性，本性。

执两用中：执中。谓持中庸之道，无过与不及。语出《中庸·大智章》："执其两端，用其中于民，其斯以为舜乎？"掌握了过或不及的两端，采用中庸的道理去治理百姓，这就是舜所以成为舜啊。执：掌握。两：指过与不及两端。

[8]元后聪明天亶(dǎn)：《书·泰誓上》："亶聪明，作元后。元后作民父母。"真聪明的人就作大君，大君作人民的父母。元后：天子。天亶：谓帝王的天性。

[9]虚以悬：虚悬。空搁着，空缺着。

挹以注：挹彼注兹。谓将彼器的液体倾注于此器。

[10]孜孜：犹言专心一意。

情殷：谓热心于。

延揽:招致收揽。

周旋:盘桓,辗转,反复。

[11]圣朝:封建时代对本朝的尊称。亦用作本朝皇帝的代称。

启沃:开诚忠告。旧指以治国之道开导帝王。

葑(fēng)菲:比喻微贱鄙陋(常用作谦辞)。葑:芜青(蔓菁)。菲:萝卜一类的菜。

刍荛(chú ráo):割草打柴,也指割草打柴的人。指草野之人。

[12]勉励:尽力,努力。

念切:刻意追求。

观摩:观察别人的优点加以揣摩、学习。

感召:犹感应。

[13]恍然:猛然领悟貌。

[14]甄(zhēn)陶:本指烧制瓦器。此处指化育,培养造就。

[15]莫与京哉:莫之与京。谓大得无法相比。京:犹大。

[16]诱掖:引导和扶持。

董劝:督导劝勉。

[17]成己犹期成物:成己成物。谓由己及物,自身有所成就,也要使自身以外的一切有所成就。语本《礼记·中庸》:"诚者,非自成己而已也,所以成物也。成己,仁也;成物,知也。性之德也,合内外之道也。"期:期望。

[18]淑世悉本淑身:使人世美好本原于使自己美好。淑世:使人世美好。本:根本。淑身:使自己美好。

二致:不一致,两样。

[19]尽臻美备:达到完备的程度。美备:完美齐备。

[20]见遗:赠送给我。

[21]胞与:犹言泛爱一切人与物。

附

蒋梅生公(蒋式榕)墓志铭

祁世长

赐进士出身、诰授光禄大夫、经筵讲官、都察院左都御史,世年愚弟祁世长拜撰。

赐进士出身、诰授光禄大夫、太子少保、刑部尚书,世愚弟嵩申书丹并篆盖。

公姓蒋氏,讳式榕,字梅生。楚北竟陵人也。祖、父代有积德,累世科甲。公生而颖异,纯孝性成,夙患喘疾。幼随其曾祖丹林公读书，承三代庭训，学有渊源。虽在病中，犹手不释卷。精通经史，兼精音鉴；工铁笔篆隶。屡试不售。咸丰辛亥科挑取誊录，郁郁不得志。公因伯兄鹤庄公于庚申科成进士，时家计维艰，遂弃举业，以议叙盐大使出仕山西，委办支发筹防平粜等局要差，上游倚重，以办赈得力保加升衔。历署河东东场盐大使，宦郇城三十年，未获长余，不能展其抱负。性情耿介，不务浮名。处世谨厚，缓急恒相通，推解无少靳。治家严肃，教子悉本义方。哲嗣传燮得以联捷南宫，方幸后起有人。前徽克绍，乃禄养未极，仁寿有终。岂天不欲竟公之志耶，抑留待后嗣以竟其志耶？

公生于道光丁亥年十月二十六日亥时，卒于光绪庚寅年二月初四日卯时，年六十四。以子官加□，诰赠奉政大夫。元配朱氏，早卒，葬于蒋场彭家岭。继配熊氏，温柔和顺，善事舅姑，勤俭持家，不改寒素，先公卒，俱诰封宜人。子传燮，光绪乙酉举人，丙戌进士，签分四川知县，加同知衔。孙三：方圻、方埏、方均。孙女二。

余与公为累代世交，知公最悉。传燮又为余门下士，将以辛卯年三月十二日申时，合葬公于天门县太平垸之阳，先期来乞铭。余谊不容辞，爰述其梗概，而系之以铭曰：

论公之学，□籍辉煌；论公之品，局度安详。屡试不第，战罢文场。出仕鹾使，绩著晋疆。贤嗣□□，积厚流光。孙枝挺秀，鹤□□□。哲人其萎，愀然而伤。典型未远，遗泽难忘。千秋不朽，厥后克昌。镌□□□，□□垂杨。清风亮节，山高水长。

光绪十有七年，岁次辛卯，季春三月吉旦立。

题解

本文录自蒋式榕墓志。墓志现藏于天门市博物馆。标题为注者所加。原标题缺损，仅存“奉政大夫”“山西盐大使”数字。碑文缺损处，字数明确的以“□”代替。

蒋梅生：蒋式榕，字梅生。蒋元溥之子，蒋启勋之弟，蒋传燮之父。

祁世长：清咸丰十年(1860年)进士，官至工部尚书。

嵩申：姓完颜氏，字犊山，镶黄旗满洲人。清同治七年(1868年)进士，官至刑部尚书。

蒋和卿公(蒋传燮)墓志铭

冯　煦

赐进士及第、奉政大夫、翰林院修撰,加三级,年愚弟赵以炯书丹并篆盖。

赐进士及第、奉直大夫、翰林院编修,加三级,年愚弟冯煦撰文。

君讳传燮,字和卿,湖北安陆府天门县人也。列祖著于庙廊,盛旅冠于江汉。忠信传世,屡邀恩眷之隆;耕读起家,迭获殊常之宠。史牒具详,无庸覼缕。君即中宪大夫誉侯公之孙、奉政大夫梅生公之子。胄积仁之基,累荣构之峻。特秉清真,少播令誉。奉亲能谨,鲤庭之训弥严;继祖有光,燕翼之谋用启。乙酉乃登贤书,丙戌即成进士。足知大器晚成,亦征有志必逮也。以即用知县签分四川,君父仍供职于山西。未几丁母艰,去官。山川迢递,朝暮奔驰。无何而梅生公亦卒于河东。杯棬触目,食不能甘;风木生悲,泪继以血。因哀毁之过情,致忧劳而成疾。遂留主讲河东书院,雕绘士林,抑扬人杰。沈疴渐起,扶榇遄归。双樻既安,三年已届。服阕赴川,即充癸巳科同考官,得士七人。玉尺分裁,骊珠在握。继署蓬溪县篆,声绩兼著,心力遂疲。甫期月,即使知雅安县事。适值藏蛮蠢动,师旅纵横;筹饷安民,夙夜匪懈。民贫地瘠,爰施推解之恩;食少事繁,竟遘膏肓之疾。矢尽瘁于鞠躬,守致身之大义。遂卒于光绪丙申年五月二十七日巳时。君盖以道光己酉年三月十五日寅时生,仅年四十有八。

呜呼!壮而服仕,方宣紫陛之光;天不加年,遽夺苍生之望。如君者可谓身莞心枯、才高运蹇者矣。

君元配贾宜人先逝,继配熊宜人,妾杨氏。子四:芳圻、芳埏、芳均、芳堃。女二。君子将以丁酉年三月吉日,与贾宜人合葬于天门县之东乡,子山午向。

恐陵谷之或迁,怀金石之可久,寄君行状,索余志铭。余昔受君伯鹤庄公知，且与君同谱，谂悉旧德，不敢以不文辞。式铭盛德，永播遗音。其词曰：

九江孔殷，三邦贡职。允矣君子，义耕仁植。爰斯厥后，世为亮弼。诞降生君，盛德所殖。明允笃诚，发于歧嶷。况以度思，有怀明发。翻然高举，归于魏阙。学优而仕，风移俗易。□□□□，声副其绩。哲人其萎，庶民感泣。壮志沈沦，雄图埋没。马鬣崇封，牛眠□□。□□□□，□□窀穸。用贻后昆，勿忘令则。

光绪二十有二年，岁次丙申……

题解

本文录自蒋传燮墓志。墓志现藏于天门市博物馆。标题原为《敕授文林郎晋授奉政大夫赐同进士出身同知衔四川雅州府雅安县知县蒋和卿公墓志铭并序》。标题中“敕授”和“知县蒋”系注者所补。碑文缺损处，字数明确的以“□”代替，字数不明确的以“……”代替。

书丹者赵以炯为状元，官至广西提督学政；撰文者冯煦为探花，官至安徽巡抚。两人与蒋传燮为同榜进士。

和卿公（蒋传燮）传

周　杰

当极盛难继之时而能蒿目龟手、潜躬味道[1]，无诱于势利，养其根而俟其实[2]，卒以发抒其文章而见之于事业者，其惟蒋公和卿乎！

公为清乾隆庚戌进士、翰林院编修、左副都御史、讳祥墀公之玄孙[3]，嘉庆辛未一甲一名进士、翰林院修撰、内阁学士兼礼部侍郎衔、讳立镛公之曾孙[4]，道光癸巳一甲三名进士、翰林院编修、江西九江府知府、署盐法道、讳元溥公之孙[5]，咸丰庚申进士、湖南衡永郴桂兵备道、讳启勋公之胞侄[6]，咸丰辛亥挑取誊录、议叙山西盐大使、讳式榕公之哲嗣也[7]。姓蒋氏，讳传燮，字理堂，号和卿。湖北天门人。

少读书,过目不忘。为人清癯矗立,居恒恂恂如不能言[8],人皆知为大器焉。光绪乙酉举顺天乡试,丙戌成进士[9]。以即用分发四川,权蓬溪县篆,寻迁雅安令[10]。下车未几[11],遽以疾卒于县署,时年才四十八岁,抑何怛化之速也[12]?

公性醇粹,任真推诚[13]。其判决不为聪强状,务得其情乃止,大府皆以龚黄望之[14]。尤敦族谊[15]。常对人曰:“吾宗祠地处卑辱奥渫,俟补阙后当积俸以增高之[16]。”乃中年凋谢,未竟所施,蒋人至今咸惜之。

伏思蒋氏以科第显者百有余年,家门鼎盛,世族华腴,海内延望,如班杨崔卢。虽门风之盛,天实相之。而要其经德秉哲、层累以基之者,必非无自[17]。使久居人间,必能整躬率物,挽末俗以还于古[18],其位将不止县令已也。而天偏以中寿靳之,此余之所以不为公悲而为世悲也,虽然如公者庶几克绳祖武者欤[19]!

赐进士出身、翰林院编修,后学周杰拜撰。

题解

本文录自民国己未(1919年)版、天门净潭《蒋氏族谱》。周杰为天门进士。

注释

[1]蒿目龟(jūn)手:极目远望,心系穷苦民众。蒿目:极目远望。借指忧世爱民之情。龟手:冻裂手上皮肤。龟:通“皲”。

潜躬味道:潜心研究道的哲理。潜躬:疑指隐身,指专心致志。味道:体味道的哲理,体察道理。

[2]养其根而俟其实:就像护养植物的根而等待它结出果实。语出唐韩愈《答李翊书》。

[3][4][5][6]祥墀、立镛、元溥、启勋:参见本书相关传略。

[7]誊录:誊录生。誊录所属下的誊录人员。清制,在会试下第的举人及顺天乡试正榜外选录能书者充任。

议叙:清制于考核官吏以后,对成绩优良者给以议叙,以示奖励。议叙之法有二,一加级,二记录。又由保举而任用之官亦称为议叙,如议叙知县之类。

盐大使:盐道,即盐法道与盐巡道。清朝负责食盐管制和检验的官员。

哲嗣:对别人儿子的敬称,等于说

“令嗣”。

[8]清癯(qú):清瘦。

鼊(wù)立:逆立,即违逆之意。

居恒恂恂如不能言:与人相处,总是温顺恭谨,像是不会说话的样子。语出《论语·乡党》:“孔子于乡党,恂恂如也,似不能言者。”孔子在本乡的地方上显得很温和恭敬,像是不会说话的样子。恂恂:温顺恭谨貌。

[9]光绪乙酉:清光绪十一年,1885年。

举顺天乡试:参加顺天府乡试中举。乡试:参见本书附录《部分科举名词汇释》第2条。

丙戌:清光绪十二年,1886年。

[10]即用:清代铨选官员有“即用”之制。谓遇缺即可补用。

分发:清制,道府以下非实缺人员分省发往补用者,谓之“分发”。

权蓬溪县篆:谓权且署理蓬溪县官职。权……篆:权且署理某一官职。

寻:不久,接着,随即。

[11]下车:旧时官吏初到任为“下车”。

[12]时年才四十八岁:“才”“岁”二字疑为后人添加。

抑何:为何,多么。

怛(dá)化:谓人死。

[13]醰(tán)粹:醇厚,纯美。

任真:听其自然。率真任情,不加修饰。

推诚:以诚心相待。

[14]其判决不为聪强状,务得其情乃止,大府皆以龚黄望之:裁断并不表现出个人聪敏的样子,而是务求符合实际情况才算为止,总督、巡抚对他寄予成长为龚遂和黄霸一类循吏的厚望。

大府:明清时称总督、巡抚为“大府”。

龚黄:后世把汉代龚遂与黄霸作为封建循吏的代表,称为龚黄。

[15]敦:推崇,崇尚。

[16]卑辱:低下。

奥渫(xiè):污浊。

补阙:补缺。递补官职。

[17]伏思蒋氏以科第显者百有余年……必非无自:借用袁枚《司经局洗马缪公墓志铭》:“枚伏思缪氏以科第显吴门一二百载,氏族华腴,如班杨崔卢,海内延望。虽门风之盛,天实相之。而要其经德秉哲,层累以基之者,固非浅鲜也,宜其盛矣。”

伏思:敬辞。谓念及,想到。

华腴:指世代做大官的人家。

延望:形容盼望或仰慕之切。

班杨:指汉代扶风班氏和弘农杨氏(华阴杨氏)。班氏的代表人物有班彪、班固等。杨氏有杨敞、杨震等。

崔卢:自魏晋至唐代,山东士族大姓有崔氏、卢氏,长期居高显之位。

经德秉哲:施行德政,保持恭敬。

无自:无其原因。

[18]整躬率物:整饬自身,为下属

做出榜样。

末俗:谓末世的习俗,低下的习俗。

[19] 中寿:与上文“中年”意思相同。

靳:戏辱,奚落。

庶几:也许。表示希望。

克绳祖武:能遵循祖先的足迹。

周树模(黑龙江巡抚,民国平政院院长)

周树模(1860~1925年),字少朴,号沈观,又号泊园。天门干驿人。清光绪十五年己丑科(1889年)进士。授翰林院编修。任都察院御史。1905年随五大臣赴英国考察,次年返国,改授江苏提学使。1908年7月任黑龙江巡抚。1914年5月、1916年7月两度担任民国平政院院长。主政黑龙江期间,移民垦荒,整顿捐税,兴办实业,发展文教,筹练新军,粉碎沙俄将满洲里划归俄境的阴谋,内政改革和外交活动卓有建树,有"北洋干将"之誉。

泊园偶步

周树模

近市尘偏少,幽居擅一林[1]。蔽空无恶木,得气有春禽[2]。天与回旋地,诗传古淡心[3]。衰迟送日月,不是道根深[4]。

题解

本诗录自周树模撰、民国二十二年(1933年)版《沈观斋诗·四册》第四页,《民国诗集丛刊·第一篇·50册》第279页。

泊园:周树模在北京的别墅。建于1914年。

注释

[1]幽居:僻静的居处。

擅:占有,据有。

[2]恶木:贱劣的树。

[3]古淡:古朴淡雅。

[4]衰迟:衰年迟暮。

道根:修道的根底。

什刹海看荷花

周树模

千年净业湖,湖水绿于蓝[1]。前有西涯宅,后有梧门龛[2]。南皮昔来游,贤主留一酣[3]。桥东赋诗处,绿柳仍毵毵[4]。风中万柄荷,红妆倚镜函[5]。士女骋姿媚,屡停楼下骖[6]。衰翁亦好事,求友得两三。沿湖看落日,目尽西山岚。颇忆少年时,始著朝士衫[7]。北都富名胜,往往恣幽探[8]。双松访慈仁,万柳寻城南[9]。无量净业花,尤予性所耽[10]。朝玩及日晡,莲实携满篮[11]。远香银锭桥,念之有余甘[12]。海水兹已浅,湖路犹能谙。何限绮罗人,冷笑霜雪髯[13]。隔岸张老室,每闻过客谈[14]【张文襄公故宅在湖之南岸】。安得就菰中,为我留茅庵[15]?

题解

本诗引自周树模撰、民国二十二年(1933 年)版《沈观斋诗·四册》第 33 页,《民国诗集丛刊·第一篇·50 册》第 337 页。原题为《六月七日同卢慎之、郭啸麓、杨玉书、王晦如、阎庆皆什刹海看荷花》。

注释

[1]净业湖:今北京市西城区德胜门内西海、积水潭一带,俗称净业湖。因水北有净业寺而名。净业:清净无垢的身心活动。业:佛教泛指一切身心活动。

[2]西涯宅:指明李东阳西涯故居。

梧门龛(kān):法式善在寓所设置的诗龛。法式善,本名孟运昌,字开文,又字梧门,号时帆。高宗诏改今名,取意“竭力有为”。清乾隆进士。于京师厚载门北明李东阳西涯故居旧址筑诗龛及梧门书屋,收藏法书名画甚多,得名流咏赠,即投诗龛中。主持文坛三十年,时称“接迹西涯(李东阳)无愧色”。

[3]南皮:张之洞。张为直隶南皮人。

[4]毵毵(sān):同“毿毿”。细长貌。形容细长物披垂的样子。

[5]镜函：镜匣。此处指镜。

[6]骖(cān)：古代驾在车前两侧的马。此处指马车。

[7]朝士：朝廷之士。泛称中央官员。

[8]幽探：谓探求幽胜之境。

[9]慈仁：慈仁寺。在北京广安门内。寺内有两棵金代栽植的松树。

万柳：万柳堂。在北京南城。

[10]无量净业花：指作为佛教的一种标志的荷花。

无量净业：佛家有"久积净业称无量"之语。无量：本义为不可计算、没有限度。此处指无量寿佛，即阿弥陀佛。西方净土的教主，佛教净土宗的信仰对象。阿弥陀，梵文意译为无量寿，故阿弥陀佛又称无量寿佛。

耽：喜好。

[11]日晡(bū)：申时，午后三时至五时。

[12]银锭桥：在今北京市西城区后海与前海联结处。明清为北城中观西山胜地。

[13]绮罗：指穿着绮罗的人。多为贵妇、美女之代称。

[14]张老室：张之洞故宅。在北京什刹海东南白米斜街。张之洞死后，被赠太保衔，谥号文襄。

[15]菰(gū)：植物名。即茭白。

茅庵：用茅草等搭盖的小房子。形容房屋简陋朴素。庵：小草屋。

行部至满洲里

周树模

驱车径越黄龙塞，大漠风飙自古多[1]。万马喧腾谁部曲，百年瓯脱旧山河[2]。边人解作鲜卑语，戍客愁闻敕勒歌[3]。新向北庭增郡邑【新设胪滨府，接近俄界】，小忠自效苦蹉跎[4]。

题解

本诗引自李时人主编、三秦出版社1998年版《中华山水名胜旅游文学大观·诗词卷上》第155页。

行部：汉代制度，刺史常于每年八月间巡行所部，查核官吏治绩，称为行部。

满洲里：在内蒙古呼伦贝尔盟西北部。清末曾被俄国划入俄境。周树模任中俄勘界大臣,明确为中国领土,并在此设胪滨府。

注释

[1]黄龙塞:即黄龙府。在今吉林农安县古城,辽代军事重镇,金太祖完颜阿骨打后长期驻此,岳飞曾言"直抵黄龙府",即指此。

风飙(biāo):暴风。

[2]部曲:古代军队编制单位。将军出征时,所率军队分"部",置校尉与军司马;部下设"曲",置军侯;曲下设"屯",置屯长。后成为军队代称。

瓯脱:也作"区脱"。汉时匈奴语指边境屯戍或守望之处。

[3]鲜卑:我国古代北方少数民族之一。此处借指蒙古族。

戍客:离乡守边的人。

敕勒歌:六朝时少数民族敕勒族民歌。此处借指少数民族的歌曲。

[4]北庭:原指北匈奴的朝廷,后转为对北匈奴居住地的泛称。此处指东北方的领土。

小忠:此处指作者在北部边界新设城邑,加强防卫等忠于朝廷的作为。

蹉跎:光阴虚度。

题拿破仑画像

周树模

意气真如卷地潮,百年眉宇见票姚[1]。鞭笞海族蛟龙伏,驱遣神兵虎豹骄[2]。盖世雄风骓不逝,穷山泪血鸟来朝[3]。平生惜少轮台悔,埋骨荒崖恨未消[4]。

题解

本诗录自周树模撰、民国二十二年(1933 年)版《沈观斋诗 · 一册》第 24 页,《民国诗集丛刊 · 第一篇 · 50 册》第 50 页。

注释

[1]票姚:骠(piào)姚。汉霍去病曾为骠姚校尉、骠骑将军。后多以"骠姚"指霍去病。

[2]海族:海洋生物的总称。此处

指英、普、奥、俄等国组成的反法联盟。

［3］盖世雄风骓（zhuī）不逝：虽有盖世雄风，然而时运不济。指1815年，在比利时的滑铁卢，拿破仑率领法军与英国、普鲁士联军展开激战，法军惨败。语出项羽《垓下歌》："力拔山兮气盖世，时不利兮骓不逝。"我力可拔山啊，豪气可盖世。时运不济啊，我的乌骓马也不走了。

鸟来朝：喻众望所归。

［4］平生惜少轮台悔：指拿破仑频繁对外作战，缺少汉武帝那样的悔悟。

轮台悔：典同"轮台诏"。汉武帝时，为平息边患，开拓边域，曾派贰师将军李广利率大军多次远征轮台（今新疆轮台东南）。武帝晚年对这种远征之举感到内疚和悔悟，就发布《轮台罪己诏》。后以咏皇帝追悔往事、引咎自责。

埋骨荒崖：指拿破仑葬于流放地圣赫勒拿岛。1815年10月，拿破仑被流放到大西洋的圣赫勒拿岛。六年后在岛上去世，就地安葬。1840年12月15日，被隆重安葬在巴黎塞纳河畔的巴黎荣誉军人院。

挽胡蕲生（胡聘之）姻文

周树模

飘零同异地，亲串益绸缪[1]。门巷经过数，诗篇赠答稠[2]。衔杯才几日，脱屣忽千秋[3]。从此只鸡局，深明何处求[4]。

我入词曹日，公官至九卿[5]。同光留老辈，悬赘视余生[6]。鼠狗频年患，莺花故国情[7]。寸心丛百感，五岳讵能平？

杖节吾诚忝，抽簪公早归[8]。至人甘处晦，衰凤每愁饥[9]。郢曲移宫徵，吴羹当蕨薇[10]。眼看耆旧少，岁晚欲何依[11]？

旧秩尊方镇，清芬继石庄[12]。聪明仍老寿，精彩不寻常。观化逢虞腊，还真作道装[13]【遗命以道服敛】。羲皇平日梦，好去傍云乡[14]。

题解

本诗录自周树模撰、民国二十二年（1933年）版《沈观斋诗·三册》第33页，《民国诗集丛刊·第一篇·50册》第256页。

胡蕲生：胡聘之（1840～1912 年），字蕲生。胡聘之与周树模是亲戚，故称“姻”。

注释

[1]亲串：亲近的人，后指亲戚。

绸缪（móu）：情意殷切。

[2]门巷：门庭里巷。

数（shuò）：屡次。

稠：密。

[3]衔杯：典自“衔杯对刘”。谓与酒友相聚。晋刘伶嗜酒，在文章中抒写痛饮之状及饮酒之乐。

脱屣（xǐ）：典自“脱屣登仙”。汉武帝听到神话中有黄帝乘龙升天而去后，感叹地说：“我要能像黄帝那样升天而去，我将抛弃妻子如同抛拖鞋一样。”后遂用为弃家求仙之典。

[4]只鸡局：谓以微薄的祭品祭奠亡友。

深明：犹精深。

[5]词曹：指文学侍从之官。亦借指翰林。

九卿：此处指胡聘之任太仆寺少卿。参见本书周嘉谟《途次志喜（二首）》注释[12]“大小九卿”。

[6]同光：清同治（清穆宗年号）与清光绪（清德宗年号）的并称。

悬赘：附赘悬疣。附长在皮肤的肉瘤、吊挂在皮肤上的瘊子。比喻多余无用的东西。

[7]鼠狗频年患：指辛亥革命前后的动荡。

[8]杖节吾诚忝（tiǎn）：我实在是愧为地方大员。杖节：执持旄节。古代帝王授予将帅兵权或遣使四方，给旄节以为凭信。忝：辱，有愧于。常用作谦辞。

抽簪：谓弃官引退。古时做官的人须束发整冠，用簪连冠于发，故称引退为“抽簪”。

[9]至人：庄子用语。谓超俗得道之人。

甘处晦：甘于身处晦暗。指归隐。

衰凤：比喻衰世。孔子自叹身处衰世，凤鸟、河图不再出现。

[10]郢曲移宫徵（zhǐ）：有“换羽移宫”的意思。指乐声之变化。此暗喻朝代的更替。

郢曲：战国时楚地的歌曲。比喻优美动听的乐曲。

宫徵：宫、商、角、徵、羽五音中的两个音，泛指五音。

吴羹：吴人所做的羹。以味美著称。故常用指美味佳肴。

蕨薇：蕨与薇。均为山菜，每联用之以指代野蔬。

[11]耆旧：故老，年老的旧好。

[12]方镇：镇守一方的军事地区名。其长官晋时称持节都督，唐时称节度使。唐代的大方镇管辖十余州，

小方镇管辖三、四州。此处指清代地方最高行政长官总督、巡抚。

清芬:喻高洁的德行。

石庄:胡承诺,字君信,号石庄,天门人。明崇祯举人,入清后拒绝科举,拒绝官职。

[13]观化逢虞腊:指胡聘之逝世恰逢清朝灭亡。

观化:引申为死亡的婉辞。

虞腊:典自"假途灭虢(guó)"。晋国向虞国借道攻打虢国,虞大夫宫之奇劝谏,虞君仍不听,他便率领族人逃奔曹国,并说:"虞不腊(不能在十二月祭祀祖先,即灭亡)矣!"此处指清亡。

还真:指死亡。

[14]羲皇平日梦:典自"北窗卧羲皇"。晋代陶潜曾经说:"五六月时,在北窗下睡卧,遇到凉风忽至,仿佛觉得自己就是上古伏羲时代的人。"形容人生活闲散自适。

老　境

周树模

老境如行路,经过始自知。一筇山曲处,双楫海枯时[1]。夜漏醒残梦,春花发故枝[2]。前尘从断灭,何有未来思[3]?

题解

本诗录自周树模撰、民国二十二年(1933 年)版《沈观斋诗・一册》第 33 页,《民国诗集丛刊・第一篇・50 册》第 67 页。

注释

[1]一筇(qióng):一杖。筇:可以做手杖的竹子。

[2]夜漏:夜间的时刻。漏:古代滴水计时的器具。

[3]前尘:犹前迹,往事。

断灭:绝灭。

斋中卧雨

周树模

梦里不知春去半,画帘香烬雨如秋。烟村桃杏寒无语,雾市蛟龙昼出游。囊括尚余三寸舌,花开已白五分头[1]。门前剥啄讯来客,多是中朝旧辈流[2]。

题解

本诗录自周树模撰、民国二十二年(1933 年)版《沈观斋诗·一册》第 33 页,《民国诗集丛刊·第一篇·50 册》第 68 页。

注释

[1]囊括:括囊。喻闭口不言。

[2]剥啄:象声词。敲门或下棋声。讯来客:有客来访。也可理解为告诉主人有客来访。讯:访问。也可理解为告诉。

挽杨杏城士琦联

周树模

凡事不为人先,平生所得犹龙学[1];

此才止于中寿,起死曾无扁鹊方[2]。

题解

本联引自吴恭亨撰、刘冬梅点校,上海科学技术文献出版社 2016 年版《对联话·卷九·哀挽四》第 275 页。

杨士琦:字杏丞、杏城。安徽泗州(今泗县)人。清光绪八年(1882 年)举人。相继为李鸿章、袁世凯幕僚。曾任袁世凯内阁邮传部大臣等职。

注释

[1]犹龙:谓道之高深奇妙,如龙之变化不可测。语出《史记·老子韩非列传》:孔子去,谓弟子曰:"至于龙,吾不能知,其乘风云而上天。吾今日见老子,其犹龙邪!"孔子深叹其思想精深,犹如在天之龙,难见其首尾与变化。

[2]中寿:中等的年寿。

记汤池

周树模

天门县治北六十里,有镇曰皂市,又十里曰汤池。池凡三:头池若釜然,半湮半泉[1],出如沸,土人谓可焊鸡子熟矣[2]。距头池十余丈为二池,水温挠之不烂手。上卧老柳一株,民屋周环之。距二池三十余丈为三池,荇藻交横[3],鱼虾游矣。居人廿余家,卖浴以为食。房室间甃石为池,穿地节节贯竹筒引水来注池中,水满则㘓池口,浴毕有别窍流秽焉[4]。

余来值岁暮,北风甚紧,傔从缩肩摩足[5]。主者趣余浴,解衣毛发洒淅[6]。即水仅微温,渐浴乃渐奇暖,既霍然汗出而后已[7]。主者之言曰:"郎君今来非时[8]。岁二、三月,山谷间桃李怒华,士女冶游如织[9],皆争来就浴。推车、舁轿、贩鱼、卖锡之客,亦各自持钱求浴者,杀鸡办酒馔[10],盖终日不得歇也。"余应之曰:"方春阳和,乃凡水可得浴耳,不于隆冬沍寒时[11],奚显此水独温也哉?"主者笑颔其言[12]。余亦登舆以去[13],缘山足行稍稍至高处,回视北者崇山,南则冈峦间起,而汤池适当其凹。池所在,上有白气蓬蓬然[14]。

光绪乙酉作[15]。

题解

本文录自2014年版《湖北文征·第十二卷》第151页。原载《沈观斋文集》。

注释

[1]釜(fǔ):古代的一种锅。

湮(yān):淤塞。

[2]焊(xún):用火烧熟。

[3]荇藻(xìng zǎo):两种水生植物。

[4]甃(zhòu):砌,垒。

袽(rú):袽塞,堵塞漏舟的旧絮破布。此处意思是,用旧絮破布堵塞。

[5]傔(qiàn)从:随从人员。

[6]趣(cù):古同"促"。催促,急促。

洒淅:不寒而栗的样子。

[7]即水:接近水。

霍然:散发貌。

[8]郎君:对年轻人的尊称。作者作此文时25岁。

[9]怒华:谓花盛开。

冶游:同"游冶"。野游,春天或节日里男女出外游玩。

[10]舁(yú)轿:抬轿子。

酒馔(zhuàn):酒和饭菜。

[11]沍(hù)寒:天气严寒,积冻不开。

[12]颔(hàn):点头。表示允可,赞许。

[13]舆:车。

[14]蓬蓬然:风起云涌的样子。

[15]光绪乙酉:清光绪十一年,1885年。此句原在标题下。

江省中俄边界办结情形折

周树模

奏为江省中俄边界业经会商核定,立案调印,谨将办结情形恭折具陈,仰祈圣鉴事[1]。

窃宣统三年二月间,"准外务部咨行,奏请简派大员会勘中俄边界"一折[2]。钦奉朱批:"著派周树模充会勘中俄边界大臣。"钦此钦遵。行知来江[3],嗣于五月间,俄会勘边界大臣菩提罗甫率同随议各员,来至齐齐哈尔省城,会同商订,当将开议情形电奏。奉旨:"著周树模按照所陈情形,详细查勘,妥慎筹议,随时电商外务部办理。"钦此钦遵。在案[4]。

查江省地处边陲,三面邻俄。其西北一面与俄接壤者,原分水陆两路。陆路自塔尔巴干达呼第五十八鄂博起[5]，至阿巴该图第六十三鄂博止，计长一百八十余里。水路自阿巴该图起，至额尔古纳河口止，计长一千四百余里。陆路国界定于雍正五年《阿巴该图界约》，水路则定于康熙二十八年《尼布楚条约》。水有天然之河流，陆有人为之鄂博，界限本极分明。乃历年既远，河流不免迁移，鄂博复多坍塌，只以地方荒僻，人户稀零，彼此尚能相安。自东清铁路与西比利亚连轨，沿边形势遂一变而为冲繁[6]。俄边村落相望，日以繁滋。我之旧设卡伦，既以年久废弛，庚子一役[7]，守卡官兵又复逃亡殆尽，举凡刈草刊木、采矿开垦并渔猎牧畜等事，俄人皆恣意侵越，界务遂多轇轕[8]。所尤重者，俄人于东清铁路首站满洲里地方，布置经营，不遗余力；并将西比利亚车站暗中联接，错置其间；而以国防陆军建营移驻，攘夺私计，几于路人皆知。维时吉林延吉界务，正形棘手，惩前毖后，防维实不容迟。乃商同升任督臣徐世昌，一面在满洲里设置胪滨府治，并开立税关，以预占地步；一面严密派员将沿边界线确切调查，以备提议勘定，预杜侵越。此勘界缘起之大概情形也。

及宣统二年春间，商准外务部与驻京俄使，议定两国各派专员将沿边界线会同勘定。当委升任呼伦兵备道宋小濂酌派随员暨翻译、测绘各员，会同俄员儒达诺甫前往查勘。惟水陆各界二百年来从未复加勘定。既无当时互换印图足资考据，惟就条约意义与实地形势两相印证。而译音互异，陵谷多迁[9]，以意揣测，颇难确定。况夏则港汊纷歧，冬则风雪弥漫，往复履勘，尤极困难。俄员复多方狡展[10]，惟利是图。水路则以新旧河身为词，意在并包洲渚，独占航路。陆路则以国界鄂博强半无存[11]，而蒙人致祭鄂博又复所在多有，牵混难清，得以随处附会[12]，其所指塔奔托罗海并索克图及额尔德尼各界点，均在满洲里迤南[13]，竟将满洲里地方划入彼境。其于华员所指各界点，若索克图暨察罕敖拉则会勘而不立案。若塔奔托罗海则并不前往会勘。甚至初勘阿巴图该时，彼竟调来兵队，越界开枪，肆意恫喝[14]。当经电咨外部，仍饬宋小濂与之和平商办。嗣后查勘各界，但以己意绘图注说，听候核夺，不必过事争持[15]。计自宣统二年四月起，三年三月止，时阅一年，水陆均经勘竣。陆路之未经会勘暨勘未立案各处，一并汇案送省，俟与俄大臣会同商订。此会勘边界之大致情形也。

当开议之初，即经彼此商明，只就两国勘界员所呈指界图暨会议录分别核定，毋庸亲往复勘；并订明核定各界，先由两原勘员陈述意见，提出证据，然后由两大臣秉公核办。即自塔尔巴干达呼第五十八鄂博起，以次核议，乃会议至九次，为时将两月，仅塔尔巴干达呼一处，彼此各执一词。在我以为可凭，在彼亦以为有据。徒此迁延，毫无要领。乃商令两国随议员各陈意见，通筹解决方法，再行会商。嗣经各随员提出陆路六鄂博一并核议，当经双方认可，以期简洁。

窃维此次界务，实以满洲里关系为最重。该处未经议定，其余均难解决。惟开议以来，未将满洲里单行提议。若令陆路合议，即可觇俄界务处全体对于满洲里是否与原勘员意见相同，庶便设法对付。又以正式会议必须立案，兹事体大[16]，两大臣均不便轻于发言。若各随员私相讨论，彼此同意，则据以订定，否则作为无效，尽可任便陈说。故复婉商俄大臣，仍令各随员公同研究，勿挟争执之见，但求解决之方，一俟议有端绪，即呈由两大臣酌核订定，及各随员往复磋商。俄界务处虽不争前指之界，竟主张由满洲里划分，其意以车站为界，东清路线属我，西比利亚路线属俄。当经将该处属我领土一切确证据实质问。俄员等始则闪烁其词，继则强不说理。嗣复由俄大臣在议场提出一图，将无关重要地点略向北移，满洲里站仍然划入彼界。自谓极力让步，界线最为确实，立时迫求回答。时值江省防务吃紧，俄员乘危要挟，日促会议。臣一意坚持，不为所动。谈判之际，仍主和平，正告以满洲里为东清铁路租借地，系各国指开商埠地方，俄与各国早已公认为中国领土，万不能破坏东清铁路合同暨《朴斯茅茨条约》，以此相让，并当场宣明，此为最后宣言。俄大臣始默然无词，谓须请示政府，再行会议。当经电请外部，转电驻俄钦使与俄外部直接商办、往复磋商，俄政府始认将满洲里全城仍归中国管领。乃与俄大臣接续订议。其余各界，酌为退让，均系无甚妨碍。且从前约文单简，图记缺如，亦无确实证据可以指为我境。水路则将河中洲渚属中属俄分别核定。其两国边界按照原约,仍以额尔古纳河流为定。叠经会立第一、第二、第三,三次商定案暨核定水陆各界总案,先后签押盖印,彼此互换。所有陆路各界,议定通挖土壕,分立石碑,并将各界里数、方向暨经纬度数,刊入碑内。其水路从前误会各洲渚,亦各树立石碑,载明方里、度数,以垂久远而资遵守。此核定边界之大概情形也。

伏念中俄壤土相接,前此分界之案,靡不为其所侵。此次勘界以来,初受日俄协约之影响,继有蒙古商约之冲突,近则东南纷扰,警报频闻。俄员利此时机,势欲得满洲里而甘心。臣以满洲里站为列强注目之地,一步退让,他国必借均势之说,要求同等利益,不得不始终坚持。幸赖京外协力,卒能就我范围,陆无损于边要,水仍限以河流。值兹时会之万难,尚不料有此和平之解决也。所有商定各案,本拟奏明请旨,适准外务部电咨划界条款业经俄使商准,作为完全了结,无须由两国政府批准等因[17],自应遵照办理,以期迅速结案。

除将全案图表分咨阁部查照外,所有江省中俄边界业经会商核定缘由,理合恭折具陈,伏乞皇上圣鉴[18]。谨奏。

宣统三年十一月初五日。

题解

本文录自《近代中国史料丛刊》第一编第十九辑、周树模撰《周中丞(少朴)抚江奏稿》(影印本)第906页。文末上奏时间原在标题之下。

疏:旧指臣下向皇帝陈述意见的章奏。

注释

[1]奏为……事:参见本书龚爽《新选奏疏》注释[1]。

[2]宣统三年:辛亥,1911年。

咨行:将咨文移送平行机关。咨:旧时公文的一种。咨文的简称。用于同级机关。

简派:选派。

[3]钦此钦遵:旧时阁臣代皇帝批阅奏章和朝臣向皇帝启奏时每每使用的语词,意思是圣上旨意在此,领旨者遵命而行。

行知:指通知事项的文书。

[4]在案:旧时公文用语。用作公文之承接语,不分引文等级。意即“有文在卷”。凡引文中引叙前文,在引结处用此语。

[5]鄂博:亦作敖包、脑包,蒙古语音译,意为“堆子”。

[6]冲繁:谓地当冲要,事务繁重。

[7]卡伦:满语音译,意为“防守处”“哨所”。

庚子一役:庚子年(1900年),八国联军进犯北京,慈禧太后西逃。义和团奋起保卫京津。

[8]轇轕(jiāo gé):交错,杂乱。引申为纠缠不清。

[9]陵谷:指地势高低的变动。

[10]狡展:狡赖。

[11]强半:过半,大半。

[12]牵混:牵连混杂。

附会:把不相联系的事物说成有联系,把没有某种意义的事物说成有某种意义。

[13]迤南:向南。迤:延伸,向。

[14]哃(tóng)喝:恫吓。威吓,吓唬。

[15]核夺:审核决定。

[16]兹事体大:此事重大。体:体制,规模。

[17]等因:公文用语,用于结束所引来文。意为“各项原因”,用此作引结,使引文起讫分明。

[18]理合:照理应当。旧时公文用语。用作上行文归结语。

恭折具陈,伏乞皇上圣鉴:这是清代奏折结束时的常用语。意思是,敬奉奏折,详尽陈述,恳请皇上审察。伏乞:向尊者恳求。与“伏祈”相同。圣鉴:清代文书中,表示请皇帝看阅本文书的用语。

贻屠梅君(屠仁守)书

周树模

梅君世丈前辈大人左右[1]:秋间挹清兄来京,接奉手谕[2]。奖勖殷勤,甚感甚佩[3]。又汲汲以东事垂问,江湖魏阙[4],具见每饭不忘之思,即拟驰书奉布[5]。而事关夷务,执政者讳莫如深,外廷不能得其要领[6],其见诸邸抄者,又无俟于赘言,以是久稽裁答[7]。

此次倭人兴兵,本以平高丽乱党为名,借遂其狡焉思启之计[8]。当事之初起,设以大军水陆继进,急起相持,诿谋未尝不阻也。乃北洋徘徊观望，累月经旬[9]。而我军之至高丽者，仅叶志超一军，兵不满二千人。而倭骤增兵至四五万人，火药粮饷，舳舻衔尾相接[10]。于是塞仁川之口[11]，据韩王之城，筑炮台，布水雷。反客为主，以逸待劳。遂毁我师船，断我粮运。警报上闻，天子赫然震怒，催兵进发。海军提督丁汝昌贾竖下材，酒色余气，统带兵轮，逗挠不进[12]。望见倭船，遁逃而返。裨倭人得以从容布置，扼守要隘。而我军更无海道进兵之地，专从陆路经营，会诸军于平壤。而大同江以南尽为倭有。唯时叶军孤悬牙山，援应已断。倭兵四合，血战连日，仅得溃围而出，逾小越堑，摘田瓜为食，间道抵平壤[13]，兵众十损三四。平壤新集之兵，统帅未立，唯卫汝贵所部较多。卫汝贵者性贪诈，隶北洋麾下，以赂得统领，不为兵士所附。前驻天津小站营中，两次哗噪[14]，争欲加刃。师行之日，人皆知其必败。平壤之役，果汝贵军先溃。虽左实贵忠勇奋发，独力支撑，众寡既悬，卒殒良将，此可为痛惜者也！

平壤溃后，我军退驻安州，扼险自固，乃政府趣令退师[15]，画鸭绿江而守，于是朝鲜全境尽失。而我军日蹙[16]，贼势益张。不得已命宋庆帮办北洋，出关节制诸军。驻九连城时，奉军阿恒额以二千兵守江下游，倭人乘其瑕而攻之。宋军赴援，倭从上游造浮桥暗度。宋军腹背受敌，败退摩天岭。兴京戒严，山陵之地，脱有震惊，臣子将自容何所？昨又闻金州告警，倭从皮子窝上岸扑金州，意在截断旅顺后路，得以水陆并进，内犯京师。诸路之兵难集，武库之械已空。举朝匡惧[17]，不知所为。

谁秉国成，使边事决裂至此[18]？北洋办海军三十年，费国帑无数万[19]，所称购船炮、制器械，皆空名无实。衅隙既开[20]，先有和字横亘胸中，以致事事让人先著，自居后手。而政府二、三贪庸之辈，率以保全禄位、庇护私人为务。至军情危急，则皆相顾错愕[21]，举棋不定。或有忠谋密计，其中专愎自擅者，又排抑而沮格之[22]，以故着着皆错，渐至无著可下。即如丁、卫二将，国人皆曰可杀者也。台臣交章论劾，卒以扶之者众，免于失律之诛[23]。故疆场之士无一人致死者，此溃败之所以接踵也。事机已坏，天意难知。驻山海关之桂公，灞棘儿戏[24]，素不知兵；羽林疲弱荷戈，观者匿笑[25]，恐不足为长城之倚。传说朝廷注意在于太原，倘宫阙致尘生之变，将神州有陆沉之忧[26]。忆七、八年前相与把酒篝灯[27]，纵谈时局。至于今日，不幸而其言皆验焉，亦可为悲愤而于邑矣[28]。我心如焚，不觉言之累纸，略无差择，唯希钧察不宣[29]。

十月三日树模顿首启。

题解

本文录自2014年版《湖北文征·第十二卷》第156页。

屠梅君：屠仁守，字梅君，号墨君。湖北孝感人。同治进士，选庶吉士，授编修。转都察院御史。授光禄寺少卿。左绍左《清授光禄大夫建威将军黑龙江巡抚周公墓志》记载："丙戌，会试，报罢，留京，馆于孝感屠侍御仁守家。侍御直声震天下，每有商榷，辄中窾要。君由是悟奏疏之秘，不为艰深，而沉潜于贾谊、陆贽之书，颇自谓有得也。"

注释

[1]世丈：有世交的长辈。

左右：旧时书信中称对方。不直称其人，仅称他的左右以示尊敬。

[2]接奉手谕：意为接到您亲笔写的指示。手谕：上司（或尊长）亲笔写的指示。

[3]奖勖(xù)：嘉奖勉励。

[4]汲汲：心情急切貌。

以东事垂问：以应对日本侵华的军务下问于我。东事：东方的事务。此处指应对日本侵华的军务。

江湖魏阙："身在江湖，心存魏阙"的缩略。指虽然隐居在野，心中却念念不忘政事。语出《庄子·让王》："身在江海之上，心居乎魏阙之下。"魏阙：古代宫门外两边高耸的楼观。楼观下常为悬布法令之所。亦借指朝廷。

[5]每饭不忘：每次吃饭的时候，都不忘记。形容时时刻刻都不忘记。

驰书：急速送信。

奉布：向收信人谦称自己写的书信。奉：敬辞，用于自己的举动涉及对方时。布：陈述，表达，抒写。

[6]夷务：清代后期指与外国有关系的各种事务。

讳莫如深：本谓事情重大，提起来会令人痛心，故而隐瞒不言。深：深重。

外廷：国君听政的地方。对内廷、禁中而言。也借指朝臣。

[7]邸抄：亦作“邸钞”。邸报，中国古代报纸的通称，地方长官在京师设邸，邸中传抄诏令、奏章等，以报于诸藩，故称。唐有，宋始称“邸报”，后世亦泛指朝廷官报，清代也称为“京报”，由报房商人经营。

无俟：不用等待。

以是久稽裁答：因此拖延回信。久稽：长期延续，长期拖延。裁答：作书答复。

[8]倭(wō)人：古代对日本人的称谓。

高丽：朝鲜历史上的王朝(918～1392年)。我国习惯上多沿用来指称朝鲜或关于朝鲜的物产。

借遂其狡焉思启之计：借此实现侵华的图谋。

狡焉思启：谓怀贪诈之心图谋侵人之国。语出《左传·成公八年》：“夫狡焉思启封疆以利社稷者，何国蔑有？”

[9]北洋：北洋海军，又称“北洋水师”。清政府最大的海军舰队。

累月经旬：形容经历的时间长。累月：一月又一月。经旬：经过十来天。

[10]舳舻(zhú lú)：指首尾衔接的船只。舳：指船尾。舻：指船头。

[11]仁川：韩国第二大港市、海军基地。

[12]贾(gǔ)竖：旧时对商人的贱称。

下材：才能低劣的人。

酒色余气：有嗜酒、好色等邪旧之气集于一身的意思。嗜酒、好色、贪财、逞气，旧谓此四事最易致祸害人，故每并言。余气：残余未尽的邪旧之气。

统带：统辖带领。

兵轮：军舰。

逗挠：谓因怯阵而避敌。

[13]间(jiàn)道：抄小路。

[14]哗噪：喧哗吵嚷。

[15]趣令：急促下令。

[16]蹙(cù)：困窘。

[17]恇惧：畏惧。

[18]谁秉国成：谁把持朝政。国成：国家政务的权柄。

决裂：碎裂，破碎。

[19]国帑(tǎng)：国家的公款。

[20]衅隙：裂缝，可乘之隙。

[21]错愕(è)：因为事出仓促而惊惧。

[22]专愎(bì)自擅：专擅执拗。

排抑：排斥贬抑。

沮格：阻止，阻挠。

[23]台臣交章：宰辅重臣连续上奏。台臣：宰辅重臣。交章：谓官员交互向皇帝上书奏事。

失律：军行无纪律。

[24]灞棘儿戏：指军纪松散、衰败之师。汉文帝时，周亚夫为将军，屯军细柳。帝自劳军，至细柳营，因无军令而不得入。于是使使者持节诏将军，

亚夫传令开壁门。既入，帝按辔徐行。至营，亚夫以军礼见，成礼而去。帝曰："此真将军矣！曩者灞上、棘门军，若儿戏耳！"见《史记·绛侯世家》。灞上：因地处灞水西高原上得名。在今陕西西安东，是古代咸阳、长安附近的军事要地。棘门：古地名。故址在今陕西省咸阳东北。

[25]羽林：禁卫军名。

匿笑：暗笑。

[26]陆沉：比喻国土沦陷于敌手。

[27]把酒篝灯：指灯下饮酒。篝灯：谓置灯于笼中。

[28]於邑：同"呜唈"。忧郁烦闷。

[29]略无差择：毫无选择。

唯希钧察：只是希望您能明察。钧：敬辞。用于对尊长或上级。

不宣：谓不一一细说。旧时书信末尾常用此语。

上胡蕲老（胡聘之）书

周树模

蕲生姻叔大人左右[1]：

春间接仪卿大弟手书，猥承盛谊，招襄幕事，于时已就两湖讲席，不便之他，当函致仪弟代达尊前，当蒙亮鉴[2]。敬维起居曼福、潭第增绥为颂[3]。

时局日益艰难。在朝在野，争言变法。横议百出，诡言莫惩[4]。至何以变而不失其正，变而不离其宗，当时不至窒碍难行，日久可以因仍无弊，则无有能言其窾要者[5]。由于博识时之名，而不达夫求治之实，又为西人之术所眩，主见既乱，而思虑不密故也[6]。

昨读长者《变通书院章程》一疏，周通详审，字字经衡量而出[7]。无老生守旧之迂谈，亦无世士用夷之悍说[8]。海内传诵，人皆以为名言。部下新政远聆大端，唯是采用西法，在中国乃为风气初开，于晋省尤属山林未启[9]，谋新舍旧，施措较难。所望移节东南，居江海通流之处，则高掌庶乎远跖，大力益可回旋矣[10]。

俄订新约，童孺皆知其不可，无故以东三省之地，拱手而授之虎狼。长白开矿，海口驻兵，尤为铸成大错。狡夷悍然而索之，庸臣贸然而许之。揆诸事理[11],真不可解!法于广西开铁路,事同一例。以夷法考之,是直以属国视我矣,曷胜悲愤!

模一灯校艺,故纸痴蝇,徒以亲老远游,友朋规切[12],故郁郁居此。或者大旆高迁,稍近乡土[13]。尚欲趋诣铃辕,面聆绪论[14]。不惟附小雅咨诹之末,兼欲储他时拜献之资[15]。

家乡频年水灾,今岁大风罹害尤甚[16]。庐舍荡坏,邑里萧条,流亡者众,蒿目棘心[17]。未识天意竟如何也!

专肃布诚,唯希钧察[18]。

题解

本文录自2000年版《湖北文征·第十二卷》第160页。

胡蕲老:胡聘之,字蕲生。老:古时对某些臣僚的尊称。

注释

[1]姻叔:凡亲戚中长自己一辈而又没有专门称呼的,如兄弟之岳父、姊妹之翁舅等,可称姻伯或姻叔,自称姻侄。如果长两辈,则可称太姻伯或太姻叔,自称姻再侄。

左右:旧时书信中称对方。不直称其人,仅称他的左右以示尊敬。

[2]猥:谦辞。犹言"辱"。

盛谊:深厚的情谊。

两湖:两湖书院。清光绪十六年(1890年)湖广总督张之洞创办于武昌,收湖北、湖南学生。

亮鉴:书函用语。意为察鉴、明鉴,了解我坦陈的好意、善意。亮:清亮,透亮。

[3]敬维起居曼福、潭第增绥为颂:深以您的起居幸福、府邸安顺为慰藉。

曼福:永远幸福。曼:长。

潭第:犹"贵府"。尊称别人的住宅。潭:大。

增绥:用于恭维问候对方安好绥和。

[4]横议:放纵、无所顾忌地批评、议论。

诡言:诡诈不正之言,怪诞不实之言。

[5]室碍:有障碍,行不通。

因仍:犹因袭,沿袭。

窾(kuǎn)要:要害或问题的关键。窾:空处。要:要害。

[6]西人:旧时称欧美人。

眩:惑,迷乱。

[7]长者《变通书院章程》:指胡聘

之《请变通书院章程疏》。长者:旧时对德高者之称谓。多指性情谨厚者。

周通:四面畅达。

详审:详细,周密。

[8]世士用夷之悍说:当世之士用外来文化改造中国的猛劲言论。世士:当世之士。

[9]远聆大端:远远地聆听到事情的重要方面。

山林未启:山林尚未开辟。常指风气未开。

[10]移节:旧称大吏转任或改变驻地。

高掌庶乎远跖(zhí):高掌远跖,从高处擘开,往远处踏开。比喻规模宏伟的经营。传说黄河河神手擘脚踢,把华岳一山分开为二。掌:用手掌擘开。跖:用脚踏开。庶乎:表示对动作行为的揣测、估计,亦即“或许”“大概”。

[11]揆(kuí):度量,揣度。

[12]校艺:此处疑指校订文字。

故纸痴蝇:借指一味钻在古书堆里。比喻一味死读古书。语出宋·道原《景德传灯录·古灵神赞禅师》:“其师又一日在窗下看经,蜂子投窗纸求出。师睹之曰:‘世界如许广阔,不肯出,钻他故纸,驴年去其?’”古灵神赞禅师在窗下看佛经,见有蜂想钻窗纸飞出去,说:“世界这么广阔,不肯出,偏偏去钻这旧纸,什么时候才能去得!”

规切:劝诫谏正。

[13]大旆(pèi):特指军前大旗。旆:旗上镶的燕尾状垂旒(liú)。

[14]铃辕:长官的公署或临时驻地。

面聆绪论:当面聆听教诲。绪论:言论。

[15]咨诹:咨询,访问。

[16]罹害:受害。罹:遭遇,受到。

[17]蒿目:举目远望。

[18]专肃布诚,唯希钧察:意为专此敬肃奉上我的诚恳之心,企望您能明察。

专肃:专诚敬书,禀白事情,词意较谨肃、敬肃略为亲密。

唯希钧察:只是希望您能明察。钧:敬辞。用于对尊长或上级。

示从弟泽生书

周树模

泽生弟足下:

南北暌阻[1]，两岁于兹。想业与时进，声实均优[2]。比又鼓箧为诸生，则学中人也，益当黾勉有以副之[3]。里门薄俗，率以挂名胶序[4]，视为学成。挑达子衿[5]，同声相续。故书雅记[6]，目不一睹。宿师良友[7]，抗而弗亲。一室鸣息，百年醉梦。即有美材，终成枯落，可悼惜已。

夫学知不足，圣有明训[8]。不学之人，满腹何鼓？抑唐贤有云："士先器识[9]。"器不深广，则涸若恶沱[10]；识不远大，则圉于俗囿[11]。吾弟天资敦朴，夙娴教训[12]。其器与识，自异时俗。唯蛰居乡僻[13]，首难得师，次难得书。昨承叔父手谕，为弟以读书之方相叩[14]。兄何足以知窍要[15]？顾自念少乏师承，所耆杂博[16]。耗心饾饤[17]，寻摘枝条。长游四方，略有闻见。群经诸史，粗涉条列[18]。迄以皇皇谋食[19]，罕有专业。然布指舒肱，濑知寻尺[20]。烦难重远，己则弗任。如昆季中力能任之[21]，固所心喜也，不敢自秘，为吾弟约言之。

通经之道，基于小学[22]。自周迄汉，靡易斯轨。学书九岁，讽籀千文[23]。古以为童习日程，今则属经生绝业[24]。视犬之字，骤见滋疑[25]；屈虫之谬，盲如未剖[26]。语以雅故，能勿面墙[27]。夫小学，不外形声二者而已。许君解字，形兼籀古[28]；陆氏释文，音列汉唐[29]【此专为读经而言，故只及释文。若音韵专学，则须导源诗骚，详究《玉篇广韵》，而以国朝顾氏《音学五书》、江氏《古韵标准》为锁匙也】。从事二书，即获端绪[30]。郝疏尔雅，最宜究心[31]；王疏广雅，亦须渐及[32]。于形晓通假，于音析古今。其于经训[33]，即有疑难，或推以形借，或证以音通，举隅知返，触类可悟。既解文字，兼详名物[34]。礼注诗笺，其总龟也[35]。

自外如《尧典》天文、《禹贡》地理，《毛诗·草虫》《论语·乡党》《礼记·月令》《仪礼·宫室》，《周官》禄赋车制、《春秋》族姓地名，国朝大师，皆有专学；逐渐稽求[36]，毋取杂越。其于实事求是，或庶几矣[37]。

欲知古今，莫如读史。然乙部浩繁[38]，穷年莫究。实惟《史记》、

“两汉[39]”，综括众纲；体例义法，毕赅于是[40]。志详典制[41]，可知损益之宜；表详年月，足订纪传之缺[42]。钩鈲参斠，日起有功[43]。至于渔仲所呵，未为平议[44]；子元所纠，动中机括[45]。二通【通志、史通】具在，诚宜甄综[46]，有所折衷。若仅畋渔碎事，獭祭致足贻蚩[47]；吹索前人，訾骂皆属无谓[48]。允当悬为戒律，等诸座箴者也[49]。待《史》《汉》贯串，再涉全史。浏莅所及，衡尺在胸[50]。若夫温公编年【《资治通鉴》】，洞了治乱[51]；机仲纪事[52]【《通鉴纪事本末》】，融彻首尾。固与“马记”“班书”，三体并峙[53]。如能精熟，亦足自立。躬行实践，宜法宋儒。

我祖濂溪[54]，首明宗旨。《太极通书》，究悉天人[55]。《二程遗书》，平实有加。张子正蒙，最精析理，《西铭》一篇，则六经之续也。唯性道本属难闻，中人未可语上[56]。叩虚求寂，易坠烟雾。厥惟朱子《小学》《近思录》，择精语详，言坊行表[57]。践迹入室，以基以阶[58]。语录或问，即须拣别[59]。论渊源则郑堂有记[60]【江藩《宋学渊源记》，专举国朝人】，析原委则学案为详【全谢山《宋元学案》，黄梨洲《明儒学案》】。略一流观[61]，可知本末。请事在兹，则立朝必为端人，野处不惭良士[62]。如仅谈朱陆异同【可只观其经济出处，当自愧弗如】，争汉宋门户，发窍亦承，拾唾不厌[63]，盖其俱矣。

词章之事，先讲流别，再论工拙[64]。

古异文笔，今区骈散[65]。夫直言曰言，论难曰语，见于许君所著[66]；有韵为文，无韵为笔，详诸舍人所纂[67]。论文则以偶俪，曰笔则以奇行[68]。判若画域，无能侵越。然则六季绮靡，固文家之正派[69]；昌黎起衰，乃子氏之支余[70]。第体制相沿[71]，名称相袭；改弦胶柱[72]，亦无庸耳。如果有志斯事，莫若溯源诸子[73]。《吕览》翔实，《韩非》峻峭[74]；二者交资，其干乃植[75]。次则选理贵于精熟，征实则李注多存古书，堪资考据[76]；课虚则萧楼兼综汉魏，实富菁英[77]。自如别集，随时采览【张天如百三名家集，搜采已备】。若姬传之编《类纂》，特列词赋一门[78]；申耆之选《骈文》，不遗贾刘诸作【如《起昌陵疏》《过秦论》是也[79]】。隐寓复古之意，允为操觚之式，则又反复申玩、源流自澈者也[80]。

乐官失传，弦诵音辍；舞蹈陶咏，仅存诗教[81]。汉魏迄今，作者踵接；吟哦之什[82]，几于充栋。茂倩《乐府诗集》，条贯井然，须时探讨。所宜穷析正变，不惟溺心词华[83]。《古诗十九》，间以枚叔三章、河梁五字，谓出苏李之作[84]。敦竺之音，实配风雅[85]。黄初之世，陈思洪其源[86]，门庭最大；正始以后，陶阮畅其支，畦町独开[87]。次则平原体大，康乐思沉[88]，以视仲宣、公干、太冲、安仁，殆有过之[89]。至宣城清美，参军沈雄[90]，语其独至，开明耳目。醴陵开府，思密才赡[91]。然江则失于格轻，庾则伤于色重[92]。寸短尺长，宜知甄择[93]。光禄错采，阴何用心[94]；营构殊工，匪完璞已[95]。李唐号极工此制，然律排之兴，实为变古[96]。四杰肖然[97]，亦当时之体耳。唯射洪【陈子昂】激宕，曲江【张九龄】振奇，道州【元缜】柔厚，独崇纯质，并属高唱[98]。谪仙、工部，天挺两宗[99]，囊括众有，合节风人，乃百代之懿矩也[100]。昌黎取其歌行，香山材其乐府[101]。摩诘仿陶，远轶孟韦[102]。义山学杜，不断具体[103]。高、岑、钱、刘，各擅一壑[104]。凡此诸家，未容割弃。外若昌谷鬼才，惟堪摘句[105]；玉川恶派，未足称宗，匪师法所在已[106]。宋时诗家，东坡弁首[107]。文藻纵横，鱼龙百变[108]。陆氏与配，尚非敌国[109]。若欧则曼声，梅祗清唱；山谷食古不化，石湖著采大檝，未足与俪也[110]。元则《铁崖乐府》，杰出可观。明则高、李【梦阳】、何、王，皆为坚垒[111]。国朝之吴、王、施、赵、查、朱[112]，波澜阔大，宗派显然。循其涂轨，不至蹉跌[113]。

自外百家林立，虽以束阁，无妨通雅[114]。抑士之读书，期于致用而已。孔子曰从周，荀卿曰法后王[115]。当代掌故，必须谙悉[116]。如皇朝《三通》《大清会典》《大清通礼》，暨《圣武记》《满汉名臣传》《先正事略》。披览所及，务得要领。《经世文编》，尤为经济家橐钥，不可不详审而切究也[117]。

时局日坏，世变益奇。举世靡然，趋于西学[118]。凡天文学、算学、地理学，格致学之光学、气学、化学、电学、水学、火学，重学亦曰力学，植物学、动物学，穷精猎微，眩惑心志[119]。机器船炮，炮台铁路，日新月异，靡有纪极[120]。号曰俊杰识时，名为通变不倦。借矛攻盾，其说易穷。下乔入谷，相习不怪[121]。是则横流之势，匪芦灰可塞；阳景既移，讵麾戈能返[122]？觇察人事，我心惄焉[123]。养晦沈几[124]，在有心者。

凡前数事，粗举崖略[125]。俾为向导，分类以求，积年易尽。冀涂路之可通，匪河汉而无极[126]。至天算舆地，尚有专门；金石目录，无关体要[127]。斯之所举，率以略诸。其或运澄照之明，鼓精猛之志[128]。先河后海，周悉夫原委；富有日新，浸蓄为盛大。则存乎其人之自至，而不俟鄙人之哓哓矣[129]。

丁亥冬至日，由都中白[130]。

题解

本文录自2014年版《湖北文征·第十二卷》第155页。

文中方括号内的文字是作者的按语或自注。

从弟：堂弟。

注释

[1]睽(kuí)阻：阻隔，分离。

[2]声实：声誉与实际相符合。

[3]比又鼓箧(qiè)为诸生：近来又成为生员。鼓箧：谓击鼓开箧，古时入学的一种仪式。借指负箧求学。诸生：明清两代称已入学的生员。俗称“秀才”。

黾(mǐn)勉：勉励，尽力。

[4]里门：乡里之门。古制，同族聚居一里，里有里门。此处指故里。

薄俗：轻薄的习俗，坏风气。

胶序：殷学名序，周学名胶，后即用为学校的通称。

[5]挑达子衿：谓乱世学校不修。语出《诗经·郑风·子衿》：“青青子衿，悠悠我心……挑兮达兮，在城阙兮。”你的衣领青又青，常常在我心头萦绕……我踟蹰徘徊，经常在那个城楼上。挑达：往来相见貌。子衿：本义为“你的衣领”。指青衿，青领也。学子之所服。后因称学子、生员为“子衿”。衿：古人在胸前相交的衣领，今作“襟”。

[6]故书：旧书，古书。

雅记：指历代载籍正史。

[7]宿师：老成博学之士，即大师。宿：大。

[8]圣有明训：圣人有明确的

训示。

[9]抑:文言发语词。

士先器识:士以器局与见识为先。语出《新唐书·裴行俭传》:“士之致远,先器识,后文艺。”器识:器局与见识。

[10]恶沱:浊水不流貌。

[11]围(yǔ)于俗囿:受世俗的局限。

[12]敦朴:敦厚朴实。

夙娴:平素就娴熟于师长的训导。

[13]蛰(zhé)居:长期隐居在某个地方,不出头露面。

[14]叩:叩问,叩询。

[15]窍要:窍门、要诀。

[16]耆:同“嗜”。喜好。

[17]饾饤(dòu dìng):堆垒的食品。指堆砌辞藻。

[18]条列:分项依序列举。

[19]皇皇:彷徨不安的样子。

[20]布指舒肱,濑(lài)知寻尺:语出《孔子家语·王言解第三》:“布指知寸,布手知尺,舒肘知寻,斯不远之则也。”摆开指头就可以知道寸有多长,伸开手就可以知道尺有多长,张开两臂就可以知道寻有多长,这是不远的规则。肱:手臂。寻:古代长度单位。一般为八尺。

[21]昆季:兄弟。长为昆,幼为季。

[22]小学:汉代称文字学为小学。因儿童入小学先学文字,故名。隋唐以后为文字学、训诂学、音韵学之总称。

[23]讽籀(zhòu)千文:讽读千字。汉许慎《说文解字叙》:“学童十七已上,始试,讽籀书九千字,乃得为史。”

[24]经生:汉代称博士。掌经学传授。

绝业:中断的学术流派。

[25]视犬之字,骤见滋疑:犬字象形,突然看见不免生疑。犬字象形,故孔子说:“视犬之字如画狗也。”朱骏声增加解释语“横视之也”,告诉这个字横着看才像狗的形象。

[26]屈虫:即尺蠖(huò)。

[27]面墙:脸对着墙站着,什么也看不见。比喻不学而无所知。

[28]许君解字,形兼籀古:许慎所著《说文解字》,分析汉字字形参照古文与籀文。

籀古:古籀。古文与籀文的合称。古文是春秋战国时代的文字。籀文即大篆,因其著录于《史籀篇》故称籀文。通行战国时的秦国,与篆文相似。

[29]陆氏释文,音列汉唐:陆德明所撰《经典释文》,专为经典注音释义。此书主要价值在于保存了唐以前经书中的大量音读。

[30]从事:致力于(某种事情)。

端绪:头绪。

[31]郝疏尔雅:指清郝懿行《尔雅义疏》。

究心:专心研究。

[32]王疏广雅:指清王念孙《广雅疏证》。《广雅》为三国魏张揖撰写的一部字书。

[33]经训:对经书的训解。

[34]名物:事物的名称、特征等。

[35]礼注诗笺:指东汉郑玄《周礼注》《仪礼注》《礼记注》和《毛诗传笺》。

总龟:用以称内容博大的典籍。

[36]稽求:考查寻求。

[37]庶几:差不多,近似。

[38]乙部:史部书。古代群书四部分类法的第二部。隋以前称子部书为乙部,唐以后称史部书为乙部。

[39]两汉:西汉和东汉的合称。此处指《汉书》和《后汉书》。

[40]义法:桐城派古文家称著文应遵循的准则。

毕赅于是:在这些书中都很齐备。

[41]典制:典章制度。

[42]纪传:纪传体史书中的本纪与列传。

[43]钩鈲(pī):探索分析。

参斠(jiào):参校。参照比较,参照校勘。常指为别人所著之书做校订工作;或以一书的一种本子做底本,参考其他本子加以校订。斠:古通“校”。校正。

日起有功:日进有功。天天上进,就有成就。指学术、技艺的成就是在持之以恒的勤学苦练中取得的。

[44]渔仲:郑樵,字渔仲。福建莆田(今福建莆田)人。南宋历史学家,无神论者。所著《通志》是《史记》之后的又一部通史。

呵:护卫。

平议:公平论断。

[45]子元:刘知几,字子元。彭城(今江苏徐州)人。所著《史通》是中国及世界首部系统性的史学理论专著。全书内容主要评论史书体例与编撰方法,以及论述史籍源流与前人修史之得失。

机括:本指弩上发矢的机件。喻治事的权柄或事物的关键。

[46]甄综:综合分析,鉴定品评。

[47]畋(tián)渔:打猎和捕鱼。

獭祭:獭祭鱼。谓獭常捕鱼陈列水边,如同陈列供品祭祀。比喻罗列故实,堆砌成文。

贻蚩:犹见笑。蚩:古同“嗤”。讥笑。

[48]吹索:“吹毛索疵”的省略。

嘼骂:如山嘼好骂。嘼:山嘼。传说中的山中怪兽,好骂。

[49]座箴:座右箴。座右铭。

[50]浏莅:风吹草木声。

衡尺:评量。

[51]温公编年:司马光所著编年体通史《资治通鉴》。温公:司马光,卒赠太师、温国公。

洞了:透彻地领悟。

[52]机仲纪事:袁枢所著《通鉴纪事本末》。该书是汉民族第一部纪事

本末体史书。袁枢字机仲，南宋史学家。

［53］马记、班书：指司马迁《史记》、班固《汉书》。

三体：指《史记》纪传体通史、《汉书》纪传体断代史、《资治通鉴》编年体通史三种体例。

［54］濂溪：指宋代理学家周敦颐。濂溪本为水名，源出今湖南道县西都庞岭，东北流入沱水。周为道县人。学者称为濂溪先生，并称其学派为濂溪学派。

［55］究悉：详尽，明白。

［56］唯性道本属难闻：只是最好的学说难以闻知。性道：人性与天道。

中人未可语上：语出《论语·雍也》："中人以上，可以语上也；中人以下，不可以语上也。"资质在中等以上的人，可以给他讲高深的道理；资质在中等以下的人，不可以给他讲高深的道理。

［57］言坊行表：谓言行为人表率。

［58］践迹入室：指学习前人，造诣高深。践迹：踩着前人的足迹。犹蹈袭，因袭。入室：比喻学问或技艺得到师传，造诣高深。

以基以阶：意思是，以前人的学问为基础和台阶。

［59］拣别：辨别。

［60］郑堂：江藩，字子屏，号郑堂，晚年自号节甫。清江苏甘泉（今扬州）人。恪守汉学之门户，博综群经，亦熟于史事。作《周易述补》，总纂《广东通志》。所著有《国朝汉学师承记》《国朝宋学渊源记》《隶经文》《炳烛室杂文》《江湖载酒词》等。

［61］流观：泛观，约略地看。

［62］野处不惭良士：在乡野居住不愧为贤士。

［63］朱陆异同：指南宋理学家朱熹与陆九渊在理学基本概念及治学方法上的争辩。在世界的本源、物质与精神的关系这些哲学的根本问题上，朱陆是一致的，但又有许多差异。

经济：经世济民。

拾唾：拾人唾余。蹈袭别人的意见、言论。

［64］词章：诗文的总称。

流别：引申为文章或学术的流派。

工拙：犹言优劣。

［65］文笔：古代关于文学形式的一对概念。南朝文人把文章分为两类，即文和笔两类。有韵者谓之文，无韵者谓之笔。语出南朝梁刘勰（xié）《文心雕龙·总术》。

［66］论难：辩论诘难。

许君所著：指许慎所著《说文解字》。

［67］舍人：指刘勰。梁武帝时，刘勰曾历任奉朝请、东宫通事舍人等职。

［68］偶俪：骈体，对偶。

奇行（jī háng）：指不对偶的奇数句子、未排比的句子。泛指散体。

［69］六季绮靡：指六朝诗歌浮艳

侈丽的形式主义之风。

六季:六朝。自三国以后至隋统一天下,史书合称南北各朝为六朝。

绮靡:指风格浮艳柔弱。陆机用以概括诗歌的语言形式美的一个概念。

文家:文章家,作家。

正派:犹正统。指学业、技艺等一脉相传的嫡派。

[70]昌黎起衰:指唐代韩愈领导的"古文运动"。

昌黎:唐韩愈世居颍川,常据先世郡望自称昌黎(今河北省昌黎县)人。宋熙宁七年诏封昌黎伯,后世因尊称他为昌黎先生。在唐宋八大家中,韩愈位列其首,苏轼誉他"文起八代之衰"。

起衰:谓振兴文运衰颓之势,建树富有生命力的新文风。

[71]第:只是。

体制:谓诗文体裁、格式。

[72]改弦:更换乐器的弦线。比喻改革制度或变更方法。

胶柱:胶住瑟上的弦柱,以致不能调节音的高低。比喻固执拘泥,不知变通。

[73]诸子:指先秦至汉初的各派学者或其著作。

[74]吕览:《吕氏春秋》的别称。

韩非:指《韩非子》。

峻峭:古代诗学概念。作为一种诗文风格,它首先是立意的高峻不群,漠视礼法,啸傲权势,慢凌尘俗。

[75]二者交资,其干乃植:指研读《吕氏春秋》《韩非子》二书,才抓住了做学问的根本。

[76]选理贵于精熟:语出唐杜甫《宗武生日》诗:"熟精《文选》理,休觅彩衣轻。"选理:指《文选》诗文的思想和条理。精熟:熟习精通。

征实则李注多存古书,堪资考据:指唐代著名学者李善注《文选》60 卷。李用征引文献的方式,注明词句的出处。征引群书共 23 类,1689 种。

征实:考求。张之洞论文选学有言:"选学有征实、课虚两义。"

[77]课虚:根据存在来考核抽象的道理。

[78]姬传:姚鼐(nài),字姬传,又字梦谷,室名惜抱轩,人称惜抱先生。清代经学家、桐城派文学家。安徽桐城人。

[79]申耆:李兆洛,字申耆,晚号养一老人。江苏阳湖(今常州)人。清朝文学家、地理学家。选有《骈体文钞》。

贾刘:指西汉贾谊、刘向。

[80]操觚(gū):执简。谓写作。

[81]弦诵:谓弦歌诵读的学习方法。弦:谓以弦乐器为歌唱伴奏。诵:谓不用乐器而只口诵,犹今之朗读。后世则以"弦诵"泛指教学之事。

陶咏:高兴得要咏叹并情不自禁,想舞蹈起来。陶:即乐,喜悦,陶然。

[82]吟哦之什:指诗篇。吟哦:有节奏地诵读。

[83]正变:指《诗经》的正风、正雅和变风、变雅及遵循其创作原则的作品。《毛诗序》以《诗经》风雅两部分中先王时代的作品为正声,此后则为变风、变雅。后世也就常用正变的观点来论述诗词派别。所谓正,指正宗、正统、正格;所谓变,指旁支、别派、别格。

溺心词华:沉溺于辞藻华丽。溺心:沉溺心灵。词华:文采,辞藻华丽。

[84]枚叔:枚乘,字叔。西汉辞赋家。枚乘诗作,《文选》辑存一首。另徐陵《玉台新咏》载有《杂诗》九首,指名为枚乘作,后人多认为非枚乘作品。

河梁五字:指送别五言诗。河梁:河上的桥。在传说李陵与苏武送别的诗中,有"携手上河梁,游子暮何之"之句,后遂以河梁泛指送别之地。

苏李:西汉诗人苏武和李陵的并称。

[85]敦竺:敦厚笃实。竺:通"笃"。

[86]黄初:三国时期曹魏的君主魏文帝曹丕的年号(220~226年)。此处指"黄初体",三国魏黄初时期诗人的诗歌体式风格。

陈思:指陈思王曹植。

[87]正始:三国魏废帝曹芳的年号(240~249年)。

陶阮:晋陶渊明和三国魏阮籍的并称。两人皆为大诗人。

畦町(qí tǐng):本指田垄、田界。此处指规矩,格式。

[88]平原:指晋陆机。陆机尝官平原内史。

体大:指大部头著述,规模宏大。

康乐:指南朝宋文学家谢灵运。谢灵运曾袭封康乐公,故称。

思沉:思虑沉抑。

[89]视:比照。

仲宣:王粲,字仲宣。三国魏国人,文学家,建安七子之一。

公干:刘桢,字公干,东平宁阳(今山东宁阳县南)人。汉末著名诗人,建安七子之一。

太冲:左思,字太冲。西晋文学家。

安仁:潘岳,字安仁。西晋诗赋作家。

[90]宣城:谢宣城。指南朝齐谢朓。谢朓曾任宣城太守,故称。

清美:清雅美妙。

参军:鲍照,南朝宋文学家。后为临海王刘子顼前军参军,故后世称之为鲍参军。

沈雄:沉雄。

[91]醴陵:江淹,字文通。南朝文学家。封醴陵侯。

开府:庾开府,指北周文学家庾信。因其官至骠骑大将军、开府仪同三司,故称。

才赡:富有才能。

[92]江:指江淹。

庾:指庾信。

[93]甄择:甄别选择。

[94]光禄错采:指颜延之的诗刻意雕琢文辞。光禄指南朝宋人颜延之,字延年,曾任金紫光禄大夫,善五言诗,与谢灵运齐名。《诗品》:汤惠休曰:"颜光禄如镂金错采,谢康乐如初日芙蓉。"

阴何用心:阴何为南朝梁诗人何逊与陈诗人阴铿的并称。语出杜甫:"孰知二谢将能事,颇学阴何苦用心。"熟悉二谢能够用其特长,狠学阴铿何逊刻苦用心的精神。

[95]营构:构思,创作。

殊工:特别精致。

匪完璞已:不是没有人工雕琢的璞玉。意思是,好比加工而成的美玉。

[96]李唐:指唐朝。唐皇室姓李,故称。

律排:此处当指律诗。

[97]四杰:初唐四杰。初唐诗人王勃、杨炯、卢照邻和骆宾王的并称。

[98]高唱:指格调高绝的诗歌。

[99]谪仙:专指李白。

工部:指杜甫。杜甫曾任检校工部员外郎。

天挺两宗:意思是,李白、杜甫天生卓越超拔,是为众人所师法的人物。

[100]众有:万物。

合节:合于节奏、节拍。

风人:比喻给人以教育或帮助。风:吹拂。

懿矩:美好的规范。

[101]歌行:古代乐府诗的一体。后从乐府发展为古诗的一体,音节、格律一般比较自由;采用五言、七言、杂言,形式也多变化。

香山:指白居易。白居易,字乐天,晚号香山居士。

[102]摩诘仿陶,远轶孟韦:指王维师法陶渊明,并将田园诗和山水诗合流发展为田园山水诗,成就远超孟浩然、韦应物。

摩诘:王维,字摩诘,号摩诘居士。唐朝著名诗人、画家。

孟韦:唐代诗人孟浩然、韦应物的并称。王维、孟浩然、韦应物、柳宗元,四人都是唐代著名的山水田园诗人。

[103]义山学杜,不惭具体:李商隐学习杜甫,不以具体而微为惭。王安石云:"唐人知学老杜而得其藩篱者唯义山一人。"

义山:李商隐,字义山。晚唐著名诗人,与杜牧合称"小李杜"。

具体:"具体而微"的省略。总体的各部分都具备而形状或规模较小。

[104]高、岑、钱、刘:唐代诗人高适、岑参、钱起、刘长卿的并称。

各擅一壑:谓偏安一隅。语出《庄子·秋水》:"且夫擅一壑之水,而跨跱(zhì)坎井之乐,此亦至矣,夫子奚不时来入观乎!"况且我独占着一坑水,又开腿享受着浅井中的快乐,这真是妙极了,您为什么不常常到我这里看看呢?

[105]昌谷鬼才,惟堪摘句:李贺才气怪谲,诗风奇诡,只能寻章摘句。李贺《南园(其六)》:“寻章摘句老雕虫,晓月当帘挂玉弓。不见年年辽海上,文章何处哭秋风。”

昌谷:唐诗人李贺的别号。李居昌谷(今河南省宜阳县西),故称。

鬼才:李贺才气怪谲,诗风奇诡,世称“鬼才”。

摘句:“寻章摘句”的省略。搜求、摘取片断章句。指读书或写作只注意文字的推求。

[106]玉川恶派:指卢仝(tóng)诗风鬼怪。高柄在《唐诗品汇》的总序中就提出“与夫李贺、卢仝之鬼怪,孟郊、贾岛之饥寒。此晚唐之变也”。

玉川:指唐诗人卢仝。卢仝自号玉川子。

匪师法所在已:意思是,不足以师法。

[107]东坡:苏轼自号东坡居士,因以“东坡”为其别称。

弁(biàn)首:卷首,前言。此处指位居第一。

[108]文藻:指文章,文字。

鱼龙百变:像鱼龙那样变化多端。鱼龙:古代一种由鱼化为龙的杂戏。

[109]陆氏:指南宋著名诗人陆游。

敌国:本指地位或势力相等的国家。此处指地位相等。

[110]欧:指北宋中期的文坛领袖欧阳修。

曼声:拉长声音,舒缓的长声。

梅:指北宋诗人梅尧臣。

山谷:指北宋著名诗人黄庭坚。黄庭坚自号“山谷道人”,亦省称“山谷”。

石湖:指南宋诗人范成大。范成大号石湖居士。

瀸:音 jiān。

与俪:相并,相比。

[111]高李【梦阳】何王:明代诗人高启、李梦阳、何景明、王世贞的并称。

坚垒:坚固的营垒。

[112]国朝:指本朝。

吴、王、施、赵、查、朱:指清代诗人吴伟业、王士祯、施闰章、赵执信、查慎行、朱彝尊。

[113]涂轨:犹轨道。

蹉跌:失足跌倒。比喻受挫、失势。

[114]束阁:束之高阁。把东西捆起来放在高高的阁楼上面。谓弃置不用。

通雅:通达高雅。

[115]从周:语出《论语·八佾》:“子曰:‘周监于二代,郁郁乎文哉!吾从周。’”孔子说:“周代的制度是借鉴夏、商二代的制度而建立的,它多么丰富美好啊!我拥护周代的制度。”后因以为颂歌周制之典。

法后王:先秦以荀子、韩非为代表

的“法今”的政治观。主张效法当代圣明君王的言行、制度,因时制宜。与“法先王”相对。

[116]掌故:旧制旧例;故事,史实。

谙悉:熟知。

[117]橐(tuó)钥:橐龠(yuè)。鼓风吹火的皮袋,比喻动力。橐:皮袋。龠:送风的竹管。

切究:深究。

[118]靡然:倒伏的样子。

西学:旧时我国称从欧美传来的自然科学和社会科学。

[119]眩惑:迷惑、迷乱,无所适从。

[120]纪极:终极,限度。引申为穷尽。

[121]下乔入谷:义同“下乔入幽”。从高大的树上下来,进入幽暗的山谷。比喻人从良好的处境进入恶劣的处境。

[122]阳景:日光。

麾戈:挥戈。

[123]覛(mì)察:察看。

惄(nì):忧郁,伤痛。

[124]养晦:谓隐居匿迹。

沈几:也作“沉机”,事物发展变化中难以觉察的先兆。

[125]崖略:大略,梗概。

[126]冀:希望。

涂路:途路。

河汉而无极:河汉无极。河汉:银河。无极:没有尽头。比喻言论迂阔,不着边际。

[127]体要:精要,指事物的关键。

[128]澄照:照澄。明朗清爽。

精猛:专心致力。

[129]哓哓(xiāo):唠叨。

[130]丁亥:光绪十三年,1887年。

白:陈述。

鲁文恪公(鲁铎)遗集序

周树模

天门在明曰景陵。距县治东六十里,有市曰乾镇[1]。南瞰澄湖,北枕华严、松石二湖。地气清淑,代产巨人[2]。明弘治时,鲁文恪公崛起东冈间,由翰林起家,荐升至祭酒[3]。遂谢病归,累征不起,以清德著名于时[4]。洎隆、万之际,周少保嘉谟、陈司徒所学,同时跻正卿,均以忤魏阉乞休归里[5],名在东林党籍中,俗所称“一巷两尚书”

者是也。其立朝大节，百世下犹在人口。冠盖之里[6]，为世夸荣，抑其次已。顾砥砺修名，蝉蜕轩冕，浸成为一乡风气者[7]，实自文恪公开之。

予以不才，生诸公之后，又同居一地，其感发兴起逾越寻常[8]。自有识以来，时欲搜访遗文以为矜式，迄不可得[9]。其散见于邑志杂记者，不过零章断句而已，无以知作者之大全。今年春，鲁公裔孙藩抱其遗集至都下[10]，问序于予。予受而读之，凡诗赋杂文共十卷，首尾完具，编次厘然[11]。综观诸作，大抵以盛德发为雅言，异于明人之矜奇吊诡、务为凌厉锋发、以才气高人者[12]。语淡而味长，气华而理实。其意初不在文，而其文敻乎不可及已[13]。

独念少保风猷彪炳史册[14]，而其文字不传。闻司徒有遗集钞本藏族之长老家，珍秘不以示人。倘能如文恪后人，表彰先德，急谋梓行[15]，以广其传。予虽老，犹乐从事校雠之役也[16]。因序鲁公集，并以讯诸陈之宗人焉[17]。

辛酉岁春三月[18]，同里后学周树模谨序。

题解

本文录自民国壬戌(1922年)版《鲁文恪公集》(甘鹏云校、沈观斋刻)。

鲁文恪：鲁铎，谥文恪。参见本书鲁铎传略。

注释

[1]乾镇：天门市干驿镇古名乾镇驿。

[2]地气：土地山川所赋的灵气，风水。

清淑：清和。

[3]翰林：职官名。明清则为进士朝考后，得庶吉士的称号。

荐升：一级一级地荣升到。

祭酒：国子监祭酒。古代中央政府官职之一，基本隶属于朝廷最高学府国子监。主要任务为掌大学之法与教学考试。

[4]清德：高洁的品德。

[5]隆、万之际：明隆庆、万历年间。

正卿：官名。即指九卿。后因九卿之外亦有卿官，故称九卿为正卿。

以忤魏阉乞休：因冒犯太监魏忠

贤而恳乞去职告归。

[6]冠盖：仕宦的代称。

[7]修名：美好的名声。

蝉蜕轩冕：比喻解脱于官场。蝉蜕：蝉脱皮。比喻解脱。轩冕：卿大夫的轩车和冕服。做官的代称。

浸：润泽。

[8]感发兴起：感奋。

[9]矜式：敬重和取法。

迄：终于。

[10]都下：京都。

[11]编次厘然：编排次序很有条理。

[12]以盛德发为雅言：因为品德高尚，形诸笔墨，便成为正言。盛德：品德高尚，高尚的品德。雅言：指正确合理的言论。

矜奇：炫耀新奇。

吊诡：怪异，奇特。

凌厉锋发：形容文章意气昂扬、笔锋犀利。

[13]敻(xiòng)：高超。

[14]风猷：风范道德。

[15]梓行：刻版印行。亦泛指出版。

[16]校雠(jiào chóu)：一人独校为校，二人对校为雠。谓考订书籍，纠正讹误。

[17]讯诸陈之宗人：将这件事告诉陈所学的族人。

[18]辛酉：民国十年，1921年。

大隐楼集序

周树模

甘子药樵校刻嘉鱼方金湖先生《大隐楼集》竟[1]，持以示予，且督为序。余受而读之，凡十六卷，仍严冬友侍读编勘原本[2]，其裔孙承保乾隆间付刻者也。前有毕弇山尚书、卢抱经学士两序[3]。毕之言曰："同时作者如弇州、沧溟诸子，以立言为己任者，未能或之先也[4]。"卢之言曰："公诗不在沧溟、弇州下，而论诗者或不及之，将无以勋名掩其才华耶？"此皆确论，余固无以易也[5]。

明嘉、隆间，王、李主盟坛坫，天下学子靡然向风，于时竟陵、公安二派未兴，先生亦不能破王、李之藩而别有所树，盖笃于时然也[6]。且其意不在名，故名亦弗及。先生之恃以经国不朽者在于服俺答、奠北陲,为国家除数十年之边患[7]。今集中所载书、疏、论、议,关于边计者十而八九,其区处条理如大禹治水而脉络分明,如雷雨作解而百果草木皆甲坼[8]。适值江陵秉国[9],采用其谋,于以成内外交济之功。

洎乎入管中枢[10],告归得请,家居十五年,征召不及其门,赠谥不闻于后,亦事理之不可解者。先生之归也,哦诗问竹,啸歌于槃涧以自娱,若不复知有门户旌棨之事[11];筑楼著书,署曰大隐,此其意岂可量耶?近三百年来,楚中不少劬学能文之士,顾往往深自讳匿[12],不欲标榜以为名高;其在位也亦复难进易退,耻为斗捷争先、用徼一时之利[13]。由先生之事观之,楚风之旧有自来矣[14]。

余楚人也,其喜吟咏与先生同;其身当边局[15],支持于危难之交,而幸免于过,亦与先生同。三复斯编,不无枨触[16],因为标举大意如此,质诸药樵,想当相视而莫逆也[17]。

岁在元默阉茂七月既望,天门后学周树模叙[18]。

题解

本文录自方逢时撰、民国壬戌(1922年)版《大隐楼集》。

注释

[1]甘子药樵:甘鹏云,字药樵。湖北潜江人。清光绪二十九年(1903年)进士。吉林财政官。

方金湖:方逢时,字行之,号金湖。湖北嘉鱼人。明嘉靖二十年(1541年)进士。明隆庆初擢右佥都御史,巡抚辽东。后入为兵部尚书。

竟:终了,完毕。

[2]严冬友:严长明,字冬友、冬有。江苏江宁人。内阁侍读。

[3]毕弇(yǎn)山:毕沅,因从沈德潜学于灵岩山,自号灵岩山人。江苏镇洋(今江苏太仓)人。清乾隆二十五年(1760年)状元。湖广总督。

卢抱经:卢文弨(chāo),字召弓,号矶渔,又号檠斋、抱经。仁和(今浙江杭州)人。清乾隆十七年(1752年)探花。提督湖南学政。

[4]弇州:明王世贞的别号弇州山人的省称。

沧溟:明李攀龙号沧溟。

未能或之先:未能或先之。没有人能够超过他。

[5]确论:精当确切的言论。

易：改变。

[6]王、李：指王世贞、李攀龙。

坛坫（diàn）：议坛。

靡然向风：谓群起效尤而成风气。效尤：仿效坏的行为。

笃于时：眼界受着时令的制约。语出《庄子·外篇·秋水》。

[7]经国：治理国家。

服俺答：使俺答顺从。明万历初，方逢时总督宣大山西军务，与兵部尚书王崇古共决大计，接受俺答汗孙把汉那吉来降，使明与鞑靼归于和好。

奠北陲：稳定北方边境地区。奠：稳固地安置。

边患：边境遭到侵犯的祸患。

[8]区处：安排，处理。

雷雨作解而百果草木皆甲坼（chè）：语出《易·解·彖（tuàn）传》："雷雨作而百果草木皆甲坼。"雷雨作解：雷作。甲坼：种子外皮开裂而发芽。坼：裂开。

[9]江陵秉国：指神宗朝首辅张居正柄政，史称"江陵柄政"。秉国：执掌国政。

[10]洎（jì）乎：等到，待及。

入管中枢：指方逢时代替王崇古为尚书，署吏部事。

[11]哦诗：吟诗。

槃（pán）涧：指山林隐居之地。槃：快乐。

旌棨（qǐ）：旌旗与棨戟。借指贵官。

[12]劬（qú）学：勤奋学习。

深自讳匿：自我隐匿。

[13]斗捷：取胜。

用徼一时之利：以谋一时之利。

[14]自来：由来，历来。

[15]边局：边疆局势。

[16]三复斯编：指反复阅读并体会这本书。

枨（chéng）触：感触。

[17]标举：揭示，标明。

质：评断。

莫逆：没有抵触。

[18]元黓（yì）阉茂：壬戌年的太岁纪年名。民国十一年，1922 年。元黓：玄黓。天干中"壬"的别称。阉茂：地支中"戌"的别称，用以纪年。

既望：周历以每月十五、十六日至廿二、廿三日为既望。后称农历十五日为望，十六日为既望。

胡石庄(胡承诺)先生诗序

周树模

予年既冠[1],居武昌经心学舍,始获读石庄先生《绎志》,略以窥见先生之学,盖岿然一代大儒也,而未知其能诗。后官京师,从其裔孙处得《菊佳轩诗》钞本,急欲录副梓行,适有乘槎之役,卒卒未果[2]。比还朝,则出为外吏[3],南北驰走者且十年,不幸身见陵谷之变,一时知旧濡呴相约为吟社[4],以适已事。其于昔人著述之存佚,间加搜讨。一日,胡子民丈出家藏石庄诗旧刻见示[5],《菊佳轩》外,益以《青玉轩》《颐志堂》二集。先生之诗,乃见完本。于是谋所以广其传,浼沈乙庵、樊樊山二公分任校勘,陈仁先侍御督剞劂[6]。十阅月而工竣[7],用以偿予十余年之夙愿,不为非幸。

窃维先生之学,通天人,赅体用,姜斋、南雷未能或之先也[8]。诗亦浸淫汉魏,如古法物,非世俗稀绣章句者比[9]。顾其身隐文晦,埋藏巾柘间,以遂其孤往之韵[10]。其见于国初人著录者,仅亭林《日知录》附见参订名氏,《渔洋感旧集》存诗数十篇而已[11]。曩观《湖广通志》,列先生于《文苑》,于其所著书无最目焉[12],未尝不叹其识之陋而秉笔者之疏也。以《绎志》之奥美精深,百年后得李申耆而始显[13]。今距先生二百数十年矣,乃得以见此集之全。呜呼!文之传不传,与其传之或显或不显,岂得不谓之有数乎[14]?因备述获睹此集之崖略而即以志吾感焉[15]。

岁在焉逢摄提格立秋节,同邑后学周树模谨序[16]。

题解

本文录自胡承诺撰、民国丙辰(1916年)沈观斋重刻本《石庄先生诗集》。

胡石庄:胡承诺(1607~1681年),明末清初理学家、诗人。字君信,号石庄。天门人。明崇祯举人。

注释

[1]冠:古代男子到成年则举行加冠礼,叫作冠。一般在二十岁。泛指成年。

[2]录副:指另录一份备案存查。

梓行:刻版印行。亦泛指出版。

乘槎(chá):传说天河与海通,有居住海岛的人乘槎浮海而至天河,看见牛郎织女。见晋·张华《博物志》卷三。后用以比喻奉使。槎:竹、木筏。

卒卒(cù):匆促急迫的样子。

[3]比:等到。

外吏:指地方官。

[4]陵谷之变:高岸变深谷,深谷变丘陵。比喻事物发生巨大变化。此处指朝代更替。语本《诗经·小雅·十月之交》:“百川沸腾,山冢崒(zú)崩,高岸为谷,深谷为陵。”

濡呴(xǔ):比喻济助。

吟社:诗社。

[5]胡子民:字伯寅,清光绪举人。天门人。

丈:对长辈的尊称。

见示:敬辞。对方把某物给自己看。

[6]浼(měi):请托。

沈乙庵:沈增植,字子培,号乙庵,浙江嘉兴人。清光绪六年(1880年)进士,授刑部主事。

樊樊山:樊增祥,字嘉父,号云门,别字樊山。湖北恩施人。清光绪三年(1877年)进士。累官陕西、江宁布政使。民国时,与周树模、左绍佐称“楚中三老”。

陈仁先:陈曾寿,字仁先,号耐寂、复志、焦庵。湖北蕲水县(今浠水县)人。清光绪二十九年(1903年)进士。官至都察院广东监察御史。

剞劂(jī jué):本指刻镂的刀具,这里是雕版、刻印的意思。

[7]十阅月:经过十个月。阅:经过,经历。

[8]窃维:私下考虑。谦辞。

天人:是中国伦理史上的一对重要范畴。古指天和人、天道和人道或自然和人为。

赅:完备。

体用:古代哲学的一对范畴。指本体和作用。一般认为,“体”是最根本的,即本原、根本;“用”是“体”的外在表现,即“体”的功能或作用。

姜斋:王夫之(1619~1692年),字而农,号姜斋。湖南衡阳人,晚年居衡阳之石船山,学者称为船山先生,是明清之际思想家。

南雷:黄宗羲(1610~1695年),字太冲,号南雷,学者称梨洲先生。浙江余姚人。明清之际思想家、史学家。

[9]浸淫:涉足,涉及。

稀绣:疑指文章或学说不严整。

章句:文章的章节与句子。

[10]巾柘:指巾水和柘水。巾水:即今湖北京山市西南及天门市西北石

河。柘水：指天门河上游一段，俗称渔薪河。

孤往：独自前往。喻指归隐。

[11]亭林：顾炎武初名绛，字宁人，居亭林镇，号亭林。江苏昆山人。

渔洋感旧集：清初文学家王士禛编选的一部收录清初诗人诗作的诗歌总集。王士禛：王士祯。清乾隆时，诏命改称士祯，号渔洋山人。山东新城（今桓台）人。清顺治时进士，曾任刑部尚书。

[12]曩（nǎng）：从前，过去。

最目：总括文书内容的提要或目次，总目。

[13]李申耆：李兆洛，清代文学家、史学家、藏书家。其先本姓王，养于李家，遂姓李。字绅琦，更字申耆，晚号养一老人。阳湖（今江苏武进）人。清嘉庆十年（1805年）进士。主讲江阴暨阳书院二十年。致力于考据训诂。为"阳湖派"重要作家。

[14]有数：有气数，有因缘。旧谓命中注定。

[15]备述：详尽叙说。

崖略：大略，梗概。

[16]焉逢摄提格：甲寅年的太岁纪年名。民国三年，1914年。焉逢：同"阏逢"。十大天干纪年"甲"的别称。摄提格：十二地支中"寅"的别称，用以纪年。

附

周公（周树模）墓志

左绍佐

应山左绍佐撰。

蒲圻张海若书。

长沙郑沅篆盖。

天门县乾镇驿，明吏部尚书周公嘉谟之故居在焉。与吾友周君之居，数十武而近[1]，同姓而宗谱不同也。尚书公为移宫领袖，终其身不与于珰祸[2]。庚子之乱，联军入都门，车驾播迁，百官荡析流离[3]。而周君奉讳在籍，方主江汉书院讲席，与诸生谈文说艺，雍雍如也[4]。辛亥之乱，君由龙江间行至天津，就访同年卢靖木斋[5]，坐未定，值直隶军队哗变，人情汹汹。卢故寓租界，君提一皮箧相随至其家，遂脱于难。说者以为尚书公与君之入坎出坎，履险如夷，由乾镇驿地气冲和所致,理或然乎[6],可异也。今君之柩,寄于佛屋,已逾期年[7],葬有日矣。子延熊率弟延勋、延炯来请为文镌石于幽宫[8]。素交而后死[9],不得辞。

按状:君姓周氏,讳树模,字少朴,号沈观,又号孝甄,晚年自号泊园老人。湖北天门县人。曾祖讳锡墉,本生曾祖讳锡培。祖讳祥铭。父讳启善,恩贡生,候选教谕。三世皆以君贵,赠一品封典。妣皆封夫人。封翁生子三[10],君其次也。封翁为诸生有声,省试屡荐不售[11],授徒自给,时以医术济人,乡人德之。

君一禀庭诰,教若夙成[12]。十五,补弟子员,岁科试常列高等[13]。十九,檄调经心书院肄业[14]。是年,傅夫人来归[15]。二十六,考取乙酉科选拔贡生,即以是科举本省乡试[16]。丙戌,会试报罢,留京,馆于孝感屠侍御仁守家[17]。侍御直声震天下,每有商榷,辄中窾要[18]。君由是悟奏疏之秘,不为艰深,而沉潜于贾谊、陆贽之书,颇自谓有得也。己丑,成进士,以二甲二名选庶吉士,散馆[19],授编修。木天清望[20],声光烂然。辛卯[21],广东副主考。甲午[22],会试同考官。癸卯[23],山西副主考。乙未[24],会试同考官。后又授江苏提学使[25]。玉尺在手,轺车几无停辙[26]。君以乙未丁内艰,己亥丁外艰,家居读礼[27]。时张文襄公督楚[28],常伟视君,地方事多谘之。丙申[29],大水。君言修理唐心口堤,以工代赈,兼平粜济灾民[30]。文襄特以君主其事。堤成,至今赖之。又以礼聘,前后主两湖、经心、江汉、蒙泉各书院,奖借后进,循循不倦,士林翕服无间言[31]。

壬寅,服阕[32],入都,由编修授御史。劾广西提督苏元春、两江总督魏光焘,皆蒙廷旨嘉纳[33]。其他章疏,皆关国家大计,有声台中,天下想望丰采[34]。乙巳[35],特派五大臣出洋考察政治,君以御史偕行。由日本历欧洲各国,所至旁询博问,慨然远想,思有所建白,以济时艰[36]。归国后,于君主立宪,多所敷陈[37]。泽贝子立宪一疏[38],君之笔也。时议宪政,拟从官制入手,廷旨令君与朗润园王大臣参与会议[39]。有尼之者,阴嗾苏抚电请赴提学使任,交军机处饬赴新任,君遂外出[40]。丁未,东三省改设行省[41],以徐公世昌为三省总督,调君为奉天左参赞，擘画一切，极为徐公所倚重[42]。戊申[43]，特授黑龙江巡抚。其地三面接近俄部，幅员辽阔，土旷人稀。东界已垦者呼兰、绥化两府，号为繁盛，于是移民实边之计，规画详密，来者日多，乃添设呼伦、瑷珲、兴东三道，龙江、嫩江、黑河、胪滨、海伦五府，并十余厅、县，规模大定。会俄人图占我满洲里为彼领土，派兵一队，焚掠居民，夺取牲畜，势张甚。君不为所屈，据康熙二十八年旧约，卒定满洲里为中国属地。时中央派君为勘界大臣，俄人派陆军参赞儒里拉夫为勘界委员，重行勘界定约，可谓坚定不摇，能倚以办大事者也。

辛亥事起，龙江处极边之地，外有俄、蒙之煽逼，内有满、汉之猜疑，讹言四至，一日数惊。君从容镇定，秩序如常，商民安堵。至逊位诏下，乃引疾去职，蛰居沪上法界之宝昌路，闭门息影，栽花薙草[44]。尤喜植杜鹃花，罗数十盆于阶下，娇红照席[45]。又用东坡芹芽鸠脍法[46]，烹饪绝美。余与樊山老人，每属餍之[47]；自北来，鸠不可得，不复领此味矣。总统袁公意在礼致，而徐公世昌为国务卿，必欲引重，使命往复，不获辞[48]。甲寅，来京，就平政院长[49]。买宅城西，于宅东隙地筑土山，叠石为洞门，凿池种菱藕，构亭其中，栽松竹，驯养一鹤，署曰泊园，以示寄焉之意尔。丙辰，有洪宪建元之说，君主张正论，不谓然也[50]。而侦员探卒，暗伺于门，乃避地，仍归沪上。嗣以黄陂继任总统[51]，礼请来京，仍为平政院长。本非初志，旋即卸去。计前后在京十年，樊山老人与余三人，月必三四会，会辄茗谈，至夕而散，人或谓之“楚中三老”。及焕廷由中州来，常邀君与樊山老人及余，酒楼歌馆，拨散闷怀，人或比之“四皓[52]”。焕廷卒，君哭之痛。未一年，而君亦长逝矣。哀哉！

君日必早起，庭除洒扫，皆身督之。平生无博弈之好。书橱几砚，位置整严。综理微密，小物克勤，盖精神之管摄有余也[53]。一病不起，乃出意外。君于天伦，友爱特至。长兄早逝，每念之，辄涕下，赡养寡嫂，教育孤侄，岁必亲为调度[54]。三弟则留之同居，在苏在黑在京，未尝不偕。怡怡之情，老而弥笃[55]。

君于近人之文，崇伯言而薄才甫；于诗喜称“二陈”，谓后山、简斋[56]。要君于诗文，皆能窥古人深处，非浅尝者所知也。

君初无大病，微患利，次日犹为乡人题主[57]。家人请勿去，不听，归而加剧，遂卒。君生于咸丰庚申年七月初四日，卒于民国乙丑年八月十一日[58]，享年六十有六。著有奏疏若干卷，《沈观诗文集》若干卷。

妻傅氏，诰封一品夫人。子六人：长延熊，国务院统计局佥事。次延勋，美国康南耳大学文科学士，湖北印花税处会办，傅夫人出。次延炯，妾朱氏出。次延曦，妾刘氏出。皆充湖北官银钱局调查员。次延焯、次延煜，俱幼，妾刘氏出。女六：长适同邑李藩昌，瑞士庐山大学工学士，武昌造币厂长。次适蕲水陈曾矩，举人。三适沔阳杨廉，教育部佥事。四、五、六女，俱幼。孙三：庆基、庆垲、庆圭，俱幼。孙女三，俱幼。

延熊率诸弟，以丙寅年十月十八日，葬君于玉泉山之红门村，作亥山巳向，四执来揖，是为安宅[59]。余思畏吾村李公之墓，此乡先辈南人而北葬者也，皆在城西，去红门村凡几里。朝霞夕月，紫翠苍茫之处，其神灵或有相遇者乎。悠悠千载，足以供后人之流连已。

应山左绍佐拜撰，时年八十有一。

中华民国十有六年，岁次丁卯，十月十二日。

题解

本文录自国家图书馆藏周树模墓志拓片。原题为《清授光禄大夫建威将军黑龙江巡抚周公墓志》。墓志于北京市海淀区红门村出土。

左绍佐：湖北省德安府应山县（今广水市）人。清光绪六年庚辰科（1880年）进士。监察御史，广东南韶连兵备道兼管水利事。晚年与樊增祥、周树模并称“楚中三老”。

注释

[1]武：半步，泛指脚步。

[2]尚书公为移宫领袖，终其身不与于珰祸：指周嘉谟等顾命大臣逼迫李选侍从慈庆宫移宫，周终身不参与魏忠贤阉党祸国殃民。

[3]庚子之乱，联军入都门，车驾

播迁：指清光绪二十六年(1900年)，八国联军侵占北京，慈禧西逃。车驾：帝王所乘的车。亦用为帝王的代称。播迁：迁徙，流离。

荡析流离：荡析离居。指流离失所无所归。荡析：动荡离散。

[4]奉讳在籍：因父母去世而居于本籍。奉讳：指居丧。古人讳亡父母名，因称居丧为“奉讳”。

雍雍如：形容华贵，有威仪。

[5]辛亥之乱：指1911年辛亥革命。

龙江：指黑龙江。

间行：潜行，微行。

同年：唐代进士入第之后，称同登金榜之人为“同年”。

卢靖木斋：卢靖，字勉之，又字木斋，沔阳(今仙桃市)人。清光绪十一年(1885年)以数学举于乡。近代著名藏书家、数学家。

[6]冲和：古指天地气合以生万物的和气。

或然：或许可能。有可能而不一定。

[7]期(jī)年：一年。

[8]幽宫：谓坟墓。

[9]素交：真诚纯洁的友情，旧交。

[10]封翁：封建时代因子孙显贵而受封典的人。

[11]省试屡荐不售：参加乡试，屡考不中。不售：货物卖不出去。比喻考试不中(士人应试未中，没能换得施展才能的机会)。

[12]一禀庭诰：全承家教。庭诰：古代指家训文字。亦泛指家教。

夙成：幼小即成熟。

[13]弟子员：指经本省各级考试取入府、州、县学学习者，通称秀才。参见本书附录《部分科举名词汇释》第3条。

岁科试：岁试与科试的合称。

岁试：亦称岁考。明清甄别生员学业优劣和取录生员的考试。由各省提学道(学政)巡回至各府州主持，属院试之一。多在府城或直隶州治所举行，先试生员，继试童生。

科试：亦称科考。明清时期每届乡试前由各省提学官巡回所属各学举行的考试。由在岁试中获第一、二等成绩的生员参加。凡名列前茅者，即取得参加乡试的资格。

[14]檄调：行檄调动。

经心书院：位于湖北武昌，清代张之洞任湖北学政时所设。

肄(yì)业：修习课业。古人书所学之文字于方版谓之业，师授生曰授业，生受之于师曰受业，习之曰肄业。

[15]来归：古代称女子出嫁(从夫家方面说)。

[16]选拔贡生：指拔贡。参见本书附录《部分科举名词汇释》第3条。

即以是科举本省乡试：就在这一年参加本省乡试，中举。

[17]丙戌：清光绪十二年，

1886 年。

报罢:科举时代称考试落第。

馆于孝感屠侍御仁守家:在孝感屠仁守侍御家设馆教学。屠侍御仁守:屠仁守。参见本书周树模《贻屠梅君书》题解。

[18]直声:正直的名声。

窾(kuǎn)要:核心,要害。窾:空档,中心。

[19]己丑:清光绪十五年,1889 年。

二甲、庶吉士、散馆:参见本书附录《部分科举名词汇释》第 1 条。

[20]木天:翰林院的别称。

清望:清高的声望。

[21]辛卯:清光绪十七年,1891 年。

[22]甲午:清光绪二十年,1894 年。

[23]癸卯:清光绪二十九年,1903 年。

[24]乙未:清光绪二十一年,1895 年。

[25]提学使:清末省级教育行政机构提学使司长官。

[26]玉尺:借指选拔人才和评价诗文的标准。

轺(yáo)车:奉使者和朝廷急命宣召者所乘的车。亦指代使者。

[27]丁内艰:也作"丁内忧"。遭遇到母亲去世。

己亥:清光绪二十五年,1899 年。

丁外艰:也作"丁外忧"。遭遇到父亲去世。

读礼:古人守丧在家,读有关丧祭的礼书,因称居丧为"读礼"。

[28]张文襄公督楚:指张之洞任湖广总督。张之洞,字孝达,号香涛,直隶南皮(今属河北)人。清同治二年(1863 年)进士,官至体仁阁大学士。谥文襄。

[29]丙申:清光绪二十二年,1896 年。

[30]平粜(tiào):中国历史上主张由国家调节粮食购售来稳定粮价的理论。平价出售称平粜,平价购进称平籴(dí)。

[31]奖借:称赞推许。

士林:指文人士大夫阶层、知识界。

翕(xī)服:顺服,悦服。

间言:闲言。非议,异议。

[32]壬寅:清光绪二十八年,1902 年。

服阕:古丧礼规定,因父母死亡,服丧三年,期满除服,称服阕。阕:终。

[33]嘉纳:赞许并采纳。多为上对下而言。

[34]台:古代中央官署名。

想望风采:谓非常仰慕其人,渴望一见。唐韩愈《顺宗实录四》:"李泌为相,举为谏议大夫,拜官不辞,未至京师,人皆想望风采。"风采:仪表风度。

[35]乙巳:清光绪三十一年,1905 年。

[36]建白:对国事提出建议,陈述主张。

时艰：时局的艰难困苦。

[37]君主立宪：以宪法限制君主权力的政治制度，是资产阶级专政的一种形式。可分为议会制与二元制两种。

敷陈：铺叙，论列。

[38]泽贝子：指载泽。五大臣出洋考察中最年轻的一位。载泽出洋考察结束回国后，向慈禧太后和光绪帝上了《奏请宣布立宪密折》。此折由周树模代笔。贝子："固山贝子"的简称，为清代宗室封爵第四级。

[39]王大臣：清代满族贝勒（王）和大臣合称王大臣。

[40]阴嗾（sǒu）：暗中唆使。

外出：谓离京出任地方官。

[41]丁未：清光绪三十三年，1907年。

行省：参见本书陈所学《奉贺藩伯明卿周公（周嘉谟）六十初度序》注释[5]。

[42]擘（bò）画：筹划，安排。

倚重：依靠，器重。

[43]戊申：清光绪三十四年，1908年。

[44]逊位：犹让位。

蛰（zhé）居：长期隐居在某个地方，不出头露面。

薙（tì）草：除草。

[45]照席：宴饮时照料宾客，陪席。

[46]东坡芹芽鸠脍法：《东坡集》载："蜀人贵芹芽脍，杂鸠肉为之。"苏东坡被贬黄州时，过蕲州，发现此地芹菜味美，他老家有道菜叫"春鸠脍"，其做法是用雪下芹菜的嫩芽，配以斑鸠肉丝炒熟。于是用蕲州的芹菜改良成"蕲芹春鸠脍"。

[47]樊山老人：樊增祥，字嘉父，别字樊山，号云门，晚号天琴老人。湖北恩施人。

属餍（yàn）：饱足。

[48]引重：标榜，推重。

[49]甲寅：民国三年，1914年。

平政院：北洋军阀时期审理行政诉讼和处理官吏违法行为的专门法院。设于1914年。

[50]丙辰：民国五年，1916年。

洪宪建元：指袁世凯称帝。洪宪：北洋军阀首领袁世凯自谋称帝时定的年号。从1916年1月1日始至3月23日废止，为时仅两个多月。建元：开国后第一次建立年号。

正论：谓正直地议论事情。

不谓然也：不以为然。

[51]黄陂：黎元洪，号黄陂。籍贯湖北黄陂。

[52]焕廷：田文烈，字焕廷。汉阳人。辛亥革命后，任河南省长。1924年卒于北京。

拨散闷怀：指排遣烦闷，散心。

四皓：典自"商山四皓"。秦末东园公、绮里季、夏黄公、甪里先生避秦乱，隐商山，年皆八十有余，须眉皓白，时称商山四皓。高祖召,不应。后高祖欲废太子,吕后用留侯计,迎四皓,辅太子,遂使高祖辍废太子之议。

[53]综理微密:综合管理,精微周密。

小物克勤:克勤小物。勤勤恳恳做小事。

管摄:管辖统摄。

[54]调度:安排,调遣。

[55]怡怡:和顺的样子。语出《论语·子路》:"朋友切切偲偲,兄弟怡怡。"朋友间互相勉励,兄弟间和睦相处。后因以指兄弟和睦。

老而弥笃:越到老年,对某事物的感情越加深厚。笃:感情深厚。

[56]伯言:梅曾亮,字伯言。清文学家。上元(今江苏南京)人。与方东树、管同、刘开并称为"姚门四杰"。其文章义法本桐城派,而又参以归有光。在姚鼐后以古文辞闻名于世。

才甫:刘大魁,字才甫,一字耕南,号海峰。清朝散文家。安徽桐城人。

二陈:指北宋陈师道、南宋陈与义。

后山:北宋陈师道,字履常,一字无己,号后山居士,彭城(今江苏徐州)人。"苏门六君子"之一。

简斋:南宋陈与义,字去非,号简斋。洛阳人。江西诗派后期代表作家。

[57]题主:旧丧礼,人死后,立一木牌,上写死者衔名。用墨笔先写作"×××之神王",然后于出殡之前请有名望者用朱笔在"王"字上加点成为"主"字,谓之"题主"。亦称"点主"。

[58]咸丰庚申:清咸丰十年,1860年。

民国乙丑:民国十四年,1925年。

[59]玉泉山之红门村:位于今北京市海淀区玉泉山路与红门村西路交汇处。

亥山巳向:坐西北朝东南。风水罗盘中间有一层是指示二十四山方位的。从北方开始依次序排列分别是壬子癸、丑艮寅、甲卯乙、辰巽巳、丙午丁、未坤申、庚酉辛、戌乾亥,共二十四个方位。每一个汉字表示一"山",占360度中的15度。如亥与巳相对,亥在西北,巳在东南,各占15度。

安宅:犹安居、安所。

刘元诚

刘元诚，谱名永薰，字思九，号赤帆。清道光壬寅（1842年）十二月二十四日生。天门皂市马公埠人。进士刘显恭族孙。清光绪八年壬午科（1882年）举人，光绪十五年己丑科（1889年）进士。光绪十七年（1891年）至二十五年（1899年）任松江府金山县知县。同知衔。

赋得马饮春泉踏浅沙

刘元诚

别业寻春地，平沙策马天[1]。踏方依浅渚，饮恰向清泉[2]。桃涨停金埒，兰溪漾锦鞯[3]。溅珠消骥渴，漱玉觉鸥眠。

月角笼犹淡，霜蹄蹴未圆[4]。篆痕新雨后，鞭影夕阳前[5]。绕借江村竹，投将渭水钱[6]。呈材当圣代，云路快镳联[7]。

题解

本诗录自顾廷龙编、台北成文出版社1992年版《清代朱卷集成·卷六十六》第69页。标题下有“得泉字五言八韵”几字。

马饮春泉踏浅沙：语出唐代郎士元《酬王季友题半日村别业兼呈李明府》：“门通小径连芳草，马饮春泉踏浅沙。”

注释

[1]别业：别墅。

[2]渚：刚露水面的小洲。

[3]金埒(liè)：借指名贵的马匹。锦鞯(jiān)：代指装饰华美之马匹。

[4]霜蹄：马蹄。

[5]篆痕：疑指烟缕。

鞭影：马鞭的影子。

[6]渭水钱：典自"渭水三钱"。汉时项仲山饮马渭水，投钱三枚以为偿，后多以此典喻清白廉洁。

[7]圣代：封建时代称当代为圣代，意为圣明的时代。

云路：比喻仕途，高位。

镳(biāo)联：联镳。谓并骑而行。

子曰：行夏之时，乘殷之辂，服周之冕，乐则韶舞

——会试答卷一道

刘元诚

综四代而酌其中，大法立矣[1]。夫时、辂、冕、乐，其分著四代者，以克协乎中也[2]。为邦之大法，不于是立哉？且治法不外一中[3]，中者求之一事而各得，即推之事事而皆符者也。自来帝王稽中定务，与世变迁，当时制作[4]，所垂不相沿袭。而后之人追维其盛，觉一端之著，皆有精意之存[5]，贻诸万世而无弊。试为尚论及之，殊不禁罣然高望已[6]。吾夫子本时中之圣，尝以中庸之择称回，乃于其问为邦[7]，诏之曰：自虞帝以执中授禹[8]，历汤、文、武，而皆传之为心法、绍之为治法者也[9]。夫为邦亦善乎中之用而已。运会有升降，准以中，则升降可通姚姒子姬[10]。五德本代兴，损益不无殊辙，要惟援至当之[11]，规以权之，斯审端为有要焉[12]。治术有源流，揆以中，则源流悉合典章节奏[13]。三古不相假，因革各有征权，要惟守不过之[14]，则以范之，斯取法乃独精焉。是故绍虞者夏也[15]。自璇玑察于帝廷，殷地统，周天统，不若夏之时纪以人[16]。摄提起自孟陬，物候编详小正，顺布不忒[17]，此行之得中者。受夏者殷也。自鸾车兴于虞氏，夏钩车，周乘路，不若殷之辂贵乎质[18]。大路首崇郊祀，飞车不尚奇肱，行地无疆，此乘之得中者[19]。监二代者周也[20]。自皇祭肇于中天，夏后收，殷人冔，不若周之冕尚乎文[21]。繁露数备九成，邃延章隆五采，大观在上[22]，此服之得中者。若夫礼制定矣，乃可以作乐。彼育

夏、甄殷、陶周者，非虞乎[23]？亦越《大夏》聿宣，殷《大濩》，周《大武》，要惟《韶舞》，为尽美而尽善[24]。升歌于上昭其德，合乐于庭备其容，观止蔑加[25]，此尤则之得中者。且夫中之求贵乎择，而中之用因乎时。一代之显庸创制，必有繁兴之典则，而非一物所能赅[26]。彼帝谛王往以还，一切经画所贻，纷然杂陈者，皆堪垂型乎当代[27]。而何以时、辂、冕、乐，只此寥寥数事，不必更端以叩己，足历亘古而不刊，知择中有精心参酌所以至善也[28]。圣功之积，王道可期[29]，回庶能择以求中也哉！累朝之显翼扇巍，各有并播之休嘉，而非一姓所得擅[30]。彼治定功成之代，凡夫创垂所系、厘然备举者，孰不震铄乎来兹[31]？而何以虞夏殷周，惟此落落数朝[32]？宛若专美有归，允足昭百王之盛轨[33]，知时中有妙用，应运所以维新也。君相之猷，师儒可任[34]，回尚随时以用中也哉！

题解

本文录自顾廷龙编、台北成文出版社1992年版《清代朱卷集成·卷六十六》第57页。

子曰：行夏之时，乘殷之辂(lù)，服周之冕，乐则韶舞：语出《论语·卫灵公篇》：颜渊问为邦。子曰："行夏之时，乘殷之辂，服周之冕，乐则韶舞。放郑声，远佞人。郑声淫，佞人殆。"颜渊问如何治理国家。孔子说："推行夏朝的历法，乘坐殷朝的车子，戴周朝的礼帽，采用舜时的音乐。舍弃郑国的曲调，疏远光讲好话的人。郑国的音乐淫靡，光说好话的人危险。"

按：儒家修身讲择善而从，治国也是如此。孔子告诉颜渊的正是这个道理。另外，也是因为颜渊是追求完美理想的人，所以孔子才给出了这样高的目标。殷之辂：殷代的车是木制成，比较朴实。辂：天子所乘的车。周之冕：周代祭服所用之冠。其制后高前下，前后有旒。韶舞：是舜时的舞乐，孔子认为是尽善尽美的。

注释

[1]四代：四个朝代。指虞、夏、商、周。此处与标题中的夏、商、周、虞相应。

酌：斟酌。择善而行。

大法：指朝廷的纲纪。

[2]克协乎中：能够符合中庸

之道。

[3]治法:指治理国家之法。

[4]稽中定务:求适当的原则,确定努力的方向。

当时:适时。

制作:指礼乐等方面的典章制度。

[5]追维:追忆,回想。

精意:精深的意旨。

[6]罣然:高远貌。罣:通“皋”。

[7]时中之圣:时时都能按理行事的圣人。时中:儒家谓立身行事,合乎时宜,无过与不及。

回:指颜渊。颜渊,姓颜名回,字子渊。深为孔子喜爱。

问为邦:指颜渊问孔子如何治理国家。

[8]诏:告知。

执中:谓持中庸之道,无过与不及。

[9]心法:佛教称佛经经典文字以外,以心相传授的佛法为心法。宋儒指传心养性的方法。

绍:连续,继承。

[10]运会:时运际会。

准以中:以中庸之道为准则。与下文“揆以中”义同。

姚姒(sì)子姬:虞姚、夏姒、殷子、周姬。指虞、夏、商、周四代。

[11]五德:五行之德。战国末阴阳家邹衍对土、木、金、火、水五种原素的称谓。认为它们具有相生相克的性能,决定王朝的兴废。

代兴:谓更迭兴起或盛行。

损益:与下文“因革”为互文。因革损益:指对待传统文化或典章制度的态度与方法。因即因袭、继承;革即革除、废弃;损即减损;益即增益。

殊辙:不同的辙迹。指不同的途径。

至当:极为恰当。

[12]规以权之:与下文“则以范之”为互文,都是“以规则来衡量、规范”的意思。

审端:详尽公正。

[13]揆(kuí)以中:以中庸之道为准则。揆:道理,准则。

典章:制度法令等的统称。

节奏:礼节制度。指有关礼仪的各种规定。

[14]三古:上古、中古、下古。指我国古代史上三个历史阶段。具体说法不一。一说指伏羲、文王、孔子代表的三个时代。一说指伏羲、神农、五帝代表的三个时代。

不过:无法超越、凌驾。

[15]绍虞者夏也:接替虞代的是夏代。

[16]自璇玑察于帝廷:根据星象变化推知人事。璇玑:“璇玑玉衡”的简称。古代观测天体的仪器。乾隆时有玑衡抚辰仪。帝廷:朝廷。

殷地统,周天统:地统:商正建丑,为地统。建丑指以十二月(丑月)为岁首的历法。天统:周正建子,称天统。

建子指以夏历十一月(子月)为岁首的历法。

纪:治理。

[17]摄提起自孟陬:一年起于正月。语出屈原《离骚》:“摄提贞于孟陬兮,惟庚寅吾以降。”岁星在寅的那一年的正月庚寅,我从天上翩然降临。

摄提:摄提格。十二地支中寅的别称,用以纪年。

孟陬(zōu):孟春正月。正月为陬,又为孟春月,故称。

小正:《夏小正》。中国现存最古的天文历法文献之一。传为夏代历书,实成书于战国中期。是书按夏历月序,分别记载每月中天象、物候和相应的农事、政事活动,为夏代以来积累的农牧业生产经验小结。

顺布不忒(tè):和顺分布,没有差错。

[18]自鸾车兴于虞氏,夏钩车,周乘(shèng)路:语出《礼记·明堂位》:“鸾车,有虞氏之路也。钩车,夏后氏之路也。大路,殷路也。乘路,周路也。”鸾车,是有虞氏的座车。钩车,是夏后氏的座车。大辂,是殷代帝王的座车。乘辂,是周代帝王的座车。路:亦作“辂”。

殷之辂贵乎质:殷车采用木辂装饰,比较质朴。

[19]大路:即大辂。天子祭天所乘之车。

郊祀:古代于郊外祭祀天地,南郊祭天,北郊祭地。

飞车不尚奇肱(gōng):典自“奇肱飞车”。传说有奇肱国,那里的人能够制作飞车,乘着风远行。商汤时代他们曾乘飞车到达豫州,汤发现后把他们的车子拆掉,不让老百姓看到。十年以后东风又至,他们把车造好后才返回故居,而他们的国家在玉门关以外四万里。奇肱:神话传说中的国名。

行地无疆:语出《易·坤》:“牝(pìn)马地类,行地无疆,柔顺利贞。”雌马属于地上走兽,具有在大地上无限奔驰的能力,她的性情柔顺祥和,有利于守持正道。

[20]监二代者周也:周朝的礼仪制度借鉴于夏、商二代。语出《论语·八佾》:子曰:“周监于二代,郁郁乎文哉!吾从周。”(孔子说:“周代的制度是借鉴夏、商二代的制度而建立的,它多么丰富美好啊!我拥护周代的制度。”)监:古同“鉴”。借鉴,参考。

[21]自皇祭肇于中天:皇祭之礼始于唐虞。中天:天运正中。喻盛世。此处当指唐虞。

夏后收:夏代冕。夏后:古部落名。相传禹为部落领袖。古史载禹受舜禅,建立夏王朝,也称夏后氏、夏后或夏氏。收:夏代冠名。

冔(xǔ):殷代冠名。

周之冕尚乎文:周代祭服重视华美。孔子主张在推行礼治时“服周之冕”(《论语·卫灵公》)。朱熹认为周冕“其为物小,而加于众体之上,故虽华而不为靡,虽费而不及奢。夫子取之,盖亦以为文而得其中也”(《论语集注·卫灵公》)。文:有文采,华丽。与“质”或“野”相对。

[22]繁露:亦作“繁路”。古代帝王贵族冠冕上所悬的玉串。

九成:九重。

邃延:下垂延覆。

章隆:疑指花纹色彩程度深。

大观在上:语出《观》卦的《彖(tuàn)传》。意为:宏大壮观的气象总是呈现在崇高之处。大观:喻指《观》卦九五爻阳刚中正而居尊位。这是以九五爻象释卦名“观”之义,谓道德崇高者足以让“天下”观仰。

[23]彼育夏、甄殷、陶周者:语出班固《典引》:“乃先孕虞育夏,甄殷陶周。”甄、陶:上下互文。本指炼制陶器。此处与上文“育”同义。

[24]大夏:周代“六舞”之一。相传本为夏禹时代的乐舞。

大濩(hù):周代乐舞之一。相传为成汤时作。

大武:周代乐舞之一。属于武舞。

尽美而尽善:尽美尽善。孔子的美学观点。指美与善都要达到尽可能理想的程度。语出《论语·八佾》:子谓《韶》:“尽美矣,又尽善也。”

[25]升歌:谓祭祀、宴会登堂时演奏乐歌。

合乐:谓诸乐合奏。

观止蔑加:叹为观止。语出《左传·襄公二十九年》:“虽甚盛德,其蔑以加于此矣,观止矣。”盛德到达顶点,就不能再比这更有所增加了,看到这里就停止。

[26]显庸创制:显示出自己的功劳,创立统治天下的大业。

繁兴:兴起甚多。

典则:典章法规,准则。

赅(gāi):完备,包括。

[27]经画:经营筹划。

垂型:给后人做典范。

[28]更端以叩己:意思是,叩问自己,穷尽其理。语出《论语·子罕》:“有鄙夫问于我,空空如也。我叩其两端而竭焉。”有一个乡下人问我,我对他谈的问题本来一点也不知道。我只是从问题的两端去问,这样对此问题就可以全部搞清楚了。叩:发问。两端:两头,指事物的正反始末。更端:另一件事。

不刊:谓不容更动和改变。

参酌:参考实际情况加以斟酌。

[29]圣功:谓至圣之功。

王道:儒家提出的一种以仁义治天下的政治主张。与霸道相对。

[30]累朝:历朝,历代。

显翼扇巍:“扇巍巍,显翼翼”的缩略。高大雄伟,显赫而有次序。语出班固《东都赋》:“然后增周旧,修洛邑,扇巍巍,显翼翼。”这以后增广周王朝京城的旧制,修建东都洛阳,高大雄伟,显赫而有次序。

休嘉:美好嘉祥。

一姓:一个朝代。

[31]创垂:谓开创业绩,传之后世。

厘然备举:有条理地详细列举。

震铄乎来兹:光耀今后。震铄:震动,光耀。

[32]落落:稀疏,零落。

[33]专美:独享美名。

盛轨:美好的典范。

[34]君相:国君与国相。

猷(yóu):谋略。

师儒:指儒者、经师。

附

题请以刘元诚补授金山县知县事(节录)

刚　毅

兵部侍郎兼都察院右副都御使、巡抚江苏等处、地方提督军务、总理粮饷、臣刚毅谨题为详请题补事。

……查:有即用知县刘元诚,年伍拾岁。系湖北天门县人。由廪生在湖北捐输案内,于同治伍年伍月奏准作为廪贡生给予同知衔。中式光绪壬午科本省乡试第贰拾壹名举人,癸未科考充觉罗学汉教习,期满以知县用。己丑科会试中式第贰佰叁拾陆名贡士,殿试叁甲第贰拾捌名进士,朝考叁等,引见奉旨以知县即用,签掣江苏。拾伍年陆月初壹日奉部给照。柒月初玖日到省,派宁留苏差委。

覆查:该员勤慎安详,留心吏治。以之题补金山县知县,洵堪胜任,与例亦属相符。该员系进士即用知县。请补知县,衔缺相当,无庸送部引见,亦无须查造参罚……

光绪十七年二月初八日。

题解

本文录自刚毅奏折。原件藏中国第一历史档案馆,档案号为02-01-03-12458-007。标题为《天门进士诗文》编者所加。

陈本棠

陈本棠，清光绪八年壬午科（1882 年）举人，光绪十五年己丑科（1889 年）进士。江西即用知县。

题黄鹤楼联

陈本棠

仙人曾否跨鹤重来，只玉笛吹回，添江汉几多风月；
过客大都登楼有感，把金樽倒尽，消古今无限情怀[1]。

题解

本联引自白雉山编、武汉出版社 2012 年版《黄鹤楼楹联选注》第 98 页。

注释

[1]金樽：酒樽的美称。

附

题为陈本棠奖叙事

麟书等

吏部尚书、臣宗室麟书等谨题为议叙具题事。

该臣等议得，据江西即用知县陈本棠呈称："奉委管解光绪十六年第三批地丁等银五万五千两，于本年八月二十三日由省领解起程，十二月二十五日到京，当蒙部库兑收清楚，并无蒂欠，亦非汇兑，系于限内解到，例得议叙。”等因，当经片查户部去后。兹据覆核称：该员领解银数、起程到京日期，均属相符，并非汇兑，亦未逾限。等因片覆前来。

查定例，“解饷委员按限到京、系州县等官管解银数在五万两以上者，远省给予加一级、纪录二次”等语。此案江西即用知县陈本棠管解该省光绪十六年地丁等银五万五千两，于本年八月二十三日起程，十月二十五日到京，核计行走六十二日。查江西至京程限七十五日，系在限内，例得议叙。应请将远省管解饷银五万两以上、按限到京之江西即用知县陈本棠，照例给予加一级、纪录二次。恭候命下，臣部遵奉施行。臣等未敢擅便，谨题请旨。

光绪拾陆年拾贰月拾捌日，吏部尚书、臣宗室麟书，协办大学士、吏部尚书、臣徐桐。

题解

本文录自麟书奏折。原件藏中国第一历史档案馆，档案号为02-01-03-12426-056。标题为《天门进士诗文》编者所加。署名处“徐桐”之后有吏部侍郎、主事数名。

周　杰

周杰(1870～1928年),字安赓,号子皋。天门城关人。清光绪十九年癸巳科(1893年)举人,光绪二十九年癸卯科(1903年)进士。选翰林院庶吉士。授编修。日本法政大学速成科毕业。任国史馆协修、夔(kuí)州厘金局长、湖北省中医馆馆长。

赋得鄂州南楼天下无

周　杰

独占江山胜,南楼入画图。试探天下遍,得似鄂州无。地踞潇湘壮,星联翼轸俱[1]。西行谁记蜀,东向尽吞吴。杰阁留千古,奇踪冠九衢[2]。形从黄鹄建,名与白云殊[3]。石压城应断,矶危水欲扶。何与蓬岛近,连步到皇都[4]。

题解

本诗引自王德镜主编、1993年版《竟陵历代诗选》第144页。

鄂州南楼天下无:语出宋黄庭坚《庭坚以去岁九月至鄂登南楼叹其制作之美成长》:"江东湖北行画图,鄂州南楼天下无。"据《武昌县志》记载,此楼原为三国时吴王孙权之端门。因其在武昌县治之南,亦有人称为"南楼"。庾亮曾登此楼,故又名"庾亮楼"。

注释

[1]翼轸:二十八宿中的翼宿和轸宿。古为楚之分野。

[2]九衢:纵横交叉的大道,繁华的街市。

[3]黄鹄、白云：前后互文。指黄鹤楼。

[4]连步：行走时，后脚迈到和前脚相齐的位置，再迈前脚向前进。此处泛指行走。

皇都：京城，国都。

题文昌阁联

周　杰

悟得明镜非台菩提无树，
定有黄龙说法白虎听经[1]。

题解

本联引自湖北省楹联学会编、长江文艺出版社2002年版《中国对联集成·湖北卷》第138页。联后简注：周杰（1870～1928年），清光绪年间进士。曾留学日本，民国间任湖北中医馆馆长。2013年版《天门市志》第543页载本联。

本联作者及所题场所存疑。天门皂市白龙寺壁间新增石刻也有此联，文字大同小异，署名胡聘之。

注释

[1]明镜非台菩提无树：明镜不是台，菩提原本就不是树。唐代慧能《无题》云："菩提本无树，明镜亦非台。本来无一物，何处惹尘埃。"

明镜台：比喻人心本性的明净纯洁。

菩提树：树名。相传释迦牟尼在荜钵罗树下证得菩提（觉悟），故称荜钵罗树为菩提树。

周孺人六旬荣辰寿序

周　杰

熊母周孺人，辑五先生之良配也。濂溪世系，其祖炳公，前清癸酉科乡荐；父之衡公，吾邑宿儒，与予谱派[1]。周孺人甲寅孟夏，花甲令辰[2]。敝校同人先期序嘱，予乌能拒？且继辉与其三兄继昌均与予有友生谊[3]，又乌能拒？惟予廿余年来离乡日久，徒为一切谀词[4]，既非予所为，亦非孺人所乐闻，何以文为？同人曰：仅道其大者可。人生世上，靡异庸众，而为人所称许者必有远识、能尽庸行也[5]。识不远，不足以建伟大事业；行不庸，不足以步贤圣阶梯。吾辈功课余暇，与熊君继辉往还，其母之贤，尝耳其大概云[6]。辉昆弟六，辉最幼。其长兄继春能文拾芥，见夺天年莫保[7]。其二兄继宣，本邑自治毕业，因襄家政，未遑远游[8]。其三兄继昌，蒙张文襄公考取以官费派往日本[9]，留学东亚铁道，近已派充吉长铁路局长，交通部奖给一等一级奖章。四兄继鹏，毕业日本商科大学，亦任吉长路课员。五兄继章，毕业省垣实业学校，充长春县厘金局长[10]。昆源、丙源转本邑中学。至继辉入学伊始，述其慈命云："卢医扁鹊[11]，普世难求。苟精其术，活国活人，为利实溥，力学之勿怠。"英才济济，萃于一门。他年显荣，不知何极[12]？向其三兄游学时，孺人勿远识以骇异出而阻之，则开创无人继起，又乌能至是[13]？识既远，庸行亦因之以见，即此相寿，已足显扬其徽音[14]，夫复何疑？余曰："否，否。此远识之实，而非庸行之实。由此概论遗孺人之善者不少，必继辉亦与周旋得备举其善而述之[15]，斯可毫发无遗。"同人欣然唯退[16]。

少顷，继辉录其母生平实事以陈。略曰：吾母幼时，性雅静娴姆教[17]。前清甲戌来归[18]，克尽妇道。数十年来室家康、财产隆，固由先考勤劳所得，尤赖吾母佐理以成其功[19]。撮厥大要有五，如孝、友、慎、宽、俭是[20]——

先考十二失怙[21]，祖母是依。成人后怜祖母过劳，悉为亲任，伺祖母曰衰善事奉养[22]。或因公远离,吾母以妇代子,深得祖母欢。至生则旌节,没则礼葬,虽先考、叔父善为经营,而吾母亦与有力[23]。此其孝也。

先考弟兄极友爱,母与叔母亦亲厚。同居数十载,甘苦共,劳逸均。叔父梦兰莫卜,母劝先考为赋小星[24],未几又以四兄嗣[25]。此其友也。

吾昆弟姊妹十人,课读工织,吾母管教极善,昆弟未敢或嬉,姊妹亦凛然承训。外此而动静起居,而酬酌往来,皆措置裕如[26]。此其慎也。

租课力从其轻,贳贷略取其息[27]。邻有赤贫辈,疾病则赠以药饵,岁晚则给以米粟。因有余以济不足,宽中实寓以仁。是举也,先考承祖母训倡于前,叔父步于后,吾母多方赞承其间。宽莫宽于此也。

先考持身淡泊[28],曰惜物非惜财,实惜福耳。茹苦含辛,爰得我衣食住,母则直过之无不及。壬子岁,先考弃养,母曰宁戚勿易[29]。客岁昆源完婚[30],母曰宁俭勿奢。恐少时铺张来外人非笑[31],而致自损。俭莫俭于此也。

继辉述其母生平实事如此,余故慨然曰:敦庸行者无骇俗之为[32],具远识者无速效之求。孝也,友也,慎也,宽也,俭也,即庸行也;一一相辅而行,即远识也。有是哉!孺人,其女中须眉乎?此轩辕重华之品谊,复绝千古;王季文王之作为[33],流芳百世。而嫘祖英皇、妊姒邑姜之淑德懿行[34],两两并立,咸称弗衰。孺人何幸,而为辑五先生妇;先生又何幸,而得孺人也。即是仪型[35],可与日月长新;卜将勿量之祜,岂仅上寿中寿下寿也哉[36]!徒于生辰祝福,寿亦已浅矣[37]。即是孺人生平实事,照人耳目于后世者。谨序。

前清翰林院编修、民国省议会监督,姻愚弟周杰敬序[38]。

题解

本文引自1996年版、天门岳口薛熊滩《熊氏家庭档案·总览·竟陵世系》第

137 页。

注释

[1]濂溪:水名,源出今湖南道县西都庞岭,东北流入沱水。宋代理学家周敦颐为道县人,被称为濂溪先生。宗周敦颐的周氏自称"濂溪世系"。

乡荐:后世称乡试中试为领乡荐。即中举。

衠(zhūn):原字中间为"贝"。

宿儒:修养有素的儒士。

与予谱派:疑为"与予同谱派"之误。谱派:字派。指同宗同谱的族人事先拟定、表示家族辈份的一组字。

[2]甲寅:民国三年,1914 年。

令辰:指吉日。

[3]友生:朋友。

[4]谀词:谄媚的言辞,奉承话。

[5]靡异庸众:不异于常人。与常人一样。庸众:常人,一般的人。

庸行:平平常常的行为。

[6]往还:交游,交往。

耳:听说。

[7]拾芥:喻极其容易。

见夺天年:指早逝。天年:自然的寿数。

[8]襄:相助,辅佐。

未遑:表示没有时间或不可能做某件事情。可译为"没有空闲""来不及"等。

[9]张文襄公:张之洞,谥文襄。时任湖广总督。

[10]省垣:省行政机关所在地。

厘金局:征收厘金的机关,又名厘局。厘金:指以人们所得收益的若干部分所充的税金。

[11]慈命:对尊上命令的敬称。

卢医:春秋时名医扁鹊的别称,因家于卢国。

[12]显荣:显赫荣耀。多指仕宦。

何极:用反问的语气表示没有穷尽、终极。

[13]向:从前。

游学:指离开本乡到外地求学。

远识:高远的见识。

骇异:惊异。

乌能至是:哪能至此。

[14]相:辅佐,扶助。

徽音:犹德音。指令闻美誉。

[15]周旋:反复。

备举其善而述之:指详尽叙说孺人的善行。

[16]唯退:唯唯而退。唯:唯唯。恭敬的应诺声。

[17]性雅静娴姆教:接受淡雅娴静之类的妇道教育。静娴:安详文静。姆教:女师传授妇道于女子。

[18]来归:古代称女子出嫁(从夫家方面说)。

[19]先考:称亡父。

佐理:协助治理。

[20]撮厥大要：取其大概。大要：要旨，概要。

如孝、友、慎、宽、俭是：如……是。像……这样。

[21]失怙(hù)：失去依靠，特指丧父。怙：依靠。语出《诗经·小雅·蓼莪(lù é)》："无父何怙？无母何恃？"没有亲爹何所靠？没有亲妈何所恃？

[22]伺祖母曰衰善事奉养：在祖母衰年，能好好地侍奉。奉养：侍奉，赡养。

[23]旌节：表彰贞节。

与：参与。偕同。

[24]梦兰：指妇人怀孕。

赋小星：指纳妾。

[25]嗣：承嗣。旧时无子者以近支兄弟或他人之子为后嗣。

[26]外此：除此之外。

措置裕如：处理事情轻松，毫不费力。

[27]租课：租金。原文为"租稞"。

贳(shì)贷：借贷。

[28]持身：立身处世。

[29]弃养：父母逝世的婉词。谓父母死亡，子女不得奉养。

宁戚勿易：丧事，与其和易，不如悲戚。语出《论语·八佾》。

[30]客岁：去年。

[31]非笑：讥笑。

[32]敦：推崇，崇尚。

[33]重华：虞舜的美称。相传舜目重瞳，故名。

王季文王：周文王父子。王季：周文王之父。

[34]嫘(léi)祖：轩辕黄帝的元妃。她发明了养蚕，史称嫘祖始蚕。原文为"螺祖"。

英皇：帝舜二妃女英与娥皇的并称。

妊姒(sì)邑姜：按年代辈分应为"邑姜妊姒"，因与"嫘祖英皇"协韵而倒置。指太姜、太妊、太姒，周朝"三母"。周朝三位开国先君的夫人、母仪天下的典范。

妊姒：指太妊、太姒。分别为王季之妃、周文王之妻。

邑姜：姜子牙之女，周武王王后，周文王祖母。

[35]仪型：楷模，典范。

[36]祜：福。

上寿中寿下寿：即三寿。古称上寿百二十岁，中寿百，下寿八十。后泛指高寿。

[37]徒于生辰祝福，寿亦已浅矣：只是生日祝福，不足以增寿。意思是，孺人的生平实事才是高寿的根本原因。

[38]姻愚弟：姻弟。姻亲中同辈相互间的谦称或姻亲中长辈对晚辈的谦称。

附　录

天门进士传略

张迪，景陵人。元丰间进士。累官谏议大夫。有诤臣风烈。

张徽，景陵人。以诗名。所著《沧浪集》。司马光、范纯仁皆与之友。

张彻，徽之弟。元祐中七持使节、八剖郡符。公清超迈，计口受俸。其遗表有云："神虽去，干忠不忘君。"（清康熙二十三年〈1684 年〉版《湖广通志·卷之第三十四·人物》第 2 页）

（祝松）纪松，复州景陵县人。南宋理宗朝登进士第，初授长水县主簿。终知郢州。（龚延明、祖慧《宋代登科总录》第 13 册第 6864 页）

万历《承天府志》卷一一《人物·宋》："纪松，景陵人。举进士。初为长水簿。端平初，以城陷誓死守郢，遗民立祠祀之。"（龚延明、祖慧《宋代登科总录》第 13 册第 6864 页）

黄翔（huī），字仲翚。延佑甲寅进士及第。授饶州路浮梁通判。（清康熙三十一年〈1692 年〉版《景陵县志·卷之十·人物志·进士》第 5 页）

张渊道，元致和丙寅进士。授秘书监都事。与弟从道俱优文学。居竟陵古城。（清康熙三十一年〈1692 年〉版《景陵县志·卷之十·人物志·进士》第 5 页）

张从道，渊道弟。同科进士。授武昌路通城县达鲁花赤。按：元制，达鲁花赤谓之监县，县尹也，犹今官制知县之称。（清康熙三十一年〈1692 年〉版《景陵县志·卷之十·人物志·进士》第 5 页）

胡浚，字士美。建文壬午科举人，永乐甲申科进士。任行人司司正。永乐十

三年授江西布政司参议。(清康熙三十一年〈1692 年〉版《景陵县志·卷之十·人物志·进士》第 5 页)

周芸,字用馨。嘉靖乙丑进士。筮仕桐乡,多异政。曾断东城西城两女子还魂事,咸称神君。历兵科、户科给事,有直声。穆宗优宠之,入朝不名。自是刚直见忤,谒知大名。神宗践祚,素闻公谊,迁福建参议。偶梦中自撰一联,云:"春山雨过含青色,石洞云深锁翠烟。"遽然觉曰:"梦告我矣!"即具疏乞归。子命,领万历丁酉乡荐。(清康熙八年〈1669 年〉版《安陆府志·卷二十二》第 37 页)

周芸,景陵人。以进士令桐。桐自宏治三年后志阙如矣。芸稽往牍,参郡志,谋及邑人,得胡祭酒以下令桐者四十五人,伐石树碑,详其姓名,以为永远计。曰:"畴优畴劣,吾韦弦在是矣!"未逾三载,政成教浃,士民歌之。擢给事中。(清道光十四年〈1834 年〉版《桐城续修县志·卷之九·名宦》第 6 页)

周芸,景陵人。进士。(万历)元年任(大名知县)。李廷彦,宁夏人。进士。(万历)二年任(大名知县)。(清乾隆五十四年〈1789 年〉版《大名县志·卷十二》第 1 页)

周芸,字用馨,号仰南。湖广景陵人。嘉靖四十四年进士。由桐城令选工科给事中,升福建参议,寻以事降建平县丞。历大名知县,万历三年免官。(广西师范大学硕士研究生朱荣所《谢榛行实交游考试论》附录)

周芸,贯湖广承天府景陵县,民籍,江西南昌府南昌县人,景陵县学增广生,治《诗经》。字用馨,行四,年二十七,八月二十七日生。曾祖天德。祖万玉。父轙(yǐ)。嫡母陶氏,生母王氏。慈侍下。兄萱、蘩。娶朱氏。湖广乡试第五十七名,会试第一百七十六名。(陈文新等主撰《明代科举与文学编年》嘉靖乙丑科)

谢廷敬,字宗文,号凤岐。隆庆戊辰进士。授行人,升刑部郎中。事祖母以孝闻。有青襟僵卧雪中,恻然覆之衣。在官日,江陵枋国夺情,抗疏劾之,直声大振。谳决江淮,多所平反。册封齐晋,一切馈遗,却不受。卒之日,崇祀乡贤。(清道光元年〈1821 年〉版《天门县志·卷之二十三·人物》第 5 页)

胡懋忠,字心廷。万历己卯科举人,庚辰科进士。固始知县。(据清道光元年〈1821 年〉版《天门县志·卷之十九·选举》第 11 页记载整理)

胡懋忠,万历八年任知县。进士。以病去(万历十三年浦柳继任。)(据清康熙三十二年〈1693 年〉版《固始县志·卷之四·秩官表》第 15 页记载整理)

李维标，字太瀛。邑布政使李淑四子也。由景陵学中万历丙戌科举人、丙戌科进士。授国子监典簿。公履历详京山志中。（清康熙三十一年〈1692 年〉版《景陵县志 · 卷之十 · 人物志 · 进士》第 18 页）

李维标，"景陵县人，二甲五十五名"。（天一阁藏《明代科举录 · 会试录 · 万历丙戌科》第 19 页）

蓝絅（jiǒng），字尚夫，号锦淙。前壬午孝廉蓝应斗子也。崇祯癸酉科举人，丁丑科进士。公天性孝友，尝赎其已嫁庶母遗腹子，归而抚育教训，爱逾同胞。以志不忘。（清康熙三十一年〈1692 年〉版《景陵县志 · 卷之十 · 人物志 · 进士》第 30 页）

蓝絅，（崇祯十年进士）顺昌知县。（清康熙八年〈1669 年〉版《安陆府志 · 卷十四 · 进士 · 景陵县》第 41 页）

刘延禟（táng），字廷绥。景陵人。崇祯庚辰进士。顺治初，总督佟养和闻其贤，委署荆西道副使，招抚流寇小秦王等三万余人，绥辑安陆、荆州、襄阳三府流民。父丧，去任。延禟抚孤侄成立。修本县学宫，设义田，建桥梁，掩胔（zì）骼，乡人称之。（《一统志》）（民国十年版《湖北通志 · 卷一百四十 · 人物列传》第 9 页）

黄腾龙，沔阳人，天门籍。丙子（武进士）探花。（民国版《湖北通志 · 百二十八卷》第 29 页）

（武进士。明）黄腾龙，字健之。丙子科探花。寄景陵籍。沔阳卫指挥使。（清光绪二十年〈1894 年〉版《沔阳州志 · 卷之八 · 选举》第 19 页）

萧维楧，字雪窦。邑富阳令萧岫（万历癸卯举人）之子也。顺治戊子科举人，己丑科进士。公父慕前邑侯程公维楧，有吏而本经术，故取以名其子。后果成进士，出授枣强县令。未数年而卒。（清康熙三十一年〈1692 年〉版《景陵县志 · 卷之十 · 人物志 · 进士》第 32 页）

陈朝晖，字尔扆（yǐ）。顺治辛卯科第三名举人，壬辰科会魁。前孝廉陈朝时（崇祯壬午举人）胞弟也。公性孝友，工文章，潜心苦学，明性究理，未竟其业而卒。同时士林惜之。（清康熙三十一年〈1692 年〉版《景陵县志 · 卷之十 · 人物志 · 进

士》第 32 页）

汪以淳，字渌（lù）水。由汉阳籍。顺治辛卯举人，戊戌科进士。授定安知县，任吏部文选司主事。（清康熙三十一年〈1692 年〉版《景陵县志·卷之十·人物志·进士》第 33 页）

彭上腾，字云健。顺治甲午科举人，己亥科进士。考选推官，裁缺改授广西兴安县知县。旋移，病归。所著有《述轩文集》《粤西杂录》。（清康熙三十一年〈1692 年〉版《景陵县志·卷之十·人物志·进士》第 34 页）

周士玙，字东侯。康熙丁丑进士。除东安令，慈惠以勤。致张麦鲁蝗之异，荐章，上北行。以内艰，归。服阕，不赴。卒。生平嗜学，能文。汲引后进。与龚松年、唐建中、曾元迈善。（清乾隆乙酉〈1765 年〉初版《天门县志·卷十六》第 20 页）

杨正声，字虞风。乾隆己亥武举，辛丑进士。由侍卫授福建游击，留心剿惕，护漳州总兵，官水师提督。有崇武，地方幽邃，会匪骚动，正声俟匪船进崇武，断其归路，得贼首林阿五等，诛之。晋陆路提标参将。丁内艰，归。服阕，起安徽陆路参将，调安府中军。宿州变起，随中丞赴剿，尽歼渠贼。转江西袁州副将，署南赣总兵官。值龙泉县民争山械斗。正声获首犯审办，安辑良民。历官以来，简兵砺械，军纪严明，威惠并施。甲戌卒于官，年五十九。（清道光元年〈1821 年〉版《天门县志·卷之二十三·人物》第 33 页）

胡铨，嘉庆己卯科（武进士）。殿试，以营守备用。（清道光元年〈1821 年〉版《天门县志·卷之十九·选举》第 45 页）

吴之观，十三世（吴）之观，祖芳次子。字静夫，号用宾。道光庚子举人，辛丑进士。任山东沂州府蒙阴县，再任武定府商河县。甲辰科授同考试官。诰封文林郎。有诗集、文集待梓。生于嘉庆癸亥冬月初一寅时，于咸丰壬子正月十五午时卒于署内，葬骆驼庙祖茔。娶马氏，壬子举人梦硕公曾孙女，葬骆驼庙；生本清，止。再娶程氏，乙丑进士、山东夏津知县明懋公侄孙女，增生行恒公女，诰封孺人；嘉庆戊辰冬月二十八巳时，得年五十四岁卒，葬北郭祖茔；生本鸿、本崇。（天门石

家河 1998 年版延陵世家吴氏宗谱）

吴之观，字静夫。湖北天门人。进士。道光二十七年任（知县）。（民国二十五年〈1936 年〉版《重修商河县志·卷之六·职官志》第 9 页）

沈泽生，天门渔薪杨场人。沈祖荫长子。少时随祖父迁回远祖居住地江西高安。清光绪二十九年癸卯科（1903 年）进士。日本法政大学速成科毕业。吏部额外主事。民国初曾回杨场商议修谱事，到天门沈氏祠堂所在地净潭白湖口沈家阁老台祭祖。妻郭崇慈。子沈瑞骅、沈瑞毅、沈瑞骏，女沈瑞珍、沈瑞琨。（据 1993 年版天门净潭白湖口《沈氏宗族谱典》第 381 页、第 873 页记载及其他相关资料整理）

部分科举名词汇释

1. 进士、甲科、会试、会元、殿试、状元、榜眼、探花、赐进士及第、赐进士出身、赐同进士出身、鼎甲、金榜题名、庶吉士(翰林)、明通榜、同年

进士:科举时代称殿试考取的人。是赐予进士科殿试中选者的一种资格。语出《礼记·王制》,指优秀可进授爵禄的人才。隋大业中,以进士作为取士科目,称作进士科。唐宋沿其制。唐时称应试者为举进士,及第者称进士。明清殿试登第者称进士。

甲科:明清称进士为甲科。

会试:隶属礼部,为较乡试高一级的考试。因士子会集京师参加考试,故名。凡乡试录取的举人皆可应试。会试第一场试四书义三道,经义四道;第二场试论一道,判语五条,诏、诰、表内科一道;第三场试经史策五道。会试考中者称贡士、中式进士。会试第一名称会元。贡士于发榜后的下月参加殿试。

殿试:是皇帝对会试录取的贡士在宫殿中亲自进行的策问考试,又称御试、廷试、亲试、殿前试。这是科举制度中最高一级的考试。殿试取中者即为进士。凡会试中录取的贡士均参加殿试,试后根据成绩重排名次,并无黜落,分三甲发榜。一甲三人赐"进士及第",第一名称状元,第二名称榜眼,第三名称探花。二甲若干人(约占应试者的1/3),赐"进士出身",二甲第一名称传胪。三甲若干名(约占应试者的2/3),赐"同进士出身"。殿试列一甲之三名者,立即授官,状元授予翰林院修撰,榜眼与探花授予翰林院编修。其余二、三甲进士需再经朝考,综计各场考试成绩分别授职,优者选为翰林院庶吉士,俗称翰林,余者分至各部任主事(部员),或放外地任县官。

鼎甲:科举制度中状元、榜眼、探花之总称。以鼎有三足,一甲共三名,故称。

金榜题名:因殿试后,例由黄纸书写新科进士姓名、甲第及名次,并张贴以布告天下,故称。

庶吉士:官名。亦称庶常,以《尚书·立政》有庶常吉士之语,故称。明永乐二年(1404年)选进士中文学优等及善书者进翰林院学习,始称翰林院庶吉士,俗称翰林,置教习督其课业。三年后经甄别考试,优者授翰林院编修、检讨,称留馆;次者为给事中、御史,或出为州县官,称散馆。清沿明制。

明通榜:清雍正、乾隆年间,在会试落卷内选文理明通的举人于正榜外续出一榜,名为“明通榜”。

同年:唐代进士人第之后,称同登金榜之人为同年。

2. 举人、孝廉、乙科、公车、乡试、解元、经魁、登贤书

举人:明清两代称乡试录取者,俗称孝廉。

乙科:明清称举人为乙科。

公车:古代应试举人的代称。汉代应举之人均用公家车马接送,后便以“公车”作为入京举人的代称。

乡试:明清科举考试之一。明清正式的科举考试分为乡试、会试、殿试三级。乡试每三年一次在京城和各省省城举行,逢子、午、卯、酉年为正科,遇庆典加科为恩科。乡试取中者称举人,俗称孝廉,第一名称解元,第二至第五名称经元。

解元:科举时代称乡试第一名为解元。唐代参加进士考试的人都由地方解送入试,后代称乡试考中为发解,第一名为解元。

经魁:乡试中式名列前五名者。此称始于明代。明制,乡试前五名必于习五经(诗经、书经、易经、礼记、春秋)者中各首选一名。五经之魁称五经魁,简称经魁。清代习惯上亦沿称前五名为五经魁,或五魁。

登贤书:科举考试用语。指乡试中举。贤书:本义指举荐贤能的名单。

3. 生员、秀才、诸生、庠生、弟子员、博士弟子、廪生、增生、附生、补弟子员(博士弟子)、贡生、五贡、恩贡、拔贡、副贡、优贡、岁贡、例贡、国子监、太学生、监生、童生

生员:国学及州、县学在学学生(既是学生又有员额限制,所以叫生员)。后指经本省各级考试取入府、州、县学学习者,通称秀才。

诸生:明清两代称已入学的生员。俗称“秀才”。

庠生:科举时代称府、州、县学的生员。明清时为秀才的别称。

弟子员:汉对太学生,明清对县学生员的称谓。

博士弟子:唐以后称生员为博士弟子。

廪生、增生、附生、补弟子员(博士弟子):补弟子员(博士弟子)就是考试补充为增生、廪生,旧称补增、补廪。明清两代由公家给以膳食的生员,称廪生,又称廪

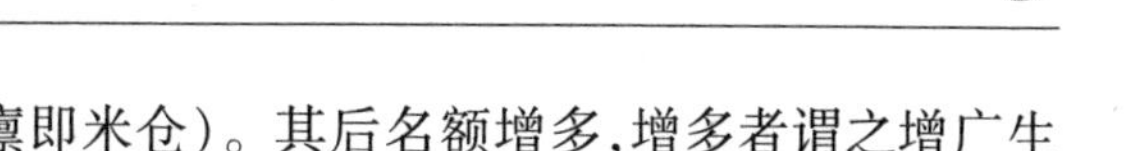

膳生。明初生员有定额,皆食廪(廪即米仓)。其后名额增多,增多者谓之增广生员,省称增生。又于额外增取,附于诸生之末,谓之附学生员,省称附生。后凡初入学者皆谓之附生,其岁、科两试等第高者可补为增生、廪生。增生、附生无廪米。

贡生:指科举时代,考选府、州、县生员(秀才)送到国子监(太学)肄业的人。明代有岁贡、选贡、恩贡和纳贡;清代有恩贡、拔贡、副贡、岁贡、优贡和例贡。

五贡:清代科举制度中,五种贡生的总称。包括:恩贡、拔贡、副贡、岁贡和优贡。五贡都算正途出身资格。另有捐纳取得的贡生,称为例贡。

恩贡:明清科举制度规定,每年由府、州、县选送廪生入京都国子监肄业,称为岁贡。凡遇皇帝登基或其他庆典而颁布恩诏之年,除岁贡外再加选一次,称为恩贡。

拔贡:科举制度中选拔贡入国子监的生员的一种。清制,初定六年一次,乾隆七年改为每十二年(即逢酉岁)一次,由各省学政选拔文行兼优的生员,贡入京师,称为拔贡生,简称拔贡。

副贡:乡试中副榜录取的,入国子监,称副贡生。

优贡:清制,每三年各省学政于府、州、县在学生员中选拔文行俱优者,与督抚会考核定数名,贡入京师国子监,称为优贡生。经朝考合格后可任职。

岁贡:明清地方儒学贡入国子监生员的一种形式。因以食廪年深者挨次升贡,又称挨贡。

国子监:我国封建时代的教育管理机关和最高学府。国子监的主管官称国子监祭酒。

太学生、监生:在最高学府国子监学习的学生称太学生,简称监生,可直接考取举人。

童生:习举业而未考取秀才的读书人。

天门进士名录

朝代	科　名	公　元	正　榜	明通榜、武科、钦赐
唐	贞元、元和	785～820	刘虚白	
	咸通八年丁亥科	867	皮日休	
宋	熙宁、元丰	1068～1085	张徽、张彻、张迪	
	端平	1234～1236	祝松（纪松）	
元	延佑元年甲寅科	1314	黄翔	
	泰定三年丙寅科	1326	张渊道、张从道	
	天历二年己巳科	1329	陶铸	
明	永乐二年甲申科	1404	胡浚	
	弘治十五年壬戌科	1502	鲁铎（会元）	
	嘉靖二十九年庚戌科	1550	李淑	
	嘉靖四十四年乙丑科	1565	吴文佳、周芸	
	隆庆二年戊辰科	1568	李维桢、徐成位、谢廷敬	
	隆庆五年辛未科	1571	周嘉谟	
	万历八年庚辰科	1580	胡懋忠、李登	
	万历十一年癸未科	1583	陈所学	
	万历十四年丙戌科	1586	李维标	
	万历二十年壬辰科	1592	熊寅、朱一龙	
	万历二十三年乙未科	1595	董历	
	万历二十六年戊戌科	1598	吴文企	
	万历三十二年甲辰科	1604	胡承诏	
	万历三十八年庚戌科	1610	李纯元、钟惺、魏士前	
	天启二年壬戌科	1622	刘必达（会元）、王鸣玉	

续表

朝代	科　名	公　元	正　榜	明通榜、武科、钦赐
明	天启五年乙丑科	1625	熊开元	
	崇祯四年辛未科	1631	龚奭、谭元礼	
	崇祯十年丁丑科	1637	钟鼎、蓝絅	
	崇祯十三年庚辰科	1640	刘延禟	
	××丙子科（武进士）	?		黄腾龙
清	顺治六年己丑科	1649	沈伦、萧维樸	
	顺治九年壬辰科	1652	刘浑孙、陈朝晖、程一璧、刘临孙	
	顺治十五年戊戌科	1658	汪以淳、谭篆	
	顺治十六年己亥恩科	1659	欧阳鼎、彭上腾、程飞云、卢倎、胡鼎生	
	康熙三年甲辰科（武进士）	1664		赵双璧
	康熙九年庚戌科	1670	别楣、胡鸣皋	
	康熙十八年己未科	1679	程大夏	
	康熙二十一年壬戌科	1682	周寅旸	
	康熙二十四年乙丑科（武进士）	1685		唐时模
	康熙三十九年庚辰科	1700	周士玓、廖琬	
	康熙四十二年癸未科	1703	龚廷飏	
	康熙四十五年丙戌科	1706	黄裳	
	康熙四十五年丙戌科（武进士）	1706		吴天柱
	康熙四十八年己丑科	1709	程翅	
	康熙五十二年癸巳恩科	1713	唐建中	
	康熙五十四年乙未科	1715	张继咏	
	康熙五十七年戊戌科	1718	曾元迈、周璋	
	雍正二年甲辰科	1724	曾道亨、龚健飏	

续表

朝代	科名	公元	正榜	明通榜、武科、钦赐
清	雍正五年丁未科(明通榜)	1727		胡其森
	雍正十一年癸丑科	1733	谢峸	
	乾隆元年丙辰科	1736	谭卜世	
	乾隆二年丁巳恩科	1737	龚学海、邵如崙、黄琬(本姓别)	
	乾隆二年丁巳恩科(武进士)	1737		欧阳临
	乾隆二年丁巳恩科(明通榜)	1737		熊世正
	乾隆四年己未科	1739	胡鸣珂	
	乾隆七年壬戌科	1742	陈大经	
	乾隆十九年甲戌科(明通榜)	1754		谢兰
	乾隆二十二年丁丑科	1757	刘显恭	
	乾隆三十一年丙戌科	1766	胡必达、邹曾辉	
	乾隆三十四年己丑科	1769	李兆元	
	乾隆三十七年壬辰科	1772	谭泽溥	
	乾隆四十三年戊戌科	1778	萧蔚源	
	乾隆四十五年庚子恩科	1780	蔡楫	李作朋(钦赐国子监学正)
	乾隆四十六年辛丑科(武进士)	1781		杨正声
	乾隆五十五年庚戌科	1790	蒋祥墀	
	乾隆五十八年癸丑科	1793		陶庆、李本浩(两人均为钦赐翰林院检讨)
	嘉庆十年乙丑科	1805	程明懋(程守伊)、熊士鹏	
	嘉庆十三年戊辰科	1808	罗家彦	
	嘉庆十六年辛未科	1811	蒋立镛(状元)	
	嘉庆十九年甲戌科	1814	程德润	孙世泰(钦赐国子监学正)

续表

朝代	科　名	公　元	正　榜	明通榜、武科、钦赐
清	嘉庆二十四年己卯科(武进士)	1819		胡铨
	道光十三年癸巳科	1833	蒋元溥(探花)、许本墉	
	道光二十一年辛丑恩科	1841	吴之观	
	咸丰十年庚申恩科	1860	蒋启勋	
	同治四年乙丑科	1865	胡聘之	
	同治七年戊辰科	1868	胡乔年	
	同治十三年甲戌科	1874	敖名震	
	光绪十二年丙戌科	1886	蒋传燮	
	光绪十五年己丑科	1889	周树模、刘元诚、陈本棠	
	光绪二十九年癸卯科	1903	周杰、沈泽生	

本名录根据民国版《湖北通志》、乾隆版《天门县志》、道光版《天门县志》以及进士题名录整理。旧志中的景陵、竟陵改为天门。同榜按进士题名录名次排序。

民国版《湖北通志》记载,清通榜天门进士二人:雍正五年(1727 年)胡其森、乾隆十九年(1754 年)谢兰。道光版《天门县志》记载,熊世正,雍正(应为乾隆)丁巳(1737 年)、壬戌(1742 年)、乙丑(1745 年)三取明通榜。

清代,天门武进士七人。道光版《天门县志・卷之十九・选举》记载,有赵双璧、唐时模、吴天柱、欧阳临、杨正声、胡铨六人。民国版《湖北通志・百二十八卷》第 29 页记载,有黄腾龙(沔阳人,天门籍。丙子探花)一人。

综合本表,天门文进士 100 人,其中,唐宋元 10 人,明代 29 人,清代 61 人。再加明通榜 3 人、武进士 7 人、钦赐进士 4 人,总数为 114 人。

天门进士著作存目

皮日休 皮子文薮、松陵唱和集

张　徽 沧浪集

鲁　铎 鲁文恪存集、莲北稿、使交集、东厢西厢诗稿、己酉园集、梧桐小稿

吴文佳 白云遐思集、脉诀

李维桢 神宗显皇帝实录、大泌山房集、南北史小志、史通评释

徐成位 徐中丞集、冲漠馆集、六臣文选注

周嘉谟 纶音屡锡全录、滇粤奏议、披沥疏稿、十五奏疏、蜀政纪略、余清阁年谱、省度质言、墨池清纪、采真园集、沧浪草

陈所学 检身录、会心集、鸿蒙馆集、鸿蒙馆续集、松石园诗集

吴文企 絜庵惭录、读书大义、耳鸣集、菰芦集

胡承诏 补续全蜀艺文志(杜应芳、胡承诏合审)

李纯元 空斋集

钟　惺 诗经图史合考(二十卷)、古名儒毛诗解十六种(二十四卷)、五经纂注、史怀(十七卷)、评选左史汉书、通纪会纂、隐秀轩集、隐秀轩遗稿、诗归(钟惺、谭元春合编)、宋文归(二十卷)、明诗归(十卷)、楞严如是说

魏士前 陪郎集、晋阳集、紫芝集、蜀游集、北归集、戊巳启编、观察魏先生选刻火攻纪要

刘必达 小山亭集、天如诗文集、皇明七山人诗集

王鸣玉 补山斋诗集、朝隐堂集、西庄合刻、环草

熊开元 鱼山疏稿、鱼山剩稿、檗庵别录、华山纪胜集、古谚集录、击筑余音、熊鱼山先生文集

龚　奭 秋水堂文集、渔圃诗集、左兵十二卷

谭元礼 黄叶轩诗集

沈　伦 秋心草、西来堂草

陈朝晖 诗经讲义、易经讲义

刘临孙 弋佣草、甜雪集、响石轩诗、石我亭诗稿、批评八大家

谭　篆 灌村诗集、高话园诗集、四枝馆诗集、安陆府志(康熙八年版)

欧阳鼎 韵会政事

彭上腾 述轩文集、粤西杂录

程飞云 鄂渚新诗、弄月堂集、景陵风俗论

卢 侯 石涛馆诗集

别 榈 德阳县志(康熙版)

程大夏 书种堂四部辨体一百卷、黎城县志(康熙二十一年版)

龚廷飏 虞迹图考、仕学轩文集

唐建中 周易毛诗义疏、国语国策纠正、耕织图诗一卷、梅花三十咏、牡丹百咏、长安街踏灯词一卷、吴江竞渡竹枝词一卷

曾元迈 制义专稿

龚健飏 胡辨传

谭卜世 听凉轩稿、燕来诗稿、秦岭诗集

龚学海 之官杂记、湘泛小草

邹曾辉 甄香集、松雨亭集

萧蔚源 四书习解辨

蔡 楫 学庸讲义、西爽轩文集

蒋祥墀 词林典故(奉敕修)、印心堂诗集、印心堂文集(四卷)、印心堂时艺稿、散樗老人自纪年谱

熊士鹏 鹄山小隐诗集、鹄山小隐文集、东坡诗集、东坡文集、壮游草诗文、天门书院杂著、毫学诗集、毫学文集、毫学集续刻、桐芭杂著、吾同山馆改课、吾同山馆试帖、荆湖知旧诗钞、竟陵诗选、竟陵诗话

罗家彦 嘉庆重修一统志(参加纂修)

蒋立镛 香案集、近科馆阁诗钞

程德润 白螺山馆诗钞(程玉樵诗稿)

蒋元溥 木天清课彤馆赋钞

蒋启勋 续纂江宁府志

胡聘之 山右石刻丛编、胡中丞奏稿

敖名震 心怡堂家书

周树模 黑龙江备忘录、沈观斋诗集、泊园居士遗怀诗(一卷)、谏垣奏稿、周中丞抚江奏稿

明清天门文科举人名录

朝代	科　名	公　元	举人名录
明	洪武十七年甲子科	1384	史文琮
	洪武二十年丁卯科	1387	程昭
	建文四年壬午科	1402	胡浚
	永乐三年乙酉科	1405	何让、何庆源、雷铎
	永乐六年戊子科	1408	姜勉
	永乐九年辛卯科	1411	黄钟
	永乐十五年丁酉科	1417	何礼、邓以恭、徐显
	宣德元年丙午科	1426	李端
	宣德四年己酉科	1429	王以义
	宣德十年乙卯科	1435	蒋珪
	景泰元年庚午科	1450	廖训
	景泰四年癸酉科	1453	萧佐、张鼎
	成化十三年丁酉科	1477	王瑜
	成化十六年庚子科	1480	何玘、郭轩
	成化二十二年丙午科	1486	段谏、鲁铎
	正德八年癸酉科	1513	徐鹏、程鸿
	正德十一年丙子科	1516	鲁彭、张本洁、汪俨
	正德十四年己卯科	1519	鲁嘉
	嘉靖七年戊子科	1528	陈锭
	嘉靖十年辛卯科	1531	鲁思、谭述
	嘉靖二十二年癸卯科	1543	魏禀、戴度
	嘉靖二十五年丙午科	1546	李淑、魏寅

续表

朝代	科　名	公　元	举人名录
明	嘉靖二十八年己酉科	1549	郑传、萧副
	嘉靖三十一年壬子科	1552	陶之肖
	嘉靖三十四年乙卯科	1555	江洲、赵嘉宾
	嘉靖三十七年戊午科	1558	王铬
	嘉靖四十年辛酉科	1561	朱高、刘世臣
	嘉靖四十三年甲子科	1564	吴文佳、谢廷敬、李维桢、周芸
	隆庆元年丁卯科	1567	周嘉谟、徐成位
	隆庆二年戊辰科	1568	周官
	万历元年癸酉科	1573	李登(解元)、熊寅、王曰然
	万历四年丙子科	1576	李维标、李维柱
	万历七年己卯科	1579	胡懋忠、陈所学、夏良弼、李维极
	万历十年壬午科	1582	蓝应斗、鄢应荐、彭万里
	万历十六年戊子科	1588	熊作霖、朱一龙、董历、高则腾、萧鸣世
	万历十九年辛卯科	1591	吴文企、鲁信、秦光祚、陈所蕴、曾曰唯
	万历二十五年丁酉科	1597	谢廷赞、周命、夏敬承
	万历二十八年庚子科	1600	胡承诏、李纯元、熊一栋
	万历三十一年癸卯科	1603	钟惺、谢奇举、别如纶、彭健侯、萧岫
	万历三十四年丙午科	1606	江良构
	万历三十七年己酉科	1609	徐自化、石汝璧、魏士前、卢为教
	万历四十年壬子科	1612	江有光、黄问、王鸣玉
	万历四十三年乙卯科	1615	沈应魁、刘必达、胡恒
	万历四十六年戊午科	1618	胡怀、熊开元
	天启元年辛酉科	1621	龚奭、陈盛楠、罗士淳
	天启四年甲子科	1624	谭元方、夏时仁
	天启七年丁卯科	1627	谭元春(解元)、詹在前、张三楚、彭曰炎
	崇祯三年庚午科	1630	别仲茂、毛一骏、谭元礼、吴骥、伍捷
	崇祯六年癸酉科	1633	蓝絅、李思孝、彭维钥
	崇祯九年丙子科	1636	沈伦、刘试位、胡承诺、刘必寿
	崇祯十二年己卯科	1639	程先达

续表

朝代	科　名	公　元	举人名录
明	崇祯十五年壬午科	1642	马世盛、陈朝时、张自怡
清	顺治三年丙戌科	1646	程鋐时、程一璧、卢僎、
	顺治五年戊子科	1648	萧维模、胡公寅、刘临孙、谭桓、程达时、萧贵
	顺治八年辛卯科	1651	陈朝晖、汪以淳、戴汝为、刘浑孙、邹山、叶暹、谭篆
	顺治十一年甲午科	1654	程飞云（解元）、欧阳鼎、周泽长、涂云步、陈应善、龚仲鹄
	顺治十四年丁酉科	1657	程相时、彭上腾、金岱、胡鼎生、邹誊
	康熙二年癸卯科	1663	沈坦之、江琇生
	康熙五年丙午科	1666	郑时宜、胡公杰、徐则论、江琳生
	康熙八年己酉科	1669	程世法、别楣、龚铨、周志德、刘自宏、胡鸣皋、魏昌、陶士蒸
	康熙十一年壬子科	1672	帅士贞、周寅旸、程大夏、马翰如
	康熙十七年戊午科	1678	程榩、陈崑、周文启
	康熙二十年辛酉科	1681	谭之蔺、程翃、周辉萼
	康熙二十三年甲子科	1684	熊源、杨之任
	康熙二十六年丁卯科	1687	魏必显
	康熙二十九年庚午科	1690	何自懋
	康熙三十二年癸酉科	1693	夏元起、陆士云、陶梓（张梓）、程世需
	康熙三十五年丙子科	1696	萧祖诒、廖琬、戴培翰、周士玙
	康熙三十八年己卯科	1699	龚廷飏、徐景祖
	康熙四十一年壬午科	1702	吴士元、危士科、谢圣宠、黄裳、罗绂
	康熙四十四年乙酉科	1705	卢兆熊
	康熙四十七年戊子科	1708	彭滨、卢志熙、史琯
	康熙五十年辛卯科	1711	邹凤仪、张继咏、邱文正、萧友曹、伍方富
	康熙五十二年癸巳恩科	1713	曾元迈、唐建中、程咸临、熊奇生、马汝楫

续表

朝代	科 名	公 元	举人名录
清	康熙五十三年甲午	1714	邹胜启、吴升
	康熙五十六年丁酉恩科	1717	龚赓飏、周璋、高藩、周鹏滨、吴盼
	康熙五十九年庚子科	1720	吴亭、熊灼、谭一经、金宏籍、龚健飏、程子易
	雍正元年癸卯恩科	1723	周薪材、高藻、谢名扬、吴鹏起
	雍正二年甲辰科补正科	1724	毛允言、曾道亨、别琬、邵如崙、彭正光、汪如潮
	雍正四年丙午科	1726	周道尊、胡其升、谭襄世、夏用咸
	雍正七年己酉科	1729	吴音、谢咸、龚巽飏、杨荣桂
	雍正十年壬子科	1732	马梦砚、熊文趾、李用三、曾时亨、谭申世、熊嵘、谭卜世
	雍正十三年乙卯科	1735	陈大经、胡鸣珂、聂朝勋、白选、熊世正
	乾隆元年丙辰恩科	1736	龚学海、胡文蔚、聂萱
	乾隆三年戊午科	1738	刘诰、龚光海、龚大儒、程明履
	乾隆六年辛酉科	1741	陈上襄
	乾隆九年甲子科	1744	陈芝芳、周道立、刘宇春
	乾隆十七年壬申恩科	1752	伍杰、王文灿、萧中琪
	乾隆十八年癸酉科	1753	谢兰
	乾隆二十一年丙子科	1756	刘显恭、王国宾、熊元鼎、吴永升、金光铨、涂如耀
	乾隆二十四年己卯科	1759	胡必达、郭传哲、钟如绂
	乾隆二十五年庚辰恩科	1760	董戒宁、杨灿、徐乐儒
	乾隆二十七年壬午科	1762	胡惟仁、李崇德、高如峤、严大成
	乾隆三十年乙酉科	1765	李兆元、邹曾辉
	乾隆三十三年戊子科	1768	刘云华、张立诚、陈世光、谭泽溥
	乾隆三十五年庚寅恩科	1770	熊士凤、萧蔚源

续表

朝代	科　名	公　元	举人名录
清	乾隆三十六年辛卯科	1771	蔡楫
	乾隆三十九年甲午科	1774	马以敏、倪元音、王光熊
	乾隆四十二年丁酉科	1777	萧尊德、谭泽周、谭泽青、谭薰世、萧中琳
	乾隆四十四年己亥恩科	1779	吴山、蒋其晖、邹曾光、李作朋(恩赐)
	乾隆四十五年庚子科	1780	龚联珂
	乾隆四十八年癸卯科	1783	沈联光、蒋祥墀
	乾隆五十三年戊申科	1788	王廷锦、黄先庚
	乾隆五十四年己酉科	1789	胡士连、金麟、刘梦苏
	乾隆五十七年壬子科	1792	蒋梁、萧蔚江、陶庆(恩赐)、李本浩(恩赐)
	乾隆五十九年甲寅科	1794	张祖骞
	乾隆六十年乙卯科	1795	郑书纯
	嘉庆三年戊午科	1798	程明懋、鄢梦璋、刘廷瑛、余芬、曾梦张(恩赐)
	嘉庆五年庚申恩科	1800	周鼎、马致远
	嘉庆六年辛酉科	1801	马钧光、熊士鹏
	嘉庆九年甲子科	1804	蒋立镛、周之煜、罗家彦
	嘉庆十年乙丑科	1805	萧成(钦赐)
	嘉庆十二年丁卯科	1807	蒋时淳
	嘉庆十三年戊辰恩科	1808	程鸿绪(程德润)、胡鼎元
	嘉庆十五年庚午科	1810	刘振纲、王廷钦(王延龄)、孙世泰(恩赐)
	嘉庆十八年癸酉科	1813	马达玠、钱撝谦(钱春藻)、刘维宇(刘维寅)
	嘉庆二十一年丙子科	1816	余珏、胡正邦、刘天民
	嘉庆二十三年戊寅恩科	1818	史纪伦
	嘉庆二十四年己卯科	1819	戴芳
	道光二年壬午科	1822	蒋立鳌
	道光八年戊子科	1828	蒋德瀼(蒋元溥)

续表

朝代	科　名	公　元	举人名录
清	道光二十年庚子恩科	1840	吴之观
	咸丰元年辛亥恩科	1851	蒋式松(蒋启勋)
	咸丰九年己未恩科	1859	李继章、胡乔年
	同治元年壬戌恩科	1862	曾本煜、程兆峰、张钦尧、廖炳烺
	同治三年甲子科	1864	胡聘之、敖名震
	同治六年丁卯科	1867	陈士龙(蕲洲人,天门籍)、周良源
	同治十二年癸酉科	1873	萧以清
	光绪二年丙子科	1876	王禹桂
	光绪五年己卯科	1879	龚廷镛、尹调元
	光绪八年壬午科	1882	刘元诚、陈本棠、程搏鹏、萧兆裕
	光绪十一年乙酉科	1885	贺作霖、周树模、蒋传燮(顺天榜)
	光绪十七年辛卯科	1891	徐先达
	光绪十九年癸巳科	1893	周杰、胡辅之
	光绪二十年甲午科	1894	石际煊
	光绪二十三年丁酉科	1897	程必藩、张子南、方士鑅、程劭春
	光绪二十八年壬寅恩科	1902	胡子民(顺天榜)

本名录根据道光版《天门县志》和民国版《湖北通志》整理。旧志中的景陵、竟陵改为天门。道光及以后的名录据《湖北通志》整理。

人名后括号内的名字为改名。

清代文职和命妇封赠品级表

品　级	阶　称	命妇封号
正一品	光禄大夫	一品夫人
从一品	荣禄大夫	
正二品	资政大夫	夫人
从二品	通奉大夫	
正三品	通议大夫	淑人
从三品	中议大夫	
正四品	中宪大夫	恭人
从四品	朝议大夫	
正五品	奉政大夫	宜人
从五品	奉直大夫	
正六品	承德郎	安人
从六品	儒林郎(吏员出身者宣德郎)	
正七品	文林郎(吏员出身者宣义郎)	孺人
从七品	征仕郎	
正八品	修职郎	八品孺人
从八品	修职佐郎	
正九品	登仕郎	九品孺人
从九品	登仕佐郎	

本表引自马镛《清代乡会试同年齿录研究》。

本书部分征引参考书目

钦定四库全书·松陵集·卷四.

钦定四库全书·文薮·卷十.

钦定四库全书.明诗综(朱尊彝).

续修四库全书·945·子部·儒家类·绎志(太仓后学顾锡麟校辑).

续修四库全书·473·史部·诏令奏议类·奏四十八.

皇朝经世文统编·卷九·文教部·九书院.

中国第一历史档案馆馆藏清代奏折.

中国第一历史档案馆编纂.嘉庆帝起居注.第1版.桂林:广西师范大学出版社,2006.

明熹宗实录.第1版.上海:上海书店,1990.

清实录·道光朝实录.第1版.北京:中华书局,1987.

湖广图经志书.明嘉靖二年(1523).

夏力恕.湖广通志·艺文·碑记(武英殿藏本).

徐国相.湖广通志.清康熙二十三年(1684).

钦定四库全书·湖广通志.

吕调元,刘承恩.湖北通志.民国十年(1921).

湖北省人民政府文史研究馆,湖北省博物馆整理.湖北文征.第1版.武汉:湖北人民出版社,2014.

丁宿章.湖北诗征传略.清光绪九年(1883).

陆羽.陆子茶经.清雍正七年(1729)己酉重刊、仪鸿堂藏版.

皮日休.皮子文薮(萧涤非、郑庆笃整理).第1版.上海:上海古籍出版社,1981.

皮日休.皮鹿门小品(莫道才选注).第1版.北京:文化艺术出版社,1997.

鲁铎.鲁文恪公文集(十卷).明隆庆元年(1567)方梁刻本(李维桢校,中共中央党校图书馆藏).

鲁铎.鲁文恪公集(甘鹏云校).民国十一年(1922).

黄佐.泰泉集.清康熙二十一年(1682)黄逵卿刻本.

李维桢.大泌山房集(一百三十四卷).明万历三十九年(1611)刻本(北京师

范大学图书馆藏).

徐成位．六臣注文选．明万历刻本(浙江图书馆藏).

邓渼．南中奏牍十六卷．明万历间云南原刊本(台湾图书馆藏).

蔡复一．遁庵蔡先生文集不分卷．明绣佛斋钞本(台湾图书馆藏).

蔡复一．遁庵蔡先生文集校释(郭哲铭校释)．(台湾)金门县文化局,1999.

王世贞．弇州续稿·卷九十七(搜韵·影印古籍).

程涓．千一疏．明万历三十七年(1609)黄如松刻本．

吴文企．絜庵惭录．明末刻本．

李自荣．岳石帆先生鉴定四六宙函．明末刻本．

钟惺,谭元春．唐诗归(搜韵·影印古籍).

钟惺．隐秀轩集．明天启二年(1622)沈春泽刻本．

钟惺．隐秀轩文(张国光点校)．第1版．长沙:岳麓书社,1988.

钟惺．隐秀轩集(李先耕、崔重庆标校)．第1版．上海:上海古籍出版社,1992.

钟惺．翠娱阁评选钟伯敬先生合集(搜韵·影印古籍).

谭元春．新刻谭友夏合集(搜韵·影印古籍).

谭元春撰,陈杏珍标校．谭元春集．第1版．上海:上海古籍出版社,1998.

刘必达．皇明七山人诗集．明天启乙丑(1625).

熊开元．鱼山剩稿八卷．清康熙尚友堂刻本(北京大学图书馆藏).

熊开元．击筑余音(沔阳卢靖、卢弼校刊)．民国十三年(1924)(浙江图书馆藏).

张国铨,白珩．击筑余音注释．民国三十五年(1941)(国家图书馆藏).

钱谦益．牧斋初学集·五十一(搜韵·影印古籍).

桂馥．晚学集(搜韵·影印古籍).

蒋祥墀．散樗老人自纪年谱．清道光间(国家图书馆藏).

蒋祥墀．印心堂诗集．清道光间(湖北省图书馆藏).

聂铣敏．蓉峰诗话．清嘉庆十四年(1809)(国家图书馆藏).

张锡榖．雀砚斋诗集．清嘉庆已卯(1819)(广东省立中山图书馆藏).

熊士鹏．鹄山小隐诗集．清嘉庆乙亥(1815).

熊士鹏．鹄山小隐文集．清嘉庆乙亥(1815).

熊士鹏．竟陵诗选．清道光癸未(1823).

熊士鹏．东坡诗集．清道光丙戌(1826).

蒋立镛．香案集．清道光十三年(1833)(国家图书馆藏).

杨涟．杨忠烈公文集．清道光十三年(1833)(国家图书馆藏).

程德润．白螺山馆诗钞(程玉樵诗稿)．清咸丰癸丑(1853)(湖北省图书馆藏).

吴履谦．竟陵文选．清道光丙申(1836).

郑昌运．竟陵忠烈诗草．清咸丰己未(1859 年)重镌(湖北省图书馆藏).

王德镜．竟陵历代诗选．第 1 版．北京:中国文史出版社,1993.

胡聘之．山右石刻丛编．清光绪己亥(1899).

周树模．沈观斋诗抄．民国二十二年(1933).

陈衍．近代诗钞．第 1 版．上海:华东师范大学出版社,2016.

卞孝萱,唐文权．辛亥人物碑传集．第 1 版．南京: 凤凰出版社,2011.

萧蔚源．四书习解辨．清嘉庆已卯(1819).

费丙章．近科馆阁诗钞．清道光丙戌(1826).

翁心存．近科馆课分韵诗征．清同治七年(1868).

王先谦．近科分韵馆诗初集．清光绪丁亥(1887).

吴可读．携雪堂全集．清光绪癸巳(1893)

方逢时．大隐楼集．民国壬戌(1922).

韶州府志．清康熙十二年(1673 年).

曲江县志．清康熙二十六年(1687).

张尊德．安陆府志．清康熙八年(1669).

湖广武昌府志．清康熙二十六年(1687).

侯元棐．德清县志．清康熙十二年(1673).

黎城县志．清康熙二十一年(1682).

黎城县续志．清光绪九年(1883).

刘书友．黎城旧志五种．第 1 版．北京:北京图书馆出版社,1996.

潜江县志．清康熙三十三年(1694).

湖州府志．清乾隆四年(1739).

张琴．钟祥县志．清乾隆六十年(1795).

钟祥县志．清同治六年(1867).

李馨．景陵县志．清康熙七年(1668).

钱永．景陵县志．清康熙三十一年(1692).

胡翼．天门县志．清乾隆乙酉(1765)初版、民国十一年(1922)石印版．

王希琮．天门县志．清道光元年(1821)．

湖北省天门市地方志编纂委员会．天门县志．第1版．武汉:湖北人民出版社,1988.

天门市志．第1版．武汉:长江出版社,2013.

周庆璋．湖北省天门县乾镇驿乡土志．1990.

大洪山志．清道光甲午(1834)．

中卫县志．清道光二十一年(1841)．

聂光銮．宜昌府志．清同治四年(1865)．

同治上江两县志．清同治十三年(1874)．

永济县志．清光绪十二年(1886)．

葛振元．沔阳州志．清光绪二十年(1894)．

新修丰县志．清顺治十三年(1656)．

弋阳县志．清康熙二十二年(1683)．

弋阳县志．清同治十年(1871)．

桃源县志．清乾隆三年(1738)．

泗阳县志．民国十五年(1926)．

宝坻县志．清乾隆十年(1745)．

德阳县志．清乾隆二十七年(1762)．

德阳县新志．清道光十七年(1837)．

寿州志．清乾隆三十二年(1767)．

蒲城县志．清乾隆四十七年(1782)．

江夏县志．清乾隆五十九年(1794)．

重修上高县志．清同治九年(1870)．

内江县志．清同治十年(1871)．

汉川县志．清同治十二年(1873)．

大别山志．清同治十三年(1874)．

巴陵县志．清光绪十七年(1891)．

中江县志．民国十九年(1930)．

刘侗,于奕正．帝京景物略．明崇祯八年(1635)．

武汉市汉阳区地方志办公室．万历汉阳府志(校注本)．第1版．武汉:武汉出版社,2016.

鲁之裕主修、靖道谟主纂,潘彦文、郭鹏总校注．湖北下荆南道志．第1版．

武汉:长江出版社,2015.

陈广文．襄堤成案．清光绪二十年(1894)竟陵阁邑版．

彭湛然．襄河水利案牍汇抄上卷．民国二十五年(1936)．

天门干驿周氏宗谱．乾滩际盛堂刊．清光绪八年(1882).

天门冠盖、华湖、龙河魏氏宗谱．民国七年(1918).

陈心源．天门干驿鸳鸯湖陈氏宗谱．民国三十七年(1948).

天门麻洋泊江中和场刘氏宗谱．1990.

胡书田．天门干驿小河槐源胡氏宗谱．清道光乙巳(1845).

天门干驿多祥"西湾刘"刘氏宗谱．清同治十一年(1872).

天门横林芦埠周氏族谱(濂溪堂).清光绪版．

天门横林鄢滩龚氏族谱．清光绪庚辰(1880).

天门多祥九屋沟周氏宗谱．清光绪七年(1881).

天门多祥九屋沟周氏宗谱．民国六年(1917).

天门沔阳汉川钟氏族谱．民国十年(1921).

天门彭市同乐周家四湾(泮读湖)周氏宗谱．民国十二年(1923).

汉川分水小里潭周圩村周氏宗谱．民国三十七年(1948).

天门横林邵氏宗谱．1992.

天门岳口薛熊滩熊氏家庭档案．1996.

天门干驿小河周氏宗谱．1989.

天门干驿六湾东冈鲁氏宗谱．清光绪丁亥(1887).

天门胡市鹤塘程氏世谱．清光绪甲午(1894).

胡香圃．汉川二河神灵村(胡向湾)胡氏宗谱．清光绪壬寅(1902).

天门李菊后裔小二公支系李氏宗谱．民国七年(1918).

天门净潭凤竹堂蒋氏宗谱．民国己未(1919).

天门新堰寒河谭氏宗谱．民国丙寅(1926).

天门胡市董大四组董家大湾董氏宗谱．民国乙亥(1935).

吴调公,王骧,祝诚．竟陵派钟惺谭元春选集．第1版．武汉:湖北人民出版社,1993.

朱志荣．中国古代文论名篇讲读．第1版．北京:北京大学出版社,2006.

夏传才．古文论译释．第1版．北京:清华大学出版社,2007.

黄卓越．中华古文论释标(明代下卷).第1版．北京:北京大学出版社,2011.

霍振林．古代文论名篇详注．第1版．上海:上海古籍出版社, 2002.

顾廷龙．清代朱卷集成(上海图书馆珍藏)．第1版．台湾:成文出版社有限公司印行,1992.

仲光军,尚玉恒,冀南生．历代金殿殿试鼎甲朱卷·清代试题试卷．第1版．石家庄:花山文艺出版社,1995.

杨寄林．中华状元卷·大清状元卷(上)．第1版．太原:山西教育出版社,2002.

李维新,贾滨,赵学武．天下第一策·历代状元殿试对策观止．第1版．郑州:中州古籍出版社,1998.

张年顺．中医综合类名著集成．第1版．北京:华夏出版社,1997.

丁成泉．中国山水田园诗集成．第1版．武汉:湖北教育出版社,2003.

金宁芬,周育德,黄克,朱世滋．历代名曲千首·下卷．第1版．北京:北京燕山出版社,2000.

李时人．中华山水名胜旅游文学大观·诗词卷上．第1版．西安:三秦出版社,1998.

中国工具书资源全文数据库(方正).

中国工具书网络出版总库(清华同方).

童正祥,周世平．新编陆羽与茶经．第1版．香港:香港天马图书有限公司,2003.

马荣华．竟陵春秋．第1版．武汉:长江出版社,2012.

肖孔斌．竟陵版陆羽茶经序跋译注．第1版．北京:中国社会出版社,2012.

焦知云．荆门碑刻拓片选集．第1版．北京:中国文化出版社,2013.

李国仿．李逢亨史料辑录．第1版．武汉:湖北科学技术出版社,2014.

肖孔斌．竟陵历代茶诗茶文选．第1版．北京:中国现代出版社,2015.

后 记

《天门进士诗文》是《天门进士文辑》的修订版和扩充版。修订的内容有:进士所撰原文勘误、传略勘误、题解注释及附录更正。扩充的内容有:进士诗歌部分、进士散文部分篇目、部分进士传略、部分篇目的注释。删减的内容有:少数篇目、“附编二:天门名人文辑”部分、附录中的部分内容。

《天门进士文辑》是在很短的时间内成书的,有许许多多的缺憾和错误。书成之后,我又广泛搜求,在量的方面有了暴发性的收获。

一是查阅了天门进士的许多旧版文集。包括徐成位的《六臣文选注》、吴文企的《絮庵惭录》、刘必达的《皇明七山人诗集》、熊开元的《鱼山剩稿》、萧蔚源的《四书习解辨》、蒋祥墀的《印心堂诗集》《散樗老人自纪年谱》、熊士鹏的《竟陵诗选》、蒋立镛的《香案集》、程德润的《白螺山馆诗钞》、周树模的《沈观斋诗集》等等。这些文集中有几本书名就连近年出版的《现存湖北著作总录》也没有收录进去。

二是查阅了中国第一历史档案馆保存的天门进士奏折。有一些是后人常常提及的,如罗家彦的《筹画旗 民生计拟定章程折》。有两件是林则徐、曾国藩举荐天门进士的。

三是查阅了旧版方志中天门进士的许多诗文。国家图书馆收藏的康熙三十一年(1692年)版《景陵县志》破损缺页,刘临孙的《纪前令方公异梦》、程飞云的《景陵风俗论》均无尾页。我从浙江图书馆找到了较为完整的同版县志,补足了两篇文章,又从康熙版《弋阳县志》中发现了数量可观的刘临孙诗文,从康熙七年(1668年)版《景陵县志》缩微胶片中,发现了版本更早、信息更多的程飞云《景陵风俗论》。

四是考察了不少古碑和古碑拓片。如状元汪如洋为蔡楫撰写的墓志铭,榜眼祝庆蕃、书法家何绍基分别为蒋立镛夫妇撰写的墓志铭,探花冯煦为蒋传燮撰写的墓志铭,等等。有博物馆收藏的,也有散处荒郊野外的。有许多古碑缺少保护,恐怕过些年只有从我这本书中才能找到它们的影子。我到某寺访古,当地文化站站长说,以前寺里有一块由李鸿章撰文的古碑,现在下落不明,让人唏嘘不已。

五是查阅了许多旧版族谱。如干驿鲁铎家族、干驿多祥周嘉谟家族、城区李登家族、天门沔阳汉川钟惺家族、岳口新堰谭元春家族、胡市程飞云家族、横林龚廷飏家族、净潭蒋立镛家族的族谱。甘鹏云主编《湖北文征》时,“寿椵之文,谱牒之叙,时艺之辩言,无故实可征、无意义可取者,不录”。旧谱的信度远不及进士文集、县志府志,但旧谱毕竟保存了大量的进士诗文。如周嘉谟的《余清阁年谱》、张懋修的《华台李公墓表》、蒋立镛的《纪恩述德篇八十韵》,都是稀见甚至是仅见的。康熙三十一年版《景陵县志》收录的程飞云墓志铭,缺损、漏录三、四十字,作者文集又没有收录,幸亏依旧谱才得以基本补齐。

为了这些收获,我也付出了不少。天门进士诗文,只要有线索,我都要紧抓不放,设法找到原件或影印件,尽力一睹真容。有些篇目的代价,说一字千金,一点儿也不过分。光是东跑西跑的路费,也是可以印一本书的。焦知云先生《荆门碑刻拓片选集》收录陈所学的一通碑记拓片,我按图索骥,独自到钟祥市东桥镇马岭村九组,在山坡上找到兀立的古碑。我这么投入,无非是要多掌握一些第一手材料,多抢救一些劫后残余而又日渐堙没的文物,多传达一些接近原貌的历史信息,力图以搜集天门进士文献,来梳理天门历史文脉、传播天门历史文化,给前贤一个聚会的舞台,给后人一个研究的平台。

心想不一定事成,本书注定还有许多缺憾。第一,天门进士多数文集失传,诗文归并难。第二,入选的进士诗文并不一定都是代表作。基于辑佚的初衷,限于文献的存量,囿于编选的见识,力求字字颜筋柳骨、句句绣口锦心,难。第三,进士诗文载体缺损,文字难以辨识,有数篇难以卒读。加上古人好点窜,清代又盛行文字狱,许多诗文,版本各异,真伪难辨。第四,部分词语注释困难,如胡聘之《山右石刻丛编序》,无一字无来历。不研究山右石刻碑文,不了解山西历史文化,读起来如堕五里雾中。力有不逮,只得留待高明。

本书注定有上述缺憾,我却不顾绠短汲长、汗青头白,依旧寻寻觅觅、故纸痴蝇,无力将自己的思维方式纳入专家教授的逻辑体系,无力将本书的题解注释纳入古籍整理的话语体系,只能凭借一腔赤诚,将碎片化的史料缀辑成书。书没有什么价值,只能用来盖盛酱的瓦罐,古人称为“覆瓿”。我期待读者朋友能巨眼洞察,不吝赐教,将高见发给我的电子邮箱 TMSLGF@163.com,以使拙著修订之后不至于“覆瓿”。

本书孕育的过程,也是“吃千家饭”的过程。近几年支持的单位有:天门市皂市、干驿、净潭、卢市、横林、彭市、麻洋、黄潭、九真等地党委、政协联络处,国家图书馆、中国第一历史档案馆、浙江图书馆、广东省立中山图书馆、湖南图书馆、湖北省图书馆、江西省图书馆、福建省图书馆、深圳图书馆、天津图书馆、武汉图书馆、武汉大学图书馆、天门市博物馆、天门市档案馆、天门市图书馆。指点帮助过我的领导、专家和朋友有:焦知云(荆门)、马荣华、雷圣祥、肖孔斌、马炳成、沈爽、谢顺华，黎志敏（广州）、邵军（北京）、周承旺（荆门）、欧阳勋、胡和平、刘安国、周少明（澳大利亚）、曾凡义（京山）、李虎（随州）、潘彦文（十堰）、吴中华（湖北省书协）、王克平、吴增贵、许砚君（江苏丰县）、周治同，胡罡（深圳）、郭主义（中国台湾）、严幼云（北京）、周水斌、刘仁道、张朝晖、杨谧、杨伶俐、张松鹤、陈兵浩、王方文、程诗文、左平洲，程忠阳、胡华山、蒋中广、蒋在雄、鲁中海、周良明、周家耀、钟守镐、龚建平、董海水、马金娥、李汉斌、钟贤德、李辅英、李胜海、邵红旗、邵标、吴大升、刘兵、钟红松、熊文军、阳凌云等。

特别难忘的是，焦知云先生到天门市博物馆拓碑，使原本模糊不清的李纯元撰文碑"原形毕露"，使我于上年根据照片整理的碑文残篇不再是"鸡肋"。焦先生还给我寄来王鸣玉摩崖石刻整理稿，替我辨识蒋祥墀诗抄中的疑难文字，并应我的请托为本书赐序。序言高度评价天门进士的历史地位，充分肯定地方文献的史料价值，深刻阐明学习借鉴的现实意义。我常想，要是科举再延续一个甲子，焦先生也会"一日看尽长安花"。周少明先生发现了书稿中几处张冠李戴、关公战秦琼之类严重的错误。周承旺、吴增贵、王克平等先生指导我辨识古文献疑难文字。周水斌、钟贤德、张松鹤、熊文军等多位先生陪我走村串户，访求旧谱古碑。深圳探鱼餐饮管理有限公司的亲友，托人为我搜集藏于中国台湾的孤本明版文献——周嘉谟的《南中奏牍叙》和徐成位的墓志铭，并在资金保障方面一如既往、有求必应。几年来遇到的好人、巧事，让我感到：进士的背影之下，文化的守望之中，多的是布帛之暖。

校注者
2018 年 8 月 29 日